W0189459

Marlon James

Eine kurze Geschichte von sieben Morden

Roman

Aus dem Englischen von
Guntrud Argo, Robert Brack, Michael Kellner,
Stephan Kleiner und Kristian Lutze

Wilhelm Heyne Verlag
München

Die Originalausgabe erschien unter dem Titel
A Brief History of Seven Killings
bei Riverhead Books

Der Verlag weist ausdrücklich darauf hin, dass im Text enthaltene
externe Links vom Verlag nur bis zum Zeitpunkt der Buchveröffentlichung eingesehen
werden konnten. Auf spätere Veränderungen hat der Verlag
keinerlei Einfluss. Eine Haftung des Verlags ist daher ausgeschlossen.

Unter www.heyne-hardcore.de finden Sie das komplette
Hardcore-Programm, den monatlichen Newsletter sowie unser alles
rund um das Hardcore-Universum.
Weitere News unter www.facebook.com/heyne.hardcore

MIX
Papier aus verantwor-
tungsvollen Quellen
FSC® C083411
FSC
www.fsc.org

Verlagsgruppe Random House FSC® N001967

Vollständige deutsche Taschenbuchausgabe 11/2018
Copyright © 2014 by Marlon James
Copyright © 2016 der deutschsprachigen Ausgabe
by Wilhelm Heyne Verlag, München,
in der Verlagsgruppe Random House GmbH
Redaktion: Kristof Kurz
Umschlaggestaltung: Nele Schütz Design,
München, nach einer Gestaltung von © Gregg Kulick
Umschlagmotiv: © Getty Images/Rolf Nussbaumer
Satz: Satzwerk Huber, Germering
Druck und Bindung: CPI books GmbH, Leck
Printed in Germany

ISBN: 978-3-453-67726-5

www.heyne-hardcore.de

Für Maurice James
Ein außergewöhnlicher Gentleman in seiner eigenen Liga

Die handelnden Personen

Kingston und Umgebung ab 1959

Sir Arthur Jennings, ehemaliger Politiker, verstorben
Der Sänger, weltberühmter Reggae-Superstar
Peter Nasser, Politiker, Stratege
Nina Burgess, ehemalige Empfangsdame, derzeit arbeitslos
Kim-Marie Burgess, ihre Schwester
Ras Trent, Geliebter von Kim-Marie
Doctor Love / Luis Hernán Rodrigo de las Casas, CIA-Berater
Barry Diflorio, Chef des CIA-Büros auf Jamaika
Claire Diflorio, seine Frau
William Adler, ehemaliger CIA-Agent im Auslandseinsatz, hat den
   Dienst quittiert
Alex Pierce, Journalist beim *Rolling Stone*
Mark Lansing, Filmemacher, Sohn des ehemaligen CIA-Chefs Richard
   Lansing
Louis Johnson, CIA-Agent
Mr. Clark, CIA-Agent
Bill Bilson, Journalist beim *Jamaica Gleaner*
Sally Q, Vermittlerin, Informantin
Tony McFerson, Politiker
Officer Watson, Polizist
Officer Nevis, Polizist
Officer Grant, Polizist

Copenhagen City

Papa-Lo / Raymond Clarke, 1960 –1979 Don von Copenhagen City
Josey Wales, seine rechte Hand, 1979 –1981 Don von Copenhagen City,
    1979 – 1991 Anführer der Storm Posse
Weeper, einflussreicher Gangster, führendes Mitglied der
    Storm Posse in Manhattan und Brooklyn
Demus, Gang-Mitglied
Heckle, Gang-Mitglied
Bam-Bam, Gang-Mitglied
Funky Chicken, Gang-Mitglied
Renton, Gang-Mitglied
Leggo Beast, Gang-Mitglied
Tony Pavarotti, Auftragskiller, Scharfschütze
Priest, Kurier, Informant
Junior Soul, Informant, Gerüchten zufolge Spitzel für die Eight Lanes
The Wang Gang, Bande mit Sitz in den Wang Sang Lands, kooperiert
    mit Copenhagen City
Copper, Gang-Mitglied
Chinaman, Anführer einer Gang in der Nähe von Copenhagen City
Treetop, Gang-Mitglied
Bullman, Auftragskiller

Eight Lanes

Shotta Sherrif / Roland Palmer, 1975 –1980 Don der Eight Lanes
Funnyboy, seine rechte Hand
Buntin-Banton, zusammen mit Dishrag 1972 –1975 Don der Eight
    Lanes
Dishrag, zusammen mit Buntin-Banton 1972 –1975 Don der Eight
    Lanes

Außerhalb von Jamaika 1976 – 1979

Donald Casserley, Drogenhändler, Präsident der Jamaica Freedom
  League
Richard Lansing, CIA-Direktor von 1973 – 1976
Lindon Wolfsbricker, amerikanischer Botschafter in Jugoslawien
Admiral Warren Tunney, CIA-Direktor von 1977 –1981
Roger Theroux, CIA-Agent
Miles Copeland, Leiter des CIA-Büros in Kairo
Edgar Anatoljewitsch Tscheporow, Reporter der russischen Nachrich-
  tenagentur Novosti
Freddy Lugo, Mitglied von Alpha 66, der Vereinigten Revolutionären
  Organisationen und AMBLOOD
Hernán Ricardo Lozano, Mitglied von Alpha 66, der Vereinigten Revo-
  lutionären Organisationen und AMBLOOD
Orlando Bosch, Mitglied von Omega 7, der Vereinigten Revolutionä-
  ren Organisationen und AMBLOOD
Gael und Freddy, Mitglied von Omega 7, der Vereinigten Revolutionä-
  ren Organisationen und AMBLOOD
Sal Resnick, Journalist bei der *New York Times*

Montego Bay 1979

Kim Clarke, arbeitslos
Charles / Chuck, Ingenieur, Alcorp Bauxite

Miami und New York 1985 – 1991

Storm Posse, jamaikanisches Drogensyndikat
Ranking Dons, rivalisierendes jamaikanisches Drogensyndikat
Eubie, Anführer der Storm Posse in Queens und der Bronx
A-Plus, Geschäftspartner von Tristan Phillips

Pig Tails, Mitglied der Storm Posse in Queens und der Bronx
Ren-Dog, Mitglied der Storm Posse in Queens und der Bronx
Omar, Mitglied der Storm Posse in Manhattan und Brooklyn
Romeo, Drogenhändler der Storm Posse in Brooklyn
Tristan Phillips, Häftling auf Rikers Island, Mitglied der Ranking Dons
John-John K, Auftragskiller, Autoknacker
Paco, Autoknacker
Griselda Blanco, Drogenbaronin des Medellín-Kartells, Filiale Miami
Baxter, Mitarbeiter von Griselda Blanco
The Hawaiian Shirts, Mitarbeiter von Griselda Blanco
Kenneth Colthirst, Anwohner 5th Avenue, New York
Gaston Colthirst, sein Sohn
Gail Colthirst, seine Schwiegertochter
Dorcas Palmer, Pflegekraft
Millicent Segree, angehende Krankenpflegerin
Miss Betsy, Leiterin der »God Bless«-Arbeitsvermittlung
Monifah Thibodeaux, Drogenabhängige

Gonna tell the truth about it,
Honey, that's the hardest part
Bonnie Raitt, »Tangled and Dark«

Wenn's nicht so war,
dann war's so ähnlich
Jamaikanisches Sprichwort

Sir Arthur George Jennings

Aufgepasst.

Die Toten hören nie auf zu reden. Vielleicht weil der Tod nicht der Tod ist, sondern so etwas wie Nachsitzen in der Schule. Du weißt, woher du kommst, und du kehrst auch immer wieder dorthin zurück. Du weißt, wohin du gehst, aber du scheinst nie dort anzukommen, und du bist einfach bloß tot. Tot. Das klingt endgültig, aber der Tod ist ein Prozess. Du triffst Menschen, die schon viel länger tot sind als du und die ganze Zeit umherlaufen, ohne irgendwo hinzugelangen, und du hörst, wie sie heulen und zischen, denn wir sind alle Geister oder denken zumindest, wir seien Geister, aber wir sind bloß tot. Geister, die in andere Geister hineinschlüpfen. Manchmal schlüpft eine Frau in einen Mann und stöhnt auf in Erinnerung an die Liebe und die Lust. Sie wimmern und klagen laut, aber es dringt nur wie ein Pfeifen durch das Fenster oder wie ein leises Flüstern unter dem Bett hervor, das kleine Kinder dann für ein Ungeheuer halten. Die Toten liegen gern unter den Lebenden, und zwar aus drei Gründen: (1) Wir liegen sowieso die meiste Zeit; (2) Die Unterseite des Bettes sieht aus wie ein Sargdeckel; (3) Über uns ist ein Gewicht, das Gewicht eines Menschen, in den du schlüpfen und den du schwerer machen kannst. Du hörst sein Herz schlagen, während du zusiehst, wie es pumpt, und du hörst die Luft durch die Nase zischen, während seine Lunge arbeitet, und du beneidest ihn noch um den winzigsten Atemzug. An einen Sarg kann ich mich nicht erinnern.

Aber die Toten hören nie auf zu reden, und manchmal können die Lebenden sie hören. Das wollte ich damit sagen. Wenn du tot bist, sind Worte nichts weiter als Schlenker und Umwege, und es gibt nichts weiter zu tun, als eine Weile ziellos umherzuwandern. Nun ja, so machen es zumindest die anderen. Ich will damit sagen, dass die Verflossenen von den Verflossenen lernen, aber das ist ziemlich kompliziert. Ich könnte mir selbst dabei zuhören, wie ich ständig allen, die mich hören können, versichere, dass ich nicht von allein vom Balkon des Sunset Beach Hotel an der Montego Bay gefallen bin, sondern gestoßen wurde. Es bringt nichts, wenn ich sage, halt die Klappe, Artie Jennings, denn jeden Morgen, wenn ich aufwache, muss ich meinen zerplatzten Schädel neu zusammensetzen. Und sogar jetzt, während ich rede, höre ich noch, was ich damals gesagt habe, ist das zu fassen, Leute?, was bedeutet, dass das Leben nach dem Tod keine supertolle Sache ist und schon gar keine irre *Shindig*-Party. He, Daddy-O, siehst du die Cool Cats da drüben? Die haben immer noch nicht kapiert, dass es hier nix weiter zu tun gibt als zu warten, bis der Typ, der mich umgebracht hat, hier aufkreuzt, aber er stirbt nicht, er wird bloß immer älter und älter und seine Frauen werden immer jünger und jünger, und er zeugt eine ganze Brut von geistesschwachen Kindern und richtet das Land zugrunde.

Die Toten hören nie auf zu reden, und manchmal können die Lebenden sie hören. Manchmal antwortet einer, wenn ich ihn genau in dem Moment erwische, in dem seine Augen im Schlaf zucken, und er redet, bis seine Frau ihm einen Klaps verpasst. Aber ich höre lieber denen zu, die schon länger tot sind. Ich sehe Männer in Kniebundhosen und blutigen Mänteln und höre sie reden, während das Blut aus ihren Mündern fließt, gütiger Himmel, dieser Sklavenaufstand war eine schauderhafte Angelegenheit, und die Queen hat sich wirklich als mordsmäßig nützlich erwiesen, seit die Westindienkompanie ihren ziemlich schäbigen Niedergang erlebt hat, jedenfalls im Vergleich zu der im Osten, und warum schlafen die Neger so unruhig und einfach da, wo es ihnen passt, und verflixt noch mal, ich glaube, ich habe die linke Hälfte von meinem Gesicht verlegt. Wer tot ist, merkt schnell, der Tod bedeutet nicht, zu verschwinden, sondern die Einöde des Totenreichs. Die Zeit vergeht weiter. Du siehst ihr dabei zu, aber selbst bist du unveränderlich wie ein Gemälde mit einem Mona-Lisa-Lächeln. Hier gibt es keinen Unterschied zwischen einem dreihundert Jahre alten Kehlenschnitt und einem Kindstod zwei Minuten nach der Geburt.

Wenn du nicht aufpasst, wie du schläfst, wirst du dich so vorfinden, wie die Lebenden dich vorgefunden haben. Ich lag auf dem Boden, mein Kopf war zerschmettert, mein rechtes Bein klemmte unter meinem Rücken, und meine Arme waren auf eine Weise verdreht, wie Arme nicht verdreht sein sollten. Vom Balkon dort oben sehe ich aus wie eine tote Spinne. Ich bin gleichzeitig da oben und hier unten, und von dort oben sehe ich mich so, wie mein Mörder mich sah. Es braucht nur eine bestimmte Bewegung, eine Handlung, einen Schrei, und schon sind die Toten wieder dort: in dem Zug, der nicht anhalten will, sondern immer weiter fährt, bis er entgleist, im freien Fall aus dem sechzehnten Stock eines Gebäudes, im Kofferraum eines Autos, in dem die Luft zur Neige geht. Die Körper irgendwelcher Rudeboys, die zerplatzen wie Ballons. Sechsundfünfzig Kugeln.

Niemand fällt von diesem Balkon, wenn er nicht gestoßen wird. Das weiß ich. Und ich weiß auch, wie es sich anfühlt und aussieht, wenn ein Körper fällt und auf dem Weg nach unten in der Luft zappelt und ins Nichts greift und einmal, nur ein einziges gottverdammtes Mal, dich, Jesus, du Sohn einer räudigen Hündin, um etwas anfleht, woran man sich festhalten kann. Und dann landest du in einer einhalb Meter tiefen Grube oder sechzehn Stockwerke tiefer auf einem Marmorfußboden, und kämpfst immer noch dagegen an, als der Boden sich dir entgegenwirft, weil es ihn schon lange nach Blut gedürstet hat. Und wir sind immer noch tot, aber wir wachen auf, ich als zermatschte Spinne, er wie eine verbrannte Kakerlake. An einen Sarg kann ich mich nicht erinnern.

Aufgepasst.

Die Lebenden warten und sehen, weil sie sich einreden, sie hätten Zeit. Tote sehen und warten. Einmal habe ich meiner Lehrerin in der Sonntagsschule folgende Frage gestellt: Wenn der Himmel der Ort des ewigen Lebens ist, was ist dann die Hölle, die doch das Gegenteil des

Himmels sein soll? Ein Platz für so unverschämte dumme Jungs wie dich, hat sie gesagt. Sie lebt immer noch. Ich sehe sie im Altenheim in Eventide, wo sie immer älter und immer dümmer wird, ihren Namen vergessen hat und mit einer leisen, rauen Stimme redet, sodass niemand hören kann, dass sie Angst vor der Dunkelheit hat, weil dann die Ratten kommen, um sich über ihre Zehen herzumachen. Ich sehe noch mehr als das. Sieh genauer hin oder einfach nur mal nach links und du wirst bemerken, dass das Land immer noch dasselbe ist wie damals, als ich es verließ. Es ändert sich nie, und wohin ich auch komme, sind die Menschen noch genauso wie damals, als ich sie verließ, das Alter macht überhaupt keinen Unterschied.

Der Mann, der Vater einer ganzen Nation war, viel mehr Vater für mich als mein leiblicher, weinte wie eine frisch gebackene Witwe, als er von meinem Tod hörte. Erst wenn du stirbst, weißt du, wie sehr die Träume der anderen mit dir verbunden sind, und dann kannst du nichts mehr tun, nur zusehen, wie sie auf eine andere Art sterben, langsam, Glied für Glied, Organ für Organ. Herzschwäche, Diabetes und andere Krankheiten mit langen Namen, die für ein langes Sterben sorgen. Der Körper wartet ungeduldig auf den Tod, der portionsweise von ihm Besitz ergreift. Er wird noch erleben, wie sie ihn zum Nationalhelden machen, und wenn er stirbt, wird er der Einzige sein, der glaubt, dass er gescheitert ist. Das passiert, wenn man seine Hoffnungen und Träume auf einen einzigen Mann konzentriert. Am Ende ist er nur noch ein literarisches Stilmittel.

Dies ist die Geschichte mehrerer Morde, von Männern, die keine Bedeutung für eine Welt hatten, die sich einfach weiterdreht. Aber wenn sie an mir vorbeigehen, verströmt jeder von ihnen den süßlichen Gestank jenes Mannes, der mich getötet hat.

Der Erste schreit sich die Lunge aus dem Leib, aber wegen dem Knebel erreicht der Schrei nur seine Zähne und schmeckt nach Kotze und Stein. Außerdem hat ihm jemand die Hände fest hinter den Rücken gebunden, aber die Fesseln fühlen sich locker an, weil die Haut abgerissen ist und das Blut das Seil durchtränkt. Er tritt mit beiden Beinen, weil sie zusammengebunden sind, tritt gegen die Erde, die

Eine kurze Geschichte von sieben Morden

sich einen Meter fünfzig hoch über ihm anhäuft, dann einen Meter achtzig und dann kann er nicht mehr, weil es Schmutz und Erde auf ihn regnet und Dreck und Steine. Ein Stein klatscht auf seine Nase, ein anderer zerschmettert sein Auge, und er bäumt sich auf und schreit, aber der Schrei dringt nur bis zu seinen Zähnen, dreht um und wird wieder verschluckt, und die Erde ist wie eine mächtige Flut, die immer weiter steigt und steigt, und er kann seine Zehen nicht mehr sehen. Dann wacht er auf und ist immer noch tot und er will mir seinen Namen nicht verraten.

ORIGINAL ROCKERS

2. Dezember 1976

Bam-Bam

Ich weiß, ich war vierzehn. Weiß ich noch. Ich weiß auch, dass zu viele Leute zu viel reden, vor allem der Amerikaner, der nie die Schnauze halten kann und immer lacht, wenn er von dir spricht, und es klingt komisch, wie er deinen Namen zusammen mit dem von Leuten sagt, von denen wir nie gehört haben, Allende Lumumba, hört sich an wie das Land, aus dem Kunta Kinte kommt. Der Amerikaner versteckt sich die meiste Zeit hinter seiner Sonnenbrille wie so ein Prediger aus Amerika, der herkommt, um zu den Schwarzen zu reden. Er und der Kubaner kommen manchmal zusammen, manchmal auch allein, und wenn einer redet, sagt der andere nichts. Der Kubaner spielt nicht mit Waffen rum, denn wenn man eine Waffe zieht, muss man sie auch benutzen, sagt er.

Und ich weiß, ich hab auf so einer Pritsche geschlafen, und ich weiß, meine Mutter war eine Hure, und mein Vater war der letzte gute Mann im Getto. Und ich weiß, dass wir dein großes Haus an der Hope Road schon seit Tagen beobachten, und einmal kommst du raus und redest mit uns, als wärst du Jesus und wir wären Judas, und du nickst, als wolltest du sagen, macht halt weiter, und tut, was ihr tun müsst. Aber ich weiß nicht mehr, ob ich das war, der dich gesehen hat, oder ob einer mir gesagt hat, dass er dich gesehen hat, und jetzt denke ich, ich hab dich auch gesehen, wie du auf die hintere Veranda gekommen bist und ein Stück Brotfrucht gegessen hast, und sie ist wie aus dem Nichts gekommen, als hätte sie um Mitternacht was Ernstes mit dir zu besprechen da draußen, und sie war schockiert, echt schockiert, weil du nichts angehabt hast, und dann hat sie nach deiner Frucht gegriffen, hat was abbeißen wollen, obwohl Rastas das nicht mögen, wenn Frauen so frech sind, und dann ging's los, und man hat die Frau nicht mehr vom Mann unterscheiden können, und ich hab's mir auch besorgt, weil's mich schon bloß vom Gucken und Hören angemacht hat, und dann hast du einen Song drüber geschrieben. Der Junge aus Concrete Jungle kam vier Tage lang auf seinem schwuchtelgrünen Roller morgens um acht und nachmittags um vier vorbei wegen dieses braunen Briefumschlags, bis die neuen Sicherheitstypen ihn wieder weggeschickt haben. Über diese Geschäfte wussten wir auch Bescheid.

In den Eight Lanes und in Copenhagen City kann man bloß zugucken. Der mit der sanften Stimme im Radio sagt, Verbrechen und Gewalt übernehmen das Land, und wenn sich überhaupt jemals was ändert, dann irgendwann, und wir müssen eben abwarten und sehen, was passiert, aber hier in den Eight Lanes sehen und warten wir doch schon die ganze Zeit. Und ich sehe, wie das Abwasser einfach so die Straße runterfließt, und warte. Und ich sehe, wie meine Mutter zwei Männer zu sich nimmt, jeden für zwanzig Dollar, und noch einen, der fünfundzwanzig bezahlt, weil er drin bleiben will anstatt ihn rauszuziehen, und ich warte. Und ich sehe, wie mein Vater die Schnauze voll hat von ihr und sie wie einen Hund verprügelt. Und ich sehe, wie das Zinkdach braun vor Rost wird, und der Regen schließlich Löcher reinschlägt wie bei einem ausländischen Käse, und ich sehe zu, wie sieben Leute in einem Zimmer sitzen und eine ist sogar schwanger, und trotzdem wird gefickt, weil sie so arm sind, dass sie sich kein Schamgefühl leisten können, und ich warte.

Und das kleine Zimmer wird enger und enger, und immer mehr Schwesternbrüdercousins kommen vom Land in die Stadt, die immer größer und größer wird, und es ist kein Platz mehr da zum Tanzen, kein Hühnchen mehr für Curry, und wenn doch, dann ist es zu teuer, und ein kleines Mädchen wird erstochen, bloß weil jemand weiß, dass sie ihr Geld fürs Mittagessen immer dienstags kriegt, und Jungs wie ich werden immer älter und gehen kaum noch zur Schule und können nicht lesen, wollen Coca-Cola, aber Geld liegt keins auf der Straße, also wollen sie ins Studio, einen Song aufnehmen, einen Hit landen und mit dem Riddim aus dem Getto reiten, aber Copenhagen City und die Eight Lanes sind einfach zu groß, und jedes Mal, wenn du die Grenze erreichst, schiebt sie sich ein Stück weiter, läuft vor dir davon wie dein eigener Schatten, und die ganze Welt wird zum Getto, und du wartest.

Ich sehe, wie du hungrig wartest und weißt, es wäre reines Glück, und du lungerst im Studio herum, und Desmond Dekker sagt dem Mann am Pult, er soll dir mal 'ne Chance geben, und der gibt dir diese Chance, weil er den Hunger in deiner Stimme hört, noch bevor du überhaupt was gesungen hast. Du nimmst einen Song auf, aber es wird kein Hit, ist viel zu nett fürs Getto, sogar damals schon, weil solche netten Liedchen den Leuten das Leben nicht mehr leichter machen. Wir sehen, wie du dich schwer ins Zeug legst und versuchst, dich zwölf Inches größer zu quatschen, und wir wollen, dass du's vermasselst. Und keiner will dich als Rudeboy haben, weil du aussiehst wie einer, dem man nicht trauen kann.

Und als du nach Delaware verschwindest und wieder zurückkommst, versuchst du's mit Ska, aber Ska ist schon längst aus dem Getto abgehauen und ins Villenviertel gezogen. Ska nimmt ein Flugzeug ins Ausland und zeigt den weißen Leuten, dass es bloß so was Ähnliches ist wie Twist. Da sind die Syrer und die Libanesen vielleicht stolz drauf, aber als wir euch in der Zeitung gesehen haben, wie ihr mit der Stewardess in die Kamera grinst, waren wir nicht stolz, sondern fanden es bescheuert. Du nimmst noch einen Song auf, und der wird ein Hit. Aber mit einem Hit allein kommst du nicht aus dem Getto, schon gar nicht, wenn du ihn für 'nen Vampir aufnimmst. Ein einziger Hit macht dich noch nicht zu einer Skeeter Davis oder zu dem Typen mit den *Gunfighter Ballads*.

Als ich aus meiner Mutter geflutscht bin, hat sie aufgegeben. Der Priester behauptet, es gäbe eine Leere in uns, die nur Gott füllen kann, aber hier im Getto können die Leute die Leere nur mit Leere füllen. Neunzehn-zweiundsiebzig ist überhaupt nicht wie 1962, und die Leute flüstern, weil sie nicht laut sagen dürfen, dass Artie Jennings den großen Traum mit ins Jenseits genommen hat, als er plötzlich gestorben ist. Keine Ahnung, was für ein Traum das war. Die Leute sind dumm. Der Traum ist ja nicht weg, die Leute kapieren einfach nur nicht, dass es jetzt ein Albtraum ist, obwohl sie mittendrin stecken. Die Leute ziehen ins Getto, weil Delroy Wilson »Better Must Come« singt und der Mann, der Premierminister wurde, auch. Alles muss besser werden. Ein Mann, der aussieht wie ein Weißer, aber quasselt wie ein Naigger, wenn's sein muss, singt »Better Must Come«. Eine Frau, die sich anzieht wie die Queen und sich nie fürs Getto interessiert hat, bis Kingston explodiert, singt »Alles muss besser werden«.

Aber erst mal wird's schlechter.

Wir sehen und warten. Zwei Männer bringen Pistolen und Gewehre ins Getto. Einer zeigt mir, wie man damit umgeht. Aber die Leute im Getto haben sich schon lange davor gegenseitig umgebracht, mit allen möglichen Sachen: Schlagstock, Machete, Messer, Eispickel, Wasserflasche. Sie töten für Essen. Sie töten für Geld. Manchmal wird einer getötet, bloß weil er einen anderen blöd anguckt. Fürs Töten braucht man nicht unbedingt einen Grund. Wir sind hier im Getto. Reiche Leute haben Gründe. Wir haben den Wahnsinn.

Der Wahnsinn geht eine ganz normale Straße in Downtown entlang und sieht eine Frau in nagelneuen Klamotten und will sofort zu ihr hingehen und ihr die Handtasche klauen, und er weiß, es geht nicht um die Handtasche oder das Geld, sondern um den Schrei, den sie loslässt, wenn du auf sie losgehst und in ihr hübsches Gesicht starrst, und du könntest ihr die gute Laune aus der Visage prügeln, ihr die geschminkten Augen blau schlagen, sie totprügeln und durchficken, egal ob bevor oder nachdem du sie umgebracht hast, weil das genau das ist, was Rudeboys wie wir mit anständigen Frauen wie ihr machen. Der Wahnsinn bringt dich dazu, einem Mann in einem Anzug durch die King Street zu folgen, dort, wo arme Leute nie langgehen, und ihm dabei zuzusehen, wie er sein Sandwich wegschmeißt, mit Hühnchen drauf, das kannst du riechen, und du fragst dich, wie Leute so reich sein können, dass sie Hühnchen einfach zwischen zwei Brotscheiben legen, und dann kommst du am Abfalleimer vorbei und siehst das Ding, immer noch in Folie eingewickelt, immer noch frisch und nicht vom anderen Müll verdreckt, und keine Fliege sitzt drauf, und du denkst, ja tatsächlich, vielleicht sollte ich das mal probieren, vielleicht muss ich einfach mal testen, wie Hühnchen ohne Knochen schmeckt. Aber du sagst dir, nee, du bist doch nicht irre, und wenn doch, dann nicht wahnsinnig irre, sondern wütend irre, weil du ja weißt, dass der Typ es nur weggeschmissen hat, damit du es siehst. Und du nimmst dir vor, dass du ein Messer mitnimmst, und das nächste Mal, wenn du ihn triffst, packst du ihn und ritzt ihm das Wort Sufferah in die Brust.

Aber er weiß ja, dass Typen wie ich uptown nicht lange rumlaufen können, ohne dass Babylon uns schnappt. So ein Bulle muss bloß sehen, dass ich keine Schuhe hab, und schon sagt er, He du Drecksack, du schmieriger Naigger, was hast du hier unter den anständigen Leuten zu suchen, und lässt mir zwei Möglichkeiten. Wenn ich losrenne, jagt er mich in eine Seitenstraße, wo keiner sieht, wenn er mich abknallt. Er hat ja jede Menge Kugeln im Magazin, da wird schon eine treffen. Oder ich bleibe stehen und lass mich vor den Augen der anständigen Leute von ihm mit seinem Knüppel verprügeln, lass mir die Zähne ausschlagen oder so auf den Kopf hauen, dass ich nie mehr richtig hören kann, während er rumbrüllt, das soll dir eine Lehre sein, und wehe, du wagst es noch mal, die Leute uptown mit deiner dreckigen, stinkenden Anwesenheit zu belästigen. Und ich sehe sie und warte.

Aber dann bist du zurückgekommen, obwohl niemand gewusst hat, wann du weg bist. Die Frauen wollten wissen, wieso du zurückkommst, wo du doch in Amerika jeden Tag so tolle Sachen kriegst wie Reis von Uncle Ben's. Hast du da drüben ein paar Hits gelandet? Ein paar von uns haben mitgekriegt, wie du durchs Getto bist wie ein kleiner Fisch durch einen breiten Fluss. Heute weiß ich, was du vorgehabt hast, aber damals nicht. Du hast dich hier mit einem Gunman angefreundet, da mit einem Rasta mit 'ner Riesenanlage, hier mit einem Gangster, da mit einem Rudeboy, sogar mit meinem Vater, damit dich alle kannten und mochten, aber niemand ließ dich mitmachen, dafür mochten sie dich nicht genug. Du hast einfach alles gesungen, wirklich alles, um Erfolg zu haben, sogar Sachen, die nur du gekannt hast und sonst keiner. »And I Love Her« zum Beispiel, bloß weil Prince Buster mit seiner Version von »You Won't See Me« einen Hit hatte. Du hast genommen, was du kriegen konntest, ab und zu sogar eine Melodie, die nicht von dir war, und du hast immer weiter- und immer weitergesungen, bis du dich irgendwann aus dem Getto rausgesungen hast. 1971 warst du schon im Fernsehen. 1971 hab ich meinen ersten Schuss abgefeuert.

Da war ich zehn.

Im Getto ist ein Leben nichts wert. Jemanden umzubringen ist kein großes Ding. Ich erinnere mich noch an das letzte Mal, als mein Vater mich retten wollte. Er rannte von der Fabrik nach Hause. Ich weiß noch, dass mein Kopf gerade mal bis an seine Brust gereicht hat, wie er so vor mir gestanden ist, und er hat gehechelt wie ein Hund. Den Rest vom Abend verbrachten wir zu Hause auf allen vieren. Das ist ein Spiel, hat er gesagt, viel zu laut und zu schnell. Wer zuerst aufsteht, hat verloren. Also steh ich auf, weil ich zehn bin und schon ein großer Junge und keine Lust auf das Spiel hab, aber er brüllt mich an und packt mich und schlägt mir gegen die Brust. Und ich schnaufe und keuche und schnappe nach Luft und muss fast heulen und ich hasse ihn, aber da fliegt schon das erste Ding rein, als hätte jemand einen Kiesel geschmissen, und knallt gegen die Wand. Und dann das nächste und nächste. Und dann über die ganze Wand *pap-pap-pap-pap-pap-pap,* bis auf die letzte Kugel, die trifft einen Topf und es scheppert, und dann krachen sechs, sieben, zehn, zwanzig Kugeln in die Wand, *tschuck-tschuck-tschuck-tschuck-tschuck-tschuck-tschuck.* Und er packt mich und will mir die Ohren zuhalten, aber er packt mich so fest, dass er nicht merkt, wie er mir das Auge quetscht. Und ich höre die Kugeln und das *pap-pap-pap-pap-pap-pap* und das *kawusch-bumm,* und ich spüre, wie der Boden bebt. Und eine Frau schreit und ein Mann schreit und ein Junge schreit, wie man schreit, wenn einem das Leben genommen wird, und du kannst hören, wie die Schreie in dem Blut ertrinken, das aus der Kehle in den Mund schießt, und ein

Gurgeln und Würgen. Und er drückt mich nach unten und hält mir den Mund zu, als ich schreie, und ich will ihm in die Hand beißen, weil er mir die Nase zuhält, und bitte Papa, bring mich nicht um, und er zittert, und ich frage mich, ob es wohl der Todeskrampf ist, und der Boden bebt wieder und überall Füße, Füße überall, Männer rennen herum, rennen vorbei und rennen und lachen und schreien und rufen, dass alle in den Eight Lanes jetzt sterben. Und Daddy drückt mich auf den Boden und versteckt mich unter seinem Körper, aber er ist so schwer, dass meine Nase wehtut, und er riecht nach Motoröl und drückt sein Knie oder so was in meinen Rücken, und der Boden schmeckt bitter wegen dem roten Bohnerwachs, und ich will, dass er von mir runtergeht, und ich hasse ihn, und alles klingt, als hätte man einen Strumpf drübergezogen. Und als er mich endlich loslässt, schreien die Leute draußen, aber es ist kein *pap-pap-pap-pap-pap-pap* mehr zu hören und auch kein *kawuschbumm*, aber er weint, und ich hasse ihn.

Zwei Tage später kommt meine Mutter lachend nach Hause, weil sie ein neues Kleid hat, das schönste Ding überhaupt in diesem beschissenen R'asscloth-Getto, und er sieht sie, weil er nicht zur Arbeit gegangen ist, weil niemand sich auf die Straße traut, und er geht gleich zu ihr hin und packt sie und sagt, du ekelhafte Bombocloth-Hure, ich riech doch den stinkenden Schwanz von einem anderen an dir. Er reißt an ihren Haaren und schlägt ihr in den Bauch, und sie schreit, dass er kein Mann mehr ist, weil er nicht mal 'nen Floh ficken könnte, und er sagt, ach, ficken willst du? Ich find schon einen Schwanz, der groß genug für dich ist, sagt er und packt sie an den Haaren und zerrt sie ins Zimmer, wo ich unter der Decke liege, weil er gesagt hat, ich soll mich da verstecken, falls in der Nacht ein böser Mann kommt, und ich sehe zu, wie er einen Besenstiel nimmt und sie damit verprügelt, von oben bis unten, von vorne und hinten, und sie schreit, bis sie nur noch wimmern kann, und dann stöhnt sie, und er sagt, wenn du einen großen Schwanz willst, dann kann ich's dir mit 'nem großen Schwanz besorgen, du beschissene Fotze von einer Hure, und er nimmt den Besenstiel und tritt ihre Beine auseinander. Dann schmeißt er sie aus dem Haus und wirft ihre Klamotten hinterher, und ich denke, das ist das letzte Mal, dass ich meine Mutter gesehen hab, aber am nächsten Tag kommt sie zurück, mit einem Verband wie die Mumie in dem Film, den man für dreißig Cent im Rialto Cinema gucken kann, und hat noch drei Männer dabei.

Die drei packen meinen Vater, aber er kämpft, kämpft wie ein Mann, schlägt sogar zu wie John Wayne im Kino, so wie ein richtiger Mann kämpfen sollte. Aber er ist nur einer, und sie sind drei und bald vier. Aber der vierte kommt erst rein, als sie meinen Vater schon zu Brei geschlagen haben wie 'ne matschige Tomate, und er sagt, ich bin Funnyboy, nur der Don ist über mir, aber weißt du, wie dein Name ist? Kennst du deinen Namen? Ich hab gefragt, ob du deinen Namen kennst, du Pussyhole? Und meine Mutter lacht, aber es klingt wie ein Röcheln, und Funnyboy sagt, du glaubst wohl, du bist wer, weil du in 'ner Fabrik arbeitest? Aber die Arbeit in der Fabrik hast du von mir, und ich kann sie dir wieder wegnehmen, Pussyhole. Kennst du deinen Namen, du Pussyhole? Spitzel, das ist dein Name. Und dann sagt er den anderen, sie sollen abhauen.

Und er sagt, weißt du, warum sie mich Funnyboy nennen? Weil ich keinen Spaß verstehe.

Sogar im Dunkeln ist Funnyboy noch heller als alle anderen, seine Haut ist immer rot, er sieht aus, als wär sein Blut direkt unter seiner Haut, oder wie ein Weißer, der zu lange in der Sonne gewesen ist, und seine Augen sind grau wie die von einer Katze. Und Funnyboy sagt meinem Vater, dass er jetzt stirbt, genau jetzt, aber wenn er nett zu ihm ist, dann kann er weiterleben wie der Löwe in *Frei geboren*, aber er muss raus aus dem Getto. Und er sagt, wenn du leben willst, gibt's nur eine Möglichkeit für dich, und er sagt noch andere Sachen, aber dann macht er seinen Hosenlatz auf und holt ihn raus und sagt, willst du weiterleben? Willst du weiterleben? Und mein Vater will leben, und er spuckt aus, und Funnyboy hält seine Knarre direkt neben das Ohr von meinem Vater. Und er sagt meinem Vater was vom Land und wo er hingehen darf und dass er den Kleinen mitnehmen darf, und als er das sagt, fang ich an zu zittern, aber es weiß ja keiner, dass ich unter der Decke bin. Willst du leben? Du willst leben? Immer und immer wieder, wie ein kleines Mädchen, und er reibt mit der Knarre über den Mund von meinem Vater, und mein Vater macht den Mund auf, und Funnyboy sagt, wenn du ihn mir abbeißt, dann schieß ich dir in den Hals, sodass du hörst, wie du stirbst, und dann schiebt er ihn meinem Vater in den Mund und sagt, du darfst auch mal dran lecken, du saugst ja wie 'n toter Fisch. Und er stöhnt und stöhnt und stöhnt und fickt meinen Vater in den Kopf und dann zieht er ihn raus und hält den Kopf von meinem Vater fest und schießt. *Pap.* Kein Knall wie in einem Cowboyfilm oder wie wenn Harry Callahan schießt, einfach nur ein lautes kurzes *Pap,* das durchs Zimmer hallt. Das Blut spritzt an die Wand. Ich muss nach Luft schnappen, im gleichen Moment, als der Schuss losgeht, daher merkt niemand, dass ich immer noch unter der Decke liege.

Meine Mutter kommt wieder reingerannt und fängt an zu lachen und tritt meinen Vater, und Funnyboy geht zu ihr und schießt ihr ins Gesicht. Sie fällt direkt auf mich drauf, und als er sagt, sucht den kleinen Jungen, gucken sie überall, aber nicht unter meiner Mutter. Funnyboy sagt, könnt ihr euch das vorstellen, dieser kleine Battyboy wollte es mir besorgen wie 'ne Schwuchtel, wollte mir richtig schön einen blasen, damit ich ihn nicht umbringe. Die perverse Sau hat nach meinem Schwengel gegriffen. Könnt ihr euch das vorstellen?, sagt er zu den Typen, die die ganze Zeit nach mir suchen, aber meine Mutter ist ja auf mir drauf und ihre Hand direkt vor meinem Gesicht, und ich lieg da wie in einem Käfig und schau durch das Gitter ihrer Finger und ich muss nicht heulen, und Funnyboy redet weiter, er hätt ja immer schon gewusst, dass mein Vater ein Battyman war, und weil er ein Battyman war, war seine Frau anschaffen, weil es ihr sonst keiner besorgt hat, aber erzählt das nicht Shotta Sherrif, sagt er noch.

Das Haus ist jetzt ruhig. Ich schiebe meine Mutter zur Seite und bin froh, dass es dunkel ist, aber ich kann nicht weg, weil sie mich sonst erwischen, also sehe ich und warte. Ich warte, und mein Vater auf dem Boden steht auf und kommt zu mir und sagt, Englisch ist das beste Fach in der Schule, denn niemand gibt dir Arbeit als Klempner, wenn du nicht gut reden kannst, und das ist das Wichtigste, sogar noch bevor man überhaupt einen Beruf lernt. Und dass ein Mann kochen können muss, auch wenn das Frauensache ist, und er redet und redet und redet viel zu viel, so wie er immer zu viel geredet hat, und manchmal redet er so laut, dass ich mich frage, ob er denen nebenan auch was beibringen will, aber nein, er liegt ja noch immer auf dem Boden und sagt mir, ich soll abhauen, weglaufen, weil sie bald zurückkommen, um die Clarks-Schuhe mitzunehmen, die er an den Füßen hat, und alles andere, was Wertvolles im Haus ist, und sie werden sowieso das Haus auseinandernehmen, weil sie Geld suchen, auch wenn er sein ganzes Geld auf die Bank gebracht hat. Er liegt da drüben bei der Tür. Ich zieh ihm die Clarks aus und sehe seinen Kopf und muss kotzen.

Die Clarks sind zu groß und ich gehe *klapp-klapp-klapp* zur Rückseite des Hauses, wo nichts ist als ein altes Eisenbahngleis und Gestrüpp, und dabei stolpere ich über meine verdammte Hurenmutter, und die zuckt, als wär sie noch am Leben, aber das ist sie nicht. Ich klettere durchs Fenster und springe. Die Clarks sind zu groß, damit kann ich nicht rennen, also zieh ich sie aus und lauf durch die Büsche über zerbrochene Flaschen und feuchte Scheiße und getrocknete Scheiße und Feuer, das noch keiner ausgemacht hat, und die toten Gleise führen mich aus den Eight Lanes raus, und ich renne und renne und verstecke mich im dornigen Gestrüpp bis der Himmel sich orange verfärbt und dann rosa und dann grau, und dann ist die Sonne weg, und der fette Mond geht auf. Dann sehe ich drei Laster vorbeifahren, wo nur Männer drin sind, und ich renne weiter, bis ich die Müllhalde erreicht habe, wo nichts ist außer Abfall, Schrott und Scheiße meilenweit. Nichts außer dem Zeug, das die Leute uptown wegschmeißen, und der Müll türmt sich auf, zu Bergen und Tälern und Dünen wie in einer Wüste, und überall brennt es, und ich renne immer weiter und hör nicht auf, bis ich wieder das Getto sehe und einen Laster neben einer Straßenblockade, und ich renne drunter durch und immer weiter, und ein Mann schreit und eine Frau kreischt, und die Häuser hier sehen ganz anders aus, stehen enger und dichter, und ich renne weiter, und ein Mann kommt raus mit einer Maschinenpistole, aber eine Frau schreit, das ist doch nur ein kleiner Junge, und er blutet doch, und ich stolpere über irgendwas und falle hin und fange an zu heulen, und zwei Männer kommen zu mir, und einer richtet seine Waffe auf mich, und ich keuche jetzt wie Daddy im Schlaf, und der Mann mit der Waffe kommt näher und schreit mich an, wo kommst du her? Du riechst doch wie so 'ne Schwuchtel aus den Eight Lanes, und der andere sagt, das ist doch noch 'n Kind und schau dir das ganze Blut an, und der andere fragt, hat jemand auf dich geschossen, Junge? Ich kann nicht sprechen, kann nur immer sagen, Clarks ist guter Schuh, Clarks ist guter Sch… und die Waffe des Mannes macht *klick*, und ein anderer ruft, dieser Bloodcloth Josey Wales ballert gern in der Gegend rum!, aber nicht alles kann man mit Bam-Bam erledigen, und beide Männer gehen weg, aber viele andere stellen sich um mich rum auf, auch viele Frauen. Sie teilen sich wie das Rote Meer bei Moses, und er kommt näher und bleibt stehen.

Erschießt Shotta Sherrif jetzt schon seine eigenen Leute?, fragt er. Weiß er nicht, dass Männer, die was taugen, nicht auf Bäumen wachsen? Ist wohl die Eight-Lanes-Geburtenkontrolle. Alle lachen. Ich sage Mama und Daddy und kriege nicht mehr raus, und er nickt und versteht. Willst du's ihm heimzahlen?, fragt er, und ich will sagen, ja, wegen meinem Vater, aber nicht wegen meiner Mutter, aber alles, was rauskommt, ist bloß j-j-j-j-j, und ich nicke heftig, als hätte mir jemand einen Schlag verpasst, als könnt ich nicht mehr reden. Er sagt, bald, bald, und ruft eine Frau her, und sie versucht mich hochzuheben, aber ich schnapp mir meine Clarks, und der Mann lacht. Er ist sehr groß und trägt ein weißes Netzhemd, das im Licht der Straßenlaterne schimmert und sein Gesicht beleuchtet, aber das meiste davon ist hinter seinem Bart versteckt, nur nicht seine Augen, die sind groß und leuchten auch, und er lächelt so breit, dass man kaum merkt, wie dick seine Lippen sind oder dass der Bart sein Gesicht wie ein V durchschneidet, wenn er aufhört zu lächeln und dich mit seinen kalten Augen anstarrt. Die sollen wissen, dass hier in Copenhagen City keine Getto-Köter leben, sagt er, und dann sieht er mich an wie einer, der reden kann, ohne zu sprechen, und ich merke, dass er was sieht, das er gebrauchen kann. Bringt dem Jungen hier ein bisschen Kokoswasser, sagt er, und die Frau sagt, ja, Papa-Lo.

Und seitdem lebe ich in Copenhagen City, und ich sehe rüber zu den Eight Lanes und warte auf den richtigen Zeitpunkt. Und die Männer in Copenhagen City haben erst nur ein Messer, dann haben sie Cowboyrevolver, dann ein M16, dann ein Maschinengewehr, das so schwer ist, dass einer allein es kaum tragen kann, und dann werde ich zwölf, jedenfalls glaube ich das, denn Papa-Lo hat gesagt, der Tag, an dem er mich gefunden hat, ist mein Geburtstag, und er gibt mir auch eine Waffe und nennt mich Bam-Bam. Und ich gehe mit den anderen Jungs auf die Müllhalde und lerne, wie man schießt, aber der Rückstoß schmeißt mich fast um, und sie lachen und nennen mich kleine Fotze, und ich sage, so hab ich deine Mutter gestern Nacht auch genannt, als ich sie gefickt hab, und sie lachen, und ein anderer Mann, der Josey Wales heißt, drückt mir die Waffe wieder in die Hand und zeigt mir, wie man zielt. Ich wachse in Copenhagen City auf und sehe zu, wie die Waffen sich verändern, und weiß, dass sie nicht von Papa-Lo kommen, sondern von den beiden Männern, die die Waffen ins Getto bringen, und dem Mann, der mir gezeigt hat, wie man damit umgeht.

Ich, der Syrer, der Amerikaner und Doctor Love draußen in einer Baracke am Meer.

Barry Diflorio

Es hängt nur ein einzelnes Schild draußen, aber das ist so groß, dass man sogar von drinnen die geschwungenen gelben Linien des Logos sehen kann, die bis über den Rand des Dachs ragen. Es ist so groß, dass es eines Tages bestimmt runterfällt, wahrscheinlich genau dann, wenn ein kleiner Junge darunter durchrennt, weil die Schule früher aus war. Tja, und dieser Junge wird genau in dem Moment darunter durchlaufen, in dem das große Schild zu knirschen beginnt, und er wird es nicht mal hören, weil sein kleiner Magen so laut knurrt, und während er noch dabei ist, die Tür aufzuziehen, kracht das Teil auf ihn drauf. Der Geist des armen Jungen wird fluchen wie ein verdammter Matrose, wenn er erst mal kapiert hat, was ihn plattgemacht hat: »King Burger – Home of the Whamperer«.

Weiter unten an der Halfway Tree Road gibt es auch noch einen McDonald's. Das Logo ist blau, und die Leute, die dort arbeiten, schwören Stein und Bein, dass Mr. McDonald im Hinterzimmer sitzt. Aber ich bin im King Burger, Home of the Whamperer. Keiner hier hat schon mal was von Burger King gehört. Die Plastikstühle sind gelb, die Fiberglastische rot, und die Schrift auf der Speisekarte sieht aus wie auf der Anschlagtafel eines Kinos, die verkündet, *Demnächst in diesem Theater*. Um drei Uhr nachmittags ist hier nie viel los, was auch der Grund ist, warum ich herkomme. Menschenmassen machen mich immer nervös. Es braucht bloß eine Kleinigkeit schiefzulaufen, und schon reißt es die anderen mit und die Menge wird zum Mob. Ich frage mich, ob das der Grund ist, dass draußen alles vergittert ist. Ich bin seit Januar auf Jamaika.

Auf einem Schild hinter der Kasse steht, dass Ihr Burger umsonst ist, wenn er nicht in fünfzehn Minuten fertig ist. Vor zwei Tagen, als ich nach sechzehn Minuten auf meine Uhr tippte, sagte sie, das gilt nur für Cheeseburger. Gestern, als mein Cheeseburger zu spät kam, sagte sie, das gilt nur für Hühnchensandwichs. So langsam hat die Arme nicht mehr genug Burgersorten, um sich rauszureden. Niemand geht da hin. Eins hasse ich an meinen amerikanischen Mitbürgern: Immer, wenn sie in ein fremdes Land kommen, wollen sie so viel Amerika wie möglich dort haben, selbst wenn es bloß irgendein Fraß in einer beschissenen Cafeteria ist. Sally, die schon seit der Johnson-Regierung hier ist, hat noch nie Akee mit Stockfisch gegessen, obwohl ich wahrscheinlich der zweimillionste Mensch war, der zu ihr gesagt hat, Schätzchen, es schmeckt wie Rührei, nur besser. Meine Kinder mögen es. Meine Frau hätte gerne ein paar Saucen von Manwich oder Ragú im Haus, Hamburger Helper würde es auch schon tun, aber finde das hier mal in einem Supermarkt. Man kann froh sein, wenn man überhaupt was bekommt.

Das erste Mal aß ich Jerk Chicken, als ein Typ an irgendeiner Kreuzung auf der Constant Spring Road zu meinem Wagen kam und schrie, Hey, Boss, schon mal Jerk Chicken probiert?, bevor ich das Fenster mit dem abgebrochenen Griff hochkurbeln konnte. Er war groß und dünn, trug ein weißes Unterhemd und einen riesigen Afro, hatte weiß schimmernde Zähne und glänzende Muskeln, viel zu viele Muskeln für einen so jungen Kerl, aber der Typ roch nach Piment, also stieg ich aus und folgte ihm in seinen Laden, eine kleine, aus Holzbohlen zusammengezimmerte Hütte mit einem Zinkdach darüber, mit blauen, grünen, gelben und orangefarbenen Streifen bemalt. Der Kerl schnappte sich die größte Machete, die ich je gesehen hatte, und schnitt ein Stück von einem Hühnchenschenkel ab, als wäre er aus warmer Butter. Er reichte ihn mir, und ich wollte schon reinbeißen, da schloss er die Augen und schüttelte den Kopf. Einfach so: Ruhig, friedlich und unmissverständlich. Bevor ich noch irgendwas sagen konnte, deutete er auf einen großen durchsichtigen Bottich, der wohl schon länger da herumstand. Hey, ich bin ein abenteuerlustiger Kerl, meine Frau würde sagen, verrückt. Es war ein riesiger Glasbottich, gefüllt mit Pfeffer-schotenpaste. Ich tunkte das Hühnchenstück rein und aß es dann in einem Haps. Kennen Sie diese Szene aus den Roadrunner-Cartoons, wo die Bombe losgeht, nachdem der Kojote sie geschluckt hat, und ihm der Rauch aus Ohren und Nase kommt? Oder den Moment, wenn man zum ersten Mal in einer Sushi-Bar sitzt und sich unbedingt be-weisen will, dass man einen Teelöffel voll Wasabi runterkriegt? Das hab ich gemacht. Ich glaube nicht, dass der Hühnchenverkäufer sich hätte träumen lassen, wie viele verschiedene Rottöne ein Weißer an-nehmen kann. Tränen traten mir in die Augen, und ich hatte mindes-tens eine Minute lang Schluckauf. Als hätte mir jemand Zucker und Benzin in den Mund gegossen und es dann angezündet. Rums. Scheiße-gottverdammterHurensohn-diesesScheißzeugistderreineWahnsinn!, keuchte ich.

Ich fragte die Kassiererin im King Burger, ob sie je daran gedacht hätten, einen Jerk Burger anzubieten. Getto-Essen?, sagte sie und ver-zog verächtlich das Gesicht, wie es typisch ist für die jamaikanischen Frauen, schloss die Augen, hob das Kinn und wandte sich ab. Ich gehe fast jeden Tag da hin und werde immer von derselben Frau bedient. Was möchten Sie?, fragt sie. Einen Cheeseburger. Eine Limonade oder einen Milchshake dazu? Nein, nur ein D&G Grape Soda. Wäre das dann alles? Ja. Ein Whamperer schmeckt genauso wie ein Whopper, nur ohne Geschmack. Sogar der Salat scheint zu wissen, dass er mehr verdient hätte, er ist wässrig und bitter. Den Burger bestelle ich jeden Tag bloß so aus Scheiß, damit ich meinen Kindern sagen kann, Wisst ihr, was Papa heute gegessen hat? Einen Whamperer, und sie denken dann, ich würde stottern.

Die Sonne macht sich klammheimlich davon, und der Abend be-ginnt. Diese Insel bräuchte mal eine gute Disko. Alle drei bis fünf Jahre das Land zu wechseln ist ganz vernünftig, um nicht den Verstand zu verlieren. Obwohl jeder, der für die Firma arbeitet, früher oder später den Verstand verliert. Das Verrückteste, was ich je gehört habe, hat mir mein Vorgänger erzählt, bevor er kurz darauf ernste Gewissensbisse bekam. Sein Sohn ist hier, er kam mit American Airlines, Flug DC301 aus New York. Er ist jetzt seit drei Tagen hier und hat keine Ahnung, dass ich weiß, dass er hier ist. Er kennt mich ja noch nicht mal. Kinder mit zur Arbeit nehmen war nicht gerade die Lieblingsidee seines Vaters. Es ist auch kein Geheimnis, warum er hier ist, aber wenn der Sohn eines ehemaligen Büroleiters der Firma plötzlich auf Jamaika auftaucht, fragt sich sogar ein Insider, ob er womöglich was verpasst hat.

Angeblich ist er Filmemacher oder zumindest einer von diesen reichen Bengeln, die genug Geld haben, um sich eine eigene Kamera zu kaufen. Er kam mit einer Horde Fotografen und Filmleuten wegen des Friedenskonzerts, das dieser inzwischen weltberühmte Reggae-Sänger geben will. Das soll ein ziemlich großes Ereignis werden, und obwohl ich erst seit Januar hier bin, habe selbst ich mitbekommen, dass dieses Land dringend ein bisschen Frieden braucht. Der Typ, der sich zurzeit Premierminister nennt, wird das bestimmt nicht hinkriegen. Also tritt der Reggae-Superstar bei diesem Konzert auf, das die Partei des Premierministers organisiert hat, wodurch dieser Reggae-Sänger selbst fast schon interessant für uns wird. Die Botschaft hat erfahren, dass Roberta Flack herfliegen will, und Mick Jagger und Keith Richards schon da sind. Die gottverdammten Rolling Stones.

Nein, ich hör mir den Reggae-Superstar nicht an. Reggae ist monoton und langweilig, die Schlagzeuger haben den gemütlichsten Job der Welt, gleich nach der Kassiererin im King Burger. Ska gefällt mir besser, Desmond Dekker zum Beispiel. Gestern habe ich die Kassiererin im King Burger gefragt, ob sie »Ob-La-Di, Ob-La-Da« kennt, und sie schaute mich an, als hätte ich wissen wollen, ob ich bei ihr Heroin kaufen kann. Glaube nicht, hat sie gesagt. Ich fragte weiter, Was hören Sie denn so für Musik? Was hört man denn so bei den Jamsessions? Big Youth and Mighty Diamonds. Und ich sage, prima, Mighty Diamonds und Big Youth sind cool, aber wurde einer von denen mal in einem beschissenen Beatles-Song erwähnt, so wie Desmond Dekker? Bitte achten Sie auf Ihre Ausdrucksweise, sagt sie, in diesem Lokal befolgen wir die Gesetze.

Wie fingiert man einen Unfall? Alle, die für die Firma arbeiten, haben viel zu tun, aber manchmal frage ich mich schon, warum sie nicht einfach jemand anderen anrufen. Immerhin musste ich die Drecksarbeit in Montevideo nicht erledigen. Das hat sich ja zu einem gottverdammten Schlamassel entwickelt. Eine Arbeit, über die ich nicht reden darf, ist mir trotzdem lieber. Dadurch fällt es mir leichter, die anderen Sachen geheim zu halten. Meine Frau hat sich schließlich damit abgefunden, dass es, auch wenn wir verheiratet sind, einige Dinge gibt, von denen sie nie erfahren wird. Sie hat sich damit arrangiert wie alle unsere Ehefrauen. Sie kriegen nur zwei von vier Sachen mit. Erfahren nur von fünf Reisen, wenn es zehn waren, und von einem Todesfall, wenn es fünf waren. Ich glaube nicht, dass sie wirklich weiß, was ich tue. Wobei ich mir diesbezüglich nie so richtig sicher sein kann. Hier auf Jamaika läuft fast alles nach Plan. Eine saublöde Umschreibung dafür, dass alles dermaßen glattgeht, dass es fast schon langweilig ist. Dass die Jamaikaner praktisch immer genauso reagieren wie erwartet, überrascht mich wenig. Für andere mag das ja mal ganz erfrischend oder einfach bloß eine Erleichterung sein.

Also noch mal zurück zu dem Kerl mit dem Jerk Chicken. Das war im Mai, und ich war nicht etwa in der Gegend, weil ich plötzlich das echte Jamaika erleben wollte. Ich folgte einer Zielperson in einem Auto vier Wagenlängen vor mir. Der Mann wurde von einem Chauffeur im Constant Spring Hotel abgeholt. Zuerst dachte ich noch, ich sei hierher versetzt worden, um ihn zu beschatten, aber dann stellte sich heraus, dass er mich beschattete. Er arbeitete für die Firma, bis er auch so einen unheilbaren Anfall von Gewissensbissen bekam. Das kommt davon, wenn die Leute in den oberen Etagen diese Ivy-League-Typen rekrutieren, diese Uni-Schwuchteln, amerikanische Kim Philbys, die nur darauf warten, sich zu outen oder den aktiven Dienst gleich ganz an den Nagel zu hängen. Wie der Spion, der aus der Kälte kam.

Zu dem Zeitpunkt, als ich herausfand, dass er auf Jamaika war, hatte er schon erfahren, dass ich hier bin. Ich bin ja nicht direkt undercover hier – dafür ist es zu spät. Soll heißen, ich durfte nicht zulassen, dass dieser Mann alles durcheinanderbringt und ich hinterher alles aufräumen muss. Leider hatte ich keine Genehmigung, entsprechend vorzugehen. Ich vermisse den Kalten Krieg jetzt schon, obwohl er noch nicht mal vorbei ist.

Bill Adler hat die Firma 1969 ziemlich verbittert verlassen. Vielleicht war er ja bloß ein unzufriedener linksradikaler Commie, aber von denen gibt's ja jede Menge in der Firma. Manchmal sind die Guten einfach die Schlechtesten. Die Mittelmäßigen sind bloß Beamte, die wissen, wie man eine Abhöranlage installiert. Aber die Guten werden entweder so wie er oder so wie ich. Und er war manchmal richtig gut. Als er mit Ecuador fertig war, wo er vier Jahre lang alles mit, ja, Bravour erledigt hatte, musste ich nur ein paar Scherben hinter ihm aufkehren. Natürlich würde ich ihn lieber an dieses grandiose Durcheinander in Tlatelolco erinnern. Der Boss hat mich mal als innovativ bezeichnet, aber ich habe mich bloß an Adlers Regeln gehalten. Mikros in der Decke, so wie er in Montevideo. Trotzdem hat er die CIA 1969 mit unheilbaren Gewissensbissen verlassen, und seither macht er Ärger und bringt andere Leute in Gefahr.

Letztes Jahr hat er ein Buch veröffentlicht, kein besonders gutes, aber es enthielt einige brisante Informationen. Wir wussten davon, aber wir nahmen es hin, weil wir dachten, es lenkt die Aufmerksamkeit auf längst vergangene Vorfälle und verschafft uns so die Gelegenheit, ein paar wichtige aktuelle Sachen zu erledigen. Es stellte sich allerdings heraus, dass einige Infos ziemlich hochkarätig waren. Wie hätte es auch anders sein können, wenn man mal genauer darüber nachdenkt. Er nannte auch Namen. Von Leuten, die für die Firma arbeiten. Die Chefs in den oberen Etagen haben es nicht gelesen. Miles Copeland schon, noch so eine weinerliche Schwuchtel, die mal das Büro in Kairo geleitet hat. Er ordnete an, dass das Londoner Büro von Grund auf neu organisiert werden müsste. Dann, am 17. November, wurde Richard Welch in Athen von einer zweitrangigen Terrorgruppe ermordet, zu deren Überwachung wir nicht mal eine Krankenschwester losgeschickt hätten. Seine Frau und sein Chauffeur wurden auch getötet.

Aber trotz allem und obwohl ich wusste, wozu er fähig war, hatte ich keine Ahnung, warum Adler hier war. Er war kein offizieller Gast der Regierung, denn das wäre ein nicht wiedergutzumachender Faux-pas des Premierministers gewesen, vor allem nachdem er Kissinger vor einigen Monaten so herzlich empfangen hat. Trotzdem war der Premierminister eindeutig froh über Adlers Anwesenheit. Während-dessen warte ich auf den Befehl aus der Zentrale, was ich tun soll, um die Gefahr, die von diesem Mann ausgeht, zu neutralisieren oder zu-mindest zu reduzieren. Das Jamaica Council for Human Rights hat ihn eingeladen, was mich dazu zwingt, eine neue Akte anzulegen, wo mein Schreibtisch doch sowieso schon überquillt. Innerhalb weniger Tage hat der Typ schon mehrere Reden gehalten, ziemlich ausführli-che Reden über allen möglichen Blödsinn, als wäre er Castro persön-lich oder so. Er sagte, dass er mit Leuten wie mir in Lateinamerika war und dass er angewidert sei von dem, was er dort gesehen hätte, vor allem in Chile, als wir Pinochet erlaubten, die Macht zu ergreifen.

Meinen Namen hat er nicht genannt, aber mir war schon klar, wen er meinte. Er nannte uns die Reiter der Apokalypse, die jedes Land, das sie heimsuchen, destabilisieren. Er hat es richtig dramatisch auf-gezogen und immer wieder darauf verwiesen, wie viel von alledem nach den Regeln ablief, die er aufgestellt hatte. Und das genügte dem Premierminister schon, so ein hübsches Wort mit vielen Silben wie »Destabilisierung«, um es jetzt ständig wie einen Werbejingle zu wie-derholen. Womit er uns komplett in die Defensive gedrängt hat. Ich werde dafür sorgen, dass so etwas nicht noch einmal passiert. Außer den Redakteuren von *Penthouse* wollte natürlich niemand zuhören. Verdammt, was soll man davon halten, wenn sich das Gewissen Ame-rikas seine Brötchen damit verdient, Mösen zu retuschieren? Typen wie Adler, die plötzlich glauben, es sei ihre Bestimmung, das böse Amerika zu entlarven, sind doch in Wirklichkeit bloß Weiße mit Schuldkomplexen, die nicht wissen, wann Schluss ist. Und die Firma konnte sich nicht dazu durchringen, mir den Auftrag zu erteilen, ihn rauszunehmen.

Einmal behauptete er, er hätte Beweise dafür, dass die Firma für eine Brandstiftung in einem sogenannten Wohnhaus in der Orange Street, den Mord an ein paar Kubanern auf Jamaika und für Streikunruhen auf der Werft verantwortlich sei. Er sagte, er hätte Beweise dafür, dass die Firma der Oppositionspartei Geld gibt, was einfach nur lächerlich ist, weil es wirklich völlig abwegig ist, sich in der Dritten Welt Vertrauen mit Geld zu erkaufen. Ich weiß nicht, warum er nicht einfach einen Artikel an *Mother Jones* oder den *Rolling Stone* geschickt hat. Bevor mir die Firma einen klaren Auftrag erteilte, hatte er sich meinen Informanten zufolge schon nach Kuba abgesetzt. Trotzdem hat der Dreckskerl einigen Schaden angerichtet. Er hat den Jamaikanern Namen genannt. Namen! Nicht meinen, aber die von elf Botschaftsangestellten, wodurch die Tarnung von mindestens sieben von ihnen aufflog. Sie mussten nach Hause geschickt werden, bevor jemandem auffiel, dass er sie unter den angegebenen Namen kannte. Wegen Adler musste ich wieder ganz von vorn anfangen. Mitten im September in einem erbarmungslosen Jahr. Alles von Grund auf neu, was natürlich zu Problemen führte.

Als ich an seinem Büro vorbeikam, hörte ich Louis telefonieren. Es ging um eine spurlos verschwundene Schiffsladung. Ich habe das überprüft. Niemand im Büro hat irgendwas bestellt, und selbst wenn, hätte niemand riskiert, es durch den jamaikanischen Zoll zu schleusen, wo grundsätzlich zwei Drittel von allem geklaut werden. »Kenntnis nur bei Bedarf« mag ja für ihn genauso gelten wie für mich, aber es gefällt mir ganz und gar nicht, wenn irgendein abtrünniger Agent in Kuba herausfindet, dass etwas verschwunden ist, bevor ich überhaupt gemerkt habe, dass etwas fehlt. Was bedeutet, dass seine kleinen Schnüffler immer noch mehr Durchblick haben als ich, und dabei soll ich den beschissenen Laden hier schmeißen. Louis erzählte es ganz unbekümmert Gott weiß wem, und ich hatte irgendwann keine Lust mehr, vor seiner Tür rumzustehen, als wollte ich irgendwelchen Tratsch belauschen.

Meine Frau hat mich vorhin angerufen und gesagt, ihr seien die Maraschino-Kirschen ausgegangen. Wirklich, ich vermisse den Kalten Krieg schon, obwohl er noch nicht mal vorbei ist.

Papa-Lo

Hört mir zu. Ich habe ihn gewarnt, wisst ihr, edle Herrschaften. Schon lange habe ich Warnungen ausgesprochen, dass andere Leute in seiner Nähe, Freunde und Feinde, ihm einen Haufen Scherereien machen werden. Wir alle kennen so einen, stimmt's nicht? Einen von denen, die sich einfach nicht ändern wollen. Die immer eine Ahnung haben, aber nie einen brauchbaren Vorschlag. Die ständig was aushecken, aber nie einen Plan haben. So sind manche Leute. Da ist mein Freund der größte Superstar der Welt, aber er ist einer der stursten Kerle, die das Getto je im Guten verlassen haben. Ich nenne keine Namen, aber ich habe den Sänger vor ihnen gewarnt. Du hast da ein paar Leute um dich herum, sage ich zu ihm, die dich irgendwann fertigmachen, hörst du? Ich hab's satt, ihm das sagen zu müssen. Es steht mir bis obenhin. Aber er lacht nur sein Lachen, dieses Lachen, das den ganzen Raum verschluckt. Dieses Lachen, das klingt, als hätte er schon einen Plan.

Die Leute meinen, ich durchschaue alles bis ins Letzte. Und das ist auch nicht gelogen, wunderbarlichste Herrschaften, aber bei Jah, manchmal bekomme ich zu spät mit, was Sache ist, und wenn man was zu spät spitzkriegt? Dann ist es besser, man weiß es gar nicht, hat meine Mutter immer gesagt. Sonst lebt man in der Gegenwart und muss sich plötzlich mit der Vergangenheit rumschlagen. Wie wenn man mit einem Jahr Verspätung merkt, dass man ausgeraubt wurde.

Also schaut mich an. Seht ihr das alles? Alles westlich vom alten Friedhof, südlich vom Hafen und den ganzen Süden von West Kingston? Das ist mein Gebiet. Die Eight Lanes gehören der PNP, darum kümmern die sich. Dann gibt es noch das Gebiet dazwischen, um das wir kämpfen müssen, und manchmal verlieren wir. Er hat früher in Trenchtown gewohnt, darum halten ihn manche für einen Strohmann der People's National Party. Aber ich würde mir für ihn eine Kugel einfangen und er sich für mich.

Aber diese neuen Jungs, die Jungs, die nie den Rocksteady tanzen, denen es egal ist, ob schön getanzt wird, die arbeiten für gar niemanden. Ich setze die Interessen der Jamaica Labour Party in Grün durch und Shotta Sherrif die der People's National Party in Orange, aber diese neuen Jungs, denen geht es nur um die Interessen der Partei in ihren Gesäßtaschen. Die kriegt man nicht unter Kontrolle.

Als er vor ein paar Monaten auf Tour gegangen ist, nachdem er mich gebeten hatte, mitzukommen und mir London anzuschauen (natürlich konnte ich nicht mit; wenn ich nur ein kleines Nickerchen mache, bricht im Getto schon die Hölle los), da hat er so ein paar Brethren dagelassen, um das Haus zu bewachen. Sobald er weg ist, rufen die Jungs ein paar Gettoboys aus Jungle an, weil sie einen Plan haben. Es ist ein großer Plan, einer wie die ausgeklügelten Pläne im Fernsehen, wenn Hannibal Heyes und Kid Curry eine Bank ausrauben und am Ende auch noch das hübsche Mädchen abkriegen, das ihnen das Geld rübergeschoben hat. Wir versuchen den Frieden zu wahren, Shotta Sherrif und ich, aber wenn die Dinge aus dem Ruder laufen, wenn einer ein Schulmädchen wegen seinem Essensgeld umbringt oder eine Frau auf dem Weg zur Kirche vergewaltigt, dann kommt er meist aus Jungle oder so, dann ist er ohne Licht in den Augen zur Welt gekommen. Das sind die Leute, die als Freunde zum Sänger kommen und in seinen eigenen vier Wänden ihre Pläne schmieden.

Eine Woche vor dem Kings-Pferderennen fahren fünf Männer aus Jungle am Trainingstag den ganzen Weg runter zur Caymanas-Rennstrecke und warten darauf, dass der Top-Jockey, der nie ein Rennen verliert, raus auf den Parkplatz kommt. Sobald er in seinen Reiterhosen auftaucht, packen ihn zwei Männer und halten ihn fest, während ihm ein anderer einen Sack über den Kopf zieht. Sie nehmen ihn wer weiß wohin mit und machen wer weiß was mit ihm, aber am

Samstag verliert er alle drei Rennen, die er reitet, Rennen, die er mit links hätte gewinnen müssen, darunter das Hauptrennen. Am Montag darauf steigt er in einen Flieger nach Miami, und – zack! – ist er weg. Kein Mensch weiß, wo er hin ist, nicht mal seine Familie. Pferderennen werden manipuliert, seit es sie gibt, aber zu wenige Leute machen damit zu schnell zu viel Kohle. Viel zu schnell. In derselben Woche, in der der Jockey verschwindet, verschwinden auch – zack! – zwei Männer aus Jungle, als hätte es sie nie gegeben, und ein paar Brethren müssen ganz plötzlich eine Pilgerreise nach Äthiopien machen. Versteht mich nicht falsch, ich habe den allergrößten Respekt vor Rastafaris, und ein Mann muss in das Land gehen, das er für seine Heimat hält. Aber während die Leute auf ihr Geld warten, verschwinden die Typen, die es haben, irgendwie aus heiterem Himmel. Wer weiß, was aus dem Geld geworden ist.

So ging es los. Von da an lag ein böser Fluch auf dem Haus des Sängers. Betrüger mit betrügerischen Plänen im selben Haus, in dem die Musik die Vibes von reinen Seelen braucht. Ich kann mich noch an die Zeiten erinnern, als das der einzige Ort war, an dem man einer Kugel entgehen konnte, egal, auf welcher Seite man stand. Der einzige Ort in ganz Kingston, an dem man nur von Musik getroffen wurde. Aber diese verdammten Leute verschmutzen ihn mit ihren schlechten Vibes, da könnten sie auch gleich eines Morgens ins Studio gehen und aufs Mischpult kacken, aber ich nenne keine Namen. Als der Sänger von seiner Tour zurückkommt, wartet schon der Jungle-Mob auf ihn. Die Jamaikaner sind stur wie Esel. Da spielt es keine Rolle, dass der Mann gerade von einer Tour kommt und überhaupt nichts von irgendeinem Pferderennen weiß oder dass er niemals irgendwen übers Ohr gehauen hat. Die aus Jungle sagen, Der Plan wurde in deinem Haus geschmiedet, also bist du verantwortlich. Dann fahren sie mit ihm zum Hellshire Beach und sagen, er muss Fisch fressen.

Er hat mir das alles selbst erzählt. Und er ist einer, der sich mit Gott und dem Teufel an einen Tisch setzen und sie dazu bringen kann, dass sie ihren Streit beilegen – vorausgesetzt, keiner von ihnen hat eine Frau. Aber an diesem Morgen kommen sie um sechs Uhr früh zu ihm, bevor er wie jeden Morgen joggen und trainieren und im Fluss schwimmen kann. Das war das Erste. Keiner stört den Sänger am Morgen, wenn die Sonne aufgeht, um zu ihm zu sprechen, wenn der Heilige Geist ihm sagt, was er als Nächstes singen soll, wenn er dem Allerhöchsten nah ist. Aber er geht trotzdem mit ihnen mit. Sie fahren raus nach Fort Clarence Beach, dreißig Kilometer oder so von West Kingston entfernt, aber gleich am anderen Ufer und so nah, dass man es über das Meer hinweg sehen kann. Er hat mir das alles selbst erzählt. Während sie mit ihm sprechen, gucken sie die ganze Zeit zur Seite, wackeln hin und her, starren auf den Boden, weil sie nicht wollen, dass er sich ihre Gesichter einprägt.

— Dein Kumpel hat mit uns was geplant, ja? Dein Kumpel ist nach Jungle gekommen, weil er einen Gangster gesucht hat, der für ihn die Drecksarbeit macht, ja? Dein Kumpel hat uns in dein Haus mitgenommen, um über die Geschäfte zu reden, ja?

— Ja. Aber davon wusste ich nichts, Jungs, sagt er zu ihnen.

— Oi! Ich, ich, ich geb keinen feuchten Bloodclaat drauf, was du erzählst, die Geschäfte sind in deinem Haus gemacht worden, also bist du dafür verantwortlich.

— Wie kommst du darauf, mein Freund? Der Mann ist nicht ich, er ist nicht mein Bruder, er ist nicht mein Sohn, wie soll ich da verantwortlich sein?

— Oi, du, hast du nicht zugehört? Ich hab's dir doch grad gesagt ... ich mein, ich hab's, ich hab's doch grad gesagt, hast du mich nicht verstanden, oder was? Das alles ist unter deinem Dach passiert, und er ist abgehauen wie eine stinkende Schlampe, weil er gierig geworden ist, ja? Nachdem wir uns den Jockey vorgenommen und ihm gesagt haben, Hey, du verlierst die drei Rennen besser, oder wir kommen und holen dich und das Baby im Bauch von deiner Frau. Wir machen, was wir sollen, der Jockey macht, was er soll, aber dein Freund und sein Freund hauen mit der Kohle ab und lassen arme Leute arm bleiben. Wie kann man nur so scheiße sein?

— Star, ich weiß es nicht, sagt er zu dem Mann, der am meisten redet. Klein, dick, riecht nach Sägespänen. Ich weiß, wen er meint. Also sagen sie zu ihm, Hey, wir sagen dir jetzt, wie's weitergeht, kapiert? Wir wollen unser Geld, kapiert? Wir schicken jetzt jeden Tag einen Typen auf einem Motorroller vorbei, um zwei Lieferungen abzuholen, eine morgens, eine abends, ja?

Er hat mir nie gesagt, wie viel Geld sie haben wollten, aber ich habe ja meine Augen und Ohren da draußen. Die haben mir gesagt, bei dem Betrug müssten vierzigtausend Dollar herumgekommen sein. Und davon haben die nicht einen Dollar gesehen. Sie müssen mit mindestens zehntausend Dollar beteiligt gewesen sein, eher mehr. Und jetzt wollen sie also jeden Tag ein paar Bündel Scheine abholen, bis sie der Meinung sind, dass es genug ist. Er sagt, Nein, Chef, das ist Betrug, das zahle ich nicht. Und was fällt euch überhaupt ein? Ich bezahle jeden Tag für dreitausend von euch, sorge dafür, dass ihr zur Schule gehen könnt und was zu essen habt. Dreitausend von euch.

Und da passiert das Zweite: Sie ziehen fast alle ihre Pistolen und richten sie auf ihn, so mir nichts, dir nichts, mitten auf dem Fort Clarence Beach. Manche von denen sind nicht mal vierzehn Jahre alt, und sie richten ihre Waffen auf den Einzigen, der weiß, was sie durchmachen. Aber die gehören zu einer neuen Sorte Mann. Die regeln die Dinge anders. Jeder, grandiose Herrschaften, jeder in Copenhagen City, in den Eight Lanes, in Jungle, Rema, Uptown und Downtown weiß, dass man niemals eine Waffe auf den Sänger richtet. Selbst das Wetter merkt, dass sich da was Neues zusammenbraut, eine neue Art von schwarzer Wolke, wie man sie noch nie am Himmel gesehen hat. Der Sänger muss die Pistolen, alle sieben, davon überzeugen, wieder in ihre Gesäßtaschen, Gürtelschlaufen und Holster zurückzukehren. Vom nächsten Tag an kommt zweimal täglich ein Mann auf einer grünen Vespa vorbei.

Er hat mir das an dem Tag erzählt, an dem ich zu ihm gekommen bin, um ihn zu begrüßen, zwei Joints zu rauchen und über das Friedenskonzert zu sprechen. Viele sagen, das Konzert wäre kein kluger Schachzug. Weil ohnehin schon viele denken, er würde die People's National Party unterstützen, und es das nur noch schlimmer machen wird. Manche sagen, dass sie ihn nicht mehr respektieren, weil ein

Rasta niemandem dienen darf. Es hat keinen Sinn, mit denen zu diskutieren, weil sie ohne den Teil des Gehirns geboren wurden, mit dem man diskutieren könnte. Das erzähle ich ihm alles, und dass er von mir nichts zu befürchten hat. Die Wahrheit ist, ich werde langsam alt, und ich will, dass meine Kinder erleben, wie ich so alt werde, dass sie mich tragen müssen. Letzte Woche habe ich gesehen, wie ein Junge seinen alten Großvater vom Markt abgeholt hat. Er konnte gar nicht laufen, ohne sich auf einen großen Gehstock und die Schulter seines kleinen Enkels zu stützen. Dieser schwache alte Mann hat mir so leidgetan, ich hätte fast mitten auf dem Markt angefangen zu heulen. Und auf dem Nachhauseweg fällt mir zum ersten Mal auf, dass es keinen einzigen alten Mann im Getto gibt.

Ich sage zu ihm, Mein Freund, du kennst mich, du kennst Shotta Sherrif von der anderen Seite, ruf ihn einfach an, und sag ihm, er soll die Jungle-Typen zurückpfeifen. Aber er ist schlauer als ich, er weiß, dass Shotta Sherrif auch nichts dagegen machen kann, wenn sich Typen mit Knarren verselbstständigen. Letzten Monat ist eine Lieferung einfach vom Kai verschwunden. Kurz danach hatten diese Gangster, die auf eigene Faust arbeiten, Maschinengewehre, M16s, M9s und Glocks, und keiner weiß, wo die herkommen. Frauen bringen Kinder zur Welt, aber Männer machen nur Frankensteinmonster.

Aber als er mir von den Typen aus Jungle erzählt, erzählt er es mir wie ein Vater, der seinem Sohn etwas erzählt, das der noch nicht richtig begreifen kann. Er hat noch vor mir gewusst, dass ich ihm dabei nicht helfen kann. Eins sollt ihr wissen. Ich liebe diesen Mann so sehr, wie man jemanden nur lieben kann. Ich würde mir für den Sänger eine Kugel einfangen. Aber, meine Herrschaften, mehr als eine geht nicht.

Nina Burgess

Direkt nachdem man mir am Tor erklärt hat, dass niemand außer der engsten Familie und der Band rein darf, hielt hinter mir ein Mann auf einem hellgrünen Roller. Er kam gleichzeitig mit mir am Tor an, ließ den Motor laufen und sagte nichts, sondern hörte nur zu, wie der Wachmann mit mir redete, und fuhr dann wieder, ohne selbst mit ihm gesprochen zu haben. War das eine Abholung oder eine Lieferung?, fragte ich den Wachmann, der das nicht komisch fand. Seit die Nachricht von dem Friedenskonzert raus ist, ist das Haus stärker gesichert als die Autokolonne des Premierministers. Oder das Höschen einer Nonne, wie mein Exfreund sagen würde. Der Mann am Tor war neu. Ich wusste von dem Friedenskonzert, jeder auf Jamaika wusste davon, deshalb hatte ich Wachleute oder Polizisten erwartet, nicht diese Männer, die aussahen wie genau die Leute, die man draußen halten wollte. Es wurde allmählich ernst.

Vielleicht war das gut so, denn sobald das Taxi mich abgesetzt hatte, fragte die Stimme in meinem Kopf, die ich nach dem Morgenkaffee gern abschalte, was willst du hier, du dünnbeiniges Dummchen? Das Tolle an einem Bus ist, dass der nächste gleich hinterherkommt und einen mitnimmt, sobald man kapiert hat, dass man einen Fehler gemacht hat. Ein Taxi lädt einen bloß ab und ist weg. Verdammt, ich würde ja einfach loslaufen, wenn mir was Besseres einfallen würde.

Havendale ist nicht Irish Town, aber immer noch Uptown, und auch wenn wir nicht dachten, es ist sicher, dann doch wenigstens nicht arm. Ich meine, das hier ist nicht das Getto. Hier weinen keine Babys auf der Straße, Frauen werden nicht vergewaltigt und dabei geschwängert, wie es im Getto täglich passiert. Ich habe das Getto gesehen, ich war mit meinem Vater dort. Jeder lebt in seinem eigenen Jamaika, und ich will verflucht sein, wenn das je meins wird. Letzte Woche irgendwann zwischen elf Uhr nachts und drei Uhr morgens sind drei Männer in das Haus meines Vaters eingebrochen. Meine Mutter hält ständig Ausschau nach Zeichen und Wundern, und dass die Zeitungen letzte Woche berichtet haben, Gunmen hätten die Half Tree Line überschritten und gezielt Leute abgeknallt, war für sie ein sehr schlechtes Omen. Die nächtliche Ausgangssperre war noch in Kraft, selbst die anständigen Uptown-Bewohner mussten spätestens zu einer bestimmten Zeit zu Hause sein, sechs Uhr, acht Uhr, was weiß ich, sonst waren sie Freiwild. Letzten Monat wurde Mr. Jacobs, der vier Häuser weiter wohnt, auf dem Heimweg vom Abendgottesdienst von der Polizei angehalten, auf die Ladefläche eines Transporters verfrachtet und in eine Arrestzelle im Gun Court gesperrt. Dort würde er immer noch sitzen, wenn Daddy nicht einen Richter aufgetrieben und ihm erklärt hätte, dass es schiere Dummheit ist, selbst anständige und gesetzestreue Bürger einzusperren. Keiner von beiden erwähnte, dass Mr. Jacobs zu dunkle Haut hat, als dass die Polizei ihn für einen anständigen Bürger halten könnte, auch wenn er einen Gabardineanzug trägt. Und dann sind Gunmen in unser Haus eingebrochen. Sie haben die Eheringe meiner Eltern mitgenommen, die holländischen Porzellanfiguren meiner Mutter, dreihundert Dollar, all ihre Modeohrringe, obwohl sie ihnen erklärt hat, dass sie nichts wert sind, und seine Uhr. Sie haben meinen Vater ein paarmal geschlagen und meine Mutter geohrfeigt, als sie einen von ihnen fragte, ob seine Mutter wisse, dass er sündigt. Ich habe sie gefragt, ob einer der Männer sich an ihr vergangen hat, doch sie sagte nur, der Rosenbusch würde wie wild und ungebändigt wuchern, und ich habe so getan, als würde ich mit jemand anderem reden. Der Polizist kam schließlich am nächsten Morgen vorbei, obwohl sie die ganze Nacht bei der Wache angerufen hatten. Um halb zehn, lange nachdem ich schon da war (mich hatten sie erst um sechs angerufen), und er nahm ihre Aussage mit einem roten Stift in einen gelben Block auf. Er musste sich das Wort Delinquent drei Mal laut vorsagen, bis er es buchstabieren konnte. Als er fragte, ob irgendwelche Aggressivwaffen zu 'n Einsatz gekommen wurden, habe ich laut losgeprustet, und meine Mutter meinte, ich sollte mich entschuldigen.

Dieses Land, diese gottverdammte Insel, bringt uns noch alle um. Daddy schweigt seit dem Raub. Ein Mann möchte gern glauben, dass er beschützen kann, was seins ist, aber dann kommt ein anderer und nimmt es ihm weg, und von seiner Männlichkeit ist nicht mehr viel übrig. Ich achte ihn deshalb nicht geringer, aber Mummy redet dauernd davon, wie er einmal ein Haus in Norbrook hätte kaufen können und es abgelehnt hat, weil er schon ein sicheres und tadelloses Heim mit abbezahlter Hypothek hatte. Ich sage nicht, dass er ein Feigling ist. Ich sage nicht, dass er geizig ist. Aber wenn man zu vorsichtig ist, schlägt diese Vorsicht manchmal in eine andere Form von Sorglosigkeit um. Nein, das ist es auch nicht. Er stammt aus einer Generation, die nie damit gerechnet hätte, überhaupt auf die Leiter zu kommen, und als er es halb hinauf geschafft hatte, war er dermaßen verblüfft, dass er es nicht wagte, noch höher zu klettern. Das ist das Problem mit der halben Höhe. Oben ist alles, und unten heißt, dass die Weißen sonntagabends in deiner Straße Party machen wollen, um das echte Jamaika zu erleben. Halbe Höhe ist nirgendwo.

Als ich noch auf der Highschool war, habe ich ihm immer gesagt, er soll an der Bushaltestelle anhalten, oder gebetet, dass die Ampel auf Rot springt, damit ich aussteigen konnte, bevor er mich direkt vor der Schule absetzte. Kimmy, die ihre Eltern immer noch nicht besucht hat, obwohl die ausgeraubt wurden und ihre Mutter womöglich vergewaltigt, hat das nie kapiert und jedes Mal geflucht, wenn er ihr gesagt hat, dass sie ebenfalls aussteigen soll. Tatsache ist, dass Daddy keine vierzehnjährige Schülerin an der Immaculate Conception Highschool für Mädchen war, die so tun musste, als hätte sie genauso viel Geld und genauso viel Recht, mit erhobenem Kopf wie eine Stewardess herumzustolzieren, wie all die anderen, die in einem Volvo gebracht wurden. Vor den Augen der kleinen Biester, die am Tor auf der Lauer lagen, nur um zu sehen, wer womit vorgefahren kam, konnte man nicht in einem Ford Escort anrollen. Habt ihr die Schrottkarre gesehen, mit der Lisas Vater sie gebracht hat? Mein Freund sagt, das ist ein Cortina. Mit so einem lässt mein Daddy das Hausmädchen fahren. Was mich echt in den Wahnsinn treibt, ist nicht, dass Daddy kein Geld hatte, sondern dass ihm nie auch nur ein einziger guter Grund eingefallen ist, es auszugeben. Weshalb es irgendwie logisch ist, dass man ihn irgendwann ausgeraubt hat, und genauso logisch, dass die Einbrecher nicht viel erbeutet haben. Das ist das Einzige, worüber er überhaupt spricht: dass diese räudigen Hundesöhne nur dreihundert Dollar gekriegt haben.

Man kann nicht auf Nummer sicher gehen, wenn es nirgendwo mehr sicher ist. Mummy sagt, irgendwann hätten sie meinen Vater an beiden Händen festgehalten, damit sie ihm in die Eier treten konnten, als würden sie Fußball spielen. Und jetzt weigert er sich, zum Arzt zu gehen, obwohl sein Strahl nicht mehr so kräftig ist wie noch vor einer Woche ... gütiger Gott, ich klinge schon wie meine Mutter. Tatsache ist, wenn sie einmal gekommen sind, können sie auch wiederkommen, und, wer weiß, vielleicht etwas so Schlimmes tun, dass sogar Kimmy ihre verdammten Eltern besuchen würde, nachdem die ausgeraubt wurden und ihre Mutter womöglich vergewaltigt.

Der neueste »Ismus« des sozialistischen Premierministers heißt Abhauismus. Ich bin wohl die einzige Frau auf Jamaika, die ihn nicht hat sagen hören, dass es für jeden, der weg will, fünf Flüge nach Miami gibt. Alles muss besser werden? Es sollte schon vor vier Jahren alles besser werden. Jetzt haben wir diesen Ismus und jenen Ismus, und Daddy, der für sein Leben gern über Politik redet. Wenn er sich nicht gerade wünscht, er hätte einen Sohn, weil Männer sich tatsächlich um das Schicksal des Landes sorgen und nicht nur Schönheitskönigin werden wollen. Ich hasse Politik. Ich hasse es, dass Politik, bloß weil ich hier lebe, mein Leben sein soll. Und man kann nichts dagegen machen. Wenn man nicht politisch lebt, dann lebt die Politik einen.

Danny war aus Brooklyn. Ein blonder Mann, der wegen Forschungen für seine Abschlussarbeit in Agrarwissenschaft auf die Insel gekommen war. Wer hätte geahnt, dass die einzige Errungenschaft

Jamaikas, die den Neid der Wissenschaft auf sich gezogen hat, eine Kuh ist? Jedenfalls waren wir zusammen. Er hat mich manchmal auf einen Drink mit nach Uptown ins Mayfair Hotel genommen, und auf einmal waren überall Weiße, Männer, Frauen, alt, jung, als hätte Gott einen Zauberstab geschwenkt, und Puff! Weiße. Ich bin das, was man »high brown« nennt, aber auch mit meiner relativ hellen Haut war es ein Schock, so viele weiße Menschen zu sehen. Irgendwer musste das hier mit der Nordküste verwechselt haben, weil so viele Touristen da waren. Aber dann machte einer den Mund auf, und heraus kam Patois. Selbst als ich schon öfter dort gewesen war, als ich mich erinnern konnte, klappte mir jedes Mal wieder die Kinnlade runter, wenn ich hörte, wie ein Weißer Slang sprach. Warte! Ho, ho, ho, bist du das, Busha? Ho, ho, ho, man sieht dich ja nie mehr, Mann, bist du reich und weich geworden? Dabei hatten sie nicht mal einen Teint!

Danny hat immer echt schräge Musik gehört, nur Lärm, den er manchmal laut aufgedreht hat, um mich zu ärgern. Nur Lärm, Rock and Roll, die Eagles und Rolling Stones und zu viele Schwarze, die endlich aufhören sollten, sich wie Weiße aufzuführen. Aber nachts spielte er manchmal einen Song. Wir haben uns vor knapp vier Jahren getrennt, aber wenn ich aus dem Fenster gucke, singe ich bis heute immer wieder diese zwei Zeilen. *I do believe. If you don't like things you leave.* Komisch, dass ich ihn über Danny kennengelernt habe. Auf irgendeiner Party, die das Plattenlabel oben in den Hügeln gegeben hat. Ich weiß noch, dass ich gesagt habe, Da oben leben doch nur Buschmenschen und Weiße. Danny sagte, er wusste gar nicht, dass auch Schwarze rassistisch sein könnten. Als ich mir einen neuen Punsch geholt und dabei extra langsam gemacht habe, um die Zeit totzuschlagen, habe ich gesehen, wie Danny mit dem Label-Boss gesprochen hat. Ich war genau das, wofür das Personal mich hielt, eine hochnäsige Naigger-Tussi, die einen Ami fickt. Direkt neben Danny und dem Label-Chef stand er, jemand, von dem ich nie geglaubt hätte, ihn mal persönlich zu treffen. Sogar meine Mutter mochte seine letzte Single, während mein Vater ihn verachtete. Er war kleiner, als ich gedacht hätte, und ich, er und sein Manager waren die einzigen

Schwarzen auf der Party, die nicht fragten, ob sie uns nachschenken dürfen. Er stand da wie ein schwarzer Löwe. Hey, sexy Dawta, wo kommst du denn her?, sagte er. Ich habe ihn erst wiedergesehen, nachdem Danny längst in die Staaten zurückgekehrt war, als ich meine Schwester Kimmy, die immer noch nicht bei ihren Eltern angerufen hat, nachdem die beraubt worden sind und ihre Mutter womöglich vergewaltigt, zu einer Party in seinem Haus begleitet habe. Er hatte mich nicht vergessen. Warte mal, du bist Kimmys Schwester? Wo hast du dich versteckt? Oder bist du wie Dornröschen, eh, am Warten auf den Mann, der dich wach küsst? Ich bin die ganze Zeit innerlich gespalten, und die Stimme, die ich nach dem Morgenkaffee gern zum Schweigen bringe, sagt, ja, rede mit mir, sexy Brethren, und eine andere Stimme in mir fragt, was soll das mit diesem verlausten Rasta werden? Kimmy ist nach einer Weile gegangen, ich habe es gar nicht mitgekriegt. Ich bin geblieben, selbst nachdem alle anderen schon weg waren. Ich habe ihn, mich und den Mond betrachtet, als er nackt wie ein nächtlicher Geist auf die Veranda trat, mit einem Messer in der Hand, um einen Apfel zu schälen. Locken wie ein Löwe und überall Muskeln, die im Mondlicht glänzten. Nur zwei Menschen wissen es, aber »Midnight Ravers« ist über mich.

Ich hasse Politik. Ich hasse es, dass ich durchblicken sollte. Daddy sagt, niemand vertreibt ihn aus seinem Land, aber auch er hält bewaffnete Männer nicht für niemand. Ich wünschte, ich wäre reich, ich wünschte, ich hätte noch Arbeit und wäre nicht gekündigt worden, und ich hoffe, dass er sich wenigstens an die Nacht mit dem Apfel auf seinem Balkon erinnert. Wir haben Verwandte in Miami, der Stadt, von der Michael Manley sagt, dass wir dorthin gehen sollen, wenn wir abhauen wollen. Wir hätten eine Unterkunft, aber Daddy will kein Geld ausgeben. Verdammt, mittlerweile ist der Sänger ein so großer Star geworden, dass keiner mehr zu ihm darf, nicht mal eine Frau, die ihn besser kennt als die meisten Frauen. Eigentlich weiß ich gar nicht, wovon ich rede. Das ist der dumme Mist, den Frauen immer denken. Dass sie einen Mann kennen oder irgendeinem Geheimnis auf die Spur gekommen sind, bloß weil sie ihn rangelassen haben. Scheiße, wenn überhaupt, weiß ich jetzt eher noch weniger. Es ist schließlich nicht so, als hätte er danach noch mal angerufen.

Ich warte an der Bushaltestelle auf der anderen Straßenseite, doch bis jetzt habe ich schon zwei fahren lassen. Dann einen Dritten. Er ist nicht aus der Haustür gekommen. Nicht ein einziges Mal, nicht für einen Moment, in dem ich über die Straße hätte rennen und rufen können, erinnerst du dich an mich? Lang nicht gesehen. Ich brauch deine Hilfe.

Bam-Bam

Zwei Männer bringen Waffen ins Getto.

Einer zeigt mir, wie man sie benutzt.

Aber vorher bringen sie noch andere Sachen. Corned Beef und Aunt-Jemima-Ahornsirup, von dem keiner weiß, was man damit anfangen soll, und weißen Zucker. Und Kool-Aid und Pepsi und eine große Tüte Mehl und andere Sachen, die keiner hier im Getto kaufen kann, und selbst wenn, würde niemand sie verkaufen. Das erste Mal, als Papa-Lo von den Wahlen geredet hat, war seine Stimme kalt und tief, als ob Donner und Regen kommen und man sowieso nichts tun kann. Andere Männer besuchen ihn, und keiner von denen sieht so aus wie er, manche sind noch röter als Funnyboy, fast schon weiß. Sie kommen in einem tollen Auto und fahren wieder weg, und keiner fragt, aber alle wissen Bescheid.

Und da kommst du zurück. Du bist jetzt größer als Desmond Dekker, größer als die Skatalites, größer als Millie Small und sogar größer als die Weißen. Du kennst Papa-Lo noch von früher, als ihr beide keine Haare auf der Brust hattet, und fährst heimlich ins Getto wie ein Dieb in der Nacht, aber ich sehe dich. Draußen vor dem Haus, in das Papa-Lo mich gesteckt hat. Ich sehe, wie du vorfährst, nur du und Georgie. Und Papa-Lo kreischt wie 'n kleines Mädchen und rennt raus und umarmt dich, und er ist so groß, und du warst doch immer klein, und du musst ihn anbrüllen, damit er dich runterlässt, und sagst, wenn er dich weiter so drückt und antatscht, dann verwechselst du ihn noch mit Mick Jagger. Und dann redest du über 'ne Menge Leute, die niemand kennt, und du erzählst von dieser Koksnase, die sich Sly

Stone nennt, aber in echt so 'n schwulen Namen wie Sylvester hat, und
der hat dir die Tür ein Stück weit aufgemacht, so wie man einem Hund
'nen Knochen zuwirft, und du bist auf die Bühne und hast den Laden
aufgemischt, aber ein paar von den Schwarzen haben gesagt, was ist
das für lahmer Hippie-Scheiß? Sie mochten dich nicht, und du hast
dir gesagt, egal, scheiß auf den Scheiß, ich mach lieber meine eigene
Tour, und Sly Stone hat sich noch mehr Koks reingezogen und dich
einfach in Las Vegas stehen lassen. Wir hier kennen den überhaupt
nicht, aber du redest ja jetzt die ganze Zeit von Leuten, die wir nicht
kennen. Du sagst, die Fans von diesen Koksern haben kein Gefühl für
die echten Vibrations, und deshalb bist du nach vier Konzerten ausgestiegen.

Aber das ist lange her. Danach warst du in Babylon unterwegs, und
den Rest der Geschichte kann auch Papa-Lo erzählen, weil's ja sowieso jeder weiß. Also hat Papa-Lo erzählt, und du hast nur genickt. Und
dann sagst du, du hast was Wichtiges zu besprechen, aber das muss
warten, weil alle hier in Copenhagen City mitbekommen haben, dass
du da bist, und sie kommen und bedanken sich und bejubeln den armen Sufferah, der jetzt ein großer Star ist und der sie nicht vergessen
hat, obwohl sie immer noch arm sind, und manche bedanken sich für
das Geld. Weil du jetzt ja schon dreitausend Leute versorgst, worüber
auch alle Bescheid wissen, aber niemand drüber redet, und trotzdem
sieht deine Karre ziemlich fertig aus, was wir echt nicht gedacht hätten, und das macht mich wütend, weil es nichts Schlimmeres gibt als
einen, der Geld hat und so tut, als hätte er keins, und den armen Mann
bloß spielt. Und eine Frau umarmt dich und sagt, sie hat Stew Peas für
dich, aber du sagst, Mummy, du weißt doch, kein Schweinefleisch für
mich, und sie sagt, das ist doch Ital Stew ohne und richtig gut, ja? Und
du sagst, na, dann bring mir eine große Schüssel voll, Mummy, die
größte, die du hast, und bring sie ins Haus von Papa-Lo, weil ich viel
mit ihm besprechen muss. Und dann gehst du mit Papa-Lo, und keiner von seinen Stellvertretern geht mit, nicht mal Josey Wales. Und
ich gucke Josey Wales zu, als er zuguckt, wie sie gehen, und er steht da
und glotzt und schimpft vor sich hin.

Die beiden Männer, die die Waffen ins Getto bringen, sehen zu, wie du ihnen durchs Singen entkommst, und sie sind nicht sehr glücklich darüber. Niemand uptown dankt dir und lobt dich. Nicht der Mann, der die Waffen in die Eight Lanes bringt, wo immer noch Shotta Sherrif das Sagen hat. Dieser Mann weiß nämlich, dass bald Wahlen sind und dass er gewinnen muss, um an der Macht zu bleiben, um dem Volk die Macht zu geben, weil alle Genossen sind und Sozialisten. Und der Syrer auch nicht, der die Waffen nach Copenhagen City bringt und unbedingt die Wahlen gewinnen will, so dringend, dass er sogar gegen Gott antreten würde, wenn's sein muss. Der Amerikaner, der die Waffen bringt, weiß genau, dass der, der in Kingston gewinnt, auch in Jamaika gewinnt, und der, der West Kingston gewinnt, auch Kingston gewinnt, das weiß er schon, bevor irgendeiner im Getto es ihm gesagt hat.

Premierminister Michael Manley sagt im Fernsehen und im Radio, dass er dir deine erste große Chance gegeben hat und dass du ohne ihn nicht so berühmt geworden wärst. Und er hat immer schon auf die Stimme der Unterdrückten gehört, auf die Genossen in diesem Kampf. Und dann singst du, lass dir nie von einem Politiker einen Gefallen tun, sonst hat er dich für immer in der Hand, aber er kriegt gar nicht mit, dass er damit gemeint ist, weil er denkt, er ist gar kein Politiker, sondern einfach nur Joshua.

Und der Mann, der die Waffen nach Copenhagen City bringt, damit sie in den Eight Lanes aufräumen können, hört, dass du die ganze Zeit mit Papa-Lo redest. Als ob ihr wieder in der Schule wärt und irgendwelchen Unfug ausheckt, und er kratzt sich seinen Syrerkopf und wundert sich darüber und fragt Papa-Lo, wieso er denn mit dir redet, wo doch alle wissen, dass du ein PNP-Mann bist, weil die dir deine erste große Chance gegeben hat, und vielleicht versucht der kleine Rasta ja, Papa-Lo zur PNP zu bekehren. Du merkst gar nicht, dass die Leute dich von da an ganz genau beobachten, weil du die ganze Zeit mit Papa-Lo redest, und irgendwann geht Papa-Lo sogar uptown in dein Haus und bleibt den ganzen Tag dort. An dem Wochenende, als Papa-Lo verschwunden war, und keiner wusste wohin, ging das

Gerücht um, er ist in England bei einem Konzert von dir gewesen. Und es heißt, dass du immer noch mit Shotta Sherrif redest, dem Mann, dessen Deputy meine Familie umgebracht hat, und da hasse ich dich noch mal ganz von vorne, und dabei liebe ich Papa-Lo. Du drehst ihn nämlich um und veränderst ihn, und alle kriegen es mit. Vor allem Josey Wales. Josey Wales beobachtet dich, und ich beobachte ihn, wie er dich beobachtet, und wie das alles läuft, gefällt ihm gar nicht, und er sagt es nicht laut, aber allen, die zuhören. Papa-Lo wird schwach, zwitschert ein kleiner Vogel.

Und dann überfällt eines Tages ein Junge aus Copenhagen City mit der Knarre in der Hand eine Frau, die Pudding und Lotterielose an der Ecke Princess und Harbour Street verkauft. Sie geht zu Papa-Lo und zeigt ihm den Jungen, der drei Häuser weiter von mir wohnt und den niemand leiden kann. Und die Mutter von dem Jungen ruft, Gütiger Gott! Warum nur! Hab Mitleid mit dem Kleinen, Papa. Das ist doch nur, weil er keinen Vater hat, der ihm was beibringen kann! Und das ist gelogen, sie lügt, die vertrocknete Pussy. Josey Wales faucht böse vor sich hin, weil Papa-Lo zu viel nachdenkt in letzter Zeit, aber dann reißt Papa-Lo dem Jungen die Klamotten runter und schreit nach einer Machete und verdrischt den Jungen mit der flachen Seite, und jeder Schlag klingt wie ein Donner und jeder Schlag reißt die Haut weiter auf. Der Junge brüllt und kreischt, aber Papa-Lo ist groß wie ein Baum und schnell wie der Wind. Nein Papa-Lo, o Gott, Papa-Lo, herrje Papa-Lo, krächzt er, sie wollte mir und meinem Kumpel nie was abgeben, sagt er. Das macht Papa-Lo nur noch wütender. Er wirft den Jungen auf den Boden und prügelt Rücken und Hintern und Beine, und als er mit der Machete fertig ist, zieht er sich den Gürtel aus und schlägt den Jungen mit der Schnalle. Und die Schnalle reißt tiefe Löcher in den Rücken von dem Jungen und in seine Brust und in seine Stirn. Die Mutter rennt zu ihm hin und schreit, aber er zieht ihr die Schnalle übers Gesicht, und sie stolpert und rennt wieder weg. Die Leute kommen raus und schauen zu. Er zieht eine Pistole und will schießen, aber die Mutter wirft sich dazwischen und auf den Jungen und schreit und bittet Papa-Lo um Gnade und die Frau, die beklaut wurde, und auch Jesus Christus, der in den Bergen von Zion begraben liegt. Sogar Papa-Lo hat nichts mehr zu melden, wenn Jesus dazwischentritt. Er sagt, eine Frau, die so ein Arschloch aufgezogen hat, sollte erschossen werden, und er zielt mit der Pistole direkt auf ihre Stirn, aber dann geht er weg.

Die Jamaica Labour Party hat das Land in den Sechzigern regiert, aber die People's National Party hat den Leuten erzählt, alles muss besser werden, und die Wahl 1972 gewonnen. Jetzt will die JLP die Insel zurückhaben und nicht einsehen, dass das nicht geht, ein »Nein« kapieren die nicht. Downtown wurde abgeriegelt, und die Polizei hat schon eine Ausgangssperre verhängt. Ein paar Straßen sind so ruhig, dass nicht mal die Ratten sich raustrauen. West Kingston brennt. Und die Leute fragen sich immer noch, wie die JLP Kingston verlieren konnte, wo sie doch Copenhagen City hat. Die Leute glauben, es liegt an Rema, der Gegend direkt zwischen der JLP und der PNP, weil sie dort gegen die JLP stimmen, weil die PNP ihnen Corned Beef und Mehl und mehr Schulbücher für die Kinder versprochen hat. Der Mann, der die Waffen ins Getto gebracht hat, bringt noch mehr Waffen und sagt, er ist erst zufrieden, wenn das Blut von jedem Mann und jeder Frau und jedem Kind in Rema fließt. Aber beide Parteien sind total erstaunt, als ein drittes P auftaucht, und zwar du, und du trittst im Fernsehen auf, in diesem Chinaladen, und sagst, dass dein Leben nicht dir allein gehört, und wenn du den Menschen nicht helfen kannst, dann willst du's gar nicht. Und du tust noch was anderes im Getto, obwohl du gar nicht da bist. Ich weiß nicht, wie du das machst. Vielleicht war es ja der Bass, so was, was man nicht sehen, sondern bloß spüren kann, und wer es spürt, weiß, um was es geht. Denn da ist eine Frau, die mit sich selber redet, in ihrem eigenen Garten redet sie mit sich selbst und flucht jedes Mal, wenn sie ein Hemd auswringen muss, und ächzt und stöhnt, weil sie die Wäsche machen muss, und sagte, sie hätte die Schnauze voll von diesem Shitstem und den ganzen Ismen und Schismen, und es wär höchste Zeit, dass jemand mal die kleine Axt an den großen Baum legt. Aber das sagt sie nicht, sondern sie singt es, damit jeder weiß, dass du dahintersteckst. Und ganz viele singen es jetzt, im Getto, in Copenhagen City, in Rema und ganz bestimmt auch in den Eight Lanes. Die beiden Männer, die die Waffen ins Getto bringen, wissen nicht, was sie machen sollen, denn wenn die Musik einen trifft, kann man nicht zurückschlagen.

Jungs wie ich singen deine Lieder nicht. Wer es fühlt, weiß es, sagst du, aber es ist lange her, seit du es gefühlt hast. Wir hören andere Songs, Songs mit dem Stalag Riddim, Lieder von Leuten, die kein Geld für eine Gitarre haben und keinen Weißen kennen, der ihnen eine schenkt. Und als wir gerade einem zuhören, der so ist wie wir, kommt Josey Wales vorbei, und da mache ich einen Witz und sage, dass er wie Nikodemus ist, weil er heimlich nachts kommt. Und mit dreizehn bringt er mir ein Geschenk, das mir beinahe aus der Hand fällt, weil so eine Knarre ein ganz anderes Gewicht hat. Nicht schwer, sondern irgendwie anders, kalt, glatt und hart. Eine Pistole gehorcht dir nicht, es sei denn, du zeigst ihr, dass du weißt, wie's geht. Ich weiß noch, wie mir die Pistole aus der Hand gefallen ist, irgendwie weggerutscht, und Josey Wales ist zusammengezuckt. Josey Wales zuckt nie zusammen. Das letzte Mal, als so 'n Ding runtergefallen ist, hat er gesagt, haben jemandem vier Zehen gefehlt, und hat sie wieder aufgehoben. Ich wollt ihn schon fragen, ob er deshalb so humpelt. Josey Wales sagt, dass er mir beibringt, wie man mit der Pistole umgeht, um auf die Jungs von der PNP zu schießen, wenn sie uns blöd kommen. Und dass bald der Moment kommt, wo ich Copenhagen City verteidigen muss. Weil wir diesmal den Feind nicht aufgetischt kriegen, sondern weil er hausgemacht ist. Da wollte Josey Wales wohl reden wie Musik, aber das klingt nicht so gut wie bei Papa-Lo oder bei dir, und ich muss lachen, und er haut mir eine runter. Zeig deinem Don Respekt, sagt er. Ich will sagen, du bist nicht der Don, aber dann halt ich lieber den Mund. Willst du ein Mann werden?, fragt er. Ich bin doch schon ein Mann, hab ich gesagt, aber bevor ich fertig war, hab ich schon seine Knarre an der linken Schläfe. Klick. Ich weiß noch, wie ich gedacht hab, mach dir jetzt bloß nicht in die Hose, bloß nicht, glotz nicht wie ein Fünfjähriger, der dringend pissen muss.

Papa-Lo hätte mich ganz schnell und ohne Tamtam getötet, als wär ihm gerade eben erst der Gedanke gekommen. Aber wenn Papa-Lo einen am Freitag umbringt, dann hat er schon seit Montag drüber nachgedacht, überlegt und geplant. Josey Wales ist anders. Josey Wales denkt nicht nach, der schießt einfach. Ich glotze in das große schwarze O der Mündung und weiß, er kann mich jetzt einfach umbringen und Papa-Lo später irgendwas erzählen. Oder auch nicht. Keiner weiß, was Josey Wales als Nächstes tut. Er richtet immer noch die Pistole auf meine Schläfe und packt mich an der Hose und zerrt dran, bis der Knopf abreißt. Ich hab nur drei Unterhosen und krieg keine neuen, und deshalb trag ich sie nur, wenn ich aus dem Getto rausgehe. Josey Wales packt meine Hose, dann lässt er sie los und sieht zu, wie sie runterfällt. Er guckt nach unten und dann wieder hoch und noch weiter hoch und grinst. Du bist noch kein Mann, aber bald, bald. Ich mach dich zu einem, sagt er. Bist du bereit, ein Mann zu werden?, fragt er, und ich denke, er meint das auch so wie ein Politiker, so wie Michael Manley immer redet. Willst du eine bessere Zukunft, Genosse? Also nicke ich, und er geht los, und ich gehe mit ihm eine Straße entlang, durch die niemand mehr fährt, weil dort ständig rumgeballert wird, wo es keine Häuser gibt, bloß Sandhaufen und Steine für den Wohnblock, den die Regierung nicht baut, weil wir zur JLP gehören.

Ich gehe mit ihm eine Straße rauf bis dahin, wo sie aufhört, wo die Eisenbahngleise von Ost nach West quer durch Kingston führen. Hier bei den Gleisen, weit im Süden, kann man aufs Meer sehen, ohne dass was dazwischen ist. Manchmal ist Kingston so eng, dass man dicht am Meer sein kann und trotzdem nicht merkt, dass man auf einer Insel lebt. Dass es Getto-Jungs gibt, die jeden Tag runter ans Meer gehen und reinspringen, damit sie irgendwo untertauchen und alles vergessen können. An die denke ich nur dann, wenn ich das Meer sehe. Die Sonne geht unter, es ist aber immer noch heiß, und es riecht nach Fisch. Josey Wales geht nach links auf eine kleine Baracke zu, in der früher mal einer gesessen hat, der früh aufstehen musste. Um die Schranke runterzumachen, wenn ein Zug kommt. Er sagt nicht, dass ich mitkommen soll. Und als ich schließlich reingehe, schaut er mich an, als würde er schon den ganzen Tag auf mich warten.

Drinnen ist es sehr dunkel, und der Fußboden knackt und knarrt. Er zündet ein Streichholz an, und als Erstes sehe ich Haut, die vor Schweiß glänzt. Das Komische am Geruch von Schweiß ist, dass man bald darauf Pisse riecht. Frisch ist die nicht, der Boden hat sie schon aufgesaugt, aber auch nicht alt. Der Junge liegt in der Ecke auf dem Bauch. Josey Wales oder irgendwer hat ihm die Hände gefesselt und sie dann mit den Füßen zusammengebunden, sodass er wie ein Flitzebogen aussieht. Josey Wales zeigt auf seine Klamotten, die am Boden liegen, dann deutet er mit der Pistole auf mich und sagt, nimm die, das ist wahrscheinlich deine Größe. Jetzt hast du vier Unterhosen, sagt er, dabei kann ich mich nicht erinnern, irgendwem gesagt zu haben, wie viele Unterhosen ich habe. Ich gehe hin und will sie aufheben, aber Josey Wales schießt. Die Kugel schlägt in den Boden ein, und der Junge und ich zucken zusammen. Abwarten, Pussyhole. Du musst erst beweisen, dass du ein Mann bist. Ich schaue ihn an, er ist groß und hat einen kahlen Kopf, weil seine Frau ihm jede Woche den Schädel rasiert. Er ist groß und braun und hat Muskeln, nicht so schwarz und dick wie Papa-Lo. Wenn Josey Wales lächelt, sieht er aus wie ein Schlitzauge, aber wenn du ihm das sagst, erschießt er dich. Weil der Schwanz von 'nem Chinesen ist winzig, nicht so groß wie der von 'nem Schwarzen.

Sieh mal, wie gut's den Typen in Rema geht. Oder kannst du dir solche Jeans leisten, hm? Fiorucci, verstehst du? Da siehst du mal, was sich einer aus Rema für dreißig Silberlinge alles kaufen kann. Josey Wales kennt die Marke, denn die meisten Klamotten, die er anhat, kriegt er von seiner Frau, die in einer Fabrik arbeitet, wo Klamotten gemacht werden, die dann nach Amerika gebracht werden. Damit die Leute dort sie anziehen können, wenn sie in die Disco gehen, was die Leute in Amerika ja ständig tun. Alle wissen das, weil sie es überall rumerzählt. Wenn du die haben willst, dann zeig, dass du Eier hast. Jetzt sofort, sagt er und gibt mir die Pistole. Der Junge weint. Er ist aus Rema, und von da kenne ich überhaupt niemanden. Ich würde auch niemanden aus den Eight Lanes erkennen, wenn ich ihn so sehen würd. Jetzt sofort, sagt Josey Wales noch mal. So eine Knarre hat ein ganz anderes Gewicht. Oder vielleicht ist es eher ein Gefühl, als würdest nicht du die Pistole halten, sondern die Pistole dich. Jetzt, oder ich mach euch beide fertig, sagt Josey Wales. Ich gehe zu dem Jungen hin und rieche seinen Schweiß und die Pisse und noch irgendwas, und dann drücke ich ab. Der Junge heult nicht und schreit nicht oder macht so ein Geräusch, wie wenn Harry Callahan einen erschießt. Er zuckt nur, und dann ist er tot. Und die Pistole zuckt in meiner Hand, aber der Schuss klingt nicht so wie bei Harry Callahan, wo das Echo gar nicht mehr aufhört, nicht mal, wenn der Film schon zu Ende ist. Der Schuss hier klingt in meinen Ohren, als würde man zwei Bretter zusammenschlagen, ganz kurz, wie ein Schlag mit dem Hammer.

Wenn eine Kugel in einen Typen eindringt, dann hört man bloß so ein dumpfes Geräusch, *zupp!* Ich wollte diesen Jungen aus Rema töten. Ich wollte es unbedingt. Warum, weiß ich nicht. Aber ich wollte. Und Josey Wales hat überhaupt nichts gesagt. Nur, schieß noch mal, um ganz sicher zu gehen, und das hab ich gemacht. Der Junge hat wieder gezuckt. In den Kopf, du Idiot, und ich schieße noch mal. Hab nicht gesehen, ob Blut geflossen ist. Die Pistole war jetzt leichter und wärmer. Sie fängt an, mich zu mögen, hab ich mir gesagt. Einen Jungen zu töten ist ganz leicht. Aber das hab ich schon gewusst, vielleicht, weil ein Junge aus dem Getto das von vornherein weiß. Als ich ihn runter zum Meer gezerrt hab, um ihn reinzuschmeißen, hab ich nicht wegen dem Tod gekotzt. Sondern wegen der Pisse und der Scheiße und dem Blut. Und drei Tage später steht dann in der Zeitung, *Hinrichtung: Erschossener Teenager treibt im Hafen von Kingston.* Josey Wales grinst und sagt, jetzt bist du ein großer Mann, so groß, dass du sogar für Schlagzeilen sorgst und ganz Jamaika Angst vor dir hat. Aber ich hab mich gar nicht groß gefühlt. Ich hab gar nichts gefühlt. Dass ich nichts gefühlt hab, das war die große Sache. Nein, das ist auch nichts Großes. Erzähl das bloß nicht Papa-Lo, hat er gesagt, sonst bring ich dich um.

Josey Wales

Weeper lässt sich mal wieder alle Zeit der Welt. Er versteht sich echt gut mit den Weißen, so richtig gut, seit einer von denen ihm beigebracht hat, zu schießen wie ein Mann und nicht wie ein dummer Gettojunge. So hat Louis Johnson ihn am Anfang genannt, einfach so. Der Weiße hat Mumm, würd ich mal sagen. Weeper ist aufgesprungen und hat die Knarre gezogen, eine schwuchtelige kleine .38er, und dem Weißen direkt vor die Nase gehalten. Nur rieb im nächsten Augenblick schon ein deutlich größeres Kaliber an seinen Eiern. Ich kann dich immer noch abknallen, sagt Weeper. Du hältst mir deine an mein Gehirn, ich halt dir meine an dein Gehirn, sagt Johnson, und das ist für einen Jamaikaner der weitaus schlimmere Tod, stimmt doch, oder? Weeper sieht ihn an und lacht los und schüttelt ihm die Hand, umarmt ihn sogar und nennt ihn seinen Bruder. Und wann hast du gelernt, wie ein *Yardie* zu quatschen? Er hatte Wrangler-Jeans an, das weiß ich noch. Ein Amerikaner, der sich alle Mühe gibt, noch amerikanischer auszusehen, wenn er Amerika verlässt. Das war in dieser Bar, Lady Pink, unten an der Pechon Street, der letzten Straße zwischen Downtown und dem Getto, wo sie immer donnerstags frische neue Mädchen reinkriegen. Wobei das neue Mädchen von letzter Woche das neue Mädchen von vor zwei Jahren war, das immer noch tanzt wie ein zitternder Bananenbaum. Das Leben ist hart und wird mit jedem Tag härter, wenn eine, die im Kindergarten arbeitet, sich nackt auf der Bühne zeigen muss. Weeper würd sie auch gern ficken.

Lady Pink hat ab neun Uhr morgens geöffnet, und die Jukebox hat nur zwei Sachen parat, entweder netten Ska aus den Sechzigern oder süßen Rocksteady wie von den Heptones oder Ken Lazarus. Nix von diesem Rasta-Reggae-Geficke. Wenn mir nur noch ein einziger Wichser unterkommt, der sich weigert, sich die Haare zu kämmen und Jesus als den alleinigen Herrn und Erlöser anzuerkennen, dann kann es durchaus passieren, dass ich den kleinen Scheißer zur Hölle schicke, ich schwör's. Die Wand ist zu rot für Pink und zu pink für Violett, und überall hängen Goldene Schallplatten, die der Besitzer eigenhändig mit Sprühfarbe lackiert hat. Lerlette ist oben auf der Bühne, das dünne Mädchen, die, die immer zu »Ma Baker« tanzen will. Ein Jahr haben wir mal die Security gestellt, als Boney M. nach Jamaika gekommen sind und niemand geahnt hat, dass drei Frauen und ein Mann aus der Karibik so dermaßen wie Sodomiten aussehen können. Jedes Mal, wenn der Song mit dem Refrain *she knew how to die!* endet, geht Lerlette in den Spagat, reißt die Arme hoch und formt die Hände zu Pistolen, als wär sie Jimmy Cliff in *The Harder They Come*. Das Mädchen hat ihrer Pussy schon ganz schön viel abverlangt. Weeper hat sie auch immer gern gefickt.

Als sie mit ihrem Tanz durch ist, zieht sie ihr Höschen wieder an und kommt zu meinem Separee rüber. Ich hab da eine Regel: Wenn du hübschere Titten und 'nen heißeren Körper hast als meine Frau, dann kommen wir ins Geschäft. Ansonsten verpiss dich. Seit zehn Jahren ist mir noch keine über den Weg gelaufen. Es hat mich Hundejahre gekostet, Winifred zu finden, eine Frau, die ein Kind austragen kann, das ich als Sohn will, denn ein Mann kann es sich nicht leisten, seinen Samen wild in der Gegend zu verstreuen. Letzte Woche ist Weeper mit einem Sohn von irgendeiner Frau aus Jungle bei mir aufgetaucht. Nicht mal er selbst konnte sich richtig an ihren Namen erinnern. Der Junge war entweder zurückgeblieben oder hat viel zu früh mit Ganja-Rauchen angefangen, er war am Sabbern und Hecheln wie ein großer Hund. In Jamaika musst du darauf achten, dass du dich anständig vermehrst. Am besten mit einer netten kleinen Hellbraunen, voll im Saft, damit dein Kind gute Milch bekommt und kräftiges Haar.

— Na, willst du jetzt vögeln?

— Drecksschlampe, beweg deinen Arsch weg. Siehst du nicht, dass hier ein großer Mann sitzt?

— Gott, du bist wohl n' ganz Harter, was? Wo ist Weeper?

— Seh ich aus wie Weepers Hüter?

Sie antwortet nicht, geht einfach weg und zupft sich im Gehen ihr Höschen aus der Po-Ritze. Ich bin sicher, ihre Mutter hat sie als Baby nicht nur einmal auf den Kopf fallen lassen. Wenn ich eins nicht abkann, dann Leute, die schlecht sprechen. Oder schlimmer, die alles besser wissen. Meine Mutter hat mich sogar auf die Highschool geschickt. Dort hab ich zwar einen Scheiß gelernt, aber ich hab mir 'ne Menge angehört. Ich hab mir angehört, wie die im Fernsehen reden, Bill Mason und *Bezaubernde Jeannie,* und die Hörspielserie auf RJR jeden Morgen um zehn, war zwar Weiberkram, aber was soll's. Und ich hör mir die Politiker an. Nicht, wenn sie mit mir sprechen und dabei so tun, als wär ich ein rückständiger Gettonaigger. Sondern wenn sie sich miteinander unterhalten, oder mit dem Weißen aus Amerika.

Letzte Woche sagt mein Sohn, *Daddy, Daddy, hör mal, ich zieh los, Weiber aufreißen, klar?,* und ich hau dem kleinen Scheißer so dermaßen eine runter, dass er fast zu weinen anfängt. Sprich nicht mit mir, als wärst du aus 'ner Kuh rausgeplumpst, sag ich zu ihm.

Der verdammte Junge guckt mich an, als würde ich ihm was schulden. Das ist das Problem mit diesen jungen Rudies, die waren einfach noch nicht dabei, in Balaclava im Herbst 1966, aber das ist lange her. Alle reden so, als würden sie bloß das Getto kennen, und er allen voran. Hab ihn vor ein paar Jahren im Fernsehen gesehen und mich in meinem ganzen Leben noch nie so geschämt. Wenn ich an all das Geld denke, das du hast, die ganzen goldenen Schallplatten, Lippenstift von allen möglichen weißen Frauen auf deinem Schwanz, und dann redest du davon, dass du dein Leben nicht willst, wenn's nur für dich ist und du anderen nicht helfen kannst. Dann gib dein Leben doch mir, Pussyhole, ich würd's glatt nehmen.

Weeper ist da anders. Am ersten Tag, als er aus dem Knast raus war – kein guter Tag dafür, wir waren mitten im Krieg –, hatte er eine dicke Beule hinten in der Hosentasche. Als er das Ding rauszog, war alles, auch der Umschlag, so dermaßen voll mit roter Farbe, dass ich ihn gefragt hab, ob er aus seinem Battyloch blutet. Stellte sich raus, dass es Tinte war, weil der einzige Stift, den er im Knast klauen konnte, rot geschrieben hat. Ich frage ihn, ob er in das Buch selber noch ein Buch geschrieben hat. Nein, Star, Bertrand Russell ist ganz oben auf der Liste von meinen Lieblings-Brethren, besser als der kann ich nicht schreiben. Bertrand Russell ist ein Buch, das ich immer noch nicht gelesen hab. Weeper hat mir erzählt, wie er dank Bertrand Russell jetzt nicht mehr an Gott glaubt, und damit hab ich aber ein bis zwei Probleme.

»Waiting on Weeper«. Das ist doch mal ein Titel für einen Song, sogar für einen Hit. Letzte Woche hab ich ihm und diesen Youngstern Bam-Bam, Demus und Heckle gesagt, dass jeder Jamaikaner einen Vater will, und wenn er ihn nicht von Haus aus kriegt, dann sucht er sich eben einen. Deswegen nennt Papa-Lo sich auch Papa-Lo, obwohl der von nichts mehr der Vater werden kann. Weeper sagt, der Mann ist weich geworden, aber ich sag Blödsinn, du verdammter Esel, guck doch mal genauer hin! Der wird nicht weich, der kommt bloß in das Alter, wo er in den Spiegel guckt, und das Gegenüber ist ein alter Mann, der nicht mehr aussieht wie er, dabei ist er grad mal neununddreißig. Aber das ist ein hohes Alter hier draußen, und wenn man so lange durchhält, ist das Problem, dass man dann nicht mehr weiß, was man mit sich anfangen soll. Also tut er jetzt so, als würde ihm die Welt, die er selbst mit erschaffen hat, nicht mehr passen. Du kannst nicht einfach Gott spielen und dich dann hinsetzen und sagen, jetzt gefallen mir aber die Menschen nicht mehr, die ich geschaffen hab, also lass ich die Flut mal schön alles wegwaschen und fange wieder von vorne an. Papa-Lo denkt zu viel nach und meint inzwischen wohl, er sollte mehr sein, als er ist. Er ist ein Trottel der schlimmsten Sorte, und zwar von der Sorte, die irgendwann tatsächlich glaubt, dass alles besser werden kann. Ja, alles wird besser werden, aber nicht so, wie er sich das vorstellt. Die Kolumbianer reden bereits mit mir, die haben die Nase voll von diesen bekloppten Kubanern, die sich viel zu viel von dem Zeug reinziehen, das sie nur verkaufen sollen, und die von den Bahamas sind ja komplett zu nichts mehr zu gebrauchen, seit sie sich das Free-basen beigebracht haben. Als die mich zum ersten Mal fragen, ob ich die Ware mal testen will, sag ich, Nein, *hermano*, aber Weeper sagt Ja. *Brethren, Koks war die einzige Möglichkeit, im Knast zu einem Fick zu kommen*, hat er zu mir gesagt, und er wusste, dass keiner im ganzen Getto es wagen würde, ihn deswegen einen Battyman zu nennen. Der Mann schickt ihm immer noch Briefe aus dem Knast.

Die Leute, sogar die, die es besser wissen müssten, denken lang-sam, Papa-Lo wird weich, und die Befehle der Partei interessieren ihn nicht mehr. Dass er sich bald Ausrutscher leisten und zulassen wird, dass die Leute von der PNP sein Revier übernehmen und Jungle und Rema, die immer für einen Richtungswechsel zu haben sind, schon bald ihre grünen Hemden bleichen und sie orange färben werden. Er wird nicht weich, er denkt nur nach, aber dafür bezahlen ihn die Poli-tiker nicht. Die Politiker gehen im Osten auf und im Westen unter, das war schon immer so, da kann man nichts dran ändern. Und da schei-den sich unsere Geister. Er will sie vergessen. Ich will sie benutzen. Alle glauben, dass die Leute ihm nicht mehr wichtig sind, aber das Problem ist eher, dass sie ihm langsam zu wichtig werden und er auch noch den Sänger mit reinzieht.

Sie sind auf mich zugekommen, letztes Jahr war das. Sie haben mich zu einem Treffen draußen in der Nähe von Green Bay beordert und das Erste, was ich frag, ist, wo ist Papa? Der Schwarze von denen (fast alle da waren weiß, braun oder irgendwo dazwischen) sagt *Schluss mit Papa, die Papazeit ist vorbei, jetzt ist Zeit für frisches Blut.* Er redet, als würde er beschissenes Getto für *Versteckte Kamera* spielen. Irgendwann hält dieses kleine Pussyhole Louis Johnson auch noch ir-gendeinen Wisch mit dem Briefkopf der Botschaft falsch herum, eine Einladung zu einem Botschafterempfang oder so einen Scheiß, und tut so, als wären das Befehle von der CIA, liest und lächelt die andern an, als würde das irgendwelchen Blödsinn bestätigen, den er über mich erzählt hat. Papa ist sein armseliges Leben egal, aber mir auch, und das kriegen diese zurückgebliebenen Battymen einfach nicht auf die Reihe. Medellín auf Leitung zwei.

Soll mir Louis, der Betrüger, seinen Betrugsplan ruhig schmackhaft machen. Ich hör ihnen zu, wie sie mir lächelnd erzählen, dass sie mir nicht trauen können, und tu so, als würde ich nicht verstehn, wenn sie sagen, gib uns ein Zeichen. Als wär das hier die Bibel.

Ich spiele den Idioten, bis sie mir klipp und klar sagen, was sie wollen. Louis Johnson ist der einzige Mann von der Botschaft, mit dem ich rede. Er hält die Kontakte mit den Schwarzen am Laufen. Groß, braune Haare und dunkle Brille, damit man seine Augen nicht sieht. Ich sag ihm, dass er hier in Copenhagen City ist, auch bekannt als meine Westentasche, und dass ich jede Sekunde 'ne Knarre aus dieser Tasche ziehen kann, wenn mir danach ist. Ich ziehe mein Hemd hoch und zeige ihm, was 1966 passiert ist. Linke Brustseite, die Kugel ging fast bis ins Herz. Rechte Halsseite, die Kugel ging glatt durch. Rechte Schulter, Fleischwunde. Linker Oberschenkel, Kugel vom Knochen abgeprallt. Brustkorb, die Kugel hat die Knochen ordentlich durchgerüttelt. Ich erzähle ihm nicht, dass ich gerade dabei bin, einen Mann in Miami aufzubauen, und einen in New York. Ich sage ihm nicht, dass *yo tengo suficiente español para conocer que eres la más gran broma en Sudamérica.* Ich quatsche mit ihm wie ein Buschneger und stelle blöde Fragen wie, In Amerika hat also jeder 'ne Waffe? Was für Sorte Munition schießt ihr Amerikaner? Warum schickt ihr Dirty Harry nicht mal in eure jamaikanische Zweigstelle? Hee hee hee.

Und sie erzählen mir das Neueste: dass der Sänger Papa-Lo Geld gibt und sie beide ganz große Pläne haben, dass sie den Bedarf an Leuten wie ihnen gänzlich aus der Welt schaffen wollen. Ich tu so, als hätte Papa-Lo mir das nicht schon letztes Mal erzählt, als er einen Jungen in Jungle abgeknallt hat, und es ihm leidtat, als er erfuhr, dass der Knabe zur Highschool unterwegs gewesen war. Und ich sag den Politikern und den Amerikanern, sicher, um zu zeigen, dass ich der Don von allen Dons bin, werde ich tun, was getan werden muss. Der Mann sagt, ich muss noch mal betonen, dass die Regierung der Vereinigten Staaten jegliche illegalen oder Unruhe stiftenden Aktivitäten innerhalb benachbarter souveräner Staaten weder unterstützt noch billigt. Alle führen sich auf, als wenn ich nicht wüsste, dass sie ein doppeltes Spiel spielen, dass sie schon am Suchen sind, wen aus meiner Bande sie denn zu einem Gespräch unter vier Augen treffen können wie Nikodemus in der Nacht, um ihm den Auftrag zu geben, sich um mich zu kümmern, sobald ich mein Soll erfüllt habe. Deshalb warte ich hier auf Weeper, um Dinge mit ihm zu besprechen, die ich nur mit ihm besprechen kann, weil ich mich morgen um ein paar Leute kümmern werde. Und übermorgen um den Rest der Welt.

Nina Burgess

Siebzehn Busse. Zehn Minibusse, darunter einer, der sich Revlon Flex nennt und schon zwei Mal vorbeigekommen ist. Einundzwanzig Taxis. Dreihundertsechsundsiebzig Autos, glaube ich. Und nicht ein einziges Mal ist er aus seinem Haus getreten. Nicht mal, um frische Luft zu schnappen oder um sich zu vergewissern, dass die Wachleute ihren Job machen. Nicht mal, um der Sonne zu sagen, Später, Brethren, ich hab wichtige Arbeit zu erledigen. Der Typ auf dem grünen Motorroller ist am Abend noch einmal gekommen und wurde wieder weggeschickt, aber vorher ist er abgestiegen und hat zwei Minuten und siebzehn Sekunden mit dem Mann am Tor geredet. Ich habe die Zeit gestoppt. Dannys Uhr funktioniert immer noch, obwohl ich erst irgendwann später beim Mittagessen im Terra Nova – bei einer zufälligen Begegnung mit einer früheren Schulkameradin, Hängetitten wie eine müde Ziege, aber trotzdem eine arrogante Zicke – erfahren habe, dass *die Uhr, die mein Daddy Hortense letzte Woche für fünfzehn Jahre verdienstvolle Arbeit im Haushalt geschenkt hat,* auch eine Timex ist. Das Miststück nannte mich billig. Ich wollte erwidern, was es für sie als verheiratete Frau für ein Glück sein müsse, keine Mühe mehr auf ihr Aussehen zu verschwenden, doch ich habe nur gelächelt und gesagt, ich hoffe, dein kleiner Junge kann schwimmen, denn ich hab ihn in Richtung Pool rennen sehen.

Ich wünschte, sie würden Telefone erfinden, die man mit sich rumtragen kann. Dann hätte ich Kimmy angerufen und gefragt, ob sie schon ihre armen Eltern besucht hat und was wir unternehmen wollen, um dieses Land zu verlassen, bevor etwas Schlimmeres passiert.

Original Rockers

So wie ich Kimmy kenne, ist sie inzwischen wahrscheinlich in ihrem Ganja-University-T-Shirt und der knapp über dem Hintern abgeschnittenen Jeans endlich aufgekreuzt, hat Mummy Sistren genannt und ihr erklärt, das alles sei die Schuld vom Babylon-Shitstem, und sie sollten nicht auf die Einbrecher wütend sein, sondern auf das Shitstem, das sie überhaupt als Allererstes ausgeraubt hat. So reden sie bei den Twelve Tribes in dem rauen Viertel namens West Kings House, gleich neben der Villa des Vertreters der Queen. Mein Sarkasmus ist noch verbesserungswürdig. Vielleicht bin ich ein Snob, aber ich bin wenigstens keine Heuchlerin, die sich einfach treiben lässt, weil ihr Lebenstraum, Che Guevara zu vögeln und seine Kinder zu gebären, den Bach runtergegangen ist. Und ich hänge auch nicht in West Kings House mit irgendwelchen reichen Leuten rum, die sich die Haare nicht waschen und statt ich I-man sagen, um ihre Eltern zu provozieren, dabei wissen alle, dass sie in zwei Jahren die Reederei ihres Vaters übernehmen und die syrische Schlampe heiraten, die gerade die Wahl zur Miss Jamaica gewonnen hat.

Wagen dreihundertsiebenundsiebzig, achtundsiebzig, neunundsiebzig, achtzig. Einundachtzig, zweiundachtzig. Ich muss nach Hause. Aber ich stehe hier draußen und warte auf ihn. Hattest du je das Gefühl, dass zu Hause der einzige Ort ist, an den du nicht zurückkehren kannst? Als hättest du dir beim Aufstehen und Haarekämmen vorgenommen, wenn ich heute Abend zurückkomme, bin ich eine neue Frau an einem anderen Ort. Und jetzt kannst du nicht zurück, weil das Haus etwas von dir erwartet. Ein Bus hält. Ich winke ab, um dem Fahrer zu signalisieren, dass ich nicht einsteigen will. Aber der Bus steht immer noch da und wartet auf mich. Ich trete einen Schritt zurück, blicke die Straße hinunter und tue so, als ob die Leute in dem Bus nicht fluchen würden, dass sie nach Hause müssen und reichlich hungrige Gören zu füttern haben, also warum steigt die verdammte Frau nicht ein. Ich gehe ein Stück weg, weit genug, damit der Busfahrer weiterfährt, kehre aber zur Haltestelle zurück, noch bevor sich der Staub wieder gelegt hat.

Von der anderen Straßenseite kriecht der Bass zu mir rüber. Hört sich an, als würde er den ganzen Tag denselben Song spielen. Hört sich an wie ein weiterer Song über mich, aber wahrscheinlich gibt es in diesem Moment zwei Dutzend Frauen in Jamaika und zweitausend auf der Welt, die das Gleiche denken, jedes Mal wenn ein Song von ihm im Radio läuft. Aber »Midnight Ravers« ist über mich. Eines Tages werde ich es Kimmy erzählen, und dann, ja, dann wird sie wissen, dass sie, bloß weil sie die Hübscheste ist, nicht alle kriegt. Ein weißer Polizeiwagen mit blauem Streifen steht vor dem Tor. Ich habe ihn nicht mal kommen sehen. In der Regel schalten die Polizisten in Jamaika ständig die Sirene ein, bloß damit die Leute die Straße freimachen und sie schneller bei Kentucky Fried Chicken sind. Ich hatte nie irgendwas mit der Polizei zu tun. Nein, stimmt nicht.

Einmal bin ich mit einem Bus der Linie 83 zu einem Vorstellungsgespräch nach Spanish Town gefahren, weil so läuft das 1976, man nimmt jeden Job, den man kriegen kann, und dieser war bei einem Bauxit-Unternehmen, als drei Polizeiwagen uns mit Sirengeheul überholten und den Busfahrer zwangen, direkt am Rande des Highway zu halten. *Hi, alle das Faa-zeug SO-fort verlassen,* sagte der erste Polizist. Gleich dort auf dem Highway. Nichts als ein dünner Streifen Straße, Sumpf zu beiden Seiten, und alle mussten aussteigen. Die meisten Frauen fingen an zu fluchen, sie müssten pünktlich bei der Arbeit sein, während die meisten Männer still waren, weil die Polizei nur bei Frauen Bedenken hat zu schießen. *Allgemeine Kontrolle von Personen,* sagte der Polizist. *Wir müssen Namen zu Protokoll nehmen.*

— Und du heißt wie, Süße?

— Verzeihung?

— Ja, du da. Wie ist der Name?

— Burgess, Nina Burgess.

— Bond, James Bond. Du redest wie im Kino. Versteckst du eine Waffe da unten drunter? Was dagegen, wenn ich dich durchsuche?

— Was dagegen, wenn ich Vergewaltigung schreie?

— R'asscloth, und wen interessiert's?

Er schickte mich zurück zu den anderen Frauen, während ein weiterer Polizist mit dem Knauf seiner Waffe einen Mann niederschlug, der anfing, von gleichen Rechten und Gerechtigkeit zu reden. Hier ist

ein Geheimnis über die Polizei, das kein Jamaikaner je laut aussprechen wird, das heißt, kein Jamaikaner, der je mit einem dieser Arschlöcher zu tun hatte: Jedes Mal wenn einer von ihnen erschossen wird,
und es werden eine Menge erschossen, ist da dieser Teil von mir, der
vor dem Morgenkaffee, der klammheimlich lächelt. Ich schüttele den
Gedanken ab. Ich frage mich, ob der Wachmann am Tor den Polizisten gerade erzählt, dass ich den ganzen Tag an der Bushaltestelle
gestanden und das Haus beobachtet habe. Aber stattdessen sagt jemand irgendwas, und der fette Polizist, ein fetter ist immer dabei,
lacht so laut, dass es bis auf meine Straßenseite rüberhallt. Er will gerade wieder in seinen Wagen steigen, als ihm jemand von hinter dem
Tor etwas zuruft. Ich weiß, dass du das bist, du musst es sein. Auf meiner Seite kommt ein Auto, vielleicht noch dreißig Meter entfernt? Ich
kann es noch schaffen, bevor es mich über den Haufen fährt, und ich
weiß, dass du es bist, ich weiß es einfach, und der Wagen, jetzt noch
gut zehn Meter? Lauf, lauf los, und du Wichser hup mich verdammt
noch mal nicht an, taub wie deine verdammte Mutter steh ich auf
dem Mittelstreifen, zu viele verdammte Autos aus der Gegenrichtung
und ich in der Mitte ausgesetzt wie Ben Gunn, und ich will bloß, dass
du mich siehst, du bist es, du musst es sein, erinnerst du dich, »Midnight Ravers« ist über mich, obwohl es schon nach Mitternacht war
und du vielleicht nicht weißt, wie ich bei Tag aussehe, und ich möchte
dich bloß um einen Gefallen bitten, ich brauch nur ein wenig Hilfe,
mein Vater wurde ausgeraubt und meine Mutter vergewaltigt. Nein,
nicht vergewaltigt, nein, ich weiß nicht, aber die Geschichte klingt
dramatischer, wenn sich jemand an der Pussy einer alten Frau ver-
greift, und ich weiß, dass du es bist, und der Polizist wartet, gut, gut,
wunderbar gut, er kommt raus – du bist es nicht. Stattdessen kommt
ein weiterer Wachmann angelaufen, und der beschissene fette Polizist lacht wieder und pflanzt sich in seinen Wagen. Ich stecke auf dem
Mittelstreifen fest, und der Verkehr braust an mir vorbei und weht mir
den Rock hoch.

— Hallo, ich möchte zu …

— Keine Besucher. Die Führungen geh'n nächste Woche wieder los.

— Nein, Sie verstehen mich nicht. Ich bin nicht wegen der Führung hier. Ich bin hier, weil ... Er erwartet mich.

— Hier kommt keiner rein außer die engste Familie und die Band, Ma'am. Sind Sie seine Frau?

— Was? Natürlich nicht. Was für eine Frage soll ...

— Spielen Sie 'n Instrument?

— Ich weiß nicht, was das zur Sache tun soll, sagen Sie ihm einfach, Nina Burgess ist hier, und es ist dringend.

— Lady, von mir aus können Sie Scooby Doo heißen, hier kommt keiner rein.

— Aber, aber ... ich ...

— Lady, weg vom Tor.

— Ich bin schwanger. Und es ist ihm seins. Da muss er doch für sein Kleines sorgen.

Der Wachmann guckt mich zum ersten Mal an diesem Tag an. Ich denke zuerst, dass er mich wiedererkennt, bis mir klar wird, dass er mich tatsächlich noch nie zuvor gesehen hat. Er mustert mich von oben bis unten, vielleicht weil er sehen will, was für eine Sorte Frau das Zeug dazu hat, für einen Star wie ihn zu gebären.

— Weißt du, wie viele Frauen hier war'n seit Montag und den gleichen Mist erzählt haben? Manche haben mir sogar ihren Bauch gezeigt. Ich sag, keine Besucher außer der Familie und der Band. Komm nächste Woche wieder, bis dahin ist das Baby bestimmt nicht nach Miami abgehauen. Wenn's eine ...

— Eddie, r'asscloth, halt's Maul und bewach das Tor.

— Und was, wenn die Frau nicht gehen will?

— Dann mach, dass sie geht.

Ich trete hastig zurück. Ich will nicht, dass einer dieser Männer mich anfasst. Sie packen einem immer zuerst an den Arsch oder in den Schritt. Hinter mir hält ein Wagen, und ein Weißer steigt aus. Danny, hätte ich einen Sekundenbruchteil lang beinahe gerufen, doch der Mann ist bloß weiß. Er hat langes, braunes Haar und einen kleinen Kinnbart, wie ich ihn an Danny mochte, er aber nicht. Schlichtes gelbes T-Shirt und Jeans mit Schlag. Vielleicht liegt es an der Hitze, aber ich weiß sofort, dass er 1. Amerikaner ist und 2. amerikanische Männer Unterhosen noch mehr hassen als amerikanische Frauen BHs.

— Bombocloth. Guck mal, Taffie. Jesus ist auferstanden.

— Was? Aber ich hab doch noch gar nicht Buße gemacht.

Der Weiße scheint den Witz nicht zu kapieren. Ich trete vielleicht ein bisschen zu übertrieben beiseite.

— Hey, Kumpel. Alex Pierce vom *Rolling Stone*.

— Warte mal, du Jeans-Jesus, weiß Jehova, dass du Lügen erzählst? Hier waren schon zwei Rolling-Stone-Typen, einer hieß Keith und der andere Mick, und keiner sah aus wie du.

— Aber die sehen trotzdem alle irgendwie gleich aus, Eddie.

— Stimmt, Mann. Echt wahr.

— Ich bin von der Zeitschrift *Rolling Stone*. Wir haben telefoniert.

— Mit mir hast du nich telefoniert.

— Ich meine, mit jemandem aus dem Büro. Mit seiner Sekretärin oder so, was weiß ich. Ich bin von einer Musikzeitschrift. Aus den USA. Wir berichten über alle, von Led Zeppelin bis Elton John. Ich versteh das nicht, die Sekretärin hat gesagt, kommen Sie am 3. Dezember um 18.00 Uhr, wenn er eine Pause vom Proben macht, und hier bin ich.

— Heiß ich Sexetärin, Bossman?

— Aber ...

— Hör zu, Mann, wir haben strikten Befehl. Außer der Familie und der Band kommt reiner rein oder raus.

— Oh. Und warum haben Sie alle automatische Waffen? Sind Sie von der Polizei? Sie sehen nicht aus wie der Wachmann vom letzten Mal, als ich hier war.

— Das geht dich 'n verdammten Scheiß an, und jetzt zisch ab.

— Eddie, macht der Mann am Tor immer noch Ärger?

— Er sagt, seine Zeitung ist über Lesben und Elton John.

— Nein, Led Zeppelin und ...

— Sag ihm, er soll abhauen.

— Wie wär's, wenn ich Ihnen eine kleine Entscheidungshilfe gebe?

Der Weiße zückt eine Brieftasche. – Es dauert nur zehn Minuten, sagt er. Die verdammten Amerikaner denken immer, wir sind wie sie und jeder ist käuflich. Dieses eine Mal bin ich froh, dass der Wachmann so ein Arschloch ist. Aber er sieht sich das Geld an, er sieht es sich sehr lange an. Bei amerikanischem Geld ist die Tatsache, dass dieses Stück Papier wertvoller ist als alles andere in deiner Tasche, einfach nicht zu ignorieren. Dass es, wenn du es zückst, das Verhalten der Leute um dich herum verändert. Das kommt einem irgendwie verkehrt vor, ein Stück Papier mit nur Grün als Farbe. Aber hübsches Geld ist weiß Gott nicht das einzige Hübsche, was wertlos ist. Der Wachmann wirft einen letzten Blick auf die wachsende Zahl der Scheine und verzieht sich zum Eingang.

Ich kichere. Wenn man der Versuchung nicht widerstehen kann, muss man fliehen, sag ich immer. Der weiße Mann sieht mich wütend an, und ich kichere noch ein bisschen weiter. Erlebt man nicht jeden Tag, dass ein Jamaikaner nicht sofort ja Massa, sofort Massa ruft, sobald er einen Weißen sieht. Danny hat das immer angewidert, bis es ihm irgendwann doch gefallen hat. Schon irre, wenn weiße Haut die ultimative Eintrittskarte ist. Ich war ein bisschen überrascht, wie gut es sich anfühlte, ich und der Weiße, beide abgewiesen wie Bettler. Zumindest in dieser Hinsicht auf einer Ebene. Man könnte denken, ich hätte mich noch nie unter Weißen aufgehalten oder zumindest unter Syrern, die denken, sie wären weiß.

— Sind Sie von Amerika hierher geflogen, nur um eine Story über den Sänger zu machen?

— Ja, schon. Er ist zurzeit die größte Story überhaupt. Bei den vielen Stars, die zu diesem Konzert kommen, könnte man meinen, es wäre Woodstock.

— Aha.

— Woodstock war ein ...

— Ich weiß, was Woodstock war.

— Oh. Jedenfalls ist Jamaika dieses Jahr überall in den Nachrichten. Und dieses Konzert. Die *New York Times* hat gerade einen Artikel gebracht, dass auf den jamaikanischen Oppositionsführer geschossen wurde. Noch dazu aus dem Büro des Premierministers.

— Wirklich? Das wäre eine Neuigkeit für den Premierminister, da die Opposition in der Nähe von seinem Büro nichts zu suchen hat. Außerdem liegt es uptown. An genau dieser Straße. Da feuert niemand Schüsse ab.

— Das stand in der Zeitung aber anders.

— Dann muss es ja stimmen. Ich schätze, wenn man Mist schreibt, muss man auch jeden Mist glauben, den man liest.

— Ach, kommen Sie, seien Sie nicht so hart. Ich bin schließlich kein blöder Tourist. Ich kenne das echte Jamaika.

— Gut für Sie. Ich lebe schon mein Leben lang hier und habe das echte Jamaika noch nicht gefunden.

Ich gehe weg, doch der Weiße folgt mir. Weil es nur eine Bushaltestelle gibt vermutlich. Vielleicht hat Kimmy inzwischen ihre gottverdammten Eltern besucht, die ausgeraubt wurden und ihre Mutter womöglich vergewaltigt. Aber sobald ich die Straße überquert habe, will ich doch wieder bleiben. Ich weiß nicht. Ich habe nichts, wohin ich heimkehren könnte, aber das ist an allen anderen Tagen ja auch so. Ich muss bloß an die Schlagzeilen über eine erschossene Familie denken, an die Ausgangssperre, an die Nachricht über irgendeine Frau, die vergewaltigt wurde, und die Welle der Kriminalität, die nach uptown schwappt, um mir selbst eine Heidenangst zu machen. Oder daran, dass meine Mutter und mein Vater versuchen, so zu tun, als hätten bewaffnete Männer ihnen nicht etwas genommen, das immer nur ihr und ihm und ihnen allein gehört hat.

Als ich bei ihnen war, haben sie sich den ganzen Tag kein einziges Mal berührt. Der Weiße nimmt den ersten Bus, der kommt. Ich nicht, und ich rede mir ein, dass es daran liegt, dass ich nicht im selben Bus mit ihm sitzen will. Aber ich weiß, dass ich auch den nächsten nicht nehmen werde. Und den danach auch nicht.

Demus

Irgendwer muss mir zuhören, und du bist so gut wie jeder andere. Irgendwo wird irgendwer irgendwie über die Lebenden und die Toten richten. Irgendwer wird von dem Gericht über die Guten und die Bösen schreiben, weil ich ein kranker und ein böser Mann bin und es noch nie einen gab, der kränker und böser war als ich. Vielleicht wird es in vierzig Jahren einer tun, wenn Gott uns alle holt und nicht einen übrig lässt. Irgendwer wird darüber schreiben, er wird sich an einem Sonntagnachmittag an einen Tisch setzen, und der Holzboden wird knarren und der Kühlschrank brummen, aber es werden keine Geister dort sein, wie sie immerzu um mich herum sind, und er wird meine Geschichte aufschreiben. Und er wird nicht wissen, was er schreiben soll oder wie er es aufschreiben soll, weil er es nicht erlebt hat und weil er nicht weiß, wie Kordit riecht oder wie Blut schmeckt, wenn es hartnäckig in deinem Mund bleibt, egal wie oft du ausspuckst. Er hat nie einen Tropfen geschmeckt. Niemals ist ein Coolie Duppy auf ihm eingeschlafen und hat ihn mit einem feuchten Traum getäuscht und ihm gleichzeitig das Leben durch den Mund ausgesaugt, obwohl ich die Zähne aufeinandergebissen habe, und als ich aufgewacht bin, war mein ganzes Gesicht mit zähem Sabber überzogen, so als hätte mich einer mit Wackelpudding vollgeschmiert und in den Kühlschrank gesteckt. Johannes der Täufer hat sie kommen sehen. Jetzt rennen die Bösen um ihr Leben.

So fing es an.

Eines Tages stehe ich also in Jungle an der Wasserpumpe hinter meinem Haus, um ein frühmorgendliches Bad zu nehmen, weil ein

Mann nämlich nicht stinken darf, wenn er auf Arbeitssuche geht. Ich bin also hinten im einzigen Hinterhof des Wohnblocks und versuche, mich mit Seife und Wasser zu waschen, als die Polizei angerannt kommt, weil irgendeine Frau, irgendeine Kirchgängerin gesagt hat, sie hätte gerade zum Herrn beten wollen, Officer, als irgendein stinkender Gettobewohner aus Jungle sich auf mich gestürzt und mich vergewaltigt hat, Officer. Du da, der mit seinem Schniedel spielt wie so ein Perverser, komm sofort her! Ich versuche, mit dem Officer zu sprechen, weil Jah Rastafari gesagt hat, wir sollen mit dem Feind sprechen, und ich sage, Officer, sehen Sie denn nicht, dass ich bade, ich nehme nur ein Bad, und er kommt zu mir rüber und küsst mich mit seinem Gewehrkolben schön fest auf den Mund. Verarsch mich nicht, du Drecksack, sagt er. Du spielst an dir rum und machst es dir wie ein bloodcloth Sodomit. Dann fragt er mich, warst du das, der die Kirchgängerin in der North Street vergewaltigt hat? Und ich sage, was? Nein, Mann, ich habe keine Frau vergewaltigt, wieso sollte ich, ich hab genug Freundinnen, aber er klebt mir eine, als wäre ich eine Frau, und sagt, Raus mit dir. Ich sage, Officer, lassen Sie mich doch die Seife abwaschen oder wenigstens meine Unterhose anziehen, nein, Mann, und ich höre es klicken. Beweg dich, Pussyhole, sagt er. Also setze ich mich in Bewegung, und draußen stehen schon sieben andere Männer in einer Reihe, die Leute sind am Gaffen, und ein paar von ihnen sehen schnell weg, und ein paar sehen mich an, und ein bisschen Seifenschaum ist alles, was ich habe, um meine Blöße zu bedecken. Du hast ihn geschnappt, bevor er die Beweise abwaschen konnte, sagt ein anderer Polizist.

Die Polizisten, ich zähle sechs von ihnen, sagen, Einer von euch ist ein dreckiger Vergewaltiger, der Kirchgängerinnen vergewaltigt, die gerade vom Gottesdienst kommen. Und weil ihr alle dreckige, verlogene Gettojungs seid, werde ich nicht mal verlangen, dass der Schuldige sich freiwillig meldet. Wir wissen nicht, was wir tun sollen, denn wenn die Polizisten einen von uns für den Vergewaltiger halten, dann erschießen sie ihn, bevor er im Gefängnis ankommt. Der erste Polizist, der, der die ganze Zeit geredet hat, sagt also, Aber wir wissen schon, wie wir den Richtigen finden. Alle auf den Boden legen! Wir sind verwirrt, also sehen wir uns um, und ich schaue auf die Schaumblasen, die eine nach der anderen platzen und meine Weichteile freilegen. Der Polizist schießt zweimal in die Luft und sagt, Auf den Boden mit euch! Also legen wir uns auf den Boden. Er lässt sich von einem der anderen Polizisten ein Feuerzeug geben und schnappt sich eine Zeitung, die die Straße entlangweht. Jetzt hört zu, ich sage euch, was ihr zu tun habt. Ich will, dass ihr alle die Straße fickt. Einer von uns lacht laut, weil sich die Sache gerade zu einer Sitcom entwickelt, und der Polizist tritt ihm zweimal in die Seite. Fickt die Erde, hab ich gesagt, sagt der Polizist. Also bumsen wir den Boden und bumsen weiter, als er sagt, wir sollen weitermachen. Der Boden ist hart und voller Steine und Scherben und Dreck, und ich ramme meine Hüften hinein, und meine Haut schürft sich allmählich ab, und ich höre auf. Wer hat gesagt, dass du aufhören sollst, sagt der Polizist und zündet die Zeitung an. Ficken, ficken, ihr sollt ficken, sage ich, schreit der Polizist und hält mir die brennende Zeitung an den Batty. Ich schreie, und er nennt mich ein Mädchen. Ficken sollst du, habe ich gesagt, sagt er. Und dann verbrennt er einen anderen und noch einen, und wir ficken alle den Boden.

Dann geht der Polizist die Reihe entlang und sagt, Du kannst nicht ficken, geh nach Hause. Du kannst auch nicht ficken, verschwinde. Du siehst aus, als könntest du ficken, du bleibst hier. Du haust ab, du haust ab. Moment mal, Moment mal, das sieht ja aus, als wärst du derjenige, der gefickt wird. Verschwinde, Battyboy, und du, du bleibst mal lieber hier. Er meint mich. Sie packen drei von uns und schmeißen uns hinten in den Transporter, und ich bin immer noch nackt. Ich frage nach einem Hemd, und der Polizist sagt, Ja Mann, wir finden schon ein Höschen für dich. Mein Mädchen wäre mit einer Hose und einem Hemd für mich gekommen, hat einer der Polizisten gesagt. Aber die Sachen sind zu gut für Gettoklamotten, also haben wir sie behalten, haben sie gesagt. Dann hat ihr einer der Polizisten eine geknallt und ihr gesagt, sie soll so langsam mal was aus sich machen und aufhören, mit Gettojungs rumzuvögeln. Wir bleiben eine Woche im Gefängnis, bis sie uns rauslassen. Sie treten mir ins Gesicht, prügeln mit dem Schlagstock auf mich ein, ziehen mir eine Peitsche über die Eier, schlagen mich mit einer neunschwänzigen Katze, als wären sie Plantagenbesitzer, und brechen einem Brethren die rechte Hand. Und das war am ersten Tag, als sie noch nett zu uns waren. Ich war die ganze Zeit über nackt, und sie haben sich einen Spaß daraus gemacht.

Am siebten Tag passiert Folgendes: Die Frau ändert ihre Aussage, behauptet jetzt, dass es einer aus Trenchtown war, der sie vergewaltigt hat, und dass sie die Sache nicht weiter verfolgen will, also lassen sie uns gehen. In der Zeit, als ich im Gefängnis war, hat keiner mit mir gesprochen, und die Polizei hat sich nicht mal entschuldigt. Und sobald ich wieder in Copenhagen City bin, sorge ich dafür, dass ich eine Kanone habe, wenn der nächste Polizist ankommt, seinen Revolver abfeuert und sagt, er würde für Ruhe und Ordnung sorgen. Was die nicht wissen, ist, dass ich im Getto richtig gut schießen gelernt habe, wie die Soldaten aus *Das dreckige Dutzend*. Den Film habe ich wieder und wieder und immer wieder geguckt. Als die Polizei schließlich aufgibt und aus Jungle flüchtet, hatte ich schon zwei von ihnen erwischt, den einen in den Kopf und den anderen in die Eier, weil ich wollte, dass er für den Rest seines Lebens mit einem nutzlosen Schniedel rumläuft.

Hier ist es passiert. Unser Brethren, der Sänger, nein, nicht er, der andere, hat gesagt, wir sollten zum Haus des Sängers kommen. Das allein war schon ungewöhnlich. Natty wohnt jetzt im Nobelviertel, und nur ein paar Auserwählte dürfen ihn besuchen, und es waren alles große Männer oder Gangsterbosse. Aber das hier war nicht der Natty, es war der Brethren, und er hat gesagt, Heckle soll mitkommen, und Heckle hat gesagt, er braucht noch fünf oder sechs andere, die ihn begleiten. Das Haus des Sängers war das größte Haus, das ich je gesehen habe. Ich bin hochgerannt und habe die Wand angefasst, nur um sagen zu können, dass ich sie berührt habe. Auf dieser Fahrt habe ich so vieles zum ersten Mal gemacht, dass ich mich nicht mal an die Hälfte erinnern kann. Ich war zum ersten Mal im Nobelviertel. Zum ersten Mal auf der Hope Road. Zum ersten Mal hab ich so viele

Frauen in schönen Kleidern auf der Straße gesehen. Und das Haus des Sängers. Und weiße Frauen, die wie Rastas aussehen. Zum ersten Mal hab ich gesehen, wie Leute leben, die viele Dinge besitzen. Aber der Sänger war nie dabei, nur der Brethren und ein paar andere Leute, die ich noch nie gesehen hatte, sogar Weiße. Er meinte, es ist ganz einfach. Pferderennen sind eine große Sache in Jamdown, das weiß jeder. Und so wird es ablaufen: Vielleicht gewinnt der Top-Jockey das Rennen, vielleicht auch nicht, aber wenn du gegen ihn wettest, dann bekommst du eine gute Quote, und wenn er dann verliert, gewinnst du mehr Geld, als du dir träumen lassen könntest, selbst wenn du zwei Nächte hintereinander träumst. So viel Geld, dass jeder Mann im Getto seiner Frau davon bei Sealy eine gute ergonomische Matratze kaufen könnte.

Matratzen interessieren mich nicht. Ich will mich nur mal drinnen waschen können statt draußen, und ich will einmal die Freiheitsstatue sehen, und ich will richtige Lee-Jeans und nicht diese bescheuerten Dinger, auf die irgendein Dieb einen Lee-Aufnäher geklatscht hat. Nein, das will ich alles gar nicht. Ich will so viel Geld, dass ich kein Geld mehr haben will. Mich draußen waschen, weil ich mich verdammt noch mal draußen waschen *will*. Ich will sagen, dass Sealy-Matratzen der letzte Dreck sind, was denn, habt ihr etwa nichts Besseres? Mir Amerika aus der Ferne angucken und nicht hinfahren, aber Amerika wissen lassen, dass ich jederzeit hinfahren kann, wenn ich will. Weil ich die Schnauze voll habe von Leuten, die so leben, als wüssten sie nicht, wohin mit ihrem Geld, und mich angucken, als wäre ich irgendein Tier. Ich will so viel Geld, dass ich sie umbringen könnte und es mir scheißegal wäre. Entführt den Jockey, redet ihm mal ins Gewissen und so, sagt der Brethren.

Das Rennen fand am Samstag statt. Am Dienstag hat Heckle mich und zwei andere Männer zur Caymanas-Park-Rennbahn gefahren. Sobald der Top-Jockey mit dem Training fertig war und zu seinem Auto gegangen ist, haben wir uns auf ihn gestürzt, einen Sack über seinen Kopf gezogen, ihn ins Auto geschubst und sind mit ihm weggefahren. Wir haben ihn zu einem leer stehenden alten Lagerhaus in der

Innenstadt gebracht. Heckle hat dem Jockey die Kanone so tief in den Mund geschoben, dass er würgen musste.

— Folgendes wirst du am Samstag machen, Pussyhole, hat er gesagt.

Der Jockey hat seine drei Rennen verloren. Dann ist er in ein Flugzeug nach Miami gestiegen und verschwunden wie durch Zauberei. Aber dann sind auch noch andere Leute verschwunden. Die vier Männer, die am Caymanas Park das Geld eingesackt hatten, da war auch der Brethren dabei. Und Heckle, ich und eine Menge anderer Leute stehen auf einmal mit leeren Händen da. Mit komplett leeren Händen. Und ich denke schon, ich wäre echt sauer, bis ich sehe, wie ein Bruder eine Ovomaltine-Flasche so fest in der Faust zusammendrückt, dass sie platzt und er genäht werden muss. Am Samstag marschieren wir rauf zum Haus des Sängers, damit uns irgendein bloodcloth Typ gibt, was uns zusteht. Aber der Sänger ist auf Tour. Als beim nächsten Mal einer hingegangen ist, war der Sänger angeblich da, aber er hatte sich schon mit irgendwem aus Jungle getroffen. Heckle oder mir hat das keiner gesagt. Die wollten nur wieder irgendwelchen Samfie-Mist abziehen. Heckle und ich haben einen der Jungs verschwinden lassen, und nicht mal das ist jemandem aufgefallen. Aber jetzt sieht es auf einmal so aus, als würden ein paar Leute Geld bekommen und wir nicht. Ich hätte meinem Mädchen nichts davon erzählen sollen, denn jetzt war ich nur eine zusätzliche Belastung für sie. Wenn ich an die Brüder denke, die mit dem Geld ins Ausland abgehauen sind, dann will ich am liebsten das ganze Haus in der Hope Road abfackeln. So läuft das, so sorgen die einen dafür, dass die anderen arm bleiben.

Als Josey Wales zum ersten Mal zu mir gekommen ist, hat er mich gefragt, ob ich mit einer Kanone umgehen kann. Ich habe gelacht. Ich kann besser mit einer Kanone umgehen als Joe Grind mit seinem Schwanz, habe ich gesagt. Er hat gefragt, ob ich irgendein Problem damit hätte, einen abzuknallen. Nein, habe ich gesagt, aber ich schieße nur auf die Babylon-Polizei oder auf Kerle, die mich verarschen wollen. Drei habe ich schon abgeknallt, und ich höre nicht auf, bis es zehn sind. Wieso zehn?, fragt er, und ich sage, weil zehn nach einer

Zahl klingt, die sogar auf Gott Eindruck macht. Bald, sagt er, bald werde ich dich mit Polizisten füttern wie eine Schlange mit Ratten. Ich sage ihm, dass ich schon seit einem Jahr Schmerzen im Bein habe, seit ich im Gefängnis war. Sein Freund Weeper sagt, Dagegen kann ich dir sofort was geben. Seit diesem ersten Mal bin ich so scharf auf das Zeug, dass ich ihn ständig nach mehr Kokain anbettle, fast wie ein kleines Mädchen. Die Schmerzen gehen auch weg, wenn ich ein bisschen Gras rauche. Aber Gras macht mich langsam. Kokain macht mich schnell. Moment mal, habe ich gesagt, das ist zu schön, um wahr zu sein. Ihr gebt mir weißes Pulver, Kanonen und Geld, um die Leute umzubringen, die ich sowieso umbringe? Ist heut vielleicht der 1. April? Nein, mein Brethren, sagt Josey Wales, wir werden Kingston Town mit Polizistenblut rot anstreichen. Aber vorher will ich das Blut von jemand anderem.

Das hier will ich sagen, bevor der Schriftsteller es vor mir sagt: Als die Schmerzen so stark waren, dass nur starkes Gras sie bekämpfen konnte, war das Einzige, was mir sonst noch geholfen hat, der Sänger. Sie spielen ihn nie im Radio. Ein Mädchen, das bei mir war, hat mir eine Kassette gegeben, Die Musik lässt die Schmerzen nicht verschwinden, aber wenn sie läuft, dann achte ich nicht auf die Schmerzen, ich achte auf den Rhythmus. Aber als Josey Wales mir gestern Abend gesagt hat, wen wir abknallen werden, bin ich nach Hause gegangen und habe gekotzt. Als ich am Morgen wach geworden bin, habe ich gedacht, das wäre ein blöder und gruseliger Traum gewesen, bis er vor meiner Tür eine Nachricht hinterlassen hat, dass ich ihn in der alten Hütte am Meer treffen soll. Ich bin ein böser Mann, ein kranker Mann, aber ich hätte mich nie auf die Sache eingelassen, wenn ich gewusst hätte, dass es der Sänger ist, den er ausradieren will. Das tut meinem Hirn stärker weh als alles zuvor. Jetzt kann ich überhaupt nicht mehr schlafen, ich liege mit offenen Augen im Zimmer und höre meinem Mädchen beim Schnarchen zu.

Als der Mond aufgeht und ein Lichtstrahl durchs Fenster fällt und meine Brust zerschneidet, weiß ich, dass Gott kommen wird, um mich zu richten. Keiner, der einen Polizisten umbringt, kommt in die

Hölle, aber bei dem Sänger ist das was anderes. Ich höre mir an, wie Josey Wales mir sagt, der Sänger wäre ein Heuchler und würde beide Seiten gegeneinander ausspielen und alle zum Narren halten. Ich höre mir an, wie er mir sagt, er hätte größere Pläne, und es wäre an der Zeit, dass wir aufhören, für die Weißen im Nobelviertel, die sich nur für uns interessieren, wenn gerade Wahlen anstehen, die Handlanger aus dem Getto zu spielen. Ich höre mir an, wie er mir sagt, der Sänger wäre ein Handlanger der PNP, der vor dem Premierminister den Bückling macht. Ich höre mir an, wie er mir sagt, ich soll noch drei Lines ziehen, dann wäre mir sowieso egal, um wen es geht. Ich höre mir an, wie er mir sagt, dass der Brethren zurückgekommen ist. Er wohnt auch in dem Haus, wie eine fette Hausratte, und es ist allerhöchste Zeit, dass ich und kein anderer als ich ihm zeige, warum man sich nicht mit einem Jungle-Boy anlegt. Als es Morgen wird und ich immer noch wach bin, halte ich mich an diesem Gedanken fest. Es reicht. Ich will ihm die Kanone in den Batty schieben und ihn mit einer Kugel ficken.

Ich bleibe den ganzen Tag über im Bett, während mein Mädchen flucht, weil nichts zu essen im Haus ist und sie jetzt arbeiten muss, denn wenn die PNP wieder gewinnt, dann wird sie keine gute Arbeit mehr finden. Ich warte, bis sie aus dem Haus ist, bevor ich mir eine Hose anziehe und nach draußen gehe. Ich wasche mich nicht an der Wasserpumpe, weil mich beim letzten Mal die Polizei einkassiert hat. Die Sonne steht noch nicht sehr hoch, darum ist es hell, grün und kühl. Ich gehe barfuß die Straße entlang, an Zäunen aus Zink und aus Holz und an Zinkdächern vorbei, die die Leute mit Steinen, Mauerziegeln und Müll beschwert haben. Die, die Arbeit haben, und die, die Arbeit suchen, sind weg, und übrig sind nur die, die keine finden, weil das hier JLP-Territorium ist und die PNP gerade das Sagen hat. Ich laufe weiter. Als ich am Rand von Jungle ankomme, steht die Sonne fast senkrecht am Himmel, und ich höre Musik aus einem Radio. Disco. Ich höre ein nasses Quietschen, eine Frau, die bei der Wasserpumpe hinter ihrem Haus die Wäsche mit der Hand wäscht. Es ist, als würde ich niemanden kennen, oder als wären alle weg, die ich kenne.

Josey Wales hat mir bei unserem ersten Treffen zwei Fragen gestellt. Ich bin die Straße von Jungle zu den Garbagelands entlanggegangen, und er hat in einem weißen Datsun neben mir angehalten. Im Auto saßen noch zwei Männer, Weeper und einer, den ich immer noch nicht kenne. Er hätte gehört, ich wäre ein guter Schütze, hat er gemeint und mich gefragt, wie das kommen würde, weil die Jungs aus dem Getto normalerweise nur wild um sich ballern. Ich wäre so gut, weil ich im Gegensatz zu den anderen jemand Bestimmten töten will, hab ich gemeint. Du bist gut, aber gut sind viele, hat er gesagt; mich interessiert, ob du auch hungrig bist. Das musste er mir nicht lange erklären. Ich wusste genau, was er meint. Das war vor einer Woche. Ich treffe mich jeden Abend mit ihm an der Hütte. Eines Abends kommt ein Weißer und sagt, eine Lieferung würde unbewacht am Kai liegen, und es wäre doch eine Schande, wenn was damit passieren würde, aber schließlich wären wir ja in Jamaika, oder? Da verschwinden doch andauernd Sachen.

Das hier sollst du wissen. Jemand soll wissen, wo ich herkomme, wobei das eigentlich gar nichts bedeutet. Wer behauptet, keine Wahl zu haben, der ist nur zu feige, eine Wahl zu treffen. Denn jetzt ist es achtzehn Uhr. In vierundzwanzig Stunden gehen wir zum Haus des Sängers.

Alex Pierce

Ein Auftrag wie dieser hat seinen eigenen Reiz. Ich bin in Kingston, irgendwo zwischen Studio One und Black Ark, und grübele darüber nach, warum die Hippies so auf diese Szene abfahren. Ich meine, *What can a poor boy do except to sing for a rock 'n' roll band.* Ein reicher Junge kann dagegen aufhören, sich die Haare zu schneiden, sich Hippie nennen und ein paar unrasierte Miezen anlachen. Er hat die Möglichkeit des »Turn on, tune in, drop out«, aber nicht die Überzeugung, es auch verdammt noch mal durchzuziehen. Stattdessen nennt er sich einfach einen Rastafari, haut ab nach St. Barts oder Maui oder Negril und Port Maria, schimpft bei ein paar Drinks auf das Establishment und fickt ständig beschissene Hippies. Schlimmer noch, inzwischen gibt es auf Jamaika reiche Schlampen, die auf Hippie machen, die auf Rasta machen, zum Teufel, was weiß ich. Aber Hallo, so ist Jamaika. Zumindest sollte man meinen, dass sich hier jeder Big Youth und Jimmy Cliff reinzieht.

Aber als ich hier ankomme, das erste Mal seit einem Jahr, läuft im Radio nur *More More More, How Do You Like It How Do You Like It,* und ich denk, das mit dem Reggae ist nur Schwachsinn. Ich kurble weiter zu einem anderen Sender, und da läuft *Ma Baker She Knew How To Die!* Wechsle auf UKW und höre *Fly Robin Fly up-up to the Sky!* Ich frag den Hilfskellner im Hotel, wo bekomm ich denn Mighty Diamonds und Dillinger zu hören? Er schaut mich an, als hätte ich ihn grade gefragt, ob er mir den Schwanz lutschen will, und sagt dann, Nicht jeder Jamaikaner verkauft Marihuana, Sir. Sogar Abba wird hier mehr gespielt als Reggae. Ich hab »Dancing Queen« so oft gehört, dass ich schon bald zur Tunte werde.

Ich bin im Skyline, einem Hotel mit einem überragenden Blick auf ... das Hotel davor. Wenn man in Kingston die Straßen entlanggeht, dann gibt's da Schwarze und Weiße und jede Menge Mischlinge, und sie sind alle im gleichen Hotel oder im Haus des Sängers oder einfach auf der Straße. Selbst der Wetterfrosch im Fernsehen ist schwarz. Man sieht auch in den Staaten ständig Schwarze, na klar, aber man sieht sie eigentlich nicht richtig, und schon gar nicht als Nachrichtensprecher. Man hört sie ständig im Radio, aber wenn der Song vorbei ist, dann verschwinden sie. Sie sind im Fernsehen, aber nur wenn jemand einen Pausenclown braucht wie bei *Good Times*. Jamaika ist da anders.

Im TV ist eine Jamaikanerin zu sehen: Eine weiße Frau hat gerade die Miss World gewonnen, aber sie kommt von hier. Sie hat gerade gesagt, dass der Sänger ihr Freund ist und sie es gar nicht erwarten kann, wieder zu Hause und bei ihm zu sein. Ungelogen. In dieser Stadt gibt's ein paar scharfe Bräute, und tanzen können sie alle. Sogar der Verkehr draußen vor dem Fenster tanzt. Außerdem erzählen die Leute anderen Leuten andauernd von ihrem Bombocloth. In den Urlaubsorten sagen die Amerikaner Bumperclat und glauben, sie wären cool, weil ein »Girl Friday« ihnen das Haar geflochten hat (das ist so ein Robinson-Crusoe-Schwarzer-Sklave-Scheiß, im Ernst, und sie haben mich schräg angeschaut, weil ich meinen Drink fallen gelassen habe, als ich es das erste Mal hörte) und weil sie gelernt haben, wie ein echter Jamaikaner zu reden, *mon*.

Die Leute hier sind echt entspannt, haben dabei was Cooles an sich, aber keiner vergisst, wohin er gehört. Und wenn du mit den Leuten im Hotel redest, dann hörst du nur diesen weißen Umgangston, die Leute sind übertrieben höflich, weil sie dazu erzogen wurden. Und weil's dabei immer um die Hautfarbe geht – geht's auch immer wieder schief. Einmal hat ein Schwarzer den Pikkolo gebeten, seine Koffer zu tragen, und der Pikkolo geht einfach weg. Der Typ fängt an herumzuschreien, was das denn für ein rassistischer Onkel-Tom-Scheiß hier wäre, bis sie kapieren, dass er Amerikaner ist. Und selbst dann wollte der Pikkolo noch seinen Zimmerschlüssel sehen. Und draußen auf den Straßen ist es genauso, bis du weit genug gehst und die Leute authentischer werden.

Trotzdem, das hier ist Jamaika, und Jamaika ist ein geiler Ort. Serge Gainsbourg, dieser hässliche Franzose, der immer noch kitschige Platten macht und heiße Miezen aufreißt, kann da was erzählen. Er kommt also nach Jamaika weil Isch wiel 'ier Reggae machän, und die Typen im Studio lachen sich schlapp. Bombocloth, was glaubt dieser kleine Franzmann eigentlich, wer er ist? Serge sagt, Aber isch bien der größte Popsingär, und sie sagen, wir kennen dich verdammt noch mal nicht, der einzige französische Song, den wir kennen, ist das bom-bocloth »Je Taime«. »Je Taime«, sagt Serge, das bün isch. Danach war er in Kingston der liebe Gott, ohne Scheiß. Und ich bin im Studio One und frag einen der Leute, ob er mir einen Kaffee holen kann, schwarz, und er sagt, Was? Hast du was mit den Händen? Hol dir bloodcloth noch mal selbst einen. Echter Klassiker.

Ich soll mich an die Fersen von Mick Jagger heften, aber niemand wird *Black and Blue* ein missverstandenes Meisterwerk nennen, nicht in zehn und auch nicht in zwanzig Jahren, das habe ich auch schon geschrieben. Scheiß jedenfalls auf ihn und Keef und die Klatschspalte vom *Rolling Stone*. Ich bin ganz kurz davor, ein paar Details zu einer richtig großen Sache zu fassen zu kriegen. Weltuntergang, ohne Scheiß. Die geschäftigste, lebendigste Musikszene der Welt ist kurz davor zu explodieren, aber nicht in den Charts. Der Sänger hat etwas vor, und damit meine ich nicht nur das Friedenskonzert. Es hat mich ein paar Jahre Uptown und Downtown und Überzeugungsarbeit ge-kostet, um den Leuten zu beweisen, dass ich nicht nur irgendein dummer, weißer Junge bin, der auf die Limbo-Party will. Dann haben die Leute angefangen, mit mir zu reden. Das verdammte Kingston-Weichei an der Rezeption weiß nicht mal, wer Don Drummond ist, aber er sagt mir immer wieder, dass alles, was ich wohl brauche, in New Kingston zu finden ist.

Das gibt's auch, Jamaikaner und nicht nur die, die im Hotel arbei-ten, sondern braune und weiße Männer, die im Restaurant immer Rum trinken, fragen, wenn sie meine Kamera sehen, ob ich von *Life* bin und sagen mir dann, wohin man nicht gehen soll. Geh hin, wo sie hingehen, und du landest im Liguanea Club, wo »Disco Duck« läuft und langweilige reiche Tussen gerade vom Tennis kommen und jetzt bumsen wollen. Ich erzähl ihnen, dass ich alleine zum Turntable Club will, und sie sehen mich erstaunt an und noch erstaunter, wenn ich nicht nach dem Weg frage, denn ich weiß, dass sie den nicht kennen. Ich hab den Concierge schon vor ein paar Stunden gefragt, wo ist die Jamsession? Er hat ohne Scheiß gesagt, Zitat, Sir, warum wollen Sie sich unter diese Elemente mischen? Ich war schon kurz davor zu sagen, Alter, kein Thema, ist cool. Aber diese Story, das ist schon was.

Ich bin im Taxi auf dem Weg zum Hotel, und der Fahrer fragt mich, ob ich auf Pferde wette. Ich steh nicht auf Wetten, aber er, und wen hat er vor ein paar Wochen auf der Rennbahn gesehen? Den Sänger. Er war mit zwei Typen dort, der eine nennt sich Papa-Lo. Ich hab mich mal schlau gemacht über diesen Papa-Lo. Organisierte Kriminalität, Erpressung, fünf Mal unter Mordverdacht, nur ein Fall kam vor Gericht, Freispruch. Regiert eine Barackensiedlung namens Copenhagen City. Da haben wir also den Sänger und zwei Gangster von einer politischen Partei, die er angeblich nicht unterstützt, und sie scheinen so dick befreundet zu sein wie alte Schulkumpel. In den nächsten paar Tagen wird er gesehen, wie er mit Shotta Sherrif herumhängt, dem Paten der Eight Lanes, der für die andere Partei arbeitet, die andere Seite. Die beiden Oberbosse in einer Woche, zwei Männer, die mehr oder weniger die sich bekämpfenden Hälften von Downtown-Kingston kontrollieren. Vielleicht gibt er ja einfach den Friedensstifter, schließlich ist er bloß ein Sänger. Aber so langsam versteh ich, dass in Jamaika niemand einfach nur irgendwas ist. Da ist was im Busch, ich kann's schon riechen. Hab ich bereits erwähnt, dass in zwei Wochen gewählt wird?

Und wenn weiße Jungs aus New York was wittern, dann ist die Spur schon kalt. Dieses kleine Arschloch Mark Lansing saß im gleichen Flieger wie ich und hat sich alle Mühe gegeben, mich nicht zu sehen. Ohne Scheiß. Dieser beschissene Filmemacher, der immer noch mit der Kohle seines Vaters dreht, ist hier in Jamaika, um das Friedenskonzert zu filmen. Er sagt, dass ihn die Plattenfirma angeheuert hat. Kann ja sein, aber wenn ein begriffsstutziger Wichser wie der plötzlich in Jamaika auftaucht, um ein Konzert zu filmen, obwohl er noch nie etwas in dieser Größenordnung gemacht hat, dann bekomm ich doch Kopfschmerzen.

Mein Taxifahrer versucht, so viel Geld zu machen, dass er abhauen kann. Er glaubt, dass Jamaika die nächste kommunistische Volksrepublik wird, wenn die People's National Party wieder gewinnt. Dazu will ich nichts sagen, aber ich weiß, dass praktisch alle den Sänger mit Argusaugen beobachten, als würde eine Menge davon abhängen, was er als Nächstes tut. Vielleicht will der arme Kerl einfach nur ein Album mit Liebesliedern aufnehmen, und damit gut. Vielleicht spürt er es auch – alle spüren es –, dass es in Kingston gärt. Der Concierge hat schon zwei Nächte nacheinander hinter der Rezeption geschlafen. Das muss er mir gar nicht verraten, ich sehe es an den Tränensäcken unter seinen Augen. Vielleicht würde er sagen, dass er seine Arbeit sehr ernst nimmt, aber ich wette, er hat einfach Angst, nachts allein nach Hause zu gehen.

Im Mai sagte ein Typ namens William Adler im Regionalfernsehen, dass in der hiesigen US-Botschaft elf CIA-Agenten arbeiten. Im Juni hatten sieben davon das Land verlassen. Ach nee. Unterdessen singt der Sänger, der noch nie ein Blatt vor den Mund genommen hat, *Rastas don't work for the CIA*. In Jamaika ist zwei plus zwei nicht mehr nur fünf, sondern sieben. Und all diese losen Fäden ziehen sich um den Sänger zusammen wie eine Schlinge. Du hättest heute mal sein Haus sehen sollen, bewacht wie Fort Knox, niemand kommt rein oder raus. Und er wird auch nicht von der Polizei bewacht, sondern von einem Schlägertrupp, der, wie ich herausgefunden habe, Echo Squad genannt wird. Alle sind inzwischen bei irgendeiner Squad, ob Schläger oder Leibwächter. Irgendeine arme Mieze hat den ganzen Tag vor dem Haus gewartet und behauptet, ein Kind von ihm zu haben oder so. Weiß Lansing, wie er da reinkommt? Er sagt, er filmt das Konzert für das Label, also muss er doch auch so Hinter-den-Kulissen-Zeugs drehen. Wenn ich an Infos kommen will, müsste ich nett zu dem Saftsack sein, und das will ich einfach nicht.

Ich versuche, nicht allzu neugierig zu wirken. Mit siebenundzwanzig und sechs Jahre nach dem College fragt meine Mutter immer noch, wann ich aufhöre, ein schnorrender Sozi zu sein, und mir eine anständige Arbeit suche. Ich bin beeindruckt, dass sie den Begriff »Sozi« kennt, aber ich glaube, »schnorren« hat sie von meiner kleinen Schwester. Sie glaubt auch, dass ich die Liebe einer guten Frau brauche, vorzugsweise nicht schwarz. Vielleicht hat sie den Möchtegern in mir auf den ersten Blick gewittert. Ich glaube, ich versuche mich selbst davon zu überzeugen, dass ich keiner dieser weißen Jungs bin, die ziellos auf der Suche nach einem Zuhause sind, einem Sinn, denn nach Nixon und Ford und den Pentagon-Papieren und den verdammten Carpenters und Tony Orlando und Dawn gibt es nichts mehr, woran man glauben kann, und an den Rock'n'Roll schon gar nicht. Auf dem Weg nach West Kingston ließen mich die Rudies in Ruhe, weil sie wussten, dass ich nichts zu verlieren habe. Vielleicht bin ich einfach ein dummer Junge, der unzufrieden mit der Welt ist. Ich denke nur, ich habe Probleme, aber eigentlich habe ich keine.

Auf meiner ersten Jamaikareise flogen meine Freundin und ich nach Montego Bay und fuhren nach Negril. Ihr Vater war ein ehemaliger Soldat. Ich fand es wunderbar, dass sie keine Ahnung von The Who hatte, aber Velvet Underground hörte, weil sie mit deutschen Kids auf einem Armeestützpunkt aufgewachsen war. Und nach ein paar Tagen, nun, ich will nicht sagen, dass ich mich zu Hause fühlte, so kitschig war das nicht, aber ich bekam dieses Gefühl oder den Eindruck oder vielleicht wollte ich auch nur glauben, dass ich jetzt nicht mehr weglaufen musste. Das hieß nicht, dass ich hier leben wollte. Aber ich erinnere mich, dass ich eines Morgens in aller Früh wach wurde, genau zu dem Zeitpunkt, als es kühler wurde, und mich fragte, wohin die Reise eigentlich geht? Vielleicht meinte ich das Land, aber vielleicht meinte ich mich auch selbst.

Aber das ist ja klar. Ich sollte mir lieber Gedanken darüber machen, welche Bombe in diesem Land tickt, bevor sie hochgeht.

In zwei Wochen sind Wahlen. Die CIA hat die Stadt besetzt, und ihr fetter Arsch hinterlässt den Schweißfleck des Kalten Kriegs. Die Zeitschrift erwartet von mir bloß ein paar Sätze darüber, was die Stones einspielen, dazu noch ein blödes Bild von Mick und Keef mit schräg sitzendem Kopfhörer und für ein bisschen Farbe auf dem Bild noch einen Jamaikaner. Aber scheiß drauf. Was führt Mark Lansing im Schilde? Dieser Schwanzlutscher ist nicht Manns genug, um ganz alleine so einen fetten Schwindel durchzuziehen. Ich sollte morgen wieder zu Marleys Haus fahren, immerhin hatte ich doch einen Termin. Als ob das in Jamaika irgendwas bedeuten würde. Und wer ist überhaupt dieser William Adler?

Josey Wales

Weeper hat einen ganzen Haufen Geschichten auf Lager. Jede fängt mit einem Lacher an, denn Weeper ist ein Mann, der gerne Witze macht. So wirft er die Angel nach dir aus, und der Witz ist nur der Haken. Aber wenn er dich erst mal am Haken hat, zieht er dich in die schwärzeste, röteste, heißeste Höllengrube, die du dir überhaupt vorstellen kannst. Dann lacht er und wartet einfach ab und schaut zu, wie du versuchst, da wieder rauszuklettern. Frag ihn bloß nicht nach dem Electric Boogie.

Da hänge ich in einer Bar rum, sehe einer Frau beim Tanzen zu und einem Mann beim Zusehen, und was mache ich? Ich denk an Weeper. Ergibt das irgendeinen Sinn? Jungle hat niemals zuvor einen Rudie wie Weeper hervorgebracht und wird es auch nie wieder tun. Er ist ganz anders als jeder, der vor dem Herbst 1966 in Balaclava gelebt hat. Weepers Mutter hat ihn sogar auf 'ne weiterführende Schule geschickt. Nicht viele Leute wissen, dass Weeper einen Abschluss in drei Hauptfächern – Englisch, Mathe und technischem Zeichnen – gemacht und schon dicke Bücher gelesen hat, bevor Babylon ihn ins Gefängnis gesteckt hat. Weeper war so heftig am Lesen, dass er anfing, Brillen zu klauen, bis er eine hatte, die richtig für ihn war. Jetzt sehen die Leute einen Rudie mit Brille und haben sofort das Gefühl, als würde da noch mehr hinter seinem Gesicht vorgehen. Die Mutter seines Kindes hat einen guten Job in der Freihandelszone gekriegt, weil sie als einzige Frau in der Geschichte der Freihandelszone einen echten Bewerbungsbrief geschickt hat, natürlich einen, den Weeper geschrieben hatte, nicht sie.

Nun hat jede Weepergeschichte nur einen einzigen Helden, und das ist Weeper – abgesehen von dem Mann, der ihm noch immer Briefe schreibt, dem Mann, von dem er die ganze Zeit am liebsten erzählt, der Bursche hat dies gemacht, der Bursche hat das gesagt, der Bursche hat ihm alles beigebracht, und für ein wenig Koks oder noch weniger H hat der Mann das und das gemacht, und beide haben sich gut gefühlt. Weeper redet ständig von diesem Kerl, als wär es ihm total egal, was irgendwer denkt, denn es weiß ja ohnehin jeder, dass Weeper einen Jungen direkt vor den Augen eines Vaters töten und den Vater die letzten fünf Atemzüge seines Sohnes zählen lassen könnte. Frag ihn bloß nicht nach dem Electric Boogie.

Weeper hat sogar eine Geschichte über den Sänger. Ein Mann kann nicht auf jeden Einzelnen eingehen, besonders dann nicht, wenn er eine Mission zu erfüllen hat, aber Weeper hat das persönlich genommen. Neunzehnsiebenundsechzig war Weeper ein Junge aus Cross Roads, so in der Mitte zwischen Uptown und Downtown, hielt sich aus Problemen raus und glaubte, mit Mathe, Englisch und Technischem Zeichnen könne er irgendwo bei einem Architekten in die Lehre gehen. Weeper vergaß an jenem Tag nicht sich die Haare zu kämmen. Er trug das graue Hemd und die dunkelblaue Hose, die seine Ma ihm für die Kirche gekauft hatte. Stell dir Weeper vor, wie er durch Cross Roads läuft wie der Obergockel persönlich, rocksteady-rhythmisch in seinen Schuhen vorbeigefedert kommt und viel zu geschniegelt aussieht, um ein Junge aus Downtown zu sein. Stell dir Weeper vor, der anders als alle andern aussieht, weil er im Gegensatz zu allen andern ein Ziel hat.

Als Weeper sich nach links wendet, um Richtung Carib Theatre zu gehen, kommt gerade ein Haufen Polizisten an, zwei Transporter voll. Ein Polizist schnappt ihn sich, ein anderer versetzt ihm einen Schlag mit dem Gewehrkolben, ein dritter tritt ihm mit voller Gewalt gegen den Kopf, als er zu Boden geht. Im Gun Court sagen die von der Polizei, er habe sich der Festnahme widersetzt und vorsätzlich zwei Polizeibeamte verletzt. Euer Ehren sagt, Du bist des Raubüberfalls mit vorsätzlicher Körperverletzung auf Ray Changs Juweliergeschäft in

Cross Roads angeklagt, bekennst du dich schuldig? Weeper sagt, er hätte keinen blassen Schimmer von einem Raubüberfall, aber die Polizei sagt, sie haben einen Zeugen. Weeper sagt, gar nichts habt ihr, ihr wollt einfach bloß jeden Schwarzen, den ihr uptown seht, für einen Mord drankriegen, wie bei Marcus Stone aus Copenhagen City, wo der Mord achtundvierzig Stunden nach seiner Verhaftung passiert ist. Das lässt doch das Gesetz reichlich bescheuert aussehen oder korrupt oder beides. Der Richter räumt ihm die Chance ein, die Identität seiner Mittäter preiszugeben. Weeper sagt, es gibt keine Komplizen, weil es kein Verbrechen gegeben hat. Weeper war unschuldig, aber er konnte sich keinen Anwalt leisten. Der Richter gibt ihm fünf Jahre im General Penitentiary.

Am Tag bevor er einwandert, bekommt Weeper Besuch von der Polizei. Die Jungs aus Copenhagen City, Jungle, Rema und Waterhouse sind nicht gerade gut Freund mit der Polizei. Die Polizisten zeigen ihm, was er sich vom Gefängnis erwarten darf. Selbst da, selbst nach der Urteilsverkündung, hat Weeper noch Hoffnung, denn seine Mutter lebt noch, und er hat den Schulabschluss in den drei Hauptfächern und ist gerade kurz davor, etwas aus sich zu machen. Weeper glaubt, das ist ein faires Spiel, sie haben die Macht, und er hat recht. Er glaubt, ganz sicher kann doch ein Junge, der eine Brille trägt, kein Rudie sein. Weeper glaubt sogar, dass Gott Daniel jede Minute aus der Löwengrube holen wird. Sechs Polizisten, einer von denen sagt, Weeper, wir haben da was für dich. Weeper hat bis zu diesem Zeitpunkt noch William Foster geheißen, doch die Polizisten sagen, er flennt wie ein Mädchen. Weeper, der nie eine schlaue Bemerkung im Mund behalten kann, da, wo sie hingehört und wo sie auch bleiben sollte, erklärt dem Mann, dass er zwar ganz hübsch wär, aber dass da unten nur ein Ausgang und kein Eingang ist. Der erste Schlag mit dem Knüppel bricht ihm noch nicht die linke Hand, der zweite schon. Der Polizist sagt, du wirst uns jetzt zur Hölle noch mal alle deine Komplizinnen nennen. Weeper ist am Heulen und Schreien vor Schmerzen, kann aber immer noch nicht sein schlaues Mundwerk halten. Komplizen wolltest du wohl sagen, sagt er. Die Polizisten sagen, wir wissen schon, wie wir dich zum Reden bringen, allerdings wissen sie auch, dass Weeper nichts zu sagen hat, denn es sind dieselben, die ihn aufgegriffen haben, weil ein dreckiger Gettoboy kein Recht hat, in feinen Klamotten rumzuspazieren, als wäre er jemand, und dabei ist er nur ein Dieb, dieser Bloodcloth-Junge hat die Kleidung der feinen Leute gestohlen, und der dreckige Naigger weiß wohl nicht, wo sein Platz ist.

Sie zerbrechen das linke Glas seiner Brille, die Weeper noch heute so trägt, wo er es sich doch leisten könnte, das Glas ersetzen zu lassen. Sie bringen ihn in einen Raum im Hochsicherheitstrakt, den er noch nie gesehen hat, ziehen ihn aus, sogar die Unterhose, und binden ihn auf einer Pritsche fest. Der Polizist sagt, weißt du, was der Electric Boogie ist, du Wichser? Einer von ihnen kommt mit einem Kabel an, das sie aus einem Toaster gerissen haben. Sie legen die beiden Drähte frei. Angeblich bist du ja ein Battyman, sagt ein Polizist, während ein anderer nach seinem Schwanz greift und den Draht um die Eichel wickelt. Dann stöpseln sie den Stecker ein. Nichts passiert, als sie das tun, aber es passiert was, als sie den anderen Draht nehmen und ihm damit an die Fingerspitzen, an das Zahnfleisch, die Nase, die Brustwarzen und das Arschloch gehen. Weeper hat mir nie davon erzählt, aber ich weiß es trotzdem.

Weeper war etwas Neues im Gefängnis. Ein Mann, der kaputt ist, bevor und nicht erst nachdem sie ihn wegschließen. Angeblich haben sie sich die erste Woche allesamt schön von ihm ferngehalten, denn ein verwundeter Löwe ist gefährlicher als ein gesunder. Jeder konnte ihn nehmen, aber jeden, der das versuchte, hat er mit in die Hölle genommen. Weeper kann eine komplette Unterhaltung nur mit den Augen führen. Macht er immer noch, das ist auch der Grund, warum er der Beste ist, mit dem man arbeiten kann. Er auf der einen Seite von einem Lebensmittelladen, ich auf der anderen, zweimal Blinzeln und ein Starren, schon wissen wir beide, dass er die Hintertür nimmt und ich den Tresen und wir alle erschießen, die auch nur ihre Hose hochziehen oder in ihre Handtasche greifen. Weepers Kanone hat fünf Kerben auf der linken Seite und keine auf der rechten. Jede Kerbe ein Polizist. Und ...

— Hey! Hey, Josey. Brethren, komm zurück, Planet Erde braucht dich.

— Weeper? Seit wann bist du hier? Glaub nicht, dass ich dich hab reinkommen sehen.

— I-and-I kommen vor zwei Minuten rein. Hältst du das für 'ne gute Idee, in dieser Bar hier vor dich hin zu träumen?

— Wieso, ist irgendwas?

— Was? Gar nichts, Star. Männer wie du müssen sich nicht den Rücken freihalten. Du hast ja Leute, die das für dich tun.

— Wie kommt's, dass du erst jetzt kommst?

— Du kennst mich, Josey. Jede Straße braucht ihre Barrikade. Also, auf welchem Planeten warst du gerade?

— Pluto, ganz weit draußen.

— Kenn ich. Wo die Frauen nur eine Brust, aber zwei Muschis haben?

— Nein, Mann, da ist's eher wie bei *Planet der Affen*.

— Na ja, da kann man genauso gut zwei Affen ficken, weil …

— Fang nicht wieder damit an, dass der Mensch vom Affengeficke abstammt, Weeper.

— Wer sagt das?

— Deine atheistischen evolutionsidiotischen Brüder, oder nicht?

— Yeah, Mann, ich und der höchstrangige Charles Darwin. Brethren, niemand stammt vom Affen ab. Na ja, bis auf Funnyboy, den muss wohl irgend so eine Gorillamuschi rausgedrückt haben.

— Weeper, was zum …

— Was? Was?

— Brethren, ich bin ziemlich sicher, dass mein Bier gerade noch halbvoll war.

— Gut zu wissen.

— Du Wichser, hast du mein Bier getrunken?

— Hat nicht so ausgesehen, als ob du's noch haben willst. Wie hat Oma immer gesagt? Was zu lange rumsteht, dient irgendwann zwei Herren.

— Hat Oma gewusst, dass du die Plörre von andern Typen trinkst?

— Ernsthaft jetzt, wo warst du?

Weeper ist noch quasseliger als sonst. Könnte an dieser Bar liegen, wo der Fusel jede Zunge löst außer meiner. Er weiß, wie sehr ich es hasse, dass er high ist, wenn wir ein Geschäft am Laufen haben. Er behauptet immer, dass das Koks der Sache die Spitze nimmt, aber den blöden Spruch hat er doch wieder nur von einem weißen Mann, der wegen Drogenbesitz im Gefängnis war, bis die Botschaft ihn rausgeholt hat, oder aus irgendeinem Film, jedenfalls hat er keinen Schimmer, was zum Scheiß das überhaupt bedeutet. In diesem Zustand bricht er einen Streit vom Zaun, wenn's gar keinen Streit vom Zaun zu brechen gibt. Und er hat mehr Paranoia als Judas nach seinem Verrat an Jesus.

— Hey Josey, ist dein Datsun draußen? Der Typ da drüben. Auf drei Uhr.

— Bloodcloth, was redest du denn jetzt wieder? Und was hat das mit meinem Datsun zu tun?

— Der Mann da, auf drei Uhr.

— Wievielmal muss ich dir noch sagen, dass du mir nicht mit diesem amerikanischen Filmschwachsinn kommen sollst?

— Na gut, du Pussyhole. Der Mann hinter dir, rechts – nicht gucken. Groß, dunkel, ziemlich hässlich, Hängelippen wie 'n Fisch am Haken, an der Bar, redet mit keinem. Dreimal hat der jetzt schon hier rübergeguckt.

— Vielleicht gefällst du ihm.

Weeper sieht mich streng an. Eine Sekunde lang glaube ich, er wird gleich etwas Dummes sagen und mich zu wüsten Beschimpfungen verleiten, aber Weeper hat sich das Recht verdient, zu tun, was er tun will, selbst wenn es irgendwas Sodomistisches ist. Er redet die ganze Zeit drüber, aber indirekt, wie bei einer Äsop-Fabel oder einem Rätsel oder einem Kinderreim. Und die formt und modelliert er dann, dass sie fast griechisch wirken, seine Worte, nicht meine, ich hab keine Ahnung, was zum Teufel er mit dem griechischen Scheiß meint. Aber das heißt noch lange nicht, dass irgendjemand mit ihm so reden kann. Irgendwas passiert mit dir, wenn jemand dir was über dich selbst erzählt, auch wenn du es schon weißt.

— Mann, fick die Schwuchtel, sagt er. Ich trete mir gegen meinen eigenen Fuß.

— Dieser Typ beobachtet uns.

— Das redet dir das Koks ein. Natürlich beobachtet der uns. Wenn ich der wäre, würd ich mich auch nicht aus den Augen lassen. Ich sag dir, was mit dem ist. Der erkennt mich, wie jeder hier, und dann erkennt er dich. Der überlegt da direkt, wen hier drin wollen die kalt machen und wie lange noch, bis sie ihn wegpusten? Sollte ich einfach hierbleiben und mich lockermachen, oder sollte ich lieber schnell wegrennen wie ein Pussyhole? Ich muss da nicht mal hinsehen, eine Hand an seinem Drink, die andere trommelt auf der Theke. Pass auf, wie der gleich schnell wegguckt, wenn ich mich ruckartig umdrehe, eins, zwei, drei ... jetzt.

— Haaha, der Mann hat seinen Drink verschüttet. Brethren, vielleicht ist der von der Polizei.

— Vielleicht solltest du mal aufhören, immer an deiner bloodcloth Kanone rumzufummeln. Du hast zweiundzwanzig Tage Weihnachtsurlaub, da kannst du noch ein paar zusätzliche Kerben reinritzen.

Weeper starrt mich an, dann lacht er los. Gibt nix wie Weepers Lachen, es fängt an wie heulender Wind, und an irgend'ner Stelle, man weiß nie, wann, platzt es dann aus ihm heraus und wird die allergrößte Sache im Raum. Wer hat diesem kleinen schwarzen Mann das nur beigebracht, dass er so lachen kann? Es hallt durch den ganzen Raum, und die anderen fangen auch an zu lachen und wissen nicht warum.

— Ich bin in letzter Zeit noch paranoider als sonst.

— Das kommt, weil du denkst, morgen wäre was Besonderes. Ist nicht anders als jeder andere Tag. Du weißt, warum ich dich ausgewählt habe, Weeper, weißt du warum? Weil, wenn ich eins nicht leiden kann, sind das Menschen, die die ganze Zeit nur erzählen, was sie als Nächstes tun werden. Das ist der Grund, warum ich keinem verdammten Politiker traue. Alles, was der tut, ist mir erzählen, was er als Nächstes tun wird.

— Lass dir nie von einem Politiker einen Gefallen tun, sonst hat er ... Hab ich dir jemals erzählt, wie ich mal zufällig den Sänger getroffen habe?

Zehntausend Mal, aber das sage ich ihm nicht. Es gibt Dinge, die Weeper dutzendmal, hundertmal, tausendmal erzählen muss, bis er nicht mehr das Bedürfnis danach hat.

— Nein, hast du mir nie erzählt.

— Nach drei Jahren im Dienst ...

Er nennt die Jahre im Gefängnis immer Dienst.

— Drei Jahre. Sie nehmen uns mit raus nach Port Henderson Beach.

— Die haben Häftlinge schwimmen lassen? Ich wär ja so was von schnell weggewesen.

— NEIN, nein, nein. Die haben uns da draußen arbeiten lassen, Bäume fällen. Aber du hast recht, ich hätte einfach das Buschmesser schwingen und einem Wärter den Kopf abhauen sollen. Egal, Brethren, wir sind da draußen am Arbeiten, und der Sänger und sein Kumpel kommen vorbei. Er guckt zu mir rüber und sagt, Wir alle hier draußen kämpfen für dich, verstehst du? Und ich guck ihn an und hör, wie der mich von irgendwas überzeugen will, okay? Er sagt, er kämpft für meine Rechte! Für mich. Dann lacht er und geht. Seitdem hasse ich dieses Pussyhole wie die Pest.

Er hasst den Sänger aus tiefstem Herzen. Aber die Story hat in Wirklichkeit gar nichts mit Weeper zu tun. Er denkt nur, sie reden mit ihm und sein Herz macht einen Hüpfer. Weeper war schon kurz davor, zu ihm rüberzugehen, trotz der Wachen. Dann erst wurde ihm klar, dass der Sänger mit dem Mann neben ihm gesprochen hat, nicht mit ihm. Aus irgendeinem Grund ist das die Sache, die ihn am meisten verletzt hat, selbst noch nach der neunschwänzigen Katze, den Gewehrkolben und der Pisse im Reis, wenn er sich mit einem Wärter angelegt hat. Die Sache, die ihn zur Weißglut treibt. Es ist nie passiert, aber irgendwas in Weeper will, dass es so passiert ist, will, dass es so endet. Mir egal, solange es ihn dazu bringt, die Waffe zu ziehen, wenn ich es ihm sage.

— Sie warten in der Baracke, Zeit zum Aufbruch, sage ich. – Alle außer Bam-Bam. Nimm meinen Wagen, und hol ihn ab. Er hat den ganzen Tag das Haus beobachtet.

— Tatsache, Brethren, Tatsache.

Bam-Bam

Es ist eine Wahnsinnssache, wenn eine Pistole bei dir zu Hause einzieht. Die Leute, mit denen du zusammenlebst, merken es als Erste. Die Frau, bei der ich wohne, spricht jetzt anders mit mir. Alle reden anders mit dir, wenn sie die neue Beule in deiner Hose sehen. Nein, so ist das gar nicht. Wenn eine Pistole bei dir im Haus ist, dann hat die Pistole das letzte Wort, nicht der, dem sie gehört. Sie bestimmt, wie Männer und Frauen miteinander reden, nicht nur beim ernsten Reasoning, sondern sogar bei den ganz kleinen Sachen.

— Abendessen ist fertig, sagt sie.

— Ich hab keinen Hunger.

— Okay.

— Ich will's aber warm haben, wenn ich später Hunger kriege.

— Ja, Sir.

Wenn eine Pistole im Haus ist, dann behandelt die Frau, bei der du wohnst, dich anders, sie zeigt dir nicht grade die kalte Schulter, aber sie wägt jetzt jedes Wort ab, überlegt es sich genau, bevor sie was zu dir sagt. Eine Pistole spricht auch mit ihrem Besitzer, sagt ihm zuallererst, dass sie ihm nie gehören wird, dass da draußen jede Menge Leute sind, die keine Waffe haben, aber wissen, dass du eine hast, und eines Nachts kommen sie dann wie Nikodemus und holen sie. Niemandem gehört eine Pistole wirklich. Das weißt du aber erst, wenn du eine hast. Wenn jemand sie dir gegeben hat, kann er sie dir auch wieder wegnehmen. Ein anderer denkt vielleicht, es wäre seine, sogar wenn er sieht, dass du sie in der Hand hast. Und er schläft nicht mehr, bis er sie sich geholt hat, weil er nicht mehr schlafen kann. Die Sehnsucht nach einer Pistole ist schlimmer als die nach einer Frau, denn eine Frau hat vielleicht auch Sehnsucht nach dir. Nachts schlafe ich nicht mehr. Ich sitze im Dunklen und betrachte sie, streichle sie und sehe und warte.

Zwei Tage nachdem er weg war, hören wir, dass Papa-Lo in England ist, um den Sänger auf seiner Tournee zu begleiten. Und das Gerücht geht um, dass Funnyboy jetzt auch in England ist, aber niemand weiß, ob das wirklich stimmt, weil sie den letzten Spitzel drüben in den Garbagelands gekreuzigt haben. Der Mann, der Waffen ins Getto bringt, sagt uns, wir sollen bei einem Container warten, auf dem Peace Concert steht. Als wir zum Hafen kommen, ist da keiner, als wäre Clint Eastwood gerade weggeritten. Keine Kräne in Betrieb, kein Flutlicht eingeschaltet, keine Arbeiter, bloß das Wasser klatscht gegen die Kaimauer. Die Kiste war offen und alles bereit. Weeper fährt in Josey Wales' Datsun vor. Er und ich und Heckle laden den Kofferraum und die Rückbank so voll mit Munition, dass Heckle und ich nicht mehr in den Wagen passen. Weeper gibt uns Geld für 'n Taxi, aber ins Getto fährt kein Taxi, schon gar nicht während der Ausgangssperre, also nehmen wir das Geld und kaufen uns was bei Kentucky Fried Chicken und sehen zu, wie die Frau hinter der Theke wartet, dass wir verschwinden, damit sie zumachen kann, aber sie hat viel zu viel Angst, um uns zu sagen, dass wir gehen sollen.

In dieser Nacht zeigt uns der gleiche Weiße, der mit Frouser Witze gemacht hat, wie man schießt. Haufenweise Männer kommen aus dem Getto rüber, und als er einen von denen erkennt, grinst er und sagt, was geht ab, Tony? Aber Tony antwortet nicht. Er sagt dann zu niemand Bestimmtem, dass er mit Tony auf die kleine Schule in Fort Benning gegangen ist, aber keiner hat je gehört, dass Tony mal auf einer Schule war. Er stellt die Zielscheibe hin und sagt, ich soll schießen. Dann schaut der Mann, der die Waffen ins Getto bringt, mich an und lächelt. Weeper erzählt dem Weißen, dass Papa-Lo nicht mehr der Alte ist, aber der Weiße versteht nicht viel von dem, was Weeper sagt. Er nickt bloß und lacht und sagt, Klar, verstehe! Und dann schaut er Josey Wales an, damit der ihm alles noch mal langsamer wiederholt, aber er lacht immer noch viel zu laut über was, das gar kein Witz gewesen ist. Da guckt Josey Wales' noch finsterer, weil jeder weiß, dass er stolz darauf ist, wie gut er sprechen kann. Der Weiße sagt, wir kämpfen für Freiheit und gegen Totalitarismus, Terrorismus und Tyrannei, aber niemand weiß, was er damit meint.

Ich schaue die anderen Jungs an, zwei sind jünger als ich, fünf älter, darunter Demus und Weeper. Wir sind alle schwarz und kämmen unsere Haare nicht. Wir tragen Hosen aus Kaki oder Gabardine oder Jeansstoff, bei denen das rechte Bein bis zum Knie hochgekrempelt ist und ein Tuch aus der linken hinteren Tasche hängt, weil das cool ist. Ein paar von uns tragen einen Tam, aber manche auch nicht, weil das ein Rasta-Hut ist und die werden anscheinend bald Sozialisten. Sozialismus ist aber auch nur ein Ismus, und sogar der Sänger hat so die Schnauze voll von jedem Ismus, dass er ein Lied darüber gemacht hat. Dann erzählt der Weiße uns, bestimmte Leute würden versuchen, uns mit großen Worten auf ihre Seite zu ziehen, und dass Totalitarismus nur mit Zustimmung funktioniert, und wir nicken, als würden wir's verstehen. Neunmal sagt er das Wort Chaos. Er sagt, das Land wird es uns eines Tages danken, und wir nicken, als würden wir's verstehen.

Aber Josey Wales reicht der Politikkram nicht. Er will mehr. Mir fällt auf, dass er immer irgendwie komisch riecht, obwohl die Frau, bei der er wohnt, ihm sagt, was er anziehen soll. So ein Geruch nach Knoblauch und Schwefel. Und nachdem sie uns noch mal gezeigt haben, wie man schießt, sagt Josey Wales, wir gehen jetzt nach Rema, weil die Naigger da sich schlecht benehmen. Das sind ganz schön freche Nigger, sagt der Weiße und lacht, als er in seinem Jeep wegfährt. Also wieder mal Rema, das Viertel zwischen der JLP und der PNP, zwischen Kapitalismus und Sozialismus. Josey Wales hat dem Weißen gesagt, dass er nichts mit irgendeinem Ismus zu tun hat, sondern einfach bloß schlauer ist als alle anderen und tun wird, was man ihm sagt, wenn sie ihn dafür in Miami in Ruhe lassen. Der Weiße hat geantwortet, dass er gar nicht weiß, wovon Josey Wales da quasselt, aber dann hat er so gegrinst, als hätte er mit dem Teufel persönlich was ausgeheckt. Es hieß, die Leute in Rema hätten sich über die JLP beklagt, weil die Geld und Corned Beef nach Copenhagen City gebracht und dort ein Abwassersystem installiert hat, aber überhaupt nichts für sie getan hat, und dass es vielleicht mal Zeit wäre, dass sie sich mit der PNP zusammentun und aus den Eight Lanes Nine Lanes machen. Das alles hat mir Weeper erzählt, als wir über die Gleise zurück zur Hütte gegangen sind. Er hat die ganze Zeit geredet und währenddessen Koks mit Äther gemischt und mit einem Feuerzeug erhitzt. Dann hat er erst mir was davon abgegeben und sich danach selbst das Koks durch die Nase gezogen.

Wir fahren im Datsun nach Rema. Ich greife nach der Tür, aber die fühlt sich weich an, die Luft weht sanft durch meine Haare wie zweihundert Frauenfinger, die meine Brustwarzen streicheln, so muss sich wohl eine Frau fühlen, wenn du an ihren Titten nuckelst, mein Kopf ist total leicht, es kommt mir vor, als würde ich ohne Kopf rumlaufen, und dann ist der Kopf wieder da, aber jetzt ist er ein Ballon, und die dunkle Straße wird noch dunkler, das gelbe Licht der Laternen noch gelber, und das Mädchen in dem Haus auf der anderen Straßenseite geilt mich so auf, aber das Ding in meiner Hose macht nicht pop pop pop und verfickt verfickt verfickt ich muss sofort jede Frau auf der Welt ficken ficken ficken, und ich werde Miss Jamaica bewusstlos ficken, und wenn dann das Baby aus ihrer Pussy rauskommt, dann werde ich sie weiterficken und werde den Abzug drücken und die ganze Welt umnieten. Ich will ficken, aber er wird nicht hart. Er wird nicht hart! Er wird nicht hart! Das muss von diesem Zeug kommen. Das liegt am Koks. Das muss am Koks liegen, vielleicht war's auch H. Weiß ich nicht. Ich weiß es nicht, verfluchte Scheiße, und dieses bombochloth Auto soll endlich da ankommen, wo es hinwill, und nicht mehr wie 'ne Schnecke kriechen, und ich will die Autotür aufmachen und rausspringen und den ganzen Weg rennen und zurückrennen und wieder hin und so schnell rennen, dass ich fliege, und ich will ficken ficken ficken, aber er wird nicht hart! Er wird nicht hart! Und das Radio in meinem Kopf spielt einen Killersong, der nie im Radio kommt, und der Riddim packt mich und wird immer wilder! Und die anderen Jungs im Auto spüren es auch und wissen es auch, und ich schau

Weeper an, der mich anschaut und es weiß, und ich könnte ihn küssen, mit Zunge sogar, und ihn erschießen, weil er ein Battyboy ist, und lachen und wieder lachen, und unser Wagen kommt an einen Hügel, und wir haben das Gefühl, als würden wir in den Himmel hochfahren, nein, doch, in den Himmel, der Datsun fliegt, und mein Kopf wird zu einem Ballon, und dann fällt mir Rema ein und dass die Leute da mal eine Lektion verdient haben, und die will ich ihnen so unbedingt beibringen, dass ich nach dem M16 greife und es ganz fest halte, aber in Wirklichkeit will ich einen kleinen Jungen auf der Straße packen und ihm den Hals umdrehen und umdrehen und umdrehen, bis der Kopf abreißt, und dann will ich mir sein Blut mit den Händen ins Gesicht schmieren und ihn fragen, was ist jetzt mit deinen Heavy Manners, du Arschloch, und ich will ficken ficken ficken, aber er wird nicht hart! Er wird nicht hart! Die Reifen des Datsun quietschen. Und bevor Weeper irgendwas sagt, sind wir schon rausgesprungen und rennen die Straße entlang, und die Straße ist nass, und die Straße ist das Meer, nein, ist die Luft, und ich fliege hindurch, und ich kann meine Schritte hören, als wären es die Schritte von einem anderen, sie klatschen wie Schüsse auf dem Boden, und dann bin ich im Kino mit Josey Wales, weil Harry Callahan als *Der Unerbittliche* wieder da ist, und bin der zweite böse Mann, denn ein Junge mit einer Kanone ist ein Mann und kein Junge mehr, und jedes Mal, wenn Clint Eastwood einen Jungen erschießt, singt Josey Wales, *People, are you ready?*, und wir singen HERR, neige deine Himmel und fahre herab und schießen auf die Leinwand, bis nur noch ein riesiges Loch und ganz viel Rauch übrig ist. Und alle rennen aus dem Kino, aber sie sind schlau genug, dass sie den Film weiterlaufen lassen, denn sonst kommen wir in den Vorführraum und zeigen ihnen, wer hier unerbittlich ist. Und bevor ich noch mal auf die Leinwand schieße, fällt mir ein, dass ich ja in Rema bin und nicht im Kino und dass wir auf ein Haus ballern und einen Laden, der immer noch geöffnet hat, und dass Leute rumrennen und schreien. *Ja, Arschloch, lauf, lauf, denn hier kommt der Vollstrecker und kill-ill-illt dich bam-bam-bam, yeah!*, aber wir sollen ja auf niemanden schießen oder wenigstens nicht erschießen, und das macht mich richtig wahnsinnig, und ich will immer noch ficken ficken ficken und weiß nicht, warum ich unbedingt ficken will, wo ich doch überhaupt keinen hochkriege, und deshalb renne ich hinter einem Mädchen her. Ich bring dich um, schreie ich und packe sie und will loslegen, aber Weeper geht dazwischen und schlägt mir mit seiner Pistole ins Gesicht. Was zum Teufel soll der Scheiß?, fragt er. War nur eine Warnung, sonst nichts, aber am liebsten würde ich ihn auch umbringen, aber er gibt das Signal zum Abhauen, weil die in Rema zwar so arm sind, dass sie nichts haben, aber ein, zwei Männer dort haben doch Waffen, aber wen interessieren schon ein paar Arschlöcher aus Rema? Die Kugeln werden von mir abprallen wie bei Superman. Ich nehme mir das S von der Brust von Superman und das B von Batmans Gürtel. Wir sehen einen und jagen ihm hinterher, aber er verschwindet irgendwo wie eine Maus in einem Loch, das nur eine Maus kennt, und er soll rauskommen und wie ein echter Mann sterben, schreie ich dem Battyman hinterher und ich will ihn so unbedingt töten, ich will ihn so unbedingt töten töten töten, und dann kommt ein Hund raus, und ich renne hinter dem her, weil ich diesen Hund töten will, weil ich diesen Hund töten muss, ich werde diesen Hund töten, ich töte diesen Hund! Josey Wales und die anderen laufen zurück zum Truck und schnappen sich einen Jungen und treten ihm in den Rücken und gegen das Schienbein und in den Batty. Das ist dafür, dass ihr Feiglinge aus Rema glaubt, ihr könnt einfach so zur PNP wechseln, denkt lieber dran, dass wir die Waffen haben und genau wissen, wo wir euch finden, und dann treten sie den Jungen noch mal, und er rennt weg, und ich will ihn töten, und Weeper schaut mich an, und ich will ihn erschießen, ich will ihn unbedingt erschießen und ich will ihn jetzt sofort jetzt jetzt jetzt erschießen, aber Weeper sagt, du schaffst deinen Arsch jetzt ganz schnell in den Scheißwagen, sonst werden sie dir so viele Kugeln reinjagen, dass der Wind durch die Löcher pfeift, aber ich will das nicht hören, denn wenn ich ficken will, will ich ficken ficken ficken, und wenn ich töten will, will ich töten töten töten, und jetzt, wo ich nicht sterben will, hab ich Angst Angst Angst und so viel Angst wie noch nie vorher, und mein Herz schlägt unglaublich schnell. Aber

Original Rockers

ich setze mich auf den Rücksitz und denke an die Schießerei und wie richtig gut sich das angefühlt hat, sogar viel besser als nur gut, aber sobald mir auffällt, dass ich mich besser als gut fühle, fühle ich mich auf einmal nicht mehr so gut. Aus diesem stinkenden Fischerdorf zu fahren, ohne jemanden getötet zu haben, gibt mir so ein Gefühl, wie es die Leute haben, wenn einer gestorben ist, und ich weiß nicht warum. Das ist nichts, worüber man groß nachdenkt, ich tu's aber trotzdem. Und die Dunkelheit war noch nie so dunkel, und noch nie hat eine Fahrt so lange gedauert, obwohl es gar nicht so weit war, und ich hab gewusst, dass Weeper wütend auf mich war, aber ich hab gedacht, er wird mich umbringen, und dann alle anderen, und Copenhagen City ist grau und rostig und schmutzig, und ich hasse es, und ich weiß nicht warum, es ist doch alles, was ich habe, und ich weiß noch, wie gut alles ausgesehen hat, als ich dieses Zeug geraucht hab, jede Straße war hübsch, und ich wollte jede Frau ficken, und mit meiner Pistole konnte ich alle töten, und es wäre das größte Blutbad aller Zeiten gewesen, doch jetzt gab's doch kein großes Blutbad, und jetzt war nirgends mehr das röteste Rot und das blauste Blau zu sehen, und der Riddim war nicht mehr super, und all das zusammen hat mich total traurig gemacht, und noch was anderes, das ich nicht beschreiben kann, und ich wollte nur noch eins. Ich wollte mich wieder gut fühlen, und zwar sofort. Sofort.

Und Papa-Lo kommt raus wie ein Wahnsinniger, unheimlich wütend. Wer hat Josey Wales und Weeper die Erlaubnis gegeben, über die Leute in Rema herzufallen?, fragt er, wer zum Teufel hat sie ihm gegeben?, und der antwortet, einer, der noch mehr zu sagen hat als du, und Papa-Lo hat ausgesehen, als wollte er Josey Wales am liebsten eine reinhauen, aber dann hat er uns und mich und die Pistolen gesehen, und ich weiß nicht, was er gedacht hat, aber es muss ein verdammt schwerer Gedanke gewesen sein, weil er einfach weggegangen ist. Aber erst hat er noch zu allen und zu jedem und zu niemand im Bestimmten gesagt, dass uns eines Tages die Leute zum Umbringen ausgehen würden. Und Josey Wales hat nur gezischt und ist nach Hause, um seine Frau zu ficken oder mit seinem Kind zu spielen. Die

Frau, bei der ich wohne, hat mich angeguckt, als hätte sie mich noch nie gesehen. Und so war's ja auch. So was wie mich hat sie wirklich noch nie gesehen.

Neunzehnhundertsechsundsiebzig kommt und mit ihm die Wahl. Der Mann, der die Waffen ins Getto bringt, erklärt uns, dass die sozialistische Regierung auf keinen Fall wieder gewinnen darf. Ehe das passiert, werden sie Himmel und Hölle in Bewegung setzen. Zuerst schicken sie uns los, um ein bisschen in zwei von den Eight Lanes rumzuballern, aber dann wollen sie, dass wir noch mehr tun. Am Coronation Market sind wir zu einer Frau mit einem Verkaufsstand gegangen und zu einer Frau, die so aufgetakelt war, als wär sie aus Uptown, und wir haben auf beide geschossen. Am nächsten Tag sind wir nach Cross Roads, genau da, wo sich Downtown und Uptown treffen, und haben einen Chinaladen gestürmt und alles kaputtgeschossen. Einen Tag später halten wir einen Bus an, der durch West Kingston und nach St. Catherine will. Wir halten ihn angehalten und wollten den Leuten Angst machen und sie ausrauben, aber eine Polizistin hat laut Halt! gerufen, als wäre sie Starsky oder Hutch. Sie hat es nicht geschafft, ihre Pistole rechtzeitig zu ziehen, und wir haben sie aus dem Bus gezerrt, und der Bus ist weitergefahren. Wir haben im Gebüsch am Straßenrand sechs Mal auf sie geschossen, während die Autos vorbeigefahren sind. Ihr Körper hat den Kugeltanz getanzt, als wir draufgeschossen haben, aber kotzen musste ich beinahe wegen dem, was Josey Wales vorher gemacht hat. Papa-Lo hätte so was nie erlaubt. Josey hat mit der Kanone vor mir rumgefuchtelt und gesagt, er würde mich übel bestrafen, wenn ich es jemandem erzähle.

Die Frau, bei der ich wohne, sieht, wie ich mich verändere, aber mir ist das alles egal, ich will nur das Zeug rauchen. Und Weeper sagt mir, dass zwischen mir und einem Haufen von dem Zeug nur ein paar Arschlöcher stehen, die sterben müssen. Ich muss das haben, irgendwie irgendwas, damit ich nicht total runterkomme. So läuft das jetzt, entweder rauchst du was, oder du träumst davon, was zu rauchen, und bist total am Ende, als wär jemand gestorben und kommt nicht mehr zurück.

Original Rockers

In den Nachrichten heißt es, dass die Kriminalität auf Jamaika total außer Kontrolle ist, dass das Land vor die Hunde geht, dass nicht mal Uptown noch sicher ist, und dass die PNP nichts mehr im Griff hat. Es sind noch zwei Wochen bis zur Wahl, und Papa-Lo schickt uns von Haus zu Haus, damit wir die Leute daran erinnern, wen sie wählen sollen. Einer von den Jungs sagt, er befolgt keine Befehle mehr von Papa-Lo. Josey Wales kann ja schimpfen und nörgeln und irgendwelche Anspielungen machen, aber er vergisst nie, dass Papa-Lo der Boss geworden ist, weil er der härteste und brutalste Mann im Getto war. Papa-Lo geht also zu dem Jungen und fragt ihn, wie alt er ist. Siebzehn, sagt er. Gut möglich, dass du achtzehn nicht mehr schaffst, sagt Papa-Lo und schießt ihm in den Fuß. Der Junge schreit und hüpft rum und schreit noch mehr. Was ist denn los mit euch, brüllt Papa-Lo, habt ihr vergessen, wer hier das Sagen hat? Du? Hast du das vergessen?, fragt er und zielt mit der Pistole auf einen anderen Jungen. Der zuckt zusammen und fängt an zu zittern und stottert, nein-nein-nein, Papa-Lo, du bist hier der Don, der Don von allen Dons, und Papa-Lo lacht, weil sich der Junge vollpisst. Leck das auf, sagt Papa-Lo, und der Junge guckt ihn kurz blöde an, bis Papa-Lo einen Schuss abgibt und sagt, entweder du machst das sauber, oder wir müssen gleich dein Blut wegwischen, und der Junge, der gemerkt hat, dass das kein Scherz ist, kniet sich hin und leckt seine Pisse auf wie eine durchgeknallte Katze.

Und dann gehen wir wieder los und klopfen an Türen, die offen stehen, und treten Türen ein, die geschlossen sind, und einer, ein alter Mann, der nicht mehr ganz richtig im Kopf ist, sagt, er wird für überhaupt niemanden seine Stimme abgeben, und da zerren wir ihn aus dem Haus und holen alle seine Klamotten und verbrennen sie und ziehen ihn nackt aus und verbrennen diese Klamotten auch und treten ihn zweimal und sagen, er soll lieber mal zur Wahl gehen, sonst verbrennen wir seinen anderen Kram auch noch, und die Frau, bei der ich wohne, fragt, ob wir auch zu ihr kommen, weil sie der Meinung ist, dass die JLP und die PNP beide Scheiße sind. Kann schon sein, sage ich, und da hält sie lieber den Mund. Aber als der Weiße kommt und der Mann, der die Waffen ins Getto bringt, sprechen sie mit Josey Wales, nicht mit Papa-Lo. Papa-Lo ist sowieso nicht mehr oft im Getto. Er verbringt zu viel Zeit mit dem Sänger.

Nacht. Im Dezember sollte es eigentlich kühler sein. Der Sänger ist in seinem Haus. Lebt da und singt und spielt. In ganz Jamaika und im Getto fragen sie sich, warum er das Smile Jamaica Peace Concert geben will, wo es doch bloß Propaganda für die PNP ist, und alle wissen, dass Tag und Nacht die Echo Squad, die Schläger der PNP, sein Haus bewachen. Keine Polizei, bloß ein Streifenwagen, der am frühen Abend vorbeikommt. Niemand geht rein, und nur wenige kommen raus. Ich schaue zu, wie die Autos vorbeifahren und das Licht in den Zimmern angeht und wieder ausgeht und wieder angeht. Ich schaue zu, wie der kleine dicke Manager kommt und geht, und der Weiße mit den braunen Haaren. Er hat mal gesagt, dass das Leben für ihn nichts bedeutet, wenn er nicht vielen Leuten helfen kann, und er hilft auch vielen Leuten, und er gibt den Leuten, was sie brauchen, aber junge Leute brauchen nichts, sie wollen einfach alles. Wir singen unsere Songs, Songs über junge Leute, die es sich nicht leisten können, Musik zu machen, und deshalb einen richtig harten und dreckigen Riddim und den Skank brauchen, weil bloß Frauen tanzen. Und wir singen diesen Song, den wir uns im Schlaf ausgedacht haben, davon, dass einer, der wie ein Blitz durchs Leben rast, es auch mit einem Donnerschlag beenden muss. Und der Sänger singt »Johnny was«, aber mit Johnny ist es noch nicht vorbei, Johnny ist noch da, Johnny ist jetzt ein anderer und wird bald kommen und ihn fertigmachen. Letzte Nacht hab ich gesehen, wie er mit Papa-Lo Gras geraucht und einem von Shotta Sherrifs Männern einen Umschlag gegeben hat, und sogar wichtigere Leute als ich fragen sich, was dieser Natty-Dread-Rasta eigentlich vorhat. Der Sänger glaubt, bloß weil er da herkommt, wo wir auch herkommen, versteht er uns. Aber er versteht überhaupt nichts. Jeder, der mal weg gewesen und zurückgekommen ist, denkt so wie er. Dass alles noch genauso ist wie damals, als er weggegangen ist. Aber wir sind jetzt anders. Wir sind viel härter als er, und uns ist alles egal. Er ist abgehauen, damit er nicht so einer wird wie wir.

Und wir? Wir sind jetzt die Übelsten von allen. Die Mutter von Heckle ist neulich mal rausgekommen, als wir die Straßenecke kontrolliert und Domino gespielt haben, und sie hat so was Ähnliches gesagt wie *sie könnte die Bosheit in seinem Zimmer riechen*, und da hat er sie ins Gesicht geschlagen. Du sollst keinen harten Kerl auf offener Straße beleidigen. Die Frau, bei der ich wohne, hat mich gefragt, ob ich sie auch so behandeln würde, aber ich hab nichts dazu gesagt. Ich will keine Frau schlagen. Ich will bloß ein bisschen Koks umsonst kriegen. Mehr will ich nicht. Mehr brauch ich nicht. Vor zwei Tagen bin ich an einem Haus vorbei und hab Weeper gesehen, wie er nackt zur Wasserpumpe im Hinterhof gegangen ist. Er hat sich das Kondom von seinem Schwanz gezogen, weggeworfen und sich gewaschen. Jeder weiß doch, dass die Weißen die Kondome und die Schwangerschaftsverhütung erfunden haben, um die Schwarzen auszurotten, aber ihm ist das egal. Ich hab gesehen, wie er die Brille abgenommen und sich überall eingeseift und abgeschrubbt hat, mit Seife und einem Lappen, als wären die Wasserpumpe und der Baum ganz für ihn allein da, und dabei war es nicht mal das Haus von der Frau, bei der er wohnt. Ich wollte ihn ja nicht ficken, der Battyboy-Scheiß interessiert mich nicht, ich wollte einfach nur in ihn reinfahren wie ein Duppy und mich bewegen, wenn er sich bewegt, und zucken, wenn er zuckt, und spüren, wie ich ein Stück rausgezogen werde, und wieder rein, erst sanft, dann härter, erst schnell, dann langsam. Und dann wollte ich die Frau sein. Ich glaub, ich dreh noch durch, verdammt.

Heute Abend beobachte nur ich das Haus des Sängers, sonst ist immer jemand dabei. Der kleine Dicke mit der großen Klappe, der ihn managt, hat zuerst gedacht, wir wären bloß ein paar von den Jungs, die Geld oder Gras wollen oder einen Song aufnehmen, aber dann wird er doch misstrauisch. Und wir sind wieder ins Getto zurück, und der Weiße, der ihn anscheinend kennt, hat uns jedes einzelne Zimmer in dem Haus beschrieben. *Dass jeder seinen Preis hat, sogar die Leute, die für ihn arbeiten, und zum rechten Zeitpunkt werden sie eine nette kleine Pause einlegen, nein, eine große Pause, ein kleines Nickerchen vor der Disco, Funky Kingston I gotcha, oh yeah!* Dass es nur einen Weg rein und einen Weg raus gibt. Dass er normalerweise so gegen neun oder Viertel nach neun eine Pause einlegt und in die Küche geht, und zwar allein, weil die Kinder nicht da sind und alle anderen immer noch im Studio oder gerade gehen wollen. Dass man von der Treppe, die hoch zur Küche führt, einen guten Blick hat, dass wir aber vorsichtshalber trotzdem alles abchecken sollen. Dass zwei fahren, zwei reingehen und vier Schmiere stehen sollen. Ich versteh nicht, was er damit meint, und Josey Wales sagt, das heißt, wir sollen die Waffen gut schmieren, was total bescheuert klingt. Der Amerikaner wird wieder rot, und der Mann, der die Waffen ins Getto bringt, sagt, das heißt, wir sollen das Haus beobachten. Sie zeigen uns Fotos. Vom Sänger, in der Küche, mit dem Weißen, der das Plattenlabel managt, im Studio, mit roten Augen, weil er zu viel gutes Gras geraucht hat, mit dem neuen Gitarristen, der direkt aus Amerika kommt, wie er eine Frau fickt, wie er ihre Schwester fickt, wie er sich gegen den Herd lehnt und aussieht, als hätte selbst der Sänger den Sänger jetzt satt. Ganz Jamaika wartet auf das Smile Jamaica Concert. Sogar ein paar Leute aus dem Getto wollen hingehen, weil Papa-Lo gesagt hat, wir sollen es wegen Bob tun, auch wenn das alles nur PNP-Propaganda ist. Ich denke bloß daran, dass es nur noch eine Nacht dauert, bis ich kriege, was ich brauche. Nur noch eine Nacht, dann werde ich Superman das S von der Brust reißen und Batman das B vom Gürtel.

Original Rockers

Alex Pierce

Es hat schon Gründe, warum eine Geschichte des Gettos ohne Fotos erscheinen sollte. Der Dritte-Welt-Slum ist ein Albtraum, der sich Vorstellungen und selbst augenfälligen Tatsachen widersetzt. Eine Höllenvision, die sich um sich selbst dreht und zu ihrem eigenen Soundtrack groovt. Die üblichen Regeln gelten hier nicht, sondern Einbildungskraft, Traum, Fantasie. Wenn man in ein Getto kommt, und besonders ein Getto in West Kingston, dann verlässt man schlagartig die Realität und betritt eine Art Groteske, wie bei Dante oder den infernalischen Gemälden von Hieronymus Bosch. Es ist eine rostig rote Höllenkammer, die man nicht beschreiben kann, also versuche ich es erst gar nicht. Man kann es auch nicht fotografieren, weil einige Teile von West Kingston, wie etwa Rema, von einer so trostlosen und nicht endenden Widerwärtigkeit sind, dass die dem fotografischen Prozess innewohnende Schönheit seine wahre Hässlichkeit Lügen straft. Schönheit ist endlos, aber nicht anders ist es mit dem Elend, und die einzige Möglichkeit, den ganzen unendlichen Strudel des Hässlichen, sprich Trenchtown, zu erfassen besteht darin, ihn sich vorzustellen. Man kann ihn mit Farben beschreiben, rot und tot wie trockenes Blut, braun wie Erde, Lehm oder Scheiße, weiß wie Seifenlauge, die eine enge Straße hinunterfließt. Glänzend wie das neue Zink eines Dachs oder Zauns gleich neben altem Zink, wobei das Material Zeugnis dafür ist, wann zum letzten Mal ein Politiker etwas für das Getto getan hat. Das Zink in den Eight Lanes schimmert wie Nickel. In Jungle ist das Zink von Kugeln durchlöchert und rostrot, die Farbe der jamaikanischen Erde. Um das Getto zu verstehen, um es Wirklichkeit werden zu lassen, muss man vergessen, was man sieht. Getto ist Geruch. Manchmal ein süßer: nach Babypuder duftende Frauen. Old Spice, English Leather und Brut Eau de Cologne. Der rohe Duft einer frisch geschlachteten Ziege, Pfeffer und Piment in der Ziegenkopfsuppe. Ätzende Chemikalien im Waschmittel, Kakaobutter, Karbolsäure, Lavendelseife, gärende Pisse und alte Scheiße, die an den Straßenrändern entlangfließen. Wieder Piment in marinierten Hähnchen. Kordit von einer gerade abgefeuerten Waffe, Kacke in Babywindeln, der metallische Geruch von getrocknetem Blut nach einem Straßenmord, wenn die Leiche schon fortgeschafft wurde. Die Gerüche tragen Erinnerungen an den Sound dort mit sich. Reggae, sanft und sexy, aber auch brutal und einfach wie ärmster und reinster Delta-Blues. Aus diesem Gemisch von Piment, Schusswundenblut, sickerndem Wasser und süßen Rhythmen kommt der Sänger, ein Sound, der in der Luft liegt, aber auch ein lebender, atmender Sufferah, der nie vergisst, wo er herkommt, ganz egal, wo er sich gerade aufhält.

Verdammte Scheiße. Dieser Mist klingt, als würde ich für die Ladies auf der 5th Avenue schreiben. *Der unendliche Strudel des Hässlichen?* Heilige Effekthascherei, Batman! Für wen zum Teufel schreibe ich eigentlich? Ich könnte versuchen, näher ranzukommen, näher an den echten Sänger, aber da werde ich wie jeder andere Journalist vor mir scheitern, denn Scheiße, es gibt keinen echten Sänger. Der entscheidende Punkt ist, dass das Arschloch da irgendwas anderes ist, seitdem er es in die Billboard Top Ten geschafft hat: eine Art Allegorie. Er existiert nur, wenn ein Mädchen am Hotelfenster vorbeigeht und singt, dass sie die Nase voll hat von all den Ismen und Schismen. Wenn Jungs auf der Straße singen, dass die anderen einen vollen Bauch , sie selbst aber Hunger haben, und dann vor der nächsten Zeile verstummen, weil die Drohung größer ist, wenn sie nicht singen, was alle wissen.

Draußen vor dem Fenster zieht sich die Reihe der orangefarbenen Straßenlampen bis runter zum Hafen, wie diese schnell wieder verglühenden Streichhölzer, eins, zwei, drei. Und gerade, als einem auffällt, dass manche gelb und andere weiß leuchten, gehen die Lampen wirklich aus, ein Block nach dem anderen. Kingston schaltet sich jetzt schon zum dritten Mal selbst ab, seit ich hier bin, aber es ist Vollmond, und die Stadt ist eine Zeit lang silbern und blau und der Himmel von einem tiefen Indigo, als ob aus der Stadt einfach Landschaft geworden ist. Der Mond strahlt die Gebäudeseiten an, und aus dem Boden erheben sich Mauern von schimmerndem Grau. Außer den Autoscheinwerfern sind keine Lichter zu sehen.

Ich bin im zehnten oder elften Stock, kann ich mir nie merken, und von unten kommt ein Brummen, und dann ist das Licht mit einem Sirren wieder da. Mein Hotel schaltet sich wieder an und dann das Hotel vor mir und dann andere, und das künstliche Licht bringt das Orange zurück, das das Silber verschluckt. Aber Downtown liegt immer noch im Dunkeln. Der Stromausfall dauert wahrscheinlich die ganz Nacht. Ich war mal downtown auf den Spuren von Lee Scratch Perry, als die Lichter ausgingen. Davon hat jeder Reporter ja schon mal gehört: Armageddon, der Punkt, an dem sämtliche Kriminelle der Stadt eine Orgie der Gesetzlosigkeit feiern. Und trotzdem war es so still, dass Kingston zu einer Geisterstadt wurde. Zum ersten Mal hörte ich die Wellen an die Hafenmauern schlagen.

Ich weiß nicht, was ich will. Mir ist alles zu viel. Wer will schon über Musik schreiben, wenn Rock'n'Roll tot ist? Vielleicht bringen es ja die Punks, oder vielleicht heißt das alles einfach, dass der Rock'n'Roll krank ist und derzeit in London wohnt. Vielleicht haben diese Ramones ja was drauf, vielleicht muss sich der Rock'n'Roll erneuern, indem er sich auf Chuck Berry besinnt. Verdammte Scheiße, Alex Pierce, kannst du nur über Musik schreiben wie ein verdammter Rockkritiker? Wenner glaubt, nein, er hofft, hofft verzweifelt, dass Mick und Keef jeden Moment aufwachen, die Finger vom Heroin lassen, die Blindgänger der Band abservieren und wieder was wie *Let It Bleed* machen, keine matschige Pampe wie *Goat's Head Soup* und – gütiges Jesulein – bloß keinen Reggae. Aber stattdessen machen sie hier genau das, hetzen neunzehn Mal in einem beschissenen Einheitsreggae durch ihren Song. Als ich hierherkam, war ich davon überzeugt, dass ich etwas finden würde. Und ich glaube, nein, ich weiß, dass ich auch was gefunden habe, aber ich will verdammt sein, wenn ich weiß, was es ist.

Die Lichter gehen aus und wieder an, aber ohne das Brummen. Ungelogen. Glaube nicht, dass jemand das erwartet hat. Ich stell mir vor, dass das die Stadt kalt erwischt hat. Auf frischer Tat ertappt. Was hat Mark Lansing gemacht, bevor es wieder hell wurde? Wen kennt er hier überhaupt? Der Typ, der mir erzählt hat, wie die Gettos funktionieren, war selbst mal ein Schläger, bevor er ins Gefängnis wanderte, Bücher las und als ein anderer herauskam. Ich hätte ja *Malcolm X – Die Autobiografie* erwartet und Eldridge Cleaver sowieso. Aber Bertrand Russells *Probleme der Philosophie?* Sie lassen ihn in Ruhe, weil er ein altmodischer, ehemaliger Rudie ist, der eine Jugendgruppe leitet und zwischen den Gangs vermittelt, aber auch, weil niemand von einem Coolie viel erwartet.

Manchmal beneide ich die Vietnam-Veteranen, weil die zumindest den Glauben an sich selbst hatten, den sie verlieren konnten. Wolltet ihr jemals irgendwo so schnell abhauen, dass die Tatsache, keinen Grund dafür zu haben, umso mehr Grund dafür war?

1971 konnte ich gar nicht schnell genug aus Milwaukee wegkommen.

Jeder Jamaikaner kann singen, und jeder Jamaikaner hat es mit demselben Gesangsbuch gelernt: Marty Robbins' Gunfighter Ballads. Selbst wenn du den Top-Rudie am Kragen packst und einfach »El Paso« sagst, wird er sofort perfekt schmachtend in die Schnulze einstimmen: El Paso Citiiiiiii, by the Rio Grandeeeeeee. Das ist der Homo erectus der Revolverhelden von Jamaika, denn was immer man über den Krieg der Grünen gegen die Orangen in Kingston wissen will, alles, was man über die Rudeboys und Gunmen wissen muss, findet man nicht in den Texten von Bob Marley oder Peter Tosh, sondern in Marty Robbins' »Big Iron«.

> *He's an outlaw on the loose came a whisper from each lip*
> *And he's here to do some business*
> *With the big iron on his hip*

Das ist die Geschichte der wilden Revolverhelden aus dem wilden Kingston. Ein Western braucht einen Helden mit einem weißen Hut und einen Schurken mit einem schwarzen, aber in Wahrheit ist die Weisheit des Gettos nicht wo weit von dem entfernt, was Paul McCarthy über Pink

Floyds The Dark Side of the Moon *sagte: Alles ist dunkel. Jeder Sufferah ist ein heimatloser Cowboy, und auf jeder Straße gibt's Schießereien, über die mit Blut ein Song geschrieben worden ist. Wenn man nur einen Tag in West Kingston verbringt, versteht man sofort, dass der Top-Gangster sich Josey Wales nennt. Es geht nicht nur um Gesetzlosigkeit. Sie nehmen einen Mythos und eignen ihn sich an, so wie ein Reggae-Sänger einen neuen Text zu einer alten Version singt. Und wenn ein Western einen OK Corral braucht, dann braucht ein OK Corral ein Dodge City. Kingston, wo die Leute manchmal wie die Fliegen sterben, füllt diese Rolle etwas zu gut aus. Es heißt, Downtown ist so gesetzlos, dass der Premierminister sich schon seit Jahren nicht mehr weiter als Cross Roads getraut hat, und selbst dieses Viertel ist noch umkämpft. Denn sobald der weiße und wortgewandte Premierminister so was wie Demokratischer Sozialismus sagt, laufen hier binnen Tagen haufenweise Amerikaner in Anzügen herum, die sich alle Smith oder so nennen. Sogar ich kann einen Kalten Krieg riechen, und wir haben noch nicht mal eine Raketenkrise. Die Einheimischen setzen sich entweder ins Flugzeug und hauen ab oder werden umgebracht.*

Das ist besser, glaub ich. Du bist nicht Hunter, du bist nicht Hunter. Zum Teufel mit Thompson und den Beats sowieso. Meine Geschichte braucht einen roten Faden. Sie braucht einen Helden, einen Schurken und eine Kassandra. Ich habe das Gefühl, dass sie ohne mich auf einen dramatischen Höhepunkt, eine Lösung oder Katastrophe zusteuert. In *Nixon in Miami und die Belagerung von Chicago* schleicht sich Norman Mailer auf eine Veranstaltung zu Ehren Ronald Reagans, gibt sich als Leibwächter aus, weil sie ihn ja niemals eingeladen hätten. Das ist ein Gedanke, immerhin.

Der Sänger trifft sich im Lauf einer Woche mit den verfeindeten Oberbossen. Eine Waffenlieferung, die es gar nicht geben dürfte, verschwindet meinem philosophisch gebildeten Informanten zufolge aus dem Hafen. In zwei Wochen sind Wahlen. Und von Mark Lansing will ich gar nicht anfangen. In der Zwischenzeit scheint das ganze Land wie erstarrt auf etwas zu warten. Vielleicht muss ich wirklich herausfinden, warum William Adler vor ein paar Monaten in Jamaika war, was er weiß und wie der Sänger, die Menschen, Himmel, das ganze Land die beiden nächsten Wochen überstehen wollen. Und dann hau ich einen echten Hammer raus und schick ihn an *Time* oder *Newsweek* oder den *New Yorker,* weil, zum Teufel mit dem *Rolling Stone.* Denn ich weiß, dass er es weiß. Ich weiß es einfach, verdammt. Kann gar nicht anders sein.

Papa-Lo

Sie glauben, mein Verstand wäre ein Schiff, das weit fortgesegelt ist. Sogar in meinem eigenen Bezirk glauben das manche. Ich sehe sie aus dem Augenwinkel. Nachdem ich sie groß gemacht habe, glauben sie jetzt, ich wäre derjenige, der dem Fortschritt im Weg steht. Also behandeln sie mich, als wäre ich schon ein alter Mann, und glauben, ich merke es nicht, wenn sie sich mitten im Satz unterbrechen, weil der Rest nicht für mich bestimmt ist. Dass ich nicht merke, dass einige im Getto plötzlich ein Telefon haben, aber ich nicht. Dass ich nicht merke, wie sie mir aus dem Weg gehen.

Im Getto wollen sie ihre Macht demonstrieren, weil der Politiker jetzt eine andere Vision hat. Es heißt, ich könnte kein Blut mehr sehen. Vor zwei Jahren sind mir in einer Woche zwei Sachen passiert. Erst habe ich in Jungle einen kleinen Aufstand niedergeschossen. Es ging das Gerücht um, dass gewisse Typen wieder aufmüpfig werden, dass sie ihr eigenes Gras verkaufen und mit Leuten von der PNP feiern, als hätten wir einen Friedensvertrag unterschrieben oder so. Wir haben uns einen Rudie geschnappt, um ein Exempel zu statuieren, aber der Rudie hat keine Kakiuniform getragen, weil er einer von den ganz Harten gewesen wäre oder irgendein Brigadista aus Kuba. Nein, der Junge war auf dem Weg zur Ardenne Highschool. Erst als er auf ein Knie geht, zur Seite umkippt und auf den Rücken rollt, sehe ich die Schulkrawatte.

Ich weiß nicht, wie viele Männer wegen mir gefallen sind, und es ist mir auch ziemlich egal, aber dieser eine war mir nicht egal. Wenn man einen umbringt und er einfach tot ist, ist das eine Sache. Aber es ist was ganz anderes, wenn er zu nah an einem dran ist, wenn man ihn erschießt, und man seinen Blick sieht, wenn man sieht, wie er sich vor Angst einscheißt, weil der Tod das furchterregendste Monster von allen ist, furchterregender als alles, wovon du als Kind geträumt hast, und du spürst ihn wie einen Dämon, der dich langsam verschlingt, mit seinem großen Maul zuerst deine Zehen verschlingt, und die Zehen werden kalt, dann die Füße, und die Füße werden kalt, dann die Knie, dann die Schenkel, dann die Hüfte, und dann packt mich der kleine Junge am Hemd und schreit, Nein, nein, nein, er kriecht an mir hoch, nein, nein, nein … und er klammert sich an dir fest, fester, als er sich jemals an irgendwas geklammert hat, denn wenn er seine ganze Kraft, seinen ganzen Willen in diese zehn Finger legt, mit denen er ein lebendiges Wesen packt, dann schafft er es vielleicht, das Leben selbst festzuhalten. Und er schnappt nach Luft, als würde er die ganze Welt einsaugen, und hat eine Riesenangst davor, auszuatmen, denn wenn er ausatmet, haucht er vielleicht alles Leben aus, das noch in ihm steckt. Schieß noch mal auf den Jungen, sagt Josey Wales, aber ich steh nur da und gucke. Josey kommt zu mir rüber, drückt ihm die Pistole an die Stirn und peng.

Das hat für neuen Ärger gesorgt. Alle haben gewusst, Papa-Lo kennt keine Gnade, besonders wenn du ein Dieb bist oder eine Frau vergewaltigt hast, aber vorher hat mich nie jemand böse genannt wie die Mutter von dem Jungen, die den ganzen Weg bis vor mein Haus gelaufen ist, um dort zu schreien, dass ihr Junge ein guter Junge war, der seine Mutter geliebt hat und immer brav zur Schule gegangen ist, dass er kurz vor dem Abschluss stand und ein Stipendium für die Universität hatte. Sie sagt, am Tag des Jüngsten Gerichts wird Gott für einen Naigger-Hitler wie mich eine ganz besondere Strafe haben. Sie schreit nach ihrem Sohn und nach Jesus, der etwas tun soll, bis Josey Wales ihr mit dem Griff seiner Pistole auf den Hinterkopf schlägt und sie auf der Straße liegen lässt, wo ihr Rock bei jedem Windstoß aufflattert.

Einmal hat der Sänger zu mir gesagt, Papa, wie bist du an die Spitze gekommen, wenn du dir so viele Sorgen machst? Ich habe ihm nicht gesagt, dass an der Spitze zu sein heißt, sich Sorgen zu machen. Bist du erst mal auf den Gipfel geklettert, kann dich die ganze Welt ins Visier nehmen.

Ich weiß, dass der Sänger weiß, dass ihn jede Menge Leute hassen, aber ich frage mich, ob er weiß, welche Gestalt dieser Hass annehmen kann. Alle wollen mitreden, aber die, die ihn so richtig hassen, sind schwärzer als er. Der Bossman im Gericht hat gesagt, er hat alles gelesen, was Eldridge Cleaver geschrieben hat, und extra ein verschissenes Studium gemacht, nur damit auf einmal dieses halbweiße Kurzbein daherkommt und zur Stimme der schwarzen Befreiung wird? Der soll das öffentliche Gesicht von Jamaika sein? Kann der überhaupt lesen? Was für eine schlechte Werbung für das Land, sagt der Bossman, der gerade aus New York und Miami zurückgekommen ist. Am Zoll haben sie ihn zweimal aufgehalten und ihn gefragt, ob er in einer Reggae-Band spielt und was da für ein Geruch aus seinem Koffer kommt, ob das Gandscha ist. Der Bossman, dem ein Hotel an der Nordküste gehört, sagt, so eine weiße Schlampe, die Daiquiris mit Schirmchen drin trinkt, hat ihn gefragt, wie oft er sich die Haare wäscht und ob alle Jamaikaner Rastas sind, dabei hat er ganz eindeutig ordentliche Haare, die er jeden Tag kämmt. Dann hat sie fünfzig Dollar und ihren Zimmerschlüssel auf seinem Schreibtisch liegen lassen. Ich habe einmal zu dem Sänger gesagt, Ich glaube, ich habe noch nie so viele böse Kräfte gespürt, die sich mit solcher Macht gegen einen einzigen Mann verschworen haben, wie die Kräfte, die sich gegen dich verschworen haben, und er hat gesagt, Der Teufel hat keine Macht über mich. Wenn der Teufel kommt, gebe ich ihm die Hand. Der Teufel muss eben seine Rolle spielen. Und es ist sogar gut, den Teufel zum Freund zu haben, denn nur wenn du ihn nicht kennst, kann er dich zerstören. Ich sage zu ihm, Bruder, du bist wie Robin Hood. Er sagt, Aber ich habe mein Lebtag niemanden bestohlen. Ich sage, Bruder, das hat Robin Hood auch nicht.

Aber böse Mächte und Samfie-Mächte erheben sich in der Nacht. Der Sänger ist klug. Er ist mit mir befreundet, und er ist mit Shotta Sherrif befreundet. Der Sänger redet mit mir, und er redet mit Shotta, aber nicht gleichzeitig, das wäre immer noch Wahnsinn, aber er sagt uns beiden das Gleiche. Wenn Hund und Katze zusammenleben können, warum können wir einander nicht lieben? Ist das nicht Jahs Wille? Aber Hund und Katze wollen nicht zusammenleben, sage ich zu ihm. Aber dann denke ich noch einmal darüber nach, und mir kommt ein anderes Reasoning. Wenn der Hund die Katze tötet und die Katze den Hund, dann ist der Geier der lachende Dritte. Und der Geier hat sein Leben lang nur darauf gewartet. Der Geier mit seinem roten Kopf und der weiß gefiederten Brust und den schwarzen Flügeln. Der Geier im Regierungsgebäude. Die Geier im Constant-Spring-Golfclub, die ihn zu den feinen Partys einladen wollen, jetzt, wo er so groß ist, dass sie ihn nicht mehr ignorieren können, um ihm gegrilltes Schwein unter die Nase zu halten, ihm zu erzählen, sie hätten *darüber nachgedacht, auch mal Reggae zu machen,* so als wäre der Reggae der bombocloth Twist, und ihn zu fragen, ob er schon einmal irgendeinen richtigen Star wie Engelbert Humperdinck getroffen hat.

Und noch immer erheben sich die bösen Mächte und Samfie-Mächte in der Nacht. Besonders in einer heißen Nacht wie dieser, viel zu heiß für Dezember, in der gewisse Männer an nichts anderes denken können als daran, wer hat und wer nicht. Ich sitze auf der Veranda, ohne Licht. Ich schaue in die Nacht hinaus, und auf der Straße ist es ganz still, man hört nur den Lovers Rock, der aus der Bar ein Stück die Straße runterkommt. Ein Knallen, dann zwei, dann drei, jemand hat gerade ein Dominospiel gewonnen. Ich sehe die Stille und höre die Stille und weiß, es wird nicht still bleiben. Nicht um mich, nicht um ihn, nicht um Kingston, nicht um Jamaika.

Schon seit drei Wochen kommen jetzt zwei weiße Männer zusammen mit Peter Nasser ins Getto. Einer spricht nur Englisch, einer spricht zu viel Spanisch. Sie wollen zu Josey Wales, nicht zu mir. Ein Mann kann so wichtig sein, wie er nur will, sobald die Politiker einen neuen Freund haben, dann ist er es, zu dem sie kommen. Ich frage mich, was Josey für sie tun wird, das ich eigentlich für sie hätte tun sollen. Josey ist sein eigener Boss, ich habe nie versucht ihm zu sagen, was er tun soll, weder damals noch heute, nicht seit Balaclava 1966 gefallen ist. Copenhagen City ist ein Palast mit vier oder fünf Prinzen.

König wollte bis jetzt noch keiner werden. Aber als die beiden neuen weißen Männer ins Getto kommen, kommen sie zu meinem Haus, um mir ihre Aufwartung zu machen, aber sie gehen mit Josey Wales davon, und als sie an der Grundstücksgrenze sind und ich erwarte, dass Josey sie verabschiedet, steigt er stattdessen in ihren Wagen und verliert kein Wort darüber, als er wieder zurück ist.

Um halb sieben geht Josey ins Haus seiner Frau und kommt in einem neuen Pullover und einer neuen Hose wieder raus, die sie in der Freizone gekauft hat. Dann macht er sich aus dem Staub. Ich bin ja nicht seine Mutter oder sein Aufpasser, er muss sich nicht bei mir abmelden. In der Nacht, als die Lieferung vom Kai verschwunden ist, war auch er verschwunden. In Amerika singt einer »Give Peace a Chance«, aber das ist kein Amerikaner, der hier lebt. Ich glaube, ich weiß, dass Josey Männer um sich schart, um Rema ein für alle Mal auszuradieren. Er weiß nicht, dass ich weiß, dass er das Mietshaus in der Orange Street abgefackelt hat, während die Bewohner alle noch drin waren, und alle erschossen hat, die es löschen wollten, sogar zwei Feuerwehrleute.

Neunzehnsechsundsechzig. Keiner, der 1966 erlebt hat, war danach derselbe wie vorher. Balaclava hat viele mit sich gerissen, auch viele von den Unterstützern. Ich habe es unterstützt, nicht still, sondern lautstark. Balaclava war ein Stück Scheiße, das einen um den Prunk einer Sozialsiedlung flehen ließ. Balaclava war der Ort, an dem eine Frau Mord, Raub und Vergewaltigung entgehen konnte, nur um an einem Glas Wasser zu sterben. Balaclava wurde dem Erdboden gleichgemacht, damit Copenhagen City entstehen konnte, und als nach den Planierraupen die Politiker mit ihren Versprechungen kamen, da verlangten sie im Gegenzug, dass wir die PNP-Leute aus der Stadt jagen. Vor 1966 konnten die Leute aus Denham Town und die aus Jungle sich nicht besonders gut riechen, aber sie haben sich auf dem Fußballplatz und auf dem Cricketfeld bekämpft, und auch wenn es zwischen zwei Jungs mal ein bisschen wilder zuging und hier und da mal eine Lippe blutig geschlagen wurde, gab es keinen Krieg, und es war auch nie von Krieg die Rede. Aber dann kamen die Politiker. Ich habe sie willkommen geheißen, weil ich dachte, es müsste auch für uns alles besser werden.

Neunzehnsechsundsechzig. Das passierte alles am Sabbattag. Josey kam von Mr. Millers Schlosserei, wo er in die Lehre ging, auf seinen Hof zurück. Er musste durch eine Straße, die immer neutrales Gebiet gewesen war. Er wusste nicht, dass am Freitag davor die Politiker von Tür zu Tür gegangen waren und gesagt hatten, Hört auf zu reden und schießt. Er wurde von fünf Kugeln getroffen. Bei der fünften landete er mit dem Gesicht direkt in einer Pfütze mit schmutzigem Wasser. Alle rannten weg, und die, die nicht wegrannten, glotzten nur, ohne was zu unternehmen, bis ein Mann auf einem Motorrad vorbeikam, ihn vor sich setzte und ihn festzuhalten versuchte, während er mit ihm zur Klinik fuhr. Als er drei Wochen später aus der Klinik kam, war er ein anderer.

Böse Mächte und Samfie-Mächte erheben sich in der Nacht. Der Sänger hat mir eine Geschichte erzählt. Aus der Zeit, als Reggae noch etwas war, das nur ein paar Leute kannten, und die ganzen weißen Rock-'n'-Roll-Stars seine Freunde waren. Ihr Reggae-Typen seid total abgefahren, Mann, echt cool, hast du 'n bisschen Gandscha dabei? Aber als der Natty Dread die ersten Hits hatte und in die Babylon-Top-100 einstieg, behandelten sie ihn anders. Sie hatten ihn besser leiden können, als er noch der arme Cousin war und sie sich toll fühlen konnten, weil sie ihn überhaupt zur Kenntnis nahmen. Ich habe zu ihm gesagt, genauso haben es die Politiker mit mir gemacht, als sie gemerkt haben, dass ich lesen kann. 1966 haben sie Kingston wie einen Kuchen in Stücke geschnitten, und keiner hat uns gefragt, welches Stück wir wollten. Um die Orte, die auf der Grenze lagen, Rema, Jungle, Rose Town, Lizard Town, durften wir uns dann prügeln. Ich habe hart gekämpft, bis ich es leid war. Ich habe die Männer groß gemacht, die jetzt zu Josey Wales gehören, und keiner war härter als ich. Unter mir ist Copenhagen City auf die doppelte Größe angewachsen, und ich habe dafür gesorgt, dass es keinen Raub und keine Vergewaltigung mehr im Viertel gibt. Jetzt ist Wahljahr, und es geht nur noch um Krieg und das Gerede über den Krieg. Aber heute Nacht schaue ich von meiner Veranda hinaus, und die Nacht behält ihre Geheimnisse für sich. Die Veranda ist aus Holz, und ich habe sie lange nicht gestrichen. Meine Frau schnarcht wie ein getretener Esel, aber irgendwann mag man die paar Dinge, die sich nicht ändern lassen. Morgen kommen ein paar junge Leute vorbei, die ihr eigenes Friedenskonzert machen wollen, weil das jetzige nur PNP-Propaganda ist. Die Nacht ist fast vorbei, und das Kahlschlagskommando der Polizei hat noch keine einzige Razzia gemacht. So eine Nacht fühlt sich komisch an für die Gettobewohner, die es nicht gewohnt sind, mal durchzuschlafen. Irgendwo wird, gerade in so einer heißen Nacht, irgendwer irgendwie dafür bezahlen.

Barry Diflorio

— Was hast du denn zu Mittag gegessen, Paps, einen Whampererer?

— Ganz genau, Süßer.

— Paps, hör auf, mich so zu nennen.

— Wie zu nennen?

— Süßer. Ich bin nicht süß, ich bin doch kein Mädchen.

— Bist du nicht? Ist da nichts von einem Mädchen an dir dran?

— Nein, nein, nein. Und deshalb bin ich nicht süß.

— Du bist trotzdem mein Süßer.

— Nee, Jungs sind nicht süß, sondern Mädchen. Mädchen sind süß. Und eklig.

Ziemlich schwierig, einer derart logischen Beweisführung zu widersprechen. Ich könnte einen ganzen Artikel über Sachen schreiben, die ich mit sechs wusste, aber mit sechsunddreißig blöderweise nicht mehr.

— Sie sind ziemlich eklig, stimmt. Aber wenn du erst mal dreizehn bist, willst du ständig mit ihnen zusammen sein.

— Niiiieeeemals.

— Dooooooch.

— Wollen die dann mit meinen Fröschen spielen?

— So was Ähnliches. Wie auch immer, du musst morgen früh zur Schule, Herzchen.

— Paps.

— Entschuldige, ich hab vergessen, dass du jetzt ja ein kleiner Mann bist. Du musst morgen zur Schule, Kumpel, also ab ins Bett. Und du auch, Timmy.

— Ey, Mann, was für ein Babylon-Mist.

— Wie bitte?

— Ey ... ach, ist schon gut, Dad.

— Das will ich auch meinen. Geht ins Bett, Jungs. He, gibt mir denn keiner einen Gutenachtkuss?

— Das sind jetzt erwachsene Männer.

— Hab ich gemerkt. Vergesst nicht, eure Zähne zu putzen, Jungs.

Meine Frau geht mit ihnen.

— Wo willst du denn hin?

— Mir auch die Zähne putzen. Es war ein langer Tag. Aber hier in Kingston ist ja jeder Tag lang, stimmt's?

Ich wusste genau, worauf sie hinauswollte. Es ist schon erstaunlich, wie Frauen jede Möglichkeit nutzen können, um einen Streit anzufangen, vor allem dann, wenn du überhaupt keine Lust darauf hast, aber wenn du nicht streitest, denken sie, es ist dir egal, also sagst du lieber irgendwas Nettes zu ihr, machst ihr ein Kompliment, was nur zu dem Vorwurf führt, du würdest sie von oben herab behandeln, was dann natürlich direkt in einen Streit mündet.

— Ich komm gleich nach ...

Das Telefon klingelt.

— ... in einer Minute.

Sie geht die Treppe hoch und murmelt irgendwas davon, dass jetzt auch noch das Telefon klingelt, wenn ich zu Hause bin. Wenn man bedenkt, dass ich allen verboten habe, hier anzurufen, egal ob beruflich oder privat, ist das schon ziemlich merkwürdig.

— Hallo?

— Zehn Millionen Dollar, und Sie haben nicht mehr vorzuweisen als irgendwelchen Schwachsinn, den diese Schwuchtel Sal Resnick in der *New York Times* für Sie veröffentlicht?

— William Adler. Bill. Alles locker, Bill?

— Das letzte Mal, als ich Boxershorts anhatte, schon.

— Die sind wahrscheinlich rationiert, dort, wo immer Sie auch sind, hm?

— Ach ja? Wo bin ich denn?

— In irgendeinem sozialistischen Utopia, nehme ich an. Ist es die beste Piña Colada der Welt wert, dass man die Freiheit dafür eintauscht?

— Meinen Sie Kuba? Denken Sie wirklich, ich bin in Kuba? Sind das Ihre Infos? Passen Sie bloß auf, dass meine Achtung vor Ihnen nicht noch tiefer sinkt, Barry.

— Wo sind Sie denn dann?

— Wollen Sie gar nicht wissen, wie ich an Ihre Nummer gekommen bin?

— Nein.

— Tun Sie bloß nicht so, als würde Sie das nicht ärgern.

— Ich muss jetzt meinen Jungs eine Gutenachtgeschichte vorlesen, Sportsfreund. Gibt's irgendeinen Grund, warum Sie mich nerven?

— Wo sitzen Sie im Zirkus am liebsten?

— Wissen Sie, was ich überhaupt nicht mag, Bill? Leute, die eine Frage mit einer Gegenfrage beantworten. Das machen die Jamaikaner ständig.

— Dann lassen Sie diesen Anruf doch zurückverfolgen. Ich kann warten.

— Nicht nötig. Sie überschätzen sich da ein bisschen.

— Im Gegenteil, ich überschätze mich nicht im Geringsten.

— Sie gehen mir auf die Nerven, Bill. Was wollen Sie denn von mir? Soll ich für Fidel ein paar Kohlen aus dem Feuer holen?

— Keine schlechte Idee. Tja, warum rufe ich Sie wohl an? Seit Montevideo hatten Sie keine interessanten Infos mehr auf Lager.

— Sie ja anscheinend jede Menge.

— Gut möglich. Zu dumm, dass Sie gleich sieben Leute zurückschicken mussten. Na ja, die Firma ist ja für ihre beschissene Schlamperei bekannt, aber so was …

— Sie haben diese Menschen in Gefahr gebracht, Sie Mistkerl.

— Ich habe ein Zehn-Millionen-Budget in Gefahr gebracht. Das ist ziemlich viel Geld für so ein kleines Land wie Jamaika.

— Wie verkauft sich Ihr Buch denn so?

— Kann nicht klagen.

— Sind Sie endlich auf der Belletristik-Bestsellerliste gelandet?

— Nee, ich bin bei den Ratgebern einsortiert.

— Sehr schön. Hören Sie Bill, auch wenn ich diese Bogart-Bacall-Dialoge zu schätzen weiß, müssen wir jetzt Schluss machen. Ich bin nämlich sehr müde. Um was geht's also?

— Um so einiges. Erstens will ich, dass Sie diese Vollidioten abziehen, die mich beschatten, oder wenigstens fähigere Leute dafür abstellen.

— Niemand beschattet Sie, soweit ich weiß. Wenn es so wäre, wüsste ich ja wohl, wo Sie gerade sind, oder?

— Ziehen Sie sie ab. Oder hören Sie wenigstens auf, mich zu beleidigen, indem Sie es so offensichtlich tun. Übrigens sollten Sie diesbezüglich ein paar Leute nach Guantánamo schicken, um sie abzuholen, sonst kommen Ihnen die Kubaner noch zuvor. Ich überlasse es Ihnen herauszufinden, wo genau sie sein könnten. Zweitens sollten Sie noch mal darüber nachdenken, ob Sie die ganzen zehn Millionen wirklich der JLP geben wollen, damit sie uns vom Kommunismus erlöst. Das meiste davon wird in Waffen investiert und der Rest ...

— Soll ich auch gleich für Frieden im Nahen Osten sorgen, wenn wir schon mal dabei sind?

— Ach Barry, jetzt überschätzen Sie Ihre Möglichkeiten aber. Drittens: Falls Sie glauben, dass diese Gangster, denen Louis das Schießen beibringt, zu dumm sind, um Sie ins Visier zu nehmen, dann machen Sie sich was vor. Ich kann mir jedenfalls keinen anderen Grund vorstellen, warum Louis Johnson auf Jamaika ist. So was kann ganz schnell nach hinten losgehen, Kumpel.

— Soll das ein Witz sein? Die freuen sich wie kleine Kinder: Toll, meine erste richtige Pistole.

— Dann bildet ihr also kleine Jungs aus? So genau wusste ich das gar nicht. Ziemliche Schlamperei, Barry, sogar für jemanden wie Sie, der immer alles nach Vorschrift macht.

— Ich weiß überhaupt nicht, wovon Sie da reden. Was Louis betrifft, der ist für sich selbst verantwortlich, also müssen Sie mit ihm darüber reden. Was haben Sie denn zurzeit am Laufen? Überrascht mich, dass sie nicht irgendwo sind, wo es nur ehrliche Menschen gibt, Ostdeutschland zum Beispiel. Welchen geheimen Krieg bereiten wir denn angeblich gerade vor? Angola? Vielleicht fangen wir ja was in Nicaragua an. Wie ich gehört habe, soll Papua-Neuguinea reif sein für einen sozialistischen Umsturz.

— Sie haben doch keine Ahnung, was Sozialismus überhaupt ist. Sie sind nur ein abgerichteter Affe, der gelernt hat zu zielen und abzudrücken. Wie dem auch sei, ich frage mich, was der Sohn von Richard Lansing da unten treibt? Soll er Ihnen helfen, trotz der Geschichte mit seinem Vater?

— Ich weiß nicht, wovon Sie reden.

— Das hier ist eine sichere Leitung, Barry, hören Sie auf mit dem Blödsinn. Ein Premierminister, der Kissinger einen Arschtritt verpasst hat, indem er sich an Castro ranschmeißt, steht kurz vor der Wiederwahl.

— Woher wollen Sie das wissen?

— Ich weiß ja auch, auf welche Schule Ihre Kinder gehen.

— Bill, ich warne Sie ...

— Halten Sie die Klappe, Barry. Wie ich schon sagte, ein Premierminister, der ganz offensichtlich keine Ahnung hat, dass er kurz davor ist, in den Kalten Krieg einzutreten, steht vor der Wiederwahl. Arrangiert ein Konzert mit dem größten Popstar der Welt, der zufällig auch Jamaikaner ist. Und wer kommt nun zu allem Überfluss auch noch da hin, um das Ganze zu filmen? Ausgerechnet Richard Lansings Sohn. Ich bin von beiden kein Fan, aber Sie müssen zugeben, dass das alles wirklich sehr hübsch zusammenpasst.

— Da haben Sie sich ja eine tolle Verschwörungstheorie zurechtgefummelt. Wie lautet denn Ihre Theorie zum Kennedy-Mord? Haben Sie da nicht was vergessen?

— Was denn?

— Dass Lansing den Dienst quittiert hat. Er ist in vielerlei Hinsicht eine etwas niveauvollere Ausgabe von Ihnen. Sie beide leiden unter einem plötzlichen Anfall von linksliberalen Schuldgefühlen. Privatschuljungs mit Gewissensbissen.

— Ich dachte, ich würde meinem Land dienen.

— Nein, Sie dachten, Sie würden einer Idee dienen. Sie würden ja noch nicht mal verstehen, wie ein reales Land funktioniert, wenn man Ihnen eine Gebrauchsanweisung in die Hand drückt.

— Versuchen Sie jetzt, eine Klassenkampf-Debatte vom Zaun zu brechen, Barry? Ganz schön sozialistisch von Ihnen.

— Ich will überhaupt nichts vom Zaun brechen. Ich will bloß ins Bett. Stattdessen muss ich mir am Telefon den Sermon eines Mannes anhören, der entweder kein Land hat oder keine Ahnung.

— Ich verstehe einfach nicht, wie ihr Typen denkt. Sozialismus hat doch nichts mit Kommunismus zu tun, verdammt.

— Aber es ist ein Ismus, das steht mal fest. Ihr Problem – und das war schon immer Ihr Problem, Bill – ist, dass Sie glauben, man hätte Sie eingestellt um mitzudenken. Oder dass es irgendjemanden interessiert, was Sie denken.

— Eine Menge Jamaikaner hat das sehr wohl interessiert.

— Klar, ich war ja hier, während Ihres zweiwöchigen Aufenthalts letzten Juni, erinnern Sie sich? Die Jamaikaner interessieren sich einen Scheiß für die CIA und ihre Machenschaften, die können ja noch nicht mal die CIA vom FBI unterscheiden. Nein, eine Menge Jamaikaner sind ausgeflippt wegen einem Weißen, der ihnen die Absolution erteilt hat, und weil gerade *Roots* im Fernsehen kam, bilden sie sich ein, nicht sie seien schuld an ihrem Schlamassel, sondern die bösen Weißen. Hören Sie mir bloß auf mit diesem Schwachsinn. Haben Sie kürzlich mal mit Nancy Welch gesprochen?

— Warum sollte ich mit Nancy Welch sprechen?

— Ich kann gut nachvollziehen, warum Sie das nicht wollen. Was sollten Sie ihr auch sagen? Oje, Nancy, das war wirklich schrecklich, dass ich Ihren Bruder und seine Frau in Griechenland umnieten musste?

— Scheiße, jetzt bleiben Sie mal auf dem Teppich. Denken Sie etwa, ich hätte die Welches umgebracht?

— Sie und ihre kleine Denkschrift, dieser Schundroman.

— Der wird doch in dem Buch überhaupt nicht erwähnt, Sie verdammter Trottel.

— Keine Ahnung, ich werde es bestimmt nicht lesen.

— Wirklich? Denken Sie ernsthaft, ich hätte Welch auf dem Gewissen? Ich habe Sie offenbar überschätzt, Barry. Ich dachte, die Firma hätte Sie besser informiert. Anscheinend spreche ich mit dem Falschen.

— Tatsächlich? Das sehe ich ganz genauso.

— Louis Johnson ist in West Kingston und bringt jugendlichen Terroristen bei, wie man mit automatischen Waffen schießt. Das sind die gleichen Waffen, die nie im Hafen von Kingston ankamen und deshalb dort nicht gestohlen werden konnten.

— Dafür gibt es keine Beweise.

— Der Einzige, der Louis jemals wirklich gebrauchen konnte, das war ich damals in Chile. Er kann aus gar keinem anderen Grund im Land sein. Oder Brian Harris oder wie Oliver Patton sich heutzutage nennt. Ihr Typen merkt nie, dass etwas nach hinten losgeht, bis euch die Scheiße ins Gesicht fliegt. Ihr dämlichen Ostküstenbonzen könnt einfach nicht mit den Leuten umgehen. Ich würde wirklich gerne mal wissen, warum ihr den Sänger auf dem Schirm habt. Was kann der denn schon anrichten?

— Gute Nacht, Bill. Oder *hasta mañana* oder *luego* oder wie auch immer.

— Im Ernst, was kann der denn schon ...

— Rufen Sie mich nie mehr an, Sie Vollidiot.

— Mit welchem Vollidioten hast du denn gerade telefoniert?, fragt meine Frau. Ich habe gar nicht gehört, dass sie reingekommen ist und weiß nicht, wie lange sie schon da ist. Sie sitzt auf dem Sofa, hinter dem ich stehe, sieht mich nicht an und sagt nichts, erwartet aber eine Antwort. Ich ziehe das Telefonkabel aus dem Stecker und gehe zur Bar, wo eine halb leere Flasche Smirnoff und eine Flasche mit Tonic auf mich warten.

— Möchtest du was trinken?

— Ich hab mir gerade die Zähne geputzt.

— Das heißt dann wohl nein.

— Klingt ja fast so, als wäre unsere kleine Meinungsverschiedenheit noch nicht beendet.

Sie reibt sich den Hals und nimmt ihre Halskette ab. Wenn es nicht dermaßen heiß wäre in Jamaika, hätte sie sich bestimmt nicht die Haare so kurz schneiden lassen, dass ihr Hals frei ist. Ich habe ihren Hals schon seit Jahren nicht mehr gesehen und vermisse es, ihn zu küssen. Es ist schon verrückt, dass sie das Leben hier so verabscheut, denn bevor wir ankamen, hatte ich eine Scheißangst, dass ich sie nicht mehr ertragen könnte, dass sie sich nicht mehr die Mühe machen würde, hübsch auszusehen. Nicht dass sie jemals unattraktiv gewirkt hätte oder dass ich es jemals bereut oder sie betrogen hätte, nicht mal in Brasilien, aber es ist noch nicht lange her, seit ich mit dem Gedanken gespielt habe, sie zu verlassen, einfach um herauszufinden, ob sie dann wieder Lippenstift auflegt. Sie beklagt sich jeden Tag über dieses Land, fast jede Minute, und es geht bestimmt in ein, zwei Minuten wieder los, aber immerhin trägt sie Miniröcke und hat einen Pagenschnitt und ist braungebrannt wie eine reiche Erbin aus Florida. Vielleicht fickt sie ja jemanden. Wie ich gehört habe, soll der Sänger diesbezüglich ja kein Kind von Traurigkeit sein.

— Schlafen die Kinder?

— Zumindest tun sie so.

— Ha.

Ich setze mich neben sie. Mit Rothaarigen ist es schon komisch, stimmt's? Egal wie lange man mit ihnen zusammenlebt, man ist immer wieder überrascht, wenn sie sich umdrehen und einen direkt ansehen.

— Du hast dir die Haare schneiden lassen.

— Weil es hier unerträglich heiß ist.

— Hübsch.

— Die wachsen ja nach. Ich hab sie schon vor zwei Wochen schneiden lassen, Barry.

— Soll ich nach oben gehen und sie ordentlich zudecken?

— Es hat über dreißig Grad, Barry.

— Wohl wahr.

— Im Dezember.

— Ich weiß.

—Neunzehnhundertsechsundsiebzig, Barry.

—Das weiß ich auch.

—Du hast gesagt, wir würden höchstens ein Jahr hierbleiben, eher weniger, Barry.

—Liebling, bitte, ich will mich nicht zweimal innerhalb von zwei Minuten streiten.

—Ich streite gar nicht. Ich rede ja kaum noch mit dir.

—Falls wir weggehen ...

—*Falls* wir weggehen? Verdammt noch mal, Barry, seit wann ist denn das Wenn ein Falls?

—Tut mir leid. Wenn wir weggehen, käme dann auch ein anderer Ort als Vermont infrage? Vielleicht sollte ich mich zur Ruhe setzen und von dir aushalten lassen.

—Sehr witzig. Ich streite mich nicht mit dir. Ich erinnere dich nur daran, dass ein Jahr zwölf Monate hat und dies der zwölfte Monat ist.

—Die Kinder werden ihre Freunde vermissen.

—Die Kinder haben keine Freunde. Barry?

—Ja, Liebling?

—Du überschätzt deine Möglichkeiten.

—Du hast ja keine Ahnung, wie mich dieser Satz nervt.

Sie fragt nicht, was ich damit meine, lässt lieber ihren Satz bedeutungsschwanger in der Luft hängen. Arbeit? Ehe? Sie drückt sich nicht konkreter aus, weil sie damit das Drohpotenzial reduzieren würde. Ich könnte natürlich fragen, was genau sie damit meint, und dann würde sie (1) es mir erklären, als wäre ich geistig zurückgeblieben oder schwer von Begriff, und (2) die Gelegenheit nutzen, um einen Streit anzufangen. Ich weiß nicht, wie sie ihr Leben geplant hat, aber ich habe keine Lust mehr, ihr ständig was zu erklären, als wäre ich in so einer beschissenen Fernsehserie, in der man das Publikum jede Woche erst mal auf den neuesten Stand bringen muss. In der vorangegangenen Foooooolge hat unsere Hauptfigur Barry Diflorio, der furchtlose, verwegene, charmante und gut bestückte Held, seine Frau nach Concrete Jungle auf eine Mission mit viel Sonne, Meer, Sex und dunklen Geheimnissen mitgenommen. Barry Diflorio wollte seinen Auftrag ausführen, aber seine Frau …

— Hör auf damit.

— Womit?

— Das, was du gerade denkst, vor dich hin zu murmeln. Du merkst es ja nicht mal.

— Was denke ich denn gerade?

— Verflucht noch mal. Es war schon schlimm genug, drei Kinder in Vermont großzuziehen.

Es dauert eine Weile, bis ich merke, dass sie drei gesagt hat.

— Du siehst sehr hübsch aus, wenn du wütend bist, sage ich und nehme damit den Blick vorweg, den sie mir zuwerfen wird. Aber der kommt gar nicht. Sie schaut mich überhaupt nicht an, während ich direkt neben ihr sitze und versuche, ihre Hand zu nehmen. Ich überlege, ob ich es wiederholen soll, lasse es aber lieber bleiben.

Nina Burgess

Bus zweiundvierzig ist vorbeigefahren und hat nicht mal angehalten, vermutlich um rechtzeitig zu Hause zu sein, bevor er sich in einen Kürbis verwandelt. Nur, dass es nicht Mitternacht, sondern erst sechs war. Die Ausgangssperre beginnt um sieben, aber hier, in Uptown, ist keine Polizei in der Gegend, um sie durchzusetzen. Man kann sich nicht vorstellen, dass sie einen Mercedes-Benz anhalten, es könnte schließlich jemand aus dem Kabinett des Premierministers drin sitzen. Der letzte Bus war ein Minibus mit einem Irie-Ites-Schriftzug auf der Seite – in Blau, nicht in Rot, Grün und Gold. Auch größere Busse sind vorbeigefahren, ein grüner vom staatlichen Jamaica Omnibus Service, und kleine Busse, bei denen ich mich zum Einsteigen ducken (und die ganze Fahrt über gebückt stehen) muss, die meisten auf dem Weg zur Bull Bay oder Buff Bay oder irgendeiner anderen Bucht, also zur Küste, sprich raus aus der Stadt. Irie Ites hat mich um 18.00 Uhr stehen lassen. Den letzten Basston habe ich um 22.45 Uhr gehört. Jetzt ist es 23.15 Uhr.

Immer wieder sind Busse vorbeigekommen, immer wieder habe ich sie nicht genommen. Auch zwei Pkw haben angehalten, beides illegale Taxis mit zwei Leuten vorne und vier auf der Rückbank, darunter ein Mann mit Dollarscheinen zwischen den Fingern, der rief, hey Baby, willst du nach Spanish Town? Erst dachte ich, es wäre derselbe Wagen. Ich bin einen Schritt zurückgetreten und habe so lange den Blick abgewandt, bis der Wagen weiterfuhr, und dann habe ich beim zweiten noch mal das Gleiche gemacht.

Ich muss endgültig verrückt geworden sein, vor diesem Tor zu warten und zu hoffen, dass ein Mann sich daran erinnert, Sex mit mir gehabt zu haben, dass ich die unvergesslichste aller Frauen gewesen bin, mit denen er je Sex hatte oder vielleicht sogar in diesem Moment hat. Und dass er, wenn er sich daran erinnert, ein paar Fäden zieht, um mich und meine Familie außer Landes zu bringen, und das Ganze hoffentlich auch noch bezahlt. Heute Morgen um sieben kam mir das Ganze noch so viel vernünftiger vor, besonders nachdem ich gesehen hatte, wie mein Vater versuchte, so zu tun, als hätten ihm jüngere Männer nicht gerade das Gefühl gegeben, der älteste Mann der Welt zu sein. Vielleicht haben sie meine Mutter nicht vergewaltigt, vielleicht haben sie sie nur geschlagen, mit irgendwas an ihrer Pussy rumgemacht und ihn gezwungen zuzusehen. Vielleicht haben sie gesagt, nee, Oma, du bist zu alt für zum Ficken, deine Pussy ist jetzt für Jesus. Oder vielleicht bin das auch nur ich, kurz vor Mitternacht in diesen blöden Stöckelschuhen. Meine Füße quälen mich, weil ich den ganzen Tag meine Füße gequält habe. Und ich kann mir nur selbst dabei zuhören, wie ich den Verstand verliere. Der Mistkerl ist kein einziges Mal rausgekommen. Nicht ein einziges Mal. Aber vielleicht war es auch ganz anders. Vielleicht war ich ja unvergesslich, zu unvergesslich, und er hat mich vom Fenster aus gesehen und Order gegeben, dieses Mädchen nicht reinzulassen. Vielleicht war ich beschissen oder zu gut im Bett, irgendwas an mir hat ihm jedenfalls gesagt, Junge, du bleibst besser drinnen und lässt dich nicht mit der da ein, dieser Nina Burgess. Vielleicht hat er sich sogar an meinen Namen erinnert. Vielleicht auch nicht. Meine Absätze und Füße sind mit Staub bedeckt.

Gegen zwei oder drei ist der Schmerz von meinen Füßen in die Schienbeine und Knie gewandert, was sich nur deshalb besser anfühlte, weil es nun ein geteilter Schmerz war. Irgendwann geht der Schmerz ganz weg, bis du etwa eine Stunde später merkst, dass er gar nicht weg ist. Er hat sich nur ausgebreitet, bis dein ganzer Körper aus Schmerz besteht. Vielleicht bin ich keine Irre, aber irgendwas bin ich. Die beiden Frauen, die vor einer Stunde vorbeigegangen sind, haben was geahnt. Ich habe sie schon aus, was weiß ich, einer Meile Entfernung die Straße hochkommen sehen, zwei größer werdende weiße

Punkte, bis sie keine zehn Meter mehr von mir entfernt waren, zwei schwarze Frauen im weißen Kirchgangskleid und mit Hut.

—Aber das isses ja, was ich dir sage, Mavis, einer jeglichen Waffe, die gegen den allmächtigen Jesus zubereitet wird, soll es nicht gelingen, sagte die Linke.

Sie sahen mich beide gleichzeitig an und verstummten. Sie warteten nicht mal, bis sie an mir vorbei waren, da fing die eine schon an zu flüstern. Es ist 22 Uhr. Ich weiß, was sie flüstern.

—Ich hab deinen Mann grad für zwanzig Dollar gefickt, sage ich.

Sie beschleunigen ihre Schritte und wollen so schnell hier weg, dass die Frau auf der linken Seite beinahe stolpert. Seitdem ist niemand mehr vorbeigekommen. Nicht, dass die Hope Road schlafen gegangen wäre. Hinter mir sind Wohnungen und vor mir ist sein Haus. Überall brennen Lichter. Die Leute gehen nicht schlafen, sie schotten sich nur von der Straße ab. Es ist, als würde einem die ganze Stadt den Rücken kehren, so wie diese Kirchfrauen eben. Ich denke darüber nach, wie es wohl wäre, eine Hure zu sein, in den letzten Benz oder Volvo zu hüpfen, der die Hope Road hochfährt, bis nach Irish Town vielleicht. Ein Geschäftsmann oder Diplomat, der in New Kingston wohnt und mich vergewaltigt, weil er damit durchkommt. Wenn ich einfach hier unter der Laterne stehe und den Rock hebe, sodass das orangefarbene Licht auf meinen Busch fällt, würde vielleicht jemand anhalten. Ich hab Hunger und muss pinkeln. Das Licht im Dachzimmer seines Hauses ist gerade ausgegangen.

An dem Abend, an dem Kimmy mich hierhin mitgenommen hat und dann gegangen ist, war ich nicht auf Sex mit ihm aus. Ich wollte ihn nackt sehen, aber nicht so. Ich hatte gehört, dass er jeden Morgen um fünf Uhr aufsteht, zur Bull Bay fährt und im Wasserfall badet. Das klang irgendwie so heilig und gleichzeitig so sexy. Ich habe mir vorgestellt, wie er sich aus dem Wasserfall erhebt, nackt, weil es noch früh genug ist. Und nichts auf der Welt ist trauriger als dieses Flusswasser, weil es früher oder später von seinem Körper gleiten muss. Und als ich ihn nackt auf seinem Balkon den Apfel essen sah, dachte ich, dass der Mond bestimmt auch traurig war, weil er wusste, dass er bald aus seinem Licht treten würde. Nein, denken ist zu viel gesagt. Ich habe nicht nachgedacht. Das hätte mich davon abgehalten, auf den Balkon hinauszutreten. Das Nachdenken hätte mich davon abgehalten, mich auszuziehen, nur falls es ihn verlegen gemacht hätte, dass ich bekleidet war und er nackt. Als ob er ein Fünkchen Verlegenheit im Leib hätte. Er sagte, *ich kenn dich,* und vielleicht war das die Wahrheit. Ich schätze, einer Frau gefällt es, wenn man sich an sie erinnert. Oder vielleicht weiß er auch nur, wie man einer Frau das Gefühl gibt, man hätte sie vermisst.

Nachdem die Musik aufgehört hatte, sind ein paar Leute gegangen. Es war das erste Mal, dass sich das Tor öffnete. Ein paar Autos, ein Jeep, aber sein Truck nicht. Er war immer noch da, er und die halbe Band wahrscheinlich. Ich habe überlegt, auf das Grundstück zu laufen, die Stöckelschuhe auszuziehen und so schnell zu rennen, dass die Wachleute mich nicht erwischt hätten, bis ich schon drinnen gewesen wäre. Wenn sie mich dann gepackt hätten, hätten sie gesehen, dass ich braun bin, und mich in Ruhe gelassen, und ich hätte seinen Namen gerufen, und er wäre runtergekommen. Aber ich bin auf meiner Straßenseite bei der Laterne und der Bushaltestelle geblieben. Ein Licht in einem Zimmer auf der rechten Seite des Hauses ist gerade ausgegangen. Mein Vater sagt immer wieder, dass niemand ihn aus seinem eigenen Land vertreiben wird, aber ein paar Monate vor dem Überfall musste ich mich auf einen Stuhl in der Küche setzen, und er hat mir einen Artikel aus dem *Gleaner* vorgelesen. Ich war zu Besuch und wollte nicht lange bleiben. Trotzdem ließ er mich den Artikel nicht selbst lesen, er musste sich dabei hören, wie er ihn mir vorlas. Der Artikel hieß »Wenn er scheitert«, wobei »er« der Premierminister war. Daddy, der Artikel ist vom Januar, hast du ihn die ganze Zeit aufbewahrt?, fragte ich. Dann erzählte mir meine Mutter, dass er ihn einmal pro Woche liest. Bis jetzt also siebenundvierzig Mal. Das Licht in einem Zimmer links im Erdgeschoss geht aus. Die Ausgangssperre ist in Kraft, und ich sollte nicht hier draußen sein. Ich habe keine Erklärung für die Polizei, falls ein Streifenwagen vorbeikommt. Ich habe nicht mal eine Erklärung für mich selbst.

Kimmy war auch da, als er mir den Artikel vorgelesen hat. Für sie war es schon das zweite Mal. Und sie wollte sich keinesfalls still hinsetzen und irgendwelche Samfie-CIA-Scheiße anhören. Jedenfalls nicht, ohne zu seufzen, zu gähnen und zu stöhnen, als wäre sie sechs Jahre alt und wir müssten einen Erwachsenengottesdienst über uns ergehen lassen. Das ist bloß reaktionäre JLP-Propaganda, sagte sie, noch bevor er den letzten Satz beendet hatte. Reine Propaganda. Wie kann ein JLP-Vorsitzender einen Artikel schreiben, als wäre er ein Journalist? Alles bloß Politricks und verlogene dreckige Machenschaften. Was ist mit freier Bildung für alle bis zum ersten Uniabschluss? Was mit dem Gesetz zur Gleichberechtigung der Frau? Was mit den Bauxit-Firmen, die mittlerweile wenigstens eine Gebühr bezahlen müssen, bevor sie uns ausrauben? Meine Mutter bedachte sie mit dem So-haben-wir-dich-nicht-erzogen-Blick.

Ich für meinen Teil war bloß froh, dass sie nicht mit Ras Trent aufgekreuzt war, dem Bassisten von *African Herbsman,* ansonsten bekannt als Sohn des Ministers für Auswärtige Angelegenheiten. Meine Mutter nannte die beiden ein Paar, obwohl er Kimmy von Angesicht zu Angesicht als Babylon-Prinzessin bezeichnet hat. Dabei könnte er als Sohn des Ministers dreißig Jahre alt werden und hätte immer noch nicht alle Zimmer in den vier Häusern seines Vaters gesehen. Aber Kimmy brauchte jemanden, der sie von dem Sockel herunterstieß, auf den Daddy sie gestellt hat, damit sie diesen Jemand zu ihrem neuen Daddy machen konnte, und Che Guevara war wie gesagt schon tot. Mummy, die sich in einer Diskussion nie auf eine Seite schlägt, geschweige denn etwas dazu beiträgt, sagte, ihrer Ansicht nach bräuchten wir eine Bürgerwehr. Der Premierminister persönlich habe ja gesagt, dass die Leute bei der explodierenden Kriminalitätsrate die Last der Sicherheit selbst schultern müssten. Wir drei Übrigen sind uns nie über irgendwas einig, aber da haben wir sie alle angestarrt, als wäre sie verrückt, und genau das hat sie auch gesagt, Guckt mich nicht alle so an, als wäre ich verrückt. Mein Vater sagte, auf keinen Fall würde er in seinem eigenen Land Tonton Macoutes dulden.

Er fragte mich, wie ich darüber denke. Kimmy sah mich an, als würde unser Verhältnis von jedem Wort abhängen, das über meine Lippen kam. Als ich antwortete, dass ich gar nichts darüber denke, waren wir beide enttäuscht. Erinnern ist mir lieber als Nachdenken. Wenn ich nachdenke, muss ich mir früher oder später Fragen stellen, Fragen wie warum ich mit ihm geschlafen habe und warum ich hinterher weggelaufen bin, und warum ich jetzt hier draußen stehe und warum ich den ganzen Tag hier war. Was es bedeutet, dass ich einen ganzen Tag mit Nichtstun zubringen kann. Ob es bedeutet, dass ich nur eine weitere dieser verflucht nutzlosen Frauen bin. Das wirklich Beängstigende daran, den ganzen Tag hier draußen gestanden zu haben, ist, wie einfach es war. Meine Mutter singt immer *One day at a time sweet Jesus,* und sogar Daddy sagt das gerne, ein Tag nach dem anderen, als wäre das eine Strategie fürs Leben. Dabei ist ein Tag nach dem anderen die sicherste Methode, gar nicht zu leben. Ich weiß jetzt, dass man so verdammt gar nichts zustande bringt. Wenn man den Tag erst in Viertel, dann in Stunden, dann in halbe Stunden, dann in Minuten herunterbricht, kann man jede Zeitspanne in mundgerechte Happen zerteilen. So wie man darüber wegkommt, einen Mann zu verlieren. Wenn man es eine Minute schlucken kann, dann auch zwei, dann fünf, dann noch mal fünf und immer so weiter. Wenn ich nicht über mein Leben nachdenken will, muss ich gar nicht über mein Leben nachdenken, sondern nur eine Minute durchhalten, dann zwei, dann fünf und dann noch mal fünf, und ehe man sichs versieht, vergeht ein Monat, und man merkt es gar nicht, weil man die Minuten gezählt hat.

Ich stehe vor seinem Haus und zähle die Minuten, ohne mitzukriegen, dass mir ein ganzer Tag zwischen den Fingern zerronnen ist. Einfach so. Das Licht in dem Zimmer im obersten Stockwerk links ist gerade wieder angegangen.

Was ich hätte sagen sollen, hätte sagen wollen, ist, dass es nicht die Kriminalität ist, die mir Sorgen macht. Ich meine, sie macht mir Sorgen, so wie sie jedem Sorgen macht. So wie die Inflation mir Sorgen macht. Ich spüre sie nicht unmittelbar, obwohl ich weiß, dass sie mich betrifft. Es ist nicht das Verbrechen an sich, weshalb ich wegwill, es ist die Möglichkeit, dass es jederzeit passieren könnte, jede Sekunde, selbst in der nächsten Minute. Vielleicht passiert es nie, aber ich würde die nächsten zehn Jahre lang denken, dass es jeden Moment passieren kann. Und selbst wenn es nie passiert, wartet man trotzdem darauf, und das Warten ist genauso schlimm, weil man in Jamaika nichts anderes tun kann als zu warten, dass einem etwas passiert. Das gilt auch für die guten Sachen, die eh nie eintreten. Alles, was man hat, ist das Warten darauf.

Warten. Der Mistkerl ist nicht mal auf seine Veranda getreten. Aber wenn er in diesem Moment rauskommen sollte, was dann? Ich weiß nicht, ob ich mich rühren könnte. Ich weiß nicht, ob ich über die Straße rennen und ihm vom Tor aus etwas zurufen könnte. Meine schmutzigen Füße sagen mir, dass ich so lange gewartet habe, dass mir nur noch das Warten bleibt. Einmal habe ich nicht gewartet, das war, als ich ihn auf dem Balkon zum Garten gesehen habe. Hinterher habe ich auch nicht gewartet. Ich habe überlegt, es Kimmy zu erzählen. Das hätte sie nicht von mir erwartet. Und deshalb wollte ich ihr erzählen, dass ich Che Guevara näher war, als sie, die Babylon-Prinzessin, ihm je kommen würde.

Auf der anderen Straßenseite hat gut fünfzig Meter von dem Tor entfernt ein Auto angehalten, ein weißer Sportwagen, den ich nicht mal habe kommen sehen. Auch den Mann, der sich auf meiner Straßenseite von der Mauer gelöst hat und zu dem Wagen gegangen ist, habe ich vorher nicht bemerkt. Ich packe meine Tasche fester, obwohl er schon eingestiegen ist. Ich weiß nicht, wie lange er dort, nur ein paar Schritte von mir entfernt, im Schatten bei der Mauer gestanden und mich beobachtet hat. Ich habe ihn nicht gesehen oder gehört, er könnte ebenfalls schon seit Stunden dort gewartet und mich die ganze Zeit im Auge gehabt haben. Der weiße Wagen ist in die Einfahrt gebogen und hat vor dem Tor gehalten. Ich bin ziemlich sicher, dass es ein Datsun ist. Der Fahrer ist ausgestiegen, und ich kann nicht erkennen, ob er helle oder dunkle Haut hat, aber er trägt ein weißes Merino-Hemd. Er geht auf eine Seite des Tores, um mit den Wachleuten zu reden, nehme ich an. Als er sich umdreht und zum Wagen zurückkehrt, blitzen seine Augen. Eine Brille. Ich beobachte, wie der Wagen wegfährt.

Ich muss verschwinden. Nicht bloß aus Jamaika, sondern von hier, und zwar schleunigst. Ich muss rennen, also renne ich. Das Haus sieht mich nicht an, doch die Schatten die Straße hinauf und hinab sehen mich, Schatten, die sich bewegen wie Menschen. Wie Männer? Männer verändern sich, wenn nachts um elf eine wehrlose Frau in der Nähe ist. Dann denke ich, dass das Bullshit ist, vielleicht brauche ich bloß irgendwas, wovor ich Angst haben kann. Meine Direktorin auf der Highschool hat uns immer eingeschärft, dass wir uns nicht wie Flittchen kleiden sollen, damit wir nicht die ganze Zeit Angst vor einer Vergewaltigung haben müssen. Eines Tages haben wir ihr mit Buntstift eine Nachricht in Spiegelschrift geschrieben und in die Schublade ihres Pultes gelegt. Es dauerte Monate, bis sie sie entdeckte: *Als ob selbst ein Blinder eine Frau vergewaltigen würde, die –* erst dann merkte sie, dass sie laut vorlas.

Rennen ist relativ. In Stöckelschuhen kann man nur sehr schnell hüpfen, praktisch ohne die Knie zu beugen. Ich weiß nicht, wie lange ich schon so gehüpft bin, aber ich höre das Klapperdiklapper meiner Füße, und mein Kopf beschließt, darüber zu lachen, wie albern ich aussehen muss, und Sandmännchen kommt gelaufen und springt in meinen Kopf. Guckt durchs Fensterlein, ob irgend noch ein Kindchen nicht mag im Bette sein. Und wo er nur ein Kindlein fand, streut er ins Aug ihm Sand! Sandmännchen – cho r'asscloth.

Ein Absatz ist abgebrochen. Und die verdammten Schuhe waren nicht billig. Scheiße, r'ass...

— Ja Hi, was hab'n wir denn hier, 'nen Coolie Duppy?

— Ist echt der hübscheste Coolie Duppy, den ich mit eigenen Augen je selbst geseh'n hab.

— He, wo kommst du denn her, Kleine, hast du zufällig gerade eine Straftat begangen?

— Will sie vielleicht 'ne Waffe zu 'n Einsatz bringen?

Polizei. Scheißpolizisten mit ihren Scheißpolizistenstimmen. Ich habe es bis zur Kreuzung Waterloo Road geschafft. Devon House zu meiner Linken sieht aus wie eine Spukvilla. Die Ampel ist gerade auf Grün gesprungen, aber drei Streifenwagen blockieren die Straße. Sechs Polizisten lehnen an ihren Autos, einige haben einen roten Stoffstreifen entlang der Hosennaht, andere einen blauen.

— Sie, Lady, Sie wissen schon, dass Ausgangssperre ist?

— Ich ... also ich ... musste spät arbeiten, Officer, und hab irgendwie das Gefühl für die Zeit verloren.

— Is wohl nicht das Einzige, was Sie verloren haben. Ist eins von Ihren Beinen länger wie das andere oder is 'n Absatz abgebrochen?

— Was? Oh, cho r'asscloth. Verzeihen Sie, Officer.

Alle lachen. Polizisten mit ihren Scheißpolizistenstimmen.

— Sehen Sie hier irgend'nen Bus oder Taxi, die noch fahren? Wie wollten Sie denn nach Hause kommen?

— Ich ... ich ...

— Laufen oder was?

— Ich weiß nicht.

— Miss, Sie steigen besser im Wagen.

— Ich schaffe es bis nach Hause, sage ich. Ich will ihm erklären, dass es in den Wagen heißt, aber wahrscheinlich würden sie es merken, wenn eine Frau unverschämt wird.

— Und wo ist zu Hause, hier in der Nähe?

— Havendale.

— Ha ha ha ha.

Polizisten und ihr Polizistenlachen.

— Hier kommt heute Nacht kein Bus mehr vorbei. Woll'n Sie vielleicht laufen?

— Ja.

— Auf einem Absatz?

— Ja.

— Bei Ausgangssperre. Wissen Sie, was für Typen um die Zeit nachts auf der Straße unterwegs sind, Lady? Gucken Sie als Einzige abends keine Nachrichten? Der Fluch der Welt ist unterwegs. Was genau is da dran so schwer zu kapier'n?

— Ich war bloß ...

— Bloß verdammt bescheuert. Besser, Sie wär'n bis morgen früh auf der Arbeit geblieben, wenn die Busse wieder fahren. Steigen Sie ein.

— Ich brauche keine ...

— Lady, ab in den verdammten Wagen mit Ihnen. Sie verstoßen gegen das Gesetz. Entweder fahr'n Sie mit uns nach Hause oder geh'n in Arrest.

Ich steige in den Wagen. Zwei Polizisten steigen vorne ein und lassen zwei Streifenwagen und vier Polizisten zurück. Nach Havendale geht es an der Ampel rechts. Sie biegen links ab.

— Abkürzung, sagen beide.

Demus

Das ist das Haus am Meer: Es hat nur ein Zimmer und ist eigentlich gar kein Haus, aber es hat mal einer drin gewohnt. Der Mann, der immer die Schranke runtergelassen hat, damit der Zug durchfahren kann, ich kenne seinen Namen nicht, aber er ist 1972 gestorben, und keiner hat seinen Posten übernommen. Der Zug fährt hier nicht mehr durch, seit West Kingston sich in den Wilden Westen verwandelt hat und alle Männer in Cowboys. Ich wollte Jim West sein, aber der trägt zu enge Hosen. Der Fernseher im Chinaladen ist nur schwarz-weiß, aber ich glaube, seine Hose ist blau, blau wie die von einem Mädchen. Das ist das Haus mit nur einem Zimmer, und der Mann, der hier gewohnt hat, hat auf einem Stück Schaumstoff geschlafen und in einen Eimer gekackt, den er im Meer ausgewaschen hat. Keiner kennt mehr seinen Namen. Als sie seine Leiche gefunden haben, war das ganze Wasser aus seinem Körper verdampft, aber er war noch kein Skelett. Das Haus hat zwei Fenster. Eins geht zum Meer raus und eins zu den Gleisen. Als der Zug nicht mehr gefahren ist, wollten die Gettobewohner die Schienen klauen, aber sie hatten nicht das nötige Werkzeug, um so was Schweres auseinanderzunehmen.

So ist der Raum gestrichen: Er hat fünf Farben, die aber immer nur ein Stück bedecken. Rot vom Boden bis zum Fenstersims. Grün vom Fenstersims bis zur Decke. An der nächsten Wand geht das Blau bis zur Decke, aber nicht bis zur Zimmerecke. Die nächste Wand ist komplett rosa. An der vierten Wand fängt das Grün unten an und endet auf der Hälfte in festen Pinselstrichen, so als hätte er die Farbe angebettelt und angefleht und sie zwingen wollen, sich noch ein bisschen weiter zu strecken. So muss es für einen Mann sein, wenn er ohne eine Frau alt wird: Vergisst er seine Weichteile und ist jedes Mal traurig, wenn er beim Pissen daran erinnert wird, oder spielt er an sich rum wie so ein Perverser? Das ist der einzige Stuhl in dem Zimmer, ein roter Stuhl mit zierlichen Beinen. »Zierlich« ist ein Wort aus einem Gedicht, das wir in der Schule gelernt haben. Lieblicher, zierlicher Zweizahn mit deiner gelb-weißen Blüte. Von Tau bedeckt und sanft schlummernd, denkst du heut Nacht an mich?

Das ist der erste Fehler, den Gott gemacht hat: die Zeit. Es war idiotisch von Gott, die Zeit zu erschaffen. Es ist das Einzige, was selbst ihm ausgehen kann. Aber ich bin außerhalb der Zeit. Ich bin im Jetzt, das zugleich jetzt und dann ist. Dann ist auch bald, und bald könnte genauso gut vielleicht oder vielleicht auch nicht sein. Gerade sind zwei Männer ins Haus gekommen, und aus sieben sind neun geworden. Einer aus Rema, zwei aus Trenchtown, drei aus Jungle, drei aus Copenhagen City.

Das sind die Männer im Raum:

Josey Wales, auch bekannt als Franklin Aloysius, auch bekannt als Ba-bye, der gerade hereingekommen ist, zusammen mit

Bam-Bam, der gern eine Kanone in der Hand hat, aber nie weiß, auf wen er schießen soll.

Weeper, der Polizistenmörder, vor dem Babylon zittert. Wenn er wie ein Jamaikaner redet, dann redet er ganz unfein und gemein. Wenn er wie ein Weißer redet, klingt es, als würde er aus einem Buch mit schwierigen Wörtern vorlesen. Und Weeper ist noch was anderes, worüber keiner, dem sein Leben lieb ist, spricht.

Heckle, der immer mit Jeckle zusammen unterwegs war, bis eine PNP-Kugel Jeckle ins Jenseits befördert hat.

Renton aus Trenchtown.

Matic aus Trenchtown.

Funky Chicken, der vom Heroin immer die Shakes bekommen hat, bis sie ihm dann irgendwann Kokain gegeben haben.

Zwei Männer aus Jungle, einer dick, einer dünn, die ich nicht kenne. Der dünne ist nicht mal wirklich ein Mann, eigentlich noch nicht mal ein richtiger Junge, sein Hemd steht offen, aber er hat überhaupt keine Brusthaare.

Und ich.

So sind aus zehn Männern neun geworden: vor drei Nächten. Matic aus Trenchtown wollte das Koks heiß machen, so wie Weeper es ihm gezeigt hat, aber er hatte vergessen, wie das geht, und Weeper war nicht da. Es war eine mondlose Nacht, und wir hatten keine Taschenlampe für den Weg zum Haus und zurück. Matic meinte, er wüsste, wie man freebaset, und ein Löffel Koks wäre ein Löffel Koks wäre ein Löffel Koks. Matic meint, Weeper würde das Zeug einfach überall rumliegen lassen, also fängt er an, den Boden abzusuchen, sucht in der Ecke, durchsucht zwei Schränke neben dem Fenster und die Asche in dem Kohlenofen neben der Tür. Er sucht und sucht, und die anderen Jungs fangen auch an zu suchen, sie haben das Koksjucken, obwohl man vom Koks gar kein Jucken kriegt, sondern nur vom H. Matic findet was, und als die anderen zu ihm rüberkommen, damit er es aufteilt, zieht er seine Pistole. Er nimmt sein eigenes Feuerzeug zum Aufkochen. Er denkt daran, das Koks in Wasser heiß zu machen und das Backpulver dazuzugeben, das er im Regal gefunden hat. Und dabei freut er sich wie ein Schneekönig, während die anderen ihn angucken wie hungrige Tiger. Aber Matic hat den Rest vergessen. Er hat die andere Flüssigkeit vergessen, die Weeper hernimmt, den Äther. Er war auch so blöd zu glauben, dass Weeper seinen Vorrat einfach im Haus rumliegen lässt. Das Koks brennt nicht, es verändert sich nicht. Es steigt kein Rauch auf, den er einatmen könnte, also leckt er es auf. Leckt so fest an dem heißen Löffel, dass wir seine Zunge zischen hören. Beim Basen kriegt man einen schnellen Kick, und bis der Kick kommt, dauert es acht. Sieben. Sechs. Fünf. Vier. Drei. Zwei. Eins. Nichts. So 'ne Drecksscheiße, sagt Matic, dann kippt er nach vorne über, schlägt mit dem Gesicht auf dem Boden auf und hat auf einmal Schaum vorm Mund. Keiner fasst ihn an, bis Weeper kommt und lacht und fragt, ob wir uns nicht gewundert hätten, warum es in so einer dreckigen Bruchbude keine einzige Ratte gibt.

So sind aus neun Männern acht geworden: Gestern Abend hat Josey uns erklärt, wie es weitergeht. Renton aus Trenchtown meinte, er hätte einen Hit geschrieben, und er würde seine Knarre nicht auf jemanden richten wie dieser Junge von den Heptones, der im Gefängnis gesessen hat, als der Weiße sein Lied in einem Film verwendet hat. Er meinte, die Mutter von seinem Baby würde immer zum Aufnahmestudio des Sängers gehen, und sie würden ihr Geld für das Baby und ihre Mutter und ihre ganze Familie geben. Und sie wäre nur eine von mehr als hundert Leuten, denen der Sänger helfen würde, und was würde denn passieren, wenn das aufhört? Josey Wales sagt, das würde ihn auch nicht zu einem besseren Menschen machen, sondern sogar zu einem schlechteren, weil er nichts anderes tun würde, als arme Leute mit Fisch zu füttern, weil er jetzt, wo er groß rausgekommen ist, nicht will, dass die Leute selbst lernen, wie man Fische fängt. Manche von uns sind seiner Meinung, aber Renton aus Trenchtown hat da ein anderes Reasoning. Weeper zieht seine Pistole, um den Bastard auf der Stelle zu erschießen. Josey Wales sagt, Nein, Mann, hör dem Mann zu und versuch, sein Reasoning zu verstehen. Man muss die Faktoren kennen, sagt Josey Wales. Wir kapieren nicht, was er meint, also sagt er, Kinetische Energie: $E_{kin} = \frac{1}{2}\,mv^2$ (wobei m für Masse steht und v für Geschwindigkeit). Kursabweichung. Verformung. Zersplitterung. Blutverlust. Hypovolämischer Schock. Verblutung. Sauerstoffmangel. Pneumothorax, Herzversagen und Hirnschäden. Peng. Die Kugel bleibt in seinem Schädel stecken, aber trotzdem spritzt Blut auf Weepers Brust. Nicht mein *Starsky-&-Hutch*-T-Shirt!, sagt Weeper, während die Leiche von dem Typ umkippt, und er wischt sich Gehirn von der Brust. Josey Wales steckt die Pistole in den Holster zurück.

So hat der Weiße uns beigebracht, wie man ein M16A1, ein M16A2 und ein M16A4 lädt:

Den Lauf dorthin richten, wo niemand verletzt werden kann.

Das Gewehr spannen und den Verschluss öffnen.

Den Ladehebel wieder nach vorn schieben.

Den Sicherungsschieber nach links bewegen.

Überprüfen, ob die Kammer leer ist.

Das Magazin einsetzen und nach oben schieben, bis die Arretierung einrastet und es in Position hält.

Auf den Boden des Magazins klopfen, um sicherzugehen, dass es festsitzt.

Auf das obere Ende des Verschlusses drücken, um den Verschluss zu lösen.

Auf den Verschlussdrücker klopfen, um sicherzugehen, dass sich der Verschluss in der vorderen Position befindet und vollständig eingerastet ist.

Danach braucht ihr euch nicht die Mühe machen, es wieder zu sichern.

Das kommt dabei raus, wenn man Männer aus Jungle einsetzt: Sie sind so scharf aufs K, dass sie die ganze Zeit basen, Weeper sei Dank. Josey Wales verlässt uns, warnt uns aber, dass jeder, der ihn verlässt, erschossen wird, und uns fällt wieder ein, dass man ihn früher immer Ba-bye genannt hat. Weeper und er schließen die Tür hinter sich ab, als sie draußen sind, und wir hören es klicken. Das Haus wird kleiner und heißer, und ich denke an die Wachmänner, die ich töten werde, die Polizisten. Babylon.

Sieben Männer. Einundzwanzig Gewehre. Achthundertvierzig Kugeln. Ich denke an einen Mann, nur an einen einzigen, und es ist nicht der Sänger. Ich stelle mir vor, wie er gegen eine Wand rennt und hohe Schreie ausstößt wie ein kleines Mädchen. Ich stelle mir vor, wie er sagt, Du bist doch nicht wegen mir hier, der, wegen dem du hier bist, ist unten, weil er garantiert so ein Pussyhole ist. Ich stelle mir einen Mann vor, der betrogen hat und damit davongekommen ist, einen Mann, den das Glück jetzt verlassen hat. Ich sehe ihn an und sage, So wird der Tod aussehen.

Sir Arthur George Jennings

Und nun ist die Zeit des Sterbens gekommen. Das Jahr wird in drei Wochen kapitulieren. Vorbei sind der feuchte heiße Sommer, die fünfunddreißig Grad im Schatten, der Regen im Mai und im Oktober, der die Flüsse anschwellen lässt, die Rinder tötet und Krankheiten verbreitet. Männer werden fett vom vielen Schweinefleisch, die Bäuche der Jungs schwellen an vom Gift. Vierzehn Männer werden im Busch vermisst, während drei, vier, fünf Leichen zerplatzen. *Many more will have to suffer. Many more will have to die.* Diese Worte habe ich einem Lebenden gestohlen, in den schon der Tod gefahren ist und ihn von den Zehen aufwärts umbringt.

Ich schaue meine Hände an und sehe meine Geschichte. Ein Hotel an der Südküste, ein Vorgeschmack auf das, was mein Land noch erwartet. Schlafgewandelt, sagten sie, als sie mich fanden, und auf diese Weise setzen sie vom bloßen Hörensagen ein Bild zusammen, wegen meiner nach vorn gestreckten Hände, so steif wie die von Frankenstein, meiner geschlossenen Augen, meiner Beine, die im Gleichschritt des Kommunismus marschierten, über das Geländer hinweg, drei, zwei, eins. Als sie mich fanden, war ich nackt, meine Augen hellwach, ihr Braun jedoch verblasst, mein Hals schlaff, mein Hinterkopf zerschmettert, mein Penis steif, was die Hotelangestellten als Erstes bemerkten. Mein Blut vergossen durch den Stoß eines Mannes.

Manche Dinge, die zum Tod gehören, können die Toten euch nicht mitteilen. Das Obszöne, das mit ihm einhergeht. An dem Ort, an dem du stirbst, schämt sich der Körper vor sich selbst. Der Tod lässt dich husten, pissen, der Tod lässt dich scheißen, der Tod lässt dich stinken, wegen der Gase in dir. Mein Körper verrottet, aber die Nägel wachsen noch und werden zu Krallen, während ich sehe und warte.

Ich hörte, dass ein reicher Mann aus Amerika, dessen Name für Geld und Macht steht, in einer Frau gestorben ist, die nicht seine Ehefrau war. Der mächtige Körper des Mannes fiel mit seinem ganzen toten Gewicht auf die Frau und wurde achtzehn Stunden später von seiner Gattin verbrannt, weil sie den Geruch einer anderen an seinem Leib nicht ertrug.

Ich war in einer Frau, an deren Namen ich mich nicht erinnere, die mich bat aufzuhören, weil sie Durst hatte. Da neben dir steht doch Wein. Holst du mir Eis? Wer tut denn Eis in den Wein? Ich, und ich werde noch ganz andere Dinge tun, wenn du mir ein bisschen Eis holst. Also laufe ich nackt und lachend los, um fünf Uhr morgens. Ich gehe auf Zehenspitzen den Flur entlang wie das Sandmännchen. Tote haben einen bestimmten Geruch, aber Mörder auch. Um mich zu töten waren zwei nötig, einer gab den Auftrag, und ein anderer führte ihn aus. Bevor ich über das Geländer fiel, roch ich Zitronengras und feuchten Dreck, und hörte ganz deutlich das knirschende Geräusch eines Schritts auf poliertem Fußboden.

Ich bin im Haus des Mannes, der mich getötet hat. Meinen eigenen Geruch habe ich nie an seinen Händen gerochen, nur den Hauch vergangener Tode, nicht irgendeinen Gestank, sondern die Erinnerung daran, ein Geruch von Eisen, von schalem und verdorbenem Blut, die süßen fauligen Ausdünstungen einer fünf Tage alten Leiche. In der Welt der Lebenden ist er jetzt ein erwachsener Mann und schert sich nicht darum, dass er wie jemand riecht, der zufällig an das Geld eines anderen gekommen ist wie an einen teuren Anzug, der den Besitzer gewechselt hat. Nur dass er keinen Anzug trägt. Ich war nackt, als sie mich fanden, und er ist nackt, als ich ihn finde. Sein Bauch ist runder geworden, auf seinem Rücken kräuseln sich die Speckfalten, während er auf und nieder stößt, und übrigens sollte er sich mal wieder die Haare auf seinem Hinterkopf färben lassen. Sein Körper klatscht

Eine kurze Geschichte von sieben Morden

feucht gegen ihren, klatsch, klatsch, klatsch. Er stöhnt dabei, er hat die Zweitplatzierte abgekriegt. Das weiße Bett ist ein Whirlpool. Sie merkt, dass er nicht aufhört, und tippt ihm auf die Schulter. Sein Kopf liegt auf dem Kissen, aber er drückt sie weiter nach unten, sie ist gefangen und weiß es, weshalb sie ihn noch mal antippt. Er stöhnt, und sie schiebt ihn weg, *Du weißt genau, dass ich nicht schwanger werden will, du Mistkerl*. Er lässt sich mit seinem ganzen Gewicht auf sie fallen, bis er kommt, dann atmet er keuchend ein und aus. Die Jamaikaner sollen wissen, dass ihre Anführer es draufhaben, sagt er. Zum ersten Mal seit Jahren höre ich seine Stimme, aber es sind keine Jahre. Ich bin überrascht, dass sie sich nicht verändert hat, die Aussprache klingt immer noch unsauber, obwohl er korrekt spricht. Ich bin am falschen Ort und sie auch. Er hat die Zweitplatzierte geheiratet, weil er Miss Jamaica nicht kriegen konnte. Ihr Vater wollte, dass sie einen Weißen heiratet. Eher kackt mein Batty trockene Korinthen, als dass meine bloodcloth Tochter einen Syrer mit einem libanesischen Kramladen heiratet, sagte er.

An die Frau, mit der ich schlief, kann ich mich nicht erinnern. Ich sehe sie nie, aber ich wüsste auch gar nicht, wo ich sie suchen sollte. Vielleicht war da ja so etwas wie Liebe, aber Geister suchen die Menschen heim aus Sehnsucht, und ich spüre keine Sehnsucht. Vielleicht war es auch keine Liebe, oder ich bin überhaupt kein Geist. Oder meine Sehnsucht hat nichts mit ihr zu tun. Wer will denn Eis in seinem Wein haben? Wusste sie, dass er hinter der Tür auf mich wartete? Jemand hat mich mit einer verunstalteten Spinne mit einem Schwanz oben drauf verglichen. Niemand von den Hotelangestellten, denn die kennen solche Worte wie verunstaltet gar nicht. Vielleicht war es jemand, der sich bereits über meinen Tod freute. An sein Gesicht kann ich mich nicht erinnern.

Die Zweitplatzierte stößt ihn von sich und zischt, *Zum Glück hab ich den Schaum nicht vergessen*. Weißt ... du ... denn ... nicht, keucht er hervor, dass die Schwangerschaftsverhütung eine Verschwörung ist, um die Schwarzen auszurotten? ... und er lacht. Er dreht sich zur Seite und spielt an sich herum. Ich würde gern in ihn hineinschlüpfen und so tun, als würde ich das fühlen, was er fühlt, aber sogar am Fuß des Bettes rieche ich den Gestank von über hundert toten Männern, der von ihm ausgeht. Ein Glas zerspringt, und sie zucken beide zusammen. Ihr Nachthemd ist bis über ihre Brüste hochgerutscht, und sie zieht es herunter. Du und deine dämliche Katze, sagt er und steht auf. Ich sehe, wie sein Bauch schlaff wird und seine Wangen die Farbe verlieren, nicht mal das hier, nicht mal der Sex hat bewirkt, dass seine Haare durcheinandergeraten, sie liegen so glatt an wie die einer Blechfigur. Wegen ihm sehne ich mich nach dem Leben zurück, nach wippendem und welkem Fleisch. Die elegant geschwungenen, mit geschnitzten Weinreben verzierten Möbel im Schlafzimmer hat sie ausgesucht. Von der Decke hängt ein Moskitonetz. In einer Ecke steht ein einsamer Fernseher, die Tür zum Badezimmer ist offen, aber dahinter ist es dunkel. Er dachte immer, dass alle Männer, die sich für Stil oder schöne Dinge interessieren, pervers sind. Ich erinnere mich noch, wie er das im Wegfahren über ein Parteimitglied sagte. Ich habe seinen Hass nie geteilt, denn ich habe jeden Sommer Noël Coward besucht und ihn »Onkel« genannt. Ihn und seinen Reisegefährten.

Der Mann, der mich töten ließ, greift nach der Pistole, die auf dem Nachttisch auf ihn wartet. Seine Hose lässt er auf dem Boden liegen. Die Zweitplatzierte deutet auf die Hose, und er macht einen Witz darüber, dass er sich nicht extra anzieht, um irgendwelche ungezogenen Muschis einzufangen, und öffnet die Tür, um nach draußen zu gehen. Ich würde gern eine Weile bei ihr bleiben, weil ich mich frage, wie sie es schafft, ihren inneren Frieden zu finden, aber ich folge ihm.

Im Wohnzimmer wartet ein Mann, von dem ich nicht weiß, ob ich ihn kenne. Das Wohnzimmer ist ein Friedhof, hier riecht es nach Tod. Ein Teil des Geruchs stammt von dem Mann. Einen Moment lang sieht er aus wie ein Schwarzer, dann wie ein Chinese, vielleicht liegt das auch am Spiel der Schatten. Ich kann schon riechen, wie er sterben wird. Er hustet in ein Glas.

— Ich dachte, das ist Wasser.

— Siehst du nicht, dass das eine Flasche mit weißem Rum ist? Oder weißt du nicht, wie Rum riecht?

— Rumliegt?

— Riecht. R-i-e-c-h-t.

— Ach so, ich höre nicht mehr so gut. Zu viel peng-peng-peng, wissen Sie.

— Wie zum Teufel kann man das Zeug denn mit Wasser verwechseln?

— Weiß ich auch nicht. Ich dachte, ihr Reichen trinkt euer Wasser aus Flaschen. Rahtid, Bruder, wieso schleichen Sie hier so freizügig durchs Haus?

— Ich darf doch wohl in meinem eigenen Haus nackt rumlaufen? Siehst du was, das du noch nie gesehen hast?

— Ah, so machen das also die Reichen.

— Die Armen waschen sich ihren Pimmel an der Wasserpumpe. Was soll das, willst du eine Klassenfrage daraus machen? Bloodcloth, wie bist du überhaupt hier reingekommen?

— Durch die Vordertür.

— Wie ...

— Das reicht jetzt mit dem ganzen Wie. Wieso fragen Sie immer nur wie?

— Gefällt dir warum besser? Na schön, dann reden wir übers Warum. Warum spazierst du hier in meinem Haus herum um ... warte mal ... drei Uhr morgens? Hatten wir nicht vereinbart, dass wir nicht zusammen in der Öffentlichkeit gesehen werden sollen?

— Wusste gar nicht, dass Ihr Schlafzimmer ein öffentlicher Bereich ist. Wie geht's dem Frauchen? Klang so, als wäre sie eben noch gut gelaunt gewesen. Richtig gut.

— Mann, was willst du hier?

— Wissen Sie, was heute für ein Tag ist?

— Hmmmm. Hmmmm. Ich würde mal schätzen, der dritte Dezember. Das ist der Tag, der nach dem zweiten Dezember kommt.

— Oi! Jetzt reicht's mir aber mit Ihren schlechten Manieren. Sie wissen wohl nicht, mit wem Sie reden.

— Du solltest dich lieber mal fragen, mit wem du redest. Schleichst einfach in mein Haus wie eine dreckige Ratte. Kannst von Glück sagen, dass Rawhide heute frei hat, sonst wärst du längst tot. Hast du verstanden? Tot.

— Da hab ich aber Glück gehabt.

— Ich geh wieder ins Bett. Du schleichst am besten den gleichen Weg wieder raus, auf dem du reingekommen bist.

— Ich hab nachgedacht.

— Tu dir bloß nicht weh.

— Was?

— Beim Nachdenken.

— Ich brauch ein bisschen Geld.

— Du brauchst Geld.

— Nach morgen.

— Heute ist doch schon morgen.

— Dann halt später.

— Ich hab doch schon gesagt, dass ich nicht weiß, wovon du redest. Ich weiß es nicht, ich billige es nicht, und ich kenne dich so gut wie gar nicht. Der Einzige da unten, den ich kenne, das ist Papa-Lo.

— Da unten? Da unten? Nennen Sie es jetzt also da unten? Artie Jennings hat nie so geredet wie Sie.

— Sprichst du öfter mit Arthur? Ich hab nämlich aus verlässlicher Quelle gehört, dass er in letzter Zeit nicht besonders gesprächig ist.

Die Zweitplatzierte kommt in den Raum, eingewickelt in die Bettdecke.

— Peter, was soll denn dieser Lärm? Und ... oh Gott!

— Um Himmels willen, hör auf zu kreischen, du blödes Weib, und geh wieder ins Bett. Nicht jeder Naigger ist ein Einbrecher.

— Na ja, in diesem Fall könnte Ihre Frau ja direkt mal recht haben.

— Peter?

— Geh ins Bett!

— Das hat aber geknallt. Das ganze Haus hat ja gewackelt. Diese Pussy hat dann wohl für den Rest der Nacht geschlossen, was?

— Von Frauen verstehst du wohl nicht so viel wie von Waffen? Sie hat die Tür zugeschlagen, damit wir nicht denken, dass sie immer noch zuhört. Ich sagte, SIE HAT DIE TÜR ZUGESCHLAGEN, DAMIT WIR NICHT DENKEN, DASS SIE IMMER NOCH ZUHÖRT.

Jetzt ist sie weg.

— Sie sind ja ein richtiger Scheißk ...

— Maul halten.

— Was heute passiert, passiert. Sie können nichts mehr dran ändern, selbst wenn Sie es wollten ...

— Ich hab's dir doch schon gesagt, ich weiß nicht, wovon du da redest. Und ich weiß erst recht nicht, wieso du mir erzählst, du bräuchtest Geld, wo der gleiche Josey Wales, der da vor mir steht, doch vor zwei Wochen erst rüber nach Miami geflogen ist. Aber weißt du, woher ich weiß, dass du überhaupt kein Scheißgeld brauchst? Du bist bloß für einen Tag hingeflogen. Und warst wann – um sieben Uhr? – wieder zurück?

— Es ging nur um kleinere Geschäfte.

— Bei dir gibt's doch gar nichts Kleines. Genauso wenig wie dein anderer kleiner Ausflug, der auf die Bahamas. Jeder, der in diesem Land Geschäfte macht, hat doch irgendein Scheiß-Geheimnis.

— Der Sänger will sich mit Papa-Lo und Shotta Sherrif treffen. Und zwar mit beiden gleichzeitig.

— Erzähl mir mal was Neues.

— Papa-Lo will sich mit Shotta Sherrif treffen und über wichtige Dinge sprechen, irgendwo, wo niemand mithören kann. Die beiden essen übrigens kein Schweinefleisch mehr.

— Oh. Das ist mir neu. Was zum Teufel haben die beiden denn vor? Mal ernsthaft, worüber sollten die denn miteinander reden? Und was meinst du damit, die essen beide kein Schweinefleisch mehr? Wollen die jetzt Rastas werden? Hat das was mit dem Sänger zu tun? Hat er sie zusammengebracht?

— Brauchen Sie wirklich einen, der Ihnen bei der Antwort auf diese Frage hilft?

— Du nimmst dir ein bisschen zu viel raus, Naigger Boy.

— Den Boy können Sie sich in den Arsch stecken. Der Preis ist nach oben gegangen.

— Mit dem Scheiß kannst du zur CIA gehen.

— Rastas arbeiten nicht für die CIA.

— Und ich arbeite nicht für dich, Josey Wales. Hör auf meinen bescheidenen Rat, und hau ab. Und komm nicht wieder her.

— Den Rum nehm ich mit.

— Nimm auch noch zwei Gläser mit, wird Zeit, dass du Manieren bekommst.

— Haha. Sie sind echt witzig. Darüber lacht ja sogar der Teufel.

Der Mann geht und schließt keine einzige Tür hinter sich.

Da ist noch ein anderer Mann in diesem Totenreich, den ich nicht kenne. Ein Toter, der auf die falsche Art gestorben ist, ein Feuerwehrmann, der seinen Frieden gefunden hätte, wenn er bei einem Brand umgekommen wäre. Er ist ebenfalls in diesem Zimmer, er kam mit dem Mann, der sich Josey Wales nennt. Er geht um ihn herum, geht manchmal durch ihn hindurch, was Wales fälschlicherweise für ein Zittern hält. Der Mann versucht, ihn zu schlagen, aber der Schlag geht durch ihn hindurch. Ich habe das auch versucht, bei dem Mann, der mich getötet hat, hab versucht, ihn zu schlagen, zu boxen, zu verprügeln, ihn aufzuschlitzen, aber ich habe ihn höchstens mal zum Zittern gebracht. Die Wut verschwindet, wenn auch nicht die Erinnerung. Ich würde ja sagen, man lernt, damit zu leben, wenn das nicht zu sarkastisch klingen würde. Ich kenne auch seine Geschichte, denn er trägt sie mir jedes Mal vor. Jetzt gerade auch, obwohl ich der Einzige im Raum bin, der Zeugnis davon ablegen kann. Er war der siebte Feuerwehrmann, der zu dem Feuer in der Orange Street kam. Ein Brand in einem zweistöckigen Gebäude, die Flammen schlängelten sich schon aus den Fenstern. Fünf Kinder waren bereits tot, zwei davon vor dem Ausbruch des Feuers erschossen. Er packt den Schlauch, obwohl er weiß, dass das Wasser nur heraussickern wird, und rennt durch das Tor. Er wird in die rechte Wange getroffen, und seine linke Schläfe zerbirst. Die zweite Kugel schlägt in seine Brust. Die dritte streift den Hals des Feuerwehrmanns hinter ihm. Jetzt folgt er dem Mann, der

Eine kurze Geschichte von sieben Morden

ihn hierher geschickt hat, zu Leuten wie mich. Josey Wales verschwindet durch das Fenster. Der Feuerwehrmann folgt ihm. Der Tag ist noch jung, aber schon tot.

AMBUSH IN THE NIGHT

3. Dezember 1976

Nina Burgess

Du kannst unmöglich wissen, wie sich die tiefe Gewissheit anfühlt, dass diese Männer dich in ein paar Minuten vergewaltigen werden. Gott hat's gegeben, Mensch sich zum Narren gemacht, wie diese Cassandra aus der griechischen Mythologie im Geschichtsunterricht, auf die niemand hört, die sich nicht mal selbst hören kann. Die Männer haben dich noch gar nicht angerührt, aber du hast dir schon die Schuld dafür gegeben, du dumme naive kleine Schlampe, so vergewaltigen Männer in Uniform eine Frau, während du noch denkst, sie wollen dein Kätzchen aus einem Baum retten, als wäre das hier eine Bilderbuch-Geschichte. Als Erstes begreifst du, wie verkorkst das ist, dieses Wort warten. Und während du jetzt wartest, kannst du nur denken, wie zum Teufel bist du gestolpert und hingefallen und unter einem Mann gelandet? Sie haben dich noch nicht vergewaltigt, doch du weißt, dass sie es tun werden, spürst die Androhung, als du einen von ihnen schon zum dritten Mal dabei ertappst, wie er, ohne zu lächeln oder zu lachen, in den Rückspiegel guckt und sich in den Schritt greift, als wollte er an sich rumspielen und nicht irgendwas zurechtrücken.

Es ist die Langsamkeit, die dich fertigmacht, das Gefühl, dass noch Zeit ist, etwas zu tun, aus dem Wagen zu springen, zu fliehen, die Augen zu schließen und an Treasure Beach zu denken. Du hast alle Zeit der Welt. Denn wenn es passiert, ist es deine Schuld. Warum bist du nicht aus dem Wagen gesprungen? Warum bist du nicht weggelaufen? Der Polizist hört meine Gedanken, tritt aufs Gas und erhöht damit den Einsatz. Warum haust du nicht ab? Wenn du die Tür aufmachst und rausspringst, musst du nur fest die Knie umklammern und dich ausrollen lassen. Dann einfach nach rechts in den Busch, über irgendeinen Zaun, wahrscheinlich hast du dir etwas gebrochen, aber das Adrenalin kann dich weit tragen, sehr weit, das habe ich auch in der Schule gelernt. Vielleicht prelle ich mir die Schulter oder breche mir das Handgelenk. Der Polizist überfährt die vierte rote Ampel. Willst du uns umbringen, sagt der andere und lacht.

Ich habe von einer Frau gehört, die zur Polizei gegangen ist, um eine Vergewaltigung anzuzeigen. Man hat ihr nicht geglaubt und sie noch einmal vergewaltigt. Du hast Angst und kannst deinen Schweiß riechen, und du hoffst, dass sie wegen dem Schweiß nicht denken, du würdest drauf stehen. Erst vor zwei Tagen hast du dir die Nägel geschnitten, weil diese ganze Schönheitspflege verdammt teuer ist. Und weil du jetzt kurze Nägel hast, mit denen du die Mistkerle nicht kratzen kannst, hoffst du, dass sie nicht denken, du würdest drauf stehen, wenn du sie nicht kratzt. Dass du dir selbst die Schuld gibst und sie freisprichst, noch bevor die Sache vor ein Gericht von Männern kommt, die ihre Frauen wahrscheinlich mit einem Klaps disziplinieren, bevor sie morgens zur Arbeit gehen, hat vor allem einen Grund: Du trägst keinen Slip. Du bist nicht nur das Flittchen, als das dich deine Mutter immer bezeichnet hat, sondern sie wird dich auch noch mit diesem Du-hast-bekommen-was-du-gesucht-hast-Blick ansehen. Und ich denke, ach ja? Und wieso bist du eine Frau gewesen, als drei bewaffnete Männer in dein Haus gekommen sind? Dass man dich vergewaltigt hat, ist genauso deine Schuld. Nach einer Weile merkst du, dass du zitterst, nicht vor Angst, sondern vor Wut. Ich ziehe den Schuh aus, den, an dem der Absatz noch dran ist, und umklammere ihn fest. Sobald sie die Tür aufmachen, wird einer von den Schweinen auf einem Auge nie wieder etwas sehen, ist mir egal, welcher. Er kann mich treten, erschießen, anal vergewaltigen, aber er wird mit dem Wissen leben, dass er für diese Pussy bezahlen musste.

Ich kann mir nichts Schlimmeres vorstellen, als auf eine Vergewaltigung zu warten. Wenn du Zeit hattest, darauf zu warten, musst du auch Zeit gehabt haben, sie zu verhindern. Wenn du nicht käuflich bist, dann darfst du dich nicht anpreisen, höre ich die Direktorin meiner Highschool sagen.

Du hast schon über die Vergewaltigung hinausgedacht, an die längeren Kleider, die du dir kaufen wirst, die Strümpfe bis knapp übers Knie, die dich älter aussehen lassen, Kleider mit gerüschtem Kragen wie in der Eröffnungssequenz von *Unsere beschissene kleine Farm*. Ich werde mir die Haare nicht mehr färben und die Beine und Achselhöhlen nicht mehr rasieren. Kein Lippenstift mehr. Ich werde wieder Schuhe ohne Absätze tragen und einen Mann von der Swallowfield Church heiraten, der bereit ist, Geduld mit mir zu haben, einen dunklen Mann, der alles in Kauf nimmt, wenn ich ihm nur hellhäutige Kinder schenke, und der trotzdem noch glauben wird, das große Los gezogen zu haben. Du willst schreien, haltet den beschissenen Wagen an, nehmt euch die verdammte Pussy und bringt es hinter euch, weil das tough klingt. Beinahe tough genug, um ihnen einen kleinen Schrecken einzujagen, doch du weißt, dass solche Worte nie über deine Lippen kommen würden. Nicht weil du so sittsam bist, Scheiße nein, sondern weil du nicht den Mumm dazu hast. Und dafür hasst du diese verdammten Polizisten noch mehr, so wie sie mit dir umspringen, wie Katzen mit einem Vogel. Vielleicht fühlt es sich so ähnlich an, wenn ein Mann sein eigenes Grab schaufelt, er kann das Ende schon sehen und wartet nur noch auf das davor, auf das Es, das, was unweigerlich passieren wird.

Ich weiß nicht, wovon ich Scheiße noch mal rede, aber ich rede auf jeden Fall zu verdammt viel. Wenn ich noch mehr fluche, könnte ich mich genauso gut Kim-Marie Burgess nennen. Sie sollte diejenige sein, die in diesem Wagen sitzt, sie mit ihren Vorstellungen von freier Liebe. Nein. Das ist ein bösartiger Gedanke. Aber ich muss ihn trotzdem denken. Das hier hat niemand verdient. Aber sie hat es mehr verdient als ich. Nach Havendale hätten sie rechts abbiegen müssen. Stattdessen sind sie links Richtung downtown gefahren und haben behauptet, es wäre eine Abkürzung. Zwei Männer, einer sagt, so was hätte er noch nie gesehen, einen Premierminister, der Wahlen in zwei Wochen ansetzt. Klingt wie irgend'ne abgekartete Sache, sagte er.

Aber das kann dir ja egal sein, du bist doch kein alter Sozi, sagt der andere.

— Wen nennst du einen verdammten Sozi? Dann sag lieber Coolie oder Rasta zu mir.

— Und du, Zuckerschneckchen, stehst du auf Sozis oder Rastas?

— Haha, sagt der andere.

— Oi, du da, Coolie Duppy auf dem Rücksitz?

Ich will sagen, es tut mir leid, ich bin gerade zu beschäftigt damit, darüber nachzudenken, dass eine Frau im Jahr 1976 von einem Mann entweder gefickt oder beschissen wird, doch stattdessen sage ich,

— Verzeihung?

— Rasta oder Sozi? Wir warten auf deine Antwort.

— Wie lange geht diese Abkürzung noch?

— Noch länger, wenn du dich nicht abregst und ordentlich benimmst. Und ... verdammte Scheiße? Wie oft muss ich dir noch sagen, du sollst mir mit deiner bombocloth Zigarette nicht auf die Uniform aschen?

— Wisch sie halt ab.

— Rasscloth.

— Dann halt an. Der Motor braucht eh eine Pause.

Also halten sie an. Ich sage gar nicht erst, dass ich nach Hause muss. Ich weiß, was sie denken. Jede Frau, die nach Mitternacht mit nur einem Schuh die Hope Road hinunterläuft, muss nirgendwo hin. Vielleicht wurde diese Wahl wirklich ein bisschen zu hastig angesetzt. Vielleicht ist Kommunismus nicht so schlimm, ich habe gehört, es gibt keine kranken Kubaner oder welche mit schlechten Zähnen. Und vielleicht ist es nur ein Zeichen, dass wir gebildet, kultiviert oder irgendwas werden, wenn die Nachrichten hin und wieder auf Spanisch verlesen werden. Ich weiß es nicht. Ich weiß gar nichts, außer dass es allmählich öde wird, darauf zu warten, dass diese Polizisten mich in irgendeinem Straßengraben liegen lassen. Ich wünschte, ich hätte Angst. Ein Teil von mir weiß, dass ich mich fürchten sollte, und wünscht es sich sogar; denn was sagt es über mich aus, darüber, was für eine Sorte Frau ich bin, wenn ich keine Angst habe? Beide lehnen sich gegen den Wagen und blockieren damit die Tür auf meiner Seite. Ich könnte auf der anderen Seite aussteigen und losrennen, aber das tue ich nicht. Vielleicht vergewaltigen sie mich ja doch nicht. Egal, was sie machen, ob gut oder schlecht, vielleicht sogar gut, auf jeden Fall wird es besser sein als das Nichts, das ich den ganzen Tag und die ganze Nacht gemacht habe. Mittlerweile ist der Morgen angebrochen. Und schuld an allem ist nur er, seine Wachleute, dieses ganze verdammte Friedenskonzert. Dieses Land. Gott. Wer auch immer nach Gott kommt. Verdammt, ich wünschte, sie würden es endlich hinter sich bringen.

— *Starsky & Hutch* war gestern Abend super. Echt Spitze, die Folge! Also, Starsky kriegt so 'n geheimes Gift gespritzt, ja? Und der Bruder hat nur vierundzwanzig Stunden, um rauszufinden, wer ihm das Zeug gespritzt hat, sonst ist er erledigt und …

— Ich weiß nie, wer Starsky ist und wer Hutch. Und warum müssen die sich dauernd angrapschen wie so Arschficker?

— Mann, für dich ist alles Battyman hier, Arschficker da. Der Mann hat sogar eine Frau und alles, meinst du, die hat er, weil er ein Battyman ist? Eine Super-Serie. Aber ich weiß immer noch nicht, wie ein Auto so hoch und weit fliegen kann.

— Soll'n wir's ausprobieren?

— Und das süße Ding auf dem Rücksitz umbringen?

Als ich höre, dass sie mich erwähnen, frage ich,

— Fahren wir jetzt nach Havendale oder soll ich aussteigen und zu Fuß weitergehen?

— Ha, weißt du, wo du bist?

— Kingston ist Kingston.

— Hehe! Wer sagt dir, dass wir in Kingston sind? Also, Zuckerschnütchen, wer von uns beiden ist niedlicher, ich oder mein Brethren? Eh? Wer von uns soll dein Freund sein?

— Wenn Sie mich vergewaltigen wollen, vergewaltigen Sie mich und lassen mich in dem Graben liegen, in dem Sie Ihre Frauen üblicherweise ablegen, aber hören Sie auf, mich mit Ihrem R'asscloth-Gerede zu langweilen.

Dem Polizisten fällt die Zigarette aus dem Mund. Sie sehen sich an, sagen jedoch lange nichts. So lange, dass ich es nicht mehr zählen kann, minutenlang. Mehr als fünf Minuten. Sie schweigen nicht nur mich, sondern auch sich gegenseitig an, als ob das, was ich gesagt habe, alles vorweggenommen hätte, das sie sich oder mir sagen wollten. Ich entschuldige mich nicht, denn was soll eine Frau schon denken, wenn zwei fremde Männer sie gegen ihren Willen an einen unbekannten Ort fahren? Um Mitternacht, wenn sie nur hoffen kann, dass ihre Schreie nicht von der Dunkelheit verschluckt werden.

Sie bringen mich nach Hause. Und nächstes Mal sag gleich, wenn du vergewaltigt werden willst, meint der, der geraucht hat, dann halten wir gar nicht erst an und lassen dich einfach da stehen, wo wir dich gefunden haben. Sie fahren weg.

Das war vor vier Stunden, und ich kann immer noch nicht schlafen. Ich liege wach im Bett, nach wie vor in den Kleidern, die ich den ganzen Tag getragen habe, und ignoriere meine Füße, die brennen und die Laken verschmutzen. Ich habe Hunger, doch ich rühre mich nicht. Ich will meine Füße kratzen, doch ich rühre mich nicht. Ich will pinkeln, duschen, einen Tag abwaschen, der schon vergangen ist, doch ich rühre mich nicht. Ich habe seit gestern Morgen nichts mehr gegessen, und dann auch nur zwei Grapefruithälften, in Sirup und Zucker getränkt, obwohl meine Mutter mich gewarnt hat, dass man davon früh Diabetes bekommt. Meine Mutter hat solche Angst vor Problemen, dass die Probleme immer dicht bei ihr bleiben, nur um zu beweisen, dass sie recht hat. Morgen ist das große Friedenskonzert, und es braucht nur einen Schuss, nur einen einzigen Schuss, einen Warnschuss in die Luft, und die Hölle bricht los. Anfang des Jahres hat es im Stadion geregnet, und die Zuschauer sind in Panik geraten. In nur fünfzehn Minuten wurden elf Menschen getötet, zu Tode getrampelt. Niemand wird auf ihn schießen, niemand würde es wagen, aber das müssen sie auch gar nicht. Verdammt, wenn ich wüsste, dass in nicht mal zwölf Stunden ein derart großes PNP-Ding über die Bühne geht, würde ich auch meine Waffe auspacken.

Ambush in the Night

Dieses Land taumelt schon so lange Richtung Anarchie, dass das Ganze eine große Enttäuschung werden wird. Das klingt überhaupt nicht nach mir. Herrgott, ich klinge wie Kimmy oder ihr anderer Freund, der Kommunist, nicht der Rasta. Ein paar JLP-Schläger werden in den Park einfallen, nur in einem kleinen Bereich, vielleicht beim Marcus-Garvey-Denkmal, und irgendwen erschießen. Sie müssen nur einen erschießen. Sie werden davonkommen, aber die Menge wird halb Kingston niederbrennen. Copenhagen City wird sich wehren, aber die Menge wird zu gewaltig sein, und wenn sie voranschreitet, werde ich das Beben bis hoch nach Havendale spüren. Sie werden Copenhagen City niederbrennen und alle umbringen, und die Leute aus Copenhagen City werden die Eight Lanes niederbrennen und alle umbringen, und eine riesige Flutwelle wird sich vom Hafen erheben und alle Leichen und alles Blut und all die Musik und den ganzen Getto-Mist ins Meer spülen, und vielleicht, nur vielleicht, hört meine Mutter dann auf, sich einzuwickeln wie eine Mumie, um böse Männer von ihrer Vagina fernzuhalten, bleibt bei Verstand und kann in Frieden schlafen.

Papa-Lo

Eins noch, prunkvolle Herrschaften. Dreh niemals einem Weißen den Rücken zu. Nach einer heißen, mondlosen Nacht denkst du vielleicht, dass dich irgendwer hintergehen wird, vielleicht Gott, vielleicht ein Mensch, aber niemals darfst du einem Weißen den Rücken zudrehen. Dreh einem Weißen den Rücken zu, der von deinem Mannish Water gegessen und dem die Schärfe die Röte ins Gesicht getrieben hat, und er geht nach Amerika zurück und schreibt darüber, dass die Eingeborenen ihm Ziegenkopfsuppe zu essen gegeben hätten und dass erst das Blut ihr den Geschmack verliehen hätte. Dreh einem Weißen den Rücken zu, der sagt, die Suche nach dem Riddim hätte ihn ins Getto geführt, und er nimmt deine Singles mit, wenn er nach England zurückgeht, und wird reich, während du arm bleibst. Dreh einem Weißen den Rücken zu, und er sagt: Das ist doch der, der den Sheriff erschossen hat, oder?, und macht dich zum Deputy, und dann stellt er sich auf die Bühne und sagt: Die Kanaken und Neger und Araber und Scheiß-Jamaikaner und Scheiß-Blablabla gehören nicht hierher, wir wollen die hier nicht haben, das hier ist England, ein weißes Land, weil er glaubt, dass die Naigger sowieso nicht den *Melody Maker* lesen. Das hat der Sänger vor ein paar Wochen am eigenen Leib erfahren müssen, als er gerade dabei war, in seinem Haus in der Hope Road für das Friedenskonzert zu proben.

Es ist erst wenige Wochen her. Vielleicht nur zwei. Der Sänger und seine Band haben vom frühen Morgen bis in die Nacht geprobt. Judy hat ihn gerade zur Seite genommen, um ihm zu sagen, dass eine Zeile, die er singt – *under heavy manners* – auch ein Slogan der PNP ist, und wenn er das singt, wird man denken, dass er auf der Seite der PNP ist, was ohnehin schon viele vermuten. Sie gehen den Song noch einmal durch, als plötzlich der Weiße da ist. Es ist aus dem Nichts erschienen wie bei einem Zaubertrick – puff!

— Wo kommst du denn her, Boss?, fragt der Drummer.

— Von draußen.

— Bist du mit Chris gekommen?

— Nein.

— Bist du der vom *Rolling Stone?*

— Nein.

— Vom *Melody Maker?*

— Vom *New Music Express?*

— Nein.

— Von der alten Massa-Plantage?

— Hm? Nein.

— Schickt Keef Richards dich mit Gras? Der Bursche hat das beste Gras von ganz Jamdown.

— Nein.

Der Sänger macht sich daran herauszufinden, wer dieses Weißbrot ist, das einfach so im Studio aufgetaucht ist, nicht einfach nur draußen auf dem Gelände, wo ständig Weiße mit langen, zu Möchtegern-Dreadlocks gezwirbelten Haaren, Sonnenbrillen und Batikshirts wie die Ameisen rumkrabbeln und sagen, Ihr Reggaetypen seid total abgefahren, Mann, hast du 'n bisschen Gandscha dabei? Aber dieser Mann ist nicht angezogen, als wäre er vor irgendwas auf der Flucht oder würde irgendwas anderes suchen.

Der Sänger will ihn nach seinem Namen fragen, aber die Band wartet nicht, und er probt direkt weiter. Das Weißbrot wedelt Ganjarauch zur Seite wie einen Schwarm Moskitos, er sieht aus, als würde er den Atem anhalten. Hin und wieder nickt er zum Beat, aber immer ein bisschen nach hinten versetzt, so wie die meisten Weißen. Er sieht aus, als würde er darauf warten, dass sie zu spielen aufhören. Die Band ignoriert ihn, aber als sie mit dem Song fertig sind, ist der Mann verschwunden.

Kurz darauf geht der Sänger in die Küche, wie er es immer tut, um sich eine Orange und eine Grapefruit zu holen, und da ist der Weiße wieder, als hätte er auf ihn gewartet. Er hebt den Kopf, aber ohne den Sänger anzusehen, und fragt, Was ist ein *Crazy Baldhead?* Bevor er eine Antwort bekommt, fängt er an zu singen, *Dem crazy, dem crazay,* so als müsste er die Wörter fühlen, um sie zu verstehen. Hast du mitbekommen, was Eric Clapton vor ein paar Monaten über dich gesagt hat? Der ist echt ein Arschloch, der Typ, also, er geht auf die Bühne und sagt, England muss weiß bleiben. Jagt die Kanaken und die ganzen Araber und die ganzen Scheiß-Jamaikaner zum Teufel. Ist das zu glauben? Die ganzen Scheiß-Jamaikaner, hat er gesagt, kein Witz. Wow. Hat der nicht mal einen Song von dir gecovert? Da sieht man's mal wieder: Du weißt nie, wer deine wahren Freunde sind, was? Der Sänger sagt zu ihm, er wüsste immer ganz genau, wer seine Freunde und wer seine Feinde sind, aber das Weißbrot spricht einfach weiter, als würde es mit sich selbst reden. Zwei von der Band kommen in die Küche, und sie sind auch total baff, weil der Mann wieder wie durch Zauberei aus dem Nichts erschienen ist. Hey, Kumpel, sieht aus, als wäre der Touristenbus ohne dich abgefahren, sagt einer, aber der Weiße lächelt nicht, lacht nicht mal dieses atemlose He-he-he-he-Lachen, das die Weißen von sich geben, wenn sie sich nicht ganz sicher sind, ob man einen Witz gemacht hat.

— Gott. Gott. Gott. Wisst ihr, was Gottes Problem ist, sagt der Mann. Ich meine, Jehova, Jesus, Jahwe, Allah, Jah, welchen bekloppten Namen man ihm auch geben will ...

— Beschmutze den Namen Seiner Kaiserlichen Hoheit nicht.

— Das Problem mit Gott ist, dass er den Ruhm braucht, wisst ihr? Die Aufmerksamkeit, die Beachtung, die Anerkennung. Das hat er selbst gesagt, Erkenne mich auf all deinen Wegen. Wenn man aufhört, ihm Aufmerksamkeit zu schenken oder seinen Namen anzurufen, dann hört er mehr oder weniger auf zu existieren.

— Brethren ...

— Der Teufel dagegen braucht keine Anerkennung. Im Gegenteil, je weniger Aufsehen, desto besser.

Ambush in the Night

— Bossman, was willst du ...

— Was bedeutet, er legt keinen Wert darauf, dass man ihn beim Namen nennt oder identifiziert oder sich auch nur an ihn erinnert. So wie ich es sehe, könnte jeder um dich herum der Teufel sein.

— Hey, der letzte Touristenbus ist weg, du musst dir wohl ein Taxi nehmen. Jetzt.

— Ich komme schon zurecht.

— Aber wir proben gerade, und ... Moment mal. Heute war gar keine Führung. Wo zur Hölle kommst du her?

Der Sänger hat die ganze Zeit über geschwiegen und lässt die Bandmitglieder die Fragen stellen. Der Mann läuft in der Küche herum, schaut aus dem Fenster, sieht sich den Herd an, nimmt eine Grapefruit in die Hand. Er betrachtet sie aufmerksam, wirft sie zweimal in die Luft und legt sie wieder hin.

— Also, was hat es mit dem *Crazy Baldhead* auf sich?

— *Crazy Baldhead* ist *Crazy Baldhead,* Kumpel. Wenn der Mann seinen Song erklären müsste, hätte er eine Erklärung geschrieben und keinen Song.

— Touché.

— Was?

— Und *congo bongo I?* »Natty Dread« *congo bongo I.* Ich meine, »I Shot the Sheriff« verstehe ich, das ist eine Metapher, oder? *Ism schism?* Mich interessiert, was mit dem Mann passiert ist, der so schöne kleine Liedchen wie »Stir It Up« gesungen hat. Liegt es daran, dass dich die anderen beiden verlassen haben? Was ist aus den »Jeder liebt jeden«-Vibes geworden? »Burnin' and Lootin'«? Ist das so was wie »Dancing in the Street?« Ihr wisst schon, Musik für wütende Nigger.

Ein Schwarzer, der sein ganzes Leben in Jamaika verbracht hat, hat keine großen Probleme mit dem Wort »Nigger«. Bei einem Schwarzen aus Amerika sieht das schon anders aus. Einer von ihnen sagt, Was zum Teufel?, aber dann murmelt er nur noch etwas hinterher. Irgendetwas von wegen das Weißbrot ist in fremdes Territorium stolziert wie ein Pfau, ohne Leibwächter und ohne Waffe, so als würde das alles hier immer noch ihm gehören. Als würde sowieso niemand Hand an ihn legen, weil er ein Weißbrot ist. Ich bin nicht blöd. Ich weiß, dass das noch aus der Zeit der Sklaverei kommt. Die Jamaikaner behaupten gern, sie wären die rebellischsten Schwarzen aller Zeiten gewesen, aber in Wirklichkeit konnte der Sklaventreiber mit einem halben Dutzend oder einem Dutzend Sklaven in den Wald gehen, von denen er einige erst ein paar Tage davor ausgepeitscht hatte, ohne dass ihm auch nur ein einziger Nigger ein Haar gekrümmt hätte.

—Sieht aus, als würde das neue Album wie eine Rakete auf Platz eins schießen. Eure Konzerte sind komplett ausverkauft, Schweden, Deutschland, das Hammersmith Odeon, New York. Hört ihr überhaupt amerikanisches Radio? Ich meine, ich persönlich habe ja nichts gegen Schwarze, wisst ihr, Jimi Hendrix, oder? Aber wisst ihr was? Jimi ist tot, und Rock'n'Roll ist im Moment Rock'n'Roll, Deep Purple, Bachman-Turner Overdrive, *Brain Salad Surgery*. Die brauchen keine Typen, die den Rockstar spielen ...»My Boy Lollipop«, das war ein guter Song, guter Song, guter Beat, so gefällt mir das, sie kam, landete einen Hit und verschwand wieder. *You make my heart go giddyup,* ha!

Inzwischen ist der Mann ein Stück zurückgetreten, weil er gemerkt hat, dass sie ihn einkreisen. Aber er wirkt nicht nervös, er quatscht nur immer weiter, und keiner versteht, was er will. Der Sänger schweigt.

—Amerika. Wir machen eine schwierige Zeit durch. Eine wirklich schwierige Zeit. Wir müssen uns erst mal sortieren. Das Letzte, was wir brauchen, ist ein Unruhestifter, der die falschen Elemente aufwiegelt. Rock'n'Roll ist Rock'n'Roll, und er hat seine Fans, er braucht keine ... Hört mal, ich versuche ja, euch das schonend beizubringen. Aber Rock, na ja, Rock ist was für echte Amerikaner. Und ihr müsst aufhören, euch ein Publikum heranzüchten zu wollen, das ... Die Mitte der amerikanischen Gesellschaft kann auf eure Art von Botschaft verzichten, also denkt besser noch mal über eure Tour nach ... Vielleicht solltet ihr euch auf die Küste beschränken. Hört auf, die Mitte der Gesellschaft erreichen zu wollen.

Er wiederholt seine Botschaft immer wieder, argumentiert von allen Seiten, mit neuen Worten und mit den alten, bis er sich sicher ist, dass sie ihn verstanden haben. Wie immer hält das Weißbrot die

Schwarzen für beschränkt. Sie hatten seine Botschaft schon verstanden, als er zur Tür hereinkam. Legt euch nicht mit den Weißen an.

Der Mann guckt niemand Bestimmten an, während er seine Worte sacken lässt, aber er wartet, bis sie auch richtig angekommen sind. Er erzählt irgendwas darüber, dass er nicht noch mal wiederkommen will. Dann erzählt er irgendwas von einem Stapel Auftrittsgenehmigungen, die auf dem Schreibtisch von einem überarbeiteten Botschaftsmitarbeiter liegen. Der Sänger schweigt.

—»My Boy Lollipop«, ja, das ist ein Song. Das ist ein Song, sagt er und verschwindet durch die Küchentür. Im Raum bleibt es eine Minute lang still, bis irgendjemand Bombocloth-Weißbrot schreit und ihm hinterherrennt, aber da ist er schon verschwunden. Puff.

Manche halten das für einen Besuch des leibhaftigen Teufels. Aber wir schreiben den Dezember 1976, und wenn die Rastas nicht für die CIA arbeiten, dann macht es eben jemand anderes. Ich frage ihn, warum die Wachleute den Mann hereingelassen haben, und sie haben ihm erzählt, er wäre einfach an ihnen vorbeimarschiert, als hätte er wichtige Geschäfte zu erledigen, von denen sie nichts verstehen. Doch das ist nicht der Grund. Ich weiß das, und der Sänger weiß es auch. Keiner mit unserer Hautfarbe legt Hand an einen Mann mit seiner Hautfarbe. Von da an ist der Sänger allen gegenüber misstrauisch, sogar mir gegenüber, glaube ich. Mein Name wird mit der JLP in Verbindung gebracht, und es denken sowieso schon alle, dass die JLP für die CIA arbeitet, vor allem wenn eine Lieferung von ganz bestimmt keinen Gewehren gerade vom Kai verschwunden ist. Puff. Aber dieses Weißbrot hat ihn nicht gewarnt oder ihm irgendetwas angedroht, falls er das Friedenskonzert nicht absagt, und was die anderen angeht, die, die nur schwer in den Telefonhörer atmen oder Telegramme schicken oder bei den Wachleuten Nachrichten hinterlassen oder in die Luft schießen und dann mit ihren Motorrädern am Haus vorbeifahren: Der Sänger fürchtet sich vor niemandem, der sich nicht traut, sein Gesicht zu zeigen.

Aber er spricht nicht aus, was ich mich auch nicht auszusprechen traue. Dass das alles auf mich zurückfällt. Ich bin der härteste Kerl von Copenhagen City. Aber hart zu sein bedeutet nichts mehr. Mit Härte kommt man nicht gegen die Pläne an, die sie schmieden. Mit Härte kommt man nicht gegen das Böse an. Ich sehe zu, wie sie mich allmählich aufs Altenteil schicken, weil sich die Spielregeln der Politik geändert haben und man ein anderer Menschenschlag sein muss, um mitspielen zu können. Die Politiker kommen spätabends vorbei, um mit Josey Wales zu sprechen statt mit mir. Ich kenne Josey Wales. Ich war 1966 dabei, als sie ein großes Loch in Joseys Seele gerissen haben, und er allein weiß, womit er es gestopft hat.

Und die anderen, die Weißbrote aus Amerika und die Weißbrote in Jamaika, die eigentlich gar nicht weiß, sondern Araber sind, die englische Blondinen ficken, damit ihre Kinder in Freiheit leben können, die schicken dem Sänger jetzt auch schon Drohungen. Und alles nur, weil Natty seine Hits spielen und seine Meinung sagen will. Bis heute weiß niemand, wo der Weiße herkam, und niemand hat ihn jemals wiedergesehen, weder in der Botschaft noch im Mayfair noch im Jamaica Club noch im Liguanea Club noch im Polo Club oder sonst irgendwo, wo die fremden Weißen mit den Weißen von hier zusammenkommen. Vielleicht lebt er nicht mal hier und ist nur für diesen einen Auftrag eingeflogen. Seitdem haben sie die Wachen am Tor verdoppelt, aber eines Tages werden die Wachen durch die Echo Squad ersetzt. Jede Squad ist besser als die Polizei, aber ich traue keiner Squad, die von der PNP kommt.

Ein Mann, der weiß, dass er Feinde hat, muss immer auf der Hut sein. Ein Mann, der weiß, dass er Feinde hat, muss mit einem offenen Auge schlafen. Aber wenn ein Mann zu viele Feinde hat, kann er sie irgendwann nicht mehr voneinander unterscheiden, vergisst, wie er sie auseinanderhalten kann, und glaubt, dass alle Feinde gleich sind. Der Sänger denkt nicht oft an das Weißbrot, aber ich denke ständig an ihn. Ich frage ihn, wie das Weißbrot ausgesehen hat, aber er kann sich nicht erinnern.

Wie ein Weißbrot, sagt er.

Josey Wales

Selbst in so einer heißen Nacht, jetzt schon gegen Morgen, und trotz Ausgangssperre, weil diese Operettenregierung einen Scheiß unter Kontrolle hat, steht auf der andern Straßenseite gegenüber vom Haus des Sängers eine Nutte, die die Hope Road bedient. Vielleicht ist sie noch nicht mal eine Nutte. Vielleicht bloß noch so eine verlorene Frau, von denen es in Kingston wimmelt, die denkt, dass der Sänger etwas hat, das sie schon ihr ganzes Leben lang sucht. Ich sag dir, wenn die Schwangerschaftsverhütung eine Verschwörung zum Ausrotten der schwarzen Bevölkerung ist, dann muss der Sänger die Gegenverschwörung sein, um sie nachzuzüchten. Sogar respektable Eltern aus Irish Town, August Town oder welcher Reichen-Town auch immer schicken die Tochter hier runter, um mit dem Rastaman ihre Reichenbabys zu züchten. Aber die, die ich sehe, als wir in die Hope Road einbiegen, um Bam-Bam abzuholen, steht einfach nur still da wie eine Vogelscheuche. Als hätte die nichts zu verkaufen. Vielleicht ist sie ein Geist. Am liebsten würde ich rübergehen und fragen, na, wie viel, und gibt's ein Sperrstunden-Sonderangebot, aber Bam-Bam war schon bei mir im Auto, und das hab ich eigentlich nicht so gern. Wenn ich zu viel Zeit mit ihm verbringe, fängt er an, Fragen zu stellen, wie, ob ich seinen Vater gekannt hätte, und wem die Clarks-Schuhe gehören, die er in dem Haus gefunden hat, in dem er gewohnt hat. Außerdem sind große Worte Weepers Ding, nicht meins.

Weeper ist mit mir unterwegs. Als er gerade wegfahren will, fällt mir auf, dass ich dabei bin, meinen Datsun einem unberechenbaren Irren zu überlassen, und ich brülle hinter ihm her, er soll auf mich warten. Ich lasse ihn trotzdem ans Steuer. Auf dem Rückweg nach Copenhagen City fahren wir direkt am Haus von Papa-Lo vorbei. Der sitzt davor wie Onkel Remus. Früher oder später wird er mit mir über ein paar Sachen reden wollen. Das sieht normalerweise so aus, dass er endlos über nichts Bestimmtes labert. Der Mann ist nicht mehr derselbe, seit er mit der Grübelei angefangen hat. Ich bin jetzt seit zwei Stunden im Haus, drei vielleicht. Irgendwas sagt mir, dass in dieser Nacht niemand schläft. Das gefällt mir nicht, aber Weeper glaubt, alles ist cool. Es gefällt mir auch nicht, mit Kindern zu arbeiten, aber Weeper glaubt, alles ist in Ordnung so. Er ist ja auch selbst fast noch ein Kind. In diesem Augenblick ist er high und fickt irgendein Mädchen aus dem Lady Pink in meinem Auto. Er konnte mich sogar dazu überreden, dass ich noch mal einen Schwenk beim Club vorbei mache, um sie abzuholen, nachdem wir die Jungs in der Eisenbahnerbaracke eingeschlossen haben. Ein lahmhirniges Mädchen namens Lerlette, angeblich das einzige Mädchen, das es geschafft hat, an ihrem ersten Tag auf der Ardenne High School gleich nach der Anmeldung wieder rauszufliegen. Frag nicht, wieso ich das weiß, natürlich hat Weeper mir das erzählt. Ich sag ihm, keine Chance, dass du das rumhurende Mädel mit hoch in das Haus nimmst, in dem ich meine Kinder erziehe. Er sagt, Brethren, das Auto tut's auch.

So kommt es, dass ich jetzt am Fenster stehe und meinem Datsun beim Quietschen zuhöre. Ich müsste längst schlafen. Wenn ich nicht schlafe, dann bin ich morgen müde, und böse Männer können sich keine Müdigkeit leisten, besonders nicht morgen. Ich hab einfach zu viel Sorgen, um zu schlafen, angefangen bei Weeper, der in meinem Auto fickt, bis hin zu Peter Nasser, der sich benimmt wie ein Pussyhole, um seine dünne Frau zu beeindrucken. Ich sollte aus dem Fenster rufen, dass Weeper mit der Fickerei aufhören und endlich kommen soll, aber das würde mich ja zu seinem großen Bruder oder Vater machen, oder, schlimmer noch, zu seiner Mutter.

Und dieses Pussyhole Peter Nasser. Wenn ich eins nicht abkann, dann ist das, wenn einer sich für die ganz große Nummer hält. Denkt, er weiß alles, bloß weil bestimmte Leute von der Partei auf ihn hören.

Ambush in the Night

Aber ich bin in keiner Partei. Er ist ins Getto marschiert gekommen und hat das Maul aufgerissen, weil er keine Angst vor mir hatte. Ich will den Politikern auch keine Angst machen, sie sollen bloß kapieren, dass ich es ernst meine. Das Mädchen im Auto schreit auf, er soll rangehen, *ah baby yeah fick mich ah bums mir die Muschi ah, als wenn du ah Kartoffeln stampfst.* Ich werde nicht zwei Mal in derselben Nacht einem andern Mann beim Ficken zuhören, daher gehe ich vom Fenster weg.

Man muss einen Mann nicht berühren, um ihm wehzutun. All diese Weißen, die denken, sie können mit dem Teufel sündigen und sich, wenn die Zeit gekommen ist, ungeschoren davonmachen. Ich weiß noch, wie Peter Nasser das erste Mal ins Getto kam, mit Sonnenbrille, sodass niemand sehen konnte, was in seinem Blick vor sich ging. Wie er fast wie ein Naigger quatschte, aber immer noch klang, als wär er in Amerika zur Schule gegangen. Trotzdem kannst du niemals einem Mann trauen, der jeden für austauschbar hält, von der Ehefrau bis zum einfachen Gunman. Er hat schon bei Weeper und Tony Pavarotti nachgefragt, ob sie mich ersetzen, wenn die Sache zu groß oder zu hart oder zu kompliziert für einen Mann ohne höhere Schulbildung wird.

Das hier ist sein Wahlbezirk, er hat die Wähler auf seiner Seite und sogar eine Frau aus der Gegend. Aber er verwechselt immer öfter Volksvertretung mit Volksbesitz, und bald wird sogar er mal einen Denkzettel nötig haben. Nicht von mir, aber von irgendjemand. Leute wie ich brauchen keine weiterführende Schule, weil wir unsern Abschluss schon haben. Lange bevor Typen wie Peter Nasser uns spätnachts mit einem Kofferraum voll Waffen besuchen. Bevor ein Typ wie Peter Nasser rausbekommt, dass es für ihn günstiger ist, wenn Copenhagen City und die Eight Lanes sich weiter bekriegen, als Frieden miteinander zu schließen. Sollen die sich nur weiter gegenseitig ihre Buden abfackeln, sage ich. Bis dahin ist das Haus in Miami fertig, und ein Mann wie Peter Nasser fängt an, an seinem eigenen Wachstum zu ersticken.

Dieser bescheuerte Weeper. Wenigstens schickt er keine Briefe mehr an diesen verdammten Mann im Gefängnis. Er sagt mir nicht, wer es ist, aber ich werde es bald herausfinden. Und wenn es so weit ist,

— Boah, zweimal hintereinander ... whooo!

— Brauchst du 'nen Lappen, um sauber zu machen?

— Nee, Brethren, das verdunstet alles, sagt er, und putzt sein kaputtes Brillenglas und kneift die Augen zusammen.

— Verdunstet.

— Was?

— Wie kommt das Mädchen nach Hause?

— Ist die fußkrank?

— Du bist der Don aller Dons, Weeper.

— Nee, Star, der bist du. Du bist so dermaßen Don, man sollte dich Donavon nennen.

— Donovan.

— Wie gesagt. Jedenfalls hatte ich gedacht, du wärst schlafen gegangen. Stattdessen bist du auf und jammerst hier rum wie diese irre Kolumbianerin persönlich.

— Hat keinen beschissenen Sinn, jetzt zu schlafen. Zu viel, das mich wach hält.

— Dich muss gar nichts wach halten. Mach bloß so weiter, dann wirst du bald wie der alte Mann, an dem wir gerade vorbeigefahren sind. Der sitzt da auf seiner Veranda wie 'ne Hausratte.

— Weißt du, warum ich mich nicht aufs Ohr hauen will? Irgendwas stimmt da nicht mit den Jungs.

— Die Jungs können zielen und abdrücken. Hör auf, dich wie 'ne Glucke aufzuführen.

— Ich hab dir gesagt, dass mir das nicht gefällt, mit so vielen Männern zu arbeiten, denen ich nicht trauen kann.

— Du hast sie doch rekrutiert.

— Nein, ich rekrutier sie, und du nickst sie ab oder auch nicht. Deinetwegen sind nur Grünschnäbel dabei. Ich sag doch, es ist kein Problem, TEC-9 zu kontaktieren oder Chinaman in New York ein Telegramm zu schicken.

— Nein, Mann.

— Bullman, Tony Pavarotti, Johnny W...

— Nein, Mann! Red keinen Scheiß! Diese Typen kannst du nicht kontrollieren. Wenn du die ranlässt, rennt die verdammte Hälfte weg, wenn es so weit ist, und die andere Hälfte versucht dich umzulegen. Und du willst der große Denker von Copenhagen City sein? Du kannst einen Mann nicht kontrollieren. Du warst nie im Gefängnis und weißt immer noch nicht, wie man seine Leute führt. Wir brauchen Jungs, die nach links gehen, wenn ich nach links zeige, und nach rechts gehen, wenn ich nach rechts zeige. Ein Junge macht das einfach, ein Mann denkt viel zu lange darüber nach, genau wie du jetzt gerade. Einen Jungen krempelst du um, du bearbeitest ihn und setzt ihn unter Drogen, bis der Penner alles, aber auch alles macht, was du sagst.

— Hast du das auch im Gefängnis gelernt? Du denkst, ich weiß nichts über die Jungs, von denen du redest? Solche Jungs kannst du nur einmal einsetzen, hörst du. Ein Mal, und die sind am Ende.

— Wer sagt denn, dass wir sie zweimal einsetzen? Ach was? Ist Bam-Bam jetzt dein Schützling?

— Ich hab keinen R'asscloth-Schützling.

— Lass sie in der Baracke schmoren. Lass sie alles ausschwitzen. Lass sie in der Ecke kriechen und nach ein bisschen weißem Pulver wimmern. Und wenn wir dann zurückkommen ...

— Willst du Gunmen oder Zombies?

— Lass die Jungs da drin. Lass sie schmoren. Wenn wir zurückkommen, schießen die auf Gott.

— Keine Bloodcloth-Gotteslästerung in meinem Haus, Weeper!

— Oder Gott wird mit Donner und Blitz auf mich herniederkommen?

— Oder ich schnapp mir die Bombocloth-Waffe und knall dich eigenhändig ab.

— Whoa. Brethren, ganz ruhig. Ganz ruhig jetzt. War nur ein Witz, ich hab 'nen Witz gemacht.

— Deine Bloodcloth-Witze sind nicht lustig.

— Brethren, leg die Knarre hin. Ich bin's, Weeper. Brethren, das gefällt mir nicht, wenn mir einer die Waffe vors Gesicht hält, selbst wenn's bloß als Witz gedacht ist.

—Ich seh also aus, als würd ich Witze machen?

—Josey.

—Nee, sag's mir. Erzähl mir nur einen verdammten Witz, den du je von mir gehört hast.

—Brethren, in Ordnung, kein Gottesgeschwafel mehr in deinem Haus. Komm runter, Mann.

—In meinem Haus will ich nichts von diesem Affenmenschen-Schwachsinn hören.

—Ja, Josey, geht klar, Brethren, geht klar.

—Und denk nicht, dass ich dich nicht erschießen würde. Und zwar eigenhändig!

—Ja, Brethren.

—Und jetzt setz dich hin und entspann dich. Ich würde sogar sagen, leg dich schlafen, aber ich und du, wir wissen, dass du die nächsten drei Tage nicht schläfst. Also komm runter und entspann ...

—Das könnte dir auch nicht schaden.

—Entspann dich!

Weeper schmeißt sich auf die Couch und will gerade die Füße drauflegen, als er meinen Blick bemerkt. Er zieht die Schuhe aus, legt seine Brille auf den Beistelltisch, und dann streckt er sich aus. Er ist eine ganze Weile still. Ich reibe die Pistole zwischen den Händen. Dann fängt er an zu kichern wie ein kleines Mädchen. Er kichert lauter. Und lauter. Und schon lacht er lauthals.

—Was zum Teufel ist denn jetzt so witzig?

—Was glaubst du denn? Du bist der verdammte Witz.

Ich reibe die Waffe zwischen meinen Händen, lasse den Zeigefinger an den Abzug gleiten.

—Hast du schon mal gemerkt, wie schlecht du sprichst, wenn du sauer bist? Je wütender du wirst, umso schlechter sprichst du. Ich sollte dich mal so richtig zur Weißglut bringen, nur um mal den Josey Wales zu hören, mit dem ich aufgewachsen bin.

Er lacht so lange, dass ich langsam mitlachen muss, obwohl Weeper und ich überhaupt nicht zusammen aufgewachsen sind. Er rollt mit dem Rücken zu mir, und seine Hose rutscht runter, und man sieht seine rote Unterhose. Jedes Mal, wenn er eine Frau fickt, hoffe ich, dass das die Frau ist, die ihn wieder geradebiegt. Weil er irgendeine Krankheit im Gefängnis eingefangen hat, irgendwas, das gemacht hat, dass er nicht mehr ganz normal ist. Dann fängt er übergangslos an zu schnarchen, wie jemand in einer Fernsehkomödie. Der Hurensohn, der da auf meinem eigenen verdammten Sofa schläft, hat mich einen verdammten Witz genannt. Weeper ist zwar verrückt wie Scheiße, aber alles, was er heute Abend gesagt hat, war auf eine verrückte Art einleuchtend. Das hier ist ein dreckiger Job, die richtige Arbeit ist das Saubermachen. Einen Mann wie Tony Pavarotti kann ich hier nicht gebrauchen. Männer mit seinen Talenten sind selten, und man muss ihn immer wieder einsetzen. Einige Werkzeuge sind für wiederholten Gebrauch gemacht. Und andere nimmt man nur ein einziges Mal her und wirft sie dann weg.

Barry Diflorio

Sieben Uhr fünfzehn. Wir sitzen seit zehn Minuten hinter einem Ford Escort fest, der schwarze Abgaswolken absondert. Wir kommen kein Stück voran, und mein Ältester, Timmy, summt irgendwas vor sich hin, das so ähnlich klingt wie »Layla«, ohne Scheiß. Er sitzt auf dem Beifahrersitz und singt und schlichtet gerade einen Weltkrieg, den Superman und Batman gegeneinander führen, weil meine Frau ihm erlaubt hat, mit seinen Spielsachen zu spielen, bis wir bei der Schule ankommen, dann muss er sie im Auto lassen. Herr im Himmel, Verkehrsstaus in der Dritten Welt sind wirklich das Schlimmste, was es gibt, überall nur Autos und nirgends eine gottverdammte Straße. Daddy, was heißt gottverdammt, fragt mein Jüngster, Aiden, vom Rücksitz aus, und da merke ich erst, dass ich laut gedacht habe. Lies dein Buch, Süßer, sage ich, ich meine Kumpel, oder gefällt dir kleiner Mann besser? Damit verwirre ich ihn nur. Man sollte es einem Vierjährigen nicht so schwermachen, sich seiner Männlichkeit zu versichern.

Wir sind in Barbican, und da ist ein Kreisel, dessen einziger Zweck ist, den Verkehr direkt vor einen Supermarkt zu lenken, der den unglücklichen Namen »Masters« trägt. Auf der Straße wimmelt es von reichen Leuten, die ihre Kinder zur Schule bringen, nicht wenige von ihnen fahren in die gleiche Richtung wie ich, zur Hillel Academy. Ich biege nach links ab und komme an Frauen vorbei, die Bananen und Mangos verkaufen, obwohl die gar nicht Saison haben, und Männer, die Zuckerrohr anbieten. Und Gras, wenn man weiß, wie man danach fragen muss. Nicht dass ich je danach gefragt hätte. Man muss den

Punkt erreichen, an dem man besser weiß, wie ein Land funktioniert, als die Leute, die dort leben. Und dann haut man wieder ab. Die Firma hatte mir nahegelegt, vor meiner Ankunft *Auf der Sklavenroute* von V.S. Naipaul zu lesen. Ich war ziemlich beeindruckt, wie er es schafft, ein Land zu bereisen und schon nach wenigen Tagen genau zu wissen, was dort falsch läuft. Ich bin zu diesem Strand gegangen, über den er schreibt, Frenchman's Cove, in der Erwartung, dort laszive weiße Frauen und Männer in Bermudashorts und mit Sonnenbrillen vorzufinden, die sich von Cabana-Boys bedienen lassen. Aber sogar dieser Strand wurde inzwischen vom demokratischen Sozialismus erobert.

Wir biegen nach rechts ab. Der Verkehr lichtet sich, und wir fahren bergauf, vorbei an großen zwei- oder dreistöckigen Häusern, von denen einige verschlossen sind, aber nicht so, wie man es normalerweise tagsüber tut, mit ein paar geöffneten Fenstern, sondern so, als hätten die Besitzer schleunigst das Weite gesucht. Wahrscheinlich, weil sie das Ergebnis der Wahl woanders abwarten wollen. Hillel befindet sich direkt am Fuß der Berge. Früher oder später wird meine Frau mich wieder fragen, warum wir unten in New Kingston wohnen, wo unsere Kinder doch in eine Schule in den Bergen gehen. Damit hat sie nicht ganz unrecht, aber es ist verdammt noch mal zu früh, ihr das zuzugestehen. Mein Ältester springt aus dem Wagen, kaum dass wir vor dem Schuleingang gehalten haben. Zuerst denke ich natürlich, unser Wagen ist nicht cool genug, aber dann verstehe ich, was hier läuft. Er ist schon fast durch das Tor.

— Timothy Diflorio, bleib sofort stehen.

Ich hab ihn ertappt, und er weiß es. Er setzt diese typische »Meinst du etwa mich?«-Miene auf.

— Was ist denn, Daddy?

— Batman. Der liegt hier ganz allein auf dem Sitz. Wo ist Superman abgeblieben?

— Vielleicht runtergefallen.

— Raus damit, kleiner Mann. Sonst begleite ich dich ins Klassenzimmer. Fasse dich an der Hand und führe dich hin.

Das genügt, das wäre ja schlimmer als der Tod. Er schaut seinen kleinen Bruder an, der Gott sei Dank immer noch der Ansicht ist, dass es nichts Großartigeres gibt, als Daddys Hand zu halten. Timmy wirft Superman zurück in den Wagen.

— Babylon-Mist.

— Hey!

— Entschuldigung, Dad.

— Deine Mutter sitzt auch im Wagen.

— Tut mir leid, Mom. Kann ich jetzt gehen?

Ich scheuche ihn fort.

— Viel Spaß bei der Weihnachtsfeier, Süßer!

Sein finsterer Blick war den weiten Weg wirklich wert. Mrs. Diflorio räuspert sich mahnend auf dem Rücksitz. Ich hatte eigentlich erwartet, dass sie sich früher zu Wort meldet, aber sie ist völlig vertieft in einen Artikel in *Vogue Patterns* über irgendeinen Mist, den sie zu ihrem Häkelkränzchen mitnehmen wird, damit sie einen neuen Kragen an das rote Kleid nähen kann, das sie so gern hat. Ich tue ihr unrecht. Es ist ein Buchclub, kein Häkelkränzchen. Allerdings hab ich sie noch nie mit einem Buch in der Hand gesehen. Sie macht sich nicht die Mühe, auf den Beifahrersitz umzusteigen. Stattdessen sagt sie,

— Vielleicht haben sie ja einen Weihnachtsmann mit einer roten Papiermütze auf dem Kopf und einem Kissenbezug mit billigem Süßkram, der Kein Problem, Mann anstatt Ho, ho, ho sagt.

— Sieh mal an, du hast ja doch deine Vorurteile.

— Lass den Scheiß, Barry. Ich hab bestimmt mehr schwarze Freunde als du.

— Na, ich weiß nicht, ob Nelly Matar erfreut darüber wäre, wenn sie wüsste, dass du sie hinter ihrem Rücken als Schwarze bezeichnest.

— Du verstehst nicht, was ich meine. Letztes Jahr hätte das letzte Mal sein sollen, das ich ... wir Weihnachten im Ausland verbringen.

— Meine Güte, und ich dachte, ich hätte die kaputte Schallplatte weggeschmissen.

— Ich hab meiner Mutter versprochen, dass wir Weihnachten in Vermont feiern.

— Nein, hast du nicht, hör auf damit, Claire. Und vergiss nicht, dass deine Mutter mich ein ganzes Stück lieber mag als dich.

— Du Mistkerl, warum sagst du so was?

— Was habt ihr Frauen bloß immer? Bei euch weiß man nie, woran man ist. Ist dir schon mal aufgefallen, dass es überhaupt nichts bringt, immer wieder auf dem gleichen Thema herumzureiten?

— Oh, tut mir leid, du hast wohl dein braves Heimchen am heimischen Herd vergessen. Wir können ja kurz noch dort vorbeifahren und sie abholen.

— Liegt ja sowieso auf dem Weg.

— Leck mich, Barry.

Mir fallen spontan mindestens zehn verschiedene schlagfertige Antworten ein, inklusive der Hinweis, dass wir doch erst gestern Nacht Sex hatten. Vielleicht würde sie das ja besänftigen, könnte aber auch sein, dass sie mir dann vorhält, ich würde sie bevormunden, oder das Thema wechseln. Dabei hat sie überhaupt kein Scheißthema. Wir haben den dritten Dezember, und ich muss sowieso schon über viel zu viele Dinge nachdenken und kann es überhaupt nicht gebrauchen, dass sie mir immer wieder mit dem gleichen Kram kommt. Ich habe alle möglichen Antworten schon mindestens ein dutzend Mal gegeben, also halte ich jetzt den Mund. Ich weiß doch sowieso, wie der ganze Scheiß enden wird. Den ganzen Weg bis zur Kreuzung Lady Musgrave und Hope Road herrscht Schweigen. An der roten Ampel steigt sie aus und setzt sich auf den Beifahrersitz. Ich biege links ab.

— Was macht Aiden?

— Der ist über seinem Bilderbuch eingeschlafen.

— Oh.

— Also?

— Also was? Ich fahre gerade, Liebling.

— Weißt du, Barry, Männer wie du, ihr verlangt ziemlich viel von euren Frauen, sehr viel. Und wir tun es. Weißt du, warum wir es tun? Weil ihr uns davon überzeugt habt, dass es nur zeitweilig ist. Wir tun es sogar, obwohl zeitweilig bedeutet, dass wir alle zwei Jahre neue

Freunde finden müssen, damit wir nicht vor Langweile sterben. Wir sind sogar bereit, unsere Kinder schlecht zu erziehen, indem wir sie immer wieder entwurzeln, kaum dass sie ein paar Kontakte gefunden haben ...

—Kontakte, hm?

—Lass mich ausreden. Ja, Kontakte, die dir nicht genommen wurden, als du noch ein Kind warst.

—Was redest du denn da? Mein Vater ist ständig umgezogen.

—Na, dann ist es ja kein Wunder, dass du nicht weißt, was ein Freund ist. Ich schätze, ich sollte mich einfach freuen, dass wir zur Abwechslung mal in einem Land sind, wo man Englisch spricht. Eine Zeit lang konnte ich ja nicht mal meinen eigenen Sohn verstehen.

Meinetwegen kann sie immer weiterreden, über unsere Ehe oder die Kinder oder den Job oder über Ecuador oder dieses beschissene Land hier, mir egal. Aber so etwas bringt mich wirklich auf die Palme, und ich hasse sie dafür.

—Weil du versprochen hast, dass es irgendwann aufhört, du hast uns versprochen, dass es sich am Ende lohnen wird, selbst wenn es bedeutet, dass du mehr Zeit mit deiner Familie verbringen musst. Aber weißt was, Barry? Du bist ein Lügner. Du belügst deine Frau und deine Kinder, bloß wegen eines Jobs, obwohl keiner weiß, was du überhaupt tust. Wahrscheinlich bist du nicht mal besonders gut darin, sonst hättest du längst eine Beförderung bekommen. Du bist einfach nur ein beschissener Lügner.

—Bitte, das reicht jetzt.

—Das reicht?

—Hör auf. Ich hab genug, Claire.

—Genug wovon, und was kommt dann, Barry? Schleppst du uns wieder für ein paar Jahre woanders hin, nach Angola vielleicht? Oder in den Balkan oder nach Marokko? Ich schwör dir, wenn es so weit kommt, dass wir nach Marokko gehen, werde ich mich oben ohne an den Strand legen.

—Hör auf, Claire.

—Hör auf oder was?

— Hör auf, oder ich schlag dir mit dieser Faust hier so fest zwischen die Augen, dass sie auf der Rückseite deines beschissenen Schädels wieder rauskommt und die Fensterscheibe hinter dir zertrümmert.

Sie sitzt da und tut so, als würde sie mich nicht ansehen, aber sie schaut auch nicht nach draußen auf die Straße. Sie wird nicht sehr oft daran erinnert, dass ihr Ehemann aus beruflichen Gründen getötet hat und dass ihm alles zuzutrauen ist. Ich könnte sie jetzt so hängen lassen, zumindest würde mir das ein bisschen Ruhe verschaffen. Das sind Schläge unter die Gürtellinie, und ich mache mir zunutze, dass alle Ehefrauen in der Firma Angst vor ihren Männern haben. Wenn ich meine Frau schlagen würde, müsste sie es ihr Leben lang schweigend erdulden, und nicht mal ihr beschissener Vater würde sich darum scheren. Aber dann hätte sie nicht nur Angst vor mir, sondern würde diese Angst auch an die Kinder weitergeben. Und schon wäre ich genauso wie die anderen, wie Louis Johnson, der seine Frau offenbar tatsächlich schlägt. Also gebe ich ihr eine Chance, wieder Oberwasser zu bekommen.

— Oben ohne am Strand, Wahnsinn. Dann halten dich alle für eine schwanzlutschende angelsächsische Protestantin. Den Marokkanern werden die Augen aus dem Kopf fallen.

— Na großartig, jetzt machst du schon deine eigene Frau zur Hure.

— Das liegt an deinem neuen sexy Haarschnitt, sage ich, aber sie ist stocksauer.

Nichts regt sie mehr auf als das Gefühl, ignoriert zu werden. Sie wird immer lauter. Ich bin schon versucht, keine Ursache, gern geschehen zu sagen, drehe mich aber stattdessen um, und da steht es vor mir, als wäre es gerade aus dem Nichts aufgetaucht. Sein Haus. Ich fahre andauernd an diesem Haus vorbei, habe es aber, soweit ich mich erinnere, noch nie betrachtet. Es ist eins von diesen Häusern, die einem ihre Geschichte praktisch aufdrängen. Ich habe gehört, die Lady Musgrove Road gibt es nur, weil besagte Lady so schockiert war, dass ein Schwarzer sein Haus in ihrer Nachbarschaft errichtete, dass sie sich eine eigene Straße bauen ließ. Der Rassismus hier ist eine säuerliche und klebrige Angelegenheit, aber er kommt ziemlich lässig daher, und man ist immer mal versucht, einem Jamaikaner gegenüber den Rassisten zu mimen, einfach um zu sehen, ob er es überhaupt merkt. Aber das Haus des Sängers steht einfach nur da.

— Willst du ihn irgendwohin mitnehmen?

— Was? Wen?

— Wir stehen jetzt schon über eine Minute vor diesem Haus. Worauf wartest du denn, Barry?

— Ich weiß nicht, wovon du redest. Und woher willst du denn wissen, wessen Haus das ist?

— Ab und zu krieche ich mal unter dem Stein hervor, unter den du mich gesteckt hast.

— Hätte nicht gedacht, dass du dich für jemanden interessierst, der so wild und ungepflegt ist.

— Herrje, du redest ja wie meine Mutter. Wild und ungepflegt gefällt mir. Er ist wie Byron, Byron ist ein ...

— Hör auf, mich wie einen Trottel zu behandeln, Claire.

— Wild und ungepflegt. Er ist wie ein schwarzer Löwe. Ich wünschte, ich hätte auch ein bisschen Wildheit mitbekommen. Stattdessen musste ich nach Yale. Nelly meint, Lederhosen stehen ihm ziemlich gut. Richtig gut.

— Willst du mich eifersüchtig machen, Liebling? Das ist ja schon länger nicht mehr vorgekommen.

— Liebling, ich habe seit vier Jahren nichts mehr in dieser Richtung versucht. Jetzt wo ich dran denke, fällt mir ein, dass Nelly sagte, es gäbe einen Empfang wegen des Friedenskonzerts heute Abend, und sie ...

— Geh da heute Abend bloß nicht hin, verdammt.

— Was? Wieso denn nicht? Ich lass mir doch von dir keine Befehle ... warte mal ... Was hast du gerade gesagt?

— Du sollst da nicht hingehen.

— Nein. Du hast gesagt, geh da heute Abend bloß nicht hin. Du führst was im Schilde, Barry Diflorio.

— Ich hab gesagt, ich weiß nicht, wovon du redest.

— Ich hab dir keine Frage gestellt. Und bevor du jetzt wieder so komisch wirst und mir sagst, ich soll mich um meine eigenen Angelegenheiten kümmern, erspare ich dir den Ärger und denke nicht weiter drüber nach. Barry ...

— Was? Was denn noch, Claire? Was zum Teufel ist jetzt schon wieder?

— Du hast die Abzweigung zum Friseur verpasst.

Meine Frau glaubt, sie sei die Einzige, die zurück nach Hause will. Ich will das auch. Ich will es so sehr, dass ich es kaum aushalte. Der Unterschied ist nur, dass ich längst weiß, dass es keinen Ort mehr gibt, an den wir zurückkehren könnten, keine Heimat im eigentlichen Sinne des Wortes. Wir beide haben vergessen, dass der kleine Aidan auch immer noch im Wagen sitzt.

Alex Pierce

Das Verrückte ist, du versuchst zu schlafen, du versuchst so angestrengt zu schlafen, dass dir irgendwann klar wird, wie hart du daran
arbeitest einzuschlafen, und dabei schläfst du nie ein, denn das ist
dann kein Schlaf mehr, das ist Arbeit. Und es dauert nicht lange, bis
du eine Arbeitspause brauchst.

Ich öffne die Schiebetür und lasse den Verkehr herein. Das Problem
mit New Kingston ist, dass der Reggae zu weit weg ist. Als ich Downtown abgestiegen bin, hatte ich dieses Problem nicht, da steigt immer
irgendwo eine Jamsession oder irgendein Konzert. Aber verdammt,
Bruder, wir haben 1976, fast schon 1977. Mehrere Leute von der Botschaft, die ich nicht mal kenne, haben mir gesagt, dass ich mich nach
einer bestimmten Uhrzeit nicht mehr jenseits von Cross Roads blicken lassen soll; Leute, die schon fünf Jahre hier leben, und immer
noch vor Mittag in Schweiß ausbrechen. Man kann niemandem trau-
en, der dir erzählt, wie toll er deine Kolumne über The Moody Blues
fand. Ich habe nie eine verdammte Kolumne über The Moody Blues
geschrieben. Und selbst wenn, dann sicher nichts, was irgend so ein
Establishment-Arschloch gut finden würde.

Ich konnte nicht schlafen, also zog ich Jeans und T-Shirt wieder an
und ging nach unten. Ich musste mal frische Luft schnappen. Die Frau
an der Rezeption schnarchte, und ich schlüpfte an ihr vorbei, bevor
sie zu den üblichen Warnungen für alle Weißen kam, die nachts durch
geschlossene Türen verschwinden. Draußen umtanzt mich die verdammte Hitze. Die Ausgangssperre gilt weiterhin, und man bekommt
das Gefühl, dass es vielleicht Ärger geben könnte, aber echter Ärger ist

nicht in Sicht. Folgendes ist in dieser Nacht passiert: Ich sehe einen Taxifahrer, der in seinem Wagen auf dem Parkplatz den *Star* liest, und frage ihn, ob er mich irgendwohin bringen kann, wo noch was los ist. Erst schaut er mich an, als wolle er sagen, so Typen wie dich kenn ich, aber vielleicht sind meine Jeans zu eng, die Haare zu lang oder die Beine zu dünn, und ich bin auch kein fetter Saftsack in einem Jamaican-me-crazy-T-Shirt der hier runtergekommen ist, um mit seinem kleinen Pimmel irgendwen zu vögeln.

— Ich denk, das Mayfair Hotel ist zu, Kumpel, sagt der Taxifahrer, und ich kann ihm keinen Vorwurf machen.

— Ich will nirgendwo hin, wo sich die Weißen vor den Schwarzen verstecken. Ist irgendwo noch richtig was los?

Jetzt mustert er mich genauer und faltet sogar die Zeitung zusammen. Es ist eines der tollsten Gefühle der Welt, wenn ein Jamaikaner, der normalerweise durch nichts aus der Ruhe zu bringen ist, seinen Arsch in Bewegung setzt. Er schaut mich an, als würde er mich gerade zum ersten Mal sehen. Und na klar, genau an dieser Stelle versauen es 99,9 Prozent der Amerikaner, weil sie in riesige Begeisterung darüber ausbrechen, dass einer aus Jamdown sie cool findet, ohne dass sie den *Can-you-bubble-to-the-reggae-riddim*-Test bestehen mussten.

– Warum glaubst du, dass irgendwo noch offen ist? Ausgangssperre, mein Bruder. Under Heavy Manners.

– Komm schon. In funky Kingston? Nicht mal 'ne Ausgangssperre macht aus dieser Stadt ein Gefängnis.

– Du suchst also Ärger.

— Nee, dem geh ich eher aus dem Weg.

— Das war keine Frage.

— Na dann los. Irgendwo muss doch noch was los sein, Ausgangssperre hin oder her. Oder willst du mir erzählen, dass die ganze Stadt dicht ist? Freitagnacht? So 'n verrückter Quatsch, Mister.

— Freitagmorgen.

Er mustert mich wieder, und ich sage fast, hör mal, ich sehe bloß wie ein blöder Tourist *aus*.

— Steig ein, und wir sehen, was wir finden können. Wir müssen die großen Straßen meiden, damit Babylon uns nicht aufhält.

— Rock'n'Roll.

— Besonders die Schlaglöcher, sagt er.

Mein Freund, will ich sagen, ich bin in Rose Town gewesen, aber das ist Fehler Nummer zehn, den Weiße machen: Sie sind stolz, irgendwo gewesen zu sein, wohin jeder Jamaikaner nur ungern einen Fuß setzen würde. Er brachte mich zum Turntable Club an der Red Hills Road, auch eine dieser Straßen, in der es laut der Concierge für jede Person kaukasischer Herkunft (ihre Worte, nicht meine, ehrlich) nur eine bestimmte Zeit lang halbwegs sicher ist. Wir fuhren an ein paar Jungs vorbei, die Hühnchen in Ölfässern grillten. Die Rauchschwaden zogen über die Straße. Männer und Frauen saßen in Autos oder standen am Straßenrand, aßen gebratenes Hühnchen und weiches Weißbrot und schlossen mit einem breiten Grinsen die Augen, als hätte niemand um drei Uhr früh einen solchen Segen verdient. Von der Ausgangssperre scheint niemand gehört zu haben. Schon lustig, dass wir schließlich im Turntable Club landen, beim letzten Mal hier war ich Mick Jagger auf den Fersen. Beim Anblick der ganzen Superklassefrauen, die den Club bevölkerten, rastete der Kerl völlig aus. Sie hatten sogar alle seine bevorzugte Farbe, schwarz. Der Fahrer fragt mich, ob ich schon mal im Turntable war, und so wenig ich auch ein Klugscheißer sein will, so sehr hasse ich es doch, wenn sie mich für einen ignoranten Weißen halten.

— Bin ein paarmal reingeschneit. Hey, was ist denn mit dem Top Hat passiert? Und war das Tit for Tat nicht ein Stück die Straße runter? Hab mal mitbekommen, wie ein Typ dort ziemlich übel zusammengeschlagen wurde, weil er im Klo einen durchgezogen hat. Alter, mal unter uns, ich fand das Neptune immer besser. Das Turntable wird zu lasch, Mann. Und sie spielen zu viel verdammten Disco.

Jetzt starrt er mich lange im Rückspiegel an, es ist fast ein Wunder, dass wir keinen Unfall bauen.

— Du kennst dich in Kingston anscheinend aus, sagt er.

Und da flipp ich jetzt fast aus. Ich hab das Neptune nie gemocht und beim Top Hat nur geraten, ich hätte schwören können, dass es Tip-Top hieß. Ohne Mick oder Keith war das Turntable ein Club wie jeder andere, nur mit zu viel Rotlicht. Es war proppenvoll, als ob die Ausgangssperre für alle möglichen Leute galt, aber nicht für die, die hier waren. Ich holte mir ein Bier, und jemand tippte mir auf die Schulter.

— Du wirst dich zwar ziemlich anstrengen müssen, damit dir mein Name wieder einfällt, aber ich red trotzdem mit dir, sagte sie.

— Du bist wohl eine ganz Schlaue?

— Nein, ich will's dir nur leichter machen. Hier ist schließlich alles voller schwarzer Frauen.

— Du kannst dir ruhig etwas mehr zutrauen.

— Ich trau mir jede Menge zu. Aber was ist mit dir? Kaufst du mir jetzt ein Heineken oder was?

Und so kommt es, dass ich vor Sonnenaufgang aufwache und sie im Bett neben mir liegt und nicht schnarcht, aber schwer atmet. Ich frag mich, ob alle Jamaikaner so atmen, einfach aus Stress oder aus Notwendigkeit. Ich kann mich auch nicht mehr erinnern, wann sie das Laken so eng um sich geschlungen hat, als hätte ich ihr was getan, und sie will nicht, dass ich es noch mal tue. Ich will sie aufwecken und sagen, Herzchen, ich weiß, wie das mit jamaikanischen Frauen läuft, Himmel, eigentlich mit allen ausländischen Frauen. Solange sie nur das letzte Wort haben, ist alles cool, wirklich. Pete von *Creem* landete vor zwei Jahren im Gefängnis, weil ein Groupie auf den Bermudas was von Vergewaltigung schrie, wo er ihr doch nur – ihm zufolge – einen Tittenfick vorgeschlagen hatte. Ich konnte mich sehr wohl an sie erinnern. Eine Frau aus Jamaika, die sagte, falls sie mal ein Getto erleben wolle, dann würde sie nach Brooklyn fahren. Ich weiß noch, dass ich in lautes Lachen ausbrach. Dunkle, dunkle Haut, glattes, glattes Haar und eine Stimme, die nie, niemals zärtlich ist. Natürlich haben wir in dieser Nacht miteinander geschlafen, wir waren bei dem Supersoul-Konzert, die Temptations langweilten uns mit ihrem Geleiere, und wir hatten beide nicht viel Spaß. Um ehrlich zu sein, freute ich mich, sie ein Jahr später im Turntable zu sehen. Ist dir der Name jetzt eingefallen?, sagte sie, als wir raus zu dem Taxi gingen, von dem ich nicht wusste, dass es auf mich wartete. Der Fahrer nickte, aber ich konnte nicht erkennen, ob es ein beifälliges Nicken war.

— Ob dir mein Name wieder einfällt, hab ich gefragt.

— Nein, aber du siehst einer Bekannten von mir namens Aisha unheimlich ähnlich.

— Fahrer, in welchem Hotel wohnt er?

— Im Skyline, Miss.

— Oh. Immerhin saubere Laken.

Sie ist schnell eingeschlafen, und ich bin völlig nackt und betrachte im Spiegel meinen Bauch. Wann ist der so schlaff geworden? Mick Jagger bekommt nie einen Bauch. Ich stell das Radio an, und der Premierminister kündigt gerade die Parlamentswahlen in zwei Wochen an. Verdammt, das ist härter als hart. Ich frag mich, was der Sänger davon hält, wenn die Regierung die guten Vibes des bevorstehenden Konzerts für ihre Zwecke nutzen will. Und bestimmt hat sie genau das vor. Die Regierungen der Dritten Welt haben es ja nicht so mit der Subtilität, soweit ich gehört habe. Aber ob sie es sich damit nicht zu einfach machen?

Ich bin zum Lunch oder wohl eher Kaffee mit Mark Lansing verabredet. Bin ihm gestern Abend zufällig nach einem weiteren Stromausfall in der Lobby des Pegasus Hotels begegnet. Ich wollte Zigaretten holen, aber der Souvenirladen hatte schon geschlossen, also bin ich rüber zum Pegasus, und wer steht da in der Lobby, als würde er auf ein bekanntes Gesicht warten? Wie der Antonioni-Dreh gelaufen wäre, fragte ich. Er kicherte zweimal, als sei er nicht sicher, ob er antworten oder das nur lustig finden sollte. Ich hab selbst mehr als genug Projekte, sagte er, aber es hat Angebote gegeben. Ich frage Mark Lansing, was er von dieser plötzlichen Wahlankündigung hält, aber er ist so verblüfft über eine ernsthafte Frage zur Politik, dass er nur irgend einen Mist antwortet und mich fragt, warum ich so was denn wissen will, da ich doch nur für eine Musikzeitschrift schreibe, die er allerdings, wie er mal meinte, jede Woche liest.

Irgendwann muss ich mal erwähnt haben, wie sehr ich mich um dreißig Minuten mit dem Sänger bemüht habe, oder er hat es von irgendjemandem gehört, denn jetzt glaubt er, dass ich was von ihm will. Ich kann mich noch an den genauen Wortlaut erinnern, *Armer Junge, vielleicht gibt's da was, was ich für dich tun kann.* Ich hab diesem Arsch nicht gesagt, dass er sich verpissen soll, denn merkwürdigerweise hat er mir in genau dieser Sekunde leidgetan. Dieser Loser hat jahrelang darauf gewartet, jemand anderem mal was voraus zu haben. Also treffe ich mich nachher mit ihm zum Lunch, damit er mir erzählen kann, wie abgefahren er ist, dass er den Sänger mit seiner teuren Kamera filmen kann, und bestimmt wird er »abgefahren« sagen. Er hat nur gesagt, dass sie teuer war, aber nie die Marke erwähnt. Er meint wohl, dass mir das sowieso nichts sagt. Der verdammte Idiot ist wahrscheinlich mit einem dümmlichen Grinsen ins Bett gegangen und hat sich gesagt, Sieh mich an, Wichser, endlich bin ich cooler als du. Ich muss mir schnell einen Kaffee besorgen, bevor ich hier noch ausflippe und Aisha einen Höllenschreck einjage. Sie schläft immer noch.

Papa-Lo

Leute wie ich reden gern, das weiß jeder. Der Sänger und ich passen gut zusammen, weil er auch gern redet, und selbst wenn er die Gitarre in die Hand nimmt und *ism* auf *schism* reimt, redet er immer noch. Wenn er *ism* auf *schism* reimt, ist das eine Einladung zum Gespräch, denn wir führen eine Unterhaltung, Leute. Der Reggae ist nichts weiter als ein Mann, der redet, der mit einem anderen Mann diskutiert, ein Reasoning, das hin- und hergeht, so sehe ich das.

Aber aufgepasst. Manche reden überhaupt nicht. Und so wie der, der gern redet, gut mit dem auskommt, der auch gern redet, passt der, der lieber schweigt, mit dem zusammen, der auch gern schweigt. Der, der Geheimnisse hat, passt mit dem zusammen, der auch Geheimnisse hat. Du gehst auf eine bestimmte Party, zu einem bestimmten Treffen, und siehst, wie Josey Wales zu bestimmten Leuten geht oder wie sie zu ihm gehen und wie sie zusammen schweigen. Aber die Nacht war heiß, und es war kein Mond am Himmel, und der heutige Tag war noch kaum geboren. Ich habe eine Stunde geschlafen und bin mit ruhelosem Geist aufgewacht. Vor langer, viel zu langer Zeit hat sich was in meinem Kopf eingenistet, das durch meinen Mund herausmuss. Wäre ich ein Schriftsteller, wäre es auf Papier geflossen. Wäre ich katholisch, wäre es über den ganzen Beichtstuhl geströmt.

Meine Frau ist in die Küche gegangen, um Tee zu machen und gepökeltes Schweinefleisch mit Yams zu kochen. Sie weiß, was ich mag, und lacht, wenn ich schimpfe, weil sie nachts ih-aht wie ein Esel. Wenn ich nachts ein paar andere Geräusche mache, stört dich das auch nicht, sagt sie und schiebt ihren wackelnden Hintern in die

Ambush in the Night

Küche. Ich gebe ihr einen Klaps darauf, bevor sie außer Reichweite ist, und sie sieht mich an und fragt, Es macht dir doch nichts aus, wenn ich deinem singenden Freund erzähle, dass du immer noch heimlich Schweinefleisch isst, oder? Eine Sekunde lang glaube ich, sie meint es ernst, aber dann lacht sie und singt beim Weggehen »Girl I've Got a Date«. Manche Männer finden nie eine Frau, die sie davon kuriert, sich nach anderen Frauen umzudrehen. Aber nicht mal sie kann etwas gegen die geistige Unruhe ausrichten. Sie kann das Essen besser machen und mir sanfter über den Kopf streichen, und sie weiß, wann sie den Männern sagen muss, sie sollen heute nicht vorbeikommen, aber sie weiß auch, dass sie nichts tun oder sagen kann, was dem Geist Ruhe schenkt.

Vielleicht liegt es daran, dass Dezember ist. Denn erst wenn wir bei der Offenbarung angelangt sind, können wir die Genesis wirklich beurteilen, oder? Im Dezember muss ich an den Januar denken. Und nicht nur, weil die PNP das Land kaputt gemacht haben. Jeder weiß doch, dass sich die Kommunisten auf Jamaika eingeschlichen haben. Immer mehr Kubaner kommen hierher, aber niemand ahnt, dass immer mehr Jamaikaner rübergehen. Und wenn sie zurückkommen, können sie mit einem AK-47 umgehen, als wären sie mit einem in der Hand zur Welt gekommen. In St. Catherine wird eine Schule gebaut, und nicht einer der Arbeiter spricht Englisch. Tatsache. Und noch bevor Gott selbst sagen kann, Aber Moment mal, was ist das denn?, heißen die Ärzte im Krankenhaus alle Ernesto oder Pablo. Aber der Januar hat mir etwas genommen und es Josey Wales gegeben. Und das weiß inzwischen jeder.

Anfang Dezember, noch bevor er uns irgendeinen Auftrag oder Geld oder irgendeine Aufmerksamkeit zu Weihnachten gegeben hat, hat mir Peter Nasser eine Nachricht gegeben. Er hat gesagt, Sag deinen Leuten, sie sollen um die Weihnachtszeit und danach mehr Bananen kochen, mehr Yamswurzeln rösten, mehr Kartoffeln anbraten und mehr Wasserbrotwurzeln ausgraben und dafür Teigtaschen und Krapfen und Kuchen und alles andere, wofür man Mehl braucht, vergessen. Ich habe nicht mal richtig begriffen, was er meinte, und kann mich gar nicht mehr daran erinnern, dass ich die Nachricht an die Gemeindemitglieder weitergegeben habe oder wie sie sich weiterverbreitet hat, es sei denn, ich habe es vielleicht meiner Frau erzählt.

Den ersten erwischt es am 30. Dezember. Am 2. Januar folgen drei weitere. Am 22. Januar verlässt Gott dann St. Thomas. Dreizehn Menschen, eine ganze Familie und ihre Freunde, bekommen Kopfschmerzen, Krämpfe, müssen sich übergeben, manche werden blind. Sie scheißen und scheißen und können gar nicht mehr aufhören zu scheißen, sie werden ohnmächtig und zucken, als hätte Gott Blitze auf sie geschleudert. Selbst als sie tot sind, können sie nicht aufhören zu zucken und zu scheißen. Sie sterben alle am selben Tag an demselben Essen. Gerüchte breiten sich aus wie die Polio 1964, und viele Männer und Frauen schließen sich ein, weil sie Angst haben. Es ist im Mehl, es ist im Mehl, es ist im Mehl, sagen sie. Das Mehl trägt das Zeichen des Todes, und der Tod hat die Herzen von siebzehn Menschen gezeichnet. Am nächsten Tag sagt der Gesundheitsminister, dass das Mehl, das auf einem deutschen Schiff nach Jamaika gekommen ist, mit einem Unkrautvernichtungsmittel namens Schwiegermuttergift verseucht war. Aber auf Jamaika ist das Gift schon lange bekannt, wir haben es verboten, bevor *Frankie und seine Spießgesellen* in die Kinos kam.

Peter Nasser taucht im Januar auf. Wieder kommt er zu mir, um mich zu umarmen, aber von Josey Wales will er wissen, wie das Auto mit der neuen Batterie läuft, und ich frage mich, wieso ihn das interessiert. Aber mit mir spricht er anders als mit Josey Wales. Er erzählt mir, die Abkürzung IWF müsste eigentlich für Ist Was Faul stehen, und natürlich ist Manley an allem schuld, der kann das Land nicht retten, kann es nicht schützen, kann es nicht mal kontrollieren. Schon komisch, mit Josey Wales quatscht er über Autobatterien und Bräute und lädt ihn für Dienstag zum Tontaubenschießen ein, aber mit mir redet er über Politik. Ich sage Josey Wales und Chinaman und Weeper und noch ein paar anderen, dass ein paar weiße Geschäftsmänner und Politiker vorbeikommen werden, um sich davon zu überzeugen, dass der Premierminister das Land regieren kann. Wenn wir mit denen fertig sind, werden sie glauben, dass er nicht mal Kingston regieren kann.

Mich muss man da nicht überzeugen, die PNP hat nie was für irgendjemand anderen als sich selbst getan. Die JLP ist ins Getto gekommen, ohne dass wir darum betteln mussten; in den Fünfzigern, als ich mit der Schule fertig war, sind sie gekommen und haben an diesem gottverlassenen, abgewirtschafteten Ort Häuser wie die in der TV-Serie *Good Times* gebaut. Dann haben sie Copenhagen City gebaut, und meine Mutter konnte zum ersten Mal im Leben unbeobachtet baden. Quatschen tun sie viel, aber es war nicht die PNP, die ins Getto gekommen ist; die ist erst gekommen, als Copenhagen City gebaut war, und hat rasch dieses Dreckloch namens Eight Lanes aus dem Boden gestampft. Und in die Eight Lanes haben sie lauter PNP-Leute angesiedelt, um uns zu ärgern, aber schießen kann schließlich jeder Idiot.

Aber wer in West Kingston gewinnt, der gewinnt in Kingston, und wer in Kingston gewinnt, der gewinnt in Jamaika, und 1974 hat die PNP zwei Monster aus Jungle von der Leine gelassen, einen Kerl namens Buntin-Banton und einen namens Dishrag. Die PNP wird West Kingston niemals bekommen, das war damals klar und ist es heute noch, also greifen sie zu einem Trick: Sie schaffen einfach einen ganz neuen Bezirk, nennen ihn Central Kingston und stecken ihre ganzen Leute da rein. Und wem geben sie das Kommando? Buntin-Banton und Dishrag. Bevor die beiden aufgetaucht sind, hat Krieg im Getto Krieg mit Messern bedeutet. Ihre Gang besteht aus dreißig Leuten, die auf schwarz-roten Motorrädern durch Kingston pflügen, summ, summ, summ, wie eine Bienenarmee. Als die Buntin-Banton-Dishrag-Gang uns auf einer Beerdigung angreift, wird mir klar, dass sich die Spielregeln geändert haben. Die Leute glauben, dass sich schon seit Ewigkeiten keiner mehr erinnert, wer mit dem ganzen Mist angefangen hat, aber bringt die Geschichte des Gettos nicht durcheinander, liebe Leute. Buntin-Banton und Dishrag haben angefangen. Und als die PNP die Wahl von 1972 gewonnen hat, ist die Hölle losgebrochen.

Erst haben sie uns die Arbeitsplätze weggenommen, die wir erst vier Jahre vorher bekommen hatten. Dann haben die beiden Kerle angefangen, uns aus der Stadt zu vertreiben, als wären wir ein Haufen verschlagener Schurken und sie Wyatt Earp. Sie haben sogar ihre eigenen Leute angegriffen, haben einen Gewerkschaftler aufgeschlitzt, der ihrer eigenen Partei angehörte, weil er die Arbeiter zum Streik aufgerufen hat. Dann, ziemlich genau vor einem Jahr, fährt ein weißer Lieferwagen vor die JLP-Zentrale in der Retirement Road und bleibt einfach davor stehen. Weil der Lieferwagen die Sicht verdeckt, kommen sie wie aus dem Nichts, Angriff der Killerbienen, die Banton-Dishrag-Gang, die auf ihren Motorrädern hereinsummt. Sie hauen die Möbel kaputt, zerreißen Akten, treten Männer, schlagen Frauen, vergewaltigen zwei und verschwinden wieder. Und das Merkwürdige ist: Während der ganzen Zeit sagt keiner von ihnen ein einziges Wort.

Aber die Gang bestand nur aus einem Haufen Feiglinge. Sie hätten sich nie getraut, nach Copenhagen City zu kommen, hätten niemals den Kopf angegriffen, also haben sie stattdessen die Finger und Zehen abgeschlagen und immer weiter abgeschlagen, bis ich Peter Nasser gesagt habe, dass der schlafende Riese allmählich mal aufwachen müsste. Als wir mit ihnen fertig waren, war die Lane Six niedergebrannt, und die Frauen haben alle geweint, weil sie vorher noch nie Gehirnmasse in den Kopf eines toten Sohnes zurück schaufeln mussten. Als wir mit der Lane Seven fertig waren, bewegte sich dort nichts mehr außer den Eidechsen.

Aber diese beiden glauben allmählich, sie hätten in der PNP das Sagen. Die Partei schickt sie auf eine Reise nach Kuba. Dishrag, der diesen Namen trägt, weil er Rastafari ist und seine Rastalocken wie Spüllumpen aussehen, landet in Kuba und feiert gleich mit Fidel Castro persönlich. Keiner hat den Brüdern erzählt, dass das Nationalgericht Schweinefleisch ist. Er verliert die Beherrschung, als wäre er Jesus im Tempel an dem Tag, als die Juden einen Markt draus gemacht haben. Er tritt sogar Castros Tisch um. Dishrag wird für seine eigene Partei zum Problem. Da ruft ein Typ einen anderen Typen an, der einen Priester anruft, den einzigen Mann, der sowohl JLP-Gelände als auch PNP-Gelände betreten darf, und der Priester ruft mich an. Ich kümmere mich persönlich um das Pussyhole, sage Chinaman, er soll einfach ohne viel Aufsehen in die Stanton Bar gehen und in die Richtung schauen, aus der die fluchenden Mädchen gerannt kommen, die Hände schützend vor ihre Battys, Tittys oder Poom-Pooms gelegt. Chinaman ist gut genug, um jemanden mit einer Kugel zu erledigen, und als er sich dem Jungen von hinten nähert und sagt, Hey, Pussyhole, und ihm in den Hinterkopf schießt, schreien die Frauen um seinen Tisch herum nicht mal, bis die dritte Kugel, die er in ihn reingefeuert hat, durch das Loch herauskommt, das die erste hinterlassen hat und sie von oben bis unten mit Blut bespritzt werden. Nach sechs Schüssen ist Chinaman verschwunden wie ein flüchtiger Gedanke.

Im März 1975 hinterlässt Shotta Sherrif dann eine Nachricht in der Bibel von einer Kirchgängerin, in der steht, wo Buntin-Banton zu finden ist. Mitten auf der Darling Street, er ist gerade auf dem Weg zu seiner Frau, nur drei Blocks vom Meer entfernt, fahren Josey Wales und vier seiner Männer neben sein Auto und überziehen das Pussyhole mit einem Kugelhagel, bis sogar der Motor des Wagens verreckt. Buntin-Bantons Beerdigung war ein Riesenspektakel, zwanzigtausend Leute sollen da gewesen sein. Keine Ahnung, ob das stimmt, aber ich weiß, dass der Premierminister, der stellvertretende Premierminister und der Minister für Arbeit dort gewesen sind.

Aber das war 1975, und jetzt haben wir Dezember 1976, und statt einem Jahr könnte genauso gut ein ganzes Jahrhundert vergangen sein. Denn wer gegen Monster kämpft, wird selbst zum Monster, und in Kingston gibt es mindestens eine Frau, die mich für den Mörder aller Hoffnung hält. Die Leute denken, ich drehe durch, weil es mir so zu schaffen macht, dass ich aus Versehen den Schuljungen umgebracht habe, aber sie kapieren nicht, dass ich durchdrehe, weil es mir eigentlich zu schaffen machen sollte, es mir aber in Wirklichkeit egal ist. Aber jetzt ruft mich meine Frau, sie sagt, Bigger-boss, Essen ist fertig.

Nina Burgess

— Hallo?

— Na, gelobt sei der allmächtige Jah-Jah, scheint, als wärst du endlich aufgewacht. Ist schon das dritte Mal, dass ich die Sistren anrufe.

Meine Schwester Kimmy. Zwei Sätze, und schon spielt sie wieder Getto. Ob die Sonne schon aufgegangen ist? Weiß nicht, ob ich heute Morgen in der Verfassung für die eine oder die andere bin.

— Ich war echt müde.

— Zu viel Party gestern Abend. Hast du mich gehört? Ich sagte, zu viel Party gestern Abend. Willst du mich nicht fragen, was man dagegen nehmen muss?

— Das muss ich gar nicht.

— Du weißt schon, was du nehmen sollst?

— Nein, aber ich weiß, dass du es mir gleich erzählen wirst.

— Oh, ziemlich frech heute Morgen, was, Sistren? Ist ungewohnt, dass du so vorlaut bist. Muss die Morgenluft sein.

Kimmy ruft mich prinzipiell nie an, seit sie mit Ras Trent zusammen ist, der ihr erklärt hat, dass sie den Kontakt mit Leuten, die noch im Babylon-Shitstem gefangen sind, auf ein Minimum reduzieren soll. Er entkommt solchem Kontakt, indem er ungefähr alle sechs Wochen nach New York fliegt. Kimmy wartet immer noch auf ein Visum, damit sie ihn begleiten kann. Man sollte meinen, dass Ras Trent, Sohn des Ministers für Auswärtige Angelegenheiten, ein Visum für seine Königin besorgen könnte. Man sollte meinen, dass selbige Königin ihre Schlüsse daraus ziehen würde, dass er es ihr nicht mal angeboten hat.

Ambush in the Night

Aber auf Jamaika ist alles käuflich, sogar ein amerikanisches Visum, und ich habe heute so einiges zu erledigen.

— Wie kann ich dir helfen, Kimmy?

— Ich hab nachgedacht. Was weißt du über Marcus Garvey?

— Du rufst mich um ...

— Viertel vor neun. Am Vormittag, Nina.

— Neun. Scheiße, ich muss zur Arbeit.

— Du hast keine Arbeit.

— Duschen muss ich trotzdem.

— Was weißt du über Marcus Garvey?

— Ist das ein Radio-Quiz? Bin ich auf Sendung?

— Hör auf, aus allem einen Witz zu machen.

— Was soll das denn sonst werden, rufst du mich so früh am Morgen nur wegen einer Lektion in Gemeinschaftskunde an?

— Genau das mein ich. Dass du es nicht wichtig findest. Deshalb kann der weiße Mann dich so unterdrücken; wenn ich von Garvey rede, solltest du die Ohren spitzen wie ein Hund.

— Hast du heute schon mit deiner Mutter gesprochen?

— Der geht's gut.

— Das hat sie gesagt?

— Mummy muss ihr Leben dem Kampf widmen. Nur dann kann sie sich wirklich von der Unterdrückung unseres Volkes befreien.

Kimmy lernt von Rast Trent, die Worte, die die Engländer als Werkzeug der Unterdrückung gebraucht haben, in deren Gesicht zurückzuspucken. I-I, I-and-I, I-Jah, weiß Gott, was das heißen soll, aber es hört sich an, als wollte jemand seine eigene heilige Dreifaltigkeit gründen und hätte vergessen, wie der Dritte heißt. Alles ein Haufen Mist, wenn man mich fragt. Und viel zu viel Arbeit, sich das alles zu merken. Aber Kimmy steht ja auf viel Arbeit. Vor allem, wenn Ras Trent sich wahrscheinlich eine andere Frau sucht, keine Königin wie sie, aber eine, die ihm den Schwanz lutscht und ihm vielleicht den Arsch ausleckt, eine Blowjob-Queen, der er keinen Respekt erweisen muss. Kimmy will etwas Bestimmtes, doch sie würde nie direkt fragen, sondern redet lieber drum herum. Wer weiß, was es heute Morgen ist? Vielleicht möchte sie sich einfach nur besser fühlen als irgendjemand anderes, und meine Nummer ist eine der wenigen achtstelligen Zahlen, die sie sich merken kann.

— Er ist ein Nationalheld, sage ich.

— Wenigstens das weißt du.

— Er wollte, dass die Schwarzen irgendwann nach Afrika zurückgehen.

— Na ja, irgendwie schon. Aber okay.

— Er war ein Dieb, der ein Schiff gekauft hat, mit dem er nirgendwohin segeln konnte, aber wahrscheinlich ist er nicht der einzige Nationalheld, der ein Dieb war.

— Siehst du denn nicht, wer dir erzählt hat, dass er ein Dieb war? Deswegen kommen die Schwarzen nicht voran, weißt du, sie nennen ihre eigenen Leute einen Dieb.

— Ich wusste nicht, dass Marcus Garvey eigentlich Burgess hieß. Oder ist unser Name in Wahrheit Garvey?

— Genau das mein ich. Genauso, hat T gesagt, würden Leute wie du reagieren.

— Leute wie ich.

— Ahnungslose wie du. Leute in der Dunkelheit. Komm aus dem Dunkel ins Licht, Sistren.

Ich könnte versuchen, sie zum Schweigen zu bringen, doch genau wie Ras Trent will Kimmy einen eigentlich nicht von etwas überzeugen. Sie braucht bloß Zeugen, kein Publikum.

— Und warum hast du mich angerufen? Ich bin doch bestimmt nicht der einzige Mensch im Dunkeln, den du kennst. Ruf eine deiner Freundinnen von der Immaculate High School an oder was weiß ich.

— Sistren, wenn die Revolution je stattfinden soll, dann muss sie, hörst du, sie muss zu Hause beginnen.

— Ist Trents Haus schon befreit?

— Es dreht sich nicht alles um T, Nina. Ich hab auch ein eigenes Leben.

— Natürlich. Alles dreht sich um Marcus Garvey.

— Was glaubst du, wohin dein Leben dich führt? All ihr Schwarzen, ihr rennt rum wie kopflose Hühner und wisst nicht mal, warum ihr so orientierungslos seid. Kennst du *Seele auf Eis?* Jede Wette, dass du nie *Soledad Brother* gelesen hast. *Afrika: Die Geschichte einer Unterentwicklung?*

— Du warst immer die Leseratte von uns beiden.

— Nun, Bücher sind für die Weisheit. Aber auch für die Dummheit.

— Das Problem mit einem Buch ist, dass man nie weiß, was es mit einem vorhat, bis man schon zu weit drinsteckt. Ich muss jetzt wirklich duschen.

— Und warum? Du musst doch nirgendwo sein.

Und warum fickst du nicht selbst, Miss, ich konnte nicht für Che Guevara vögeln und gebären, also nehm ich jede Revolution, die ich mit meiner Vagina reiten kann? Die Worte liegen mir auf der Zungenspitze wie eine kleine Zuckerpille. Ich sage mir, dass ich nachsichtig mit Kimmy bin, weil sie es nicht aushalten könnte, wenn ich auch nur einmal so mit ihr reden würde wie sie mit mir. Ich hasse solche Menschen, Menschen, die man beschützen muss, während sie einem ständig weiter wehtun. Tief drinnen ist sie immer noch das kleine Mädchen, das in erster Linie von jedem gemocht werden will. Das Einzige, was sie noch mehr will, ist die Zeit zurückzudrehen und arm und bedürftig geboren zu werden, damit sie das Recht hat, jeden zu hassen, der in Norbrook wohnt. Aber eines Tages wird sie mich entweder zu weit oder nicht weit genug treiben. Ich sage mir immer wieder, dass ich keine Zeit für sie habe, aber ich habe sie trotzdem zu einer dieser Rasta-Versammlungen der Twelve Tribes begleitet, ich weiß nicht mehr wann, vielleicht in derselben Woche, in der wir zu der Party im Haus des Sängers gegangen sind.

Auf der Hinfahrt hat sie die ganze Zeit laut geredet, gegen den Motor eines Volkswagen angebrüllt, was ich zu tun und zu lassen hätte und dass ich sie bloß nicht mit irgendwelchem Babylon-Scheiß in Verlegenheit bringen soll. Wenn ich erst mal dort wäre, schrie sie, würde ich von den positiven Vibrations aufgesogen werden und mein Leben dem Kampf für die schwarze Befreiung widmen, dem Kampf für Afrika und dem Kampf für seine kaiserliche Majestät. Oder vielleicht würde ich auch schon zu tief in der Sünde stecken, um mich etwas

Positivem hinzugeben, denn Rastafari muss mit einem Feuer beginnen, einem Feuer tief in dir drin, das du nicht mit einem Glas Wasser ersticken kannst, und du kannst nicht warten, bis es aus deinen Poren dringt wie Schweiß, du musst deinen Verstand öffnen und es wüten lassen.

— Meinst du Sodbrennen, sage ich, der letzte Witz an dem Abend.

Sie bedachte mich mit diesem Ich-hätte-ein-wenig-mehr-von-dir-erwartet-Blick, den sie entweder von Mummy geerbt oder sich bei ihr abgeguckt hat.

— Gut, dass du wenigstens angezogen bist wie eine rechtschaffene Frau, sagte sie zu dem langweiligsten Outfit, das ich finden konnte, ein langer violetter Rock, dessen Saum beim Gehen meine Knöchel streift, und eine weiße, in den Rock gesteckte Bluse. Slipper, weil ich mir nicht vorstellen kann, dass Rastafaris Frauen mit hohen Absätzen dulden. Ich weiß gar nicht, warum ich eingewilligt hatte mitzukommen, soweit ich mich erinnere, hatte ich das gar nicht, aber Kimmy führte sich auf, als müsste sie eine Quote erfüllen, wie diese Sektenjünglinge auf dem Unicampus, die sich ins Zeug legen, als würden sie ausgepeitscht, wenn sie nicht eine bestimmte Anzahl von Konvertiten pro Tag anschleppen. Sobald wir zu der Versammlung kommen, in einem Haus in der Hope Road, das aussieht, als wären früher davor die Sklaven ausgepeitscht worden, zwei Etagen, alles aus Holz, samt Terrassentür und Veranda, wird Kimmy still.

Die ganze Fahrt über konnte sie nicht aufhören zu plappern, doch sobald wir dort waren, verwandelte sie sich in eine Nonne, die ein Schweigegelübde abgelegt hat. Ras Trent war schon da und redete mit einer Frau, Verzeihung, einer Dawta, das heißt, eigentlich lächelte er mehr, als dass er redete, strich über seinen Bart, wiegte den Kopf hin und her, während das Mädchen, weiß, aber mit Rasta-Mütze, die Hände rang und aussah, als würde sie ihm in ihrer aufdringlich amerikanischen Art versichern, dass sie SOO glücklich ist, hier zu sein. Und ich? Ich bin SOO glücklich, Kimmy zu beobachten, während sie versucht, das Ganze zu begreifen, und dann anfängt zu zappeln und von einem Bein aufs andere tritt, als wüsste sie nicht, ob sie sich dazustellen, gehen oder warten soll, bis er sie bemerkt. Dabei sagt sie die ganze Zeit kein Wort. Alle Frauen schweigen, mit Ausnahme der Weißen, die mit Trent redet. Ohne das Rot, Grün und Gold und die vielen Jeansröcke könnte man meinen, ich wäre von muslimischen Frauen umringt.

Hinten in der Ecke stehen drei Frauen im Schein des Feuers, das sie geschürt haben, um eine Ital-Speise zu kochen oder was weiß ich. Ich stehe steif rum wie ein Leuchtturm, nur mein Kopf schwenkt von links nach rechts. Unwillkürlich halte ich Ausschau nach Jungen und vor allem Mädchen aus meiner Highschool, die zum wahren Licht des Rasta gefunden haben, aber eigentlich nur hier sind, um ihren Uptown-Eltern Kummer zu machen. Wie viel Sex will man mit einem Mann haben, der kein Deo benutzt, oder einer Frau, die sich die Beine und Achselhöhlen nicht rasiert? Vielleicht muss man als echter Rasta auf männlichen Moschus und weiblichen Fisch stehen. Es sind viele Frauen anwesend, und alle sind emsig beschäftigt. Erst nach einer Weile fällt mir auf, dass alle den Männern ständig irgendwas bringen, Essen, einen Hocker, Wasser, Streichhölzer für ihr Gras, noch mehr Essen, Säfte aus großen Kühlboxen. Hingabe, Kampf und Befreiung am Arsch, wenn ich in einem viktorianischen Roman leben wollte, würde ich mir wenigstens Männer mit einem vernünftigen Haarschnitt wünschen.

Neben mir zappelte Kimmy immer noch nervös, aber schweigend herum, eine vollkommen andere Frau als die, die die ganze Fahrt über geredet hatte, als wäre sie was Besseres als ich. Ungefähr so wie in dem Telefonat, das wir gerade führen, aber ich habe nichts von dem mitgekriegt, was sie in den letzten sieben Minuten gesagt hat. Das weiß ich, weil ich auf die Uhr über meiner Tür geguckt habe.

— Emotionale Energie in konstruktive Rasseninteressen umlenken. Massenhaft freiwillige Arbeit. Durch Bildung in den Bereichen Wissenschaft und Wirtschaft und durch Persönlichkeitsentwicklung mit Betonung auf der Erziehung der Massen und, und, hörst du mir überhaupt zu?

— Hä? Was? Tut mir leid, ich hab gerade versucht, eine Fliege zu erschlagen.

— Eine Fliege? Was für Getier krabbelt denn in deinem Bett rum?

— Ich bin nicht im Bett, Kimmy. Darf ich dich überhaupt noch so nennen? Ich hätte gedacht, Ras Trent hätte dir mittlerweile einen anderen Namen gegeben als deinen Sklavennamen.

— Er, er nennt mich Mariama. Aber das ist nur zwischen ihm und mir und jedem, der frei ist.

— Aha.

— Aber nicht zwischen uns, solange du dich nicht für die Freiheit entscheidest, Sistren.

— Und jetzt wo du frei bist, gehst du zurück nach Afrika?

— Typisch. Genau das hat T gesagt. Zurück nach Afrika ist nicht mal der Hauptaspekt von Garveys Philosophie.

Kimmy würde niemals ein Wort wie Hauptaspekt verwenden. Ras Trent bei Licht betrachtet auch nicht. Er weiß wahrscheinlich nicht mal, wie man das schreibt. Schon erstaunlich, dass sie jedes Mal die Zicke in mir zum Vorschein bringt, doch die Gehässigkeit sickert immer bloß durch meine Poren oder steigt bis zu meiner Zungenspitze, aber nie weiter. Je länger Kimmy um ein Thema herumschleicht, desto mehr muss es sie wirklich pieken.

— Gibt es außer der Historie noch einen weiteren Grund, warum du anrufst, Kimmy?

— Was redest du, ich sag dir, die Revolution muss zu Hause anfangen.

— Nicht im Bett?

— Das ist dasselbe.

Ich will ihr sagen, dass ich es leid bin, der einzige Mensch zu sein, dem sie glaubt, Vorträge halten zu können. Ich bin es echt leid. Und dann sagt sie,

— Du bist eine dreckige kleine Heuchlerin.

Endlich.

— Wie bitte?

— Hast du ihn gefickt?

— Wovon redest du?

— Glaubst du, dich hätte niemand gesehen? Vor seinem Haus rumzuhängen wie ein Groupie?

— Ich weiß immer noch nicht, wovon du redest.

— Shelly Moo-Young hat gesagt, sie ist sich sicher, dass sie an einer Frau vorbeigefahren ist, die ausgesehen hat wie du und vor seinem Tor stand, als Shelly gestern Nachmittag ihre Kinder abgeholt hat.

— Ein braunes Mädchen uptown. Klar, das kann nur ich gewesen sein.

— Als sie auf dem Rückweg mit den Kindern wieder vorbeigekommen ist, hat sie dich noch mal gesehen.

— Hast du mit deiner Mutter gesprochen?

— Ich weiß, dass du ihn gefickt hast.

— Wen?

— Ihn.

— Das geht dich gar ni...

— Dann ist es also wahr. Und jetzt lungerst du rum und wartest auf ihn wie eine Prostituierte.

— Kimmy, hast du nichts anderes zu tun? Wie zum Beispiel deiner Mutter zu erklären, dass es das Shitstem war, das ihren Mann verprügelt und sie vergewaltigt hat?

— Niemand hat Mummy vergewaltigt.

— Hat Ras Trent dir das erzählt? Oder hat er dir erzählt, dass es Babylon war, das sie vergewaltigt hat? Sag mir, was er dir erklärt hat, denn du hast todsicher keine eigene beschissene Meinung.

— W-was? Was? Was? Niemand hat Mummy vergewaltigt. Niemand hat ...

— Da Ras Trent dich bestimmt bloß auf die Matratze drückt und sich nimmt, was er will, kannst du das verdammt noch mal gar nicht wissen, oder?

— Er, er hat dich nur ausprobiert, weißt du.

— Mich ausprobiert.

— Er hat dich ausprobiert, weil er mich nicht vergessen kann.

— Oh Kimmy, die meisten Menschen vergessen dich nur wenige Minuten, nachdem sie dich kennengelernt haben.

— Wirklich schade, dass Mummy und Daddy nicht wissen, was für eine beschissene Zicke du bist.

—Nein, aber wahrscheinlich wissen sie, dass du deine Pussy nicht mehr wäschst, weil du Rasta geworden bist. Ich muss arbeiten.

—Du hast keine verdammte Arbeit.

—Aber du, also warum gehst du nicht dorthin? Ras Trents eingeschissener Hintern muss bestimmt dringend abgewischt werden.

—Du bist eine böse Hexe, eine böse Hexe.

Normalerweise lass ich mich von ihr beschimpfen, bis ihr die Puste ausgeht, aber diesmal bin ich zu weit gegangen. Ich halte die Klappe, weil ich nicht noch weiter gehen will. Sie sieht nicht, wie ich die Lippen aufeinanderpresse.

—Und, und, und dich hat er nur gefickt, weil er wissen wollte, ob es bei uns in der Familie liegt, gute Liebe zu machen.

—Dann hat er es wohl als Nächstes auf Mummy abgesehen?

—T hat mir erklärt, wie du bist.

—T erklärt dir alles. Du hast seit zwei Jahren keinen einzigen eigenständigen Gedanken mehr gehabt. Hörst du dir eigentlich manchmal zu? Rufst mich wegen dem blöden Marcus Garvey an, als wärst du eine verdammte Geschichtslehrerin. Ras Trent lässt dich antanzen wie eine dumme Vierjährige und erzählt dir ein bisschen was über Geschichte, und du denkst, hmm, wem kann ich Vorträge halten, damit ich mich wichtiger fühle, und wie üblich rufst du mich an. Aber deine kleine Geschichtsstunde ist mir egal, Garvey ist mir egal und dein beschissener Rasta-Freund, der wahrscheinlich Pussys leckt, wenn er nach New York fliegt, ist mir auch egal. Und noch was, wenn du denkst, dass das Arschloch dir jemals helfen wird, ein Visum zu bekommen, damit du rausfinden kannst, was er wirklich in New York treibt, dann bist du sogar noch dümmer als das Ganja-University-T-Shirt, das du immer anhast.

Ich will nicht aufhören. Ich habe zu tun, doch ich rede weiter. Meine Eltern hocken da wie die Tontauben und warten darauf, noch einmal überfallen zu werden, von denselben Schweinen, die wahrscheinlich zurückkommen, um mitzunehmen, was beim letzten Mal nicht auf ihre Fahrräder gepasst hat. Ich bin so in Fahrt, dass es mir gleichgültig ist, ob ich Brücken abbreche, die ich noch gar nicht

Ambush in the Night

überschritten habe, selbst wenn es um meine beschissene Schwester geht. Ich will zurück zur Hope Road und vor dem Tor stehen und schreien und schreien und schreien, bis er entweder aufmacht oder die Polizei ruft. Und wenn er die Polizei ruft, verbringe ich die Nacht eben im Gefängnis und schreie weiter, wenn ich wieder rauskomme. Er wird mir verdammt noch mal helfen, denn wenn ich mir selbst helfen könnte, wären mir er und sein »Midnight Ravers« scheißegal. Und er wird mir Geld geben, genug Geld, damit ich zu schreien aufhöre, genug Geld, um die US-amerikanische Botschaft durch die Hintertür zu betreten und mit drei Visa wieder herauszukommen, weil Kimmy sowieso keins haben will, und außerdem kann sie mich mal. Sie kann mich mal. Sie kann mich mal. In meinem Mund stauen sich mindestens zehn weitere Jahre, und ich lasse sie endlich heraus und in ihren bombopussy r'asscloth Ohren explodieren. Aber sie hat schon aufgelegt.

Josey Wales

Ich hab eine Verabredung mit Doctor Love. Der Tag hat gerade erst angefangen, als das Telefon im Wohnzimmer klingelt. Ich bin schon auf, schleiche durch das Haus wie ein ruheloser Morgenduppy. Bevor er Hallo sagt, sag ich, du hast wirklich einen beschissenen Sinn fürs Timing, Doctor Love. Er will wissen, woher ich wusste, dass er das ist. Ich sag ihm, außer ihm riskiert keiner eine Kugel in den Kopf und stört mich vorm Morgentee. Er lacht, sagt, wir sehen uns am selben Ort wie immer, und legt auf. Weeper auf dem Sofa schnarcht weiter, obwohl die Klingel am Telefon lautgestellt war.

Peter Nasser hatte mich ihm an dem Tag vorgestellt, als er auch den Amerikaner, Louis Johnson, dabeihatte, und dann machten beide Männer den Fehler zu glauben, sie könnten die Kommunikation zwischen mir und diesem Kubaner kontrollieren. Aber ein Pastor hat mir mal gesagt, ein Mensch mag einen Menschen einmal nicht erkennen, aber ein Geist erkennt immer einen andern Geist. Damit wollte er erklären, wie sich die Schwuchteln gegenseitig finden. Der Scheiß könnte mir zwar nicht egaler sein, aber was er gesagt hat, ist für immer bei mir hängen geblieben, und es hilft mir, ein Urteil zu bilden. Ja, du kannst mir alles Mögliche erzählen, ich kenne die Macht der Wörter, aber wird der Geist den Geist erkennen? Und so haben ich und Doctor Love bei unserem ersten Treffen das meiste, was wir zueinander gesagt haben, ohne Worte gesagt.

Auf einem seiner seltenen Gettobesuche am helllichten Tag fuhr Peter Nasser eines Tages im November 1975 in seinem Volvo vor und sagte, er hätte ein frühes Weihnachtsgeschenk dabei. Ich guck ihn an und

Ambush in the Night

denke, was für ein geballtes Stück Hundescheiße dieser gedrungene Syrer doch ist, und ich guck den Kubaner an, um den auch abzuhaken, aber dann seh ich, dass der mit den Augen rollt und ganz was Ähnliches denken muss. Peter Nasser hält nie die Klappe, nicht mal, wenn er am Ficken ist, deshalb fällt es mir auf, wenn ein Mann nichts sagt.

Weil er aus Kuba war, hab ich zuerst gedacht, er könnte nicht genug Englisch, bis ich merke, dass er nur spricht, wenn er muss. Groß gewachsener Mann, dünn, mit einem Bart, den er sich zu oft kratzt, und lockigem schwarzem Haar, das zu lang ist für einen Doktor. Er sieht eher aus wie Che Guevara, aber der war ja auch ein Doktor. Bis auf den kleinen Unterschied, dass Doctor Love versucht hat, Che umzubringen, mindestens vier Mal. *Dieser kleine* maricón, *dieser kleine* putito *ist nicht mal Kubaner*, sagt er, als ich darauf hinweise, dass sie beide früher mal Ärzte waren und das dann aufgegeben und eine Waffe in die Hand genommen haben. Irgendwie hat mich der Typ auch interessiert, ich wollte einfach mal ein oder zwei Dinge von ihm erfahren. Wie bist du dazu gekommen, Leben zu nehmen statt zu retten? Doctor Love sagt, auch Ärzte nehmen Leben, *hombre*. Jeden beschissenen Tag. Am Tag, an dem Peter Nasser ihn hergebracht hat, sagt er mir, dieser Mann wird dich auf einen ganz neuen Level bringen.

Und so ist das gelaufen: Louis Johnson hat versucht, mir die außenpolitische Lage in diesem lang gezogenen Tonfall beizubringen, wie Weiße eben reden, wenn sie denken, du bist zu doof, um was zu verstehen. Louis Johnson kennt Doctor Love, weil sie beide zusammen in der Schweinebucht dabei waren, Kennedys erbärmlicher kleiner Versuch, Kuba zurückzuerobern, was ja ordentlich nach hinten losgegangen ist. Die Schweinebucht ist für Doktor Love, was 1966 für mich ist. Ich guck ihn an, und ich weiß es. Peter Nasser und Louis Johnson sind dann abgeschwirrt, weil Louis Johnson ihm versprochen hat, Bullenpenissuppe zu probieren, von der Nasser behauptet, danach würde er seine Frau wie ein Sechzehnjähriger ficken. Der Kubaner ist noch dageblieben. Luis, sagte der,

— Luis Hernán Rodrigo de las Casas, aber jeder nennt mich Doctor Love.

—Warum?

—Weil die Gegenrevolution kein kriegerischer Akt, sondern ein Akt der Liebe ist, *hermano*. Ich bin hier, um dir was beizubringen.

—Ich hab schon genug von Johnson gelernt. Und warum, Scheiße noch mal, denkt ihr immer, dass die Schwarzen so dumm sind, dass ihr ihnen was beibringen müsst?

—Whoa, *muchacho*, ich hab's nicht böse gemeint, ich wollte niemanden beleidigen. Aber du hast mich auch beleidigt.

—Ich? Dich beleidigt? Ich kenn dich nicht mal.

—Und schon wirfst du mich mit dem *americano* in einen Topf. Ich kann's dir am Gesicht ansehen.

—Aber mit zwei verschiedenen Bussen seid ihr auch nicht hergekommen, oder?

—*Hermano,* wegen ihm und Männern wie ihm haben wir es in der Schweinebucht vermasselt, wegen ihm und allen anderen blöden Yankees, die da ihre Finger mit drin hatten. Schmeiß mich nicht auf ihn zusammen.

—Mit ihm.

—Genau.

—Okay, und wofür bist du dann berühmt?

—Schon mal von Carlos dem Schakal gehört?

—Nein.

—Komisch, er aber von dir. Er hält sich seit einiger Zeit hier draußen versteckt, seit diesem beschissenen, wie sagt man ... Fiasko mit der OPEC. Er fickt sogar ein paar von euren Frauen, da bin ich mir sicher. Ich habe ihm ein paar Dinge beigebracht, denn ehrlich gesagt ist er ein lausiger Terrorist. Noch so ein katholischer Schuljunge, der Revolutionär spielen will. Ich sag dir, das Ganze macht mich krank.

—Bist du 'n richtiger Arzt?

—Bist du krank, *hombre*?

—Nein. Du klingst nicht wie ein Kubaner.

—Ich bin in Oslo zur Schule gegangen, *muchacho*.

—Siehst du hier irgendwo 'nen Jungen?

—Ha. Mein Fehler. *Pero todo es un error en este país de mierda.*

— Nicht halb so 'n großer Fehler wie das dämliche Land, aus dem du kommst.

— *Por diós, ¿hablas español?*

Ich nicke.

— Willst was hören? Tu so, als wenn du taub wärst, verstehst du das, stell dich einfach taub.

— *Louis, ¿por qué me has sacado de mi propio jodido país para hablar mierda con ese hijo de puta?*

— *Luis, Luis, nada más enséñale al negrito de mierda alguna bobería como una carta bomba. O préstale el libro de cocina del anarquista, qué sé yo. Él y sus muchachos son unos comemierdas, pero son útiles. Por lo menos por ahora.* Er sagt, er mag dich, Josey.

— Ich weiß nicht. Sonderlich freundlich klingt er nicht.

Doctor Love lacht. Er sieht mich an und lächelt. Immer gut zu wissen, wer deine Freunde sind, nicht wahr?, sagt er. Wie dem auch sei, du wolltest doch wissen, wofür ich berühmt bin, oder? Komm morgen nach Kingston Harbour, und ich zeig's dir, mein Freund.

— Ich hab genug Tricks von der CIA gelernt.

— Aber die CIA hat mich nicht geschickt, *amigo.* Ich komme mit Grüßen aus Medellín.

Das war direkt vor der Weihnachtszeit, nachdem die Jungs von der PNP ganz Kingston ein Jahr lang die Hölle heiß gemacht hatten. Am nächsten Tag hab ich ihn im Kingstoner Hafen getroffen, downtown, draußen beim Dock. Es war ein friedlicher Morgen, nicht allzu viele Leute zu sehen, allerdings waren die Straßenränder zu beiden Seiten zugeparkt. Das mussten die Autos von den Frühschichtarbeitern sein, denn ich kann mir nicht vorstellen, dass hier jemand sein Auto über Nacht stehen lässt – obwohl das komischerweise der sicherste Parkplatz in ganz Kingston ist. Und was noch komischer ist: Ein paar Leute leben auch weiterhin hier unten, und das gar nicht schlecht. Ich hab eine Zeit lang gewartet und schon gedacht, er will mich verarschen. Schlimm genug, dass ich downtown bin, ohne Rückendeckung, auf Territorium, wo sich noch immer die Buntin-Banton-Bande rumtreibt. Unten am Hafen sehen fast alle Gebäude aus wie in einer

Fernsehserie, die in New York spielt. Die Bank of Jamaica, die Bank of Nova Scotia, zwei Hotels, die wohl gedacht haben, dass es noch mal ein ganz anderes Kingston geben würde, bevor Manley mit seinem Sozialismus-Kommunismus-Schwachsinn übernommen hat. Wie dem auch sei, ich hab ihn nicht gesehen, weil er sich von hinten angeschlichen hat. Er tippt mir auf die Schulter, legt dann zum Zeichen, dass ich leise sein soll, den Finger auf die Lippen, lächelt dabei aber die ganze Zeit.

Er legt seinen Rucksack ab und läuft bis fast ans Ende der Straße runter. Er geht von einem Auto zum anderen, bleibt bei einigen stehen, bei anderen runzelt er die Stirn. Vor ein paar Autos geht er sogar in die Hocke, aber ich kann nicht erkennen, ob er den Reifen überprüft oder den Kotflügel oder was zum Teufel auch immer. Ich frag mich, warum ich überhaupt hier herausgekommen bin. Er huscht von einem roten Volkswagen zu einem weißen Cortina, zu einem weißen Escort und einem schwarzen Camaro. Er geht immer wieder in die Hocke, aber hinter den Autos. Keine Ahnung, was er da macht. Wenn er denkt, dass ich früh aufgestanden und in feindliches Gebiet gekommen bin, um irgendeinem Kubaner, der in Norwegen zur Schule gegangen ist, dabei zuzusehen, wie er Autos klaut oder Reifen aufschlitzt, dann kriegt er's gleich mit einem fuchsteufelswilden Jamaikaner zu tun. Er springt hinter dem letzten Auto auf und kommt zu mir rübergelaufen wie ein Schulmädchen. Er hat sein Haar zu einem Pferdeschwanz zurückgebunden, eine Sonnenbrille auf und ein »Welcome Back, Kotter«-T-Shirt an.

— *Amigo,* ich hab ein Wort für dich.

— Was? Was für ein Wort? Was zum Teufel redest ...

— Deckung.

— Was?

— Du sollst in Deckung gehen, sagt er und drückt mich runter.

Das Dach des roten Volkswagens fliegt steil nach oben in den Himmel, das übrige Auto explodiert nach allen Seiten. Die Straße wackelt wie bei einem Erdbeben. Wellen im Asphalt wie das Meer bei beschissenem Wind – dann explodiert der Cortina. Der Escort wird mit zwei Donnerschlägen direkt in den Himmel gejagt, und kracht auf das

Ambush in the Night

zurück, was von dem Cortina noch übrig ist. Der Camaro bleibt stehen, nur die Front wird abgerissen. Dabei schießt ein Rad in die Luft wie eine fliegende Untertasse.

Doctor Love lacht bei jeder Explosion, johlt und kreischt bei jedem Bumm wie ein kleiner Junge. Keine Ahnung, ob es irgendjemanden erwischt hat, ich glaube nicht. Überall zerfetzt es die Glasscheiben und Leute schreien. Und ich lieg die ganze Zeit flach auf der Straße, mit diesem lachenden Kubaner auf mir drauf.

— Und, beeindruckt, *amigo*?

— Wenn mich hier irgendjemand sieht, dann denkt der, ich stecke dahinter, du Spaßvogel.

— Sollen sie doch. Willst du Medellín beeindrucken, oder nicht? Bist du Johannes der Täufer? Dann sag's mir, damit ich losgehen und Jesus suchen kann.

Luis Hernán Rodrigo de las Casas. Doctor Love. Vor zwei Monaten hebt vom Sewell Airport auf Barbados ein Cubana-Flieger Richtung Jamaika ab. Zwölf Minuten und achtzehntausend Fuß später explodieren zwei Bomben. Bei diesem Flugzeugabsturz sterben sämtliche Passagiere inklusive der kompletten kubanischen Fechtmannschaft und fünf Personen aus Nordkorea. Doctor Love hat viel von der CIA gelernt, seit er bei der Koordination der Vereinigten Revolutionären Organisationen eingestiegen ist. Wieder so eine von diesen Gruppen, die sich scheinbar im Monatstakt bilden, um Castro loszuwerden. Eins muss man dem Doctor lassen: Er war der Erste, der nicht erstaunt war, als er merkte, dass ich über all diesen Scheiß schon Bescheid wusste. Louis Johnson glaubt immer noch nicht so ganz, dass ich lesen kann, vielleicht hält er mir deshalb weiter seine Einkaufszettel verkehrt herum vor die Nase und behauptet, es wären Geheimakten. Wie dem auch sei, Doctor Love hat 'ne Menge guter Dinge auf der School of the Americas gelernt, zum Beispiel, Sachen in die Luft zu jagen. Und dann hat er sie andern beigebracht. Er sagt, er war noch nicht mal auf Barbados, als die Cubana-Maschine explodiert ist, sondern hier. Und jetzt ist er wieder zurück, wahrscheinlich, weil jemand in Kolumbien einen braucht, der die Augen auf Jamaika offen hält.

Ich lasse Weeper da in seiner roten Unterhose auf der Couch schlafen. Er liegt jetzt auf dem Rücken, seine Hand hat er natürlich auf den Eiern. Ich will seine Brille nehmen und aufsetzen, die Welt vielleicht so sehen, wie er sie sieht, aber irgendwas hält mich davon ab und nein, ich werde nicht mal denken, dass es Angst war. Ich heb seine Hose auf, weil meine Frau solche Unordnung auf dem Fußboden überhaupt nicht duldet, und spüre etwas Dickes in der hinteren Tasche. Ein Buch ohne Einband. Ich frag mich, ob Weeper den hergenommen hat, um darauf dem Mann im Gefängnis einen Brief zu schreiben. Ich blättere ein paar Seiten um, und da steht der Titel: Bertrand Russell, *Probleme der Philosophie*. Ich frage Doctor Love, ob er jemals Bertrand Russell gelesen hat. Ja, sagt er, aber nach Heidegger ist Russell bloß ein Weichei mit Nobelpreis. Ich hab keine Ahnung, was zum Teufel er da redet, aber ich kann's kaum erwarten, das Weeper unter die Nase zu reiben. Jedenfalls schläft er tief und fest, als ich aus dem Haus gehe, und das ist auch gut so, denn ich will nicht, dass er mir folgt.

Wenn es um die Wahrheit über dich selber geht, dann wird dir klar, dass der einzige Mensch, der damit umgehen kann, du selber bist. Manche Männer können noch nicht mal das. Das ist der Grund, warum Bellevue immer voll ist. Manche Männer können nicht damit umgehen, mit diesem Wissen, wozu sie fähig sind. Ich dachte, ich könnte das, bis ich bei Doctor Love in die Lehre gegangen bin, nicht mal 'n Jahr ist das her. Orange Street, der Hof der Mietskaserne war voll mit PNP-Wichsern.

—Wolltest du dickere ..., wie sagt man das, Haie beeindrucken?

—Dickere Fische.

—Ja, genau. Dickere Fische als Peter Nasser?

—Du meinst den Chef, ich habe schon ...

—Dicker als der. Dicker als dieses Land, *chico*. Wir haben es schon mit den Puerto Ricanern und mit denen von den Bahamas versucht, aber das sind nur dumme Arschlöcher.

—Ich weiß nicht, wovon du redest, Luis.

—Doch, das weißt du genau. Aber sagen wir, es ist so, wie du sagst, und du weißt es wirklich nicht. Diese Geschenke, von denen du angeblich nichts weißt und die Amerika so gerne hätte, diese Geschenke aus Bogotá brauchen einen neuen, wie sagt man? Weihnachtsmann. Weil der Santa in Puerto Rico verdammt noch mal zu fett geworden ist, und die von den Bahamas zu dämlich. Außerdem haben unsere Bemühungen, Kuba von diesem impotenten katholischen Schuljungen, diesem *hijo de puta* zu befreien, die besten Erfolgsaussichten, wenn sie von hier ausgehen. Jamaika und Kuba sind doch bewährte Partner, oder?

Peter Nasser denkt, die CIA hat Doctor Love geschickt, damit der mir beibringt, wie ich ihm noch nützlicher sein kann. Peter Nasser weiß nicht, dass es ein Unterschied ist, ob man seine Frau gut fickt oder ob es einem egal ist, wenn man sie schlecht fickt. Scheint so, als wüsste die CIA zu viel, aber vielleicht ist es ihr auch einfach egal. Wem es egal ist, was der Feind seines Feindes tut, solange er der Feind seines Feindes bleibt, der gefällt mir. Doctor Love kommt mit einem CIA-Flugticket, aber auf Befehl von Medellín nach Jamaika. In jener Nacht zeigt er mir bei den Mietskasernen an der Orange Street, was man mit C4 alles anstellen kann.

— *Hola, mi amigo.*

— Josef! Lange her, mein Freund!

Sagt er, obwohl ich ihn erst vor zwei Monaten gesehen hab. Die Fahrt nach Half Moon Bay dauert nicht lange, aber man muss schon richtig hingucken, um sie zu finden. Ein altes Dock, das zuerst von den Spaniern genutzt wurde, dann in den Tagen der Sklaverei von den Briten, einmal sogar von den Piraten. Eine von diesen Ecken, wo Sachen hereinkommen können und verschifft werden, ohne dass es jemanden kümmert. Ich kann ihn von der Klippe aus sehen. Bis ich unten am Ufer angekommen bin, ist Doctor Love mir schon entgegengelaufen und küsst mich auf die Wangen. Das machen diese Latino-Männer eben so, und mir soll's recht sein. Wenn noch jemand anders dabei wäre, wär das 'ne andere Geschichte. Louis Johnson bekommt es nicht auf die Reihe, seinen grünen Ford Cortina im Gebüsch außer Sicht zu bringen. Oder wenigstens außer Hörweite. Weil er's nicht mal schafft, den Motor abzustellen. Zum Glück bleibt er im

Auto. Ich frag mich, ob Doctor Love zu viel gesagt hat. Wir haben's hier mit einem *hermano* zu tun, der verdammt gerne quasselt.

— *Mi amigo,* die Situation ist haariger als die Pussy von 'ner fetten Frau, sagt er.

— Harte Nummer in Barbados.

— *Madre de Dios.* Rein technisch gesehen, waren das schon internationale Gewässer. Der Befreiungskampf geht nicht ohne Opfer ab, *chico.*

— War das, um Medellín zu beeindrucken?

— Na, eine Bombe, um Medellín zu beeindrucken, und eine zweite, um mich selbst zu beeindrucken. Aber was weiß ich, ich war zu der Zeit in Venezuela, ha.

— Zauberei.

— Du musst dasselbe tun, *hermano.*

— Ich soll ein Flugzeug in die Luft jagen?

— Wie gesagt, ich weiß rein gar nichts darüber, wie man Flugzeuge in die Luft jagt.

— Was muss ich denn tun?

— Du musst es so arrangieren, dass sie dich kontaktieren und nicht umgekehrt. Bring mich jetzt nicht ins Zweifeln, Josef.

— Nach heute Nacht zweifelt niemand an mir.

— Beeindruck sie, *hermano.*

— Brethren, ich werde die Welt beeindrucken. Wie lange bleibst du?

— Solange die Bedrohung durch den Kommunismus real und akut ist.

— Der Mann sagt, er wär ein demokratischer Sozialist.

— Der Sozialismus ist die Theorie, der Kommunismus die Praxis. Du brauchst ein bisschen Feuerwerk, *hermano.* Diese Jungs beobachten dich.

— Soll ich vielleicht die ganze Hope Road mit ...

— Will ich gar nicht wissen. Aber ich habe ein paar Geschenke im Wagen, *hermano,* drei oder vier Ladungen C4. Ich hab dir ja gezeigt, wie's geht.

— Keine bombocloth Bomben, Luis. Wie oft muss ich dir das noch sagen?

— Ist nur ein Vorschlag, Josef.

— Weiß er, dass er Bomben im Auto hat?

— Der Idiot weiß doch nicht mal, ob er durch 'n Schwanz scheißen oder aus dem Arsch pissen soll.

— Egal, Mann gegen Mann ist mir lieber. Das Pussyhole soll sehen, wer kommt, um ihn zu richten.

— Hat mir noch nie gefallen, so nahe rangehen zu müssen. Ich mach das lieber aus der Entfernung. Aber tu, was du tun musst, mein Bruder. Ich ruf dich morgen an. Wir werden Mojitos trinken und auf das Bild von diesem impotenten katholischen Schuljungen spucken.

— Ruf mich übermorgen an. Morgen hab ich zu viel zu tun.

Barry Diflorio

Ich hatte ja keine Ahnung, dass der beschissene Kubaner auf Jamaika war. Und das nach der Scheiße, die er zwei Monate zuvor auf Barbados abgezogen hat. Ich muss sagen, der Mistkerl hat echt Nerven. Jede Wette, dass das Louis Johnsons Idee war. Seit er aus Chile wegging, um in Ecuador für mich zu arbeiten, vergisst er bei Gelegenheit gerne mal, dass ich sein Vorgesetzter bin.

Es dauerte nur ungefähr zwanzig Minuten von dem Haus des Sängers zu dem Friseur in Mona, aber dank meiner Frau kam es mir vor wie zwei Stunden. Jetzt bin ich in meinem Büro in der Botschaft und warte auf das, was am 3. Dezember 1976 passieren soll. Heute haben wir dem Sänger das Visum entzogen, weil er verdächtigt wird, Drogen in die Vereinigten Staaten geschmuggelt zu haben. Das sollte nicht schwer zu beweisen sein, man muss ja nur mal in seine Hosentasche greifen. Es wird erwartet, dass wir eine große öffentliche Sache daraus machen, ein Zeichen setzen, dass wir als Freunde Jamaikas nicht tatenlos zusehen, wie unser Verbündeter der Gesetzlosigkeit anheimfällt. Ich habe die Presseerklärung bereits verfasst und von einem Vorgesetzten abzeichnen lassen. Wir haben außerdem Beweise dafür, dass er mit bekannten Drogenschmugglern in Miami und New York in Verbindung steht und sich in Jamaika und im Ausland mit Männern von zweifelhaftem Charakter eingelassen hat, darunter mindestens zwei hiesige Terroristen. Das alles wurde längst dokumentiert. Einer dieser Terroristen, der sich Shotta Sherrif nennt, wurde zweimal wegen Mordes angeklagt und ist mit der jetzigen Regierung eng verbandelt.

Die Dokumente sind vorbereitet, die Arrangements getroffen, zum allergrößten Teil von mir selbst, vor allem nachdem dieser doppelzüngige Mistkerl Bill Adler angefangen hat zu plaudern. Ehrlich, der Mann hat Nerven. Es ist ja eine Sache, wenn man sich von allem distanziert, was man jemals getan hat – das kann ich nachvollziehen, er ist halt bloß eine von diesen Heulsusen, die sich einer Sache verschrieben haben, für die ihnen der Mumm fehlt. Aber er soll bloß nicht so tun, als wäre die Hälfte von dem Zeug, über das er schreibt, nicht auf seinem eigenen Mist gewachsen. Jedenfalls stelle ich mich nicht so blöd an wie er, wenn es ums Verwanzen geht. Keine Ahnung, welches Land ihn noch aufnimmt, aber wahrscheinlich macht er dort gerade Witze über damals in Ecuador, als er von den Zimmermädchen des Villa Hilda Hotels dabei ertappt wurde, wie er gerade Manuel Araujos Esstisch verwanzen wollte. Oder darüber, wie er versuchte, die indischen Wachmänner vor der tschechoslowakischen Botschaft davon zu überzeugen, dass sogar in Lateinamerika ein Reparaturtrupp durchaus schon um fünf Uhr morgens im Einsatz ist.

Wie auch immer, weil wir wegen ihm zehn Leute sofort außer Landes bringen mussten, brauchten wir sieben neue, und zwar pronto. Wir hatten nicht mal genug Zeit, die Personalien vorher zu klären, denn in diesem Fall hätte ich niemals Louis Johnson abgenickt, zumal wir ihn und den Kubaner im Doppelpack nehmen mussten. Auf dieser Insel treiben sich sowieso schon viel zu viele Kubaner herum, und ich rede hier noch nicht mal von den Kommunisten.

Ja, ich kann mir schon vorstellen, warum er hier ist, selbst wenn er auf eigene Rechnung arbeitet. Ich verstehe bloß nicht, warum er so ein öffentliches Spektakel darum macht – öffentlich für uns jedenfalls, ganz im Gegensatz zu Carlos, dem Schakal, der ebenfalls hier gewesen ist, um sich zu erholen und es sich gemütlich zu machen, während seine Nutten ihm einen blasen. Die beiden haben früher schon gemeinsame Sache gemacht. Ich werde dafür bezahlt, so etwas zu wissen. Es hieß, dass Luis Hernán Rodrigo de las Casas dem Schakal beigebracht hat, wie man Plastiksprengstoff benutzt. Dynamit auch, aber las Casas war immer besonders scharf auf Plastiksprengstoff. Das hier ist nicht seine erste Reise nach Jamaika in diesem Jahr. In beiden Fällen ging kurz nach seiner Ankunft was in die Luft.

Mein Büro hat vier Wände und ein Fenster mit Blick auf einen leeren Platz auf der anderen Straßenseite, wo die Jamaikaner sich versammeln, bevor sie sich ab sechs Uhr morgens in die Schlange für die Visa anstellen. Manley hat ihnen erzählt, es gäbe sechs Flüge pro Tag nach Miami, und alle sind mächtig scharf drauf, einen davon zu ergattern. Die Schlange ist jetzt schon so lang wie der ganze Straßenblock, seit Pan Am die Verbindungen zwischen Kingston und dem Festland eingestellt hat. Eine schwache Geste, auf dem gleichen Niveau wie die Weigerung der jamaikanischen Frauen, so lange in sexueller Hinsicht nicht mehr zu Diensten zu sein, bis die Regierung konkrete Veränderungen in die Wege geleitet hat. Aber bei kleinen Gesten besteht ja immer die Hoffnung, dass man irgendwann große Gesten zurückerhält.

Diese Akte über Luis Hernán Rodrigo de las Casas ist recht dünn. Dünn ist in diesem Zusammenhang allerdings ein relativer Begriff. Wenn man über de las Casas wirklich auf dem Laufenden sein will, muss man sich durch fünf Akten arbeiten, nicht bloß durch eine. Ich greife mir die, die jetzt auf dem Schreibtisch liegt. In dem Moment, als ich ihn zusammen mit Louis Johnson weggehen sah, habe ich Sally gebeten, mir das Ding zu holen. Der Ordner ist blau. Ich schlage ihn auf und stoße auf viele bekannte Namen. Freddy Lugo, Hernán Ricardo Lozano von Alpha 66, Orlando Bosch, ein undurchsichtiges, aber nicht unbedeutendes venezolanisches Arschloch, zwei Männer, die nur als Gael und Freddy bekannt sind, möglicherweise von Omega 7, und de las Casas. Alle gehören zur Koordination der Vereinigten Revolutionären Organisationen, alle sind AMBLOOD-Agenten, und alle waren in der Schweinebucht dabei. Sie waren in diesem Jahr schwer beschäftigt, angefangen bei einem Treffen in der Dominikanischen Republik, wo diese »Koordination« gegründet wurde, einem Treffen, von dem die Firma natürlich überhaupt nichts weiß.

Im Juli explodierte ein roter Koffer, der in einem Flugzeug der BWIA nach Kuba transportiert werden sollte, auf dem Rollfeld. Es gab

Bombenanschläge auf Büros der BWIA in Barbados, der Air Panama in Kolumbien, der Iberia und Nanaco in Costa Rica, alles Fluglinien, die Verbindungen mit der Cubana unterhielten. Ein kubanischer Diplomat in Mexiko und zwei in Argentinien wurden ermordet. Im September schließlich fiel Orlando Letelier in Washington D.C. einem Anschlag zum Opfer. Der wurde in diesem Fall von Pinochets DINA durchgeführt, aber es sind immer dieselben Namen, dieselben beschissenen Namen, auf die man stößt, wenn es um Lateinamerika geht. Dann war da noch dieses Feuer in Guyana, bei dem allerdings nur kubanische Fischereiausrüstung zerstört wurde. Im Juni diesen Jahres, genauer gesagt am vierzehnten, wurde der peruanische Botschafter Fernando Rodriguez in seinem Wohnzimmer erstochen, woraufhin die jamaikanische Regierung den Notstand ausrief.

Die Kriminalität hier ist außer Kontrolle geraten, seit beinahe einem Jahr schon, aber der Witz mit dem Verbrechen auf Jamaika ist, dass es örtlich meistens sehr genau begrenzt ist. Wenn es sich bis nach Uptown ausweitet, dann ist klar, dass hier jemand ganz plump ein Zeichen setzen will. Ich habe Leute aus beiden Parteien getroffen, Dutzende von Elefanten im Porzellanladen. Aber sogar an ihren Standards gemessen, an denen der Gunmen, sogar an den Standards der chilenischen Geheimpolizei, war der Mord an Rodriguez ein bisschen zu gut geplant, zu präzise durchgeführt und allzu akribisch als Zufallstat inszeniert, um glaubhaft zu wirken. Bombenanschläge sind die Spezialität der Kubaner, das wissen alle, aber etwas an diesem Mord stinkt zum Himmel, das Ganze riecht nach ihm. Natürlich hat die Regierung der Vereinigten Staaten nach bestem Wissen und Gewissen behauptet, nichts von irgendwelchen Aktionen zur Tötung des Botschafters gewusst zu haben und ihre Hoffnung ausgedrückt, dass die Verantwortlichen für dieses schändliche Verbrechen und diejenigen, die sie dazu angestiftet, sie unterstützt oder beschützt haben, zur Verantwortung gezogen werden.

Himmel, ich klinge immer mehr wie Henry Kissinger.

— Sally?

— Ja, Sir?

— Könnten Sie bitte mal herausfinden, wohin Louis Johnson gegangen ist?

— Sofort, Sir.

Ich lasse den Knopf der Gegensprechanlage los und werfe einen Blick auf meinen Schreibtisch. Meine Frau hat mein Büro noch nie betreten, Kissinger schon, also kann sie mich mal am Arsch lecken. Im Januar, wenige Tage nachdem wir hierher gezogen waren, war es meine erste Aufgabe, mich um Heinrich zu kümmern, wie alle hier ihn hinter seinem Rücken nennen. Er hatte keine besonders gute Woche auf Jamaika. Aber heute, auf dem Weg zum Friseur, nach dem Streit, der angeblich keiner war, hat meine Frau etwas wirklich Eigenartiges gemacht. Sie hat mich angesehen. Jedenfalls glaube ich das. Ich blickte auf dem Weg die Hope Road entlang nach Mona die ganze Zeit nach vorn auf die Straße, aber ich merke doch, wenn jemand mich anstarrt. Wie auch immer, sie starrte mich also an und sagte,

— Weißt du, welches Wort mir richtig gut gefällt, oder besser gesagt mich zum Lachen bringt, wenn ich es höre, Barry?

— Nein, Liebes.

— Verleumderisch. Ver-leum-der-isch. Das ist einer dieser Begriffe, den so Leute wie du benutzen. Mir war bis dahin gar nicht aufgefallen, dass ich eine so enge Beziehung mit dem Wort verleumderisch pflege. Kein Tag vergeht, an dem ich nicht mit etwas Verleumderischem konfrontiert werde oder mich darüber ärgern muss.

— Wir kriegen alle von der Yale zum Abschied ein spezielles Wörterbuch.

— Jeder kriegt, was er verdient. Aber weißt du was, Barry, ich muss immer lachen, wenn einer von euch dieses Wort in den Mund nimmt, vor allem in einem Interview.

— War Kissinger wieder im Fernsehen, oder was?

— Nein, der Botschafter, den ich nicht leiden kann, hat es zu Nelly Matars Ehemann gesagt. Vergangenen Dienstag, während eines geschäftlichen Zusammentreffens: »Diese Anschuldigungen bezüglich einer Destabilisierung sind verleumderisch und falsch.«

Ambush in the Night

— Ich wusste gar nicht, dass ihr Frauen beim Mittagessen über Politik redet.

— Na ja, worüber sollen wir denn sonst reden? Von euch hat ja keiner eine bemerkenswerte Penisgröße.

— Wie bitte?

— Du hörst mir ja tatsächlich zu. Ha. Mal im Ernst, was tust du hier eigentlich? Rede einmal ehrlich mit mir, Barry. Ich würde ja die Frau von Louis Johnson fragen, aber die ist gestürzt und hat sich schon wieder das Gesicht aufgeschlagen, und ...

— Wir gehen an den Ort, an den die Regierung der Vereinigten Staaten uns schickt.

— Oh, ich sagte nicht wir, Liebling, ich sagte du. Ich verschwende hier meine Zeit und mache mir was vor. Aber was tust du hier? Was hast du in den letzten Monaten getan? Ich schwöre dir, es wäre mir lieber gewesen, du hättest eine heimliche Geliebte gehabt.

— Mir auch.

— Mach dir nichts vor, Barry. Du hast deine besten Zeiten hinter dir.

— *Du mich auch.*

— Was tust du hier? Ich will es ganz genau wissen.

— Ganz genau, ja?

— Na ja, wir stecken im Stau und kommen nicht voran. Und du hast mir schon seit Wochen nichts Interessantes mehr erzählt.

— Soll ich dir etwa geheime Informationen verraten?

— Barry, entweder du erzählst es mir, oder du musst die nächsten drei Jahre immer mit einem offenen Auge schlafen, weil ich es nämlich herausfinden werde, glaub mir. Ich weiß, wie ich was kriege, wenn ich es mir erst mal vorgenommen habe.

— Soll ich dir die entsprechende Aktennotiz zitieren?«

— Ich verstehe euren Kauderwelsch, weißt du?«

Ich hab da so eine Theorie: Ein Mann bekommt zwar nicht unbedingt die Frau, die er haben will oder die er braucht, aber ganz bestimmt die, die er verdient. Ich weiß nicht, ob meine Frau das genauso sieht. Auf eine perverse Art hab ich genau das immer an ihr gemocht. Ich sage pervers, weil jeder vernünftige Ehemann, sogar einer, der eher passiv ist, sie inzwischen windelweich geprügelt hätte.

— Was glaubst du denn, was wir in Ecuador gemacht haben?

— Himmelherrgott, Barry, ich weiß doch, dass die CIA ...

— Die Firma.

— Von mir aus, die Firma. Ich weiß selbst, dass die Firma keine humanitäre Hilfsorganisation des Weißen Hauses ist. Wenn du in einem Land bist, dann wahrscheinlich nicht mit guten Absichten.

— Entschuldige mal.

— Entschuldige du dich doch. Du bist ja nicht derjenige, der die Kinder und den ganzen Krempel hastig zusammenpacken muss.

— Das Kind. Aiden hatten wir in Ecuador noch gar nicht.

— Aber in Argentinien schon. Also, was hast du dort gemacht, und was zum Teufel hat das damit zu tun, dass dein Boss Nelly Matars Ehemann irgendwelchen Blödsinn erzählt?

— Er ist nicht mein Boss.

— Da ist er aber anderer Ansicht.

— Du willst es wirklich wissen?

— Ja, Barry, ich will es wirklich wissen.

— CIA-Einsatzbefehl für Ecuador.

— Aha.

— Priorität A.

— Himmel, du zitierst jetzt wirklich die Aktennotiz.

— Priorität A: Sammlung von Informationen über die Stärke und Absichten kommunistischer und anderer feindlicher politischer Organisationen, inklusive internationaler Unterstützung und Einflussnahme auf die ecuadorianische Regierung sowie die Stärke und Absichten oppositioneller politischer Gruppierungen. Priorität B: Sammlung von Informationen über die Stabilität der ecuadorianischen Regierung sowie die Stärke und Absichten oppositioneller politischer Gruppierungen. Unterstützung hochrangiger Agenten in Regierung, Sicherheitsapparat, politischen Institutionen und oppositionellen politischen Parteien mit besonderer Berücksichtigung oppositioneller militärischer Führungskräfte.

—Das reicht, Barry.

—Priorität C: Psychologische und propagandistische Kriegsführung: Verbreitung von Informationen zur Bekämpfung antiamerikanischer Propaganda, Neutralisierung des kommunistischen Einflusses in Massenorganisationen, Etablierung alternativer Organisationen. Unterstützung demokratischer Führungsfiguren.

—Ich hab ein wandelndes Lexikon geheiratet. Was hat das alles denn mit Jamaika zu tun?

—Die Firma hat nur einen Leitfaden, Liebes, und der gilt immer und überall. Vielleicht solltest du dich hier mal genauer umsehen.

—Ich sehe mich ja um. Und deshalb glaube ich dir nicht.

—Was soll das denn heißen?

—Nichts von diesem Quatsch erklärt, was hier gerade abläuft.

—Am zwölften Januar hat das *Wall Street Journal* Michael Manleys PNP als die unfähigste Regierung der westlichen Welt bezeichnet. Im Februar schrieb der *Miami Herald,* Jamaika steht kurz vor dem Showdown. Im März behauptet Sal Resnick in der *New York Times,* die jamaikanische Regierung würde ihre Polizeikräfte von kubanischen Experten ausbilden lassen und mit Black-Power-Aktivisten kooperieren. Juli: Der *U.S. News & World Report* schreibt, der jamaikanische Premierminister Michael Manley hat sich dem kommunistischen Regime in Kuba angenähert. August: *Newsweek* schreibt, es gäbe dreitausend Kubaner auf Jamaika. Resnick ...

—Gütiger Himmel, verschone mich mit deinem Schoßhündchen Sal Resnick. Und was die Kubaner betrifft: ich sehe keine Kubaner. Mexikaner und Venezolaner ja, aber keine Kubaner.

—Dieser Mann hat Handelskredite in Höhe von einhundert Millionen Dollar beantragt und glaubt, jetzt kann er uns verarschen, indem er sich den Kommunisten an den Hals wirft? Dann soll er vorher keine Kredite beantragen. Dann soll er überhaupt nichts beantragen, verdammt. Der sollte mal lieber das Maul nicht so weit aufreißen und ständig von Sozialismus reden.

—Er meint doch einen Sozialismus im Sinne des schwedischen Modells.

— Scheiße, du kennst dich wirklich zu gut aus, Liebling.

— Du fluchst immer im falschen Moment, *Liebling*.

— Jeder Ismus führt zum Kommunismus.

— Hat man dir das im Grundkurs Kommunistentöten an der Yale beigebracht? Ich bin schon ziemlich lange mit dir verheiratet, Barry. Sehr lange. Und ich kenne dich. Wenn du nicht direkt auf den Punkt kommen willst, was übrigens ziemlich oft der Fall ist, dann verwirrst du mich mit irgendwelchem Blödsinn.

— Was soll das heißen?

— Einiges davon, einiges von dem, was du sagst, ergibt durchaus einen Sinn ... in gewisser Weise. Denke ich jedenfalls. Aber das hier ... nein. Nein. Entweder geht hier etwas vor, was du mir verschweigst, oder es geht etwas vor, von dem du nichts weißt. Verdammt, du bist wirklich ein Bürohengst.

— Was meinst du damit, hier geht etwas vor?

— Etwas Größeres als das. All das betrifft ja nur die Wirtschaft. Sicher, da kommt einiges zusammen, aber wir sind erst seit zehn Monaten hier, Barry, und deine Spielchen dauern mindestens drei Jahre, sogar sechs, wenn man die gesamte Zeit zusammenrechnet, die du in Südamerika verbracht hast. Nein, da ist noch was anderes. Es liegt in der Luft. *There's a natural mystic blowing through the air.*

— Was zum Teufel soll das denn heißen?

— Das zu erklären hätte keinen Sinn. Wir sind da.

Papa-Lo

Die Sonne geht auf und hockt am Himmel, als wüsste sie nicht, wo sie sonst hinsoll. Und obwohl es gerade mal zehn Uhr ist, schleicht sich die Hitze schon ins Haus. Erst durch die Küche, die dem Ausgang am nächsten liegt, dann ins Wohnzimmer, von Osten nach Westen, von einem Stuhl zum anderen, sodass ich fast wieder aufspringe, als ich mich auf das Sofa am Fenster setze. Ich finde immer noch keine Ruhe. Der Priester sagt, Männer wie ich werden niemals Ruhe finden, und das akzeptiere ich. Aber heute ist ein besonders schlechter Tag, und das hat irgendwas mit Josey Wales zu tun. In zwei Wochen wird gewählt, und Josey trifft sich mit Peter Nasser und dem Amerikaner und dem Kubaner, die ich alle seit Januar nicht gesehen habe. Aber die JLP muss das Land an sich reißen, und sie werden alles tun, um das zu erreichen.

Ich glaube, ich weiß, was das heißt. Josey plant irgendwas, von dem sie glauben, ich hätte nicht den Mumm dazu. Und, werte Herrschaften, sie haben recht. 1976 ist eine Menge passiert. Ja, als mir dieser Schuljunge vor die Flinte gesprungen ist, ist es das für mich gewesen, aber ehrlich gesagt hatte ich den Geschmack von Blut da schon lange satt. Ich habe ihn sowieso nie gemocht. Nicht dass wir uns falsch verstehen: Es gehört nicht viel dazu, einen Mann zu töten, und noch weniger, ihn danach zu vergessen. In bestimmten Stadtvierteln lassen sie ihre Babys die Straße entlang krabbeln und hindern sie nicht daran, im Abwasser zu spielen. Und wenn das Baby so krank wird, dass es kein Baby mehr ist, sondern nur noch ein berstender, schreiender Blähbauch, dann lassen sie sich Zeit damit, es ins Krankenhaus zu bringen, das sowieso überfüllt ist, und das Baby stirbt, während sie noch in der Schlange warten, oder vielleicht haben sie auch Mitleid und legen ihm in der Nacht davor ein Kissen aufs Gesicht, und in jedem Fall sieht man nur und wartet, weil der Tod das Beste ist, was man ihm geben kann.

Nur noch zwei Wochen bis zur Wahl, und es wird jeden Tag geschossen. Shotta Sherrif und ich behaupten beide, dass wir Frieden wollen, aber es reicht ein Schuss von einer Gang wie den Enforcers in Spanish Town oder der Wang Gang. Die sagt nämlich, sie hätte keinen bloodcloth Vertrag unterschrieben. Ein Schuss reicht. Und selbst wenn wir Frieden wollten, ein Mann wie Peter Nasser will, dass seine Partei gewinnt, und wie, ist ihm egal. Mir ist es meist auch egal. Aber wie konnte aus einer kleinen Wahl in einem kleinen Land so eine Riesensache werden? Warum interessiert sich Amerika plötzlich so für uns? Es geht hier nicht um die Eroberung von Territorien, es geht nicht darum, ein Signal zu setzen. Ich denke an Josey, und ich denke an diese ganzen Amerikaner, und ich denke an Peter Nasser, und ich denke an Copenhagen City und die Eight Lanes und Kingston und Jamaika und die Welt, und ich frage mich, was für ein böses Signal man setzen müsste, um die Aufmerksamkeit der ganzen Welt zu erregen. Und da überkommt es mich auf einmal wie die Offenbarung des Johannes. Ich weiß, was Josey vorhat. Ich fange an, am ganzen Körper zu zittern, das Glas mit dem Orangensaft rutscht mir aus der Hand und fällt runter, aber es landet auf meinem Fuß und zerbricht nicht. Orangensaft rinnt langsam über den Boden wie Blut.

— Herrgott noch mal, Papa, meinst du, ich hätte heute nicht schon genug zu tun?

Sie kniet mit einem Lappen und einem Eimer auf dem Boden, bevor ich überhaupt begreife, was los ist. Geh nach draußen, und mach dich nützlich, sagt sie zu mir. Draußen bin ich froh, dass ich nur ein Netzhemd trage. Josey. Wenn das Mietshaus in der Orange Street als Signal nicht ausgereicht hat, wäre selbst Jesus der Orangensaft aus der Hand gefallen, wenn er mitbekommen hätte, was er vorhat, was sie vorhaben. Etwas, in das ich nicht eingeweiht bin. Was kann so groß und so finster sein, dass es selbst für Papa-Lo zu finster ist?

Ambush in the Night

Ich weiß nicht, was ich machen soll, aber meine Beine setzen sich in Richtung von Josey Wales' Haus in Bewegung. Als ich diesen Kubaner mit dem bescheuerten Namen Doctor Love sehe, mache ich mir ernsthaft Gedanken. Im Januar, als er zum letzten Mal hier war, sind Josey Wales und er stadteinwärts in die Nähe des PNP-Gebiets gefahren und haben am Hafen vier Autos eins nach dem anderen in die Luft gesprengt. Er wollte damit nur angeben, und es ist niemand verletzt worden, aber er hat in Josey Wales eine Saat gelegt, die immer noch wächst. Meine Beine bewegen sich vorwärts, aber mein Verstand rückwärts. Zurück zum vergangenen Dezember und Januar und den Monaten danach bis zum heutigen Tag. Manche Dinge betrachtet man, und sie sind einfach, wie sie sind. Aber dann betrachtet man sie aus einem anderen Blickwinkel, und bestimmte Einzelheiten fügen sich zu etwas Großem, etwas Fürchterlichem zusammen, das noch fürchterlicher wird, weil man sie vorher nie miteinander in Verbindung gebracht hat.

Im Januar hat Peter Nasser mich zum letzten Mal angerufen. Jetzt ruft er Josey Wales an. Er ruft mich an, um mir zu sagen, dass der IWF zu einem Treffen kommt. Der IWF ist eine Vereinigung von reichen Männern aus der ganzen Welt, die bestimmen, ob Jamaika Geld bekommen soll, um sich selbst aus der Kacke zu ziehen. Genau so hat er es gesagt, er glaubt nämlich immer noch, dass er schwierige Sachverhalte auf Grundschulniveau herunterbrechen muss, damit sie der Gettoknabe auch versteht. Um ein Haar hätte ich ihm gesagt, dass er sich verpissen soll, dass ich den Unterschied zwischen ausdrucksstark und wortreich kenne und dass beides nicht auf ihn zutrifft, nicht mal, wenn er seine Reden von jemand anderem schreiben lässt. Und das hat Peter Nasser auch gesagt: Wenn Michael Manley den IWF überreden kann, dem Land Geld zu geben, dann wird er es damit in die Finsternis des Kommunismus stürzen.

Doctor Love war da, um allen vom Kommunismus zu erzählen. Davon, wie Fidel Castro an die Stelle des großen Staatsführers Batista gerückt ist und einfach in sein Haus eingezogen ist und alle aus der Zeit davor umgebracht hat. Wie er die ganzen kapitalistischen Sachen

wie Schulen und Geschäfte abgerissen, aber einen Go-go-Club namens Tropicana behalten hat, obwohl das Gerücht umgeht, dass der
Commandante seinen kleinen Feldwebel schon seit Jahren nicht mehr
hochkriegt. Wie sie schon bald damit angefangen haben, Männer zusammenzutreiben und wegzusperren wie die PNP während des Aus-
nahmezustands. Doctor Love hat erzählt, dass er im Knast gewesen
ist und dass manche Männer grundlos dort waren, nur weil sie Ärzte
waren oder Anwälte oder Beamte und darum von vornherein gegen
den Kommunismus sein mussten. Er hat sogar Frauen und Kinder
einsperren lassen. Eines Tages ist sein bester Freund an die Außen-
mauer des Gefängnisses geflüchtet. Er hat gedacht, bis zur Straße
würde es nur drei Meter abwärts gehen, aber in Wirklichkeit waren
es fünfzehn Meter, und er ist trotzdem gesprungen, weil er gedacht
hat, er landet nicht auf dem Boden, sondern im Meer. Dieser Bruder
ist nicht im Meer gelandet. Das, ihr Leute, war es, was Michael Manley
nach Jamaika bringen wollte, und der IWF wollte ihm das Geld dafür
geben. IWF steht für Ist Was Faul, hat Peter Nasser gesagt.

Der Januar hatte kaum begonnen, als wir uns an die Arbeit machten. Der Amerikaner kam mit einem Koffer voller Sachen vorbei, die
wir uns erst von dem Kubaner erklären lassen mussten. Ich wünschte,
so was hätten wir bei der Invasion in der Schweinebucht gehabt,
muchachos, hat er immer wieder gesagt. Josey kannte er schon, als ich
ihn zum ersten Mal getroffen habe, und das hätte mir zu denken geben sollen, aber ich hatte keine Zeit, mir den Kopf darüber zu zerbrechen. Diese Waffen waren nicht wie die Gewehre von 1966 oder 1972.
Diese Waffen musste man sich auf die Schulter legen, mit einem einzelnen Projektil bestücken und abfeuern. Unsere besten Gewehre
können einen Mann umwerfen, wenn die Kugel durch sein Herz fliegt.
Diese Bazooka kann eine Wand umwerfen. Ich habe mir ein M1 genommen und nicht wieder hergegeben. Josey hat sein altes Gewehr
behalten, aber er hat dem Amerikaner nicht gesagt, dass es ein AK-47
ist, wobei ich mir sicher war, dass es der Kubaner erkannt hat. Wir
sind mit dem Kubaner weit raus nach Westen zu den Garbagelands
gefahren, wo er mit den Jungs geübt hat. Am 5. Januar habe ich einen

Angriff auf Jonestown angeführt, während Josey sich Trenchtown vorgenommen hat. Weil der Sänger mal da gelebt hat, denken sie in Trenchtown, dass sie unantastbar sind, aber das sind sie nicht. Merkt euch das, ihr freundlichen und anständigen Leute. Ein Wahljahr beginnt in dem Moment, in dem der erste Schuss fällt. Ein Getto ist immer auf der Hut, aber Jonestown hat geschlafen, als hätten sie dort nicht gewusst, dass 1976 jeder mit einem offenen Auge schlafen muss. Ich hätte sie am liebsten nur wegen ihrer Nachlässigkeit über den Haufen geschossen. Wir kommen mit fünf Autos, was umso besser ist, weil in Jonestown keiner ein Auto hat, das gut genug gewesen wäre, um uns folgen zu können. Wir haben keine Zeit zum Überlegen, rasen nur hinein, lassen einen Kugelhagel los und rasen wieder weg. Aber hinten auf der Ladefläche steht unser Mann mit der Bazooka. Er schießt auf eine Bar, aber der Laster fährt in ein Schlagloch, er rutscht weg, als der Schuss gerade losgeht, und ein kleines Zinkhaus explodiert. Die Straße bebt. Ich befehle ihnen, zum Schießen anzuhalten, aber das Nachladen dauert zu lange. Die Jonestowner kommen raus und feuern mit ihren simplen Sechsschüssern und etwas, das sich wie ein AK anhört. Aber wir haben neue Gewehre, Gewehre mit Zielfernrohr, Gewehre für Leute wie Tony Pavarotti, die sich Zeit nehmen, die zielen, schießen und keine einzige Kugel vergeuden. Ich lenke den Wagen mit dem M1 auf dem Schoß. Ich steige auf die Bremse und schieße auf ein paar dunkle Flecken, die vor mir wegrennen. Die dunklen Flecken fallen alle um, aber aus Richtung Osten knattern noch mehr Schüsse und treffen einen oder zwei von uns, ich weiß nicht genau. Ich schreie, dass wir uns zurückziehen, aber erst, wenn die Bazooka noch mal gefeuert hat. Der Idiot schießt schon wieder daneben, trifft aber die Bushaltestelle. Eisen und Zink explodieren, fliegen durch die Gegend und prallen überall dagegen, wie ein Tornado im Fernsehen. Wir treten den Rückzug an.

Josey Wales fährt mit Doctor Love und nur einem anderen Mann nach Trench Town. Ich schreie, dass es Irrsinn ist, mit so wenigen Leuten loszuziehen, aber inzwischen hört Josey Wales mich nicht mal mehr, wenn ich schreie. Sie nehmen Joseys weißen Datsun. Einen Tag später ist es Josey, der für Schlagzeilen sorgt. Zwei Wohnblocks mit Sprengstoff in die Luft gejagt, sieben Häuser, eine Bar und ein Geschäft bis auf die Grundmauern abgebrannt. Peter Nasser ruft mich an, liest mir am Telefon einen Artikel darüber aus der *New York Times* vor und schimpft dann, weil ich nicht so laut lache wie er. Er legt auf, und mir ist klar, wen er als Nächstes anrufen wird. Keine Ahnung, seit wann Josey Wales ein Telefon hat.

Am 6. Januar nimmt die Polizei die Wang Gang hoch, weil sie in Wang Sang Lands leben, einem Getto, das der JLP gehört, aber nicht von uns kontrolliert wird. Diese Jungs haben Pläne, Diagramme, Karten. Und sie haben Sprengstoff. Zwei von ihnen kennen den Kubaner unter seinem anderen Namen, Doctor Love, und die anderen erzählen sogar, dass sie Gewehre aus Amerika bekommen haben. Ich verfluche diese ganzen kleinen Emporkömmlinge, die noch zu einem größeren Problem als Shotta Sherrif werden, wenn wir sie nicht unter Kontrolle bringen. Aber dann stelle ich mir vor, wie Shotta Sherrif in Eight Lanes sitzt und versucht, immer ein Auge offen zu halten, genau wie ich.

Am 7. Januar überfallen sechs Jungs von hier eine Baustelle am Marcus Garvey Drive und töten zwei Polizisten. Ich bekomme es nur mit, weil ich sie lachen höre, als sie auf dem Rückweg an mir vorbeifahren. Ich raste sofort aus.

— Bloodcloth, wer hat euch befohlen, die Baustelle zusammenzuschießen?, frage ich, aber da fängt auch schon der erste Junge an, mich auszulachen. Meine Kugel fliegt genau durch sein rechtes Auge und zum Hinterkopf wieder raus, bevor er ausgelacht hat.

— Wer hat euch den Auftrag gegeben?, frage ich noch mal und richte meine Waffe auf den nächsten Jungen. Dann passiert etwas, das ich nicht aufschreiben konnte, weil ich nichts zu schreiben dabeihatte, für das ich mir aber später mit einem Stein eine Kerbe in mein Schießeisen gemacht habe. Die anderen Jungs ziehen ihre Waffen und zielen auf mich. Ich kann es nicht glauben. Ich stehe da und gucke sie an, während sie mich angucken, und sage nichts. Dann spritzt Blut oben aus dem Kopf von einem der Jungen, die mich angucken, und er fällt flach auf den Boden. Die anderen lassen ihre Pistolen fallen und fangen an zu schreien und zu flennen, als wäre ihnen gerade erst wieder eingefallen, dass keiner von ihnen älter als sechzehn ist. Ich drehe mich um, und da steht Tony Pavarotti mit seinem Gewehr in der Hand, ein Auge am Zielfernrohr, und neben ihm steht Josey Wales. Dann drehen sie sich beide um und gehen weg. Am selben Tag überfällt die Wang Gang eine Baustelle am Marcus Garvey Drive und tötet zwei Polizisten. Am nächsten Tag erlässt diese bekloppte Regierung ein neues Gesetz: Wer mit einer Schusswaffe erwischt wird, wandert lebenslänglich ins Gefängnis.

Peter Nasser sagt, wir sollen den PNP-Gemeinden mehr Druck machen, also machen wir mehr Druck. Mehr, als Shotta Sherrif ohne Buntin-Banton und Dishrag, die ihm den Rücken freihalten, vertragen kann. Dann kommt dem Premierminister die Idee, die Leute könnten doch ihre Häuser und Straßen von einer Bürgerwehr schützen lassen. Leute wie Peter Nasser sagen im Fernsehen, Jamaika, für diese Art von Maßnahme habe ich genau zwei Worte: Tonton Macoutes. Er ruft mich an, um mir einen Artikel aus einer amerikanischen Zeitung namens *Wall Street Journal* vorzulesen.

—»Jamaika wird nicht kommunistisch, es wird einfach nur verrückt«, ha ha ha, findest du das nicht zum Lachen, Busha? Das ist doch lustig, Mann, das ist doch echt mal lustig, bombocloth.

Dann der 24. Januar. Siebzehn Menschen sterben an vergiftetem Mehl.

10. Februar. Josey, Doctor Love und Tony Pavarotti ziehen los. In Jonestown und Trench Town gehen jede Menge Bomben hoch. Im selben Monat dringt die Wang Gang in einen Jugendklub in Duhaney Park ein, in dem gerade eine Party läuft, und tötet fünf der Jugendlichen. Acht werden verletzt.

März. Den genauen Tag weiß ich nicht mehr. Die Polizei sieht Josey Wales' weißen Datsun und folgt ihm bis nach Copenhagen City. Die Polizisten sagen ihm, er soll aus dem Auto steigen, weil sie es beschlagnahmen wollen. Die Leute aus Copenhagen kommen über sie wie das Jüngste Gericht, gehen mit Flaschen, Steinen und was weiß ich was auf sie los, und die Polizisten sterben um ein Haar, wie eine

Hure in der Bibel. An zwei Dinge kann ich mich erinnern. Der Partei-
führer musste persönlich runterkommen, um die Polizisten zu retten.
Und zweitens, Josey ist jetzt ein Mann des Volkes.

Ihr freundlichen und anständigen Leute, in einer Sache habe ich
euch trotzdem angelogen. Ihr glaubt, ich hätte aufgehört, den Geschmack von Blut zu mögen, als ich diesen Highschooljungen getötet
habe, aber das ist nur ein Teil der Wahrheit. Und nur weil ich keine
Waffen mehr mag, heißt das nicht, dass ich ein Problem damit hätte,
dass Josey seine weiter einsetzen will oder von mir aus auch Tony Pavarotti, der nie eine Kugel vergeudet. Aber dieser Kubaner, dieser verdammte Kubaner, Doctor Love.

19. Mai. Nein, diesen Tag vergesse ich nicht. Josey Wales und er gehen zu der Siedlung in der Orange Lane, schleichen umher wie die
Ratten. Aber diesmal nehmen sie mich mit. Vielleicht haben sie gedacht, es würde da was für mich zu sehen geben, und zwar nicht nur
das Feuerwerk. Der Kubaner hat nichts als ein bisschen weiße Knetmasse und etwas Draht dabei. Aber er findet die Gasflasche im Hinterhof und klebt die weiße Knete daran fest. Oder weißes Kaugummi,
und in der Sekunde, als ich denke, es ist Kaugummi, frage ich mich,
was das jetzt für Kinderkacke ist und warum Josey Wales so viel Spaß
daran hat, dass er beinahe auf und ab hüpft wie ein Schulmädchen,
und als der Kubaner Deckung sagt, bringen wir uns in Sicherheit.
Dann steckt er zwei Drähte in die Knetmasse, zwei Drähte auf einer
Spule, die bis weit hinter dem Zaun reichen.

Die Explosion reißt eine ganze Mauer ein, und was nicht in die Luft
fliegt, wird von dem austretenden Gas in Brand gesteckt. Josey hat seine Waffe im Anschlag, falls irgendwer rausrennen oder irgendein Feuerwehrmann hineinrennen will. Ich renne los, als ich den Knall höre.
Ich frage mich, ob gewisse Leute mich deshalb für einen Feigling halten.

Im Mai, Juni, und Juli kommt schweres Leid über die Stadt, Brethren und Sistren. Der Krieg in Babylon dehnt sich auf Spanish Town
aus. Die Polizei erfährt ein Geheimnis, das so geheim ist, dass ich es
euch hier zum ersten Mal erzähle: In Copenhagen City haben wir

Ambush in the Night

unser eigenes Krankenhaus. Und zwar seit Jahren. Die PNP hat nichts davon gewusst. Shotta Sherrif hat nichts davon gewusst, er hat einfach geglaubt, wir aus Copenhagen City wären besonders schwer umzubringen, geradezu unverwundbar. Tatsächlich war unser Krankenhaus besser als das für die Reichen drüben in Mona. Ich weiß nicht, wer gequatscht hat, aber die Polizei hat es im Juni herausgefunden. Sie hatten keine Ahnung, dass wir zum Beispiel Schusswunden besser versorgen können als alle Ärzte in ganz Jamaika. Ich weiß noch nicht, wer das Geheimnis ausgeplaudert hat, aber er kann bloß hoffen, dass ich ihn vor Josey Wales finde. Von mir wird er zumindest sechs Stunden Vorsprung kriegen. Aber es gibt da noch etwas, das ich nicht wusste, bevor ich es aus der verdammten Zeitung erfahren habe.

Im Juni ist die Polizei zum ersten Mal seit Langem in mein Haus gekommen und hat uns nach draußen gezerrt. Meine Frau will aufmachen, aber sie treten die Tür ein und hauen ihr mit einem Schlagstock ins Gesicht. Ich will schon sagen, wer das getan hat, ist morgen tot, aber das würde ihnen nur einen Grund liefern, mich umzubringen, und auf so einen Grund warten sie seit Jahren. Ich höre nur, wie die Tür aus den Angeln fliegt und meine Frau zu schreien anfängt. Ich renne aus dem Bad und gucke in die Mündungen der fünfzehn Maschinengewehre, die auf mich gerichtet sind. *Jedes einzelne dieser Gewehre wünscht sich einen Gangster, also gib mir einen Grund, Pussyhole,* sagt einer von ihnen. Das waren keine Polizisten, das waren Soldaten. Soldaten in braun-grünen Uniformen mit vielen Taschen und polierten schwarzen Stiefeln. Diese Soldaten benehmen sich nicht so, als wären wir das Verbrechen und sie Recht und Ordnung, diese Soldaten benehmen sich, als herrschte Krieg und wir wären der Feind. Sie durchsuchen jedes Mietshaus und jede Wohnsiedlung und sogar das Bürgerhaus, und alles nur aus einem Grund: Ungefähr zur selben Zeit, als sie unser Krankenhaus in Copenhagen entdecken, finden sie in Rema zwei Zellen, die die Leute dort als Gefängnis benutzt haben. Gangster aus Rema, die eigentlich mir unterstellt sein sollten, haben zwei Männer aus den Eight Lanes entführt, sie neun Stunden dort festgehalten und geprügelt. Das haben sie den Polizisten erzählt, die in Rema eine Razzia gemacht und dabei die Zellen entdeckt haben. Dann haben sie sich uns vorgeknöpft und uns aus dem Haus gezerrt, manche von uns noch in Unterhosen, manche nur mit einem Handtuch bedeckt. Ich habe gar nichts dagegen, dass sie in Rema ein Gefängnis haben, um PNP-Bubis, die sich für große Gangster halten, zur Räson zu bringen. Und versteht mich richtig, ich will keinen Ismus oder Schismus namens Kommunismus in diesem unserem Land. Ich will keinen Sozialismus oder Kommunismus oder Tribalismus, in dem die PNP-Jungs uns von unserem Platz verdrängen. Aber ich habe ein großes Problem damit, wenn ich nichts davon weiß.

Die Polizei hat uns für drei Tage ins Gefängnis gesteckt, lange genug, um die Zelle mit unserer eigenen Scheiße und unserem eigenen Gestank zu verpesten. Ich sitze vor dem einzigen Fenster in der Zelle, sage aber nichts. Nicht zu Josey, nicht zu Weeper, zu niemandem. Ich sehe nur und warte. Während ich im Knast sitze, gehen in Elysium Gardens zwei Bomben hoch.

Doctor Love.

Alex Pierce

Also, diese Quelle, ja? Erzählt mir, dass der Sänger vielleicht vor ein paar Monaten in einen Pferderennbetrug in Caymanas Park verwickelt war. In Jamaika sagen die Leute, Wenn's nicht so war, dann war's so ähnlich. Ich glaub keine Sekunde, dass der Sänger in irgendeinen Betrug verwickelt ist, das ist einfach völlig bekloppt. Aber ich bin ziemlich sicher, dass jemand Scheiße gebaut und das Haus des Sängers vollgestunken hat. Meine Quelle hat mir sogar erzählt, dass der Sänger eines Nachmittags vor ein paar Wochen vom Fort Clarence Beach zurückgekommen ist – was überhaupt keinen Sinn ergibt, denn sogar ich, ein Weißer und der Inbegriff von Babylon, weiß, dass er jeden Morgen verlässlich wie ein Uhrwerk zum Baden nach Buff Bay geht. Nur ein paar Leute schienen zu wissen, warum er nach Fort Clarence fuhr. Merkwürdig. Ein paar Leute holten ihn ab, von denen seine eigenen Leute aber überhaupt nur einen kannten. Drei Stunden später kommt er zurück und ist so wütend, dass sein Gesicht für den Rest des Tages glüht.

Aisha ist vor etwa vier Stunden gegangen. Glaube ich. Ich liege immer noch im Hotel auf dem Bett und schaue immer noch auf meinen Bauch. Der ganze verdammte Trip ist ein Flop. Ich habe keine Ahnung, was ich hier soll. Ich meine, natürlich weiß ich, was ich hier soll. Ich bin genauso schlimm wie der Skandalreporter des *National Enquirer,* der Daniel Elsberg für das Revolverblatt interviewt hat. Nein, ich bin noch schlimmer, ich bin das kleine Licht, das die Bildunterschrift zu einem Foto liefert, auf dem zu sehen ist, mit welchen Klamotten irgendein Arsch, der nur einmal einen Hit hatte, im Studio war. Dieser

ganze Job ist einfach ein Schwindel. Aber vielleicht sollte ich aufhören, auf meinen Bauch zu starren und mich konzentrieren. Und davon
abgesehen ist Selbstmitleid total 1975. Da braut sich was zusammen,
das spür ich. Vielleicht in der Musikszene, ich weiß es nicht. Ich bin
auf meinem Bett, rieche Aishas Parfum in den Laken und schau der
Sonne zu, wie sie auf das Fenster scheint, als das Telefon klingelt.

— Grade mit was beschäftigt ... oder mit jemand?, fragt er.

— Wie hübsch. Hast du den ganzen Vormittag gebraucht, um den
Spruch auszubrüten?

— Haha. Du mich auch, Pierce.

Mark Lansing. Irgendwann muss ich rausfinden, woher dieser
Arsch weiß, wie ich zu erreichen bin.

— Schöner Tag, nicht wahr? Ist doch ein schöner Tag?

— Wie jeder andere auch, soweit ich das vom Hotelfenster aus sehen kann.

— Lass jucken, Alter. Bist du immer noch im Bett? Die kleine Nutte
muss ja verdammt heiß gewesen sein. Alter, du brauchst einfach eine
Perspektive.

Ich weiß beim besten Willen nicht, ob er tatsächlich glaubt, dass
wir Kumpel sind, oder ob ich einfach nur der einzig andere Amerikaner bin, den er hier kennt.

— Was geht, Lansing?

— Hab heute Morgen an dich gedacht.

— Und wie komme ich zu diesem Akt der Barmherzigkeit?

— Na ja, da fallen mir eine ganze Menge Dinge ein. Ich meine, man
kann dich nur bedauern, aber als dein Freund darf ich dir das ja wohl
sagen, also werd ich dir was erzählen.

Ich will ihm sagen, dass er nicht mein Freund ist, dass ich ihm nicht
helfen würde, auch wenn es meine letzte Rettung wäre, um nicht von
Satan und seinen zehnschwänzigen Dämonen in den Arsch gefickt zu
werden. Aber er hat genau diesen Ton drauf, der tatsächlich interessant klingt. Als wollte er dich um einen Gefallen bitten, nur dass er viel
zu arrogant ist, um einfach damit rauszurücken.

— Ich war gestern Abend mit dem Sänger in einem Zimmer ...

— Welchem Zimmer? Scheiße, wovon redest du, Lansing?

— Wenn du mich verdammt noch mal nicht unterbrechen würdest, Pierce, dann könnte ich es dir erzählen. Hat dir deine Mama keine Benimmbücher von Emily Post gegeben?

— Ich bin ein Wolfskind, Lansing.

Am liebsten würde ich jetzt vom Thema abschweifen, was extrem Abseitiges aufs Tapet bringen, denn ich weiß, wie sehr es ihn nervt, wenn ich ihm nicht zuhöre.

— Gerade hab ich mich daran erinnert, wie meine Mutter immer unser Essen gejagt und getötet hat. Aber Spaß beiseite, was Emily Post angeht, ich hatte mal eine Freundin ...

— Was soll der Scheiß, Pierce. Deine verdammte Mutter interessiert mich einen Dreck. Oder deine Exfreundin.

— Wie schade, sie war gut. Wobei, nicht dein Typ.

Im Ernst, das könnte ich den ganzen Tag machen. Ich wünschte, ich hätte ihn jetzt vor mir und könnte sehen, wie sein Gesicht rot anläuft.

— Pierce, im Ernst, was soll das, *hombre?*

Hombre? Das ist neu. Ich sollte das auch benutzen, damit er glaubt, er hat gerade einen neuen Slang gestartet oder so was, denn »Lass jucken« ist nicht gerade zukunftsträchtig.

— Also gut, aus irgendeinem Grund hast du heute Morgen an mich gedacht.

— Was? Ach ja. Genau. Heute Morgen. Ich war mit einem Typ von *Newsweek* dort. Und einer Mieze von *Billboard,* und noch einer anderen Mieze. Hat sich mir als *Melody Maker* vorgestellt, wenn ich mich recht erinnere. Sie haben dem Sänger ein paar Fragen über dieses Friedenskonzert gestellt, obwohl das Reden größtenteils sein Manager übernommen hat. Bei der Pressekonferenz in seinem Haus.

Das muss eine verdammte Lüge sein. Wenn er eine Pressekonferenz gegeben hat, müsste ich doch davon gewusst haben. Und warum spricht Lansing jetzt plötzlich so komisch?

— Es ging alles ziemlich schnell, vielleicht hatten sie einfach keine Zeit, sich mit dir in Verbindung zu setzen. Aber keine Angst, Mann. Ein Typ vom *Rolling Stone* war auch da, zumindest hat er gesagt, dass er vom *Rolling Stone* ist, was mich allerdings gewundert hat. Ich meine, arbeitest du nicht für den *Rolling Stone?*

— Dieser Typ vom *Rolling Stone*, hat der gesagt, wie er heißt?

— Scheiße, ich kann mich nicht erinnern. Als ich *Rolling Stone* hörte, dachte ich sofort an meinen guten Kumpel Alex Pierce.

— Wie nett von dir. Kumpel.

Ich versuche, mir was Nettes einfallen zu lassen, um diesen Flachwichser aus der Leitung zu bekommen, damit ich meinen verdammten Boss anrufen und nachprüfen kann, ob das stimmt. Eigentlich wäre es ja typisch Lansing, sich so einen Scheiß auszudenken. Da er keine Freunde hat, kann er auch nicht beurteilen, wann ein Scherz zu weit geht oder einfach nicht lustig ist. Aber wenn es stimmt, was er sagt, dann wäre das ein weiterer Tiefpunkt für diese verdammte Zeitschrift. Scheiße. Verdammte Scheiße. Den echten Journalismus überlassen sie also ... wem? Robert Palmer? DeCurtis? Und ich soll derweil darüber schreiben, wie die verdammte Bianca Jagger sich die Fingernägel feilt, während ihr Mann irgendwelchen Reggaemist einspielt. Ich meine, wenn das alles ist, was sie von mir wollen, dann sollen sie doch gleich den verdammten Fotografen schicken, den ich, wie mir gerade einfällt, noch gar nicht kennengelernt habe. Zum Teufel damit. Echt, zum Teufel.

— Und da hab ich mir gedacht, das muss meinem Kumpel Alex doch ziemlich auf den Sack gehen, so viel Pech, wie er zurzeit hat.

— Was willst du, Lansing?

— Für dich Mark, zum einen.

— Lansing, was willst du?

— Ich hab mich eher gefragt, was *du* willst, Pierce.

Dreißig Minuten später sitze ich unter einem Schirm am Pool des Jamaica Pegasus Hotels. Hier sind die weißen Männer in ihren engen Badehosen am Pool noch dicker und ihre Frauen noch gebräunter und jünger, soll heißen: reicher. Ich habe keine Ahnung, was das für Leute sind. Kingston ist nicht gerade ein Touristenort, man kommt hierher, um Geschäfte zu machen. Lansing war so überzeugt davon, dass er etwas Brauchbares hätte, dass er mich auch fast überzeugt

Ambush in the Night

hat. Jetzt sitze ich hier und schwanke zwischen *Zum Teufel damit, Alex* und *Vielleicht hat er tatsächlich was Brauchbares.* So oder so, ich bin neugierig. Und ich warte am Pool dieses Hotels und beobachte einen dicken Mann, der sich überhaupt nicht drum kümmert, dass seine zwei dicken Kinder mit einem Bauchklatscher im Pool landen. Der ältere Sohn schlägt so hart auf dem Wasser auf, dass es ein verdammtes Echo gibt. Ich sehe zu, wie er zum Rand des Pools eiert und die Lippen zusammenpresst und durch die Nase schnauft, damit er nicht anfängt zu heulen. Dann sieht er sich um und bemerkt mich. Zu flennen, wenn ein Fremder zuschaut, ist schon schlimm genug. Aber vor den Augen seines Bruders zu heulen, das geht nun gar nicht. Ich bin kurz davor, über den kleinen Scheißer zu lachen, aber ich glaube, er hat's schon schwer genug. Außerdem warte ich auf diesen Arsch und denke darüber nach, was vor einer halben Stunde passiert ist. 3. Dezember 1976, elf Uhr. Vor genau einer halben Stunde hat mich der *Rolling Stone* gefeuert. Zumindest glaube ich, dass ich gefeuert wurde. Es lief ungefähr folgendermaßen: Ich bekam einen Anruf.

— Hallo?

— Pierce, was zum Teufel machst du dort unten?

— Hi, Chef. Wie läuft's? Wie geht's den Kindern?

— Du scheinst die Natur unseres Verhältnisses zu überschätzen, Pierce.

— Tut mir leid, Chef. Was kann ich für dich tun?

— Du scheinst auch zu glauben, dass ich meine Zeit gerne am Telefon verschwende. Wo bleibt meine verdammte Story?

— Ich arbeite dran.

— Zweihundert Wörter darüber, ob der verdammte Mick Jagger mit oder ohne Bianca nach Jamaika geflogen ist, und du hast immer noch keine beschissene Story? Ist das so schwer?

— Ich bin da an was dran, Chef.

— Du bist da an was dran. Nur um sicher zu sein, dass ich dich richtig verstanden habe: Du bist da an was dran. Ich hab dich nicht da runtergeschickt, damit du den verdammten Pulitzer-Preis gewinnst, Pierce. Ich hab dich da runtergeschickt, damit du das beschissene

Material für einen verdammten Fotoessay zusammenträgst, der schon seit Tagen auf meinem Schreibtisch liegen sollte.

— Hey, Chef, bitte hör mir doch mal zu. Ich bin, ich bin hier an was wirklich Großem dran. Richtig groß. Ohne Scheiß, Mon.

— Lass den bescheuerten Slang bleiben, Pierce. Du kommst aus Milwaukee.

— Das trifft mich jetzt echt, Mann. Aber es ist der Hammer. Eine ernste Sache, und der Tuff G...

— Liest du überhaupt die Zeitschrift, für die du arbeitest? Wir haben im März eine Story über ihn gebracht. Ich empfehl' dir, sie zu lesen.

— Mit allem Respekt, Chef, diese Geschichte war verdammter Scheißdreck. Ich meine, was sollte das, dieser Typ, der sie geschrieben hat, hat sich doch nur einen runtergeholt. Da steht kein Wort über den Sänger drin oder was hier wirklich abgeht. In einer halben Stunde treffe ich den Sohn des CIA-Direktors. Jawohl, ich habe gerade CIA gesagt. Chef, hier fliegt uns demnächst die Kalter-Krieg-Scheiße nur so um die Ohren und ...

— Hast du überhaupt gehört, was ich eben gesagt habe? Eine Sekunde. Keine Helvetica, alles, nur nicht Helvetica und um Himmels willen, auf dem Foto sieht Carly Simon aus wie Steven Tyler, wenn er gleich jemandem einen Blowjob verpasst. Alex.

— Bin da, Boss.

— Ich hab gesagt, wir hatten ihn bereits und Jamaika auch. Wenn du so weitermachst und nicht das tust, wofür ich dich da runtergeschickt habe, dann solltest du vielleicht mal bei *Creem* anrufen.

— Ach, so läuft das also. Na ja, das mach ich dann vielleicht mal.

— Komm mir nicht blöd, Pierce. Jackson hat gesagt, dass du noch nicht mal mit ihm gesprochen hast.

— Jackson?

— Der verdammte Fotograf, du Depp.

— Hast du sonst noch jemanden hier runtergeschickt?

— Was meinst du?

— Du hast mich schon richtig verstanden. Hier ist noch jemand vom *Rolling Stone.*

— Das wüsste ich aber, Pierce.

— Du hast nicht zufällig einen *echten* Journalisten hier runter geschickt, weil du eine Story gewittert hast?

— Auf Jamaika gibt's keine verdammte Story. Wenn irgendjemand eine eigene Geschichte schreiben will und nicht auf meiner Lohnliste steht, dann ist das seine Sache. Du stehst aber auf meiner Lohnliste.

— Es hat also nichts damit zu tun, dass das zu groß für Pierce ist, er ist zu grün, also schicken wir einen Profi?

— Die Farbe Grün fällt mir nicht unbedingt als Erstes ein, wenn ich an dich denke, Pierce.

— Ach ja. Welche Farbe denn dann?

— Ich will eine Story mit Fotos von Jagger, der die Titten irgendeiner Schlampe begrapscht, in zwei Tagen auf meinem Schreibtisch, oder du kannst dich als gefeuert betrachten.

— Weißt du was? Weißt du was? Vielleicht solltest du das als meine Kündigung betrachten.

– Nicht, solange ich diese verdammte Reise bezahle, Pierce. Aber keine Sorge: sobald du deinen fetten Arsch nach New York zurückverfrachtet hast, wird es mir ein Vergnügen sein, dich rauszuschmeißen.

Und damit hat er aufgelegt. Technisch gesehen bin ich also arbeitslos, oder werde es bald sein. Ich bin immer noch nicht sicher, was ich davon halten soll. Hat Jagger seine Frau mitgebracht? Oder diese Blondine, mit der er ständig rummacht? Wie passt das mit seiner Vorliebe für schwarze Pussys zusammen? Merkwürdig. Da sehe ich Mark Lansing auf mich zukommen. Er sieht genauso aus wie der Weiße auf dem Umschlag vom »Jamaikanisch für Anfänger«-Lehrbuch. Olivgrüne Cargohosen, bis zu den Waden aufgerollt, schwarze Sneaker und ein grün-rot-goldenes ärmelloses Hemd, das knapp über dem Bauchnabel endet. Anscheinend hängt ihm ein Tuch aus der Gesäßtasche, es flattert ab und zu im Wind. Und Himmel, er hat eine Tam auf dem Kopf, unter der blonde Fransen heraushängen. Er sieht so aus, als wäre er eben dem »Schwule gegen Babylon«-Club beigetreten oder so was. Ich wünschte, mein Rauswurf würde mir etwas mehr Sorgen bereiten.

— Erde an Alex Pierce.

Irgendwie hat er es geschafft, sich auf den Liegestuhl neben mir fallen zu lassen, seine Hose auszuziehen, sodass die lila Badehose darunter zum Vorschein kommt, und einen Mai Tai zu bestellen, ohne dass ich es mitbekommen habe.

— Und eine Schachtel Zigaretten, Jimbo. Marlboro, nicht diesen Craven-»A«-Mist.

— Na klar, sofort, Mr. Brando.

Der Kellner tänzelt davon. Ich versuche, den Gedanken zu vermeiden, aber unweigerlich bestätigt er meinen Verdacht, dass jeder männliche Jamaikaner in der Tourismusbranche ein Schwanzlutscher ist.

— Alex, mein Freund.

— Lansing.

— Das muss ja 'ne tolle Nummer gewesen sein, die du letzte Nacht geschoben hast, wenn du immer noch davon tagträumst, Mon. Drei Mal hab ich deinen Namen gerufen, Mon.

— Ich war abgelenkt.

— Allerdings.

Der Kellner kommt mit den Zigaretten zurück.

— He, Jimbo, ich wollte Marlboro. Was soll dieser Benson-&-Hedges-Scheiß? Sehe ich etwa wie eine englische Tunte aus?

— Nein, Sir, vollste Entschuldigung, Sir, jawohl Sir, leider haben wir keine Marlboros, Sir.

— Verdammt, diesen Mist bezahl ich nicht.

— Jawohl Sir, Mr. Brando.

— Aber hallo. Und frisch mal diesen verdammten Drink auf, wenn du schon dabei bist. Das ist ja Wasser mit Mai-Tai-Geschmack.

— Sofort, sogleich, Entschuldigung, Mr. Brando.

Der Kellner nimmt den Drink und tänzelt davon. Lansing dreht sich um und wirft mir einen Jetzt-sind-wir-endlich-unter-uns-Blick zu.

— Also, Lansing.

— Für meine Freunde Mark.

— Mark. Wer zum Teufel ist Brando?

— Wer?

— Brando. Das hat er drei Mal zu dir gesagt.

— Hab ich nicht mitbekommen.

— Du hast nicht mitbekommen, dass jemand dich drei Mal mit falschem Namen angesprochen hat?

— Man versteht doch sowieso kaum, was diese Kerle labern, stimmt's?

— Stimmt.

Angesichts seiner Herkunft, hätte die Tatsache, dass er unter falschem Namen hier ist, meinen Verschwörungstheorie-Instinkt auf Hochtouren bringen müssen. Aber bei Mark Lansing, der noch nicht mal James Bond kennt?

— Also, was war das jetzt mit dieser Pressekonferenz?

— Es war eher eine Art Pressemitteilung. Ich habe wirklich damit gerechnet, dich dort zu treffen.

— Ich bin vermutlich eine zu kleine Nummer.

— Du schaffst es schon noch.

Fick dich, du Arschloch in deinem lila Badeslip.

— Wer ist der Kerl vom *Rolling Stone,* der da war?

— Weiß nicht. Aber er hat jede Menge Fragen über Gangs und so 'n Zeug gestellt. Als ob das irgendwen interessieren würde.

— Über Gangs?

— Über Gangs. Über irgendeine Schießerei in Kingston und so Zeug. Im Ernst. Dann hat er gefragt, wie nah er dem Premierminister steht.

— Tatsächlich.

— Äh, ja. Und ich hab immer wieder gedacht, wo ist mein Kumpel Alex?

— Nett von dir.

— So bin ich nun mal. Nett. Ich kann dich da reinbringen. Eigentlich war ich sogar jeden Tag in dieser Woche bei ihm. Ich bin so high, dass sogar 'ne 747 vor Neid erblassen würde. Habe ihn vor einem Monat kennengelernt, als sein Labelboss mich angeheuert hat, eine Crew zusammenzustellen und dieses Konzert zu filmen. Ich habe ihm sogar ein Paar Cowboystiefel geschenkt. So große, backsteinrote von Frye. Weißt du, die Jamaikaner, die lieben einfach ihre Cowboyfilme. Soweit ich weiß, kosten solche Scheißstiefel ein Vermögen.

— Du hast sie nicht gekauft?

— Scheiße, nein.

— Wer dann?

— Auf jeden Fall haben wir die Exklusivrechte, das Konzert zu filmen.

— Sie haben dich angeheuert, das Konzert zu filmen? Wusste gar nicht, dass du ein Filmemacher bist.

— Es gibt 'ne Menge, was du nicht von mir weißt.

— Offensichtlich.

— Willst du einen Mai Tai? Sind Scheiße, aber umsonst.

— Nee, vielen Dank. Also, was ist das für ein Gefallen, den du mir tun kannst? Und was willst du dafür?

— Bist du immer so grob? He, wo bleibt mein verdammter Drink? Pass auf, Kumpel, ich will dir wirklich nur helfen. Du willst doch Kontakt zum Sänger, stimmt's? Du willst nah ran, unter vier Augen mit ihm sprechen?

— Na ja, schon.

— Ich kann dich in meine Crew aufnehmen. Du bist der Journalist oder so was.

— Ich *bin* Journalist.

— Siehst du? Das passt doch prima. Bruder, ich habe so uneingeschränkten Zugang zum Sänger wie noch niemand davor oder danach, jedenfalls keine Film-Crew. Vom Labelboss persönlich angeheuert. Wir sollen alles filmen. Himmel, wir können ihn vielleicht sogar beim Scheißen filmen oder wie er diese libysche Prinzessin fickt, der er angeblich Mandingo-Sex beibringt. Ich filme ein paar deiner Interviews für die Doku, aber du kannst sie für was immer du willst verwenden.

— Wow. Klingt wirklich cool, Mark, aber warum?

— Reist du mit leichtem Gepäck, Pierce?

— Immer. Dann ist man schneller weg, wenn's sein muss.

— Ich habe Übergepäck und brauche jemanden, der es mit zurück nach New York nimmt.

— Warum zahlst du nicht einfach drauf?

— Es muss vor mir dort sein.

— Wie bitte?

— Schau mal. Du bist Teil meiner Crew. Wenn du zurück nach New York fliegst, nimmst du einen von meinen Koffern mit. Ganz einfach.

— Davon abgesehen, dass nichts einfach ist. Was ist in dem Koffer?

— Filmzeug.

— Du gibst mir den Sänger für einen Gepäcktransport?

— Jepp.

— Der Schein trügt, Lansing. Ich sehe nur so aus wie ein Idiot, wirklich. Koks oder Heroin?

— Weder noch.

— Pot? Du verarschst mich.

— Was? Nein, Alex. Was soll das? Im JFK wartet jemand, der den Koffer übernimmt.

— Wer bist du, der Spion, der aus der Kälte kam?

— Rastas arbeiten nicht für die CIA.

— Ha ha.

— Du hast wohl zu viel James Bond gesehen, was? Im Koffer wird Bildmaterial sein.

— Wovon?

— Was verdammt noch mal meinst du, wovon? Für die Dokumentation. Das hier ist ein Eilauftrag, Kumpel. Sein Boss will das einen Tag nachdem es gefilmt wurde auf Sendung sehen. Sobald wir es im Kasten haben, schicken wir es los.

— Verstehe.

— Das hoffe ich. Ich traue Fremden nicht, und diese Ärsche vom Zoll, doof wie die nun mal sind, werden den Film ans Licht zerren, solange kein Weißer dabei ist und ihnen sagt, dass sie vorsichtig damit umgehen sollen. Willst du heute Abend mit in die Hope Road 56 kommen?

— Wie bitte? Scheiße, ja.

— Ich kann dich entweder abholen, oder wir treffen uns vor dem Tor.

— Hol mich ab. Wann?

— Um sieben.

— Cool. Danke, Mark. Echt.

— Null Problemo. Wann fliegst du zurück?

— Ende der Woche, aber ich wollte eigentlich noch ein bisschen länger bleiben.

— Mach das nicht. Hau ab.

— Hä?

— Hau ab.

Nina Burgess

Als ich gerade zur Hope Road aufbrechen wollte, rief meine Mutter an und sagte, ich soll sofort nach Hause kommen. Genau das hat sie gesagt, komm sofort nach Hause. Aus irgendeinem Grund musste ich an Danny denken, irgendwo in den USA mit einer Ehefrau mittlerweile oder wenigstens einer Freundin, die weiß, wo er herkommt und keinen Moment gezögert hat, als er zum ersten Mal Oralsex vorgeschlagen hat. Er muss mittlerweile verheiratet sein. Ich weiß nicht, was das bedeutet, der Mann, der davongekommen ist. Einmal habe ich das Haus meiner Eltern geputzt, weil sie in Urlaub waren und ich sie überraschen wollte. Ich habe die Angelausrüstung meines Vaters geordnet, und dabei ist sein Spinnerkasten heruntergefallen. Darin lag ein Brief, mit roter Tinte auf einem gelben Blatt geschrieben. *Ich habe dreißig Jahre gebraucht, um diesen Brief zu schreiben,* so fing er an. Die Frau, die davongekommen ist, habe ich gedacht. Und dann habe ich mich gefragt, ob jeder einen solchen Menschen hat, den er nicht vergessen kann, den einen, der davongekommen ist.

In den Radionachrichten um zwölf drohte das Women's Crisis Center mit einem weiteren Friedensmarsch, ganz in Schwarz und mit einem Sarg. Die gutbürgerlichen Frauen hierzulande inszenieren für ihr Leben gern ein Drama, doch eigentlich suchen sie nur eine beschissene Beschäftigung. Ich weiß nicht genau, warum ich all das denke, denn es ist noch viel zu früh für so ein großes kosmisches Carlos-Castañeda-Ding, das alles miteinander verbindet. Ich zittere immer noch, nachdem ich meine Schwester so beschimpft habe. Ich habe nicht mal geduscht, obwohl ich mich nicht daran erinnern kann, ob ich gestern Nacht, Pardon!, heute Morgen geduscht habe, als ich nach Hause gekommen bin.

Ich habe ein Taxi zum Haus meiner Eltern genommen und darüber nachgedacht, was man mir in der Botschaft gesagt hat, als vor einem Monat mein Visumsantrag abgelehnt wurde. Ich hätte keine ausreichenden Bindungen, nichts auf dem Konto, keine Unterhaltsberechtigten, keine Erwerbstätigkeit, nichts, was der amerikanischen Regierung garantieren würde, dass ich nicht einfach untertauche, sobald ich in den guten alten USA lande. Als ich die Botschaft verließ, kam ein fetter Mann in einem gelben Hemd und einer braunen Krawatte auf mich zu, als hätte er den Ausdruck in meinem Gesicht schon mal gesehen. Bevor ich mir die zahllosen Frauen vorstellen konnte, die mit dem gleichen Gesichtsausdruck aus dieser Botschaft gekommen sind, fragte er mich, ob ich ein Visum wolle. Normalerweise höre ich mir diesen Scheiß nicht an, doch er klappte seinen Pass auf, und ich sah nicht nur ein Visum, sondern Stempel von den Flughäfen in Miami und Fort Lauderdale. Er kenne einen Mann, der einen Mann kennt, der einen Amerikaner in der Botschaft kennt, der mir für fünftausend Dollar ein Visum besorgen kann. Das ist ein halber Jahreslohn. Ich müsse ihm das Geld nicht geben, bevor ich das Visum habe, nur ein Passfoto, das ich ohnehin in der Tasche hatte. Ich denke an die Nachrichten von vor einem Monat über die zehn Menschen, die erschossen wurden. Ich weiß nicht, warum ich ihm geglaubt habe, aber das habe ich.

Ich erreichte das Haus meiner Eltern erst gegen ein Uhr am Mittag. Kimmy öffnete die Tür. Sie trug ein Kleid. Aber keins von diesen Dawta-Jeanskleidern oder einen langen verstaubten Rock. Ein violettes Sittsames-braves-Mädchen-Kleid ohne Ärmel, ein Etuikleid nennt man das wohl, als wollte sie sich gleich der Frageunde bei einem Schönheitswettbewerb stellen. Keine Schuhe. Sie spielte das Nesthäkchen. Sie schwieg mich an, und ich hatte bestimmt nicht vor, irgendwas zu ihr zu sagen, obwohl ich mir auf die Lippe beißen musste, um nicht zu fragen, ob Ras Trent auch da war. Sie öffnete die Tür und wandte den Blick ab, als wollte sie nur mal kurz lüften. Sie kann mich mal am Arsch lecken, denke ich. Und es fällt mir immer leichter, das zu denken. Wollen wir hoffen, dass meine Mutter mich nur bitten will, ein Rezept in der Apotheke einzulösen, wo man immer ein paar Pillen extra oder irgendwas dazu gepackt kriegt, eine dieser Erledigungen, um die sie Kimmy nie bittet.

Normalerweise kocht oder häkelt meine Mutter, wenn ich zu Besuch komme. Aber heute sitzt sie in dem roten Samtsessel, auf dem sonst mein Vater immer sitzt, wenn *Dad's Army* läuft. Sie sieht mich nicht an, obwohl ich schon zwei Mal Hallo gesagt habe.

— Mummy, du hast gesagt, ich soll herkommen. Was ist denn so dringend?

Sie sieht mich immer noch nicht an, sondern presst nur die Fingerknöchel auf die Lippen. Kimmy läuft vor dem Fenster auf und ab und meidet meinen Blick ebenfalls. Ich bin überrascht, dass sie nicht auf mich losgegangen ist und mich angezischt hat, dass Mummy mich hoffentlich nicht von irgendwas Wichtigem abhält. Auf dem Couchtisch liegt ein neues Häkeldeckchen, wahrscheinlich hat Mummy die ganze Nacht gearbeitet. Mit einem rosa Faden, und meine Mutter hasst Rosa. Außerdem häkelt sie normalerweise irgendwelche Tierformen, und dieses Deckchen sieht nicht so aus wie die, die sie sonst immer macht. Sie häkelt inzwischen meistens dann, wenn sie nervös ist, und ich frage mich, ob irgendwas passiert ist. Vielleicht hat sie einen der Männer gesehen, die sie überfallen haben, vielleicht war es der Gärtner von nebenan, vielleicht hat sie das Gefühl, das Haus wird beobachtet. Vielleicht sind sie zurückgekommen, haben etwas gestohlen und meine Eltern davor gewarnt, der Polizei was zu sagen. Keine Ahnung, aber dass sie nervös ist, macht mich nervös, und dass Kimmy im Hintergrund schwebt, als wäre sie bis zu meiner Ankunft machtlos gewesen, macht das Gefühl noch schlimmer. Ich blicke mich um, um zu sehen, ob irgendetwas anders ist als sonst. Nicht dass es mir auffallen würde. Kimmy läuft hin und her.

— Kimmy, hör auf rumzuzappeln wie ein verdammter Affe, sagt meine Mutter.

— Ja, Mummy, sagt sie. Ich möchte sie nachäffen wie eine Sechsjährige. Ja, Mummy am Arsch. So wie Kimmy plötzlich auf zehn Jahre jünger macht, um von ihren Eltern verhätschelt zu werden, könnte man fast meinen, sie wäre ein Sohn und keine Tochter.

— Und meine eigene Tochter. Grundgütiger. Grundgütiger.

— Mummy?

— Sprich mit deinem Vater.

— Worüber soll ich mit Daddy reden?, frage ich sie, sehe dabei jedoch Kimmy an, die meinem Blick demonstrativ ausweicht.

— Selbst ein Coolie wäre besser gewesen, aber ... Mein Gott ... es ist so ekelhaft. Ich kann es an dir riechen.

— Wovon redest du, Mummy?

— Wag es nicht, deine Stimme gegen mich zu erheben! Wag es nicht, in diesem Haus deine Stimme zu erheben. All die Jahre, die ich dich gebadet habe, und trotzdem konnte ich die Schlampe nicht aus dir rauswaschen. Vielleicht hätte ich sie rausprügeln sollen.

Ich bin stehen geblieben. Ich weiß immer noch nicht, wovon du redest, sage ich. Sie sieht mich nach wie vor nicht an. Schließlich dreht Kimmy sich um und versucht, mich mit einem leeren Starren zu fixieren, kann jedoch meinen Blick nicht halten und wendet sich ab.

— Also, bist du jetzt eine Hure oder nur seine Hure?

— Ich bin keine Hure. Was zum Teufel ...

— Fluch nicht in meinem verdammten Haus. Ich weiß, dass du die Hure für den verdammten Sänger bist. In seinem Haus. Wie viel zahlt er dir? All die Monate, seit du keine anständige Arbeit mehr hast, hab ich mich gefragt, Wie kommt Nina ohne Broterwerb zurecht? Obwohl sie nie um Geld bittet und keine Freunde hat ...

— Ich habe jede Menge Freunde ...

— Unterbrich mich nicht in meinem verdammten Haus. Ich habe das verdammte Ding mit meinem und Mr. Burgess' Geld gekauft.

— Ja, Mummy.

— Und bar bezahlt ohne irgendeine verdammte Hypothek, also glaub nicht, du könntest dir in meinem Haus Widerworte erlauben.

Ambush in the Night

Meine Finger zittern, als hätte ich gerade drei Stunden in einer Gefriertruhe verbracht. Kimmy geht zur Tür.

—Kim-Marie Burgess, dein Hintern bleibt, wo er ist. Sag deiner Schwester, die große Neuigkeit ist ganz offensichtlich, dass sie sich mit diesem, diesem Rasta erniedrigt.

—Ich erniedrige mich? Ich erniedrige mich. Kimmy hat einen Rasta-Freund.

—Willst du das damit vergleichen, woran du deine Scham verschwendest? Er kommt wenigstens aus einer guten Familie. Und er macht eine Phase durch. Eine Phase.

—Eine Phase? Wie die, die Kimmy durchmacht?

—Ich schwöre, jedes Mal wenn ich an dich und diesen Sänger denke, wie du in irgendeinem schmutzigen Bett Gras rauchst und dich schwängern lässt, möchte ich mich übergeben. Hörst du mich, ich könnte kotzen. Du bist ein böses kleines Mädchen, ich wette, du schleppst mir alle möglichen Kopfläuse ins Haus.

—Mummy.

—All die Jahre auf der Schule, und was ist aus dir geworden? Eine von seinen Frauen? Ist es das, wofür ein Highschool-Abschluss heutzutage gut ist?

Jetzt klingt sie wie Daddy, und ich frage mich, wo er ist. Kimmy, sie war es. Meine Mutter zittert so heftig, dass sie in den Stuhl zurücksinkt, als sie aufstehen will. Kimmy eilt an ihre Seite, um ihr zu helfen wie eine brave Tochter. Sie hat es ihnen erzählt. Sie hat ihnen irgendwas erzählt. Und sie kennt mich. Sie weiß, dass ich sie nicht verpetzen werde, denn eine schlechte Tochter deprimiert meine Mutter, aber zwei würden sie umbringen. Sie zählt darauf, dass ich die gute Tochter spiele, die alles auf sich nimmt, und sie hat recht. Ich bin beinahe beeindruckt von dem kleinen Miststück.

—Ich kann nur noch daran denken, dass du den Gestank von Ganja und Achselschweiß ins Haus trägst. Ich kann ihn an dir riechen. Ekelhaft. Ekelhaft.

—Oh? Und an deiner anderen Tochter kannst du es nicht riechen?

— Lass die arme Kimmy aus dem Spiel.

— Die arme Kimmy? Sie darf also mit einem Rasta schlafen.

— Wage es nicht, hier drinnen unverschämt zu werden! Dies ist ein gottesfürchtiges Haus.

— Weiß Gott, dass es hier nur Heuchler gibt? Kimmy darf mit einem Rasta rummachen ...

— Er ist kein Rasta.

— Sag ihm das mal. Oder besser, sag es deiner Tochter und schau, ob sie dann bei ihm bleibt.

— Schon als kleines Mädchen bist du immer auf deine Schwester losgegangen. All der Hass und der Neid, und weswegen? Wir haben nie eine von euch bevorzugt. Trotzdem hast du diese Bosheit in dir. Ich hätte sie aus dir rausprügeln sollen, das hätte ich tun sollen, sie aus dir rausprügeln.

— Oh ja. Und wie war dass, als der böse Mann den ganzen Schmuck und deine Ersparnisse aus dir rausgeprügelt hat, wie hat dir das gefallen?

— Sprich nicht so mit meiner Mutter, sagt Kimmy.

— Halt du deine beschissene Klappe, du kleines Biest. Tu nicht so heilig.

— Rede nicht so mit deiner Schwester.

— Immer bist du auf ihrer Seite.

— Nun, wenigstens eine meiner Töchter soll kein Flittchen werden. Selbst ein Coolie wär nicht so schlimm gewesen.

— Deine verdammte Tochter fickt auch einen Rasta!

— Morris! Morris, komm nach unten und rede mit deiner Tochter. Schaff sie aus dem Haus! Morris! Morris!

— Ja, ruf Daddy. Ruf ihn, damit ich ihm alles über deinen kleinen Liebling hier erzählen kann.

— Halt den Mund, Nina. Du hast dieser Familie schon genug Schande bereitet.

— Ich rette diese verdammte Familie.

— Ich kann mich nicht erinnern, eins meiner Kinder gebeten zu haben, irgendwas zu retten. Ich will kein verdammtes Zimmer in einem

Rasta-Lager, in dem die Frauen allen gehören und die Kinder Ganja rauchen. Morris!

Ich will irgendwas packen und nach Kimmy werfen, die mich nach wie vor noch nicht angesehen hat. Wahrscheinlich trägst du schon eins seiner Kinder im Leib, sagt meine Mutter. Sie klingt, als würde sie weinen, doch es fließen keine Tränen. Kimmy tätschelt ihr den Rücken. Sie bedankt sich dafür, dass Kimmy ihrer armen Mutter hilft, das alles durchzustehen. Ich bin hier fertig. Es gibt nichts mehr zu sagen. Es gibt nichts zu tun, außer darauf zu warten, dass meine Mutter etwas sagt. Eigentlich hatte ich vor, hierherzukommen und Kimmy am Hals zu packen, doch stattdessen sehe ich zu, wie sie den Rücken ihrer Mutter streichelt, und habe Mitleid mit den beiden. Aber dann sagt sie,

— Mummy, und was ist damit, dass sie vor seinem Haus gewartet hat?

— Was? Oh mein Gott, jetzt wartet sie schon vor seinem Haus wie eine Straßendirne. Selbst er hat mittlerweile begriffen, dass sie Abschaum ist. Gott, schau, was aus meiner Familie geworden bist.

— Du beschissenes Miststück, sage ich zu Kimmy, die mich ausdruckslos ansieht.

— Ich will solche Wörter in meinem Haus nicht hören. Wenn du schon ein Flittchen sein musst, dann versuch wenigstens, nicht wie eins zu reden, wenn du in meinem Haus bist.

— Und was ist mit dem Flittchen, das dir den Rücken tätschelt?, will ich sagen. Egal, was Kimmy verdammt noch mal sagt oder macht, sie haben immer eine Entschuldigung oder Rechtfertigung dafür, als hätten sie vom Tag ihrer Geburt an einen Vorrat angelegt, sodass sie jederzeit eine parat haben. Das will ich sagen, aber ich tue es nicht. Kimmy weiß, dass ich es nicht tun werde. Kimmy weiß, dass ich die gute Tochter bin, und so wird es auch bleiben, egal wie schlimm es für mich wird. Ich bin beinahe beeindruckt, wie sehr ich sie unterschätzt habe. Ich bin beinahe beeindruckt, wie weit sie gegangen ist und wahrscheinlich noch gehen wird. Ich will sagen, dass mich zumindest kein Mann jemals verprügeln und glauben machen könnte, es sei für den gerechten Kampf gewesen, aber das tue ich nicht. Mein Herz pocht, und am liebsten würde ich ein Messer packen, ein stumpfes Tafelmesser, nicht um sie zu schneiden oder zu stechen, sondern nur, damit sie mich kommen sieht und weiß, dass sie nichts dagegen tun kann. Da stehe ich in diesem beschissenen Haus mit Leuten, mit denen ich vorgestern den ganzen Tag verbracht habe, stehe an wie eine verdammte Idiotin für etwas, das ich nicht einmal mehr will. Ich wette, Kimmy ist glücklich. Sie kann der ach so braven Nina eine verpassen.

— Musst du dich da unten nicht kratzen bei all den Läusen? Zwickt es dich da unten nicht? Wie kannst du nur so dastehen? Gütiger Gott, was für eine böse Tochter habe ich? Ich möchte kotzen, Kimmy. Ich will kotzen.

— Ist schon gut, Mummy. Ich bin sicher, sie hat keine Läuse.

— Woher willst du das wissen? Diese Rastamänner sind schmutzig. Mir egal, wie viel Geld er angeblich hat. Sie sind alle schmutzig und dumm. Man kann sie aus zehn Metern Entfernung riechen.

— Nein, es juckt mich nicht, und ich habe auch keine Läuse. Und er hat besser gerochen als Babypuder, sage ich und bereue es schon, bevor die letzte Silbe über meine Lippen ist. Ich will Kimmy packen und einfach bloß schütteln. Einfach fest schütteln wie ein verdammtes Baby, das nicht still sein will.

— Morris! Morris! Ich will keinen schmutzigen Rasta-Bastard, hast du mich gehört? Ich will kein verdammtes Rasta-Balg in meinem Haus.

Ich sehe Kimmy an und frage mich, ob sie es so gewollt hat oder ob sie nicht vorhersehen hat können, dass es so ausgehen würde. Meine Eltern werden überfallen, und sie lässt sich nicht blicken, nicht weil sie mit dem Überfall nicht umgehen könnte, sondern weil sie nicht mit einer Situation umgehen kann, bei der sie nicht im Mittelpunkt steht, auch wenn es eine Tragödie ist. Nun, schön für sie. Sie hat gewonnen. Sie weiß, dass ich nicht verraten werde, dass sie ihn auch gefickt hat. Sie weiß, dass ich versuchen werde, den Verstand meiner Mutter zu schonen, den zu rauben sie wild entschlossen scheint.

Beinahe bewundere ich, wie verschlagen das Miststück ist. Ich will, dass sie mich ansieht und lächelt, nur um mir zu zeigen, dass sie weiß, dass ich weiß, dass sie es weiß. Meine Mutter ruft immer weiter, Morris! Morris! Als wäre es ein Zauberspruch, mit dem sie ihn heraufbeschwören könnte.

Der Lederriemen klatscht auf meinen Rücken, die Spitze an meinem Hals wie der Stachel eines Skorpions. Ich schreie, doch der Riemen peitscht erneut auf meinen Rücken und dann zwei Mal auf die Rückseite meiner Beine, und ich gehe zu Boden. Mein Vater packt meinen linken Knöchel und zerrt mich zu sich, und mein Rock rutscht hoch, sodass man meinen Slip sieht. Er packt mich mit der Linken und schlägt mich mit seinem Gürtel. Ich schreie, und Mummy schreit, und Kimmy schreit. Und er verprügelt mich, als wäre ich zehn Jahre alt. Und ich schreie Daddy an, dass er aufhören soll, und er sagt nur, das verdammte Mädchen braucht Disziplin, ich werd dich in meinem verdammten Haus Disziplin lehren, und er schlägt mir auf den Po und schlägt wieder, und ich winde mich, und der Gürtel reißt meinen rechten Oberschenkel auf, und er holt wieder aus, gleichgültig, wo er mich trifft, meine Fingerknöchel, als ich versuche, den großen Ledergürtel zu packen, den mit den vielen Nieten, weil er so gerne Cowboygürtel trägt, und ich kann meine Striemen riechen und schreie Daddy Daddy Daddy und Mummy schreit Morris Morris Morris und Kimmy schreit einfach und der Gürtel trifft mich überall und ich winde mich und er trifft direkt meine Pussy und ich schreie auf und Daddy sagt Disziplin und Disziplin und Disziplin und er hat mich getreten ich weiß er hat mich getreten und er holt aus und ich wehre mich lass meinen Fuß los lass meinen Fuß los lass meinen Fuß los und ich fahre herum und trete gegen seine Brust und sie fühlt sich an wie eine Altmännerbrust und er taumelt nach hinten und hustet aber es kommt nur Luft kein Geräusch und ich schreie keine Worte nur Naaaah Naaah Naaaah und packe den Gürtel und stelle mich über ihn und schlage auf seine Beine der Dreckskerl schlage ihn schlage ihn Naaaah Naaaah Naaah Naaaaah und meine Mutter schreit wieder bring meinen Mann nicht um bring meinen Mann nicht um und er hustet und ich erkenne, dass ich ihn mit der Schnalle und nicht dem Riemen geschlagen habe, und ich drehe mich um und wickle den Gürtel fest um meine Knöchel und sehe Kimmy an.

Barry Diflorio

Meine Sekretärin kam zurück und sagte, die Sekretärin von Louis Johnson hätte keine Ahnung, wo er steckt, was der Code dafür war, dass sie es uns nicht sagen wollte. Also musste ich mich aus meinem verdammten Stuhl quälen und durch den Flur zum Schreibtisch von dieser Frau gehen und sie fragen, ob sie gerne hier arbeite und es auch in Zukunft noch tun möchte. Falls dies der Fall sei, sollte sie sich besser daran erinnern, dass sie für die Regierung der Vereinigten Staaten von Amerika arbeitet, nicht für Louis Johnson. Ich sah, wie sie hinter ihrer überdimensionalen rosafarbenen Batgirl-Brille die Augen aufriss und ihre Stirn sich in Falten legte, obwohl ihr akkurater, schmierölfarbener Pony sich keinen Millimeter bewegte. Es dauert Jahre, bis man als Botschaftsangestellter gelernt hat, nicht verängstigt auszusehen, und sie hatte es beinahe geschafft. Beinahe, aber man sah deutlich, dass sie noch nicht so richtig einschätzen konnte, wie hoch das tatsächliche Drohpotenzial der passiv-aggressiven Bemerkung eines Vorgesetzten wirklich war. Sie wusste nicht, ob ich sie nur verarschen wollte oder nicht. Liguanea Club, Knutsford Boulevard.

Da war ich natürlich schon mal gewesen. Hat mich an den Gentlemen's Rodeo Club in Buenos Aires und bestimmte Klubs in Ecuador, Barbados und Südafrika erinnert. Im Liguanea Club waren immerhin dunkelhäutige Gäste anwesend, und auch ein paar Araber, die so tun, als wären sie Weiße, was anscheinend nie aus der Mode kommt. Ich verlasse das Büro und fahre auf die Oxford Road, wo die Leute immer noch in der brennenden Sonne auf ihre Visa warten, dann geht es in Richtung Westen. An der Kreuzung Oxford Road und Knutsford

Boulevard biege ich rechts ab und fahre weiter nach Norden. Der Posten am Tor wirft einen Blick auf den Weißen im Auto und stellt keine Fragen. Der grüne Cortina steht am Ende des Parkplatzes. Ich parke auf der anderen Seite, auch wenn ich mir ziemlich sicher bin, dass Louis nicht weiß, welchen Wagen ich fahre.

Im Speisesaal saßen jede Menge Weiße in Anzügen beim Mittagessen, und schöne braune Frauen in Tennisröcken tranken Rum und Cola. Ich hörte sie schon, bevor ich sie sah. Louis warf den Kopf zurück und gab de las Casas einen Knuff. Natürlich war er da. Zuerst wollte ich hingehen und Louis fragen, was zum Teufel hier los war, ohne mich um die Anwesenheit von de las Casas zu kümmern. Mein Gott, wie ich diesen Kerl hasse. Er hat so was an sich, das man sonst nur bei Schönheitsköniginnen und Politikern sieht. Dieses »Die Welt liegt mir zu Füßen«-Ding. Er denkt, er ist ein Revolutionär, aber in Wirklichkeit ist er nur ein Opportunist. Louis und Luis, die beiden könnten als Komiker-Duo auftreten.

Ich sitze am hintersten Ende der Bar und beobachte sie möglichst unauffällig. Anscheinend bin ich in einer Parodie auf einen Spionageroman gelandet und spiele den Deppen an der Bar, der einen auf James Bond macht. Verdammt, vielleicht sollte ich dann auch gleich einen Martini bestellen. Sie stehen beide auf, und mir wird plötzlich klar, dass sie auf dem Weg zum Parkplatz womöglich an mir vorbeimüssen.

Aber Johnson geht auf einen Durchgang nur wenige Meter von seinem Tisch entfernt zu, und der Kubaner folgt ihm. Als ich draußen bin, verlässt sein Wagen gerade zügig den Parkplatz. Ich klemme mich sofort hinter ihn und bin schon auf der Straße, als sein Auto noch nicht mal hundert Meter weit gekommen ist. Gott sei Dank ist die Rushhour ein globales Phänomen.

Seit meiner Zeit mit Adler in Ecuador habe ich kein Auto mehr verfolgt. Ja, ich bin wirklich zu alt für Adrenalinstöße, aber es packt einen doch immer wieder, verdammt. Das gefällt mir. Wirklich, das gefällt mir sehr. Vielleicht sollte ich diese Energie in meinen Schwanz strömen lassen und, nun ja, irgendjemanden ficken.

Louis biegt nach links auf die Trafalgar Road, und der Verkehr wird noch dichter, dann biegt er noch mal links ab. Nach ungefähr hundert Metern weiter, auf einer Straße, die ich nicht kenne, fährt er weiter nach Süden, über die Half Way Tree Road, und bevor ich michs recht versehe, bin ich im Getto. Oder zumindest sind die Häuser kleiner und die Straßen enger geworden, und mehr und mehr Zinkdächer sind zu sehen, nur von lose darauf liegenden Ziegelsteinen gehalten. Zementwände werden zu Blechwänden, auf denen Graffitis geschmiert sind: Scheiß-PNP, Blackheart Men, »Under Heavy Manners«, Rastafari. Wenn ich mich auf den grünen Cortina konzentriere, habe ich kaum Zeit, darüber nachzudenken, wie bescheuert das ist, als Weißer durch das schwärzeste Getto von Kingston zu fahren. Half Way Tree ist schon ziemlich heftig, aber so was wie hier hab ich noch nie gesehen. Den Gedanken, dass ich den Rückweg vielleicht nicht mehr finde, schiebe ich beiseite. Sie fahren jetzt schneller. Ich möchte auch Gas geben, aber jeden Moment könnte ein kleines Mädchen in einer blauen Schuluniform über die Straße rennen.

Louis kennt diese Straßen. Er war schon mal hier. Er kommt ziemlich oft hierher, vermute ich. Ich habe nicht mal gemerkt, dass ich das Gaspedal ganz durchdrücke, aber ich höre den Motor meines eigenen Wagens und sehe, wie meine Hände ganz plötzlich das Lenkrad drehen und der Wagen nach links schlingert und dann nach rechts und dann über einen offen stehenden Kanaldeckel. Mein Auto hüpft über Schlaglöcher, springt, bricht aus und quietscht. Der grüne Cortina ist mal zu sehen, mal nicht, verschwindet hinter einer Ecke, nur um kurz darauf, wenn ich es ebenfalls um die Kurve geschafft habe, drei oder vier Autos vor mir wieder aufzutauchen. Herrgott, ich will nur hoffen, dass er nicht versucht, mich loszuwerden.

Wir sind jetzt auf einer Art Schnellstraße, noch so eine Strecke, die ich nicht kenne. Die Häuser hier sind sogar noch kleiner, noch blecherner, noch ärmlicher, und die Leute auf der Straße gehen in dieselbe Richtung, in die das grüne Auto fährt. Es sieht aus, als würden sich auf beiden Seiten der Straße Hügel erheben. Erst als ich ziemlich dicht dran bin, merke ich, was das wirklich ist. Berge von Müll – nein, keine

Berge, Dünen, überall Dünen, wie in der Sahara, nur dass die hier nicht aus Sand, sondern aus Müll und Rauch bestehen. Der dichte Rauch riecht säuerlich, als würde man Tierkadaver verbrennen. Die Menschen klettern über die Abfalldünen, sogar über die brennenden, graben Löcher in den Müll und stopfen irgendwas in schwarze Plastiktüten. Der grüne Cortina ist verschwunden. Ich halte an und weiß nicht mehr weiter. Zwei Jungs mit Tüten in der Hand rennen direkt vor mir über die Straße, und meine rechte Hand zuckt Richtung Handschuhfach. Vielleicht sollte ich die Pistole rausholen und sie zumindest griffbereit auf meinen Schoß legen. Mein Herz schlägt hoffentlich bald langsamer. Was zum Teufel tue ich überhaupt hier? Dann gehen zwei weitere Jungs vorbei, dann einige Frauen, dann eine Gruppe aus Männern, Frauen, Jungs und Mädchen, vor und hinter dem Wagen, die Männer und Frauen schlurfend, die Jungs und Mädchen hüpfend und springend, alle mit schwarzen Plastiktüten in den Händen. Jemand schlägt gegen den Wagen, und ich zucke zusammen, drücke auf den Knopf des Handschuhfachs, die Klappe öffnet sich, und ich greife mir die Pistole.

Keine Ahnung, wie viele Minuten vergehen, bis ich wieder Gas gebe. Die Straße ist immer noch frei, aber es ist ja auch eine Schnellstraße mit Felsen auf der einen und dem Meer auf der anderen Seite. Nur ein anderes Auto fährt vorbei, ein weißer Datsun, dessen Fahrer den Kopf herausstreckt, als er mich sieht, ein Schwarzer mit Augen wie ein Chinese. Ich könnte schwören, dass er mich finster anstarrt, was wirklich merkwürdig ist, weil ich mir ziemlich sicher bin, ihn noch nie gesehen zu haben. Kurz vor einer Abzweigung nach links kommt der grüne Cortina aus dem Nichts auf mich zugeschossen und rammt mich. Ich knalle mit der Stirn aufs Lenkrad und werde wieder zurück in den Sitz geschleudert. Der Kubaner stürzt als Erster raus, jedenfalls glaube ich, dass es der Kubaner ist. Er rennt mit gezogener Waffe auf meinen Wagen zu und hält mir die Knarre direkt unter die Nase.

— Moment mal, den kenne ich doch. Das ist einer von euch, sagt er.

— Was zum Teufel ... Diflorio? Was zum Teufel ... Diflorio, was soll das denn, wieso verfolgen Sie mich?

Sie bestehen darauf, mich ins Krankenhaus zu bringen, obwohl mir gar nichts passiert ist. Ein Arzt im Kingston Public Hospital näht die Wunde an meiner Stirn, während ich die Menschenmassen hier drin ebenso zu ignorieren versuche wie die Blutschmierer und das andere Zeug auf dem Fußboden. Der Arzt macht sich nicht mal die Mühe, seinen Mundschutz abzunehmen. Ich möchte unbedingt raus hier, aber ich habe vergessen, wie ich überhaupt hierhergekommen bin. Dann sehe ich Louis Johnson, der im Wartebereich neben einer alten schwarzen Frau sitzt und Zeitung liest.

— Wo ist mein Wagen?

— Haben sie den Kleinen schön vernäht? Ist wieder alles gut?

— Mein Wagen, Johnson.

— Keine Ahnung. Irgendwo im Getto, schätze ich. Wahrscheinlich inzwischen komplett ausgeschlachtet.

— Witzig, Johnson, wirklich sehr witzig.

— Las Casas hat es zur Botschaft gefahren. Alles in bester Ordnung. Sie werden Ihrer Frau einiges erklären müssen, aber es ist kein Totalschaden oder so.

— Scheiße, Johnson.

— Was soll ich dazu sagen, mein Guter? Ich hab bemerkt, dass ich verfolgt werde, und beschlossen, mir das nicht gefallen zu lassen. Wenn Sie sich das nächste Mal zu so einer Aktion entschließen, sollten Sie sich nicht so dämlich anstellen. Im Getto fahren nicht sehr viele Volvos rum. Haben Sie überhaupt eine Ahnung, wo Sie gewesen sind? Auf geht's.

Wir fahren zurück zur Botschaft. Durch Straßen, die ich nicht kenne. Jedenfalls glaube ich, dass wir zur Botschaft fahren. Ich wünschte, ich hätte meine Pistole noch.

— Haben Sie so einem schwarzen Typen den Auftrag gegeben, mich zu beschatten?, frage ich.

— Nein, aber gut möglich, dass Luis das getan hat. Ein weißer Datsun?

— Ja.

— Dachte ich mir.

— Wer ist das?

— Wissen Sie, Diflorio, ich weiß Ihre Arbeit durchaus zu schätzen.

— Tatsächlich.

— Ja, was Sie da mit Adler in Ecuador abgezogen haben, war ziemlich gut. Zäh wie Sirup, aber trotzdem effektiv.

— Sie haben doch keine Ahnung, was ich in Ecuador gemacht habe.

— Ich weiß nicht nur, was in Quito abgelaufen ist, ich weiß auch, dass dies hier nicht Quito ist.

— Soll heißen?

— Ihre dämliche Briefeschreiberei funktioniert nicht in einem Land, wo die meisten Leute nicht mal wissen, wie man das Wort »Kommunist« buchstabiert.

Mit der Briefeschreiberei meint er die Briefe, die ich an die Presse geschickt habe, um die Ecuadorianer vor der kommunistischen Gefahr zu warnen. Und die, in denen die »Kommunistische Partei« zur Unterstützung des Rektors der Universität von Quito aufgerufen hat – um die Leute davon abzuhalten, ihn zu wählen. War ja auch erfolgreich. Mit der Briefkampagne meint er meine Flugblätter, für die Junge Volksbefreiungsfront, eine kommunistische Organisation, die ich selbst ins Leben gerufen hatte, indem ich eine halbseitige Anzeige in der Zeitung schaltete und zwei jugendlich aussehende Agenten, die Spanisch sprachen, als linksradikale Exilanten aus Bolivien ausgab – für den Fall, dass jemand die Organisation persönlich kennenlernen wollte. Wir konnten auch die kommunistische Studentenbewegung einigermaßen demoralisieren, indem wir jedes Mal, wenn sie sich trafen, die Militärpolizei darüber informierten. Mit der Briefeschreiberei meint er die Antikommunistische Front, die ich aus dem Boden gestampft und die 340 Leute, die ich angeworben und denen ich beigebracht habe, wie man sich organisiert und die kommunistische Bedrohung entschärft, weil ich nämlich in Ungarn war und mitbekommen habe, dass der Kommunismus tatsächlich eine verdammte Bedrohung ist. Mit der Briefeschreiberei meint er das, was nötig war, um Arosemana die Wahl gewinnen zu lassen und ihn wieder abzusetzen, als er lästig wurde, wie das immer mit diesen Lateinamerikanern passiert, wenn man ihnen auch nur ein kleines bisschen Macht gibt. Und es gelang mir, diesen ganzen Scheiß aus der *New York Times* herauszuhalten, während Männer wie Johnson und Carlucci im Kongo eine Riesenscheiße fabrizierten. Der hat wirklich Nerven.

— Denken Sie nicht, dass ich Ihre sanfte Taktik nicht zu schätzen weiß, Diflorio, oder Sie persönlich übrigens. Aber dies hier ist nicht Ecuador. Nicht mal annähernd.

— Sanfte Taktik. Die hätten Sie damals im Kongo gut gebrauchen können.

— Im Kongo ist alles bestens.

— Der Kongo ist eine einzige Katastrophe. Es ist ja nicht mal mehr der Kongo.

— Jedenfalls ist er nicht kommunistisch.

— Natürlich.

— Sind Sie ein Patriot, Diflorio?

— Was? Natürlich. Was ist denn das für eine beschissene Frage?

— Na schön, dann ist es wenigstens einer von uns beiden. Ich mache nur meinen Job.

— Kommt jetzt noch der Spruch, dass Sie es nur tun, weil es so aufregend ist? Dass Sie es sogar umsonst tun würden?

— Nein, die Bezahlung ist auch gut. Patriot, so ein Scheiß. Ihr Problem ist, dass Sie den ganzen Blödsinn glauben, den Ihre Regierung erzählt.

— Sie glauben wohl, Sie hätten alles im Griff, was? Jeder einzelne Brief, der von Kuba oder China oder aus der Sowjetunion nach Jamaika geschickt wird, und jeder Brief, der von hier dorthin geschickt wird, geht über meinen Schreibtisch. Ich habe in jeder linken Organisation in diesem beschissenen Land einen Spitzel, den noch nicht mal Bill Adler enttarnen könnte. Sie sind keinen Deut besser als diese zwölf Vollidioten, die er zur Verfügung hatte.

— Soll heißen?

— Alles, was Sie tun, ist Unheil stiften. Wenn Typen wie Sie nicht andauernd Unheil stiften würden, bräuchte man solche Leute wie mich gar nicht. Ich habe gerade eine Liste subversiver Elemente auf-gestellt, mit der Bush sehr zufrieden ist. Und was haben Sie so erreicht, Johnson? Ich sehe nur, dass Sie wie üblich mit Terroristen herumma-chen.

— Ha, ha, Doctor Love hat mir schon von Ihnen erzählt.

— Oh, nennt er sich neuerdings so? Der und seine reichen kubani-schen Vollidioten, die dachten, sie könnten eine Konterrevolution ins Rollen bringen, weil ihre Papas ihnen ein paar hübsche kleine Schieß-eisen gekauft haben. Wenn sie Kuba Leuten wie mir überlassen hätten anstatt Leuten wie ihm, dann gäbe es schon längst einen McDonald's in Havana.

— Bravo. In einem Punkt täuschen Sie sich aber, Diflorio. Sie sind der Meinung, dass Sie das allein durchziehen können. Sie und Leute wie Sie, beschissene Bürohengste. Solche Arschlöcher wie Sie wissen doch überhaupt nicht, was für eine Scheiße hier wirklich vor Ort statt-findet. Und das ist auch besser so. Also hören Sie auf, sich einzubilden, dass Sie Männer wie mich nicht brauchen.

— Bemerkenswert.

— Und was ist ihr neuestes großes Projekt, Diflorio? Ein beschisse-nes Malbuch. Ein beschissenes Malbuch, das ...

— Man muss bei den Jungen anfangen, Sie Arschloch.

— Seite sechs: Mein Daddy sagt, wir sind eine Demokratie, kein to-talitärer Staat, und jetzt malen wir die Buchstaben UdSSR schön bunt aus.

— Arschloch.

— Hey, antikommunistische Malbücher sind meiner Meinung nach wirklich eine feine Sache. Einfach perfekt für ein Land, in dem die meisten Menschen nicht lesen und schreiben können.

— Die Ampel war rot, Johnson.

— Haben Sie Angst?

— Ich bin genervt. Und müde. Wohin fahren Sie denn?

— Ich dachte, Sie wollten nach Hause.

— Bringen Sie mich zurück ins Büro.

Er schaut mich an und lacht.

Ambush in the Night

— Vielleicht sollten Sie besser nach Hause gehen. Ich versteh euch Typen nicht, Dilflorio. Sie sind wie Carlucci. Sie und er, die Kissinger Boys.

— Sagen Sie mir nicht, was ich tun soll, Johnson. Ja, Sie sind wirklich von einem ganz anderen Schlag.

— Kommt jetzt der Satz: Sie sind eine tickende Zeitbombe?

— Nein, jetzt kommt der Satz: Schauen Sie bitte auf die Straße und nicht auf mich.

— Was wissen Sie, Diflorio?

— Mehr als Sie ahnen, Johnson.

— Wissen Sie, dass bestimmte kulturelle Gruppierungen die Absicht haben, eine eigene Partei zu gründen? Nicht die Linken, nicht die Jamaikaner, nicht die Kirche, nicht die Kommunisten. Eine völlig andere Gruppe. Dieses Land hier wird am Ende des Jahres im Chaos versinken, wenn nicht irgendjemand was tut. Und mit Chaos meine ich dasselbe wie Ihr Boss Kissinger.

— Kissinger ist nicht mein Boss.

— Und Jesus ist nicht der Weg und die Wahrheit und das Licht. Sie sind ein Buchhalter, Diflorio. Sie sind hier, um im Büro zu hocken, und das ist auch in Ordnung. Jemand muss sich schließlich um den Papierkram kümmern und hübsche bunte Malbücher drucken, aber das hilft uns nicht, die Dinge vor Ort zu regeln. Wussten Sie, dass wir ihn vor zwei Tagen beinahe gekriegt hätten? Beinahe wäre uns dieser Drecksack mausetot auf einer Betonplatte serviert worden. Beinahe hätten wir diesen kommunistischen Scheißkerl erledigt.

— Was hat Sie denn davon abgehalten?

— Jetzt tun Sie bloß nicht so, als wüssten Sie, von wem ich rede.

— Von wem denn, Johnson?

— Scheiße, Sie wissen es wirklich nicht. Den Premierminister.

— Erzählen Sie mir doch keinen Scheiß, Sie Arschloch.

— Den beschissenen Premierminister namens Michael Joshua Manley. Wir hätten ihn beinahe gehabt. Mittwoch, so ungefähr gegen vier. Die PNP hatte diese Zusammenkunft in Old Harbour einberufen, Sie wissen ja, wo das ist, stimmt's? Wie auch immer, es war wieder so

ein Treffen, bei dem es um das Gewaltproblem ging, weil diese Arschlöcher einfach gerne Treffen abhalten. Übrigens warten wir noch auf
die Abschrift, aber es hieß, Manley hätte die ganze Woche Anrufe von
Stokely Carmichael und Eldridge Cleaver bekommen. Wie auch immer, aus irgendeinem Grund kommt es plötzlich zu einer Meinungsverschiedenheit, und dieser Offizier – wir müssen unbedingt seinen
Namen rauskriegen – greift den Parteisekretär an. Verpasst ihm einen
Schlag direkt ins Gesicht. Also bequemt sich der Herr Premierminister, dazwischenzugehen, und will den Offizier zur Rede stellen, aber
der sagt bloß, er könne ihn am Arsch lecken. Manley will jedenfalls
nicht nachgeben und sieht sich plötzlich von einer Menge Soldaten
umringt, die ihre Waffen auf ihn richten. So war das in Old Harbour,
die Soldaten richten ihre Waffen auf den Premierminister dieses beschissenen Landes. Aber natürlich haben sie einen Rückzieher gemacht, und niemand wurde erschossen.

— Wow, das ist ja eine tolle Geschichte. Wenn Sie noch eine Liebes-
handlung einbauen, können Sie das Drehbuch an Hollywood verkaufen. Erklären Sie mir mal, warum wir Amerikaner ein Interesse daran
haben sollten, ihn zu beseitigen. Es gibt keine Anweisung, den Premierminister oder einen anderen Politiker in diesem Land zu eliminieren. Wir sind hier nicht in Chile, Johnson. Ich mag ja ein Bürohengst sein, aber Sie sind einfach nur ein billiger Schläger. Ihre Taktik
läuft immer darauf hinaus, dass Leute wie ich hinterher jede Menge
Scheiße aufwischen müssen.

— Hauptsache, es funktioniert …

— Jetzt hören Sie mal zu, Sie haben keine Erlaubnis, irgendjemanden zu eliminieren, verstanden?

— Ich eliminiere überhaupt niemanden, Diflorio. Weder billigt
noch unterstützt die Firma Aktionen terroristischer Individuen oder
Organisationen, das war schon immer so und wird auch so bleiben.
Abgesehen davon sind wir hier nicht in Chile, wie Sie ganz richtig festgestellt haben.

Ich will schon sagen, dass ich froh bin, dass er das so sieht, und dass
es sich hier um sensible Angelegenheiten handelt, die umsichtiges

Handeln erfordern, damit wenige Spuren und möglichst keine Kollateralschäden hinterlassen werden, aber da sagt er,

— Nein, nicht Chile. Aber in ein paar Tagen wird es hier zugehen wie in Guatemala, merken Sie sich meine Worte.

— Was? Was sagen Sie da?

— Sie haben's doch gehört.

— Nein.

— Doch. Ich fürchte, das hier ist eine Nummer zu groß für Sie, größer als die Firma, also erzählen Sie mir nichts von irgendwelchen Anweisungen.

— Nein.

— Doch.

— Herrgott noch mal. Sie haben wohl vergessen, dass man mich einige Monate nach Guatemala geschickt hat, um die Wahlen zu überwachen. Und ungefähr zur gleichen Zeit haben diese Schmalspur-Psychopathen angefangen, mit unseren Waffen ihre eigenen Leute umzubringen. Wie lange bilden Sie die schon aus?

— Mit der Ausbildung habe ich nichts zu tun. Aber unbestätigten Berichten zufolge wohl seit einem Jahr.

— Der Kubaner. Er hat ...

— Sie sind doch nicht so schwer von Begriff, wie manche Leute denken.

— Wie viele?

— Ach kommen Sie, Diflorio.

— Wie viele, Sie verdammter Mistkerl?

— Ich bin nicht bei der Informationsbeschaffung, Diflorio. Aber wenn ich es wäre, würde ich schätzen, mehr als zehn, aber weniger als zweihundert. Und noch ein anderes Team von Patrioten in Virginia. Erinnern Sie sich noch an Donald Casserley?

— Jamaica Freedom League. Hat uns mal um finanzielle Unterstützung für seine kleine Organisation gebeten. Wir haben abgelehnt, weil er ein beschissener Drogenhändler ist. Was soll das jetzt werden? Eine zweite Chance für die Anfänger von der Schweinebucht? Wo doch in dreizehn Tagen Wahlen sind.

— Diflorio denkt langfristig, was sagt man dazu? Das hier ist nicht Guatemala, die hier sind schlauer, und es ist auch nicht Brasilien, weil die hier keine Lust haben, dieses beschissene Land zu regieren.

— Wer zum Teufel ist das Ziel?

— Ich weiß überhaupt nicht, wovon Sie reden, Diflorio. Wenn irgendeine Gruppierung sich, sagen wir mal, ein bisschen hervortun möchte, zum Beispiel heute, dann ist es nicht meine Aufgabe, mich in innenpolitische Angelegenheiten einzumischen.

— Heilige Scheiße, haben Sie heute gesagt?

— Geheime Verschlusssache, Barry, aber an Ihrer Stelle ...

— Rufen Sie sie zurück, Johnson. Sofort, um Himmels willen!

— Ich wüsste gar nicht, wen ich da anrufen sollte, tut mir leid. Außerdem schätze ich, dass es ohnehin zu spät dafür ist. Abgesehen davon, ist es ein außenpolitischer Grundsatz der Vereinigten Staaten von Amerika, sich nicht ...

— Verdammte Scheiße, Johnson. Sie können mich mal.

— Ich bringe Sie jetzt nach Hause zu Ihrer hübschen Frau.

— Louis, hören Sie, ich weiß nicht, ob Sie im Auftrag der NSA oder der WRO oder sonst wem arbeiten, aber Sie müssen sich unbedingt da raushalten und die Diplomatie übernehmen lassen.

— Das in Ecuador ist übrigens spitzenmäßig gelaufen.

— Lassen Sie das, verdammt, und hören Sie mir zu. Wir haben doch schon jede Menge investiert, verflucht. Diese Regierung weiß das. Der CIA-Direktor weiß das. Ernsthaft, mit wem reden Sie denn überhaupt? Wir haben in dem Jahr vor dieser Wahl über zehn Millionen investiert. Sal in der *New York Times*, die dreißig fetten Säcke in der JLP, die Kirchen, die Private Sector Organisation of Jamaica.

— Wieso versuchen Sie ständig, mich zu belehren, Barry? Wir sind doch nur zwei Seiten der gleichen Medaille.

— Nicht mal ansatzweise.

— Die beiden Seiten bekommen einander nur nie zu Gesicht.

— Wir stehen so kurz davor, Sie Arschloch.

— Ich bin nicht das Arschloch, dem Sie das erzählen müssen, Diflorio, das wäre dann wohl eher Ihr Kumpel Georgie Bush. Abgesehen davon, ist es sowieso zu spät, kapieren Sie's endlich. Gehen Sie nach Hause, schauen Sie sich *Starsky & Hutch* an. Und schalten Sie die Nachrichten heute Abend ein. Da gibt's was zu sehen.

Papa-Lo

Ich weiß nicht, wann ich zum letzten Mal so schnell gelaufen und so langsam vorwärtsgekommen bin. Vielleicht arbeitet die Sonne gegen mich, die ist heute ein richtig zänkisches Miststück. Als ich Josey gefragt habe, ob er irgendetwas von der Operation Werwolf wusste, hat er den Kopf geschüttelt und Nein gesagt. Aber die Wang Gang hat Sprengstoff, und nur zwei Parteien sind auf der Seite des Kubaners. Die und Josey.

Folgendes habe ich mir überlegt. Wenn er den Osten kontrollieren würde, während ich im Westen für Ordnung sorge und Tony Pavarotti seine Gewehre vielleicht nach Norden und auf das Meer im Süden richtet, dann wären wir rundum geschützt. Aber wenn wir alle verstreut sind wie Punkte auf einer Landkarte, dann weiß irgendwann die linke Hand nicht mehr, was die rechte tut. Ich glaube, das ist meine Schuld. Es muss meine Schuld sein. Wenn der Körper krank ist, sollte der Kopf es zuerst wissen. Sagt man nicht so? Zwischen Josey und mir herrscht Funkstille. Nein, das ist es nicht. Ein Mann, nein, gewisse Männer haben sich zwischen uns alle gestellt, Männer, die uns benutzen und dann wie Müll wegwerfen. Ich bin dieses böse Spiel leid, und Shotta Sherrif ist es auch allmählich leid. Schon lustig, dass ich Shotta Sherrif besser verstehe, als ich Josey Wales verstehe. Josey wohnt achtzig Meter von mir entfernt.

Die Welt kommt mir jetzt so vor, als würden die sieben Siegel eines nach dem anderen brechen. Hataclaps, böses Blut, irgendwas liegt in der Luft. In weniger als dreißig Tagen kommen sieben und sieben zusammen, und dann ist das Ende nah. Ich bin gerade auf dem Weg zu

Josey, da vergesse ich, wie meine Frau aussieht. Es dauert nur eine Minute, dann weiß ich es wieder, aber es macht mir Angst, dass ich ihr Gesicht vergessen habe. Aber dann erinnere ich mich an ein kleines Mädchen, das ihr ähnlich sah, aber wir haben noch kein Kind, auch wenn es da draußen viele Frauen gibt, die sagen, dass ihre Söhne und Töchter meinen Nachnamen tragen. Ich gehe die Straße entlang, Meter für Meter. Ein Mietshaus, dann das nächste Mietshaus, dann das nächste, alle dreistöckig, mit Zäunen, so hoch, dass man das Erdgeschoss nicht sehen kann, ein Haus ist pink, das nächste grün, das nächste hat die Farbe von Knochen, ich weiß nicht mal mehr, wer uns zu diesen Farben überredet hat, vielleicht die Frauen. Ich bin sechzig Meter von Joseys Haus entfernt.

Wenn ein Vater sich von seinem Sohn abwendet, darf er sich nicht wundern, wenn der Sohn ihn irgendwann nicht mehr kennt. Nicht dass Josey mein Sohn wäre – er würde mich erschießen, wenn ich ihn auch nur Junge nennen würde. Aber es ist meine Schuld, ich habe mich von ihm abgewendet, weil ich Dinge schultern musste, von denen ich glaubte, dass er sie nicht schultern könnte. Manche Leute tun nichts, als zu träumen, und andere tun nichts, als zu handeln, und beides hat seine Vor- und Nachteile. Menschen wie Josey haben keine Vision, Menschen wie ich haben keinen Antrieb. Ich habe nachgedacht, und ich habe geredet, und ich habe den Leuten ein neues Reasoning nähergebracht, bei dem wir und nur wir im Mittelpunkt stehen. Kein Politiker und keine Regierung. Ein anderes System als das Shitstem, eines, in dem Gewehre zu schwer sind, um sie zu tragen, und deswegen auch keiner eins trägt, und in dem weder meine Frau noch seine Frau noch irgendeine andere Frau arbeiten muss, nur um ihren Chef noch reicher zu machen. Du wächst auf und willst etwas Neues, weil das Alte so alt ist, dass es nicht mal mehr stinkt, es wird einfach nur vom Wind davongeweht wie Trockenfäule. Vierzig Meter bis zu Joseys Haus.

Ich will sein Haus erst wieder verlassen, wenn wir uns geeinigt haben. Freundliche und anständige Menschen, der Rastafari hat mir den rechten Weg gewiesen. Die erste Lüge, mit der Babylon uns zum

Narren gehalten hat, war, dass wir im Shitstem von Babylon eine Zukunft haben. Und ich bin es leid, und Shotta Sherrif ist es leid, und der Sänger ist es auch leid. Jedes Mal, wenn ich zum Sänger gehe und sehe, dass ein Mann aus Copenhagen und ein Mann aus den Eight Lanes vernünftig miteinander reden können, denke ich, dass ein Dreieck drei Seiten hat, aber alle immer nur zwei Seiten sehen. Dreißig Meter bis zu Joseys Haus.

Ich weiß, was Josey vorhat. Es werden einige Leute sterben, bis es wirklich so weit ist. Josey und Doctor Love. Josey und der Amerikaner. Josey und Peter Nasser. Die PNP wird niemals mit dieser Wahl davonkommen. Ein Sieg der PNP würde Hataclaps für die Insel bedeuten. Der Amerikaner sagt, das Einzige, was zwischen Frieden und Chaos, Überfluss und Hunger steht, sind wir. Aber die Jamaikaner können dumm sein, sie können wirklich sehr dumm sein. Die Armen haben das Leid schon kennengelernt. Wenn die PNP gewinnt, dann wird PNP-schlimm zu PNP-schlimmer. Und trotzdem. Trotzdem frage ich mich, wie viel Unruhe ein Mann stiften kann, ohne mir ein Wort davon zu erzählen. Wenn zu viele daran beteiligt sind, sieht es nicht mehr nach uns aus und hört sich nicht mehr nach uns an.

Zwanzig Meter bis zu Joseys Haus.

Zehn Meter vor Joseys Haus durchsiebt eine Kugelsalve den Boden vor mir, eins, zwei, drei, vier, fünf, sechs, sieben, acht, und schneidet mir den Weg ab. Drei Jeeps preschen aus den Seitenstraßen, umkreisen mich und wirbeln Staub, als wäre ich mitten in einem Tornado aus weißen Männern. Der Staub wirbelt und wirbelt und wird immer dichter und undurchsichtiger. Die Wagen fahren immer noch im Kreis herum, aber ich kann sie nur noch hören, der Staub macht mich blind. Erst als er sich wieder gelegt hat, sehe ich, dass sie alle schon heruntergesprungen sind, Polizisten und Soldaten, alle mit Maschinengewehren im Anschlag, manche davon auf mich gerichtet, manche auf die Straße, als würden sie nach einem Idioten Ausschau halten, der ihnen einen Grund gibt abzudrücken. Ich halte auch Ausschau. So etwas passiert sonst nie, selbst die Härtesten aus Babylon wissen, dass man nur noch nach Copenhagen City kommt, indem man sich durch irgendeine Zaunlücke oder einen offenen Kanaldeckel quetscht. Die Polizei sollte eigentlich klug genug sein, keinen Fuß hier hereinzusetzen. Vor allem nach dem, was wir ihnen beim letzten Mal verpasst haben. Und die Soldaten beziehen eigentlich lieber einen erhöhten Punkt, von dem aus sie uns einen nach dem anderen wie die Fliegen erledigen können. Ich halte Ausschau, weil meine Leute eigentlich mit Waffen parat stehen sollten, lange bevor überhaupt irgendein Jeep Copenhagen City erreicht. Aber die Türen der Häuser sind alle geschlossen. Josey kommt nicht heraus. Josey ist nicht da, und Tony Pavarotti bewacht auch nicht den Norden. Es ist wie eine Stadt in einem Clint-Eastwood-Film, über die die Banditen hergefallen sind.

Zwei Soldaten in Grün und zwei Polizisten, einer in Blau und der andere in Kakiuniform und Sonnenbrille, gehen auf mich zu.

— Bombocloth, was soll das, hä?, sage ich zu dem Kakipolizisten.

— Heißt du Papa-Lo?, sagt er. Er ist groß, und sein Bauch steht vor wie bei einer Schwangeren.

— R'asscloth, wer...

— Oi, sehe ich aus, als würde ich mich gern wiederholen, wenn ich mit einem gesuchten kriminellen Element rede? Ich habe gefragt, ob du der bist, den sie Papa-Lo nennen.

— Klingt, als wüsstest du es nicht.

— Hey, sehe ich aus, als hätte ich Zeit für 'nen stinkenden Gettojungen?

Er schaut an mir vorbei und nickt zweimal. Ich merke es zu spät und kann mich nicht mehr ducken, bevor der Soldat hinter mir seinen Gewehrkolben gegen meinen Hinterkopf schlägt. Er muss noch einmal zugestoßen haben, weil ich es zweimal dumpf knallen höre und mir schwindelig wird. Mir entgleitet das nächste Wort, das ich gerade sagen wollte. Meine Knie lassen mich fallen, gegen meinen Willen, ich kämpfe darum, dass sie sich wieder aufrichten, aber sie stellen mich nicht wieder auf die Beine. Die Polizisten und Soldaten kommen auf mich zu. Sie wirbeln beim Gehen so viel Staub auf, dass ich ihre Stiefel erst sehe, als sie nur noch einen Zentimeter von meinem Gesicht entfernt sind. Sie treten mir ins Gesicht und arbeiten sich zu meinem

Bauch und meinen Eiern vor, bis einer schreit, dass sie mich lebendig brauchen.

Zweimal komme ich zu mir, zweimal schlagen sie mich wieder bewusstlos. Als ich das dritte Mal aufwache, liege ich auf einer Pritsche und schaue auf die drei steinernen Mauern einer Gefängniszelle.

Alex Pierce

Als Beifahrer von Mark Lansing die Hope Road entlang zu fahren macht mir eine Heidenangst. Dieser Arsch kann ums Verrecken nicht fahren, zumindest nicht in Jamaika. Wir legen den ganzen Weg von New Kingston zur Hope Road auf der Straßenmitte zurück, weil er einfach nicht auf der linken Spur bleiben kann. Trotzdem hat er noch die Eier, alle Jamaikaner zum Teufel zu wünschen, wenn sie ihn anhupen. Ich versinke einfach immer tiefer in meinem Sitz, weil ich zum einen nicht will, dass mich jemand mit Mark Lansing in einem Wagen sieht – auch wenn mich hier sowieso keiner erkennen würde –, und zum anderen darauf hoffe, dass ihn die Kugel zuerst trifft, wenn jemand auf uns schießt. Es ist 19 Uhr. Beinahe ganz Kingston hat Feierabend, und auf den Straßen stehen die Wagen Stoßstange an Stoßstange, die Hupen gellen, eine Fortsetzung der Fluch-Arien, die die Leute von sich geben, bevor sie überhaupt ins Auto steigen.

Plötzlich jault eine Sirene auf, und jeder außer Mark schert seitlich aus.

— Mach den Weg frei, Mark.

— Was soll der Scheiß, sollen die doch ausweichen.

— Mark, ohne in die historischen Details gehen zu wollen, aber einige Jamaikaner wären nur zu glücklich, einem Weißen in den Arsch zu treten.

— Können sie ja versuchen …

— Zum Teufel, fahr links ran, Lansing.

— Schon gut, schon gut, Himmel, jetzt relax doch mal.

Ich sitze mit einem verdammten Greg-Brady-Imitator in einem Auto. Das Traurige ist, Mark hat sich diesen Schwachsinn wahrscheinlich wirklich von Greg Brady abgeguckt. Als stünde ihm »kleiner Penis« auf der Stirn geschrieben.

Der Krankenwagen rast vorbei, und mit einer zunächst schockierenden, dann aber absolut unvermeidlich erscheinenden Reaktion reißt Mark das Steuer herum und braust hinter dem Krankenwagen her. Das war eine der seltenen Situationen, in denen ich wirklich sprachlos bin, und das nicht nur wegen des dramatischen Effekts behaupte. Er selbst grinst auch wie ein Idiot und ist überwältigt, dass er eine so geniale Idee hatte. Hinter uns sind vier Wagen, deren Fahrer offenbar denselben Einfall hatten. Ich sehe, dass wir uns den beiden großen Torflügeln vor dem Haus des Sängers nähern. Das heißt, ich sehe es nicht, aber ich weiß, dass es nur noch einen Block weit entfernt ist. Lansing umklammert das Lenkrad und schwenkt mit einem so scharfen Rechtsruck auf die Zufahrt ein, dass die Reifen quietschen und aus dem Wagen hinter uns ein *Leck deine Mutter* tönt.

— Leck dich selbst, Bruder.

Wir stehen vor dem Tor. Es ist ziemlich düster, aber ich kann einen Baum erkennen, so nah, dass er fast den Eingang blockiert. Von hier aus sieht es so aus, als ob der oberste Stock auf Bäumen steht. Lansing hupt zwei Mal und will noch ein drittes Mal hupen, aber ich lege meine Hand auf die verdammte Hupe. Er zieht ein finsteres Gesicht, steigt aus und geht zum Tor, um den Wachmann auf uns aufmerksam zu machen. Der Wachmann steht nicht einmal auf. Ich weiß nicht, ob er überhaupt redet, bis ich Lansing sagen höre, er dürfte verdammt noch mal sehr wohl drinnen parken, und was zum Teufel er sich denn einbilden würde, mit wem er hier redet, ich hab gleich den großen Mann persönlich zu filmen, und fick dich wenn du glaubst, dass ich nicht reinkomme. Der Wachmann ist nicht halb so laut, ja, es sieht immer noch so aus, als würde er gar nichts sagen.

— Arschlöcher. Sie lassen keinen Wagen rein, der nicht zur Familie oder zur Band gehört. Wichser.

Ambush in the Night

Lansing fährt zu der Apartmentanlage auf der gegenüberliegenden Straßenseite hinüber und stellt den Wagen in einer offensichtlich reservierten Parkbucht ab. Ich steige mit ihm aus und mache mir nicht die Mühe, ihn darauf hinzuweisen. Er nimmt keine Kamera mit. Es ist lustig ihm zuzuschauen, wie er kocht und losstampft, als würde er sich jemanden vorknöpfen wollen. Jamaikaner sind durch nichts aus der Fassung zu bringen, sie könnten genauso gut aus Minnesota stammen. Wahrscheinlich lachen sie die ganze Zeit über ihn, während er zum Tor geht.

— Jetzt zufrieden?, sagt er zu dem Wachmann. Ich erkenne ihn nicht wieder, aber ehrlich gesagt kann ich die Wachmänner sowieso nicht auseinanderhalten. Der Wachmann mustert ihn einmal von oben bis unten und öffnet das Tor.

— Du nicht, nur einer, sagte er zu mir und ich trete zurück.

— Warte einfach hier, Pierce. Ich hol mir die Erlaubnis von ganz oben.

— Ja ja. War mir ein Vergnügen, Mark.

— Warte einfach hier.

Er geht auf die Eingangstür zu, dann nach links und ist verschwunden. Ich kann nicht erkennen, wohin er gegangen ist. Der Wachmann starrt mich an, und ich starre ihn an. Ich zünde mir eine Rothmans an und halte ihm die Packung hin. Er nimmt eine und gibt mir die Packung zurück. Keiner von uns beiden sieht das als verbindende Geste an. Aber zumindest hat er nichts dagegen, dass ich mich ans Tor lehne. Ich kann die Band hören, wie sie unterbricht und neu anfängt, vor allem die Gitarren. Ihr könnt das klischeehaft nennen, aber ich hätte damit gerechnet, zuerst Bass und Schlagzeug zu hören. Angeblich drängen die neuen Typen in der Band den Sänger in Richtung Rock. Ich würde ja sagen, weg von seinen Wurzeln, aber ich will nicht noch einer von diesen Weißen sein, die sich einbilden, den Schwarzen was über ihre Wurzeln erzählen zu können.

Vom Tor aus ist nicht viel zu sehen. In einem Verschlag steht der ramponierte Truck des Sängers. Bäume und ungemähtes Gras an der Westseite des Hauses und weitere Wachposten, zumindest nehme ich das an, etwa zehn oder so, die das Gelände im Auge behalten. Erst jetzt nehme ich die ganzen Gebäude drumherum wahr. Die Apartmentanlage, vor der Lansing geparkt hat, die Reihenhäuser nebenan, die Autos, die die Hope Road auf und ab fahren. Ich habe nicht mal darüber nachgedacht, welche Frage ich ihm als erste stellen will. Was halten Sie von den Vorhersagen, dass es am 7.7. ein großes Chaos geben wird? Von Bunny Wailers neuem Album? Bedeutet dieses Konzert, dass Sie die PNP unterstützen? Wenn die Rastas nicht für die CIA arbeiten, wer dann?

Ich hole einen Block aus meinem Rucksack und starre auf die leere Seite. Man würde meinen, dass ich mir eine Million Fragen notiert habe, seit ich weiß, dass Lansing mich reinbringen kann. Jetzt stehe ich vor seinem Tor, und mir fällt nichts ein. Ich weiß, dass es eine Story gibt, und ich weiß, dass ich sie wissen will, aber gerade bin ich mir nicht so sicher. Ich komm einfach nicht dahinter, ob ich einen plötzlichen Anfall von Scheißangst habe, oder ob mir so langsam klar wird, dass der Sänger vielleicht das Zentrum dieser Geschichte ist, es aber möglicherweise gar nicht seine Geschichte ist. Als würde es eine Version dieser Geschichte geben, in der es nicht um ihn geht, sondern um die Leute in seinem Umkreis, die kommen und wieder verschwinden, und wo es vielleicht um viel mehr geht als um meine Frage, warum er Ganja raucht. Verdammt, jetzt halte ich mich schon wieder für Gay Talese. Der Verkehr wird allmählich flüssiger. Ich schaue schon so lange in diese Richtung, dass ich nicht weiß, wann der Wachmann seinen Posten verlassen hat. Ein Blick auf meine Uhr sagt mir aber, dass Lansing schon eine Viertelstunde da drin ist. Ich gehe zum Tor und drücke meinen Kopf an die Gitterstäbe.

—Hallo? Hallo? Ist da jemand?

Keine Ahnung, wohin der Wachmann verschwunden ist. An diesem verdammten Tor ist nur ein kleiner Riegel. Ich bräuchte ihn nur anzuheben, und schon bin ich drin. Zutritt Unbefugter, alles klar? Scheiß auf Hunter S. Thompson, ich bin Kitty Kelley. Ich hab schon den Finger am Riegel, als ein anderer Wachmann auftaucht. Nicht der Typ von eben. Hellere Hautfarbe, mit einer Narbe auf der rechten Wange, wo man normalerweise einen Telefonhörer hält. Für die Schlüsse, die ich daraus ziehe, würde ich mich am liebsten verprügeln. Oder eigentlich doch nicht. Es ist ziemlich offensichtlich, dass diese Typen nicht zur Polizei gehören, noch nicht mal ausgebildete Wachmänner sind, auch wenn sie alle mit Maschinenpistolen herumlaufen. Vielleicht hat der Sänger einfach ein paar Jungs aus dem Getto angeheuert. Ich hätte es wirklich besser wissen müssen, als Lansing zu trauen. Wahrscheinlich steht er gerade an irgendeinem Fenster, und ihm geht einer ab, wenn er sieht, wie sein guter Kumpel Alexander Pierce in der Hitze wartet. Ich kann mir eigentlich nicht vorstellen, dass der Sänger neben ihm steht und ebenfalls lacht. Jemand, der so cool ist, wird seine Zeit nicht mit einem Arschloch wie Lansing verschwenden, egal, was der für einen Auftrag hat. Und trotzdem.

Das Tor öffnet sich gerade weit genug, um seinen BMW durchschlüpfen zu lassen. Mein Herz macht einen Satz, ich schwöre, ich bin ein Teenie-Girl. Aber er sitzt nicht drin. Irgendjemand fährt, ein dünner Rasta mit einer Frau auf dem Beifahrersitz, die aussieht wie eine der Background-Sängerinnen, und einem anderen Typ auf der Rückbank. Der Fahrer ist angepisst, er schaut hinter sich und dann sie an und dann mich an und fährt dann los. Erst da merke ich, dass er in die Dunkelheit fährt. Die Autos haben die Scheinwerfer angeschaltet. Ich hab vergessen, dass es schon nach acht ist. Im ersten Stock brennt Licht. Das Tor schließt sich. Ich schätze, dass ich schon eine Dreiviertelstunde vor diesem Tor warte, aber ehrlich gesagt habe ich das Zeitgefühl verloren. Wisst ihr, wo mein Freund ist, frage ich in die Leere hinein. Der Wachmann ist wieder verschwunden, und ich überlege erneut, ob ich einfach wieder hineinschlüpfe. Es wäre so einfach. Aber sobald ich drin bin, würden sich zehn Wachen auf mich stürzen, ohne auch nur eine Frage zu stellen.

Ein roter F100-Truck geht voll in die Bremsen und schafft es gerade noch, nach rechts in die Einfahrt abzubiegen. Ich springe aus dem Weg. Im Wagen sitzen zwei Männer, beide dunkel und beide mit Sonnenbrille, obwohl es Nacht ist. Der Fahrer starrt mich an, und ich bemühe mich nach Kräften, den Blick nicht abzuwenden. Der andere

Typ klopft an die Seite des Trucks. Der Motor läuft. Dann öffnet sich das Tor, nur einen halben Meter oder so, und sieben Männer in Jeans, Kakis und Schlaghosen, alle mit Pistolen oder Gewehren in der Hand, laufen zum Truck und springen auf die Ladefläche. Der letzte, ein kleiner Mann mit Dreadlocks und in einem rot-grün-goldenen Tanktop, schaut mich eine Sekunde lang an, ohne stehen zu bleiben. Der Truck prescht einfach so auf die Straße und biegt nach links ab. Dann öffnet sich das Tor etwas weiter, und ich kann gerade noch einem blauen Escort ausweichen, in dem vier oder fünf Männer hocken. Ihre Waffen ragen aus den Fenstern. Ich kann sie nicht zählen, dafür bin ich zu sehr mit Ausweichen beschäftigt. Der Wagen biegt nach links auf die Hope Road ein, und die anderen Autos steigen in die Bremsen. Ich rapple mich wieder auf und schaue zur Wache hinüber. Niemand schließt das Tor. Ich glaube, sie sind alle weg.

Zum ersten Mal bin ich auf seinem Grundstück. Wohnt er hier? Ich weiß es nicht mal. Die Auffahrt ist kreisförmig angelegt, mit ein paar Bäumen in der Mitte, und führt zu einem Eingang mit vier Säulen und einer Doppeltür, bei der ein Flügel halb offen steht. Das Haus hat zwei Stockwerke, die rostbraunen Fenster sind geöffnet. Die Band spielt immer noch, aber draußen sind alle verschwunden. Ich gehe nach links zu seinem ramponierten Truck. Mein Dad hatte auch so einen, nicht den gleichen, aber auch so einen alten ramponierten, den er mehr liebte als seine Kinder. Ich glaube, er liebte den Truck so sehr, weil er älter werden konnte, aber nie sterben würde. Na ja, so lange, bis er dann doch irgendwann den Geist aufgegeben hat. Wirklich seltsam, von drinnen kommt eindeutig Musik, und draußen ist es ruhig. Es ist nicht wirklich ruhig, mit den Keyboards, die abbrechen und wieder einsetzen, und dem Schlagzeug und dem Verkehr, aber es fühlt sich so an, und das beunruhigt mich zunehmend. Anders kann ich's nicht erklären. Ich glaub einfach nicht, dass dieser Hurensohn Lansing mich einfach hier so stehen lässt. Vielleicht verarscht er mich auch. Vielleicht ist es die Dunkelheit, die mich bedrückt. Wissen die da drin, dass das Wachpersonal weg ist und das Tor weit offen steht? Schichtwechsel nach Jamaika-Art?

Ambush in the Night

Scheiß drauf. Und scheiß auf ihn. Ich hätte es wissen müssen. Vielleicht ist das seine Rache für all das Zeugs, das ich hinter seinem Rücken abgesondert habe, denn inzwischen fühle ich mich wie der letzte Idiot. Nur dass ich über Mark Lansing niemals ein Wort verloren habe, und gelästert habe ich erst recht nicht. Wer hätte sich das auch angehört? Zum Teufel mit diesem Hurensohn, und zum Teufel auch mit alldem hier. Vielleicht lüge ich mir ja nur in die eigene Tasche. Schon wieder. Vielleicht sollte ich mich eher nach Mick Jagger umsehen, damit ich meinen verdammten Job behalte, oder mich zumindest mit dem Fotografen verabreden, den ich immer noch nicht getroffen habe. Wer weiß, vielleicht ist der gar nicht mehr hier auf der Insel.

Ich drehe mich um und gehe aus dem Tor. Auf der Hope Road ist viel los. Ich hab nichts in Lansings Wagen, also gehe ich einfach weiter. Die Autos fahren an mir vorbei, und ich bemerke einen weißen Escort. Der Fahrer lässt den Arm aus dem Fenster hängen und hat Dollarscheine zwischen die Finger geklemmt. Das heißt normalerweise Taxi. Ich geb ihm ein Zeichen, und er hält an. Ich öffne die Tür und steige ein, schaue die Straße hoch und sehe, wie ein blaues Auto in die Zufahrt einbiegt.

Nina Burgess

Der Abend hat mich überrascht. Ich bin stundenlang gelaufen. Ja, Busse aus beiden Richtungen sind an mir vorbeigefahren, und manche haben sogar gehalten, doch ich bin stundenlang gelaufen. Von Duhaney Park, wo meine Eltern wohnen, nordwestlich von Seinem Haus, wenn man Sein Haus als Mittelpunkt nimmt. Kimmy dachte, ich würde auf sie losgehen, und ist abgehauen. Sie dachte, ich wollte ihr mit dem Gürtel mit der baumelnden Schnalle eines ihrer beschissenen Augen ausschlagen. Sie rannte wie die Schlampe aus *Black Christmas*, die, die als Erste stirbt. Sie ist sogar über den Staubsauger gestolpert, den Mummy nicht weggeräumt hat, weil sie so bekümmert darüber war, dass ihre Älteste zu einem stinkenden Rasta-Flittchen geworden ist.

Aber ich wollte gar nicht auf Kimmy losgehen. Typisch, dass sie das kreischende Mädchen in dem Horrorfilm sein wollte, damit wäre sie wieder der Mittelpunkt der Aufmerksamkeit gewesen. Jede Wette, dass sie wahrscheinlich denkt, die Sache ist nach hinten losgegangen – nicht, weil mein Vater nach Luft ringend am Boden lag, während meine Mutter schrie, ich solle verschwinden und ich sie nicht weiter beachtete, und auch nicht, weil das Ganze nicht annähernd so ausgegangen war, wie sie es sich erhofft hat. Sondern weil sie es nicht geschafft hat, dass es dabei um sie ging. Ich hätte ihr nachlaufen sollen und mindestens zwei ordentliche Striemen auf dem Rücken verpassen sollen. Aber wenn die eigene Mutter unentwegt schreit, man sei ein Dämon aus der schwarzen Grube der Gehenna, und weil sie die Fastenzeit nicht eingehalten habe, müsse der Teufel in sie gefahren sein und ihr süßes Baby mit einem Teufel vertauscht haben, kann man ihr entweder erklären, dass sie bessere Filme gucken soll, oder einfach gehen. Und genau das habe ich getan. Kimmy stand nur zufällig im Weg. Sie hat gekreischt, bis sie oben in ihrem Zimmer, Pardon, in ihrem ehemaligen Zimmer war und die Tür abgeschlossen hatte.

Ich habe den Gürtel fallen lassen und bin rausgegangen. Sobald die untergehende Sonne mich berührte, bin ich losgelaufen. Es war schon nach sechs. Bei Mummys Anruf hatte es wie ein Notfall geklungen, also habe ich die grünen Laufschuhe angezogen, die ich, seit Danny sie mir gekauft hat, nicht mehr getragen habe, weil Laufschuhe am Ende doch albern sind. Ich habe seit der Highschool keine Leichtathletik mehr gemacht, wofür also sollte ich sie tragen? Irgendwann hab ich aufgehört, von meinem Elternhaus wegzulaufen, und bin stehen geblieben, vielleicht nachdem ich auf die Straße gerannt war, der erste Wagen eine Vollbremsung gemacht und der Fahrer mich wüst beschimpft hat. Oder vielleicht auch, als ich in der Mitte der Straße weitergelaufen bin und ein zweiter Fahrer voll in die Bremsen gestiegen ist und gerufen hat, die Alte ist verrückt wie ein zweiköpfiges Huhn. Oder vielleicht, als ich in den Bus gestiegen bin, der mich nach Cross Roads gebracht hat, obwohl ich nicht nach Cross Roads wollte und mich auch nicht erinnern konnte, wann ich in den Bus gestiegen war.

Das Visum ist ein Ticket. Mehr ist es nicht. Ich weiß nicht, warum ich die Einzige bin, die das begriffen hat. Das Visum ist ein Ticket hinaus aus der beschissenen Hölle, die die PNP über dieses Land bringen wird. Man muss doch nur die Nachrichten gucken. Man muss nicht warten, bis einer von Mummys apokalyptischen Reitern auftaucht oder was immer das verdammt noch mal bedeutet. Sie, die sie so gerne zur Kirche geht und dort von Zeichen und Wundern hört und dass wir in den letzten Tagen leben. Undankbare, alle beide, sehen sie nicht, dass das die ... dass das die ... Scheiße, ich weiß nicht, was das ist oder warum ich in Cross Roads bin, wenn ich doch in der Hope Road sein müsste. Ich sollte nicht reden, ich sollte es ihnen einfach zeigen. Ich sollte die Visa und die Flugtickets besorgen und ihnen einfach geben, bevor sie etwas sagen oder es sich von der beschissenen Kimmy wieder ausreden lassen können. Sollen ihre Eltern etwa warten, bis das verdammte Shitstem sich selbst in Ordnung bringt? Ich steige aus dem Scheißbus.

Ich bin gegangen, ohne zu wissen, ob mein Vater wieder zu Atem gekommen ist. Geschieht ihm recht. Geschieht ihnen allen recht. Ich bin es bloß langsam leid, dass jeder Mann, jetzt wohl auch einschließlich meines verdammten Vaters, glaubt, er dürfte sein schlechtestes Benehmen an den Tag legen, sobald er mich sieht. Super, jetzt klinge ich schon wie meine Mutter, und leck mich am Arsch, wenn ich so werden will wie sie. Mein Daddy hat mich geschlagen, als ob ich ein kleines Mädchen wäre. Als ob ich eine verdammte Göre wäre, und es ist Kimmys Schuld. Nein, nicht ihre Schuld. Sie ist bloß eine blöde Kuh, die nur so viel wert ist, wie ihr irgendein Mann einschließlich Daddy sagt, dass sie wert ist. Nein, der Sänger ist schuld. Wenn er mich nicht gefickt hätte, hätte ich nichts mit ihm zu tun gehabt, und wenn die Botschaft mir einfach die bomobopussy r'asscloth Visa gegeben und mir keinen beschissenen Mist erzählt hätte, von wegen ich hätte keine bomobocloth Bindungen. Wenn die denken, dass ich freiwillig in das Scheißland fliehen würde, wo der Son of Sam Leuten in den Kopf schießt, große Männer kleine Jungs vergewaltigen, Weiße andere immer noch Nigger nennen und in Boston mit einem Flaggenmast auf sie losgehen, scheißegal, ob jemand ein Foto davon macht, dann haben sie sich verdammt noch mal geschnitten.

Jesusmaria, verdammt, ich hasse dieses beschissene Gefluche. Außerdem wird mir erst jetzt bewusst, dass ich diese kleine Tirade von Anfang bis Ende laut vor mich hingeredet habe, sodass das kleine Schulmädchen, das zufällig neben mir ging, die Beine in die Hand genommen hat und über die Straße gerannt ist. Schade, dass dich kein Auto überfahren hat, will ich ihr nachrufen. Ich bin kurz davor, doch ich sage es nicht. Stattdessen laufe ich von Cross Roads weg, weg von all den Bussen und Leuten und Schulmädchen in blauen Uniformen und grünen Uniformen und Jungen in Kaki-Uniformen, die zu schnell erwachsen werden, Richtung Marescaux Road.

Im Bus pocht mein Herz wieder, noch heftiger als vorhin, als ich Daddy geschlagen habe. Und es hört nicht auf. Ich bin zusammen mit Koffern, Handtaschen, Rucksäcken, glänzenden Oxford-Schuhen und vernünftigen Absätzen in einem Bus. Alle fahren von der Schule oder der Arbeit nach Hause, alle außer mir. Ich habe nicht mal einen Job. Und meine verdammten Füße jucken wegen der Scheiß-Laufschuhe. Ich merke, wie eine Frau vier Sitze links hinter mir mich beobachtet und sich fragt, ob mit mir irgendwas nicht stimmt. Mein Haar sieht doch ganz ordentlich aus, denke ich. Mein T-Shirt steckt wieder in meinem Rock, und ich sehe bestimmt nicht aus, als müsste ich den Busschaffner um eine Freifahrt anbetteln. Ich warte, bis sie wieder von ihrer Zeitung aufblickt und starre sie dann wütend an. Sie wendet hastig den Blick ab. Aber wegen der verdammten Frau habe ich meine Haltestelle verpasst. Ich steige aus und merke, dass ich wegen der Frau sogar mehrere Haltestellen verpasst habe, mindestens fünf oder sechs. Und dann bin ich losgelaufen. Ich habe nicht mal darüber nachgedacht, wie lange es dauern würde oder wie weit entfernt ich war. Die Lady Musgrave Road ist eine verdammt lange Straße.

Anscheinend wissen meine Beine, was sie tun, mein Kopf hat jedenfalls keinen Schimmer. Vielleicht gibt es sonst nichts zu tun, vielleicht gibt es nur das. Kann ein Job diese Leere füllen, die ich in mir zu spüren glaube und die ich mit irgendetwas füllen muss? Blödsinn. Ich weiß ja nicht, wovon ich rede. Meine Eltern wollen nicht mal mehr meine Eltern sein. Vielleicht bleibe ich einfach dort vor seinem Tor stehen, bis mich irgendwas bewegt oder ich etwas zu tun finde. Vielleicht ist es ohne Belang, ob sie wegwollen oder nicht, vielleicht kommt es nur darauf an, dass ich diese Scheißvisa besorge, und dann können sie damit machen, was sie wollen. Ich habe es versucht, ja, ihre widerliche, Rasta-vögelnde Tochter hat es versucht. Vielleicht hätte ich sie fragen sollen, was sie mehr stört, der Rasta oder das Vögeln.

An der Kreuzung bleibe ich stehen. Ich will mich auf dem Bürgersteig ins Gras legen, und ich will rennen und weiterrennen. Ich mache die Handtasche auf und nehme die Puderdose heraus, obwohl ich bei

Gott schwöre, dass ich mich nicht erinnern kann, eine Handtasche mitgenommen zu haben. Ich weiß, für manche Frauen ist sie wie ein elfter Finger, an den man nicht mal denkt, selbst wenn man jeden Tag eine andere trägt. Aber ich kann mich nicht an die Handtasche erinnern. Wie kann man mit einer Handtasche rennen? Offenbar werde ich langsam verrückt. Ich gehe zum Haus des Sängers, um Geld zu besorgen für Leute, die es oder mich gar nicht wollen, aber ich gehe trotzdem. Weil, nun, ja, weil. Es kommt mir so vor, als würde ich mich an diesem Tag zum ersten Mal richtig betrachten. Vielleicht lag ich bezüglich meines Haars doch falsch, denn es gleicht der Mähne einer Irren. Es sieht aus, als hätte ich die Lockenwickler rausgerupft und danach nichts mehr gemacht. Eine große Locke steht oben links von meinem Kopf ab, eine weitere hängt mir rechts in die Stirn. Mein Lippenstift sieht aus, als wäre er von einem blinden Baby aufgetragen worden. Scheiße, ich würde auch vor mir weglaufen.

Ich muss schluchzen. Rassscloth, verdammt noch mal, ich werde jetzt nicht weinen. Hörst du mich, Nina Burgess, ich werde nicht weinen. Aber das Gras sieht so einladend aus, dass ich mich einfach hinlegen und losflennen will, so laut, dass die Leute die Verrückte tunlichst in Ruhe lassen. Was für eine erbärmliche Frau ich sein muss, genau wie meine Mutter gesagt hat. Vielleicht macht mich die ganze Rennerei irre. Wer geht denn zurzeit überhaupt noch irgendwohin? Gestern Nacht habe ich idiotischerweise tatsächlich geglaubt, ich könnte den ganzen Weg bis nach Havendale laufen. Hat irgendeine Frau in meinem Alter, irgendeine Frau, mit der ich zur Schule gegangen bin, ein Ziel? Warum habe ich keinen Mann? Habe ich wirklich gehofft, mit Danny nach Amerika zu gehen? Was habe ich mir dabei gedacht? Er war hier, um eine einheimische Pussy zu erobern, also Mission erledigt. Diese Nachricht wird sich in drei Jahren selbst vernichten. Ich hätte Kimmy grün und blau prügeln sollen. Oder ihr wenigstens einen Tritt verpassen.

Irgendwann bei all dem Laufen und Stehenbleiben hat sich der Abend angeschlichen.

— Verzeihung, Sir, wie spät haben Sie es?

Ambush in the Night

— Wie spät hätten Sie's denn gern?

Ich blicke den fetten Mistkerl an, der offensichtlich auf dem Weg nach Hause ist, obwohl er eine Krawatte trägt, und sage nichts. Ich gucke bloß.

— Halb neun, sagt er.

— Danke.

— Abends, sagt er und grinst. Ich lege jedes Schimpfwort und jeden hässlichen Gedanken, die mir einfallen, in den Blick, den ich ihm zurückgebe. Er geht weg. Ich stehe da und sehe ihm nach, ja, er dreht sich einmal und dann noch einmal um. Wisst ihr was? Alle Männer sind Scheißkerle. Ja, jede Frau weiß das, doch wir vergessen es jeden Tag aufs Neue. Aber man kann es getrost der Vorsehung überlassen, dass man im Laufe eines Tages früher oder später von irgendeinem Mann daran erinnert wird. Mein Herz pocht wieder. Pocht heftig. Vielleicht liegt es daran, dass ich endlich die Hope Road sehen kann. Autos und Busse kreuzen mein Blickfeld, von Ost nach West und West nach Ost. Ich habe wieder angefangen zu rennen. Die Hope Road kann mich gar nicht schnell genug erreichen. Ich weiß nicht warum, aber ich muss jetzt einfach rennen. Vielleicht kommt sein Wagen gerade aus dem Tor, vielleicht will er gerade nach Buff Bay fahren, vielleicht kommt jemand, um ihm die Zeit zu stehlen, vielleicht hat er gerade »Midnight Ravers« zu Ende geprobt und erinnert sich endlich, endlich daran, wie ich aussehe. Ich muss einfach sofort dorthin. Mein Körper scheint das eine Jahr Leichtathletik vergessen zu haben, und es ist meine Lunge, die sich anfühlt, als müsse sie platzen, nicht mein Herz. Aber ich kann nicht stehen bleiben, sondern biege im Laufschritt in die Hope Road, eine scharfe Biegung nach rechts, und ich renne weiter. Deine Mutter und dein Vater werden es nicht wollen, sagt ein anderes Ich, und das macht mich langsamer. Dieses andere Ich soll mich am Arsch lecken. Es kann mich mal.

Sein Tor ist noch einen Block entfernt, und inzwischen brennen die Straßenlampen, und der Verkehr fließt nicht zu schnell und nicht zu langsam. Zwei weiße Autos schießen über die Kreuzung und rasen die Straße hinunter. Das erste biegt so schnell in seine Toreinfahrt, dass die Reifen quietschen. Das zweite biegt ebenfalls ab. Meine Füße hören auf zu rennen und fangen an zu gehen. Ich hoffe, diese Leute vermasseln mir nicht meine einzige Chance. Ich habe nur diese eine Chance, und ich mache das, weil es alles ist, was ich in diesem Moment tun kann, es gibt nichts anderes – es wird funktionieren, es braucht gar keinen Sinn zu ergeben. Es ist noch nicht mal Weihnachten, kaum Dezember, und irgendjemand zündet schon Knallfrösche. Erst renne und renne und renne ich wieder, dann laufe ich und gehe schließlich, bis ich nur noch drei Meter von dem Tor entfernt bin.

Ambush in the Night

Demus

So werden schlechte Männer wach: Zuerst zuckst du, dann kriegst du Hunger, als Drittes kratzt du dich, weil es dich juckt und dein Schniedel brennt, dass du meinst, er würde explodieren. Das machst du: Du schüttelst das Zucken mit einer Kopfbewegung ab, kratzt dich, bis deine schwarze Haut rot ist, stellst dich in die dunkelste Ecke der Hütte und machst den Reißverschluss auf. Die anderen sagen zu dir, Bombocloth, was machst du da, Alter?, aber du hörst ihnen gar nicht zu, weil es gerade das Schönste auf der Welt ist, es einfach laufen zu lassen. Aber das Zucken lässt nicht nach, und es hört nicht auf, bis Weeper zurückkommt. Am Morgen sieht die Hütte größer aus, obwohl sechs Männer darin den Schlaf der schlechten Männer schlafen.

So werden schlechte Männer wach: Schlaf gar nicht erst ein. Ich habe nicht geschlafen, als Funky Chicken mit den Heroin-Shakes schlafgewandelt ist und andauernd Leviticus, Leviticus, Leviticus gesagt hat. Ich habe auch nicht geschlafen, als Heckle zum Fenster gerannt ist und versucht hat, sich durchzuquetschen. Bam-Bam hat geschlafen, aber er saß auf dem Boden und war an eine Wand gelehnt, und die ganze Nacht über hat er sich nicht bewegt. Ich habe mit offenen Augen geträumt, von dem Brethren, der mich auf der Rennstrecke mit leeren Händen hat dastehen lassen. Ich lasse die Hitze in mir aufsteigen wie ein Fieber, dann lasse ich sie wieder absinken und dann wieder steigen. Das kann man die ganze Nacht lang so machen. Gestern Abend hat Josey mich für einen Moment beiseitegenommen und hat zu mir gesagt, das Pussyhole ist vorgestern Abend aus Äthiopien zurückgekommen. So kann man dafür sorgen, dass etwas, wonach man sich sehnt, einen wachhält.

Daran merkt man, dass die meisten Männer im Raum zu jung sind: Keine Stunde nachdem sie eingeschlafen sind, fangen sie an zu stöhnen und zu murmeln, und wenn du der dicke Mann aus Jungle bist, rufst du dreimal hintereinander einen Frauennamen. Dorcas oder Dora, ich weiß es nicht mehr. Nur junge Männer haben feuchte Träume. Heckle in der Ecke sündigt mit der Hand in der Hose. Nur junge Männer können überhaupt schlafen mit dieser Last auf beiden Schultern, als hätte Gott es sattgehabt, sie zu schleppen, und sie einfach auf dich geworfen.

Ich habe nicht geschlafen. Ich bin nicht mal müde gewesen. Sogar nachts sind Fliegen im Raum. Weil keiner eine Uhr hat, weiß ich auch nicht, wie spät es ist, aber ich habe das Gefühl, es ist mitten in der Nacht, als der dünne Mann aus Jungle sich durch die Tür zu schieben versucht. Es wacht keiner davon auf, aber ich habe ja nicht geschlafen. Ich höre, wie er sagt, Was ist denn das für eine Scheiße, einen erwachsenen Mann einzusperren, als wäre er im Schweinestall, und ich will zu ihm sagen, Krieg dich lieber wieder ein, weil Josey Wales einem gern mal eine Lektion erteilt, aber ich bleibe flach auf dem Rücken in meiner Ecke liegen und mache die Augen zu, sobald irgendwer in meine Richtung guckt.

Aber das muss Stunden her sein. Jetzt sind sie alle völlig am Durchdrehen. Bam-Bam schreit die ganze Zeit. Ich sehe, wie die beiden Männer aus Jungle auf und ab gehen, und jedes Mal, wenn sie sich begegnen, streiten sie sich. Heckle durchsucht jede Ecke, jeden Winkel, jede leere Saftpackung und Limoflasche, durchsucht das Haus von oben bis unten nach Kokain. Ich weiß, wonach er sucht, obwohl der Letzte, der danach gesucht hat, Rattengift in Industriestärke genommen hat. Funky Chicken hält es nicht mehr aus; er geht in die Ecke, wo wir pissen, hockt sich rein und kratzt sich die Brust durch das T-Shirt durch, *tsch tsch tsch*. Scheiß auf das hier, hörst du?, sagt Heckle. Hey, wer hilft mir dabei, diese bloodcloth Tür aufzubrechen? Josey Wales würde hinter uns herkommen, sagt einer, aber er sagt es leise, so als wäre Josey Wales einer von den Reitern aus der Offen-barung.

Irgendwann schreit Bam-Bam wie ein kleines Mädchen. Ich sage, Halt's Maul, Pussyhole, aber er schreit immer weiter, als würde er schlafen und hätte einen Albtraum. Ich gebe ihm einen Tritt wie ein Donnerschlag, und er springt auf wie der Blitz. Ein Schlag, und er hät-te sich zumindest wie ein Mann gefühlt, eine Ohrfeige, und er würde sich wie ein Mädchen vorkommen. Draußen vor dem Fenster ist das Grau zu Gelb geworden, und das Sonnenlicht bahnt sich seinen Weg herein und landet auf dem Boden. Es gibt nichts weiter zu tun, als zuzugucken, wie es sich zurückzieht, von der Wand runter zum Bo-den, auf dem Boden rückwärts, und dann ist es verschwunden, als wäre es im Rückwärtsgang zum Fenster raus. Obwohl kein Sonnen-strahl reinkommt, ist es in dem Raum heiß wie Feuer. Es muss Mittag sein.

Jetzt laufen fünf Männer im Raum hin und her und stinken immer stärker nach Schweiß. Jetzt schreit Funky Chicken. Bam-Bam starrt die Wand an, und Heckle starrt das Fenster an, als ob er tatsächlich meint, er würde da durchpassen. Ich weiß, dass er denkt, wenn er ge-nug Anlauf nimmt und beim Losrennen die Hände wie Superman nach vorne streckt, kann er einfach durchfliegen. Oder vielleicht bin ich es auch nur, der das denkt, weil die Hitze so nass und klebrig ist und ich die Männer um mich rum riechen kann. Nur die beiden aus Jungle sehen so aus, als hätten sie sie noch alle beisammen. Sie hören auf, sich gegenseitig in den Weg zu stellen, und fangen an, Seite an Seite zu laufen. Aber einer von ihnen geht an Heckle vorbei und streift dabei seinen Fuß, und Heckle sagt, Bloodcloth, wieso trittst du mich, Star?, und springt auf und gibt ihm einen Stoß. Die beiden aus Jungle stürzen sich gemeinsam auf ihn. Der eine packt seine rechte Hand, der andere die linke, und sie schleudern ihn gegen die Wand, dass die Hütte wackelt. Sie wollen gerade beide zum Schlag ansetzen, als Funky Chicken sagt, Hört ihr das Auto?

Ein Auto kommt, aber es fährt vorbei, brrrruuuUUUUUUMmmm, und ist verschwunden. Funky Chicken fängt an zu singen, *When the right time come some ah go bawl fi murder.* Bam-Bam hüpft auf der Stelle auf und ab und sagt andauernd, Muss wie ein Soldat sein, muss wie ein Soldat sein, was ich von ihm nun gar nicht erwartet hätte. Die vier Wände rücken auf uns zu, und ich bin der Einzige, der es sieht. Ich kann fünf Männer riechen, und sie stinken alle und schwitzen alle, und sie haben alle diesen sauren Angstgeruch an sich. Ich kann auch Pisse riechen. Und Schwefel. Und Mottenkugeln und nasse Ratten und altes, von Termiten zerfressenes Holz. Der Raum wird immer kleiner, und Josey Wales und Weeper haben alle Waffen mitgenommen, sodass ich kein Loch in die Wand schießen kann.

Es wird kühler im Raum, und zuerst denke ich, dass uns endlich die Meeresbrise erreicht hat, aber es ist bloß die Sonne, die untergeht. Sie lassen uns den ganzen Tag über eingeschlossen, bis es wieder Abend wird. Irgendwo hier drin muss es doch einen Stock geben, einen Stab, ein Rohr, einen Hammer, einen Wischmopp, einen Pfosten, eine Lampe, ein Messer, eine Coca-Cola-Flasche, einen Schraubenschlüssel, einen Stein, einen Felsbrocken, irgendwas, womit man die beiden schlagen kann, wenn sie wiederkommen. Irgendwas, um sie schnell totzuschlagen. Um irgendwen totzuschlagen. Es muss doch in dieser Hütte irgendwas geben, um den totzuschlagen, der durch diese Tür kommt, ganz egal, wer es ist, denn mir ist inzwischen alles egal, ich will bloß hier raus. Heckle in der Ecke hat die Hand in der Hose. Er schaut sich um, ob wir hingucken, und holt ihn raus und rubbelt ihn, bis er irgendwann ein Geräusch wie ein Mädchen macht und gegen die Wand tritt. Bam-Bam schläft und träumt von Funnyboy und sagt immer wieder, Finger weg von meinen Clarks.

So bringt man einen schreienden Mann zum Schweigen: Verpass ihm einen Schlag ins Gesicht, wenn er sich wie ein Mann fühlen soll, oder gib ihm eine Ohrfeige, wenn er sich wie ein Mädchen fühlen soll. Josey Wales hebt Bam-Bam mit der linken Hand vom Boden hoch und gibt ihm mit der rechten eine Ohrfeige. Er haut ihm eine von Osten nach Westen und dann von Westen nach Osten und wieder von Osten nach Westen, als wäre der Typ seine Frau. Ich kratze mich am Kopf, weil ich mir nicht vorstellen kann, wie sich so eine nasse Ohrfeige anfühlt und weil ich mich nicht erinnern kann, wann Josey Wales und Weeper zurückgekommen sind. Erst sind sie nicht da, dann blinzelt man einmal, und sie erscheinen wie durch Zauberei. Wie durch Obeah. Josey ohrfeigt Bam-Bam immer noch, sagt ihm, er soll aufhören zu schreien wie eine Schlampe, sonst gibt er ihm wirklich 'nen Grund zum Schreien. Die beiden aus Jungle sagen, er soll seine Mutter lecken gehen, und wollen sich schon auf ihn stürzen, aber Weeper zieht zwei Pistolen wie ein Revolverheld und sagt, Regt euch ab, Brethren.

Josey öffnet einen großen Karton mit jeder Menge Gewehre drin, vor allem M16. Weeper macht einen kleinen Karton mit jeder Menge weißem Pulver auf, und Funky Chicken und ich stürzen uns auf den Tisch, während Bam-Bam winselt, Ich ich ich. Weeper macht aus einem Haufen viele dünne Lines. Er zieht zuerst, dann Funky Chicken, dann ich, dann wieder Weeper, woraufhin Josey Wales ihn anschreit, er soll die Scheiße bleiben lassen. Alles gut, mein Junge, alles gut, sagt Weeper. Einer der Jungs aus Jungle beugt sich mit der Nase über den Tisch, aber der andere sagt Nein. Weeper zielt mit seiner Kanone auf das Gesicht von dem Jungen und sagt, Glaub mir, ich kann dich erschießen und dann auch noch was Schönes mit deiner Leiche anstellen. Er richtet die Pistole auf den Jungen, aber der Junge zuckt nicht mal mit der Wimper. Weeper steckt die Pistole weg und lacht. Ich sehe Josey Wales dabei zu, wie er sich alles ansieht. Josey Wales zieht keine Line.

Mitten in der dritten Line Koks bin ich jenseits aller Gedanken. Im Transistorradio läuft Dillinger, ich wusste nicht mal, dass in der Hütte ein Radio ist, aber guck mal an, ein Radio, und Dillinger singt, *Gonna lick the chalice inna Buckingham Palace and chase Mr. Wallace*. In der Eisenbahnerbaracke ist es heiß, und es stinkt nach Pisse und so weiter. Ich habe drei Lines gezogen, aber Weeper hackt weiter, und die Lines sind so dünn, dass man sie in null Komma nichts weggezogen hat. Die beiden aus Jungle lachen laut und heulen und singen bei dem Lied mit und fuchteln mit ihren Kanonen rum. Und Weeper legt mir eine Line, und ich ziehe sie, und es brennt, aber es ist ein angenehmes Brennen wie von einer Peperoni, und die Schatten springen von der

Wand und fangen an zu tanzen. Heckle und Funky Chicken sehen aus wie Idioten, aber ich nicht. Ich bin jenseits von weise und idiotisch.

Mit kleinen Dingen bringt man eine lange Stunde gut rum. Josey Wales sagt also, Moment mal, Joe, und ich sage, So heiße ich nicht, aber ich weiß nicht mehr, wie ich heiße, also soll mir Joe recht sein, und ich sage, Nenn mich einfach Joe, und es ist der schönste Name, schöner als schön. Zehn Minuten gehen vorbei, fünfzehn Minuten, eine Stunde, ein Tag, fünf Jahre. Es spielt keine Rolle, für mich ist jede Minute zu lang, und Weeper legt mir noch eine Line, aber er sagt, ich kriege sie erst, wenn ich ihm zeige, wie man mit dem Schießeisen umgeht. Ich sage ihm, selbst das dümmste Pussyhole, das je aus einem Batty gekrochen ist, könnte schießen, und er scheuert mir eine, aber ich spüre nichts. Und so ist es jetzt. Ich spüre keine Ohrfeige, keinen Schmerz und keine Kugel. Aber das verrate ich Josey Wales nicht. Und als die Schatten anfangen zu tanzen, sagen sie mir, dass wir ihn umbringen müssen, wir müssen den diebischen Freund umbringen und ihn auch, weil er und der Dieb Brethren sind. Und damit ist er genau wie der Dieb. Ich weiß nicht, wie viel Zeit vergangen ist, aber das Radio in meinem Kopf spielt so verdammt schön. Er fragt mich, ob ich bereit bin, und ich sage, Was meinst du? Mir kann jetzt keiner mehr was anhaben, und mein Blick geht so weit und so tief, dass ich in Josey Wales' Gehirn und wieder raus bin, ohne dass er überhaupt was davon mitgekriegt hat. Ich weiß jetzt schon, wie diese Geschichte erzählt werden wird. Ich weiß, welche Teile drinbleiben und welche verloren gehen werden.

So fühlt es sich an, wenn du weißt, dass du Gott töten und den Teufel ficken könntest. Josey Wales sagt, wir ziehen bald los, aber ich finde, wir sollten sofort losziehen, und ich schnappe mir meine Knarre und denke, dass ich dieses Pussyhole töten töten töten will und dass ihn keiner außer mir töten wird, und ich will töten, töten, töten, und es fühlt sich jedes Mal so gut an, so raasclaat schön, wenn ich töten töten töten sage, dass sogar das Echo in dem Raum schön klingt. Josey Wales sagt, es ist Zeit zu gehen. Draußen stehen zwei weiße Datsuns. Direkt bevor wir losfahren, sagt Josey Wales, du würdest ein doppeltes

Ambush in the Night

Spiel spielen, wärst aber immer noch ein PNP-Handlanger. Und du wolltest einen Song aufnehmen, in dem es an einer Stelle *under heavy manners* heißt, und dass jeder wüsste, dass das ein PNP-Slogan ist. Und dass du dich nie ändern würdest, dass sich aber nach dieser Sache alles ändern würde.

So oft gehen die beiden alles durch, was wir acht machen werden: drei Mal. Das erste und das letzte Mal habe ich vergessen, weil dieses High irgendwie anders ist. Nicht dass ich mich an irgendeine Art von Kokain gewöhnt hätte, aber trotzdem weiß ich, dass dieses High anders ist. Funky Chicken ist schon völlig durch den Wind. Mir ist kalt, und das liegt nicht daran, dass die Sonne sich verzogen hat und der Abend schon schwarz und trüb ist. Josey guckt auf seine Uhr und flucht, wir sind schon r'asscloth spät dran, sagt er. Draußen stehen zwei weiße Datsuns. Josey, Weeper, Bam-Bam und ich steigen in den ersten. Die anderen in den zweiten.

Uptown. Uptown begrüßt mich immer auf dieselbe Weise. Grüne Ampel. Wir kommen kommen kommen wie Blitz und Donner. Ich will noch eine Line, nur noch eine Line, und ich fliege. Vor uns taucht ein blaues Auto auf, das in dieselbe Richtung zu fahren scheint wie wir. Das Auto ist der Rattenfänger, und wir sind die Ratte. Wir folgen dem kleinen Manager den ganzen Weg lang zur Hope Road 56. Die rote Ampel sagt, Stopp, aber die grüne Ampel sagt, Los.

Bam-Bam

Josey Wales sagt, kein Koks mehr, du hast was zu tun,
Wir sitzen im Auto, Big Beat Jumping Bass
Keine Musik in der Anlage, Naigger
Ich brauche keine Musik auf 'nem S90-Skank, Naigger
Der kleine dicke Manager
Fährt Kurven vor uns, der Angeber
Road Killer, könnte sollte dich mit Blei
Vollpumpen. Acht Jungs, zwei Datsuns, weiß
Wie ein Duppy am helllichten Tag
Weeper bemerkt ihn als Erster
Wir lachen
Der Typ führt uns zu seiner eigenen Hinrichtung
Rattenfänger, sagt Weeper
Weiß nicht, was er meint, frag
Was Weeper meint
Keiner sagt was, aber alle lachen
Die Knarre in meinem Schoß reibt an mir, reibt an mir
Und ich will ficken ficken ficken
Scheiß drauf
Mitten in Uptown
Auf der Flucht vor Babylon
Stau in Uptown
Auto über Auto über Auto über Auto
Stau in Kingston
Nageln wir ihn gleich hier fest, knipsen wir das Pussyhole aus

Ambush in the Night

Weeper guckt mich komisch an
Er kann es sehen
Niemand bewegt sich
Wir sind so dicht an dem dicken Manager, dass wir ihn fast berühren
Wir sollten ihn rammen, ihn fassen
Damit er weiß, wenn seine Zeit gekommen ist
Dass wir es waren
Zwei Datsuns, weiß
Jungs hinter Jungs hinter dem Mann, der uns zu dir führt
Ich reib an der Knarre, aber das fühlt sich blöd an
Eine Knarre ist kein Kumpel, bloß eine Knarre
Und ich will ficken ficken ficken
Bin fünfzehn und hab noch nie was gefickt
Harte Kerle ficken schon mit zehn
Knacken die Kirsche, die Kirsche knackt
Einmal hab ich gesehen, wie mein Vater meine Mutter fickt
Der zweite weiße Datsun ist hinter uns
Rotes Auto nähert sich von hinten
Zwei Autos auf beiden Seiten, blauer Cortina, kein Ford Escort
Ein rosa Volkswagen
Rosa Battyman im rosa Volkswagen
Und keiner kommt voran
Es wird nicht passieren
Ich will, dass es passiert, es muss, ich zieh mir zwei Lines rein
Drei Lines, vier Lines
Es muss passieren
Ich will am liebsten die Knarre nehmen und losballern
Dann würden die da draußen sich schon bewegen
Weeper starrt mich an
Nimm die beschissene Knarre runter
Sagt irgendwas von einem Cokehead
Du bist ein Cokehead, Cokehead
Will ihm am liebsten sagen, was dieser Cokehead als Nächstes
Tun wird, aber alles läuft cool

Läuft cool, so cool wie kalt wie tote Idee
Der rosa Battyman in dem rosa Volkswagen schaut uns an
Vier Männer in einem Datsun, weiß
Wir wollen töten, du Perverser, wir wollen nicht ficken
Ich ziel auf dich, du rosa Pussyhole
Und dann macht's bum-tschaka-bum
Der irre Riddim in meinem Kopf wird immer lauter
Bam Bam Style
Dieses Bloodcloth-Auto soll endlich fahren!
Und dann fährt es
Und der Manager ist weg
Mit quietschenden Reifen wie der Gockel
Der vor sechzig geilen Hühnern abhaut
Zickzack wusch
Er macht sich davon
Wir fahren auch da hin, sagt Weeper
Demus sagt gar nichts
Ich mag Demus nicht
Er schaut mich zu lange an
Als ob er was über mich in seinen Kopf reinschreiben will
An der Hope Road sehen wir, wie der Manager abbiegt
Wir halten an.
Wir sehen und warten.
Die Echo Squad ist weg
Die Echo Squad gehört zur PNP
Die Echo Squad kennt nur eins:
Los, zahlen!
Die Dunkelheit kommt ganz schnell, wenn du nicht drauf achtest
Der Himmel wird rot, dann röter
Orange, dann noch mehr orange
Dann schwarz, dann schwärzer
Ich brauch einen Hit
Ich brauch einen Hit
Ich brauch einen Hit

Ambush in the Night

Und du stehst mir im Weg
Zwischen mir und dem Hit
Und jetzt kommen wir zu dir
Rasen einfach durchs Tor
Direkt bis vor die Haustür
Der zweite Wagen blockiert die Einfahrt
Vier Männer springen aus dem Wagen
Wie Starsky und Hutch
Einer rennt los, vier rennen los
Weeper voran zur Haustür
Die Tür des weißen Mannes,
Der Sklaven totgeprügelt hat
Töten töten töten
Du rennst ums Haus zur Küche, die Stufen rauf
Vibes und Gras, wir folgen dir, aber
Josey ist schneller
Er hat den Wagen gefahren und ist trotzdem als Erster ausgestiegen
Deine Frau rannte raus, aber das war mir egal
Sie und ein Kind, aber das war mir egal
Meine Kugel traf sie am Kopf
Sie flog durch die Luft
Und fiel auf den Boden
Ich geh hin, um sie fertigzumachen
Aber sie liegt bloß da, und Blut quillt aus ihrem Kopf
Ich renne weiter, zu dir, um dich fertigzumachen, aber
Aber Josey ist schneller
Bam bam, die Frau ist tot
Und deine Brethren
Und deine Sistren
Und jeder, der Gitarre spielt
Ich hör das Bam bam bam auf dem Boden
Und stehe auf und beeile mich
Hör das Echo in meinem Kopf, Bam bam
Das Blut dröhnt in meinen Ohren, Bam bam

Verdammte Scheiße, ich wollte doch Erster sein und dich erschießen
Niemand wird den Mann vergessen, der dich erschossen hat
Um die Ecke rum, ich kann nicht stillstehen, sogar wenn ich anhalte.
Ich renne rauf in die Küche und spanne den Hahn
Sie werden einen Song über mich schreiben!
Der Riddim pulsiert in meinem Kopf
Immer lauter
Mein Vater singt
Eins zwei drei vier
Colón man ah come
With him brass chain ah lick him belly
Bam bam bam
Aber Josey ist als Erster drin
Josey, Bombocloth Josey
Er rennt auf dich zu und hebt das M16
Aber der Manager springt auf dich zu
Tritt dir in den Weg
Ich bewege mich ganz schnell, aber alles ist langsam
Ich spring die letzte Stufe hoch, aber die Geräusche dehnen sich, und
    je
Schneller ich die Pistole heben will, umso langsamer kommt es mir
    vor
Ich schiebe meinen Kopf rein und sehe dich noch bevor ich Josey
    sehe
Du merkst es nicht, du stehst ja zwischen mir und dem Ding
Der kleine dicke Manager rennt direkt in das Ding rein
Und schreit Scheiße, was soll der Quatsch
Bam bam bam bam bam
Macht die Knarre von Josey
Josey durchsiebt sein Bein und verpasst ihm eine Ladung in den
    Rücken
Er schreit, und ich schreie, aber du sagst bloß
Selassie I Jah Rastafari
Und alle gehen zu Boden

Peng, ein Topf, pang, eine Dose, Staub wirbelt auf und eine Salve geht
   durchs Fenster,
Paff
Josey zielt nicht auf den Kopf
So wie der Kubaner uns gesagt hat
Zielt immer auf den Kopf
Zerfetzt den Schädel
Du siehst mich an
Lässt die Grapefruit fallen
Schaust mich an
Und ich will, dass du schreist und brüllst und heulst
Dir in die Hose pisst, umkippst und liegen bleibst
Aber du guckst nur und zuckst nicht mit der Wimper
Und ich und ich
Bam-Bam
Jah Rastafari schieß dir ins Herz
Du rufst nach Selassie
Hast du ihn erwischt?, frag ich Josey
Ja
Ich hab auch die Frau erwischt
Als ich ums Haus bin
Direkt in den Kopf mit einem Schuss
Die Schlampe ist durch die Luft gesegelt und liegen geblieben
Wollte sich einfach davonstehlen
Was glaubt die Schlampe denn, wer sie ist, Jill, Kelly oder Sabrina
Sag nicht Schlampe zu seiner Frau
Du hast ihn also erwischt?
Hast du ihn erwischt?
Hast du ihn erwischt?
Ja
Wir rennen zur Vorderseite
Die anderen schießen Löcher in die Hauswand, sieht aus wie 'n
   Schweizer Käse
Demus rennt durch die Vordertür

Ein Mädchen versteckt sich dahinter
Gibt einen Schuss ab, der die Orgel trifft
Die macht do re fa mi so
Die Leute da drin rennen rum und schreien
Eine Frau ruft nach Seeco
Die Leute da drin sind jetzt ruhig
Du lässt deine Grapefruit fallen und schaust mich an
Wie Jesus, als er Judas sagt
Dass er es hinter sich bringen soll
Ich bin du, Pilatus, ich bin du, ich bin der römische Soldat
Du weißt nicht mal, wer dein Judas war
Demus wird durchdrehen, weil der Judas nicht hier war
Den hätte er sich noch lieber vorgenommen als dich
Du warst einfach nur im Weg
Eine Zugabe, ein Extra, Extrasoße auf dem Teller
Heckle rennt an Demus vorbei den Flur entlang
Und zerschießt einen Mann in zwei Teile
Zieht eine Linie über seinen Bauch
Bei jedem Schuss spritzt das Blut
Wir schießen überallhin
Und dann will ich wissen
Ob du wirklich tot bist
Ich hasse diesen Bombocloth Josey Wales
Ich will noch mal zurück in die Küche
Und nachsehen, ob du tot bist
Dich noch toter machen
Als ich nach vorn komme, hätte Funky Chicken mich beinahe
    erschossen
Hast du die Frau erwischt?
Ja, ich hab die Frau erwischt
Sie wollte zum Volkswagen rennen
Ein anderer Mann liegt auf dem Boden
Das Haus ist still und zittert
Whuup-whuup, die Polizeisirene

Ambush in the Night

Die Bestie Babylon
Wir rennen los
Aber dann bleibe ich stehen
Als wir rausrennen, kommt ein Mädchen durchs Tor
Ein Engel, der nicht weiß, dass er die Hölle betritt
Hat braune Haut und ist hübsch und sieht aus
Als hätte sie keine Angst
In sexy Jeans und hübscher Bluse rumzulaufen
Sie will zu ihm, das weiß ich
Braune Haut und hübsches Haar
Und ich wollte ficken ficken ficken
Sie sieht mich und bleibt einfach stehen
Läuft nicht weg, sondern bleibt einfach stehen
Vielleicht weint sie ja, oder ihre Augen sind bloß rot
Sie bewegt sich nicht
Die Sirenen kommen näher, und ich heb meine Knarre
Sie muss eine von denen sein, ich heb meine Knarre
Aber Josey ist vor mir bei ihr
Josey geht direkt zu ihr hin, stellt sich direkt vor sie
Schaut ihr ins Gesicht und schnüffelt
Er schnüffelt, und sie zuckt zusammen und weint
Weint leise, wie eine erwachsene Frau
Ich will aber, dass sie sich vollpisst
Ich will sie fertigmachen, aber da ist Josey schon wieder
Wenn er mir noch einmal so reinpfuscht, dann knall ich ihn ab
Josey steig jetzt in das Bomboclaat-Auto ein!
Der erste Wagen ist schon weg.
Demus Weeper Josey Heckle ich
Weeper gibt Gas
Die Frau steht immer noch da wie Lots Weib
Der Blick zurück
Salz
Drei Schüsse, und unser Heckfenster zerspringt
Und ich will töten töten töten

Und ficken ficken ficken
Aber ich schreie schreie schreie
Wir brechen nach links aus
In ein entgegenkommendes Auto
Jetzt sind wir tot
Das Auto quietscht und hupt
Polizei kommt näher
Whuup-whuup
Babylon schrammt knapp vorbei
Autos weichen aus, eins prallt gegen das andere
Von der Hope Road kommen noch weitere Wagen
Mit der Polizei am Arsch rasen wir weiter
Weg da, Bloodcloth, aus dem Weg
Bam! Rechts abbiegen an der East Kings House Road
Rotlicht überfahren
Die Reifen quietschen so laut, sie werden bald platzen
Whuup-whuup
Scheiß-Polizei
Bloodclaat Babylon
Mein Kopf schwillt an, mein Herz platzt beinahe
Bumm bumm bumm
Und du schaust mich an
Ich gucke hoch, und ein Auto kommt direkt auf meinen Kopf zu
Hör auf wie ein Pussyhole zu kreischen, du Pussyhole!
Sagt Weeper und tritt auf die Bremse
Mein Kopf knallt gegen das Armaturenbrett
Er dreht am Lenkrad, gibt Gas und und und

Demus

Und der Datsun schießt eine andere Straße entlang die ich nicht kenne und dann noch eine dann links in eine andere Straße rein ein Junge springt zur Seite aber wir hören trotzdem einen Schlag keiner sagt was aber alle schreien und Weeper sagt Halt's Maul Pussyhole halt's Maul Pussyhole und wir biegen wieder ab biegen ab biegen ab und rasen durch eine Gasse die so eng ist dass wir die Häuser auf beiden Seiten streifen Funken fliegen durch die Gegend und irgendwer schreit im Auto nicht im Auto ich weiß es nicht dann fahren wir durch ein Schlagloch zwei drei das Auto hüpft nur auf und ab und dann schlittern wir um eine Rechtskurve an einer Bar vorbei in der SEIN Song läuft einer Bar mit einem Pepsi-Schild und einem Schild mit dem alten Schweppes-Mann und Heckle sagt schmeißt die Knarren weg werft die Knarren weg und er schmeißt seine Knarre aus dem Fenster und Weeper sagt er ist ein bombocloth Idiot aber er fährt weiter und wir biegen nach rechts ab die Straße ist schmal keine Straßenlampen keine Scheinwerfer Hund wir überfahren einen Hund dann links dann rechts und keiner weiß wo wir sind ich weiß dass ich es nicht weiß ich spüre schon im Kopf wie ich runterkomme wenn ich nicht gleich noch eine Line kriege und das Runterkommen wird trauriger und trauriger und ich habe Kotze im Mund ich schlucke sie runter wir biegen in eine leere Gasse ab und noch eine Gasse und kommen in einer breiten Straße raus eine Schneise durch die Garbagelands und dann sehe ich dass die Polizei uns nicht mehr folgt und jetzt bin ich ein Junge und ich will meine Frau die Frau die ich heute Morgen verlassen habe und ich wusste dass ich vielleicht nicht wiederkomme aber ich habe es nicht geglaubt ich will meine Frau aber im Auto gibt keiner einen Ton von sich bis Heckle sagt Wir haben ausgeschissen wir braten in der Hölle die werden uns fertigmachen die werden schwere Geschütze auffahren sie werden uns auslöschen und er fängt an zu weinen und Weeper hält an und steigt aus und Josey sagt Bloodcloth was machst du da aber Weeper zieht seinen Revolver und macht die Tür links hinten auf und sagt zu Heckle *Steig aus dem bloodcloth Auto, du Battyboy* aber Heckle sagt er geht nirgends hin und Weeper schießt ein Mal in die Luft und ich denke o Gott jetzt kommt bestimmt irgendwer aber Weeper hält Heckle seine Pistole an den Kopf und sagt zu mir *Rutsch lieber ein bisschen zur Seite, Brethren, sonst spritzt das Hirn auf dich drauf* und Heckle fängt an zu heulen Ich komm raus ich komm raus ich bin ja schon weg und Weeper nimmt ihm das M16 ab und schmeißt es auf einen Müllberg und zielt mit seiner Pistole auf ihn und sagt Hau besser ab ich will nichts mehr mit dir zu tun haben und als der Junge sich umdreht tritt Weeper ihm in den Hintern und er stolpert fängt sich und rennt los und Weeper steigt wieder ins Auto und sagt *Wer mit ihm gehen will steigt jetzt besser sofort aus* aber keiner will raus ich will nur in irgendeine Höhle am Strand oder irgendein Loch ich will ich will nur noch eine Line bevor ich tot bin und in dem Moment wird mir klar dass sie mich umbringen werden weil sie es tun müssen und weil ich einer der Männer sein werde die Ihn getötet haben was dasselbe ist wie einer von denjenigen zu sein die Jesus getötet haben ich wünschte meine Frau könnte mir was vorsingen ich wünschte ich wäre an irgendeiner Gettokrankheit gestorben an Polio oder Skorbut oder Wassersucht oder woran arme Leute sonst noch so sterben Weeper startet den Motor und wir fahren durch die Garbagelands wer weiß wie lange wir noch so weiterfahren wenn wir nie anhalten warum kommen wir denn nicht in Copenhagen City an und im Kanal vor Trenchtown hält Weeper an steigt aus dem Auto und rennt los er rennt einfach weg und lässt uns drei hier sitzen er rennt einfach los und verschwindet im Busch als hätte der ihn verschluckt und ich warte auf einen Rülpser und Josey Wales auf dem Vordersitz guckt Bam-Bam an und Bam-Bam rennt los und verschwindet in Richtung Westen und

Ambush in the Night

Josey Wales guckt mich an und sagt Du verdammter Idiot, um ein Haar wärst du's gewesen, du warst es, bis du Weepers Dreckszeug gesnifft hast und ich sage Bombocloth wovon redest du da aber er rennt nach Osten in den Busch der ihn verschluckt und ich will wieder auf einen Rülpser warten wenn ich an einen Rülpser denke muss ich beinahe lachen aber es gibt nichts zu lachen diesmal nicht also fange ich an zu weinen keiner sieht mich oder jedenfalls sehe ich keinen der mich sieht ich will lauter weinen ich will meine Frau ich will eine Line weil ich es hasse runterzukommen ich hasse es ich hasse es mehr als ich den Gedanken daran hasse wie sie mich abknallen und es ist nicht mal einen Monat her aber ich habe angefangen zu sniffen und habe mich in einen Irren verwandelt der mit seinem Kokshunger auf der Straße rumläuft ich werde verrückt mein Gehirn muss irgendwo sein von wo es nie wieder zurückkommt aber es kommt jetzt gar nichts mehr zurück überhaupt nichts und etwas streift den Busch oben am Kanal und der Busch leuchtet auf wie brennende Haare wie der brennende Dornbusch bei Moses das Licht bedeutet dass ein Auto kommt das über den Kanal abkürzt es ist die Polizei ich weiß dass es die Polizei ist ich spüre dass es die Polizei ist rennen rennen rennen über einen Stein stolpern das Knie anstoßen Bombocloth zischen aufstehen versuchen weiterzurennen aber das linke Bein ist lahm wie bei dem Killer in *Dirty Harry* und jetzt ist Harry hinter mir her nein nein nein da ist ein Grasbüschel das hoch genug ist dass ich mich dahinter verstecken kann wie ein großer Hase der sich hinter einem winzig kleinen Stuhl versteckt wo ist der Hase hin wo ist er hin aber ich bin nicht der Hase ich bin Foghorn Leghorn und ich werde mich verstecken ich sage ich werde mich hinter diesem Gras hier verstecken verstehst du das werde ich tun das ist ein Witz ... Ich sage Das ist ein Witz, Sohn hi hi hi kicher kicher kicher das Auto fährt vorbei und ich kann nicht aufhören zu kichern sie werden mich kriegen hi hi hi und mich umbringen hi hi hi ich weiß nicht warum ich nicht aufhören kann zu lachen hör auf Mund ich kneife den Mund zu das Auto fährt klappernd und brummend vorbei plätschert durch das eklige Wasser das im Kanal fließt weckt die Ratten auf so viele Ratten dass ich schreien will und aiiiiiiiiiiiiiiiiiie keiner da der mich hören kann aiiiiiiiiie wie ein Mädchen und jetzt ist meine Kanone weg ich kann sie nicht finden die Ratten haben sie geholt sie werden mir die Haut abziehen und meine Zehen fressen und im Kanal liegt so viel Müll: ein Waschmittelkarton eine Cornflakespackung Spülmittelflaschen aufbereitetes Mehl angereichertes Mehl Plastiktüten tote in Plastiktüten gefangene Ratten lebendige Ratten die aus Milchkartons kommen Kekspackungen sie rennen über Limoflaschen Speiseölflaschen Palmolive-Geschirrspüler ich glaube es ist Palmolive *Sie baden gerade ihre Hände drin* so viele Flaschen wie Ratten und Ratten in Flaschen die nicht rauskommen muss abhauen muss jetzt abhauen vergiss die Kanone vergiss sie einfach sie kommen um dich zu töten ich will nicht sterben muss Jesus anflehen muss Papa-Lo anflehen muss Copenhagen City anflehen aber es ist nicht Papa-Lo der uns geschickt hat es ist Josey Wales aber Josey Wales kann gar nichts machen ohne dass Papa-Lo ja nein vielleicht sagt also ich versuche geradeaus zu denken in einer geraden Linie aber Linie heißt Line heißt Koks ich brauch was ich brauch was ich brauch was und ich habe SEIN Haus zusammengeschossen und das ist jetzt was woran ich nicht die ganze Zeit denke aber das mir immer wieder einfällt wie wenn ich keine Unterhose trage und ich weiß dass Josey Wales mit dieser Sache viel Geld machen wollte sonst hätte er es nicht gemacht Politik spielt für einen wie ihn keine Rolle das weiß jeder und es war keine Polizei da und keine Wachleute überhaupt keine Wachleute so als hätten sie gewusst dass wir kommen aber Josey hat versprochen ich würde mindestens einen Polizisten abbekommen und am Tor war kein Wachmann wir sind einfach reingerannt aber wir hätten genauso gut reinspazieren können ich glaube alles was ich getötet habe war ein Klavier ich muss nach Copenhagen City zurück weil das hier aussieht wie PNP-Gebiet wieso hat Weeper uns auf PNP-Gebiet stehen lassen wo wir doch gerade den berühmtesten PNP-Sufferah umgebracht haben und egal wer mich findet sie werden mich umbringen bis ich tot bin ich weiß nicht wo man hier hinkommt und die Straße verläuft im Nichts und die Ratten Ratten Ratten Ratten Ratten Ratten ich renne raus und es muss schon spät sein weil diese erste

Straße ganz leer ist und ich weiß nicht wo ich bin dieser Ort zwei Bars auf den Schildern steht geschlossen zwei schlafende Hunde eine schleichende Katze ein ausgebranntes Auto das die Straße versperrt ein Schild auf dem steht Rose Town Wer umsichtig geht und fährt erreicht sein Ziel unversehrt und auf einem anderen Vorsicht: Schulkinder beide Schilder sind mit alten Einschusslöchern übersät und bei jedem Loch das ich sehe höre ich ein Peng oder Pock oder Bumm wie Harry Callahan *Sind da nun sechs Schüsse raus oder nur fünf* und meine Kanone ist weg und vielleicht habe ich sie in den Dünen bei den Müllkippen den Dünen bei den Kippen liegen lassen und *wenn ich ehrlich sein soll, ich hab in der Aufregung selbst nicht mitgezählt. Weißt du, das ist 'ne .44er Magnum, der Ballermann ist außerordentlich gefährlich, ich brauch bloß zu drücken, und er reißt dir den Arsch ab. Nun frag dich doch mal, ob du 'n Glückskind bist. Ist noch 'ne Kugel drin? Was denkst du, Bruder, hm?* Und Harry peng peng peng Hände hört auf zu zittern hört auf zu zittern bitte hört auf zu zittern keiner liebt mich keiner schert sich darum was mit mir passiert so denke ich doch sonst nicht das muss dran liegen dass ich von den Drogen runterkomme warum kommt man immer nur tiefer und tiefer und noch tiefer runter und ein High ist nur ein Gipfel von dem man einfach immer weiter runterkommt du fällst und hörst gar nicht mehr auf zu fallen immer tiefer und tiefer bald versinke ich in der Straße versinke unter der Straße in der Hölle keiner wird mich sehen wie ich durch die Nacht renne ich renne schneller damit die Welt langsamer wird aber alles bewegt sich schneller als ich und auf der Straße tun sich Schlaglöcher auf und Zinnzäune versperren mir den Blick auf die Häuser ich renne renne renne stoße mit Leuten zusammen die ich nicht gehört habe bevor ich sie gesehen habe schnell hinter diesen Busch sie spielen Domino irgendwer muss mich doch gesehen haben irgendwer muss hinter mir her sein nein sie sitzen alle unter der Straßenlampe vier Männer am Tisch drei Männer die zugucken zwei Frauen der Mann am Kopfende von dem Tisch lehnt sich gegen den Zaun zurück und knallt einen Dominostein auf den Tisch dann noch einen dann noch einen es knallt laut und der Tisch wackelt die Frauen schreien auf und lachen und das

Radio *love to love but my baby he loves to dance he wants to dance he loves to dance he's got to dance* aber es ist keiner da ich hasse sie weil Leute aus dem Getto nicht glücklich sein sollen es sollte keiner lachen alle sollten unglücklich sein ich lache nie in meinem ganzen Leben habe ich vielleicht zwei Mal gelacht und wenn ich mein ganzes Leben sage fühle ich mich alt obwohl ich noch nicht mal meinen Zwanzigsten gefeiert habe und alles was ich habe ist meine Frau und sie ist eine gute Frau und ich renne zu ihr zurück aber ich renne nicht wieder zu ihr zurück und ich will weg einfach kriechen das linke Knie dann das rechte dann links rechts links rechts irgendwer hat die Hecke gegossen Schlamm an meinem Knie und in meiner Faust Gott Halleluja Jesus mach dass da kein Hund ist aber ich krieche wie ein Hund durch den Garten von irgendwem das muss PNP-Gebiet sein weil die Wände alle orange sind und diese Leute zu verdammt glücklich ich müsste meine Kanone hier haben diese Leute wissen nicht was es wirklich heißt zu töten Jesus Christus verdammte Scheiße im Schlamm liegen Steine autsch autsch autsch Bloodcloth oh Scheiße die Frau hat mich gehört die Frau die nicht spielt wo ist meine Kanone wo ist meine Kanone aber dann lacht sie wieder und sagt da hinten ist ein streunender Hund und ich krieche und krieche bis ich keine Dominosteine mehr höre dann renne renne renne ich bis ich auf die Hauptstraße renne ein Auto schreit auf und ich schreie aiiiie zurück und renne über die Straße zur Böschung ich weiß nicht wie nur Gott weiß wie oder vielleicht weiß es Satan aber ich bin jetzt auf den Gleisen die Gleise schieben mich und ziehen mich und führen mich zurück zu der Baracke irgendwer singt *take me back to the track jack* aber es ist das Radio in meinem Kopf das mich direkt wieder an den Ort bringt wo das alles angefangen hat wo auch immer das ist und werden die Leute denken dass was Politisches dahintersteckt aber es ist was Politisches dem Weißen sind die Pferderennen egal ich weiß noch wie der Weiße und der Kubaner gesagt haben es macht einen Unterschied ob du nur die Waffe auf einen richtest oder wirklich abdrückst und jetzt bin ich hier auf der Rennstrecke aber es ist zu dunkel um zu erkennen ob es wirklich eine Rennstrecke ist aber da ist eine Holzplanke nach der anderen um

Ambush in the Night

diese Zeit kommt wohl kein Zug aber früh am Morgen kommt einer bevor der Hahn kräht vielleicht sollte ich mich einfach hier hinlegen und auf den Schienen einschlafen und in der Hölle aufwachen nein das bin nicht ich der da redet das ist das Runterkommen Gott ich hoffe Weeper ist noch in der Baracke mit ein paar Lines aber da ist keine Baracke nur Gleise die überallhin führen wenn ich ihnen folge könnten sie mich wieder aufs Land bringen oder sogar in PNP-Gebiet aber wenigstens rieche ich das Meer wahrscheinlich bringen sie ihn gerade ins Krankenhaus, ein Krankenhaus das Rastas verachtet, aber da bist du jetzt in der Notaufnahme und jede Menge weiße Ärzte um dich rum die Schwester sagt Er hat viel Blut verloren und der Arzt sagt Ich brauche sofort Blablabla um ein Blablabla mit dem Blablabla zu machen dann nimmt er zwei Paddel in die Hände sagt Zurückbleiben und verpasst deiner Brust einen elektrischen Schlag die Musik wird lauter keine schöne Musik sondern Musik von der mein Nacken anfängt zu schwitzen die Schwester guckt erst weg und der Arzt sagt Wir haben ihn verloren alle werden schwarz wenn meine Gedanken doch nur aufhören würden zu rasen und es meinen Füßen überlassen würden die gehen nämlich nirgends hin aber hier ist der Mond nur halbvoll aber orange der Himmel ist schwarz und rot und Bombopussyr'asscloth mein Knöchel ist gebrochen die Flaschen Ratten und Scheiße auf den Gleisen Daddy sagt die Zugtoiletten werden direkt auf die Gleise geleert und ich weiß nicht was schlimmer ist kaputte Flaschen oder getrocknete Scheiße ich weiß es nicht da ist die Baracke ich kann ein Handtuch ausrollen und schlafen bitte das ist nämlich nicht irgendein Haus sondern mein Haus jetzt komme ich näher näher wer guckt wer beobachtet mich wer hat eine Falle aufgestellt näher jetzt näher die Tür sollte nicht so leicht aufgehen ich weiß es nicht ich sage ich weiß es nicht brauche eine Line brauche einen Hit verfluchtes Pussyhole Weeper gib mir einen Hit die Baracke hat nie so klein ausgesehen wie jetzt vor dem Fenster ist alles nur schwarz und drinnen wird es dunkler und dunkler als schwarz dann wache ich auf und bin am Ertrinken bis ich Holz zu fassen kriege. Ich rieche dass ein Mann bei mir hier drin ist aber ich kann niemanden sehen.

— Oi, du kannst hier nicht bleiben. Pussyhole, ich hab gesagt, du kannst hier nicht bleiben. Yo. Yo!

— Muss auf Weeper warten. Muss auf Josey Wales warten.

— Clint Eastwood kommt? Wer ist noch bei ihm, Mr. Ed, das sprechende Pferd?

— Erster. Ich war als Erster da.

— Nein, Brethren, ich kenne dich von gestern Abend. Du bist weder Erster noch Letzter.

— Wann bist du ... Warst du in dem zweiten Datsun oder im ersten? Bam-Bam? So müde, so ...

[KLICK]

— Hast du das gehört, Pussyhole? Kennst du das Klick? Kennst du den Unterschied zwischen Klick und Tick?

— Zweiter Datsun oder erster? Kenne ich deinen Namen? Du bist ... du bist ...

— Wie das, was du vor einer Sekunde gehört hast. Klick oder Tick?

— Das war nicht vor einer Sekunde. Weeper? Sag Bam-Bam, er soll aufhören, mich fertigzumachen.

— Pussyhole, das Klick, das du vor einem Klick gehört hast. Findest du das nicht lustig?

— Ich habe kein Klick gehört. Heckle?

— Nach Tick kommt Tack. Weißt du, was nach Klick kommt?

— Ich habe kein Klick gehört.

— Du hast kein Klick gehört? Na ja, nach dem Klick kommt das verdammte Bumm, wollen wir wetten, dass du das hörst?

— Ich bin der Doktor Eisenbart, wide wide witt bumm bumm.

— Bist du zugekokst, Junge?

— Kurier die Leut auf meine Art, wide wide witt bumm bumm.

— Haben sie dir Eidechsenschwanz ins Gras getan?

— Kann machen, dass die Blinden gehn und dass die Lahmen wieder sehn.

— Wie viele Lines haben sie dich ziehen lassen?

— Kennst du Josey Wales? Kennst du Weeper? Weißt du, ob er kommt?

—Du bist eine Koksnase, Pussyhole. Da ist mir ja ein Battyman noch lieber.

—Ich bin keine Koksnase, ich will nur eine Line. Nur eine Line. Weeper wird kommen, und wenn er kommt, gibt er mir eine Line.

—Koksnase.

—Sag Weeper einfach nur …

—Es kommt keiner her, der Weeper heißt.

—Er wird kommen, und wenn er kommt, dann wird er dir sagen, wer herkommen kann und wer nicht. Das hier ist sein Haus! Du wirst schon sehen. Du wirst schon sehen.

—Haus? Siehst du hier irgendein Haus?

Büsche. Kein Holz, kein Boden, kein Fenster, nur Büsche. Auf der Erde, unter einem Baum, an dem Tamarinden und Fledermäuse hängen. Tamarinden im Dreck. Tamarinden im Gras, eine neben der anderen, Tamarinde neben Tamarinde neben Tamarinde neben zerbrochenem Teller neben Pepsi-Flasche neben Puppenkopf neben Gras neben Kraut neben Zinkzaun. Ein Garten, der Garten von irgendwem. Von einer Frau, die in dem Moment anfängt zu schreien, in dem mir klar wird, dass ich im Garten von irgendwem im Gras liege. Sie schreit und schreit, und ich sehe, wer sie ist.

—Du kannst nicht mehr hierher zurückkommen.

—Wie meinst du das? Aber ich bin doch zurückgekommen.

Ich gucke mich nach Holz und Steinen und Nägeln und getrocknetem Blut um, aber wir sind hier nicht in der Baracke, wir sind noch nicht mal irgendwo drinnen, und die Frau ist die Frau, mit der ich zusammenlebe, die Frau, deren Namen ich nicht rufen kann. Ich sage, dass ich es bin.

—Scher dich raus aus meinem Garten, du Irrer!

—Aber ich bin kein Irrer. Ich bin der Mann, der mit dir zusammenlebt, so als wärst du die Mommy und ich der Daddy. Und in dem Moment wird mir klar, dass ich nicht mehr weiß, wie sie aussieht, und dass ich ihr Gesicht nicht mehr vor mir sehe, aber ich weiß, dass ich in ihrem Haus bin. In meinem Haus. Dem roten Haus in der Smitherson Lane, dem vierten von der Kreuzung aus, dem Haus mit der Küche darin, was viele hier in der Gegend nicht haben und draußen kochen müssen.

— Aber ich wohne hier, ich bin dein Mann.

— Mein Mann? Ich habe keinen Mann. Mein Mann ist tot. Für mich ist er gestorben. Verschwinde jetzt.

— Sie hat genug geredet. Sie hebt einen Stein auf. Der erste geht daneben und der zweite auch, aber der dritte trifft mich mitten ins Kreuz.

— Was machst du da?

— Raus aus meinem pussycloth Garten! Vergewaltigung! Vergewaltigung! Ich werde in meinem Haus vergewaltigt! O mein Gott, er reißt mir die Muschi auf! Vergewaltigung!

Wenn es eins gibt, was Papa-Lo nicht duldet, ist es Vergewaltigung. Da ist es besser, zehn Frauen umzubringen, als eine zu vergewaltigen. Die Frau, mit der ich zusammenlebe, steinigt mich, und ich laufe im Zickzack davon wie eine Eidechse. Sie schreit noch einmal, und die Sonne leuchtet mich an wie ein Suchscheinwerfer. Seht ihn euch an. Die Sonne schickt mir Dämonen hinterher, so wie sie Judas Iskariot Dämonen hinterhergeschickt hat.

Raus mit dir, sagt sie, und ich drehe mich um und sehe, wie sie die Hand hebt, um noch einen Stein zu schmeißen. Ich schaue ihr direkt in die Augen, ohne zu blinzeln. Sie lässt den Stein fallen und rennt in das kleine Schlafzimmer, in dem wir zusammen schon für so viel Feuchtigkeit gesorgt haben, dass sie die Matratze zum Trocknen raushängen musste. Auf der anderen Seite des Zauns kommen sie, das weiß ich, obwohl ich sie nicht sehen oder hören kann. Ich schaue über den Zaun und sehe, wie Josey Wales mit drei Männern im Schlepptau ankommt, die ich schon mal gesehen habe. Einer von ihnen ist Tony Pavarotti, aber die anderen beiden kenne ich nicht mit Namen. Ich will schreien, Was ist das für eine Scheiße, der Brethren ist doch gar nicht im Haus gewesen. Bevor ich rufen kann, dass ich es bin, macht es in der Ferne peng peng peng und dann bumm bumm bumm gegen den Zinkzaun, und das letzte Bumm geht knapp an meinem rechten Ohr vorbei. Ich weiß nicht, warum, aber ich gucke noch mal über den

Zaun, sodass Josey Wales sehen kann, dass ich es bin und nicht irgendein Vergewaltiger, aber er schaut mir direkt ins Gesicht und rennt dabei auf mich zu und schießt weiter. Vier Kugeln durchschlagen den Zaun, und zwei zischen genau an mir vorbei. Ich laufe um das Haus herum und springe über den Zaun auf der Rückseite, lande aber nicht dort, wo ich gedacht hätte. Nicht auf einer Straße, sondern in einem Kanal, der so tief ist wie das Tor zur Hölle. Ich höre gar nicht mehr auf zu fallen. Ich versuche mich abzurollen, wie Starsky oder Hutch es machen würden, aber ich komme mit dem rechten Knie voran auf, und es bohrt sich in die Erde. Keine Zeit, um aiiiiie zu machen. Wenn ich nach links laufe, komme ich tiefer nach Copenhagen City rein, und wenn ich nach rechts laufe, komme ich nach Downtown.

In Downtown fahren Busse auf der Straße, aber keiner hat Zeit zu warten. Die Sonne steht so hoch am Himmel, dass sie nur die Dächer der Häuser trifft. Jungs, die jünger sind als ich, rennen mit Zeitungsstapeln auf den Köpfen an mir vorbei. Anschlag auf Sänger! Manager schwebt in Lebensgefahr! Rita nach Behandlung aus Krankenhaus entlassen!

Jah live.

Nein.

Bam-Bam

Versteck dich nicht vor aller Augen, versteck dich nicht vor aller Augen, Pussyhole. Der Scheiß klappt nur im Kino, die Gunmen sehen nur, was direkt vor ihnen ist. Versteck dich auch nicht in der Menge, denn es braucht nicht mehr als ein »Da ist er! Das ist er doch, oder?«, und aus der Menge wird ein Mob. Und schon teilt sich alles auf in du und die. Aber er hat zu ihnen gehört und war einer von ihnen, und deshalb sind jetzt alle gegen mich. Ich will, dass mein Daddy zurückkommt und meine Mutter keine Hure ist und dass Josey Wales nicht nach mir sucht. Gestern Nacht, Mann, gestern Nacht. Weeper sprang als Erster raus, dann Josey Wales, und ich wusste gar nicht, was los war, bin einfach gesprungen. Hab nicht auf Demus gewartet. Nee, Star. Aber ich kam nicht weit, da sind mir schon die Kugeln um die Ohren geflogen. Paff paff paff. Ich renne weiter und denke, die Polizei ist hinter mir her. Ich renne nach links, und die Kugeln folgen mir nach links. Ich renne nach rechts, und die Kugeln folgen mir nach rechts. Ich renne, bis ich in den Garbagelands ankomme, aber die Kugeln fliegen immer noch um mich rum. Ich grab mich in einen Riesenberg Müll ein, in dem es nach Scheiße und Pisse und verfaulten Eiern stinkt und wo es nass ist. Es ist nass und stinkt, und das nasse und stinkende Zeug tropft auf meine Haare und auf meinen Mund. Ich beweg mich nicht. Versteck mich in dem stinkenden Berg aus Müll, duck mich, als sie vorbeigehen. Nicht die Polizei.

Sondern Josey Wales und Weeper, beide mit Knarren im Anschlag.

— Meinst du, du hast ihn erledigt?, fragt Weeper.

— Was soll das heißen, ob ich ihn erledigt hab? Hab ich jemals danebengeschossen?

Ambush in the Night

Weeper lacht und wartet. Ein rotes Auto kommt angefahren, und sie steigen ein. Ich kann jetzt nicht mehr nach Hause. Ich bleibe in dem Müllberg, bis das stinkende Zeug getrocknet ist. Ich bewege mich nicht von der Stelle, bis ich sicher bin, dass alle in Downtown Kingston schlafen. Dann renne ich weg von der Müllhalde und über den leeren Marktplatz. Irgendwo hier wohnt Shotta Sherrif. Ich sehe einen Laden, der entweder nicht geschlossen oder gerade aufgemacht hat, obwohl wir Ausgangssperre haben. Im Radio höre ich, dass er verarztet und wieder nach Hause geschickt wurde, aber wird er auch auftreten? Und ich weiß also, dass Josey danebengeschossen hat. Dieses blöde stinkende Pussyhole hat danebengeschossen, ich sollte noch mal hingehen und ihn selbst erledigen. Ich weiß, es wäre besser, noch mal hinzugehen und es zu erledigen. Acht beschissene Kugeln hat der Typ abgefeuert und trotzdem nicht getroffen. Und jetzt ist er hinter mir her.

Ich brauche Koks. Schon 'ne halbe Line würde mir reichen, ein Drittel. Gestern Nacht, mitten in der Nacht, hat mir jemand was ins Gesicht gespritzt, und ich bekam keine Luft mehr. War kein Wasser, Wasser läuft ja runter, es blieb auf meinem Gesicht und lief dann langsam runter, in meine Nase und sogar in meinen Mund, obwohl ich schnaube und immer wieder schnaube. Wie Speichel. Als hätte Gott auf mir geschlafen und mir dabei ins Gesicht gesabbert. Ich wache auf und schnappe nach Luft, und er ist immer noch auf mir drauf und bläst seinen stinkenden warmen Atem in meine Nase, oh nein, ein Hund. Ein Hund hat mir das Gesicht abgeleckt. Ich bin aufgesprungen und habe geschrien und nach dem Hund getreten, und er hat gewinselt und ist auf drei Beinen davongelaufen. Ich liege jetzt auf einer Bank im National Heroes Park. Es heißt, er kommt, es steht da an die Wand geschrieben, auf den Plakaten, wo der Sänger nach oben in den Himmel deutet. Smile Jamaica – ein öffentliches Konzert, am 5. Dezember um 17 Uhr. Er hat den Tod besiegt wie Lazarus, wie Jesus. Da sind Leute im Park, die sich unterhalten, die jetzt schon deswegen gekommen sind und an mir vorbeigehen, vorbei an dem Verrückten auf der Parkbank, und sie sagen, sie hoffen, dass die Polizei mich bald schnappt, damit die anständigen Leute nicht so einen dreckigen Irren ertragen müssen. Sie kommen schon ganz früh am Morgen und warten auf ihn. Ich muss blinzeln, und da sehe ich sie zwischen den Leuten, sehe, wie sie hin und her laufen. Sie sehen aus wie Babys, aber eins hat drei Augen und eins hat Zähne, die so lang sind, dass sie ihm aus dem Mund ragen und eins hat zwei Augen, aber keinen Mund, und eins hat Flügel wie eine Fledermaus. Nachdem ich gestern Nacht Josey Wales entkommen bin, haben sie mich wieder gejagt. Die ganze Duke Street entlang bis zum Park. Nein, gestern Abend hab ich ja auf den Gleisen geschlafen. Nein, gestern Abend war ich ja in den Garbagelands, weil Josey Wales auf mich geschossen hat, und ich bin erst aufgewacht, als jemand den Müllhaufen angezündet hat. Ich weiß nicht mehr, ob es ein oder zwei Nächte her ist, seit ich auf den Sänger geschossen habe. Aber die Zeitungen brauchen ja keine zwei Tage, um zu schreiben, dass auf den Sänger geschossen wurde und er überlebt hat. Dass nicht mal die Gunmen ihn zum Schweigen bringen können. Dass alles ist erst einen Tag her, nicht zwei. Ich weiß, wir sind am 3. Dezember zu ihm hin. Aber die Leute kommen zu zweit und in Gruppen in den Park und bleiben hier, also muss es schon der 5. Dezember sein.

Josey Wales fällt mir wieder ein, und ich erinnere mich, wie ich vor ihm davongelaufen bin und wie ich mir immer wieder gesagt habe, Heul nicht, heul nicht, heul nicht, du kleiner Battyman, aber ich hab trotzdem geheult, weil ich nichts verstanden hab, ich kapier einfach nicht, warum er auf mich geschossen hat, als er uns losschickte, und dann muss ich zum ersten Mal in der ganzen Zeit an die anderen denken und frag mich, wo sie wohl sind. Vielleicht hat Josey Wales sie ja alle erschossen und ich bin als Einziger übrig. Ich weiß ja nicht, ob das irgendwelche schlauen Leute verstehen, ich kann's jedenfalls nicht. Ich konnte nicht aufhören zu rennen, sogar als ich Josey Wales nicht mehr hinter mir gehört hab. Ich bin weg von den Garbagelands und den ganzen Weg nach Downtown gerannt, nur gerannt, bis zur Tower Street und dann nach Osten und wieder nach Westen vorbei an den kleinen Geschäften und dem Syrer-Laden und dem libanesischen Supermarkt, die alle geschlossen sind, bis die Wahl vorbei ist. Die

Ambush in the Night

Tower Street führt über die Princess Street mit den Bettlern, die Orange Street mit den Frauen mit ihren Markständen, die King Street mit den Händlern und die Duke Street mit den Anwälten. Ich biege in die Duke Street und bin wieder im Dunkeln. Und dann kapiere ich, dass gar nicht Josey Wales hinter mir her ist oder Papa-Lo oder Shotta Sherrif, sondern er. Er hat den Tod besiegt und verfolgt mich jetzt. Er muss nicht mal hinter mir herrennen, es reicht, wenn er sich auf einen Hügel setzt und mir eine Falle stellt, weil er weiß, dass Leute wie ich dumm geboren wurden und direkt hineinrennen. Der National Heroes Park. Heute ist das sein Park und ihm gehören alle, die einen Fuß reinsetzen. Alle in Kingston. Alle auf Jamaika.

Klebriger Saft ist auf meinem Gesicht, Speichel oder so, auch in meinen Augen und meiner Nase. Ich wache hustend auf, liege auf einer Parkbank und hab Vogelscheiße auf der Schulter. Ich weiß nicht mehr, ob ich wieder eingeschlafen bin und noch mal aufgewacht oder ob ich zuletzt nur geträumt habe, dass ich wach war. Es sind schon ganz viele Leute im Park, die warten und sehen. Ich sehe und warte. Halte Ausschau nach der Polizei, den Gunmen von der JLP, den Gunmen von der PNP, nach dir. Bis vier Uhr nachmittags sind es schon über tausend, alle warten, aber es ist anders als sonst. Die Leute hier gehören nicht zur JLP oder zur PNP oder einem andern P, es sind einfach nur Männer und Frauen und Brüder und Schwestern und Cousins und Mütter und Verwandte und Freunde und Sufferah, die ich nicht kenne, also stehe ich auf und gehe an ihnen vorbei, zwischen ihnen hindurch wie ein Duppy. Keiner berührt mich, keiner geht mir aus dem Weg, sie sehen mich überhaupt nicht. Ich kenne niemanden, der nicht zur einen oder anderen Partei gehört. Ich kenne niemanden, der so aussieht wie die hier, ich weiß nicht, was in ihren Köpfen vorgeht, bevor sie was sagen, diese Leute hier, die weder das Grün der Jamaica Labour Party noch das Orange der People's National Party tragen. Diese Leute werden immer mehr und mehr, die Menge wird immer größer, und der Zaun, der um den Park geht, wird bald zusammenkrachen, aber sie warten weiter auf ihn und singen seine Lieder. So lange, bis du kommst.

Die Menge ist eins. Und früher oder später oder früher werden sie merken, dass ich nicht dazugehöre. Früher oder später wird einer von diesen Lämmern sagen, Da seht, da ist er! Da ist der Wolf. Ich weiß nicht, woran sie es erkennen, aber sie werden es erkennen. Doch sie kümmern sich gar nicht um mich. Ich bin bloß ein Floh, ein Käfer, eine Fliege oder noch weniger. Third World spielen jetzt, umringt von sämtlichen Polizisten, die sie auf Jamaika haben, und die hübsche Frau auf der Bühne spricht, als wäre sie Johannes der Täufer und als sei der Sänger Jesus, und sie bringt die Leute dazu, Ooh und Aah zu rufen und Ja und Yay, und ihr Kleid ist rot und orange und reicht bis zum Boden und sieht aus wie der brennende Busch von Moses, aber sie spricht gar nicht mit ihnen, sondern mit mir und sagt, Du kleiner Dummkopf, wer glaubst du denn, der du bist, dass du den Tuff Gong umbringen kannst?

Die Menge wogt vor und zurück. Bewegt sich nach Westen und wieder nach Osten, und ich versuche, nicht hinzusehen, will nicht, dass sie mich anschauen, und dann gehen zwei Typen an mir vorbei, und der eine guckt mich zu lange an, aber dem anderen fällt die Zeitung aus der Hand. Es ist dunkel, nur das Licht der Straßenlaternen fällt auf die Leute und manchmal auf den Boden. Es ist die Jamaica Daily News. Sänger angeschossen. Don Taylor, der Manager der Wailers, bei Überfall verletzt ... I-Thr... Jemand tritt drauf, dann noch einer und noch einer, die Menge trampelt darüber, und dann ist die Zeitung verschwunden.

Ich schaue auf und er ...

Nein, nicht er. Du.

Du schaust mich an.

Du bist auf der Bühne, fünfzig, nein sogar hundert Meter entfernt, und du schaust mich an. Schaust mich an, bevor ich dich überhaupt bemerkt habe. Aber du siehst mich nicht. Jetzt ist nur noch oben auf der Bühne Licht, und ich stehe im Dunkeln.

Du trägst ein enges schwarzes Hemd, als würdest du direkt aus der Hölle kommen. Deine Hose kann ich nicht sehen, ich weiß nicht, ob es eine Jeans ist oder die aus Leder, wegen der die Frau, bei der ich

Ambush in the Night

wohne, immer anfängt so schwer zu atmen. Du drehst dich, und das Licht blitzt durch deine fliegenden Locken. Blue Jeans. Es sind so viele Leute auf der Bühne, dass du nicht mal mehr tanzen kannst, wie du es sonst immer machst. Die schöne Frau, dein Johannes der Täufer, hat die Arme verschränkt, aber sie spürt die Musik. Dann sehe ich weiter links einen Duppy und will wegrennen. Renne gegen einen anderen. Ich sag, Entschuldigung, aber der Mann hat gar nicht gemerkt, dass ich da bin, er spürt bloß die positiven Vibrations. Ich schaue zurück, und der Duppy ist gar kein Duppy, sondern deine Frau in einem weißen Kleid. Die Bläser spielen laut, und du stehst ganz ruhig da. Ich kann dich nicht hören, ich höre nur die Leute, die dich hören, und ich kann dich sehen, aber du schließt mich aus, als wäre ich taub, und ich frage mich, was die Tauben an diesem Abend machen und ob du wirklich eine Revolution anfangen willst, wenn sie nicht mitmachen können.

Du.

Du sagst, du hast es immer gewusst, hast immer gewusst und fest daran geglaubt, dass das Gute das Böse besiegen wird. Du sprichst nicht von mir. Ich weiß, du hast nie eine Prophezeiung über mich bekommen. Du bist ein Dummkopf. Du hast vergessen, dass du der Löwe bist und ich der Jäger. Du lässt wieder deine Dreadlocks fliegen. Dann denk ich, dass du zwar der Löwe bist und ich der Jäger, dass wir aber in deinem Dschungel sind. In Concrete Jungle. Ich dreh mich um und will abhauen, aber keiner bewegt sich, niemand lässt sich wegschubsen. Alle stehen still, ich will mich durchdrängeln. Dann springen sie los, ich bleib stehen. Ein Fuß landet auf meinem Zeh, dann noch einer und noch einer, und wenn ich jetzt nicht wegrenne, dann werden sie alle über mich herfallen und mich umwerfen und über mich trampeln.

Das bist du.

Du sagst ihnen, sie sollen zusammenkommen und Babylon zertreten. Ich springe mit den anderen nach vorn, weil du jetzt über mich singst. Erst warst du der Löwe, und jetzt bist du der Cowboy und singst *We gonna chase those crazy baldheads out of town*. Ich schau zu Boden, aber der Bass drückt mich nach unten, damit die Leute über mich weg trampeln können. Und das Heulen der Gitarre zielt direkt auf mich und fliegt durch die Menge wie ein Speer, direkt auf mein Herz zu. Ich hatte gedacht, es ist erst einen Tag her, seit wir auf dich geschossen haben, aber wenn ich drüber nachdenke, waren es zwei, und ich weiß nicht mehr, ob ich in den Garbagelands geschlafen habe oder in der Duke Street oder im Park und wann es Morgen wurde und wieder Abend oder dass es zwei Tage waren. Und ich kann mich nicht erinnern, wo ich einen ganzen Tag lang war. Aber ich kann sowieso nicht richtig denken, weil du mich angreifst, und überall da, wo ich durchwill, stehen mir die Leute im Weg, und vielleicht ist es ja besser, sie stehen im Weg, weil Josey Wales bestimmt auch hier ist, und Papa-Lo auch, und ich merke, dass du genau das geplant hast.

Ich schau auf, und da hocken immer noch Leute in den Bäumen, und einer von ihnen hat bestimmt eine Pistole und zielt damit auf meinen Kopf. Und jetzt singst du *Now you got what you want, do you want more?* und du singst es für mich, du redest jetzt von mir, Mann, und nur ich weiß, was du wirklich damit meinst. *Denkst du etwa, dass du böse bist, Pussyhole? Denkst du etwa, du kannst einfach herkommen und diesen Bombocloth ausknipsen? Denkst du etwa, du kannst den Tuff Gong töten? Denkst du etwa, du kannst Seine Königliche Hoheit umbringen? Jah live, du Pussyhole, und Jah kommt und wird dir dein Bombocloth-Herz ausreißen. Jah wird den Finger ausstrecken und einen Blitz nach dir schleudern und dich zu einem Häuflein Asche verbrennen, auf den die räudigen Hunde pissen, sodass deine Überreste in die Gosse schwimmen.*

Now you got what you want, do you want more? Nein. Mehr will ich nicht, weil ich sie gesehen habe: das Baby mit den Fledermausflügeln und das Baby mit den zwei Augen, aber ohne Mund, und die blaue Flamme, und ich sehe, wie sie durch die Menge spazieren, und will den Leuten zurufen, seht ihr sie denn nicht? Seht ihr denn nicht die Dämonen unter euch wandeln? Aber die Leute schauen nur dich an, nur dich. Etwas gleitet über meinen Fuß, Schuppen schaben an meinen Knöcheln. Und dann noch mal, und ich schreie, aber die Gitarre kreischt zur gleichen Zeit auf und übertönt mich. Vielleicht schaffe ich es hier raus, wenn ich gehe, statt zu laufen. Also mache ich einen Schritt und noch einen, aber alle springen und winken und stoßen gegeneinander und singen, und links ist Uptown, und da ist die Wolmer's Boys School, und niemand wird mich dort finden, also gehe ich nach links, aber die Leute singen immer weiter und tanzen und singen und springen so heftig, dass ich nichts mehr sehen kann, aber ich gehe immer weiter und weiter, und die ganze Zeit denke ich, wenn ich am Ende des Parks angekommen bin, wird eine andere Stimme sagen: *Du gehst nirgendwo hin, Pussyhole*, und dann singst du *So Jah say*, und damit ist alles gesagt.

Ich mach mich auf den Weg nach Osten.

Nein.

So Jah say.

Kein Bombocloth-Duppy wird mich kriegen.

Doch, sie werden dich kriegen.

So Jah say.

Josey Wales wird mich finden, und dann wird er mich töten, aber er wird mich schnell töten, weil ich Bescheid weiß. Aber vielleicht wird auch Papa-Lo mich finden, und er wird mich ganz langsam umbringen, damit alle Gangster davon erfahren.

Ja.

So Jah say.

Niemand kann den Tuff Gong töten.

So Jah say.

Ich haue ab. Ich gehe, meine Füße werden immer schneller, aber du wirst immer lauter, lauter, lauter, und ich halte an und schaue mich um, und du bist noch näher als vorher. Gibst Leine, um den Fisch auszutricksen. Und dann siehst du mich an, und ich kann mich nicht mehr bewegen. Und das Baby mit den Fledermausflügeln und die blaue Flamme kommen näher, ich kann sie nicht sehen, aber ich spüre sie, und ich kann nicht weglaufen, weil du mich ansiehst. Das solltest du lieber lassen. Hörst du? Lass das. Es war nicht meine Idee, dich umzubringen, mir ist doch ganz egal, ob du lebst oder tot bist. Lass mich in Ruhe, lass mich in Ruhe, du beschissener Rasta mit deinen verlausten Dreadlocks. Du siehst mich an, ja, weiß ich doch. *So Jah say.* Sind so viele Leute auf der Bühne, dass du dich kaum bewegen kannst, der Polizeichef in Kaki, ein Weißer mit 'ner Kamera, der Premierminister, der auf dem Dach eines Volkswagen steht, und viele Schwarze, die so schwarz sind, dass sie aussehen wie Schatten, die Kleider anhaben und in der Dunkelheit Reggae tanzen. Und du singst, deine Geisterfrau singt auch, und alle singen, und das Publikum singt, und deine wahre Stimme geht darin unter.

Ich schau dich an und seh', wie deine Lippen sich bewegen, singen ist eine Sache, aber reden ist was anderes. *Schau her, Babylon-Boy, glaubst du etwa, du kannst gegen das Bekenntnis zu Seiner Majestät König Haile Selassie etwas ausrichten? Sein Vermächtnis liegt in den heiligen Bergen. Jah liebt die Tore Zions mehr als alle Häuser Jakobs. Herrliche Dinge sind von dir zu melden, du Stadt Gottes! Ich nenne Rahab und Babylon denen, die mich kennen; siehe, Philistäa und Tyrus, und von Äthiopien wird man sagen, Dieser Mann ist dort geboren, und der Höchste selbst wird es befestigen. Jah! Rastafari. Schau her, Junge.*

Ich schaue hin. Aber du siehst mich gar nicht an. Du musst mich nicht ansehen, so wie Gott den Menschen nicht ansehen muss. Nur ein Blick auf ihn, und das Auge des Menschen würde in seinem Schädel verbrennen, verglühen, nichts würde davon übrig bleiben, nicht das geringste Etwas, sogar weniger als das. Das sage nicht ich, sondern du sagst es. Denn ich bin nicht mehr ich selbst, ich klinge nicht mehr wie ich, sondern wie du, und die Leute sind nicht mehr da, nur noch Schatten sind hier, und aus den Lautsprechern dringt kein Ton, nur die tiefste Tiefe des Riddim ist zu spüren. Und du hältst das Mikro in der Hand wie eine Fackel und legst die Hand über die Augen, aber du siehst alles. Sie denken, du tanzt, aber du stellst etwas dar, deine Worte, nicht meine. Kalter Schweiß läuft endlos an mir herunter, gleitet über meinen Rücken wie ein kalter Finger, ganz bis hinunter in die Arschritze.

Dann bewegst du die Hand und lässt die Dreadlocks fliegen und hältst mich mit deinem Blick fest. Er geht durch mich hindurch bis hinunter in mein Herz, und das packst du jetzt. Du sagst, sieh das

Ambush in the Night

Werk des Rastafari. Sieh zu, wie er sich vom Löwen in den Jäger verwandelt und vom Jäger zum Gejagten wird. Du weißt, dass ich meine Pistole verloren habe, die Waffe, die beinahe dein Ende bedeutet hätte. Du weißt, dass ich nicht schießen könnte, selbst wenn ich sie noch hätte. Du weißt, ich bin nichts, ich bin ein toter Mann. Du weißt, wie mein Herz schlägt, legst eine Schlange um meine Beine, du weißt, du kannst die Menge dazu bewegen, sich auf mich zu stürzen und mich zu vernichten. Du bist im Dschungel und trittst aus dem Gebüsch hinaus auf die Lichtung zu einer Audienz bei Seiner Königlichen Hoheit. Du trittst nach vorn und krempelst den Ärmel hoch. Babylon wollte dich zerschmettern, hat es aber nicht geschafft. Du machst den ersten Knopf deines Hemds auf, dann den zweiten, dann den dritten und zeigst deine Brust, als wärst du Superman. Du deutest auf die Wunde an deinem Arm und auf die Wunde an deiner Brust. Du tanzt den Siegestanz und durchlebst noch einmal die Jagd, und alle sehen es, aber nur ich weiß, was es bedeutet. Kalter Schweiß auf meiner Haut. Du deutest auf deine Wunden, wie Jesus auf seine Seite gedeutet hat, um zu zeigen, wo die Lanze ihn durchbohrt hat. Jetzt sind noch mehr Menschen auf der Bühne, und die schöne Frau nimmt wieder das Mikrofon, aber erst wenn der Wind weht und der Hahn kräht, und du ziehst ganz schnell zwei Pistolen aus den Halfter als wärst du Cisco Kid. So wie Marty Robbins. So wie, wie, wie der Mann ohne Namen. Du wirfst den Kopf zurück und lachst so laut, dass du noch nicht mal ein Mikrofon brauchst. Du lachst mich aus, und dann hörst du plötzlich auf und schaust mich böse an, mit Augen wie Feuer. Ich kneife die Augen ganz fest zu, bis ich spüre, dass du mich nicht mehr ansiehst, und als ich sie wieder aufmache, bist du verschwunden. Und ich weiß, dass ich tot bin, ich kann erst weglaufen, wenn ich sehe, dass du auch gehst.

Aber das Baby mit den Fledermausflügeln fliegt hinter mir her. Die Leute schieben und schubsen, und irgendwas oder irgendwer trifft mich direkt ins Gesicht. Dann noch ein Schlag direkt in den Bauch, und ich denke, ich muss kotzen, aber dann pisse ich mich an. Ich weine nicht. Ich werde nicht weinen. Ich kann nichts an dem ändern, was jetzt mit mir passiert, nicht mal, dass ich mich anpisse. Es läuft mir die Beine runter, und die Leute schlagen und boxen und rennen vorbei und rennen und rennen vorbei. Ich bin aus dem Park raus, bevor die Leute gemerkt haben, dass du weg bist und nicht mehr zurückkommst, also ist die Straße dunkel und leer, und ich kenne die Häuser auf der anderen Seite gar nicht. Ich merk nicht mal, dass da Tony Pavarotti ist, einer der Männer von Josey Wales, bis er direkt vor mir steht und mir mit der Faust mitten ins Gesicht schlägt.

Ambush in the Night

Demus

Ich renne den ganzen Tag, bis in die Nacht. Vorletzte Nacht bin ich noch einem Traum hinterhergerannt.

Ein Kanal, der so nach Müll stinkt, dass sich hier nicht mal die Ratten oft blicken lassen. Ich laufe von der Duke Street hoch zur South Parade und springe in den ersten Bus, der gerade losfährt. Ich weiß nicht mehr, ob ich dem Fahrer die fünf Cent gegeben habe. Es saßen nur vier Leute in dem Bus und nur einer davon hinter mir. Ich kriege Kopfschmerzen, keine schlimmen, aber diese nagenden, so als wäre einem eine summende Mücke ins Ohr geflogen und würde im Kopf nach oben schwirren. Ein Summen, das einem sagt, dass man beobachtet wird. Ich drehe mich um, und es ist ein Schuljunge. Ohne die Uniform würde man sehen, dass er nicht älter ist als ich, denke ich. Aber er guckt mich nicht an. Oder er guckt mich nur an, wenn ich ihm den Rücken zudrehe.

Ich drehe mich wieder um. Ich will zu ihm gehen und ihm mit meinem Klappmesser die rechte Wange vom Mundwinkel bis zum Ohr aufschlitzen, genau da, wo man einen Telefonhörer hinhalten würde. Ich will ihm den Schädel einschlagen dafür, dass er zur Schule geht, weil ich nämlich nicht in einer schicken Kakiuniform auf eine feine Schule gehen konnte. Aber er ist nur ein Junge. Ich kehre ihm wieder den Rücken zu und höre Hufgetrappel. Ich höre Hufgetrappel, das immer lauter wird, und ich weiß, dass es nur das Rattern von diesem alten Motor ist, aber ich höre Pferde näher kommen. Da springe ich in Barbican aus dem Bus, steige von einer kleinen Brücke aus in einen Kanal runter und bleibe da.

Als ich aufwache, habe ich eine Hand an den Eiern. Eine Hand, die fest an meiner Hose zerrt und mich aufspringen lässt. Ich kann nur die Hand sehen, die aus einem Müllhaufen ragt, ein Müllmonster aus Zeitungspapier und Stoff und Plastiktüten und vergammeltem Essen und Scheiße. Ich schreie und verpasse dem Monster einen Fußtritt, und es kippt nach hinten über und schreit. Ein paar von den Zeitungen rutschen runter, und der Kopf von einer Frau kommt zum Vorschein. Sie ist pechschwarz, und ihre Haare sind dreckverkrustet, und es steckt Papier drin und zwei rosa Haarspangen, und als sie noch mal schreit, sehe ich nur drei Zähne, und einer davon ist so lang und gelb, sie muss ein Vampir sein, der sich mit Zeitungen zugedeckt hat. Sie schreit weiter, während ich mich umgucke und einen Stein finde, mit dem ich ihr drohe. Sie springt schnell auf, ich habe vergessen, dass Verrückte oft richtig flott auf den Beinen sind, und sie rennt davon, rennt schreiend den Kanal runter, bis sie so weit weg ist, dass sie nur noch ein Fleck ist, ein Punkt, nichts.

Ich weiß nicht, wann ich zuletzt was gegessen habe. Mich zuletzt gewaschen habe. Und ich hatte gehofft, wenn ich nicht mehr an eine Line denken würde, würde ich auch keine wollen, aber jetzt denke ich dran, und ich brauche meine ganze Kraft, nicht mehr dran zu denken. Aber dann höre ich wieder Pferdehufe. Mein Herz fängt an, ganz schnell zu klopfen, bumm bumm bumm, und die Hufe machen klapp klapp klapp, und meine Hände und Füße fühlen sich kalt an und werden immer kälter. Mein Kopf sagt, Lauf, du Idiot, und der Kanal bebt. Aber es ist nur ein Lastwagen, der über die Brücke fährt. Ich muss hungrig bleiben. Wenn ich hungrig bleibe, denke ich ans Essen. Wenn ich weiter Hunger auf eine Line habe, denke ich an eine Line. Denn wenn ich weiter daran denke, wie hungrig ich bin, dann muss ich nie daran denken, wie Josey Wales sagt, *Du verdammter Idiot, um ein Haar wärst du's gewesen, du warst es, bis du Weepers Dreckszeug gesnifft hast.* Ich muss nicht an diese Brücke denken und daran, dass ich nur dem Brethren und nicht dem Sänger selbst klarmachen wollte, dass man sich nicht mit Demus anlegt. Dass es mir verdammt noch mal bis ganz oben steht, benutzt zu werden, erst von dem Brethren, dann von Josey

Wales, *Du verdammter Idiot, um ein Haar wärst du's gewesen, du warst es, bis du Weepers Dreckszeug gesnifft hast,* und davor von allen im verschissenen Getto, die nur daran denken, was sie wollen und wie sie mich benutzen können, um es zu kriegen. Auf meiner Stirn muss wohl geschrieben stehen, Nutzt ihn aus, er ist blöd genug, und das stimmt wohl auch. Man vergisst jedes Mal, wie einen der Gestank unter dem Kanal verrückt machen kann. Wie du plötzlich auf verrückte und böse und üble Gedanken kommst, darauf, ein Baby zu töten oder ein kleines Mädchen zu ficken oder in eine Kirche zu kacken, weil der Gestank so sehr stinkt, dass du an nichts anderes mehr denken kannst, nur noch daran, dass der Gestank in dich einsickert wie Wasser durch ein Sieb und dass du jetzt selbst stinken musst. Und ich will es einfach nur abwaschen, ich will den ganzen Dreck abwaschen, aber das Wasser, das durch den Kanal fließt, stinkt auch. Nein. Ich muss jetzt klar denken. Ich muss denken wie einer, der bei klarem Verstand ist. Ich muss aus Kingston raus. Ich muss weg. Ich muss irgendwohin, an irgendeinen Ort, über den nie geredet wird, einen Ort wie Hanover, R'asscloth, wer weiß denn schon, was in Hanover los ist? Hanover ist so weit weg vom Rest von Jamaika, ich wette, die nehmen nicht mal an der Wahl teil. Nach Hanover gehen und einen Namen wie Everton oder Courtney oder Fitzharold annehmen, einen Namen, der klingt, als wäre ich von Mutter und Vater gemeinsam aufgezogen worden. Ich höre wieder die Pferdehufe und stehe auf und renne. Ich renne in dieselbe Richtung wie die Verrückte, ich muss auch verrückt sein, höre Pferdehufe, als wäre ich ein nackter Sklave, der ausgebrochen ist, und die Menge ist mir dicht auf den Fersen, während ich ins Land der Maroons flüchte. Vielleicht ist das die Lösung, vielleicht sollte ich zu den Maroons flüchten – wer geht 1976 schon freiwillig zu den Maroons? Wer sollte dort nach mir suchen? Das klingt vernünftig. Als wäre ich noch klar im Kopf. Immerhin bin ich noch klar im Kopf. Ich muss beinahe darüber lachen, wie ich durch den Kanal laufe und es jedes Mal dunkel wird, wenn ich unter eine Brücke komme, und wieder hell, wenn ich darunter durchgelaufen bin. Ich laufe und laufe und laufe, bis die Luft anfängt, salzig zu schmecken, und ich weiß, dass ich fast am Meer bin. Ich laufe und laufe, bis die Sonne senkrecht am Himmel steht und mir den Rücken verbrennt, und dann tiefer und tiefer und tiefer sinkt, bis sie den Himmel noch ein letztes Mal mit Orange überzieht und dann untergeht. Und ich bleibe nicht stehen, nicht mal, als ich sehe, dass ich keine Schuhe anhabe und das Wasser, durch das ich patsche, sauberer wird.

Ich laufe zu einem ausgebrannten Auto und bleibe beinahe stehen, um mich darin zu verstecken, bis nur noch meine Knochen übrig sind, aber ich laufe weiter. Nichts kann mir was anhaben, solange ich nicht daran denke, und wenn ich ans Essen denke, dann überkommt mich so ein heftiger Hunger, dass ich hinfalle und mich auf dem Boden wälze. Also denke ich nicht mehr ans Essen. Beim Laufen muss ich daran denken, dass bestimmt bald Sperrstunde ist, und dann kann ich aus dem Kanal steigen und irgendwohin gehen, wo ich was zu essen klauen oder Wasser trinken kann, aber dann fluche ich, weil ich doch wieder ans Essen gedacht habe, und mein Magen knurrt, und das tut richtig weh. Es stimmt, man kommt wirklich besser mit den Sachen klar, je weiter man von ihnen entfernt ist.

Als Nächstes komme ich am Gerippe von einem Laster vorbei, aber erst als ich an einem Bootsgerippe vorbeikomme, merke ich, dass ich nicht mehr im Kanal bin. Aber im Meer bin ich auch nicht, obwohl ich das Salz schmecke und die Wellen rieche. Meine Zehen graben sich in Sand und Schlamm, und um mich herum ist alles voller Bäume, gelbe Bäume, die wie Plastik aussehen, mit Ästen, die sich geschmeidig biegen, und herunterhängenden Lianen, die sich auf dem Boden ringeln wie Schlangen. Mal ist der Sand kalt und nass, dann wieder trocken und warm. Ich gehe an einer nassen Stelle vorbei, und ein kleines Loch tut sich auf, und es kommen eine ganze Menge Krabben raus. Ich bücke mich runter und beobachte sie, während das Licht weniger und das Meer lauter wird. Ich gucke hoch, und genau vor mir ist ein Flugzeug. Es sieht aus, als wäre es abgestürzt und wollte wieder aufsteigen, hätte sich aber in einem Spinnennetz verfangen. Das Flugzeug kämpft weiter, aber gegen das Buschwerk hat es keine Chance. Es steht aufrecht wie ein Kreuz, sein Rumpf glänzt silbern. Die Hälfte der linken Tragfläche fehlt, und das Heck ist in den Sand eingesunken. Meeresbüsche und Meerespflanzen drängen sich durch das Cockpit und aus dem Fenster, so als wären die Büsche die wahren Passagiere. Krabben laufen überall darum herum. Ein Teil von mir will die Tür aufreißen und nachgucken, ob ein echtes Skelett drinsitzt, und ein Teil von mir will sich reinsetzen und darauf warten, dass sich das Flugzeug losreißt und wegfliegt. Die Büsche rascheln, und Äste knacken, als würde ein Wildschwein durchs Gebüsch trampeln. Ich drehe mich und bin von fünf sechs sieben Rastas umzingelt, alle in Weiß gekleidet.

— Bloodcl...

Bam-Bam

Ich schreie, ich schreie laut! Ah! Neinneinneinneinneinneinneinnein-
nein! Ich schreie, aber ich kann gar nicht schreien, weil ein Knebel mir
den Mund verstopft, den meine Zunge nicht rausschieben kann, und
mir die Kotze hochkommt und ich sie nicht wieder runterschlucken
kann und ich husten muss und fast ersticke. Josey Wales reißt mein
Hemd herunter, mit dem sie mir die Augen verbunden haben, und da
ist Licht von einer Taschenlampe, und der Schatten von einem Mann
und ein Schatten an einem Baum, der aussieht wie eine riesengroße
Hand die aus dem Boden wächst, aber alles ist irgendwie verschwom-
men. Es ist dunkel, und ich würde gern weglaufen, aber meine Füße
sind gefesselt und meine Hände auch. Ich kann nur hüpfen, also hüpfe
ich, und Josey Wales lacht. Ich kann ihn nicht sehen, ich hör nur sein
Lachen. Aber dann nickt er, und er kommt hinter dem Baum hervor,
und ich sehe, dass es ein Mann ist, kein Schatten. Und Weeper und
Tony Pavarotti packen mich und heben mich hoch, und ich kann
nichts dagegen tun, kann sie nicht schlagen oder hauen oder stechen
oder treten, ich kann sie nur ganz böse angucken, sie anstarren und
hoffen, dass dieses Pussyhole Jesus Christus mir ein einziges Mal nur
die Superkräfte gibt, um die ich ihn angefleht habe, als ich zwölf war.
Dann könnte ich sie mit dem Hitzelaserstrahl aus meinen Augen aus-
einanderschneiden. Jesus! Jesus! Sie packen mich und heben mich
hoch, und eins und zwei und drei, und dann lassen sie mich los, und
ich falle direkt ins Grab, lande direkt auf dem Bauch und mit dem Gesicht im Dreck. Erde kommt in mein rechtes Auge, und es brennt, und
ich kann den Dreck nicht rausblinzeln. Ich drehe mich um und sehe,

wie sie mich von da oben anstarren, und Josey Wales schaut runter und grinst, und in meinem Mund schmecke ich die Kotze und Steine und neieieieiein neieieieiein neieieieieiein meine Hand brennt, aber die Haut geht nicht ab! Die Haut geht nicht ab! Die Haut geht nicht ab, damit das Blut die Fesseln weich machen kann und ich meine Hand freikriege. Weeper erschieß mich, bitte erschieß mich einfach, erschieß mich, erschieß mich du fieses Bloodcloth-Pussyhole, erschieß mich! Erschieß mich! Josey kommt an den Rand und pisst auf mich runter. Meine Hand ist hinter meinem Rücken, und ich hör die Würmer und die Ameisen, die mich beißen werden, und Pavarotti fängt an, das Grab zuzuschaufeln, neieieieieiein neieieieieiein, der Dreck regnet auf mich herab, regnet herab, und ich trete und trete und trete, fünf Fuß, nicht sechs Fuß unter der Erde, ich komm nicht hoch, komm nicht hoch, und die Erde und der Dreck und Staub zu Staub und Steine, und ein Stein bricht mir die Nase, und ein anderer schlägt gegen mein Auge, und eine Zehe ist weg und neieieiein mach das weg da am Kopf, schüttel den Kopf, mach den Dreck weg, feste pusten, feste pusten, feste pusten, nein nein nein nein nein nein nein nein nein nein nein nein nein feste pusten, kann nicht pusten, bin geknebelt, Jesus Superman Spiderman Captain America, ich muss sie anstarren, dann kommen die Superkräfte, und jetzt ist der kleine Finger weg, und ich zerre zerre zerre an dem Seil und ziehe es über den Stumpf des kleinen Fingers drüber und bin frei! Frei! Aber der Dreck regnet auf mich herab und steigt immer höher, und ich kann nicht nach oben sehen, aber ich hör, wie sie graben und den Dreck runterschmeißen, und Steine prasseln auf meine Stirn, und ich kann nicht mehr denken, das Superkräftestarren funktioniert nicht, paff wapp zipp zooo zoooooom paff, aber sie finden das witzig, weil ich den Dreck mit den Füßen wegschieben will wie beim Fußball, nur mit zwei Füßen zugleich, anders als beim Fußball, so geht's nicht, es geht nicht, geht nicht, ich bin müde, bin müde, und die Erde über mir wird immer feuchter und schwerer, als würde Gott mich nach unten drücken, und nein nein neeeiiin neeeiiin nnn – der Dreck ist in meinem linken Auge, und ich kann's nicht schließen, kann nicht blinzeln, kann nicht blinzeln, und

Weeper lacht, und mehr Dreck kommt runter, mehr Leute, mehr mehr mehr bewegen, muss mich mehr hin und her bewegen. Bewegen! Bewegen! Die Füße bewegen, sie stecken fest, und dann Steine! Steine! Steine, einer neben den anderen, nicht nur Erde, dreh dich um, dreh dich um, versuch dich umzudrehen und mach dich klein wie ein Baby, roll dich zusammen, damit du wieder Luft bekommst, ich hätte die Frau ficken sollen, bei der ich gewohnt habe, nein nicht sie, irgendein anderes Mädchen, das Mädchen zwei Häuser weiter, ein anderes Mädchen, ein weißes Mädchen so wie die von *Drei Engel für Charlie* mit 'ner rosa Pussy 'ner rosigen Pussy wie ich's in Daddys geheimem Buch gesehen habe, das er unter dem Bett versteckt und nur rausgeholt hat, wenn er dachte, ich schlafe, und dann hat er es sich selbst besorgt und gestöhnt, und Jesus, meiner ist so steif, dass ich die Erde ficken könnte, ich muss die Erde ficken, die Erde ficken ficken ficken, ich will eine Pussy ich will keine Pussy ficken ficken ficken, drück sie runter und reib die Möse und nimm dir das Battyhole vor und schieb den Schwanz rein, und es fühlt sich eng an wie ein Stück Leber um deinen Schwanz, deinen großen großen Schwanz, wie Daddy einen hatte, als er meine Hurenmutter gefickt hat, sie mit dem Rücken zu ihm, und es war ihr egal, ob da noch jemand wach ist, und als sie sich aufrichtet, sieht Daddys Schwanz aus wie ein Fahnenmast, und sie kommt hoch und kommt hoch und kann ihn nicht loswerden, aber sie will ihn gar nicht loswerden, sie rutscht wieder dran runter und schreit wie eine Katze, und Möse Schwanz Eier Eier, und ich hab meinen Vater nie nackt gesehen und nie gesehen, wie er meine Mutter gefickt hat, also war es vielleicht ein anderer, vielleicht Funnyboy, aber der ist ja ein Battyman, der sich von anderen Männern den Schwanz lutschen lässt und dann auf sie schießt und sie totschießt, und ich werde nie nach Kuba kommen und nie nach Barbados und nie das S von Superman auf der Brust tragen und ich kann nicht weinen, mein linkes Auge ist voller Dreck, ich atme nur kurz, nicht tief, ist nur wenig Luft da, nur wenig Luft, ich spür die neue Erde gar nicht über mir, ich hör sie nur, dunkel, nass und schwer, die Erde ist schwer, und ich kann nicht mehr nein nein nein nein nein nein nein stopp stopp kurz

Ambush in the Night

atmen kurz atmen, teil's dir ein, was denn einteilen? Graben graben graben graben, zack zack zack zack, tot, du bist bald tot, du bist bald tot, mach mich schnell tot, nicht mehr leben, tot sein, bald tot sein, noch einen Atemzug, verbrauch die Luft nicht, die Luft riecht feucht und ist fest und fester, und jemand legt die Hand über meine Nase, es fühlt sich an, wie jemand hält mir die Nase zu ah ah ah ah ah hhhhhhhh Jesus! Jesus! Jeeees- einatmen atmen atmen 1 atmen 2 atmen 3 atmen 4 atmen atmen, atmen f- fü fü fü füüüüüüünf atmen sechs atmen sie sie sie sie sieieieiebennnnnnn atm- nnnnnnnn huhhhhhu hhhuh hhuh hhuhh atmmmmmmmmmmmeee huh huh huh hh hhh hhhhhh h h h h h h neun! Neu-eu-eun nuhhhh nuhhhhhhhh nuhhhh huhhhh hhhhhhh hhhh h h hhhh h Daddy nein nicht das gelbe Feuerwehrauto das rote das gelbe kann doch nicht echt sein Daddy nein Daddy ich will ein Eis und einen Lutscher und einen Lolli und alles und einen lila Stift aber der rote ist zu rosa, das ist was für Mädchen rosa ist für Mädchen Hubba-Bubba-Kaugummi klebt nicht sogar wenn du eine ganz ganz große Blase machst und ringel ringel Rose schöne Aprikose oh je oh jemineh ach ...

Sir Arthur George Jennings

Gott hat Erde und Himmel so weit voneinander getrennt, weil nicht einmal er den Geruch von totem Fleisch erträgt. Der Tod ist kein Seelenfänger oder ein Geist, er ist ein Wind ohne Wärme, eine schleichende Krankheit. Ich werde dabei sein, wenn sie Tony McFerson töten. Ich werde dabei sein, wenn das Altenheim in Eventide in Rauch und Flammen aufgeht. Niemand wird versuchen sich zu retten. Ich werde dabei sein, wenn der Junge, der lebendig begraben wurde, hinübergeht, ohne zu wissen, dass er längst tot ist, und ich werde ihm zum Haus des Reggae-Sängers folgen. Ich werde dabei sein, wenn sie den Letzten in der alten Stadt abholen. Wenn drei Personen mit aller Härte bestraft werden. Wenn der Sänger mit seinem untoten Zeh beim Tanzen in Pennsylvania stürzt und seine Locken verliert und die sich überall verstreuen.

Wer kurz vor dem Tod steht, kann die Verstorbenen schon sehen. Das erzähle ich dir jetzt, aber du kannst mich nicht hören. Du siehst, wie ich dir folge, und du fragst dich, wie es sein kann, dass ich den Boden nicht berühre und doch hinter dir herlaufe, oder hinter ihnen? Sie folgten dir bis dorthin, wo der Sumpf auf das Meer trifft, aber du hast es gar nicht bemerkt, bis sie dich umzingelten, dort unten bei dem hell schimmernden Flugzeug mit dem toten Mann drin, um den lauter Säcke mit weißem Pulver lagen. Es waren sieben, und du dachtest, es seien die apokalyptischen Reiter, aber es waren nur Männer mit Buschmessern, die deine Angst riechen konnten, Männer, die dir gar nicht folgen mussten, sondern nur abgewartet haben, bis du am richtigen Ort aufgetaucht bist. Ich kann sehen, dass du mich siehst. Das ist kein gutes Zeichen für dich.

Als du aufgewacht bist, klebte Dämonenspeichel auf deinem Gesicht, als hätte jemand dich an den Füßen gepackt und kopfüber in Gelatine getunkt. Du hast etwas davon weggewischt und gedacht, es sei ein Traum, aber es ist bereits in dir, du hast danach geschnappt wie ein Fisch. Du und der Junge, der lebendig begraben wurde, und die anderen, die nie erfahren werden, dass sie längst gestorben sind. *Was macht der Weiße da, das ergibt doch keinen Sinn, überhaupt keinen Sinn*, denkst du. Ich folge dir wie eine Witwe dem Trauerzug. Deine Hose bleibt an einem Stein hängen und die linke Tasche zerreißt. Die Männer zerren dich wie einen Fisch hinter sich her, und mit jedem Ruck wird die Schlinge um deine Gelenke enger. Sie haben dich schon meilenweit gezogen, und du drehst und windest dich, aber zuletzt rollst du auf den Bauch und spürst die Steine unter dir nur noch stärker, längliche Kratzspuren ziehen sich über deinen Körper, ein spitzer roter Stein prallt gegen deine rechte Kniescheibe. Sie zerren dich über unbekannte Straßen, vergessene Feldwege, zugewachsene Pfade und versteckte Flüsse, durch die Höhle, die in ein Kingston hinabführt, das nur die toten Sklaven kennen. Ein einzelner Mann zieht dich, und er muss sich nicht besonders anstrengen, er zerrt nie besonders stark, sondern schleppt dich hinter sich her, als wärst du ein Kissen, das nur mit Federn, Schaumstoff und Luft gefüllt ist. Du bist überhaupt nicht schwer. Niemand unter zwanzig ist schwer. Ich versuche, meinen Kopf ehrfürchtig zu senken, aber dabei fällt er immer wieder ab. Du schreist schon seit vielen Meilen, und obwohl deine Schreie vom Knebel gedämpft werden, bin ich da und kann sie hören.

Die Rasta-Rächer ganz in Weiß riechen nach Ganja-Rauch und Eisen im Blut. Sieben Männer, die nicht reden, sieben Männer, einer davon zerrt dich an einem Seil durch den Busch, einen Berg hinauf, hinunter in ein Tal, dann wieder einen Berg hoch, während der Blutmond gleichgültig am Himmel steht. Ich frage mich, wie es sein kann, dass ihre Hosen hier im Busch so weiß bleiben. Drei der sieben haben weiße Tücher um ihre Köpfe gewickelt wie afrikanische Stammesfrauen. Du kannst mich sehen. Du hoffst, dass ich in deinem Blick lesen kann. Das kann ich, und *es ist ihnen egal, ob ich mich drehe und mein Gesicht*

über den Boden rutscht und Dreck und Gras in Nase und Mund dringen
es schmeckt bitter und bitter und bitter und verdammt ganz bestimmt
werden sie da wo wir hingehen wo sie mich hinbringen mein Gesicht zer-
fetzen und mein Schädel wird aussehen wie der blutige Mond da oben
und der Mond wird bluten und das Gras schneidet bei jedem Schritt in
meine Haut und sie gehen weiter durch den Busch als würden sie gar
nicht laufen niemand läuft alle laufen wie auf Luft gleiten durch den
Busch und der Busch schneidet wie eine Klinge aua. Aber du bist gar
nicht der Mann, auf den ich warte. Das glaubte ich zwar zuerst, weil
ich diesen Geruch an dir wahrnahm, ganz leicht nur, aber er war da,
und ich dachte schon, er wäre es, bis ich merkte, dass du es bist. *Many*
more will have to suffer. Many more will have to die. Diese Männer singen keine Lieder, während sie dich durch den Busch zerren. Meine
Haut ist so weiß wie ihre Kleider, doch ich habe keine Kleider an. Du
kannst nicht aufhören, du versuchst immer wieder zu schreien. Du
fragst dich, ob ich zu ihnen gehöre oder nicht, ob sie mich sehen können oder nicht, und ob das hier vielleicht gar nicht wirklich ist, wenn
ich nicht wirklich bin, und ob dieser Marsch in den Tod nicht einfach
bloß eine Metapher für etwas anderes ist. Das Wort Metapher hast du
noch nie gehört.

Aber du hast etwas in dir, das mir fehlte. Ein Verständnis für diese
Männer, die dich hinter sich herziehen. Vielleicht konntest du ja,
nachdem du so viele Meilen durch den Busch geschleppt wurdest, das
Es und das Über-Ich voneinander trennen. Dein Verstand sagt dir,
dass du es nicht besser verdienst, während dein Herz es nicht hinnehmen will. Das ist die irrationale Seite des Menschen, dass er sich an
jeden Strohhalm klammert und versucht, am Leben zu bleiben, dass
er noch im freien Fall vom Balkon nach unten in die Luft greift und
Gott anfleht, er möge ihn auffangen. Ich habe kein Verständnis für
den Mann, der mich getötet hat. Du schaust mich an, und sogar in der
Dunkelheit sehe ich, wie deine roten Augen grimmig aufflackern.

Er ist da. Er schaut mich an und sie auch. Er marschiert hinter uns,
links rechts, links rechts, ein ganzes Stück weit hinter ihnen, und er
schaut sie an und mich auch und den Himmel, als würde er weinen, und

er spricht nicht mit ihnen Hilfe Hilfe Polizei Mord geh doch nicht so als würdest du das Blut nicht sehen als wärst du kein Zeuge. Ich weiß nicht, ob das daran liegt dass er ein Weißer ist sag doch was weißer Mann. Schrei doch lauf los komm zurück mit einer Waffe schrei lauf geh nicht einfach so mit dass ich dich ansehen muss während sie mich durch den Busch schleppen und ich am Seil zerre und mich nicht drehen kann und es dann doch schaffe auf den Rücken und das Gestrüpp unter mir und das Seil an meiner Hand brennt und ich dreh mich wieder auf den Bauch nein auf den Rücken nein auf die Seite nein den Bauch sehe zwei von ihnen nein drei nein vier wir sind jetzt auf einem Berg muss wohl so sein denn jetzt ziehen sie stärker und es tut weh und der weiße Mann schaut zu und dann ist sein Kopf weg und ich kann nichts sehen wegen des dichten Gestrüpps und da sind so verdammte Dornen die mich ritzen und beim Bombocloth Jesus der weiße Mann ist weg aber dann wieder da ich sehe ihn er ist immer noch da hinter uns aber sein Kopf ist weg, nein, nein, er rutscht hin und her als hätte er keinen Hals und er nimmt die Hände dazu was macht er denn da? Er setzt den Kopf wieder auf und schraubt ihn fest Jeeesus Christus, Jeeesus Christus, Bombocloth, das ist gar kein Mensch, sondern ein Duppy, sieht aus wie ein Mensch aber seine Augen sind leblos und ich rutsche durchs Gestrüpp und bleibe hängen stopp nicht ziehen stopp nicht ziehen schreie ich in meinen Knebel stopp nicht ziehen und er hört auf zu ziehen und zwei kommen her und bitte tretet mich nicht und ein anderer setzt den Fuß auf meine Seite und bitte tritt mich nicht und er stößt mich um und zwei von denen sind Rastas mit Dreadlocks die lebendig sind wie Schlangen, kein Rauch, keine Schlange, und Sie sind alle in Weiß und beide halten Macheten in ihrer linken Hand, nicht in der rechten meine Stirn dröhnt zerhackt mich nicht bitte zerhackt mich nicht und es ist kalt da wo meine Zehe sein sollte die linke Zehe, nein die rechte meine Frau weint sie weint jetzt sie wird einen anderen Mann finden der sich um sie kümmert diese beschissene Hurenschlampe nein sie weint und geht zu Josey Wales und fragt wo ist mein Mann? Was habt ihr mit ihm gemacht? Josey Wales nimmt sie und fickt sie und fickt sie und hält sie zum Narren oder gibt ihr Geld ist das zu glauben? Meine Frau ist auch ein Judas, weißer Mann, meine

*auch, und der Rasta in Weiß tritt mich und rollt mich aus dem Gestrüpp
und der Mond ist jetzt weiß und nicht mehr blutrot Scheiße mein Handgelenk brennt sie zerren mich über einen scharfen Stein er schneidet in
meinen Rücken reißt ihn auf bleibt an meiner Hose hängen und sie ziehen und ziehen stopp stopp stopp sie schleppen ziehen und zerren mich
den Berg hoch die Hose zerreißt und ist weg das nasse Gras schneidet
mich der weiße Mann ist weg sie ziehen mich bums mein Kopf bumst auf
den Asphalt sie zerren mich über eine Straße schürft mich auf stopp
stopp stopp der Schotter reißt mich kaputt mein Hintern mein Rücken
kaputt schürft und reißt mich auf mein Hintern ist nass, nasser Hintern
nass vom Blut ich weiß dass es Blut ist klebriges Blut das nach Eisen
riecht he weißer Mann ist das wahr mit dem Blut sag doch endlich du
Pussyhole wo bist du denn jetzt? Sie zerren mich über die Straße ins Gebüsch und weiter den Berg hinauf Josey Wales wird mich töten Josey
Wales ich Armer oh Gott Jesus Christus Jesus Christus Herr Jesus ich will
nicht sterben Herr Vater Jesus Ach Jesus ich will nicht sterben der weiße
Mann kommt wieder der weiße Mann ist Jesus nein warum sagst du
denn nichts das Blut läuft dir ja übers Gesicht.*

Ich rede zu viel, obwohl mir keiner zuhört. Und bald wirst du auch
so sein wie ich. Sie schleppen dich einen steilen Hügel hinauf, dein
Körper knickt Zweige und zerdrückt Blätter, und sogar ich wundere
mich darüber, dass der Mond so gleichgültig bleibt. Sie ziehen dich
auf einen Pfad, der an einem dunklen rauschenden Fluss entlang-
führt. Ich habe Erinnerungen an diesen Ort, aber ich weiß nicht, ob es
meine eigenen sind. Sie zerren dich eine Weile über den Pfad und bleiben dann stehen. Ich schaue nach vorn, während du versuchst, dich
umzudrehen und dasselbe zu tun. Als du das siehst, was ich sehe,
reißt du den Mund vor Entsetzen so weit auf, dass dir beinahe der
Knebel herausfällt.

Eine lange Reihe, ein Spalier, eine Wand aus Rastamännern, die
meisten in Weiß, aber einige in Farben, die das Mondlicht verschluckt,
alle in einer Reihe, einer neben dem anderen, mit Macheten und Messern in den Händen, mit Maschinengewehren auf dem Rücken, so
weit das Auge reicht. Mann neben Mann, Männer zur Rechten und

Männer zur Linken, in einer Reihe, die so lang ist, dass sie hinter der Krümmung des Hügels verschwindet. Ein Gürtel aus Männern um einen Berg, den ich kenne, an den ich mich aber nicht erinnern kann. Ich muss sie immerzu ansehen. Dich vergesse ich dabei ganz. Ich möchte um den Berg herumlaufen und nachschauen, ob diese Reihe irgendwo aufhört, aber ich weiß ja, dass sie niemals aufhört. Niemand im ganzen Land kommt an ihnen vorbei zur Bergspitze. Aber die sieben Rastas, die dich hinter sich herziehen, lassen sie durch. Keiner der Männer sagt etwas, nur deine gedämpften Schreie sind zu hören. Sie zerren dich den Pfad entlang, fünfzehn Meter weit, dann biegen sie plötzlich ab wie ein Vogelschwarm. Hier ist das Gestrüpp hüfthoch, es gibt keinen Pfad, aber sie scheinen den Weg zu kennen. Ich sehe den Baum, bevor du ihn siehst.

Sie halten an. Der Mann, der dich hergeschleppt hat, lässt das Seil los, während zwei andere dich unter den Armen packen. Sie stellen dich aufrecht hin, aber als du den Baum bemerkst, der seine Äste über dir ausbreitet, brichst du wieder zusammen. Sie fangen dich auf, bevor du zu Boden fällst. Du wartest, bis sie dich loslassen, dann versuchst du wegzuhüpfen. Sie folgen dir nicht, rufen auch nicht, sie warten einfach ab, bis du umfällst. Der große Kerl, der dich bis hierher geschleppt hat, packt dich am Gürtel und hebt dich hoch. Er trägt dich wie eine Puppe. Hier oben auf dem Berg gibt es nur einen Mann, dessen Zeit knapp wird. Er hebt dich hoch. Die Schlinge ist schon längst da. Sie wartet auf dich. Er versucht, sie dir um den Hals zu legen, aber du zappelst hin und her und von Nord nach Süd und schreist in den Knebel. Du windest dich, du ruckst, du drehst dich und schaust mich an. Sogar in der Dunkelheit kann ich erkennen, dass du blinzelst. Du hast minutenlang geschrien, aber ich bin der Einzige, der weiß, dass du mich angeschrien hast. Der große Rastaman hebt dich mit einer Hand hoch an die richtige Stelle und legt die Schlinge um deinen Hals. Zieht sie fest. Ich hatte gedacht, sie würden dich auf ein Fass stellen und dann mit einem Tritt dein Leben beenden. Aber dein Hals steckt in einer Schlinge am Ende des Seils, das über einen Ast führt und von zwei Rastas gehalten wird. Sie haben es um ihre Hände gewickelt, und nun ziehen sie. Findest du es auch so obszön wie ich, dass sie dabei ganz ruhig sind, so als wäre das eine Arbeit, die sie erledigen müssen. Es wird keine letzten Worte geben. Ich frage mich, ob du jetzt weinst. Ich frage mich, ob du hoffst, dass der Sänger hört, wie du um Gnade bettelst.

Aber du solltest eines wissen.

Die Lebenden hören nie zu.

SHADOW DANCIN'

15. Februar 1979

Kim Clarke

Jedes Mal wenn ich in einen Bus steige, kommt irgendwann der Punkt, wo ich mir sicher bin, dass er explodieren wird. Dabei denke ich immer, dass das Heck als Erstes explodiert, deswegen sitze ich vorn. Als ob das irgendeinen Unterschied machen würde. Vielleicht ist es wegen des Bombenanschlags auf dieses Londoner Restaurant im Februar – ich habe monatelang keine Nachrichten geguckt, und dann schalte ich den Fernseher ein und sehe diese Scheiße. Chuck sagt, *du machst dir zu viele Sorgen, Schätzchen, dann nimm den Bus doch einfach nicht.* Mein Gott, ich hasse das Wort Schätzchen, hasse es, kann es nicht ausstehen, ich möchte eine Knarre nehmen und es abknallen, weshalb er mich noch lieber so nennt. Er nennt mich so, weil er gerne sieht, wie ich die Augenbrauen hochziehe, noch bevor ich es selber merke. Chuck sagt, dann nimm den Bus doch einfach nicht, Schätzchen, wenn du es so hasst, dich wie eine Sardine in eine Büchse zu quetschen. Ich sage ihm nicht, dass es nicht das ist, was ich hasse.

Ich kann es spüren, ehrlich, mein Rücken wird gerader und gerader, je näher ich dem Haus komme. Es hat etwas, nach Hause zu laufen. Ich mag es, wenn Leute mich zu diesem Haus gehen sehen, aber ich mag es nicht, wenn sie mich beobachten. Sie sehen mich nicht als mich, sondern als eine Frau, die zu dem Haus beim Strand läuft, das aussieht, als hätte es jemand direkt aus *Hawaii Fünf-Null* hierher verpflanzt. Ein Haus, das aussieht, als hätte es dort nichts zu suchen, und die Leute werden sich fragen, warum diese schwarze Frau glaubt, sie dürfe mit erhobenem Kopf dorthin gehen, als würde es ihr gehören. Zuerst haben sie mich als *eine Frau* gesehen, die einmal dorthin kommt und am Morgen wieder gehen muss – mit dem Betrag in der Tasche, den sie eben verlangt hat. Dann haben sie mich als *diese Frau* gesehen, die oft dorthin geht und diesen weißen Jungen offenbar becirct hat oder zumindest sehr diskret ist. Dann haben sie mich vielleicht als seine Frau gesehen, die geht, wann sie will. Dann haben sie mich kommen und gehen und Papiertüten tragen sehen und gedacht, vielleicht arbeitet sie dort, als Hausmädchen oder so. Dann haben sie gesehen, dass ich das Haus weniger gut gekleidet verlasse und wiederkomme oder joggen gehe, was das neue Weiße-Leute-Ding in Amerika ist, und erst dann haben sie allmählich gedacht, vielleicht wohnt sie wirklich dort. Sie und der weiße Mann. Nein, der weiße Mann und sie. Auch Ihnen einen guten Tag, Sir, Mr. Ich-schieb-meine-Handkarre-so-langsam-dass-ich-dabei-das-Privatleben-anderer-Leute-ausspionieren-kann – mach voran, Meister. Letzte Woche ist mir auf dieser Straße ein guter Absatz abgebrochen – von wegen Straße, es ist ein Pfad, der den Hang hinauf und wieder hinunter führt bis zu der kleinen Klippe beim Strand. Nur Leute wie Chuck würden auf die Idee kommen, dort zu wohnen. Oder Errol Flynn.

Chuck. *How much wood would a woodchuck chuck,* habe ich gesagt, als er mich in Mantana's Bar ansprach, wo alle Ausländer und die Leute hingehen, die für Alcorp Bauxite arbeiten, weil es der einzige Laden ist, wo ein Hamburger nicht nach Schinken schmeckt wie sonst überall auf Jamaika. Und seinen Hut hat er auch abgenommen, wie ein Cowboy, und hat gesagt, *Howdy, ich bin Chuck.* Bist du sicher, dass du nicht Bill aus der Verkaufsabteilung bist, der mich erst vor drei Tagen gehowdyd hat, dachte ich, ohne es laut zu sagen. Chuck. Wie Chip, Pat, Buck oder Jack. Ich finde diese knackigen amerikanischen Namen einfach großartig, sie klingen wie Apple Pie oder Easy Money, und man kann sie schnell und mit wenig Mühe aussprechen. Man kriegt ein Yup, ein Howdy, ein was geht, kleine Lady, und plötzlich willst du ihnen erklären, nein, dies hier ist keine der einheimischen Ladys, die zu eurer Bequemlichkeit keinen Slip unter dem Kleid tragen, aber danke für den Scotch, den ich sowieso nicht trinken werde. Ich weiß nicht, was ich in meiner Erinnerung öfter durchlebe, im Mantana's die

Shadow Dancin'

Stunden runterzuzählen, zu Minuten herunterzubrechen und auf IHN zu warten oder den Abend, als Chuck Howdy gesagt hat und ich gedacht habe, na ja, du bist gut genug.

Zu Hause. Vorsicht, Miss Kim, nicht einmal Chuck nennt es sein Zuhause. Ich werde direkt ins Wohnzimmer gehen, an explodierende Busse denken und sagen, Chuck, und er wird sagen *Yep? Was geht, Zuckerschneckchen?,* und ich werde mich fühlen wie ein Kaninchen, das sicher in seinem Bau liegt. Nein, das bin ich nicht. Das ist irgendein blöder Scheiß aus irgendeinem blöden Buch, Herrgott, hör auf zu denken, Kim Clarke. Anscheinend arbeitet er heute länger, normalerweise ist er um die Zeit schon zu Hause. Normalerweise hätte ich schon Abendessen gekocht, irgendeinen improvisierten Mist, *verdammt Schätzchen, ich wusste nicht, dass in jamaikanischem Reis Piment ist,* hat er gestern Abend gesagt. Sieh nur, wohin dich der ganze Denkscheiß gebracht hat, jetzt sind Möwen vor dem Fenster. Jetzt bin ich also die Frau, die in der Nähe der Möwen lebt. Ich hasse Möwen. Kleine Mistviecher, die sich jeden Nachmittag auf ihre beschissenen kleinen Ärsche plumpsen lassen wie ungeladene Gäste, meine verdammte Terrasse übernehmen und sagen, zieh ab, Alte, das ist jetzt uns're Terrasse. Ich weiß nicht, warum sie immer wieder hierherkommen, hier gibt's doch nichts zu fressen, und ich werd sie verdammt noch mal nicht füttern. Und sie sind so beschissen laut und frech und fliegen erst weg, wenn sie Chuck sehen. Ich bin ihnen scheißegal. Ich weiß, was sie denken. Sie denken, wir war'n zuerst hier, lange bevor du mit dem Typen zusammengekommen bist, und wir waren auch schon vor ihm hier. Sie kreischen laut, als wüssten sie irgendwas über mich – verschwindet vor meinem Fenster, oder mein amerikanischer Chuck zieht seine amerikanische Pistole und peng peng wie bei *Quick und seine Freunde* und pumpt euch den Kopf voll Blei, kapiert? Herrgott, seit wann gucke ich Zeichentrickfilme?

Heute werde ich sein Haar lieben. Ich werde an sein Haar denken und daran, dass es braun ist, aber nicht einfarbig, und rot in der Nähe seiner Wangen, und dass er es kurz trägt wie ein Soldat, aber jetzt lässt er es wachsen, weil ich gesagt habe, du würdest einen guten

Piraten abgeben, Süßer, weil ich dachte, der Satz würde an denselben müßigen Ort zurückkehren, von dem er gekommen war, doch ihm hat es gefallen, und jetzt ist er mein sexy Pirat – ich habe ihn nie sexy genannt. Wahrscheinlich, weil ich Süßer gesagt habe.

Sexy.

Sexy ist er, dieser John ... wie heißt er noch? Wie heißt er noch? *Ein Duke kommt selten allein*, General Lee, nicht der mit dem braunen Haar, der sieht zu sehr aus wie ein Ehemann, sondern dieser John, verdammte Scheiße, jedenfalls heißt er John mit Vornamen.

Sexy. Luke Duke, wie er von der Motorhaube rutscht und ein Bein in den Wagen schwingt und seine Schlange an das andere Bein drückt, sehen das andere Frauen auch oder nur ich? Kim Clarke, du perverses böses Mädchen. Er trägt nie eine Unterhose, dieser John. Schneider. *Ein Duke kommt selten allein* läuft diese Woche über die Satellitenschüssel, die einzige Satellitenschüssel, die ich kannte, war die große vor dem JNC-Fernsehstudio in Kingston, bis Chuck eine auf sein Dach gestellt hat.

Ja, heute werde ich daran denken, wie sehr ich es liebe, dass er sein Haar wachsen lässt. Gestern habe ich geliebt, wie er immer seine Mütze abgenommen hat, wenn er durch eine Tür kam, *yes Ma'am*. Jede Tür. Am Tag davor habe ich geliebt, wie er mich Miss Kimmy nennt, wenn ich beim Vögeln oben bin, nein, ich mag es nicht, ich mag es überhaupt nicht, das Miss Kim, nicht das Vögeln, aber ich mag es, dass es ihm so gefällt, natürlich mag er es, dass die schwarze Schlampe ihn endlich so richtig wild macht – er muss die Geschichten von den jamaikanischen Mädchen schon gehört haben, zwei Jahre bevor er mit seiner Ausrüstung für Technische Zeichner und einem Ständer hier gelandet ist. Nein. Er ist süß. Der Mann ist süß und so weit ganz nett, und er hebt mich mit beiden Händen hoch, als wäre ich aus Papier, doch seine Hände sind so weich und süß, und er hebt mich hoch und setzt mich auf den Küchentresen und lächelt und sagt, *hey, Schätzchen, hast du mich vermisst?*, und ich denke darüber nach, ja, mehr als einmal habe ich dich vermisst, ich habe dich vermisst, denn wenn du nicht da bist, sind da bloß ich und meine Gedanken,

und ich hasse das Denken, ich hasse es verdammt noch mal, fahr zur
Hölle.

Überlass Chuck das Denken.

Überlass Chuck das Umziehen Chuck. Überlass Chuck die Entscheidung, was mitsoll und was hierbleibt. Die zweite Hälfte dieses
Gedankens gefällt mir viel besser als die erste und Ohscheißejesses-
maria.

Warte,

es ist ein Auspuff.

Eine Fehlzündung von einem Auspuff.

Herrgott, atme, Kim Clarke. Atme ein und aus, ein und aus, ein und
aus. Das ist das dritte Mal, dass ich mich selbst Kim Clarke genannt
habe, ohne vorher daran zu denken, dass ich mich Kim Clarke nennen muss, und ohne hinterher zu sagen, sieh einer an, ich habe mich
Kim Clarke genannt. Selbst wenn ich mich an Kim Clarke erinnern
muss, mein Ziel ist es, gar nicht mehr über diesen oder den anderen
Namen nachzudenken. Diese Person kann mich mal am Arsch lecken.
Siehst du? Ich fluche wie eine Amerikanerin, wie Chuck, der immer
noch Scheibenkleister sagt – niedlich. Chuck und sein *motherfucker*,
jedes Mal wenn er montagabends Football guckte, war es *motherfucker* dies oder *motherfucker* dass, oder *es nennt sich Spread-Forma-
tion, motherfucker*. Niemand benutzt bei dem Spiel seine Füße, und
trotzdem heißt es Football. Gefällt mir, wie die Amerikaner einfach
behaupten können, dass irgendwas so ist, wie sie es gerade haben
wollen, trotz eindeutiger Gegenbeweise. Wie ein Football-Spiel, bei
dem niemand die Füße benutzt und das noch dazu ewig dauert. Als
er mich zum letzten Mal genötigt hat, mir den Scheiß bis zum Schluss
anzugucken, hab ich gesagt, Baby, nur Sex sollte so lange dauern,
und er hat mich sein *kleines sexy Flittchen* genannt. Das hat mir auch
nicht gefallen, es war einer der zweihundert Fehler, die Männer täglich bei den Frauen machen, mit denen sie zusammenleben, und ich
habe mich gefragt, mit wie vielen Frauen er tatsächlich Sex hatte. Ich
meine, er sieht nicht übel aus. Nein, er ist süß. Nein, er ist attraktiv.
Im Moment hassen mich wahrscheinlich dreitausend jamaikanische

Frauen, weil ich mit ihm zusammen bin. Ich hab, was ihr wollt, ihr Fotzen. Ich, Kim Clarke. Kommt, holt es euch, wenn ihr das Zeug dazu habt.

Das ist eine Lüge. Ich weiß mit Sicherheit, dass die jamaikanischen Frauen sich nicht nach einem weißen Mann aus dem Ausland umsehen. Die meisten können sich nicht mal vorstellen, wie er nackt aussieht. Sie denken, weiße Männer sind nur Eier und kein Schwanz, was nur beweist, dass sie nie einen Porno gesehen haben. In der Sonne nach Hause kommen, drei Uhr nachmittags, Montego Bay fühlt sich an wie Miami, als ob du schon jemals in Miami gewesen wärst, Kim Clarke. Aber trotzdem, nach Hause kommen, nach Hause gehen. Ich hoffe, Chuck ist nicht da. Das war gemein. Unangebracht, wie er sagen würde, was er dieser Tage oft sagt, sodass ich denke, alles, was aus meinem Mund kommt, wäre irgendwie anstößig. Das ist nicht das, was ich denken will, ich möchte bloß ein wenig mehr Ich-Zeit haben. Ich jetzt wieder, rede schon so lange wie ein Hoppla-jetzt-komm-ich-Amerikaner, dass ich diesen Yankee-Sprech sogar denke. Einen klaren Kopf, bitte! Ich hoffe bloß, dass er noch nicht da ist, weil ich nur auf dem Sofa sitzen, mich selbst atmen hören, *Wok with Yan* im Fernsehen gucken und meinem Verstand einfach eine Pause gönnen will, denn dieses ganze Leben und Laufen und Reden ist verdammt harte Arbeit. Das Sitzen an einem Ort, der mir immer noch nicht gehört, ist harte Arbeit. Existieren ist harte Arbeit. Nein, ist es nicht. Es ist das Leben, das so beschissen schwer ist. Manchmal fluche ich.

Hören diese Möwen, was ich denke? Ist es das, was sie dort draußen machen, meine Gedanken belauschen und lachen? Wirkt Insektenspray auch gegen Vögel? Vielleicht würden sie meine Haut aufreißen und fressen. Verdammt, ich hasse die verdammten Scheißviecher. Verdammt, ich weiß nicht, was ich mit all den Chuck-ismen anfangen soll, die ich seit Neuestem benutze. Es passiert einfach, nicht wahr, es gibt einen Punkt, wo ein Mann einfach anfängt, dein ganzes Leben zu bestimmen.

Chuck ist nicht zu Hause. Das Sofa fühlt sich bequem an. Ich schlafe ständig auf der Couch ein, aber nie im Bett. Nachts lege ich

Shadow Dancin'

meistens den Kopf auf Chucks behaarte Brust und lausche, ob sein Herz jemals einen Schlag aussetzt.

Ich muss wirklich das Haus putzen, selbst wenn wir von hier weggehen. Selbst wenn wir Ende nächsten Monats aufbrechen. Ich hätte alles gegeben, um schon im Dezember alles hinter mir zu lassen. Ich wünsche mir weiße Weihnachten. Ich habe von einer weißen Weihnacht geträumt. Nein, ich habe von Weihnachten weit weg geträumt. Je schneller ich aus diesem gottverlassenen Land rauskomme, desto besser. Als Chuck mir erzählt hat, dass er aus Arkansas ist, habe ich ihn gefragt, ob das in der Nähe von Alaska liegt. Er hat mich gefragt, ob ich nur Eisbären oder auch Holzfäller mag. Was immer das zu bedeuten hatte. Ich habe seinen Bauch gerieben und gesagt, ich habe schon einen großen Bär, den ich liebe, aber das fand er nicht komisch. Amerikanische Männer sind seltsam. Können nicht mal ein kleines Witzchen ab, aber dann finden sie den abgefucktesten Scheiß lustig. Da, ich denke schon wieder wie ein Amerikaner, abgefuckter Scheiß, ich denke wie er. Heute werde ich sein Haar lieben. Ich werde auf das Sofa sinken, die Augen schließen und an sein Haar denken. Und daran, was ich einpacken soll.

Sie haben die Schnauze voll, wirklich, sie haben die Schnauze gestrichen voll von dieser komischen Operettenregierung. Seltsam, das Haus liegt so weit ab von der Straße, direkt am Meer, das die ganze Zeit rauscht, und diese weiß gefiederten Mistviecher krächzen vor meinem Fenster, und trotzdem dringt der Verkehrslärm bis hierher. Wie diese verdammte Hupe, die meine Gedanken stört. Aber sie haben die Schnauze wirklich voll, haben sie gesagt, hat er gesagt. Zeit, dieses beschissene Land abzuschreiben, hat sein Boss gesagt. Es reicht mit dieser Regierung und mit diesem Michael Manley, der den Bauxit-Firmen das Geld aussaugen will, als ob die nicht schon genug tun würden, um seinem Land zu helfen. *Scheiße, Alcoa hat diese rückständige Insel völlig umgekrempelt, gut, sie haben die Bahngleise nicht gebaut, aber sie haben sie auf jeden Fall einem profitablen Nutzen zugeführt. Und auch andere Sachen: Schulen, moderne Gebäude, fließendes Wasser, Toiletten, es war wirklich ein Schlag ins Gesicht, zusätzlich zu*

allem, was wir für dieses Land tun, auch noch eine Abgabe zu erheben.
Und dieser Schlag ins Gesicht war der erste weltweit zu hörende Schuss,
der Jamaikas Eintritt in den Kommunismus signalisiert, achte auf meine
Worte. Verstaatlichung ist immer der erste Schritt, wie diese verdamm-
ten Leute die PNP wieder ins Amt wählen konnten, ist mir ein verdamm-
tes Rätsel, Schätzchen. Er hat diese kleine Tirade schon so oft vorgetra-
gen, dass ich sie fast wortwörtlich zitieren kann, inklusive der schiefen
Metaphern. Und was ist mit diesem Pechsee, den ihr hinterlassen
habt und der nur noch dazu taugt, dass die Gunmen dort ihre Leichen
entsorgen, weil sie sich darin spurlos auflösen?, sage ich. Manchmal
muss ich ihn daran erinnern, dass es einen Meter nördlich von dieser
Vagina noch ein Gehirn gibt. Trotzdem, sogar amerikanische Männer
können es nicht ausstehen, wenn eine Frau zu klug ist, vor allem eine
Frau aus der Dritten Welt, die zu erziehen ihre Aufgabe ist. Das Sofa ist
weicher, als ich es in Erinnerung hatte.

Die Wahl ist jetzt zwei Jahre her. Jamaika wird nie besser oder
schlechter, es findet bloß immer neue Wege, gleich zu bleiben. Man
kann das Land nicht verändern, aber vielleicht kann man sich selbst
verändern. Ich weiß nicht, wer das gedacht hat. Ich bin mit Denken
durch, ehrlich gesagt. Wenn ich denke, führt mich das jedes Mal zu
einem explodierenden Bus oder einer Waffe, die auf mich gerichtet ist.
Scheiße, nicht das Sofa zittert, sondern ich. Ich meine, die Couch. Verdammt, der Mann verändert mich. Ich tue zwar so, als ob mir das
nicht gefallen würde, aber ich glaube, ich kann ihm nichts vormachen.
Er betrachtet es jedes Mal wie eine Art Sieg, wenn er bei mir weiter-
kommt, denn ich lasse ihn ehrlich gesagt nicht sehr weit kommen.
Das klingt harsch. Ich hoffe, ich bin nicht harsch. Ich kann mich nicht
mal mehr daran erinnern, wie wir vom Howdy dazu gekommen sind,
dass er mich ausgeführt hat, seine Worte, nicht meine.

Verstehen wollen ist gefährlich. Es führt dazu, dass man zurück-
blickt, und das ist auch gefährlich. Wenn man das zu oft macht, landet man direkt wieder bei der einen Sache, die einen überhaupt erst
vorwärtsgetrieben hat. Ich weiß es nicht, und habe ich mich nicht auf
die verdammte Couch gelegt, um mit dem beschissenen Denken

aufzuhören? Ich wünschte, er wäre zu Hause. Dummes Mädchen, gerade hast du dir noch gewünscht, dass er nicht da ist. Es ist keine fünf Minuten her, Mädchen, ich war dabei, ich hab jedes Wort gehört. Können Menschen das? Können Menschen sich wünschen, immer mit jemandem zusammen zu sein, okay, meistens, und trotzdem gleichzeitig wünschen, sie wären allein? Und beides nicht fein säuberlich getrennt, sondern auf einmal? Gleichzeitig? Immer? Ich will allein sein und brauche jemanden. Ich wünschte, Chuck würde das verstehen. Normalerweise schalte ich einfach das Radio ein und lasse es das Haus mit Geräuschen, Stimmen und Musik füllen, die ich nicht zur Kenntnis nehmen und auf die ich nicht reagieren muss, und trotzdem weiß, dass sie da sind. Ich wünschte, ich könnte das mit den Menschen auch. Ich wünschte, die würden das mit mir machen. Wo ist der Mann, mit dem ich zusammen sein kann, ohne dass er es braucht, dass ich ihn brauche? Ich weiß nicht, wovon ich rede. Meine Bedürftigkeit ist der einzige Grund, warum ich jetzt hier in diesem Zimmer bin. Nein. Mein Gott, du bist wirklich ein Aas. Heute werde ich sein Haar lieben.

Heute Nacht werde ich all die Geräusche lieben, die er beim Schlafen macht. Das I-ah und das Pfeifen, wenn eins seiner Nasenlöcher verstopft ist. Die halben Sätze. Das Gemurmel. Sein Flap-Flap-Flap-Flap-Schnarchen. Das Stöhnen. Den amerikanischen Furz. Die Stunden in der Nacht, so gegen drei oder vier, wenn ich ihm Fragen stellen kann und er antwortet, wodurch ich weiß, dass er sich nicht wirklich sicher ist, wie seine Familie reagieren wird, wenn sie eine Frau wie mich trifft, obwohl seine Mum einfach die netteste Person überhaupt ist. Ich kenne all seine Geräusche, weil ich nie schlafe. Die ganze Nacht wach und tagsüber schlafen, es gibt eine Bezeichnung für Frauen wie mich. Frauen wie ich schlafen nicht. Wir wissen, dass die Nacht nicht unsere Freundin ist. Die Nacht macht Dinge, lässt Menschen auftauchen und verschluckt einen. Die Nacht bringt niemals Vergessen, sondern nur Träume, die Erinnerungen wecken. Die Nacht ist ein Spiel, bei dem ich warte und die Minuten zähle, bis ich den schmalen rosafarbenen Streifen vor dem Fenster sehe, und dann gehe ich nach draußen, um die Sonne über dem Meer aufgehen zu sehen. Und ich gratuliere mir, dass ich wieder eine Nacht geschafft habe. Wirklich. Jede Nacht.

Gestern Nacht ist mir klar geworden, dass ich einen Menschen töten könnte, sogar ein Kind. Vielleicht einen Jungen. Bei einem Mädchen weiß ich es nicht. Bloß weil man nicht schläft, heißt das nicht, dass man nicht träumt, das hat mir meine Mutter nie gesagt. Gestern Nacht hätte ich ein Kind töten können. Da war dieses Tor, und es war bloß irgendein rostiges altes Tor, doch ich wusste, ich musste da durch. Vorwärts geht es nur mitten durch. Wer hat das gesagt? Ich musste da durch, oder ich würde sterben, mit einem Messer vom Hals bis zu den Schamlippen aufgeschlitzt werden und die ganze Zeit schreien, ich musste einfach durch dieses Scheißtor. Und vor dem Tor stand ein Kind, eins dieser Kinder wie im Film, wo man nicht sagen kann, ob es ein Junge oder ein Mädchen ist. Vielleicht war es weiß, aber weiß wie Leinen, nicht wie Haut. Und die ganze Zeit konnte ich auf dem weißen Wecker sehen, dass es gleich zwei Uhr morgens war, und die vier Wände um mich herum, sogar den Himmel draußen, doch ich konnte auch das Tor sehen, und ich konnte Chuck schnarchen hören, doch ich konnte auch das Kind sehen, und ich konnte nach unten blicken und zerfetztes Fleisch sehen, wo meine Füße sein sollten. Ich hatte mir die Füße abgelaufen. Und ich wollte durch dieses Tor, und das Kind versperrte es mit seinem Blick, nicht bedrohlich, aber selbstbewusst, glatt, großspurig – Chuck hätte »großspurig« gesagt. Und ich packte das Messer, das ich hatte, und packte sein Haar und hob es hoch und stieß ihm das Messer ins Herz, und weil das Blut, das floss, blau war, fand ich es nicht so schlimm, wieder und wieder auf es einzustechen, und jedes Mal, wenn das Messer durch seine Haut stieß, war es, als ob das Fleisch zu hart war, und das Messer verbog sich und verfehlte sein Ziel, und das Kind schrie und lachte und schrie, und ich konnte das Messer nur rausziehen und seinen Kopf absägen und wegwerfen. Und schreien, während ich auf das Tor zurannte. Dann bin ich aufgewacht. Aber ich hatte gar nicht geschlafen.

Vielleicht sollte ich baden oder irgendwas. Als Chuck zur Arbeit aufgebrochen ist, hat er mich gefragt, was ich heute vorhabe? Ich hätte ihm gar nichts sagen sollen, denn ich war aus. Vielleicht sollte ich diese Kleider ausziehen oder wenigstens die Schuhe. Selbst ein Mann, der gerne sagt, *Schätzchen, mit diesem Modescheiß kenn ich mich nicht aus,* weiß, dass die Kleider, die ich zum Ausgehen trage, nicht dieselben sind, in denen ich Brot kaufen gehe. Und wenn er seine Frau in guten Kleidern sieht, weiß er, dass sie versucht hat, einen Mann zu beeindrucken, und vielleicht Erfolg hatte, aber dieser Mann war nicht er. Ich sollte wirklich zumindest diese Bluse ausziehen. Oder mich hinlegen, bis die Möwen wegfliegen. Wenn er fragt, kann ich vielleicht sagen, ich hab mich für ihn schick gemacht, weil ich gehofft habe, dass wir ausgehen. *Aber Schätzchen, draußen ist es nirgendwo sicher,* wird er sagen. *Nicht mal in Montego.* Ich werde erwidern, dass die Jamaikaner Montego Bay zu Mobay abkürzen, nicht zu Montego. Ich werde sagen, ich will ausgehen, ich will tanzen, und er wird sagen, *aber ich tanze besser als du,* und ich werde so tun, als ob mich das verletzt hätte. In Wahrheit will ich gar nicht tanzen gehen. Jedes Mal wenn ich frage, hoffe ich, dass er Nein sagt. Ich will bloß, dass er glaubt, ich hätte Interesse daran, etwas mit ihm zu unternehmen. Vielleicht wird er wieder Freunde nach Hause bringen, und dann habe ich einen Grund, diese Kleider anzubehalten. Das letzte Mal hat er vier Männer von der Arbeit mit nach Hause gebracht, die alle aussahen wie kleinere oder größere Ausgaben von ihm, alle mit der gleichen verbrannten weißen Haut. Der kleine Blonde, sein Name war Buck, ungelogen, also fast wie Chuck, sagte, *na, eine so gut aussehende Squaw hab ich ja noch nie gesehen.* Und ich hab mich aufgeregt, wenn jamaikanische Männer mich Frischfleisch genannt haben. Heute Nacht werde ich lieben, wie er schläft. Ich werde auf seiner breiten Brust liegen und seine Haare lecken und ihn so festhalten, dass er nicht ohne mich gehen kann. Ich weiß noch, wie ich darauf gewartet habe, dass meine Schwester einschläft, um dann den Saum ihres Nachthemds zu packen und fest um meine Hand zu wickeln, damit ich sie, wenn ein Duppy kommt, um mich zu holen, mitreißen und uns beide wecken würde. Nur dass ich keine Schwester habe.

Scheiße. Verdammt, Akee, wie bist du unter mich geraten, sodass ich mich auf dich draufgelegt habe? Ich werde offenbar langsam alt oder verrückt, wenn ich das Haus mit einer Einkaufstüte voller Akee betreten und mich nicht einmal daran erinnern kann. Alt und verrückt. Vielleicht auch verrückt und alt. Chuck liebt Akee-Früchte. Er fragt immer *nach den Dingern, Schatz, diesem Rührei-Zeug, du weißt, was ich meine, wächst an Bäumen und ist echt süß*. Ich habe zwei Dutzend bei einer Frau gekauft, die über ihr Transistorradio einem amerikanischen Prediger mit Cowboy-Akzent lauschte, der immer wieder sagte, das Ende der Zeit sei gekommen. *Weißt du, dass wir in den letzten Tagen leben?*, fragte die Händlerin mich. Nein, aber ich weiß, dass es 1979 ist, erwiderte ich, während ich an den Prediger dachte, der bestimmt schwitzte wie ein rotes Schwein und sich die Stirn mit einem Taschentuch abwischte, wodurch sein Toupet verrutschte. Das war nicht die Antwort, die sie hören wollte, deshalb bestrafte sie mich mit einem Preisaufschlag von fünfzig Cent. Ich glaube, ich habe gesagt, weißt du was, Liebes. Nimm es. Behalt es, denn in ein paar Wochen ist jamaikanisches Geld nur noch gut genug, um mir damit den Arsch abzuwischen. Das gefiel mir. Es klang jamaikanisch. Ich habe kein Wort davon gesagt. Ich würde nie jemanden Liebes nennen.

Das verdammte Haus ist zu still, aber das Radio ist mir einfach zu viel. Ich will keine Nachrichten hören. Seit ich aufgehört habe, Nachrichten zu hören, Zeitung zu lesen und Fernsehen zu gucken, kommt mir mein Leben so viel glücklicher vor. Glück fühlt sich an wie etwas, das man auf die Straße stellen und verkaufen kann. Ich will einfach nichts von den Nachrichten wissen, und ich will nicht, dass Leute mir irgendwas erzählen. Die Nachrichten erfahre ich von Chuck, und ich mag sie trotzdem nicht. Aber seine Nachrichten sind anders. Es sind die Nachrichten von jemandem, der weggeht. Wir gehen weg. Hat er schon die Flugtickets gekauft? Brauchen wir überhaupt Flugtickets? Oder kommt ein Hubschrauber wie im Krieg und evakuiert uns einfach? Er wird direkt vor der Tür landen, und Chuck wird sagen, *Schätzchen, keine Zeit, irgendwas einzupacken, komm jetzt einfach*, und er

Shadow Dancin'

wird wirklich traurig aussehen, ohne zu wissen, dass es genau das ist, was ich will, nichts mitnehmen, nicht einmal ein Handtuch, nichts, was mich an irgendwas von dem erinnert, das ich zurücklasse, denn scheiß auf alles, wirklich, auf alles, wenn ich nach Amerika komme, will ich so unbeschrieben sein, wie ein Blatt Papier nur sein kann, ohne Erinnerung an irgendetwas, das hinter mir liegt. Ich möchte mir beibringen, etwas Neues auf meine Haut zu schreiben und Howdy zu Leuten zu sagen, die ich nicht kenne. Und der Hubschrauber wird erst landen, wenn wir ganz weit weg sind, in Buffalo oder New York oder Alaska oder irgendwo, wo ich nie wieder hören muss, was passiert ist. Nie wieder.

Irgendwas Gutes muss doch im Radio laufen. UKW: mehr Musik, weniger Gerede. Ich wünschte, Chuck wäre hier. Er kann viel besser tanzen als ich, die Schande der schwarzen Rasse. Das heißt schon was, wenn ein Weißer tanzen kann. Zu unserem Jubiläum hat er mich in den Club ausgeführt – schon ein halbes Jahr. Er wollte unser sechs-monatiges Jubiläum feiern. Und da heißt es, Frauen wären das senti-mentalere Geschlecht. Aber trotzdem. Zum sechsten gingen wir tan-zen. Zum fünften gab es Ohrringe. Zum vierten hat er versucht, ein Hühnchen zu kochen, und ist gescheitert. Meine Mutter hätte gesagt, das bedeutet, dass er nicht homosexuell ist, Liebes. Ich weiß nicht, aber manchmal ist es mir einfach zu viel Chuck. Allmählich habe ich ihn lieber, wenn er auf der Arbeit ist. Nein. Das stimmt nicht. Im Mo-ment liebe ich sein Haar, und heute Nacht werde ich lieben, wie er schläft.

Als ich ihn damals im Mantana's getroffen habe, war ich an dem Punkt, wo diese Stimme in mir sagte, was immer es ist, Gott, lass es bitte jetzt passieren. Ich war es leid, alles leid zu haben. Ich war mehr als bereit aufzubrechen. Am selben Tag hatte mein Boss die Hand auf mein Knie gelegt, zum zweiten Mal? Nein, zum dritten Mal, und mich gefragt, wie mir meine Arbeit gefallen würde. Und dass er wüsste, dass dieser Job für mich Durchbruch oder Absturz bedeutet, eine letzte Chance. Als ob beschissenen Billigschmuck in einem aufgemotzten Coolie-Laden namens Taj Mahal zu verkaufen das Beste wäre, was ich machen konnte. Nun ja, es war das Beste, Kim Clarke. Und sie haben mir den Job nur gegeben, damit sie sich nicht länger nach einer anderen umsehen mussten. In Montego Bay musste es einfach klappen. Es musste, denn zurück nach Kingston konnte ich nicht.

Ich denke nicht an Kingston. Ich will an Andy Gibb denken. Fast so süß wie John aus *Ein Duke kommt selten allein*. Andy Gibb: Haare, Brust, Haare, Ketten, Haare, Zähne, Haare, Haare. Duke-John-Lächeln, Haare, Jeans, Haare wie ein Mädchen. *I just want to be your everything.* Duke Lukes großer weißer Duke in seinem linken Hosenbein, mein Gott, Mädchen, du musst die einzige Frau in Montego Bay sein, die eine so schmutzige Fantasie hat. Aber im Radio läuft nicht »I Just Want to Be Your Everything«. *Do it light, take me through the night, shadow dancin'.* Ich weiß, was ich will. Eine Nacht, in der ich nicht an Duke Luke denke, wenn Chuck in mir ist, auf mir. Nein, das habe ich nicht gedacht. Doch, habe ich. Ich sollte seine Akee-Früchte kochen, die er so gerne zum Frühstück mag. Er wird auch zum Abendessen nichts dagegen haben. Ich werde darüber nachdenken, wie ich sein Haar liebe.

Früher oder später wird er es merken. Kim Clarke, du hältst dich für so clever. Der Mann findet es garantiert raus, wenn er es nicht längst weiß. Erst heute Morgen habe ich zehn Dollar genommen. Es war die größte Summe auf einmal. Letzten Freitag fünf. Vier Tage davor sechs, nein fünf, nein, es war ein Fünf-Dollar-Schein und zwei Ein-Dollar-Scheine. Die US-Dollar rühr ich nicht an. Er findet es bestimmt bloß süß. Welche Ehefrau nimmt kein Geld aus der Brieftasche ihres Mannes? Ich bin nicht seine Frau. Ich werde seine Frau sein. Nein, ihr lebt zusammen. Das tun die Leute in diesen modernen Zeiten, wir haben 1979. Ich muss jetzt wirklich kochen. Er hat nichts gemerkt, da bin ich mir sicher, welcher Mann zählt schon nach, wie viel Geld er in der Brieftasche hat?

Ein amerikanischer Mann.

Irgendwann tauchen sie alle im Mantana's auf. Die weißen Männer, meine ich. Wenn der Mann Franzose ist, denkt er, er würde damit durchkommen, Fotze zu sagen, sagt aber du Föötze, weil wir

Buschschlampen eh nicht kapieren, was er meint. Sobald er dich sieht, wirft er dir seine Wagenschlüssel vor die Füße und sagt, *du, park meinen Wagen, maintenant! Dépêche-toi!* Ich nehme die Schlüssel, sage, ja, Massa, und gehe dann auf die Damentoilette, um sie im dreckigsten Klo herunterzuspülen. Wenn er Brite ist und unter dreißig, sind seine Zähne noch okay, und er wird charmant genug sein, um dich nach oben aufs Zimmer zu quatschen, aber zu betrunken, um irgendwas zu machen. Es wird ihm egal sein, genau wie dir, es sei denn, er muss sich auf dir übergeben, dann lässt er ein paar Pfund auf dem Nachttisch liegen. Weil es so eine scheußliche, scheußliche Geschichte war. Wenn er Brite ist und über dreißig, kann man den ganzen Abend dabei zusehen, wie sich die Stereotypen stapeln, von ihrem Ich reeede gaaaaanz llaaaangsssssaaaam, Sssüüüße, wwwweil duuu bloooß eine kleeeeine Ssschwaaarze biiiist, bis zu den schrecklichen Zähnen von der Tasse Kakao vor dem Schlafengehen. Wenn er Deutscher ist, wird er jung sein und wissen, wie man fickt, auf so eine Motorkolbenart jedenfalls, aber zu früh aufhören, weil niemand Deutsch sexy klingen lassen kann. Wenn er Italiener ist, wird er auch wissen, wie man fickt, hat sich aber wahrscheinlich vorher nicht gewaschen, glaubt, es gäbe so etwas wie einen liebevollen Klaps, und wird Geld dalassen, obwohl du ihm erklärt hast, dass du keine Prostituierte bist. Wenn er Australier ist, wird er sich zurücklehnen und dich die ganze Arbeit machen lassen, weil selbst wir Jungs aus Sydney von euch jamaikanischen Mädchen gehört haben. Wenn er Ire ist, wird er dich zum Lachen bringen und die schmutzigsten Sachen sexy klingen lassen. Aber je länger du bleibst, desto mehr trinkt er, und je länger er trinkt, nun, man kriegt für jeden dieser sieben Tage sieben verschiedene Monster.

Aber Amerikaner. Die meisten versuchen sehr lange oder schrecklich lange, dich davon zu überzeugen, dass sie einfach genauso sind wie alle anderen. Ich bin bloß ein Okie aus Muskogee. Selbst Chuck hat sich so vorgestellt, *ein ganz gewöhnlicher Typ aus Little Rock.* Als ich ihn fragte, warum irgendjemand ein ganz gewöhnlicher Typ sein wollte, wusste er nicht, was er darauf antworten sollte. Aber es hat schon was, ein Mann, der von vornherein sagt, du kriegst, was du siehst, nicht weniger, aber bestimmt auch nicht mehr. Vielleicht habe ich auch bloß niedrige Standards. Vielleicht fand ich es nur gut, dass ein Mann mal sagte, wie es war. Ich glaube, er fand mich nicht mal so süß. Nun, natürlich schon, er kam rüber und sagte Howdy, was perfektes Timing war, nachdem der Franzose gerade rausgeflogen war, weil er die ganze Zeit brüllte, wo sind meine Autoschlüssel, du Föötze, und der Italiener mit einer blöden Amerikanerin tanzte, die ganz allein hierher geflogen war, weil sie sechsundzwanzig Monate dafür gespart hatte, und verdammt, die große fette Schlampe wollte und würde FICKEN. Der Italiener war nicht der schwarze Hengst mit dem Riesenschwanz in der Hose, von dem sie in *Der Mandingo von Falcenhurst* gelesen hatte, aber seine Haut war ein bisschen dunkel, deshalb war er gut genug.

Ich war natürlich jeden Abend dort. Ich bin im Januar nach Montego Bay gezogen, direkt in einen Einzimmer-Anbau mit Gemeinschaftsküche, den ein Rentnerehepaar sonst an Internatsschüler vermietete. Aber ich lebte im Mantana's. Von dem Tag an, als ich bei der Arbeit von dem Nachtclub gehört hatte. Also, ich hab es eher mitgehört, weil keine von diesen Coolie-Zicken in dem Schmuckladen mit irgendeinem der schwarzen Angestellten gesprochen hätte, außer um uns daran zu erinnern, dass sie die zuständigen Polizisten kannten, und falls auch nur ein einzelner Anhänger fehlen sollte, würden wir das ganze Wochenende lang im Gefängnis vergewaltigt werden. Jedenfalls hab ich mitgehört, dass Mantana's *der Laden war, wo es abgeht, und die lassen dich nur rein, wenn du den richtigen Look hast, was Gott sei Dank nicht schwarz heißt.* Wer hätte geahnt, dass Schwarz sich doch als der richtige Look erweisen sollte? Zwei Wochen nachdem ich hierher gezogen bin, hat man mich reingelassen, bekleidet nur in einem weißen T-Shirt, Fiorucci-Jeans und Stöckelschuhen. Ich bin direkt an einer von den Coolies vorbeigelaufen, an der Langhaarigen mit der Hakennase, die mich beinahe gegrüßt hätte, bevor sie meinen Blick gesehen hat und wusste, dass sie danach nie wieder in den Spiegel würde schauen können. Beinahe hätte ich gesagt, manchmal wollen sie Schokolade und kein Curry.

Shadow Dancin'

Aber drinnen und bei allem, was ich geglaubt hatte, wie die Musik sein würde, war sie nicht so. Der DJ spielte »Fly Robin Fly«, und die Weißen tanzten wie Weiße. Und die Nicht-Weißen, fast ausnahmslos Frauen, sahen sich gegenseitig mürrisch an, weil wir nur so verbergen konnten, dass wir alle die gleiche Miene zur Schau trugen. Die »Weißer Mann bitte komm rüber und rette mich, weil ich nicht mehr weiß, wo ich sonst suchen soll«-Miene. Ich hab das Gefühl, an die äußerste Spitze dieses Landes geflohen zu sein, und jetzt kann ich nur noch runterfallen. Oder wegfliegen. Wer werde ich in Amerika sein? Samantha aus *Verliebt in eine Hexe*? Die keifende Frau aus *One Day at a Time*? Ich möchte durch die City irgendeiner Stadt laufen und meine Mütze in die Luft werfen wie Mary Tyler Moore, die es am Ende doch geschafft hat. Jesusmaria, ich bin mehr als bereit zu gehen.

Ich bin mehr als bereit zu gehen.

Ich hatte es beinahe vergessen. In der Sonne habe ich drei Mal darübergerieben und jede Rille des Stempels ertastet. Der Stempel macht es real. Ihn zu berühren hat es real gemacht, aber der Geruch macht es noch realer, und, ja, ich habe dran gerochen. Meine Finger riechen wie amerikanisches Papier, wie Chemikalien, die gleich verdampfen. Und hör auf, so zu grinsen, dir tun schon die Backen weh. Aber wenn du nicht grinst, dann weinst du.

Du riechst. Du musst den Gestank abwaschen. Wasch die Tinte von deinen verdammten Fingern. Wie konnte ich es vergessen? In ein paar Stunden wird er nach Hause kommen, und ich habe den Gestank noch nicht abgewaschen. Mädchen, geh und wasch den ... genug. Ich werde Folgendes machen. Das wird funktionieren. Ich werde mich waschen. Ich werde dem Mann seine Akee-Früchte kochen. Er wird mich nach oben führen, und er wird mich ficken. Nein, wir werden ficken. Und wir werden zusammen aufwachen, und er wird – nein, wir werden frühestens in drei Wochen aufbrechen. Ich werde packen. Geh Mädchen, wasch den Gestank ab.

Jeden Tag bringt er etwas aus dem Büro mit nach Hause. Irgendwie glaube ich, dass die Amerikaner so aufgewachsen sind. Sie sammeln alle möglichen Sachen. Und wenn Tony Curtis oder Tony Orlando im

Mantana's auftauchen, bitten alle ihn um so ein Autogramm, was bedeutet, dass er seinen Namen auf eine Serviette schreibt. Und daran hängen sie und sammeln sie, als würden sie Tony Curtis nie wiedersehen. Jetzt bringt Chuck Sachen nach Hause und sammelt sie, als müsste er sie in Sicherheit bringen. Ich weiß nicht, wovor er seinen Kaffeebecher schützen muss. Oder fünf Kartons mit Gummibändern, ein Bild von Farrah Fawcett, ein Bild von Präsident Carter oder eine Kiste mit Schnaps, als ob es in Amerika keinen Schnaps gäbe. Oder eine Skulptur von einem Rasta, der seinen erigierten Penis hält, dessen Eichel größer ist als sein Kopf. Der Mann hält sich wohl für Noah, der eine Statue von einem Rasta mit Riesenschwanz vor der Flut rettet. Wenn er vorhat, diese beschissene Skulptur zu retten und mich nicht, dann bringe ich ihn um, das schwöre ich bei Gott.

Ich werde mich waschen, und dann werde ich Akee mit Stockfisch kochen. Nein, Akee mit Corned Pork, nein, mit Stockfisch. Und Tomaten. Kim Clarke, geh und wasch den Gestank ab. Denk nicht, geh einfach nach oben und wasch dich. Und putz dir die Zähne. Und schluck bloß ein bisschen Mundwasser. Vielleicht ist es so für Männer. Wirklich? Vielleicht, ich weiß es nicht. Setzen Sie das, was ich im Augenblick fühlen sollte, hier ein: _____ damit ich es fühlen kann. Ich fühle nämlich gar nichts. Vielleicht sollte ich Gefühle dazu haben, dass ich nichts fühle, aber die habe ich auch nicht. Was für eine Frau bist du, Kim Clarke? Jedes Mal wenn du dir die Lippen leckst, riechst und/oder schmeckst du ihn. Wasch dir wenigstens den Mund aus, du unartiges Mädchen.

Ich kann mir vorstellen, wie er mich rausschmeißt. Wie in einem Film, in dem alle Italienisch sprechen. Er schleift mich aus meinem Haus – seinem Haus – dem Haus, und ich liege schreiend auf dem Boden und bettele und krieche und heule, Chuck, mach, schmeiß mich nicht raus, mach, schmeiß mich nicht raus, ich fleh dich an. Ich kriech auf allen vieren für dich. Ich koch dir Essen und zieh deine Kinder groß und lutsch deinen Schwanz, auch wenn du ihn vorher nicht gewaschen hast, mach, mach! Und er wird mich ansehen und sagen, was meinst du verdammt noch mal mit mach? Was für eine primitive

Buschbaby-Sprache soll das sein, wo mach das Gleiche wie bitte bedeutet? Ein Schwanz ist ein Schwanz ist ein Schwanz, das verstehst du doch auch, wird er sagen, weil es wild klingt, als hätte er nicht vorher darüber nachgedacht, damit er wütend und trotzdem clever sein kann, während ich auf dem Boden wimmere, mach, mach, mach, und mich frage, ob ich nicht einfach sagen kann, es ist nicht so, wie es aussieht, Schatz. Wie bei *Dallas*.

Ich sollte mich waschen, mir die Zähne putzen, da unten mit Seife auswaschen. Aber werde ich dann nicht zu sauber sein? So sauber, dass es verdächtig ist. Wir sind inzwischen in dem Stadium, wo ich mich nicht mehr kämmen oder Lippenstift oder Parfüm tragen muss und es mir egal ist, ob er mich dabei ertappt, wie ich mir den Arsch kratze und mit derselben Hand im Topf rühre. Er lässt seine Fürze jetzt jederzeit los, wann ihm danach ist, und das mag ich wirklich nicht. Amerikanische Fürze stinken, sie riechen nach zu viel Fleisch. Du musst vorsichtig sein, was du dir wünschst, vor allem, wenn du dir wünschst, dass ein Mann sich in deiner Gegenwart wohlfühlen soll. Du erkennst, wie viel von seinem Werben um dich bloß Show war. Nein, keine Show, sondern ein Auftritt, eine Vorstellung. Wie lange hätte er mit der Nummer noch weitergemacht, und wenn es länger gedauert hätte, als er es sich ausgerechnet hatte, hätte er mich einfach abgeschrieben und wäre weitergegangen zu dem nächsten einheimischen Mädchen, das in ihr Glas starrt? Gott sei Dank sieht man es auf schwarzer Haut nicht. Eine schwarze Frau kann die Spuren an sich verbergen. Vielleicht denken Männer deshalb, dass sie eine schwarze Frau leichter schlagen können. Man kann die Beziehung zwischen einem Mann und einer weißen Frau an ihrer Haut ablesen. Dummes Mädchen, dann sorg halt dafür, dass er dich heute Nacht nicht will. Tu so, als hättest du Kopfschmerzen, sag, du hast deine Menses, er hasst es besonders, wenn du es Menses nennst, klingt wie Pussy-Masern, sagt er.

Habe ich noch ein Passfoto übrig?

Gibt es in Amerika fließend heißes Wasser?

Dumme Gans, natürlich gibt es fließend heißes Wasser. Und sie müssen auch nicht erst den Boiler einschalten und warten. Vielleicht sollte ich eine Verschlusskappe Chlorreiniger ins Badewasser geben. Herrgott noch mal, Kim Clarke, du hast seinen Schweiß an dir, keinen Eiter. Hören Sie, Chef, das ist mein ganzes Geld, nehmen Sie auch noch meine Uhr, und von mir aus sogar die Kette, die er mir letzte Woche geschenkt hat. Jetzt muss ich ihm erzählen, dass sie mir in einen Abfluss gefallen ist. Was soll das heißen, ich habe noch eine Sache von Wert? Ich weiß nicht, wovon Sie reden.

Oh.

Ich sage euch, ihr könntet vom Südpol sein oder aus Süd-St. Catherine, ihr Männer seid alle gleich. *Gib dem Mann keine Widerworte, Kim, bring es einfach hinter dich.* Hier? In Ihrem Büro? Draußen sind Leute, *natürlich sind draußen Leute. Er will, dass alle draußen es hören und wissen.* Woher soll ich wissen, dass Sie ihn mir hinterher geben? *Verärgere den Mann nicht, du dumme Fotze, du hast zwei Jahre gewartet, fast zwei Jahre, aber es war trotzdem eine lange Zeit, und er kann alles vor deinen Augen zerreißen – ob ich noch mehr Passfotos habe? – ich werde nicht so gerne fotografiert, ob ich die Negative noch habe? An der Wand überall Bilder, nackte weiße Frauen, zwei Schwarze, die ihre Titten zusammendrücken. Oh, ich soll mein Kleid nicht ausziehen?* Herrgott, warte, ich kann mir den Slip selbst runterziehen, danke. *Kim, hör auf, auf den Kalender zu starren, und vergiss nicht, so zu tun, als wäre es ein weltbewegendes Drama, wenn er in dich eindringt,* ooh, oh Gott, du hast mir nicht gesagt, dass er so groß ist. *Groß wie eine verfaulte Banane, finden Sie nicht auch, Miss Dezember? Sie schauen zu, wie er ihn jedes Mal rausholt, für jede Frau, die durch diese Tür kommt und etwas braucht, das ihr nicht zusteht. Habe ich hinterher noch Zeit, Akees zu kaufen und ihn trotzdem noch abzuwaschen? Vielleicht kann ich in dem Hotel gegenüber auf die Toiletten huschen und diesen Dreckskerl von mir abwaschen. Still, Kim Clarke, mach die Augen zu und denk an Arkansas.* Uh huh uh huh uh huh. *An seiner Tür steht NOTAR und FRIEDENSRICHTER in Spiegelschrift. Wenn ein Mann hinter einem ist, weiß man nie, was kommt. Scheiße, ich hab nicht mal gemerkt, dass meine verdammten Finger auf dem Stempelkissen waren. Super, violette Tinte an den Fingerspitzen, während dieser Mann mich weiter von hinten bearbeitet,*

Shadow Dancin'

und ich höre nur klatschende Haut. Vielleicht sollte ich diese falschen Stempel klauen, falls ich noch einen Pass brauche. Kommst du bald? *Ein Jahr, fünf Monate, siebzehn Tage, elf Stunden und dreißig Minuten, und am Ende landest du hier. Das ist also nötig, um den Kram endlich zu kriegen, den Pass, das Visum, das Ticket raus aus Bombor'asscloth-Babylon – hoffentlich kommt er bald. Mach einfach die Augen zu und denk an Tumbleweed, Kim Clarke. Denk an Arkansas, nein, Arkansaw, gefällt mir. Wir werden mit einem Wagen auf einem Hügel ankommen und Laura Ingalls und Mary Ingalls und das Kleine, das immer wieder ins Gras fällt, werden auf uns zulaufen, denn wir haben mittlerweile drei Kinder, alles Mädchen, okay, vielleicht einen Jungen, aber nur einen. Gott, gut, dass ich die Pille nehme. Unter Umständen hängt der Dreckskerl mir ja keinen Tripper an. Ich höre, wie die Leute in seinem Büro stehen bleiben und lauschen. Seit sieben Minuten hat kein Finger mehr eine Schreibmaschinentaste heruntergedrückt, ich habe die Sekunden mitgetippt, während ich auf die Uhr an der Wand gestarrt habe. Und Miss April, Miss May, Miss September und Miss August, die nicht ihre Titten zusammendrückt, sondern die Beine spreizt – wenn ich so tue wie ein Mädchen aus einem Porno, wäre das hier vielleicht schneller zu Ende – weiß Chuck, dass ich weiß, dass er all die* Hustler*-Magazine unter der Geldkassette in der Geheimschublade auf der Rückseite des Schreibtischs in seinem Arbeitszimmer versteckt?* Screw *hinter der Golftasche?* Penthouse *in demselben Karton wie seine Krawatten, weil ich die finden soll, damit ich mir Sextipps von* The Happy Hooker *hole?* So was dauert immer länger, als man denkt. Komisch, dass es Sex ist, der mich wieder dazu bringt, jamaikanisch zu denken, *nein, Kim Clarke, du wirst jetzt nicht darüber nachdenken, wozu dich das macht.* Der Dreckskerl hat mich noch sieben weitere Minuten gefickt. Niemand draußen hat einen einzigen Buchstaben getippt. Er gibt mir den Pass, und ich klappe ihn wieder auf, und ich mit einem Visum-Stempel auf dem Kopf blicke mir entgegen. Nummer B1B2. Ich wollte mich beschweren, dass ich auch für eine Green Card bezahlt hatte, doch dann dachte ich, vielleicht sollte ich lieber nehmen, was ich kriegen kann, und Chuck den Rest erledigen lassen – wer weiß, was der Dreckskerl für eine Green Card von mir verlangt hätte.

Du lügst, Kim Clarke.

Jetzt gerade lügst du. Viel von dem ist tatsächlich passiert. Aber du hast nichts zu dem Mann gesagt, nicht mal gestöhnt. Du hast einfach den Rock gehoben und den Slip runtergezogen und gehofft, dass der Mann keine Syphilis hat. Und er war beinahe nervös. So sehr, dass dir erst in dem Moment aufgegangen ist, dass du wahrscheinlich die erste Frau warst, die auf seine Erpressung reingefallen ist, und er konnte sein Glück nicht fassen. Du hast nicht im Takt der Sekunden getippt, sondern auf seinem Rücken, einfach nur, damit er einen Rhythmus findet und nicht an seine Frau denkt, und als er endlich kam, tat er dir leid, weil er wusste, dass du durch die Tür und vorbei an seinen Angestellten gehen musstest. Und du hast dir den Pass seither auch nicht mehr angesehen, denn wenn du es tätest, würde dich allein das beschissene Foto dazu bringen, dich zu fragen, ob es das wert war. War es das wert, Kim Clarke? Ja, ja, ja, verdammt, und frag mich nicht noch mal. Ich würd ihn noch mal ficken und seinen Schwanz in den Mund nehmen. Ich würd ihm sogar das Arschloch lecken, immerhin haben wir 1979. Neunzehnhundertneunundsiebzig, Scheiße noch mal, da sollte eine Frau schon wissen, vorwärts geht es manchmal nur mitten durch. Als ich in Montego Bay gelandet bin, wusste ich, dass ich diesen Ort, sei es in einem Flugzeug oder in einer Kiste, wieder verlassen würde. Du hättest mich fast gekriegt, was, Jamaika? Du hast schon gedacht, du hast mich. Bombocloth, du kannst mich am Arsch lecken. Scheiße, violette Fingerabdrücke überall auf dem Kühlschrank – wie lange muss ich putzen, um die wegzukriegen?

Ich warte wieder mal auf Wasser. Ich stehe unter dem Duschkopf und lausche dem trockenen Husten der Rohre. Dieses Scheißland. Jeden Tag fällt das Wasser genau dann aus, wenn man es braucht. Ich wünschte, hinter dem Haus würde ein Fluss fließen, in dem ich mich waschen könnte wie eine Frau vom Land. Wirklich absolut scheißfantastisch, wenn ich einmal nachmittags duschen muss. Diesen Mann von mir abwaschen, bevor mein Mann nach Hause kommt. Warum kann ich nicht mehr fühlen? Warum fühle ich nicht mehr? Mein Herz klopft ja wilder, wenn ich ein neues Gericht ausprobiere. Wenn ich es fest oder lange genug schlage, wird vielleicht die Stelle durchblutet, wo mein Gewissen sein sollte. Verstehst du nicht, ich WILL etwas fühlen. Ich will, dass mein Herz heftig schlägt, weil die Schuld so schwer auf ihm lastet und sich nicht abschütteln lässt. Schuldgefühle würden etwas bedeuten. Wie oft sollte ich mich abwischen, bevor ich sauber bin? Was würde ich dafür geben, wenn das Wasser jetzt wieder fließen würde. Bitte, kurz bevor er nach Hause kommt. Nicht? Dann leck mich doch. Ich werde sein Abendessen fertig haben, wenn er nach Hause kommt, und dann werde ich wie gedankenlos mit seinem Haar spielen, und das wird ihm gefallen. Vielleicht werde ich »Dancing Queen« singen, er weiß, wie sehr ich diesen Song liebe oder vielleicht Andy Gibb. Vielleicht läuft »Shadow Dancing« im Radio, und ich werde ihn aus seinem Stuhl hochziehen und sagen, tanz mit mir, Baby, und er wird sagen, Kim Clarke, nein, Schätzchen, bist du sicher, dass alles in Ordnung ist? Und dann werde ich ihm das Visum einfach zeigen.

Nein, das ist ein furchtbare Idee. Du hast ihm doch schon erzählt, du hättest ein Visum, und es ist nicht so, als hätte er gefragt. Wenn du es ihm jetzt zeigst, sieht er, dass es erst letzte Woche abgestempelt wurde. Und er hat auch noch nicht eindeutig gesagt, dass du mitkommst. Aber warum auch? Wir können doch nicht zusammenleben, und dann haut er einfach ab. Übt er schon, welcher Abschied der am wenigsten tränenreiche wird? Bei welchem ich nicht versuchen würde, ihn umzubringen? Probt er es vor dem Spiegel? Kim Clarke, wenn du nur ein Fünkchen Verstand hättest, hättest du dafür gesorgt, dass du mittlerweile schwanger bist. Wenn ich heute die Pille absetze, bin ich dann schwanger, bis er aufbrechen will? Heute werde ich sein Haar lieben und ihn dann fragen, wann ich packen muss.

Kim Clarke, du hast einen falschen Zug gemacht. Kim Clarke, halt die Klappe und steig aus der Dusche. Ich muss meine Haare machen. Sollte ich das noch hier tun oder in Amerika? Darauf läuft es bei allem hinaus. Hier oder wenn ich nach Amerika komme? Gott, was werde ich an dem Tag machen, an dem ich mich mit dreizehn

Fernsehprogrammen langweile? An dem Tag, an dem mich Cornflakes langweilen, nein, nicht Cornflakes, Frosties. An dem Tag, an dem es mich langweilt, nach oben zu blicken und Gebäude zu sehen, die gegen die Wolken stoßen. An dem Tag, an dem es mich langweilt, Brot wegzuschmeißen, weil es schon vier Tage alt ist und ich ein frisches will. Der Tag, an dem mich Twinkies, Halston, Lip Smackers, L'eggs und alles von Revlon langweilt. An dem Tag, an dem es mich langweilt, vom Abend bis zum Morgen durchzuschlafen und zum Geruch von frischem Kaffee und dem Gesang der Vögel aufzuwachen, und Chuck, der fragt, hast du gut geschlafen, Schätzchen? Ich werde sagen, ja, Schatz, habe ich – anstatt die ganze Nacht die Dunkelheit zu beobachten und dem Ticken der verdammten Uhr zu lauschen, denn sobald ich einschlafe, werde ich heimgesucht. Ich dachte, wir wollten mit dieser Denkerei aufhören, Kim Clarke. Im Ernst, Gedanken sind eine verdammt trickreiche Kiste. Weil alle Gedanken einen zu dem einen Gedanken zurückführen, und zu dem einen Gedanken wirst du nie zurückkehren, hast du mich gehört? Niemals. Nur dumme Frauen gehen rückwärts.

— Ich liebe dieses Land. Ihr habt es so gut und wisst es nicht mal. Aber ihr habt einen Premierminister, der statt einem Gehirn Scheiße im Kopf hat, wie kommt es, dass ihr ihn wiedergewählt habt?

— Willst du aufhören, ständig »ihr« zu sagen.

— Tut mir leid, Schätzchen, du weißt, was ich meine.

— Nein, weiß ich nicht. Ich habe ihn nicht gewählt.

— Aber ...

— Hör auf, »ihr« zu sagen, als wäre ich die Vertreterin des gesamten jamaikanischen Volkes.

— Schschsch, es ist bloß eine Redensart.

— Dann drück dich besser aus.

— Verdammt, welche Laus ist dir denn heute Morgen über die Leber gelaufen?

— Du weißt doch, wie das mit uns so ist, jeder Tag ist dieser spezielle Tag im Monat.

— Ich geb's auf. Ich geh zur Arbeit.

Shadow Dancin'

Du, Mädchen im Spiegel. Du, Mädchen Kim Clarke, gib zu, dass es leichter war, es zu tun, nachdem du dir einreden konntest, wütend auf ihn zu sein. Aber was hast du getan, du dummes Ding? Du wirst nie wütend, du gibst ihm nie Grund, auch nur daran zu denken, zu gehen und dich zurückzulassen. Du bist nie eine schwierige Zicke, das ist die Spezialität der weißen Frauen.

— Nun, hoffentlich bist du besser gelaunt, wenn ich zurückkomme.

— Hoffentlich hörst du auf, Mist zu reden, wenn du zurückkommst.

Manchmal glaube ich, er mag es, wenn ich frech bin. Ich weiß es nicht. Angeblich weiß eine Frau, wann sie die Klappe halten und einem Mann in dem Glauben lassen soll, er habe gewonnen. Ich weiß nicht mal, was das bedeutet. Früher habe ich geglaubt, ich wüsste, was amerikanische Männer wollen. Wenn er dich zu Kentucky Fried Chicken einlädt, ist es ein »Date«. Wenn er bloß hin und wieder vorbeikommt und dann auch nur für Sex, dann »trifft er sich mit mir«. Oder ich »schlafe« mit ihm. Schon verrückt das, denn wenn er nur zum Sex vorbeikommt, will ich doch als Letztes, dass er mit mir schläft. Wie bringt man einen Mann dazu, einen noch mehr zu lieben?

Das Unternehmen zieht sich nach dreißig Jahren aus Jamaika zurück, erklärt er mir bei dem »Date« letzte Woche. Alcorp hat den Bauxit-Hals endlich voll und packt seine Sachen. Chuck sagt, *das liegt an dieser Bauxit-Abgabe, die nur der erste Schritt zur Verstaatlichung ist, was wiederum Schritt eins in Richtung Kommunismus ist.* Ich hab gesagt, ihr Yankees habt Angst vor dem Kommunismus wie alte Landfrauen vor einem Duppy. *Was ist denn das?,* hat er gefragt. Der Butzemann. Er lachte dieses laute Lachen.

— Besser weg hier, bevor es die Hauptstadt von Kuba wird.

Ich lachte dieses laute Lachen.

— Kim, vielleicht weiß ich Dinge, die du nicht weißt.

— Nein, du hast vielleicht Dinge gehört, die ich nicht gehört habe. Aber das ist nicht das Gleiche.

— Verdammt, du und dein Mundwerk ...

— Wenn du ihn reinsteckst, beschwerst du dich nicht.

— Schätzchen, du bist ein verdammt sexy Biest, weißt du das?

Heiraten Männer ihre sexy Biester? Ich sollte ihn irgendwohin mitnehmen, wo er mich vorstellen muss, nur um zu hören, wie er mich nennt, damit ich weiß, woran ich bin. Klar, als ob ich das wirklich wissen wollte. Kim Clarke, dein Leben ist nur eine einzige Abfolge von Ersatzplänen. Ich muss froh sein, dass ich einen Mann habe, der mir gern die Füße massiert. Einen kräftigen Mann, einen großen Mann, einen Berg. Ein Meter zweiundneunzig? Mindestens. Graue Augen und so dünne Lippen, dass es aussieht, als hätte jemand den Schlitz dazwischen gerade erst reingeschnitten. Sein Haar ist lockig, nachdem er es jetzt wachsen lässt. Kräftige Brust und Arme, er hat mit den Händen gearbeitet, bevor er angefangen hat, an einem Schreibtisch zu arbeiten und zu essen. Braune Haare auf dem Kopf, aber rot um seinen Penis und an seinen Eiern. Manchmal muss man einfach innehalten und hingucken.

—Was machst du?

—Ich mach gar nichts.

—Wenn du ihn weiter so anstarrst, schrumpft er dir noch weg.

—Ich warte bloß, dass es in Flammen aufgeht.

—Haben Schwarze Männer keine Schamhaare?

—Woher soll ich das wissen?

—Keine Ahnung. Ich meine, du bist eine moderne Frau, richtig?

—Und moderne Frau heißt Schlampe?

Nein, moderne Frau heißt, dass du schon seit Monaten regelmäßig im Mantana's warst. Und deinen Spaß hattest.

—Woher willst du wissen, was das für Spaß war?

—Ich habe die Szene im Mantana's schon lange ausgecheckt, bevor du mich eines Blickes gewürdigt hast, Kim. Aber mal im Ernst, du hast nie mit einem schwarzen Mann geschlafen? Nicht mal mit einem Jamaikaner?

Ich sollte mal überprüfen, in welchen Situationen dieser Mann mich Schätzchen nennt und in welchen Kim. Das ist wichtig, Kim Clarke. Männer heiraten ihre Schätzchen. Ja, das machen sie. Vielleicht sollte ich froh sein, dass der Mann mich schon eine Weile nicht mehr sexy Biest genannt hat. Wann zuletzt? Ich kann mich nicht erinnern. Denk scharf nach. Nein, ich kann mich nicht erinnern. Ich muss ihn von Ich liebe dich, aber nur genug für einen tränenreichen Abschied, zu Ich liebe dich so sehr, lass uns auf der Stelle heiraten, gleich hier, damit du als Mrs. Chuck nach Arkansas zurückfliegen kannst bringen. Ist Arkansas nicht eine der Gegenden, wo sie Schwarze hassen? Wenn ich ihn dazu bringen kann, mich zu heiraten, kann ich ihn auch dazu bringen, nach New York oder Boston zu ziehen? Nicht Miami, ich will Schnee sehen. Gestern habe ich meine Hand mindestens vier Minuten in den Gefrierschrank gehalten, um zu spüren, wie sich Winter anfühlen muss, und beinahe hätte ich auch noch den Kopf reingesteckt. Ich habe einen Klumpen Eis gepackt und gedrückt, bis die Kälte zu brennen anfing und der Schmerz bis in meinen Kopf geschossen ist. Ich habe den Klumpen zu einem Ballen gerollt und gegen das Fenster geworfen. Er ist eine Sekunde kleben geblieben und dann runtergefallen, und ich habe geweint.

— Baby, ich überlasse nie was dem Zufall.

Ich frage mich, ob er mich damit meint. Er wollte nicht riskieren, dass ich gehe und nie wieder ins Mantana's komme, obwohl ich doch jeden Abend dort war und Ausschau gehalten habe. Oder es bedeutet, dass er schon Flugtickets gekauft oder die Firma ihm Tickets für den Rückflug nach Amerika gegeben hat. Tickets. Ticket. Sie haben ihm nur eins für den Hinflug gegeben, warum sollten sie ihm dann für die Rückreise zwei geben? *Charles, Charles, wir können nicht jedem Mann, der sich in die einheimische Fauna verliebt, ein zusätzliches Ticket geben, wir sind hier nicht bei* South Pacific. Oh, hör auf zu denken, Kim Clarke, du machst dich noch selbst verrückt. In der Jugendgruppe von der Kirche haben sie immer gesagt, dass Sich-Sorgen sündiges Sinnen ist, weil man sich dafür entscheidet, nicht auf Gott zu vertrauen. Früher dachte ich immer, wenn schon sonst nichts, dann wusste ich auf der Highschool zumindest, dass ich in den Himmel komme und all die unartigen Mädchen nicht, die sich von den Jungen haben angrapschen lassen, weil sie gesagt haben, unsere Titten wachsen so schnell, und die Jungs haben gesagt, wir glauben euch nicht. Ich musste bis nach Montego Bay ziehen, um sicherzugehen, dass ich keiner von den

Schlampen je wieder über den Weg laufe (nein, nicht deswegen, hör auf zu lügen, als ob das jetzt noch eine Rolle spielen würde). Wenigstens hatte ich kein verdammtes Kind, wegen dem meine Titten jetzt bis zu den Kniescheiben hängen, mein Gott, wie ich diese Zicken gehasst habe.

Sollte ich packen? Mach es ... Kim, ja, Kim Clarke. Mach es, wenn du dich traust. Pack deinen Koffer, den lilafarbenen, mit dem du schon nach Montego Bay gekommen bist. Pack ihn jetzt. Für Amerika sollte ich mir wirklich einen neuen Koffer kaufen. Ich frage mich, ob er will, dass wir die Handtücher mitnehmen. Ich habe sie erst letzte Woche gekauft. Scheiß auf die Handtücher, wir sollten alles zurücklassen und uns nicht umschauen. Du willst doch nicht enden wie Lots Frau, Kim Clarke.

Do it light, do it through the night. Der DJ steht anscheinend auf Andy Gibb. Ich will sofort »You should be dancing« hören. Das will ich hören. Baby, lass uns tanzen gehen, werde ich sagen, wenn er durch die Tür kommt. Wir gehen tanzen, nicht im Mantana's, vielleicht im Club8, und wenn ich ihn betrunken gemacht habe, werde ich sagen, Baby, ich weiß, du hast mich noch nicht gefragt, aber ich habe angefangen zu packen, um uns beiden die Mühe zu ersparen. Wie sagt ihr Amerikaner dazu? Pro-aktiv. Siehst du, ich war pro-aktiv, denn ihr Männer wartet mit allem immer, bis es fast zu spät ist, auch mit dem Heiratsantrag. Nein, das mit dem Heiratsantrag werde ich nicht sagen. Kein Mann will das Gefühl haben, in die Ehe gelockt worden zu sein. Und wenn er mir mit Wenn und Aber kommt, werde ich seinen Schwanz rausholen und ihm zeigen, dass ich genau das gelernt habe, was ich lernen sollte, als er den Film *The Opening of Misty Beethoven* eingelegt hat.

—Ich weiß nicht, ich hatte nicht erwartet, dass jamaikanische Frauen wie schwarze Amerikanerinnen sind.

—Du hast nicht erwartet, dass wir auch schwarz sind?

—Nein, Dummchen. Ich hatte nicht erwartet, dass ihr sexuell so konservativ seid. Wirklich, wenn man in Arkansas aufwächst, kriegt man falsche Vorstellungen.

—Warum sprichst du immer im Plural über mich?

—Vielleicht habe ich ein Faible für schwarze Frauen.

—Hm-hm. Dann bin ich wohl die Delegierte der schwarzen Frauen.

—Mick Jagger steht angeblich auch auf schwarze Frauen.

—Hörst du mir eigentlich zu?

—Aber ich hab den Jazz, richtig, Babe?

—Wovon redest du?

Wenn ich es recht überlege, war der einzige andere Mann, der mit seinem Mund auch nur in die Nähe meiner Pussy gekommen ist, ein Weißer. Und auch Amerikaner. Und nein, darüber darf ich jetzt nicht nachdenken. Irgendwas hat die Möwen verjagt. Wie lange sind sie schon weg? Ich hab gar nicht gemerkt, dass ich laut gedacht habe. Sie wären nicht weg, außer … ich guck besser mal im Wohnzimmer nach.

—Oh, hi Schatz.

—Hm. Oh, Chuck.

Er antwortet mit einem breiten Grinsen.

—Ich wusste nicht, dass du hier bist. Ich hab dich gar nicht reinkommen hören.

—Ja? Klang so, als wärst du nicht allein. Ich wollte meine Schuhe ausziehen und dann zu euch …

—Ich bin allein.

—Ach wirklich? Führst du jetzt Selbstgespräche wie eine Verrückte?

—Ich hab nur laut nachgedacht.

—Oooh. Über mich?

—Ich kann nicht glauben, dass ich dich nicht gehört habe, wie du reingekommen bist.

—Es ist mein Haus, Baby. Ich muss meine Ankunft nicht groß ankündigen.

Nein, das hat nicht wehgetan, lass es an dir abperlen, Kim Clarke.

—Ich wollte gerade Abendessen kochen.

—Schön, wie das die Jamaikaner sagen – Abendessen kochen statt Abendessen machen.

—Was ist der Unterschied?

—Na ja, du könntest einfach Makkaroni mit Käse warm machen, dann hättest du ein Abendessen.

— Du willst Makkaroni mit Käse?

— Was? Nein, Baby. Ich will, was immer du kochst. Was kochst du denn?

— Ich kann nicht glauben, dass du einfach so reingekommen bist.

— Stört es dich? Glaub mir, Schatz, niemand wird den ganzen Weg hier runterkommen, um dich zu überfallen. Was gibt's zum Abendessen?

— Akee.

— Ach Gott.

— Diesmal mit Corned Pork.

— Was ist denn Corned Pork?

— So ähnlich wie dicke Speckscheiben.

— Ich mag Speck. Na, dann koch du weiter, und ich lese weiter den *Star*. Ich schwöre, diese Zeitung ist toll, nicht so öde wie die *Daily News*.

Ich hoffe, er fängt nicht an, mir zu erzählen, was in der Zeitung steht. Es wird von Tag zu Tag schwerer zu vermeiden, dass er mir die Nachrichten vorträgt. Es gefällt ihm, sie mir zu erzählen, besser als sie zu lesen. Als er letzten Dienstag zu mir in die Küche gekommen ist, hab ich gesagt, ich hätte die Zeitung schon gelesen, weil ich dachte, dann würde er den Mund halten, doch das ist voll nach hinten losgegangen. Sobald er das hörte, wollte der Mann mit mir darüber *diskutieren*. Ich kann Nachrichten wirklich nicht ab. Meistens will ich nicht mal wissen, welchen Tag wir haben. Ich schwöre, sobald ich irgendwas über irgendwas höre oder auch nur merke, dass ich gleich etwas hören werde, fängt mein Herz an zu pochen, und ich will nur noch in mein Schlafzimmer rennen, das Gesicht mit einem Kissen bedecken und schreien. Selbst auf dem Markt muss ein Händler nur sagen, Hab'n Sie das und das gehört, Miss?, und ich gehe weg und bleibe nicht mehr stehen. Auch ohne irgendwas gekauft zu haben. Ich will gar nichts hören. Ich will keine verdammten Nachrichten. Unwissenheit ist Glück. Ich kenne ihn, er wird durch diese Tür kommen – mach das Öl heiß, mach es heiß, Kim Clarke, so heiß, dass du, wenn er reinkommt, einfach die Zwiebeln und Frühlingszwiebeln hineinwerfen und ihn mit dem Zischen übertönen kannst. Ich werde sagen Waaaas? Und er wird es wiederholen, und ich werde sagen Waaaas?, und ein paar Tropfen Wasser in die Pfanne spritzen, damit das Öl noch lauter zischt und knackt und ihn erschreckt und er vielleicht sogar vergisst, was er sagen wollte. Ich wünschte, die Möwen wären noch da, dann würde er nach draußen rennen, um sie zu vertreiben, und danach könnte ich eine dieser dummen Fragen stellen wie, gibt es in Amerika Möwen? Eine dieser Fragen, bei denen weiße Männer nicht widerstehen können zu lächeln, knapp zu nicken und zu antworten. Gibt es im amerikanischen Fernsehen auch *The Munsters?* Guckt ihr auch *Wonder Woman?* Wie hoch ist die Freiheitsstatue? Gibt es bei euch Schnellstraßen?

Atme tief ein, Kim Clarke. Alles cool. Du bist glücklich.

— Komische Geschichte im *Star* heute, sagt er, als er hereinkommt.

— Schatz, willst du deine guten Sachen nicht ausziehen?

— Bist du jetzt meine Mutter?

Er lächelt.

— Hast du die Möwen vertrieben?

— Haben sie dich wieder geärgert?

— Nicht mehr als sonst. Was für Möwen gibt es in Arkansas?

— Dieselben Möwen, von denen ich vor drei Tagen erzählt habe.

— Oh. Mein Verstand ist wie ein Sieb. Sobald Informationen reinkommen, streng ich mich an, sie wieder rauszubekommen.

— Klingt eher nach Rektum als nach Sieb.

— Klugscheißer!

— Ich liebe es, wenn du fluchst.

— Ha ha. Also, ich sag dir, pass auf, dass du kein' Spritzer von dem Bombocloth-Öl abbekommst, sonst hast du gekriegt, was du wolltest.

— Mehr.

— Gib mir die Zwiebel und die Frühlingszwiebeln.

— Wo?

— In dem Korb auf dem Schrank bei der Tür neben dir ... pass auf, ich hab gerade gewischt ... ist glatt.

— Ich bin ja leichtfüßig.

—Aha.

—Mann, du kannst das Ding ja echt schnell klein hacken. Können alle jamaikanischen Frau kochen?

—Ja. Jedenfalls alle Frauen, die was taugen. Also nein, keine jamaikanische Frau in Montego Bay kann kochen.

—Willst du mich dazu bringen, nicht mehr ins Mantana's zu gehen?

—Ha.

—Hey, Schätzchen, ich muss dir was sagen.

—Süßer, ich hab jetzt wirklich keinen Kopf für irgendwas aus der Zeitung. Im *Star* gibt es nur Schande und Skandal und ein weißes Mädchen auf Seite drei, das ihre Titten zeigt. Was hast du heute auf der Arbeit geklaut?

—Ich hab nicht geklaut. Einen Krug, bloß einen Krug, aber er ist grün, wie ein Smaragd, nehme ich an.

—Du solltest mir einen Smaragd kaufen.

—Kim.

—Ich meine, ich bin im November geboren, das ist eigentlich Topas, aber du hast von Smaragden angefangen und …

—Verdammt noch mal, Kim.

—Ich will keinen Scheiß über irgendwas im Asscloth-*Star* hören, Chuck.

—Was? Ich will nicht über den *Star* mit dir reden. Sondern über Alcorp.

—Was ist mit Alcorp?

—Wir haben heute ein Memo gekriegt. Die Firma fährt ihre Aktivitäten nach einem strafferen Zeitplan herunter als erwartet – ich meine, vorgesehen.

—Willst du mir dieses Memo auch übersetzen?

—Wir fliegen nächste Woche.

—Oh. Oh Scheiße. Ist doch gut.

—Eigentlich ist es ziemlich beschissen.

—Nein. Gut, dass ich die Garage schon ausgeräumt habe! Es gibt noch so viel zu tun! Aber scheiß der Hund drauf, wie du sagen würdest? Was man nicht packen kann, bleibt einfach hier, was?

— Wir bedeutet die Firma, Kim.

— Natürlich gibt es in Amerika kein Akee, also isst du besser das hier auf, wenn ich fertig bin.

— Wir bedeutet das Personal und die Mannschaft.

— Dann mach ich sie lieber gut, weil es ja das letzte Abendmahl ist, haha. Tut mir leid, Jesus, dass ich mir das von dir geklaut hab.

— Ich muss packen.

— Packen, ja, der Gedanke, du findest das bestimmt komisch, aber ich habe mir erst vor Kurzem den hässlichen lila Koffer angeguckt.

— Meinen Kram, den ganzen Scheiß aus dem Büro, ich hab eigentlich gar keinen Platz dafür.

— Ich frag mich, ob ich Jeans einpacken soll. Ich hab wirklich überlegt, ob ich Jeans einpacken soll. Ich meine, ich weiß, dass ich keine Handtücher und Lappen einpacken muss, das machen nur Leute aus dem Getto. Aber Jeans? Ich meine, du weißt, wie gerne ich die Halston trage oder, genauer, wie gern du es hast, wenn ich die Halston trage.

— So viel, was man zurücklassen muss.

— Aber ein Handtuch einzupacken, das ist was für primitive Landeier. Wir fliegen ja schließlich nicht nach Mocho. Das wäre ja, als würde man eine Zahnbürste einpacken. Ich will meine Zähne in Amerika frisch putzen. Ich weiß, das klingt dumm.

— Oh Gott, Kim.

— Und Zahnpasta. Ihr Amerikaner habt doch diese Gel-Zahnpasta in der Familientube mit Pumpverschluss.

— Ich hab nicht gedacht, dass es dazu kommen würde.

— Hab ich noch Zeit, mir die Haare machen zu lassen? Scheiße, Mann, der DJ, spielt schon wieder Andy Gibb? Ist der Song gerade auf Nummer eins oder was? Hast du angerufen und ihn dir gewünscht?

— Kim.

— Gut, kein Frisör, nun, dann ist es deine Schuld, wenn ich in dem Flugzeug aussehe wie eine Irre.

— Okay, okay, Kim.

— Bevor der Zoll mich wegschleppt.

— Kim.

— Mein Gott, du weißt wirklich, wie man eine Frau überrascht. Zumindest kann keiner sagen, wir wären zusammen durchgebrannt.

— Was wir ...

— Bettlaken, einpacken oder hierlassen?

— Hä?

— Ich schwöre, die sind zu nichts nutze.

— Sie werden nicht ...

— Die weißen lassen wir alle hier bis auf das aus ägyptischer Baumwolle. Das nehmen wir mit, hast du mich gehört? Wenn ich es mir überlege, lässt du mich besser auch deine Sachen packen, weil ihr Männer einfach nicht wisst, wie man packt.

— Es ist alles die Schuld von eurem Manley. Er hat alles durcheinandergebracht mit dieser ... mit dieser ...

— Ich finde, du solltest deine Gabardinehosen einpacken, aber keinen von deinen Michael-Manley-Anzügen, du willst ja nicht, dass jemand in Amerika denkt, du wärst Sozialist geworden.

— Und jetzt ...

— Und das blaue Hemd für wenn wir tanzen gehen. Gibt es ein Studio 54 in Arkansas?

— Ich geh nicht nach Arkansas. Ich geh nie wieder zurück nach Arkansas.

— Oh. Okay. Dann eben wohin auch immer. Ja, ich wollte gerade sagen, wohin auch immer, solange ich bei dir bin, bis mir eingefallen ist, dass ich den gleichen verdammten Satz letzte Woche in einem Film gehört habe. Oder war es bei *Dallas*? Glaubst du, es war bei *Dallas*? Pamela Barnes würde so einen Scheiß sagen.

— Verdammter Mist, es ist wie eine Truppenevakuierung, Ich hab zu Jackman gesagt, das hier ist Montego Bay, nicht Saigon, Scheiße, Mann.

— Sollte ich im Schmuckladen Bescheid sagen? Ich hab ja nie richtig gekündigt, weißt du, ich hab bloß aufgehört zu arbeiten.

— Die haben tatsächlich einen Jet gechartert.

— Die können mich mal, wie du sagen würdest. Ich meine, ich hab nicht mal gekündigt, ich hab einfach aufgehört, weißt du noch? Du fandest es so komisch ...

Shadow Dancin'

— Haben einen verdammten Jet gechartert wie bei einer Luftbrücke.

— Ich weiß, warum sollte ich mich jetzt noch bei ihnen melden? Ich muss die anderen Ehefrauen im Flugzeug eben einfach ertragen, aber die können mich mal, richtig? Ich liebe es, wenn du sagst, die können mich mal.

— Kim ...

— Noch so viel zu tun. Ich kann nicht glauben, dass du mich einfach so damit überfällst. Ich kann nicht glauben, dass sie dich damit so überfallen haben.

— Kim ...

— Aber hey, so isses halt. Wenn ...

— KIM!

— WAS?

— Oh Baby. Schätzchen, was wir hier hatten, war wirklich prima, aber ...

— Was.

— Ich schick dir Geld, so viel du brauchst. Was immer du brauchst.

— Was.

— Du kannst hierbleiben, so lange du willst. Die Miete ist für den Rest des Jahres bezahlt.

— Was.

— Ich dachte. Ich meine, klar. Ich meine, es war prima, wirklich, aber du hast doch bestimmt nicht gedacht ...

— Was.

— Du wusstest es doch. Ich meine, du weißt, ich kann nicht ... Baby ...

— Gut, mach deine Luftbrücke ohne mich. Lass mir ein Ticket hier, damit ich durch die Hintertür nach Amerika kommen kann. Nein, das macht mich nicht sauer. Jedenfalls nicht sehr.

— Baby, nein ...

— Hör auf mit Baby, und sag, was du sagen willst, verdammt.

— Ich sage es doch schon seit fünf Minuten.

— Was sagst du? Was, Chuck? Was?

— Du nicht. Du ... kommst nicht mit mir mit.

— Ich komme nicht mit dir mit.

— Nein, kommst du nicht. Ich meine, du musst es doch gewusst haben.

— Ich muss es gewusst haben. Ich muss es gewusst haben. Klar, ich muss es gewusst haben. Nein warte, lass mich es so sagen wie du, ich muss es gewusssstt haben.

— Jessesmaria, Kim, der Herd!

— Ich muss es gewusst haben.

— Kim!

Er drängt sich an mir vorbei und macht den Herd aus. Alles ist voller Qualm. Ich sehe nur ihn, mit dem Rücken zu mir, und Qualm weht links und weht rechts an ihm vorbei, als ob er aus seinen Ohren kommen würde wie in einem Bugs-Bunny-Film.

— Was ist so lustig? Was ist so lustig?

Kim. Kim. Kim, du musst es gewusst haben.

— Hör verdammt noch mal auf, mich auszulachen. Mein Gott, Kim, ich hab nicht mal den Ring abgenommen. Ich verstehe einfach nicht, wie du denken konntest, wie du annehmen konntest ... ich meine, du hängst im Mantana's rum. Jeder kennt das Mantana's. Jeder. Ich meine, ich hab nicht mal den Ring abgenommen. Oh, Mann, Scheiße, das Abendessen, alles ruiniert.

— Das Abendessen ist ruiniert.

— Das ist schon okay.

— Das Abendessen ist ruiniert?

— Ist schon gut.

Der Ring, der Ring, der Scheißring wie ein Spielzeugring aus einer Frühstücksflockenschachtel.

— Baby, du weißt, wie gern ich dich hab.

— Wie heißt sie, deine weiße Frau?

— Was?

— Die weiße Frau, die du betrogen hast, um ein bisschen schwarze Pussy nebenbei zu kriegen.

— Sie ist nicht weiß.

— Ich brauche eine Zigarette.

— Du rauchst nicht.

— Ich will eine Zigarette.

— Schätzchen ...

— Ich sage, ich will eine beschissene Zigarette, also gib mir eine Bombor'asscloth-Zigarette!

— Okay, okay, Schätz...

— Nenn mich nicht so, verdammt, nenn mich nie mehr bei diesem Pussycloth-Namen.

— Tut mir leid, hier ist deine Zig...

— Soll ich sie mir am Arschloch reiben, um sie anzuzünden?

— Dieses Feuerzeug, also, es hat meinem Vater gehört.

— Seh ich aus, als wollte ich dein beschissenes Feuerzeug klauen?

— Kim, es tut mir so leid.

— Allen tut es leid. Allen tut es so verdammt leid. Weißt du was? Ich bin es leid, dass es allen leidtut. Ich wünschte, dir würde es nicht leidtun. Ich wünschte, du würdest sagen, dass es dir nicht leidtut und dass ich eine Idiotin bin. Dass wir Puppenhaus gespielt haben, weil es süß war, und jetzt musst du zurück zu deiner weißen amerikanischen Frau.

— Sie ist nicht weiß.

— Ich muss mich hinlegen.

— Natürlich, Baby, nimm dir Zeit, nimm ...

— Hör auf zu reden, als ob du mein beschissener Arzt wärst. Der arme Chuck, hat nicht gedacht, dass es so kommen würde, oder? Wie oft hast du das hier geübt? Zwei Mal? Drei Mal? Auf dem Weg hierher? Ich habe mindestens vier Proben verdient.

— Kim ...

— Hör auf, mich so zu nennen. Wie wär's, wenn wir uns jetzt die Hand geben und sagen, war nett, Geschäfte mit dir zu machen.

— Also, hör mal, es gibt überhaupt keinen Grund, dass du ...

— Oder möchtest du lieber einen Scheck auf dem Sideboard liegen lassen?

— Ich habe dich nicht ein einziges Mal eine Prostituierte genannt.

— Natürlich, du mochtest mich so gerne. Bombocloth-Bullshit von weißen Männern.

— Es geht hier nicht um schwarz oder weiß, meine Frau ...

— Oh, ich hab dich so lieb gewonnen. Oh, wir haben uns doch so lieb gewonnen, so sehr lieb ...

— Sie ist schwärzer als du.

— Und was ist das dann, ein Schwarze-Pussy-Wettbewerb?

— Kim.

— Halt die Klappe! Du sagst mir nicht, dass alles keinen beschissenen Zweck hat.

— Was? Du redest wirr.

— Bring mich bloß aus diesem Land raus.

— Was sagst du?

— Bring mich bloß aus dem Land raus, verdammt. Dann kannst du mich dort an der nächsten Bushaltestelle absetzen.

— Kim, du redest Unsinn.

— Hör zu, ich muss einfach hier weg. Ich muss verdammt noch mal hier weg. Ich bin mehr als bereit zu gehen. Bitte, Chuck, ich tu alles. Ich bin mehr als bereit zu gehen. Ich bin so verdammt mehr als bereit zu gehen. Ich bin mehr als bereit zu gehen ...

— Wohin? Ich verstehe nicht, was du sagen willst, Kim, lass mein Hemd los, was zum Teufel? Was ist denn in dich gefahren? Kim, Kim, lass los. Kim. Lass. Los. Verdammte Scheiße!

— Ugh ...

— Tut mir leid. Es tut mir leid. Es tut ... sieh nur, wozu du mich gebracht hast. Kim, es ist deine ...

— Halt einfach die Klappe, bitte.

— Aber du blutest vielleicht. Lass mich ...

— Rühr mich verdammt noch mal nicht an. Gib mir einfach die Scheißzeitung.

— Aber du liest den *Star* doch nie, du hasst Nachrichten.

— Hör auf zu reden, als würdest du mich kennen. Du kennst mich nicht, hast du gehört? Du kennst mich nicht. Zum Kotzen. Diese halb-Freund-halb-Daddy-onkelhafte Fickkumpelscheiße. Ich mag Akee nicht mal. Gib mir die Zeitung, oder, oder, oder ich fang an zu schreien.

— Baby ...

—Bitte, bitte, bitte, bitte, bitte halt die Klappe. Halt einfach die Klappe. Ich muss mich erst wieder beruhigen.

Ich nehme die Zeitung, und ich gehe ins Schlafzimmer, und ich knalle die Tür zu. Der Ring an seinem Finger. Sicher hab ich den Ring an seinem Finger gesehen. Nein, ich hab ihn nicht gesehen. Ich wollte ihn nicht sehen. Das beschissene Arschloch.

—Du bist ein beschissenes Arschloch.

Beruhige dich, Kim Clarke. Beruhige dich. Nicht mal das konntest du rausschreien, weil du weißt, dass du keinen Grund dafür hast. Erinnere dich, warum Gott dich zu diesem Haus geführt hat. Erinnere dich, warum Gott dich in dieses Zimmer geführt hat, und dann geh wieder da raus und liebe sein Haar. Sag ihm, dass du nicht seine Ehefrau sein musst, du kannst seine Was-immer-du-willst-Frau sein. Will er mehr Abstand? Du bist eine jamaikanische Frau, du weißt, wie man ihm mehr Abstand lässt. Geh da raus und sage, ja, Baby, ich verstehe. Du hast die eine Welt hier und die andere Welt da, und die beiden Welten können sich nicht vermischen, schon klar. Aber schau uns an, schau uns an, wir schaffen zwei Welten, und wir leben nicht mal in einem Land, das so groß ist wie deins. Mr. Big hat eine Frau in den Hügeln und eine Frau in den Clubs. Die Ehefrau wird nie ins Tal kommen, die andere Frau nie auf die Hügel, also ist der Mann fein raus. Ich kann es dir beweisen. Und ich muss auch nicht in einem Alcorp-Flugzeug fliegen. Ich muss nicht in Arkansas leben. Ich muss kein Heim gründen ... Wir müssen nicht, oh, sei verdammt noch mal still, Frau. Hör auf, darüber nachzudenken, wie du dich anpassen kannst. Das macht dich nicht zur Frau, sondern zu einer Bakterie. Der Mann hat dich verarscht. Wenn ein Dieb bestohlen wird, lacht Gott. Der Mann hat dich sauber verarscht. Als hättest du dir ein beschissenes Puppenhaus in Arkansas gewünscht. Du wolltest bloß hier raus. Du wolltest ein Licht am Ende des Tunnels. Du wolltest ein Trittbrett, von dem du abspringen konntest, und jeder, der jetzt in diesem Zimmer ist, weiß das. Geh da raus und liebe sein Haar. Einen Pass und ein Visum hast du schon. Aber mit ihm hätte ich einen ... was? Mädchen, sieh verdammt noch mal zu, dass du aus diesem brodelnden Kessel rauskommst, bevor es zu spät ist. Du denkst, du bist sicher, aber guck mal unter deinem Kleid nach, da siehst du die Zielscheibe mit dem schwarzen Kreis in der Mitte. Glaubst du, du hättest kein Zeichen mehr auf der Stirn? Glaubst du, sie würden dich nicht immer noch suchen? ... Nein, ich werde da rausgehen, und ich werde sein Haar lieben. Heute war der Abend, an dem ich sein Haar lieben sollte. Aber du hast das Akee ruiniert. Vielleicht solltet ihr tanzen gehen, sag ihm, es ist ein letztes Mal, bevor er geht. Bevor wir gehen. Du wolltest mit diesem Mann in Gottes eigenem Land landen und einfach die amerikanische Farbe aufsaugen.

Weißt du was ...

Halt die Klappe.

Halt einfach die Klappe.

Du klingst wie zwei schwarze amerikanische Rotzgören aus einer Fernsehkomödie, »halt du die Klappe«.

Scheiße, ich rauche nicht mal.

— Kim, alles in Ordnung da drinnen?

— Komm nicht hier rein.

— Hast du deine Wange verarztet?

— Komm nicht hier rein.

Ich hätte es wissen müssen. Was glaubt er denn, Scheiße noch mal, dass jede Frau im Mantana's das von dem Tag an einprobt, an dem sie den Club zum ersten Mal betritt? Offensichtlich jede Frau außer mir. Ich kann mich an keinen anderen Mann aus dem Club erinnern. Ich meine, ich kann mich an sie erinnern, aber nicht an ihre Finger. Arme Kim Clarke, als du ins Mantana's gegangen bist, warst du vor lauter Starren aufs Ziel schon ganz blind. Arme Kim Clarke; Mummy und Daddy waren nicht da, um dir beizubringen, wie das ist, wenn Frau und Mann an eine Kreuzung kommen und ihre Ziele überkreuz sind, und wenn du dem Mann freie Hand lässt, dann seift er dich ein. Arme Kim Clarke. Du wusstest, dass Alcorp dichtmacht und den Abzug vorbereitet, schon bevor du Chuck überhaupt getroffen hast. Alcorp hat den Abzug vorbereitet, und du hast Ausschau gehalten. Nach jemandem. Nach jedem. Nach irgendwem. Wie bringt man einen Mann dazu, einen noch mehr zu lieben? Hatte jeder Mann im Mantana's einen Ehering oder den Abdruck davon am Ringfinger? Denk scharf nach, Kim. Denk schnell.

— Kim.

— Mir geht's gut. Komm bloß nicht hier rein.

— Okay.

Steh still. Steh still und finde Frieden. Ich schwöre, ausgerechnet hier und heute erweist sich der Kindergottesdienst mal zu was nutze. Nein, du wirst jetzt nicht an Gott denken. Vielleicht lese ich doch die Zeitung, vielleicht lese ich den *Star,* die Zeitung des Volkes. Ich weiß nicht, warum er sie jeden Tag liest, außer um daran erinnert zu werden, wie dumm die Jamaikaner sein können, ist es das? Und trotzdem habe ich davon gehört, was in Little Rock passiert ist. Dieses dumme Mädchen hat in Geschichte aufgepasst, als von den Bürgerrechten und Martin Luther King die Rede war.

Ein knallhartes Trio: Bodyguard, Milizionär und Wachmann in Liebesdreieck. Nach Informationen des Star *... Zwillinge für Miss Jamaika ... Unser Mädchen von Seite 3, die aparte Pamela, die vollbusige Schönheit macht eine Ausbildung zur Stewardess und liebt den starken Arm des Gesetzes ... Hanover: Mehlknappheit an der Theke. Nach Informationen* des Star *haben Ladenbesitzer Baygon-Insektenspray »verkuppelt« und darauf bestanden, dass Kunden für zwei Pfund Mehl jeweils eine Dose Spray kaufen ... May Pen Cemetary: Duppy schlägt Friedhofsarbeiter. Eulalee Legister ging seiner Arbeit nach, als ... St. Mary wieder Brutstätte des Kommunismus? ... Wahl zur Miss Jamaica 1979: Nach den Qualifikationswettbewerben erhielten die diesjährigen Teilnehmerinnen ihre Schärpe. Shelly Samuda, Miss Marzouca, Arlene Sanguinetty, Miss Bobcat, Jacqueline Parchment, Miss Hunter Security, Bridget Palmer, Miss Sovereign Supermarket, Kim-Marie Burgess, Miss Ammar's*

Kim-Marie Burgess, Miss Ammar's

Kim-Marie Burgess, Miss Ammar's

Kim-Marie Burgess, Miss Ammar's

Stacey Barracat, Miss River Road Cleaners. Schönheitswettbewerbe sind albern. *Häuslicher Streit endet mit Körperverletzung. Richter*

Patrick Shields spricht Urteil ... Vier Tote bei Schießerei in Jonestown ... Ihr Geburtstagshoroskop für den 20. April. Als Widder im abnehmendem Halbmond zum Stier werden Sie von Ihren Gefühlen beherrscht ... Das also hast du fast zwei Jahre lang verpasst. Blätter um.

EIN JAHR DANACH: KONZERT STIFTET GEMEINSCHAFT

... zurückgekehrt aus einem vierzehnmonatigen Exil nach dem Anschlag auf sein Leben am 3. Dezember 1976. Das Konzert wurde von seiner königlichen Hoheit Asafa Wosen eröffnet, dem Kronprinzen von Äthiopien ... dies ist das Ergebnis einer zweijährigen sorgfältigen Bemühung, erklärte JLP-Aktivist Raymond »Papa-Lo« Clarke. Zu viel Krieg und Grausamkeit auf den Straßen, Zeit für eine Einigung. Erlöse aus dem Konzert fließen in verschiedene kommunale Projekte, zuallererst eine verbesserte sanitäre Versorgung und einen neuen Raum für die West Kingston Clinic, erläuterte der führende PNP-Aktivist Roland »Shotta Sherrif« Palmer. Entscheidend waren die Anstrengungen des Reggae-Superstars, der nach fast zweijähriger Abwesenheit erstmals auf seine Heimatinsel zurückgekehrt ist.

Hör auf zu lesen, Kim Clarke.

Seit Anfang des Jahres wurden dreihundert Morde begangen, die angeblich politisch motiviert waren.

Hör auf zu lesen, Kim Clarke.

Foto mit Bildunterschrift: Politische Aktivisten geben sich die Hand über den Konzerterlösen.

Guck nicht hin, Kim Clarke.

Von links nach rechts: Minister für Jugend und Sport Mr. _____, JLP-Aktivist Raymond Papa-Lo Clarke, PNP-Aktivist Roland Shotta Sherrif Palmer. Kim Clarke, hör auf zu gucken, hör auf zu lesen, hör auf zu suchen. Nicht hinsehen: Papa-Lo in seinem weißen Hemd, seine Brustmuskeln stehen hervor wie die Brüste einer Frau. Nicht hinsehen: Shotta Sherrif in Kakihose wie ein Student oder Soldat. Es ist ein Schwarzweißfoto, aber du weißt, dass es Kaki ist. Lass den Blick nicht von Gesicht zu Gesicht wandern, Gesichter, die in die Kamera blicken, Gesichter, die sich abwenden, und Gesichter, die auf etwas jenseits von allem auf diesem verdammten Foto blicken. Neben Papa-Lo steht eine

Frau. Hinter der Frau ist ein Mann, hinter dem Mann steht ein weiterer Mann mit Sonnenbrille. Den Blick kennst du, oder? Er versteckt sich nicht vor dir, du versteckst dich vor ihm. Schlag die Zeitung sofort zu, Kim Clarke. Da steht er im Hintergrund, lächelt nicht, schaut nicht hin und stimmt auch keinem Bombocloth-Frieden zu. Er guckt nicht auf den Frieden, er blickt dich an. Zwei Jahre auf der Flucht, und er hat dich gefunden. Du bist eine Idiotin. Er hat dich gefunden.

— Kim, was ist da drinnen los?

Kim?

Kim?

Zwei Jahre rennen und rennen und am Ende bin ich im Kreis gelaufen. Geh zu dem Tor. Jetzt hält dich nichts mehr auf. Es drängt dich auch nichts, aber du gehst zu dem Tor, denn was hättest du sonst tun sollen, nicht weitergehen? Geh zu dem Tor, und reib dir mit der Hand über den Bauch, als ob du schwanger wärst. Achte nicht auf die Knallfrösche, obwohl es Anfang Dezember eigentlich noch viel zu früh für Knallfrösche ist. Schau den Mann an, dessen Gesicht um acht Uhr abends schon dunkel ist, doch er kommt direkt auf dich zu, und du kannst dich nicht rühren. Er sieht dich an, zieht dich aus, lässt dich vortanzen. Schreie im Hintergrund und eine Polizeisirene von der Straße und die Pistole direkt vor deinem Gesicht. Nachdem du einmal losgelaufen warst, bist du nie mehr stehen geblieben. Du hast einen lila Koffer gepackt und bist vor dem 3. Dezember 1976 weggelaufen, denn scheiß auf diesen Tag, den der Herr hatte werden lassen, und alles Schreckliche, was darin geschehen ist. Du denkst, du fliehst nach Amerika, doch dein Mann hat schon bis zum letzten Scheck für die Miete im Voraus geplant, dass er dich demnächst sitzenlässt. Und dieser Mann, der Mann auf dem Foto. Hat sich direkt vom Seitenrand der Zeitung angeschlichen. Er hat einen Namen – lies ihn nicht.

Dumme Frau. Du bist nicht vor dem 3. Dezember 1976 weggelaufen, sondern mitten hinein. Du hast nie einen 4. Dezember gekannt, du kennst keinen 20. April, du kennst nur den 3. Dezember. Dieser Tag wird nie enden, bis der Mann kommt, um ihn zu beenden. Der 3. Dezember kommt zurück, um dich zu holen, sagt das Bild. Zwischen uns ist noch eine Rechnung offen, sagt das Bild. Montego Bay konnte es nicht aufhalten, und Amerika kann es auch nicht. Ich komme, um dich zu holen, Nin... nenn, sie nicht bei diesem Namen, nenn sie niemals bei diesem verdammten Namen. Das ist der tote Name einer toten Frau in einer toten Stadt. Lauf weiter, denn sie ist tot. Und jetzt zünde deine Zigarette mit seinem Feuerzeug an, das er zurückhaben will, und gib es ihm nicht, wenn er nicht danach fragt. Zünde die Zigarette an und nimm einen Zug. Huste, huste länger, huste lauter. Nimm noch einen Zug. Ziehe so lange, bis dein Herz wieder so langsam schlägt, dass du die Schläge zählen kannst, wenn du die Hand darauf legst. Und jetzt brenn mit der Zigarette seinen Kopf weg. Brenn die Zeitung bis zur Rückseite durch, brenne, bis du eine helle Flamme entzündet hast, und dann wirf sie aufs Bett.

—Kim, was zum Teufel geht da drinnen vor?

Brenn einen Weg durch das Klopfen und Rufen und Schreien des weißen Mannes, durch sein vergebliches Hämmern und Stoßen gegen die Tür, die nicht nachgibt, und die knisternden Kissen, zischenden Seidenlaken und lachenden Kunststoffgardinen, sieh, wie die Flammen hochschießen wie unter einen Rock und das kreischende Fenster entblößen.

Brenn dir einen Weg in Sicherheit. Vorwärts geht es nur mitten durch.

Barry Diflorio

In Iran fliegt uns gerade die Scheiße um die Ohren. Na ja, eigentlich war es schon im Januar soweit, aber die Auswirkungen erreichen uns erst jetzt. Überall in der Welt fliegt uns die Scheiße um die Ohren. Chaos und Unordnung, Unordnung und Chaos, ich sag es immer wieder vor mich hin, als hätten die beiden was miteinander zu tun, wie Sodom und Gomorrha, Gomorrha und Sodom. Die Familienfotos kommen in meine Tasche – nein, nicht in die Aktentasche, ich nehme sie aus der Aktentasche, und diese Mappe muss ich Sally zum Schreddern geben, aber sollte ich vorher nicht ein paar Kopien machen? Jesus, ich glaub, ich leide auch schon unter dem Nixon-Fieber. Ich habe den Leuten so oft erzählt, dass das Leben kein James-Bond-Film ist, dass ich nicht mal mehr mitbekomme, wenn doch. Am liebsten würde ich mich in diesem Stuhl zurücklehnen, Schuhe und Socken ausziehen und darüber nachdenken, wo uns als Erstes die Scheiße um die Ohren fliegt. Aber erst mal kocht sie ganz woanders hoch, nämlich in Jugoslawien. Und unser NATO-Junge hat nichts davon gewusst. Er ist der Chef der Scheiß-CIA und hat keinen blassen Schimmer.

Lindon Wolfsbricker. Da merkt man sofort, dass die Eltern verdammt lange darüber nachgedacht haben, welcher Vorname zu Wolfsbricker am besten passt. Ernsthaft, klingt irgendwie nach einem Nazi-Fetisch. Wolfsbricker ist der amerikanische Botschafter in Jugoslawien. Fragen Sie mich bloß nicht, wie er das geschafft hat, aber irgendwie kam der Herr Botschafter an eine interne Direktive der Firma. Eine Anordnung des National Clandestine Service an die CIA-Bürochefs in aller Welt mit dem Inhalt, alle bedeutenderen

Operationen vor den Botschaftern geheim zu halten. Im Ernst?, dachte ich zuerst, weil das ja wohl völlig offensichtlich ist. Manche Botschafter ergattern ihren Posten, weil der Präsident sie gut leiden kann, und ein wichtiger Posten an einem wichtigen Ort, zum Beispiel auf Zypern, hilft einem dabei, sich einen Namen zu machen. Danach hat man Aussichten, Senator, Gouverneur oder Vizepräsident zu werden. Manche landen allerdings auf ihrem Posten, weil der Präsident sie nicht leiden kann, und werden beispielsweise in die Sowjetunion oder irgendwo an den Arsch der Welt wie etwa Papua-Neuguinea geschickt, irgendwohin, wo sie keine Bedrohung mehr darstellen. Wie auch immer, so ein ehrgeiziger Trottel mit Allmachtsfantasien sollte nicht über alles Bescheid wissen, denn solche Leute nerven nur. Zum Beispiel diese Nervensäge Wolfsbricker, der Admiral Tunney anruft und ihm die Hölle heiß macht, weil ihm Informationen vorenthalten wurden und damit einige gültige Anordnungen des Präsidenten verletzt worden seien, die, nebenbei bemerkt, schon siebzehn Jahre alt sind.

Also schickt Wolfsbricker eine Nachricht an den Admiral, dass die CIA in Jugoslawien nichts mehr zu suchen hat, bis die Anordnung rückgängig gemacht wird, und das war sein voller Ernst. Er sagte, niemand dürfe ins Büro kommen oder irgendwelchen Aktivitäten in Belgrad oder generell in Jugoslawien nachgehen. Der Herr Botschafter war richtig an-ge-pisst. Schlimmer noch, er beschuldigte den Direktor wegen einer Angelegenheit, von der der überhaupt keine Ahnung hatte. Wie ich hörte, war der Admiral so wütend darüber, dass er sich sein Glas mit heißer Zitrone über die Hose kippte. Sie haben in der ganzen Welt herumtelefoniert, um herauszufinden, wer von dieser Anordnung wusste und wer sie genehmigt hat. Als sie bei mir anriefen, sagte ich natürlich, dass die Firma gerade den Übergang von Bush zu Admiral Tunney vollzieht und ich nur Befehle befolge. Befehle von wem? Nicht vom Clandestine Service, meine Herren, falls Sie darauf hinauswollen. Ich lege die Richtlinien nicht fest, ich sorge nur dafür, dass sie ausgeführt werden. Witzigerweise wurde mir genau in dem Moment, als ich das sagte, klar, dass ich es in der Firma nicht mehr besonders weit bringen werde, was meiner Frau wahrscheinlich mehr zu schaffen machen wird als mir.

Aber, meine Güte, wir haben 1979, und Jamaika ist ausnahmsweise mal ein Ort, an dem uns die Scheiße nicht um die Ohren fliegt. Na ja, jedenfalls nicht heute. Der Flug nach Argentinien ist für nächste Woche gebucht, und Claire ist zum ersten Mal seit Jahren glücklich. Müssen wir jetzt Spanisch lernen?, fragt mein Jüngster, und erst da fällt mir auf, dass wir seit drei Jahren in einem Land sind, in dem nicht Spanisch gesprochen wird. Den Telefonaten nach zu urteilen, die sie in diesem Monat auf Spanisch geführt hat, scheint sie alle Schlampen, die sie dort kennt, davon zu unterrichten, dass wir im Anflug sind. Witzigerweise hat sie, obwohl sie ständig über dieses Land gemeckert und mir mit ihrer angeblichen Sehnsucht nach Vermont in den Ohren gelegen hat, seit Längerem schon nicht mehr von Vermont gesprochen. Ich frage mich, ob mein Nachfolger den Briefbeschwerer gebrauchen kann. Ich will das Ding ganz bestimmt nicht ... oder vielleicht doch. Ich bin total durcheinander heute. Scheiße, worüber hab ich gerade nachgedacht? Wolfsbricker, Jugoslawien. Der Admiral war stinksauer. Nun ja, die Firma hat ja auch tatsächlich die Gesetze gebrochen.

Mein Sohn könnte diesen Spitzer gebrauchen. In diesem Scheiß-Büro wird bestimmt keiner einen Spitzer vermissen, und selbst wenn, wen interessiert das schon? Als ob irgendjemand in Jamaika den Überblick hätte. Das ist das schlampigste Land, das ich jemals ... nein, stimmt nicht. Ecuador war viel, viel schlimmer. Ich werde tatsächlich immer wütender und weiß nicht, warum. Vielleicht liegt es daran, dass wir wieder in dieses beschissene Argentinien zurückmüssen. Ich verabscheue Argentinien nicht wirklich, und es wird bestimmt nett sein, mal wieder in einem Straßencafé zu sitzen und die sexy Argentinierinnen anzuschauen. Aber dieses Land hier ... Scheiße. Ich werde nicht der zehntausendste Weiße sein, der diesem Land verfällt. Ich werde ihm nicht verfallen. Und wenn doch, dann will ich wenigstens meine Tage am Treasure Beach verbringen und mit all den anderen gestrandeten Hippies Gras rauchen.

Ein ruhiger Abend in Jamaika, momentan der einzige Ort in der Welt, wo es wirklich ruhig ist. Wegen der Sache in Iran, heilige Scheiße, wenn ich bloß daran denke, dass wir beinahe dorthin versetzt worden wären. Und dieser beschissene, dämliche Esel von Präsident. Wie Louis mir erzählte, deckte er uns, kaum dass er seinen Redneck-Arsch ins Büro verfrachtet hatte, mit mehr Direktiven als Ford und fast so vielen wie Nixon ein – obwohl er sein Amt der Tatsache verdankt, dass er die Firma aufs Korn genommen und uns eine nationale Schande genannt hat. Natürlich würde er das nie so sehen, weil er ständig von irgendwelchen Skrupeln befallen wird. Er will anscheinend unbedingt ein paar Schwarze im Ausland retten, weil er für die Nigger in seinem eigenen Land nicht das Geringste tun kann. Lasst uns die Apartheid unterminieren, klar, denn dazu braucht man ja nichts weiter als ein bisschen guten Willen, und schon geht alles wie von selbst. Unterminieren, weshalb denn? Der ANC wurde jahrelang von den Sowjets finanziert, und warum? Weil der Kommunismus in sozialer Hinsicht fortschrittlicher ist als wir. Der Präsident will der Apartheid den Todesstoß verpassen und diesen irren Nazi-Typen Ian Smith in Rhodesien loswerden. Ich kenne zwei Typen beim BOSS, die sich mit ihren trägen Ärschen im Netz der rhodesischen Geheimpolizei verfangen haben. Man muss sich schon verdammt trottelig anstellen, um von einer afrikanischen Geheimpolizei hochgenommen zu werden. Drei von uns wurden von diesen Idioten festgenommen, und der vierte wurde vom BOSS selbst fallen gelassen. Mann, was waren diese Afrikaner stolz auf sich. Wir sollten überhaupt nicht in diesem Scheiß-Afrika sein, sondern es den beschissenen Engländern oder den blöden Belgiern oder den gottverdammten Portugiesen überlassen, die immer noch einen auf Kolonialismus machen. Himmelarsch, Barry, wenn jemand dir zuhören würde, könnte er glatt auf den Gedanken kommen, dass du neuerdings liberal geworden bist. Das hab ich Louis zu verdanken, der mich wachgerüttelt hat, indem er mir erzählte, wie die Dinge wirklich laufen. Oder vielleicht war es auch William Adler.

Sally fragt sich, ob sie auch mit versetzt wird. Meine Sekretärin schwärmt ein bisschen für mich. Immerhin jemand. Meine Frau hat

Shadow Dancin'

schon angefangen, Aiden Spanisch beizubringen. Timothy kann sich nicht mehr daran erinnern, es mal gesprochen zu haben. Mann, war er sauer, als er hörte, dass wir weggehen. Babylon-Mist sei das, sagte er und warf seine Gabel auf den Teller. Jetzt weigert er sich, amerikanisches Essen zu sich zu nehmen, und will nur noch Krebse und Yams und gepökeltes Schweinefleisch und Brotfrucht. Ich musste den kleinen Mistkerl erst mal daran erinnern, wer hier der Herr im Haus ist. Der arme Junge glaubt, ich wüsste nichts von seiner jamaikanischen Freundin. Von wegen, ich wusste sofort Bescheid, als er Aiden erzählte, diese Superhelden-Spielfiguren seien Babylon-Mist – dabei waren das mal seine Spielsachen. Der dumme Junge glaubt, er wüsste, was Liebe ist. Liebe lullt dich ein, sonst nichts. Sie ist beschissen beruhigend.

Louis Johnson, mein Compadre des Jahres 1976, wurde zurück nach Mittelamerika geschickt, wahrscheinlich weil die School of the Americas jemanden braucht, der ein bisschen aushilft. Um diese Armee aufzubauen, die den Sozialismus und den Kommunismus und alle anderen Ismen besiegen soll, die nächste Woche vielleicht das Licht der Welt erblicken. Komisch, wir kamen überhaupt nicht miteinander klar, und ehrlich gesagt konnte ich diesen Drecksack, der seine Frau verprügelte, nicht ausstehen, aber jetzt ruft er mich ständig an. Erzählt mir, dass er ab und zu mal mehr als nur einen gestammelten englischen Satz hören muss. Was für ein Quatsch. Ich hätte natürlich sagen können, Hören Sie doch einfach auf, Ihre Frau zu verprügeln, dann haben Sie jemanden, mit dem Sie reden können, aber das wäre vielleicht unverschämt gewesen. Aber andererseits gehört er im Gegensatz zu mir dem Clandestine Service an, und der hat ziemlich viel Mist gebaut. Er glaubt, es liegt an Admiral Tunney, der sogar an einem guten Tag nur ansatzweise kapiert, wie die Firma funktioniert. Tunney ist ein Sesselfurzer, er will nur seine Zeit absitzen, hab ich ihm gesagt. Und wer kann schon einem Mann trauen, der heiße Zitrone trinkt anstatt Whiskey oder zumindest Kaffee? Was kommt denn als Nächstes, im Sitzen pinkeln? Nein, Sir, Nixon hat die CIA in die Grütze geritten. Vor allem hat er der Firma nicht vertraut.

Trotzdem kommt man nicht umhin, seine Weltsicht in ihrer Simplizität zu bewundern. Für ihn gab es nur Leute, die entweder für oder gegen ihn waren. Schade, dass ich den Mann nie getroffen habe.

Denn da war ja auch noch das Problem mit dem Wiesel. Man kann nicht ganz unverblümt die totale Überwachung einführen und sich dann drüber beschweren, wenn etwas nach außen dringt. Irgendwann hat man so viele Leute, die andere überwachen, dass man schnell den Überblick verliert, wer wen überwacht. Und dass man den Job einem von diesen beschissenen Schweinebucht-Dilettanten übergibt, hat das Ganze noch verschlimmert – wir wissen ja, wie kompetent die sind. Über Louis wäre noch zu sagen, dass er ziemlich viel weiß und gerne drüber redet. Der Verteidigungsminister schnüffelt anscheinend hinter Kissinger her, jedenfalls habe ich das gehört. Schwer zu glauben, dass Kissinger nichts davon weiß. Das Weiße Haus und Camp David sind verwanzt. Kissinger wiederum hört seine Mitarbeiter ab, mich eingeschlossen, vermutlich um zu verhindern, dass noch mehr Informationen nach außen dringen, aber er kann die Löcher nicht stopfen. Das Problem ist, dass sie dazu jemanden ausgesucht haben, den Louis und ich ziemlich gut kennen, und als Louis mich deswegen anrief, bekam er am Telefon Schluckauf vor Lachen. Chip Hunt. *Heilige Oberscheiße, Diflorio, das ist eine Scheißaktion, die so beschissen bescheuert ist, dass man sie kaum noch übertreffen kann. Jesus Christus, Mann, wie will der das denn anstellen? Der hat praktisch im Alleingang Uruguay ruiniert. Glaubst du etwa, Tricky Dicky hat ihn ausgesucht, weil er Chips kleine Spionageromane so gern liest?* Egal, die Sache hat sich erledigt, das war vor acht Jahren, und Nixon ist längst über seine eigenen Machenschaften gestolpert und von seiner totalen Überwachung in den Arsch gefickt worden. Und als er fiel, hat er so gut wie alle mit sich in den Abgrund gerissen.

Seltsamerweise habe ich Bill Adler damals, als er mich '76 anrief, für den Tod von Richard Welch in Griechenland verantwortlich gemacht. Ich warf ihm irgendwelchen Blödsinn vor, er hätte Namen von Mitarbeitern durchsickern lassen und ihre Sicherheit gefährdet, aber das war alles Quatsch. Er wusste es, und ich wusste es, aber ich musste es einfach aussprechen. Dieser Scheiß-Nixon hat Richard Welch umgebracht. Hat uns aufgefordert, allen möglichen Scheiß in Griechenland zu streuen, wodurch der Krieg mit der Türkei um Zypern ausgelöst wurde. Und schlimmer noch, er ließ diesen ganzen Mist auch noch durchsickern. Und kurz darauf wurden Richard Welch und seine Frau tot aufgefunden. Einfach umgebracht. Heilige Mutter Gottes, ein CIA-Büroleiter. Dieser beschissene Nixon hat sogar versucht, das FBI kaputt zu machen, kaum dass Hoover den Löffel abgegeben hatte. Aber wen zum Teufel interessiert das eigentlich noch im Jahr 1979?

Hab ich das nur gedacht oder laut gesagt? Aber es ist ja niemand hier. Ein ruhiger Abend in Kingston. Ich sollte nach Hause gehen. Claire beschwert sich, weil wir umziehen müssen, und im nächsten Augenblick ruft sie ihre angeblichen Freundinnen in Buenos Aires an und erkundigt sich, ob die amerikanische Schule dort inzwischen vor die Hunde gegangen ist. Währenddessen überlege ich, wen ich eigentlich noch in Argentinien kenne und mit wem ich dort überhaupt noch reden will. Mein Gott, wie schön es wäre, wenn wir zu den einfachen Zeiten zurückkehren könnten. Als ich mich treffen konnte, mit wem ich wollte, um dafür zu sorgen, dass der Präsident sich nicht die Hände schmutzig macht, die Leute darüber aufklärte, was in ihrem Land los ist, ihnen ein bisschen Geld in die Hand drückte und den Typen mit dem lockeren Finger am Abzug versprach, mich mal nach ein paar neuen Spielzeugen für sie umzusehen. Und wenn sie ihre Sache besonders gut machen, dann organisieren wir einen hübschen kleinen Urlaub nach Fort Bragg für sie.

Ach Gott, es ist wirklich schade, dass die Zeiten vorbei sind, als die Arbeit noch was bewirkt hat. Wie damals, als ich in Argentinien war und von einem Agenten in La Paz hörte, dass wir Che endlich hatten. Ich weiß gar nicht, wieso ich jetzt auf Che Guevara komme. Ich dachte doch gerade noch an Argentinien und wie viel sich dort seit 1967 verändert hat. Claire redet am Telefon, als hätten ihre Freundinnen die ganze Zeit über einen Platz für sie warm gehalten. So ist meine Frau halt, sie geht immer davon aus, dass alles noch genauso ist wie zu dem Zeitpunkt, als sie fortging. Wahrscheinlich ist sie einfach nur froh,

Jamaika endlich hinter sich zu lassen. Als sie mir erzählte, dass sie sich mit Nelly Matar gestritten hat, war sie total pikiert, als ich bemerkte: *endlich.* Diese Syrer auf Jamaika sind unglaubliche Heuchler und allesamt verdammt vulgär. Ich meine, schon klar, dass sie früher bloß Ladenbesitzer waren, aber die Chinesen benehmen sich ja auch nicht so.

— Ich hab bloß gefragt, ob der Supermarkt in Downtown ihrer Familie gehört. Ich meine, gegen ein ehrliches Geschäft ist doch nichts einzuwenden. Aber aus irgendeinem Grund hat sie das in den ganz falschen Hals gekriegt.

— Wieso das denn?

— Also ehrlich, Barry. Entweder bist du ein Ladenbesitzer oder ein Snob. Beides zugleich geht nicht. Und wenn ich ihr noch einmal sagen muss, dass die Hüte, die sie trägt, nur für die Rennbahn bestimmt sind, reiße ich ihr das verdammte Ding vom Kopf.

Meine Frau macht sich immer viele Gedanken über andere Leute, so ist sie nun mal. Ich bin Buchhalter und arbeite effizient. Deshalb glauben die merkwürdigsten Leute, sie müssten mir allen möglichen Scheiß erzählen. Ich meine, ich höre mir das alles an, aber niemand, der wichtige Informationen sucht, kommt auf die Idee, Barry Diflorio zu fragen. Das ist auch noch so eine Sache, die meine liebe Frau nicht weiß: Argentinien steckt noch immer ganz tief in der Scheiße.

Die Ägypter pflegten unbequeme Rädelsführer splitternackt auszuziehen, zwangen sie auf alle viere, übergossen sie mit der Pisse von Hündinnen und ließen dann eine Hundemeute los, die sie für läufige Hündinnen hielt und die armen Kerle in den Arsch fickten. Und dieser Schah war noch viel schlimmer. Am vierten Februar fing der ganze Schlamassel an. Roger Theroux rief mich an. Bill Adler war bestenfalls ein mittelmäßiger Agent, aber Roger war ein echter Könner, von allen Amerikanern, die wir hatten, vielleicht der beste. Ich kannte jemanden in Washington, der auch mit Roger bekannt war und der mich fragte, ob ich Theroux' Bericht über Iran lesen wollte. Der zeichnete ein anderes Bild von der dortigen Lage als das, was die Firma Carter verklickerte. Er war direkt vor Ort und meinte, es sei wie Kuba im Jahr 1959, nur schlimmer, denn hier ginge es um Religion.

Ich kann mir gut vorstellen, warum weder Carter noch sonst jemand aus diesem Bericht schlau wurde. Religion? Revolutionen werden von Linken, Hippies, Kommunisten, Baader-Meinhof-Spinnern gemacht, aber Religion? Wir leben im Jahr 1979, Mann. Die Hälfte der jungen Leute aus Saudi-Arabien und Iran lebt in Paris, trägt enge Jeans, lässt sich doppelt so oft in den Arsch ficken wie die durchschnittliche amerikanische Schwuchtel – wie soll denn da Religion wieder eine Rolle spielen? Und dann wurde Roger Theroux entführt.

Sie nahmen ihn ziemlich hart ran. Beschuldigten ihn ohne viel Federlesen, er sei ein CIA-Agent, veranstalteten einen Schauprozess und verurteilten ihn zum Tode, und das alles innerhalb eines Monats. Gott oder eher Allah sei Dank kannte Roger seinen Koran. Als wir schließlich mit ihm sprechen konnten, sagte er zu mir, Barry, ich wollte einen von diesen beschissenen Mullahs sehen. Als der Arsch dann endlich aufgekreuzt ist, und glaub mir, der hat sich alle Zeit der Welt genommen, hab ich zu ihm gesagt, Hören Sie, Sie können's gerne nachlesen, aber nirgendwo im Koran steht, dass solche Tätigkeiten strafbar ist. Und wenn Sie mich hinrichten, dann stellen Sie sich gegen den Willen Ihres Gottes und Ihres Propheten. Sie ließen ihn gehen. Und trotzdem kam das von vor zwei Tagen völlig überraschend für die in Washington. Da fragt man sich schon: Wie kann etwas so Unvermeidliches gleichzeitig so überraschend sein?

Ich glaube nicht, dass sie irgendwas über Argentinien gelesen hat. Wahrscheinlich ist es besser, das Thema momentan nicht anzusprechen, und abgesehen davon bin ich mir ziemlich sicher, dass nichts davon ihre Freundinnen tangiert hat. Wird sie wenigstens das Haus vermissen? Immerhin hat sie eine Menge Arbeit reingesteckt, aber so war sie ja immer schon. Sogar als sie mal zwei Tage lang in einem Hotel wohnen musste, hat sie dort alles umgeräumt, es nach ihren Vorstellungen eingerichtet. Ich frage mich, was ich wohl vermissen werde, abgesehen von dem Jerk Chicken. Was zum Teufel soll das denn, Barry Diflorio, drei Jahre, und du klingst, als hättest du eine Kreuzfahrt hierher unternommen. Vielleicht sollte ich ihr sagen, dass man von keinem von den Dichtern, die sie damals zum Abendessen eingeladen hat, seit 1977 etwas gehört hat. Oder von dem Tänzer, diesem weißhaarigen schwulen Umberto, den sie so charmant kommunistisch fand. Ich sehe ihn noch vor mir, ganz in Weiß, von Kopf bis Fuß, aufrecht bis zum Schluss.

Als '78 die Bombe in diesem Wohnhaus in Buenos Aires hochging, dachte ich kurz, es wäre de las Casas. Aber er ist wieder zurück auf Jamaika, wahrscheinlich um das zu Ende zu bringen, was er 1976 nicht geschafft hat – was immer das auch sein mag. Er ist unantastbar, und, schlimmer noch, er weiß das auch. Mich wird niemand ersetzen, aber Louis hat einen Nachfolger, soweit ich weiß. Angeblich ist der schon vor ein paar Tagen hier eingetroffen. Ich weiß nicht, ob es an der Effizienz des Clandestine Service oder am Unvermögen der Firma liegt, dass ich nicht einmal seinen Namen kenne. Zumindest hat jemand entschieden, dass es nicht schlau wäre, das Kapitel Jamaika jetzt schon abzuschließen. In diesem Land und mit diesen Leuten hier weiß man nie. Manchmal klingt es beinahe so, als würde ich über die Philippinen sprechen.

Ich würde trotzdem noch gerne wissen, wer den Bericht geschrieben und wer ihn autorisiert hat. Was ist dieser Präsident eigentlich für eine Memme, dass sie den Bericht so sehr glätten mussten? *Weder in einer revolutionären, noch nicht mal in einer vorrevolutionären Situation.* Gütiger Gott. Und dann, vor drei Tagen, überwältigen die Rebellen endgültig die Truppen des Schahs, und alle schauen erstaunt dabei zu. Alle bis auf Roger Theroux.

Und ich sitze in einem Büro, das ich garantiert nie mehr wiedersehen werde, und frage mich, wie viel ich meiner Frau erzählen soll. Das mit Umberto wird sie am härtesten treffen, sie ruft da schon seit Wochen ständig an, in der Überzeugung, dass sie entweder weggezogen sind oder sie sich eine falsche Telefonnummer notiert hat. Einmal hat sie sogar mich gefragt, ob ich ihr absichtlich eine falsche Nummer gegeben habe, und ich wusste wirklich nicht, was ich darauf sagen sollte. Das Beängstigendste daran ist, dass ihr die anderen Freunde, die sie fragt, nichts über Umberto sagen wollen. Es ist wirklich merkwürdig, dass keiner den Mund aufmacht. Nicht mal die Figueroas, die ja nur ein paar Häuser weiter wohnen. Selbst wenn sie nicht genau wissen, was mit ihm passiert ist, müssen sie doch wissen, dass etwas passiert ist.

Die Politik prägt die Strategie. Das geht mir schon die ganze Woche durch den Kopf. Das und Bill Adler. Er hat mich vor zwei Tagen wieder angerufen, witzigerweise am gleichen Tag wie Louis. Er war ziemlich genervt, weil man ihn endgültig aus Großbritannien rausgeworfen hat.

— Ach kommen Sie, Bill, Amerikas Schwanz ist zwar klein, aber die Briten sind jederzeit bereit, sich zu strecken, um uns über den Atlantik hinweg einen zu blasen.

— Gut gesagt. Es war mir klar, dass ich auf Zeit spiele, aber ich gab mich halt irgendwelchen Illusionen hin. Sie wissen schon.

— Schlechter Stil, sogar für einen Ex-Agenten.

— Nicht Ex, ich wurde gefeuert.

— Das ist doch Haarspalterei. Wie läuft's in Santiago?

— Soll sehr sonnig sein im Sommer. Ehrlich, Diflorio, Brzezinski dürfte diese Unterhaltung nicht halb so interessant finden wie Kissinger.

— Vielleicht nicht, aber haben Sie denn nicht gehört, dass überall die Ausgaben gekürzt werden? Alle, die darauf warten, dass ihre Telefone entwanzt werden, sind erst mal gearscht. Wo wir gerade von Ausgabensenkungen sprechen, wie ...

— Können Sie nicht mal eine andere Schallplatte auflegen?

— Sie sind ja empfindlich.

— Das ist ein richtig beschissener Februar, fall Sie es noch nicht gemerkt haben sollten. Alle sind momentan empfindlich.

— Was wollen Sie, Adler?

— Wie kommen Sie denn darauf, dass ich was will?

— O bitte, Sie haben mich doch nicht angerufen, weil Sie sich einsam fühlen.

— Ich habe noch nie einen Agenten im Einsatz getroffen, der das nicht war, Diflorio. Aber Sie sind ja auch ein ...

— Bürohengst. Wissen Sie, wenn wir Freunde sein wollen, sollten Sie endlich aufhören, mich so zu nennen ...

—Bürohengst?

—Nein, Diflorio.

—Seien Sie doch nicht so gefühlsduselig, Diflorio, das passt gar nicht zu Ihnen.

—Wenn Sie wüssten, was zu mir passt, dann würden Sie mich Bar oder Barry oder Bernard nennen, wie meine Schwiegermutter. Und jetzt zum zweiten Mal, Was kann ich für Sie tun?

—Haben Sie das mit Iran mitbekommen?

—Ist Disco-Musik scheiße?

—Ich will mich nur unterhalten.

—Nein, Sie machen bloß Small Talk. Ich hab gehört, John Barron schreibt eine Fortsetzung eines Buchs über den KGB.

—Könnte gut sein. Es wird wirklich Zeit, dass wir diese ganzen KGB-Schläfer aufstöbern.

—Und die Verräter, die sie decken.

—Wer sollte das sein? Dieser Bill in dem Buch? Ich hab gelesen, ich sei ein ständig abgebrannter Alkoholiker und Schürzenjäger.

—Sie haben es also gelesen?

—Natürlich hab ich es gelesen. Es überrascht mich, dass sie diesen Möchtegern-Agenten so wichtig nehmen.

—Sein Buch ist mindestens so unterhaltsam wie Ihres.

—Arschloch. Ich bringe demnächst übrigens ein weiteres Buch raus.

—Natürlich. Es gibt ja noch mindestens tausend Schicksale, die Sie ruinieren können. Wie geht's übrigens Ihrem Kumpel Tscheporow?

—Wem?

—Raffiniert, Adler. Scheiße noch mal, sogar die *Daily Mail* weiß, dass Sie mit Tscheporow gesprochen haben.

—Ich weiß nicht, wen Sie …

—Edgar Anatoljewitsch Tscheporow von der Nachrichtenagentur Novosti in London. Er gehört zum KGB. Sie können jetzt völlig bestürzt tun und vorgeben, von allem nichts gewusst zu haben, ich hab Zeit. Aber bedenken Sie, dass es nicht ganz einfach ist, Bestürzung zu simulieren, wenn der Gesprächspartner Ihr Gesicht nicht sehen kann.

— Tscheporow ist nicht beim KGB.

— Und ich trage Schlüpfer statt Boxershorts. Sie sind doch mindestens seit 1974 mit ihm in Kontakt.

— Ich kenne niemanden bei Novosti.

— Mein lieber Bill, daran müssen Sie aber noch arbeiten. Erst sagen Sie, dass Sie ihn nicht kennen, dann, dass er nicht beim KGB ist. Wollen wir kurz eine Pause machen, damit Sie sich sammeln können? Wenn Sie nicht gewusst haben, dass Tscheporow zum KGB gehört, dann sind Sie entweder dumm oder naiv, oder Sie brauchen einfach nur Geld. Wie viel hat Ihnen denn der kubanische Geheimdienst gezahlt? Eine Million?

— Eine Million? Sie haben ja keine Ahnung von Kuba.

— Aber Sie ganz bestimmt. Also, um was geht es, Sie Arschloch?

— Um Informationen.

— Wie viel? Eine Schatzgrube voll? Waren das nicht die Worte, mit denen Sie sich an den KGB verkauft haben?

— Ich will keine Informationen, Sie Idiot, ich habe welche zu vergeben. Und manche davon könnten sogar Sie betreffen, Sie beschissener Yale-Zögling.

— He, machen Sie mich nicht dafür verantwortlich, dass Sie abtrünnig geworden sind. Was Sie mir auch verkaufen wollen, ich werde es ganz bestimmt nicht kaufen. Dieses Gespräch wird übrigens aufgezeichnet.

— Darüber hatten wir uns schon verständigt.

— Keine Sorge, das sind alles Beweismittel für später.

— Wenn ich mich freiwillig stelle?

— Wenn wir Sie geschnappt haben.

— Ihr Bürohengste könnt doch nicht mal 'ne tote Fliege fangen.

— Und das sagt ein Agent, der geschnappt wurde, als er um fünf Uhr morgens eine Botschaft verwanzen wollte.

— Wussten Sie, dass Sie in diesem Horrorbuch auftauchen?

— Was für ein Horrorbuch denn?

— Ich weiß ja nicht, ob sie es wirklich so nennen, falls sie überhaupt einen Namen dafür haben. Ich schwöre, ich werde es bis an mein

Lebensende bereuen, dass ich mein Buch rausgebracht habe, bevor dieser ganze Scheiß ans Tageslicht kam.

—Ich weiß überhaupt nicht, wovon Sie da reden. Und eines Tages werden wir Ihre beschissene Quelle schon finden.

—Etwa schon bald?

—Früher als Sie denken. Das ist aber ein ziemlich langes Telefonat. Sind Sie sicher, dass Sie sich das leisten können? Ich muss den Laden hier dichtmachen, Bill.

—Ja, klar, Sie müssen ja noch packen und sich verabschieden. Großartig. Armer Präsident Ford. Da saß er in dieser beschissenen Warren-Kommission und hat gar nicht gemerkt, dass wir ihm nicht alles erzählt haben.

—Worauf wollen Sie denn jetzt hinaus?

—Auf das Horrorbuch. Da fragt man sich doch, wer es so genannt hat.

—Nein, das frage ich mich nicht. Adler, manchmal frage ich mich, ob Sie überhaupt mit mir reden. Es ist so, als wären wir zwei Mädchen, und Sie reden die ganze Zeit über einen Jungen, nur damit der Junge Sie belauschen kann. Kaum sind Sie ein paar Jahre aus der Firma, benehmen Sie sich auch schon wie diese Paranoiker, die behaupten, von Außerirdischen entführt und mit einer Analsonde traktiert worden zu sein. Jesses.

—Vielleicht ist es ja auch gar kein richtiges Buch. Vielleicht eher eine Akte.

—Eine Akte. Bei der CIA. Die CIA hat Geheimakten. Wie zum Teufel sind Sie nur an Ihren Posten gekommen?

—Beleidigen Sie nicht meine Intelligenz, Diflorio.

—Die Mühe muss ich mir gar nicht machen.

—Ich spreche von einer Akte, die Schlesinger für Kissinger zusammengestellt hat, dieselbe, die er Ford Weihnachten 1974 vorgelegt hat.

—Sie kommen mir jetzt mit 1974. Hören Sie, ich will Ihnen ja nicht zu nahetreten, aber falls Sie es nicht wissen: Wir haben inzwischen einen neuen Präsidenten, und der wird auch nicht mehr lange

Shadow Dancin'

Präsident bleiben, wenn alles noch schlimmer wird. Iran sorgt weltweit für Schlagzeilen, aber der arme William Adler will uns irgendwelche Neuigkeiten aus dem Jahr 1974 verkaufen.

— Kissinger hat uns eine Version präsentiert, bei der die richtig heiklen Dinge geschönt waren. Schlesingers Original-Akte geistert immer noch irgendwo herum, und soweit ich gehört habe, ist sie ein echter Hammer.

— Na schön, Sie haben ja bereits meine Meinung über Ihre Meinung gehört, Adler. Ist Ihnen der Stoff zum Schreiben ausgegangen, Kumpel?

— Sie sind bloß ein Müllmann, Diflorio. Sie sind bloß deshalb nicht interessiert, weil Sie nicht weit genug oben sitzen. In Schlesingers kleiner Akte steht alles drin, all die kleinen Details, von denen der durchschnittliche amerikanische Bürger glaubt, so was gäbe es nur in Spionageromanen. Wie sie Tom Haydens letzte Scheißaktion vereitelt haben. Wen Bill Cosby fickt. Bewusstseinskontrolle nach LSD-Einnahme. Mordanschläge in aller Welt, Lumumba im Kongo zum Beispiel, jede Menge Informationen über Ihren Kumpel Mobutu ...

— Ich muss Sie korrigieren: Das ist Franks Kumpel.

— Wie auch immer, Sie, er und Larry Devlin, ihr Lateinamerika-Afrika-Typen seid sowieso austauschbar.

— Die Anzahl der Mordanschläge auf Castro, die Bobby Kennedy selbst angeordnet hat. Übrigens, wussten Sie, dass Haviland gezwungen wurde, in den Ruhestand zu gehen?

— Wer?

— Haviland. Der Mann, der Sie und mich ausgebildet hat. Oh, tut mir leid, ich hab vergessen, dass Sie sich selbst ausgebildet haben.

— Ist Ihnen klar, dass es das Ende der Firma wäre, wenn die amerikanische Öffentlichkeit oder auch nur Carter dieses Buch zu Gesicht bekämen? Ihr schöner Job würde sich in Luft auflösen.

— Ich frag mich wirklich, ob Sie einfach nur ein Vollidiot sind oder bloß im Fernsehen so tun. Was glauben Sie denn, um was es bei dieser Arbeit geht, Adler? Sie sind der einzige Agent, der offenbar nicht mitbekommen hat, was sich auf diesem Scheiß-Planeten abspielt.

Glauben Sie etwa, Ihre Kumpel vom KGB befinden sich auf einer humanitären Mission oder was?

— Ex-Agent, vergessen Sie das nicht. Und Sie wissen doch gar nicht, was ich denke.

— Oh, ich weiß sehr gut, was Sie denken. Originalität ist keine Ihrer Stärken.

— Ich hätte mir ja denken können, dass Sie überhaupt nicht an diesem Horrorbuch interessiert sind. Sie sind der Schlimmste von diesem ganzen Pack. Es ist eine Sache, wenn man mit dem, was die eigene Regierung tut, einverstanden ist, aber Ihnen ist das alles völlig egal. Sie schieben nur die Karte in die Stechuhr und streichen Ihren Lohn ein.

— Ist ja toll, wie Sie mich durchschaut haben. Das ist eine Ihrer größten Unzulänglichkeiten, Adler: Sie glauben, Sie könnten die Leute durchschauen, dabei durchschauen Sie einen Scheißdreck.

— Ach, wirklich?

— Ja, wirklich. Wissen Sie was? Bei Ihrem ganzen Gerede über dieses Horrorbuch und Ihrem Eifer, mir armem Würstchen zu enthüllen, dass meine Regierung sich an allen möglichen üblen Aktionen beteiligt hat, ist Ihnen völlig entgangen, dass Sie nicht einen Funken Interesse in mir wachgerufen haben. Weil Sie überhaupt nicht kapiert haben, dass ich vielleicht deswegen nicht interessiert sein könnte, weil ich das verdammte Ding selbst geschrieben habe.

— Was? Was haben Sie da gesagt? Wollen Sie mich verarschen?

— Klingt das etwa so, als wollte ich Sie verarschen? Ja, Ihr kleiner beschissener Bürohengst hat das geschrieben. Glauben Sie etwa, der Verteidigungsminister hat das verdammte Ding selbst verfasst? Wissen Sie, zuerst war ich ja ein bisschen eingeschnappt, weil ich nicht einmal in Ihrem Buch erwähnt wurde. Dann wurde mir bewusst, dass Sie nicht den blassesten Schimmer haben, was ich tue, stimmt's? Sie haben keine Ahnung. Denn wenn Sie etwas wüssten, dann hätten Sie nicht die letzten sechseinhalb Minuten meiner kostbaren Zeit verschwendet. Sie wären aus Ihrer beschissenen Hängematte gefallen und hätten nach Ihrer unsanften Landung auf dem Boden der Tatsachen Ihrem Kommunistengott gedankt, dass ich nicht auch noch auf Sie angesetzt wurde. Übrigens ist Ihre Kaffeemaschine defekt und der Blick aus Ihrer neuen Wohnung ziemlich erbärmlich. Sagen Sie Fidel, Sie wollen ein Zimmer mit Meeresblick.

Natürlich hat der Mistkerl aufgehängt. Und nicht mehr zurückgerufen. Ich vermute, er wird mich nie mehr anrufen.

Scheiß auf diesen Schreibtisch. Scheiß auf dieses Büro. Scheiß auf dieses Land. Und scheiß jetzt schon auf dieses Jahr. Ich geh nach Hause.

Papa-Lo

Mick Jagger kidnappen und zwei Millionen machen. Ich sitze mit Tony Pavarotti im Auto, und wir fahren auf einer Straße auf und ab, die sich krümmt und windet wie ein Fluss, fahren direkt am vom Wind aufgepeitschten Meer entlang. Josey Wales ist nicht gekommen. Der Ford Cortina rast am Bordstein entlang. Linkskurve, Rechtskurve, eine Welle bricht an einem Felsen, und Gischt spritzt auf die Windschutzscheibe. So nah ist die Straße am Meer, so nah sind wir dem Meer, und Pavarotti fährt weiter, cooler als die Mutter aller Coolness.

Tony Pavarotti mit seiner Pavarotti-Nase. Kann sich weder an seine Mutter noch an seinen Vater erinnern, kann sich nicht an seine Kindheit erinnern oder an die Sachen, die Jungs als Kinder machen oder ihre Rangeleien miteinander. Er ist wie der Sidekick in einem Film, der gaaanz harte *hombre*, der mittendrin einfach auftaucht und so tut, als hätten wir die ganze Zeit nur auf ihn gewartet. Tony Pavarotti ist einfach, wie er ist, und du überlegst dir immer genau, was du brauchst, bevor du ihn anrufst. Und dann wird er den ganzen Tag lang am Fenster von irgendeinem alten Haus auf der Lauer liegen oder die ganze Nacht lang auf einem Baum oder auf dem Müllberg in Garbagelands oder hinter einer Tür, so lange, bis er zu einem Schatten geworden ist, und wird deinen Feind aus hundert Metern Entfernung auslöschen. Er arbeitet zwar für Josey Wales, aber nicht einmal Josey hat, was es braucht, damit Tony an seiner Seite bleibt, und heutzutage schlagen sich viele auf Joseys Seite. Wir reden nicht miteinander. Wenn ich daheim bin, verlasse ich das Haus nicht, und wenn ich rausgehe, verlasse ich das Land. Ich klingle nicht an seiner Tür. Aber Tony Pavarotti ist

ein Mann, der allen und keinem dient, und heute ist er mir den ganzen
Tag lang zu Diensten; er sitzt auf dem Fahrersitz und lenkt den Wagen, schmiegt sich an die schmale Straße, die viel zu eng ist für eine so
wütende See.

Merkt euch das: Das Gefängnis ist die Universität des Gettos. Slam
clink slam. Vor zwei Jahren ist Babylon gekommen, um mich zu holen – sind es schon zwei Jahre? Ich versuche, mich an jedes Mal zu erinnern, dass Babylon die Finger nach mir ausgestreckt hat. In dem
Wagen, der mich ins Gefängnis bringt, spuckt mir ein Polizist ins Gesicht (er ist neu), und als ich zu ihm sage, Pussyhole, deine Spucke
riecht nach Kaugummi, stößt mir ein anderer seinen Gewehrschaft so
fest gegen den Kopf, dass ich erst aufwache, als sie mir im Gefängnis
Wasser ins Gesicht schütten. Beide Polizisten sind noch vor 1978 tot,
dank dem Mann neben mir, der sie mir ausliefert, sobald ich aus dem
Knast raus bin. Merkt euch das, ihr freundlichen und anständigen
Leute, Mama-Lo hat keinen Sohn aufgezogen, der mit geradem Rücken durchs Leben geht, nur um sich wie ein räudiger Hund anspu-
cken zu lassen. Und Papa-Lo vergisst nie etwas. Männer wie wir vergessen nicht, wir sammeln. Wir bringen sie ans Ende von Copenhagen
City, wo nur Geier leben und die Scheiße der reichen Männer ins Meer
läuft, und einer fängt an zu heulen, Wäh wäh wäh, seine Frau ist arbeitslos, und er hat drei Kinder zu versorgen, und ich sage, Umso
schlimmer für sie, jetzt haben sie auch noch ein totes Pussyhole als
Vater.

Aber noch mal zurück dazu, wie sie mich ins Gefängnis gebracht
haben. Selbst wenn man einen Jim Screechy machen, wenn man dem
System durch die Maschen schlüpfen könnte – durch Eisen kann man
nicht hindurchschlüpfen. Eisen ist Eisen, und Eisen ist stärker als der
Löwe, und Stahl gibt nicht nach. Die Gitterstäbe sagen, Es gibt keinen
Ausweg, hör einfach auf, dich zu wehren, und lehn dich zurück, und
wenn du auf Reisen gehen willst, dann musst du im Kopf verreisen. So
kommen die Leute wohl dazu, Bücher zu lesen, die sie sonst nie lesen
würden, und sogar welche zu schreiben. Aber die Gitterstäbe sagen
auch, Niemand kommt rein und stört dich beim Lernen, also kann das

Lernen vielleicht ein Abstecher in dein Hirn sein, und vielleicht bringt dir das Gefängnis innere Ruhe, sodass du bereit bist, auf deine innere Stimme zu hören, denn niemand, werte Herrschaften – und ich meine wirklich, niemand – kann irgendetwas lernen, wenn er nicht bereit ist, zuzuhören.

Der Wagen fährt über eine Bodenwelle, aber Tony Pavarotti merkt es gar nicht. Ich wünschte, ich würde nicht auf meinem Sitz herumhüpfen wie ein Mann, der nicht mal Auto fahren kann. Er ist der einzige, den ich kenne, der mit Handschuhen fährt; sie bedecken seine Handflächen, haben aber Löcher, durch die die Knöchel und der Handrücken herausschauen. Braunes Leder. Die Sonne verzieht sich, bevor wir die Bucht erreichen. Ich habe nicht genug Mumm, um zuzusehen, wie ein Mann dunkel wird. Der Mond ist ein besserer Gefährte, besonders wenn er voll und dick ist, als hätte er sich gerade aus Blut erhoben. Hast du schon mal den Mond aufgehen sehen?, will ich Tony Pavarotti fragen, aber ich glaube nicht, dass er antworten würde. Einem wie ihm stellt man keine solchen Fragen.

Ich ziehe zwei Zigaretten aus der Tasche und gebe ihm eine. Er steckt sie in den Mund, und ich zünde sie ihm an. Wir sind am Palisadoes Strip hinter dem Flughafen, auf der Strecke, die nach Port Royal führt, wo James Bond in *Dr. No* den Typ von der Straße abdrängt. Wir fahren weiter, bis wir an einer Festung ankommen, die gebaut wurde, bevor Leute wie ich mit den Sklavenschiffen gekommen sind. Bei dem Erdbeben von 1907 ist sie halb im Sand versunken, aber wenn man schnell genug daran vorbeifährt, sieht es so aus, als würde die Festung gerade aus dem Sand aufsteigen. Man sieht die Kanonen, die aus dem Sand herauslugen, und man fragt sich, wie groß und stolz das Gemäuer ausgesehen haben muss, als Nelson mit seinem Hinkebein darum herumgehüpft ist. Nelson haben wir in der Schule zusammen mit Admiral Rodney durchgenommen, der Jamaika vor den Franzosen gerettet hat. Wer wird Jamaika diesmal retten?

Weiter die Straße runter liegen Port Royal und die Festung Fort Charles, die jeder kennt. Aber nur wenige wissen, dass sich hinter den Büschen am Strand zwei weitere Festungen verstecken, diese hier und

Shadow Dancin'

noch eine andere. Ich stecke meinen Kopf aus dem Fenster und sehe den letzten Sonnenstrahlen zu, die sich erst orange und dann rosa verfärben und schließlich verschwinden, und selbst über das Motorengeräusch hinweg höre ich das Meer toben. Tony Pavarotti und ich fahren auf die verschwundene Festung zwischen der untergehenden Sonne und dem aufgehenden Mond und den verschwindenden Schatten zu. Wie biegen scharf links ab, fahren durch stachelige Büsche und hüpfen über eine hohe Bodenwelle. Ich halte mich an der Tür fest wie einer, der nicht fahren kann. Wir holpern über einen Hügel, der wie ein Berggipfel aussieht, denn von der Spitze aus geht es steil hinunter bis direkt an den Strand. Holprige Fahrt nach unten, links, rechts, die Hand einziehen, bevor der Stachelbusch gegen das Fenster schlägt – meine Hand würde jetzt bluten. Runter, runter, runter. Das Auto fährt wieder nach links, dann nach rechts, dann ein Sprung – wir werden uns überschlagen, es geht gar nicht anders, wie kann dieser bloodcloth Kerl so seelenruhig dasitzen und nichts sagen, nur das Lenkrad umklammern wie ein Rennfahrer? Das Auto schlittert den Hügel hinunter, und ich will gerade Hey! rufen, als wir langsamer werden. Tony Pavarotti bremst den Wagen auf Schritttempo ab, und wir fahren den schmalen Streifen Strand zum Eingang der Festung hinauf. Es gibt kein Tor, also fahren wir einfach rein. Kingston ist jetzt ein Ort am anderen Ufer des Meeres.

Der Wagen hält. Tony lässt sein Fenster hinunter und schwingt sich in einer flüssigen Bewegung aus dem Wagen, wie es gerade angesagt ist. Er geht links um den Wagen herum, ich rechts, und wir kommen beide gleichzeitig am Kofferraum an. Er schließt auf und öffnet die Klappe. Wenn der erste Junge schreien könnte, würde er bestimmt schreien, als ihn das schwache Licht trifft; es ist mit Sicherheit das Hellste, das sie seit drei Stunden gesehen haben. Ich hatte meine ganze Wut zusammennehmen müssen, um die letzten beiden eigenhändig in den Kofferraum zu stopfen, weil ich schon vor langer Zeit mit ihnen abrechnen wollte, vor fast zwei Jahren, aber jetzt ist davon nichts mehr übrig, und mir bleiben nur noch meine beiden Hände, um den ersten herauszuziehen. Er ist leicht wie eine Feder, als ich ihn am Kragen packe. Die Handschellen hinter seinem Rücken sind klebrig vor Blut, und sein Handgelenk ist weiß, wo eigentlich schwarze Haut sein sollte. Er riecht nach Scheiße und Eisen. Der Junge heult, dass seine Wangen und seine Augen ganz rot sind und ihm der Rotz nur so aus der Nase läuft. Tony Pavarotti zieht den anderen heraus, beide stinken und sind nass von ihrer eigenen Pisse.

Auf dem Weg hierher habe ich mir schon vorgestellt, wie ich sie frage, Kennt ihr den Strand noch, Pussyholes? Wisst ihr noch, wie ihr hier eure Waffen auf den Sänger gerichtet habt, weil er dafür bezahlen sollte, dass euch ein anderer eure linke Tour versaut hat? Habt ihr damals nicht gemerkt, dass er sich eure Gesichter eingeprägt hat? Wusstet ihr, dass ihr in der Sekunde tot wart, als ihr eine Waffe auf den Mann gerichtet habt? Ihr hättet genauso gut auf Gott zielen können. Ich hatte so viel zu den beiden sagen wollen, aber jetzt, in der Festung, in der über die Jahre hinweg Spanier und Briten und Jamaikaner gestorben sind, was mich daran erinnert, dass auch ich irgendwann in der nahen Zukunft einmal tot sein werde, habe ich nichts mehr zu sagen. Und Tony Pavarotti redet sowieso nie.

Aber sie quatschen umso mehr. Trotz der Knebel kann ich einzelne Laute und Wörter und Sätze ausmachen. Mit jedem wilden Blinzeln quellen Tränen aus ihren Augen. Bitte, Papa, ich flehe dich an, ich hatte nichts damit zu tun, du siehst doch, dass ich noch genauso arm bin wie vorher. Bitte, Papa, ich flehe dich an, der Sänger hat mir doch verziehen. Bitte, Papa, ich flehe dich an, ich weiß nur von dem Pferderennen, von dem Anschlag in der Nacht weiß ich nichts. Bitte, Papa, ich flehe dich an, lass mich ins Meer gehen, und ich schwimme wie eine Meerjungfrau nach Kuba und komme nie mehr nach Jamrock zurück. Aber das interessiert mich nicht. Ein paar Männer haben dem Sänger in der Nacht aufgelauert. Ein paar Männer haben am Strand auf ihn angelegt, weil sie ihn mit irgendeinem beschissenen Wettbetrug in Verbindung gebracht haben, mit dem er nicht das Geringste zu tun hatte. Ein Vögelchen hat mir gezwitschert, dass es dieselben Männer waren. Ein anderes hat gezwitschert, dass es nicht dieselben waren. Aber selbst dazu weiß ich nichts mehr zu sagen. Es interessiert mich einfach nicht mehr. Sie haben einen Keil zwischen den Sänger und mich getrieben, haben uns eine Wunde zugefügt, die zwar verheilen, aber eine Narbe zurücklassen wird. Ein Mann muss dafür bestraft werden, dass er eine Pistole zieht, und er muss auch dafür bestraft werden, dass er sie abfeuert. Der Teufel, der am Tor der Hölle wartet, kann sie dann auseinandersortieren. Das alles könnte ich ihnen sagen, aber ich tue es nicht. Ich, Papa-Lo, der größte, großartigste Mann im Getto. Ich könnte genauso gut Tony Pavarotti sein. Er schleift schon den ersten von ihnen durch die Büsche, auf den schwarzen Sandstrand hinaus.

Der Plan war, ihn zurückzubringen, nicht für immer, aber zumindest, um den ersten Dominostein umzuschmeißen. Ihn für dieses eine Konzert zurückzubringen, wobei wir auch schon über größere Dinge sprechen.

Über bessere Dinge. Dinge, bei denen ich nicht weiß, Menschenskinder, Jamaika, bist du überhaupt bereit dafür? Mein Kopf ist voller Hoffnung, aber immer noch ruhelos, so ruhelos, dass er sich nur dadurch zur Ruhe bringen lässt, wenn ich mir ins Gedächtnis rufe, dass Papa-Los Herz keine Ruhe kennt. Ich meine, was in England funktioniert, muss hier noch lange nicht funktionieren. England ist England, und London ist London, und wenn man in einer so großen Stadt ist, fängt man auch an, große Gedanken zu denken und große Reden zu schwingen, und man macht große Prophezeiungen, und dann kommt man nach Jamdown zurück und fragt sich, ob einem der Kopf nicht zu sehr angeschwollen ist.

In ihrem Leid entscheiden sich die meisten Leute für das Schlechte, das sie kennen, und gegen das Gute, von dem sie nur träumen können, denn wer träumt schon, außer Narren und Verrückten? Manchmal endet ein Krieg, weil du vergisst, worum du gekämpft hast, manchmal bist du das Kämpfen einfach leid, manchmal erscheinen dir die Toten im Schlaf, und du kannst dich nicht mehr an ihre Namen erinnern, und manchmal stellst du fest, dass der, den du eigentlich bekämpfen solltest, gar nicht dein Feind ist. Nehmt nur Shotta Sherrif als Beispiel.

Bis zum Meer besteht der Strand aus Sand. Dann kommen Steine, die mit den Wellen hin und her rollen und kichern wie ein weiblicher Duppy, wenn noch mehr Wellen heranrollen. *Kekekekekeke*. Tony Pavarotti schleift den Jungen bis dorthin, wo das Meer auf den Sand trifft, und tritt ihm in die Kniekehle, sodass er auf die Knie geht, als wollte er beten. Und das macht er auch. Schnell und hektisch, er spricht kaum ein Wort zu Ende, da stößt er schon das nächste hervor. *Kekekekekeke*. Der Junge in seiner weißen Unterhose, die vorne gelb und hinten braun ist. Tony Pavarotti in Marineblau – Uniformhemd mit Epauletten und vielen Taschen und eine Gabardinehose, die er bis über die wadenhohen Stiefel hochgerollt hat. Langsam, geradezu behutsam, geradezu sanft hält er mit beiden Händen den Kopf des Jungen ruhig. Der Junge verwechselt die zarte Berührung mit Gnade. Er weint wieder, und sein Kopf wackelt zu stark hin und her. Tony hält seinen Kopf wieder ruhig. *Kekekekekeke* – peng.

Der Junge in meiner Hand schreit in seinen Knebel hinein, aber gleichzeitig verlässt ihn die Kraft, und ich muss ihn zum Strand schleifen. Das Wasser reicht noch nicht an seine Beine heran, darum weiß ich, dass das, was daran hinunterrinnt, Pisse ist. Tony hat den Motor laufen lassen, und ich könnte schwören, ich höre das Radio, aber wahrscheinlich sind es nur die Steine. *Kekekekekeke*. Ich schleife den Jungen genau neben die Leiche des anderen und drücke ihn hinunter, sodass er in die Knie geht. Seine grünen Shorts durfte er anbehalten. Ich halte seinen Kopf gerade, aber in dem Moment, als ich abdrücke, bewegt er sich. Peng. Peng durch seine Schläfe, und ein Auge fliegt raus. *Kekekekekeke*. Er zuckt und kippt um. Tony Pavarotti zeigt aufs Meer, und ich sage, Nein, lass sie liegen.

Der Knast erinnert einen daran, dass es nicht das Blut ist, was einen zu Brüdern macht, sondern das Leid. Und wenn man brüderlich und gemeinsam leidet, wird man auch gemeinsam weiser. Denn ich bin zur selben Zeit wie Shotta Sherrif ein Stück weiser geworden, und als uns klar geworden ist, dass wir ähnlich denken, haben wir dieses Reasoning mit nach England genommen und uns unterhalten und festgestellt, dass dem Sänger dieselbe Weisheit zuteilgeworden ist.

Shadow Dancin'

Das heißt, er ist eigentlich noch weiser, weil er sein eigenes Haus mit derselben Weisheit geführt hat, sein Haus, in dem sich Feinde jahrelang als Freunde begegnet sind, selbst wenn wir woanders wie wilde Tiere gekämpft haben. Die Leute glauben, es würde um ein Konzert gehen oder darum, dass die weißen Männer von der PNP den weißen Männern von der JLP die Hand schütteln, so als könnte man Krebs mit einer Impfung heilen. Selbst mir war klar, dass dieses Konzert gar nichts gebracht hat, und ich war immerhin derjenige, der Seaga persönlich auf die Bühne geholt hat.

Shotta Sherrif war auch auf der Bühne, aber dann ist er runtergesprungen und Mick Jagger hinterher. Der läuft auf und ab und diskutiert mit den Leuten und geht mit dem Rhythmus, so als wüsste er nicht, dass es dort unten von bösen Männern wimmelt. Die ganze Zeit über hat er dieses breite Grinsen im Gesicht, das, bei dem er so viele Zähne zeigt. *Lass uns Mick Jagger kidnappen und zwei Millionen Dollar Lösegeld verlangen,* sagt Shotta Sherrif, als Witz, aber dann beobachtet er Mick Jagger, der immer wieder in der Menge verschwindet und wieder zum Vorschein kommt, und ich weiß, dass er ernsthaft darüber nachzudenken beginnt. Das Weißbrot tobt sich aus und grinst wie das Kind eines reichen Politikers, das von seinem Urlaub in *Maijäh-mie* erzählt. Shotta schickt dem Satz ein Hahahaha hinterher, aber der Sänger hat ihn gehört und wirft ihm einen Blick zu, von dem Moses in *Die zehn Gebote* nur träumen konnte. Sollen sie ruhig glauben, er wäre nur zurückgekommen, um schöne Liebeslieder zu singen, weil er gerade ein schönes Album fertiggestellt hat. Soll er nur schlafen, während wir wie Nikodemus schuften. Denn als Shotta Sherrif und ich mit der Konzertplanung durch waren, hörten wir nicht auf zu reden, und wir reden immer noch. Die Sonne geht unter.

Tony Pavarotti sitzt am Steuer, und ein Lied kommt im Radio. *Do it light, taking me through the night, shadow dancing.* Ich kenne dieses Lied. Meine Frau liebt es, sie sagt, es ist von einem Typen namens Andy Gibb. Ich frage, woher sie das weiß, und sie schnauzt zurück, *Meinst du, ich kriege gar nichts mit?* Ich lache, weil ich in der Dämmerung und in der Nacht mit den Schatten getanzt habe. Selbst am helllichten Tag suchen wir noch die Dunkelheit. Es dauert vier Tage, alle zusammenzutreiben, die an dem Wettbetrug beteiligt waren und ihre Waffen auf den Sänger gerichtet haben. Eine Nacht, um sie in die Zelle zu stecken, von der ich, der Don der Dons, bis vor ein paar Jahren als Einziger in Copenhagen City nichts wusste. Das wird Josey Wales mir noch erklären müssen.

Früh am Morgen holen wir die ersten beiden raus, einfach nur weil sie sich nach vorn gedrängt und am lautesten geschrien haben; der Erste hat erzählt, wie der nackte, von einer blauen Flamme umgebene Duppy mit den langen Haifischzähnen die ganze Nacht über von ihrem Fleisch gefressen und ihnen den Mund zugehalten hat, damit sie nicht schreien. Die Geister haben sie geohrfeigt und ihnen ein, zwei, drei, vier Mal wie ein Vorschlaghammer ins Gesicht geschlagen. Sie hatten wirklich beide rote, geschwollene Augen. Der Erste hat auf seine Brust gezeigt und gesagt, der Geist hätte sein Herz gefressen, obwohl auf seiner Brust nichts zu sehen war. Der Zweite hat immer nur geschrien, die Schlange hätte sich durch seinen Kopf gefressen, bis sie beim linken Auge wieder herauskam. Seht ihr das Loch?, hat er gesagt und auf sein Auge gezeigt. Beide haben sie davon geplappert, dass der Teufel ihnen ins Gesicht gespuckt hat, als sie aufgewacht sind. Die beiden wollten gar nicht mehr aufhören, also haben wir ihnen Baumwolllappen in den Mund gestopft und sie in den Kofferraum gesteckt. Als wir sie zum Auto zerren, wehren sie sich nicht mal. Wir fahren mit ihnen zu einem Abschnitt des Hellshire Beach, der mit einem Betreten-verboten-Schild abgesperrt ist. Sie gehen freiwillig, was mir zu denken gibt. Es gefällt mir nicht, wenn die Leute so bereit für das sind, was als Nächstes kommt, also versetze ich dem mit der Schlange im Kopf einen Stoß, und er stolpert. Er sagt immer noch nichts, steht bloß auf und läuft weiter.

Tony Pavarotti legt dem Ersten die Hand auf die Schulter, um ihn hinunterzudrücken, aber sie gehen beide sofort in die Knie, schließen die Augen und flüstern etwas, das nach Gebeten klingt. Als der Mann mit der Schlange im Kopf die Augen aufmacht, sind sie feucht, und er nickt wieder, wie um zu sagen, Tu es, tu es jetzt, ich kann nicht länger

Shadow Dancin'

warten. Tony Pavarotti stellt sich hinter sie und erschießt sie beide rasch hintereinander. Noch der härteste Gunman heult wie ein Baby, wenn es ihm ans Leben geht, aber diese beiden sind ganz still. Ich frage mich, wie sie dermaßen auf den Hund kommen konnten, dass sie so zum Sterben bereit sind. Duppy in blauen Flammen am Arsch. Ich frage mich, was mich mitten in der Nacht aufwecken wird.

Am Abend holen wir die beiden anderen. Die Zeit kommt und geht, sie rennt, und ich weiß, dass sie mich abhängen wird, aber ich will verdammt sein. Ich will verdammt sein, wenn Josey das mit sich machen lässt. Er wird die Zeit überholen und sagen, Guck mal, Pussyhole, ich war vor dir da, ich habe dich geschlagen, so wie du mich 1966 geschlagen hast. Er überlässt das alles mir, weil ihm der Sänger immer noch scheißegal ist. Josey trifft sich regelmäßig mit dem Kubaner, der wieder da ist, auch wenn er selbst mit all seinen Bomben und seinem ganzen Dynamit der JLP 1976 nicht zum Sieg verhelfen konnte.

Many more will have to suffer. Many more will have to die. Als Babylon gekommen ist, um mich aus dem Weg zu räumen, damit ich nicht verhindern konnte, dass sie den Sänger erschießen, ist Babylon auch hinter Shotta Sherrif her gewesen. Auf beiden Seiten glauben die Leute allmählich, dass wir, die Dons der Dons, nicht mehr gebraucht werden. Sperr Hund und Katze zusammen und bring einfach nur einen Eimer für das Blut mit. Sie glauben, wenn sie uns alle, die Männer aus Copenhagen City und die aus den Eight Lanes, zusammen in ein Gefängnis stecken und den Schlüssel wegschmeißen, dann bringen wir uns früher oder später gegenseitig um. Aber etwas ist im Gefängnis gestorben, etwas ist wirklich gestorben.

Am ersten Tag umkreisen wir einander wie Löwe und Tiger, die im selben Dschungel feststecken. Ich sitze in einer Zelle auf der Ostseite und habe loyale und zu allem bereite Männer um mich herum, weil zu jeder Zeit eine ordentliche Menge Leute aus dem Getto im Knast sitzen. Shotta Sherrif sitzt mit denen, die ihm gegenüber loyal sind, im Westen. Beide werden wir darüber auf dem Laufenden gehalten, wo der andere gerade ist und was er gerade so treibt, und niemand geht schlafen, ohne dass mindestens zwei Augen wachen. Es dauert nicht lange, bis einer einen Plan ausheckt. Einer von meiner Seite handelt auf eigene Faust und versucht, einen von Shottas Männern abzuste-chen. Shotta Sherrif lässt mir ausrichten, dass er im Gegenzug einen von meinen Männern aus dem Verkehr ziehen wird. Ich lasse ihm aus-richten, ich hätte ihn nicht angegriffen, warum sollte er mich jetzt an-greifen? Er lässt mir ausrichten, dass einer von meinen Leuten ein Besteckmesser herausgeholt und beim Hofgang einem anderen eine Narbe ins Gesicht geritzt hat, genau da, wo man einen Telefonhörer hinhalten würde. Ich lasse Shotta Sherrif ausrichten, er soll mir den Namen des Mannes sagen.

Treetop. Das ist der Name, den er mir gesagt hat. Beim nächsten Hofgang gehe ich selbst zu Treetop hinüber und sage, Mein Junge, ich habe dich schon lange dafür vorgesehen, in der Rangordnung nach oben zu steigen; lass mich mal dein Messer sehen.

— Sicher, Papa, warum nicht, sagt er.

— Du musst mir zeigen, was du draufhast, indem du eins von den PNP-Pussyholes aufschlitzt, sage ich, während ich sein Messer in der Hand halte und prüfe, wie scharf es ist.

— Papa, sagt er, ich bin schon einen Schritt weiter. Am Dienstag habe ich schon einem eine Narbe verpasst. Soll ich mich um Shotta Sherrif kümmern?

— Du bist ja ganz schön eifrig, hm? Nein, mein Junge, das brauchst du nicht, aber merk dir das hier, sage ich und stoße ihm das Messer in die Kehle und den Rachen hinauf. Dann stoße ich es ihm noch drei Mal seitlich in den Hals, während meine Männer eine Mauer um uns herum bilden. Dann gehen wir alle auseinander und lassen das kleine Pussyhole auf dem Boden liegen, wo es Blut verspritzt und zuckt wie ein kopfloses Huhn.

Später lässt Shotta Sherrif mir ausrichten, es wäre wirklich an der Zeit, dass wir miteinander reden. Wenn Hund und Katze sich gegen-seitig umbringen, ist Babylon der Gewinner. Ich nehme sein Reaso-ning auf und spinne es weiter. Babylon ist ein Land, Babylon ist ein Shitstem, Babylon unterdrückt uns alle, und Babylon hat die Polizei in der Tasche. Babylon ist es leid zu warten, also steckt es den obersten

Hund und die oberste Katze zusammen in den Knast, damit sie sich gegenseitig schnell töten, aber im Knast entsteht ein anderer Vibe. Ein positiver Vibe.

Danach spielen Shotta Sherrif und ich ständig zusammen Domino, während Babylon außen vor bleibt und nur die Polizisten als Augen und Ohren hat. Ich höre mir sein Reasoning an, er hört sich meines an, und zusammen entwickeln wir ein neues Reasoning. Ich werde als Erster entlassen, und im Januar setzen sie auch Shotta Sherrif auf freien Fuß. Als Allererstes trifft er sich mit mir. An diesem Abend des 9. Januar 1978 legen meine Leute und seine Leute die Waffen nieder, zünden Kerzen an und fangen an zu singen, *We ain't gonna study war no more*. An diesem Abend bringt Jacob Miller einen neuen Song raus, einen Natty-Knaller, einen Hit mit dem Titel »Peace Treaty Special«, der direkt auf Platz eins geht. Positive Vibes. Aber merkt euch das, ihr freundlichen und anständigen Leute, man begibt sich in jede Situation mit einer Spritze und einer Pistole. Manche Dinge heilt man, und manche knallt man ab.

Denn seht nur, ihr freundlichen und anständigen Leute: Dies sind Babylons jüngste Schachzüge. Am 5. Januar, vier Tage bevor wir die Kerzen anzünden und singen. Ich bin gut drauf, weil das Jahr so jung ist und einen noch nicht mit seiner Schwere erdrückt. Aber die Wang Gang beginnt das neue Jahr ohne Waffen. Verrückt wie Scheiße, die Wang Gang, eine Idee von Peter Nasser, die er nicht mehr unter Kontrolle hatte, als sie einmal aus Copenhagen City raus war. Ja, sie sind immer noch da und nehmen immer noch keine Befehle von Leuten wie mir oder selbst Josey entgegen. Aber Ende 1977 hat die Wang Gang keine Gewehre, weil selbst Peter Nasser begriffen hat, dass man Männern, die man nicht unter Kontrolle hat, keine Waffen geben darf. Jemand hat ihnen gesagt, wenn sie versprechen, damit ein paar PNP-Jungs in zwei der Eight Lanes niederzumähen und die Mitte zu schwächen, dann kann die Wang Gang eine Waffenlieferung behalten, die wie durch Zauberhand bei einer alten Bucht in St. Catherine erscheinen soll.

Dieser Jemand würde einfach einen Kofferraum voller Waffen dort stehen lassen, und sie müssten sie sich nur holen und auf PNP-Gebiet ein bisschen Stunk machen, dann könnten sie sie hinterher behalten. Wie üblich holt die Wang Gang keinen Rat ein. Stattdessen malen sie sich wer weiß was aus, weil dieser Jemand, der ihnen das Angebot gemacht hat, Verbindungen zum Militär hat. Ihnen werden sogar richtige Jobs in der Werft in Aussicht gestellt, hauptsächlich als Wachtposten, wofür sie die Waffen auch gut gebrauchen könnten. In Jamdown gibt es nichts umsonst, aber die Gang besiegelt den Deal, und frühmorgens kommen zwei Sanitätswagen der Armee in die Wang Sang Lands gefahren und nehmen vierzehn Jungs mit.

Zwei Krankenwagen fahren mit ihnen über West Kingston in Richtung Osten, an Port Henderson vorbei, über die Brücke, an den vier Stränden von Portmore entlang und auf die hügelige Klippe hinauf. Als sie in Green Bay ankommen, sagen die Fahrer zu ihnen, sie sollen aus den Krankenwagen steigen und dort warten. Ein anderer Transporter kommt gleich mit den Waffen – keiner von ihnen erinnert sich daran, dass der Armeetyp gesagt hatte, dass ein Pkw kommen würde und kein Transporter. Die Jungs sehen und warten. Ein Soldat kommt zu ihnen herauf und redet mit dem Jungen, der das Kommando hat. Der Soldat und er gehen in ein Gebüsch, als die anderen Jungen einen einzelnen Schuss hören, wie der Startschuss zu einem Rennen. Und dann: Hataclaps.

Die Streitkräfte, die auf sie zukommen, eröffnen schon von Weitem das Feuer. Soldaten stürmen auf die Jungs los und schießen mit Maschinengewehren, während ein großes Geschütz, das im Gebüsch versteckt war, herausgeschoben wird und Ratatatatatatatat macht wie im Krieg. Die Jungen, die noch wegrennen können, rennen in andere Soldaten hinein, der Kopf von einem Jungen platzt, und er kippt um, einer rennt mitten durch die Dornenbüsche, die ihm die Haut herunterreißen, bevor er das Meer erreicht. Fünf werden erschossen, noch mehr werden verletzt, und einer oder zwei springen ins Meer und werden von Fischern gerettet. Der Rest verstreut sich in alle Windrichtungen. Im Fernsehen sagen die Soldaten, die Jungen wären mitten in eine ihrer abendlichen Schießübungen geraten. Der Minister spricht im Fernsehen und im Radio, er sagt: »In Green Bay sind keine

Heiligen gestorben.« Drei Tage vor dem Konzert protestieren wir auf der Straße, weil die Leute im Getto immer noch im selben Raum essen, in dem sie scheißen, als die Babylon-Polizei zuschlägt und drei Menschen tötet, darunter eine Frau. Wieder derselbe Minister: »Wenn dieses Jahr auch nur ein Polizist getötet wird, werden wir die Täter jagen wie Hunde.«

Many more will have to suffer. Many more will have to die. In meiner ersten Woche im Gefängnis verprügelt mich Babylon rund um die Uhr. Sie wollen keine Informationen, sie wollen mich nicht zum Spitzel machen. Sie wollen mir nur abwechselnd zeigen, wer von ihnen der Oberboss ist. Die Polizisten kommen nie einzeln, nicht mehr seit der erste allein gekommen ist und ich ihm mit einem einzigen Tritt die Eier direkt ins Hirn geschossen habe. Danach kommen sie nur noch zu zweit, zu dritt, einmal sogar zu viert. Es ist, als hätten sie einen Wettbewerb am Laufen: Wer mich zuerst zum Heulen bringt, hat gewonnen. Die ersten drei, ich habe mir ihre Namen gemerkt, Watson, Grant und Nevis, hätten sich beinahe mitten in der Nacht hereingeschlichen. Aber als ich das Tor zuschlagen höre, stürzen sie sich mit ihren Schlagstöcken auf mich. Das ist dafür, was du mit Roderick gemacht hast, sagt einer. Und für seine Witwe. Dann wird euch ja klar sein, dass sich auch jemand um euch kümmern wird, wenn ihr mich umbringt, sage ich und spucke einen Backenzahn aus. Der war bestimmt sowieso schwarz vor Karies. Danach kommen eine Woche lang fast jede Nacht neue Polizisten, immer mit einem der ersten drei als Reiseleiter.

In der letzten Nacht kommen sie dann zu viert, und zwei von ihnen drücken mich mit dem Gesicht auf den Boden, der nach meiner eigenen Pisse stinkt. Sie falten ein Handtuch zusammen und legen ein Stück Seife hinein. Dann prügeln sie damit abwechselnd auf meinen Rücken ein und singen dabei eins und zwei und drei und vier. Ich habe die Scheiße langsam satt, also sage ich Grant und Nevis, sie sollen mich in Ruhe lassen, bevor ich ernsthaft sauer werde. Sie sind schockiert, weil ich ihre Namen kenne, aber das lässt sie nur noch fester auf mich einschlagen. Zwei Tage später beantragen beide ein paar Tage Urlaub. Grants Frau wird auf dem linken Auge vielleicht nie mehr sehen können, und Nevis' Sohn hat einen gebrochenen Arm und ein gebrochenes Bein. Nevis kommt in meine Zelle, um mir zu sagen, dass er mich eigenhändig umbringen wird. Ich sage ihm, das mit seinem Sohn würde mir wirklich leidtun, aber er müsste jetzt besonders gut aufpassen, dass das Jungfernhäutchen seiner dreizehnjährigen Tochter nicht vom Falschen zum Platzen gebracht wird. Immer wieder lustig, wenn ein Schwarzer weiß um die Nasenspitze wird. Als sie mich endlich in den Gemeinschaftsbereich lassen, wo meine Leute mich erwarten, machen alle um mich herum düstere Gesichter und schweigen. Zuerst denke ich, dass sie das mit Nevis' Sohn gehört haben und finden, dass ich zu weit gegangen bin, oder dass sie mir nur den notwendigen Respekt zollen. Aber dann nehme ich einem von ihnen eine Zeitung aus der Hand, und auf der Titelseite ist der Sänger.

Abend. Pavarotti und ich sind spät dran. Ich habe keine Uhr, aber ich kann die Zeit gut schätzen. Das konnte ich schon als Junge. Außerdem hat mir mein Großvater beigebracht, wie man die Uhrzeit nach Art eines Colon-Man bestimmt. Aber Moment mal, das war gar nicht mein Großvater, im Getto hat niemand einen Großvater. Das war nur ein alter Mann, der das Pech hatte, als Einziger im Getto alt geworden zu sein, und immer den Colon-Song sang. *One two three four Colon man a come. One two three four Colon man a come. One two three four Colon man a come, with him brass chain ah lick him belly bam bam. Ask him the time and him look up in the sun with him brass chain a lick him belly bam bam.*

Pavarotti schaut mich erstaunt an – ich hatte gar nicht gemerkt, dass ich laut vor mich hin singe. Es ist also Abend, vielleicht halb acht, aber wir sind am Meer, und die untergehende Sonne wird durch nichts verdeckt. Tony Pavarotti fährt langsam, und ich sage ihm auch nicht, dass er schneller fahren soll, und die Discomusik füllt die Stille zwischen uns aus, sodass wir uns nicht unterhalten müssen. Zuerst dachte ich, es wäre ein Battyboy-Vibe, aber dann kommt der Text. »Shadow Dancing« trifft es gut. Unser Schattentanz beginnt, sobald das Licht erlischt. Was im Dunkel geschieht, kann niemals wieder ans Licht kommen.

Friedlich fahren wir am Meer entlang, und ich denke daran, wie das zweite Friedenskonzert in England aus der Taufe gehoben wurde. Denn 1977 gab es nichts als Krieg. Das Konzert rief nach *one love*, einer Liebe, und wir verlangten zwei Dollar für die »Togetherness«-Area, fünf Dollar für die »Love«-Area und acht Dollar für die »Peace«-Area; so mussten die reichen, sonnenverbrannten weißen Männer und Frauen keine Angst haben, wenn sie kommen wollten, aber sie würden ja sowieso nicht kommen. Sonnenverbrannte Weiße wollen keinen Frieden, sie wollen, dass Jamaika der einundfünfzigste US-Bundesstaat wird, Scheiße noch mal, sie würden sich schon mit einer Kolonie zufriedengeben.

Wir veranstalten das Konzert, weil es an manchen Orten, egal ob du grün oder orange bist, immer noch keine Toiletten gibt und manche Pickneys durch dick und dünn gehen und angeschossen werden, nur um letzten Endes an einem Glas Wasser zu sterben. Wir veranstalten das Konzert, weil jeder Dritte arbeitslos ist, und zwar nicht nur im Getto. Wir veranstalten das Konzert, weil Babylon hinter uns allen her ist. Der Sänger ist zurückgekommen, aber er hat sich verändert. Hat er dich früher schon umarmt, bevor er dich überhaupt richtig gesehen hat, wartet er jetzt eine oder zwei Sekunden und nickt oder fasst sich ans Kinn und lächelt. Hat er früher einen Satz beendet, den du angefangen hast, wartet er jetzt darauf, dass du ihn selbst beendest, guckt durch dich hindurch und schweigt. Versteht mich richtig, mit dem, was im Dezember 1976 passiert ist, hatte ich nichts zu tun, aber ich weiß, dass er jetzt mit einem offenen Auge schläft und dass dieses Auge manchmal auf mich gerichtet ist. Tony Pavarotti und ich lassen das Meer hinter uns und fahren in Richtung McGregor Gully.

Das Konzert. Bei dem Friedenskonzert von 1976 konnte ich nicht dabei sein. Aber den Krieg direkt danach, den habe ich erlebt. Am 22. April bin ich also auf diesem Konzert. Ich stehe auf der Bühne. Ich sehe zu, wie Seaga und Manley über dem Kopf des Sängers mit den Armen ein Dach bilden. Die Leute suchen immer nach Zeichen und Wundern, aber Zeichen bedeuten nichts, und an Wundern ist nichts Wunderbares. Wen ich nie vergessen werde, ist Tosh. Zuerst dachte ich, er ist nur gekommen, um uns das Konzert kaputt zu machen. Der Mann hatte irgendetwas an sich, das mich provoziert hat, bis ich ihn besser verstanden habe. Und selbst als ich ihn verstanden habe und das Gefühl hatte, wir kommen gut miteinander klar, war er immer noch ein kleiner Kaputtnik, vielleicht weil er derjenige von den dreien ist, mit dem Babylon und vor allem die Babylon-Polizei am schlimmsten umgesprungen ist. Nur einen Monat vor der Rückkehr des Sängers hat ein Zollbeamter Tosh am Flughafen herausgewinkt und ihn lange festgehalten. Folgendes hat der Zollbeamte ihm ins Ohr geflüstert: *Ich suche nur nach einem Grund, dich zu erschießen.* Ich wollte eigentlich gar nicht, dass er kommt, weil einer wie er nie die positiven Vibes spürt. Der Sänger war es, der ihn unbedingt dabeihaben wollte und ihn überredet hat zu kommen. Aus Familienangelegenheiten halte ich mich grundsätzlich raus. Fast einen Monat ist das jetzt her, und Tosh ist immer noch derjenige, der mir am ehesten im Gedächtnis geblieben ist. Tosh war es, der dafür gesorgt hat, dass es niemand je vergisst. Direkt vor dem Konzert hat er gesagt, er spielt *kein bombocloth Konzert, weil jeder, der mit diesem Konzert zu tun hat, sterben wird.* Der Mann kommt am immer noch warmen Abend auf die Bühne, von Kopf bis Fuß in Schwarz gekleidet wie eine Amtsperson, als würde der CIA für die Rastas arbeiten. Das Erste, was er macht, ist, den Leuten zu sagen, sie sollen die bombocloth Kameras ausmachen. *Der Klang und die Macht des Wortes sind es, die die Mauern der Unterdrückung einreißen, die Sünde vertreiben und für Gleichheit sorgen. Das herrschende System oder Shitstem besteht in diesem Land seit langer Zeit. Vierhundert Jahre, und dieselbe Plantagenbesitzermentalität und dieselbe Unterlegenheit der Schwarzen und Überlegenheit der Braunen und Überlegenheit der Weißen beherrschen dieses kleine schwarze Land seit langer Zeit. Nun, I-and-I bringen Erdbeben und Blitz und Donner mit, um diese Mauern der Unterdrückung einzureißen, die Sünde auszutreiben und die Gleichheit zwischen demütigen schwarzen Menschen herzustellen.*

Ich machte Augen wie ein kleiner Junge, der zum ersten Mal einen Erschossenen sieht. Bei all den Rastaman-Vibes, die mir im Kopf herumgingen, hatte ich nie über die Schwarzen nachgedacht, nicht einmal, wenn ich an noch existierenden Plantagen vorbeigefahren war. Das Letzte, was er sagte, war,

Wenn ihr in den Himmel wollt, ist das eure Sache, ich werde eine Milliarde Jahre hier sein.

Mick Jagger stolziert herum wie ein betrunkener Ziegenbock, guckt zu wie ein stolzer Vater. Tony Pavarotti und ich fahren die Straße entlang. Wie viele Minuten fehlen mir? Ich fühle mich so, wie wenn man einschläft und wieder aufwacht und das Flugzeug immer noch in der Luft ist. Tony Pavarotti schweigt.

— Sind wir schon nach McGregor Gully abgebogen?

Er nickt, als es mir auch gerade wieder einfällt. Vielleicht bin ich einfach nur müde. Die Dinge richtig zu machen ist harte Arbeit. Anstrengender als Verbrechen. In McGregor Gully stinkt es immer nach Scheiße und ausgelaufenen Chemikalien. Hier wohnen zwar Leute, aber ich habe ihnen vor zwei Tagen ausrichten lassen, dass sie sich lieber aus dem Staub machen sollen, wenn wir kommen. Sie können wiederkommen, wenn wir weg sind.

Die Polizei würde keinen von ihnen finden, aber ich mit Sicherheit schon. Zwei Jahre habe ich nichts getan, nur abgewartet. Habe ihnen zugesehen, wie sie sich wie Pussyholes verkrochen haben, während ich darauf wartete, dass der Sänger zurückkam, um sich gründlich mit ihnen zu beschäftigen. Einer hatte sich in Jungle versteckt, und das war die Schuld einer Mutter. Die verdammten Mütter und ihre verdammte Mutterliebe. Es gibt jede Menge Frauenmörder, die keinen Muttertag vergessen. Diese Mama hat also ihren Sohn über ein Jahr lang in ihrem Schrank versteckt, bis es sogar ihr zu blöd wurde. Sitzt Leggo Beast tatsächlich über ein Jahr lang mit Brot und Kakerlaken und Käse und Mäusen im Schrank. Kommt nur nachts raus, als wäre er Graf Dracula. Keiner hat dem kleinen Pussyhole gesagt, dass man nicht so blöd sein sollte, seine Mutter zum Kokskaufen loszuschicken, wenn man sich schon in aller Öffentlichkeit versteckt. Josey war es, der mir den Tipp gegeben hat.

Viertel vor acht am Morgen. Babylon schläft noch, so wie es immer schläft, wenn die Gerechtigkeit am Zug ist. Ich lasse bekannt geben,

Papa-Lo   435 dass es an der Zeit ist, mit diesem kleinen Pussyhole abzurechnen. Dieser verdammte Idiot. Ich schicke zwei Männer rein, um ihn aus dem Schrank zu zerren und zusammen mit der Mutter zu mir zu bringen. Ich höre sie schreien, dass niemand da ist, obwohl sie keiner was gefragt hat. Meine Güte, Frauen können so bekloppt sein. Als sie den Jungen und seine Mutter zu mir bringen, bis an mein Tor, kneift der Junge vor dem Sonnenlicht die Augen zusammen, und seine Haut ist vom Kopf bis zu den Zehenspitzen weiß. Keiner von den beiden soll mein Grundstück mit seiner Anwesenheit entweihen, also komme ich raus auf die Straße. Die Mutter heult, Nehmt mir nicht meinen Jungen weg, nehmt mir nicht meinen Jungen weg. Ich habe den beiden nichts zu sagen. Aber der Junge soll erfahren, welchen Preis es hatte, was er getan hat, und wie er ihn bezahlen wird. In dem Jahr im Schrank ist er kein Stück gewachsen. Er ist nur Haut und Knochen, und er guckt mich ganz verschlagen an, wie eine Echse, und starrt dann wieder auf den Boden. Das soll also der Junge sein, den sie Leggo Beast nennen. Ich sehe mir sein ärmelloses Netzhemd und seine kurzen Jeans an, die zu weit oben abgeschnitten sind, und den Schorf auf seiner rechten Schulter. Leggo Beast guckt mich wieder an, und ich taxiere ihn, mache eine schön harte Faust und schlage der Mutter mit voller Kraft ins Gesicht.

Sie taumelt rückwärts, und er brüllt los. Ich packe sie vorn an ihrem Kleid, bevor sie zu weit zurücktaumeln kann, und haue ihr noch ein, zwei, drei Mal ins Gesicht. Ihre Lippe platzt auf wie eine Tomate, ihre Knie geben nach, und ich lasse sie auf die Straße sinken. Ich öffne die Faust und schlage ihr mit der flachen Hand auf die rechte Wange, dann auf die linke, dann wieder auf die rechte, dann auf die linke. Leggo Beast schreit nach seiner Mutter, ich zeige mit einem Finger auf ihn, und einer meiner Leute haut ihm mit dem Griff seiner Pistole in die Eier. Leute kommen heran und gaffen. Sollen sie zugucken. Sollen sie sich daran erinnern, wie Bestrafung auf Papa-Lo-Art funktioniert. Ich schlage ihr wieder ins Gesicht, links, rechts, links. Eine Frau schreit, Papa, sei gnädig mit ihr, und ich lasse die Scheißkuh los, gehe zu dem Mann mit der Pistole hinüber und nehme sie ihm ab. Ich gehe genau auf die Frau zu, richte die Pistole auf ihre Stirn und sage, Du willst Gnade? Ich gebe dir bombocloth Gnade, wenn du willst. Ich bin gnädig mit ihr, wenn du ihre Strafe auf dich nimmst. Die Frau weicht zurück.

Ich gehe zu der Frau zurück und trete sie zweimal. Dann nehme ich ihre linke Hand und schleife sie auf dem Rücken bis zu ihrem Garten, während die Leute uns folgen. Der Junge schreit nach seiner Mutter. Sie bewegt sich nicht, also sage ich einer Frau, sie soll sofort einen bombocloth Eimer voll Wasser bringen. Sie rennt und kommt gleich mit einem Eimer zurück. Ich schütte das Wasser über die Frau, und sie schüttelt den Kopf und hustet und schreit. Ich packe sie bei den Haaren und hebe ihren Kopf an, damit sie mir ins Gesicht sieht.

— Du hast eine halbe Stunde, um abzuhauen, kapiert? Und ich will dich nie wieder sehen, riechen oder hören, kapiert? Wenn ich dich noch ein einziges Mal sehe, bringe ich dich, deinen Bruder, deine Mutter und deinen Vater und all deine anderen Kinder um, kapiert? In einer halben Stunde bist du aus meinem bombocloth Gebiet verschwunden, oder du kannst zugucken, wie ich ihn verdammt noch mal umbringe.

Dann drehe ich mich zu den Leuten.

— Folgendes: Wenn ihr auch nur einer von euch hilft, wenn einer von euch auch nur ein Wort mit dieser Kuh spricht, dann kann er mal sehen, wie schnell ich ihn gleich mit zum Teufel jage.

Ich stecke den verdammten Jungen mit den anderen, die auf den Sänger geschossen haben, in eine Zelle. Einer von denen ist schon verrückt geworden, er redet mit sich selbst und scheißt sich in die Hose, während er von dem Radio in seinem Kopf erzählt, das nicht glauben will, dass es tot ist. Er quatscht Tag und Nacht, und am Morgen erzählt er, wie der nackte, von blauen Flammen umhüllte Geist mit den langen Haifischzähnen die ganze Nacht lang von seinem Fleisch gefressen hat und ihm den Mund zugehalten hat, damit er nicht schreit. Und als der Geist genug gefressen hat, reißt er einfach den Schlund auf und überzieht sein Gesicht mit Spucke, so dick wie Wackelpudding. Pussyhole, sage ich, weißt du, warum dein Lebensfaden bald abgeschnitten wird? Und er sagt nur, Jah sei gepriesen, Jah sei gepriesen, Jah sei gepriesen.

Um fünfzehn Uhr sage ich den Leuten vor dem Haus der Mutter, sie sollen alles herausholen und es auf der Straße verbrennen. Im Gefängnis bettelt und fleht und wimmert und heult Leggo Beast und sagt, Josey Wales hätte ihn angeheuert, und der Weiße, der sie ausgebildet hätte, wäre von der CIA gewesen. Ein CIA-Mann, der eine braune Hose und sogar nachts eine Sonnenbrille trug, hätte sie in das Buschland oben bei St. Mary gebracht, *es muss St. Mary gewesen sein, weil wir nach Osten und dann rauf in die Hügel gefahren sind, und da hat er uns gezeigt, wie man ein M16 und ein M9 lädt und entsichert. Den Lauf dorthin richten, wo niemand verletzt werden kann. Den Verschluss spannen und das Gewehr öffnen, nein, das Gewehr spannen und den Verschluss öffnen. Den Ladehebel wieder nach vorn schieben. Den Schieber links auf Sicherung bewegen – nein, den Sicherungsschieber nach links bewegen. Überprüfen, ob die Kammer leer ist. Das Magazin einsetzen und nach oben schieben, bis die Arretierung einrastet und es in Position hält. Auf den Boden des Magazins klopfen, um sicherzugehen, dass es festsitzt. Auf das obere Ende des Verschlusses drücken, um den Verschluss zu lösen. Auf den Verschlussdrücker klopfen, um sicherzugehen, dass sich der Verschluss in der vorderen Position befindet und vollständig eingerastet ist. Der, der wie Speedy Gonzales spricht, hat uns gezeigt, was man mit C4-Sprengstoff macht, weißt du? Du formst das Zeug wie Knetmasse, ja? So, und dann steckst du diesen Draht in die Knete, das mechanische Dingsbums, die Sprengkapsel, und dann nimmst du eine lange Drahtspule und lässt es explodieren, und es macht klick und bumm, hombre. Und weil sie mir Kokain und Heroin gegeben haben, will ich Leute umbringen und Frauen, Männer, Hunde ficken, aber auf Heroin kriegst du keinen Ständer, auch wenn du unbedingt eine Braut besteigen willst. Eines Abends haben sie uns in einem Raum eingeschlossen und uns schwitzen lassen, weil ihr Scheiß-Jamaikaner keinen Antrieb habt, keine Seele, keinen Durchhaltewillen, ihr seid ganz anders als die Bolivianer oder die Scheiß-Paraguayer, die innerhalb von zwei Wochen mehr gelernt haben als ihr beschissenen Volltrottel in zwei Jahren. Und der*

Shadow Dancin'

Jamaikaner, der in der dritten Woche mit zwei Koffern in Tarnfleckmuster aus Wilmington heruntergeflogen kam, hat den Weißen an der Schulter berührt und gesagt, Easy, Partner, komm mal runter, Bruder, so eine Revolution braucht ihre Zeit, während er mit Josey und Speedy Gonzales weggegangen ist, der nur Englisch redet, wenn wir wissen sollen, dass er immer noch sauer ist wegen der Schweine in der Bucht. Josey redet mit ihm Spanisch. Ja, er kann Spanisch, ehrlich, ich habe es ehrlich gehört. Glaub ihm nicht, was er sagt, wir haben es alle gehört. Und wir werden einen Monat lang ausgebildet, Tag und Nacht in Soldatenuniform, und eines Abends kommt Josey rein und schießt einem Jungen einfach so in den Kopf, nur weil der gesagt hat, er mag nicht mehr. Josey geht mit Speedy Gonzales weg, und die beiden diskutieren lange miteinander. Als sie nach Mitternacht fertig sind, gehen wir zum Kai, um einen Karren zu holen, der mit noch mehr Waffen beladen ist, auch so welchen, wie ich sie jetzt hier bei dir sehe, Papa. Du hast auch Waffen aus dieser Lieferung. Und der weiße Mann sagt, Ihr Jungs seid das Einzige, was Jamaika vor dem Chaos rettet, also müsst ihr Gottes Werk vollbringen. Rettet die Ordnung vor dem Chaos. Rettet die Ordnung vor dem Chaos.

Rettet die Ordnung vor dem Chaos.

Rettet die Ordnung vor dem Chaos.

Rettet die Ordnung vor dem Chaos.

Rettet die Ordnung vor dem Chaos.

Rettet die Ordnung vor dem Chaos.

Tony Pavarotti zieht ihm mit seiner Pistole eins über den Schädel.

Als sie mir zum ersten Mal Kokain gegeben haben, haben sie mich zu einem Mann gemacht, der nicht mehr ohne kann, bei Jah, für nur eine Line würde ich mein Battyhole aufmachen und es von einem Weißen ficken lassen. Bei Jah. Erzähl das den Geschworenen, sage ich zu ihm, damit er aufhört, diese Battyboy-Scheiße zu reden, aber ich merke, wie sehr es mich beschäftigt. Die Hälfte von dem, was aus seinem Mund kommt, nicht nur, was er sagt, sondern auch, wie er es sagt, hat nichts mit Copenhagen City zu tun.

Dieses CIA-Business – Blödsinn, vor allem wo ich doch die ganzen Weißen sehe, die mit Peter Nasser herkommen, und keiner von ihnen sagt, dass er zur CIA gehört. Aber diese Art von Lüge kommt mir so vor, als hätten sie nicht die geistigen Fähigkeiten, sich so etwas auszudenken. Es ist so, wie wenn ein kleiner Junge den Mund aufmacht, aber das, was herauskommt, klingt nach dem, was im Fernsehen läuft. Das gibt mir zu denken, denn schließlich hat der Sänger gesungen, dass Rastas nicht für die CIA arbeiten. Ich weiß über die CIA nur, dass sie aus Amerika kommt und eher für die JLP als für die PNP ist, weil der Kommunismus in Kuba so schlimm ist, dass die Mütter schon ihre Babys töten.

Aber warum sollte die CIA das so ernst nehmen, dass sie ihn umbringen wollen? Er ist schließlich kein Politiker und hat keine Regierung hinter sich. Warum schicken sie nicht James Bond oder irgendeinen von ihren Geheimagenten statt diese drei ignoranten Deppen aus dem Getto? Ich frage Josey Wales, was zum Geier sie da reden, und er fragt mich, ob ich zu blöd bin, um zu begreifen, dass ein Junge, der am Ertrinken ist, nach jedem Strohhalm greift, was genauso gut ich hätte sagen können, und dann fährt er einfach weg, als wäre das alles Kinderkram, für den er zu alt ist. Ich beschließe, darüber hinwegzusehen, dass er mich gerade blöd genannt hat, als wäre ich nicht derjenige gewesen, der ihn 1966 eigenhändig aus der Scheiße gezogen hätte. Und dass er schon immer einen auf dicke Hose gemacht hat, aber in letzter Zeit mir gegenüber die Klappe ein bisschen sehr weit aufreißt, so als würde ich mich nicht trauen, diesen halbchinesischen Bastard wieder auf die richtige Größe zurechtzustutzen. Ich sehe ihn an und denke es, aber ich sage es nicht. Ich frage mich, woher ich wissen soll, dass er wirklich nichts mit der Schießerei am Hut hatte, wo doch so viele sagen, er hätte was damit zu tun gehabt, und er sagt, Brethren, wenn ich wirklich vorgehabt hätte, den Sänger umzubringen, wäre das Pussyhole schon längst tot.

Ich weiß nicht, ob ich ihm glauben soll oder nicht. Viele Schwarze haben etwas gegen den Sänger, aber die meisten von denen tragen Hemd und Schlips und arbeiten in der Duke Street. Was mir nicht gefällt, ist dieser neue Gesichtsausdruck, den er hat, und die Art, wie er zwischen den Zähnen hindurchzischt, dass es ihm egal ist, ob ich ihm glaube oder nicht. Ich zerbreche mir den Kopf, um darauf zu kommen, auf das Jahr, den Monat, den Tag, die Stunde, in der dieser Mann angefangen hat, mich zu verdrängen und zu glauben, er wäre härter als ich. Und in der eine ordentliche Anzahl von Rudies im Getto es bemerkt hat. Ich kriege als Letzter mit, dass die Rudies sich nicht mehr Rudies nennen. Sie heißen jetzt Shottas. Und sie sind auch keine Gang mehr, sondern eine Posse. Und sie kriegen Anrufe aus Amerika. Vor ein paar Nächten habe ich Tony Pavarotti mit einer Nachricht für den Sänger und seinen Manager losgeschickt. Wir treffen uns in McGregor Gully, habe ich ihnen ausrichten lassen, und dann werden wir ein für alle Mal für Recht und Ordnung sorgen.

Wir sind mitten in McGregor Gully, so weit drinnen, dass sich der Gestank verändert. Leggo Beast und die beiden anderen sind gefesselt, und der Irre hat einen Knebel im Mund, weil ich sein Gefasel nicht mehr aushalte. Tony Pavarotti tritt ihnen in die Kniekehlen, und sie fallen auf den Boden. Bei Pavarotti stehen noch zwei andere Männer. Auf der anderen Seite drei Frauen und drei Männer, die mir gehorchen. Das Urteil ist ihnen überlassen, die Vollstreckung mir. Dann hören wir, wie zwei Fahrzeuge halten, und sehen die vier Scheinwerfer ausgehen. Meine zwei Männer steigen zuerst aus ihrem Wagen. Der Sänger und der Manager folgen.

Es heißt ja immer, den Menschen soll Gerechtigkeit widerfahren, also geben wir ihnen Gerechtigkeit, auch wenn es auf der Welt nichts als Babylon-Gerechtigkeit gibt, die uns wie Tiere behandelt. McGregor Gully ist ein Loch. Es ist ein Kanal unter dem Getto, durch den das Regenwasser abfließen soll, um eine Sturzflut zu verhindern, aber weil Babylon keine Müllwagen ins Getto schickt, schmeißen die Leute ihren Müll in den Gully, sodass bei Regen dieselben Leute von Wasser, Müll und Scheiße überschwemmt werden. So viel Dreck, dass er sich zu einer Wand aus Müll auftürmt. Zuerst dachte ich, das Gericht würde schnell zu einem Urteil gelangen, nur um wieder aus den ganzen Ratten und der Scheiße herauszukommen, aber diese Männer und Frauen setzen sich auf Steine und Baumstämme und schauen ganz ernst. Ich studiere ihre Gesichter, und sie studieren meins. Den Sänger und seinen Manager sehen sie nicht mal an. Sobald Leggo Beast den Sänger sieht, fängt er an zu flennen und zu brüllen wie besessen, und ich sage Tony Pavarotti, dass er ihn zum Schweigen bringen soll, also zieht er ihm noch mal eins mit dem Pistolengriff über.

— Diese drei Männer sind in die Hope Road gekommen, um einen Mord zu begehen, sage ich.

— Das war ich nicht, Papa, das war ich nicht, das …

— Mach's Loch zu, Junge. Sie wurden dabei gesehen, und wir haben einen Zeugen. Aber ich bin ein wohltätiger Mann. Ich nehme das Gesetz nicht in die eigene Hand. Die Gerichte von Babylon sind für den Arsch, also bilden wir unser eigenes Gericht. Ihr Leute seid das Gericht. Ihr fällt das Urteil; auf diese Weise wird das Urteil vom Volk über das Volk gesprochen, und niemand kann behaupten, Papa-Lo hätte das Unglück über diese Leute gebracht wie der alttestamentarische Gott. Wir machen das ganz vernünftig. In Babylon gibt es keine Gerechtigkeit, meine Damen und Herrschaften. Babylon hat nicht einen Einzigen von ihnen geschnappt, weil Babylon ein anderes Ziel hat. Aber ich sage euch etwas. Ihr hört euch jetzt den Zeugen an, und ihr hört euch die Beschuldigten an, denn auch sie haben das Recht, für sich zu sprechen. Das ist mehr, als sie verdient haben, und mehr, als sie von dem Babylon-Shitstem namens Gun Court zu erwarten hätten. Wenn sie es überhaupt bis in den Gerichtssaal schaffen würden. Die Polizei hätte sie erschossen und getötet, lange bevor sie vor irgendein Gericht gekommen wären. Denn wie wir wissen, gehört der Finger am Abzug Babylon. Sie, Mr. Manager, erzählen Sie uns, was an dem bewussten Abend passiert ist.

— Nun, ich muss zunächst einmal sagen, dass ich einen von ihnen hier sehe. Aber einige von denen, die eine wichtige Rolle gespielt haben, sehe ich nicht. Ich sehe sie überhaupt nicht.

— Wen sehen Sie nicht?

— Er ist nicht hier.

— Wer?

— Aber dieser hier war dabei. Und der da. Und … haltet ihn mal ins Licht. Der auch.

Shadow Dancin'

— Hat der Sänger irgendetwas zu sagen?

— Ich spreche für den Sänger und für mich, weil nur wir beide in der Küche waren.

— Ich verstehe.

— Es ist ganz interessant, was der junge Mann gerade gesagt hat.

— Was hat er gesagt? Sprechen Sie weiter.

— Nun, wahrscheinlich wissen Sie nicht, dass ich als Soldat in der U.S. Army gedient habe. Von 1966 bis 1967. Die Vietnam-Krise war zu der Zeit auf dem Höhepunkt.

— Jimmy Cliff hat einen Song namens »Vietnam« geschrieben.

— Hm? Ja, das mag wohl sein. Jedenfalls weiß ich dadurch genau, wie die CIA funktioniert. Ich weiß, wenn man irgendeinen Botschafter, Berater, Botschaftsmitarbeiter, irgendeinen Weißen im Anzug zu weit von West Kingston entfernt trifft, dann gehört er mit ziemlicher Sicherheit zur CIA. Tatsächlich würde ich an Ihrer Stelle keinem Weißen außerhalb von Negril oder Ocho Rios trauen. An dem fraglichen Tag war ich jedenfalls ...

— Den Tag stellt niemand infrage.

— Das ist eine Redewendung. Es ist ... Nun, jedenfalls war ich zum Zwecke dringend benötigter Entspannung in einem jamaikanischen Etablissement, als ich mich zum Flughafen begeben musste, um geschäftlich nach Miami zu fliegen. Ich kam am Tag darauf zurück, das war was, der 6. Dezember? Ja, ich denke, das müsste stimmen. Also, mal sehen. Zuerst fuhr ich zurück zu diesem Etablissement, um noch etwas zu erledigen. Dann fuhr ich weiter ins House of Chen, um ein Ziegencurry zu essen ...

— Was hat das mit ...

— Ich komme gleich darauf, meine Herren. Und Dame. Damen. Ich fuhr also ins House of Chen am Knutsford Boulevard, um ein gutes Ziegencurry zu essen. Von dort fuhr ich zum Sheraton, um den Geschäftsführer des Plattenlabels abzuholen, doch er war nicht dort. Ich brachte das Auto zurück – es war ein Mietwagen – und fuhr in meinem eigenen Wagen zur Hope Road 56. Ich parke immer unter dem Alkoven, so auch diesmal. Ich hörte die Band proben, also ging ich natürlich hinein, um nach ihm zu sehen, aber er war nicht dort, sondern in der Küche. Ich ging also in die Küche, und da saß er und aß eine Grapefruit. Wie dem auch sei, wir hatten etwas zu besprechen, und, nun ja, ich hatte schon wer weiß wie lange keine Grapefruit mehr gegessen. Ich sagte also, ich hätte gern ein Stück Grapefruit, und er winkte mich zu sich herüber. In dem Moment, als ich danach griff, hörten wir ein Geräusch wie von einem Feuerwerkskörper. Natürlich, meine Herren, meine Dame. Damen. Weil wir uns am Ende des Jahres befanden, schenkte ich dem, was wir beide für Feuerwerk hielten, natürlich keine größere Beachtung. Ich glaube, er sagte etwas wie, Wer knallt denn in meinem Garten mit Feuerwerkskörpern? Etwas in der Art. Aber bevor er den Satz beenden konnte, hörten wir, wie es wieder ratatatatat machte. Plötzlich spürte ich einen Schlag und ein Brennen. Dann noch einmal und noch einmal und so schnell hintereinander, dass es sich beinahe wie ein einziger Schlag anfühlte. Ich begriff nicht einmal, dass ich angeschossen worden war. Man hat nicht das Gefühl, angeschossen worden zu sein, man spürt nur, wie die Beine anfangen zu brennen und dann nachgeben, und fragt sich noch, warum. Ich weiß nur noch, dass ich nach vorn auf ihn kippte, und dann sagte er, Selassie I Jah Rastafari. Es ging alles so schnell. So, so schnell.

— Wenn Sie in den Rücken geschossen wurden, woher wissen Sie dann, wer auf Sie geschossen hat?

— Ich glaube, ich habe das Bewusstsein verloren. Als ich wieder zu mir kam, lag ich noch immer in der Küche. Ich höre die Leute sagen, dass ich erschossen wurde, dass ich tot bin, oder etwas in der Art. Weil sie dachten, ich sei tot, wollte mich niemand aufheben, denn wie Sie wissen, berühren Rastafaris keine Toten. Alle dachten weiterhin, ich sei tot. Die Polizisten warfen mich auf den Rücksitz eines Autos, weil sie dachten, ich sei tot. Im Krankenhaus sagte die Schwester, die mich anschaute, doch tatsächlich: Der ist tot. Sie wollten mich schon zur Leichenhalle rollen, und die ganze Zeit über bekam ich alles mit, was sie über mich sagten, und konnte nichts tun. Stellen Sie sich das einmal vor. Der Herr sei mit den Bahamaern. Dieser Arzt von den Bahamas, der zufällig vorbeikam, sagte, Lassen Sie mich mal sehen, und klärte sie darüber auf, dass ich noch am Leben war. Vier Schüsse, meine Herren. Einer nahe der Wirbelsäule – es ist ein Wunder, dass ich noch laufen kann, den Ärzten in Miami sei Dank. Nun, es war ein Wunder, dass ich mich nicht damit abgefunden habe, was die jamaikanischen Ärzte und Krankenschwestern mir sagten.

— Hat der Sänger hierzu etwas anzumerk...

— Ich spreche auch für den Sänger.

— Weiß er, wer ihn umbringen wollte?

— Selbstverständlich weiß er das. Er kennt einige der Männer persönlich.

— Wer hat den Schuss abgegeben?

— Die Schüsse.

— Die Schüsse. Sieht er die Schützen hier?

— Drei von ihnen, ja. Aber wo sind die anderen?

— Die anderen sind tot.

— Tot?

— Tot.

— Das muss ein Irrtum sein. Ich habe mindestens zwei von ihnen auf dem Friedenskonzert gesehen. Einer hielt sich sogar in der Nähe der Bühne auf.

— Ich weiß nicht, wovon Sie sprechen. Wir haben drei hier, und sie haben alle ein Geständnis abgelegt.

— Selbst der mit dem Knebel im Mund?

— Die anderen beiden haben gesagt, dass er dabei war.

— Sie haben mich gezwungen, Chef!, sagt Leggo Beast. Die und Josey Wales und die CIA haben Pulver benutzt, um mich zu, zu hypnotisieren! Sie haben mir gedroht, dass sie mich umbringen.

— Kann der mit dem Knebel einmal etwas sagen?, fragt der Manager.

— Das ist keine so gute Idee.

— Ich fürchte, ich muss insistieren.

— Insistieren? Was heißt das?

— Das heißt, dass wir beide gehen, wenn wir nicht hören dürfen, was er zu sagen hat.

—Tony, nimm ihm das Ding aus dem Mund.

Tony nimmt ihm den Knebel ab. Der Junge sabbert bloß und starrt in den Abend hinaus, als wäre er blind.

—Was hast du zu sagen, junger Mann? Du. Du Junge. Begreifst du nicht, dass wir dir hier eine Chance geben?

Der dumme, dumme Junge. Er guckt den Manager an und sagt,

—Ich kann direkt durch mich hindurchsehen. Ich kann direkt hindurchsehen, direkt hindurch. Leviticus, Numeri, Deuteronomium.

—Aus diesem Mund kommt nichts Vernünftiges mehr raus, sage ich und bedeute Tony Pavarotti, dass er den Knebel wieder hineinstecken soll.

—Also, haben Sie irgendeinen von denen gesehen?

—Wir haben den gesehen, der da hinten steht, der, der nicht spricht, sagte der Manager.

—Den hat seine Mutter ein Jahr lang versteckt, genau vor unserer Nase.

—Die CIA hat uns gelinkt. Ich kann mich nicht mal an was erinnern. Erst als meine Mutter mir erzählt hat, ich hätte gesagt, dass ich geschossen hätte ... erst da ist es mir wieder eingefallen, und ich kann mich immer noch an nichts erinnern, ich schwöre es bei Jah.

—Einen Moment mal. Ich kenne diesen Jungen. Sie nennen ihn Leggo Beast. Er ist aus Jungle. Nicht weit von dort, wo wir alle aufgewachsen sind. Er ist früher oft dort gewesen, so oft, dass sogar ich ihn erkenne, und ich war nur selten dort.

—Es war die CIA, die CIA und Josey Wales und der andere Mann, der sich nach Jamaika und Amerika anhört, so wie Sie.

—Tony, stopf diesem Pussyhole das Maul. Leggo Beast? Sie haben ihn im Haus gesehen?

—Ein- oder zweimal, nicht im Haus selbst, aber vor dem Tor oder in der Einfahrt; einmal sind wir sogar nach draußen gegangen, um mit ihm und seinen Freunden zu reden.

—Wir?

—Wir. Wir, die Sie hier sehen. Wir sind nach draußen gegangen, um ihn und seinen Freund zu fragen, was sie wollten, aber sie sagten, sie kämen aus Jungle und hätten ein Problem mit dem Freund, nicht mit dem Sänger.

— Ich verstehe. Niemand nähert sich ohne meine Erlaubnis seinem Haus. Wenn sie ihn wegen irgendetwas anbetteln, umso schlimmer.

— Ich glaube nicht, dass es darum ging.

— Das sage ich doch! Wir sind gar nicht wegen ihm gekommen! Wir wollten gar nichts von dem Sänger! Ich war nur wegen dem Freund da. Und Demus auch.

— Tony, habe ich dir nicht gesagt, du sollst ihn zum Schweigen bringen? Wer ist dieser Demus?

— Einer von uns. Genau wie Weeper. Und Jeckle, nein, Heckle. Und Josey.

— Stopf ihm das Maul.

— Josey?, sagt der Manager.

— Das reicht, ich habe genug gehört, sage ich.

— Zeit für weitere Zeugen. Miss Tibbs?

Eine der Frauen springt auf.

— Die Frau ist gleichzeitig Geschworene und Zeugin?, sagt der Manager. Der redet wohl gern. Und lacht, wenn es gar nichts zu lachen gibt.

— Miss Tibbs?, sage ich, und sie steht auf und schaut sich zweimal um, aber ohne den Sänger anzusehen.

— Es war zehn, nein, elf Uhr. Ich hab grad meine Andacht gemacht, den Herrn gepriesen, da guck ich aus dem Fenster und seh einen weißen Datsun, der grad mit quietschenden Reifen hält. Ich seh vier Männer aussteigen, der da hinten war auch dabei. Ja, ich seh's mit meinen eigenen Augen durchs Fenster. Sie steigen aus dem weißen Datsun und rennen in alle Richtungen, wie die Kakerlaken, wenn man's Licht anmacht. Einer fragt den, der hinter Leggo Beast steht, nicht den Verrückten, den da, einer fragt ihn, wo er seine Pistole hat. Und er sagt, er weiß es nicht, er muss sie verloren haben, als sie in der Hope Road losgefahren sind. Ich hab mit meinen eigenen Ohren gehört, wie er Hope Road gesagt hat. Am nächsten Tag verschwindet seine Freundin aus der Gegend, und ich hab sie nie mehr gesehen.

Der Nächste wartet erst gar nicht, bis ich ihn aufrufe. Er steht auf und sagt, Ihr wisst alle, dass ich ein Mann bin, der sich frei durch Copenhagen City und auch durch die Eight Lanes bewegen darf. Ich war derjenige, der zu Shotta Sherrif gegangen ist und zu ihm gesagt hat, diese Männer, die auf den Sänger geschossen haben, für die ist keiner in Copenhagen City verantwortlich. Niemals hätte Papa-Lo so eine Scheiße ...

— Achte auf deine Ausdrucksweise.

— Niemals hätte Papa-Lo so was erlaubt, wollte ich sagen. Also, Shotta, sage ich zu ihm, du weißt doch, dass die nicht mehr auf JLP-Gebiet sind. Also musst du in deinem eigenen Gebiet und dahinter suchen und sie ausfindig machen. Die haben dann den Verrückten gefunden, draußen in St. Thomas hatte er sich im Gebüsch versteckt. Seine Kanone hatte er in der Unterhose stecken. Ich habe Shottas Männer gefragt, wie sie ihn gefunden haben, und sie haben gesagt, die Polizei hat gewusst, wo er ist, weil er in einen Minibus gesprungen und aus der Stadt gefahren ist.

— Was ist mit dem, der höchstpersönlich auf ihn geschossen hat? Dem Gangster, der auch auf mich geschossen hat?

— Der ist tot, sage ich Ihnen.

— Der Mann, der viermal auf mich geschossen hat?

— Tot.

— Da muss ich entschieden widersprechen. Er war auf dem Kon... Der Sänger berührt seinen Manager an der Schulter.

— Ah. Verstehe. Nun, vielleicht ist das Beste so. Gut, fahren Sie fort.

Der Manager schweigt. Ich habe gedacht, der Sänger wollte etwas sagen. Ich habe gehofft, er würde etwas sagen. Aber er hatte schon genug zu mir gesagt. Er wusste, wer auf ihn geschossen hatte. Ich wusste, wer auf ihn geschossen hatte.

Josey Wales.

Alle anderen in diesen zwei Autos waren nur Überschuss, Extrazubehör, Körperteile, aber weder das Herz noch der Kopf. Wir haben nicht miteinander gesprochen, aber wir haben viel gesagt. Ich habe ihn angesehen, und er war wieder von mir enttäuscht. Aber er musste doch die Welt und den Himmel und die Planeten kennen und wissen, dass sie nicht das Einzige sind, was größer ist als ein gewöhnlicher Mann aus dem Getto, der Falsch zu Richtig zu machen versucht.

Josey Wales.

Aber Richtig liegt sechs Fuß tiefer als Falsch, will ich zu ihm sagen. Man nimmt, was man kriegt, will ich zu ihm sagen. Ich bin ein alter Mann, und wenn man alt ist, schießt man nur noch mit Platzpatronen, will ich zu ihm sagen. Er sieht mich an und sieht den Mann, der auf sein Herz gezielt hat.

Josey Wales. Ich hatte gehofft, er wäre unter diesen drei Angeklagten, auch wenn ich schon wusste, dass es nicht so sein würde. Sicher wird ein Mann den Mann erkennen, der auf ihn geschossen hat, und sei es nur im Geiste. Der Manager ist von hinten angeschossen worden, aber der Sänger hat eine Kugel in die Brust bekommen. Doch selbst das wundert mich. Warum sollte irgendwer den Sänger erschießen wollen? Selbst die Jungs, die bei dem Wettbetrug übers Ohr gehauen wurden, hatten ein Problem mit dem Freund, nicht mit dem Sänger. Er sieht mich an, und ich sehe ihn an, und wir wissen beide, dass es gewisse Männer gibt, die wir beide nicht ansehen können. Ich will Leggo Beast umbringen, ihn wieder zum Leben erwecken und gleich noch mal umbringen. Mindestens sieben Mal, bis der Sänger zufrieden ist. Aber das macht auch nichts wieder gut. Und dieses Gericht ist jetzt schon ein Witz. Ich will sogar noch vor dem Sänger hier abhauen.

— Ich habe nicht auf ihn geschossen. Ich habe auf seine Frau geschossen, sagt Leggo Beast.

Danach ist selbst der Manager ruhig. Der ganze Gully ist ruhig, während wir alle Leggo Beast anstarren. Er sagt das, als würde es von Bedeutung sein, als wäre es der letzte Strohhalm, an den er sich klammern kann. Ich muss an den Mann denken, der einmal zu mir gesagt hat, Papa, ich habe diese Frau nicht umgebracht, ich habe sie nur vergewaltigt. Der Mann neben ihm fängt an zu lachen.

— Bam-Bam hat auf die Frau geschossen, nicht du, sagt er.

— Nein, das war ich, der auf sie geschossen hat.

— Wo hast du sie denn getroffen?, frage ich.

— Der Kopf muss es gewesen sein. Ja, am Kopf.

Der andere, nicht der Verrückte, fängt an zu lachen.

Tief innen drin, jenseits meines Herzens, hätte ich beinahe auch losgelacht.

— Du hast der Frau in den Kopf geschossen und hast es nicht geschafft, sie zu töten? Die CIA hat dich fast zwei Monate lang ausgebildet, und du kannst nicht mal eine Frau umbringen? Was ist mit den ganzen Filmen, die wir gesehen haben? Was für eine beschissene Ausbildung ist das denn, wenn acht oder neun Männer mit Maschinengewehren es nicht schaffen, einen einzigen Mann zu töten? Einen unbewaffneten Mann? Zehn Tontauben in einem Studio?

Dann sagt meine Frau, Papa, du bist doch ein Mann von Verstand.

Ich schaue auf und meine, sie oben am Gully stehen zu sehen, aber da ist nichts, nicht mal ein Baum. Eine kalte Brise fegt durch den Kanal. Ich schwöre, ich kann sehen, wie die Brise eine Sekunde lang über uns hängt und sich dann fallen lässt, auch wenn eine Brise keine Farbe hat. Dieses Lied springt aus dem Radio und fegt auch durch den Gully. *Do it light, taking me through the night. Shadow.* Tony Pavarotti und ich fahren im Auto. Nein, ich sitze mit drei anderen Männern im Taxi, aber keiner von ihnen ist Tony Pavarotti. Nein, Tony Pavarotti ist verschwunden. Nein, er sitzt direkt neben mir. Nein, er steht da drüben hinter den drei Geschworenen. Wir sind in McGregor Gully, und er ist genau hier. Er schaut ins Dunkel hinaus, wir sind nicht in einem Auto. Der Sänger ist genau hier, er und sein Manager. Sag was, Manager, sag irgendwas, das angeberisch und total daneben ist, damit ich weiß, dass du noch da bist. Ich habe nicht auf den Sänger geschossen, ich habe auf seine Frau geschossen, sagt Leggo Beast immer wieder. Es kommt mir vor, als wäre ich kurz draußen gewesen und hätte die Diskussion verpasst, sodass ich jetzt nicht mehr weiß, worüber geredet wird. Aber ich war nirgends. Ich bin genau hier, und über uns schwebt der Wind auf und ab wie ein Gespenst, und ich sehe ihn, und ich sehe ihn nicht, und ich frage mich, ob ich der Einzige bin, der ihn sieht und nicht sieht, den Wind, der sich über den Gully erhebt wie ein Geist.

— Genug mit dieser Scheiße. Wie lautet das Urteil? Schuldig oder nicht schuldig?

Schuldig, hallt es von den Wänden des Gullys wider. Ich schaue vom Ersten bis zum Letzten und zähle sie. Eins ... zwei ... drei ... fünf ... sieben ... acht ... neun. Neun? Ich zähle noch einmal nach und komme auf acht. Ich blinzle, und bevor mein Auge wieder ganz offen ist, bin ich mir sicher, dass ich neun sehe, und der neunte sieht aus wie Jesus. Nein, wie Superman. Oder wie einer von der CIA? Blinzle, Papa, blinzle noch mal, blinzle es raus. Blinzle es einfach raus und fälle ein Urteil.

— Dieses Gericht befindet ...

— Das ist kein bloodcloth Gericht.

— Dieses Gericht befindet euch für schuldig.

— Ihr seid kein bloodcloth Gericht. Ich will Gerechtigkeit.

— Dieses Gericht befindet euch für schuldig.

— Ihr habt doch alle den Arsch auf. Du und er und er auch. Zwingt die Leute, zu tun, was ihr wollt, und dann ...

— Ihr seid alle zum Tode verurteilt. Das hier ist ein anständiges Gericht.

— Die wahren Täter entkommen, und die armen Schweine müssen leiden.

— Wegen euch mussten alle leiden.

— Er leidet doch überhaupt nicht. Der ist jetzt stark wie der Löwe von Zion.

— Tony, bring diesen r'asscloth Mann her.

Tony steckt Leggo Beast wieder den Knebel in den Mund und zerrt ihn herüber. Er hat sich nicht mal die Mühe gemacht, ihn auf die Beine zu stellen und laufen zu lassen, hat ihn einfach am Hemd gepackt, als wäre er schon eine Leiche, und über den Boden geschleift. Er zerrt ihn zu mir, aber ich nicke in Richtung des Sängers. Ich hätte gedacht, die Frauen würden gehen, aber sie bleiben da und schauen zu. Zum ersten Mal gehe ich zum Sänger hinüber. Er weiß, was ich tun werde. Mit einer einzigen Kopfbewegung kann er Ja oder Nein sagen, aber er braucht es mir nicht zu sagen. Der Mann, dem Unrecht widerfahren ist, muss jetzt entscheiden, wie das Recht wiederhergestellt wird. Der Manager tritt beiseite, denn das ist eine Sache zwischen dem Sänger und mir. Er sieht mich an, ich sehe ihn eine Sekunde lang an, ich sehe einen Blitz und höre einen Knall und ein Zischen. Ich fahre mit drei Männern im Auto, aber Pavarotti ist keiner von ihnen. Der Sänger flackert wie ein schwaches Fernsehsignal, und in seinen Augen blitzt Feuer. Ich schüttle es ab. Ich fühle die Brise nicht auf mir. Eine kühle Brise, als wären wir am Meer. Ich schüttle es ab. Ich sehe ihn an, und er sieht mich an. Hinter meinem Rücken, in meinen Hosenbund geschoben, die Pistole, ich ziehe sie heraus, halte sie am Lauf und gebe sie dem Sänger. Ich warte, dass er sie nimmt. Ich sehe Leggo Beast und den Sänger an. Seine Hand zuckt nicht einmal. Er schüttelt nicht einmal den Kopf. Er dreht sich um und geht weg, und der Manager hoppelt hinter ihm her. Ich will nicht, dass er geht, ohne zu wissen, dass Papa-Lo diesem Mann Gerechtigkeit widerfahren lässt. Als ich abdrücke, bleibt er eine Sekunde lang stehen. Irgendwo, auf irgendeiner Party hat der DJ gerade gesagt, *People, are you rea-eh-dy?* Der Sänger dreht sich nicht um, als Leggo Beasts Körper auf dem Boden aufschlägt, und ich stecke die Pistole wieder in meinen Hosenbund. Leggo Beast liegt flach auf der Erde, das Loch in seinem Hinterkopf spuckt Blut, als würde ein Baby kotzen. Der Wind wirbelt und wirbelt wie ein amerikanischer Tornado.

Wir sind am Strand, ich kann das Salz in der Luft riechen. Aber der McGregor Gully liegt überhaupt nicht am Meer. Der Sänger und der Manager sind weg. Wann ist er denn gefahren? Ich blinzle einmal, und sie sind verschwunden. Ich schüttle wieder den Kopf. Ich sehe ihn auf einem Bett im Land der Weißen, in einem Zimmer in einem Haus mit einer langen Straße, die hinauf in die Berge führt, einem Ort wie aus einem Märchenbuch. Und ich blinzle wieder, und ein anderer Mann kommt auf mich zu, nein, es ist nicht der Sänger, dieser Mann ist nur Haut und Knochen, und er ist schwarz. Er stellt sich genau vor mich, und sein Atem riecht nach Gras und Essen und stinkt, und er sagt, *Wo ist der Ring? Wo ist der Ring Seiner Kaiserlichen Hoheit? Ich weiß, dass du ihn gesehen hast. Ich weiß, dass du gesehen hat, wie er ihn getragen hat. Was hat er mit dem bombo r'asscloth Ring gemacht? Ich will ihn sofort haben, er darf nicht wieder mit ihm zurück in die Erde, hörst du? Ich will den bombocloth Ring. Ich habe ein Recht darauf, ich habe ein Recht auf das Vermächtnis Seiner Kaiserlichen Hoheit König Menelik, Sohn des Salomon, welcher in Israel regiert hat und das Feuer der Schöpfung in den Bauch der Königin von Saba zurückgeschickt hat,* sagt er, und er steht direkt vor mir, und ich schaue an ihm vorbei, und der Wind bläst jetzt kälter und lauter und stärker, wie ein Sturm, aber es ist kein Sturm, es ist das Meer, und ich schüttle den Kopf fest, ganz fest, und es verschwindet alles, und ich sehe den McGregor Gully wieder scharf vor mir. Meine Pistole drückt gegen meinen Rücken, noch warm von dem Schuss, der Lauf reicht bis unter den Gürtel, zwei Männer, die gerade noch Geschworene waren, zerren die anderen zwei Männer an Seilen hinter sich her wie Kühe, die sie am Lasso zurück zur Ranch führen, und die Frauen bleiben weiter da und gucken zu. Ich schaue ihnen beim Zuschauen zu. Ich will wissen, warum eine Frau die bösen Taten der Männer sehen will. Wenn das Urteil nicht von Frauen bezeugt wird, dann hat es vielleicht kein Urteil gegeben.

Aber Papa, du bist doch ein Mann von Verstand.

Ich hör sie, aber ich kann sie nicht sehen. Sie zerren die zwei Männer am Seil hinter sich her ins Gebüsch. Keine Trommelschläge, keine Zeremonie, keine Musik. Sie werfen jeweils das andere Ende der beiden Seile über zwei Äste eines Baumes. Was hat der Weiße hier zu suchen? Warum steht er hinter mir und schaut ihnen zu, und warum dreht er sich um und sieht mich an? Als er mich ansieht, wird die Brise kalt. Die zwei Männer stehen auf zwei hohen Hockern, sie zittern und schreien. Sie zittern zu stark und bringen die Hocker damit zum Wackeln, aber jedes Mal wenn die Hocker wackeln, schreien sie. Der, der nicht verrückt ist, glaubt, er bräuchte nur den Hals steif zu machen, nur jeden Muskel anzuspannen, und wenn der Hocker umkippt, wird er überleben. Ich weiß nicht, woher ich weiß, was er denkt, aber genau das denkt er, und ich weiß es. Doch der Weiße sieht sie an, er lässt den Blick am Seil hinauf- und hinunterwandern, und er sieht mich an, und ich will ihn anspringen und schreien, Wer bist du, weißer Mann? Wer bist du? Bist du dem Sänger gefolgt? Wie bist du so weit gekommen? Aber ich kann nicht sprechen, ich bekomme kein Wort heraus, weil sich keiner von den anderen so verhält, als wäre der Weiße plötzlich zwischen ihnen aufgetaucht. Keiner sieht ihn. Ich weiß es nicht, aber er sieht die anderen an und starrt mich an. Tony Pavarotti zögert nicht. Die Frauen gucken zu. Vielleicht ist er ein Duppy.

Tony Pavarotti tritt den ersten Hocker um, der Mann fällt dreißig Zentimeter oder vielleicht einen halben Meter tief. Er zuckt und würgt und schwingt so heftig hin und her, dass er den Hocker von dem anderen umstößt, und dann stürzt auch der in seinen Tod. Sie schwingen und zucken, und das Seil ächzt, und ich sehe sie an, und ich sehe den Weißen zwischen ihnen an, und meine Kehle beginnt zu brennen wie nach einem Schnitt und zu bluten, und das Blut im Schädel pulsiert wie bei einem Luftballon, in den man immer mehr Wasser füllt. Sie zucken immer noch. Die Cowboyfilme sind schuld. Man denkt, ein Gehenkter ist tot, sobald die Musik aufhört. Aber wenn das Genick nicht bricht, kann es lange, lange dauern. Es dauert zu lange, und die Frauen ziehen sich nach und nach in die Dunkelheit zurück. Die Köpfe der zwei Männer schwellen an, weil sich das Blut darin staut. Die Lungen geben auf, weil sie keine Luft mehr bekommen, und sie hören beide auf zu zucken. Und sie sind immer noch nicht tot. Ich weiß es. Ich weiß nicht, woher ich es weiß, aber ich weiß es. Ich weiß es, weil ich es in ihnen und um sie herum spüre, und indem ich einfach ihre Hälse anschaue.

Der Weiße ist immer noch da. Der weiße Duppy. Ich blinzle, und er sitzt mit mir im Auto. Mit mir und den anderen beiden Männern, an die ich mich aber nicht erinnern kann, obwohl ich sie kenne, und wir sind auf der Straße, fahren auf einer Brücke über das Meer, aber es ist nicht Pavarotti, der fährt, es ist ein anderer. Ich muss ihn kennen, denn er macht sich über das bescheuerte Pferd lustig, das ich vor einem Jahr gekauft hätte und das immer noch kein einziges Rennen gewonnen hätte. Und das ergibt keinen Sinn, weil ich das Pferd erst vor einer Woche gekauft habe. Aber niemand hört mir zu, wenn ich

Shadow Dancin'

etwas sage, denn ich rede auch im Auto, und ich sehe mich selbst im Auto reden, ich kann hören, was ich über das Pferd sage und wie ich zu mir selbst sage, dass ich das Pferd erst vor einer Woche gekauft habe.

Die Körper der beiden baumeln jetzt im Wind, sind aber ansonsten reglos. Alle sind fort, die Frauen sind fort, die Männer sind fort, die Nacht ist fort, der Himmel ist grau, und die Möwen schreien. Und ich sehe den Weißen nicht mehr. Wir sind im Auto. Jetzt sind wir im Auto, aber das Auto hat schon lange angehalten. Wir fahren nach McGregor Gully. Nein, wir kommen vom Fußballspiel, ich muss nur an das Pferderennen denken, weil Lloyd im Auto sitzt, und der ist Pferdetrainer. Nein, es ist der 22. April 1978. Ich vergesse nie einen Tag, an dem jemand gehenkt wurde. Nein, es ist der 5. Februar 1979, den Tag dieses idiotischen Fußballspiels werde ich nie vergessen, weil ich mit Lloyd darüber gesprochen habe, wie er mein Pferd trainiert.

Nein, Moment mal. Spult das Band zurück. Ich bin nicht ganz klar im Kopf.

Die Wolken sind grau und schwer, es wird bald Regen geben.

Trevor, warum fährst du immer so bombocloth schnell, sobald wir auf dem Fahrdamm sind, bist du vor dem Tageslicht auf der Flucht?

Du kennst ihn doch, Boss. Er kann gar nicht schnell genug aus Portmore wegkommen.

Kannst nicht schnell genug wegkommen, was? Wie heißt sie, Claudette oder Dorcas?

Haha, du weißt doch, wie es ist, Boss, die Mädels aus Portmore sind nichts weiter als Vampire.

Dann hör auf, ihnen den Hals hinzuhalten, und gib das Geld ausnahmsweise mal für deine Kinder aus. Wie wär's damit?

Der war gut, Boss! Der war gut.

Bei dem ganzen Gerede über Frauen, wie kommt es da, dass nur Männer im Auto sitzen? Verrückt!

Wir können umkehren und uns um zwei Sachen kümmern, zwei Sachen mit Namen Claudette und Dorcas, Boss.

Nein, Sir, ich will nichts von dem, was Trevor übrig gelassen hat. Die sind jetzt erledigt. Zu nichts mehr zu gebrauchen.

Woi, Boss, du bist heute zu witzig.

Papa, warum machst du dich über mich lustig? Und sie heißen Lerlene und Millicent, nicht Claudette und Dorcas.

Claudene und Dorcent.

Lerlent und Millicene.

Haha.

Ihr seid alle verrückt. Lloyd, sag du doch wenigstens mal was Vernünftiges.

Pussycloth. Boss. Papa.

Warum fahren wir langsamer, Brethren?

Boss … sieh nur.

R'asscloth, was ist das?

Babylon, Boss. Drei Motorräder und vier Polizisten. Sogar welche mit roten Streifen an der Hose. Soll ich anhalten?

Nein. Hat einer von euch ein geparktes Auto am Straßenrand gesehen?

Wahrscheinlich wird gleich wer von hinten kommen.

Ich kann mich an kein Auto erinnern.

Und was ist dann das da hinter uns? Cho r'asscloth. Lloyd, wie weit bis zur Zinkfabrik?

Vielleicht hundert Meter, Boss.

Aber zu Fuß kommen wir nicht durch.

Der Wagen hinter uns hält an, Boss.

Wie viele Polizisten? Ich meine nicht die vier vor uns, wie viele kommen aus dem Wagen?

Da steigt niemand aus. Sollen wir anhalten?

Fahr ein bisschen langsamer. Scheiße, r'asscloth Scheiße.

Wenn du nicht anhältst, durchlöchern sie unsere Karre.

Es sind doch nur vier Männer auf drei Motorrädern.

Vier Männer mit AKs, Papa.

Fahr rückwärts, und dreh um.

Sie würden uns ohne Probleme einholen, Boss.

Was wollen sie uns denn anhängen? Wir haben schließlich nichts dabei.

Wenn wir irgendwas versuchen, pumpen sie uns mit Blei voll, Boss, der eine hat ein Megaphon.

Moment mal. Den kenne ich.

Anhalten und mit erhobenen Händen aussteigen.

Trevor, Trevor, halt an. Aber lass den Motor laufen.

Polizeikontrolle. Steigen Sie mit erhobenen Händen aus dem Wagen.

Papa, steig nicht aus. Steig nicht aus.

Polizeikontrolle. Steigen Sie mit erhobenen Händen aus dem bombocloth Wagen.

Papa, das gefällt mir nicht, Star. Steig nicht aus.

Hör zu, wir sagen das kein viertes Mal. Steig aus dem bloodcloth Wagen, Papa-Lo.

W-was gibt es für ein Problem, Officer?

Papa, wissen die, dass du das bist?

Officer, was gibt es denn für ein Problem?

Sehe ich aus, als wäre ich in Plauderlaune? Du und deine Leute, ihr verlasst jetzt das Fahrzeug.

Brethren, fahr rückwärts.

Und in das Auto hinter uns rein? Bist du bescheuert oder was?

Papa, was soll ich machen?

Wer von euch hat eine Pistole dabei? Ich hab meine .38er.

Ich nicht.

Ich auch nicht.

Ich bin Pferdetrainer, Boss.

Scheiße.

Glaub mir, Papa, du willst nicht, dass ich es dir noch mal sage.

Papa?

Wir kommen. Wir steigen aus, Officer. Wissen Sie, wir ...

Mit so einem wie dir rede ich nicht. Steig aus, und stell dich an das Gebüsch da. Ja, das Gebüsch auf der anderen Straßenseite, du Idiot.

Ganz ruhig, Partner.

Ich bin nicht dein Partner, Pussyhole. Meinst du, ich hätte Angst vor dir?

Du solltest besser Ang...

Halt den Mund, Trevor. Wo soll ich mich hinstellen, Officer?

Bist du bombocloth taub, oder was? Soll ich's dir noch mal ganz langsam erklären? Entfern dich von dem Auto, damit wir es durchsuchen können. Beweg dich nach links, und geh weiter, bis du vor dem wilden Gebüsch am Straßenrand stehst.

Papa, Papa, glaubst du, die wollen ...

Sei still, Lloyd, beruhig dich einfach.

Willst du wissen, warum wir dich heute Abend angehalten haben, Mr. Papa-Lo?

Ich habe mit Babylon nichts zu schaffen.

Na, dir müssen wir wohl noch ein paar Manieren beibringen, bis der Abend vorbei ist.

Wie Sie meinen, Officer.

Sergeant, Sie werden nicht glauben, was ich hier gefunden habe.

Im Wagen?

Im Wagen. Die haben ein Radio.

Ein Radio? In so einer Gettokarre? Wie kann denn so was sein? Schalten Sie es mal ein. Moment mal, machen Sie mal lauter ... noch lauter. Das gibt's ja nicht. Wissen Sie, wie man Disco tanzt, Corporal? Spoon it right, spoon it through the night, shadow dancing.

Haha, so geht das Lied aber nicht, Sergeant.

Wollen Sie mir erklären, wie das Lied geht? Sind wir beide gestern Nacht nicht im Turntable Club gewesen?

Letzte Nacht? Aber das war doch schon nach der Sperrstunde, Sergeant.

Halten Sie den Mund. Inspector, möchten Sie die vier Männer in der Zwischenzeit vielleicht einmal durchsuchen? Beeilen Sie sich, und klopfen Sie auch ihre Cockys und Battys ab, diese Gettoknaben denken nämlich, wir sind zu blöd, um dort nachzuschauen. Durchsuchen Sie Papa-Lo zuerst. Ja, Mann, spoon it right, spoon it through the night, shadow dancing, bla bla bla bla-bla, spoon it more, spoon it more-

more-more, shadow danciiiiiiing, bla bla bla bla-bla. *Ja, Mann, wenn du diese Disco-Moves draufhast, fliegen die Bräute auf dich. Inspector, macht einer von denen da drüben den Schattentanz?*

Nein, Sergeant, aber wenn man kurz wegschaut, könnte es sein, dass sie sich aus dem Staub zu machen versuchen.

Ist sonst noch was im Wagen, Corporal?

Nichts, Sergeant. Überhaupt nichts. Nichts bis auf diesen .38er-Revolver, den jemand unter dem Beifahrersitz versteckt hat.

Ja, Bombocloth. Eine .38er? Auf dem Boden? Das warst doch nicht du, Papa-Lo, oder? Nicht ein anständiger, aufrechter Sohn der Scholle wie du. Wem gehört die Knarre wirklich, deiner Mutter? Inspector, sehen Sie sich die Pistole einmal an; der Constable und ich behalten die vier so lange im Auge. Ist es eine echte .38er?

So echt wie das Kind im Bauch meiner Frau, Sergeant.

Leck mich am Ärmel. Eine .38er. Da frage ich mich doch Folgendes, Officers. Die .38er die wir hier haben. Diese .38er hier. Ich frage mich, ob das dieselbe .38er ist, mit der Papa-Lo und seine Spießgesellen auf Polizisten geschossen haben.

Schwer zu sagen, Inspector.

Ja, Mann, wissen Sie denn nicht mehr? Als Papa-Lo und seine drei Spießgesellen bei einer einfachen Routinekontrolle auf die Polizisten geschossen haben? Ihr vier behaltet die Hände oben.

Daran kann ich mich nicht erinnern.

Denken Sie mal scharf nach. Ich sehe, Sie begreifen langsam, was ich meine, Inspector. Wissen Sie nicht mehr, wie Papa-Lo das Feuer auf die Polizei eröffnet hat? Mit genau dieser .38er hat er geschossen, und die armen Polizisten konnten gar nicht anders, als das Feuer zu erwidern?

Wann war das denn?

Genau jetzt. Feuer!

Er schießt mit meiner eigenen .38er auf mich und eine Kugel fliegt durch meine Lippe schlägt zwei Zähne aus streift die Zunge und am Hinterkopf kommt Luft herein und mein Blut strömt hinaus aber wir haben gerade zwei Männer gehenkt ja wir haben zwei Männer gehenkt und der Prophet Gad fragt mich wo der bloodcloth Ring ist als

wüsste ich irgendetwas über die Hände des Sängers mehr Kugeln YKK
ein Reißverschluss meine Brust hinunter eins zwei drei vier fünf sechs
sieben acht und da ist Peter Tosh in seinem Haus er ist auf allen vieren nachdem eine Kugel durch den Mund einer Frau geflogen ist und
ihr die Zähne ausgeschlagen hat und Leppo drückt Tosh die Pistole an
die Stirn und peng und noch mal peng noch zwei Kugeln für den Mann
im Radio eine Kugel für den nächsten mitten in den Rücken wo sie für
immer bleiben wird aber ich bin es der angeschossen wird zwischen
meinen Beinen bildet sich ein Fluss aus Blut und Pisse und Carlton
ich sehe dich Carlton du schlägst den Rhythmus während deine Frau
sich hinter deinem Rücken mit ihrer Pussy an dem Mann festsaugt
der dich umbringen wird Carlton! Und der Sänger hat keine Haare
mehr der Sänger liegt in einem Bett der Sänger bekommt eine Spritze
von einem Weißen mit einem brennenden Hakenkreuz auf der Stirn
eine Kugel reißt mir einen Finger ab und macht ein Loch in meine
Handfläche wie bei Jesus Christus es tut nicht weh nur ein kurzes
Brennen zwei Dutzend kleine Feuer lodern in meinem Körper aber
die Luft fährt durch mich durch ich kann meinen Körper pfeifen hören Trevor und Lloyd machen den Kugeltanz sie wirbeln wirbeln wirbeln und drehen sich und zucken und schreien und husten und zappeln als hätten sie einen Anfall die Kugeln lassen sie hüpfen und ich
hüpfe auch und ich springe Schüsse wie Knallfrösche in der Ferne
meine Kehle spricht Blut ich bekomme den Mund nicht auf der Engel
des Todes sitzt auf der Schulter des Sängers der Engel ist ein Weißer
ich habe ihn schon mal gesehen das weiß ich jetzt ich sehe ihn wie
Seaga und Manley auf einer Bühne stehen und den armen Leuten
süße Versprechungen machen und dann knackt mein Hals und ich
sehe mich selbst den Kugeltanz machen als würde ich ein Theater-
stück vom Balkon aus anschauen der immer höher und höher steigt
hoch über den Fahrdamm und das Meer und hoch über die sieben
Autos die angefahren kommen und sie schwärmen alle aus wie Fliegen die Polizisten steigen alle aus und sie kommen alle angelaufen
und drücken zwei oder dreimal ab ich liege auf dem Boden sinke in
den Asphalt ein und noch ein Polizist schießt zweimal nimm das

Pussyhole jetzt bist du nicht mehr so hart und noch ein Polizist und noch einer peng peng peng steh jetzt mal auf und schieß auf uns Pussyhole Gunman und ein Polizist sagt in ein Funkgerät ratet mal wen wir gerade in der Mangel haben und es kommen immer mehr Polizisten und alle zollen ihren Tribut und dieser hier zielt auf meinen Hals peng und dieser auf meine Kniescheibe peng und dieser auf meine Eier peng und warum kommt eigentlich kein einziges Auto vorbei nur Polizeiwagen sie haben weiträumig abgesperrt sie wussten dass ich komme irgendeiner im Getto ist ein Spitzel und hat ihnen gesagt dass ich komme und Trevors Gesicht ist abgefressen und Lloyds Brust und Bauch sind aufgeplatzt und mein Schädel ist gespalten und mein Herz pumpt immer noch Blut und noch ein Polizist geht in die Hocke und sagt das ist für Sebert und schießt mir mitten durchs Herz und das Herz platzt und ist tot dann steht er auf und geht zu seinem Wagen zurück und die anderen Polizisten gehen zu ihren Wagen und ich steige immer höher und höher aber ich liege immer noch auf der Straße und ich sehe sie alle in einer Schlange die Polizeiwagen die von mir wegfahren und die Sirenen heulen damit die Leute Platz machen und sie fahren als ein einziges Tier eine Sirenenschlange bis zu dem Block in dem sich das Sicherheitsministerium befindet und sie fahren um den Block herum immer wieder und wieder und wieder rundherum und lachen dabei laut und ich sehe alles um mich herum und über mir und unter mir und was vor zehn Jahren mit Peter Nasser passiert ist mit der ersten Pistole 1966 als ich Josey Wales aufgenommen habe und als ich aus Versehen diesen Schuljungen getötet habe und was an einem grauen Ort passiert ist als könnte ich etwas irgendetwas dagegen tun und es irgendwie ändern wenn ich nur laut genug schreie schneid den Zeh ab Skipper schneid den Zeh ab hör nicht auf irgend so einen bombocloth Rasta-Idioten der bloß dein Blut durchs Shillum saugt schneid den Zeh ab und lass dich von keinem Nazi anfassen aber der Weiße steht auf der anderen Straßenseite der Weiße den ich kenne und nicht kenne und er schaut durch das Gebüsch an der Straße der kleine Sumpf und im Sumpf schwimmt der Fahrer kein Blut kommt aus der Schusswunde das ist gut dann kommt kein Krokodil um ihn sich zu schnappen und er schwimmt und schwimmt und schwimmt und ein Fischerboot sieht ihn und fährt heran um ihn aufzulesen und er klettert hinein und zittert und schreit dass er nur das Taxi gefahren hat und die Fischer segeln davon und ich bin nicht mehr im Gully und spreche Recht ich war überhaupt nicht im Gully das ist über ein Jahr her und das hat sich alles zwischen dem Schuss in meinen Kopf und dem in mein Herz abgespielt in einem Augenzwinkern all die letzten Dinge die ich in meinem Leben getan habe finden gleichzeitig statt sind damals passiert und passieren jetzt und passieren eins nach dem anderen und alle gleichzeitig aber da ist Trevor aus dem immer noch Blut sprudelt und Lloyd dem der Tod in der Kehle rasselt und da bin ich meine Herrschaften.

Da bin ich.

Alex Pierce

Do it light, do it through the night. Das muss doch funktionieren. Denk nicht länger an diesen gottverdammten Song. Wenn du nicht damit aufhörst, wirst du dich irgendwann bewegen, rumzappeln oder – ich weiß es nicht, ich weiß es zum Verrecken nicht – irgendwas, und dadurch wird er's merken und du wirst als verdammter Kreideumriss enden, Baby, Tatort, und nur, weil dieser verdammte Song beim Aufwachen seinen schwitzenden Polyesterarsch in deinem Kopf geschwenkt hat. Früher oder später muss man eben dafür bezahlen, dass man der einzige Weiße ist, der tanzen kann. Meine rechte Gehirnhälfte sagt mir zumindest, dass ich aus einem tieferen Grund als »Disco Duck« ins Gras beißen werde. Vielleicht schlafe ich ja noch. Das muss einfach so sein. Klopf mit den Fingern nacheinander aufs Kopfkissen, vier heißt Traum, fünf wach. Eins zwei drei vier fünf.

Scheiße.

Aber was, wenn ich träume, dass das die Wirklichkeit ist? Wenn ich im Traum träume? Irgendwo hab ich gelesen, dass genau das passiert, wenn man stirbt. Irres Zeugs, Herr im Himmel. Atme langsam. Atme überhaupt nicht. Nein, atme langsam. Halt die Luft an. Nein, das wird er merken, und dann weiß er, dass du nicht schläfst. Ich weiß, was hier los ist, Mann, du kommst nur von einem beschissenen Trip runter. Kann gar nicht anders sein. Du bist einfach hart abgestürzt, schlechtes Zeug. Das hast du davon, dass du dir Koks irgendwo anders als zwischen der 42nd und der 5th reingezogen hast. Da ist der Typ an der Ecke 41st und 5th dran schuld. Aber warte mal, ich trippe nicht. Auf Jamaika trippe ich nie. Jamaika ist selbst ein Trip, und Herr im

Himmel hör auf, so angestrengt nachzudenken. Wenn du so weitermachst fängst du noch an, laut zu denken – hab ich irgendwas gesagt? Herr im Himmel, Herr im Himmel, Herrrrimmhimmmellllll, hör auf damit, hör verdammt noch mal auf damit, Alex Pierce. Beruhig dich, beruhig dich SOFORT. Schließ die Augen und versuch, wieder auf diesen Traum aufzuspringen, aus dem du ausgestiegen bist, mach schon, und hol dir den Traum zurück, und wenn du aufwachst, ist da kein Mann mehr, der auf deiner Bettkante sitzt. Nein, noch besser, es wird überhaupt kein Mann ins Zimmer kommen, als du gerade aufwachst, weil du nie überhaupt nicht geschlafen hast, kann man ja auch nicht auf diesem Folterbett. Der Mann kommt nicht rein, er geht auch nicht zum Fenster und zieht die Vorhänge zu, er greift auch nicht in sein Hemd – schau nicht hin, schau verdammt noch mal nicht hin – und er setzt sich auch nicht auf das Bett. Keine Klicks und Klacks und Ticks und Tacks. Schließ die Augen, so einfach ist das, aber es wird funktionieren, DAS WIRD FUNKTIONIEREN.

Ich bin im Skyline Hotel. Ich habe vor zwei Tagen hier eingecheckt, obwohl ich schon fünf Monate in Kingston und acht auf Jamaika bin. Acht Monate, seitdem mir Lynn ein Ultimatum gestellt hat, Jamaika oder sie. Verdammtes Weibsstück, ich hab ja nicht erwartet, dass sie meine Arbeit versteht, aber doch auf etwas Respekt für das gehofft, was ich tun muss. Ist ja nicht so, dass sie meine Arbeit gehasst hätte. Damit hätte ich umgehen können. Hass ist ja zumindest noch etwas. Aber sie war einfach so verdammt gleichgültig, das hat mich völlig irre gemacht, und dann stellt sie mir auch noch ein Ultimatum zu etwas, das ihr wirklich völlig egal war. Irgendwann werd ich's ihr heimzahlen. Ich glaube ehrlich, dass sie »das Buch oder ich« nur gesagt hat, um Tatsachen zu schaffen, einfach weil sie neugierig war, was ich sagen würde.

Und das Beschissene daran ist: Die Antwort war völlig egal. Und jetzt? Jawohl, ich hasse sie, weil sie mich nicht hasst. Ich hasse sie dafür, dass sie damals in mein Arbeitszimmer in Brooklyn gekommen ist oder, besser gesagt: in mein Schlafzimmer mit der aufgebockten Tischplatte, und gesagt hat, Schatz, heute ist dein Glückstag, du

kannst wählen zwischen deinem Jamaika-Buch, das nicht vorankommt, oder dieser Beziehung, die nicht vorankommt, denn eins von
den beiden muss irgendwie vorankommen. Und ich hab gesagt, Himmel, hast du dir gerade *Slow Train Coming* angehört? Du hättest dir
keinen mieseren Zeitpunkt aussuchen können, um Dylan-Fan zu werden. Dann hat sie mich einen herablassenden Wichser genannt und
gesagt, ich soll ihre Frage beantworten. Ich habe in letzter Zeit eine
Menge neue Sachen über Psychologie gelesen, sage ich, und was sie
gerade macht, nennt man heutzutage emotionale Erpressung, deshalb weigere ich mich, die Frage zu beantworten. Sie schaut mich an
und sagt, das ist also deine Antwort und geht aus meinem Schlafzimmer, unserem Schlafzimmer. Himmel, ich hätte alles für eine Ohrfeige
gegeben. Vielleicht hätte ich ihr eine scheuern sollen.

Ich weiß nicht mehr, was ich denken soll. Na gut, ich hätte mich für
sie entscheiden können, unser Glück wäre reine Willenssache gewesen, und wir hätten noch zwei weitere Jahre abgewartet und uns dann
eingestanden, dass wir uns zu Tode langweilen, aber vielleicht ist es
genau das, was ich verdiene, ein gelangweilter, zufriedener Hausmann
zu sein, der sich aus Solidarität einen Schwangerschaftsbauch zulegt.
Immerhin wäre ich dann nicht aufgewacht, weil ein Mann auf meiner
Bettkante sitzt und auf den Boden starrt. Gelangweilt in Brooklyn –
wie lustig. Hey, liebe Kummerkastentante, ich hab hier eine Lösung,
noch bevor ich das Problem hatte.

Die Wahrheit ist, ich ging mit dem Wissen zurück nach New York,
dass in meinem Inneren ein Loch von der Größe der Dritten Welt
klaffte und das sie nie würde ausfüllen können, obwohl ich versuchte,
sie genau dazu zu bringen. Vielleicht nahm ich ihr auch übel, dass sie
sich nicht mal die Mühe machte, mir stattdessen vorzuhalten, sie sei
nicht Superwoman, sich tränenreich von mir zu trennen und irgendeinen schlechten Song à la Carly Simon über mich zu schreiben. Stattdessen hat mich mein Mädchen wie Jamaika, mein anderes Mädchen,
behandelt, will sagen: Das, was wir haben, ist gut, aber ich glaube
nicht, dass du mich über einen bestimmten Punkt hinaus interessierst. Vielleicht habe ich mich aus dem gleichen Grund in sie

verguckt, aus dem ich mich ständig in Jamaika vergucke. Ich wusste von Anfang an, dass es nicht funktionieren würde, aber das hat mich nicht davon abgehalten, mich trotzdem reinzustürzen. Warum? Ich weiß es verdammt noch mal nicht. Und wenn ich es wüsste, würde ich es noch mal machen? Scheiße, vermutlich schon.

Währenddessen sitzt ein Mann auf meiner Bettkante und starrt auf den Boden. Ich spüre, dass er auf den Boden starrt. Ich hab meinen Kopf nur ein Mal kurz gehoben und bin im gleichen Augenblick vor Angst fast ausgeflippt – er muss es einfach gemerkt haben. Vielleicht auch nicht. Ein Mann sitzt so knapp auf meiner Bettkante, dass ich kaum spüre, wie er die Matratze eindrückt, mal davon abgesehen, dass er auf dem Laken sitzt, das jetzt straff über mein rechtes Bein gespannt ist und es hinter seinem Rücken einklemmt. Nur der Himmel weiß, wo mein linkes Bein ist, nur nicht bewegen. Bloß nicht. Alles wird gut. Alter, du wolltest wieder einschlafen, das war der Plan. Prima, schließ einfach die Augen, und tu so, als ob du schläfst, bis du wirklich einschläfst, und wenn du wieder aufwachst, ist er weg. Hör auf zu denken, das funktioniert nicht, Spasti, du hast es noch gar nicht versucht. Kneif die Augen zusammen, und zähl die Sekunden, 1-2-3-4-5 – zu schnell, scheiße, viel zu schnell – 1 … 2 … 3 … 4 … 5 … 6 … – langsamer, langsamer, und wenn du die Augen öffnest, wird er weg sein. Wird er weg sein – nee, immer noch da.

Er ist immer noch da. Ich schau ihn mit zu ¾ geschlossenen Augen an. Hat er das Licht eingeschaltet? Hat der Scheißkerl das Licht angemacht? Wer zur Hölle hat das Licht angemacht? Nein, nicht hinsehen. Schwarze Hose, nein, Marineblau, ganz sicher Marineblau, und ein blaues Hemd? Hat er eine Glatze? Hält er den Kopf in seinen Händen? Ein Weißer? Hellbraun? Hat er den Kopf in die Hände gestützt? Wer trägt denn Hemd und Hose im gleichen Marineblau – nicht hinsehen. Geht er, wenn ich schnarche? Scheiße. Ich sollte mich herumwälzen. Jeder wälzt sich im Schlaf herum, und wenn ich das nicht tue, wird er merken, dass ich nicht schlafe. Aber was, wenn ich den Wichser beim Rumwälzen erschrecke, und er macht irgendwas? Die Jeans hängt immer noch auf dem Stuhl am Schreibtisch, jenem Schreibtisch, an dem ich nichts auf die Reihe bekomme. Die Brieftasche fällt fast aus der Tasche. Busticket, Kondom, dreißig, nein, fünfzig Dollar, warum nehm ich nur meine verdammte Brieftasche ins Visier? Eine leere Schachtel Kentucky Fried Chicken, beschissener Kultfraß in Jamdown, wo ist meine verdammte Tasche? Steht sie neben seinen Füßen? Wühlt er gerade darin herum? Alex Pierce, du verdammter Feigling, setz dich endlich auf und sag Was zum Teufel, Brethren, ist das etwa dein verdammtes Zimmer?

Was sagst du? So 'n Mist, Kumpel, dachte, das sei mein Zimmer.

Sieht das etwa aus wie dein Zimmer?

Wir sind in 'nem Hotel, Bruderherz, was glaubst du?

Da hast du auch wieder recht.

Mann, ich hab mich letzte Nacht so was von zugedröhnt, Manno-mann, ich weiß nicht mal, wie ich's die Treppe hochgeschafft hab, und ist sowieso dein Fehler, dass du die Tür nicht abgeschlossen hast, sodass ein besoffener Wichser wie ich hier einfach reinlaufen kann. Nur gut, dass du keine Mieze bist, sonst wärst du aufgewacht und hättest meinen Schwanz bis zum Anschlag in dir stecken.

Nur gut, dass ich keine Mieze bin.

Aber echt.

Du verschwindest jetzt – heiliger Bimbam, mit wem rede ich? Hab ich das gedacht oder gesagt? Er hat sich nicht bewegt. Er bewegt sich nicht. Er bewegt sich immer noch nicht.

Reiß dich zusammen, Mann. Reiß dich einfach zusammen. Ruhig atmen, ruhig atmen. Vielleicht sollte ich ihn ein bisschen treten. Ich meine, das hier ist ein sicheres Hotel. Vielleicht wohnt er in Zimmer 423, und das hier ist ein einfaches Missverständnis, vielleicht habe ich die Tür offen gelassen, oder vielleicht ist das Hotel doch ein Billigla-den, und jede Tür hat das gleiche Schloss, weil die glauben, dass wir das nie rausfinden, denn schließlich ist es ja völlig ausgeschlossen, dass ein Weißer in einem Dritte-Welt-Land, in dem so gut wie alles erlaubt ist, besoffen abstürzt.

Gott, ich wünschte, ich könnte das Kopfkino abstellen. Schlaf ein-fach wieder ein, Mann, schlaf ein, und wenn du tatsächlich aufwachst, ist er nicht mehr da. Das ist wie, das ist wie, weißt du, wie das ist? Wie wenn man ein Fenster offen lässt, wenn eine Eidechse im Zimmer ist. Mach bitte die Augen zu. Neben der Colonel-Sanders-Schachtel steht die ramponierte, viel zu schwere Schreibmaschine. Vielleicht sollte ich vor mich hin murmeln, wie viel die wert ist, und er nimmt sie und geht? Zu glauben, einem Dieb gingen Bücher nicht völlig am Arsch vorbei, ist die typische Fehleinschätzung des Schreiberlings. Herr im Himmel. Mannix hätte sich schon längst die Lampe gegriffen und damit ausgeholt. Pack sie einfach am Fuß, und ziel auf den Hinterkopf. Leider läuft das Leben nicht in vierundzwanzig Bildern pro Sekunde ab. Barnaby Jones hätte irgendwas probiert. Selbst die von *Make-up und Pistolen* hätte irgendwas probiert, und dabei macht die doch nie was.

Links von mir ist der Schreibtisch, zu meiner Rechten geht's ins Badezimmer, und dazwischen ist der Mann. Das Badezimmer ist einsfünfzig oder zwei Meter entfernt, nicht weiter. Die Tür steht offen. Steckt der Schlüssel, auf jeden Fall gibt's ein Schloss, jede Badezimmertür hat ein Schloss, oder vielleicht auch nicht. Ich spring einfach aus dem Bett, zieh den Fuß unter ihm weg und stürze davon, vielleicht durch die Tür – ich könnte im Bad sein, bevor er reagiert. Zwei Schritte, drei Schritte höchstens. Teppichboden, also kann ich nicht ausrutschen. Die verdammte Badezimmertür ist zum Greifen nah, ich muss nichts anderes tun als hinzurennen und sie zuzuwerfen, den Griff festzuhalten, falls es kein Schloss gibt, und es gibt ein Schloss, es muss ein Schloss geben, es muss einfach, oder ich werde, verdammt … ja, was genau werde ich?

Ich werde wahrscheinlich genau in dem Moment aufspringen, in dem er sich zurücklehnt und mit dem Hintern meinen Fuß festklemmt, und er wird immer noch genügend Zeit haben, sein Buschmesser zu ziehen, denn er ist Jamaikaner, und jeder Jamaikaner hat ein Buschmesser dabei, und er wird es mir in den Oberschenkel rammen, damit ich nicht abhauen kann, und er wird diese Arterie treffen, von der ich gehört habe, und wenn die durchtrennt ist, verblutet man innerhalb von Sekunden, und dagegen kann niemand was machen – also setz dich bitte nicht auf meinen Fuß, du Hurensohn. Vielleicht sollte ich einfach hochschrecken, als hätte ich einen Albtraum gehabt, wie in einem Horrorstreifen, und ihn fest in den Rücken treten oder eher in die Seite und während er noch macht, was immer diese Gangster tun, sich wieder aufrappeln, nach der Pistole greifen, was auch immer, renne ich geradeaus zur Tür, die ja offen sein muss, er ist ja durch sie reingekommen, renne in meiner Doppelripp raus und schreie einfach Diebe Mörder Polizei, denn eins ist ja klar: Wegen mir persönlich kann er nicht hier sein.

Brethren, hörst du mich? Wird Zeit, dass du dir eine Knarre zulegst.

Eine Knarre?

Eine Knarre. Du siehst mir wie der Beretta-Typ aus.

Was zum Teufel? Nein, Priest, ich will keine verdammte Knarre. Weißt du, was passiert, wenn man mit einer Knarre rumläuft? Leute werden umgebracht.

Genau das ist der Plan, Brethren.

Die falschen Leute.

Kommt drauf an, wer vor und hinter dem Abzug ist.

Was soll ich mit 'ner Knarre? Himmel, warum brauche ich ne Knarre?

Frag besser, wie schnell ich an 'ne Knarre komme und wie einfach die zu benutzen ist.

Na gut, wie schnell kann ich an 'ne Knarre kommen?

Jetzt gleich.

Heiliger Bim...

Hier.

Was? Nein. Verdammt, nein.

Brethren, nimm das Teil.

Priest ...

Nimm das Teil, das sag ich dir.

Priest ...

Brethren, nimm das Ding, und sieh dich vor damit.

Nein, Priest, ich will keine verdammte Knarre, Herr im Himmel.

Hab ich was von Wollen gesagt?

Jamaikanische Männer sprechen ständig in Rätseln. Eines Tags werd ich einfach zu ihm sagen, Hör mal, Priest, dieser ganze kryptische Mist lässt dich nicht einen Tick smarter wirken. Aber dann würde ich meinen besten Informanten in Kingston verlieren.

Wie lange kennst du mich jetzt?

Weiß nicht, zwei, drei Jahre?

Hab ich dir jemals Blödsinn erzählt?

Nein.

Dann besorg dir 'ne Knarre. Oder ein Messer, irgendwas, Brethren.

Warum?

Weil nach Dienstag kommt Mittwoch. Und was du Dienstag machst, ändert den Mittwoch für dich.

Herrje, Priest, kannst du ein Mal einen vernünftigen Satz sagen?

Glaubst du, ich würd's nicht rausfinden? Ich bin doch der, der dir sagt, was so läuft, oder? Ich weiß alles über alle. Sogar über dich.

Lass dich bitte nicht weiter aufs Bett sinken oder rollen, berühr mein Bein nicht, hat er die Beine übereinandergeschlagen? Niemand außer englischen Tunten schlägt die Beine übereinander. Er schaut mich jetzt an, ich kann's spüren, dieses Gefühl, wenn dein Nacken anfängt zu prickeln, weil du weißt, dass jemand dich anschaut. Und das Prickeln hört verdammt noch mal nicht auf. Wie schaut er mich an? Den Kopf geneigt wie ein Hund, der denkt, warum siehst du so komisch aus, wie diese jamaikanischen Kids, die zwei Mal hinschauen, wenn sie mich sehen, und sich fragen, ob Jesus bei seiner Wiederkunft wirklich enge Jeans trägt? Wird er mich an den Eiern packen? Kann er mich durch die Laken sehen?

Brethren, weißt du, dass du's verschissen hast? Weißt du, wie sehr du es verschissen hast? Gerade will ich überhaupt nicht mit dir reden.

Was denn? Komm hoch, Bruder, es regnet. Ich sag der Concierge Bescheid, dass sie dich rauflassen soll.

Ich mag's wenn Jah mich baden will.

Sei nicht albern, Priest. Es ist halb zehn Uhr abends. Ich kann dich wegen dem verdammten Donner kaum verstehen.

Letzten Donnerstag bist du zu mir gekommen und hast gesagt, Priest, ich will dem Mann nur eine Frage stellen. Und ich sag, du kannst fragen, aber erstens muss er dir nicht antworten, und zweitens gefällt dir die Antwort vielleicht nicht. Erinnerst du dich?

Na klar erinnere ich mich, das hast du zu mir gesagt, du hast gesagt, pass auf, was du über Papa-Lo wissen willst.

Ach, über Papa-Lo hab ich nichts gesagt. Er ist nicht der Einzige, den du ausgefragt hast.

Hä? Meinst du Shotta Sherrif? Das hast nicht du arrangiert, sondern ich.

Ich red von dem JLP-Mann, Brethren. Du hast mit Josey Wales gesprochen.

Yeah. Na und? Er war da. Ich hab ihn gefragt, ob wir ein bisschen quatschen können, er sagt Ja, also hab ich ein paar Fragen gestellt.

Ich hab dir auch gesagt, dass ich bald den Mund halten muss, denn die fangen langsam an, mich für einen Spitzel zu halten. Brethren, ich sag nichts als die Wahrheit, ich bin nicht mal so was Ähnliches wie ein Spitzel.

Du bist kein Spitzel, schon verstanden. Komm rein, Bruder.

Ich hab dir auch gesagt, du sollst nicht glauben, dass jeder in Jamdown zum Idioten wird, wenn er einen Weißen sieht. Geh nicht ins Getto ohne deinen Gettopass.

Priest ...

Geh nicht ohne deinen Gettopass, hab ich dir gesagt.

Priest, glaubst du nicht auch, dass du Scheiße redest?

Ich hab gesagt, geh nicht in ein gewisses Gebiet, bevor ich den Leuten nicht Bescheid gesagt hab. Ich hab dir gesagt, geh nicht in ein bestimmtes Gebiet, wenn ich nicht dabei bin.

Verdammter Priest, ich habe eine Weile gebraucht, um zu kapieren, dass er nicht das ist, was er mir erzählt hat. Aber dann habe ich mir gedacht, wenn du Information von ganz oben willst, dann musst du ganz unten anfangen, bei einem Widerling. Will sagen, Spitzel sind das Letzte, egal wo man ist. Man sollte es nicht glauben, aber es sind in jedem Land, in das du fliegst, genau die gleichen Typen. Ein Drittel

Judas, ein Drittel Lügner, ein Drittel einfach ein erbärmlicher Loser, der genau weiß, dass er nur so lange wichtig ist, wie er es behauptet. Besonders der hier sondert Zeugs ab, als hätte er das fünfte Buch Mose ganz alleine geschrieben. Gettopass, so ein Quatsch, die Typen in den Eight Lanes, bei denen ich schließlich gelandet bin, halten ihn für den größten Bombocloth-Witz des Gettos. *Glaubt Priest wirklich, dass sein Geschwafel hier in den Eight Lanes was zählt? Glaubst du, du kannst hierherkommen, nur weil er dich hergeschickt hat oder dich begleitet? Weißt du, warum er Priest heißt?*

Weil er der Einzige ist, der in Copenhagen City und den Eight Lanes herumlaufen kann, hat er gesagt.

Leck mich am Arsch, das hat er gesagt? He, hast du gehört, was Priest ihm erzählt hat, Brethren?

War das gelogen?

Nee, Mann, das stimmt zum Teil, aber nicht, weil er wie Jesus wandelt, der verdammte Idiot tut nur so, als würd er dir gleich fünf Brote und zwei Fische geben.

Hä?

Priest kann einfach so durchs Getto gehen, weil nicht mal 'ne Pussy Angst vor ihm hat.

Also, er ...

Hör mal gut zu, du Weißbrot. Ist lange her, da wollte Priest Gangster werden. Lange her. Jeden Tag fragt er den Don, Mann, bekomm ich jetzt eine Knarre? Bekomm ich eine Knarre? Siehst du nicht, dass ich das Zeug zum Rudie hab? Also, Shotta Sherrif hat es satt, dass das kleine Pussyhole ständig rumwinselt, und gibt ihm eine Knarre. Und weißt du, was der Knabe macht? Er schiebt sich die Knarre in die Hose, und plötzlich, Bumm!, hat er sich den Schwanz weggeschossen. Ist ein Wunder, dass er nicht gestorben ist.

Einmal hab ich Shotta gefragt, ob er die Knarre absichtlich entsichert hat, aber da hat er keine Antwort gegeben.

Ist ein Wunder, dass er sich danach nicht umgebracht hat. Ich meine, wenn du nicht mehr vögeln kannst, wofür lebst du dann noch?

Bruder hat immer noch seine Zunge.

Was hast du da gerade gesagt?

Die Eight Lanes. Es stimmt schon, Priest hat keinen Finger gekrümmt, um mich in die Eight Lanes zu bringen. Ich habe einfach der nervösen Lady beim Jamaica Council of Churches gesagt, ich würde gerne mit den Leuten sprechen, die hinter diesem Friedensabkommen stecken. Sie hat telefoniert, und bevor ich michs versah, sagt sie, Du kannst morgen da runtergehen. Die Jamaikaner verlassen sich immer auf ihre Präpositionen. Es heißt immer hier hoch oder da runter, dort runter oder hier rauf. Ganz sicher nie Copenhagen City. Man schlendert über den Markt, und wenn man nicht schon beduselt von dem ganzen Zeug ist, den Bretterbuden voller Bananen und Mangos und Akee und Grapefruits und Jakobsfrüchten und Rüschenkleidern und Garbadinestoff für Hosen und – wenn man genau hinsieht – Jointpapierchen, dazu wummernder Reggae, immer wummernd, dieses Zeug hörst du nie im Radio, dann bist du schon so gut wie an der ersten der Eight Lanes vorbei.

Aber jede Lane hat eine Ecke, und an jeder Ecke stehen vier bis sechs Typen, die nur darauf warten, dass was abgeht. Sie ließen mich in Ruhe, also nahm ich an, dass sie sich dank des Sängers daran gewöhnt haben, Weiße in ihrem Territorium herumlaufen zu sehen. Bessere Erklärung: Keiner rührt sich, wenn die Dons es nicht befehlen. Nichts geht über vier Jungs, die nur darauf warten, zuzuschlagen und von einer unsichtbaren Leine gehalten werden. Priest war so damit beschäftigt, mich vor Copenhagen City zu warnen, dass er gar nicht auf die Idee kam, ich könnte in die Eight Lanes gehen. Dabei hat er mir erst gestern von ihnen erzählt. Priest glaubt außerdem, dass ich nach seiner Pfeife tanze. Er glaubt auch, dass ich irgendein dämlicher Amerikaner bin, der nur deshalb noch lebt, weil es ihn gibt. Aber weiß Gott, vielleicht war es doch dumm, hierherzukommen.

Wenn man bedenkt, was ich alles getan habe, um nicht mit diesen Idioten an der Nordküste in ihren »Jamaica Me Crazy«-T-Shirts in einen Topf geworfen zu werden, aber man kann nicht zu jedem Bruder ich kenne das echte Jamaika sagen. Ich war mit den Stones hier, als sie *Goats Head Soup* im Dynamic Sounds einspielten, aber ich kann nichts dafür, dass das Album absolute Scheiße war. Und in den Jahren seit 1976 bin ich immer mal wieder mit Peter Tosh in einem Raum gewesen, ohne dass er mich gleich hätte rauswerfen lassen. Und du hättest dabei sein sollen, als ich dem Sänger erzählte, seine Version von »And I Love Her« sei für Paul McCartney das beste Beatles-Cover aller Zeiten.

Also, ich habe keine Angst, mich weit nach Kingston hinein zu wagen. Aber heiliger Bimbam, es gibt weit hinein, und es gibt das hier. Alles ist so, als ob du es noch nie gesehen hast, obwohl du es schon hundertmal gesehen hast. Wenn ich vorher irgendwelche Vergleiche gezogen hab – hier gibt es keine. Du gehst an den Jungs an der Ecke vorbei, und es würde dir nie einfallen, den Kopf zu heben und einen Blick in die Runde zu werfen. Du gehst an den Jungs vorbei und an den Domino-Spielern. Der Mann direkt vor mir hat die Hand weit hinter den Kopf gehoben, um den letzten Stein mit voller Wucht auf den Tisch krachen zu lassen und wahrscheinlich zu gewinnen. Ich kann schon sein Grinsen erkennen, aber dann sieht er dich, und die Hand stockt, und er legt den Domino so zart auf das Brett, als sei das Spiel selbst so lahm, dass er sich schämt, weil ein Weißer es beobachtet.

Du gehst weiter und fragst dich, ob du hier gerade die große Attraktion bist. Du wartest geradezu darauf, dass die Leute dich ansehen, ja, anstarren, aber dieses Film-Phänomen, damit rechnest du nicht. Wenn alles in Zeitlupe abläuft und die Stille in deinen Ohren dröhnt und du dich fragst, ob die Musik gerade aufgehört hat oder ein Glas zerbrochen ist oder zwei Frauen gerade die Luft anhalten oder ob es schon die ganze Zeit so still ist. Und dann gehst du am ersten Haus vorbei, nein, kein Haus, ein Zuhause vielleicht, aber sicher kein Haus, und du versuchst, nicht an den drei Kindern, die im Eingang stehen, vorbei hineinzustarren. Du machst es natürlich trotzdem und fragst dich, warum es da drin so hell ist? Ist das ein Durchgang zwischen zwei Häusern, oder fehlt einfach das Dach? Aber die Mauer ist blau und massiv, und du fragst dich, wer sich darum gekümmert hat.

Der kleine Junge trägt ein *Starsky-&-Hutch*-T-Shirt, das ihm bis zu den Knien reicht. Er lächelt, aber die beiden etwas größeren Mädchen haben schon gelernt, das zu vermeiden. Die auf der unteren Stufe, fast auf Straßenhöhe, hebt das Kleid, um ihre Jeansshorts zu zeigen. Die Tür hinter ihnen ist stark verwittert, sie wirkt wie Treibholz, aber ich versuche, auch da nicht hinzusehen, denn nur etwa einen halben Meter weiter sitzt eine Frau auf den Stufen, die das Haar eines größeren Mädchens auf der Stufe darunter kämmt. Und zwischen den drei Kindern und der Frau – Mutter? – ist eine Ziegelmauer, in der so viele Ziegel fehlen, dass sie wie ein Schachbrett aussieht. Irgendwer hat angefangen, sie weiß zu streichen, dann aber aufgegeben. Auf gewisse Weise ist das verwirrend, denn die PNP hat die Wahl gewonnen, und das hier ist PNP-Revier. Man sollte denken, dass ihr eigener Slum besser dasteht, aber es ist schlimmer als im JLP-Gebiet. Schlimmer ist in Kingston jeden Tag relativ und – verdammt, da sitzt ein verdammter Mann auf meinem verdammten Bett, und ich denke über ein zehn verdammte Meilen entferntes Getto nach.

Scheiße, Alter, sitz gerade, lass dich nicht weiter aufs Bett sinken. Mach schon, du bist jetzt wie lange hier, zehn Minuten? Schläfst du? Ich mache das auch manchmal, die Stirn in die Hände legen und die Arme auf die Knie stützen, aber normalerweise schlaf ich nicht, ich trippe. Ich weiß nicht. Scheiß drauf, ich werd mich umdrehen. Was ist das Schlimmste, das passieren kann? Ein kurzer Panikanfall, bevor er merkt, dass ich immer noch schlafe. Das ist nur natürlich, ich sollte mich bewegen, er wird es merkwürdig finden, wenn ich mich nicht bewege, oder? Ich will sein verdammtes Gesicht sehen. Er reibt sich den Hinterkopf, kahl, wie ich jetzt erkenne, und die Hand, ist die rötlich-braun? Vielleicht Hyperämie? Ich werd mich jetzt umdrehen und ihm in den Rücken treten. Genau das werd ich machen.

Nein. Ich will in meinem eigenen verdammten Hotelzimmer einfach nur aufstehen und eine verdammte Tasse Kaffee bestellen, der nicht schmecken wird, denn in so einem Billigheimer-Hotel glauben sie, dass die Amerikaner zu dumm sind um zu wissen, wie echter Kaffee schmecken sollte, was in gewisser Weise auch stimmt, wenn man jeden Scheiß bis zum letzten Tropfen trinkt, aber ich werd ihn so oder so trinken, damit mein Mund was zu tun hat, während ich dieses verdammte Band von gestern transkribiere, das vielleicht nicht mal was Interessantes enthält.

Und dann schnapp ich mir meinen Rucksack und zieh die Jeans an und spring in den Bus und schau mir die Leute an, die denken, Heilige Scheiße, da ist ein Weißer im Bus, wobei, so denken die das nicht, und ich kümmere mich nur um meine verdammten Angelegenheiten und steig vor dem *Gleaner* aus dem Bus und rede mit Bill Bilson, auch wenn er ein beschissener Handlanger der JLP und der amerikanischen Regierung ist und diesem Typ von der *New York Times* ständig irgendwelchen Mist erzählt. Aber grundsätzlich ist er ganz in Ordnung und immer für ein anonymes Zitat oder zwei zu haben, und ich will ihn nur fragen, wie es kommt, dass sich Josey Wales nicht erinnern kann, an welchem Tag der Sänger angeschossen wurde (aber es war ein trauriger Tag), aber mir erzählt, sie hätten auf ihn geschossen, als er gerade seinem Manager ein Stück Grapefruit reichte, obwohl von diesem Detail niemand außer dem Sänger, seinem Manager und mir wissen kann, da ich der Einzige bin, mit dem sie darüber geredet haben. Ich meine, es ist kein Geheimnis oder so was, aber genau die Art von Detail, das erst dann zutage tritt, wenn man lange und hart dran gearbeitet hat, dass der Interviewte sich wohlfühlt.

Natürlich werde ich die Grapefruit nicht erwähnen, allerdings scheint dieser Don ziemlich gründlich über die Umstände des Mordanschlags – den ich übrigens nicht so nennen darf – Bescheid zu wissen. Ich habe den Sänger gefragt, wer versucht hat, ihn umzubringen, und er schaut mich an, lächelt und sagt, das ist streng geheim. Das hab ich Josey Wales gegenüber auch nicht erwähnt, denn ich weiß nicht, als ich das letzte Mal nachgesehen habe, war noch nicht VER-FLUCHTER SCHLAPPSCHWANZ auf meiner Stirn tätowiert.

Scheiße, ich kann einfach nicht geradeaus denken. Das ist so nicht passiert. Ich meine, das war noch nicht passiert, ich bin immer noch an der Ecke der Eight Lanes und warte auf Shotta Sherrif, nicht Josey Wales. Wie zum Teufel komme ich überhaupt auf Josey Wales? Niemand macht sich über ihn Gedanken, und ich wette, dass ihm das auch sehr recht ist. Josey Wales ist Copenhagen City. Aber das war erst später, Alex Pierce. Was du in Eight Lanes erfahren hast, hat dich nach Copenhagen City aufbrechen lassen, um ein paar Sachen zu klären. Aber zuerst war ich in den Eight Lanes. Ich war dort, um Shotta Sherrif zu treffen. Ich wollte wissen, ob angesichts der Morde auf der Orange Street und der Pechon Street letzte Woche, wo ein JLP-Junge einen PNP-Jungen im Streit um seine Freundin erschossen hat, das Friedensabkommen noch gültig ist. Und den finalen Showdown mit der Polizei, wo die Jungs in Schwarz und Rot Waffen und Munition sichergestellt haben, die selbst die U.S. Nationalgarde nicht zur Verfügung hat.

Natürlich würde ich so eine Frage nie stellen. Nachdem ich am Begrüßungskomitee vorbei war – übrigens dieselben, die mir diese interessanten Dinge über Priest erzählt haben –, entdeckte ich ihn unter einer Straßenlaterne sitzend, wo er auf mich wartete. Und tatsächlich sagte er, Brethren, ich hab hier lang auf dich gewartet. Die Kommunikation im Getto ist rückständiger, aber auch direkter als ein Telefongespräch. Er saß einfach auf einem Barhocker aus Stahl vor einer Bar, zehn Meter von der Ecke, an der ich reingekommen war, rauchte, trank ein Heineken und sah zu, wie das Dominospiel auf sein Ende zuging. Er sah genauso aus wie einer, zu dem man hingeht und fragt, He, hast du diesen Typ namens Shotta Sherrif gesehen?

— Weißt du, das ist nicht gerade der Ort, an dem man mit einem funkelnden Barhocker rechnet.

— Oder dem wiedergekehrten Jesus. Mit einem Tonbandgerät.

— Das hör ich immer wieder.

— Was hörst du?

— Vergiss es.

Er wusste auch, dass ich gekommen war, um über das Friedensabkommen zu sprechen. Stellt sich heraus, dass er und Papa-Lo gleichzeitig im Knast waren, genau als die Gunmen versuchten, den Sänger umzunieten, und wie jede vernünftige Gruppe von Männern, die der Zufall zusammengewürfelt hat, fingen sie an nachzudenken. Und bevor man sichs versieht, gibt es ein Friedensabkommen, über das sogar Jacob Miller einen Song schreibt – na ja, keinen tollen –, und der

Sänger kommt zurück, um den Handel mit einem weiteren Konzert zu besiegeln. Ich wollte wissen, was zu diesem Abkommen geführt hatte und ob seine Zukunft nicht schon wieder auf der Kippe stand. Ich fragte ihn nach der Nacht, bevor die Armee diese Jungs in Green Bay ermordet hatte, was der unmittelbare Auslöser für das Friedensabkommen war. Hatte er jemals von Junior Soul gehört? Fraglich, ob es diesen Gunman mit dem Namen eines Doo-Wop-Sängers wirklich gegeben hat, aber wenn doch, dann musste Shotta Sherrif von ihm gehört haben. Ich meine, auch er ist wichtig für das Zustandekommen des Friedensabkommens, wenn auch in einer, nun ja, ziemlich beschissenen Art und Weise.

— Nein, Star, nie gehört, wer ist das?

— Es heißt, Junior Soul war ein PNP-Gorilla.

— Gorilla?

— Ein zwielichtiger Typ.

— Zwielichtig?

— Lass gut sein. Also kam er nicht hier aus der Gegend?

— Niemand von hier hat so einen Namen, Jesus-Boy.

Mehr war aus Shotta Sherrif nicht herauszubekommen. Bevor ich ihn fragte, mit wem ich sonst noch sprechen könnte packte er mich, schaute sich um, ob jemand zusah und sagte, Das mit diesem Abkommen muss klappen, mein Freund. Es muss einfach. Es klang beinahe flehentlich. Ich stellte seinen Männern ein paar alberne Fragen darüber, ob sie wüssten, dass der »More More More«-Sänger eigentlich ein Pornostar ist, und ging.

Ein paar Tage vorher hatte Priest sogar jemanden für mich aufgetrieben, der mich wirklich weiterbrachte. Er nahm mich in eine wirklich schäbige Ecke in der von der JLP kontrollierten Hälfte von Kingston mit, wo die Scheiße auf der Straße floss, um einen der Männer zu treffen, die in Green Bay entkommen waren. Mein erstes Treffen mit einem echten Mitglied der Wang Gang. Der ging mit mir in eine nur ein paar Meter entfernte Bar und fing einfach an zu reden. Es heißt, dass Junior Soul sich in Southside, einem JLP-Territorium, eingeschlichen und mit der Wang Gang angefreundet hatte und dann andeutete, dass die Armee nicht genug Männer hatte, um eine Baustelle draußen in Green Bay zu bewachen. Junior Soul stellte den Kontakt zu einer Mata Hari im Kingston Hotel her, die den Jungs sagte, sie würden bald Knarren sowie jeweils dreihundert US-Dollar bekommen. Dann fickte sie drei oder vier von ihnen, um den Handel zu besiegeln. Priest erzählte mir von Junior Soul, der Überlebende erzählte mir von Sally Q., ein völlig unjamaikanischer Deckname. Armer Kleiner, wahrscheinlich nicht mal siebzehn, aber für ein Jamdown-Kid ziemlich alt für den ersten Geschlechtsverkehr.

Ihm fällt ein, dass dieser Junior Soul am 14. Januar aufgetaucht ist, na ja, es fällt ihm erst wieder ein, nachdem ich ihm meine Schachtel Marlboro, siebzig Mäuse und die Gerry-Rafferty-Kassette gegeben habe, von der ich gar nicht mehr wusste, dass sie noch in meinem Rucksack steckte. Er tauchte mit zwei Krankenwagen auf, *und das sah schon irgendwie verdächtig aus,* sagt der Junge, aber sag einem jungen Gangster mal, dass es Gratisknarren gibt, er muss nur hin und sie sich holen. Das ist wie einem Junkie zu sagen, dass er in einem Müllcontainer am Ende des Sträßchens herrenloses H findet. Dann sagte er noch was, eine beschissen wichtige Information, aber ich hab's vergessen. Muss in meinen Notizen nachsehen. *Die meisten von uns waren Rastas, du weißt schon, keine Sozis.* Genau. *Wir hatten nie mit Politik und Politricks zu tun, ja? Wir sind auf keiner Seite, also arbeiten wir für alle Seiten, verstehst du?* Aber es war Januar, direkt nach Weihnachten, und alle wussten, dass niemand im Getto Geld haben würde, und, schlimmer noch, die Wang Gang hatte den Kontakt zu allen anderen Gangs in Kingston abgebrochen.

Wir sind zu der Baustelle für die neuen Wohnungen, weil die dort Wachmänner gesucht haben, aber sie haben uns keine Waffen gegeben, und wir mussten uns selbst Waffen besorgen. Ich fand das schon komisch, aber wenn die Mutter von dem einen Kind im Norden dem Mann sagt, sie braucht Babynahrung, und die Mutter von dem anderen Kind im Süden sagt, der Kleine braucht 'ne Schuluniform, dann überlegst du nicht zweimal. Jedenfalls, dieser Mann mit den Knarren hatte Kontakt zu den Soldaten, und ich wusste ja, die Soldaten haben die Finger nicht

so schnell am Abzug, verstehst du. Wenn es die Polizei gewesen wäre,
hätte ich dem bombocloth Junior Soul gesagt, er soll sich verpissen, und
ihn außerdem verprügelt. Aber vor den Soldaten brauchten wir keine
Angst zu haben, solange wir ihnen aus dem Weg gehen. Wie ich schon
sagte, hatten wir nie mit Politik zu tun. Aber ich hatte keine Ahnung, bis
die Soldaten sagten, wir sollen uns alle in einer Linie aufstellen. Neben
der Zielscheibe, und ich lass mich gerade noch fallen, als würd ich ohn-
mächtig werden, genau bevor sie anfangen zu schießen. Ich kriech durch
Dornenbüsche, und das barfuß. Ich halt den Atem an, bis ich vom Ar-
meeland runter bin und im Zuckerrohr. Die Männer hatten sogar Hub-
schrauber, um nach uns zu suchen. Ist ein Wunder, dass sie uns nicht
gefunden haben, weil die Dornen meine Füße so zugerichtet haben, dass
ich eine Blutspur den ganzen Weg hinter mir hergezogen hab. Aber ich
kenn Green Bay. Ich hab vier Männer gerettet, indem ich sie aus den Bü-
schen ins Zuckerrohr geführt hab, dem Herrn sei Dank, dass das Zucker-
rohr so hoch war, dass wir uns vor dem Hubschrauber verstecken konn-
ten, den ganzen Weg runter nach Downtown zur Sister-Benedict-Schule.
Einer von uns schafft es, sich den anderen Weg zum Meer durchzuschla-
gen, und zwei Fischer haben ihn aus dem Wasser geholt. Und wir haben
tatsächlich die Polizei angerufen. Bei jeder anderen Gelegenheit hätten
die uns sofort um die Ecke gebracht, aber wenn es was gibt, vor dem sie
wirklich Angst haben, dann wenn die Soldaten ihnen dabei zuvorkom-
men, denn das Einzige, was die Polizei noch mehr hasst als die Gunmen,
sind die Soldaten. Ist das zu glauben, Brethren? Die Polizei kommt und
beschützt uns!

Je mehr Schnaps ich dem Mann spendierte, desto mehr redete er,
und je deutlicher er wurde, desto mehr Dinge passten nicht zusammen. Die Jamaica Defence Force hat sich in der ganzen Angelegenheit
nicht gerade bedeckt gehalten. Ich habe sogar den verantwortlichen
Offizier getroffen, ein ganz netter Mann, wenn auch etwas ungeho-
belt. Die Männer, die in das JDF-Ausbildungsgelände eindrangen, waren alle ehemalige oder aktuelle Mitglieder der Wang Gang. Sie eröffneten das Feuer auf die paar Soldaten, die an jenem Morgen dort
Schießübungen veranstalteten. Vielleicht wollten sie sich rächen, weil

die Soldaten bei einer Patrouille ihres Viertels ein bisschen zu hart durchgegriffen hatten. Oder sie glaubten vielleicht einfach, dass es hier ein nur leicht bewachtes Waffenarsenal gab, das man ausräumen konnte. So oder so bekamen sie, was sie verdienten, *fielen wild um sich ballernd über uns her wie die Cowboys um zwölf Uhr mittags.* Allerdings ... allerdings kann man nicht wild um sich ballern, wenn man keine Pistolen hat und genau deshalb hergekommen ist.

Als ich wieder im Büro von Bill Bilson war und ihm erzählte, ich hätte einen der Überlebenden von Green Bay getroffen, interessierte es ihn plötzlich sehr, wer das war. Einfach ein Typ, sagte ich. Du weißt doch, wie das ist, irgendwann sehen die alle gleich aus, sagte ich. Ein schwachsinniges Ressentiment, ich weiß, aber da die Jamaikaner im tiefsten Inneren davon überzeugt sind, dass jeder Weiße irgendwo ein Rassist ist, reichte das, um ihn vom Thema abzulenken. Jedenfalls zeigte er mir diese Fotos, die gerade irgendein Typ in seinen Briefkasten gesteckt hatte. Irgendein Typ? Na, wer tut denn jetzt geheimnisvoll, hätte ich fast gesagt, ließ es aber bleiben. Stattdessen schaute ich mir die fünf Körper an, die ausgestreckt im Sand lagen. Zwei auf einem Foto, zwei auf einem anderen und alle fünf auf einem dritten. Auf allen Bildern waren nur die Schatten der Soldaten zu sehen. Nur einer der fünf Toten trug Schuhe. Wenig Blut, vielleicht war das im Sand versickert, keine Ahnung. Ist ja nicht so, als wäre das das erste Mal, dass ich auf Jamaika eine Leiche sehe.

— He, Bill, was hat's damit auf sich? Weiß die JDF, dass du die hast?

— Inzwischen bestimmt. Kann nicht mal sicher sein, ob das nicht direkt von denen kommt.

— Ach ja? Was ist das für eine Story?

— Was schreibst du denn für eine Story?

— Hä? Nein, Bruder, erst deine. Es gab doch bestimmt eine offizielle Erklärung. Ich meine, das Ganze ist vor fast einem Jahr passiert.

— Erklärung? Die Soldaten geben keine Erklärungen ab. Aber dein Freund, der Major ...

— Der ist nicht mein Freund, Kumpel.

— Das solltest du mal einem gewissen Gunman erzählen. Jedenfalls hat der Major keine Erklärung abgegeben, aber gesagt, dass eine Gruppe Angreifer ein paar JDF-Offiziere auf dem Schießplatz attackiert hätten. Vielleicht haben die Gunmen geglaubt, auf einem Schießplatz müssten auch irgendwo Waffen sein.

— Wer sagt denn, dass es Gunmen waren?

— Jeder Einzelne von ihnen kam aus West Kingston.

— Hat er das gesagt oder du?

— Haha. Du bist ja ein ganz Schlauer. Jedenfalls sagte er, dass sie mitten am Tag auf dem Gelände aufgetaucht wären wie die Cowboys. Die JDF hatte gar keine andere Wahl, als zurückzuschießen.

— Muss man nicht beschossen werden, um zurückzuschießen?

— Was meinst du damit?

— Nichts, Kumpel. Ich red nur. Diese Typen haben also um die Mittagszeit angegriffen, stimmt's? Er hat Mittag gesagt?

— Ja, schon.

— Ähm. Aber ...

Ich raffte es nicht. Ich meine, hör mal, die ganze Scheiße lag vor meinen Augen ausgebreitet wie eine fette Stripperin. Entweder war er so dumm, oder er machte auf nichts-Böses-hören-nichts-Böses-sehen, wie alle Jamaikaner, wenn sie sich mitten in Politricks wiederfinden. Der Major behauptet, dass die Gang mittags angegriffen hat und sie das Feuer erwidert hätten. Aber wenn ich das Foto anschaue, die Schatten, dann ist jeder einzelne Schatten lang gezogen. Und mittags gibt es keine langen Schatten. Diese Scheiße hat sich am Morgen abgespielt, das kann sogar ein halbblinder, seniler, halbdebiler alter Sack erkennen. Aber ich starre zu lange auf die Bilder. Er merkt, dass ich zu lange starre, und er hat auch nicht vergessen, dass ich mich mitten in der Frage unterbrochen habe. Die Jamaikaner sehen dich auf eine ganz bestimmte Art an, wenn sie kapiert haben, dass du zwar weiß, aber nicht schwer von Begriff bist. Denn dann fragen sie sich, wie lange du schon weißt, worum es geht und ob sie vielleicht zu viel gesagt haben. Wenn die Jamaikaner auf etwas stolz sind, dann auf ihre Begabung, sich bedeckt zu halten und sich nicht zu verplappern. Sich nichts anmerken zu lassen, auch wenn sie dich am liebsten auf der Stelle ficken würden.

Okay, keine Ahnung, warum mir dabei Aisha eingefallen ist. Vielleicht, weil ich im Bett liege. Vielleicht, weil ich im Bett liege und ein verdammter Kerl auf der Bettkante sitzt. Ich wünschte, ich hätte vor dem Schlafengehen meine Uhr nicht abgelegt. Bruder, kannst du nicht einfach was klauen und dann verdammt noch mal verschwinden? Wer zur Hölle legt eine Verschnaufpause ein, wenn er eine Bude ausraubt? Jesus nein, nein, nicht, bitte nicht, nicht rücken, Jesus, er will ... jetzt sitzt er auf meinem Fuß. Der Bastard hat seinen knochigen Arsch auf meinem Fuß. Er dreht sich um, heilige Scheiße. Jetzt ist es dunkel. Rote Dunkelheit, das Licht drängt durch meine Lider. Langsam öffnen ... nein, du verdammter Idiot. Will ich zusehen, wie er mich erschießt? Vielleicht ist es besser, wenn er ein verdammtes Loch mitten in meine Gedankengänge schießt. Dann sollte ich beim Sterben etwas Kluges denken. Ist das der Zeitpunkt, an dem ich über den Himmel und das ganze Zeugs nachdenken sollte? Meine evangelische Mutter wäre stolz. Glaubt er, dass ich schlafe? Wo ist das zweite Kissen? Wird er es über meinen Kopf legen und dann schießen? Ich bin so ein Feigling, so ein Feigling, so ein beschissener Feigling. Herr im Himmel. Auf, ihr beschissenen Augen. Er schaut mich nicht an. Er starrt immer noch auf den Boden. Scheiße, verdammt, was starrt er da an? Irgendwelche jesusförmigen Flecken auf dem Boden? Ich dachte, die gibt's nur an der Decke. Spermaflecken von den geilen Scheißkerlen, die vor mir in diesem Zimmer geschlafen haben? Ich hoffe, ich habe wenigstens saubere Laken bekommen. In einem Hotel diesseits der Half Way Tree Road kann man nie wissen.

Wenn du zwei Blocks weit gehst und dann nach links in die Chelsea einbiegst und bis zum Chelsea Hotel weiterläufst, dann stößt du auf ein großes Schild, auf dem steht, dass hier unter keinen Umständen ein Zimmer an zwei erwachsene Männer vermietet wird. Aber als Pädophiler kann man problemlos einchecken, oder wie? Keine Ahnung, warum ich das gerade denke, und keine Ahnung, warum ich mir plötzlich wünsche, dass diese Laken ordentlich gewaschen sind. Laken, die mich dazu bringen, Worte wie gewaschen zu benutzen. Nein, ordentlich gewaschen. Herr im Himmel, Arschloch, hau schon ab. Zumindest werde ich mich nicht mehr daran erinnern, was für ein verfluchter Feigling ich gewesen bin, dass ich in meinem Bett lag und gehofft habe, dass nichts aus meiner Tasche fällt oder dass mein linker Fuß aufhören würde zu zittern, aber vielleicht prickelt der auch nur, weil er eingeschlafen ist, und wie soll ich mit einem wagemutigen Sprung das Bad erreichen, wenn mein Bein eingeschlafen ist? Mein Bein. Bruder, kannst du nicht einfach ein Perverser sein? Kannst du mir nicht einfach an die Eier packen und dann verschwinden?

Also haben ein paar Kids, die Anfang 1978 von Soldaten in Green Bay erschossen wurden, zu einem Friedensabkommen geführt. Nicht mal ein Jahr später findet eine Schießerei mit Polizisten statt, und die Leute denken, jetzt wäre es mit dem Abkommen vorbei. Normalerweise ist es eine Falle, wenn ein Gunman in einer neutralen Zone auftaucht und plötzlich die Polizei oder Soldaten zur Stelle sind, manchmal haben diese Falle sogar die eigenen Leute des Gunman gestellt. Genau das ist ein paar PNP-Killern vor ein paar Jahren passiert (sagt Priest), und vielleicht auch mit dem Typen, nach dem ich Papa-Lo vergeblich gefragt habe. Ein Treffen, das Priest vermittelt hat, obwohl nur der Himmel weiß, was die von mir gedacht haben, denn immerhin bin ich dort als irgendein Kumpel von Priest aufgetaucht. Aber ich habe sowieso nicht verstanden, was es mit diesem Mord auf sich hatte, denn Priest hat mir erzählt, dass einer der Punkte des Friedensabkommens war, dass niemand jemanden an die Polizei verrät.

Himmel, sogar der Minister höchstselbst hat gelacht, als ich das Thema zur Sprache brachte. Er sagte *inoffiziell*, bevor ich anfing, alles mitzuschneiden, so als hätte er das letzte Woche in irgendeinem bescheuerten Film gehört, aber dann wiederholte er nur, was er schon in den Zeitungen gesagt hatte, nämlich dass man diese Männer wie Hunde jagen wird. Allerdings sind normalerweise eher die Hunde die Jäger und nicht die Gejagten, aber ich nehme an, jeder benutzt die Vergleiche, die er gerade zur Hand hat. Er hat aber immerhin mitbekommen, dass ich ein Klugscheißer bin, und mehr war bei diesem

Interview nicht in Erfahrung zu bringen. Der Minister hat sowieso nur einen Haufen Scheiße erzählt, mit seinem dämlichen krausen Haar, das er so fest zurückgekämmt hatte, dass es richtig glatt aussah.

Ich schweife ab. In der Hauptsache geht es bei dem Friedensabkommen darum, dass niemand mehr irgendwen an Leute wie den Minister verrät. Sagt jedenfalls Priest. Und doch hatten wir hier einen Toten, einen Gunman, Entschuldigung, politischen Aktivisten, und da ich mich mit den kriminellen Machenschaften hier auskenne, wusste ich, es war völlig unmöglich, dass Babylon diesen Mann ohne fremde Hilfe aufgestöbert hat. Die jamaikanische Polizei würde nicht mal eine Reklametafel mitten auf der Half Way Tree finden, auf der eine nackte Frau zwischen den gespreizten Beinen ihre Möse befingert und Hallo Babylon, hier bin ich sagt. Genau wie Priest konnte sich dieser Mann auf PNP- und JLP-Territorium bewegen. Anders als Priest hatte dieser Mann jedoch wirklich Macht, da er Papa-Los Nummer zwei oder drei war. Das ist schon bemerkenswert, oder? Dass Kingston an den Punkt kam, wo sich so ein hochrangiger Mann mit Männern betrinken konnte, deren Freunde er womöglich umgebracht hat. Bill Bilson, John Hearne, einfach jeder Journalist, jeder Intellektuelle, jede hellhäutige Person jenseits von Cross Roads, sie alle fragen sich auf die eine oder andere Art, wie lange das halten kann, allerdings nicht aus Sorge. Mit den lauten Seufzern und dem Kopfnicken versuchen sie auszudrücken, wie entnervt sie sind, aber eigentlich heißt es, dass selbst so was ihnen am Arsch vorbeigeht. Warum rede ich eigentlich ständig über dieses verdammte Friedensabkommen? Es gab ja noch nicht mal ein echtes Stück Papier. Andererseits sind sowohl Papa-Lo als auch Shotta Sherrif nach London geflogen, um mit dem Sänger darüber zu reden. Nichts davon ist wirklich neu, aber wie die Dinge innerhalb eines Jahres von hoffnungsvoll zu hoffnungslos mutieren konnten, ist mir ein beschissenes Rätsel.

Nein, genau genommen weiß ich es sogar. Papa-Lo weiß es, sagt aber nichts. Shotta Sherrif weiß es, aber kennt ihr das, wenn jemand einen Witz erzählt oder eine Geschichte und dann abbricht, weil er meint, dass man das Ende bereits kennt? Nur dass ich es wirklich nicht kenne.

Jetzt sitzt ein Mann in Marineblau auf meiner Bettkante. Ich habe Papa-Lo schon früher getroffen. Direkt vor dem Friedenskonzert bin ich mit Priest nach Copenhagen City. Ein großer Mann machte sich noch größer, indem er seine Arme ausbreitete und jeden umarmte, und selbst ich, der ja nicht leicht einzuschüchtern ist, war irgendwie sprachlos über die ungestüme Umarmung dieses großen Mannes. Hier sind alle sicher! Wir haben hier nur Love-and-Peace-Vibes!, sagte er und fragte dann, wo Mick Jagger sei, vielleicht hat er sich mehr schwarze Pum-Pum aufgehalst, als er schaffen kann. Bis ich kapiert habe, dass man die Glimmer Twins auch jenseits des Studio 54 kennt, hat es geschlagene zwei Minuten gedauert.

— Hast du *Some Girls* gehört? Ist für sie eine Rückkehr zur alten Form.

— Ich hör jede Menge Girls.

Das war alles, was aus ihm herauszubekommen war. Drücken wir auf die Vorspultaste: Vor ein paar Tagen hab ich ihn wieder getroffen, und ich habe noch nie einen so großen Mann gesehen, der so klein wirkte. Er hatte nicht mal die Energie, Priest die Leviten zu lesen, weil er den weißen Knaben noch mal angeschleppt hat. Er wollte nichts sagen über den Typ, den die Polizei erschossen hat. Er wollte überhaupt nicht über die Polizei reden. Er machte das, was alte Leute machen, wenn sie zu viel wissen oder das gewisse Alter erreicht haben, in dem man versteht, wie die Welt funktioniert: wieso die Leute so scheiße zueinander sind und warum wir alle so gemein und ekelhaft und widerlich sind und dass wir in Wahrheit alle verdammte Bestien sind. Diese Art Weisheit hat mit deinem tatsächlichen Alter nichts zu tun, denn Papa-Lo ist nicht alt, niemand im Getto wird alt. Es ist nur der Zeitpunkt, an dem einen eine, wie soll ich sagen, eine graue und große Erkenntnis ereilt, und man weiß einfach, dass es sich nicht mehr lohnt, sich noch groß anzustrengen. Aber wie ich schon sagte, es brauchte nur ein Jahr, bis er so aussah, und dadurch wirkte er erschöpft. Nein, nicht erschöpft, resigniert.

— Warum hat die Polizei deine Nummer zwei umgebracht?

— Warum sind Rosen rot und Veilchen violett?

— Das versteh ich nicht.

— Y ist ein betrügerischer Buchstabe mit einem langen Schwanz. Schneid den Schwanz ab, und du hast ein V. V für Vagabund, und du bist ein Vagabund.

— Wie viele haben sie gebraucht, um ihn umzubringen?

— Zwei oder drei, wie ich gehört habe.

— Meinst du, die PNP hat deinen Mann verraten?

— Was?

— Die PNP. Haben die denen einen Tipp gegeben? Und warum hat die Polizei das Abkommen nicht respektiert?

— Weißbrot, du bist ein Scherzkeks. Wer hat dir gesagt, dass die Polizei das Abkommen unterschrieben hat? Und was meinst du damit, dass die PNP jemand verraten hätte?

— Vielleicht hast du recht.

— Haha, Weißbrot, willst du mir erzählen, ob ich recht habe oder nicht?

Er hatte recht. Shotta Sherrif schaute mich an, als ich ihn nach dem Tod von Nummer zwei fragte. Er schaute mich exakt so wie Papa-Lo an.

— Schlechte Zeiten für den einen sind gute Zeiten für einen anderen, mein Junge. Schlechte Zeiten für den einen sind gute Zeiten für einen anderen.

— Wer hat die Nummer zwei an die Polizei verraten?

— Hast du Josey Wales gesehen, seitdem du hier bist?

— Ich hab ihn nur ein Mal getroffen.

— Er lebt drüben auf der anderen Seite. Frag ihn nach der Nummer zwei.

— Josey Wales?

— Ich weiß überhaupt nicht mehr, was auf der Straße los ist. Der Frieden ist vorbei.

— Der Frieden zwischen wem? Darf ich fragen, was du damit meinst? Darf ich dir noch ein paar mehr Fragen stellen? Papa?

Durfte ich nicht. Ich brauchte auch nicht zu Josey Wales zu gehen, er kam zu mir. Gerade als ich durch Papa-Los Tor ging – keine Ahnung, warum ich rückwärts ging, aber ich ging rückwärts –, lief ich in zwei Typen hinein. Der Kahlköpfige sagte nichts, schaute mich nicht einmal an, sogar als er mich am Arm fasste und die Straße entlangführte. Der Don will jetzt mit dir reden, sagte der andere Typ, größer, fetter, mit Baby-Dreadlocks. Aber ist Papa-Lo nicht der Don? Diese Frage verkniff ich mir. Der kahle Typ trug Blau, der mit den Dreadlocks Rot, beide im Gleichschritt, wie in einem Cartoon. Und die Menschen auf der Straße schauten einfach weg. Wenn wir an ihnen vorbeigingen, schauten sie einfach weg, wirklich, fast alle. Alle schauten weg, nur zwei Frauen und ein Mann hielten Blickkontakt und starrten, als würden sie gar nicht mich ansehen. Als wäre ich ein Geist, oder ein Fremder, der aus der Stadt gejagt wird. Sie brachten mich zu Josey Wales, führten mich durch die Eingangstür, aber keiner sagte mir, wohin ich mich setzen sollte. Ein Esso-Kalender klebte vor einem der drei großen Fenster des Wohnzimmers. Die ersten Fenster, die ich sah, die nicht zerschossen waren. Vorhänge vor jedem Fenster, rote und gelbe Blumenmuster, er lebt mit einer Frau zusammen.

— Hübsche Vorhänge.

— Du stellst ziemlich viele Fragen, Weißbrot.

— Hä, das war doch keine ...

— Rennst überall herum mit deinem kleinen schwarzen Notizbuch. Schreibst du da alles rein?

Ich hatte schon gehört, dass Josey Wales eine hohe Meinung von seinem Englisch hat.

— Wo haben Sie so reden gelernt?

— Wo hast du scheißen gelernt?

— Was?

— Hebst du dir die intelligenten Fragen bis zuletzt auf?

— Entschuldigung, ich ... ich ... ich ...

— Du ... du ... du ...

Die ganze Zeit sehe ich nichts als den in ein Handtuch gewickelten Kopf einer Frau, die auf einem Sofa sitzt, mich aber nicht ansieht. Ein Mädchen, das einfach dasitzt und schweigt. Aber wo verdammt kommt seine Stimme her?

— Jetzt fällt dir nichts mehr ein, was? Setz dich, Weißbrot.

Ich setze mich auf den Stuhl, der neben der Eingangstür steht.

— Sitzt man in deinem Land nicht im Wohnzimmer?

Ich geh hinüber ins Wohnzimmer, wenn man das so nennen kann, denn es ist nicht größer als ein Wartezimmer beim Arzt. Auf dem grauen Sofa ist noch die Plastikabdeckung. Das ist keine Frau, die da sitzt. Ich sehe zuerst das Netzhemd und dann die großen Hände, die das Handtuch vom Kopf ziehen. Er reibt noch ein paar Mal kräftig damit über die Haare, dann wirft er es hinter sich. Vielleicht hat er eine Frau, die hinter ihm her räumt. Josey Wales. Er ist tatsächlich ziemlich groß, heller als Papa-Lo, aber die Augen stehen näher zusammen, als man erwartet, fast wie bei einem Chinesen. Sein Bauch spannt bereits das Netzhemd, die Uniform der Gettojugend, aber ich vermute, dass er sie nur im Haus trägt. Wenn ein jamaikanischer Gangster auf dem Weg nach oben ist, macht sich das zuerst an seiner Kleidung bemerkbar. Sobald er das Haus verlässt, trägt er ein Hemd, habe ich gehört, als könnte er jede Minute vor Gericht landen.

— Du hast deinen Stift immer griffbereit?

— Ja.

— Ich kenne ein paar Leute, die machen das so mit ihrer Knarre. Zwei von denen stehen gerade vor meinem Haus.

— Sie nicht?

— Aus der Mündung einer Knarre ist noch nie was Gutes gekommen. Du musst besser werden, meinst du nicht?

— Wie bitte?

— Beweg dich schneller. Bessere Reflexe, so nennt man das, glaub ich.

— Ich kann Ihnen nicht folgen, Mr. Wales.

— Mr. Wales sagt nur der Richter zu mir. Josey.

— Okay.

— Wie ich gerade sagte, aus der Mündung einer Knarre ist noch nie etwas Gutes ...

— Das hab ich verstanden.

— Steckt dir irgendwas im Arsch, oder warum unterbrichst du mich immer? Wie ich schon sagte, ich sagte gerade, es ist noch nie was

Gutes aus der Mündung einer Knarre gekommen, und da sehe ich, wie du zuckst. Du zwinkerst mit weit aufgerissenen Augen, als hättest du nie erwartet, so etwas aus dem Mund eines Don zu hören.

— Ich hab nicht ...

— Du hast, Brethren. Aber nur eine Sekunde lang, so schnell, dass es gewöhnliche Leute nicht mitbekommen hätten. Aber *gewöhnlich* lautet keiner meiner drei Namen. Du hast es vielleicht selbst nicht gemerkt.

— Nein, hab ich nicht, und wer dann, wenn nicht ich?

— Leute wie du bekommen nicht viel mit. Schreiben immer Notizen in ein kleines Buch. Du hast die Geschichte schon fertig geschrieben, bevor du überhaupt aus dem Flugzeug gestiegen bist. Dann suchst du nur noch nach irgendwelchem Mist, packst den dazu und sagst, Schau her, Amerika, so läuft das in Jamaika.

— Sie kennen nicht alle, nicht jeder Journalist ist so.

— Du bist vom *Melody Maker*?

— *Rolling Stone.*

— Und was hast du hier fast ein Jahr lang gemacht? Sind die schwarzen Pussys so süß?

— Was? Nein, nein. Ich arbeite an einer Story.

— Du brauchst ein Jahr, um eine Story über Copper zu schreiben?

— Copper?

— Copper. Du weißt nicht mal, wie der Mann heißt, über den du alle möglichen Fragen stellst. Copper, der Mann, der das Abkommen falsch gelesen hat.

— Es gibt etwas Schriftliches?

— Der *Rolling Stone* hat nicht gerade den hellsten Kopf hierher geschickt.

— Na ja, dumm bin ich nicht.

— Warum sollte der *Rolling Stone* einen Mann für über ein Jahr hierher schicken? Welche Story könnte so heiß und aktuell sein?

— Äh, eigentlich haben sie mich nicht geschickt.

— Allerdings. Eigentlich arbeitest du für keinen verdammten *Rolling Stone.* Oder *Melody Maker* oder überhaupt irgendeine Zeitung.

Die *New York Times*, die würde allerdings einen Reporter für ein Jahr hier stationieren, aber keine Zeitschrift, die am liebsten Battyboys auf dem Cover hat. Ich glaube, du bist einfach wegen schwarzer Pussy hier. Wie geht's dieser Aisha? Bearbeitet sie dich gut? Hat sie immer noch diese PUSSY, eng wie ein Nadelöhr?

— Herr im Hi...

— Sieht so aus, als wüsste ich mehr über dich als du über mich, Weißbrot.

— Aisha, sie ... sie ist nicht meine Freundin.

— Natürlich nicht. Das ist nicht der Verwendungszweck, den weiße Jungs wie du für schwarze Frauen haben.

— Ich hab überhaupt keine Frau für diesen Verwendungszweck.

Josey Wales' Lachen ist wie ein Keuchen durch zusammengebissene Zähne. Nicht wie bei Papa-Lo, der den Kopf zurückwirft und es tief aus seinem dicken Bauch herausschleudert.

— Eine gute Antwort, mein Freund. Gut und gemein.

— Ich bin noch die ganze Woche hier.

— Nein, du verschwindest heute.

— Das war ein Witz – ich bin noch die ganze Woche hier. Ich sage was, das Sie zum Lachen bringt, Sie lachen, und ich sag, ich bin die ganze Woche hier und hab noch mehr auf Lager. Das ist von einem Stand-up... ach, egal.

— Warum läufst du rum und stellst Fragen über Copper?

— Na ja, ich ...

— Du hast sogar Shotta Sherrif gefragt, diese halbe Portion.

— Der hat wirklich nicht viel gesagt.

— Warum sollte der Mann auch was zu sagen haben? Er hat ihn nicht mal gut gekannt.

— Waren Sie befreundet?

— Josey Wales liebt jeden.

— Ich meine Copper, nicht Shotta Sherrif. Hatte er wirklich mit der Friedensversammlung zu tun?

— Hä, was glaubst du eigentlich, was du wirklich über die Friedensversammlung weißt? Ich wette, du weißt nicht, dass die ein Witz war.

Frieden. Im Getto kann es nur eine Art von Frieden geben. Es ist echt einfach, so einfach, dass sogar ein Behinderter das kapiert. Sogar ein Weißer. In der Sekunde, in der man Frieden dies und Frieden das sagt, in der gleichen Sekunde legen die Gunmen ihre Waffen aus der Hand. Aber rate mal, was dann passiert. Sobald du deine Waffe aus der Hand legst, zieht der Polizist seine. Gefährliche Sache, so ein Frieden. Frieden macht dumm. Man vergisst, dass nicht jeder das Friedensabkommen unterschrieben hat. Gute Zeiten für den einen sind schlechte Zeiten für einen anderen.

— Hm. Das hab ich doch schon mal irgendwo … Sie sagen, das Friedensabkommen ist eine schlechte Idee?

— Nein. Das hast du gerade gesagt.

— Und was sagen Sie?

— Copper kommt aus den Wareika Hills, also fast vom Land. Er versteht nicht, wie es in Kingston läuft. Er kommt runter nach Copenhagen zu seinem guten Freund Papa-Lo, geht dann rüber und trinkt Rum mit seinem anderen guten Freund, Shotta Sherrif, und alles ist gut und ungefährlich, solange er auf JLP- oder PNP-Territorium ist.

— Aber dann im letzten Mai geht er nach Caymanas Park, und das ist …

— Niemandsland.

— Schlimmer noch, er geht ganz alleine.

— Diese Friedensstimmung hat einen verdammten Narren aus ihm gemacht. Das ist das Problem mit Frieden. Frieden macht einen unvorsichtig.

— Woher wusste die Polizei, dass er dort war?

— Glaubst du, es ist schwierig, einen Gunman ausfindig zu machen?

— Aber da war ein ganzer Haufen von denen, nicht nur zufällig zwei schmutzige Cops, die auf ein manipuliertes Rennen gesetzt haben.

— Ein Hinterhalt. Magst du Cowboyfilme?

— Ehrlich gesagt find ich sie scheiße. Ich bin teilweise Sioux.

— Sue?

— Sioux. Wie die Cherokee. Wie die Apachen.

— Du bist ein Indianer?

— Teilweise.

— Verstehe.

— Wissen Sie, wer ihn verraten hat? Copper, meine ich.

— Vielleicht er sich selbst.

— Aber einige der Männer hier sagen, dass er Papa-Los Nummer zwei war, vielleicht sogar eines Tages seine Nummer eins sein würde.

— Ein Mann, der nicht mal in Copenhagen City lebt, weil er Angst vor einer Kugel hat? Wer sagt das?

— Die Leute. Und jetzt, da er weg ist ...

— Durch – sagen wir, die gleiche verdammte Kugel, vor der er sich verstecken wollte? Also was, er ist weg? Man kann jeden Mann im Getto ersetzen, sogar mich.

— Verstehe. Was glauben Sie, was der Sänger dazu sagt?

— Seh ich wie der Hüter des Sängers aus?

— Nein, ich meine ... Sie sind wohl nicht sehr gut auf ihn zu sprechen?

— Keine Ahnung, was du damit meinst, aber der Mann hat viel durchgemacht. Die Leute sollen ihn mal ganz in Ruhe lassen. Ihn einfach in Ruhe lassen, ausruhen.

— Aber die Sache muss ihm doch am Herzen liegen, wenn er zurückkommt, um noch ein Konzert zu geben, besonders nach dem, was letztes Mal passiert ist.

— Haha. Diesmal rückt dem Sänger niemand auf die Pelle.

— Ich wette, das erste Mal hätte auch niemand gedacht, dass ihm jemand auf die Pelle rückt.

— Beim letzten Mal hat er einem Freund erlaubt, diesen Wettbetrug in seinem Haus durchzuziehen. Diesen Scheiß duldet er nicht noch mal. Diesmal schießt ihn niemand in die Brust, weil ihm niemand einen Dolch in den Rücken stößt.

— Warte mal, Sie glauben, die hatten es auf den Freund des Sängers abgesehen? Geht's hier etwa um einen Wettbetrug?

— Zum Sänger hab ich nichts zu sagen.

— Aber Sie haben von dem Freund gesprochen, nicht vom Sänger.

— Dieser gewisse Baum wurde schon vor langer Zeit gestutzt.

— Jetzt klingen Sie wie Papa-Lo.

— Das passiert, wenn die Leute aus der Welt verschwinden. Sie leben in deiner Erinnerung weiter.

— Ich klinge manchmal wie mein Dad.

— Ich bestrafe manchmal wie mein Daddy.

— Ach. Tatsächlich?

— Ja, Weißbrot. Einige Männer im Getto kennen tatsächlich ihren Vater. Einige von ihren Vätern waren sogar mit ihrer Mutter verheiratet.

— Ich hab nichts gesagt.

— Alles Wichtige, was du bisher gesagt hast, ist nicht aus deinem Mund gekommen.

— Ach.

— Papa-Lo ist der Grund, warum wir im Getto gut leben. Papa-Lo habe ich es zu verdanken, dass ich meine Scheiße nie wiedersehen muss, wenn ich sie mal die Toilette runtergespült habe. Für dich ist das selbstverständlich, was, Weißbrot? Dass du nie wieder über deine Scheiße nachdenken musst, wenn du den Hebel gedrückt hast. Ja, dank Papa-Lo haben die Menschen im Getto ein gutes Leben. Papa-Lo und der Sänger, das ist eins. Und dem Sänger wird das Gleiche passieren.

— Wie bitte?

— Du mich auch.

— Sie sind nicht grade ein Fan von ihm, oder?

— Ich hör lieber Dennis Brown.

— Er scheint an diese Waffenruhe geglaubt zu haben.

— Warst du schon mal im Gefängnis, Weißbrot?

— Nein.

— Gut. Denn wenn du erst mal im Gefängnis bist, dann prügelt die Polizei alles aus dir raus. Es geht nicht nur um den Schlagstock im Gesicht oder den Tritt in den Rücken oder den Faustschlag, der dich zwei gute Zähne kostet, sodass du nicht mehr richtig essen kannst, aber dir fast die Zunge abbeißt. Auch nicht darum, dass sie zwei Kabel nehmen, eins um deine Eier und das andere um deine Schwanzspitze wickeln und dann den Stecker reinstecken. Das ist erst der erste Tag, und nicht mal das Schlimmste, das im Gefängnis passiert. Das Schlimmste im Gefängnis ist, wie sie dir deine Zeit nehmen, oder das Datum, sogar deinen Geburtstag. Es ist die Hölle, wenn du nicht länger sagen kannst, ob es Mittwoch oder Samstag ist. Du verlierst den Verstand. Du verlierst den Bezug zur Welt da draußen. Weißt du, was passiert, wenn du Tag und Nacht nicht mehr auseinanderhalten kannst?

— Sagen Sie's mir.

— Schwarz wird zu Weiß. Oben wird unten. Katze und Hund werden Freunde. Du fragst dich, Was war das mit dem Friedensabkommen? Galt das zwischen zwei Parteien, oder zwischen zwei Männern, die zu lange im Gefängnis waren?

— Wie denken Sie über ...

— Fürs Denken bin ich nicht zuständig.

— Nein, ich meine den Sänger.

— Du denkst immer noch, ich sollte mir Gedanken über den Sänger machen.

— Nein, ich meine das Konzert letztes Jahr. Vielleicht glaubt er, dass er großen Einfluss auf diesen Friedensprozess hat.

— Das erste Konzert war für den Frieden. Das zweite war fürs Klo.

— Hä?

— Du arbeitest für eine Zeitschrift und hast überhaupt keine Ahnung? Dann muss das eine jamaikanische Zeitung sein.

— Trotzdem, nach zwei Jahren zurückzukommen, nachdem sie ihn fast gekillt haben.

— Sie wer?

— Ich ... ich ... ich weiß nicht. Die Attentäter.

— Wie in einem Bruce-Lee-Film.

— Die Killer.

— Wie in einem Clint-Eastwood-Film.

— Ich, ich weiß nicht, wer sie waren.

— Ha, Papa-Lo scheint es zu wissen. Ich habe eine Frage über den Sänger, die vielleicht nur du beantworten kannst, weil du von Draußen kommst, und hast du studiert?

— Ja.

— Die nur ein studierter Mann beantworten kann. Du weißt, was ein literarisches Stilmittel ist?

— Ja.

— Wenn also der Sänger in die Brust geschossen wird, mit einer Kugel, die für sein Herz gedacht war, glaubst du, dass er diesen Schuss in die Brust so wie jeden anderen Schuss betrachtet, oder hält er ihn für mehr als das? Für ein literarisches Stilmittel?

— Ein Stilmittel. Meinen Sie ein Symbol?

— So was Ähnliches.

— Sie meinen also, wenn er beinahe ins Herz geschossen wurde, könnte das bedeuten …

— Alles, was ein Schuss ins Herz bedeuten könnte.

— Woher wissen Sie, dass er fast ins Herz geschossen wurde?

— Habe ich gehört.

— Woher?

— *There's a natural mystic blowing through the air.*

Als ich Priest erzählte, dass ich mit Josey Wales gesprochen hatte, stand er draußen im Regen und weigerte sich hereinzukommen. Kennt ihr das, wenn man sogar im Finsteren erkennen kann, wie ein Mensch einen anschaut?

Auf meiner Bettkante sitzt ein Mann in Blau. Vor zwei Tagen ist Sid Vicious gestorben. Niemand weiß was Genaues, aber es heißt, dass seine Mutter dem Wichser gleich nach der Entziehungskur Heroin gespritzt hat. Der Rock ist krank in New York gestorben. Sie haben ihn nackt auf dem Bett gefunden, mit einer wahrscheinlich ebenfalls nackten Schauspielerin. Einundzwanzig. Scheiß auf Punk. Das einzige, worüber wir uns einig sind, ist *Two Sevens Clash*. Meine Mama wäre stolz. Wobei es bei Gott nicht die tollste Idee war, ein Hi-Fi-Freak zu einer Zeit zu sein, als die Band der Stunde Hawkwind war. Aber Sid Vicious ist vor zwei Tagen gestorben. Und Monate nachdem er seine Freundin umgebracht hat. Tote Männer, all diese toten Männer. Nur vier Menschen wissen, dass der Sänger fast ins Herz geschossen wurde. Der Sänger, sein Manager, sein Chirurg und ich, weil ich ihn an einem Glückstag erwischt habe, als er mich gerade mal nicht in den Arsch treten wollte, weil ich ihm durch ganz London gefolgt bin. Nur drei Menschen wissen, dass er gerade ein Viertel Grapefruit aß, weil er ein Stück abgeschnitten und seinem Manager gegeben hat. Nur zwei Männer wissen, dass er Selassie I Jah Rastafari sagte, und das weiß ich auch nur, weil ich ihn an einem Glückstag in London erwischt habe.

Auf der verdammten Kante meines verdammten Bettes sitzt ein verdammter Mann in verdammtem Blau. Und ich möchte ihm am liebsten sagen, doch mal seine verdammte Waffe zu nehmen und es endlich hinter sich zu bringen. Es verdammt noch mal einfach hinter sich zu bringen.

Mein linkes Bein ist eingeschlafen. Ich sehe irgendeinen Schwarzen und mehr Schwarze, und sie verschmelzen zu einem Schwarzen und keinem Schwarzen. Auf der Kante meines Bettes sitzt ein kahlköpfiger Mann in Blau, reibt sich den Schädel, reibt sich den vor Schweiß glänzenden hellbraunen Schädel. Sein Hemd ist marineblau. Mein verdammtes linkes Bein ist unter seinem Arsch eingeschlafen. Schau an die Decke, Alex Pierce. Zähl die Furchen im Stuck, halt nach Jesus Ausschau. Da ist Jesus. Such nach einem Kreuz. Such Italien, such einen Schuh, such ein Frauengesicht. Der Mann auf meinem Bett heilige Scheiße er hat eine Knarre der Wichser hat eine verdammte Knarre wedelt damit herum zielt auf seine Schläfe zielt auf mich, auf seine Schläfe, will er hier einen verdammten Hemingway durchziehen warum schleicht er in mein Zimmer um sich auszuknipsen Wichser ich spiel hier nicht dein Publikum Himmel Arsch kratz hier nicht ab und verteil dein Hirn auf meinen sauberen Laken schmutzigen Laken verdammter Abschaum verdammte Spermafleckenschamhaarlaken aber das sind meine und ich will dein verdammtes Blut und Hirn nicht überall darauf haben oh er will nicht sich erschießen er will mich erschießen verdammtes Herz hör auf zu pumpen sonst hört er's niemand hört ein Herz pumpen doch er kann er wird dich hören verdammt verdammt verdammt er lässt ihn kreisen wie ein Cowboy seinen Sechsschüsser *High Noon Liberty Valance die vier Söhne der*

beschissenen Katie Elder zumindest sterbe ich wie ein echter Jamaikaner das ist nicht lustig das ist verdammt noch mal nicht lustig verdammt ich werd heute nicht sterben ich werd heute verdammt noch
mal nicht sterben hör auf die Knarre wie ein verfluchter Revolverheld
herumzuwirbeln als hättest du gerade ein abgenudeltes Exemplar von
Gunfighter Ballads gehört das es in jedem Haus in Jamaika gibt ich
werd heute nicht sterben meine Mutter wird nicht einsam am Flughafen von Minneapolis-St. Paul stehen und auf einen verdammten Sarg
warten oder schlimmer noch Plakate in ganz Kingston aufhängen auf
denen steht VERMISST HABEN SIE DIESEN MANN GESEHEN? Bei
Dick Cavett auftreten und über ihren armen Sohn reden und die
fürchterliche Bürokratie in Jamaika die ihr nicht hilft und das Ganze
ist eine Verschwörung, wirklich, oder zumindest wird etwas vertuscht,
vielleicht ist es auch einfach himmelschreiende Inkompetenz die ihr
den Sohn genommen hat und sie weiß dass etwas im Busch war irgendjemand hat irgendwas gemacht und sie wird Himmel und Erde in
Bewegung setzen um die Wahrheit herauszufinden auch wenn die Polizei der Minister und selbst der Botschafter keinen Finger krümmen
wird um ihr zu helfen ich werde zu einer Story und sie wird eine dieser
abgehärmten alten Frauen deren anderes Kind sie im Stich lassen
wird (sie war die tollste Mom der Welt, bevor sie diese Obsession für
einen Geist entwickelte) und wird nichts mehr haben als ihre Zigaretten und eine Mission die Mission die Wahrheit herauszufinden. Sie
wird außerdem bei *60 Minutes* zu sehen sein und noch mal bei Cavett
und wenn alle das Ganze allmählich vergessen wird sie … Ich weiß
nicht, was sie machen wird.

Jesus Christus, mach, dass er geht. Mach bitte, dass ich meine Augen schließe, ich schließe sie so lange du willst, und wenn ich sie öffne,
ist er weg. Möchtest du, dass ich bete? Denn das werde ich, ich schwöre bei Gott. Schwöre bei Gott. Schwöre bei dir. Ach verdammt. Ich will
nicht daran denken, wie's im Himmel wohl ist. Wer verflucht macht
das schon? Ich jedenfalls nicht. Ich werd ihm einfach sagen, wenn du
mich jetzt hier umbringst, dann schau ich dir in die Augen, und mein
Bild wird sich für den Rest deines Lebens in deinen Kopf einbrennen.

Shadow Dancin'

Ich schwöre, ich werd dich wie verrückt und so unerbittlich heimsuchen, dass ein Exorzist dich anschaut und sagt, mein Sohn, es gibt keine Rettung für dich. Ich werd mit dieser kruzifixwichsenden Linda Blair und diesem verdammten Schwesternficker und Massenmörder aus Amityville kommen und dir einen Brocken aus dem Gehirn schneiden, damit wir drei uns dort einnisten können und dich dann von innen auffressen, wie Krebs. Ich werd dich heimsuchen, du Wichser. Du sollst wie vom Teufel besessen in der Kirche kreischen und blind werden und deine Schwester ficken, und ich sorg dafür, dass du überall mit dir selbst sprichst, denn nur du und ich wissen, dass du dann mit mir redest. Und ich sorg dafür, dass du über den Damm ins verdammte Meer fährst und trotzdem nicht stirbst, weil ich dich nicht sterben lasse, du wirst hundert Jahre leben, damit ich dich für immer verfolgen kann, ich schreibe meinen Namen an den Spiegel, jedes Mal, wenn du duschst, und eines Tages wirst du an der Decke lesen *Mach dich bereit, Schwänze in der Hölle zu lutschen,* ich werd dein Bett zum Beben bringen und deine Ellbogen zum Jucken, und du wirst dich so heftig kratzen müssen, dass alle kommen und nach deinem Heroin suchen werden, und alle Hunde werden dich meiden, weil sie spüren, dass ein Geist mietfrei in deinem Kopf wohnt, deshalb wende dich besser ab, steh besser auf und verlass sofort dieses Zimmer, oder ich schwöre bei Gott, ich mach das. Ich mach das. Ich mach das.

Das Telefon klingelt.

Er springt auf.

Ich spring auf.

Der Revolver fällt ihm mitten in der Drehung aus der Hand.

Er schaut mich an, ich schau ihn an.

Bückt sich nach dem Revolver, tritt ihn tritt ihn.

Ich trete ihm in den Rücken und noch mal an den Hinterkopf.

Roll dich jetzt herum, klettere aus dem Bett – er packt meinen Fuß.

Verflucht geh von mir runter geh verflucht runter er klettert das Bett hoch.

Schlag er greift nach meiner Hand und hält sie fest.

Reisst die Laken vom Bett kreiiiiii – Hand um meinen Hals.

Drückt. Bin rot bin rot werde röter eine dicke rote Gans wo sind deine Augen. Husten husten Hand packt meinen Hals drückt quetscht Adamsapfel ist ihm egal kann nicht schlagen kann nicht treten kratzen kratzen er versucht nicht mal mich aufzuhalten zerkratz sein Gesicht seine Wangen er schlägt die Hand weg als wär ich eine Schlampe eine verdammte Schlampe husten er sitzt auf meiner Brust ich kann nicht atmen kann nicht atmen eiserner Griff Jesus Christus Jesus Christus er packt meine rechte Hand als wär ich eine kleine dämliche Schlampe so eine dämliche Schlampe eine dämliche Schlampe ich bin eine verdammte dämliche Schlampe kann mich nicht bewegen mein Kopf festgenagelt brennender Kopf platzender Kopf heller Kopf dunkel nein ich muss ihr sagen muss ihr sagen ich wusste dass sie gehen würde vom ersten Tag an verdammt mein Leben zieht an mir vorbei jetzt ist es bald so weit zuerst die Füße entspannen, zuerst die Füße entspannen ich will zumindest entspannt gefunden werden was zum Teufel klingelt das Telefon ich erschrecke und er erschrickt die Hand ist nicht mehr an meinem Hals zu langsam greift wieder mit seiner Hand nach meiner Hand schlage meine Hand auf seine Hand schlage seine Hand seine Knöchel treffen mein Gesicht ich schlage wie ein Mädchen ich bin ein Mädchen kein Ton von ihm mein Finger glitschig seine Hand an meinem Hals würgt nicht hält mich nur fest er schaut sich danach um oh verdammte Scheiße er schaut nach dem Revolver dem Revolver dem Revolver ich schau nach der Lampe der verdammten schweren Lampe der Häkeldecke die Bibel verdammter Jesus Christus der Brieföffner ein Geschenk des Hauses zum Briefpapier er dreht sich wieder zu mir um mir den Revolver zu geben? Keinen Revolver? Ich kann den Revolver nicht sehen kann mich nicht erinnern dass ich ihn gepackt habe spitzes Ende warum sagt er denn nichts er will mir wieder an die Gurgel ich umklammere den Brieföffner er drückt ich hole aus ziele auf seinen Hals mein Knöchel schlägt unter sein Kinn fühlt sich an wie ein Schlag, meine Finger glitschen ab Scheiße nein steckt tief drin. Er schaut mich aus weit aufgerissenen Augen an greift nicht danach der Brieföffner in seinem Hals Blut tröpfelt dann spritzt es spritzt es wie aus einem defekten Wasserrohr seine

Augen bekommen diesen Ausdruck als könnte er nicht glauben was der Rest seines Körper da macht. Kein Laut er sagt nichts er zuckt nur rollt von mir runter, er liegt auf dem Bett, er liegt neben dem Bett, er geht Richtung Tür das rechte Knie knickt ein er richtet sich auf sein rechtes Knie knickt ein er liegt auf dem Boden.

Josey Wales

So viel weiß ich: es gibt drei Dinge, die nie zurückkommen dürfen. Nummer eins ist das gesprochene Wort. Nummer zwei habe ich 1966 vergessen. Nummer drei ist ein Geheimnis. Aber wenn ich eine Nummer vier hinzufügen müsste, dann wäre das er. Wie viele Kugeln müssen dein Herz verfehlen und sich in deinen Arm bohren, bevor du zu der Einsicht kommst, dass deine Heimat nicht mehr deine Heimat ist? Die Kugel im Arm wollte kein Arzt entfernen, denn sie wussten, wenn sie die anrühren, würdest du nie wieder Gitarre spielen können. Ich setze mich, bis das Telefon klingelt, noch mal eben in den hübschen Sessel, den meine Frau gerade poliert hat. Wie viele Kugeln? Vielleicht siebenundfünfzig?, hat er angeblich gesagt, doch niemand weiß, wann oder wem gegenüber er gesagt hat, dass für die sechsundfünfzig auf das Haus abgefeuerten Kugeln der Schuldige ebenfalls durch sechsundfünfzig Kugeln sterben soll. So eine Art von Prophezeiung verlangt nun aber nach einer neuen Art von Reasoning. Bedeutet das sechsundfünfzig für jeden Mann, sechsundfünfzig mal acht? Oder sechsundfünfzig durch acht geteilt, aber das müsste man schriftlich machen, und so schlau zu sein hab ich die Zeit nicht.

Oder vielleicht dachte er, sechsundfünfzig für den Mann hinter dem Plan, den obersten Boss, den Don Dada. Mir hängt dieses ganze Hexendoktor-Obeahman-Wahrsager-Geficke dermaßen zum Hals raus. Einer, der sich heute Rasta nennt, lässt spätestens nächste Woche schon Prophezeiungen vom Stapel. Dazu muss er auch nicht sonderlich klug sein, bloß ein oder zwei Höllenfeuer- und Schwefelstellen aus der Bibel kennen. Oder einfach behaupten, es sei aus dem

Leviticus, denn niemand hat je den Leviticus gelesen. Warum? Weil niemand, der den Leviticus bis zum Ende liest, das Buch noch ernst nehmen kann. Selbst für so ein Buch ist dieses Buch scheißverrückt. Du sollst nicht beim Knaben liegen wie beim Weibe, klar, das Reasoning verstehe ich. Aber keine Krabben? Nicht mal mit dem schönen, weichen, süßen gerösteten Yams? Und warum soll man deswegen töten? Und ein Mann, der meine Tochter vergewaltigt, wird sie ganz bestimmt nicht zur Frau bekommen. Wie denn auch, wenn ich ihn Stück für Stück in Scheiben schneide, ohne ihn umzubringen, damit er zusehen darf, wie ich seinen Fuß an einen streunenden Hund verfüttere?

Ich erinnere mich, wie mir letztes Jahr bei diesen Friedenspartys, von denen es nach Unterzeichnung des Abkommens plötzlich überall in West Kingston wimmelte wie vor Kopfläusen, ein Rasta ein Reasoning erklären wollte, wer die Zahl des Tieres trägt. Mit nichts kannst du einen Rasta mehr zum Eifern bringen als mit seinem »Armagideon«.

—Yow, sagt der Rasta, ich kauf nix, das nicht frisch ist, Brethren, weil alles, was verpackt ist, jetzt die Zahl des Tieres trägt. Du weißt schon, die Codenummer in dem weißen Kasten mit den schwarzen Linien.

Ich versuchte gerade, diesen Mann im Auge zu behalten, der dabei war, meine Frau auszuchecken, die im warmen Schein der Straßenlampe stand, während um sie herum die Leute tanzten. Es war irgendein Mann aus den Eight Lanes, der nicht wusste, dass der Ringfinger dieser Frau schon vergeben ist. Kein Grund zur Sorge – sie weiß schon, wie man mit dieser Sorte Männer fertig wird –, sie geht mit denen sogar härter um als ich. Aber das ist das Ding mit der Rasta-Philosophie. Auch wenn du weißt, dass es von vorn bis hinten totaler Scheiß ist, ist da doch irgendwie was dran.

—Barcode? Sag ich. Aber die Barcodes haben einen ganzen Haufen verschiedener Nummern, und ich bin mir sicher, ich hab noch nie eine 666 gesehen.

—Hast du wirklich nachgeguckt?

— Nein, aber ...

— Aber sagt einer, der viele Frauen hat, Brethren. Guck dir doch das Reasoning mal an. Niemand in Jamaika hat die Macht des Tieres. Die fressen einfach nur, was das Tier ihnen gibt. Hast du nicht gemerkt, dass die Nummern die ganze Zeit mit Null Null Null anfangen? Das ist Dezimalwissenschaft. Ganze Zahl und natürliche Zahl und Doppelzahl. Das bedeutet, alle Zahlen auf all den Codes in der ganzen Welt laufen am Ende auf 666 hinaus.

Ich ließ den Mann stehen, weil das Schlimmste an dem Ganzen ja war, dass es irgendwie anfing, einen Sinn zu ergeben. Und nichts auf dieser Friedensparty ergab irgendeinen verdammten Sinn. Nicht der Twelve-Tribes-Ableger der Rastafari, deren Hautfarbe jeden Monat heller wurde, nicht das JLP- und PNP-Palaver, Copenhagen City und Eight Lanes beim Dominospielen und am Umarmen und Küssen und Rumturteln, als hätt' ich nicht vor drei Jahren deinen Bruder, Vater und Großvater getötet. Was ist Frieden? Frieden ist, wenn ich ein kühles Lüftchen über die Stirn von meiner Tochter puste, wenn sie im Schlaf schwitzt. Das hier nennt man nicht Frieden, das nennt man einfach nur vorübergehenden Waffenstillstand. Das hab ich von Doctor Love gelernt.

Doctor Love ist grad nach Miami geflogen, er sagt, er muss da einen Präsidenten gewählt kriegen. Dorthin hab ich auch grade Weeper geschickt. Wer weiß, was die beiden so aushecken, wenn sie merken, dass sie beide Bücher mehr lieben als Frauen. Doctor Love sagt, Hermano, *die Arschlöcher aus Medellín, die werden dich testen, ja, noch mal testen, was hast du erwartet,* muchacho? *Letzte Woche haben sie ein totes Baby aus dem Leichenschauhaus gestohlen, es ausgenommen wie einen Fisch, den kleinen Scheißer mit Kokain vollgestopft, und irgendein Mädchen damit nach Fort Lauderdale fliegen lassen – nur einen Tag nach ihrer* quinceañera, *Hardcore wie ein Porno, oder?* Ich für mein Teil hab die Schnauze voll von den Tests. Sie wissen und ich weiß, dass der 3. Dezember einfach nur ein dummer Test war. Ich hab ihnen 'ne Botschaft geschickt, aber sie sagen, sie wollen eine Leiche. Ein toter Körper ist so gut wie der andere, mir egal. Nicht egal ist mir aber, dass so ein Spanisch sprechendes Bombocloth-Pussyhole denkt, er hätte es hier mit irgend'nem kleinen Lehrlingsjungen zu tun, den sie ständig auf die Probe stellen können.

Dezember 1976, der Sänger hatte gerade das Konzert im Park gegeben, und ich war dabei, meine Zeit im beschissenen Jamintel Communications zu verschwenden, weil ich ins Ausland telefonieren musste, und das bloß, um Doctor Love und irgendeinen Idioten auf Spanisch fluchen zu hören. Allerdings war es kein kubanisches Spanisch, deswegen verstand ich das meiste nicht, aber ich weiß, dass er scheißwütend war. Und ich denk, was denkt denn dieser Wichser, mit wem er da redet, als wenn ich nicht wüsste, was *hijo de puta* bedeutet? Was hat der denn gedacht, was ich jetzt tun würde – anfangen zu weinen und sagen, 'tschuldigung, Bossmann, nächstes Mal mach ich's besser, ich versprech's? Wie 'ne Nutte, die von ihrem Zuhälter zur Schnecke gemacht wird? Ich war drauf und dran, diesem *maricón* Bescheid zu geben, er soll sich um seinen eigenen Bombocloth-Scheiß kümmern, als Doctor Love zu mir gesagt hat, bring einfach nur den Job zu Ende, *muchacho*, bring es einfach zu Ende. Also wollen der jamaikanische Syrer, der Kubaner und der Kolumbianer alle dasselbe von mir, sie wollen eine Leiche, und keiner von denen kapiert, dass ich ihnen was viel Besseres gegeben habe als eine Leiche. In derselben Woche ruft mich Peter Nasser an,

— Bombocloth, was macht ihr scheiß Gettoleute da eigentlich?

— Das ist jetzt nicht das erste Mal, dass ich dieses »ihr Leute« von dir höre.

— Ich hab nicht ihr Leute gesagt, sondern ihr scheiß Gettoleute. Bombocloth, was ist mit dir los? Neun Mann?

— Acht.

— Acht Mann stürmen ins O.K. Corral mit, was, vierzehn Kanonen? Und trotzdem schafft es nicht ein Einziger, geradeaus zu schießen?

— Die können schon geradeaus schießen.

— Wie schaffst du es dann, der erste Mann in der Geschichte zu sein, der jemand eine Kugel in die Birne jagt, und der ist nicht tot? Verrat mir das mal, Meister.

— Ich weiß nicht, wen du mit du meinst. Oder bist du so ein verdammter Idiot, dass du nicht weißt, dass das Telefon angezapft sein könnte?

— Was? Sind wir hier in einem Agentenfilm oder wie? Wer um Gottes willen sollte dich abhören wollen?

— Auch so weiß ich nicht, wen du mit »du« meinst, aber ich bin sicher, dass er, wer auch immer es ist, nicht auf irgendjemands Kopf gezielt hat.

— Wie's aussieht, hat er, wer auch immer er ist, auf nichts als die Wand und den Himmel gezielt. Nee, Busha, so ein schlampiges Affentheater gibt's nur in Filmkomödien. Jetzt stell dir das mal vor, Hunderte von Kugeln, und die kriegen es nicht hin, einen einzigen beschissenen Mann aus dem Weg zu räumen. Das sind Maschinenpistolen, wie schwer kann es sein, damit zu schießen? Ich dachte, ihr Leute hättet von Louis gelernt, wie man mit den Dingern umgeht.

— Ich kenne keinen Louis. Und ganz sicher kenn ich »ihr Leute« auch nicht.

— Reiz mich nicht, Josey Wales. Nur dass du's weißt, ich hab ihm gesagt, dass es keinen Sinn hat, den Gettonaiggern irgendwas beibringen zu wollen, wofür man auch nur ein bisschen Intelligenz braucht. Da ist es praktisch programmiert, dass sie's versemmeln. Meine blinde Großmutter kann besser schießen als alle acht von euch zusammen. Ich weiß nicht, warum ich mir überhaupt die Mühe mache, dich anzurufen.

— Das weiß ich auch nicht, zumal ja keiner von diesen Leuten, von denen du die ganze Zeit redest, hier wohnt.

— Warum spar ich mir nicht gleich die Telefonkosten, he? Sag's mir!

— Weiß ich auch nicht, Busha.

— Was? Weißt du überhaupt, mit wem du redest? Bombocloth, weißt du, mit wem du redest, du kleiner ...

— Klein? Ich glaub, du musst wohl mal deine Hose runterlassen und da noch mal nachgucken.

Ich leg den Hörer auf. Es ist kein Zuckerschlecken, wenn du, obwohl du als Einziger nicht auf einer Eliteschule und auf dem College

Shadow Dancin'

im Ausland warst, als Einziger weit und breit überhaupt ein bisschen gesunden Menschenverstand hast. Ich wollte diesem ignoranten, schlecht sprechenden, syrischen Scheißhaus wirklich mal eine Lektion erteilen. Dass es schon schlimm genug ist, dass 'ne Menge Männer und Frauen den Sänger für einen Propheten halten. Aber leg den Typen um, und er macht Karriere als Märtyrer. So wusste die ganze Welt, dass, wer hätte das gedacht, der Sänger einfach ein Mann ist wie jeder andere auch, und er kann angeschossen werden wie jeder andere Mann auch – und wie jeder andere Mann in diesem Land ist nicht mal er sicher. Ich hab den Mann von seinem Sockel geschossen und auf normale Größe zurechtgestutzt. Peter Nasser hab ich nichts von alledem gesagt. Du musst durch einen Mann hindurchsehen, unter die Haut, bis zu seiner echten Haut, um zu erkennen, dass er, Peter Nasser, so weiß er auch sein mag (und er geht nicht mal zum Strand, weil ihn selbst eine Sonnenbräune schwarz aussehen lässt), nur ein weiterer scheiß-ignoranter Naigger ist. Aber wenigstens hat er mich dieser Tage Busha genannt. Ich muss meine Frau fragen, wann genau ich mich in einen Weißen verwandelt hab, der im Mayfair Hotel Drinks zu sich nimmt. Cho, Bombocloth, ich hasse es, wenn mich einer zum Fluchen bringt. Nur ignorante Männer fluchen.

Ich sag zu Doctor Love, der mich ebenfalls in jener Nacht anruft, dass ich keine Lust mehr habe, den Leuten von 1966 irgendwas zu beweisen, und wenn sie wirklich meinen, das hier wär die Grundschule, wo man ständig Tests schreibt, dann kann Medellín ja wieder die Battyboys von den Bahamas nehmen. Aber dann, um es mit den Worten der Rastas auszudrücken, trifft mich ein anderes Reasoning wie der Schlag. Wenn der Sänger wirklich zum Märtyrer wird, wäre das ein großes Problem, so viel ist sicher, nur wäre das dann ihr Problem, nicht meins. Peter Nasser wäre so damit beschäftigt, sich bei dem Versuch, eine Legende totzukriegen, in die Hosen zu scheißen, dass er keine Zeit mehr hätte, mir mit seinem Geficke auf die Eier zu gehen, weil, um mal die Wahrheit zu sagen, er und ich doch beide wissen, dass die Tage lange vorbei sind, als mir die Politiker vorschreiben konnten, was ich zu tun habe. Wenn jetzt ein Politiker was von mir will, sagt meine Frau, Er kann leider gerade nicht ans Telefon kommen, aber ich werde es ihm ausrichten. Wo wir schon über Dummköpfe reden, was dachtest du denn, was passiert, wenn du einem Mann mit ein bisschen Grips eine Waffe in die Hand drückst – dass er sie dir zurückgibt? So dumm war nicht mal Papa-Lo.

Darüber muss ich nachdenken. 8. Dezember 1976, gerade kommt in den Nachrichten, dass er und alle andern überlebt haben. Zu viel Babylon im Krankenhaus und außerdem hatte ich mir bis dahin schon Tony Pavarotti geschnappt, weil Weeper nicht der Richtige für so eine Aktion ist. Aber in der Notaufnahme hatten sie ihn schon behandelt und nach Hause geschickt. Nur der Manager war noch im Krankenhaus, und wieso hätten wir den erledigen sollen? Also fahren ich und Pavarotti runter zur Hope Road Nummer 56. Wir hatten mit Polizei gerechnet, aber das war nicht weiter schlimm, wenn du nur einen einzigen Schuss abzufeuern brauchst. Außerdem muss ich nur einen Anruf machen, und in sechzig Sekunden sind die verschwunden. Bloß, dass Nummer 56 völlig verlassen war. Leere Auffahrt und alle Fenster dunkel. Nicht ein einziger Polizist. Ich muss lachen und Pavarotti guckt mich an, als wollte er was fragen. In der Zwischenzeit macht Peter Nasser so viele Fehler, dass er im Fernsehen auftreten könnte – in einer Sendung zum Thema: wie viele Fehler kann ein Mann machen. Das dumme Stück Hundescheiße hinterlässt eine Nachricht, eine gottverdammte Nachricht bei meiner Frau, *Spielt der Weise beim Konzert seine Weisen, wird man ihn preisen, so eine Scheiße.* Eins der wenigen Male in meinem Leben, die ich Tony Pavarotti jemals hab lachen hören, war, als ich diese Notiz laut vorlas. Meine Frau wusste nicht, was hier eigentlich vor sich geht, also ließ sie uns beide lieber mal im Wohnzimmer allein. Tony Pavarotti war bei mir, und da hab ich mich gefragt, ob es ein Fehler war, Weeper zum Aufräumen zu schicken. Anstatt es selbst zu machen, hat der einfach wie ein total ängstliches Mädchen die Rastas zusammengetrommelt. Von meinem Telefon aus. Ich mache einen Anruf.

— Wo ist der Vogel hingeflogen?

— Brethren, wofür rufst du mich an?

— Ich wiederhol mich nur ungern.

— Er ist weg. Der Manager ist noch im Krankenhaus und ihn haben sie hoch auf den Hügel vom weißen Mann gebracht.

— Polizei?

— Einer mit im Auto und ein paar andere vor Ort. Die Twelve Tribes haben überall auf dem Hügel Wachen. Und ein Weißer ...

— Ein Weißer?

— Ein Weißbrot mit Kamera. Keiner weiß, wo der herkommt, aber er sagt, er wär von der Filmcrew. Egal, ich red nicht weiter.

— Doch, du redest sehr wohl weiter, Inspector.

— Ich sag nichts mehr.

— Im Gegenteil, du Kanarienvogel, du fängst gerade erst an.

— Nicht mal Jesus kommt heute Nacht auf diesen Hügel.

— Was ist mit dem Konzert?

— Polizeieskorte hin und zurück, mit allem Drum und Dran.

— Am Tag danach?

— Keine Ahnung.

— Spuck's aus, du Pussyhole.

— Am Tag danach soll er ausgeflogen werden. Mit einem Privatjet.

— Wann?

— Halb sechs oder sechs.

— Morgens oder abends?

— Was denkst du denn?

— Wohin?

— Weiß keiner.

— Ein Jet hebt ab, und keiner weiß, wohin der fliegt? Boss, willst du uns Gettoleute schon wieder für dumm verkaufen?

— Mister, das weiß niemand, sag ich. Nicht mal der Commissioner weiß das. Der weiß noch nicht mal, dass der Sänger wegfliegen will.

— Also oberste Geheimhaltungsstufe?

— Geheimer als die Unterhosenfarbe der Queen. Wir wissen das nur, weil unser Mann bei ihnen im Auto so getan hat, als wär er einge-schlafen, und alles mitgehört hat. Sein weißer Manager hat ihm oben auf dem Hügel gesagt, dass er, sobald er mit dem Konzert fertig ist ...

— Also ist es offiziell. Er wird auftreten?

— Nein, nichts ist offiziell. Die bereiten nur schon mal alles vor, für den Fall, dass. Der Manager hat gesagt, dass nach dem Konzert am Flughafen ein Flugzeug für ihn bereitgestellt wird, ganz früh, bevor der Flughafen überhaupt aufmacht.

— Norman Manley Airport oder Tinson Pen?

— Manley.

— Also ein Langstreckenflug. Du kannst die Polizei oben auf dem Hügel anfunken.

— Yeah, Mann, aber warum sollte ich ...

— Funk deine Polizei da oben an. Genau jetzt.

Es ist sechs Uhr morgens, und der Flughafen sieht aus wie die Anfangsszene von einem Western. Fehlen nur noch der heulende Wind und diese rollenden Dornbüsche. Rosaroter Himmel. Ich und Tony Pavarotti warten auf der Treppe, die zur Aussichtsgalerie hochführt. Irgendwer hat mal gedacht, es wär 'ne gute Idee, die Seitenwand im Schachbrettmuster zu gestalten, mit Löchern drin, wo man einen Gewehrlauf durchstecken kann. Der Schachbrettmusterschatten sorgt dafür, dass wir im Dunkeln bleiben. Pavarotti verlagert und ändert ständig seine Position, dieser Winkel gefällt ihm gar nicht. Aber das Flugzeug war schon draußen auf der Startbahn, in Warteposition. Pavarotti ist ganz ruhig, die rechte Hand am Abzug und das linke Auge am Zielfernrohr.

Ganz hinten am Ende der Startbahn warten zwei Jeeps von der Jamaica Defence Force, vier oder fünf Soldaten lungern dahinter herum, zwei davon mit Ferngläsern. Ich hab sie sofort gesehen, als ich auf die Aussichtsgalerie hinausgegangen bin. Beim Anblick der Soldaten auf Beobachtungsposten muss ich daran denken, wie der Sänger wohl vom Hügel des weißen Mannes runtergekommen ist. Sein Gesichtsausdruck, als er aufgewacht ist und keine Polizei mehr gesehen hat. Wahrscheinlich hat er zwei oder drei Rasta-Brethren vorgeschickt, die nachsehen sollten, ob die Luft auf der Straße rein war, was bedeuten würde, dass er und seine rechte Hand ganz allein den Hügel herunterkommen. Kein Soldat, der alles durch ein Fernglas beobachtet. Bei der Polizei kann man immer von ein oder zwei Dingen ausgehen: (1) wenn du Geld auf ein Bankkonto einzahlst oder in eine Tasche steckst, ist alles möglich, und (2) sie sind immer billig zu haben. Aber bei Soldaten weiß man das nie. Sie halten sich zurück, sind vielleicht auf Beobachtungsposten, es ist aber genauso gut möglich, dass sie nur warten. Ich frage mich, ob der Pilot damit rechnet, dass sie rüberkommen.

— Leg ihn um, bevor die Soldaten da rüberfahren.

Pavarotti nickt.

6:02. Jeder bis auf die Sonne wartet auf den Sänger. Eine Sekunde lang denke ich, ich warte auf einen Autokorso wie in dieser verschwommenen Aufnahme von Kennedy in Dallas, die sie jedes Jahr im November im Fernsehen zeigen. Alle warten auf den Sänger, nicht nur ich, nicht nur die Soldaten, nicht nur Tony Pavarotti oder das Flugzeug, auch Peter Nasser, Doctor Love und eine Telefonnummer vom Medellín-Kartell, die ich selbst noch nie gewählt habe. Aber dann frage ich mich, ob alle auf seinen nächsten Schritt warten oder auf meinen? Wer ist der wahre tanzende Affe in dieser Episode? Auf wessen nächsten Schritt warten sie? Und wenn die Leute sagen, tanz, und du schaffst es, gut zu tanzen, hören sie dann auf, dir zu sagen, du sollst tanzen, oder verlieren sie für alle Zeit den Respekt, weil du nicht Manns genug gewesen bist zu sagen, leckt mich, harte Männer tanzen nicht. Das Problem ist: Wenn man den Leuten mal etwas bewiesen hat, geben sie dir immer neue Herausforderungen, anstatt dich in Ruhe zu lassen. Immer schwerere Dinge. Immer dämlichere Sachen, bis das Ganze zur Fernsehkomödie wird. Oder einfach nur zu einem Witz.

Tony Pavarotti tippt mir auf die Schulter. Er ist da. Er und ein anderer Rasta gehen auf das Flugzeug zu. Nichts bewegt sich, bis auf den Staub, den sie mit den Schuhen aufwirbeln. Der Flughafen ist immer noch leer und wird auch bis sieben nicht erwachen. Sie schauen sich um, gehen langsam, bleiben eine Sekunde stehen, dann gehen sie weiter. Der Sänger sieht sich das Flugzeug an, sieht nach links und rechts, während der andere Rasta rückwärts geht und sicherstellt, dass hinter ihnen nichts ist. Beide sehen die Armee-Jeeps und bleiben stehen.

Der Sänger schaut zum Jeep und schaut zum Flieger. Keiner bewegt sich. Tony Pavarotti schwenkt das Gewehr, um sie ins Visier zu nehmen und weiter zu verfolgen. Sein Finger legt sich um den Abzug. Der Sänger sieht zu den Soldaten hinüber und sagt etwas zu dem Rasta. Sie setzen ihren Weg fort, allerdings langsamer, und bleiben direkt vor dem Flugzeug stehen. Vielleicht warten sie, dass jemand rauskommt. Mir fällt ein, dass ich Tony Pavarotti keinen Befehl geben muss. Ich höre ein Klicken.

— Stopp.

Pavarotti sieht mich an, dann die beiden, die jetzt zum Flugzeug laufen.

— Ist der Mühe nicht wert.

Sie rennen zum Flugzeug, und müssen die Luke selbst schließen.

Als ich am nächsten Tag zwei Telefonanrufe bekomme, sage ich zwei Mal denselben Satz und lege wieder auf. Wenn du ihn so gern tot sehen willst, dann mach es selbst.

Jetzt sitze ich in meinem Wohnzimmer und warte darauf, dass das Telefon klingelt. Und das passiert hoffentlich bald. Sobald es anfängt zu klingeln, kann ich aufhören zu denken. Zeit zum Handeln ist keine Zeit zum Nachdenken. Ich frag mich, ob sie die Telefonrechnung bezahlt hat? Vor dem Schlafengehen erwarte ich drei Anrufe, und wenn es bis morgen früh dauert. Während ich da sitze und aufs Klingeln warte, denke ich wieder an den Sänger und will fluchen. Der Mann wird nie erfahren, wie nah ich dran war, ihn zu erledigen, zwei Mal. Wie ich ihn hab gehen lassen, weil ich wusste, wenn der einmal in dieses Flugzeug gestiegen ist, dann wird er nie mehr zurückkommen. Ist er doch, 1978 ist er aus dem Flugzeug gestiegen und hat sogar für Wirbel beim Zoll gesorgt. In zwei Jahren weiß Peter Nasser es besser, er wird mich nicht mehr anbellen wie ein Hund, sondern mit mir sprechen wie ein Mann. Er wird mich die ganze Zeit Busha nennen, ich musste erst mal nachsehen, ob diese Karbolseife womöglich meine Haut gebleicht hat. Dabei nehme ich die gar nicht mehr her, was meine Frau sehr glücklich macht, weil sie nun nicht mehr das Gefühl hat, in einem Krankenhauszimmer zu schlafen. Ich weiß nicht, was ihn mehr überrascht hat, dass der Sänger zurückkommt, um noch ein Konzert zu geben, oder dass ich es vorher wusste und ihm das gesagt hab.

— All dieses verdammte Tamtam um das Friedensabkommen, hast du irgendwas mit diesem Scheiß am Hut?

Wir sind im Lady Pink Go-go-Club, der ihm ein bisschen zu gut gefällt. Von den Nutten, mit denen Weeper zu tun hatte, ist anscheinend keine mehr da. Sieht aus, als hätten sie das Interesse daran verloren, Pepsiflaschen auf der Bühne zu ficken, sobald er das Interesse an ihnen verloren hat. Aber zu der neuen Truppe gehört auch ein ganz hellhäutiges Mädchen, also ist der Laden natürlich zum Bersten gefüllt. Die Puffmutter steckt uns beide oben in ein Zimmer und fragt, ob wir einmal Schwanzsaubermachen oder Popowäsche wollen. Ich sage, heute Nacht nicht, aber Peter Nasser lässt sich eine derartige Chance auf so einen Gettosauger, wie er selbst es nennt, natürlich nicht entgehen und schaut sich Zustimmung heischend um. Er will übers Geschäft reden, selbst dann noch, wenn die Hure ihm den Saft raussaugt. Ich sag, Brethren, zwei Männer können nicht gleichzeitig im selben Raum ihren Schwanz auspacken, wie sieht das denn aus? Das Letzte, was einer will, ist, dass ein anderer ihn Battyman nennt, also sag ich, bevor er fragen kann, ich geh lieber mal nach draußen. Ich sag, ich guck mal nach fünfzehn Minuten rein, aber als ich nach acht wiederkomme, ist sie schon auf dem Weg nach draußen und spuckt und flucht auf den bescheuerten Weißen, der doch tatsächlich in ihrem Mund gekommen ist.

— Weißt du, was mir langsam bis hier steht? Dieser ganze Scheiß wegen dem Friedensabkommen. Jetzt hat Jacob Miller auch noch 'nen Song dazu geschrieben? Hast du den schon gehört? Soll ich mal vorsingen?

— Nein.

— Friedensabkommen am Arsch, R'Asscloth.

— Nächstes Mal sagst du den Soldaten, dass sie nicht schießen sollen.

—Soldaten? Was meinst du, Green Bay? Das ist alles wegen Green Bay? Hast du nicht die Nachrichten gehört, in Green Bay wurden keine Heiligen getötet.

—Lustige Sache, eh? Kommen die nicht alle aus deinem Wahlkreis? Einer von denen hat mir sogar erzählt, dass es ein Mann namens Junior Soul gewesen ist, der in eure Gegend gekommen ist und ihnen erzählt hat, sie könnten umsonst Waffen kriegen.

—Ich kenne keinen Junior Soul.

—Aber alle denken, dass ich ihn kenne. Ich frag die Leute, wer aus dem Getto könnte denn so einen Namen haben? Klingt wie so 'n Sänger aus Motown.

—Du hast doch keine Ahnung, was ... egal.

—Vielleicht lag da was in der Luft.

—*There's a natural mystic blowing through the air.*

—Hast du gehört, dass er zurückkkommt? Wegen diesem Friedensabkommensscheiß kommt ausgerechnet er zurück.

—Er war doch gerade erst wegen dieses verdammten Friedenskonzerts hier. Hat das nicht gereicht? Ist er jetzt nicht Londoner? Vielleicht will er all diese Gettotoiletten selbst einbauen?

—Hättet ihr dem Getto Toiletten gegeben, hätte er keinen Grund, zurückzukommen.

—Doch, Josey Wales, weil meine Partei an der Macht ist. Du hast wohl ... Busha, was ist daran jetzt so witzig?

Da draußen auf der Tanzfläche spielen sie »Ma Baker«. Das höre ich sogar über die Menge hinweg, die brüllt und Witze macht, kreischt und die Frau anfeuert, mal schön die Beine breitzumachen. Ich mach mir nicht erst die Mühe, ihm zu erklären, wieso mich »Ma Baker« immer zum Lachen bringt.

—Nichts, Busha. Meinst du wirklich, der Sänger kommt wegen einer Toilette wieder zurück?

—Na ja, nicht direkt wegen 'ner Toilette, aber wegen der Armaturen und Installationen oder wie man dieses Zeug nennt, was die Gettoleute jetzt wollen. Die sollen ruhig weiterjammern, hat ihnen ja keiner befohlen, diese Bombocloth-Sozialistenregierung zu wählen.

Zweimal. Da musst du dich doch fragen, wie weit schafft es ein Schwanz dein Arschloch hoch, bis du merkst, dass dich ein Battyman fickt?

— Der Sänger kommt nicht, um eine verdammte Toilette einzubauen.

— Also kommt er wegen diesem Friedensscheiß zurück. Ich hoffe, du weißt, dass sich die da oben ziemliche Sorgen deswegen machen. Große Sorgen. Weißt du, wie viele Kubaner letzte Woche in Jamaika gelandet sind? Und jetzt marschiert Erik Estrada, dieser bescheuerte Botschafter, hier herum, als wenn ihm der Laden gehört.

— Der Sänger hat sich zur selben Zeit mit Papa-Lo und Shotta Sherrif getroffen.

— R'Asscloth, wer weiß das nicht? Alle hängen in der Hope Road Nummer 56 zusammen ab, sogar dein bescheuerter Premierminister hat sich aufgeführt, als würde er dort arbeiten.

— Die drei haben sich direkt vor dem Friedenskonzert in England getroffen.

— Ja, und? Das Friedenskonzert ist gekommen und gegangen, das ist jetzt schon fast ein Jahr her. Ja, und?

— Du denkst, die drei größten Männer aus Downtown-Kingston treffen sich nur wegen einem Friedenskonzert?

— Mehr haben sie ja wohl nicht zustande gebracht.

— Das Friedenskonzert war bloß das Extra am Rand.

— Aber du weißt natürlich, was dahintersteckt.

— Aber sicher. Genau wie dein Finanzgenieboss weiß, was wirklich hinter der Inflation steckt.

Da ist es wieder. Peter Nasser ist überrascht, zeigt es aber nur mit den Augen und denkt, ich merke es nicht. Syrer.

— Was macht dieser kleine räudige Wichser da? Eine dritte Partei gründen? Ist das was Ernstes?

— Das hast du vor 'ner Minute aber noch nicht wissen wollen.

— Red schon, Busha. Cho!

— Nach dem Friedenskonzert ist was geplant. Ein Programm, eine Agenda.

—Was für 'ne Agenda?

—Dann halt dich mal gut fest. Eine Rasta-Regierung.

—Was? Bombocloth, was redest du da?

—Das wirst du schon merken, wenn mit einem Mal eine Horde Rastas aus England hier runtergeflogen kommt. Ein paar sind schon gelandet. Moment mal, weißt du gar nicht, dass sogar Papa-Lo schon zum Rasta geworden ist? Er hat schon vor Monaten aufgehört, Schweinefleisch zu essen. Die Treffen der Twelve Tribes? Geht er jetzt regelmäßig hin.

—Das glaub ich erst, wenn er aufhört, sich die Haare zu kämmen.

—Wer sagt denn, dass alle Rastas Dreadlocks haben? Herrgott noch mal.

Ich muss aufpassen, dass ich ihn nicht zu blöd dastehen lasse.

—Wie meinst du ...

—Na ja, jedenfalls, willst du hören, was Rasta und Rasta ehrenhalber in England bei ihrem Reasoning ausgebrütet haben, oder nicht?

—Ich bin ganz Ohr, Busha.

—Also, einer von denen, ich weiß nicht wer, sagt, es geht darum, die Rastas in Gesellschaft, Politik und der Basis mit einzubeziehen.

—Das waren die genauen Worte?

—Seh ich aus wie 'n Stenograf?

—Meine Güte. Sie haben sich also wegen dem Friedenskonzert getroffen und dann irgendwann über die Regierung gesprochen. Genau wie jeder Mann auf jeder Veranda vor jedem Haus in Jamaika auch. Das ist die große Neuigkeit?

—Nein, Brethren. Sie treffen sich wegen der neuen Regierung und sprechen dann irgendwann über ein Friedenskonzert.

—Was?

—Du hast ja keine Ahnung, was die Stunde geschlagen hat. Du wusstest nicht mal, dass es die Uhr vom Big Ben war. Hör dir den Plan an: eine neue Opposition aus beiden Seiten des Gettos aufstellen, eine Partei wirklich fürs Volk, um euch ganzen Haufen im Namen der Rastas loszuwerden.

—So 'ne Art Mini-Mau-Mau-Aufstand in Jamdown?

—Was?

—Aber die Rastas wollen doch nach bombocloth Äthiopien. Warum klatschen die dann nicht einfach ein bisschen rote, schwarze und grüne Farbe auf ein beschissenes Boot und verpissen sich? Die sollen es Black Star Liner 2 oder was weiß ich nennen.

—Glaubst du, die Londonrastas wissen 'nen Scheiß über Äthiopien? Die Londoner Dreads kennen Rasta durch den Reggae, Busha. Wo immer der Reggae zu Hause ist, da ist auch die wahre Heimat der Rastas. Auf einmal gehen die Rastamen in England auf Wirtschaftsschulen und kandidieren fürs Londoner Parlament und schicken ihre Kinder auf alle möglichen Schulen, selbst die Mädchen. Was meinst du, weshalb die das machen? England will die nicht. Wo werden die wohl hingehen?

—Scheiße.

—Downtown ist gespalten, Meister. Du solltest das wissen, du hast es gespalten.

—Ich hab nichts gespalten.

—Sagst du dich jetzt von deiner Partei los? Eure Parteien haben Downtown gespalten. Ich? Ich hab diese Spaltung nur unterstützt. Aber was hast denn du gedacht, was nach dem Friedenskonzert passieren würde? Was passiert, wenn die Leute zusammenkommen?

—Es gibt keine Spaltung mehr.

—Das ist nur die erste Phase, Sir. Wenn Leute im Frieden zusammenkommen, bedeutet das, dass sie bald auch in der Politik zusammenkommen. Die Leute überlegen schon, welcher Don MP für welchen Bezirk werden kann. Dann hast du ausgedient.

—Und all das ist bei diesem Treffen in London passiert?

—Allerdings.

—Aber Busha, das Meeting war vor einem Jahr.

—Tja, so geht das.

—Du hast ein Jahr damit gewartet, mir so was zu erzählen?

—Ich dachte, du müsstest das nicht wissen.

—Du dachtest, ich müsste das nicht wissen. Josey Wales, hab ich dich jemals zum Denken angeheuert, verdammt noch mal? Glaubst du, ich rufe den Naigger an, wenn's was zu Denken gibt? Beantworte mir das.

— Vorsicht, ich weiß nicht, ob dir die Antwort gefällt, sag ich und beobachte wieder dieses Erschrecken nur mit den Augen.

— Bombo Pussy R'Asscloth. Du meinst, irgendein bescheuerter Rastageheimbund, migriert hierher zurück? Gerade jetzt, wo so viele abhauen? Hast du ne Ahnung, wie viele jetzt schon hier sind? Hast du darüber nachgedacht?

— Nein, Busha, wenn's ans Nachdenken geht, überlass ich das dir.

— Scheiße, scheiße, verdammte Scheiße. Die Wahl ist erst nächstes Jahr. Erst nächstes verdammtes Jahr. Bombo R'Asscloth. Dir ist schon klar, wie viele Leute ich jetzt anrufen muss? Ich kann nicht glauben, dass du ein Jahr wartest, um mir das zu erzählen. Das werd ich nicht vergessen, Josey Fucking Wales.

— Gut. Sonst vergesst ihr nämlich immer alles, wie es euch grade passt. Weil ihr vergesst, schmeißt Papa-Lo den Laden überhaupt. Aber das ist eine Sache zwischen dir und Papa-Lo.

— Natürlich, weil du ja nur mit deinen kleinen Ausflügen nach Miami beschäftigt bist. Denkst du, das Ministerium ist blind? Na ja, bevor du denkst, du bist zu groß für die gewöhnlichen Leute, erinner dich einfach daran, dass du noch nicht das Sagen hast.

— Was heißt das?

— Du willst doch denken, oder? Dann find es heraus.

Aber ich hatte es herausgefunden, lange bevor er mir irgendwelche Fragen stellen musste. Der 8. Dezember 1976 hat es mir verraten. Ich wusste schon bevor der Sänger in das Flugzeug gestiegen ist, dass er mit einem neuem Reasoning und neuer Macht zurückkommen wird. Dieser ignorante Winzpimmel-Syrer hat nicht begriffen, dass ein bestimmter Hund jetzt der Fährte eines neuen Herren folgt und dass sogar dieser Herr ihn bereits mit seinem Diener verwechselt.

Ich guck mir diesen hakennasigen Idioten an, und da verstehe ich etwas, das ich vor langer Zeit in der Bibelschule gelernt habe: Wahrlich, ich sage euch, sie haben ihren Lohn dahin. Dieser Mann darf nichts mehr erwarten. Er kann nirgendwo mehr hin, nicht mal abwärts. Er denkt, er kann den Ton angeben, weil ein paar Leute immer noch denken, weiße Haut gäbe ihm die Autorität, mit jedem so zu sprechen wie er Lust hat, speziell die Leute, die ein Wort wie Autorität noch nie gehört haben. Zum Glück für ihn überkommt mich genau jetzt eine Welle von barmherzigem Samaritertum. Doctor Love hat mir vor einem Jahr das alte Sprichwort gesagt: Halt deine Freunde nah bei dir, deine Feinde aber noch näher. Alt wie Hundescheiße, ja, aber jedes Mal, wenn du einen Schritt nach oben machst, wird dieser Ratschlag wieder aktuell. Den Vogel, der niedrig fliegt, erwischt der Jäger nicht.

Peter Nasser hat drei Männer am Norman-Manley-Flughafen bestochen, damit sie nach Rastafaris mit Cockney-Akzent Ausschau halten, besonders nachts. Aus irgendeinem Grund glaubte er nicht, dass die Rasta-Revolution über die Montego Bay kommen würde. Er ließ sie sogar zu dem einzigen Münzfernsprecher auf dem ganzen Flughafen laufen, um ihn alle zwei Stunden anzurufen. Dann will er, dass ich nach London fliege oder meinen besten Mann hinschicke, um den Sänger zu suchen und etwas zu unternehmen, egal, wo der gerade rumtourte oder aufnahm. Ich frage ihn, ob er das hier für 'nen James-Bond-Film hält und ob ich auch die Schönheitskönigin, mit der er zusammen ist, aus dem Spiel nehmen soll, weil das wär ja schade um die schönste Frau auf der ganzen Welt. Ich lach durchs Telefon, damit ich nicht darüber fluchen muss, dass dieser Mann wieder einmal meine Zeit verschwendet. Außerdem war der Sänger doch ohnehin so gut wie weg. Schick einen Mann an die Schwelle des Todes, und du erreichst mehr, als wenn du ihn bloß umbringst. Du entwurzelst ihn, reißt ihn aus seinem Zuhause, und so kann er nie wieder irgendwo an einem Ort in Frieden leben. Die einzige Möglichkeit für den Sänger, für immer zurückzukehren, war im Sarg.

Aber das war 1978, und mit 1978 bin ich durch. Als der alte Amerikaner im Januar nach Argentinien ging, kam ein neuer und übernahm die Stelle. Neues Lied aus Amerika, gleicher alter Text. Er nannte sich Mr. Clark. Einfach nur Mr. Clark. *Clark, mit ohne »E«.* Er hält das für witzig und sagt es deswegen jedes Mal, wenn wir uns treffen. *Clark, mit ohne E.* Er kannte Doctor Love bereits, aber anscheinend kennt jeder Amerikaner, der mit verschwitztem weißem Hemd und gelockerter Krawatte durch Kingston läuft, Luis Hernán de las Casas. April 1978, und wir sind im Morgan's Harbour, dem Hotel der Weißen drüben in Port Royal. Wir schauen aus dem fast leeren Restaurant nach Kingston rüber, na ja, sie schauen. Ich beobachte. Ich mit zwei Ausländern, die schon spüren, wie der Piratengeist sich von Kopf bis Schwanz in ihnen breitmacht. Das muss man sich echt mal angucken, was für ein Gefühl jeden Weißen überkommt, wenn du ihn raus nach Port Royal bringst. Du fragst dich, ob es dieser Geist ist, der sie bei jedem Felsen, auf dem sie an Land gehen, erfasst. Ich wette, dass es so ist und dass es schon in den Zeiten von Kolumbus und der Sklaverei so war. Dass die Weißen sich diese Freiheit nehmen, zu sagen und zu tun, wozu sie Lust haben, muss irgendwie damit zu tun haben, dass sie übers Meer kommen.

— Hat Blackbeard je in dieser Gegend gebrandschatzt und geplündert, *matey*?

— Ich weiß nur von Henry Morgan, Sir. Außerdem bedeutet *matey* in Jamaika eine Frau, die ein Mann sich hält, die aber nicht seine Ehefrau ist.

— Oh. Hoppla.

Es war lange her, seit ich das letzte Mal mit Absicht schlecht gesprochen habe, so dermaßen lange, dass Doctor Love es zwei Mal übersetzen musste. Zumindest hielt mir der neue nicht wie Louis Johnson diesen Wisch von der Botschaft verkehrt herum vor die Nase, um den Weißen vorzuführen, dass der Naigger nicht lesen kann. Das hab ich nicht vergessen. Doch dann sagte er,

— Ihr armen, kostbaren Menschen wisst nicht einmal, dass ihr euch direkt am Rande der Anarchie befindet.

— Verstehe ich nicht. Wenn wir kostbar sind, wieso müssen wir dann arm sein? Diamanten sind kostbar.

— Aber genau das ist es, was Sie sind, mein Junge, ein ungeschliffener Rohdiamant. So ungeschliffen, diese Insel. So grob und doch so schön. Und so prekär. Mit prekär meine ich, dass Sie sich am Rande des Abgrunds bewegen. Damit meine ich …

—Prekär?

—Ja. *Exactamente*. *Exactamente*, stimmt doch, Luis, oder? Luis und ich kennen uns schon lange. Zu lange, wie es scheint. Ein paar *estados latinos* vor diesem, eh?

—Waren Sie etwa auch bei diesem Schlamassel in der Schweinebucht dabei?

—Was? Hä? Nein, nein. Das war vor meiner Zeit. Lange vor meiner Zeit.

—Naja, vielleicht findet ihr Leute ja eines Tages ein Gift, das wirklich gegen Castro wirkt.

—He-he-he-he-he, Sie sind ja wohl ein ganz Aufgeweckter, sogar raffiniert, was? Hat Luis Sie mit den neuesten Nachrichten versorgt?

—Nein, die Nachrichten haben mich mit Nachrichten versorgt.

Vorsicht, Josey Wales. Nichts wirft diese Amerikaner mehr aus der Bahn, als wenn sie erkennen, dass sie sich in dir getäuscht haben. Denk dran, zumindest einmal *no problem, mon* zu sagen und »*mon*« mit so einem Vibrato zu sprechen, *mooohhhhhnnnnn*, sodass er in dem Glauben zurückfährt, dass er den richtigen Mann gefunden hat. Zum ersten Mal wünschte ich, ich hätte Dreadlocks oder hätte dieses Auf-der-Stelle-Joggen drauf, dieses Hopsen auf einem Fuß, wie das die Rastas machen, auch wenn da gar kein Riddim ist, zu dem man tanzen könnte. Weil ich die ganze Zeit damit beschäftigt bin, Doctor Love zu beobachten und zuzugucken, wie er zu allem nickt, was dieser Mann von sich gibt, vergesse ich fast, dass Jamaika sich im Kriegszustand befindet. Ein größerer Krieg als 1976, sagt er, das erste Mal, dass er 1976 sagt.

Der Kalte Krieg, sagt er.

—Wissen Sie, was wir mit Kalter Krieg meinen?

—Krieg hat keine Temperatur.

—Was? Oh nein, mein Sohn. Kalter Krieg ist ein Begriff, ein, eine Bezeichnung für ... einfach nur ein Name für das, was hier passiert ... Wissen Sie was? Ich hab da doch was ..., hier ... Schauen Sie sich das mal an.

Der Weiße holt ein Malbuch heraus. Wenn du die Amis zum Narren hältst, musst du mit allem rechnen, aber das hier haut selbst mir das Blech raus.

— Was ist das?

Ich halte es verkehrt herum, denn wer muss so was umdrehen, um einen Titel wie *Democracy Is for US!* zu entziffern. Der Amerikaner sieht, dass ich das Buch verkehrt rum halte, und ich weiß genau, was er denkt. *Guck Luis, compadre, ich weiß, dass du weißt, wovon du redest, aber bist du sicher, dass wir den richtigen Typ haben?*

— Das ist eine vereinfachte Darstellung. Luis, weiß er eigentlich, was ... ich meine ..., schau mal. Kann ich es mal eine Sekunde haben? Danke. Lass mal sehen, mal sehen, mal sehen ... Ah! Seiten sechs und sieben. Sehen Sie das da, auf Seite sechs? Das hier ist die Welt in einer Demokratie. Sehen Sie? Menschen im Park. Kinder um einen Eiswagen, vielleicht isst irgendeins da drüben einen Twinkie. Schauen Sie, sehen Sie den Typ da, der Zeitung liest? Und schauen Sie mal, das flotte Mädel da, heiß, was? In einem Minirock. Keine Ahnung, was diese Kinder lernen, aber sie gehen jedenfalls zur Schule. Und die Erwachsenen auf diesem Bild? Sie dürfen wählen gehen. Sie entscheiden, wer das Land verlassen ... ich meine, regieren sollte. Oh yeah, schauen Sie sich die hohen Gebäude an. Das hat mit Fortschritt zu tun, mit Märkten, mit Freiheit. Das ist der freie Markt, Sohn. Und wenn irgendjemandem auf diesem Bild etwas nicht gefällt, dann darf er das auch laut sagen.

— Soll ich das Bild ausmalen, Boss?

— Was? Nein, nein. Ich sag Ihnen was. Sagen wir, ich gebe Ihnen ein paar Dutzend für die Schule, die Sie hier haben. Wir müssen die Jugendlichen erreichen, bevor sie in die Fänge dieser Kommunistenschweine geraten. Beschissene Freaks, die Commies, wissen Sie, warum so viele von denen Schwuchteln sind? Weil sich normale Leute wie Sie und ich reproduzieren. Commies? Die sind genau wie Homos, die rekrutieren nur.

Oder wie jede amerikanische Kirche, die hierherkommt, denke ich, sage es aber nicht. Stattdessen sage ich,

Shadow Dancin'

— Das ist wohl wahr, Boss, wohl wahr.

— Gut, gut. Sie sind ein guter Mann, Mr. Wales. Ich habe das Gefühl, dass ich Ihnen etwas anvertrauen kann. Ich sag Ihnen, was Sie jetzt gleich hören, ist als nachrichtendienstliche Information eingestuft. Selbst Kissinger hat noch keine Ahnung. Selbst Luis wird gleich zum ersten Mal davon hören. Hey Luis, ich wette, du errätst nicht, was gerade der stärkste Wirtschaftszweig in Ostberlin ist? Spätabtreibungen, im fortgeschrittenen Schwangerschaftsstadium. Jepp, du hast richtig gehört, irgendein Schlachter zieht das Baby aus einer Tussi im fünften, siebten oder manchmal neunten Monat und schlitzt ihm die Kehle auf, sobald der Hals aus ihrer Möse kommt. Kannst du dir so einen Scheiß vorstellen? Die Dinge stehen da so schlecht, dass eine ihr Kind lieber tötet, als zuzulassen, dass es in Ostdeutschland geboren wird. Die Leute in Ostdeutschland, die müssen für alles anstehen, genau wie in dem Buch, Mr. Wales. Für verdammte Seife. Wissen Sie, was die mit der Seife machen? Als Essen verkaufen. Bei diesen armen Teufeln reicht es noch nicht mal für eine ordentliche Tasse vernünftigen Kaffee, deswegen mischt die bekloppte Regierung diesen Mist aus Zichorie und Roggen und Rüben zusammen und nennt das Ganze dann *Ersatzkaffee*. Klingt nach Missstand, oder? Ich dachte, ich hätte so ziemlich alles schon mal gehört. Das übersteigt doch das Vorstellungsvermögen, sag ich Ihnen. Das übersteigt doch das beschissene Vorstellungsvermögen. Trinken Sie Kaffee, Mr. Wales?

— Ich bin Teetrinker, Sir.

— Ihr Glück, mein Junge, Ihr Glück. Aber dieses kostbare, kleine Land, das Sie hier sehen? In höchstens zwei Jahren wird es Kuba sein, oder, schlimmer noch, Ostdeutschland, wenn dieser Prozess nicht genau jetzt umgekehrt wird. Ich hab gesehen, wie es fast in Chile passiert ist. Ich hab gesehen, wie es fast in Paraguay passiert ist. Und nur der Herrgott weiß, was mit der Dominikanischen Republik passieren wird.

Manches davon stimmt in gewisser Weise. Aber sie können nicht widerstehen, diese Männer von der CIA. Sobald sie denken, dass du ihnen glaubst, wird die Lüge zu einer Droge für sie. Nein, nicht zu einer Droge, zu einem Sport. Jetzt wollen wir doch mal gucken, wie weit ich bei diesem ignoranten Naigger gehen kann. Aus dem Augenwinkel beobachte ich, wie er mich beobachtet und denkt, dass ich genau so bin, wie er es erwartet hat. Als Louis Johnson damals ging, war er mächtig beeindruckt, dass ein Mann, der nicht sonderlich gut lesen konnte, so klug war. Natürlich klug wie ein braver, gut erzogener Hund oder ein zahmer Affe. Er redete mit mir über Außerirdische, um zu sehen, ob ich ihm das, wie er sagte, abkaufen würde. Aber dieser Mr. Clark hier wird so ernst, dass ich zum Himmel hochgucke, um zu sehen, ob er sich gerade verdunkelt, um die passende Stimmung zu der Geschichte zu liefern.

— Damit will ich sagen, dass Ihr Land an einem Scheideweg steht. Die nächsten zwei Jahre werden von entscheidender Bedeutung sein. Können wir auf Sie zählen?

Ich weiß nicht, welche Art von Antwort der Mann sich vorstellt. Was erwartet der von mir, dass ich sage, ich bin mit an Bord? Vielleicht sollte ich Aye-Aye, Käpt'n sagen, wo wir schon in Port Royal sind? Doctor Love wirft mir kurz einen Blick zu, schließt dann die Augen und nickt langsam. Seine Art mir zu sagen, erzähl dem Idioten einfach, was er hören will, *muchacho*.

— Bin an Bord, Sir.

— Freut mich zu hören. Das ist spitze!

Mr. Clark steht auf, um zu gehen, und sagt, dass sein Wagen ihn zurück zum Mayfair-Hotel bringt, wo er übernachtet, bis sein Appartement fertig ist. Er lässt zehn US-Dollar auf dem Tisch und geht los, kommt dann aber noch mal zurück und beugt sich direkt zu meinem linken Ohr herunter.

— Übrigens habe ich mitbekommen, dass Sie in letzter Zeit ein paar Ausflüge nach Miami und Costa Rica gemacht haben. Sind 'n fleißiges kleines Bienchen, was? Natürlich hat die US-Regierung kein Interesse an Aktivitäten zwischen Jamaika und seiner Diaspora. Unterstützen Sie uns in jeder Hinsicht, und wir werden dieses Arrangement respektieren. Übersetzt du ihm das bitte, Luis?

— Kommen Sie gut nach Hause, Mr. Clark.

—Clark, mit...
—mit ohne »E«, sage ich.
—*Hasta la vista!*
Ich sehe Doctor Love an.
—Ist Clark sein echter Name?
—Ist mein echter Name Doctor Love?
—Er sagt »ich« statt »wir«.
—Hab ich auch bemerkt, *hombre.*
—Sollte ich das im Auge behalten?
—Scheiße, was weiß ich. Mach einfach weiter, Mann. Habt ihr Jungs schon eure Kiste mit Good-Goods ausgepackt?
—Ich glaube, die Amis sagen Goodies dazu.
—Seh ich aus wie ein bekloppter Yankee?
—Was soll ich denn darauf jetzt antworten, Dr. Lee-Jeans? Jedenfalls ist die Kiste schon lange ausgepackt.

Er redet von einer anderen Ladung, die auf demselben Weg wie die letzte im Dezember 1976 hereinkam. In einer großen Kiste, die mit *Audio-Equipment/Peace Concert* beschriftet und draußen auf der Werft abgestellt worden war, damit ich, Weeper, Tony Pavarotti und zwei weitere Männer sie auspacken. Fünfundsiebzig von den M16 behalten wir. Fünfundzwanzig verkaufen wir einem Mann in Wang Sang Lands, der in letzter Zeit ganz scharf auf Feuerwaffen ist. Die gesamte Munition bleibt bei uns, das war Weepers Idee. Sollen die sich doch ihre eigenen Kugeln machen, sagte er.

Es sieht aus, als würden wir einen Krieg planen, während alle anderen den Frieden planen. Papa-Lo selbst kam wieder aus der dicken grauen Wolke zurück, in die er sich seit den Schüssen auf den Sänger gehüllt hatte. Sah ihm ähnlich, die ganze Schuld auf sich zu nehmen, wo doch sämtliche Schuld auf sich zu nehmen einfach die Kehrseite davon ist, sämtliche Lorbeeren zu ernten. Sagte dem Sänger, dass die Dinge so geschehen waren, weil er im Gefängnis war und dass sie sonst nie passiert wären. Papa-Lo hat eine Weltraumrakete genommen und diesen Planeten damit schon lange verlassen, der könnte genauso gut bei »Schweine im Weltall« mitmachen. Das Problem ist, dass Tag für Tag mehr Leute mit dieser Rakete fliegen. Das Friedensabkommensfieber hat so dermaßen das ganze Getto im Griff, dass der Mann, der meinen Cousin getötet hat, am Ende der Unity-Tanzveranstaltung mit ausgebreiteten Armen auf mich zukommt, als würde er auf eine Umarmung warten. Ich nenne ihn Battyman und marschiere davon.

Das Friedensabkommensfieber hat sich bis nach Wareika Hill ausgebreitet, wo sich zum ersten Mal seit Jahren Leute wie Copper runtertrauen. Ist, als hätte er vergessen, dass jeder, aber auch jeder Bulle in Jamaika eine Kugel im Magazin hat, auf der sein Name steht. Wenn selbst Copper aus den Hügeln runterkommt, um fröhlich zu essen, zu trinken und zu feiern, dann ist es Zeit, sich mal ein neues Land zum Leben auszusuchen.

Papa-Lo kommt sogar zu mir nach Haus und fragt, wieso ich denn nicht zum neuen Friedensriddim jamme, und dass es allerhöchste Zeit ist, dass Schwarze mal auf das hören, was Marcus Garvey schon seit langer Zeit für uns geplant hat. Ich mach mir gar nicht erst die Mühe, ihn zu fragen, was er denn Scheiße noch mal schon über Marcus Garvey weiß, oder ob das die Reasonings sind, mit denen ihn gerade irgend so ein verdammter Rasta aus London füttert. Aber als ich ihn dann angesehen hab, waren seine Augen feucht. Flehentlich. Und mir wurde über diesen Mann und das, was er tat, etwas klar. Er hat schon weit hinter die Wolken, weit über das Getto, weit über die Zeit und seinen Platz in der Welt hinausgesehen. Dieser Mann denkt über das nach, was mal auf seinem Grabstein stehen soll. Er denkt darüber nach, was die Leute über ihn sagen werden, lange nachdem das letzte Stück Fleisch von seinen Knochen abgefault ist. Vergiss die sieben Male, die er für Mord und versuchten Mord in den Knast und jedes Mal auch wieder rausgekommen ist. Vergiss, dass er derjenige war, der jedem Mann das Schießen beigebracht hat, bevor der weiße Mann und Doctor Love sich hier blicken ließen. Vergiss, dass er und Shotta Sherrif innerhalb der Grenzen operierten, die sie selbst abgesteckt haben. Er will, dass auf seinem Grabstein steht, er habe das Getto vereint.

Die Leute denken, dass ich Papa-Lo feindlich gesonnen bin. Ich empfinde nichts als Liebe für diesen Mann und würde das auch jedem sagen, der mich danach fragt. Aber wir sind hier im Getto. So etwas wie Frieden gibt es im Getto nicht. Es gibt nur diese Tatsache: Ich kann dich töten, du kannst mich töten, also herrscht Gleichstand. Manche Leute im Getto können einfach nicht über das Getto hinausblicken. Als ich ein Junge war, war für mich draußen alles, was ich sehen konnte. Ich wachte mit Blick nach draußen auf, ich ging zur Schule und verbrachte den Tag damit, aus dem Fenster zu sehen, ich ging hoch zur Maresceaux Road und stand direkt am Zaun, der die Wolmer's Boys' School vom Mico College trennte, einfach nur ein Zaun aus Zink, von dem die meisten Leute gar nicht wissen, dass er Kingston von St. Andrew trennt, uptown von downtown, die, die es haben, von denen, die nichts haben. Menschen ohne Plan sehen und warten. Menschen, die einen Plan haben, sehen und warten auf den richtigen Moment. Die Welt ist kein Getto und ein Getto ist nicht die Welt. Leute im Getto leiden, weil andere Leute sie leiden lassen. Gute Zeiten für den einen sind schlechte Zeiten für einen anderen.

Und das ist der Grund, warum weder die JLP noch die PNP vom Friedensabkommen was hören wollen. Frieden kann es nicht geben, wenn es im Krieg zu viel zu gewinnen gibt. Und wer will überhaupt Frieden, wenn er doch nur bedeutet, dass du genauso arm wie vorher bist? Ich dachte immer, Papa-Lo hätte das verstanden. Du kannst einem Mann so viel Frieden bringen, wie du willst. Du kannst den Sänger einfliegen und für Geld singen lassen, um eine neue Toilette im Getto zu bauen. Du kannst in Rae Town oder in Jungle deine Hüften schwingen und dich mit einem Mann versöhnen, der erst letztes Jahr deinen Bruder getötet hat. Aber ein Mann kommt nur so weit, wie seine Leine reicht. Bis das Herrchen sagt, Schluss mit lustig, da lang gehen wir nicht. Die Leine Babylons, die Leine des Polizeicodes, die Leine vom Gun Court, die Leine der dreiundzwanzig Familien, die Jamaika regieren. Die Leine, an der es vor zwei Wochen ruckte, als dieses syrische Pussyhole Peter Nasser in Geheimcodes mit mir reden wollte. Ein Ruck in der Leine war letzte Woche zu spüren, als der

Amerikaner und der Kubaner mit einem Malbuch kamen, um mir etwas über Anarchie beizubringen.

Diese drei Männer sorgen dafür, dass ich gut beschäftigt bin. Mr. Clark redet über Kuba wie einer, der nicht einsieht, dass ihn seine Frau nicht mehr will. Und er lässt nicht zu, dass so etwas auch in Jamaika passiert, was auch immer er damit meint. Schon seltsam, wieso ein Mann mit einem Land ins Bett springen will, in dem er vorher noch nie war. Vielleicht sollte er ein Jahr warten, und sich dann fragen, ob dieses Land wirklich eine Valentinskarte wert ist. Ich sag dir, treib dich lange genug mit diesen weißen Typen herum, und du fängst an zu reden wie sie. Vielleicht ist das der Grund, warum Peter Nasser jetzt Busha zu mir sagt. Ein ordinärer Politiker, der jeden Tag damit rechnet, dass ihm der Flughafen mitteilt, die dräuende Rasta-Apokalypse sei nun da. Ein Amerikaner, der für einen Amerikaner arbeitet, der für einen Amerikaner arbeitet, der einfach nur auf unser Land treten will, um nach Kuba rüberzuspringen. Und ein Kubaner, der in Venezuela lebt, der diesen Jamaikaner will, um dem Kolumbianer zu helfen, das Kokain nach Miami zu schaffen und es auf die Straßen von New York zu bringen, weil die Bahamaer ein Haufen Battymen sind, die ihr eigenes Zeug freebasen und den Scheiß dann vor Ort verkaufen. Umso schlimmer, dass diese kleinen Pussys den Geschmack von Blut nicht mögen. Drei Männer, die diesen vierten wollen, mich, um 1979 nach ihren Vorstellungen zu formen. Und ich, ich hab's langsam satt, das zu tun, was andere wollen, Papa-Lo eingeschlossen.

Aber Papa-Lo hat sich jetzt wieder aufgerafft, um für die Gerechtigkeit zu kämpfen. Das belebt ihn wie eine Vitaminpille. Man könnte meinen, er tut sechsundfünfzig Mal Buße für die sechsundfünfzig in der Hope Road abgefeuerten Kugeln. Direkt vor dem zweiten Friedenskonzert geb ich ihm Leggo Beast. Ich erzähl ihm, dass sich Leggo Beast im Schrank von seiner Mutter versteckt, nur fünf Häuser die Straße runter, aber nicht, dass er sich da schon seit zwei Jahren versteckt. Der Mann nimmt die Nachricht mit einem kurzen scharfen Lufteinziehen zur Kenntnis. Keine Ahnung, ob es ein

Zusammenzucken oder ein Seufzer war. Er und Tony Pavarotti und noch ein anderer Mann marschieren runter zum Haus, als wär er Jesus auf dem Weg zur Tempelreinigung. Er zieht es als Show für die Leute auf, für das Getto und sogar für den Sänger, damit alle sehen, dass er Rache nimmt, obwohl niemand ihn drum gebeten hat. Er zerrt den Jungen und seine Mutter aus dem Haus und fängt an, die Frau, die schon über vierzig ist, in aller Öffentlichkeit zu verprügeln.

Über einen Jungen, der den Sänger töten wollte, kann man sagen, was man will, aber es ist eine andere Sache, wenn eine Mutter versucht, das Leben ihres einzigen Jungen zu retten. Aber Papa-Lo will, dass die Leute sehen, wenn er etwas tut. Als würde das einen Unterschied machen, wenn die Sache schon längst vorbei und nicht mehr zu ändern ist. Er wollte ein Exempel an ihr statuieren, ihre gesamte Habe niederbrennen und sie mit seinem eigenen Stiefel davontreten, aber das Einzige, was er dadurch geschaffen hat, war ein Exempel von sich selbst. Wie irgendein Naigger, der sich extra bösartig benimmt, um den Massa zu beeindrucken.

Dann fängt Leggo Beast an zu brüllen, dass die CIA ihn gezwungen hat, das zu tun. Die CIA und irgendwelche Leute aus Kuba, was überhaupt keinen Sinn ergibt, wo doch jedermann weiß, dass die Kubaner Kommunisten sind und niemals mit den USA gemeinsame Sache machen. Als wenn Papa-Lo mehr über die CIA wüsste als jeder beliebige andere Jamaikaner. Dann fängt Leggo Beast an zu kreischen, dass das alles meine Idee gewesen sei. Ich beobachte, dass Papa-Lo mich beobachtet, um zu sehen, wie ich reagiere. Leggo Beast schreit es so lange und so oft, dass er sich allmählich fragt, ob er's glauben soll, denn schließlich gilt in Jamaika: Wenn's nicht so war, dann war's so ähnlich. Das hat er auch tatsächlich gesagt, als er an meine Tür geklopft hat, am Tag nachdem ich ihm gesagt hatte, wo er Leggo Beast findet. Und da steht er mit zwei Jugendlichen, so jung, dass denen die Pistole beinahe in die Unterhose rutscht. Ich sehe die beiden scharf an, und beide gucken weg, der an Papas linker Seite zappelt nervös herum wie ein aufgeregtes Mädchen. Der andere traut sich, mich wieder anzusehen. Den merke ich mir. Papa-Lo tappt mit dem Fuß, als wär er ärgerlich.

— Wenn's nicht so war, dann war's so ähnlich, sagt er.

— Was hat denn Leggo Beast jetzt wieder verzapft? Kennst du denn das Sprichwort von dem Ertrinkenden und dem Strohhalm nicht?

— Ein Ertrinkender hat keine Zeit mehr, sich eine Geschichte mit so viel Iration drin auszudenken.

Ich presse meine Fingerknöchel gegeneinander, um nicht damit herauszuplatzen, dass »Iration« kein richtiges Wort ist.

— Und ich hab keine Zeit, dir zu erklären, warum du einem Idioten wie Leggo Beast nicht trauen kannst. Er hatte zwei Jahre Zeit, um so weit abzuhauen, wie es nur geht, und er kommt gerade mal bis zum Schrank seiner Mutter?

— Aber du wusstest, wo er zu finden ist, mein Brethren.

— Die Mutter ist jede Woche einkaufen gegangen und immer mit einer großen Tasche voll vom Markt zurückgekommen. Warum so viel Essen, wenn sie doch allein lebt? Meinst du, die betreibt 'ne Heilsarmee? Die wirkliche Frage ist: Wie kommt's, dass du, der Don aller Dons, das nicht bemerkt hast?

— Ich kann doch nicht ein Auge in allen Ecken und Winkeln haben, Bruder. Hab ich dafür nicht dich?

— Aha. Na, dann frag mich keine idiotischen Sachen über den Sänger, wenn du die Antwort sowieso schon weißt.

— Echt? Na, dann gib mir schnell die Antwort, oder? Da du …

— Wenn ich den Sänger hätte töten wollen, dann hätte ihn nicht eine dieser sechsundfünfzig Kugeln verfehlt.

Sprich immer korrektes Englisch, wenn du einem Mann klar machen willst, dass ein Gespräch beendet ist. Papa-Lo geht weg, die kleinen Jungs im Schlepptau. Wenig später zerrte er Leggo Beast vor ein Scheingericht in McGregor Gully, um sich selbst zu beweisen, dass er immer noch Gerechtigkeit sprechen kann. Manche behaupten, der Sänger selbst wäre gekommen, um zuzusehen, aber wo ihn doch die ganze Welt bei jedem Schritt, den er tut, beobachtet, kann das eigentlich nicht sein. Der Einzige, auf dessen Wort ich mich verlassen würde, ist Tony Pavarotti und der hat nix gesagt. Dann fand er heraus, dass ein paar der Männer in den Wettbetrug verwickelt waren, und er nahm sie mit raus zum alten Fort, um Fischfutter aus ihnen zu machen. Da würd ich ihn am liebsten fragen, Wie passt all das Blut an deinen Händen mit deiner Friedensmission zusammen?

In meinem Wohnzimmer wird es langsam dunkel. Ich warte auf drei Anrufe. Mein großer Sohn kommt mit einem Hühnerbein in der Hand an mir vorbei. Er sieht mir inzwischen so ähnlich, dass ich mir den Bauch reiben muss, um mich zu vergewissern, dass ich derjenige bin, der einen hat.

—Junge, was machst du hier, warum bist du nicht bei deiner Mutter? Hey, ich rede mit dir.

—Cho, Mann, Daddy. Manchmal komm ich einfach nicht mit ihr klar, ungelogen.

—Womit hast du die arme Frau denn jetzt wieder aufgeregt?

—Haha, ich hab ihr gesagt, dass jeder Gangster besser kocht als sie.

—Hahahahahaha, Junge, du machst es einem auch nicht grade leicht! Aber es stimmt ja. Mir ist noch nie eine Frau begegnet, die mit der Küche so auf Kriegsfuß steht. Kann sein, dass ich deswegen nicht allzu lange mit ihr zusammengeblieben bin. Du kannst froh sein, dass sie nicht auf dich geschossen hat.

—Wah? Mama weiß, wie man mit einer Knarre umgeht?

—Schon vergessen, wer ihr Mann war? Was denkst du denn? Egal, es ist viel zu spät, in meinem Haus herumzuwandern wie ein Duppy.

—Aber du bist doch wach. Du bist immer so lange wach.

—Oh? Was machst du, deinem Vater hinterherspionieren?

—Nein …

—Du lügst ungefähr so gut wie deine Mutter kocht.

Keine Ahnung, wieso ich das nicht hab kommen sehen. Ich betrachte den Jungen, erst ein Jahr auf der Highschool und noch nicht mal zwölf Jahre alt. Er versucht, tapfer zu sein, sieht mich direkt an, Auge in Auge und mit leichtem Stirnrunzeln, weil er noch nicht weiß, dass man ein Pokerface erst durchs Leben bekommt. Es ist das erste Mal, dass er das tut, er weiß es und ich weiß es, der Sohn versucht, den Vater niederzustarren. Aber ein Junge ist ein Junge und kein Mann. Er hält es nicht durch, noch nicht. Er guckt zuerst weg und dann ebenso schnell wieder zu mir, aber er hat die Runde gerade verloren und er weiß es.

— Ich warte auf einen Anruf. Los, geh deinen Bruder ärgern, sag ich und sehe ihm hinterher. Schon bald wird die Zeit kommen, dann werde ich ihn beobachten müssen.

Eines Tages, mein Sohn, wirst du genug wissen und gesehen haben, dass du das letzte Wort haben darfst. Aber nicht heute Nacht. Ein Anrufer, der mich wirklich nicht in der Nacht nerven soll, ist Peter Nasser. Es ist jetzt zwei Monate her, dass ich ihm von der Rasta-Apokalypse erzählt hab, und er schwitzt immer noch Blut und Wasser oder verhilft irgend'nem Mädel im Lady Pink zu den schmutzigsten sieben Minuten ihres Lebens. Der Punkt mit dem Sänger war schon geklärt, für ihn, Jamaika, Medellín – und Cali, aber er wollte es einfach nicht auf sich beruhen lassen. Warum? Denn selbst wenn der Sänger nicht die Stimme dieser neuen Partei sein würde, oder Bewegung, oder wie auch immer du es nennen willst, er würde etwas viel Wichtigeres beisteuern: das Geld. Mittlerweile sehen dreitausend Familien dank dem Sänger jeden Monat ein bisschen Geld, selbst die Familie von dem Jungen, der auf ihn geschossen hat. Apropos Schießen, ich krieg den Schock meines Lebens, als ich das nächste Bild von ihm im *Gleaner* seh. Da, direkt neben ihm, ist Heckle.

Seit jener Nacht, als Weeper den Wagen in der Nähe der Garbagelands angehalten und Heckle rausgeschmissen hat, hab ich nie wieder was von ihm gesehen. Noch einer, bei dem ich nicht erkannt hab, dass er schlauer als Weeper ist, wenn nicht sogar mutiger, schlau genug jedenfalls, um mich doch ins Grübeln zu bringen, wen ich am Leben lasse. So schlau, als Einziger auf den Trichter zu kommen, dass es nach dem, was wir getan hatten, kein Zurück mehr gab. Gut, wenn ein Mann die Zeichen an der Wand deuten kann. Aber Heckle hätte wissen müssen, dass es für ihn keinen Grund zur Sorge gibt, die gerechte Strafe ereilt die Dummen, nicht die Schlauen. Wenn ich noch mal mit ihm hätte reden können, hätte ich gesagt, Brethren, reg dich nicht auf. Mit dir ist die Welt ein klügerer Ort. Er hat trotzdem schnell begriffen, woher der Wind wehte, und floh, sprang aus dem Auto wie ein losgelassener Hund. Garbagelands war eigentlich überhaupt nicht seine Haltestelle. Weeper hat die meisten Männer aufgestöbert und die, die er nicht gefunden hat, haben die Rastas gefunden. Aber über die hat niemand was gesagt, und der einzige Beweis, dass die Rastas auf der Jagd waren, war Demus, der in den John Crow Mountains von einem Baum hing. Die Geier hatten sich schon seine Augen und seine Lippen gekrallt. Doch niemand hat gewusst, wo Heckle steckt. Nicht mal seine Frau, nicht mal, nachdem man ihr dreimal eine runtergehauen und sie so fest am Hals gepackt hat, dass sie fast erstickt wär. Ich sag dir, dadurch bewunderte ich ihn nur noch mehr, der Mann war wie fürs Untertauchen gemacht.

Aber dann kommt ein Jahr später Papa-Lo in mein Haus getrampelt, noch viel wütender als sonst. Nicht einfach nur wütend, sondern so perplex, dass er schon fast geschielt hat.

— Er hat das Pussyhole mit auf Tour genommen? Kannst du dir das vorstellen? Er hat diesem Bombocloth-Typen ein Visum besorgt.

— Beruhig dich, Mann, es ist doch grade Tea Time.

Es war wirklich Abend und friedlich im Getto.

— Ich, ich versteh das überhaupt nicht. Vielleicht ist er wirklich wie der Prophet. Ich weiß noch nicht mal, ob Jesus so einen Wahnsinn gemacht hätte, und der hat die Weisen ja gern mal verwirrt.

— Für wen hat der Sänger überhaupt ein Visum besorgt?

Es konnte nur der Sänger sein, über den er redete.

— Ich hätte das nie geglaubt, bis ich das kleine Pussyhole seh, das sich da hinter ihm versteckt wie ein verängstigtes Huhn. Heckle. Heckle, sag ich.

— Heckle? Wirklich?

Wer weiß, wo Heckle sich beinahe zwei Jahre lang versteckt hielt? An der Südküste bei den Hippies? Auf Kuba? Wo auch immer er war, er schafft es irgendwie, am dritten Tag, nachdem der Sänger für das zweite Konzert zurück auf die Insel gekommen ist, einfach vor Nummer 56 aufzutauchen. Ohne Knarre, ohne Schuhe und nach Busch stinkend. Klar wusste der Sänger ganz genau, wer er war, auch wenn er damals keinen von ihnen gesehen hat, da bin ich sicher. Ich weiß nicht, was ich mehr bewundern soll, seinen Mut oder seine Dummheit, aber der Mann latscht einfach zur Hope Road hoch, an den Wachleuten vorbei, die ihn durchlassen, weil er aussieht wie der Tod, wirft sich dem Sänger, der grade aus dem Haus kommt, vor die Füße und bittet um Vergebung. Töte mich oder rette mich, hat er angeblich gesagt. Natürlich wollte ihn jede lebendige Seele auf dem Gelände tot sehen. Sie hätten sich noch nicht mal groß Gedanken machen müssen, wohin mit der Leiche.

Glück für Heckle, dass Papa-Lo nicht da war. Oder vielleicht hatte er Glück, dass der Sänger inzwischen nur noch das große Ganze im Auge hatte. Oder vielleicht dachte der Sänger, dass ein Mann mit tief in den Höhlen liegenden Augen, als hätte er Eidechsenschwanz geraucht, und Schuhen, die zerfallen waren, als erst mal der erste große Zeh herausgeplatzt war, dass ein Mann, der nach Kuhscheiße und Busch riecht, tiefer nicht mehr sinken kann. Oder vielleicht ist er ja wirklich ein Prophet. Der Sänger hat ihm nicht nur vergeben, sondern ihn zügig in den Kreis seiner Vertrauten befördert, er hat ihn sogar mitgenommen, als er Jamaika verlassen hat. Papa-Lo hat von nichts gewusst, bis er das Foto im *Gleaner* gesehen hat.

Zum ersten Mal seit vielen Jahren muss ich noch mal ganz neu über den Sänger nachdenken. Papa-Lo schimpft über eine weitere Situation, die er nicht unter Kontrolle hat. Nachdem der Sänger Heckle gesegnet hat, wer würde ihn da noch verfluchen wollen? Heckle wurde dadurch unantastbar. Er ist auch nie nach Copenhagen City zurückgekommen, oder Jungle, oder Rose Lane, sondern blieb in demselben Haus, dessen Bewohner er zu töten versucht hat. Wenn er nicht da war, war er überall auf der Welt unterwegs.

Jetzt wird es allmählich spät, und ich sitze immer noch vor dem Telefon und warte auf die drei Anrufe. Diese Leute wissen doch, wie ich zu Pünktlichkeit stehe. Ich kann zu spät nicht ausstehen, und ich hasse zu früh. Zur rechten Zeit bedeutet zur rechten Zeit. Ein Mann bekommt vier Minuten, der nächste acht, der nächste zwölf.

—Ja, spinn ich, sind denn alle meine Kinder heut Nacht verhext?

Meine Jüngste ist in der Tür und reibt sich gähnend die Augen. Sie steht da auf einem Fuß und kratzt sich mit dem andern die Wade. Ihr kleines Wonder-Woman-T-Shirt ist auch im Dunkeln noch gut zu erkennen. Ihre Mutter hat ihr das Haar vorm Zubettgehen noch zu zwei Zöpfen geflochten, und ich wette, sie wäre sehr sauer, wenn sie sehen könnte, dass dieses kleine Mädchen so spät nachts noch hier herumwandert und an ihrer Unterhose zerrt, als würde sie kneifen. Diese Hinterbacken wird sie nicht mehr loswerden, die sind auch ihrer Mutter immer geblieben. Wenigstens ist sie hell wie ihre Mutter. Keine Zukunft für dunkle Mädchen in Jamaika, trotz all diesem Black-Power-Bullshit. Ich mein, guck dir doch an, wer grad Miss World geworden ist.

— Hat dir ein Duppy den Mund zugezaubert, Kleines?

Sie sagt kein Wort. Stattdessen zerrt sie weiter an ihrer Unterhose herum, kommt zu mir rübergewandert und bleibt an meinem Knie stehen. Mein Mädchen reibt sich die Augen und guckt mich lange an, als müsste sie erst mal sichergehen, ob ich's auch wirklich bin. Immer noch ohne ein Wort hält sie sich an meiner Hose fest und zieht sich hoch, um auf meine Knie zu klettern, und im nächsten Moment ist sie auf meinem Schoß eingeschlafen, als wäre das ganz selbstverständlich. Hat sie diese Art, sich solche Freiheiten rauszunehmen, von ihrer Mutter oder von mir?

Wie haben böse Männer ihre Geschäfte gemacht, bevor es Telefone gab? Selbst ich hab vergessen, wie Nachrichten eigentlich früher hin und her gingen. Erster Anruf in drei Minuten. Das erinnert mich an einen anderen Anruf. Klar weiß ich warum. Es ist das, was Doctor Love ein Déjà-vu nennt. Ungefähr zu der Zeit, als wirklich jeder, der sie noch halbwegs beisammen hatte, langsam die Nase voll von diesem ganzen Love-and-Peace-Geficke hatte. So etwa zu der Zeit, als Copper vom Berg herunterkam, als ob die Leute, und damit mein ich mich, vergessen hätten, was für ein Arschloch er vor dem Friedensabkommen gewesen ist, dass er eine Frau vergewaltigt hat, nachdem er ihren Mann umgebracht hat. Sogar Papa-Lo, Mister Frauenrächer persönlich, hat zugelassen, dass Copper in die Wareika Hills hochklettern konnte. Gute Zeiten für den einen sind schlechte Zeiten für einen anderen, und die Leute, die kurz davor waren, schlechte Zeiten zu erleben, erreichten die kritische Masse, wie es der neue Amerikaner genannt hat. Die kritische Masse begreift, was eine Frau, deren Mann sie schlägt, auch begreift: Sicher stehen die Dinge schlecht, aber mach keinen Aufstand, solange du einigermaßen damit leben kannst. Das Schlechte kennen wir. Das Gute? Sicher ist das Gute gut, aber Gutes ist man nicht gewohnt. Das Gute ist ein Gespenst. Das Gute gibt dir kein Taschengeld. Jamaika geht es besser schlecht, weil das Schlechte funktioniert. Als also gewisse Leute vor den guten Vibes, die die nächste Wahl gefährden könnten, schon fast die Panik kriegen, ganz besonders, als sie sahen, was zwangsläufig dabei herauskommen würde, da fing mein Telefon an zu bimmeln. Meine Frau nahm eine Nachricht entgegen, und die bestand nur aus einem Wort.

— Copper.

— Sonst noch was? Hat er noch irgendwas anderes gesagt?

— Nein, bloß Copper.

Für mich kein Problem, ich hasse dieses fette Stück Bauchspeck seit dem ersten Tag, aber der Frieden hat aus Copper keinen Idioten gemacht. Oben in den Bergen war er sicher, und er war sicher in Copenhagen City, selbst in den Eight Lanes. Aber er war nicht sicher vor der Polizei. Copper spielte auf keinem Spielplatz, den er nicht kannte. Also sag ich bei einer Jamsession sonntags in Rae Town zu ihm, weißt du, Copper, n' Mann wie du, der in den Bergen lebt, wann hast du zum letzten Mal gebratenen Fisch gegessen?

— Woi, Mann, um die Wahrheit zu sagen, den hab ich schon ne ganze Zeit nicht mehr gegessen.

— Was? Also nee, Star, das ist doch nicht in Ordnung! Morgen gehen wir direkt zum Strand und genehmigen uns ein bisschen frittierten Fisch und Festival.

— Woi. Festival, echt? Aus dem Fischöl? Wer bist du, der Teufel höchstpersönlich, der mich in Versuchung führt?

— Gerösteter gelber Yams, gegrillte Maiskolben mit Kokosraspeln, zehn Cassava-Fladen, fünf mit Piment gedünstet, fünf mit dem gleichen Öl gebraten, in dem sie auch den Fisch braten.

— Oh Gooott, Mann.

— Lass doch ein paar von deinen Männern nach Fort Clarence runterfahren.

— Zum Edelstrand? Was redest du denn da?

— Ich hinterleg deinen Namen beim Sicherheitsdienst. Jetzt tu nicht so, als würde dir das nicht gefallen. Jede Menge Fisch und Festival, ihr könnt am Babylon-Strand abhängen, und keine Polizei nirgendwo.

— Mann, wenn du 'ne Frau wärst, würde ich auf die Knie fallen und dich heiraten. Aber Brethren, so was mache ich nicht. Sobald ich auf dem Fahrdamm bin, sind auch schon drei Polizisten hinter mir und halten mich auf. Und die sagen nicht erst, nimm doch mal die Hände hoch.

— Brethren, benutz doch mal deinen Kopf. Die Polizei hält sich für schlau. Meinst du, die kommen nicht auf die Idee, dass der böse Mann sie austricksen will, indem er die Nebenstraße nimmt?

— Najaaa …

— Nix na ja. Vor aller Augen ist das beste Versteck.

— Das klingt aber nach einer Scheißidee.

— Seh ich aus, als hätt ich schon jemals 'ne Scheißidee gehabt? Wenn du willst, dass die Polizei dich findet, dann fahr mal schön über den Deich, über Trenchtown oder die Maxfield Park Avenue. Wenn du den Strand in Ruhe für dich haben willst, dann nimm genau die Straße, vor der du Angst hast. Hör mal, nach all den Jahren hast du noch nicht geschnallt, wie die Polizei tickt? In einer Million Jahren rechnen die nicht damit, dass du am helllichten Tag die Harbour Street runtergebrettert kommst. Deswegen patrouillieren die da auch nicht.

Ein Genussmensch auf einem Gebiet stellt sich immer als Genussmensch auf allen Gebieten heraus. Ich sag Copper, er soll nach Miss Jeanie fragen, einer Coolie-Frau, die ihre eigene Fischbude am Strand hat. Sie hat zwei reife Töchter, nur halbe Coolies, namens Betsy und Patsy. Nimm dir eine mit ins Auto, egal welche, und sie serviert dir den Nachtisch. In derselben Nacht wecke ich den Inspektor mit einem Anruf. Copper ist nie am Strand angekommen.

Eine Minute.

Fünfundvierzig Sekunden.

Zwanzig Sekunden.

Fünf.

Ich grapsch mir beim ersten Klingeln den Hörer. Übereifrig.

—Ja?

—Hat deine Mutter dir keine Manieren beigebracht? Anständige Leute sagen Hallo.

—Und?

—Es ist vollbracht.

—Weiß Jesus, dass du ihm seine Worte klaust?

—Herrgott, Josey Wales, erzähl mir nicht, du wärst ein gottesfürchtiger Mann.

—Nein, ich bin bloß wie Lukas. Wo?

—Auf dem Fahrdamm.

—Sechsundfünfzigmal?

—Boss, seh ich aus wie Graf Zahl aus der *Sesamstraße?*

—Sorg dafür, dass jemand der Zeitung gegenüber durchsickern lässt, dass es sechsundfünfzig Kugeln waren. Verstanden?

—Verstanden, Sir!

—Sechsundfünfzig.

—Sechsundfünfzig. Eins noch, ich ...

Ich leg auf. Der bescheuerte Anruf hat die kompletten vier Minuten gedauert. Der wird heute Nacht nicht noch mal anrufen.

Dreiundvierzig Sekunden.

Fünfunddreißig Sekunden.

Zwölf.

Eine.

Minus fünf.

Minus zehn.

Minus eine Minute.

—Du bist zu spät.

—Sorry, Boss.

—Und?

— Boss. Mann, ich weiß nicht, wie ich dir das sagen soll.

— Am besten wäre, es mir einfach zu sagen.

— Der Mann ist verschwunden, Boss.

— Ein Mann verschwindet nicht einfach. Männer lösen sich nicht in Luft auf, es sei denn, du sorgst dafür.

— Er ist weg, Boss.

— Was zum Scheiß noch mal redest du da, du Idiot? Wie, er ist einfach weg? Hatte er ein Visum?

— Ich, ich weiß nicht, Boss, aber wir haben überall nachgesehen. Bei ihm zu Hause, bei seiner Frau, bei seiner zweiten Frau, im Rae Town Community Center, wo er ein paar Tage arbeitet, selbst im Haus vom Sänger, da hat die Friedensversammlung ein Büro. Wir haben seit gestern an jeder Straße auf der Lauer gelegen.

— Und?

— Nichts. Als wir noch mal zu seinem Haus zurück sind, war alles wie vorher, bis auf eine Kommode, die war plötzlich restlos leergeräumt. Leer leer leer, nicht mal eine Spinnwebe.

— Erzählst du mir gerade, dass es ein idiotischer Rasta geschafft hat, zehn Gangstern durch die Lappen zu gehen? Einfach so? Wie denn, habt ihr schon mal 'ne Nachricht vorausgeschickt, dass ihr ihn holen kommt?

— Nein, Boss.

— Na ja, dann findet ihr ihn besser mal.

— Ja, Boss.

— Noch eins.

— Boss?

— Finde raus, wer ihm das gesteckt hat, und den machst du kalt. Und Brethren: In drei Tagen hast du den, sonst mach ich dich kalt.

Ich warte, bis er auflegt.

Bombo R'Asscloth.

Shit.

Ich weiß nicht, ob ich das gesagt oder nur gedacht habe. Aber sie schläft noch, mein rechtes Knie ist durchgesabbert. Tristan Phillips, der Rasta, der eigentlich gerade dabei war, einen Friedensplan zu entwerfen und den Vorsitz der Friedensversammlung hatte, ist verschwunden. Einfach so. Genau wie Heckle. Tot oder nicht tot, der Mann ist eindeutig verschwunden. Und Peter Nasser, so dämlich wie der schon ist, hat von nichts eine Ahnung. Und da fällt mir auf, dass ein Anruf noch fehlt. Von einem Mann, der sich nie verspätet. Niemals.

Fünf Minuten zu spät.

Sieben Minuten.

Zehn Minuten zu spät.

Fünfzehn.

Zwanzig.

Tony Pavarotti. Ich nehm den Hörer ab und höre den Ton, leg aber wieder auf, und es klingelt.

— Tony?

— Nein, ich bin's, Weeper.

— Was willst du, Weeper?

— Na, hast du heute Nacht Ameisen in der Unterhose?

— Woher wusstest du, dass ich wach bin?

— Jeder weiß, dass du nicht schläfst. So weit ist es inzwischen gekommen.

— Was? Weißt du was, es ist zu spät, um noch zu fragen, was das bedeuten soll. Und jetzt mach die Leitung frei, ich erwarte einen Anruf.

— Von wem?

— Pavarotti.

— Wann sollte er anrufen?

— Um elf.

— Der ruft nicht mehr an, Star. Wenn elf Uhr abgemacht war, dann hätte der Bredda dich um elf angerufen. Du kennst ihn ja.

— Das Gleiche dachte ich auch gerade.

— Warum lässt du ihn so spät anrufen?

— Hab ihn ins Four Seasons geschickt, um eine Sache zu bereinigen.

— So 'ne nebensächliche Angelegenheit, und er hat dich noch nicht angerufen? Ich wunder mich nur, dass du nicht zwei Mann rüberschickst, um das mal zu checken …

—Erzähl du mir nicht, was ich tun soll, Weeper.

—Meine Güte, bei dir juckt's wirklich in der Unterhose, Mann.

—Gefällt mir nicht, wenn ich mich auf den einen zuverlässigen Mann in Copenhagen City nicht verlassen kann.

—Autsch.

—Autsch? Hast du das bei deinen neuen amerikanischen Freunden aufgeschnappt?

—Kann sein. Guck mal. Vielleicht ist ja was schiefgegangen und er muss bisschen den Ball flach halten. Du kennst ihn doch, der ruft dich nicht an, bevor der Job richtig erledigt ist. Erst dann.

—Ich weiß nicht so recht.

—Ich aber. Wie kommt es überhaupt, dass anscheinend jeder von der Planänderung wusste, nur ich nicht? Ich steh vor der kolumbianischen Zicke ja fast wie 'n Idiot da.

—Brethren, wie oft muss ich dir eigentlich noch sagen, dass du solche Sachen nicht am Telefon besprechen sollst?

—Cho R'Asscloth, Mann, Josey. Wir verticken Kraut. Als du mich hergeschickt hast, hast du mir gesagt, dass wir es hier mit Kraut zu tun haben, von White Wife hast du mir nichts gesagt.

—Brethren, ich hab dir das jetzt schon viermal gesagt. Kraut macht zu viel Ärger und braucht zu viel verdammten Platz. Außerdem bauen die Yankees jetzt ihr eigenes Kraut an und brauchen unseres nicht. White Wife nimmt weniger Platz weg und bringt siebenmal mehr Geld.

—Ich weiß nicht, Mann. Mir gefallen diese Kubaner einfach nicht, Mann. Die Kommunisten waren ja schon schlimm, aber die in Amerika sind das Letzte. Und keiner von denen kann fahren.

—Kubaner oder Kolumbianer? Weeper, ich kann mich jetzt echt nicht um dich und die kümmern.

—Vor allem diese Frau, du weißt, dass die verrückt ist, oder? Die, die den ganzen Laden schmeißt. Die ist verrückt wie Scheiße. Brethren, die leckt die ganze Nacht Möse, und am nächsten Tag macht sie das Mädchen kalt.

—Wer hat dir das gesagt?

— Ich weiß es eben.

— Weeper, ich ruf dich morgen von Jamintel aus an. In Nächten wie dieser kann ein Telefon zwei Hörer haben. Geh in der Zwischenzeit mal irgendwohin und amüsier dich. Gibt doch jede Menge Vergnügungen für Männer wie dich.

— Oi, was soll das denn heißen?

— Bombocloth, es heißt, was ich sage, dass es heißt. Und nicht so was wie dieser Mist, den du da letzte Woche in Miramar gebaut hast.

— Yow, was sollte ich denn machen? Der Mann hat mich einfach angegrapscht ...

— Was würdest du an meiner Stelle jetzt wegen Pavarotti tun?

— Gib ihm Zeit bis morgen früh. Wenn du nichts von ihm hörst, hörst du noch früh genug was über ihn.

— Gute Nacht, Weeper. Und trau dieser kolumbianischen Schlampe nicht. Erst vorige Woche ist mir klar geworden, dass sie nur ein Boxenstopp auf dem Weg zu unserem eigentlichen Ziel ist.

— Ah. Und wo ist das, mein Junge?

— New York.

Sir Arthur George Jennings

Etwas Neues liegt in der Luft, ein übler Wind hat sich erhoben. Eine Malaria. *Many more will have to suffer. Many more will have to die,* zwei, drei, hundert, achthundert und neunundachtzig. Währenddessen sehe ich, wie du einem Derwisch gleich umherwirbelst, über dem Rhythmus und unter dem Rhythmus und über die Bühne fegst, auf und ab springst und immer wieder auf deiner Brutus-Zehe landest. Vor vielen Jahren trug ein Spieler auf dem Fußballplatz Laufschuhe mit Spikes – wer spielt denn Fußball mit Spikeschuhen? – und trat auf deine Stollenschuhe und schlitzte den Zeh auf. Als du noch ein Junge warst, hast du ihn beinahe mit einer Hacke gespalten. Der Krebs ist eine Rebellion, eine Zelle, die den Aufstand gegen den eigenen Körper probt und Überläufer anwirbt und andere Körperteile dazu anstiftet, das Gleiche zu tun. Ich teile und herrsche. Ich werde deine Gliedmaßen eine nach der anderen außer Gefecht setzen und Gift in deine Knochen spritzen, denn in mir ist nichts als Dunkelheit. Egal wie oft deine Mutter deinen Zeh verbunden und mit Gold-Bond-Wundpulver bestreut hat, er ist nie mehr ganz verheilt.

Und jetzt liegt etwas Neues in der Luft. Drei Weiße haben an deine Tür geklopft. Fünf Jahre zuvor warnte dich der erste davor zu gehen. Mitten im Jahr 1978 warnte dich der dritte – irgendwie wissen sie immer, wo sie dich finden können –, nicht zurückzukommen. Der zweite kam, um Geschenke zu überbringen. Du kannst dich gar nicht mehr an ihn erinnern, aber er kam zu dir wie einer der drei Weisen aus dem Morgenland mit einer Schachtel in der Hand, eingepackt wie ein Weihnachtsgeschenk. Du hast es aufgemacht und warst ganz aus dem

Häuschen – irgendwie wussten sie auch, dass jeder Mann im Getto sich wünscht, *Der Mann, der Liberty Valance erschoss* zu sein. Braune Stiefel, Schlangenhaut mit einem Hauch von Rot; irgendjemand wusste, dass du solche Stiefel fast genauso geliebt hast wie braune Lederhosen. Du hast den rechten Stiefel angezogen und aufgeschrien wie dieser Junge, der sich den Fuß abgehackt hat beim Versuch, eine Kokosnuss zu spalten. Du hast den Stiefel wieder ausgezogen, zur Seite geworfen und zugesehen, wie das Blut im Rhythmus deines Herzschlags aus dem Zeh spritzte. Gilly und Georgie hatten ihre Messer griffbereit. Ein Schnitt durch die Naht, sie zogen das Leder auseinander, und siehe da, ein spitzer Kupferdraht, eine perfekte gerade Nadel, was dich irgendwie an Dornröschen erinnert hat.

Etwas Neues liegt in der Luft. Am Fuße der Wareika Hills verlässt ein Mann namens Copper sein Haus und schließt das Tor hinter sich. Die marineblaue Nacht schreitet voran und vergeht, schreitet voran und vergeht. Er macht zwei Schritte, aber keinen dritten. Der Mann namens Copper fällt und spuckt das wenige Blut, das noch nicht aus seinem Brustkorb und seinem Bauch geflossen ist. Der Schütze lässt das M1 fallen, überlegt es sich anders, hebt es wieder auf und rennt zu einem Auto, das sofort losfährt.

Du bist mit der Band im Studio und nimmst ein neues Stück auf. Die Uhr tickt im Rhythmus der Jamaika-Zeit. Die Zuschauer nehmen zwei Züge vom Joint und geben ihn nach links weiter. Die Melodien der beiden Leadgitarren umschlingen sich wie kämpfende Schlangen. Der neue Gitarrist, der mit den kurzen Dreadlocks, der Rockmusiker, der Hendrix verehrt, zieht das Kabel raus. Du wirfst ihm einen kurzen Blick zu, die Augen weit aufgerissen.

— Geh jetzt nicht! Ich hab nicht viel Zeit.

Etwas Neues liegt in der Luft. Der Don, den alle Papa-Lo nennen, fährt nach dem Rennen in einem Taxi mit heruntergelassenen Fenstern nach Hause über den Fahrdamm. Jemand macht einen Scherz, und der salzige Meereswind trägt sein lautes Lachen davon. Die Straße macht keine Biegung, sondern führt in einem Bogen auf eine Brücke und dann wieder hinunter, direkt auf drei Streifenwagen zu, die den Weg blockieren. Er weiß, dass sie wissen, wer er ist, noch bevor der Fahrer anhält. Sie wissen, dass er weiß, dass sie es wissen, bevor sie POLIZEIKONTROLLE rufen. Er weiß schon, bevor sie bei ihm sind, dass weitere Autos hinter ihm auftauchen werden. Polizist Nummer eins sagt, Gehen Sie von dem Fahrzeug da weg, damit wir das Fahrzeug da überprüfen können. Gehen Sie da rüber auf die linke Seite, und gehen Sie weiter bis Sie da drüben auf der anderen Seite vor dem Gebüsch sind. Polizist Nummer zwei findet seine .38er. Polizist Nummer 3, 4, 5, 6, 7, 8, 9, 10, 11, 12, 13, 14, 15 und 16 eröffnen das Feuer. Einige werden sagen vierundvierzig, andere werden sagen genau sechsundfünfzig Patronenhülsen seien an der Hope Road Nummer 56 in dieser Dezemberwoche des Jahres 1976 gefunden worden.

Du spielst Fußball in Paris, auf der Grünfläche unter dem Eiffelturm. Du spielst mit jedem, der Lust dazu hat. Weiße Jungs, die sich im Glanz des Superstars sonnen, und dieser Mann aus der französischen Nationalmannschaft. Deine Leute sind auch nach Jahren des Tourens immer noch nicht daran gewöhnt, dass die großen Städte nie zur Ruhe kommen. Sie sind schwerfällig, obwohl es Nachmittag ist. Die Franzosen spielen nicht so wie die Briten. Sie haben nicht diese Einzelkämpfer-Mentalität. Diese Jungs bewegen sich wie eine Einheit, obwohl die meisten von ihnen sich vorher noch nie getroffen haben. Einer foult dich, tritt direkt auf deinen rechten Zeh und reißt den Nagel ab.

Etwas Neues liegt in der Luft. Der Mann, der mich töten ließ, bezahlt der Wang Gang sechzig Dollar, damit sie zwei Straßen der Eight Lanes unter Beschuss nehmen. Die beiden Straßen, die dem Meer am nächsten liegen. Straßen, gesäumt von rostigen Metallzäunen und ätzenden Abwässerkanälen. Die Gang fährt mehrmals am Tag in einem ruhigen Moment vor, eröffnet aus allen Rohren das Feuer und schießt wild um sich. Ein Kugelhagel. Ein Kugelsturm.

Du bist in London. Lassen Sie diesen Zeh amputieren, am besten jetzt gleich, sagt der Arzt, ohne dir ins Gesicht zu sehen. Stopf die Stiefel mit Zellstoff oder Baumwolltüchern aus, mit Kitt, du musst es ja niemandem erzählen. Der Behandlungsraum riecht nach Desinfektionsmittel, das man auf Scheiße gespritzt hat, um den Geruch zu bannen. Und nach Eisen, als würde jemand im Nebenzimmer Stahltöpfe scheuern. Aber wenn die Rastas schon glauben, dass ein schlimmer Zeh eine Strafe Gottes ist, was würden sie wohl von einem amputierten halten? Du bist in Miami. Der Arzt schneidet die Stelle heraus und transplantiert Haut vom linken Fuß. Es ist ein Erfolg, sagt er, wenn nicht mit diesen Worten, du kannst dich nicht genau an die Worte erinnern. Aber er sagt, dein Krebs sei weg, du hättest keinen Krebs mehr. Und jede Nacht, wenn du oben auf der Bühne aufstampfst und Babylon zertrittst, füllt sich dein rechter Stiefel bis zum Rand mit Blut.

Etwas Neues liegt in der Luft. Tony McFerson, der für die PNP im Parlament sitzt, und sein Leibwächter werden in August Town Opfer eines Anschlags. Gunmen aus den Bergen, die mit Copenhagen City verbündet sind, eröffnen das Feuer auf die beiden Männer. Die schießen zurück. Die Killer durchlöchern die Karosserie des Wagens, zerschießen ein Fenster, Kugeln prallen von der Windschutzscheibe ab. Die Schützen geben eine Salve nach der anderen ab, bleiben aber ein ganzes Stück weit entfernt hinter Gebüsch und Stacheldraht stehen. Sirenen, Polizei, die hastigen Schritte der flüchtenden Killer werden immer leiser. Autoreifen wirbeln Schotter auf und drehen durch, bis sie endlich Bodenhaftung haben. Die Sirenen brechen ab, das Getrappel von Stiefeln, die Polizisten nähern sich, werden lauter. Tony McFerson steht als Erster auf, mit einem breiten Grinsen auf dem Gesicht, er stöhnt erleichtert, und man kann schon aus hundert Metern Entfernung sehen, wie froh er ist. Die dritte Kugel durchschlägt seitlich seinen Hals, zerfetzt das Rückenmark und zerstört alles unterhalb des Halsansatzes, bevor er überhaupt gemerkt hat, dass er tot ist.

Du bist in New York. Es ist der 21. September. Alle wissen, dass du immer der Erste bist, der aufsteht, und der Letzte, der sich schlafen legt, vor allem im Studio. Niemand hat gemerkt, dass das seit einem Jahr schon nicht mehr so ist. Du wachst im Fieber auf, deine Matratze hat sich mit deinem Schweiß vollgesogen, obwohl du hören kannst, wie die Klimaanlage nicht weit entfernt vor sich hin summt. Du denkst an den Schmerz in deiner rechten Kopfseite, und da ist er auch schon. Und nun fragst du dich, ob der Schmerz nur ein Gedanke war, bis du an ihn gedacht hast. Vielleicht ist der Schmerz aber auch schon so lange in dir, dass er ein unsichtbarer Teil deines Körpers geworden ist, ein zwischen deinen Zehen verborgenes Muttermal. Vielleicht hast du auch einen Fluch auf dich geladen, wie die alten Frauen oben in den Bergen sagen würden. Du weißt nicht, dass es der 21. September ist, du kannst dich auch nicht an das zweite Konzert von gestern Abend erinnern, du hast keine Ahnung, wo du bist oder wer hier bei dir ist, aber zumindest weißt du, dass du dich in New York befindest.

Etwas Neues liegt in der Luft. Icylda sagt zu Christopher, sieh zu, dass du alles aufisst, du glaubst ja wohl nicht, dass es die Hühnchen-rücken umsonst gibt, oder? Ihr Sohn schluckt drei Bissen auf einmal hinunter und rennt zur Tür. Er hält kurz an, schnappt sich die Vinyl-scheibe auf dem Tresen, ein nagelneuer Dub, heute erst gepresst. Ver-giss nicht, dass du morgen arbeiten musst, sagt Icylda, und scheucht ihn lachend aus der Tür. Die Cha-Cha-Boys auf der Gold Street haben sich in Schale geschmissen, Gabardinehosen und Polyesterhemden, und die Mädchen sehen sexy aus mit ihren engen Jeans und den Spa-ghettiträgertops und dem ganzen Zeug. Das Sound System spielt die Tamlins und ganz neue Scheiben wie die von Michigan & Smiley, aber Christopher hat was ganz Neues von Black Uhuru, das die Tanzfläche zum Kochen bringt. Die Jungs und Mädchen schmiegen sich aneinan-der, umschlingen einander, während der Bass durch ihre Brust wum-mert und von ihren Körpern Besitz ergreift. Wer hat denn die Knall-frösche mit auf die Party gebracht? Doch es sind gar keine Knallfrösche, das ist der Regen, der plötzlich auf das Zinkdach prasselt, pang-pang-pang. Aber es wird ja gar niemand nass, ruft Jacqueline laut aus, als zwei Kugeln in ihre rechte Brust eindringen. Ihr Schrei verhallt im all-gemeinen Getöse. Sie schaut hinter sich und sieht Schatten, die vom Strand heraufkommen, und die fünf aufeinanderfolgenden Blitze der Maschinengewehrsalven. Der DJ kriegt einen Schuss durch den Hals ab und geht zu Boden. Die Leute rennen und schreien durcheinander, trampeln über gestürzte Mädchen hinweg. Fallen eins zwei drei übereinander. Noch mehr Männer kommen vom Strand her, sie tragen dunkle Sachen und haben Lampen. Sie schwärmen aus und schießen um sich. Jacqueline springt über einen Blechzaun, reißt sich dabei die Knie auf und rennt die Ladd Lane entlang, verfolgt von dem Geschrei hinter ihr. Sie denkt nicht mehr daran, dass das Blut aus ihrer Brust spritzt, und fällt mitten auf der Straße um. Zwei Hände heben sie auf und tragen sie weg.

Ein Kugelregen prasselt auf das Zink, die Männer auf der Gold Street haben insgesamt nur zwei Pistolen. Weitere Männer kommen vom Strand her, manche auch von der Landseite, alle drei Ausgänge sind versperrt. Der Kugelregen weckt die Polizisten, die nur dreißig Meter entfernt geschlafen haben. Sie schnappen sich ihre Waffen und rennen auf eine verriegelte Tür zu. Der Rastafari weiß nicht, wo er hinlaufen soll, und die Männer kommen näher. Hinter ihm werden die Menschen in Wellen niedergemäht. Fat Earl liegt auf dem Boden und spuckt Blut. Der Rastafari wirft sich auf Fat Earl, der noch nicht ganz tot ist, und rutscht auf ihm herum, um möglichst viel von seinem Blut abzubekommen. Als die Killer vor ihm stehen, denken sie, dass er schon tot ist und schießen auf Fat Earl. Dann gehen sie wieder zurück zum Strand.

Du joggst um einen Teich im südlichen Central Park. Anderes Land, gleiche Begleiter, und einen kurzen Moment lang hast du das Gefühl, du bist wieder in der Bull Bay, und es ist kurz vor Sonnenaufgang. Ein Sprint über den schwarzen Sandstrand, kurzes Eintauchen in den Wasserfall, vielleicht ein bisschen Fußball, um einen gesunden Appetit für das Frühstück zu bekommen, das Gilly zubereitet hat. Aber du bist immer noch in New York, und es fängt schon wieder an zu regnen. Du hebst dein linkes Bein an, um einen großen Schritt über eine Pfütze zu machen, aber das rechte Bein verweigert seinen Dienst. Deine Hüfte bewegt sich, aber – was für ein verflixter Scheiß ist das denn? – das rechte Bein will nicht. Heb es an, ohne nachzudenken. Das funktioniert nicht. Heb es an, und denk gleichzeitig daran. Das funktioniert auch nicht. Und jetzt will auch das linke nicht mehr. Beide Beine weigern sich zu gehorchen, sogar nachdem du es ihnen drei Mal fluchend befohlen hast. Dein Freund taucht hinter dir auf, und du willst dich umdrehen und etwas rufen, aber dein Hals bewegt sich nur einen Zentimeter und nicht weiter. Du kannst weder nicken noch den Kopf schütteln. Ein Schrei verschwindet auf dem Weg von deiner Kehle zu deinen Lippen. Dein Körper krümmt sich zusammen, und du kannst es nicht verhindern. Nein, er krümmt sich nicht, sondern er fällt, und du kannst nicht mal die Arme ausstrecken, um den Aufprall abzudämpfen. Du stürzt mit dem Gesicht voraus zu Boden.

Im Essex House wachst du wieder auf. Hände und Füße erholen sich wieder, aber die Angst bleibt. Du bist zu schwach, um das Bett zu verlassen, und du weißt nicht, dass sie gerade deine Frau angelogen haben, vor wenigen Minuten erst, und dann haben sie sie rausgebracht. Du wachst auf und riechst Sex, Rauch und Whiskey. Du siehst und wartest, aber niemand hört dich, niemand sieht nach dir, niemand kommt. Du kannst hören, wie deine Freunde die Kosten für das Hotelzimmer in die Höhe treiben, wie sie sich meterweise Koks reinziehen, wie sie Groupies ficken, wie sie Huren ficken, wie sie Freundinnen ficken, wie ein Rastaman auf Koks die heilige Shillum-Pfeife missbraucht. Männer in Anzügen, geldgierige Männer, Geschäftsmänner trinken deinen Wein, dein Zimmer wird zu einem Tempel, der darauf wartet, von Jesus gereinigt zu werden. Oder von einem Propheten. Irgendeinem Propheten. Aber du lässt dich dankbar aufs Bett zurückfallen, weil du endlich wieder den Hals bewegen kannst. Die Jungs aus Brooklyn kommen mit Pistolen vorbei, Brooklyn Boys, die mächtig angeben und deren Rasta-Geist längst erloschen ist. Du hast keine Kraft aufzustehen, dein Mund ist zu schwach, um laut zu fluchen, du kannst nur flüstern, *Bitte schließt die Tür*. Aber niemand hört es, und wenn das Essex House aus allen Nähten platzt, flüchten deine Freunde auf die 7th Avenue.

Etwas Neues liegt in der Luft. Eine Evolution im Rückwärtsgang. Die Männer, Frauen und Kinder im Getto von Rose Town stehen auf und gehen umher, manchmal rennen sie sogar von der Schule nach Hause, von zu Hause zum Laden, vom Laden zur Bar. Gegen Mittag sitzen alle da, spielen Domino, essen zusammen, machen ihre Hausaufgaben, zerreißen sich die Mäuler über die Schlampe aus der Hog Shit Lane. Nachmittags kauern alle auf dem Fußboden. Abends kriechen sie von einem Zimmer ins andere und essen vom Fußboden wie die Gründlinge im Teich. Nachts liegen alle flach auf dem Linoleum, aber keiner schläft. Die Kinder liegen auf dem Rücken und warten darauf, dass die Kugeln auf das Zink prasseln wie Hagel. Kugeln schwirren kreuz und quer, zischen dicht unter der Zimmerdecke durch die Fenster, graben sich in die Wände, zerstören Spiegel, Deckenlampen und jeden Dummkopf, der aufrecht steht. Währenddessen ist der Mann, der mich umgebracht hat, im Fernsehen; Michael Manley und die PNP müssen den Termin für die Wahl jetzt bekannt geben.

Du brichst in Pittsburgh zusammen. Es ist nie gut, wenn man hört, wie ein Arzt ein Wort ausspricht, das auf –om endet. Das Om ist von deinem Fuß auf deine Leber, deine Lunge und dein Gehirn übergesprungen, gehopst, gehüpft. In Manhattan beschießen sie dich mit Radium, und du verlierst deine Locken, die überall verstreut herumliegen. Du gehst nach Miami, dann nach Mexiko in die Klinik, die auch Steve McQueen nicht retten konnte.

4. November. Deine Frau arrangiert eine Taufe in der Äthiopisch-orthodoxen Kirche. Niemand weiß, dass du jetzt Berhane Selassie heißt. Du bist jetzt Christ.

Etwas Neues liegt in der Luft. Auf einer Mauer in Downtown Kingston steht: IWF – Ist Was Faul, und Manley ist schuld. Die Wahlen sind für den 30. Oktober 1980 angekündigt.

Jemand fährt dich durch Bayern, nahe der österreichischen Grenze. Ein Krankenhaus taucht wie durch Zauberei mitten im Wald auf. Im Hintergrund sind Berge zu sehen mit weißen Schneekuppen, die aussehen wie Zuckerguss. Du triffst den großen, distanzierten Bayern, den Mann, der sich um hoffnungslose Fälle kümmert. Er lächelt, aber seine Augen sitzen zu tief in ihren Höhlen und verschwinden im Schatten seiner Brauen. Krebs ist ein Alarmzeichen dafür, dass der ganze Körper in Gefahr ist, sagt er. Gott sei Dank verbietet er all das zu essen, was einem Rasta sowieso verboten ist. Jeder Sonnenaufgang ist ein Versprechen.

Etwas Neues liegt in der Luft. November 1980. Eine neue Partei gewinnt die Wahlen, und der Mann, der mich getötet hat, tritt mit seinen Brüdern auf das Podium und übernimmt das Land. Er musste so lange darauf warten, dass er stolpert, als er die Stufen hinaufspringt.

Der bayerische Arzt gibt auf. Niemand spricht mehr von Hoffnung, niemand spricht von irgendwas. Du bist wieder in Miami und kannst dich nicht mehr an den Flug erinnern. 11. Mai, Augen auf, du bist der Erste, der wach ist (wie in alten Zeiten), aber du siehst nur die Hände einer alten Frau mit dunklen Adern und knochige, hervorspringende Kniescheiben. Ein Plastikding wurde in deine Haut gesteckt und hält deinen Körper am Leben. Du bist schon wieder ganz schläfrig, vielleicht kommt das von den vielen Medikamenten, aber diese Müdigkeit kriecht in dich hinein, und du weißt bereits, dass du von dort, wo du jetzt hingehst, nicht mehr zurückkommen wirst. Ist das nicht »Master Blaster« von Stevie Wonder, was da von draußen durchs Fenster dringt? In New York City und in Kingston sind die Mittagshimmel grellweiß, ein Donnerschlag ertönt, und ein Blitz fährt aus den Wolken. Ein Sommergewitter, drei Monate zu früh. Die Frau, die in Manhattan aufwacht, und die Frau in Kingston, die auf der Veranda sitzt, wissen es beide. Du bist nicht mehr da.

WHITE LINES/KIDS
IN AMERICA

14. August 1985

Dorcas Palmer

— Diese Mädchen sind unverbesserlich, das weiß man ja, sie kommen bis nach Amerika und benehmen sich trotzdem wie eine dreckige Hure aus Gully. Ich hab so die Nase voll von den Mädchen. Das hab ich auch eben dem Flittchen erzählt, das für Miss Colthirst arbeitet. Schmutziges Flittchen, sag ich, solange du hier arbeitest und unter dem Dach hier schläfst, sperrst du deine Pussy besser ab, kapiert? Sperr deine Pussy ab. Natürlich hört die Schlampe nicht auf mich, und jetzt ist sie schwanger. Natürlich musste Miss Colthirst sie entlassen – auf meine Empfehlung natürlich. Kann man sich das vorstellen? Ein stinkendes Naigger-Gör, das im Haus rumtobt? Auf der 5th Avenue? Nein, Baba. Die Weißen würden ja einen verdammten hysterischen Anfall kriegen, wie Weiße das eben machen.

— Und firmiert sie unter Miss Colthirst oder Miz Colthirst?

— *Und firmiert sie unter Miss Colthirst oder Miz Colthirst?* Du kannst vornehm reden. Die werden dich bestimmt gleich ins Herz schließen. Tja, manchmal weiß ich es selber nicht. Immer wenn sie diese Zeitschrift liest, die *Ms.* heißt, sagt sie, mein Name ist Miz Colthirst, meine Liebe. Ich sag einfach Ma'am.

— Ma'am? So sklavereimäßig?

Sie sah aus, als wüsste sie ausnahmsweise einmal nicht, was sie antworten sollte. Drei Jahre bin ich jetzt bei der God-Bless-Arbeitsvermittlung, und jedes Mal, wenn ich hierherkomme, hat sie eine brandneue Geschichte über eine von ihren Gettoschlampen, die unter ihrer Obhut schwanger geworden ist. Ich verstehe bloß nicht, warum sie immer denkt, dass ich diejenige bin, der man solche Sachen erzählen kann. Ich bin weder verständnisvoll noch mitfühlend, ich will bloß einen verdammten Job, damit der Vermieter meiner Bruchbude mich nicht aus meinem Nobelapartment schmeißt, fünfter Stock ohne Aufzug mit einer Toilette, die beim Spülen mörderische Geräusche macht, und Ratten, die mittlerweile denken, sie könnten sich einfach aufs Sofa hocken und mit mir fernsehen.

— Red bei den Colthirsts bloß nicht von Sklaverei oder so was. Die New Yorker, die in der Park Avenue wohnen, sind da sehr empfindlich.

— Aha.

— Immerhin hast du einen von diesen biblischen Namen, und das gefällt ihnen bei den Jamaikanern. Letzte Woche hab ich sogar einen Mann vermittelt – kannst du dir das vorstellen? Wahrscheinlich weil er Hezekiah heißt. Wer weiß? Vielleicht denken sie, dass jemand mit einem Namen aus dem Buch der Bücher sie nicht beklaut. Mädchen, du klaust doch nicht, oder?

Das fragt sie mich jede Woche, wenn ich komme, um meinen Lohn abzuholen, obwohl ich schon drei Jahre hier bin. Aber jetzt sieht sie mich an, als würde sie wirklich eine Antwort erwarten. Die Colthirsts sind offensichtlich keine normalen Kunden. Wo ist meine Lehrerin aus der zehnten Klasse jetzt, damit ich ihr erzählen kann, welche Türen im Leben sich für mich geöffnet haben, bloß weil ich weiß, wie man korrekt spricht. Miss Betsy sieht mich an. Ein wenig eifersüchtig, klar, aber das macht ja jede Frau. Auch ein wenig neidisch, weil ich das besitze, was man bei Schönheitswettbewerben Haltung nennt, schließlich bin ich ein an einer Highschool ausgebildetes Mädchen aus Havendale, St. Andrew. Stolz natürlich, weil sie jemanden hat, mit dem sie die Colthirsts endlich beeindrucken kann, so sehr, dass sie wahrscheinlich irgendwelche beschissenen Lügen über das letzte Mädchen erfunden hat, nur damit die gefeuert wurde. Aber auch mitleidig, das auf jeden Fall. Sie fragt sich, wie ein Mädchen wie ich so enden konnte.

— Nein, Miss Betsy.

— Gut, gut, wunderbar gut.

Sie fragt mich nicht, warum ich damals den Broadway hinunter vorbei an der 55th Street gegangen bin, denn auf dieser verdammten

Straße oder in meinem Leben passierte damals gerade gar nichts. Aber manchmal, ich weiß nicht, eine New Yorker Straße hinunterzulaufen ... also, es macht die eigenen Probleme nicht einfacher oder leichter zu bewältigen, aber man hat das Gefühl, dass man einfach laufen kann. Nicht, dass ich Probleme hätte. Eigentlich habe ich gar nichts. Und ich wette mit jedem, dass mein Nichts an allen Tagen der Woche größer ist als sein Nichts. Manchmal macht es mir Sorgen, dass es nichts gibt, worüber ich mir Sorgen mache, aber das ist dann wohl irgendein psychologischer Quatsch, um meinem Hirn Futter zu geben. Vielleicht langweile ich mich einfach nur. Hier gibt es Leute mit drei Jobs, die noch einen vierten suchen, und ich hatte bis dahin gar nicht gearbeitet.

Deshalb bin ich durch die Straßen gelaufen. Selbst ich weiß, dass das keinen Sinn ergibt, obwohl es erklärt, warum die Menschen hier immer zu Fuß gehen, selbst wenn sie die U-Bahn nehmen könnten. Man fragt sich wirklich, ob irgendjemand in dieser Stadt arbeitet. Warum sind so viele Leute auf der Straße unterwegs? Jedenfalls bin ich von der 120th Street den Broadway hinunter. Ich weiß nicht, irgendwann kommt der Punkt, an dem man so weit gelaufen ist, dass man wirklich nur noch weiterlaufen kann. Bis ich weiß nicht wo. Das vergesse ich immer, bis ich unversehens wieder unterwegs bin. Außerdem war es nur ein paar Blocks vor dem Times Square, und man muss weiß Gott nur zehn Minuten auf dem Times Square verbringen, um sich nach einem malerischen, reizenden kleinen Ort wie West Kingston zu sehen. Dabei würden mich keine zehn Pferde zurück nach West Kingston bringen. Jedenfalls ging ich den Broadway hinunter, vorbei an der 55th Street, und hielt nach Irren, Exhibitionisten und allem anderen Ausschau, was ich immer im Fernsehen gesehen hatte, aber nie hier (bis auf die Penner, und von denen sieht keiner aus wie Gary Sandy undercover). Das kleine Schild versuchte vergeblich, zwischen zwei chinesischen Restaurants in der 51st Street auf sich aufmerksam zu machen. God Bless Employment Agency, was reichte, um klarzumachen, dass sie von Jamaikanern geführt wurde, und wenn das nicht schon eindeutig genug gewesen wäre, dann das Sprichwort darunter, »Eine linde Antwort stillt den Zorn«, was keinen beschissenen Bezug zu irgendwas hatte, absolut keinen. Das Einzige, was fehlte, war der Zusatz INTERNATIONAL im Titel. Aber ich hatte Nerven, einen Laden runterzumachen, der existierte, um Losern wie mir zu helfen. Schließlich konnte man seinen amerikanischen Ex in Arkansas nicht ewig anrufen und um Geld bitten, bevor er sagte, gut, ich schick dir Geld, aber wenn du dich noch einmal hier meldest oder mir androhst, mit meiner Frau zu sprechen, mach ich einen kleinen Anruf bei der Einwanderungsbehörde, und dann wirst du sehen, ob du mit deinem hinterhältigen kleinen Niggerarsch nicht in einem Flieger zurück nach Jamaika landest, und zwar mit einer von diesen durchsichtigen Plastiktüten in der Hand, die man Deportierten gibt, damit der ganze Flughafen JFK weiß, was für Slipeinlagen du benutzt. Ich wollte ihm nicht sagen, dass das Wort Nigger nicht ganz den beabsichtigten Eindruck machte, genauso wenig wie Schlampe oder Fotze, weil jamaikanische Mädchen auf nichts davon reagieren. Aber ja, ich war nicht in der Position, an einem Laden vorbeizugehen, der sich Arbeitsvermittlung nannte. Sein letztes Geschenk war langsam aufgebraucht.

— Weißt du, warum ich dir diesen Job geb? Weil du das erste Mädchen bist, die hier reinkommt und ein paar Manieren hat.

— Wirklich, Miss Betsy?

Auch diese Unterhaltung hatten wir schon. Sie leitet eine Arbeitsvermittlung, die vor allem schwarze Frauen, hauptsächlich Einwanderinnen, an vornehme Häuser vermittelt, wo sie sich um sehr kleine Kinder oder sehr alte Eltern kümmern sollen, die – man lernt nie aus – in etwa die gleichen Bedürfnisse haben. Dafür, dass wir manchmal buchstäblich jede Scheiße ertragen, fragt man nicht nach Einwanderungsstatus oder Beschäftigungsverhältnis. Und alle gewinnen. Na ja, zwei Leute gewinnen, ich krieg bloß mein Geld. Ich weiß nicht. Es ist eine Sache, seinen Chef um Barauszahlung zu bitten, aber etwas anderes, wenn dir dein Arbeitgeber das Geld nur allzu bereitwillig bar gibt.

Die ersten Kunden, zu denen sie mich schickte, waren ein weißes Paar mittleren Alters in Gramercy, das zu beschäftigt war, um zu merken, dass seine gebrechliche Mutter nach Katzenscheiße roch und nur von den armen Jungs auf der USS Arizona redete. Sie war die meiste Zeit allein in einem Zimmer, das durchgehend auf zehn Grad runtergekühlt war. Als ich das Paar zum ersten Mal traf, guckte mich die Frau gar nicht an und der Mann zu lange. Beide trugen immer Schwarz und die gleiche runde John-Lennon-Brille mit schwarzer Fassung. Sie sagte zu der Wand neben mir, sie ist da drinnen, tun Sie, was getan werden muss. Einen Moment habe ich mich gefragt, ob sie wollten, dass ich die Frau umbringe. Und welche Frau überhaupt? In dem Zimmer war nichts außer einem Haufen Kissen und einer Bettdecke auf einem Bett. Ich musste näher herantreten, um zu sehen, dass in der Mitte des Bettes eine kleine alte Frau lag. Die Pisse und Scheiße hätten mich fast wieder kehrtmachen lassen – bis mir einfiel, dass keine Geldanweisungen aus Arkansas mehr kommen würden.

Egal, ich habe drei Monate durchgehalten, und es war nicht die Scheiße, wegen der ich aufgehört habe. Wenn man mit einem Mann unter einem Dach lebt, kommt irgendwann immer der Punkt, wo er denkt, er könnte unbekleidet herumlaufen. Als er es das erste Mal machte, konnte ich sehen, dass er gehofft hatte, ich wäre ernsthaft schockiert, doch ich sah bloß einen weiteren alten Menschen, um den ich mich kümmern sollte. Beim fünften Mal sagte er, seine Frau wäre bei ihrem Mothers-of-Veterans-Treffen, und ich fragte, und jetzt brauchen Sie mich, um sich zu erinnern, wo Sie Ihre Unterhose hingetan haben? Als er ihn das siebte Mal vor mir schwenkte, habe ich so laut gelacht, dass ich einen Schluckauf bekam. Die Mutter im Zimmer schrie los, sie wollte wissen, was so komisch war, also hab ich es ihr erzählt. Hey, mir war es egal. Sie hat auch gelacht und gesagt, sein Vater wäre genauso gewesen, hätte immer eine Show gemacht, selbst wenn niemand Tickets für die Vorstellung gekauft hätte. Von dem Tag an war die Mutter immer ziemlich smart, wenn ich da war, sie wurde sogar ein bisschen keck. Zu keck für den Schwanzschwenker. Ich habe gekündigt, bevor er mich feuern konnte, und danach Miss Betsy erklärt, dass ich zwar jede Menge Scheiße aufwischen würde, aber nichts mit einem verschrumpelten weißen Penis zu tun haben wolle.

Sie war beeindruckt, dass ich es geschafft habe, die ganze Zeit gehobenes Englisch zu benutzen, selbst als ich gefragt habe, ob dies ein Puff mit Altenpflege als Nebeneinnahme sei.

— Du warst bestimmt auf der Immaculate High School, sagte sie.

— Holy Childhood, sagte ich.

— Das ist das Gleiche, sagte sie.

An dem Tag, an dem John Lennon ermordet wurde, war ich mit meinem zweiten Job im Park spazieren. Wieder eine alte Frau, deren Vergesslichkeit noch nicht so weit fortgeschritten war, dass sie vergaß, dass sie vergesslich ist. Ich war schon mit ihr im Park gewesen und wollte sie gerade ins Bett bringen, als sie plötzlich erklärte, sie müsse zum Dakota Building, und keine Ruhe mehr gab. Entweder wir gingen dorthin, oder sie würde einen ihrer hysterischen Anfälle kriegen, die meistens damit endeten, dass sie schrie, irgendwelche Fremden und eine Negerin hätten sie entführt.

— Ich will dahin, verdammt, du kannst mich nicht aufhalten, sagte sie. Ihre Tochter sah mich an, als würde ich das Valium verstecken. Dann scheuchte sie uns einfach davon. Ich habe die ganze Nacht mit ihr und vielleicht zweitausend anderen Leuten vor dem Dakota Building verbracht. Ich glaube, wir haben die ganze Zeit »Give Peace a Chance« gesungen. Irgendwann habe ich angefangen mitzusingen und sogar geweint. Zwei Wochen später ist sie gestorben.

In der Woche darauf bin ich in einen jamaikanischen Club namens Star Track in Brooklyn gegangen. Frag nicht warum, ich mag keinen Reggae, und ich tanze auch nicht. Und mit der ganzen Community konnte ich weiß Gott nie irgendwas anfangen. Aber ich hatte einfach das Gefühl, es tun zu müssen, weil ich diesen Tod nicht aus dem Kopf bekam. Der Laden war in einem alten Gebäude mit drei Stockwerken, fast ein Brownstone. Als ich reinkam, lief gerade Gregory Isaacs »Night Nurse«. Ein paar Männer und Frauen sahen mich an, als wäre es ihr Job, jeden abzuschätzen, der durch die Tür kam, wie in einem Western oder so. Hin und wieder wehte ein Hauch von Ganja oder Zigarrenrauch herüber. Wenn ich lange genug blieb, würde irgendjemand aus Jamaika garantiert glauben, mich wiederzuerkennen, was einfach immer das Schlimmste war. Denn irgendwann würde die Zicke mich fragen, was ich mache, und bevor ich antworten kann, erzählt sie mir, was sie gemacht hat und wo sie wohnt und wer richtig fett geworden ist und wer gerade wirft wie ein beschissenes Karnickel.

Irgendwann steht der Rasta, der mich schon die ganze Zeit über beobachtet hat, neben mir an der Bar und erklärt mir, ich bräuchte eine Rückenmassage. Für solche Fälle hat man dir beigebracht, dass die Männer weggehen, wenn man sie lange genug ignoriert. Nur dass die Jungen in derselben Klasse waren und es ebenfalls gehört haben. Guck dir den Mann wenigstens an, sagte jemand in meinem Kopf, der fast so klang wie ich. Rastalocken, ja, aber offensichtlich von einem Friseur gepflegt. Helle Haut, fast wie ein Coolie, die Lippen voll und selbst nach jahrelangen Versuchen, sie mit Zigaretten zu schwärzen, immer noch rosa. Was macht Yannick Noah denn hier, hätte ich gesagt, wäre ich mir nicht sicher gewesen, dass er den nicht kennt. Er fragte mich, ob ich glauben würde, dass der Sänger sich noch mal erholt, denn es sähe wirklich nicht allzu gut aus. Ich war kurz davor, ihn zu fragen, welcher Jamaikaner eine Phrase wie wirklich nicht allzu gut benutzt. Ich möchte nicht über den Sänger reden, sagte ich. Wirklich nicht. Er redete weiter mit seinem kleinen jamaikanischen Akzent, den er von seinen Eltern oder vielleicht den Nachbarn hatte. Ich musste nicht erst hören, wie er Montego Bay zu Montego statt Mobay abkürzte, um zu wissen, dass er kein echter Jamaikaner war. Er verriet sich in dem Moment, als er mich fragte, ob ich gekommen sei. Er hinterließ einen Zettel mit seiner Nummer auf der Kommode, als ich schlief. Einerseits war ich bereit, mich zu empören, falls ich Geld unter der Nachricht sehen würde, andererseits hoffte ich auch irgendwie, dass es mindestens fünfzig Dollar waren.

Wir haben 1985, und ich will nicht glauben, dass ich seit vier Jahren One-Night-Stands mit Jamaikanern habe und alte Ärsche abwische, aber Job ist Job und Leben ist Leben. Jedenfalls hat die Ma'am mich an die Colthirsts vermittelt, die zur Abwechslung mal einen alten Mann haben, der gepflegt werden muss. Ich weiß nicht. Es ist eine Sache, eine Frau unten herum abzuwischen, aber bei einem Mann ist es etwas vollkommen anderes. Ja, ein Körper ist ein Körper, aber kein Teil eines weiblichen Körpers kann steif werden und gegen mein Kleid stoßen. Aber wem will ich etwas vormachen? Der Mann hatte wahrscheinlich nichts mehr gestoßen, seit Nixon kein Gauner war. Trotzdem war es ein Mann.

Erster Tag, 14. August. West 8th Street 80, zwischen Madison und Park Avenue. Ich klopfte an die Tür, und der Mann, der aufmachte, sah aus wie Lyle Waggoner. Ich stand einfach da wie eine Idiotin.

— Sie müssen das neue Mädchen sein, das mir den Arsch abwischen soll, sagt er.

Weeper

Jemand zieht das Laken weg. Ich guck mich an, meine Brust, die sich senkt, meine Brust, die sich hebt, ein paar Haare, zwei Brustwarzen, den Schwanz, der auf meinem Bauch eingeschlafen ist. Ich guck nach links, zu ihm, er hat sich in das Laken eingewickelt wie eine Raupe drei Tage vorm Schmetterling. Es ist nicht kalt, nur etwas kühl am Morgen. Er liegt da, als hätte jemand ihm erlaubt, dass er hier übernachten kann, oder wäre zu müde gewesen, um es ihm zu verbieten. Zuerst hab ich gedacht, er ist ein blond gefärbter Latino, aber er sagt, er ist einhundert Prozent Weißensaft, Cousin. Nichts vor dem Fenster deutet darauf hin, dass es Morgen ist. Brooklyn-Marineblau. Die Straßenlampen werfen dunkle Schatten in dunkle Seitenstraßen, wo ein Mann umgebracht, eine Frau vergewaltigt und 'n armseliger Dummkopf mit zwei tuntigen Ohrfeigen überfallen und ausgeraubt wird, die Quittung für seine Blödheit.

Vor drei Wochen, Samstagnacht, war ich auf der Piste. Bin auf dem Nachhauseweg über die Abkürzung, und dieser weiße Freier, mit drahtigen Muskeln unter seinem eng anliegenden, ärmellosen T-Shirt, nicht diese Muckibudenmuskeln, sondern Crackhead-Muskeln, ist immer einen Schritt hinter mir wie eine muslimische Ehefrau. Keiner von uns sagt was, aber Deniece Williams singt *Let's hear it for the boy* hinter einem Fenster zwei Stockwerke weiter oben, wo 'ne Reihe Höschen auf der Leine an der Feuerleiter hängt. *Guckt euch diesen kranken schwuchtelärschigen Bullshit hier an,* sagt da dieser Nigger, der sich plötzlich wie ein Puzzlestück aus der Hofmauer schält. Ihr zwei Anal-Barone habt euch das falsche Getto für eure widerlichen

Arschspielchen ausgesucht. Der weiße Crackhead weicht langsam zurück, und ich sag Stopp. Er geht immer noch langsam rückwärts, und ich dreh mich um und seh ihn an. Stopp, sage ich. Der weiße Junge zischt wie 'ne Schlange und sagt was von wegen, der Nigger will dich fertigmachen. Ich weiche der Hand mit dem Messer nach links aus, reiße ihn mit der Linken runter und wirble herum. Meine Rechte schießt nach vorn, und meine Knöchel landen voll auf seiner Nase. Der Nigger ist am Kreischen, schreit um Hilfe, aber nicht, bevor er mein Knie in den Eiern hat. Ich nehm ihm das Messer ab, packe ihn am linken Handgelenk, drücke ihn gegen das vernagelte Fenster und kreuzige den Scheißkerl. Der Nigger ist jetzt am Brüllen, und ich sag zu dem weißen Jungen, *Jetzt darfst du losrennen.* Er lacht sich tot. Wir rennen los und befummeln uns, und lachen und werden steif und bleiben stehen, und da ist eine Zunge in meinem Mund, bevor ich sage Halt Stopp, nicht mit Zunge. Als wir bei meinem Treppenaufgang sind, nehmen wir zwei Stufen auf einmal und haben auf dem letzten Treppenabsatz schon unsere Gürtelschnallen offen, und die Hosen fallen zu Boden, und die Unterhosen rutschen bis zum Knie runter und hoch den Batty. Hast du keine Angst vor dem Schwulenkrebs? Er spuckt und schiebt ihn rein. Nein, sage ich.

Das war vor drei Wochen.

Heute vor drei Wochen.

Also, es ist Morgen. Definitiv. Die Sonne kommt bald aus der einen oder andern Richtung, so oder so. Ostnordost. Ich zieh an meinem Ende vom Laken und roll ihn raus. Er wird auf den Fußboden fallen, aber wenigstens hört dann das Schnarchen auf. Der Junge hat sich fest eingewickelt wie zum Schutz, Schutz vor was? Zieh, zupf, zieh, zupf, reiß, zieh, zupf, und bei all dem wacht der Typ nicht mal auf. Wie sah er noch mal aus? Braune Haare, roter Bart, Haarflaum im Nacken. Roter Flaum überall auf der kindlich weißen Brust. Oh, bist 'n schlimmer Junge, was? hat er bei jedem tiefen Stoß gesagt. Endlich hab ich's geschafft, ihn aus dem Laken zu rollen, und er liegt jetzt auf dem Rücken. Auch das hat ihn nicht geweckt. Schlafen! Vielleicht auch tot. Gestern gab's bei Strand keinen Bertrand Russell mehr. Kaum jemand weiß, dass ich ein Geistesmensch bin. Vielleicht sollte ich ein Fenster öffnen. Vielleicht sollte ich ins Bett zurück und ihm über die flaumige Brust und die Nippel streicheln und mit der Zunge in den Bauchnabel fahren, nach unten wandern und ihn wach lutschen. Letzte Nacht war er ein anderer Geist, der etwas Neues herausfand. Glaubt nicht, dass der Mann, der gefickt wird, automatisch die Frau sein muss. Ich hab gesagt, er soll ruhig sein, und ihm gezeigt, wofür mein Loch da ist. Ich liebe dich — Das mein ich nicht so, hab ich gesagt.

Tritt ihm gegen den Fuß und schmeiß ihn raus.

Lass ihn liegen, und er ist vielleicht noch da, wenn du zurückkommst.

Lass ihn liegen, und du kommst in eine leere Wohnung. Der wird sogar die Kakerlaken mitnehmen. Tritt ihm gegen den Fuß, und wirf ihn raus.

Lass ihn liegen und zieh 'ne Line mit ihm durch, wenn du zurückkommst. Er hat nicht nach Geld gefragt.

Am Himmel ein rosa Fleck, Ostnordost. Die Sonne geht jetzt definitiv auf. Der blitzblanke Weiße rollt sich auf die Seite und dann wieder auf den Rücken. Stell es dir als Film vor. In dieser Szene ziehst du deine Klamotten an, Junge wacht auf (nur wäre Junge ein Mädchen), und einer von euch sagt, Baby, ich muss jetzt gehen. Oder bleibt im Bett und treibt was-auch-immer, mit dem Laken beim Mann bis an die Taille, aber bei der Frau bis direkt an den oberen Rand der Brust. Es wird nie einen Film mit einer Szene wie hier in diesem Schlafzimmer geben. Weiß nicht. Ich könnte jetzt direkt wieder ins Bett gehen, mich unter seinem rechten Arm einfädeln und die nächsten fünf Tage so bleiben. Ja. Mach das. Tu es, genau jetzt. Heute könnte der eine Tag sein, der auch mal ohne mich vergehen darf. Tu es. Das hier ist kein Junge, das ist ein Mann. Jetzt im Bett ausgestreckt, als würd er die Welt mit offenen Armen empfangen und sich wegen nichts Sorgen machen. Ich guck mir an, was grad letzte Nacht noch in mich reingefahren ist. Ein böser Mann lässt sich nicht ficken. Aber ich bin nicht böse, ich bin schlimmer. Ein böser Mann lässt einen Mann nicht wissen, dass er ihn gut fickt, denn dann erkennt der, dass er die

Oberhand hat. Besser im Stehen oder vornübergebeugt, so kann er von hinten kommen und eindringen. Ein bisschen Stöhnen, ein bisschen Keuchen, mach's mir härter, du Ficker, wie ein weißes Mädchen, die es im Porno von einem schwarzen Schwanz besorgt kriegt. Aber eigentlich willst du schreien und kreischen und heulen, ja, ich hab *Das Geheul* gelesen, du beschissener frecher weißer Knabe, meinst du, nur weil ich schwarz bin und aus dem Getto, kann ich nicht lesen? Aber hier geht's nicht um einen ahnungslosen weißen Jungen, sondern um dich, der so dringend heulen und brüllen will, aber du kannst nicht heulen und brüllen, weil heulen und brüllen aufgeben bedeutet, und du kannst nicht aufgeben, nicht einem andern Mann gegenüber, einem weißen Mann, keinem Mann, niemals. Solange du nicht laut losheulst, bist du nicht das Mädchen. Du bist nicht dafür geboren.

Du kommst aus dem Gefängnis und sagst Scheiß auf die Bibel, ein Loch ist ein Loch. Du legst was rein oder holst was raus oder lässt ein bisschen was drin. Du bist entweder der Einleger, oder du bist die Bank. Egal was, im Gefängnis trägst du immer irgendwas im Arschloch mit dir herum, und alle Arschlöcher hinter Gittern bilden eine einzige Handelsroute. Arschloch im Osten bringt Arschloch im Westen irgendwas, Bestimmungsort: Häftling im Süden mit Geld oder anderer Ware. Ein Beutelchen Kokain, ein Päckchen Wrigley's, eine Tafel Hershey's-Schokolade, ein Snickers, ein Milky Way, Ganja, Haschisch, Piepser, Zahnpasta, Diätpillen, Xanax, Percocet, Zucker, Aspirin, Zigaretten, ein Feuerzeug, Tabak, einen Golfball voll Tabak oder Kokain, Zigarettenpapier, Streichhölzer, Lip-Smackers-Lippenbalsam, Gleitmittel, eine Spritze mit Radiergummi auf der Nadelspitze, fünfzehn Lotterielose. Drei Jahre im Gefängnis, und ein Penis ist einfach nur ein weiteres Ding, das man sich in den Arsch schiebt. Der Mann da im Bett, der klang nicht wie ein Nuuyaahka. Ich glaub nicht, dass ich ihn wiedersehen will. Ein Schwanz ist bloß ein Pimmel. Rahtid, ich kann mich nicht mal an eine Möse erinnern. Nicht seit Miami und der beschissenen Griselda Blanco. Ich muss zum Flughafen.

Sechs Uhr fünfzehn. In neun Stunden landet Joseys Flieger aus Jamaika. In zwölf bis dreizehn Stunden ist er hier. Wir gehen zu einem

Haus in Brooklyn, das hat er schon von Jamaika aus so festgelegt. Jeder Block in New York hat sein Crackhouse, und ein Crackhouse ist ein Crackhouse, aber er will dieses eine bestimmte Crackhouse sehen. Er will mit eigenen Augen sehen, wer die Rocks kauft und wer sie verkauft, sodass er Medellín persönlich Bericht erstatten kann. Das sagt er am Telefon. Ich frag ihn, ob die Verbindung sicher ist. Er lacht drei Minuten lang und sagt, willst du wohl mal arbeiten und nicht so viel fernsehen. New York muss man fest im Griff haben wie Miami, sagt er, aber er sagt nicht, dass er mir das eigentlich nicht zutraut. Ich will einfach nur diesem Mann unter den Arm kriechen und mich dort häuslich einrichten. Er hat gesagt, er kommt nach New York, weil er mal n'bisschen von Jamaika runterkommen muss. Aber Jamaika muss eher mal ein bisschen von Josey Wales runterkommen. Einer von der Posse ist vor zwei Wochen durch Brooklyn gekommen und hat mir erzählt, was da unten im Mai so los war.

Ostern kam und ging, und Rema, dieser Pickel am Hintern von Copenhagen City, hat wie immer verrückt gespielt. Niemand weiß, wo die Garbagelands enden und wo Rema beginnt, aber mindestens einmal pro Jahr plustern die sich auf und erklären, dass sie mehr wollen. Mehr, als nur an Copenhagen Citys Rockzipfel zu hängen. Sie meinen, sie könnten Forderungen stellen und Drohungen raushauen, wie zum Beispiel, geschlossen zur PNP rüberzuwechseln. Müll im Norden, Meer im Süden, und wenn sie mal einen Fisch fangen, dann wollen sie ihn nicht essen. Samstagabend neun Uhr, kann auch zehn gewesen sein, immer noch heiß. Die Männer spielen Domino, die Frauen waschen hinten an der Standpumpe Wäsche. Mädchen und Jungen spielen Dandy Shandy. Sechs Autos kommen in der Straßenmitte heruntergerollt und schwärmen fächerförmig aus, drei nach links, drei nach rechts. Josey und fünf Männer springen aus dem ersten Wagen. Fünfzehn weitere Männer stürmen aus den anderen fünf Wagen, alle mit M16-Gewehren. Josey und seine Posse fegen die Straße runter, und Männer, Frauen und Kinder schreien und rennen los. Ein Mann und eine Frau laufen zu ihrem Haus, aber Josey ist dicht hinter ihnen und erwischt sie beide genau an der Tür. Einer eröffnet das Feuer auf die

Dominospieler, zwei Männer versuchen wegzulaufen, schaffen es aber nicht, dem Kugelhagel zu entkommen. Eine Frau schnappt sich ihr Kind und rennt. Die Bande läuft von Haus zu Haus, von Zaun zu Zaun, sie heben die Knarren über die Zinkblechkante und ratatatat. Wo waren die Männer? Neunzehn Gunmen rennen durch die Gegend und feuern, die Menschen rasen verrückt herum wie Ameisen. Josey Wales schreitet, laufen tut der nie. Er sieht ein Ziel, überlegt, geht langsam darauf zu und tötet. Die Bandenmitglieder ballern ein Muster ins Zinkblech. Jemand erschießt ein Kind. Die Frau schreit zu laut und heult zu lange, also geht Josey zu ihr hin und drückt den Lauf direkt gegen ihren Hinterkopf. Als Josey und die Bande aus Rema abziehen, sind zwölf Menschen tot. Die Polizei nimmt sich Copenhagen City vor und beschlagnahmt zwei Schusswaffen, aber das ist alles. Niemand legt sich mit dem Don an.

Josey kommt nach NYC. Ich weiß nicht, ob er schon mal hier war, hat er mir nie erzählt. Sein Brethren in der Bronx kümmert sich um Uptown. Die beiden gleichen sich wie ein Ei dem andern, kennen sich noch von 1966. Der Brethren hat ab 1977 Gras verkauft, ist dann aber in den Kokainhandel eingestiegen, noch bevor es White Wife hieß. Er macht scheißdicke Geschäfte, dreihunderttausend Pfund Ganja, zwanzigtausend Pfund Kokain. Die Bronx ist seine Basis, und von dort schafft er die Ware überallhin, bis nach Toronto, Philadelphia und Maryland. Ich kenn ihn nicht gut, und meine Hilfe braucht er auch nicht, sagt Josey. Oder vielleicht hat er zu Josey ja auch gesagt, schick mir den Kerl bloß nicht hoch. Wenn seine Posse ein Tier braucht, dann schickt er ihm Männer aus Kingston, Montego Bay und St. Ann. Eine tickende Zeitbombe nennt er mich, aber nicht mir gegenüber, das hat er zu Josey gesagt.

Josey kommt nach NYC. Es geht um mich. Es geht nicht um mich, und es geht nicht um den Mann da im Bett. Sobald ein Jamaikaner in New York ankommt, verschwindet er. Er setzt sich gleich neben den andern Yardies in der Bronx fest und bildet mit ihnen zwischen Boston Road und Gun Hill ein kleines Jamdown. Ich nicht. Ich will verschwinden, das ist der Grund, warum ich von Miami nach New York gekommen bin. Er kommt erst heute Abend. Bis dahin hab ich nichts zu tun. Dreieinhalb Lines Koks, gleich da, auf dem Couchtisch. Ein Mann, gleich hier im Bett, auf dem Rücken. Er hat die Hände hinterm Kopf verschränkt und schaut mich an. Letzte Woche im East Village, ein Parkplatz hinter diesem Wohnhaus. Ein weißer Junge, theatralisch auf einer Chaiselongue ausgestreckt, als wollte er sagen, hey, nur einen Block weiter ist der Strand. Braunes Haar, roter Bart, roter Flaum überall auf der sehr weißen Brust, und blaue Shorts, die er so hochgerollt hatte, dass ich zuerst dachte, der trägt eine Badehose. Sonnenbaden, sagt er. Ich frag ihn, ob er meint, durch Rumliegen in der Sonne würde er sauber werden. Er zieht eine Newport aus dem Päckchen und reicht sie mir.

— Nicht hier aus der Gegend?

— Häh?

— Du bist nicht von hier.

— Äh. Nein.

— Am Suchen?

— Ah ... Nein ...

— Wie willst du dann wissen, dass du's gefunden hast?

Tristan Phillips

Ich hab deinen Blick bemerkt, Alex Pierce. Nein, nicht wie jetzt gerade, nicht diesen Eule-starrt-in-Blitzlicht-Blick, sondern den vor fünfzehn Sekunden. Du beobachtest mich jetzt schon eine ganze Weile sehr genau, wie viele Monate, sechs? Sieben? Du weißt, wie es im Gefängnis ist, alle verlieren das Zeitgefühl, selbst wenn ein Kalender über der Toilette hängt. Vielleicht weißt du es auch nicht. Ehrlich, Jimmy, der Vietnam-Veteran, hat mir erzählt, das Gefängnis sei wie ein Ausbildungslager. Vor allem langweilig. Nichts zu tun als zu sehen und zu warten. Es gibt ja nichts, worauf du warten musst, und irgendwann kapierst du, dass das auch gar nicht nötig ist, du bist ja mittendrin im Warten und wenn du erst mal vergessen hast, worauf, dann gibt es nichts mehr anderes als Warten. Solltest du mal versuchen.

Im Augenblick zähle ich die Tage, bis ich eine Ampulle Crack ausscheiße und einem Wärter zustecken muss, damit ich mir einen weiteren Monat für meine Locken erkaufe. Letzte Woche fragte mich ein Junge, Mensch, Dready, wie schaffst du das, im Gefängnis so lange deine Rastalocken zu behalten? Die denken bestimmt, dass ich fünfzehn Messer da drin versteckt hab. Ich sag ihm, entschuldige, *habe* ihm gesagt – ich vergess immer wieder, dass du das ja aufnimmst –, dass es mich Jahre gekostet hat, die, die das Sagen haben, davon zu überzeugen, dass ich ein Recht auf meine Locken habe, wenn ein Muslimbruder seine Mütze aufbehalten und sich den Bart rot färben darf. Als das nicht funktionierte, habe ich ihnen gesagt, was sie hören wollten: dass ich so viele Läuse und Zecken da drin habe, dass sie schon vom Anfassen Borreliose bekommen. Da war er schon wieder, dieser Blick von dir. Dieser »Wenn, dann«-Blick. Der »vielleicht, wenn ich richtig Glück gehabt hätte« – nein, »eine Chance«, dann hätte etwas anderes aus mir werden können, vielleicht sogar was wie du. Das Problem ist natürlich, wenn ich du wäre, dann würde ich mein ganzes Leben darauf warten, mit einem Mann wie mir zu sprechen. Nein, frag mich bloß nicht, wie's im verdammten Getto war, das habe ich schon vor langer Zeit vergessen. Wenn du nicht lernst zu vergessen, dann überlebst du keine zwei Tage in Rikers. Himmel, hier drin vergisst man sogar, dass man nicht als Schwanzlutscher geboren worden ist. Also nein, frag mich nicht, wie es im Getto war. Ich bin ja nicht mal da geboren.

Neunzehnsechsundsechzig? Du willst wirklich was von mir über 1966 wissen, Brethren? Keine Chance, Star, ich red nicht über 1966. Auch nicht über '67.

Aber im Ernst, Alex, die Gefängnisbücherei ist echt großartig. Ich bin in vielen Büchereien in Jamaika gewesen aber keine hatte so viele Bücher wie Rikers. Eins davon ist *Auf der Sklavenroute*. Hat so ein Coolie geschrieben, V. S. Naipaul. Brethren, der Mann sagt, West Kingston ist ein so schrecklicher Ort, dass man ihn nicht mal fotografieren kann, weil das Foto zu schön ist, um zu zeigen, wie hässlich es da tatsächlich ist. Ach, du hast es gelesen? Glaub mir, selbst er sieht das verkehrt. Die Schönheit dieses Satzes ist auch eine Lüge im Vergleich mit wie hässlich es ist. Es ist so hässlich, dass darüber niemals ein schöner Satz geschrieben werden sollte.

Aber wie kannst du was über den Frieden in Erfahrung bringen, wenn du nicht erst mal herausfindest, was den Krieg ausgelöst hat? Was für ein Journalist bist du denn, wenn du die Hintergründe nicht wissen willst? Oder vielleicht kennst du sie ja schon. So oder so, du kannst Frieden oder Krieg nicht verstehen oder wissen, wie Copenhagen City entstanden ist, wenn du nicht alles über einen Ort namens Balaclava weißt.

Stell dir Folgendes vor: Zwei Hydranten. Zwei Waschgelegenheiten. Fünftausend Menschen. Keine Toiletten. Kein fließendes Wasser. Häuser, die aussehen, als hätte sie ein Hurrikan in Einzelteile zerlegt, die dann aber wie von einem riesigen Magneten irgendwie wieder zusammengefügt wurden. Und dann schau dir die Umgebung an. Die größte Müllhalde in Bumper Hall, das Garbageland, wo jetzt eine Highschool steht. Der Schlachthof, von dem die Blutströme direkt durch die Straßen in die Kanäle flossen. Die größte Kläranlage, damit Uptown die Scheiße direkt nach unten zu uns spülen konnte. Der größte öffentliche Friedhof der Westindischen Inseln. Das Leichenschauhaus und die beiden größten Entbindungskliniken der Westindischen Inseln. Coronation Market, der größte Markt der Karibik, fast alle Bestattungsunternehmer, das Öl, die Eisenbahn und der Busbahnhof … aber warum bist du hierhergekommen, Alex Pierce? Was willst du wirklich wissen, und warum verschwendest du meine Zeit mit Fragen, die auch das Tourismusbüro beantworten könnte? Aha. Verstehe. Verstehe, deine Arbeitsweise. Wann warst du zuletzt in Jamaika? Nur so, du siehst einfach so aus wie jemand, der nie dort war oder nicht mehr dorthin kann. Wie so einer aussieht? Ehrlich, war mir nicht klar. Das hab ich nur gesagt, um zu sehen, wie du reagierst. Jetzt weiß ich es. Besuchst mich in Rikers, Pierce, wie viele Strippen hast du dafür ziehen müssen, he? Weißt du was, sag's mir nicht. Ich finde das auf dem gleichen Weg heraus, wie ich das über dich und Jamaika rausgefunden hab. Stell deine Fragen.

Brethren, du weißt, dass ich aus der Rastafari-Gegend komme, warum also stellst du so eine Frage? Glaubst du wirklich, dass die JLP die Rastas oder die PNP von Balaclava unterstützen würde? Bist du immer noch so blöd? Egal, Uncle-Ben's-Reis ist sowieso verdammt hart. Aber dieser Tag, Mann. Scheiße.

Obwohl, weißt du was? In Balaclava lief's gar nicht so schlecht, je nachdem, wo und mit wem du gelebt hast. Ist nicht so, dass jeden Tag ein Baby gestorben ist oder dass die Ratten den Leuten das Gesicht weggefressen haben oder so. Ich meine, das Leben war nicht einfach. Überhaupt nicht. Aber ich kann mich immer noch an einen Morgen erinnern, an dem ich einfach rausging und mich ins Gras legte, einfach sattes grünes Gras, und den Kolibris und Schmetterlingen zusah, die über mir tanzten. Ich bin neunzehnneunundvierzig geboren. Mir kommt's so vor, als wär meine Mutter bei meiner Geburt schon auf dem Schiff nach England gewesen, und sie hat mich einfach über Bord geworfen. Mir ist egal, dass Daddy und Mom sich davongemacht haben, aber warum haben sie mir so ein Gesicht vererbt, ein halber Coolie? Selbst meine Rasta-Brethren lachen drüber und sagen, wenn der Black Star Liner kommt, um uns zurück nach Afrika zu bringen, dann müssen wir dich in der Mitte durchhacken. Mann, was weißt du schon, wie das in Jamaika läuft? Manchmal glaub ich, ein halber Coolie zu sein ist schlimmer als eine Schwuchtel. Diese braune Haut, ein Mädchen hat mich mal angeschaut und gesagt, wie schade, dass Gott mir so schönes Haar geschenkt hat und mich dann mit dieser Haut gestraft hat. Die Schlampe hat gesagt, meine dunkle Haut erinnert sie daran, dass meine Vorfahren Sklaven waren. Und ich hab geantwortet, ich hab auch 'ne schlechte Nachricht für dich. Denn deine helle Haut erinnert mich daran, dass deine Urgroßmutter vergewaltigt worden ist. Egal. Balaclava.

Sonntag. Meine kleine Matratze war ein Krankenhausbett, das sie ausgemustert hatten. Ich war schon wach, aber es war, als hätte mich das Poltern geweckt. Frag mich nicht, ob ich es zuerst gehört oder gespürt habe. Einen Augenblick war nichts, und im nächsten war das Poltern. Dann fiel meine Tasse vom Stuhl. Das Poltern wurde lauter und lauter, und dann ein Lärm wie von einem tief fliegenden Flugzeug. Es brachte alle vier Wände zum Wackeln. Ich sitz aufrecht im Bett, und während ich zum Fenster schaue, fällt die Wand um. Diese riesige Baggerklaue greift sich einfach meine Wand und reißt sie weg. Die Klaue packt die Wand und reißt sie weg. Ich kreische wie ein Mädchen. Ich springe aus dem Bett, bevor der Bagger noch mehr von dem Zink wegreißt und in den Boden stampft, mein Bett, meinen Stuhl und Teile des Dachs, das ich mit meinen eigenen Händen gebaut habe. Jetzt, wo das Dach locker ist, fallen zwei Wände, die es stützen, in sich zusammen. Ich renne raus, bevor das ganze Ding zusammenfällt, und die Bagger machen einfach weiter.

Nein, ich red auch nicht über Wareika Hill. Wo zum Teufel hast du diese Fragen her?

Mann, was interessiert dich jetzt wirklich, '66 oder '85? Entscheide dich, und hör auf, Fragen zu stellen, bei denen du die Antwort schon verdammt gut kennst. Du bist hier, um über Josey Wales zu reden. Seit letzten Mai wollen alle über nichts anderes mehr reden. Ach, das wusstest du nicht? Ich sitz hier in Rikers, und ich weiß alles, und du bist ein Nachrichtenfuzzi und weißt es nicht?

Wie ich höre, haben Wales und ich nicht weit voneinander gewohnt, doch es hätte weitere zehn Jahre gedauert, bis ich ihn getroffen hätte. Aber er war JLP, und nachdem mich die JLP aus Balaclava vertrieben hat, hab ich bis zum Friedensabkommen mit diesen Leuten nie wieder was zu tun gehabt. Jedenfalls, dank Selassie I Jah Rastafari, denn sonst hätte ich nicht gewusst, was tun. Jedenfalls, nach dem Fall von Balaclava – haha, gemerkt? Jedenfalls, nach dem Fall von Balaclava hat Babylon mich eingelocht. Kann mich nicht mal mehr an den Club erinnern. Turntable? Neptune Bar? Wenn man's besser weiß, kann man's auch besser machen, heißt es. Der Mist war, dass in meinen Taschen fünf Dollar und eine Flasche Johnnie Walker waren. Vermutlich ein Jahr für jeden Dollar, oder?

1972 bin ich also aus dem Gefängnis rausgekommen. Und Jamdown war ein völlig anderer Ort. Oder zumindest hatte eine andere Partei das Sagen. Selbst die Musik war anders. Dann war es aber auch wieder nicht so anders. Aber wenn man 1972 ein junger Mann war und irgendwas wollte, einen Job, ein Haus, verdammt, selbst eine bestimmte Sorte Frau, dann lief das nur über zwei Leute, Buntin-Banton und Dishrag. Die beiden waren die obersten PNP-Dons in Kingston, vielleicht sogar in ganz Jamaika. Ich meine, ich komm da raus und seh all diese Männer, Shotta Sherrif, möge er in Frieden ruhen, Scotsman, Tony Flash von der S90-Posse, alle gut angezogen und mit jeder Menge heißer, williger Mädchen, und ich sag, wo habt ihr das Geld her? Die sagen, Halt dich am besten an Buntin-Banton und Dishrag, und besorg dir 'nen Job beim Gully Works Project. Das war zumindest anständiges Geld, auch wenn man dabei seinen Kopf nicht ein Mal anschalten musste. Ich meine, das Einzige, worum man sich Sorgen machen musste, war die Polizei. Das war, bevor die Polizei Buntin-Banton und Dishrag gekillt hat. Schon verrückt, solange die Drogendealer da waren, hatte ich anständige Arbeit, aber sobald sie die Dealer gekillt hatten, bin ich Dealer geworden. Die PNPler waren zwar grausam, hatten aber nie echte Ambitionen. Und ein Gangster sieht das große Ganze nicht. Shotta Sherrif ist der oberste Don der Eight Lanes geworden, und er hatte einen Stellvertreter, der jetzt vielleicht die Nummer eins ist, ich glaube, er hieß Funnyboy. Ich kann mich nicht mehr erinnern. Jedenfalls, alles, was diese Typen machten, war, ihr Territorium zu schützen und darauf zu achten, dass die Gunmen von der JLP niemanden erwischt haben. Aber die JLP-Rudies, Mann. Die hatten vielleicht Ideen. Josey Wales redete schon mit den Kolumbianern, lange bevor denen klar war, dass sie mal die Leute von den Bahamas fallen lassen würden. Ach, und noch was, das die meisten nicht wissen. Er kann Spanisch. Ich hab ihn einmal auf Spanisch telefonieren hören. Nur Gott weiß, wo dieser Mann Spanisch gelernt hat.

Aber beiden, JLP und PNP, wurde klar, dass sie eine Sache gemeinsam haben. Babylon da draußen war darauf aus, dich umzubringen, egal ob du ein Tier mit Streifen oder eins mit Punkten warst. Nach Green Bay wussten das alle, nicht nur die Gunmen.

Wenn man zu PNP gehörte, wurde man meistens in Ruhe gelassen. Aber die Polizei und die Soldaten legten jeden um. Bei Gelegenheit erzähl ich dir mal, wie ich Rawhide getroffen hab. Du kennst Rawhide nicht? Und du willst ein Buch über Jamaika schreiben? Rawhide ist Inspektor bei der jamaikanischen Polizei und der oberste Leibwächter der Politiker. Nein, seinen richtigen Namen kenn ich nicht. Wir sind also Downtown im Two Friends, ziemlich weit unten, am Wasser, und alle spüren die gleichen guten Vibes, alle sind einfach cool, kein Ärger weit und breit, niemand will jemanden erschießen, alle trinken einfach und reden und haben ein Mädchen im Arm, denn der neue Dennis-Brown-Song ist einfach prima zum Tanzen. Und wer platzt rein? Rawhide. Nun hat kein Gangster oder Rudie Angst vor niemandem, aber Rawhide auch nicht. Und mein alter Kumpel kommt im vollen Putz rein, neueste Mode. An beiden Seiten Pistolenhalfter, als wäre er wirklich ein Cowboy, und in der Hand ein M16.

Also, jeder kennt Rawhides Gesetz. Wenn er dich mit einer Waffe erwischt, bist du tot. Einfach so. Keine Fragen, einfach tot, bumm bumm. Ich zieh also meine Waffe mit zwei Fingern aus meinem Gürtel wie eine Babywindel, leg einen Arm um die Hüfte meines Mädchens, als würd ich mit ihr tanzen und schieb die Knarre genau zwischen ihre Brüste.

Lola! Sie hieß Lola ... sie war ... warum lachst du? Oh. Stimmt. Jedenfalls, ich dachte, du wolltest mich nach dem Friedensabkommen fragen. Mann, du hast aber auch eine Art, einen abzulenken. Aber sag mal, Alex Pierce, warum beschäftigt dich dieses Thema so? Sagt man das so? Warum beschäftigt dich dieses Thema so sehr? Ehrlich, wenn ich so zurückschaue, dann war dieses Friedensabkommen nichts als ein kleiner Scheißefleck, der nach dem Waschen sofort wieder weg war.

Shotta Sherrif hat mich gefragt, ob ich nicht Vorsitzender der Friedensversammlung werden will. Erst fliegen er und Papa-Lo und noch ein Mann nach England, um den Sänger zu überzeugen, dass er zurückkommt und ein Konzert gibt, um Geld für das Getto zu beschaffen. Frag mich nicht, warum wir bei so vielen Politikern, die jeden Tag ins Getto kommen, noch Geld auftreiben müssen. Jedenfalls, er nominiert mich als Vorsitzenden, und niemand hat was dagegen. Mann, ich hab noch nie jemanden so traurig gesehen wie Shotta Sherrif, als er mir eine Pistole gegeben hat. Als würde ich ihn enttäuschen oder so was. Sogar als ich ein Gunman war, hat er mir immer was zu tun gegeben, das nicht unbedingt ein Gunman machen muss, wie einen Tanzabend zu organisieren oder eine Beerdigung, und ein paarmal hat er mich sogar mit den Politikern reden lassen, die ins Getto kamen. Einmal kamen irgendwelche Weiße mit Kamera, die wollten eine Story über Coronation Market machen, und er sagt einfach, Tristan, Coolie-Boy, geh, zeig den Weißen den Markt, und red, was du eben so redest. Ich weiß nicht, was er damit meint, aber als die weiße Frau die Kamera einschaltet, kapier ich, dass sie nicht nur will, dass ich ihr den Markt zeige, ich soll auch darüber reden. Sie geben mir ein Mikro, als wär ich der Moderator von *Soul Train*. Shotta Sherrif, Mann. Das war schon einer. Er war ...

er war ...

ich ... ich ...

stopp dieses Band.

Stell einfach das Band ab. Stell verdammt noch mal das Band ab, sage ich.

Wo willst du hin? Setz dich wieder ... und lass mich dir eine Geschichte erzählen. Der Sänger macht sich fertig für das zweite Friedenskonzert. Beleuchtung steht, Mikrofone, Bühne, alles, der Sänger hat sogar einen zweiten Soundcheck gemacht. Ich sitz im Büro und bekomme einen Anruf von Josey Wales, dass eine der Kisten der Lichtanlage noch im Hafen steht und dass sie auf der Bühne gebraucht wird. Also ruf ich den Minister für Nationale Sicherheit an, er soll die Kiste freigeben. Wales schickt einen seiner Männer von der JLP hin, dass er sich um die Geräte kümmert, den Mann, der sich Weeper nennt. Man braucht keine Minute mit ihm, bis man kapiert, dass er einem was vorspielt, was er gar nicht ist, dass da etwas fehlt, dass du nur das siehst, was er dich sehen lässt. Sogar wenn er nur Ja sagt, klingt es, als hätte er ein Publikum vor sich. Ich war also bei diesem Treffen, als mir jemand erzählt, dass die Kiste mit dem Equipment nie beim Konzert angekommen ist, obwohl die Transportpapiere bei mir auf dem Schreibtisch liegen. Als mir dann jemand berichtet, dass ein Haufen Männer in Copenhagen ihre alten Knarren der Wang Gang abgetreten haben, weil plötzlich brandneue Waffen aufgetaucht sind, schau ich Weeper direkt an, und der blinzelt nicht mal. Ich beende das Meeting vorzeitig und erinnere alle daran, dass ein Teil des Geldes vom Konzert noch nicht eingegangen ist.

—Weeper, eine Sekunde, sag ich, und er bleibt stehen. —Bombocloth, was läuft da?

—Was läuft bombocloth wo?, sagt er.

—Was soll dieser Quatsch mit dem Beleuchtungsequipment? Wusstest du, dass da Waffen drin waren?

—Phillips, hast du mich nicht da hingeschickt, um mich drum zu kümmern? Darum hast du mich doch gebeten, oder?

—Komm mir nicht blöd, du Pussyhole, das zieht bei mir nicht.

Er verzieht das Gesicht, als würde er etwas Übles riechen. Dann sagt er,

—Schau mal, Brethren, du regelst hier diese Friedensgeschichte, mach weiter damit, ich halt dich nicht auf. Ich habe auch was mit Frieden am Laufen, aber das läuft anders.

Dann geht er. Merkwürdig, ich glaube, so hätte er mit keinem anderen Mann im Getto gesprochen. Ich weiß immer noch nicht, ob er mir demonstrieren wollte, dass er gefährlich oder dass er clever ist. Aber dass ich ihm gesagt habe, er wär blöd, hat ihm definitiv nicht gepasst.

Aber jetzt erst mal genug von diesem Pussyhole. Sag mir die Wahrheit, Alex Pierce. Warum kannst du nicht zurück nach Jamaika?

John-John K

Was den Job angeht, hat sich die durchgeknallte kolumbianische Schlampe glasklar ausgedrückt. Ihn langsam kaltmachen, ihm aber verklickern, dass die Nigger von Biscayne Bay bis Kendal West noch merken werden, dass sie die »Mamajama« zu respektieren haben, auch wenn sie den Job nicht angeordnet hat – ihre Worte, nicht meine, denn die Wetback-Lesbe hat die Yankeesprache nie richtig gelernt. Das sollte ich einfach auf den Hurensohn wirken lassen, während er verblutet. Und sie hat noch eine Menge anderes Zeug gesagt, das ich auch nicht begriffen habe, vielleicht weil sie die ursprüngliche Ansage nicht mehr richtig im Kopf hatte. Die Schlampe hat eine Menge Zeit damit verbracht, so zu tun, als kämen die Befehle von ihr, dabei war sie nur die beschissene Vorzimmerdame. Aber scheiß auf Griselda Blanco. Ich bin in New York, und es ist verdammt noch mal alles allererste Sahne.

Zieht euch das rein, ich war wieder in Chicago, obwohl ich ein paar Gorillas versprochen hatte, keinen Fuß mehr in die Stadt zu setzen, weil bei diesem letzten Typen, den wir vor fünf Jahren ausgelöscht hatten, nicht alles glattgelaufen war. Dieser reiche Kerl aus Southside, der zu einem fetten Scheck angeschwollen war, den der Mob einlösen wollte. Sie haben meinen Deckel im Denny's bezahlt und wollten etwas Geschäftliches mit mir besprechen. Wir geben dir und deinem Kumpel Paco fünfhundert Flocken, wenn ihr diesen Typ namens Eustace auslöscht, sagten sie, wie wär's? Eustace, ist der Typ ne Schwuchtel?, sagte Paco. Der Gangster hat nichts dazu gesagt. Die Sache war nicht kompliziert: Dienstags ging seine Frau immer um zehn nach neun zur Chorprobe, und er hockte sich mit seinem Filmprojektor in den Keller, in der einen Hand eine Zigarre, in der anderen seinen Schwanz, und wichste sich zu *Cherry Poppers 1–4* ins Koma. Paco bekam kalte Füße, er meinte, er sei ein Dieb und kein Killer. Ich war schon halb im Keller, als der Typ mich hörte, aber weil er eine Hand an seinem Dödel hatte und die andere tief wo drinsteckte, worüber die meisten Männer nicht viel nachdenken, hatte er keine mehr frei, um nach der Pistole zu greifen. Ich konnte gar nicht aufhören zu schießen. Es knallte so laut, dass ich die Frau erst gar nicht schreien hörte. Sie rannte weg, und ich hinterher und betete nur, dass sie es nicht bis zur Tür schafft. Sie schaffte es und rannte schreiend hinaus. Wir laufen also beide die Martin Street hinunter, sie in ihrem Nachthemd und ihren Häschenpuschen und am Schreien, als bekäme sie gerade die Kehle durchgeschnitten, ich hinter ihr her. Mitten auf der Straße habe ich sie dann weggepustet, gerade als zwei Kombis vorbeifuhren. Der eine blieb stehen, also schoss ich in die Heckscheibe und schoss immer weiter, bis sie wegfuhren und vielleicht sechzig Meter weiter gegen einen Baum krachten. Nach dieser Scheiße musste ich Chicago verlassen.

Aber nachdem ich es in New York sechs Monate hatte ruhig angehen lassen, bekam ich einen Anruf. Es hatte sich wohl rumgesprochen, dass der Southside-Job ein bisschen dreckig, aber kein Misserfolg war. Die Kollateralschäden waren eben nur etwas heftig gewesen. Ich war jung, aber nicht blöd. Frech, aber konnte zuhören, und das hier war keine schwierige Sache. Der Itzig, der seit zehn Jahren für den Mob die Bücher frisierte, hatte wohl plötzlich Hintergedanken gehabt. Wer weiß, was genau da los war, fest stand nur, dass sie Fotos von ihm hatten, auf denen er ins Polizeigebäude ging und drei Stunden später wieder herauskam. Auf jeden Fall war der Hebräer erledigt. Und ich wollte gerade eine Ratte in der Badewanne erschießen, so gelangweilt war ich schon, als der Anruf kam.

14. Dezember, 16 Uhr. 217th Street, im jüdischen Viertel der Bronx, das aber allmählich schon von diesen jamaikanischen Niggern unterwandert wird, die so komisch reden und immer nur unter

sich bleiben. Zwei Stockwerke plus Dachboden. Ich knacke Schlösser, seit ich sieben war. Das eigentliche Problem waren die Treppen, ich hätte mir gewünscht, dass sie mit diesen geschmacklosen
Treppenläufern bezogen gewesen wären, um das Knarren zu dämp-
fen. Sie hatten mir keine Einzelheiten genannt, wie viele Zimmer
das Haus hatte und so weiter, also musste ich es auf die harte Tour
machen.

Die erste Tür führte in den Wäscheschrank, ich meine, wer zum
Teufel hat seinen Wäscheschrank direkt an der Treppe, die zweite Tür
führte ins Badezimmer, die dritte sah aus wie eine Schlafzimmertür,
also ging ich hinein; ich musste mich ein bisschen an die neue Pistole
gewöhnen, die sich beim Gehen schwerer anfühlte. Leer. Ich ging weiter den Gang entlang und stieß die letzte Tür auf. Da saß dieser Junge
kerzengerade im Bett, an das Kopfende gelehnt, als hätte er auf mich
gewartet. Kein Scheiß. Der Junge sah mir direkt in die Augen, und ich
konnte nicht schießen. Dann wurde mir klar, dass er mich gar nicht
ansah und auch sonst nichts Bestimmtes. Er guckte einfach durch
mich durch und holte sich einen runter. Was für eine abgedrehte
Scheiße. Wenn ich jetzt geschossen hätte, dann hätte er das ganze
Haus geweckt.

— Sie schlafen jetzt oben unter dem Dach, sagte der Junge. — Alte
Leute haben es doch immer gern kühl.

Innerhalb einer Woche kackt sich die *New York Post* wegen einem
angeblichen neuen Son of Sam ein. Dann rief Paco an und meinte, ich
sollte ihn in Miami besuchen. Scheiß auf New York und das restliche
leidende Amerika, hier unten war es das reinste Gomorrha. Die froren
hier unten Diamanten ein und nahmen sie als Eiswürfel. Ich stieg in
den nächsten Flieger.

Wir sind also im Anaconda, und mir wird klar, dass sich das mit
dem New Yorker Hit rumgesprochen hat, es kursieren Polizeiberichte
von einem Doppelmord, ein Mann und seine Frau, beide im Schlaf
durch Kopfschuss getötet. Ich wollte mir im Anaconda mal das Nachtleben ansehen, und da war Donna Summer im grünen Salon und noch
ein paar andere Leute, die aussahen, als wären sie berühmt. Ein

Bruder namens Baxter, von dem ich wusste, dass er in Ordnung war, kam zu mir herüber. Wollt ihr Hurensöhne hier alle ein bisschen Sonne tanken?, lachte er, dann sah er mich ernst an.

— Hast in New York ganz schön aufgeräumt.

— Ich will eben, dass meine Mama stolz auf mich sein kann, das alte Miststück? Weiß Paco, dass du hier bist?

— Ach, dieser kleine *putito* kann mich mal am Arsch lecken.

— Das heißt wohl Nein.

— Was machst du hier, John-John? Im Ernst jetzt.

— Ich mach mich locker. Der Bruder hat mich aus New York rübergeholt, in New York ist gerade dicke Luft, und eigentlich bin ich vor allem hier, um nach ein paar geilen Ärschen Ausschau zu halten.

— Tja, vielleicht willst du das eher in einem anderen Club abziehen; ein Stück die Straße runter ist das Tropic City, guck dir das doch mal an.

— Was stimmt denn an dem Club hier nicht?

— Altes chinesisches Geheimnis.

— Hä?

— Pass auf, ich sag dir das nur, weil du mir sympathisch bist.

— Was? Die Scheißmusik ist so laut.

— Siehst du die Kubaner da hinten? An dem großen Sechsertisch?

— Ja.

— Wir löschen die Hurensöhne aus.

— Woher weißt du denn, dass das Kubaner sind?

— Junge, guck dir doch bloß mal die Jacken von denen an. Die Kolumbianer haben wenigstens noch ein bisschen Stil. Jedenfalls folgen wir denen schon eine ganze Zeit lang, aber wir haben sie nie zusammen erwischt. Jetzt haben wir sie alle auf einem Haufen. Ich sag dir, das ist ein Gefühl, wie wenn dir dein Mädel am selben Abend einen bläst und den Arsch leckt. Zwei von denen haben meiner Chefin Ärger gemacht, und das lässt die sich nicht gefallen. Das gibt hier drin gleich ein zweites Mỹ Lai. Wenn du bei Verstand bist, machst du dich besser aus dem Staub. Und zwar am besten sofort.

— Alles klar, Bruder, danke für den Tipp.

An der Bar stand Paco mit irgendeiner Schlampe, der er die Hände um die linke Titte gelegt hatte, als wären sie ein BH-Körbchen.

— Alter, hier gibt's gleich mächtig Ärger, lass uns Leine ziehen.

— Lass uns lieber 'ne Line ziehen. Besser gesagt zwei, direkt von Charlenes Titten, was meinste?

— Alter, wir müssen hier weg.

— Fick dich, JJK. Donna Summer ist da. Angeblich liegen Gene Simmons und Peter Criss im Hinterzimmer, mit einer kleinen Chinesin dazwischen. Komm runter, Alter, komm einfach runter, siehst du nicht, dass ich beschäftigt bin?

— Sehe ich vielleicht aus, als würde ich Witze machen? Uns fliegt hier gleich die Scheiße um die Ohren, also hörst du vielleicht besser mal auf, diese Nutte zu fingern, und hörst mir zu.

— Wen nennst du hier ...

— Bleib ruhig, Süße, er ist eine Schwuchtel und weiß sowieso nicht, was man mit einer Lady anfängt.

— Ja, genau, ich weiß nicht, was man mit einer ... Paco, was soll die Scheiße?

— Was zur Hölle ist denn los mit dir, Kleiner?

— Ich habe gerade Baxter getroffen.

— Baxter? Die Schlampe ist hier? Der Bruder kann mich mal, Mann, ich ...

— Er ist wegen einem Auftrag hier, du Idiot. Er und ungefähr zwölf Gangster.

— Scheiße! Wieso hier? Die werden diesen schönen Club ruinieren.

— Keine Ahnung, irgendeine Sache zwischen den Kubanern und den Kolumbianern. Die wollen da hinten einen ganzen Tisch ausradieren.

— Heilige Scheiße, ich sag lieber meinem Kumpel Bescheid.

— Tu, was du tun musst, ich seh zu, dass ich hier wegkomme.

Ich ging nach draußen und ließ Paco stehen, der wahrscheinlich die Runde machte, um seine Kumpels zu warnen, dass es im Club heiß hergehen würde. Erst frage ich mich, ob ich vielleicht taub bin. Kaum fünf Minuten später kommen dann ein paar Leute aus dem

Club gerannt, aber es sind noch immer keine Schüsse zu hören. Der Feueralarm ist losgegangen, sagte Paco, als er herauskam.

— Hast du deinem Kumpel gesagt, dass er verschwinden soll?

— Ja. Zum Glück, er hatte nämlich fünf Cousins aus Übersee dabei.

— Einer? Fünf? Ein Tisch mit sechs Kubanern?

— Ja, woher weißt du ...

— Du verdammter Idiot. Du elender verblödeter Hurensohn.

Am nächsten Tag buchte ich einen Flug zurück nach New York. Als ich am Flughafen aus dem Taxi sprang, warteten sie schon auf mich. Vier Männer, einer in einem braunen Anzug mit einem Kragen breit wie Vogelflügel, drei in Hawaiihemden, eins rot, eins gelb und eins hibiskusrosa. Gegenwehr war zwecklos. Sie fahren mit mir ein ganzes Stück, bis nach Gables rein, vorbei an Grundstücken, auf denen nur Bäume stehen, Straßen, in denen die Schilder und Lampen noch vom letzten Tropensturm schief hängen, an zwei Clubs, die bei Tag wie ausgestorben daliegen. Wir fuhren an der leer stehenden Coral Gables Highschool vorüber, einem zweistöckigen Gebäude, vor dem ein Mustang parkte.

— Wir sollen dich lebendig abliefern, aber das heißt nicht unbedingt in einem Stück, sagte Rosa Hibiskus.

— Geht es um gestern Abend?

— Mhm.

— Die Scheiße geht auf das Konto von meinem Kumpel Paco, weißt du?

— Ich kenne keinen Paco. Baxter hat gesagt, er hätte dich gewarnt.

— Wieso klärt ihr die Sache dann nicht mit Baxter?

— Wir haben schon mit ihm geredet. Ein paar sehr klare Worte.

— Oh. Euer Boss, wird der ...

— Wer weiß schon, was diese *loca* machen wird?

Ich sagte, — Sie?, wie ein lautes Fragezeichen, aber keiner im Auto antwortete, also hatte es wohl niemand gehört. Ich guckte einfach aus dem Fenster und sah zu, wie Florida mit jeder Sekunde einfarbiger wurde.

— Sind wir noch in Coral Gables?

— Nö.

— Wenn sie mich umbringen will, warum lässt sie das nicht jetzt gleich von euch Jungs erledigen und mich an irgendeinen Alligator verfüttern oder so?

— Weil sie die Alligatoren zu sehr respektiert, darum. Und jetzt halt dein verdammtes Maul. Dein verschissener Nuh-Yoork-Dialekt macht mich wahnsinnig.

— Chicago.

— Wie auch immer. Wir sind da.

»Da« sah immer noch ziemlich nach Coral Gables aus. Als wir in der Einfahrt hielten, kamen zwei Jungen mit freiem Oberkörper aus dem Haus gerannt, der eine jagte den anderen mit einer Wasserpistole. Die Straße war leer und verschlafen. Auf der anderen Straßenseite parkte ein blauer Chevy hinter einem Mustang. Ich bin aus New York und Chi-Town, ich kam noch nie mit den Vorstädten klar und damit, wie verdammt weit da alles auseinanderliegt, ein Haus, zwei Autos, drei Bäume bis zum Ende der Straße, und dann derselbe Scheiß noch mal auf der anderen Seite. Das Haus sah dem davor und dem danach so ähnlich, dass es schon Absicht zu sein schien, so als hätte *chico* oder *chica* sich zu viel Mühe gegeben, durch und durch amerikanisch zu wirken. Nur dass diese Häuser nichtssagend und scheißgroß waren. Alle eingeschossig, als würde im ersten Stock die Luft dünner werden. Sie hatten alle spanische Ziegeldächer und waren in verschiedenen Pastelltönen gestrichen, dieses hier in Blau. In Coral Gables wird einem ziemlich schnell klar, dass es einen Unterschied gibt zwischen einer Villa mit Stil und einem Haus, das einfach nur groß ist, und aus dem Zimmer sprießen wie Pickel auf dem Gesicht eines Teenagers. Geschmackloser Kram, der nur schreit, Yeah, ihr Hurensöhne, ich hab so dick Kohle, ich kauf mir einfach das Haus da.

Die Einfahrt war ordentlich lang. Auf beiden Seiten standen Palmen wie auf einer Kokosnussplantage. Wobei dieses Haus jetzt keins von den ganz heftigen war. Mit dem steinernen Bogen statt einer normalen Tür und den breiten Glasscheiben rundherum, durch die man von draußen ins Wohnzimmer gucken konnte, war es richtig stilvoll.

Der Typ im braunen Anzug zeigte auf den Eingang, was mich ein bisschen beruhigte. Vielleicht wollten sie ja einfach nur reden oder wenigstens erst mal reden. Zivilisiert, gebildet, vielleicht haben die Kolumbianer eine gewisse Klasse, weil sie auf einem eigenen Kontinent leben, wo die Scheißkubaner nicht hinkommen. Nur der Typ im braunen Anzug folgte mir.

Es wurde gekocht. Ich hatte Hunger. Ich weiß nicht mehr, wann ich stehen blieb, aber der braune Anzug versetzte mir einen so heftigen Stoß, dass ich beinahe gestolpert wäre.

— Verdammte Scheiße, Mann.

Der braune Anzug drohte, mir mit dem Griff seiner Pistole eins überzuziehen, und ich hielt den Mund.

— Die Mistress mag es nicht, wenn im Haus geflucht wird, sagte er. Links war noch ein Bogen, der in ein Wohnzimmer führte, in dem ein kleiner Junge gerade die *Sesamstraße* schaute. Speck und Pfannkuchen. Wir folgten dem Duft von Speck und Pfannkuchen.

Josey Wales

Böse Männer schreiben nichts in Bücher. Ich erzähl dir was, das ich so sicher weiß, wie ich weiß, dass draußen die Sonne nur immer noch heißer und stechender wird. Du notierst dir das im Kopf und übst, dich daran zu erinnern. Vergeben und vergessen kommt in meinem Buch nicht vor. Nicht, weil ich nicht vergebe, denn wenn ich nicht vergeben würde, dann würde sich der ganze Fluss vom National Heroes Park bis runter nach Kingston Harbour rot färben. Erinnern, Abwarten und Handeln, das ist mein Stil. Dieser Battyboy Boy George hat im Radio grad gefragt *Do you deal in black money?* Ich handle schwarz mit allem.

Weeper ist in New York und erzählt mir, dass er zu alt für Breakdance ist. Er war einfach nicht der Typ für Miami, selbst ich weiß das aus der Zeit, als er in Jamaika war. Weeper hält sich für einen Denker, aber der Mann ist kein Denker, er hat einfach nur ein paar Bücher gelesen. Genau wie ein paar dieser Jungs glauben, sie wären reif und erfahren, sobald sie ein bisschen was durchgemacht haben. Ich gebe Weeper nur eine Aufgabe: Er soll sich um die Verbindung zwischen Jamdown und Griselda Blanco kümmern. Sie muss den Scheiß so schnell wie möglich nach Miami kriegen, damit der nach New York kommt. Wir bringen das Zeug von Kingston über die Nordküste oder Kuba nach Miami.

Aber Weeper hat das Problem, dass er einfach mit keiner Frau klarkommt, oder eigentlich hat er ein Problem damit, wenn eine Frau ihm sagt, was er tun soll. Andererseits ist Griselda keine Frau. Sie ist ein Vampir, dem vor Hunderten von Jahren mal der Schwanz abgefallen ist. Sie hat die Geduld mit ihm verloren, und wenn eine Irre wie die die Geduld mit dir verliert, dann würde sogar ein harter jamaikanischer Rudie sagen, Diese Bombocloth-Hexe, die hat der Teufel geschickt, kein Scheiß. War nur eine Frage von Monaten, bevor sie Weeper persönlich umbringt.

Aber in der Kirche reden sie von der Gabe, zwischen Gut und Böse zu unterscheiden. Nicht nur die Priester oder die Frommen haben sie, sondern jeder, der meint, er könnte in meine Hose springen und den Leithammel machen. In der Sekunde, als ich Blanco zum ersten Mal gesehen hab, wusste ich, dass sie eine Barbarin ist, nicht gerade mit viel Verstand, aber entschlossen genug, um einen Stier umzuhauen. Genau wie ich hatte sie erkannt, dass Gut und Böse nur zwei Worte sind, die irgendein Idiot erfunden hat, und was wirklich zählt, ist, was ich gegen dich in der Hand habe und du gegen mich. Aber sie hat noch nicht herausgefunden, was man mit dieser Erkenntnis anfangen kann, und manchmal ist ein unwissender Naigger eine hässliche Frau aus Kolumbien, die zu hohl ist, um zu bemerken, dass ich mit beiden Geschäfte mache, mit Medellín und auch mit Cali, und zumindest bei den Jungs aus Cali ist bekannt, wie sie ticken.

Zwischen Gut und Böse unterscheiden. Ich muss einen Mann nur angucken und kann in ihm lesen wie in einem Buch. Weeper zum Beispiel. Schon seit Jahren weiß ich jetzt, dass der Mann nicht nur Männer fickt, sondern selbst gefickt wird, und ganz egal, was er sagt, er bedauert immer noch, dass er aus dem Gefängnis gekommen ist. Ich hätte ihn deswegen schon vor Jahren umlegen sollen, aber warum? Ist anregender für mein Gehirn, ihn eine Pussy nach der andern ficken zu sehen, als wäre diese Battyman-Sache etwas, das sich in seinem Sperma rumtreibt, und wenn er nur genug davon rausspritzt, wird er irgendwann endlich auch das Bedürfnis, Schwänze in sein Arschloch zu stecken, mit rausspritzen. Ich weiß nicht sonderlich viel über solche Sachen und bin auch kein Bibelleser. Aber wenn ich eines weiß, dann ist das, wenn ein Mann sich selbst betrügt, und so einen sollte man im Auge behalten. Wer weiß, was der da in New York treibt. Ich kann ihm niemanden hinterherschicken, der ihn beobachtet, weil dieser

Jemand es herausfinden würde. Und es gibt ein paar Dinge, die kann nur Weeper.

Gestern fragt mich meine Frau, wie ich denn ein Visum für Amerika bekommen hab, und lacht. Sie lacht zu recht. Aber dieses Jahr hab ich viel zu erledigen. Ich weiß gar nicht, wann es mich das letzte Mal gekümmert hat, was auf einer Straße in Kingston passiert. Die JLP hat das Land so unbedingt gewollt, und jetzt hat sie es. Sollen die doch beide ersticken. Andere Straßen verlangen jetzt nach meiner Aufmerksamkeit, ich muss nur hingucken. Ein böser Mann schreibt sich nichts auf. Ein böser Mann macht sich Notizen im Kopf.

Eubie ist in der Bronx. Die Leute verstehen nicht, was ich an dem Brethren finde, wobei ich mit die Leute in diesem Fall Weeper meine. Der kann ihn nicht ausstehen. Ist ja auch schwer, einen Typ zu mögen, der sich alle zwei Wochen die Haare schneiden lässt, redet, als wär er die vollen sieben Jahre auf einer teuren Highschool gewesen, und bei jedem Wetter einen Seidenanzug trägt. Aber hier kommt der Gedanke, das Reasoning dahinter, das niemand rafft: Wenn dich alle für einen Zuhälter halten, kommt niemand auf die Idee, du bist ein Drogendealer. Eubie hat einen Schulabschluss, und deswegen meint er, er hätte Klasse. Hat er ja auch, ein bisschen. Der Junge war schon im Jurastudium an der Columbia Law School, verließ die dann aber, weil ihm bestimmte Sachen über das Gesetz klar geworden sind. Eubie ist in Queens und der Bronx ganz wunderbar aufgehoben, und ich hab ihn Miami von Weeper übernehmen lassen. Das hab ich Weeper nicht erzählt, deshalb hat er mich in derselben Woche angerufen.

— Brethren, was zum Teufel soll das denn?

— Ich dachte, dass du mal eine Luftveränderung brauchst. Miami ist zu ländlich für dich, du gehörst nach New York. Viel Nachtleben in den Parks noch dazu.

— R'Asscloth, was soll das denn heißen?

— Es heißt, was es heißt, Pussyhole. Ich stationiere dich in Manhattan, vielleicht Brooklyn.

— Ich kenn mich da doch gar nicht aus.

— Dann kauf dir einen Bombocloth-Stadtplan, und bring dir selbst bei, wo was ist.

Brethren, du weißt, ich hab so 'n Gefühl, und ich trau dem Bruder einfach nicht, sagt er jede Woche in fast exakt dem gleichen Wortlaut. Aber Weeper ist kein Denker, er hat bloß ein paar Bücher gelesen, während Eubie das große Ganze sieht. Er hat die Columbia hingeschmissen, um Gras zu verkaufen, weil man ihm an der Columbia übers Geldverdienen nichts hätte beibringen können, das er nicht schon wusste. Er ist fast zu smart. Einhunderttausend Pfund Gras und zehntausend Pfund White Wife in nur einem Jahr. Ich weiß es, und er weiß es, und Weeper weiß es auch, deswegen kann er ihn auch nicht leiden. Das Hirn von diesem Mann macht uns reich. Aber trotz allem Hirn braucht er meinen Nachschub, und ich bin mir zwar sicher, dass er schon auf eigene Faust versucht hat, Escobar zu kontaktieren, aber die werden einem Mann, der so aalglatt ist, niemals trauen. Macht mir noch nicht mal was aus, dass er das gemacht hat, ich hab's sogar erwartet, aber Weeper hab ich das nicht erzählt. Weeper hat mich noch mal angerufen, nur um mir zu sagen, dass Eubie sich ja wohl als einziger Mann aus Jamdown die Fußnägel pediküren lässt und dass er ganz bestimmt ein Battyman oder so was ist, worauf ich so lange lachen musste, dass Weeper sagte, er hätte doch gar keinen Witz gemacht. Ich sag Weeper, er soll sich entspannen. Ich habe ihm nicht erzählt, dass Eubie, wenn er einen Mann nicht selber tötet, zwei Brüder dafür hat, echte Verwandte sogar, die das für ihn machen und, nach dem, was ich so gehört habe, schon über fünfzig Mann für ihn erledigt haben. Ich bin sicher, dass es ein Fachwort für Leute wie Eubie gibt, aber das kennt wohl nur der Hirnklempner.

Böse Männer schreiben sich nichts auf. Ich erinnere mich dafür an Namen, wie manche Leute sich an berühmte Männer erinnern. Ich mach eine Liste und sag sie mir auf wie einen Liedtext, einen Kinderreim. Wenn das jemand herausfindet, dann nimmt mich niemand mehr ernst. Ich schicke Weeper und noch einen los, um ein bisschen Stoff in Florida abzuholen, und setz ihn dann in einen anderen Truck, um noch ein bisschen mehr in Virginia und sogar Ohio zu holen. Aber die Polizei fängt einen Truck in West Virginia ab. Dauert gar nicht lange, da gibt es in D.C., Detroit, Miami, Chicago und überall in New York Schießereien.

Und trotz dieser ganzen Hektik lässt Weeper kein gutes Haar an Eubie.

— Der glaubt, er wär ein Cha-Cha-Boy, nur weil er Muttis Gardinen als Anzug trägt. Ich sag dir was, Josey, merk dir meine Worte, der Mann wird sich noch gegen dich wenden.

— Ich hab ihn unter Beobachtung, Weeper.

— Na, dann beobachte ihn besser genauer. Ich trau ihm nicht so richtig. Der hat immer irgendwie so die Hand am Kinn, als würde er überlegen, wie er an dir vorbeikommt.

— Ernsthaft? Er ist nicht der Einzige, den ich beobachte, Weeper.

— Was zum Scheiß soll das denn heißen?

— Es heißt, was es heißt. Warum erzählt mir der Mann aus Queens, dass es bei den Lieferungen zwischen dir und Eubie hakt? Was ist da los in New York?

— Nix ist los, ein Mann muss auch mal warten können, Bombocloth.

— Glaubst du wirklich, der wartet? Was zum Teufel ist los mit dir?

— Wie meinst du?

— Brethren, sieht New York für dich wie 'n Monopoly aus? Die Ranking Dons, die Blood Rose Crew und die Hot Steppers wollen alle ein Stück von jeder Straße, und das sind bloß die Jamaikaner. Lieferst du nicht, suchen die sich einen andern Lieferanten, so einfach ist das. Und dann muss ich dank Leuten wie dir nach New York kommen und alles wieder in seine natürliche Ordnung bringen. Mein Gott, Weeper, muss ich wirklich nach New York kommen? Oder vielleicht sollte ich Eubie einfach auch Queens übergeben und dich zurück nach Jamai...

— Nein! Nein, Josey. Nein, Mann. Ich kann nicht ... ich kann das hier. Ich war bloß ...

— Du warst bloß was? Sorg dafür, dass dieser Typ aus Queens nicht noch mal bei mir anruft. Konnte nicht mal die Hälfte von dem verstehen, was der Scheißer da gesagt hat.

—Ja, Brethren, ich kümmer mich drum, sagte Weeper. Was er allerdings nicht sagte, war, dass er kein Land mehr sah, nicht, weil die Geschäfte mies liefen, sondern weil sich eine neue Posse in seinem Revier breitmacht, dieselbe Gang, die auch in Miami Fuß fassen wollte. Die Leute haben vergessen, dass ein Haufen Männer in die USA geflohen ist, als 1980 die JLP die Wahl gewonnen hat. Jetzt sind sie bei der Blood Rose, den Hot Steppers, aber vor allem bei den Ranking Dons, und alle sind scharf drauf, ihr Gebiet zu vergrößern. Als wären sie noch in Kingston. Auch darüber muss man nachdenken, und Weeper ist kein Denker, er hat einfach nur ein paar Bücher gelesen.

Noch etwas. Keine große Sache, aber ich sag zu Weeper, hey, erinnerst du dich an dieses Pussyhole Tristan Phillips? Der von der Friedensversammlung mit Papa-Lo, und Shotta Sherrif, und dem Sänger? Dieser Typ, der einfach wie von Zauberhand verschwunden ist, obwohl ich nicht einen, sondern zwei Männer geschickt hab, die sich um ihn kümmern sollten? Der lebt jetzt in Queens, und ich möchte, dass du Wegzaubercreme auf diesen Bruder schmierst. Bevor er zu dieser PNP-Gang geht, obwohl er im amerikanischen Fernsehen über die Friedensbewegung geredet hat.

Neunzehnhundertzweiundachtzig hab ich Weeper losgeschickt, sich um den Mann zu kümmern. Hab ihm gesagt, er soll ein Flugticket kaufen und nach New York fliegen, sich dann eine Kanone besorgen und dieses jamaikanische Kapitel schließen. Eine Woche später bekomm' ich einen Anruf, nicht von Weeper, sondern von Benny, einem von Weepers Laufburschen, und der sagt, dass alles erledigt ist. Ich halte mich gar nicht erst damit auf, Weeper zu fragen, wie high er eigentlich war, als er diesem kleinen Stück Scheiße meine Nummer gegeben hat. Schlimmer, dass da jemand war, der dachte, er könnte einfach so mit mir reden: *Hörma, Weeper sagt, ich soll dir sagen, dass das mit der Wegzaubercreme fertig ist. Bis später.* Deswegen halt ich mich nicht mit ihm auf. Weil, wenn man ihn fragen würde, Bloodcloth, warum hast du das gemacht, wird er sagen, *was gemacht*? Nicht, weil er ein Pussyhole ist, sondern weil er es in aller Gottesehrlichkeit nicht wüsste. Was auch immer, ich ließ es von mir abperlen, denn Phillips war tot und das Kapitel abgeschlossen.

Am Donnerstag vor zwei Wochen fragt mich einer von meinen Männern, der gerade aus Rikers rausgekommen war, ob ich einen Tristan Phillips kenne, denn der sagt, er weiß alles über mich. Ich sage, wie meinst du das, *weiß*, *wusste*, wolltest du wohl sagen? Er sagt nein, Josey, der Brethren ist nicht tot, der ist in Rikers und hat gerade zwei von fünf Jahren für bewaffneten Raubüberfall abgesessen. Er war vorher in Attica, aber sie haben ihn nach Rikers verlegt. Und der ist jetzt bei den Ranking Dons.

Ich kann dafür sorgen, dass er aus dem Verkehr gezogen wird, sagt mein Mann, aber ich sag, lass ihn in Ruhe. Ich ruf Weeper am nächsten Freitag an.

—Weißt du, wen ich neulich zufällig getroffen habe? Die Mutter von Tristan Phillips' Kind. Sie ist den ganzen Weg zur JLP-Seite rübergekommen, weil sie Geld haben wollte, und sie sagt, Tristan ist einfach auf und davon und hat sie sitzen lassen und will kein Geld für das Baby schicken. Komisch, oder? sag ich.

—Yeah, das is komisch, sagt er.

Deshalb packe ich jetzt eine Sporttasche für New York City. Hab nicht vor, lange zu bleiben. Eubie hat schon alles in die Wege geleitet. Ich guck und seh meinen Jungen in Schuluniform an der Tür stehen und mich beobachten.

—Bombocloth, Daddy, von welchem Planeten kommst du denn grad zurück? Du siehst aus, als wärst du high.

—Du stehst da, als würd's dir gefallen, Männer zu beobachten. Geh zur Schule, mein Kleiner.

—Schule ist scheiße.

—Seh ich aus wie ein Vater, der es seinen Kindern erlaubt, in seiner Gegenwart zu fluchen?

—Nein, Daddy.

—Gut. Also hörst du besser mal auf, das Gesicht zu verziehen, und schwingst deinen bombocloth Hintern in die Schule. Denkst du, die Wolmer's Boys School ist umsonst?

— Keine Schule kostet was, Daddy, also brauchst du dir deswegen keine Sorgen machen.

— Weißt du, was noch umsonst ist? Ein Pistolengriff in die Fresse für Schlaumeiereien. Also hörst du besser mal auf, in meinem Türrahmen rumzustehen, und bewegst deinen verdammten Arsch in die Highschool, bevor sie das Tor abschließen.

— Daddy, woher soll ich denn wissen, was mo...

— Wissen? Was wissen? Du meinst deine Ausbildung? Ich dachte, du gehst zur Schule, also warum sehe ich hier immer noch dein verdammtes hässliches Gesicht? Siehst von Tag zu Tag deiner R'Asscloth-Mutter ähnlicher.

Ich lächel dem Jungen zu, damit er nicht das Gefühl hat, ich würde ihn zu hart rannehmen, aber er ist jetzt sechzehn, und ich erinner mich noch daran, wie ich mit sechzehn war, und weiß, dass sein Hunger immer größer wird. Seine Widerworte verwandeln sich von klein und niedlich in Richtung klein und gefährlich. Irgendwie ist es auch rührend zu sehen, wie dieser kleine Scheißer die Brust rausdrückt. Er will grade gehen, als ich sage,

— Nächstes Mal, versprochen.

Der Junge lächelt nicht oder irgendwas, er nickt nur einmal und geht, und ich seh dem blauen Rucksack hinterher. Ein Jahr noch, vielleicht zwei, dann werde ich nicht mehr die Kraft haben, ihn zurückzuhalten.

Tristan Phillips

Jetzt lügst du mich an. Den Two-Friends-Nachtclub gab es 1977 noch nicht? Er hat nicht vor '79 aufgemacht? In welchem Club bin ich dann Rawhide begegnet, im Turntable? Nein, Star, kann mir nicht vorstellen, dass es das Turntable war, da ist sogar der Premierminister hingegangen. Leute von der Sonnenseite des Leben mischen sich unter die Mittelklasse, um mal ein bisschen Kultur abzukriegen, du weißt ja, wie das läuft. Bist du sicher? Wie das? Für einen Mann, der sagt, dass er seit 1978 nicht mehr in Jamaika war, weißt du verdammt viel über 1979. Du hast mir auch erzählt, dass du ein Buch über den Sänger schreibst, aber was hat das alles mit dem Sänger zu tun? Du weißt doch, dass der Mann 1981 den Löffel abgegeben hat, oder? Oder hast du dich bis jetzt im Arsch der Welt verkrochen? Du musst mich ja echt für einen Hinterwäldler halten. Schreibst du eine Spukgeschichte? Der Geist des Sängers spukt in Rose Hall? Wenn ich's mir recht überlege, wenn du wirklich ein Buch über den Sänger schreibst, warum zum Teufel redest du dann mit mir? Hältst du mich für einen verdammten Idioten, Pierce?

Es tut dir leid, meine Zeit zu verschwenden – was zum Teufel, setz dich, Pierce. Schau dich doch an, eine kleine Frage, und du plusterst dich auf und rauschst aus dem Zimmer. Ist doch vielleicht das erste Interessante, was du den ganzen Tag machst. Schau doch, wie dein Gesicht rot wird wie bei einem Schwein, das keine Luft mehr kriegt. Setz dich verdammt noch mal, Alexander Pierce. Prima, wie wär's damit: Du erzählst mir nicht, warum du alles über die Friedensbewegung und Josey Wales und Papa-Lo und Shotta Sherrif wissen willst, und ich erzähl's dir nicht, wenn ich es schließlich rausfinde. Wie klingt das? Deal?

Die Friedensbewegung hatte sogar ein Büro. Der Sänger hat dafür sein eigenes Haus zur Verfügung gestellt, im Erdgeschoss, auf der Rückseite. Wir kamen so gut miteinander klar, dass die Leute glaubten, wir wären Brüder. In gewisser Weise waren wir auch wirklich Brüder. Wir kamen beide aus dem Getto von Jamdown. Ne Menge Leute wissen das nicht, aber ich hatte es auch mal groß mit Musik. Spielte mit ein paar Jungens im Elternhaus des Vaters des Premierministers – sorry, des früheren Premierministers. Bin sogar mit dem besten Freund des Sängers aufgewachsen. Ich hab mich selber immer für clever gehalten, aber ich weiß nicht, vielleicht war der Sänger cleverer. Manche Leute haben so was an sich, hat vielleicht mit dem Getto zu tun, dass sie sich selbst kaputt machen, wenn kein anderer sie kaputt macht. Jeder Mensch im Getto wird damit geboren, aber irgendwie hat der Sänger das geheilt. Schau dir das Foto von uns beiden an, wir sind beide cleverer als das Getto, aber nur einer hat es wirklich raus geschafft. Einigen Leuten ist es vom Schicksal bestimmt, es zu versauen, selbst wenn sie clever genug sind, um es besser zu wissen.

Also hat der Sänger mir ein Zimmer zur Verfügung gestellt, um dort ein Büro für die Friedensversammlung einzurichten. Ich versuche immer noch rauszufinden, was wir tun sollten, aber das Erste war, das ganze Geld vom Friedenskonzert einzusammeln. Eines Nachmittags schickt Papa-Lo Josey Wales, um das Geld von der Ticketbude am Westeingang vorbeizubringen. Der Sänger spielt gerade Fußball vor dem Eingang. Josey Wales parkt seinen weißen Datsun, steigt aus, und der Sänger schaut ihn an, als er vorbeigeht, und dann sieht er direkt mich durch das Bürofenster an. Brethren, ich sag dir, wenn Augen wirklich Strahlen aussenden könnten wie bei dem Typ in den X-Men-Comics, dann hätte er mich ins Jenseits gepustet und das Haus gleich mit. Und sobald Josey Wales wieder weg ist, kommt der Sänger ins Büro gestürmt. Und bevor ich auch nur fragen kann, wie geht's weiter, sagt er, wer war der Bruder? Mann, das war Josey Wales aus Copenhagen City, der ist so was wie Papa-Los Deputy. Mensch, ich hab den

Sänger in der kurzen Zeit sehr gut kennengelernt und ein oder zwei Mal die Beherrschung verlieren sehen. Aber nie hab ich diesen Mann oder einen anderen so wütend gesehen, er hat angefangen zu zittern, er konnte sogar ein paar Minuten nicht sprechen, weil nichts Vernünftiges aus seinem Mund gekommen wäre. Ich saß einfach nur da und sah den Sänger keuchen und prusten, so wütend war er. Er sagte,

— Tristan, ich kenn den Bruder. Er war hier, genau hier in der Nacht, als ich angeschossen wurde. Willst du wissen, wann mir klar war, dass diese Friedensgeschichte nicht lange dauern würde? Von genau diesem Moment an.

Ich flieg also nach Kanada, um mit ein paar Organisationen über das Friedenstreffen zu reden, und treff einen Brethren in Toronto. Er erzählt mir diese ganzen Sachen über das Konzert, so viel, dass ich sag, Brethren, das ist, als wärst du da gewesen. Er sagt, Nein, Mann, ich hab's im TV gesehen, im Kulturkanal. Ich frag mich, wie zum Teufel Leute in Kanada das Konzert sehen konnten, wenn niemand mit mir über die Rechte geredet hat, und dann erfahr ich, dass eine Firma namens Copenhagen City Promotions Bildmaterial an Fernsehstationen in Toronto, London und Mississauga verkauft hat. Natürlich ruf ich sofort Papa-Lo an und sag, Brethren, was verdammt noch mal geht da ab? Er sagt, er weiß nichts von Filmaufnahmen, da er die ganze Zeit bloß auf Mick Jagger geachtet hat. Aber warum sollte jemand eine Firma Copenhagen City Promotions nennen, wenn er nicht von dort kommt? Dann sagt er, Vielleicht sind die aus dem echten Kopenhagen, dem im Ausland, als wär ich mit dem Wort Idiot auf der Stirn zur Welt gekommen. Ich hab's nicht für nötig gehalten, ihm zu sagen, dass keine weiße Filmcrew beim Konzert gedreht hat. Schau mal, wir wussten doch beide, was dahintersteckt. Dann sagt er, Vielleicht steckt Shotta Sherrif dahinter. Ich lache und will auflegen, aber bevor er weg ist, sag ich noch, Leg deinen Josey Wales an die Leine, oder ich mach das für dich. WLIB New York wollte mich wieder in ihrer Talkshow als Gast haben, also hab ich Papa-Lo gesagt, dass ich meinen Flug von Toronto nach JFK umbuche. Sobald ich aufgelegt habe, überleg ich's mir anders und flieg stattdessen nach Miami. In Miami gibt's 'ne Menge Jamaikaner, die noch nichts von der Versammlung gehört haben, und die Talkshow kann ich auch übers Telefon machen.

Vier Tage später bin ich in Miami. Ich geh meinen Brethren A-Plus aus Balaclava-Tagen besuchen. Als ich an die Tür klopfe, und er öffnet, kreischt er wie ein Mädchen und will davonrennen, als hätt er einen Duppy vor sich. Ganz recht. Übrigens, ein Duppy ist ein Geist. Ich sag dir, der Mann wusste nicht, ob er sich bepissen oder vollscheißen sollte. Er packt mich, als wär ich sein Kind, und du weißt doch, harte Männer umarmen niemanden, schon gar nicht einen anderen Mann. Der Mann umarmt mich also und sagt, Herr im Himmel, was machst du hier? Wie hast du das überlebt?

—Was überlebt?

—Was meinst du, Bredda? Da erzählt grad einer überall rum, dass er dich umgebracht hat.

—Was? Bombocloth, wovon redest du?

—Josey Wales' Deputy, der mit der Brille, Weeper. Er erzählt den Leute, er ist vor nur zwei Tagen einfach nach New York geflogen und hat dich kaltgemacht.

—Mich kaltgemacht? A-Plus, was bin ich dann, ein Duppy oder was?

—Das hab ich auch grade gedacht, in echt.

—Brethren, dieses Weichei hat mich nicht nur nicht kaltgemacht, ich war noch nicht mal in New York.

—Was?

—Nein, Star, hab's mir anders überlegt, als ich kapiert hab, dass ich mit dem Sender auch per Telefon reden kann. Und ne Menge Leute aus Miami wollten was über die Friedensversammlung hören.

—Brethren, ist gut, dass du auftauchst, ich wollte mir gerade zwei Männer nehmen und dieses Pussyhole bestrafen.

—Wart mal, was meinst du? Er ist noch in Miami?

—Yeah, Mann, er ist im Haus von einem Kumpel an der 30th und 46th und quatscht rum. Weißt du, wo der Lincoln Memorial Park ist?

—Klar, Mann. Was für Hardware habt ihr hier?

A-Plus zeigt mir eine Thompson-Maschinenpistole und eine Neun Millimeter. Ich nehm die Neun Millimeter und er die Maschinenpistolen und wir fahren zum Lincoln Memorial. Wir parken den Wagen zwei Blocks entfernt und gehen zum Grundstück seines Freundes. Bist du je in diesem Teil von Miami gewesen? Einstöckige Häuser, mit einer Veranda an der Seite, manchmal verglast. Totes Gras und trockener Dreck, und das heißt dann Rasen. Dieses Haus mit einer Schrottkarre auf dem Rasen könnte auch in East Kingston stehen. Jedenfalls schleichen wir uns mit durchgeladenen Waffen zum Haus, A-Plus übernimmt den Eingang, ich geh hinten rum. Natürlich haben die Pussyholes die Tür aufgelassen. Natürlich hör ich Weepers Stimme laut und deutlich. Kommt aus der linken Seite des Flurs. Ich mach zwei Schritte, und da ist er, mit dem Rücken zu mir, pisst in die Toilette. Ich springe ihn an, stoße ihn von der Toilette weg durch den Duschvorhang und ramme ihn gegen die Wand. Er knallt mit dem Gesicht dagegen, so überrascht ist er. Seine Brille fällt runter. Bevor er irgendwas machen kann, drücke ich die Pistole an seine Schläfe, damit er den Klick hört. Weeper fängt so stark an zu zittern, dass es mir fast die Neun Millimeter aus der Hand schlägt. Er pisst immer noch. Ich sag,

— Pussyhole, stell dir vor, da steig ich in Miami aus dem Flieger, nur um zu hören, dass ich tot bin, und die ganze Welt weiß es schon, nur ich nicht. Wie findest du das?

— Woi, woi, keine Ahnung, Tristan, ich weiß nicht, dass du tot bist. Du, du siehst nicht so aus.

— Du weißt es nicht? Aber Brethren, läufst du nicht rum und erzählst den Leuten, dass du mich umgebracht hast? Wann hast du mich umgebracht? Letzte Woche? Gestern?

In diesem Augenblick kommt sein Freund mit erhobenen Händen ins Bad und A-Plus hinter ihm mit der Maschinenpistole an seinem Hals.

— Also, Weeper, mein Brethren, erzähl mir, wie du mich umgebracht hast, denn ich muss dir sagen, ich fühl mich überhaupt nicht tot.

— Wer hat gesagt, dass ich dich umgebracht hab, Boss? Wer erzählt solche Lügen?

— Ich will einfach nur wissen, warum du so voreilig bist. Ich mein, Brethren, zumindest solltest du mich erst killen, bevor du damit angibst.

Das Pussyhole sagt kein Wort. Er fängt an zu heulen, und der andere Mann auch. Andererseits war das Heulen der beiden kein Heulen. Die beiden weinten. Denn klar, wen ich heute nicht umbringe, der bringt mich morgen um, also halte ich die Waffen an seine Schläfe, um ihn auszuknipsen. Der andere Mann fängt an zu schreien und um Gnade für ihn zu flehen. Ich meine, er bettelt richtig und fällt auf die Knie, das war wirklich zu viel, aber na ja. Ich komm immer noch nicht drüber weg, wie sehr der Mann weinte und bettelte, als wär Weeper sein Kind oder so was. Bevor ich die Neun Millimeter wegnehme, wirft Weeper dem Mann einen schnellen Blick zu. Ich hab noch nie jemanden so fuchsteufelswild gesehen. Wir ziehen den beiden die Kolben über den Kopf und gehen.

Du scheinst ja ziemlich gelassen bei all dem, was ich so sage, Alex Pierce. Oder pisst du dich unter dem Tisch gerade voll? Andererseits hab ich mal wieder den Eindruck, dass dich nichts so einfach einschüchtern kann.

Angst wovor? Rache? Glaub mir, Weeper wäre der letzte Mensch, der hinter mir her ist. Aber in der Zwischenzeit hat die Polizei Copper umgebracht. Dann Papa-Lo. Du musst eines kapieren: Dieser Frieden galt zwischen der Getto-JLP und der Getto-PNP. Die Polizei hat nie eine Vereinbarung unterschrieben, und die JLP oder PNP auch nicht. Die Polizei in Jamaika ist auch nicht dafür bekannt, dass sie überhaupt nachdenkt. Du bist zu jung, um die alten Filme zu kennen. Hast du je einen Film mit den Keystone Kops gesehen? Ja? Also, die jamaikanische Polizeibehörde ist ein Haufen Keystone Kops. Sowohl Copper als auch Papa-Lo waren clever genug, um zu wissen, dass die Polizei viel zu viele Rechnungen zu begleichen hat, um irgendeine verdammte Vereinbarung zu unterschreiben. Aber sie sind auch viel zu dumm, um einen Mann wie Copper aufzustöbern. Der hat sich zehn Jahre lang vor ihnen versteckt. Du hast doch Grips, Alex Pierce, du weißt doch sicher, worauf ich hinauswill. Jedenfalls hatte Jacob Miller dann seinen Unfall. Shotta Sherrif kapiert schnell, was läuft, und nimmt einen der fünf Flüge nach Miami. Aber dann klaut er dem Bruder eines Mitglieds der Wang Gang Kokain und verzieht sich nach

Brooklyn. Aber wer hätte das gedacht, im Starlight Ballroom ist ein Mann der New Yorker Wang Gang, der erkennt ihn und bringt ihn um. Erschießt ihn direkt im Club. Und bevor du dich's versiehst, sind alle tot, die mit der Friedensversammlung zu tun hatten, außer dieser Frau und mir. Ob Zufall oder Absicht, ich werd nicht so lange warten, bis ich es rausfinde. Ich bin zurück nach Jamaika zu Coppers Beerdigung und gleich wieder weg. Und seitdem war ich nicht mehr dort.

Dorcas Palmer

Also sitze ich jetzt seit einer Stunde da und beobachte diesen Mann, wie er dasitzt und mich beobachtet. Ich für meinen Teil warte auf Anweisungen von der Mrs. oder Miz oder wie immer diese Colthirst-Frau sich zu nennen beliebt, aber er sitzt auch einfach da, als würde er auf Anweisungen warten. Mit geradem Rücken, die Hände im Schoß, den Kopf stur geradeaus wie C-3PO. Ich würde sagen, er sieht aus wie ein Schoßhündchen, aber das würde mich als Frau im Raum ja zur Schoßhündin machen. Das muss der letzte Schrei sein, ein ganz neuer Grad von Freiheit: zu wissen, dass man einen Menschen so lange warten lassen kann, wie man will. Ich habe mich immer gefragt, ob das so ein scheiß Machtspiel ist, um Leute auf ihren Platz zu verweisen. Ich zahl die Rechnung, also können mich alle mal. Hier ist das Geld, jetzt stoppen Sie das Taxi und warten stundenlang. Dieses verdammte Land. Andererseits ist es ihr Geld. Wenn sie mich dafür bezahlen will, nichts zu tun, bitte, ich werde nach Stunden entlohnt, und es ist ihre Rechnung. Ehrlich, dieser Mann sieht wirklich aus wie Lyle Waggoner. Und ich gucke jede Woche die Carol-Burnett-Wiederholungen. Groß, schwarzes, an den Schläfen weißes Haar und ein Kinn wie die Karikatur eines attraktiven Männerkinns. Alle paar Minuten schaut er zu mir rüber, wendet sich jedoch rasch wieder ab, wenn er sieht, dass mein Blick auf ihn wartet.

Vielleicht sollte ich einfach sagen, dass ich mal pissen muss, um aus diesem Zimmer rauszukommen. Oder besser: Ich muss pinkeln. Herrgott, ich kann das Wort pinkeln nicht ausstehen. Kein männliches Wesen über zehn sollte es in den Mund nehmen. Jedes Mal wenn ich höre, dass ein Mann es ausspricht, denke ich, dass nur kleine Schwänze pinkeln. Er sieht mich plötzlich an, wahrscheinlich, weil ich gegluckst habe. Gott, ich hoffe, dass ich das nicht alles laut gesagt habe. Jetzt kann ich nur noch so tun, als wäre es von Anfang ein Husten gewesen. Die Mrs./Miz hat in ihrem Büro die Stimme erhoben, wahrscheinlich gegenüber ihrem Mann oder wem auch immer. Lyle Waggoner blickt zu ihrer Tür, lacht und nickt unentwegt. Was für ein Mann trägt pinkfarbene Hosen? Mutig? Schwul? Also, wenn er schwul wäre, hätte er keine Töchter und Enkeltöchter, nehme ich an. Weißes Polohemd, das über seiner Brust und seinem Bizeps ansehnlich spannt. Ehrlich, sollte Lyle Waggoner bei einer Sexorgie aufkreuzen, würde man ihn nicht rausschmeißen. Ich würde meinen nächsten Lohn darauf wetten, dass er einen knappen Slip und am Pool eine enge Badehose trägt. Man könnte sogar sagen, dass er ein heißer Silver Daddy oder ein Fox ist. So nennen die amerikanischen Mädchen die Männer, mit denen sie eigentlich nichts zu ficken haben. Ich wünschte, die Mrs./Miz würde ihr beschissenes Telefonat beenden, sonst fange ich früher oder später an, laut zu denken, und merke es erst, wenn Lyle Waggoner entsetzt mit dem Finger auf mich zeigt.

Ich könnte mich ja mal umsehen, aber irgendwas sagt mir, dass Lyle Waggoner sofort nichts anfassen schreit, sobald ich auch nur einen Schritt mache. Das hier sieht wie ein Haus aus, in dem in der leeren Vase auf dem Tisch kein Penny oder verlorener Knopf liegt. Und der Tisch ist natürlich aus Glas, aber kein Esstisch. Wir sitzen beide auf Holzstühlen mit runder Lehne und einem plüschigen Polster. Das Stoffmuster sieht aus wie braun und beigefarbenes Paisley. Die üblichen Bilder an der Wand, drei alte weiße Frauen bis zum Hals bekleidet, zwei weiße Männer, alle mit dem sauertöpfischen Gesichtsausdruck, den Weiße auf Gemälden immer haben. Teppich genau wie die Stühle gemustert. Ein komplett mit *Town&Country*-Magazinen bedeckter Couchtisch, der einzige Teil des Zimmers, der ein bisschen unordentlich aussieht. Ein zweisitziges violettes Sofa mit den gleichen Krallenfüßen wie die Badewanne bei mir zu Hause. Eins dieser Wohnzimmer, wie man es in Anzeigen auf der Rückseite des *New York Times*

Magazine sieht. Auf der linken Wand sind die Bilder einfach verrückt geworden.

— Das in der Mitte ist ein Pollock, sagt er zu mir.

— Eigentlich ist es ein de Kooning, sage ich.

Er sieht mich wütend an und nickt.

— Also, ich weiß nicht, was zum Teufel meine Familie kauft, aber das hängt da schon eine Weile. Sieht aus, als hätte ein Kind seine Wachsmalkreiden gegessen und das Ganze wieder ausgekotzt, wenn man mich fragt.

— Okay.

— Sie sind anderer Meinung.

— Es ist mir eigentlich egal, was andere Leute über Kunst denken, Sir. Entweder man kapiert es oder nicht, und es kommt mir ziemlich dumm vor, darauf zu warten, dass die Leute es kapieren, weil man im Museum mehr Platz für sich hat, wenn ein Idiot weniger einem erzählt, dass das auch seine vierjährige Tochter malen könnte.

— Wo zum Teufel noch mal haben die Sie denn aufgetrieben?

— Sir?

— Ken.

— Mr. Ken.

— Nein, bloß … egal. Glauben Sie, Miz Geschäftig wird je daran denken, die Zeit anderer Menschen zu respektieren und VERDAMMT NOCH MAL AUFHÖREN ZU TELEFONIEREN?

— Ich glaube nicht, dass sie Sie gehört hat, Sir.

— Ich hab Ihnen gesagt, mein Name ist … egal. Wahrscheinlich können Sie das ohnehin nicht wissen, aber haben Sie eine Ahnung, ob meine Tochter ausdrücklich ein schwarzes Hausmädchen gewünscht hat.

— Derlei Informationen entziehen sich meiner Kenntnis, Sir.

— Ken.

— Mr. Ken.

— Ich habe mich bloß gefragt, weil Consuela, ich glaube zumindest, dass sie Consuela hieß, so ziemlich verdammt alles gestohlen hat, was sie nur tragen konnte.

— Okay.

Ich bin mir ziemlich sicher, dass es kein jamaikanisches Hausmädchen namens Consuela gegeben hat.

— Ich fand sie genial. Sie hat alles, was sie gestohlen hat, unter den Möbeln versteckt, okay? Mal angenommen, heute will sie Bettwäsche stehlen. Sie verstaut sie unter dem Bett. Am nächsten Tag ist es vielleicht Seife unter dem Stuhl neben der Schlafzimmertür, dann unter dem Tisch direkt vor der Tür, dann kam der Sessel im Wohnzimmer, dann der nächste Sessel und immer so weiter, bis sie einen Gegenstand unter dem Wandtischchen bei der Haustür hatte. Indem sie jedes Teil jeden Tag einen Platz weiterrückte, hatte sie immer irgendwas direkt neben der Tür, das sie mitnehmen konnte. Ich hab ihr gesagt, die Bohnenfresserin hat eine beschissene Underground Railroad direkt in unserer Wohnung eingerichtet! Wissen Sie, was sie geantwortet hat? Sie hat gesagt, Diese Ausdrucksweise ist im Norden inakzeptabel, Papa, als ob ich nicht in Connecticut geboren wäre, verdammt. Deshalb dachte ich, dass es ihr mit den Puerto Ricanern reicht.

— Jamaikanern.

— Was Sie nicht sagen. Ich war schon mal in Jamaika.

Und ich konnte bloß denken, oh Gott, das jetzt wieder, ein weiterer weißer Mann, der mir erzählen will, wie gut es ihm in Ocho Rios gefallen hat und dass es ihm noch viel besser gefallen hätte, wenn nicht all die Armut gewesen wäre. Und das Land ist so schön, und die Menschen sind so freundlich, und selbst inmitten der ganzen Tragödie schafft jeder ein Lächeln, vor allem die Bombor'asscloth-Kinder. Obwohl er aussieht wie der Typ, der nach Negril fährt.

— Ja, Treasure Beach.

— Wah?

— Wie bitte?

— Verzeihung. Treasure Beach?

— Kennen Sie das?

— Natürlich.

In Wahrheit kannte ich es nicht. Ich hatte kaum je davon gehört. Ich frage mich, ob es in Clarendon oder St. Mary liegt, eine dieser

Gemeinden, in denen ich nie war, weil wir keine Oma hatten, die noch auf dem Land lebte. Oder in einem dieser anderen Orte, die man nur als Tourist kennt wie Frenchman's Cove oder so. Was auch immer.

— So unberührt. Das sagt natürlich jeder über die Orte, die er gerade fleißig zerstört. Sagen wir mal so; niemand dort trug ein Jamaican-Me-Crazy-T-Shirt. Einmal habe ich einen Mann, weil er ein weißes Hemd und eine schwarze Hose trug, gefragt, ob er mir eine Cola bringen könnte, und er sagte, Holen Sie sich Ihre Bombocloth-Cola selber. Da hab ich mich sofort in den Ort verliebt. Jedenfalls, Sie ...

Die Miz kommt endlich aus ihrem Zimmer, krallt mit einer Hand ihre Handtasche und berührt mit der anderen ihr Haar.

— Papa, sei so nett und führ Miss Palmer herum, ja? Aber überanstreng dich dieses Mal nicht, okay?

— Tut mir leid, Miss Palmer, aber ist da ein verdammtes Kind hinter Ihnen? In der Tür irgendwo.

— Papa.

— Denn ich hab keine Ahnung, mit welchem Kind sie redet.

— Oh, Herrgott noch mal, *Papah*. Jedenfalls dreht dein Sohn gerade absolut durch wegen der neuen Wohnung, nur weil ich eine Mikrowelle haben will, er sagt, es wäre zu teuer. Also muss ich jetzt ganz schnell los. Zeig ihr, wo die Küche ist, Papah, und Miss Palmer, haben Sie etwas dagegen, wenn ich Sie Dorcas nenne?

— Nein, Ma'am.

— Fein. Die Putzmittel sind unter dem Waschbecken, seien Sie vorsichtig mit dem Ammoniak-Reiniger, der Geruch verpestet die ganze Wohnung. Abendessen ist normalerweise um fünf, aber dieses eine Mal können Sie Pizza bestellen, bloß nicht bei Shakey's, die sind viel zu salzig. Was wollte ich noch sagen ... hmmm. Weiß nicht. Jedenfalls auf Wiedersehen, tschüss, Papah.

Sie schließt die Tür und lässt mich und den Vater allein zu Hause zurück. Sollte ich ihm sagen, dass ich kein Hausmädchen bin und God Bless keine Agentur für Hauspersonal?

— Ich glaube, es muss sich um einen Irrtum handeln.

— Was Sie nicht sagen. Aber mein Sohn hat sie geheiratet, also ist es, wie es ist.

Er steht auf und geht zum Fenster. Groß ist er auch. Je länger ich den Mann betrachte, desto mehr frage ich mich, warum ich hier bin. Dass ich ihm niemals seine eigene Scheiße abwischen oder ihn ins Bett stecken muss, nachdem ich die vollgepissten Laken gewechselt habe, ist ja ziemlich offensichtlich. Er ist wirklich groß und beugt sich jetzt zum Fenster vor, ein Bein durchgestreckt, das andere angewinkelt, als wollte er die Scheibe aus dem Rahmen drücken. Ich glaube nicht, dass ich je einen älteren Mann gesehen habe, der noch einen Hintern hatte.

— Sie sind die Zweite in diesem Monat. Ich frage mich, wie lange Sie durchhalten werden, sagte er, immer noch aus dem Fenster blickend.

— Verzeihung, Sir, aber ich weiß nicht, warum ich hier bin.

— Sie wissen nicht, warum Sie hier sind.

— God Bless ist keine Vermittlung für Hausmädchen, Sir. Das könnte der Grund sein, warum es mit der anderen Angestellten nicht geklappt hat.

Er dreht sich um und lehnt sich jetzt mit dem Rücken ans Fenster.

— Ich weiß nichts von God Bless, und bitte, bitte, bitte, nennen Sie mich nicht immer Sir.

— Mr. Ken.

— Ich schätze, mehr kann man nicht erwarten. Wie spät ist es? Haben Sie Hunger?

Ich blickte auf meine Uhr.

— Zwölf Uhr zweiundfünfzig. Und ich habe mir ein Sandwich eingepackt, Mr. Ken.

— Kennen Sie irgendwelche Spiele?

— Was?

— War nur ein Scherz. Obwohl ich es lieber habe, wenn Sie Wah statt Was sagen, einer der wenigen Momente, in denen ich das Gefühl habe, dass eine Jamaikanerin anwesend ist.

Ich sage mir, das ist ein Köder, beiß nicht an, beiß nicht an, das ist ein Köder, beiß nicht an.

— Und was, wenn ich keine echte Jamaikanerin bin, Mr. Ken?

— Ich weiß nicht. Jemand, der auf unser Geld aus ist. Oder eine Hochstaplerin. Ich werde es bald herausfinden.

— Darauf würde ich nicht wetten, Sir, da Ihre Tochter offensichtlich die falsche Arbeitsvermittlung angerufen hat. Ich erledige keine Hausarbeiten.

— Oh, entspannen Sie sich bitte, die blöde Kuh hält alle hier für das Hausmädchen. Ich bin sicher, dass es mein Sohn war, der die Vermittlung angerufen hat, nicht sie. Meistens ignoriert sie mich einfach, aber ich habe in letzter Zeit öfter mit meinem Anwalt gesprochen, deshalb macht sie sich wahrscheinlich Sorgen, ich könnte mein Testament ändern. Irgendwie hat sie meinen Sohn davon überzeugt, dass ich gepflegt werden muss.

— Wieso?

— Das werden Sie meinen Sohn fragen müssen. Jedenfalls, mir ist langweilig. Kennen Sie irgendwelche Witze?

— Nein.

— Oh, Herrgott noch mal, sind Sie wirklich so humorlos und öde? Gut. Ich erzähl Ihnen einen Witz. Sie sehen aus, als könnten Sie einen gebrauchen. Was glauben Sie, warum Schwarze nie von Haien angegriffen werden?

Ich wollte gerade sagen, Sie haben es mit einer Jamaikanerin zu tun, die tatsächlich schwimmen kann, als er sagt,

— Weil die Haie sie immer mit Walscheiße verwechseln.

Dann lacht er. Kein lautes Lachen, nur ein Glucksen. Ich frage mich, ob ich auf Afroamerikaner machen und Diskriminierung schreien oder einfach warten soll, bis die Stille sich ausgedehnt hat und der Augenblick gestorben ist.

— Wie lange braucht eine weiße Frau zum Scheißen?, frage ich.

— Oh. Boah. Ich … ich weiß nicht.

— Neun Monate.

Er wird knallrot. Eine lange Sekunde ist es still, dann platzt er los. Er lacht so lange, dass er beinahe einen Anfall kriegt, er zittert und hustet, die Augen feucht. So komisch war es nun auch wieder nicht.

— Oh mein Gott, gütiger Gott.

— Jedenfalls, Mr. Ken, ich sollte gehen. Ihr Sohn muss eine Agentur für Hauspersonal anrufen und ...

— Nein, nein, nein, verdammt, nein. Sie können jetzt nicht gehen. Schnell, warum haben Schwarze weiße Hände und Füße?

— Ich bin nicht sicher, ob ich das wissen will.

— Sie waren auf allen vieren, als Gott sie lackiert hat.

Er lacht wieder. Ich versuche, nicht zu lachen, doch mein Körper fängt an zu zittern, bevor das Lachen herausbricht. Er kommt zu mir rüber und lacht so heftig, dass seine Augen beinahe verschwinden.

— Auf allen vieren, was?, sage ich. Was machen Sie, wenn Sie von einem Haufen weißer Männer vergewaltigt werden?

— Oh gütiger Himmel, was?

— Nichts. Es sei denn, man hat Angst, von einem Pickel gefickt zu werden.

Er hat seine Hände auf meine Schultern gelegt und lacht jetzt so heftig, dass ich tatsächlich glaube, er will sich nur festhalten.

— Warten Sie, ich habe noch einen für Sie, diesmal einen Witz über Weiße. Was haben eine weiße Frau und ein Tampon gemeinsam?

— Ich weiß nicht. Beide saugen Blut?

— Nein! Beide verklemmen die Mösen.

Jetzt liegen meine Hände auf seiner Schulter, und ich bin diejenige, die nicht aufhören kann. Wir halten beide inne und fangen wieder an. Ich weiß nicht, wann mir die Tasche von der Schulter gerutscht und auf den Boden gefallen ist. Wir setzen uns in gegenüberstehende Sessel und sehen uns an.

— Bitte gehen Sie nicht, sagt er. Bitte nicht.

John-John K

Drei Türen weiter eine mit Speckduft, Brutzeln und Zischen erfüllte Küche. Schränke aus dunklem Holz zogen sich an der gesamten Wand entlang, einer davon stand offen, und im Inneren waren verschiedene Frühstücksflocken zu sehen. Ein Mann, der sich kaum von dem im braunen Anzug unterschied, saß am Kopf des Tisches wie Big Daddy persönlich, las eine Zeitung und strich darin etwas mit Rotstift an. Links und rechts von ihm saßen zwei Jungen, der ältere hatte einen Schnurrbart, in den er zu viel Vaseline geschmiert hatte. Der Junge war niedlich, und ich hätte schwören können, dass er mir zuzwinkerte, aber seine Ohren waren so groß wie die von Alfred E. Neumann aus der Zeitschrift *MAD*. Der andere Junge weckte in mir den Wunsch, einen Vater zu haben, der mich nicht andauernd eine verdammte Schwuchtel genannt hätte, als ich mir mit zwölf die Haare wachsen lassen wollte.

— Maniok! Maniok! Maniok!

— Arturo! Wie oft habe ich dir schon gesagt, am Tisch wird nicht rumgeschrien, sagte sie. Ihr Rücken schien jedes einzelne Wort wie einen Seufzer auszustoßen. In ihrem Rippenpullover hatte sie Kurven wie ein Michelin-Männchen, aber mit der weißen Hose dazu erweckte sie eher den protzigen Eindruck reicher Männer, die sich Boote kaufen, ohne überhaupt segeln zu können. Die Haare trug sie zu einem strengen Knoten zusammengebunden, was ihre Augenbrauen lang gestreckt aussehen ließ, als sie sich umdrehte. Dunkle Augen, reichlich Mascara schon so früh am Morgen und Lippen, die mehr glänzten als die von einem Teenagermädchen, das einem Fettstift einen geblasen hat.

— Du bist klein.

— Bitte?

— Bitte? Hab ich vielleicht gewuschelt, genuschelt oder getuschelt? Der ältere Junge stöhnte. — Du machst uns noch wahnsinnig, Ma, sagte er. Sie lächelte.

— Gefällt dir das, *guapo*?

— Ja, Ma, alle coolen Typen finden das groovy.

— Spiel hier nicht den Klugscheißer.

Der ältere Junge stöhnte wieder; der andere hielt seinen Teller für einen Maniok-Nachschlag in die Höhe.

— Du da, setz dich zum Frühstück hin, sagte sie und zeigte mit der Bratpfanne auf mich.

Ich blieb wie angewurzelt stehen. Ich wusste nicht genau, wen sie meinte, bis der braune Anzug mir einen Schubs gab oder mir besser gesagt zwei Schläge in den Rücken versetzte. Der ältere Junge schlang etwas hinunter, das wie Albino-Pommes aussah; der Mann blieb stumm und nahm kein einziges Mal die Augen von der Zeitung. Bring ihm einen Teller, sagte sie zu niemand Bestimmtem. Der Mann stand auf und nahm einen Teller aus dem Geschirrschrank, dann widmete er sich wieder seiner Zeitung. Sie häufte mit einem Löffel Maniok auf den Teller, der wohl für mich bestimmt war, und dazu Chorizo aus einer roten Bratpfanne.

— Du bist also der Hurensohn, der mir einen Strich durch die Rechnung gemacht hat, sagte sie.

— Bitte?

— Du schon wieder mit deinem Bitte, bitte, bitte. Musst du vielleicht mal aufs Klo, Kleiner?

Der jüngere Sohn lachte.

— Wie ist es denn so am Laufen?

— Das heißt, wie läuft's denn so, Ma! Scheiße noch mal!

— Meine *muchachos* hier meinen, dass ich nicht richtig gut Englisch kann. Ich sage ihnen immer, ich bin eine Geschäftsfrau in Amerika und muss amerikanischer klingen, stimmt doch, oder? Ich muss immer am Ball bleiben.

— Respekt, Ma.

— Jedenfalls bist du – ja, dich meine ich. Du bist die Schlampe, die mir die Tour versaut hat.

— Das war keine Absicht. Ihr Junge ...

— Der Junge ist geschichtlich.

— Geschichte, Ma!

— Geschichte. Der Junge ist Geschichte. Wurde nachlässig. Ist immer dasselbe, wenn man einem von diesen kohlschwarzen Brüdern einen Auftrag gibt. Keine Disziplin, kein gar nix, die quatschen dich immer nur voll, bla bla bla blub-didub. Was hat er dir denn erzählt?

— Eigentlich nicht viel. Nur dass er vorhätte, einen Tisch voll Wetbacks ...

— Hüte deinen verdammten Mund, *putito*.

— Entschuldigung. Er hat gesagt, seine Jungs und er wollten in dem Club ein paar Kubaner auslöschen und hat mir geraten, mich aus dem Staub zu machen. Wir müssen verschwinden, hab ich zu meinem Kumpel Paco gesagt, und der meinte, er wollte einem Freund Bescheid sagen. Ich dachte, er meint irgendeinen Türsteher oder so und nicht ...

— Genug geredet. Deine Seite von der Geschichte ... nicht interessant. Weißt du, was interessant ist? Diese *maricones* waren davor sechs Monate lang nicht ein Mal alle auf einem Fleck gewesen. Sechs Monate, Gipsleiste.

— Kalkleiste, Ma, Gott noch mal ...

— Das reicht jetzt mit deinen Respektlosigkeiten am Tisch, sagte sie und zeigte auf den Jungen. Er hielt rasch den Mund.

— Zurück zu dir. Weißt du, was ich bin? Ich bin amerikanische Geschäftsfrau. Du hast mich gerade viel Geld gekostet. Viel, viel Geld. Und jetzt würde ich gerne wissen, was du dagegen unternehmen willst.

— Ich?

Ich biss in eine Maniokwurzel. Ich dachte mir, wenn das meine letzte Mahlzeit sein sollte, dann passt es irgendwie, dass es ein Frühstück ist. Der Ton des Fernsehers drang schließlich in den Raum, irgendetwas über einen zwölf Meter großen Gorillillillillillaaaa! Der

Mann war immer noch völlig in seine Zeitung vertieft. Ich hätte nie gedacht, dass in Miami irgendetwas passieren könnte, das interessant genug wäre, um sich hinzusetzen und etwas darüber zu lesen. Aber das war guter Maniok. Nicht dass ich schon jemals Maniok gegessen hätte, aber das Essen war selbst gekocht, also musste es gut sein, auch wenn das Essen von meiner Ma immer mies war.

Sie verpasste mir eine heftige Ohrfeige. Sagte irgendetwas von wegen, ich würde nicht aufpassen, aber von der verdammten Ohrfeige verging mir Hören und Sehen. Ich hatte die Hand schon in der Jacke, als mir einfiel, dass ich ja gar keine Pistole dabeihatte. Bevor mein verdammtes Gesicht anfing zu brennen, bevor Griselda ausholte, um mit einer heißen Bratpfanne voller Öl zuzuschlagen, bevor ich aufsprang und mein Stuhl umkippte, noch bevor ich sie einen Sohn einer dreckigen Wetback-Hure nennen konnte, hörte ich es klicken. Fünf, zehn, fünfzehn Mal auf einmal. Ich konnte mich gar nicht mehr erinnern, wann die Hawaiihemden in die Küche gekommen waren, aber da waren sie. Und der Mann im braunen Anzug. Und der Mann am Küchentisch. Und der ältere Junge, alle guckten sie mich mit demselben Stirnrunzeln an und hielten ihre Waffen auf mich gerichtet, Neun Millimeter, Glocks und sogar einen Revolver mit weißem Elfenbeingriff. Ich hob die Hände.

— Setz dich, sagte der Mann am Tisch.

— Ihr Leute lernt mal besser, dass man die Mamajama respektiert, sagte sie.

Das rosa Hawaiihemd gab ihr einen Manila-Umschlag. Sie riss ihn auf und zog ein Foto heraus. Griselda musste heftig kichern und fing an zu keuchen und zu zittern. Das Scheißbild musste sie enorm erheitert haben. Sie gab das Foto dem Mann am Tisch, der es sich mit derselben versteinerten Miene ansah, mit der er die Zeitung gelesen hatte. Er warf es in meine Richtung. Es drehte sich ein paarmal in der Luft, landete aber in fast perfekter Ausrichtung genau vor mir.

— Sieht aus, als würde el gator seine Beute lieber selbst erlegen, oder? Nächstes Mal verfüttere ich einen lebendigen Hurensohn an ihn und keinen toten, was?

Es war Baxter. Die Alligatoren hatten nicht gewusst, was sie mit seinem Kopf anfangen sollten. Nicht kotzen, nicht kotzen, wenn du immer wieder »nicht kotzen« vor dich hinsagst, musst du auch nicht kotzen.

— Warum musste Baxter denn beiseitegeschafft werden?

— Um ein Zeichen zu setzen. Wer Ohren hat, der höre, das hat die Schwester immer gesagt im, wie nennt ihr das, Konvent? Mhm. Baxter hat Scheiße gebaut und du auch. Aber meine Jungs haben sich ein bisschen umgehört, okay? Es heißt, du hättest in New York einen Job so sauber erledigt, dass sogar die Polizei Respekt hatte.

Ich hätte beinahe laut gelacht. Jeder wusste, dass ich schlampig war. Wie schlecht mussten die Jungs in Miami erst sein, wenn sie mich hier für einen echten Könner hielten?

— Ich sage dir, was du für mich tun sollst.

Ich muss stundenlang wie ein Stein geschlafen haben, als ich mich endlich hingehauen hatte. Merkte nicht einmal, dass jemand im Bett lag, bis:

— Nein, ich weiß nicht, was ich für dich tun soll.

Der Stricher von gestern Abend mit den fettigen Haaren. Gott, ich hoffe, ich habe diese Schwuchtel nicht mit nach Hause genommen und bin dann direkt unter ihm weggepennt. Aber er ist noch hier, also hat es ihm gefallen, oder er hat mein Portemonnaie nicht gefunden und will sein Geld. Oder vielleicht weiß er nicht, wo er sonst hinsoll. Das ist jedenfalls alles eine Riesenscheiße, ich liege nur im T-Shirt auf dem Boden, diese Kolumbianerin verfolgt mich mit ihren beschissenen Anweisungen bis in meine Träume, und ich kann mich nicht einmal an meinen Flug von Miami nach New York erinnern. Mal sehen, abends um sieben gelandet. Um neun im Chelsea eingecheckt (Wieso willst du denn ins Chelsea?, fragte mich das rosa Hawaiihemd. Ich fragte nicht, warum er die Ohren gespitzt hatte, als ich Chelsea sagte.) und mir um zwanzig nach elf im Meatpacking District diesen kleinen Stricher ausgeguckt, der enge Sporthosen und ein Ramones-T-Shirt trug wie einer, der es ernst meint.

— Hm? Was ist los?

— Du meintest, ich sollte was für dich erledigen. Falls du nicht extra bezahlst, muss ich jetzt los.

— Du musst los? Hast du Angst, die große Action am Pier zu verpassen?

— Am Pier? Bist du alt, Mann. Da fällt man doch durch die Planken und holt sich Tetanus oder so 'nen Scheiß. Außerdem geht da eh keiner mehr hin, seit dieser Scheißschwulenkrebs Aids heißt. Die haben sogar ein paar von den Saunaclubs zugemacht.

— Ach, wirklich? Gut, wie wäre es damit: Du ziehst die Hose aus, halt, halt, nicht so schnell. Erst mal nimmst du meinen Geldbeutel aus deiner beschissenen Arschtasche, denn aus dem Ding, das ich hier in der Hand halte, dem Ding, das ich gerade unter dem Bett herausgezogen habe, kommt nicht bloß ein kleines Fähnchen, auf dem »Peng« steht, wenn ich abdrücke.

— Gottogott, Daddy.

— Lass die Daddy-Scheiße. Braver Junge. Wenn du das nächste Mal einem die Brieftasche klauen willst, dann solltest du hinterher nicht dableiben und aufs Frühstück warten, du Vollidiot. So, und jetzt zu dem, was du für mich tun wirst.

Ich rollte mich auf den Rücken und hob die Beine. Hakte sie unter meinen Armen ein und öffnete mich wie eine verdammte Blüte.

— Und nimm besser einen ganzen Eimer Spucke.

Gut, ich hatte kein Dossier oder so etwas erwartet, aber sie erzählte mir so wenig über den Jamaikaner, dass er schon allein dadurch mysteriös wirkte. Als Erstes fragte ich, warum ich nicht einfach Baxters Auftrag übernehmen und die Sache zu Ende bringen könne, aber sie sagte, nein, das müsste ich mir zuerst verdienen. (Ja, mir fiel auf, dass sie »zuerst« sagte und damit andeutete, dass es einen zweiten und vielleicht einen dritten Auftrag geben würde und wer weiß wie viele noch.) Ich sollte einen Jamaikaner in New York ausradieren, und heute war die einmalige Gelegenheit dafür, ihr dramatischer Effekt, nicht meiner – Gott, ich bin so eine Schwuchtel. Sie beschrieb ihn nicht großartig, sagte nur, er sei schwarz wie die Nacht und wahrscheinlich bewaffnet. Der braune Anzug ergänzte noch seine Adresse und seine Arbeitsweise. 1980 war er eines Tages einfach aufgetaucht, zusammen mit einem Kubaner, der sich Doctor Love nannte. Griselda arbeitete nicht mit irgendwelchen Scheiß-Kubanern zusammen, sie wollte sie ja alle umbringen, also musste die Anweisung, mit dem Kubaner und dem Jamaikaner zusammenzuarbeiten, aus Medellín stammen. Er legt also einen Auftritt hin, als würde Miami schon ihm gehören, und will einen Deal machen, um Jamaika als besten Verbindungspunkt zwischen Kolumbien und Miami festzulegen, gerade jetzt, wo die verdammten Bahamaer die Verbindung kappen und sich ihr eigenes Zeug schießen. Griselda fand heraus, dass die Jamaikaner auch mit dem Cali-Kartell gemeinsame Sache machten, und das war eine Riesenscheiße. Aber Medellín hatte mit den Jamaikanern kein Problem und zollte sogar deren Befehlsstruktur Respekt. Sie musste mit ihnen arbeiten; es gefiel ihr nicht, aber sie konnte sich nicht weigern. Allein an ihrem Tonfall merkte man schon, dass es ihr nicht schmeckte, wie diese Posse sie in die Zange nahm, wie sie die Lieferungen von Kolumbien an die USA kontrollierten und hinter den Jungs her waren, die auf der Straße Crack-Päckchen verkauften. Er sagte, der Jamaikaner sei von der CIA ausgebildet worden, was wahrscheinlich Quatsch war, aber ich musste trotzdem auf der Hut sein.

Jedenfalls ist er jetzt in New York, und jemand will, dass er verschwindet. Sie sagte nicht, wer, machte aber klar, dass sie es nicht selbst war. Ich bin nur die Nachrichtenbotin, sagte sie. Mir war es ehrlich gesagt egal, es hat mich nie interessiert, warum irgendjemand irgendjemand anderen aus dem Weg haben will, solange er bereit ist, dafür zu bezahlen. Komisch war nur, dass ich selbst nachdem sie mir den Auftrag gegeben hatte, noch dableiben und mit ihr reden sollte. Sie warf alle anderen raus. Sie sprach weiter über ihn. Erzählte, sie habe gehört, er habe keinen Sinn für Humor, wisse nie, wann man ihn auf die Schippe nehme und wann man es ernst meine, weshalb er einmal einen Typen erschossen habe, der gesagt habe, seine dicken Lippen seien wie gemacht, um ihm den Schwanz zu lutschen. Ich weiß nicht, Gipsleiste, meinst du, die Jamaikaner können über die

Jeffersons lachen? Über *Herzbube mit zwei Damen?* Ich sage dir, dieser Mann hat noch nie über irgendwas gelacht.

So oder so wollte ihn jemand tot sehen, und es hatte keine geschäftlichen Hintergründe, weil man mit ihm gut Geschäfte machen konnte. Dieser Auftrag kam von weiter oben. Und je weiter oben, desto weniger nachvollziehbar die Gründe. Griselda hörte auf zu sprechen, ihre Unterlippe zitterte, ihr Gesicht öffnete sich, um einen Satz herauszulassen, hielt ihn aber zurück, bevor sie ihn aussprechen konnte. Irgendetwas schmeckte ihr nicht, etwas, worüber sie reden wollte, es aber nicht konnte. Es lag nicht in ihrer Hand. Dass ein paar Geister aus Jamaika kamen, um diesen Kerl in New York zu holen. Wer auch immer ihn tot sehen wollte, interessierte sich nicht dafür, wie es passierte, aber ich hatte nur einen Tag, einen Abend Zeit – heute Abend, um genau zu sein. Am besten erledigt man jemanden zu Hause, wo er sich sicher fühlt. Sie sagte, er werde wahrscheinlich bis spätabends zu Hause sein. Im Haus werde es vermutlich von Gangstern wimmeln, darum solle ich die Sache nach Scharfschützenart erledigen.

Nun ja, ich wollte einfach nur rein, ihn wegpusten und abhauen. Dieser Stricher wurde langsam unruhig; er starrte immer noch auf meine Brieftasche und schaute immer wieder zu meinem Kissen hinüber. Ich hatte die Pistole zurückgelegt, und jetzt wusste ich nicht, was der Wichser vorhatte.

— Fickst du mich jetzt, oder was?

Josey Wales

Ich sehe meiner Frau beim Packen meiner Adidas-Tasche zu, als das Telefon klingelt. Ich will eigentlich nicht rangehen, aber sie starrt mich mit ihrem Ich-bin-nicht-dein-Dienstmädchen-Blick an.

— Hallo?

— Brethren, ich hoffe, du hast mindestens drei Brotfrüchte, zehn Sprotten und 'nen Eimer Erbsenreis im Gepäck, okay?

— Eubie. Wie geht's denn so, Brethren?

— Geht so. Aber man darf sich nicht aus der Ruhe bringen lassen, oder?

— Und ob, Mann, manchmal musst du an 'ner Sache dranbleiben, damit sie funktioniert. Und wenn sie nicht mehr funktioniert, dann weg damit.

— Jau, das sage ich auch immer. Wie geht's dem Brethren?

— Cool, Mann, cool.

— Pass auf, okay. Ich weiß, 'n Mann wie du nimmt nicht gern den Flieger. Hast du Pass und Visum? Das Ding ist nämlich keine Busfahrt, Kumpel, weißt du.

— Eubie, alles bestens.

— Klasse. Bist du denn vorher schon mal in New York gewesen, Josey?

— Nein, Star, nur in Miami. Ein Geschäftsmann hat keine Zeit für Urlaub, Kumpel.

— Wie wahr, wie wahr. Wie geht's der Gattin?

— Der würde es gefallen, wenn sie hört, dass du sie Gattin nennst. Diese verfluchte Frau ist jetzt seit Monaten hinter mir her, wann wir endlich heiraten wie anständige Leute aus Uptown, und warum wir so gewöhnlich und getto sein müssen. Hast du mit ihr gesprochen?

— Haha, nee, Star. Aber Brethren, in der Bibel steht, dass ein Mann, der eine Frau findet, eine gute Sache gefunden hat.

— Bezeichnest du meine Frau als Sache, Eubie?

— Ich? Nein. Die Bibel? Das musst du mit Gott klären. Obwohl du die Bibel nicht wörtlich nehmen solltest. Du ver...

— Ich verstehe, Eubie. Ich muss nicht auf der Columbia gewesen sein, um das zu verstehen.

— Aua ha! Egal, ich lebe jetzt seit fast zehn Jahren in New York und selbst ich verstehe es immer noch nicht. Ich bin gespannt, was du davon hältst. *New York, just like I pictured it, skyscrapers and everything ...*

— Wer sagt das, die Jeffersons?

— Das ist von Stevie Wonder, mein Bester. Selbst ihr Jamaikaner müsst doch wissen, dass der Brethren mehr gemacht hat als nur »Master Blaster«, oder?

Wir reden jetzt seit zwei Minuten, und das ist schon das zweite Mal, dass Eubie versucht, mich als ahnungslosen Dummkopf hinzustellen.

— Ihr Jamaikaner? Bist du nicht erst letzte Woche in New York vom Schiff gesprungen, weil es nicht anhalten wollte?

— Hahaha, der war gut, Josey Wales, der war gut.

Meine Frau hat mir grad so einen Mit-wem-zum-R'Asscloth-redest-du-da-Blick rübergeschickt. Sie weiß, was ich von Eubie halte, auch wenn sie ihn noch nie gesehen hat. Das Ding mit Eubie ist, dass er im Gegensatz zu allen andern hier in West Kingston nicht im Getto groß geworden ist. Er war schon fertig ausgebildet, bevor ich ihn überhaupt kennengelernt hab. Er hatte die Bronx und Queens mit Medellín klargemacht, bevor ich überhaupt daran gedacht hab, Miami diesem Pussyhole Griselda Blanco zu überlassen, die ihre Deals ja sowieso lieber mit den Typen von den Bahamas macht. Und er hat schon '77 einige der besten Brüder aus Copenhagen City rekrutiert. Das Komische ist, dass ich mich kaum an ihn erinnern kann. Er war nicht aus Balaclava oder Country oder Gaza, sondern aus einem guten Haus mit zwei guten Autos vor der Tür, und eine gute Ausbildung gab's noch obendrauf. Das hab ich bei dem einen Mal, als er zu Besuch kam, sofort erkannt. Er guckte alle an, als wäre er im Zoo, schwitzte direkt seinen Seidenanzug durch, holte aber kein Taschentuch aus der Tasche, um sich den Schweiß aus dem Gesicht zu wischen. Viele Männer sind in diesem Geschäft, um ihren Platz zu finden und sich durchzuschlagen, bis sie die große Kohle machen. Aber ich weiß nicht. Wenn ich er wäre und von da käme, wo er herkommt, hätte ich um das alles hier einen großen Bogen gemacht. Eubie ist der einzige Mann, den ich kenne, der dieses Spiel wirklich nur spielt, weil er Bock drauf hat. Ich glaube sogar, dass es für ihn dasselbe ist wie für einige dieser Jungs, einer frischen Möse nach der anderen hinterherzujagen. Ein Mann mit großen Ambitionen und geringem Risiko. Ein Mann, der sich in nur zwei Minuten zum Mann von Welt aufgeschwungen hat, und gleichzeitig trägt er immer noch brav dieses weiße Taschentuch, weil in Amerika niemand weiß, was es bedeutet: Dieser Mann fürchtet Obeah mehr als manch anderer den Teufel.

—Na, Eubie, konntest du's einfach nicht mehr abwarten, meine Stimme zu hören, obwohl du mich bald siehst, oder willst du noch irgendwas von mir?

—Hey, du bist clever, Josey. Hat dir das schon mal einer gesagt?

—Meine Mutter.

—Ha, na ja, ja, ich wollte tatsächlich noch was sagen. Etwas, das mich ... Na ja, jedenfalls, in der Sekunde, wo du sagst, das geht mich nichts an, werde ich sofort meine Klappe zu der ganzen Angelegenheit halten.

—Was für eine Angelegenheit, Brethren?

—Na ja, ich hab versucht, mit deinem Brethren Weeper wegen dieser Sache Kontakt aufzunehmen, aber ich konnte ihn nicht erreichen und ...

—Was für eine Sache?

—Also hat Weeper dich nicht angerufen? Ich hab gedacht, du würdest mir jetzt erzählen, dass die Sache schon längst erledigt ist. Es ist nur, wenn du da draußen in der Bronx bist und du hörst von einer

Sache in Brooklyn, dann denkst du, das geht mich ja nichts an, das ist Weepers Angelegenheit. Aber wie ich sage, ich ruf bei ihm zu Hause an, die Nummer, die du mir mal gegeben hast, aber da geht kein Weeper ran. Hat er seine Nummer geändert?

— Was für eine Sache?

Eubie sagt nichts. Er hat mit Sicherheit keine Angst vor mir, Nervosität kann es also nicht sein. Er lässt sich Zeit, zögert es hinaus. Er will mir beibringen, dass er etwas hat, das ich haben will, auch wenn ich das nicht glaube.

— Na ja, wenn diese Sachen passieren, muss das nichts bedeuten. Manchmal hüpfen diese Baseheads eben von Viertel zu Viertel, um so viel Rock klarzumachen, wie sie bekommen können, stimmt's? Ich mein, das ist ganz normal. Aber wenn sechs auf einmal den ganzen Weg aus Brooklyn in die Bronx kommen, dann muss irgendwas im Busch sein.

— Du willst damit sagen, du hattest heute sechs Kunden aus Brooklyn? Vielleicht wussten die nicht, wo sie in Brooklyn hingehen müssen.

— Wo kommst du denn her, Josey Wales? Ein Crackhead, der seine Dröhnung braucht, der weiß schon, wohin er gehen muss, glaub mir. Der kann es sich nicht leisten, dafür durch die halbe Stadt zu gondeln. Die Nähe zum Kunden ist geschäftsentscheidend, mein Brethren, aber natürlich erzähl ich dir nur, was du sowieso schon weißt. Jedenfalls hat sich einer von meinen Jungs einen von den Baseheads gegriffen und ihn gefragt, was er denn hier ganz in Queens macht, und der sagt, er konnte in Bushwick nichts mehr kaufen?

— Was ist denn in Bushwick los?

— Ist Weeper nicht für Bushwick zuständig?

— Was ist in Bushwick passiert, Brethren?

— Der Mann sagt, dass zwei Dealer plötzlich doppelt so viel verlangen wie normalerweise, einfach so. Ich weiß, du weißt, dass wir genau hier ein Loyalitätsding aufbauen und immer nach neuen Kunden Ausschau halten, aber da ich mich nicht erinnere, dass du irgendwann mal von Preiserhöhung gesprochen hast, fand ich das etwas überraschend, wie der Preis in Brooklyn hochgeschnellt ist. Ich meine, das macht doch keinen Sinn, gerade wegen der festen Preise haben wir doch nicht allzu viel Bewegung zwischen den Vierteln, oder?

— Hmmm.

— Und noch was, junger Mann. Scheint so, als wären ein paar der Dealer selber User. Keine Ahnung, ob das in Miami so läuft, aber hier ist das immer, immer schlecht fürs Geschäft. Einer von diesen Baseheads hat gesagt, dass er deinen Dealer nicht finden konnte, und deswegen ist er ins Crackhouse, weil er dachte, jemand würde ihm schon einen zum Durchziehen geben, und da sieht er dann diese beiden zugedröhnten Dealer. Alle beide! R'Asscloth, wie können deine zwei Dealer im Crackhouse sein, wenn draußen ne Schlange von Leuten steht, die nach Base jiepern? Und wie zum Henker kannst du einem Crackhead anvertrauen, solche Geschäfte abzuwickeln? Und wo bekommen sie es her, wenn sie sich nicht aus deinen eigenen Beständen bedienen?

— Josey?

— Yeah, ich bin noch dran.

— Hey, mein Brethren, ich erzähl es nur so, wie ich es gesehn hab. Und wenn ein Mann das Viertel wechseln muss, bloß um zwei oder drei Päckchen zu kriegen, klingt das nach einem Problem. Lass dir von mir sagen, in der Bronx habe ich den Laden fest im Griff, sogar schon damals, als ich nur ein bisschen Gras vertickt hab. Damals, 1979, habe ich das Ding gestartet, wie man jedes Geschäft starten würde, besser als jeden Laden, denn ich weiß ja aus Zeiten, als der Teufel noch ein kleiner Junge war, dass du nicht expandieren kannst, wenn das Fundament nicht stabil ist. Schlamperei gibt's bei mir nicht. Umso schlimmer, wenn es mein Bruder ist. Weißt du, was ich dem letzten Typen, der was verbockt hat, gesagt habe? Junger Mann, pass auf, was ich für dich tun werde. Du darfst dir aussuchen, welches Auge du verlieren möchtest, das rechte oder das linke. Falls an deinem Wagen ein Rad locker ist, wird es demnächst abfallen, und alle sterben. Und was für die Bronx gilt, gilt genauso für Queens.

Ich kann immer noch nicht glauben, dass er mich gerade junger Mann genannt hat.

— Wer hat sie angeheuert, du oder Weeper? Ich meine, Weeper hätte das kommen sehen und ganz flott beenden müssen, wobei, Weeper … Na ja, du musst ja wissen, was du tust.

— Yeah.

— Aber ich sag dir, das letzte Mal, als einer meiner Männer anfing zu usen, musste ich den Bredda ziemlich zügig aus dem Weg räumen. Weil das Ding ist ja, Josey, Kokain ist nicht wie Crack. Cokeheads haben zumindest noch Klasse, und selbst wenn sie keine Klasse hätten, haben sie zumindest Geld. Lässt sich immer noch alles wie unter Gentlemen regeln. Aber Crack? Der Typ würde dir für einen guten Trip den Schwanz lutschen, der würde seinem eigenen Baby das Herz rausschneiden, um high zu werden. Du kannst so einen Penner doch nicht deinen Stoff verkaufen lassen? Nein, junger Mann. Keine Chance. Aber du und Weeper, ihr kennt euch schon seit Ewigkeiten, oder?

— So ewig nun auch wieder nicht.

— Oh. Na ja, ich weiß nicht. Na ja, wie gesagt, ich dachte, du solltest das mit Weeper wissen. Zumindest solltest du mal nachsehen, was da in diesem Haus in Bushwick los ist. Ich geh in jede Situation mit einer Spritze und einer Pistole rein. Manche Dinge heilt man, und manche knallt man ab. Wenn du willst, dass ich in Bed-Stuy, Bushwick, oder wo es sonst gerade brennt, mal aufräume, brauchst du es nur zu sagen. Ich werd zwar noch ein paar Mann Unterstützung brauchen, aber ich kann trotzdem …

— Eubie, ich hab dir doch schon gesagt, dass ich den Laden dichtmache. Du kümmerst dich um das, womit du dich auskennst. Ich ruf dich jedenfalls an, wenn ich da bin.

— Wah? Oh yeah, sicher. Ruf mich an.

Ich lege auf. Meine Frau sieht mich immer noch an. Ich ruf bei Weeper an, und es klingelt und klingelt, aber keiner geht ran. Ich weiß, dass sie mich beobachtet, denn sie merkt, dass ich wütend werde. Ich hör sie schon sagen, jetzt komm bloß nicht auf die Idee, diese Dinge vor dem einen unschuldigen Kind auszubreiten, das ihr noch geblieben ist.

Ich guck sie an, sie guckt mich an.

— Alles cool, Mann, hör auf so zu gucken, sag ich.

Weeper

— Willst du da rangehn?

— Nein.

— Musst du nicht irgendeinen Kumpel vom Flughafen abholen?

— Hab ich dir davon erzählt? Das ist erst später.

— Stell wenigstens die Klingel aus. Das ist das Ding in ...

— Ich weiß, wo ich die verdammte Klingel finde. Wo ist das K-Y?

— Keine Ahnung, irgendwo hier im Bett.

— Wo?

— Ich hab gesagt, keine Ahnung. Vielleicht liegst du ja drauf. Oder es ist unter dem Kissen, auf dem du da liegst. Weißt du was? Dreh dich mal um. Ich bleibe natürlich dabei, dass ich echt nicht weiß, was an Spucke so schlimm sein soll. Jamaikaner haben ja wohl voll das komische Verhältnis zu Speichel.

— Was'n das für 'ne Bemerkung? Du spuckst auf 'nen Mann, und das ist ein Zeichen für Respektlosigkeit.

— Ist doch nur Wasser. Ich mein, würdest du mir auf den Arsch spucken und ihn dann lecken?

— Pfui. Nein.

— Wegen dem Arsch oder wegen der Spucke? Dir ist schon klar, dass du beim Arschlecken sowieso deine eigene Spucke leckst.

— Wie kannst du deine eigene Spucke wieder auflecken? Sobald die aus deinem Mund ist, ist die weg, die soll da nicht wieder rein.

— Haha. Dreh dich um.

— Was?

— Du hast mich gehört. Dreh dich um.

—Ich mag es so lieber. Da spür ich dich tiefer.

—Tiefer am Arsch, du willst mich bloß nicht dabei ansehen.

Nachmittag im Zimmer. Ich drehe mich um. Das Bett ist zu weich, und ich versinke, und er ist auf mir und drückt mich runter in die Laken. Versinken. Er sagt, gehemmt, ich weiß nicht, was er meint, aber er sagt es mit einem Lächeln. Sieht mich an und schaut nicht weg. Heute ist ein Dienstag, ein gelblicher Tag. Er sieht mich immer noch an – sind meine Lippen trocken? Schielt ein Auge? Er denkt wohl, ich werde als Erstes wegsehen, aber ich werde nicht wegsehen, und ich werde nicht mal blinzeln.

—Du bist schön.

—Halt dich mit so was nicht auf.

—Ich sag dir, nicht vielen Männern steht eine Brille.

—Bist du bald fertig mit dem Mist? Ein Mann erzählt einem Mann nicht solche Sachen, das ist so ...

—Battyboy-Zeug? Ich weiß, ich hab dich auch die letzten sieben Male schon gehört. Die Puerto Ricaner würden dir gefallen, ich schwör's dir. Die glauben auch nicht, dass ein Arschfick oder sich einen blasen lassen sie gleich zu Schwulen macht. Nur wenn du gefickt wirst, bist du eine verdammte Schwuchtel.

—Du nennst den Brethren eine bombocloth Schwuchtel?

—Oh nein, du bist doch verrückt nach Mösen.

—Ich mag Mösen.

—Junge, ficken wir, oder muss ich den Harry Hamlin zu deinem Michael Ontkean geben?

—R'Asscloth, was redest du da?

—Willst du wissen, wie oft ich in nur zwei Jahren genau diese Diskussion hatte? Es ist langweilig, Mann, und ich bin die Schwanzlutscher auf dem heimlichen Trip echt leid. Vor allem euch schwarze Jungs. Ich will es einfach nur tun.

Ich presse meine Lippen zusammen. Ich erwarte ihn. Aber er leckt schon meinen rechten Nippel und gleich darauf den linken, härter, als wolle er ihn abreißen. Es fängt an wehzutun und ich will schon sagen, was zum Teufel, doch dann leckt er ihn. Er schnippt mit der Zunge darüber, Schnippen und Lecken. Ich zittere. Ich will ihn bitten, dass er den rechten leckt, einfach nur, damit das Zittern aufhört. Ich fühle einen Ring aus warmer Spucke an meinem Nippel, jetzt bläst er ihn kühl und trocken. Er muss aufhören, mich zur Frau zu machen. Den Fick mein ich nicht, sondern dieses Nippelblasen.

—Herrgott noch mal, lass es einfach raus, du Wichser. Wenn du noch länger hier herummurmelst, erstickst du noch.

—Was?

—Du kannst nicht cool wie Scheiße sein und gleichzeitig deinen eigenen verdammten Körper genießen, also entscheide dich für eins von den beiden. Vielleicht sollte ich gehen. Ruf mich an, wenn du es weisst.

—NEIN. Ich meinte, nein.

Er ist wieder in meinem Mund, bevor ich sagen kann, böse Männer küssen nicht. Saugt an meiner Zunge, bewegt seine Lippen über meine Lippen, Zunge an Zunge, tanzt mit ihr und macht, dass ich es erwidere. Er macht, dass ich wie ein Schwuler denke.

—Aaah, guck dich an. Du hast grad gekichert wie ein Schulmädchen. Vielleicht gibt's für dich noch Hoffnung.

Lippe auf Lippe, Lippe seitlich gedreht, um mir in den Mund zu lecken, Zunge auf Zunge, unter Zunge, Lippen saugen an meiner Zunge und ich öffne ein Auge und sehe, dass seine Augen fest geschlossen sind. Das Stöhnen da gerade, das war er, nicht ich. Ich fasse hoch und drücke seine Nippel, aber nicht zu fest, ich kann Lust von Schmerz noch immer nicht gut unterscheiden. Aber er stöhnt, und jetzt fährt er mit der Zunge meine Brust runter zu meinen Nippeln und meinem Nabel, und hinterlässt eine nasse Spur, die sich kalt anfühlt, obwohl seine Zunge warm ist. Spioniert New York mir hinterher, sieht es, wie ich das hier tue? Ich sehe was, was du nicht siehst, wenn das mal nicht ein B A T T Y ist. Das Fenster ist von außen fünf Stockwerke hoch, aber trotzdem. Zu hoch für den Fensterputzer oder Tauben oder wer auch immer an der Mauer hochklettert, obwohl niemand hier irgendeine Mauer hochklettert. Niemand kann was sehen, bloß der Himmel. Aber Air Jamaica fliegt direkt hier rüber, und vielleicht sieht Josey mich. Wie der Mann meinen Nabel mit der Zunge kitzelt und ich seinen Kopf halte. Er schaut kurz hoch und lächelt, und die Haare gleiten durch meine Finger, so dünn, so weich so braun. Haare, die dich wie einen Weißen klingen lassen, wenn du sie beschreibst.

— Komm her, du Ficker.

Ich will sagen, ich bin doch hier, aber er hat meinen Schwanz verschluckt, und ich mache ein ganz anderes Geräusch. Irgendwas mit Vorhaut sagt er gerade, schiebt sie zurück, schaut meine Schwanzspitze an und taucht wieder ab und auf sie zu, und dann katapultiert es mich in die Höhe. *Ihr unbeschnittenen Typen seid richtig empfindlich, he?* Er leckt und saugt nur die Eichel, schluckt ihn dann ganz rein, bis er auf mein Schamhaar stößt. Auf und ab, fickt ihn, und ich fühl seine Lippen und seine Zunge und seine Kehle und die Nässe und die Wärme und das Vakuum vom Ansaugen und Wiederrauslassen und ansaugen und rauslassen und ansaugen und wieder rauslassen und ich kann nicht aufhören, mich in seine Schulter zu krallen, jedes Mal, wenn er die Vorhaut zurückzieht. Und wie es aussieht. Wie Weiß auf Schwarz niederstößt, und wieder hochkommt, weiß niederstößt und wieder hoch, mit einem kreisenden Schlecken der pinken Zunge. Beim dritten Mal pack ich seine Schulter und halt sie fest. Schließlich hört er auf. Aber dann umfasst er meine Fußgelenke und drückt meinen Arsch hoch, und seine Zunge fickt mich. Ich denke nicht daran, dass ich das nicht so gerne mag, denke nicht daran, dass es sich einfach nur anfühlt, als hätte ich was Feuchtes im Arschloch. Er lässt meine Beine in der Luft hängen, rollt sich vom Bett und nimmt ein Kondom. Ich schnall immer noch nicht, was mit oder ohne für einen Unterschied macht. Ich weiß, dass wir im fünften Stock sind, aber was, wenn genau jetzt irgendjemand am Fenster vorbeikommt und mein Bein in der Luft sieht? Diesmal wird es passieren. Ich ficke wohl nicht genug, um nicht jedes Mal zu denken, dass es wirklich passieren wird. Ich ficke noch nicht genug, um nicht zu denken, dass da noch ein steifer Schwanz im Zimmer ist, und dass das nicht meiner ist. Und ich will ihn einfach nur packen und drücken, und dran ziehen, und ihn vielleicht eines Tages lecken. Und dann fingert er da jetzt

Gleitmittel in mein Arschloch, und ausnahmsweise mal denke ich nicht »Knastfick«, obwohl, wenn ich denke, dass ich nicht an einen Knastfick denke, denke ich natürlich doch an einen Knastfick, und er reibt das Zeug wirklich gut in mein Arschloch und fickt mich mit dem Finger, und er kommt an irgendwas dran, das mich wie elektrisiert zucken lässt, und nein, ich überleg nicht, ob sich Frauen so fühlen, wenn ich ihren Punkt treffe, weil scheiß auf Frauen und scheiß auf Mösen und scheiß auf den Versuch, den Schwulen rauszuficken, zumindest genau hier, genau jetzt, im fünften Stock. Und scheiß auf die Grübelei, was das nun bedeutet, dass der weiße Mann oben ist, weil ich nicht mehr an den weißen Mann oben denke, bis mir einfällt, dass wir hier in Amerika sind, und wenn ich wie ein Nigger denke, dann bedeutet es etwas, dass der Weiße oben ist, und vielleicht sollte ich nach oben gehen, da kann er ja immer noch in mich rein. Gottseidank bin ich nicht derjenige, der den Steifen haben muss.

Wieder Telefonklingeln.

— Lässt du mich irgendwann doch mal rein, Süßer?

— Was? Oh.

— Wieso bist du denn so verkrampft? Ich muss schon sagen, Süßerchen, dieses ganze Ding mit den angeblich so relaxten Jamaikanern kommt mir doch irgendwie immer mehr wie 'n Mythos vor. Ich mein ja nur.

— Ich bin nicht verkrampft.

— Baby, ich könnte höchstwahrscheinlich nur an meinem Daumen in deinem Arsch kopfüber von der Decke hängen.

— Haha.

— Aha, dann ist der Trick also, dich zum Lachen zu bringen. Oder dich im Dunkeln zu vögeln. Da kam's mir nicht so vor, als hättest du ein Problem damit.

— In jedem Film, den ich je gesehen hab, ficken die im Dunkeln. Sogar im Fernsehen.

— Und wann ist dir aufgegangen, dass nicht jeder Mann in Amerika aussieht wie Bobby Ewing?

— Ich mag die Dunkelheit.

— Heiliger Themenwechsel, Batman.

— Du hast das Thema gewechselt, nicht ich.

— Du weißt doch, der Einzige, der dich durch das Fenster da sehen kann, ist Superman. Das kannst du mir jetzt glauben oder nicht. Ich geh mal pissen, bin sofort zurück.

Ich musste mir schnell die Hand auf den Mund schlagen, damit mir nicht rausrutschte, Beeil dich. Ich kann immer noch nicht aufhören mir vorzustellen, dass Josey plötzlich da draußen vorm Fenster hochgepoppt kommen könnte wie Kilroy. Und weißt du was, werd ich sagen, das hier ist Amerika, und ich kann tun, was ich will, also scheiß drauf, was irgendeiner von euch für eine Meinung dazu hat, oder auch, wie die Amerikaner es sagen würden, leck mich am Arsch. Die Lower East Side ist komplett unter Kontrolle, und ich regel das Geschäft in Bed-Stuy selbst, und den Idioten Eubie musste ich dafür gar nicht anrufen, und wenn er nicht aufpasst, dann übernehm ich bald auch die Bronx. Eigentlich will ich die Bronx und die verdammten Schwarzen nicht haben, ich hab Weiße in Manhattan, die dreimal so viel bezahlen. Und wenn dieses Flugzeug heute Abend endlich landet, dann wird er sehen, dass Weeper New York im Griff hat und dass ich alles, was getan werden muss, einwandfrei erledige, also lass mich verdammt noch mal in Ruhe und komm nicht zu mir nach Haus und guck nicht unter das Laken, aber wenn doch, dann sag nichts. Was muss ein Mann denn noch alles machen?

Schwere Zeiten. Das ist alles. Es sind gerade schwere Zeiten.

Er kommt aus dem Bad, mit steifem, nach links gebogenem Schwanz, das Gummi schon drauf. Genau an der Stelle, wo sonst die Unterhose ist, haben weiße Männer hellere Haut. Und bei ihm ist um den Schwanz und die Eier herum ein Feuerbusch. Ich frag mich, ob Männer zärtlich sein dürfen. Es ist das Zärtliche, was diese Nummer irgendwie schwul macht. Sonst fühlt sich das nie so an. Nicht im Mineshaft, Eagle's Nest, Spike, New David's Theater, Adonis Theater, West World, Bijou 82, The Jewel, Christopher Street Bookstore, Jay's Hangout, Hellfire Club, Les Hommes, Ann Street Bookstore, Ramrod oder Badlands und nicht im Ramble, nicht bei dem Geschäftsmann, der zurück zu seiner Frau nach Hause geht, oder dem Radsportler oder dem langhaarigen Hippiestudenten, oder dem *guapo* und dem *muchacho* und dem *mariconcito,* und dem Kirchenjungen und den Castro Street Clones, bei denen sich die vollen zwanzig Zentimeter in den Jeans abzeichnen, oder diesen anderen, die sie Preppys nennen, oder bei den weißhaarigen Männern, die ihren Hund ausführen, oder den Männern, die aussehen wie ganz normale Männer, die ganz normale Sachen machen und sonst nichts. Manche gehen gleich von hinten ran, wenn ich meine Shorts runterziehe, manche nehmen mich mit nach Hause, wenn sie White Wife da haben, obwohl in Amerika niemand weiß, was ich damit meine, also sage ich einfach nur weißes Gold oder Schnee oder Marschierpulver oder Charlie oder einfach nur beschissenes Kokain. Ein Dealer kann sich seinen Vorrat für den Eigenkonsum abzweigen. Zu Hause oder im Park, ich zieh die Shorts runter und sie spucken oder nehmen Gleitmittel und ficken und ich warte, bis sie zittern, und manchmal warten sie, dass ich zuerst abspritze, und dann holen sie sich einen über meinem Hintern runter. Aber es fühlt sich einfach an wie ein Mann, der sich einen Mann greift, um ein Mann zu sein. Im Bett und so weich, fühlen wir uns an wie zwei Schwule. Wir reden wie zwei Schwule. Na und? Dann müssen wir wohl schwul sein.

— Hast du vor, jetzt den ganzen Tag da im Stehen vor dich hin zu wichsen?, frage ich.

Genau da klingelt das Telefon. Er guckt rüber, dann guckt er mich an und sieht, dass ich es nicht angucke. Er will was sagen, aber er tut es nicht. Das Telefon klingelt weiter. Ich warte, dass es aufhört und er ins Bett zurückkommt und sich meine Fußgelenke greift. Das Klingeln hört auf und er hat meine beiden Beine in der Luft. Ich warte darauf, dass das Telefon wieder losklingelt, denn wenn es wirklich wichtig wäre, würden sie noch mal anrufen. Er reibt mein Arschloch mit Gleitcreme ein. Kein Telefonklingeln. Er reibt seinen Schwanz mit Gleitcreme ein. Kein Telefonklingeln. Ich erwarte schon fast, ihn gleich sagen zu hören, los geht's, und obwohl er das nicht tut, kicher ich trotzdem, wie so 'n Mädchen. Er lächelt, sieht mich freiheraus an und schiebt sich direkt rein, nicht schnell, nicht langsam, aber ohne Zögern und ohne Unterbrechung, und die eine Sekunde Schmerz verschwindet einfach so, als er den gebogenen Schwanz ganz reinschiebt und dann losrammelt.

Als ich zum Pissen im Bad bin, klingelt das scheiß Telefon wieder.

— Hallo?

Scheiße. Der Mann im Bett ist rangegangen.

— Hallo? Wie war das gerade, hallo? Sekunde. Ich glaub, das ist für dich.

Fünf Sekunden, bevor ich den Hörer habe.

— Hallo?

— Wer zum Teufel war das?

— Wer? Wovon redest du?

— Was meinst du, wovon ich rede? War das ein Duppy, der da grad ans Telefon gegangen ist?

— Nein, Eubie.

— Wer dann?

— Ist mein Brethren auf dem Gang hier, er ist rübergekommen, weil er bei mir Musik gehört hat, kennst du ... Phil Collins?

— Und du lässt den an dein Geschäftstelefon?

— Jetzt warte mal, Eubie. Ich lass ihn nie an irgendwas rangehen. Ich komm grad von der Toilette und sehe, dass er schon abgenommen hat. Also, was läuft, junger Mann? Was geht ab?

— Red nicht in diesem Ami-Jargon mit mir.

— Und red du nicht mit mir, als wenn ich dein Kind wär. Ist irgendwas passiert?

— Da kannst du deinen Arsch drauf verwetten, dass was passiert ist. Ich probier's jetzt schon zum dritten Mal bei dir, Brethren.

— Jetzt hast du mich ja dran.

— Haben tu ich definitiv was.

— Was zum Teufel soll das denn heißen?

— Egal, Planänderung. Ich hole Josey ab, nicht du, und ...

— Hau ab! Josey würde mir erzählen, wenn er seine Pläne ändert.

— Dann komm zum Flughafen, und guck zu, wie ich ihn abhole, wenn du meinst. Je mehr, desto lustiger, sag ich immer. Noch was. Josey will nicht wieder ins East Village, er will sehen, wie es in Bushwick so läuft.

— Bushwick? Gibt's Irgend'nen Grund, wieso er plötzlich nach Bushwick will?

— Gibt's irgend'nen Grund, wieso du mich plötzlich für einen Wahrsager hältst? Wenn du 'n Problem mit Josey hast, rede mit Josey.

— Ich wollte ihn erst mal mit zu Miss Queenie's nehmen. Das beste jamaikanische Essen in New York City, direkt in Flatbush, Brooklyn.

— Weeper. Sorry, aber sieht Josey Wales so aus, als würde er aus Jamaika, wo er die ganze Zeit jamaikanisches Essen haben kann, hier hochgeflogen kommen, um irgendwelche nachgemachte Scheiße zu sich zu nehmen? Bist du so ein Idiot, oder tust du nur so?

— Hey, wen nennst du da einen …

— Ich hol ihn um halb zehn ab. Wir treffen uns in Bushwick.

Dorcas Palmer

Vielleicht wissen manche Leute etwas, das ich nicht weiß, aber ich bin noch nie einem Mann begegnet, der gesagt hat »ich bin bloß neugierig« und keine Hintergedanken hatte. *Lebst du allein? Ich bin bloß neugierig,* ja, das war der Beginn eines fabelhaften Abends. Zugegeben, es war idiotisch, ihn überhaupt mit zu mir nach Hause zu nehmen. Warum? Weil ich, nachdem ich jenen Mann in diesem lauten jamaikanischen Club angemacht habe, weil er nicht jamaikanisch aussah, besagten Mann abgeschleppt und ihm auf dem Parkplatz Grund gegeben hatte, weiter zu gehen, nicht zu ihm wollte, denn was für ein Flittchen macht so was, hätte die Direktorin der Immaculate Conception High School gesagt. Ich habe den Mann also mit nach Hause genommen, wo ihm sofort sieben neue Hände gewachsen sind, eine an meinem Hals, eine wühlte schon in meinem Slip, weil er wohl dachte, dass eine Klitoris so leicht zu finden wäre wie ein steifer Schwanz. Komisch, wie eine Bierfahne nur in einer Bar sexy riecht. Ich sagte, ich hätte es mir anders überlegt, und er packte mich am Hals und fing an zuzudrücken. Ich krallte mich in seine Hände, doch er hat nur noch fester gedrückt und gesagt, wir werden doch keine Probleme bekommen, oder? Ich sagte, nein, Baby, ich will bloß ins Schlafzimmer gehen und mir was Bequemeres anziehen. Wie im Kino, weißt du.

— Und wo ist dann die Bar, damit ich mir einen Drink mixen kann.

— Dafür wirst du keine Zeit haben, Süßer.

Ich gehe also ins Bad, wo ich etwas fand, womit ich mich viel bequemer fühlte. Ich weiß noch, dass ich bis fast zum Ende der Gun Hill Road laufen musste, um sowas zu finden. Der Ladenbesitzer hatte mich angesehen und gefragt, was ich damit mähen wollte. Mittlerweile hatte der Mann es sich auf einem der Esstischstühle in meinem Wohnzimmer bequem gemacht. Kein Problem, ein oder zwei Blocks entfernt würde ich schon einen anderen Stuhl finden. Kollateralschaden. Er beugte sich vor und zerrte an den einzigen Kleidungsstücken, die er noch anhatte, nicht zueinander passenden Socken. Die Machete sauste so schnell durch die Luft, dass ich sie beinahe nicht mehr in der Gewalt hatte. Sie schnitt sauber durch den oberen Rahmen der Lehne und blieb darin stecken. Der Mann sprang auf, aber nicht schnell genug. Er tat, was die meisten Männer glauben, in so einer Situation tun zu müssen: Er kam näher und näher und lachte, als würde er glauben, die Frau hätte Angst. Aber es war nicht die Machete, die ihm einen Höllenschrecken einjagte. Es war die Tatsache, dass ich mich so schnell wieder fangen und erneut ausholen konnte, als wäre ich Bruce Lees Stuntdouble. Ein Mädchen braucht ein Hobby, würde meine Mutter sagen. Ich schwinge die Machete erneut in seine Richtung und fange an zu schreien, Vergewaltigung! Raus aus meiner Bombocloth-Wohnung. Ich haue absichtlich daneben und lasse es so aussehen, als würde ich meine teure Vase aus Versehen zerschlagen, doch die Vase war billiger Nippes, und das Ganze soll ihm nur zeigen, dass diese Irre es ernst meint. Trotzdem bewegte er sich viel zu verdammt langsam rückwärts in Richtung Tür. Kann ich wenigstens meine Klamotten haben?, fragte er, aber ich setzte ihm kreischend nach und schwang die beschissene Machete, als würde ich mir einen Weg durch den Busch roden. Er rannte zur Tür, schlüpfte hinaus und brüllte den ganzen Flur runter irgendwas von einer verdammten Schlampe und Irren. Weiß nicht, wen er gemeint hat. Ich frage mich, ob ich damals jamaikanischer war und jetzt nur noch eine amerikanische Dummkuh bin. Und ...

— Gut, dann erzählen Sie es mir nicht, ich muss es nicht wissen.

— Was?

— Ich schwöre, mein Vetter Jerry mit seinem Alzheimer hat eine längere Aufmerksamkeitsspanne als Sie.

— Oh, Verzeihung.

— Nein, Ihnen wird nicht verziehen. Jetzt muss ich einen Witz erzählen.

— Gott, Mr. Ken, nicht noch ein Nigger-Witz.

— Oh, gütiger Himmel, keine von denen mehr bitte. Es ist ein Alzheimer-Witz. Komisch, die Leute mit dem großen A machen Witze über die Leute mit dem großen K, als ob es die Krankheit irgendwie besser machen würde, wenn man vergisst, krank zu sein.

— Und sind Sie das große A oder das große K? Das große P? Oder das D? Meine Verwandten in Jamaika haben alle mit dem großen D zu kämpfen.

— Mit dem großen D?

— Diabetes.

— Natürlich, und P ist Parkinson? Manchmal wünschte ich, ich hätte so eine mittelalterliche Krankheit wie Schwindsucht oder die Ruhr.

— Was haben Sie denn?

— Wir wollen das Ganze nicht so schnell zu einem Film der Woche machen, ja? Sonst kriege ich das Gefühl, im Fernseher meiner Tochter zu leben. Genau genommen muss die ganze Szene weniger *Imitation of Life* und mehr *Gullivers Reisen* sein.

Er geht zur Tür nimmt seine Mütze und einen Schal.

— Gehen wir.

— Was? Wohin? Nach Liliput? Der Pizzamann wird bald hier sein.

— Oh, den Mist esse ich eh nie. Sie werden sie einfach auf die Treppe stellen und den Betrag unserem Konto in Rechnung stellen. Lassen Sie uns hier verschwinden, mir ist so verdammt langweilig.

Die Wahrheit ist, ich wollte wirklich raus aus der Wohnung. All das offensichtlich erst vor ein paar Jahren produzierte Sklavereiära-Mobiliar ging mir auf die Nerven. Irgendwo in dem Haus bewahrte Miz Colthirst bestimmt jede einzelne Ausgabe von *Victoria* auf. Und wahrscheinlich *Redbook*, falls ihr irgendwann nach hausgemachtem Tortenguss war.

— Wohin gehen wir?

— Wer zum Teufel weiß das schon, vielleicht führen Sie mich zum Essen in der Bronx aus. Sie haben also Swift gelesen.

— Alle jamaikanischen Schüler lesen *Gullivers Reisen,* bevor sie zwölf sind.

— Oh je. Welche Überraschung wird sie in den nächsten vierzig Minuten noch enthüllen? Neugierige Geister harren gespannt der Auflösung. Gehen wir.

Der Mann hatte keinen Witz gemacht, was die Bronx betraf. Ich weiß nicht genau, warum ich auch nichts gesagt habe, als wir am Union Square hektisch aus dem Taxi sprangen, zur U-Bahn gingen und in eine 5 stiegen, die genau dorthin zurückfuhr, woher wir gekommen waren. Wir saßen auf einer Dreierbank bei der Tür. Ich wollte nicht aufblicken, um zu sehen, ob jemand mich anstarrte. Graffiti gab es jetzt auch in den Wagen. Bis zur 96th Street waren überwiegend Weiße in unserem Waggon, alte Männer und Frauen, die wahrscheinlich nirgendwohin mussten, und Schüler, die es nicht eilig hatten, nach Hause zu kommen. Zwischen der 110th und der 125th stiegen die meisten Weißen aus, sodass nur die Latinos und ein paar Schwarze übrig blieben. Bis zur 145th Street war der Waggon dann praktisch komplett schwarz. Keine größere Gruppe konnte es sich verkneifen, zu uns rüberzugucken. Ich wünschte, ich wäre mehr wie eine Krankenschwester gekleidet gewesen und er hätte nicht ausgesehen wie Lyle Waggoner. Vielleicht dachten die schwarzen Männer, dass dieser Typ etwas Besonderes an sich haben musste, wenn er eine schwarze Frau im Griff hatte. Oder vielleicht fragten sie sich auch, ob er wirklich eine so weite Fahrt für ein Callgirl machte. Und weil wir bis zur 180th Street wollten, musste ich, was noch schlimmer war, sitzen bleiben und warten, bis dem Zug die Leute ausgingen, die uns anstarren konnten.

— Leben Sie hier in der Gegend?

— Nein.

— Ich hab nur gefragt.

— Sie wissen, dass es nicht sicher ist, um diese Tageszeit mit der U-Bahn hierher zu fahren, oder?

— Wovon reden Sie? Es ist noch nicht mal fünf Uhr am Nachmittag.

— Es ist fünf Uhr nachmittags in der Bronx.

— Und?

— Gucken Sie kein Fernsehen?

— Die Menschen entscheiden selbst, was sie in dieser Welt fürchten wollen, Dorcas.

— Die Menschen in der Park Avenue können vielleicht entscheiden, ob ihnen heute danach ist, sich ein wenig zu fürchten. Für uns andere heißt es, fahr nicht nach fünf in die Bronx.

— Und warum fahren wir dann dorthin?

— Ich fahre nicht. Sie fahren. Ich folge Ihnen bloß.

— Ha, Sie waren diejenige, die mir von dem Jerk Chicken in der Boston Road erzählt hat, und ich hab gesagt, dass ich seit 1973 nicht mehr jamaikanisch gegessen habe.

— So ist das wohl, jeder weiße Mann muss seine eigene *Herz-der-Finsternis*-Erfahrung haben.

— Ich weiß nicht, wovon ich mehr beeindruckt sein soll, von der Tatsache, dass Sie so belesen sind, oder davon, dass Ihr Ton immer kecker wird, je weiter wir uns von der 5th Avenue entfernen.

— Was kommt als Nächstes, Mr. Ken? Sie sprechen aber gut Englisch? Lesen Amerikaner auf der Highschool keine Bücher? Und was meinen Ton betrifft, da das Ganze ein Irrtum ist, können Sie versichert sein, dass Sie morgen weder mich noch sonst jemanden von der Agentur zu Gesicht bekommen werden.

— Wow, das wäre ein Fehler von katastrophalen Ausmaßen, sagte er, nicht zu mir, sondern zu dem, was immer er durch das Fenster betrachtete. Ich ließ den Blick durch den Waggon schweifen, um zu sehen, ob irgendjemand den Wortwechsel verfolgt hatte.

— Ich glaube, ich weiß, was Sie vorhaben, sage ich.

— Wirklich? Sagen Sie's mir.

— Was immer Sie haben, es löst bei Ihnen offensichtlich einen Todeswunsch aus. Sie müssen vor nichts mehr Angst haben, also können Sie machen, was Sie wollen.

— Vielleicht. Oder vielleicht, Dr. Freud, will ich bloß ein verdammtes Jerk Pork mit Yamswurzel und Rumpunch, und Ihre triviale Milchmädchenpsychologie ist mir scheißegal. Was sagen Sie dazu?

Zwei Männer blicken auf.

— Tut mir leid. Aber den ganzen Scheiß muss ich mir schon von meinem Sohn und seiner Frau anhören. Das brauche ich nicht noch mal, vor allem nicht von jemandem, den ich bezahle.

Drei Männer und zwei Frauen blicken auf.

— Nun, vielen Dank, dass jetzt alle wissen, dass ich eine Prostituierte bin, sage ich.

— Was? Wovon reden Sie?

— Alle haben Sie gehört.

— Oh. Oh nein.

Und dann steht er auf. Ich mache meine Handtasche weit auf und frage mich, ob mein ganzer Kopf hineinpassen würde.

— Hört mal, Leute ... ich ähm ... ich weiß, was Sie vielleicht denken.

— Ist das Ihr Ernst? Die denken gar nichts. Setzen Sie sich.

— Ich will bloß sagen, dass Dorcas hier meine Frau ist, nicht irgendeine Prostituierte.

Ich weiß, dass ich stumm geschrien habe. Ich weiß nicht, ob ich es auch in aller Öffentlichkeit getan habe, aber im Kopf habe ich verdammt sicher geschrien.

— Wir sind jetzt – wie lange, vier Jahre, Schatz? – verheiratet. Und ich muss sagen, es ist noch genau wie am ersten Tag, ist es nicht so, meine Teure?

Ich weiß nicht, ob dieser Versuch, meinen Ruf zu retten, einfach nur so übel danebengeht oder ob er es auch noch genießt. Derweil starre ich die Leute, die sich fest anstrengen, nicht zu gucken, sehr fest an. Eine ältere Frau bedeckt ihren Mund und lacht. Ich will einstimmen, nur um zu zeigen, dass auch ich eine Unbeteiligte bei diesem Scherz bin, aber das Lachen will mir einfach nicht gelingen. Das Komische ist, dass ich nicht mal wütend auf ihn bin. Er hält sich an der Stange fest und schwingt mit dem Zug hin und her, fast als wollte er tanzen. Die U-Bahn hält am Morris Park.

— Das ist unsere Haltestelle.

— Oh? Aber das ist Morris Park. Ich dachte, wir steigen Gun Hill Road aus?

— Das ist die Haltestelle.

Ich springe aus dem Waggon, sobald die Türen aufgehen, ohne auf ihn zu warten. Ich drehe mich nicht mal um. Fast wünsche ich mir, dass er im Zug bleibt und bis zur beschissenen Gun Hill Road fährt oder wohin er sonst will. Aber ich höre ihn hinter mir atmen.

— Gott, das war lustig.

— Menschen in Verlegenheit zu bringen ist lustig?

Ich stehe auf dem Bahnsteig und warte auf eine Entschuldigung, denn ich habe genug Filme gesehen: Das gehört sich so.

— Vielleicht sollten Sie sich mal fragen, warum Sie so leicht in Verlegenheit zu bringen sind.

— Wah?

— Gefällt mir, wenn Sie Jamaikanisch sprechen.

— Ist das Ihr Ernst?

— Oh. Verdammt, Dorcas. Sie kennen keine einzige Person aus diesem Zug, Sie werden keine von ihnen je wiedersehen, und selbst wenn, werden Sie sich nicht mehr daran erinnern, wie sie ausgesehen haben, also wen kümmert es einen Scheiß, was die gedacht haben?

Jessesmaria, gütiger Gott, ich hasse es, wenn ich nicht die vernünftige Person im Raum bin.

— Wir sollten auf die nächste U-Bahn warten.

— Scheiß drauf. Wir gehen zu Fuß.

— Zu Fuß. Durch die Bronx.

— Jep, das werde ich machen.

— Sie wissen, dass im Haffen Park praktisch jeden Morgen eine Leiche gefunden wird.

— Sie wollen mit einem Kriegsveteranen über Leichen reden?

— Und Sie wissen auch, dass die Verbrecher nicht so sind, wie Sie es aus *Make-up und Pistolen* kennen.

— *Make-up und Pistolen?* Wann haben Sie denn zum letzten Mal ferngesehen?

— Wir können nicht einfach durch die Bronx laufen.

— Keine Angst, Dorcas. Im schlimmsten Fall denken die, dass Sie mir helfen, Heroin zu besorgen.

— Haben Sie gerade Heroin gesagt?

Das konnte ja lustig werden, ich, die Einwanderin mit zweifelhaften Ausweispapieren, gehe abends durch die Bronx. Mit einem fremden weißen Mann, der offensichtlich in unvertrauter Umgebung unterwegs ist, weil er Ich-bin-weiß-und-unbesiegbar-Saft getrunken hat.

— Wollen Sie nicht mal Ihre Familie anrufen?

— Die können mich mal am Arsch lecken. Die Sorgenfalten, die meine Schwiegertochter darüber kriegen wird, sind es allemal wert. Besonders nach ihrem Facelift.

Tristan Phillips

Also *kannst* du zurück nach Jamaika, wann immer du willst? Ach so? Du klingst wie einer, der behauptet, dass er jederzeit mit Smack aufhören kann, wann immer er will. Allerdings solltest du eines wissen, Alex Pierce: Jamaika kann dir in die Adern fahren wie jede andere dunkle Süße, die nicht gut für dich ist. Aber ich hab genug in Rätseln gesprochen. Die Sache ist die, wenn du nicht gewusst hättest, wo du nach mir suchen musst, hättest du mich nie gefunden. Ja, ja, du machst dir Gedanken über das Scheitern des Friedensprozesses, aber sag mir, wie du etwas darüber erfahren willst, wenn du seit 1978 nicht mehr im Land warst? Ich bin überrascht, dass du überhaupt davon gehört hast, immerhin warst du gar nicht auf der Insel, als es passiert ist. Du willst also mit Lucy reden? Mal im Ernst, Brethren. Lucy ist der Schlüssel. Sie und ich sind die Einzigen von der Friedensversammlung, die noch am Leben sind. Du wirst sie in Jamaika aufstöbern müssen, mein Junge. Hast du dich je gefragt, warum wir beide noch leben, während alle anderen tot sind? Natürlich nicht, bis gerade eben hast du gedacht, es sei nur einer übrig. Und vergiss nicht, auf dem Papier bin ich ja auch tot. Alle wurden umgebracht, mit wem immer du auch gesprochen hast, auch der Sänger. Sag mal, hast du jemals gehört, dass jemand sich mit Krebs infiziert hat?

Ich versteh immer noch nicht, warum dich das Thema so umtreibt. Du tust so, als wäre Hataclaps auf Jamaika die große Überraschung, als hätte es je anders kommen können. Was war dein Lieblingsort in Jamaika? Trenchtown? Was für'n Typ muss man sein, um Trenchtown als Lieblingsort zu haben? Du hast Glück, dass du weiß bist, oder?

Darf ich dich was fragen? Glaubst du, dass Trenchtown der Lieblingsort von irgendjemand ist, der in Trenchtown lebt? Glaubst du, dass einer von denen, die auf den Treppenstufen sitzen, sagt, Das ist das wahre Leben? Ihr Touristen seid schon komisch, Junge.

Ach so, du bist gar kein Tourist. Ich weiß schon: Du kennst das wahre Jamaika. Hattest du nicht eine kleine Geliebte da unten? Aisha. Schöner Name, klingt wie was, das man sagt, wenn man kommt. War sie einfach ein nettes Mädchen, oder hat sie dir den Schwanz gelutscht? Haha, ist mir egal, Kalkleiste, ich bin ein Mann von Welt. Dritte Welt, aber trotzdem. Wie viel Zeit haben wir heute noch? So lange wir wollen? In Rikers? Brethren, welche Strippen hast du da gezogen? Trotzdem kehren wir besser zum Thema zurück, richtig?

Bis der Sänger mir von Josey Wales erzählt hat, hab ich keinen Gedanken an den Typ verschwendet. Aber dann ist immer mehr und mehr passiert, und man fängt an, die Zeichen zu erkennen, auch wenn man nichts von der Kirche hält. Ich meine, wenn es ihm wirklich darum gegangen wäre, den Sänger umzubringen, dann hätte er es am nächsten Abend zu Ende gebracht. Der hatte ganz andere Absichten. Ich meine, Scheiße, er kommt zwei Jahre später einfach ins Haus des Sängers, als wär nichts passiert? Einem Mann, der so große Eier hat, kommt man lieber nicht in die Quere. Jetzt ist es einfach zu sagen, dass der Frieden zum Scheitern verurteilt war, weil Krieg im Getto ein Naturzustand ist. Das klingt irgendwie weise, aber du musst verstehen – weißt du, wie das ist, wenn Hoffnung so neu und frisch ist, dass sie sogar eine Farbe hat? Wie etwas, was du ganz weit hinten im Kopf bunkerst, weil es nie passieren wird, und plötzlich sieht es so aus, als könnte es doch passieren? Das ist so, als würdest du merken, dass du tatsächlich fliegen kannst. Wir sind nicht aus 'ner Kuh rausgeplumpst, oder naiv, wie du das nennen würdest. Keiner von uns war bescheuert. Wir alle wussten, dass dieser Frieden zu neunzig Prozent scheitern würde, aber Mann, zehn Prozent waren in meinem ganzen Leben nicht so vielversprechend. Es war zum Greifen nah. Und als Shotta Sherrif zu mir sagte, ich sollte den Vorsitz bei dieser Friedensversammlung übernehmen, das war so, als würde mich jemand anschauen und zum ersten Mal etwas anderes sehen, als selbst ich in mir gesehen habe. Ich ...

Ich ...

Ich hab mich schon wieder verzettelt.

Und dann von einem Augenblick zum anderen: Copper erschossen, Papa-Lo erschossen, zuerst hab ich gedacht, dass die Polizei einfach alte Rechnungen begleicht, jetzt, wo wir nicht mehr so wachsam waren. Oder schlimmer noch: dass politische Parteien, die sowieso keinen Frieden wollten, ihn rechtzeitig vor den nächsten Wahlen verhinderten. Aber über das Denkvermögen der Polizei haben wir ja schon gesprochen. Und sogar die Politiker hätten nicht gewollt, dass herauskommt, dass sie den Frieden auf dem Gewissen haben. Aber man muss genauer hinschauen. Die Polizei tötet die Gangster aus Rache. Aber sie hat eigentlich nicht mehr davon, als in Downtown einen Toten zur Schau zu stellen. Denk mal scharf nach. Wer ist jetzt in einer besseren Position, als er vor diesen Morden war?

Josey Bombocloth Wales.

Papa-Lo ist tot, und nun ist er der erste Don in Copenhagen City. Shotta Sherrif ist tot und die Posses der PNP in New York sind seitdem zerschlagen, darunter auch meine. Alle in New York schnupfen, rauchen oder spritzen White Wife, und die Kolumbianer brauchen einen fähigen Mann, der dieses Zeug auch im Rest der Staaten verbreitet. Und inzwischen auch in England, wie ich höre. Indem er das Friedensabkommen aus dem Weg geräumt hat, hat er bestimmten Politikern einen so großen Gefallen getan, dass sie den Rest ihres Lebens damit verbringen werden, das zurückzuzahlen. Vernichte jede Bewegung im Namen Jahs, und die Amerikaner müssen keine Angst mehr haben, dass wir uns in Kuba verwandeln. Ich weiß das alles nicht sicher, aber ich würde wetten, dass sogar ein paar Leute weiter oben, die vielleicht die Küstenwache oder die Einwanderungsbehörde oder den Zoll oder sonst was kontrollieren, bei gewissen Booten oder Flugzeugen oder Schiffen ein Auge zudrücken, weil ein Mann ihnen 1980 Jamaika auf dem Silbertablett überreicht hat.

Brethren, wenn ich wüsste, warum Leute wie ich im Gefängnis enden, würden Leute wie ich nicht im Gefängnis enden. Tu dir keinen Zwang an, nimm das als ersten Satz für dein Buch, nenn es Gettoweisheit oder sonst was, was immer ihr Weißen so schreibt, wenn ihr über zwielichtige Schwarze schreibt. Ja, ich habe auch Bücher gelesen, Alex Pierce, mehr als du. Mann, Leute wie ich begeistern euch, was? Gib einem weißen Journalisten seinen persönlichen Stagger Lee, und er wird durchdrehen. Vielleicht, weil ihr keine eigene Geschichte habt? Stimmt, hier geht's nicht um dich, du willst die Geschichte erzählen, nicht die Geschichte sein. Und trotzdem glaube ich irgendwie, dass das deine Geschichte ist, nicht meine. Interessierst du dich auch für irgendein Jahr nach 1978? Wie wärs mit 1981? Ist viel passiert, der Sänger hat diesen Ort namens Himmel kennengelernt, und ich diesen Ort namens Attica. Was, glaubst du etwa, man kommt nach Rikers, weil man davon in einem Reiseprospekt gelesen hat? Rikers muss man sich verdienen, Brethren.

Aber jedenfalls, obwohl ich wusste, dass diese Schwuchtel Weeper nicht mehr hinter mir her war, hieß das noch lange nicht, dass Josey Wales nicht hinter mir her war. Übrigens, hast du diesen Bruder jemals getroffen? Nein? Du redest über den Friedensprozess, und du hast nie ... egal. Ich hatte wirklich keine Ahnung, was dieser Mann vorhatte, also hab ich mich mit den Ranking Dons zusammengetan. Ist ganz einfach: die Storm Posse, das ist Josey Wales, vertritt Copenhagen City, und die Ranking Dons, die vertreten die Eight Lanes. Und da ich seit dem Tag, an dem sie Balaclava plattgemacht haben, in den Eight Lanes gewohnt habe, wohin sollte ich sonst? Ich brauchte die zahlenmäßige Sicherheit, und sie brauchten das Gehirnschmalz, da diese dummen kleinen Wichser keinen Überblick hatten, wer was auf welcher Straße verkaufte oder in welcher Straße man von Eubie Brown und seiner Storm Posse unter Beschuss genommen wurde.

Kein Problem, Bruder, wechsel deine Kassette.

Jedenfalls, eins muss man der Storm Posse und Eubie und sogar Josey Wales lassen. Sie sind zwar fähig, eine ganze Schlange vor einem

Kino plattzumachen, nur um einen einzelnen Mann zu erwischen, aber zumindest haben sie eine gewisse Klasse. Oder zumindest Eubie hat etwas Klasse. Vielleicht weiß er auch nur, wie man Seide trägt, ohne wie ein Zuhälter auszusehen. Aber meine Jungs? Nichts als schmutzige, fiese Naigger. Wie damals, als unser Bossman von einem Mann aus Jamdown hört, der in Philly wohnt und einen riesigen Haufen Gras, aber keinen Schutz durch die Storm Posse hat, obwohl er zu Copenhagen City gehört. Der Narr dachte, dass er so was nicht braucht. Also schickt mich der Bossman nach Philadelphia.

Der Mann ist so ahnungslos, dass wir einfach in sein Haus marschieren. Hat nicht mal die Tür abgeschlossen. Er verhält sich einfach nicht so wie ein Mann, der so einen großen Haufen Gras haben soll. Ich weiß noch, dass ich den Ranking Dons gesagt habe, falls dieses Gras für Eubie ist, dann gibt's einen weiteren Krieg in zumindest einer der fünf Boroughs. Aber die sind überzeugt, dass der Mann auf eigene Faust handelt, als ob man einfach stolpert und auf einer Schiffsladung Gras landet. Jedenfalls, der Mann sieht mich und will nach oben laufen und eine Waffe holen, denn er hat keine bei sich. Ich sag zu mir, Wer ist dieser Amateur? Ob die Ranking Dons mich wohl zum richtigen Haus geschickt haben, denn dieser Mann verhält sich nicht so, als hätte er irgendwas Wertvolles versteckt. Der verdammte Idiot, der bei mir war, sagt, dass es vielleicht so eine Art umgekehrte Psychologie ist, du weißt schon, wenn er sich so verhält, als hätte er nichts, dann glauben wir vielleicht, er hätte nichts, und hauen ab. So ungern ich es zugebe, aber da war was dran. Wir fesseln ihn also und fangen an, ihn ein bisschen zu bearbeiten, und sagen, er soll das Gras herausrücken oder wir würden härter zuschlagen. Bevor ich ihm auch nur sagen kann, wie hart, haut ihm der verdammte Idiot mit dem Pistolenknauf eins quer über den Mund. Was verdammt ist denn mit dir los?, sage ich zu dem Idioten, und der grinst mich an wie ein Idiot. Dieser Mann soll jetzt reden, sagt er. Aber wie soll er reden, wenn du ihm das Teil zu Brei haust, mit dem er redet, du verdammter behinderter Idiot?, sage ich und er hält den Mund, aber nicht ohne mich lange anzustarren, als würde mir so'n Mist Angst machen.

Und wenn sie nicht kreischen würde, wüssten wir gar nicht, dass er eine Frau hat. Sie versucht abzuhauen, aber mit einem Baby auf dem Arm kommt man nicht weit. Wir zwingen sie, sich auf einen Stuhl zu setzen, wobei ich das Baby halte, denn der verdammte Idiot wollte es einfach auf den kalten Fußboden legen. Ich frag den Mann noch drei Mal nach dem Gras, und drei Mal sagt er, er hätte kein Gras. Ich wusste, dass er log. Warum sollte er auch die Wahrheit sagen? Es wurde ja noch nicht richtig ernst. Der verdammte Idiot starrt die ganze Zeit die Frau an und fummelt an seinem Schritt rum. Er hebt mit dem Fuß ihr Kleid hoch und sieht einen grünen Slip darunter. Grün? Wieso nicht Pink?, fragt er. Ich hab dieses Haus, diesen Mann und seine Frau und den verdammten Idioten langsam satt, sogar das Baby, das an meiner Schulter schläft. Und da sagt der verdammte Idiot, He, mein Freund, pass auf, ich werd mir die Fotze jetzt vornehmen und meinen Schwanz reinstecken, verstehst du mich? Bevor ich noch irgendwas sagen kann, lässt er die Hose fallen und fasst sich kurz an die Eier. Bist du eine dieser dreckigen amerikanischen Frauen, die Schwänze lutschen? Den kannst du lutschen, aber wehe ich komme, bevor ich dich gefickt hab. Oh, und zwar ohne Vorspiel.

— Du vergewaltigst sie nicht, sag ich zu dem verdammten Idiot.

— Wer soll mich denn aufhalten, du?

Das sagt er, als würde er mir den Fehdehandschuh hinwerfen. Ich denke, Scheiße, dieser verdammte Idiot vergewaltigt dieses arme Mädchen vor ihrem eigenen Baby, und ich kann nichts tun, weil alles vom Auto bis zum Hotel auf seinen Namen läuft. Die Frau kreischt und er schlägt ihr ins Gesicht.

— Bombocloth, was ist los mit dir?

— Nichts ist los mit mir, ich zeig der Hure nur, dass Schweigen Gold ist.

Er beugt sich kurz vor und sagt, Du machst jetzt deine Beine breit und sperrst die Pussy auf, oder soll ich das für dich machen? Die Frau fängt an zu heulen und schaut entweder mich oder das Baby an, ist nicht so genau zu erkennen.

— Brethren, zieh die Hose wieder an.

— Fick dich. Ich zieh sie erst wieder an, wenn ich abgespritzt hab.

— Du willst die Frau vor den Augen ihres eigenen Mannes vergewaltigen?

— Sieh zu, dass er aufpasst und was lernt.

— Brethren, ich sage, hier wird niemand vergewaltigt.

Dann zielt er mit der Waffe auf mich. Halts Maul, sagt er. Sie fragt ihn, ob er Kondome hat und er sagt, Kondome sind da, um die Schwarzen auszurotten. Und, so oder so, Kondome sind gegen seine Natur.

Ich schau ihm zu, wie er die Beine der Frau auseinanderdrückt, und der Mann schaut mich an, und ich schaue das Baby an. Es ist im Keller hinter dem Bücherregal, sagt der Mann. Aber ich hab bloß fünf Beutel, sagt er. Ich glaube, er sagte sogar noch bitte, aber die Frau wimmerte, als der verdammte Idiot ihre Brust gequetscht hat. Dann riss er sie runter auf den Boden.

— Brethren ...

— Verpiss dich.

— Bist du bekloppt? Wir nehmen das Gras und verschwinden. Er kann die Polizei nicht holen. Aber wenn du sie vergewaltigst, dann wird uns die Polizei schneller schnappen, als wir es in den nächsten Staat schaffen.

— Dann bringen wir sie um.

Er sagt das einfach so. He, ich hab kein Problem damit, einen Club voller Pussyholes zusammenzuschießen, aber ich bring nicht kaltblütig eine Familie um, nur weil die eine falsche Entscheidung trifft und mit Drogen dealen will.

— Wie oft warst du im Gefängnis, du Trottel?

— Wen nennst du hier einen ...

— Wie oft warst in einem Bloodcloth Gefängnis, hab ich gefragt?

— Ein Mal, und ich geh da nie wieder rein.

— Wenn du sie vergewaltigst, dann bist du wegen Vergewaltigung dran. Wenn du sie umbringst, für Mord. Und vielleicht hast du's noch nicht gemerkt, aber nur einer von uns beiden trägt Handschuhe, und dieser Motherfucker bist nicht du.

Er schaut mich an, als hätte ich ihn in eine Falle gelockt, aber für seine Dummheiten ist jeder selbst verantwortlich. Vor allem, da er sich schon die ganze Fahrt wie der Don aller Dons aufgeführt hat.

—Warum ziehst du nicht deine Hose wieder an und holst das Gras? Er geht runter in den Keller und kommt mit nur vier Beuteln zurück. Beutel von der Größe des Papiers, auf dem du dir Notizen machst. Dieses Mal zieh ich ihm selbst eins drüber. Brethren, sag ich, Pass auf, lüg mich verdammt noch mal nicht an, oder ich geh raus und dieser Mann kann mit deiner Frau machen, was immer er will. Er fängt an zu heulen, der arme Mann, wahrscheinlich wusste er gar nicht, wo er da reingeraten war. Wenn nach all dem die Frau noch bei ihm geblieben ist, dann ist Liebe nicht nur blind, sondern taub, dämlich und bescheuert. Er sagte, Ein weiterer Beutel ist im Schlafzimmer. Der verdammte Idiot findet ihn unter dem Bett, dazu noch drei Waffen, die er offensichtlich behalten wollte. Mir war das egal, ich hab ihm auch nicht gesagt, dass Waffen leicht zurückzuverfolgen sind. Nebenbei hatte ich das Gefühl, dass dieses Paar keine Anzeige erstatten würde. Miese Zeiten, was? Aber bei Josey Wales war es so, glaub mir, wenn der sagte, da sind fünf Tüten im Haus, dann waren da fünf Tüten im Haus. Während die Ranking Dons es nicht mal geregelt kriegen, durch eine offene Tür zu gehen.

Aber weißt du was, Alex Pierce? Jedes Mal, wenn ich Josey Wales erwähne, dann zuckst du zusammen. Nur ein kleines bisschen, aber genug. Nervöser Tick, aha. Seaga hatte einen nervösen Tick. Du zuckst vor Angst zusammen. Ich glaube, ich hab langsam verstanden, warum du mich treffen wolltest. Alle, die was darüber wissen, sagen früher oder später, dass Josey Wales mich tot sehen wollte, aber jetzt ist er offenbar nicht mehr hinter mir her. Die große Frage ist jetzt, woher wusstest du überhaupt, dass jemand es auf deinen Kopf abgesehen hatte?

Weeper

— Ich sagte, ich hab diese verdammte Hure dabei erwischt, wie sie versucht hat, meinem kleinen Jungen für sein Taschengeld einen zu blasen. Genau, die fette Kuh in dem Hauseingang da drüben. Meinen Sie, ich bin verdammt noch mal blind? Er ist erst zwölf. All diese beschissenen Cracknutten mit ihren Stinkearschpussys überall hier in der Nachbarschaft! Sie haben versprochen, Sie würden die von hier fernhalten, weil Ihr Geschäft schon fast legal ist, und so. Sie können mich mal ganz gewaltig an meinem schwarzen Arsch lecken. Und noch was ...

Bushwick. Schon lange nach Sonnenuntergang, aber Bushwick ist immer ein heißes Pflaster. Die Frau steht direkt vor mir, ich rieche ihren Knoblauchatem. Lidschatten, aber keine Wimperntusche, strohig werdende Jheri-Dauerwelle. Ihr Bauch quillt wie ein Muffin über den Bund ihrer Jeans. Wir sind auf der Straße, aber sie zeigt weiter auf die Cracknutte, die sich im Laufschritt vom Acker macht.

— Und Sie haben nie gesagt, dass Sie aus dem Haus da drüben ein Crackhouse machen werden. Ich hab diesen Scheiß satt. Die Stadt ist Eigentümer dieser Gebäude, nicht Sie.

Sie wohnt nicht in diesem Haus. Sie ist aus einem der Häuser gegenüber, auf der anderen Straßenseite, einem Riegel einzeln stehender Backsteinhäuser, die ein bisschen so aussehen wie in der Bronx. Drei schwarze Jungen und ein Mädchen reparieren vor ihrem metallenen Gartenzaun ein Fahrrad. Aber der Zaun schützt keinen Rasen, bloß eine Betonfläche. Die fünf Häuser auf der andern Straßenseite haben alle einen Zaun. Wir sind vor meinem Haus, drei Stockwerke weiter oben läuft das Geschäft. Zu viele Streifenwagen patrouillieren in letzter Zeit langsam die Straße entlang, sodass wir den Vorrat jetzt drinnen bunkern und den Dealern immer nur so viel mit rausgeben können, wie man auf einmal verkaufen kann – nie genug, um die Polizei einen Scheiß zu interessieren. So ist es besser, so hat man wenigstens den Überblick. Die Stadt hat das Haus instand gesetzt, die Obdachlosen sind eingezogen, und wir. Und die halten verdammt noch mal ihre Klappe, ich sorg dafür, dass es ihnen die Mühe wert ist. Wenn sie verdammt noch mal nicht die Klappe halten, erinnere ich den Hausmeister daran, dass für den Fall, dass die Polizei Wind von den Geschäften bekommt, auch mit seinen Anteilen Schluss ist. In Brooklyn gibt's massenweise Hausmeister, die sich für einen Anteil am Geschäft interessieren, das ich ihnen vermitteln kann. Aber Bushwick ist ein Stück Scheiße. Das East Village hat mir nie auch nur ein einziges Problem gemacht, Bushwick hingegen findet jede Woche ein brandneues. Und den ganzen Weg die Straße hoch hab ich nicht einen einzigen Spotter oder Runner gesehen.

Zwei fast verlassene Blocks weiter saß der Spotter an der Ecke, und aus seinem Gettoblaster dröhnte *The freaks come out at night*. Ganz junger Knabe, der noch in seine supersauberen Sneaker reinwachsen muss. Die Sneaker und die Boombox hatte er letzte Woche noch nicht. Er hat mich nicht mal kommen sehen, bis ich direkt vor ihm stehe.

— Haut verdammt noch mal ab, ihr Nutten, ich bin nicht im Dienst, sagt er, ohne überhaupt hochzugucken. Also sag ich,

— Guck mich an, du kleines Pussyhole.

Der Junge vergisst vor Schreck seine fünfzehn Jahre.

— Ja, Sir! Ja, Sir!

— Sieht das hier aus wie bei der Army?

— Nein, Sir!

— Und, wie ist die Lage?

Er blickt zu Boden, als hätte er Schiss, mir etwas zu sagen, das mir vielleicht nicht gefallen wird.

— Brethren, dein Auftrag ist, mir die Nachricht zu überbringen. Ich schieße nicht auf den Boten. Was ist los mit dem Geschäft?

Er guckt immer noch auf den Boden, aber er murmelt etwas.

— Was?

— Nichts, Mann. Seit ein paar Tagen ist hier in der Gegend nichts mehr los.

— Was für ein Geficke, alle Baseheads sind plötzlich aufgewacht und haben beschlossen, lieber Heroin zu drücken? Der Markt kann doch nicht einfach so austrocknen.

— Na ja ...

— Na ja, was?

— Na ja, ein Bruder wird es leid, irgendwelche Penner da rüber zu schicken, nur damit sie gleich wieder zurückkommen und sagen, dass das für'n Arsch war, weil keiner mit Ware in dem Hinterhof ist. Ich mach meinen Job, ich erkenn einen Basehead aus einer Meile Entfernung. Ich schlender ganz locker zu ihnen rüber und sage yo, in Bushwick ist es eiskalt, aber hier gibt's den heißen Scheiß, habt ihr Bock auf Rocks oder so, und sie nicken, und bevor sie irgendwelche blöden Weißenwitze reißen können, nicke ich einfach nur zu dem Hof hinter dem Haus mit dem Vorrat rüber.

— Du weißt, wo der Vorrat ist?

— Jeder weiß, wo der beschissene Vorrat ist. Die wollen sich nur nicht mit dir anlegen. Egal. Jedenfalls hast du normalerweise zwei oder drei Runner dort, die sie zur Ware bringen und den Mist verkaufen, aber seit vier Tagen kommen die Leute jetzt zurück und sagen, dass ich nichts als Bullshit erzähle, weil auf der Straße da überhaupt keine Runner sind. Und auch kein Dealer. Deinem Leibwächter hat diese Scheiße so gestunken, dass er nach Flatbush übergesiedelt ist und sich einen richtigen Job gesucht hat.

— Wo sind die Runner denn hin?

— Keinen Schimmer. Die haben keinen mehr, den sie hinbringen könnten. Deine Dealer dealen nicht.

— Was zum Scheiß machen die denn dann?

— Vielleicht solltest du mal im Crackhouse nachgucken.

Ich seh diesen Jungen an, der sich ziemlich mutig zeigt, und überlege, ob hier ein Schlag mit dem Pistolengriff angesagt ist oder eine

Beförderung. Josey wird in weniger als fünf Stunden genau hier sein,
Scheiße noch mal.

— Und hey, weil ich hier nicht nach Käufern gucken muss, gucke ich
mir anderen Scheiß an. Ist jetzt zwei Tage her, da hab ich hier irgend so
einen Scheiß-Pontiac rumeiern sehen, und jede Wette, dass die Nigger
da drin Ranking Dons waren. Die kundschaften hier schon die Gegend
aus, weil sie wissen, dass hier kaum noch was bewacht wird.

— Für 'nen kleinen Scheißer siehst du 'ne ganze Menge.

— Dafür werd ich ja bezahlt, yo.

Ich sehe diesen Jungen an und bin schon am Überlegen, dass und
wie ich ihn noch brauchen kann, um Bushwick wieder auf Vorder-
mann zu kriegen, bevor Josey hier aufschlägt. Ich habe nicht mal bemerkt, dass mir diese verdammte Frau gefolgt ist.

— Zuerst mal kommt dieses stinkeärschige Fettgeschwulst den
ganzen Weg durch mein eigenes verfluchtes Gartentor in meinen Vor-
garten, hebt ihren Rock hoch, mit null Unterhose drunter und erzählt
meinem noch viel zu jungen Sohn, dass er ihr für zwei Bucks die Pussy
pimpern kann. Zum Glück bin ich sofort am Fenster, in dem Moment,
wo ich sie am Tor höre. Und ehe ich gucken kann, ist das Nächste, was
passiert, kommen drei suspekte Gestalten an, weil sie denken, mein
Zuhause wär das verdammte Crackhouse. Und das nur, weil in ihrem
eigenen Haus irgendwas Zwielichtiges vor sich geht.

Meinem eigenen Haus. Der Vorrat. Das schlechtestgehütete Geheimnis in New York City. Rote Ziegel wie rote Erde in Jamaika, zwei
Fenster in jedem Zimmer. Feuertreppe in der Mitte. Drei Stufen hoch
gelegene Eingangstür, mit Kuppeldach, als wär es ein vornehmes
Haus, aber die einzigen reichen Leute, die es je in Bushwick gegeben
hat, waren Bierbrauer. Ich und Omar stehen jetzt beinah seit zehn Minuten hier draußen, und obwohl sogar diese Frau, die ja ganz offensichtlich gegenüber wohnt und immer am Fenster ist, mich gesehen
hat, ist noch kein Dealer oder Bodyguard rausgekommen. Und der
Junge hat recht, nirgendwo ein Runner.

— Omar, check das mal aus. Guck mal, ob diese zwei Bombocloth-
Jungs da drin sind.

—Yeah.

Omar schaut schnell nach links und rechts. Gewohnheit. Dann flitzt er an der Cracknutte vorbei, die auf dem Treppenaufgang vor der Haustür sitzt, drückt gegen die Tür, die sich viel zu leicht öffnen lässt. Ein verfickt verdammt Zeichen. Ich wollte ihm sagen, dass er seine Kanone rausholen soll, war aber gar nicht nötig. Oben an der Straße wartet ein aufgebockter Dodge-Transporter darauf, dass jemand mit vier Rädern kommt. Die Kids, die das Fahrrad repariert haben, verschwinden die Treppe zur Linie L runter. Die Frau brüllt, dass es ihr zwar schnurzepiepe ist, ob irgendein Nigger geschäftstüchtig ist, Geschäft bleibt Geschäft, und es ist ihr egal, wenn irgendein dummer Nigger oder Weißbrot sein Geld für diesen Mist ausgeben will. Aber ihr ist nicht egal, dass ihr niemand gesagt hat, dass da ein Crackhouse eröffnet wird. Und welcher Dealer hat denn ein Crackhouse gleich neben der Stelle, wo er Crack verkauft? Ich wollte ihr gerade sagen, dass sie sich doch ins Knie ficken soll, weil ein Junkie, wenn der seine Rocks erst mal hat, nur noch danach jiepert, den Scheiß sofort und ohne Aufschub wegzurauchen, also bedeutet ein sicherer Ort in der Nähe, wo man in Ruhe rauchen kann, dass ich mehr Ware losschlagen kann, also doppeltes Geld. Plus, jetzt müssen die sich keine Sorgen mehr machen, dass die Polizei bei ihnen irgendwelche Drogen-Utensilien finden könnte. Aber ich bin nicht hier, um mich vor dieser Sumpfkuh zu rechtfertigen, als wär die meine eigene Schuldirektorin.

Omar ist an der Tür und schüttelt den Kopf. Erst als ich dieses Kopfschütteln sehe, geht mir auf, dass der Junge Recht hatte und sie den Vorrat tatsächlich unbewacht gelassen und ins Crackhouse gegangen sind.

Zwei Blocks weiter westlich, Ecke Gates und Central. Die beiden einzigen übriggebliebenen Gebäude im Block, die nicht versehentlich oder absichtlich abgebrannt sind. Inzwischen gibt es in fast jedem Block oder jeder Straße von Bushwick ein Haus oder Appartement oder Brownstone, das jemand niedergebrannt hat, um die Versicherung zu kassieren, weil ja niemand sein beknacktes Haus in Bushwick

White Lines/Kids in America

verkaufen kann. Wir sind hier Ecke Gates und Central. Das Crack-house.

— Ihr beschissenen Jamaikaner führt euch auf, als wärt ihr die Größten, seid ihr aber nicht. Und Sie schon gar nicht. Sie haben nicht mal Ihren verdammten Scheiß unter Kontrolle. Ihr seid doch alle Versager. Soll ich vielleicht für euch den Laden schmeißen, wenn ihr das verdammt noch mal nicht hinkriegt? Und ...

Ich schlage ihr den Rest von dem Satz so hart aus dem Mund, dass sie rückwärts taumelt. Sie schüttelt den Kopf und fängt um ein Haar an zu kreischen, aber mein Faustschlag landet auf ihrem Mund, bevor da was rauskommen kann. Ich greife ihre bescheuerte Kehle und drücke zu, bis sie quakt wie 'ne Ente.

— Hör mal, du beschissene fette Zicke, mir reicht's jetzt mit deinem Mecker-mecker in meinen Ohren. Kriegst du nicht jede Woche 'n bisschen was? Willst du Geld oder willst du sterben, was soll's sein? Was? Aha. Hab ich mir doch gedacht. Und jetzt geh mir verdammt noch mal aus den Augen, bevor ich deinen beschissenen fetten Bauch als Zielscheibe hernehme.

Sie nimmt die Beine in die Hand. Ich setz mich Richtung Crackhouse in Bewegung. Omar und der Junge folgen mir.

Irgendjemand benutzt das »Baufällig«-Schild als Tisch. Ich muss nicht lange suchen. Einer von meinen Dealern auf 'ner Matratze direkt im Vorraum, gleich links neben der bombocloth Eingangstür. Er sieht aus, als hätte er sich grad was reingezogen, die Pfeife fällt ihm fast aus den Fingern, aber er merkt es und hält sie gerade noch fest. Seine Augen kann ich nicht sehen.

— Oi, Pussyhole. Eigenen Nachschub verfeuert?

— Oh, wasssssss'n'gett, Brethren? Willst du mal ziehen? Kein Problem, ich bin nicht egoistisch, Bruder, ich teil's mit dir.

— Pussyhole, wer passt auf den Vorrat auf, wenn du hier bist?

— Den Vorrat?

— Den Vorrat. Das Haus mit dem Vorrat, das du eigentlich bewachen sollst. Der Ort, von dem aus du eigentlich Nachschub an deine beschissenen Runner verteilen sollst. Wo sind die überhaupt?

— Runner? Runner ... was ... was für Runner ... willst du jetzt, oder ... weil sonst zieh ich's mir rein, wenn du's nicht willst.

Dann sieht er mich an, als würde er wirklich damit rechnen, dass ich's nehme.

— Verstehst du, wie dermaßen du das hier vermasselt hast, Junge? Jetzt muss ich neue Runner suchen, neue Dealer, sogar einen neuen Bodyguard, und das alles in nur vier Stunden, weil der verdammte Dealer zum User geworden ist.

— Dealer zum User geworden ...

Er sagt es, als wollte er es wiederholen, ist aber viel zu müde dafür. Ich mach mir nicht die Mühe, ins Crackhouse reinzugucken, doch dann steckt dieselbe Frau, die dem kleinen Jungen einen blasen wollte, den Kopf zur Tür rein, als würde sie ihn kennen. Oder mich. Ich wedele mit meiner Waffe in ihre Richtung, und sie erschrickt noch nicht mal minimal, schaut nur an mir hoch und runter und ist dann wieder in der Dunkelheit verschwunden. Omar am Fenster. Die Stadt hat es vernagelt, aber die Junkies haben die Bretter wieder abgeschlagen. Auf der Matratze ist nur mein einer Dealer mit seinem Feuerzeug.

— Wo ist deine Nummer zwei?, sag ich.

— Wer?

— Weißt du was? Steh Scheiße noch mal auf, bevor ich dir in den Arsch trete.

Er sieht mich bloß an. Erst werden seine Augen glasig, aber dann scheint es, als würden sie klar, oder vielleicht sieht er mich ja auch nur zum ersten Mal so richtig.

— Ich nehm keinen Befehl von irgend'ner Schwuchtel mit 'nem Knutschfleck am Hals entgegen.

Ich seh ihm ins Auge, als ich meine Waffe hebe und ihm ein verdammtes Loch direkt in die Stirn blase. Er starrt mich immer noch an, als er zurück auf die Matratze fällt. Ich packe ihn am linken Fuß und zieh ihn rüber an die Seite des Raums, genau unter dem Fenster. Die Frau erscheint im Türrahmen und guckt wieder, bückt sich nach seiner Pfeife. Ich richte die Waffe auf sie.

— Hau ab, bevor ich dich erschieße, verdammt.

Sie macht kehrt und geht genauso langsam, wie sie gekommen ist, wieder rein. Ich drehe ihn um und richte ihn auf, so dass es aussieht, als würde er zusammengekrümmt da sitzen. Ich lege seine Arme um die Knie und drücke den Kopf runter, so dass es aussieht, als würde er schlafen oder gerade von einem schlechten Trip runterkommen. Zwei Rocks fallen aus seiner Tasche. Ich stecke die Pfeife, das Feuerzeug und die Rocks ein. Omar ist draußen und wartet auf mich.

— Omar, such diesen anderen Dealer. Und bring mir augenblicklich diesen Scheißspotter her.

John-John K

Scheiße, ich wünschte, es wäre vorbei. Oder ich hätte wenigstens diese kubanische Schlampe nie kennengelernt. Oder Baxter nicht getroffen. Oder wäre nicht in diesen Scheißclub gegangen. Oder dieser verdammte Kerl hätte mir nicht noch einen weiteren Grund gegeben, überhaupt nach Miami zu fliegen. Dann wäre ich nämlich wieder in Chicago und würde nach diesem verdammten Kerl suchen, der mich wahrscheinlich nicht eine Minute lang vermisst hat. *Hey, Baby, es tut mir leid, und ich bin wieder da. Ah ja, ich hatte gar nicht gemerkt, dass du weg warst, hast du Poppers mitgebracht?* Und das wär's dann wohl, oder? Das ist in Stein gemeißelt. Und wie ist es überhaupt so weit gekommen? War das alles, was nötig war, um jemanden zu brauchen – dass er einen verdammt noch mal nicht brauchte? Aber da war dieses eine Mal. Dieses eine Mal, als ...

— Papi, lässt du jetzt ein paar Scheine rüberwachsen oder nicht? Ich brauch auch noch etwas Taxigeld, damit ich zum Meatpacking District fahren kann.

Ich gab ihm fünfzehn Kröten. Der Junge sah mich komisch an und stopfte sich das Geld in die linke Hosentasche. Er zog die Hose hoch und flüsterte, Geizige Scheißschwuchtel. Vor einem Jahr hätte ich ihm dafür noch ins Gesicht geschlagen. Er wäre rückwärts gestolpert und über seine eigene Hose gefallen. Dann wäre er hart aufgeschlagen, hätte sich auf dem Weg nach unten den Kopf an diesem Beistelltisch dort gestoßen. Während er noch völlig benommen gewesen wäre, hätte ich ihn gepackt, ihn hinaus auf die Feuertreppe gezerrt und ihn vom Geländer baumeln lassen. Geizige Scheißschwuchtel, wie? Ich zeig dir, wer hier eine geizige Scheißschwuchtel ist. Ich hätte ihn wieder hochgezogen, aber erst wenn er sich in die Hose gepisst hätte. Aber ich blieb cool und ließ ihn gehen.

Es gibt kein Lehrbuch über das Gangsterhandwerk, aber wenn es eins gäbe, wäre ich Abb. 1 im Kapitel »Wie man es richtig versaut«. Cool, nein, eiskalt, lässig wie nur was und nur ein kleines bisschen durchgeknallt. Das alles bin ich nicht. Ich bin der schlampige, dünnhäutige Kleinkriminelle aus Chicago mit der kurzen Zündschnur, der nur durch Zufall in etwas reingestolpert ist, das ihn überhaupt nichts angeht. Da war ein Autodiebstahl, dann der schlampige Job auf der Westside, aber dazwischen ist alles schwarz, eine Wolke statt Erinnerungen. Bevor ich diesen Kerl getroffen habe, hatte ich nicht mal einen Grund gehabt, mir irgendeine Telefonnummer zu merken. Und selbst das war für den Arsch. Der Hurensohn saß wahrscheinlich zu Hause und ließ es einfach klingeln.

Es wird höchste Zeit. Das weiß ich, weil Griselda vor einer halben Stunde anrief, als ich mit diesem Stricher zugange war, und sagte, *Chico*, es wird höchste Zeit, während sie mehr oder weniger gleichzeitig ihrem Sohn sagte, er solle den verfluchten Fernseher ausmachen und seine Tamale essen.

Der Jamaikaner. Mit der Adresse lagen Griseldas Hawaiihemd-Trottel richtig. Eine Sekunde lang hatte ich meine Zweifel, hauptsächlich, weil ich mich in Flatbush kein bisschen auskenne. Und diese Jungs sind wirklich totale Volltrottel. East 18th Street, Apartment 4106, im dritten Stock eines fünfstöckigen Backsteinhauses ohne Fahrstuhl. Nach Osten gelegene Einzimmerwohnung mit Blick auf den Sonnenaufgang. Sie überließ es mir herauszufinden, ob er zu Hause war oder nicht. Das gute alte New York – in der Straße gab es zwei Blocks lang nichts als fünfstöckige Häuser ohne Aufzug. Immerhin hing über dem Eingang noch eine blaue Markise. Ich dachte mir, ich würde mich einfach auf der anderen Straßenseite auf den Bordstein stellen und warten, bis es dunkler wurde, denn hey, ein gepflegter weißer Junge war in dieser Gegend schließlich kein bisschen auffällig. Die anderen Gebäude bewiesen nur, dass die Schwarzen in New York nicht viel auf

Ästhetik gaben. Ästhetik. Ich rede wirklich wie eine verdammte Schwuchtel.

Ein einigermaßen gepflegter weißer Junge mit blondem Bürstenschnitt in einer Jacke aus dem Armeeladen. Beinahe hätte ich den Hartschalenkoffer genommen, den sie für mich bereitgestellt hatten, den mit der verdammten Uzi von dem rosa Hawaiihemd drin, weil sie es in Miami offenbar so machen. Er genoss es richtig, mir meinen Job zu erklären. Ich sollte die Waffe benutzen und dann wegwerfen, nach Mafioso-Art. Aber weil ich nur einen Mann auslöschen wollte und keinen Volksstamm, blieb ich bei meiner Neun Millimeter. Gut, bei meiner Neun und einer kleinen Halbautomatik, denn ein Mädel muss sich schließlich absichern. Herrgott, ich wünschte, ich könnte diese tuntigen Anflüge stoppen, die sich zu häufen scheinen, je länger ich in dieser Scheißstadt bleibe. Die Halbautomatik, wenn du nah ranmusst, *muchacho*, sagte das rosa Hawaiihemd. Vielleicht gibt es so was wie den Schwulenradar wirklich, denn wenn ich nur eine Nacht länger in Miami geblieben wäre, hätte dieser *pendejo* mir bis zu den Eiern im Arsch gesteckt. Das ist so sicher wie das Amen in der Kirche. Als ich wieder im Hotel war und die Uzi sah, sagte ich nur, Wen zum Teufel soll ich denn umbringen, einen von den Kennedys? Jetzt gibt es nichts weiter zu tun, als abzuwarten.

Chicago. Er war zu Hause, oder? Hockte irgendwo in der Wohnung in einer Ecke und ging nicht ans Telefon; für Betten hatte er nie etwas übriggehabt. Vielleicht hockte er auch wie so ein Vogel am Fußende des Bettes von seinem Daddy und überlegte, wie er seinen Dad umbringen könnte, *arbeitest du auch manchmal umsonst?* Natürlich wusste ich, dass ich nachlässig war. Nachlässig und dreist, und meistens dachte ich nicht nach. Ich war ziemlich doof. Und die Leute warnten mich seit Jahren wegen meiner angeblichen kurzen Lunte, selbst mein Pop, der der Meinung war, ich hätte mehr Aggression als Munition.

Dieser zweite Job, der auch noch auf der Southside stattfand, bei dem sollte ich einen Gangster auslöschen, der an der Ecke 48th und 8th für die Mafia die Bücher frisierte. Der Scheiß lief nicht ganz nach

Plan, um es vorsichtig auszudrücken. Der Kerl war so was von fett, dass die Kugeln einfach in seinem Speck verschwanden und dieses Monster einfach nur lachte. Nachdem er Kleine Muschi miau miau zu mir gesagt hatte, brauchte ich noch ein bisschen, bis ich daraufkam, einfach auf den Kopf zu schießen. Aber selbst als die Kugel genau durch sein linkes Auge geflogen war und sein Hinterkopf das Bettgestell und die Wand vollgespritzt hatte, lachte der Kerl noch weiter und hörte einfach nicht auf.

Ich schoss und schoss und ging dabei immer weiter auf ihn zu, bis nur noch sein Halsstumpf und ein paar Haarbüschel übrig waren. Aber sein Lachen verfolgte mich den ganzen Weg die 8th Street hinauf, und egal wie schnell ich ging, ich entkam ihm nicht.

Als ich in meine Wohnung zurückkam, war mir einfach nur saukalt, und ich zitterte, und dieses Lachen war mir unter die Haut gekrochen. Rocky berührte mich, und ich packte den Jungen grob und drückte ihn an die Wand. Ich ließ ihn los und ließ mich von ihm ausziehen wie ein Kind, zur Badewanne tragen und mir den Kopf streicheln, während warmes Wasser einlief. Schon gut, Baby, schon gut, war alles, was er die ganze Nacht lang zu mir sagte. Dieser verdammte Kerl, dieser verdammte Kerl, das Letzte, woran ich denken sollte, wenn ich mich eigentlich an die Arbeit machen müsste.

Und jetzt bin ich in Flatbush am Durchdrehen. Mache mich zum Affen wegen dieser Scheißschwuchtel, die mich komplett in der Hand hat, diesem Jungen, der kälter ist als die tiefste Nacht, der sich mit einem Typen eingelassen hat, der Leute umbringt, weil er früher oder später diesen einen umbringen wird, den einen, mit dem alles angefangen hat, der ihn zu dem gemacht hat, der er ist. Scheiß drauf. Ich werde einen Schuss abfeuern und ein Loch in die verfluchte Welt ballern und in die Vorzeigesportler und die Jungs, die mich dabei erwischt haben, wie ich unter der Dusche einen anderen angeschaut habe, und in den, der mir in der Sporthalle mein Handtuch weggerissen und meinen Ständer freigelegt hat, wer auch immer das war.

Wenn ich so weitermache, schaffe ich es nicht. Dann könnte ich nur noch darauf warten, dass Griselda wieder anruft. Oder vielleicht kommt auch eins von den Hawaiihemden vorbei, denn sie muss ja eins hergeschickt haben, um nachzuschauen, ob ich den Auftrag ausgeführt habe, und um hinter mir sauber zu machen. Vielleicht Rosa Hawaiihemd, der sich ein bisschen zu gut mit den Clubs auskannte, und vielleicht würde er mich laufen lassen, wenn ich ihm einen blies. Ich meine, selbst bei einem schlechten Blowjob schließt jeder Mann die Augen und hofft, dass er besser wird. Ich würde nur eine Sekunde brauchen, um mir die Pistole zu schnappen, ihm durchs Kinn in den Kopf zu schießen und zuzugucken, wie das Blut an die Decke spritzt. Manchmal wünschte ich, ich wäre wieder in Chi-Town und würde Autos knacken.

Eine Telefonzelle, drei Meter entfernt.

— Hallo.

— Rocky? Wo zur Hölle hast du gesteckt? Kannst du mir das vielleicht mal sagen?

— John-John.

— Ich habe dich angerufen. Mehr als einmal.

— Ich muss unbedingt schlafen.

— Hattest wohl einen anstrengenden Tag, was?

— Nein, eigentlich nicht. Habe mir überlegt, was für eine Karte ich Dad zum Geburtstag schicken soll. Ich schicke jedes Jahr eine. Warum rufst du mich an, John-John?

— Was? Hm? Wie meinst du das?

— Ich drücke mich normalerweise recht deutlich aus. Warum rufst du an?

— Na ja, darum eben.

— Ich habe gerade eine deprimierende *M*A*S*H*-Folge und eine noch deprimierendere Folge von *One Day at a Time* hintereinander gesehen. Dann hatte ich die Wahl zwischen *Lou Grant* und meinem Bett. Wobei es in der Folge um irgend so eine bescheuerte Selbstmördertante ging, aber das war auch nur die erste von einer Doppelfolge, also von *One Day at a Time*, meine ich. Was willst du?

— Was? Was soll ich denn wollen? Gar nichts will ich.

— Ich brauche wirklich etwas Schlaf.

—Dann schlaf doch, verdammt noch mal.

—Hm? Du hast irgendein Problem, oder?

—Ich habe kein Problem. Das schießt nur den Vogel ab, oder? Dass einer, der den ganzen Tag nichts macht, so müde sein kann.

—Und ich dachte, meine Stiefmutter sei tot. Stattdessen telefoniere ich gerade mit ihr.

—Fick deine Stiefmutter.

—Du vermisst mich, oder?

—Ich lach mich tot. Was für eine sackdumme Frage.

—Ja, dumm. Und außerdem könntest du wie ein Homo klingen, wenn du Ja sagen würdest.

—Du bist der Homo.

—Und du bist eindeutig zwölf Jahre alt. Wie dem auch sei, es ist mir egal.

—Es ist dir egal, ob ich eine Schwuchtel bin?

—Nein, dieses Gespräch interessiert mich einfach nicht genug. Sonst noch was?

—Warum bist du so verdammt …? Weißt du was? Nein. Verdammt noch mal nein, Rock.

—Na, dann gute Nacht.

—Gute Nacht! Warte! Ich meine, warte mal.

—Was denn?

—Ich … äh … ich … du … Hast du's mit irgendwem gemacht?

—Was geht dich das an?

—Verdammte Scheiße, Rock, was soll die Scheiße?

—Nein. Die Antwort ist Nein. Aber ich weiß nicht, was das für eine Rolle spielt, wir sind ja nicht zusammen oder so. Und du machst auch, was du willst. Hast du's mit irgendwem gemacht?

—Nein.

—Spricht doch nichts dagegen. Du bist in NYC, überall Arschficker, Ausgeflippte und Ausländer, und du bist immer noch ziemlich jung. Wie dem auch sei, ich leg mich in mein Bett.

—Es ist nicht dein Bett.

—Gute Nacht.

— Warte.

— Was denn jetzt noch, Herrgott? Willst du vielleicht Telefonsex? Soll ich Fick mich, Daddy sagen, bis du dir einen geschrubbt hast? Fick mich, oh, fick mich mit deinem Riesenschwanz, Daddy, uh, spritz mir ins Gesicht, besorg's mir wie einer Schlampe, oh ...

— Himmel noch mal, kannst du nicht mal irgendwas Nettes sagen? Nur ein einziges Mal?

— Tut mir leid. Ich ... wow, das war ein fetter Gähner. Wo waren wir?

— Gute Nacht.

— Bis bald, wir seh...

Ein schönes Gefühl, aufzulegen, während die Schlampe noch mitten im Satz ist. Konzentrier dich. Ich stehe auf der gegenüberliegenden Straßenseite und warte darauf, diesen Jamaikaner auszuknipsen. Nur dass ich noch nicht weiß, wie genau. Ich bin mir nicht mal sicher, ob das ein Ein-Mann-Auftrag ist, nein, ganz sicher nicht, wenn es in der Gleichung so viele Unbekannte gibt. Ich weiß nicht einmal, ob er allein zu Hause sein wird. Seit Stunden ist niemand gekommen oder gegangen, glaube ich, aber ich weiß es nicht genau, weil es dunkel ist und die Straßenlampen noch nicht angegangen sind. Ich gehe da wirklich blind und dumm hinein, als wäre das nicht die ganze Zeit über ein Teil von Griseldas krankem Plan gewesen. Der Mann soll beseitigt werden, aber wenn ich dabei auch noch beseitigt werde, ist das nur ein verdammter Bonus. Es ist erst acht. Selbst wenn er da ist, wird er auf keinen Fall schon schlafen. Das Beste, was ich tun kann, ist zu warten, bis er herauskommt, und ihn auf der Straße auszulöschen. Aber wenn er ist, was sie sagt, wird er auf keinen Fall allein herauskommen, und vielleicht war das der Grund, warum mir die Jungs aus Miami die Uzi mitgegeben haben. Die Sache wird verdammt noch mal kompliziert. Es gibt nichts zu tun, als eine vernünftige Zeit abzuwarten und reinzugehen. Den Schalldämpfer anschrauben. Das Schloss knacken, die Bude stürmen und ihn ausschalten. Vielleicht muss man nur wie ein Profi denken, um einer zu sein. Cool wie ein Eiszapfen.

Stattdessen bin ich das reinste Nervenbündel. Der Job geht mich eigentlich gar nichts an, ich versuche hier nur, noch ein paar Tage am

Leben zu bleiben. Gott noch mal, welcher Killer hat denn schon einen Vaterkomplex? Vor zehn Jahren, in einem Eckladen in Chicago. Am Tag davor war ich zwanzig Blocks gelaufen, um einen ausfindig zu machen, und dabei in der Fettsacklederjacke von meinem Vater richtig ins Schwitzen gekommen. Als ich am Tag davor den Laden ausgekundschaftet hatte, stand ein alter Mann am Tresen und hörte eine Talkshow im Radio. Diesmal wippte ein Mädchen in einem weinroten T-Shirt mit der Aufschrift *Virginia Is For Lubbers* zu »Love Train« mit. Sie schaute nicht einmal auf, als ich hereinkam. Hinten im Zeitschriftenregal *Penthouse, Oui, Penthouse Forum, Penthouse Letters. Hustler* war okay, weil da Schwänze drin waren, wobei ich mir noch gar nicht so sicher war, ob ich Schwänze wollte, aber dahinter *Honcho, Mandate, Inches, Black Inches, Straight To Hell.* Aber *Blueboy* war nicht eingeschweißt, und ich stand allein in dem Gang. Einen Moment lang wunderte ich mich, wer da keuchte wie Darth Vader, bis mir klar wurde, dass ich es war. Zwanzig Blocks entfernt, keiner würde etwas mitkriegen, stimmt's? So ein Typ erzählte ihr, die Sache mit Iran würde langsam außer Kontrolle geraten, und der dämliche Erdnussfarmer sollte besser mal was unternehmen. Auf dem Umschlag überschattete der Cowboyhut des Jungen alles bis auf die feuchten Lippen, die eine Zigarette geradezu zu küssen schienen. *Blueboy*, März 1979. OUTLAWS: Die bösen Buben, die immer wollen.

Krank hat Pop mich auch genannt, als er eines Tages meine Sachen nach Geld durchwühlt hat, um Zigaretten, Softdrinks und Chips zu kaufen und seinen fetten Arsch noch weiter aufzublasen. Ich wünschte, ich wäre da gewesen, als er *Super Nova Cocks, Super Hung Cocks, Cock Tease, Cock Hungry* und auch die Ausgabe von *Super Surge Cocks* fand, auf der Al Parker als abspritzender Jesus abgebildet war. Hat ihn das zum Kotzen gebracht? Hat er den Kopf geschüttelt und gesagt, Ich wusste doch, dass mit dem Jungen irgendwas nicht stimmt? Hat er sich hingesetzt und ein paar von den Heften gelesen? Ich komme also endlich heim und habe keine Lust mehr, mir noch irgendwas gefallen zu lassen, vor allem nicht von diesem Verlierer, und muss mit ansehen, wie er ins Wohnzimmer gehumpelt kommt, die Zeitschrift mit dem rosa Cover, *Super Nova Cocks*, in die Luft hält und schreit, Du dreckige kleine Scheißschwuchtel! Du dreckige kleine Scheißschwuchtel! In der Hölle ist für so welche wie dich ein besonderer Platz reserviert. Ich kann überhaupt nicht glauben, dass ein verdammter Sohn von mir, ein Sohn aus normalem Fleisch und Blut, irgendwelchen Wichsern die Scheiße aus dem Arsch fickt. Das muss verflucht noch mal von der Seite deiner Mutter kommen. Ist es das, was du die ganze Nacht lang machst, du Schwulette, Ärsche ficken?

— Du irrst dich, Pop. Normalerweise ist es mein Arsch, der gefickt wird. Die ganze Nacht lang.

— Was zur Hölle hast du da gesagt?

— Weißt du das denn nicht, Pop? Mein Arsch ist der heißeste auf der ganzen Eastside. Die stehen um den ganzen Block rum für mich Schlange, besonders die Schwarzen. Einmal hat mich ein Schwarzer so wundgebumst, dass ich nicht mal mehr ...

— Ich sollte ...

— Was solltest du?

Pop machte einen Schritt auf mich zu, aber ich war nicht mehr zehn Jahre alt. Natürlich war er größer und dicker als ich, aber ich hatte seit Jahren darauf gewartet.

— Ich sollte ...

— Du solltest zurück in dein Zimmer gehen und *All in the Family* gucken und dich aus meinen Angelegenheiten raushalten, Pop. Soll ich dir zwei Mäuse für ein Päckchen Fritos geben?

Ich ging direkt an ihm vorbei in mein Zimmer, aber Pop packte mich am Arm und zog mich zurück.

— Ich sollte dich umbringen für die Schande, die du über diese Familie bringst.

— Nimm deine Scheißhand da weg.

— Du wirst verdammt noch mal in der Hölle schmoren, du ...

— Nimm deine Scheißhand da weg.

— Ich sollte ...

Ich zog die Beretta aus dem Holster. Verdammt ja, ich trug damals schon eine Knarre, nur für den Fall, dass in einem der Autos noch jemand drin saß und einen Aufstand machte. Pop machte einen Satz rückwärts und streckte die Hände starr aus wie ein Bankangestellter bei einem Überfall.

— Was solltest du, du Hurensohn? Sehe ich aus, als hätte ich Angst vor dir?

— Du, du …

— Ich bin einer dieser Männer, die du angeblich so gut kennst und über die du die ganze Zeit diesen Scheiß erzählst. Ich gehe jetzt in mein verdammtes Zimmer und werde verdammt noch mal schlafen. Betritt nie wieder mein Zimmer, hast du verstanden?

— Ich will, dass du aus meinem verdammten Haus verschwindest; du bist nichts weiter als ein mieser kleiner Gangster.

— Und du bist ein Verlierer, der nichts Besseres als eine Schwuchtel aufgezogen hat. Deinen Scheiß kannst du beim nächsten Bridge-Spiel mit Mr. Costa verzapfen. Übrigens blase ich ihm jedes Mal einen, wenn er hochkommt, um aufs Klo zu gehen.

— Halt dein verdammtes Maul.

— Ich schnappe jedes Mal nach Luft wie ein Fisch, so groß ist sein Schwanz.

— Ich will, dass du aus meinem Haus verschwindest.

— Oh, ich bin schon weg, alter Mann. Ich bin verdammt noch mal schon weg. Ich habe dieses Haus und deinen ganzen Scheißdreck satt. Soll ich dir Geld geben?

— Ich will nichts von deinem schwulen Geld.

— Deine Entscheidung. Vielleicht nehme ich es selbst und kaufe mir meinen eigenen schwulen Jim Beam.

— Du bist ein verfluchter Dämon.

— Und du bist ein verfluchter Verlierer.

Ich ging in mein Zimmer. Er murmelte irgendetwas.

— Was hast du gesagt?

— Lass mich in Ruhe.

— Was hast du gesagt?

— Du hältst dich für ganz besonders schlau, stimmt's? Ich bin vielleicht ein Verlierer, aber du bist der Einzige, den alle noch erbärmlicher als mich finden werden. Und Lisa hatte es so schwer mit dir, sie wäre bei deiner Geburt fast draufgegangen.

Gott im Himmel, auf diesen Scheiß konnte ich verzichten. Wirklich. Ich wollte nur raus aus dieser Stadt. Ich merkte nicht einmal, dass ich wieder in der Telefonzelle stand, bis das Telefon zu klingeln aufhörte.

— Rocky, ich bin's. Ich, äh … ich bin in New York, und ich … ich … ich will, ich will, äh … ich …

— Hinterlassen Sie eine Nachricht. *Piep.*

Ich knallte den Hörer auf die Gabel.

Dorcas Palmer

Jetzt ist es zu dunkel, um *es wird bald* dunkel als Vorwand zu benutzen, um ihn rauszuschmeißen. Eine andere Dorcas Palmer, eine klügere, würde sich fragen, wie zum Teufel der Abend damit enden konnte, dass dieser Mann in ihrem Apartment ist. Andererseits, wenn kümmert's. Ein Mann kann die Wohnung einer Frau betreten, ohne sich zu fragen, was die Nachbarn denken. Außerdem kenne ich meine Nachbarn nicht. Aber wenn er denkt, der Abend würde enden wie eine französische Komödie, in meinem Bett, ich das Laken bis zu den Titten, während er neben mir mit zufriedenem Lächeln eine Zigarette raucht, irrt er sich gewaltig. Er betrachtet die Skyline vor meinem Fenster. Und ich dachte, ich hätte eine beschissene Aussicht.

Ich kenne diesen Teil, ich habe schließlich *Denver Clan* gesehen. Ich sollte ihn fragen, ob er einen Drink möchte. Aber ich habe nur billigen Wodka, weil Alkohol immer noch bitter schmeckt, und Ananassaft, von dem ich nicht mit Sicherheit sagen kann, ob er noch gut ist. Und ist das Angebot eines Drinks nicht nur ein Code für, möchten Sie mich jetzt ficken? Was nicht passieren wird, obwohl er wirklich aussieht wie Lyle Waggoner, und ich habe gehört, dass Lyle mal für *Playgirl* posiert hat. Das Traurige ist, dass ich mir wirklich gern etwas Bequemeres überziehen würde. Das ganze Scheiß-Tweed juckt an einem warmen Sommertag wie blöd. Und meine Füße haben ein striktes Fünf-Stunden-Limit für hohe Absätze, danach fangen sie an zu schreien, Bombocloth-Schlampe, willst du uns umbringen? Ich gluckse zu laut, und er dreht sich um und sieht mich an. Ein Lächeln von einem Mann ist eine Anzahlung, Dorcas Palmer. Verkaufe ihm nichts.

— Ich weiß, dass ich versprochen habe, nicht davon anzufangen, dass Sie nach Hause müssen, sage ich.

— Dann lassen Sie's. Haben Sie eine Ahnung, wie viele Menschen ich kenne, die ein Versprechen nicht halten können?

— Klingt wie ein Reiche-Leute-Problem.

— Wie bitte?

— Sie haben mich schon verstanden.

— Ich schwöre, ich kann auch deswegen nicht gehen, weil ...

— Sie können nicht?

— Ich kann nicht, weil Sie stündlich kecker werden. Wer weiß, wie Sie um zehn sind.

— Ich bin nicht sicher, ob das ein Kompliment ist.

— Ich ehrlich gesagt auch nicht. Da müssen wir wohl einfach bis zehn warten.

Ich wollte gerade sagen, dass er Nerven hatte, sich hier einfach breitzumachen, meine Zeit in Anspruch zu nehmen und anzunehmen, ich hätte nichts Besseres zu tun, als er sagt,

— Andererseits haben Sie bestimmt etwas Besseres zu tun, als einen alten Mann zu unterhalten.

— Ich habe schon zwei Mal gesagt, dass Sie nicht alt sind. Vielleicht sollten Sie nach einem neuen Kompliment fischen.

Er lacht.

— Die Sonne ist untergegangen. Haben Sie etwas zu trinken im Haus?

— Wodka. Ein bisschen Ananassaft und ich weiß nicht.

— Haben Sie Eis?

— Ich kann bestimmt welches auftreiben.

— Sie haben also nur Mist zu trinken. Ich nehme einen Wodka und Ananassaft oder was immer Sie im Kühlschrank haben.

— Haben Sie was an den Händen? Der Wodka und saubere Gläser stehen im selben Regal.

Er sieht mich an, nickt und lacht. Verdammt noch mal, das gefällt mir, sagt er. Ich frage mich allmählich, ob das hier der Film ist, wo das kecke schwarze Hausmädchen dem alten Patriarchen wieder einen

Grund zu leben gibt. Aber ich habe nach wie vor kein Indiz dafür gesehen, dass der Mann in irgendeiner Weise alt oder hilfebedürftig ist.

— Ihr Sohn und Ihre Tochter machen sich bestimmt schon Sorgen.

— Vielleicht. Im Kühlschrank ist auch Club Soda. Kann ich das nehmen.

— Ja.

— Und vielleicht wäre es an der Zeit, das Stück Pizza wegzuschmeißen. Und den Karton mit der halben Portion Ramen.

— Danke. Sonst noch irgendwelche Vorschläge für meinen Kühlschrank?

— Ich würde auch den halb gegessenen Burger entsorgen. Und niemand mit einem Hauch Selbstachtung sollte sich jemals dabei erwischen lassen, Coors zu trinken.

— Ich hatte eigentlich keine weiteren Ratschläge erwartet.

— Hmm. Warum fragen Sie dann? Wollen Sie auch Wodka mit einem Hauch Ananassaft?

— Ja.

— Kommt sofort.

Ich beobachte, wie der Mann meine Küche übernimmt. Ich kann mich nicht erinnern, wann ich die Limette gekauft habe, aber es kann noch nicht lange her sein, denn er verschmäht sie nicht. Er versucht drei Mal, sie mit dem Messer zu zerschneiden, bevor er ein weiteres aus der Schublade nimmt und die Klingen aneinanderreibt, als würde er einen Schwertkampf mit sich selbst ausfechten. Dann schneidet er die Limette in Stücke. Er betrachtet meine Gläser auf dem Tresen und nickt scheinbar mitleidig. Er stöbert zwei Flaschen Salsa auf, an die ich mich gar nicht erinnern kann. Schneiden, zerstoßen, drücken, rühren, ja, ein Mann bei der Arbeit ist schon ein Anblick. Ich weiß nicht, ob ich je einen Mann in einer Küche gesehen habe, wenn er nicht im Fernsehen war. Nein, das stimmt nicht. Er kommt mit den beiden Gläsern zurück und gibt mir eins.

— Und? Schmeckt's?

— Sehr gut.

— Nun, vielen Dank für die Begeisterung.

— Wunderbar. Wirklich.

Er setzt sich in den Sessel, den hochzutragen ich meinen Nachbarn bitten musste. Den Nachbarn, mit dem ich seitdem nicht mehr gesprochen habe. Ich hoffe, der Sessel stinkt nicht mehr. Er nippt langsam an seinem Drink, als wollte er ihn und seinen Besuch möglichst lange hinauszögern.

— Juckt es Sie nicht in diesem Rock? Ich meine, es ist Sommer.

— Ich ziehe den Rock nicht aus.

— Ich glaube nicht, dass ich Sie dazu aufgefordert habe. Sie fragen sich wahrscheinlich, ob es ein sehr großer Fehler war, mich hierher einzuladen.

— Nein.

— Also ja.

— Doppelzüngigkeit liegt mir nicht.

— Gut.

Der Gedanke ist seltsam, aber ich kann die Art, wie er sitzt, nur als kräftig beschreiben. Es ist mir schon bei ihm zu Hause aufgefallen und dann in der U-Bahn, wie er all die Stühle ignoriert, in die man sich fläzen könnte, und mit durchgedrücktem Rücken und Hohlkreuz gerade dasitzt. Wahrscheinlich noch eine Gewohnheit aus seiner Zeit beim Militär.

— Müsste die Polizei nicht mittlerweile nach Ihnen suchen?

— Man kann eine Person erst nach vierundzwanzig Stunden vermisst melden.

— Und wie schnell kann man eine Entführung anzeigen?

— Ich bin ein bisschen zu groß, um entführt zu werden, meinen Sie nicht?

— Ich dachte, es kommt nicht auf die Größe an.

— Wenn Sie so weitermachen, haben Sie vielleicht genauso viel Spaß wie ich. Haben Sie keine Musik da?

— Wollen Sie hören, was bei den Kids heutzutage angesagt ist?

— Ja, schon. Was ist denn grade aktuell? Dieses »Good Times« ist ziemlich gut, oder? Ziemlich gut?

— Junge. Leben Sie hinterm Mond?

Ich stehe auf und lege eine Platte auf, die oberste auf dem Stapel. Komisch, zu Hause in Jamaika hat Schallplatten immer nur mein Vater angehört, trostlose Instrumentalnummern wie Billy Vaughns »La Paloma« und irgendwelches Zeug vom James Last Orchestra. Es ist neunzehnhundertfünfundachtzig, und ich bin wahrscheinlich der einzige Mensch, der noch eine dieser Kompaktanlagen hat, oder zumindest eine, die Telefunken heißt. Ich kann mich noch an das eine Mal erinnern, als meine Mutter eine Platte mit nach Hause gebracht hat. Es war bloß eine Single von Millie Jackson mit dem Titel »If You're Not Back in Love by Monday«, aber ich glaube, sie hat gewartet, bis wir alle aus dem Haus waren, bevor sie sie sich angehört hat.

—Kirchenorgeln? Gute Güte, ist das Kirchenmusik?

—Nein.

—Das ist ein Prediger, er redet vom Leben nach dem Tode, und das ist definitiv eine Orgel.

—Halten Sie die Klappe, und hören Sie zu.

Er setzt sich wieder, als Prince gerade sagt, *in this life you're on your own.*

—Oha. Oha, das gefällt mir ziemlich gut.

Er steht wieder auf, schnippt mit den Fingern und nickt. Ich frage mich, ob er zu Elvis' Zeit Teenager war und wie er die Beatles fand. Ich will ihn fragen, ob er Rock'n'Roll mag, doch die Frage scheint albern bei einem Mann, der mit den Fingern schnippt und den Füßen wippt, als hätte Bill Cosby ihm gerade den Jive beigebracht.

—*Let's go crazy, let's get nuts,* sagt er. Ich habe ein schlechtes Gewissen, weil ich nicht tanze. Also stehe ich auf und tanze. Und dann tue ich etwas, was ich nie, nie, nie tue.

—*Doctor Everythingwillbealright, makes everything go wrong, thrills spills and daffodils will kill, hang tough children. He's coming. He's coming. He's coming. He's coming. Whoo hoo hoo-hoo.*

Ich packe den Kamm auf dem Küchentresen, der mir für drei weitere Whoo hoo hoo-hoos als Mikro dient. Und dann kommt das Gitarrensolo, und zuerst denke ich, er hat einen Herzinfarkt, aber er spielt das Solo tatsächlich auf der Luftgitarre mit. Ich hüpfe und rufe *Go*

Crazy, Go Crazy, und der Song dehnt den Moment endlos aus – ich meine, ich habe ihn schon zig Millionen Mal gehört, aber er war noch nie so lang, bis er schließlich einfach in sich zusammenbricht, genau wie wir. Ich auf dem Boden, er auf der Couch. Er springt gleich wieder auf, als »Take Me With U« anfängt, aber ich liege immer noch keuchend und lachend auf dem Boden.

— So viel Spaß hatte ich nicht mehr, seit die Beatles bei *Ed Sullivan* aufgetreten sind.

— Was habt ihr Leute nur alle mit den Beatles?

— Sie sind bloß die größte Rockband aller Zeiten.

— Meine letzte Klientin wollte, dass wir die ganze Nacht vor John Lennons Hotel stehen.

— Wozu denn das? Hat er Aufnahmen mit Paul gemacht?

— Was? Ich weiß nicht, ob ich das komisch finden soll.

Er geht zu der Stereoanlage und nimmt die Plattenhülle.

— Wer ist denn die freundliche Lesbe auf dem Cover?

— Das ist Prince.

— Prinz wer?

— Einfach nur Prince. Der Schnurrbart hat ihn nicht verraten?

— Na ja, mein zweiter Gedanke war, dass das die schärfste bärtige Lady aller Zeiten sein muss.

— Von ihm läuft gerade ein Film, *Purple Rain.*

— Purple Haze?

— Rain. Prince, nicht Jimi. Ich sollte die Platte vielleicht wieder runternehmen. Er wird ein bisschen explizit.

— Süße, ich bin der einzige weiße Mann in den fünf Boroughs, der tatsächlich Blowfly-Platten hatte. Dieser Prinz macht mir keine Angst. Tut mir leid, dass ich Sie Süße genannt habe. Soweit ich weiß, stehen Frauen nicht mehr darauf, so angesprochen zu werden.

Ich wollte ihm sagen, dass ich nichts dagegen hatte und es trotzdem das erste Mal seit einer Weile war, dass irgendjemand – ganz bestimmt irgendein Mann – etwas Nettes zu mir gesagt hatte. Aber ich blickte aus dem Fenster auf die Skyline, die ihre Lichter einschaltete.

— Wer ist das Mädchen auf dem Cover?

— Apollonia. Sie ist im wirklichen Leben angeblich seine Freundin.

— Dann ist er also nicht schwul.

— Haben Sie keinen Hunger? Sie haben zu Hause nichts von der Pizza gegessen.

— Ja, irgendwie schon. Was haben Sie denn?

— Nachos und Ramen.

— Gütiger Gott, doch nicht zusammen?

— Ich glaube kaum, dass Ihnen eine Woche alte Chicken McNuggets lieber sind.

— Da könnte Mylady allerdings fürwahr recht haben.

Ich setze den Kessel auf für die Nudeln, was bedeutet, dass wir Zeit haben, einfach dazusitzen und den Rest des Albums anzuhören. Als der Kessel pfeift, ist es fast zu Ende, und ich überlege, es noch einmal aufzulegen, weil ich weiß, dass ich es nicht ertragen würde, in der Stille zu sitzen, und er auch nicht.

— Und wo genau kommen Sie her?

— Was?

— Kommen Sie ... Können Sie das vom Herd nehmen? Es ist schließlich nicht so, als würde Elvis das Gebäude verlassen. Wo kommen Sie her?

— Kingston.

— Das sagten Sie schon.

— Aus einem Viertel namens Havendale.

— Ist das in der Innenstadt?

— Vorstadt.

— Wie der Mittlere Westen?

— Wie Queens.

— Grässlich. Warum sind Sie weggegangen?

— Es war an der Zeit.

— Einfach so? War es Michael Manley und der ganze kommunistische Tamtam, der vor ein paar Jahren abging?

— Wie ich sehe, sind Sie gut informiert über den Kalten Krieg.

— Süße, ich bin in den Fünfzigern aufgewachsen.

— Das war sarkastisch gemeint.

— Ich weiß.

— Jedenfalls, warum sollte mich etwas vertrieben haben? Ich wollte einfach weg. Waren Sie nie mit Ihrer Familie zusammen und hatten trotzdem das Gefühl, die Gastfreundschaft überzustrapazieren?

— Jesses, Scheiße, wem erzählen Sie das? Es ist noch schlimmer, wenn es Ihr eigenes verdammtes Haus ist, das Sie verdammt noch mal bezahlt haben.

— Irgendwann müssen Sie trotzdem zurück.

— Oh, glauben Sie, ja? Was ist mit Ihnen?

— Ich hab eigentlich nichts, wohin ich zurückkehren könnte.

— Wirklich? Keine Familie? Keinen Schatz?

— Sie sind wirklich ein Kind der Fünfziger. In Jamaika ist ein Schatz die Frau, mit der man seine Ehefrau betrügt.

— Charmant. Apropos, ich müsste mal Ihr Klo benutzen.

— Den Flur runter, durch den Sie reingekommen sind, zweitletzte Tür auf der rechten Seite.

— Kapiert.

Es wäre witzig, den Fernseher einzuschalten und zu sehen, wie Cronkite in diesem Moment einen Beitrag über die Entführung des Big Daddy der Colthirsts anmoderiert. Die Frau/Schwiegertochter würde in die Kamera heulen, bis sie merkt, dass ihr die Wimperntusche über die Wangen läuft, und Schnitt! rufen. Und der Sohn sieht vollkommen stoisch aus, entweder weil er nicht reden oder die Frau einfach die Klappe nicht halten will. *Wir haben die Agentur für seriös gehalten, aber man kann ja nie wissen. Sie wirkte so vertrauenswürdig – ihr Name war Dorcas, Herrgott noch mal. Gott allein weiß, was für Forderungen sie stellen werden.* Ich frage mich, ob sie sich schick gemacht hat, bevor das Kamerateam gekommen ist. Wie wird mein Foto im Fernsehen aussehen, obwohl ich eigentlich sicher bin, dass die Agentur kein Foto von mir hat. Zumindest nicht, soweit ich mich erinnere. Aber wenn sie ein Bild von mir haben, wird es in diesem Zusammenhang bestimmt aussehen wie ein Verbrecherfoto. Jede Wette, es stammt von dem einen Tag, an dem ich vergessen habe, vor dem Verlassen der Wohnung die Haare richtig zu machen. Das Paar wird sich wahrscheinlich an den Händen halten, während die Frau die Entführer, also mich, anfleht, ein wenig Menschlichkeit zu zeigen, da es ihrem Vater nicht gut geht, gar nicht gut, und ...

— Was ist denn das?

Ich habe ihn nicht aus dem Bad kommen hören. Keine Spülung, kein Quietschen, nichts. Ich war so in meinen Gedanken verloren, dass ich ihn überhaupt nicht bemerkt habe, bis er direkt vor mir steht.

— Ich sagte, was ist das? Und wer sind Sie überhaupt?

Er wedelt es vor meiner Nase. Ich sage mir schon, dass ich schließlich nicht damit rechnen konnte, am Ende des Tages noch Gäste zu empfangen. Ich meine, dies ist die Wohnung einer Frau, die nie Besuch erwartet. Aber verdammt, ich hätte vorher im Bad nachsehen sollen, und sei es nur, um zu gucken, ob ein frisches Handtuch neben dem Waschbecken hängt. Und jetzt steht er vor mir, als wäre sein Name Polizei, und wedelt mit dem Buch, das normalerweise sicher unter meinem Kopfkissen liegt.

Wie man vollständig untertaucht und nie gefunden wird.

Von Doug Richmond.

Cho Bombocloth.

Tristan Phillips

Blödsinn, Blödsinn, Blödsinn. Du laberst so viel Scheiße, dass deine Zunge wahrscheinlich schon braun ist. Ach nein? Okay, weißt du was, wir machen das jetzt auf deine Art. Was willst du noch wissen? Balaclava? Das hast du mich schon gefragt. Copper? Schau mal in deine Notizen, du Trottel. Papa-Lo und Shotta Sherrif, die Spur von Letzterem hab ich von den Eight Lanes bis nach Brooklyn verfolgt, also schau in deine Notizen.

Ach? Tatsächlich?

Das glaube ich nicht. Weißt du, was ich glaube? Du hast gar keine Notizen. Du hast da nichts als Strichmännchen und Blödsinn hingekritzelt. Du hast die ganze Zeit wahrscheinlich *Mary Have a Little Lamb* auf Spanisch geschrieben. Nein? Dann lass sehen. Mach schon. Yeah, klar doch, wie ihr Amerikaner sagt. Genau das hab ich mir gedacht. Weißbrot, hör doch einfach mit dem Scheiß auf. Warum hältst du nicht einfach den Mund, und ich erzähl dir, warum du hier bist? Schau dich an, Mann, es ist 1985, und du kannst dir keinen ordentlichen Haarschnitt leisten, nur diesen Hippie-Schnickschnack. Jeanshemd wie ein Cowboy, Discojeans und, lass mich raten, Cowboy-, nein, Motorradstiefel. Scheiße, selbst im Knast hat jeder mindestens zwei Folgen *Miami Vice* gesehen. Kriegst du in dem Aufzug auch nur eine Punani ab? Oh, du weißt, was Punani heißt? Tatsächlich. Ist das dein Stil, oder hängst du in irgendeinem Jahr fest, und keiner holt dich da raus?

Ich meine, du kommst hierher und erzählst mir, dass du eine Story über den Friedensprozess schreibst. Zum einen ist das sieben Jahre her, und du hast mir bis eben keinen guten Grund genannt, warum das immer noch interessant sein soll. Glaubst du, ich bin blöd? Brethren, es gibt so was wie Kontext, und den bleibst du mir bisher schuldig. Beleidige mich bloß nicht, nur weil ich manchmal schlecht rede. Bist du sicher, dass du weißt, was Kontext bedeutet? Weißt du, was wir alles veranstaltet haben, oder glaubst du, das Friedenskonzert mit dem Sänger war das Einzige, was wir gemacht haben? Nebenbei, alle deine Fragen drehen sich um das Ende des Friedensprozesses, nie um den Anfang oder das Zwischendrin. Komm schon, Weißbrot, du behauptest zwar, seit 1978 nicht mehr auf der Insel gewesen zu sein, aber alles, was dich interessiert, sind Sachen, die 1979 und '80 passiert sind. Du fragst nach Papa-Lo, aber nur nach seinem Tod. Du fragst nach Copper, aber nur nach seinem Tod. Du fragst nie nach Lucy, selbst nachdem ich sie erwähnt hab, du machst einfach weiter, als hätte sie gar keine Bedeutung.

Ach. Du willst einfach sorgfältig sein. Aha. Na ja, schließlich bist du ja Journalist.

Uh-huh.

Richtig, mein Freund.

Du willst mehr darüber wissen, wie ich mich 1980 den Ranking Dons angeschlossen habe.

Pierce.

Pierce.

Alex.

Ich hab nie gesagt, dass ich mich 1980 den Ranking Dons angeschlossen hab, ich hab nur gesagt, dass ich mich den Ranking Dons angeschlossen hab. Oder vielleicht willst du was über Josey Wales wissen? Er kommt nach New York, weißt du. In Rikers heißt es, er landet heute. Keiner weiß, warum er kommt. Oder wegen wem.

Oh.

Jetzt schweigst du. Schau dich an. Eigentlich wirst du jedes Mal schweigsam, wenn ich Josey Wales erwähne. Nein. Brethren, als ich vor ein paar Minuten darüber geredet hab, wie Wales der Friedensversammlung den Rest gegeben hat, hast du sofort das Thema gewechselt und wolltest wissen, wie ich im Gefängnis gelandet bin, was du ja offenkundig schon weißt. Du hast überhaupt nichts über mich gefragt, worauf du nicht auch eine Antwort in meinen Interviews für die Versammlung finden würdest oder sogar in dem mit dem New Yorker Rundfunksender, von dem ich schon gesprochen hab. Aber es stimmt. Josey Wales kommt nach New York. Und er kommt definitiv nicht, um sich mit mir zu treffen.

Schau dich an. Da sitzt du und versuchst so zu tun, als hättest du keine Angst. Ich geb dir fünf Minuten, um dieses Interview unter Dach und Fach zu bringen, denn dann hast du was Wichtiges zu tun, du musst schnell nach Hause in deine Bed-Stuy-Wohnung und dich unter dem Waschbecken verstecken. Ach ja, Alex Pierce, was glaubst du, wie lange ich gebraucht habe, um herauszufinden, was ich über dich wissen muss? Glaubst, du bist ein harter Hund, weil du Clifton Place Ecke Bedford wohnst. 238 Clifton Place, stimmt's? Erster Stock, nein, warte – zweiter Stock, denn ihr Amerikaner kennt ja kein Parterre. Haha. In deiner Straße nur Schwarze, die alle so angezogen sind, als würden sie für *Thriller* vorsprechen wollen, und du siehst so aus, als wärst du bei den Eagles. Du bist mir schon einer, Alex Pierce, lass mich raten, bist du angepisst, weil ich dich mit den *Eagles* verglichen hab? Aber ich irre mich wohl in dir. Du bist nicht in fünf Minuten weg. Du gehst nicht, bevor du nicht bekommen hast, was du willst. Josey Wales kommt nach New York, das macht die Dinge nicht einfacher, aber du bist immer noch hier, weil du was willst.

Aha.

Aha.

Jawoll.

Hä?

Hä?

Mach weiter.

Einfach so? Einfach so hier sitzen?

Weißt du was? Ich halt den Mund, also red du.

Hmmm.

Hmmm.

Mist, Alex Pierce.

Mist.

Hahahahahaha.

Tut mir leid, ich wollte nicht lachen. Ist aber trotzdem irgendwie lustig. Wachst in deinem Bett auf, und ein Mann sitzt neben dir. Bist du sicher, dass ihr nicht gefickt habt und er als Erster wieder aufgewacht ist? Beruhig dich, mein Freund, jeder kann sehen, dass du keine Schwuchtel bist.

Hast du vorher schon mal einen Mann umgebracht? Ja, Alex Pierce, das will ich von dir wissen. Hör auf mit deinem Halts Maul und Motherfucker, oder ich ruf die Wache. Beantworte die Frage.

Seitdem jemanden umgebracht? Haha, schon klar, war nur ein Scherz. Das ist schon eine große Sache, einen Mann zu töten, was? Eine Riesensache. Alles, was er zwischen Sonnenaufgang und Sonnenuntergang machen wollte, das beendest du, einfach so. Völlig egal, ob das ein guter oder ein schlechter Mann war, jetzt ist er ein toter Mann, und du fragst dich, ob er, ob irgendjemand am Morgen darüber nachdenkt, ob das sein letzter Tag sein wird. Gruselig, was? Man wacht auf, Frühstück, Mittag, Abendessen, man arbeitet, geht zu einer Party, fickt und wacht auf und dann wieder von vorn. Er wird nicht wieder aufstehen, sich waschen, scheißen, über die Straße gehen, den Bus nehmen, mit seinen Kindern spielen, nichts davon. Wegen dir, du hast ihm das weggenommen. Ich hab schon verstanden, und mehr gibt's auch nicht zu sagen, er wollte dir ans Leder, und du hast getan, was notwendig war, denn sonst würdest du nicht hier vor mir sitzen. Wie sah er denn aus, tot? Hast du ihn berührt? Ihn einfach so liegen gelassen? Woher wusstest du dann, dass er tot war?

Mein Freund, du bist einfach aus dem Zimmer gegangen, und hinterher ist nichts passiert? Interessant. Und du hast das Zimmer auch nicht unter falschem Namen gebucht oder so was. Also nichts in den Nachrichten, keine Untersuchung, keine Polizei, die dich anruft, fast so, als hättest du das alles geträumt. Beruhig dich, Weißbrot, ich hab nicht behauptet, dass du dir das alles ausgedacht hast, aber jemand muss das ja sauber gemacht haben, und zwar spurlos. Und ... Augenblick mal, blaue Montur, sagst du? Wie eine blaue Uniform?

Und kahlköpfig?

Und hell? Ich meine, helle Haut, ein Mischling?

Bombocloth.

Du willst mir also sagen, dass du der Mann bist, der Tony Pavarotti gekillt hat?

Bombocloth, mein Freund. Bombocloth.

Nein, ich habe ihn nicht gekannt, aber wer im Getto hat nicht von Tony Pavarotti gehört? Der Mann war Josey Wales' Mann fürs Grobe. Der Mann war eiskalt, und einige dachten sogar, er wär stumm, da niemand ihn jemals ein Wort hat sagen hören. Hast du je von der *School for the Americas* gehört? Davon hört man nur außerhalb von Amerika. Soweit ich weiß, ist Tony Pavarotti der Einzige, von dem sicher ist, dass er dort war. Und der einzige Junge, der wirklich wusste, wie man mit einem Gewehr umgeht. Ein besserer Scharfschütze als die von der Polizei oder der Armee. Und du behauptest, dass so ein dürrer Hippieknabe Jamaikas Killermaschine Nummer eins umgebracht hat? Nein nein, mein Brethren, ist total fies zu lachen. Nein, vielleicht hast du ja recht, vielleicht. Immerhin regst du dich ja mächtig auf, das steht fest. Ich meine, bist du sicher, dass er es war? Halt, das kannst du ja nicht wissen. Du weißt nur, wie er ausgesehen hat. Tut mir leid, Brethren, aber das muss ich erst mal verdauen. Ist so, als säße ich dem Mann gegenüber, der Harry Callahan getötet hat. Weißt du noch, wann das war?

Februar 1979. Jetzt wird alles klar. Du warst bis Februar 1979 in Jamaika. Du hast mir erzählt, dass du irgendeinen Mist über Green Bay aufgedeckt hast, stimmt's? Obwohl das nichts heißt, selbst in jamaikanischen Zeitungen konnte man vor langer Zeit die Wahrheit darüber lesen. Aber wenn Tony Pavarotti hinter dir her war, dann muss der Befehl dazu direkt aus Copenhagen City gekommen sein. Und da das nicht der Stil von Papa-Lo ist, ist der Einzige, der ihn losgeschickt haben kann, Josey Wales. Verdammt, mein Freund, was hast du da gemacht, damit Josey Wales einen losschickt, um dich umzubringen?

Du weißt es nicht.

Vielleicht ist dir gar nicht klar, was du da weißt. Was bist du denn für ein Journalist, der seine Fakten nicht kennt? Du musst etwas über Josey Wales rausgefunden haben, das sonst keiner weiß. Aber das kann auch noch nicht alles sein. Klar, es ist sechs Jahre her, aber offenbar verfolgt es dich immer noch, du musst dich also an irgendwas erinnern. Es muss irgendwo in deinen Notizen stehen. Trotzdem ist das seltsam, denn Josey Wales scheint sonst offenbar vor nichts Angst zu haben. Er ist das, was die Leute einen Psychopath nennen. Komm, Mann, überleg schon. Was gibt's, das nur ihr beide wissen könnt?

Weißt du was über eine Drogen-Connection? Hat es was mit der Mafia zu tun? Hast du in letzter Zeit eine Geschichte über Kolumbien gemacht? Nein, warte mal, das war ja damals. Neunzehnhundertneunundsiebzig war das noch nicht so aktuell. Jedenfalls nicht so, dass du was wissen könntest. Green Bay, nein. Du hast dich doch um Politik nicht gekümmert, du hast dich für das Friedensabkommen interessiert, aber was hat dich auf diese Geschichte gebracht? Du bist dem Sänger hinterhergereist? Oh. Der Sänger. Warum?

Oh.

Brethren.

Du hast es mir gerade erzählt, Pierce. Du hast gerade den ganzen Plan vor mir ausgebreitet und verstehst es immer noch nicht. Wir haben mehr gemeinsam, als du glaubst. Denk mal nach. Inzwischen weiß jeder, dass wer immer auf den Sänger geschossen hat, das Herz treffen wollte, aber nur den Brustkorb erwischt hat, weil er aus- statt eingeatmet hat. Ich meine, das steht sogar in dem Buch über ihn. Aber damals, 1978, wer hätte das wissen können außer dem Sänger, dem Gangster und – wie sich das so anhört – dir? Er merkt also, dass er dir etwas erzählt hat, was er schließlich nicht wissen konnte, nicht mal das Krankenhaus konnte sagen, wohin der Killer gezielt hat, nur wo er getroffen hat. Ich meine, ich weiß, dass Josey den Schuss abgegeben hat, aber ich wusste das nicht vor '79. Und selbst dann hätte niemand gewusst, warum, außer dem, der getroffen wurde, und dem, der geschossen hat. Hat er dich nicht komisch angeguckt? Er hat einfach das Interview gleich danach abgebrochen? Musste er auch. Verdammt, mein Freund, dein Leben ist wie ein Film. Tatsache ist, selbst wenn wir inzwischen alle von Green Bay wissen, du hast die Wahrheit lange vor allen anderen herausgefunden, wenn ich dich richtig verstehe. Heißt du Sherlock oder was? Also, entweder versucht er dich umzubringen, weil du herausgefunden hast, dass er versucht hat, den Sänger höchstselbst umzubringen, oder er versucht dich umzubringen, weil du die Wahrheit über Green Bay herausgefunden hast. Obwohl, es macht keinen Sinn, dass er versucht, seine eigenen Leute umzubringen. Jetzt bin ich verwirrt.

Weißt du was, vergiss Green Bay. Obwohl du auch darüber zu viel weißt. Aber es heißt schon was, dass Tony Pavarotti dich killen sollte. Da steckt definitiv Josey dahinter. Keine Frage, Josey Wales hat rausgefunden, dass du weißt, dass er versucht hat, den Sänger umzubringen. Oder zumindest warst du drauf und dran, es herauszufinden, obwohl ich keine Ahnung habe, ob du so clever bist, wie er gedacht hat, wenn sechs Jahre lang überhaupt keine Glocke bei dir geklingelt hat.

Jetzt ergibt das alles einen Sinn. Deshalb bist du auch zu mir gekommen. Ich bin wohl der einzige Mensch auf der Welt, mit dem du da was gemeinsam hast. Was für ein Ding, die beiden einzigen Männer, die Josey Wales umbringen lassen wollte und die noch leben. Und jetzt landet er jeden Augenblick in New York.

Josey Wales

Das Flugzeug ist vor fünfundzwanzig Minuten auf dem JFK gelandet, und wir kommen jetzt erst aus der Zollkontrolle. Ein Vögelchen hat mir gezwitschert, das gibt's nur, wenn Jamaikaner landen. Ich weiß nicht, woher, aber ich weiß es einfach. Letztes Mal, als ich auf die Bahamas geflogen bin, sagt doch tatsächlich irgend so 'n Pussyhole vom Zoll, alle Jamaikaner bitte links von der Schlange aufstellen. Nein, ich hab mich verdammt noch mal nicht links hingestellt, und nicht ein einziger Idiot hat auch nur ein beschissenes Wort gesagt, als ich schnurstracks durch den Zoll gegangen bin und ihnen einfach meinen Pass hingehalten hab. Ich hab nicht mal meinen Koffer geöffnet. Hat der Sänger das nicht mal gemacht? Als er in der Schlange stand und ein Zollbeamter anfing, mit ihm über irgendwelches Zollgeficke zu diskutieren. Er hat sich seine Tasche geschnappt und ist einfach rausmarschiert. Zwei Jamaikaner sind schon aus der Schlange gezogen worden, eine davon mussten sie zu dritt abführen. Bescheuerte Idiotin, ich hoffe, sie hat sich das Koks in den Arsch hochgeschoben und nicht in die Möse, oder womöglich noch runtergeschluckt, denn wenn es so lang da drin bleibt, wird sie das teuer zu stehen kommen. Jetzt hört mich mal an, ich denke auch schon, alle Jamaikaner sind Drogenkuriere.

Schade, dass sie das Mädel angehalten haben, das nach Drogenkurier aussieht, statt der Idiotin, die in der Businessclass dem ganzen Land Schande macht. Da sind wir zehntausend Meter hoch oben im Himmel, und die Stewardess kündigt an, dass gleich das Abendessen serviert wird. Die Frau wirft einen Blick auf das Angebot und sagt, *Ach*

du dickes Ei, Essen nennst du das? Gute Sache, dass ich mir was mitge-
bracht hab. Dann muss ich dieser verdammten Landpomeranze dabei
zusehen, wie sie ihre Tasche aufklappt und einen Eiscreme-Eimer voller Bratfisch mit Reis und Erbsen rauszieht. Der bescheuerte Fisch
stinkt so dermaßen erstklassig, dass ich fast frage, ob sie mich nicht
weiter nach hinten setzen könnten – würd ich sogar für bezahlen. Das
oder eine Kanone zücken und damit ein bisschen Klasse in sie rein-
prügeln – wenn ich eine dabeihätte.

— Willkommen in den Vereinigten Staaten, Mister _____

Als ich durch die Tür zur Gepäckausgabe komme, sehe ich als Erstes,
wie zwei Beamte die junge Frau, die sie aus der Schlange gefischt haben,
zu Boden werfen. Raus aus dem Zoll, und wir sind immer noch im Flughafen, noch etwas, das anders als auf Jamaika ist. Und da ist Eubie. Steht
direkt vor der Menschenmenge, die auf ihre Leute wartet, viele davon
schwarz, andere sehen indisch aus. Ein königsblauer Seidenanzug mit
weißem Einstecktuch vorn in der Tasche, als wäre er der schwarze Typ
aus *Miami Vice.* Ich muss mir die Serie irgendwann mal angucken. Irgendetwas sagt mir, dass es Eubie gefallen würde, wenn ich ihn jetzt
Tubbs nenne, ein Junge aus Uptown, der versucht, einen auf hardcore zu
machen, außer dass er ja wirklich hardcore ist. Ich hab auch viel und
lange über Weeper nachgedacht, aber nicht auf dieselbe Art und nicht
wegen derselben Sachen. Und was zum Teufel hat er da in der Hand?

— Eubie.

— Mein Mann! Mein wichtigster Mann, sagt er, und klingt wie ein
schwarzer US-Amerikaner. Er hält immer noch ein Schild hoch, auf
dem Josey Wales steht, genau wie die beiden Chauffeure neben ihm.

— Was soll das?

— Haha, das? Das ist ein Witz. Wir machen den Josey Wales.

— Oh. Ich lache nicht.

— Himmelherrgott, Josey, wo ist denn dein Sinn für Humor geblieben? Oder hast du nie einen gehabt?

Ich hasse es, wenn Jamaikaner wie Amerikaner sprechen, und wenn
sie dann auch noch hin- und herwechseln, geht mir das echt auf die
Nerven. Ich lache.

— Das klingt ja schon besser, auch wenn du nicht mit dem Herzen dabei bist.

Dann schleudert er das Stück Papier einfach so in die Luft, greift sich meine Tasche und macht sich auf den Weg nach draußen. Ich folge ihm, schaue aber dem Papier noch nach und sehe es durch die Luft segeln und unweit des Tresens einer Autovermietung landen.

— Ist bestimmt interessant, bei Nacht in New York zu landen. Es ist dann eine vollkommen andere Stadt als tagsüber.

— Wann sind wir in Bushwick?

— Ganz ruhig, Mann, Josey. Die Nacht ist jung, und du bist grad erst angekommen. Hast du Hunger?

— Es gab Essen im Flugzeug.

— Das du nicht angerührt hast, da bin ich sicher. Wir gehen ins Boston Jerk Chicken auf der Boston Road.

— Jetzt mal ernsthaft, meinst du, ich komm aus Jamaika, um hier zweitklassigen jamaikanischen Fraß zu essen? Glaubst du das allen Ernstes?

— Prima, willst du einen Big Mac? Einen Käse-Whopper?

Auf dem Parkplatz setzt sich ein schwarzer Minivan in Bewegung, manövriert sich aus der Parklücke und hält vor uns. Vielleicht ja ganz gut, dass ich meine Kanone nicht dabeihatte, sonst hätte ich die wohl schon draußen gehabt. Aber wir sind hier ja nicht in Downtown-Kingston. Eine Tür geht auf, und Eubie zeigt darauf. Aus irgendeinem Grund beweg ich mich nicht, bis er zuerst einsteigt. Er nickt.

— Der gute alte Josey, traut immer noch keinem, selbst nach all den Jahren.

Er lacht, aber ich weiß nach wie vor nicht, wovon er redet. Ich wüsste auch nicht, dass Eubie in den alten Zeiten dabei gewesen wär. Draußen gleiten Lichter vorbei. Ich hatte irgendwie gedacht, wir würden sofort an kilometerhohen Gebäuden vorbeikommen. Bisher sieht New York aus wie Lejeune in Miami, und die Straßen hab ich mir auch breiter vorgestellt. Nichts als Autos, die auf dem Highway vorbeirauschen, was eigentlich seltsam ist, hat Eubie nicht gesagt, dass hier niemand Auto fährt? Vielleicht ist das hier noch gar nicht New York. Ich würde ja fragen, aber Eubie hält sich ohnehin schon für zu schlau. Der Van wird langsamer, und zum ersten Mal bemerke ich den anderen Mann, der hinten sitzt. Dummer, dummer Josey Wales, du hättest es doch besser wissen müssen. Keine Waffe, umgeben von den Leuten eines Mannes, mit dem ich zusammenarbeite, aber dem ich nicht wirklich traue. Ich hätte mir doch zumindest eine Waffe geben lassen sollen, sobald wir aus dem Flughafengebäude waren. Wir fahren vom Highway ab, und ich sehe ein Schild, auf dem Queens Boulevard steht. Komisch, dieser Boulevard ist viel breiter als der Highway. Wir rollen diese Straße mit Stadthäusern aus Backstein runter, alle mit drei Stockwerken, manchmal vier, Veranden und Plastikstühlen und Fahrrädern davor.

— Das hier ist übrigens Queens.

— Ich weiß.

— Echt?

Ich antworte ihm nicht. Wir fahren durch ein Schlagloch, und ich zucke zusammen.

— Bertram, was zum Kuckuck, Mann, hast du grad 'ne Ziege überfahren?

— Schlagloch, Boss.

— Da kommt der Don gerade aus Jamdown und kracht hier in ein Schlagloch. Ist ja ein Ding!

— Wir wollten, dass er sich gleich heimisch fühlt, Eubie.

— Haha.

Ich hoffe, im Dunkeln hat niemand gesehen, wie ich zusammengezuckt bin, sonst muss ich vielleicht was unternehmen.

— Der gute Josey, ist zusammengezuckt, als hätt er 'nen Duppy gehört.

Alle lachen. Mir gefällt nicht, wie er sich mit allen gleich verbrüdert, als wären sie auf Augenhöhe. Mir gefällt das nicht, wenn irgendein Scheißtyp keinen Respekt vor mir hat, auch nicht im Scherz. Dieser Typ denkt doch tatsächlich, ich und er wären auf einer Stufe. Der denkt das wirklich. Ich frag mich, ob das auch so wäre, wenn Weeper sich um Manhattan und Brooklyn kümmern würde, wie er sich anscheinend um Queens und die Bronx kümmert. Wir müssen uns unterhalten, sobald wir aus diesem Van rauskommen. Ich frage mich, was dieser Mann auf der Rückbank eigentlich hier zu suchen hat. Dann sind wir auf einem anderen Highway, und ich schaue rüber, und da ist das Meer oder der Fluss, und da ist eine Neonreklame mit dem alten Pepsi-Logo drauf, aus Zeiten, als ich noch ein kleiner Junge war.

— Also, Josey, ich habe nachgedacht. Ich ...

— Hast du jetzt vor, hier im Van übers Geschäft zu reden?

— Was, wegen dem da hinten? Ich vertraue meinen Männern vorbehaltlos, Josey, was bedeutet ...

— Du willst mir doch jetzt nicht ernsthaft erklären, was vorbehaltlos bedeutet.

— Woi, Josey, immer mit der Ruhe, oder! Der Typ ist knallhart! Aber kein Problem, wir können warten, bis wir im Boston Jerk Chicken sind. Witzig, oder? Wie groß war die Chance, dass eine Filiale vom Boston Jerk Chicken aus Portland auf der Boston Road in New York landet? Das würd mein Sohn jetzt Ironie nennen, hat der im Literaturunterricht gelernt. Werden die nicht schnell groß? Wie alt ist dein Ältester jetzt?

— Vierzehn. Hat das nicht alles Zeit, bis wir aus diesem Kleinbus raus sind?

— Ich mach nur n' bisschen Small Talk, aber wie es dir beliebt.

Der Van hält an. Ich hatte nicht mal mitbekommen, dass wir in der Bronx waren. Es ist nach neun, aber es ist immer noch was los, die Leute laufen mitten auf der Straße, auf dem Bürgersteig und in die Geschäfte und wieder heraus, als wär's helllichter Tag. Autos parken an beiden Straßenrändern, alles Buicks oder Oldsmobiles oder Chevrolets. Miss Beulah's Haartechnik, Fontaine Brothers Speditionsgesellschaft, Western Union, noch mal Western Union, Peter's Boutique Herrenausstatter, Apple Bank, und dann das Boston Jerk Chicken. Es sieht aus, als wollten sie gerade schließen, aber irgendjemand muss Eubie gesehen haben, denn hinten geht gerade ein Licht an. Deshalb frage ich mich jetzt, ob Eubie vergessen hat, dass ich sagte, kein jamaikanisches Essen, oder ob das noch so eine kleine Respektlosigkeit ist.

Wir setzen uns hin, nur er und ich in einer orangenen Plastiknische nahe der Tür, er mir direkt gegenüber. Einer seiner Männer steht bei der Kasse und zwei sind vor der Tür postiert.

— Wie gut lässt du die Gegend normalerweise bewachen?

— Nicht besonders, die Ranking Dons wissen, dass sie sich auf der Boston oder der Gun Hill Road nicht blicken lassen sollten. Das letzte Mal, als sie so 'n Ding versucht haben, haben die zwei von meinen Dealern abgeschossen. Na ja, war doch eigentlich klar, dass dieser Nigger hier so einen Scheiß nicht einfach so hinnehmen würde, oder? Wir hörten, dass im Haffen Park eine Party mit reichlich Ranking Dons im Gang war. Wir sind einfach mit drei Wagen da runter, rausgesprungen und haben den ganzen Park zusammengeschossen. Wir wollten keinen umbringen, obwohl, wenigstens ein oder zwei Mann haben schon ins Gras gebissen an dem Tag. Mich hat nur interessiert, dass wenigstens einer von denen für den Rest seines Lebens in einen Beutel scheißen muss. Das war das letzte Mal, dass diese Battyboys in der Bronx rumgepfuscht haben. Eine bessere Entscheidung, als Heroin in Philly zu verticken hätten sie gar nicht treffen können. Trotzdem werden sie in Brooklyn schon wieder dreister. Zu dreist, wenn du mich fragst.

— Erzähl.

— Was?

— Erzähl mir, wie dreist.

— Na ja, Weeper kann dir das am besten erzählen …

— Ich hab nicht Weeper gefragt, ich hab dich gefragt.

— Okay. Okay. Tacheles also. Dein Junge vermasselt's überall, und die Ranking Dons fahren in einem Dreieck zwischen Broadway, der Gates und der Myrtle auf und ab und gucken gemütlich dabei zu. Die Spotter finden die Runner nicht, die Dealer hängen selber an der Nadel, während diese Jungs mit ihren Chevrolets alles abpatrouillieren, weil sie wissen, dass sie in der Bronx oder in Queens keinen Fuß an Deck kriegen. Mein Mann vor Ort erstattet mir Bericht über alles.

— Dein Mann? Wie kann er das denn alles wissen?

— Krieg das jetzt nicht in den falschen Hals, aber einer von Weepers Runnern hört sich für mich um.

— Bombocloth, Eubie, du hast einen Spion auf den Mann angesetzt, auf mich?

— Oh zum Henker, Josey, als wenn du keine Männer hättest, die mir hinterherspionieren. Oder rennt Bricks jede Nacht in die Telefonzelle, um ein R-Gespräch mit seiner Frau zu führen. Mir ist das gleich. Mir macht das tatsächlich absolut überhaupt nichts aus. So bleib ich auf Trab, und es erinnert mich daran, dass ich keinen Mist bauen sollte. Mein Mann berichtet mir zweimal die Woche. Ich mein, ich kann mir aber nicht vorstellen, dass er irgendwas herausfindet, das du nicht sowieso schon weißt.

— Zum Beispiel? Machen wir doch einen kleinen Test.

— Wie zum Beispiel, dass dein Junge Weeper selber User ist.

— Weeper kokst, und das schon seit 1975, das ist nix Neues.

— Aber neu ist, dass er jetzt Crack raucht, Josey. Du und ich, wir wissen beide, dass Crack kein Koks ist. Kann ein Mann gute Geschäfte machen, obwohl er auf Koks ist? Natürlich. Alle Typen, die ich im Musikgeschäft kenne, ziehen Koks. So läuft's im Showbusiness, junger Mann. Damals hatte es sogar noch so was wie Klasse. Aber Crack ist 'ne andere Nummer. Jeder, aber auch jeder Dealer, der von Koks auf Crack umsteigt, wird weich in der Birne. Du kannst dich nicht mehr konzentrieren. Keine Geschäfte mehr machen. Crack ist dein Geschäft. Du kannst keine Zahlen zusammenzählen, wenn du auf Crack bist. Du kannst nicht mehr auseinanderhalten, was du verkaufen und was du kaufen musst. Die ganze Scheiße ist den Bach runter, und dir ist das piepegal. Wenn du Weeper siehst, frag ihn doch mal, wann er das letzte Mal in Bushwick war. Der raucht nur Crack und ... äh ... die andern Sachen sind seine Sache, aber der Kerl ist ein R'Asscloth-Crackhead, und wir haben hier ein R'Asscloth-Geschäft zu führen.

— Woher willst du wissen, dass er Crack raucht?

— Mein Mann hat ihn dabei gesehen.

— Das ist eine beschissene Lüge, Eubie.

— Brethren, glaubst du, der macht das heimlich? Du verstehst das nicht. Wenn ein Typ auf Crack ist, ist ihm alles egal. Das ist Nachlässigkeit pur, Mann. Der Typ schießt sich ab wie irgend so 'ne Crackhure und bringt seine Geschäfte durcheinander, und wenn er nicht damit beschäftigt ist, dann macht er alle möglichen Schweinereien, die er wohl in Miami aufgeschnappt haben muss, weil er so einen Scheiß in Jamdown unmöglich ...

— Es reicht.

— Und die Ranking Dons sind nichts als Geier, die kommen schon und lungern in der Nähe herum, bevor einer ganz tot ist.

— Eubie, ich hab gesagt, es reicht, R'Asscloth.

— Okay, Bruder, schon gut.

— Es reicht mit dieser Bombocloth-Scheiße, los jetzt, wir gehen.

— Brethren, das Essen ist doch noch nicht mal da.

— Bombocloth, seh ich aus, als hätt ich Hunger? Ich will nach Bushwick. Und zwar genau jetzt, Eubie.

John-John K

Da war also dieses eine Mal in Miami, ganz unten in der Collins Avenue in South Beach. Ich rauchte Parliaments in einem Mustang, der ohnehin schon übel stank, und regte mich über falsche Anweisungen zu einer Grasübergabe auf, die es nicht geben würde, weil der eigentliche Plan war, das Zeug zu klauen und dann weiterzuverkaufen, als ein paar Jungs auf mich zukamen wie Motten, die ein frisches Stück Stoff wittern. Darunter ein Blonder mit langen, gelockten Haaren, als würde er als Farrah-Fawcett-Double arbeiten. Er glitt dahin, die Jeans seitlich geschlitzt und so kurz abgeschnitten, dass die weißen Taschen herausguckten. Er sang sogar, mit einer Stimme, die tief genug war, um den Farrah-Eindruck zunichtezumachen, *more, more, more, how do you like it, how do you like it.* Wir haben neunzehnhundertdreiundachtzig, du Scheißschwuchtel, hätte ich am liebsten zu ihm gesagt.

Die Rollschuhe des Hurensohns hatten so eine mädchenhafte Farbe irgendwo zwischen Rosa und Lila. Vielleicht Flieder; eine Schwuchtel wüsste so was. Die Rollschuhschlampe sah ihn nicht kommen, den Schmutzigen, dessen dunkle Haare so aschfarben schimmerten, dass sie fast grau wirkten, und der auf der anderen Seite des Autos entlanghuschte wie ein Schatten. Ich bemerkte ihn nicht einmal, bis die Rollschuhschlampe direkt in einen Kung-Fu-Kick hineinfuhr, den der Typ ihr mit seinem Kampfstiefel in die Seite versetzte. Die Rollschuhschlampe rollte weiter, taumelte, torkelte wie eine betrunkene Tanzmaus, versuchte, sich wieder zu fangen, konnte aber nicht anhalten, ohne eine Arschbremse auf dem Asphalt hinzulegen. Die Schlampe schrie und fluchte und gab sich alle Mühe, sich aufrecht zu halten, drehte sich aber erst auf einem Fuß und dann auf dem anderen und krachte schließlich rückwärts mit dem Hintern voran in ein paar Mülltonnen, die an dem Drahtzaun standen. Nimm deinen Tripper und deinen stinkenden Arsch und verpiss dich nach Hialeah, sagte der Junge. Natürlich ein Latino, aber ein süßer Latino, der wahrscheinlich vor nicht allzu langer Zeit aus Kuba herübergekommen war, nicht lange genug, dass der schmutzige *pinguero* gemerkt hätte, dass *Der Wilde* ein saualter Film war und Leder nicht die beste Wahl für einen Ort, der schließlich immer noch zu den Tropen gehörte.

Der Latino beugte sich zum Fenster herunter; er roch, als hätte er erst vor einer halben Stunde geraucht. Sein linker Eckzahn fehlte, aber seine Augen waren schwarz und hungrig und sein Kinn stark wie das von Vinnie Barbarino in *Welcome Back, Kotter*. Er fasste mit der Hand ins Auto, und ich packte ihn – Jagdinstinkt. Kippen, sagte der Junge, und ich ließ ihn los. Er sagte weiter nichts, ging nur auf die rechte Seite und stieg ins Auto. Ich hätte mir an Ort und Stelle einen von ihm blasen lassen, aber verdammt, ich musste dort weg, diese abgeranzten Hotels im Art-déco-Stil waren ein echter Runterzieher. Was soll der Scheiß, Papi, ich fahr mit keinem mit, sagte er. Dann mach, dass du aus meinem Auto rauskommst, antwortete ich. Er änderte seine Meinung und sagte, Fahren wir irgendwohin, wo's nett ist. Er nahm noch eine Zigarette aus der Packung und steckte sie sich hinters Ohr. Hoffentlich liegt das Gewehr nicht auf dem Bett, dachte ich, sonst kriegt der Junge es noch mit der Angst zu tun. Er starrte nur auf meine Cowboystiefel.

— Bist du ein *ranchero*, Papi?

— Nimm meinen verdammten Hut ab.

Und das Kranke an der Sache ist, dass ich nur an Rocky denken konnte. Selbst als ich die Hand im schmutzigen Haar von dem Jungen hatte, dessen Kopf sich auf und ab bewegte, dachte ich noch an Rockys Regeln. Wir hatten gewisse Regeln. Oder vielleicht glaubten wir das auch nur. Wenn du es mit wem treiben willst, dann fick die Typen auf dem Sofa, im Bett heißt fremdgehen. Und nur wenn der Typ richtig, richtig süß ist, denn wie der Sinnspruch sagt, werden wir wohl nur einmal durch diese Welt gehen, und dann muss man es eben einfach mit ihm machen, denn wir sind Homos, und bei uns gibt es keine schwachsinnigen Regeln. Also, keine Heteroregeln.

Aber verdammte Scheiße noch mal, Mann, in den letzten Tagen haben ein paar Sachen, mit denen ich eigentlich schon seit Jahren abgeschlossen hatte, in meinem Kopf eine Wiedersehensparty gefeiert. Der Teufel soll mich holen, wenn ich weiß, warum, ich war doch noch nie zuvor in New York. *Hier, so geht das, guck, du saugst an meinem Finger und saugst und saugst, bis du ein Vakuum hast, weißt du, wie wenn du die Luft aus einer Plastiktüte saugst, bis sie komplett raus ist? So fest musst du saugen. Saug so fest, dass ich meinen Finger nicht rausziehen kann – Ich weiß, wie das geht.* Keiner hat mir gesagt, dass New York voller Geister ist. *Du bist ein verdammter Freak, John-John.* Ich wollte den Jungen nicht schubsen. Doch, wollte ich. Ich wollte nicht, dass er sich wehtut. Doch, das wollte ich, verdammt noch mal. Ich wollte ihn nicht töten. Was heißt, ich wollte es nicht? Als er mit dem Gesicht nach unten auf den Bahngleisen gelandet ist und ich ihn hochgezogen habe, aber nur, um seinen Kopf so auf dem Gleis zu platzieren, dass der geöffnete Mund darauf lag, und dann immer wieder fest auf seinen Hinterkopf zu treten, bis ich das Knacken gehört habe, konnte ich nur an das Sommerzeltlager denken. *Ist er drin? O ja. Ganz drin? Mhm.* Vierzehn, zurück aus dem Zeltlager, und mein Pop verpasste mir einen Schlag in den Magen und sagte mir, ich sei ein verdammtes Weichei, das abgehärtet werden müsse. Das Zeltlager bestand aus schlechtem Essen, Galmei-Lotion und Betreuern, die mit dem Lineal herumgingen und es zwischen tanzende Pärchen hielten, um *Platz für Jesus zu schaffen.* Ich saß mit Tommy Mateo – mit seinem riesigen roten Weißbrot-Afro – am Rand, und wir zischelten uns zu, dass sei alles Schwachsinn. *Hey, hast du Bock, eine zu rauchen? Äh, ja.* Zwei Wochen nach dem Zeltlager konnte ich es kaum erwarten, Tommy wiederzusehen. Am Telefon wirkte er verändert, abgelenkt, so als würde er mit jemand anderem reden. Kennst du den alten Eisenbahntunnel an der Lincoln Avenue? Ich komme da hin, und er hält die ganze Zeit Abstand zu mir, so als wäre er nicht derjenige, dem ich jeden Abend im Wald den verfluchten Hintern gestopft habe. Tommy blies mir Rauch ins Gesicht, als ich ihm zu nah kam.

Tommy, hast du vielleicht Lust auf, du weißt schon?

Was? Nein, du Scheißschwuchtel.

Du bist doch die Scheißschwuchtel, die sich in den Arsch ficken lässt.

Leck mich, das war doch nur, weil es da keine Mädels gab.

Mädels, die dich in den Arsch bumsen? Das Lager war voll mit Mädchen.

Nicht mit welchen, die ich ficken würde, Scheiße, sogar du warst hübscher als jede von denen. Aber jetzt sind wir wieder zu Hause, und hier sind die Mädels hübsch.

Ich will keine verschissenen Mädchen.

Das soll man aber wollen, sonst ist man eine Scheißschwuchtel. Du bist eine Scheißschwuchtel, und ich sag's deinem Pop.

Scheiße, Scheiße, Scheiße. Warum geht mir jetzt dieser ganze Mist durch den Kopf? Das Licht im Schlafzimmer von diesem Kerl ist an- und wieder ausgegangen, das Licht im Badezimmer ging für eine halbe Stunde an und dann aus. Jetzt ist es seit einer halben Stunde aus. Man braucht vielleicht eine halbe Stunde, um einzuschlafen, ein bisschen länger oder kürzer vielleicht. Kann sein, dass er im Dunkeln irgendeine Braut fickt, aber das kommt auf dasselbe raus. Entweder er schläft, oder er ist abgelenkt. Ich würde ja die Feuertreppe hochsteigen, aber die Wohnung ist im dritten Stock, und das ist ein ganz schönes Stück, wenn man versucht, kein Geräusch zu machen. Griselda hat mir die Schlüssel gegeben, aber durch die Vordertür reinzumarschieren kam mir nicht besonders klug vor. Wir sind in New York, da wird er wohl ein paar Schlösser an der Tür haben. Oder vielleicht fickt er irgendeine Braut und will nicht, dass sie bleibt.

Ich bin über die Straße und ins Haus. Ab und an wird mir bewusst, dass ich doch nur eine stereotype Schwuchtel bin; wer hatte zum Beispiel die großartige Idee, die gesamte Eingangshalle senffarben zu streichen? Drei, vier Meter, und auf der ersten Treppe sind die Stufen noch mit Teppichstoff bezogen. Als ich im zweiten Stock bin, weiß ich,

　　　　　White Lines/Kids in America

dass es kein Schweiß ist, was da meinen Rücken runterläuft. Ich bin an der Tür, und bevor ich selbst weiß, was ich tue, fahre ich mit den Händen darüber, als wollte ich schauen, ob es echtes Holz ist, oder was auch immer. Ich habe so wenig Vertrauen zu dieser kolumbianischen Schlampe, dass ich halb damit rechne, dass der Schlüssel nicht passen wird. Ich stecke ihn hinein und drehe ihn mit viel Kraft, rechne damit, dass er abbricht oder so, aber er funktioniert, er funktioniert und macht ein verdammt lautes Geräusch. Verdammte Scheiße, zuerst überlege ich, die Sache abzubrechen, aber vielleicht hörte man das Geräusch drinnen ja nicht so laut wie hier draußen. So oder so sollte ich lieber mal die verdammte Pistole entsichern.

Die Tür geht knarrend auf, und da ist kein Wohnzimmer, in New York hat man für so etwas wohl keinen Bedarf. Direkt vor mir steht ein Esstisch mit zwei Stühlen; vielleicht sind die anderen Stühle auch nur woanders. Von draußen fällt kaum Licht herein, und ich kann nur ein Sofa sehen, das an eine Wand geschoben wurde, und das Bett, das an die andere Wand geschoben wurde. Am Fenster steht ein Fernseher. Ich kann nicht erkennen, ob die Laken schwarz sind oder das Bett einfach nur im Schatten liegt. So oder so gehe ich zum Bett, suche das Laken nach einer Erhebung ab und feuere sieben Schüsse aus dem Magazin ab. Dreierlei ist zu hören: das Zopp-zopp des Schalldämpfers, das leise Ploppen der Kugeln, die im Kissen einschlagen, und das Japsen hinter mir. Ich fahre herum und sehe einen nackten Weißen, der vielleicht rote Haare hat. Schwer zu sagen im Dunkeln, denn er hat das Licht im Bad nicht eingeschaltet. Die Schlampe hat mir die falsche Wohnung genannt. Ich hebe die Pistole, um ihm in den Kopf zu schießen, aber er schleudert mir irgendetwas genau ins Auge, und als ich schreie, ist es, als würde ich mich selbst von außen schreien hören. Es läuft mein Gesicht hinunter, und ich schmecke es. Scheiß Mundspülung. Bis ich ins Bad gerannt bin und mein Auge ausgewaschen habe, hat er schon das Fenster hochgeschoben und ist auf die Feuertreppe gesprungen. Und ich bin hinter ihm her, dieser nackte weiße Mann, der die Stufen hinunterrennt, und ich, der versucht, in eine gute Schussposition zu kommen. Ich drücke ab, die Kugel prallt gegen Metall, und Funken fliegen durch die Gegend. Ich mache kaum drei schnelle Schritte auf der Plattform, dann bin ich schon auf der nächsten Treppe und schieße auf den schreienden nackten Kerl, ich weiß nicht, was er da schreit, aber es klingt nicht wie »Hilfe«. Er springt das letzte Stück, statt die Leiter zu nehmen.

Wir rennen also die Gasse hinunter, er schreit, als bekäme er gerade die Kehle durchgeschnitten, ich halb blind hinter ihm her, und mein rechtes Auge tut immer noch scheißweh. Und was noch schlimmer ist, mit jedem Schritt wirbeln wir diesen Gestank nach Scheiße, Verwesung, Säure und Tod auf. Ich versuche, ihn in meine Schusslinie zu bekommen, aber nur die Wichser im Film können rennen und dabei gerade schießen, und die haben zwei gesunde Augen. Meine Schüsse verschwinden alle im Dunkel, sie prallen nicht mal irgendwo ab, nichts. Dafür, dass er barfuß läuft, ist er ziemlich schnell, er hüpft und zischt durch diese dunkle Gasse voller Schlaglöcher, in der überall Mülltonnen herumstehen. Ich trete auf irgendetwas Glitschiges und mache mir nicht die Mühe, nachzusehen, ob es eine Ratte war. Wir kommen an eine Querstraße, und die plötzlich auftauchenden Scheinwerfer und Straßenlampen lassen ihn zu lange stehen bleiben. Ich erwische ihn, als er gerade wieder losläuft, genau in dem Moment, in dem zwei Autos auf beiden Seiten von ihm vorbeifahren. Eins davon bleibt kurz stehen, schert dann aus, fährt abrupt nach rechts und reißt dabei fast eine Ampel um, dann nach links, dann wieder nach rechts und verschwindet in einer Straße. Kein Mensch weit und breit, was für New York doch wohl ziemlich ungewöhnlich ist. Zuerst dachte ich, die Wand würde irgendwie merkwürdig aussehen, schwarz, gewölbt und glänzend. Dann wurde mir klar, dass es Müllsäcke waren, übereinander zu einer Wand aufgestapelt, die sich auf beiden Seiten bis in die Dunkelheit dahinzog. Ich gehe zu dem Mann hinüber, packe ihn am linken Knöchel und schleife ihn in die Gasse zurück.

Dorcas Palmer

— Im Ernst, haben Sie sich diesen Mist mal gründlich angesehen? Und das Cover? Eine Hornbrille und eine große rosafarbene Nase? Von wem ist das, Groucho Marx? Und mein Gott, schauen Sie sich die anderen Veröffentlichungen des Verlags an. *Improvisierte Waffen des amerikanischen Untergrunds,* und hier *Bomben basteln leicht gemacht,* und garantiert ein Klassiker, *Wie man die Ex-Frau endgültig loswird.* Was ist das hier wirklich? Ich würde ja vermuten, Sie sind von der Milizbewegung, aber wir sind nicht in Texas, und soweit ich weiß, haben die ihre Keine-Nigger-Politik nicht gelockert.

Derweil versuche ich zu begreifen, warum genau dieser Mann offenbar denkt, er hätte, was man braucht, um sich in meiner Wohnung so aufzuführen. Ja, er hat schon den ganzen Tag vertraulich getan, aber dieser Mist, als wäre er mein Vater oder Ehemann, ist eine komplett neue Ebene. Nein, er ist ein gelangweilter alter Mann, der endlich ein Rätsel lösen darf und so tut, als wäre es eine Riesensache. Nein, er denkt, er kennt mich, weil ich ihm irgendwie verpflichtet bin, und er ist furchtbar enttäuscht. Was auch immer, der Mann hat Nerven.

— Beruhigen Sie sich.

— Was soll das heißen, beruhigen Sie sich? Sind Sie irgendwie auf der Flucht? Wofür brauchen Sie so ein Buch?

— Nicht, dass ich Ihnen eine Erklärung schuldig wäre, aber ich habe es in einem Buchladen gesehen und war neugierig.

— Was für ein Buchladen? Für Söldner und Waffennarren? Lesen diese Irren überhaupt?

— Es ist bloß ein Buch.

— Es ist ein Handbuch, Dorcas, wenn das Ihr richtiger Name ist. Niemand kauft ein Handbuch, wenn er es nicht benutzen will. Und den Eselsohren nach zu urteilen, haben Sie es oft benutzt.

— Ich muss mich Ihnen gegenüber für gar nichts rechtfertigen.

— Dann lassen Sie's. Aber mal ehrlich, das Buch ist doch bestimmt ein Haufen Mist.

— Ja, totaler Schrott, wie Sie sagen würden. Deshalb benutze ich es auch nicht, um ...

— Ich habe gesagt, das Buch ist Mist. Ich habe nicht gesagt, dass Sie es nicht benutzen.

Warum werfe ich ihn nicht raus, statt mich anherrschen zu lassen? Es ist meine beschissene Wohnung. Ich zahl die Miete.

— Und niemand hat hier lauter zu sprechen als ich.

— Was?

— Ich sagte, das ist meine Wohnung, und in meinem verdammten Haus hat niemand lauter zu sprechen als ich.

— Entschuldigung.

— Entschuldigen Sie sich nicht. Ich bin diejenige, der es leidtut.

Er setzt sich.

Ein anderes Ich von mir würde sagen, dass ich es wirklich nett finde, dass er Anteil nimmt, und sogar gerührt bin, dass jemand sich um mich sorgt, obwohl er mich kaum kennt. Aber ich sage nichts von all dem.

— Ich habe das Buch nicht benutzt.

— Na, Gott sei Dank.

— Weil ...

— Weil?

— Weil ich die meisten Sachen, die einem darin geraten werden, schon gemacht habe. Es ist nicht das einzige Buch auf dem Markt.

— Was wollen Sie damit sagen?

Mr. Colthirst zieht einen meiner Esstischstühle heran und setzt sich direkt vor mich. Er zieht sein Jackett aus, und ich will mir verkneifen, in alles etwas hineinzuinterpretieren, wenigstens für einen Abend. Das ist etwas, was ich mir von den amerikanischen Frauen abgeguckt habe: Zu versuchen, alles, was ein Mann macht, zu deuten, als würde es eine geheime Botschaft für mich enthalten. Im Moment ist verdammt noch mal er auf der Flucht. Er sieht mich mit zur Seite gelegtem Kopf an, als hätte er eine Frage gestellt und würde auf die Antwort warten. Ich wünschte, dieser Mann würde verstehen, dass ich kein bisschen wie die Leute bin, die er bei *Donahue* sieht. All diese Menschen mit ihren Privatangelegenheiten, die sie unbedingt vor dreizehn Millionen Menschen ausbreiten wollen. Man muss zu diesen Leuten bloß Hallo sagen, und sie denken, sie müssten sich erniedrigen und dir alles erzählen, was sie wissen. Jeder will immer nur Geständnisse ablegen, aber in Wahrheit erzählen sie dir gar nichts. Sie offenbaren nichts.

— Flushing Cemetary. 46th Avenue, New York.

— Hä?

— Auf dem Friedhof dort werden Sie sie finden, wenn Sie nachsehen möchten.

— Wen?

— Dorcas Palmer. Dorcas Nevrene Palmer, geboren am 2. November 1958 in Spauldings, Clarendon, Jamaika. Gestorben am 15. Juni 1979, in Astoria, Queens. Todesursache war ein tragischer Unfall, hieß es in der Todesanzeige, was bedeutet, dass sie von einem Auto überfahren wurde.

— Und Sie benutzen einfach so ihren Namen?

— Claudette Colbert wurde langsam zu auffällig.

— Das ist nicht witzig.

— Das war auch kein Witz. Claudette Colbert klang langsam zu auffällig.

— Man kann nicht einfach so den Namen einer Toten annehmen. Ist das nicht ziemlich leicht zurückzuverfolgen?

— Das schockt Sie jetzt vielleicht, aber die Abteilung, die für Totenscheine zuständig ist, ist nicht unbedingt die größte der Stadtverwaltung.

— Ich bin mehr geschockt von ihrer ständigen Ironie. Daran kann ich mich bei euch Jamaikanern gar nicht erinnern. Gucken Sie mich nicht so an. Wenn Sie alle fünf Minuten eine Bombe hochgehen lassen müssen, bestehe ich darauf, diesem Mist eine gewisse Leichtigkeit zu geben, wenn ich es für angemessen halte.

— Gut. Wollen Sie das wirklich hören?

— Sie klingen, als wollten Sie es wirklich erzählen.

— Nein, eigentlich nicht. Ich steh überhaupt nicht auf diese grassierende Geständnis-Mode. Ihr Amerikaner und euer »Willst du darüber reden?« Ich meine, Jesusmaria.

— Jedenfalls.

— Jedenfalls sind wir hier in New York, und weil es New York ist, sind nicht viele Leute, die hier gestorben sind, auch hier geboren. Und die Bundesstaaten haben kein großes Zentralregister. Im Grunde haben die Abteilung für Geburtsurkunden und die für Totenscheine eigentlich gar nichts miteinander zu tun, sie sind nicht mal im selben Gebäude untergebracht. Also selbst wenn es einen Totenschein gibt, gibt es keine ...

— Geburtsurkunde.

— Und wenn man sich eine Geburtsurkunde besorgen kann ...

— Dann haben Sie einen Beweis dafür, dass Sie Sie sind, ohne dass die echte Sie Sie verfolgt. Was ist mit Ihren Verwandten?

— Alle in Jamaika. Sie konnten es sich nicht leisten, zur Beerdigung herzufliegen.

— Sozialversicherung?

— Oh, die beansprucht sie jetzt.

— Sie war nicht ...

— Man braucht nur eine Geburtsurkunde. Ja, ich habe das Melderegister in Jamaika angerufen und eine Kopie meiner, also ihrer Geburtsurkunde beantragt. Ich kann mich nicht mal mehr erinnern, wie viel ich dafür bezahlt habe. Die Menschen sind immer eher bereit, das Schlimmste zu glauben als das nicht ganz so Schlimme, warum also sollte man ihnen nicht das Schlimmste erzählen? Sie wären überrascht, bei wie vielen Behörden man sagen kann, ich habe meinen Pass verlegt, oder einfach behaupten, er wäre gestohlen worden. Aber ich habe meine Geburtsurkunde.

White Lines/Kids in America

— Ich schätze, wenn Sie immer noch Claudette Colbert heißen würden, hätten Sie ein kleines Problem.

— Oder Kim Clarke.

— Wer? Wann waren Sie die?

— Ist schon lange her. Als Nächstes habe ich Kontakt zum United States Census Bureau aufgenommen und mich erkundigt, welche Informationen über Dorcas Palmer vorliegen.

— Oh, klar, und die haben sie einfach so rausgerückt?

— Nein. Sie haben sie für sieben Dollar fünfzig rausgerückt.

— Gütiger Gott. Wie alt sind Sie?

— Warum wollen Sie das wissen?

— Oh klar, das halten Sie geheim. Fand die Sozialversicherung es nicht seltsam, dass Sie erst so spät eine Nummer beantragt haben?

— Nicht, wenn man Einwanderin ist. Nicht, wenn man eine Geburtsurkunde hat, aber seinen Pass nicht finden kann. Nicht, wenn man eine Geschichte hat, die lang und langweilig genug ist, damit sie alles tun, um einen aus der Schlange wegzukriegen. Wenn man beides hat, bekommt man problemlos einen staatlichen Ausweis. Danach kann man sich für fünfunddreißig Dollar einen Pass kaufen, doch das habe ich noch nicht getan. Das steht in Kapitel zwei.

— Aber Sie sind keine amerikanische Staatsbürgerin?

— Nein.

— Nicht einmal dauerhaft ansässig?

— Nun, ich habe einen jamaikanischen Pass.

— Mit Ihrem richtigen Namen?

— Nein.

— Mein Gott. Was haben Sie denn angestellt?

— Ich? Ich habe gar nichts angestellt.

— Das sagen Sie. Ich bitte Sie, Sie müssen doch getürmt sein. Diese Geschichte ist schon jetzt das Aufregendste, das ich gehört habe, seit ich mich erinnern kann. Was verdammt noch mal haben Sie gemacht? Vor wem laufen Sie weg? Ich muss sagen, das ist ziemlich spannend.

— Wer hätte geahnt, dass Ihr Tag so enden würden, als Sie mir die Tür geöffnet haben? Und ich bin nicht getürmt. Ich bin keine Verbrecherin.

— Sie hatten ein Dreckschwein von einem Ehemann, der Sie geschlagen hat.

— Ja.

— Wirklich?

Nein.

— Dorcas. Oder wie immer Sie heißen mögen.

— Jetzt heiße ich Dorcas.

— Ich hoffe, Sie haben ihr für die Großzügigkeit gedankt, ihren Namen benutzen zu dürfen.

Er steht auf und geht wieder zum Fenster.

— Da Sie unter falschem Namen hier eingewandert sind, gehe ich davon aus, dass die Person, vor der Sie auf der Flucht sind, in Jamaika ist. Aber sie hat offensichtlich die Mittel, Sie hier aufzuspüren, deshalb die falschen Namen.

— Sie sollten Detektiv werden.

— Wie zum Teufel kommen Sie darauf, dass Sie jetzt in Sicherheit sind?

— Sie stehen vor dem Mond. Ich lebe seit 1979 hier, und er hat mich noch nicht gefunden.

— Es ist also ein Er, vor dem Sie weglaufen. Mussten Sie Kinder zurücklassen?

— Was? Nein. Keine Kinder. Gütiger Gott.

— Sie sind nicht so schlimm, bis sie anfangen zu sprechen. Wer ist dieser Typ, vor dem Sie weglaufen?

— Warum wollen Sie das wissen?

— Vielleicht kann ich ...

— Was? Helfen? Ich habe mir schon selbst geholfen. Er ist weit weg von New York City. Und hat wahrscheinlich auch keinen Grund herzukommen.

— Trotzdem verstecken Sie sich immer noch, das verstehe ich nicht ...

— In New York City leben viele Jamaikaner. Vielleicht kennt ihn jemand. Deswegen lebe ich nicht in der Nachbarschaft meiner Landsleute.

— Aber wieso überhaupt New York?

— Ich hatte nicht vor, mein Leben in Maryland zu verbringen, und Arkansas hätte nicht funktioniert. Außerdem ist eine große Stadt alles in allem besser. Öffentliche Verkehrsmittel, sodass man nie ein Auto braucht, man fällt nicht auf, außer man ist ein Weißer in einem Zug uptown, und es gibt Jobs, wo nie jemand irgendwelche Fragen stellt. Und selbst zwischen zwei Jobs muss man trotzdem den Eindruck erwecken, dass man arbeitet, also verlässt man jeden Tag zur selben Zeit seine Wohnung und kommt abends um dieselbe Zeit wieder nach Hause. Wenn ich nicht arbeite, gehe ich einfach in die Bibliothek oder ins MOMA.

— Daher können Sie auch einen Pollock von einem de Kooning unterscheiden.

— Dafür musste ich nicht ins verdammte MOMA gehen.

— Klingt nicht wie ein besonders erfülltes Leben, wenn Sie immer noch ständig auf der Hut sein müssen. Sind Sie nicht manchmal müde?

— Müde wovon?

— Ja, müde wovon.

— Im Moment hat mein Leben einen Platz und entwickelt Kreditwürdigkeit. So ziemlich alles hier ist auf Ratenzahlung angeschafft, obwohl ich es auch locker hätte bar bezahlen können. Das ist aus Kapitel vier. Hören Sie, wenn das der Moment für die große Katharsis sein soll, dann tut es mir sehr leid, Sie zu enttäuschen.

— Oh, Enttäuschung ist das letzte Wort, was mir einfallen würde, wenn ich über Sie nachdenke, Liebes.

Ich hätte wirklich erwidern sollen, ich bin nicht Ihr Liebes. Das hätte ich wirklich sagen sollen. Stattdessen sagte ich,

— Es wird spät. Sie sollten nach Hause.

— Was schlagen Sie vor, wie ein vornehmer weißer Mann eines bestimmten Alters aus der ... Wo sind wir?

— In der Bronx.

— Häh? Seltsam. Das hatte ich total vergessen. Und wie sind wir ...
Egal, die Natur ruft.

Er schließt die Tür. Sein Jackett ist von der Stuhllehne gerutscht, und ich hebe es auf. Schwer, zu schwer für ein Sommerjackett, denke ich. Es ist sogar gefüttert. In dem Jackett hätte ich mir die Hüften weggeschwitzt. Beim Falten entdecke ich eine Schrift in der linken Schulter, die nicht aussieht wie eine Waschanleitung. Irgendjemand hat sie von Hand mit Edding geschrieben.

WENN SIE DAS LESEN UND SICH IN DER NÄHE DES BESITZERS DIESES JACKETTS BEFINDEN RUFEN SIE BITTE DIE NUMMER 212 468 7767 AN. DRINGEND. BITTE RUFEN SIE SOFORT AN.

Erst nach dem dritten Klingeln nimmt jemand ab.

— Dad! Dad! Mein Gott, bist du ...

— Hier ist Dorcas.

— Welche Dorcas?

— Dorcas Palmer.

— Wer verdammt noch mal ... Warten Sie, sind Sie die Frau von der Agentur? Schatz, es ist die Frau von der Agentur.

— Ja. Von der Agentur. Mr. Colthirst ...

— Oh, Gott im Himmel, sagen Sie mir, dass er bei Ihnen ist.

— Ja, der Mister ist hier. Aber Sie sollten wissen, dass er derjenige war, der darauf bestanden hat, das Haus zu verlassen. Ich meine, er ist ein erwachsener Mann und kann tun, was er will, aber ich konnte ihn nicht allein lassen und ...

— Wo sind Sie jetzt? Geht es ihm gut?

— In der Bronx. Und ja. Was ist ...

— Ich brauche die Adresse, sofort, haben Sie mich verstanden?

— Selbstverständlich.

Ich nannte ihm meine Adresse, und er legte einfach auf. Wozu lange um den heißen Brei rumreden, wie die Amerikaner sagen. Ich klopfe an die Badezimmertür.

— Ken. Ken? Hören Sie, ich habe Ihren Sohn angerufen. Er hat gesagt, dass er Sie abholen kommt. Tut mir leid, aber es wurde langsam spät, und hier können Sie nicht bleiben. Ken? Ken? Mr. Colthirst?

White Lines/Kids in America

—Wer sind Sie?

Ich presse das Ohr an die Tür, weil ich sicher bin, falsch gehört zu haben.

—Wer sind Sie, verdammt noch mal? Verschwinden Sie von der beschissenen Tür. Verschwinden Sie, hab ich gesagt.

—Mr. Colthirst?

Ich packe den Türknauf, doch er hat von innen abgeschlossen.

—Verschwinden Sie, verdammt noch mal.

Tristan Phillips

Jetzt mal ehrlich. Du glaubst wirklich, dass Josey Wales höchstselbst den ganzen Weg nach New York kommt, um sich persönlich um dich zu kümmern? Mit sechs Jahren Verspätung? Wenn ich dir einen guten Rat geben darf, du scheinst ein bisschen an überzogenem Selbstwertgefühl zu leiden, mein Brethren. Aber andererseits, ich bin mir ziemlich sicher, dass Josey mich in Ruhe gelassen hat, weil er hauptsächlich die Friedensbewegung zur Strecke bringen wollte. Und als er das geschafft hatte, musste er niemanden sonst mehr umbringen. Außerdem bin ich ihm aus dem Weg gegangen und er mir, denn sich mit mir anzulegen hätte bedeutet, sich mit den Ranking Dons anzulegen. Wir waren zwar nicht ansatzweise so groß wie die Storm Posse, aber es hätte ihn trotzdem noch viel Zeit gekostet, uns kaltzustellen. Und was Weeper betrifft, wissen wir beide, warum er sich nicht an mich rangewagt hätte.

Aber dein Fall ist da anders, sozusagen speziell. Josey hat Wegzaubercreme für dich bestellt, und du schaltest seinen besten Mann aus. Vielleicht respektiert er dich deshalb, er kann in solchen Sachen ziemlich schräg sein. Vielleicht hat er dich auch vergessen ... andererseits, nein, Josey Wales vergisst nichts. Er ist wohl der Meinung, dass es keinen Unterschied macht, ob du tot bist oder lebst. Und dass es nur Zeit und Geld kostet, dich auszuschalten. Oder seine Prioritäten haben sich verlagert.

Ich glaube immer noch nicht, dass er wegen dir hierherkommt. Die Leute hier drin wissen es nicht besser, aber Josey ist nicht mehr der Mann, den du, wie du behauptest, vor sechs Jahren nicht getroffen hast. Er und dieser Typ namens Eubie, der seit 1979 hier ist, verkaufen Gras und Koks und haben daraus fast ein legales Business gemacht. Fast. Ich hab dir doch erzählt, warum die Storm Posse immer größer als die Ranking Dons sein wird, die Jungs haben einfach Ambitionen. Die haben Pläne. Ein Mann hier drin hat mir erzählt, dass die Storm Posse den Markt in New York, D.C., Philly und Baltimore fest im Griff hat. Seitdem ich hier bin, haben sie die Kubaner wieder zurück nach Miami gedrängt. Dank ihnen verschwendet Medellín keinen Gedanken daran, mit den Ranking Dons auch nur zu reden. Du weißt, dass die Lage schlecht ist, wenn du in diesem ganzen Crack-Hype derjenige bist, der auf seinem Heroin sitzen bleibt. Aber dieser Josey Wales, Mann, der benutzt seinen Kopf, und Eubie ist sogar noch cleverer. Und beide sind zu clever, um sich gegenseitig zu trauen.

Du scheinst nicht überzeugt zu sein, dass er nicht hinter dir her ist. Hör zu, Brethren, Josey Wales ist nicht hinter dir her, es sei denn, du lieferst ihm einen neuen Grund. Außerdem ist keiner dieser Jungs so wild drauf, Weiße umzubringen, denn dann würden die Feds anfangen, Fragen zu stellen. Nein, Bruder, du bist aus dem Schneider. Es sei denn, du willst einen Artikel über das alles schreiben.

Ein Buch?

Na ja, gewisse Menschen fordern's einfach heraus, was? Brethren, du kannst kein Buch über das alles schreiben. Um das mal klarzustellen. Du schreibst ein Buch über den Sänger, die Gangs, das Friedensabkommen. Ein Buch über die Posses? Jeder von denen ist ein eigenes Buch wert. Worüber willst du überhaupt schreiben? Du hast keine Beweise für nichts. Mit wem außer mir willst du reden?

Hör mal, du bist dem Tod ein Mal von der Schippe gesprungen. Wenn du irgendwas darüber schreibst, hast du niemanden, der dich schützt. Im Augenblick muss er sich um dich keine Gedanken machen. Hast du Familie? Nein? Warum nicht? So oder so, das ist gut, denn diese Jungs schrecken nicht davor zurück, deiner Familie auf die Pelle zu rücken. Und mit keine Familie meinst du weder Bruder, Schwester oder Mutter? Scheiße, Pierce, dann hast du jede Menge Familie. Erst in diesem Jahr sind sie zwei Dealern aus Spanglers auf die

Schliche gekommen, die in der Bronx aktiv waren. Ausnahmsweise ist die Storm Posse da nicht mit ihren Schießeisen einmarschiert. Nein, mein Freund, stattdessen haben sie die beiden Jungs geköpft und dem einen jeweils den Kopf des anderen aufgesetzt. Warum tust du dir nicht selbst einen Gefallen und wartest, bis alle tot sind? Brethren, wir reden hier über eine Gang, deshalb musst du vielleicht gar nicht mal so lang warten. Schau mich an, ich hätte mir das auch zu Herzen nehmen sollen. Weißt du, dass ich sogar mal im Fernsehen war? Zweimal, um über den Krieg und den Frieden zu reden. Alle schauen mich an und denken jetzt, das ist der Mann, der es geschafft hat, sich aus dem Getto rauszuarbeiten. Aber ... ja, darauf folgte dann ein ganzes Leben voller Bockmist, aber ... Aber sogar ich, der es besser wissen müsste und besser reden kann, wo bin ich gelandet? Genau.

Was soll mit Josey sein?

Nein, mein Freund, Männer wie der kommen nicht ins Gefängnis. Genau genommen hat er, glaube ich, seit 1975 kein Gefängnis mehr von innen gesehen. Welche Polizeitruppe, welche Armee ist hart genug, um sich ihn zu greifen? Ich bin seit '79 nicht mehr in Copenhagen City gewesen, aber ich habe davon gehört. Brethren, das ist da wie in diesen kommunistischen Ländern, die man in den Nachrichten sieht. Plakate und Wandbilder und Gemälde von Papa-Lo und Josey im ganzen Viertel. Die Frauen nennen ihre Kinder Josey eins und Josey zwei, obwohl er niemanden außer seiner Frau vögelt, und nein, sie sind nicht richtig verheiratet. Man könnte sogar sagen, er ist auf seine eigene Art ein nobler Typ. Aber trotzdem, wenn man Josey kriegen will, muss man erst mal ganz Copenhagen City niedermachen, und selbst dann müsste man auch noch diese Regierung absetzen. Was meinst du, Regierung? Mensch, Alex Pierce, was glaubst du wohl, wem die Partei den Wahlsieg von 1980 verdankt?

Weißt du, so langsam glaube ich, du bist wirklich ein Reporter, gar kein Zweifel. Du gehst irgendwohin und sammelst Informationen, besonders solche, die die Leute dir gar nicht geben wollen. Ich meine, schau dir an, was du alleine heute aus mir rausgekitzelt hast. Du stellst die richtigen Fragen oder zumindest die Art von falschen

Fragen, die die Leute dazu bringen, zu reden. Aber weißt du, was dir fehlt, oder vielleicht fehlt es auch gar nicht, sondern ist einfach der Beweis, dass du ein Reporter bist? Du hast überhaupt kein Gefühl dafür, alles zusammenzufügen. Aber vielleicht willst du das ja und weißt nur nicht, wie. Verrückt, was? Josey Wales ist wegen etwas hinter dir her, was du überhaupt nicht kapiert hast. Oder vielleicht kapierst du es jetzt? Willst du deshalb ein Buch schreiben? Weil du es jetzt verstehst, oder schreibst du, um es zu verstehen?

Ich hab auch eine Frage an dich.

Ich möchte wissen, wann genau du süchtig nach Jamaika geworden bist. Nein, ich will nicht wissen warum, sonst erzählst du mir noch den gleichen dämlichen Blödsinn, den ich immer von den Weißen höre, wenn sie über Jamaika reden, so was wie sie ist diese Hure mit der süßen Pussy, von der du einfach nicht lassen kannst, oder irgendeinen ähnlichen dämlichen Mist. Irgendein Kurzschwanzweißer hat das mal gesagt, aber da du ja eine jamaikanische Freundin hattest, gehe ich davon aus, dass du besser bestückt bist. Also sag's mir ganz offen, was ist an Jamaika dran? Die wunderschönen Strände? Denn weißt du, Pierce, wir sind mehr als ein Strand, wir sind ein Land.

Oh.

Danke, dass du mir nicht den gleichen Mist erzählst. Es *ist* ein Drecksloch. Es ist heiß wie die Hölle, ständig ist Stau, und die Menschen lächeln überhaupt nicht oder so was, und niemand dort sagt *no problem, mon.* Es ist beschissen und sexy und gefährlich, und außerdem echt, echt, echt langweilig. Um die Wahrheit zu sagen, ich mag das Land auch nicht. Und jetzt schau uns beide an. Unter anderen Umständen könnten wir es gar nicht erwarten zurückzugehen. Ist schon hart, was? Und bestimmt schwierig für dich, die Insel nicht mit einer Frau zu vergleichen. Glückwunsch, das war sehr unweiß von dir.

Was für eine Enttäuschung! Antiklimaktisch heißt das doch, oder? Du musst zugeben, es wäre eine viel interessantere Geschichte, wenn Josey Wales draußen vor dem Gefängnis auf dich warten würde. Immerhin kommst du raus, während ich nichts tun kann als warten.

März 1986, mein Freund.

Was ich machen werde? Weiß ich nicht, irgendwohin in Brooklyn nach einer Portion Akee mit Salzfisch Ausschau halten.

Haha. Als ob man bei den Ranking Dons einfach so austreten könnte. Mein Leben ist mein Leben, wie deins auch, Pierce. Für Leute wie mich ist unser Leben von vornherein festgeschrieben, und keiner hat gefragt, ob wir damit einverstanden sind. Wir können nicht viel gegen das tun, was Gott uns auferlegt hat. Oh? Das nennt man also Fatalismus? Ich weiß nicht, Brethren, das Wort klingt mir verdächtig nach fatal. Weißt du was, vielleicht solltest du dieses Buch schreiben. Ich weiß, ich weiß, was ich eben gesagt habe, aber jetzt versteh ich das Ganze etwas besser. Vielleicht sollte jemand diese ganzen Verrücktheiten schildern, denn das wird kein Jamaikaner machen. Das kann kein Jamaikaner machen, Bruder, entweder ist er zu nah dran, oder jemand stoppt ihn. So weit muss es auch gar nicht kommen, allein die Angst, dass jemand hinter einem her ist, reicht, um gar nicht erst anzufangen. Aber so weit im Voraus denkt keiner von uns. Ich meine, Scheiße.

Scheiße.

Verdammt.

Die Leute müssen das wissen. Sie müssen wissen, dass es einmal diese Chance gab, dass wir es hätten schaffen können, verstehst du? Wir hätten es wirklich schaffen können. Die Leute hatten einfach genug Hoffnung und waren müde genug und hatten überhaupt genug und träumten genug, dass etwas passieren hätte können. Weißt du, manchmal bekomm ich hier drin den *Jamaica Gleaner* in die Hand, und das ganze Ding ist in Schwarz und Weiß mit nur ein oder zwei roten Schlagzeilen. Wie lange glaubst du braucht es, bis wir Farbfotos in den Zeitungen haben, drei Jahre? Fünf Jahre? Zehn Jahre? Im Gegenteil, Bruder, wir hatten schon mal Farbe und haben sie wieder aufgeben müssen. Das ist typisch Jamaika. Ist ja nicht so, dass wir nie gute Zeiten hatten und jetzt auf bessere Zeiten warten. Die Dinge liefen schon mal gut, und dann lief alles scheiße. Jetzt haben wir die Scheiße schon so lange, dass die Menschen in der Scheiße aufwachsen und glauben, dass es gar nichts anderes als Scheiße mehr gibt. Aber die Menschen müssen das wissen. Vielleicht ist das eine zu große Aufgabe für dich. Vielleicht zu viel für ein Buch, und du solltest dich auf ein paar Sachen beschränken. Dich darauf konzentrieren. Ich meine, verflucht, pass bloß auf, dass ich dich nicht auffordere, den ganzen vierhundert Jahre alten Grund aufzuschreiben, warum mein Land immer versuchen wird, nicht zu versagen. Jetzt solltest du lachen. Wäre ich du, würde ich lachen. Aber, Mann, du hast es bemerkt, oder? Genau deswegen verfolgt dich dieses Ding mit dem Frieden schon so lange, wie es mich verfolgt. Selbst Leute, die immer nur das Schlechteste erwarten, haben, wenn auch nur für zwei oder drei Monate, ein bisschen mehr als sonst an den Frieden geglaubt, und dann war der Frieden das Einzige, an das sie überhaupt noch gedacht haben. Das ist wie mit dem Regen, den man riechen kann, wenn der Wind auffrischt. Schau mich an, ich bin nicht mal vierzig und habe doch nur meine Vergangenheit vor Augen wie ein alter Mann. Aber he, dieses Jahrzehnt ist ja erst halb rum, nicht wahr. Die Dinge können sich so oder so entwickeln. Ach, das nennt man Nostalgie? Wahrscheinlich war ich einfach zu lang im Ausland. Oder vielleicht sammelt man im Gefängnis einfach keine neuen Erinnerungen. Was glaubst du? Sag mir doch bitte, wenn du den ersten Satz hast. Den würde ich schrecklich gern wissen. Ach, du hast ihn schon? Nein, Brethren, verrat ihn mir nicht. Du sollst ihn zuerst aufschreiben.

Jaja, du kannst meinen echten Namen benutzen. Welchen Namen denn dann? Aber ja, Mann, schreib das Buch. Tu nur dir und mir einen Gefallen. Bring es erst raus, wenn alle tot sind, ja?

Josey Wales

— Eins muss man Weeper lassen.

Bushwick. Geht immer noch nicht so ganz in meinen Kopf, wie Jamaikaner in ein fünfmal größeres Getto mit dreimal höheren Mietskasernen ziehen und meinen, sie hätten sich verbessert. Sieht denn niemand den Unterschied zwischen einer guten Sache und einer größeren schlechten Sache? Das wird dann wohl ein anderer Brother irgendwann mal herausfinden müssen. Bis jetzt waren in jedem einzelnen Wohnblock, an dem wir vorbeigefahren sind, mindestens zwei abgebrannte Häuser. In den letzten Blocks stehen überhaupt nur noch zwei, und da ist nichts mehr, nur noch herumstreunende Hunde, herumstreunende Männer und Schutt und Gerümpel. Und überall, auch in den besseren Straßen, hängt dieser Gestank in der Luft, dass du nur noch weg von hier willst.

— Yeah, Mann, wenigstens hat er geschnallt, dass ...

— Wieso riecht es hier überall wie hinter 'ner Schlachterei?

— Bushwick, mein Junge. Die fleischverarbeitenden Fabriken sind immer noch in Bushwick. Na ja, eine oder zwei. Die meisten sind woanders hin, und die Leute hier in der Gegend finden keine Arbeit mehr.

— Was ist denn mit den ganzen Häusern passiert?

— Brandstiftung, Brethren. Ich sag ja: Die Fabriken haben geschlossen. Die Leute haben ihre Arbeit verloren, und der Immobilienwert ist dermaßen abgesackt, dass dein Haus dir mehr einbringt, wenn du es abfackelst und die Versicherung kassierst, als wenn du versuchst, es zu verkaufen. Die Gegend ist so tot, dass sich hier noch nicht mal 'ne dreckige Nutte ein Haus kaufen würde.

White Lines/Kids in America

— Warum dann in dieser Gegend ein Geschäft aufziehen?

— Genau da hatte dein Freund Weeper den richtigen Riecher. Ich sag ja gerade, das ist genau die Gegend, wo du dein Geschäft aufbauen willst. Was meinst du denn, warum die Ranking Dons es unbedingt haben wollen! Leute, die Crack kaufen, wollen nicht dabei gesehen werden, wenn sie Crack kaufen, wo geht man also hin? An einen Ort, den ganz New York irgendwie nicht wahrnimmt. Guck dich doch mal um, Mann, hier gehst du hin, wenn die Leute dich vergessen sollen. Und dann hat er das Crackhouse gleich die Straße runter eingerichtet, sodass sie nicht weit laufen müssen. Keine Ahnung, wieso ich nie an so was gedacht habe. Wenn ich mir gerade Crack gekauft hab, will ich nicht allzu lange warten, bis ich an der Crackpfeife nuckeln kann. Und ich will es ganz bestimmt nicht dahin mitnehmen, wo ich herkomme. Nee, Mann, dein Brethren hat mich darauf gebracht, mal darüber nachzudenken, ein paar Schuppen in Queens aufzumachen, ungelogen.

Ich drehe mich langsam einmal im Kreis und sehe mich um. Was hatte ich denn erwartet? Das hier ist die ideale Gegend, um Geschäfte zu machen, ich meine, wie sollte Bushwick denn sonst aussehen? Aber trotzdem. Bis du hierherkommst, raffst du überhaupt nicht, dass eigentlich fast alles, was du über Amerika weißt, aus dem Fernsehen kommt. Die Straße ist breit, aber verlassen. Schlimmer noch; so langsam glaube ich, dass hier draußen nur noch ich und Eubie und Eubies Leute sind.

Der Van ist jetzt zwei Blocks entfernt, und wir sind zu Fuß unterwegs. Vor einem Haus mit vernagelten Fenstern bleiben wir stehen.

— Ist es das hier?

— Yeah, Mann.

— Dann gehen wir doch mal rein. Ich werd ...

— Noch nicht, Josey. Du bist hier, um nach dem Rechten zu sehen, also lass uns mal gucken, wie die Geschäfte laufen.

Er deutet die Straße runter, aber ich sehe nichts. Nicht, bis zwei Personen aus dem Schatten und unter eine Straßenlampe treten. Ich kann es von hier nicht genau erkennen, aber einer davon muss der

Spotter sein. Der andere hat sein Gesicht in der Kapuze von seinem Hoodie versteckt. Der Spotter dreht sich um und deutet die Straße runter in unsere Richtung. Hoodie geht weiter, bis der zweite Mann ihn anhält, oder es zumindest versucht, aber Hoodie bleibt nicht stehen. Der zweite Mann ruft etwas, und Hoodie bleibt stehen und geht zu ihm rüber. Ein Stück weiter unten spricht der erste Mann schon wieder mit jemand Neuem. Hoodie schüttelt dem zweiten Mann unter der Straßenlampe die Hand. Eubie zieht mich zurück in den Schatten. Hoodie stemmt die Hand in die Hüfte. Eine Frau. Der zweite Mann geht vier bis fünf Meter weiter und schüttelt einem dritten Mann die Hand, der hinter einer Straßenlaterne hervorkommt. Ich bin ja stolzer Besitzer scharfer Augen, aber selbst ich hab ihn vorher nicht gesehen. Der dritte und der zweite Mann lassen sich wieder los, dann geht der zweite zurück zu Hoodie. Sie setzt sich ebenfalls in Bewegung, und als sie am zweiten Mann vorbeikommt, bleibt keiner von beiden stehen, aber ihre Hände berühren sich. Hoodie geht an mir vorbei und weiter die Straße hoch.

—Wo?

—Das Crackhouse, sagt Eubie. Wir können hin und es auschecken.

—Nein. Ruf den Jungen da mal rüber, sag ich, und zeige auf den Jungen, der unsichtbar hinter dem Laternenpfahl gestanden hat. Eubie ruft ihn rüber, und er kommt mit diesem Schlendergang auf uns zu, den diese jungen amerikanischen Schwarzen anscheinend alle draufhaben, als ob Hand und Bein beim Gehen in weit entgegengesetzte Richtungen schwingen müssen. Er kommt direkt auf mich zu, und bleibt vor mir stehen, aber er steht nicht gerade, er hängt irgendwie schräg da.

—S'los.

—Was?

—Er meint, Was ist los, Josey. Was geht, was passier...

—Hab's kapiert.

—So reden die jungen Leute heutzutage. Ich versteh ja noch nicht mal mehr meinen eigenen Jungen, is doch so, oder?

White Lines/Kids in America

— Wie läuft das Geschäft?, sag ich.

— Es ist Freitagabend, was verdammt noch mal denkst du, wie das Geschäft läuft? Die Leute haben ihren Lohn bekommen und sind auf der Suche nach Mösen und Schwänzen. Die Cracknutten machen für n' bisschen Kleingeld 'nen B-Job, und dann schlagen sie bei mir auf. Freitagnacht eben, yo.

— Seit wann hat Weeper dich jetzt hier draußen?

— Wer?

Eubie lacht in sich hinein, aber laut genug, dass ich es höre.

— Weeper. Dein Boss.

— Oh yeah, Michael Jackson. Der ist hier irgendwo, war er zumindest bis vor paar Stunden noch. Ist wahrscheinlich nach Hause chillen gegangen, war 'n arbeitsreicher Tag für den Motherfucker.

— Wie kannst du deinen Boss Motherfucker nennen?

— Josey, das heißt hier nicht das Gleiche wie bei uns. So nennt man hier seine Brüder, seine guten Kumpels.

— Was 'n das nun wieder für 'n Scheiß, Eubie? Das gefällt mir nicht.

— Okay, mein Freund, Motherfucker wird gestrichen. Goooooooott, sagt der Junge.

— Du weißt anscheinend, was du tust. Wie lange hat Weeper dich schon als Runner hier draußen?

— Hast du 'ne Uhr?

— Ja, wieso?

— Wie spät, yo?

— Elf.

— Seit fünf Stunden jetzt. Ich war immer gut in Mathe.

— Was? Was hast du grad gesagt? Fünf Stunden? Er nimmt einen Neuen so schnell als Runner?

— Ich würd einem neuen Jungen nie so weit trauen, ihn gleich als Runner einzusetzen, sagt Eubie.

— Ich bin nicht neu, Paps. Bloß der neue Runner. Ich war so um die zwei Wochen lang Spotter.

— Ich sehe ja, dass du hier alles unter Kontrolle hast, sage ich. Aber wie kommt's, dass du so schnell befördert worden bist?

—Weil ich gut bin, darum. Die Geschäfte laufen heute Abend prima. Das ist gut, weil's noch vor 'ner Woche ziemlich düster aussah.

—Erzähl weiter, sagt Eubie.

—Mister, deinem Zuhälter hier erzähl ich einen Scheiß, sagt er und zeigt auf Eubie, sieht aber weiter direkt mich an.

—Zuhälter? Zuhälter? Wen nennst du hier Zuhälter? Pass mal auf, ich mach dich ...

—Eubie, lass doch den Jungen, sage ich. Ich hab nicht gelacht, aber ich wollte sichergehen, dass Eubie mich lächeln sieht. Dieser Junge gefällt mir. Ich geh zu ihm und leg ihm die Hand auf die Schulter.

—Das ist gut. Gute Sache, du hast Verstand und lässt dir von niemandem was bieten. Fein. Aber eins musst du verstehen. Weeper bezahlt dich, weil ich Weeper bezahle. Weeper lässt dich am Leben, weil ich Weeper am Leben lasse, verstehst du mich?

—Na klar, Pops. Du bist der Don Dada.

—Warte mal, wo hat der denn so reden gelernt, Josey?

—Die beschissenen Jamaikaner sind doch überall, yo. Genau wie die Nutten, die dein Zuhälter hier in Flatbush laufen hat.

—Bruder, ich hab gesagt, ich bin kein Zuhälter.

—Du meinst, du ziehst dich im Ernst so an? Verdammt, Bro.

Ich könnte diesem Knaben den ganzen Abend dabei zusehen, wie er Eubie auf die Eier geht.

—Wie schlimm war's letzte Woche?, frage ich.

—Mann, okay. Ich sag's euch, aber stellt mich nicht als verdammten Spitzel hin, ja? Hätte der Motherfucker den Scheiß noch länger so weiterlaufen lassen, dann wär das hier jetzt Ranking-Dons-Gebiet.

—Was?

—Seh ich aus, als wär ich zugedröhnt? Yo, die Spotter schicken die Kunden zu den Runnern, und die Runner versuchen, was von den Dealern zu kriegen, aber die beiden Dealer sind zu beschäftigt damit, high von ihrem Vorrat zu werden, ich mein, was glaubst du denn, was als Nächstes passiert?

—Siehst du? Wie ich's dir gesagt hab, Josey.

— Was hat Weeper dann gemacht?

— Das muss man dem Typen lassen, er hat den Scheiß geregelt wie ein Motherfucker. Einer von den Dealern wollt ihn verarschen, gleich da im Crackhouse, und er hat ihn einfach so abgeknallt, Mann. Als wär's keine große Sache. Scheiße, ihr Jamaikaner fackelt nicht lange, Tatsache. Dann hat er mich rübergeholt, mich befördert und mich gefragt, ob ich nicht ein paar Kumpels kenne, die Lust hätten, sich ein bisschen Kohle zu verdienen. Ich hab gesagt, Fuck, yeah, natürlich hab ich noch paar Kumpels. Wir arbeiten jetzt alle hier, Pops. Wir haben diese Straße fest im Griff.

— Wer versorgt den Dealer?

— Dein Mann, Weeper, schätz ich mal.

— Wo ist er hin?

— Vor ein paar Stunden war er noch im Crackhouse. Ich nehm an, er will noch ein paar andere Ecken abchecken. Wie dem auch sei, Mann, je länger ich hier rumquatsche, umso weniger Geld kann ich für dich ranschaffen.

— Gut, sehr gut. Wie heißt du?

— Die Mädchen nennen mich Romeo.

— Na denn, Romeo.

Ich sehe zu, wie er wieder davonschlendert.

— Alle, die hier rumschwirren, hat er erst heute angeheuert? Mann, weiß der noch nicht mal, wie man sein Kerngebiet unter Kontrolle behält? Soll das heißen, in dieser Sekunde sitzen zwei Neue im Cut und bewachen den Vorrat? Wir müssen uns das mal ansehen, Josey. Es ist gleich da vorne im …

— Nein. Lass uns nur dieses Crackhouse checken, sag ich. – Wo sind deine Jungs?

— Hier irgendwo.

— Funk sie an, die sollen sich zurückhalten. Ich will mich da erst mal umsehen, bevor wir da massiv rangehen.

Wir laufen zwei Blocks weit und dann nach rechts. Sieht aus wie jedes andere Haus hier, drei Stockwerke und vernagelte Fenster, wobei die Hälfte der Bretter fehlt. Wie manche Häuser in Kingston, bei denen man bei genauem Hinsehen auch noch erkennt, dass sie mal noble Kästen waren. Davor jede Menge Scheiß und Müll und ein Hund, der sich grad am Hinterteil kratzt. Und ein verdammter Zaun, als würd hier eine ganz normale Familie leben, und gleich geht der Rasensprenger an. Im Dunkeln ist es nicht so gut zu erkennen, aber es ist wahrscheinlich aus Backstein, wie alle andern in der Straße. Die Straßenlampe beleuchtet die Stufen zum Eingang wie ein Suchscheinwerfer. Der übrige Block ist ein Trümmerhaufen. Ein Mann sitzt am Fuß der Eingangstreppe, als würde er gucken, was er unter der Straßenlampe für einen Schatten macht. Zwei Sorten Licht drinnen, ein kleines weißes, das einen Lichtkegel wirft wie eine Stablampe, und das flackernde Licht von Flamme, Kerze und Crackpfeife. Erst letztes Jahr habe ich es endlich nach Valle del Cauca geschafft. Und jetzt stehe ich vor diesem Haus.

—Sollen wir reingehen?, sagt Eubie. Ich antworte nicht. Ich will nicht, dass er es als Angst versteht, aber ich möchte noch nicht rein. Ich spüre, dass er hinter mir steht und wartet. Weeper könnte da drin sein.

—Okay, ich geh mal hinterm Haus pinkeln. Komm gleich wieder.

Ich horche auf seine sich entfernenden Schritte. Wenn Weeper wirklich so lange da drin war, ich weiß nicht. Wenn Weeper so lange da drin war, dann … Wenn Weeper da drin ist, wird er vielleicht eine von seinen Weeper-typischen Ausreden dafür haben. Wenn Weeper so lange da drin war, sollte er vielleicht gar nicht erst rauskommen. Wenn …

—Motherfucker, her mit dem Scheiß! Den ganzen Scheiß!

Ich dreh mich um, und zuerst rieche ich ihn, Schweiß, Scheiße und Kotze. Zeitungspapierfetzen stecken in seinen Haaren. Ein Schwarzer in einem Mantel, und er kratzt sich gerade am linken Bein. Mit der anderen Hand hält er mir eine Kanone vors Gesicht. Er kneift die Augen zusammen, als hätte er Schmerzen, guckt schnell nach rechts und nach links und dann wieder zurück zu mir. Kratzt sich immer noch am Bein. Ich kann es nicht so richtig erkennen, aber sieht so aus, als sei er barfuß. Er verlagert sein Gewicht von einem Bein auf das andere und drückt seine Schenkel zusammen, als müsste er pissen.

— Denkst du, ich mach Spaß, Motherfucker? Seh ich aus, als würd ich Spaß machen? Ich jag dir eine Kugel in den Arsch, so schnell guckst du gar nicht! Her mit dem Scheiß!

Er wedelt wieder mit seiner Waffe herum. Her mit dem Scheiß, sagt er. Ich ziehe ein paar Geldscheine aus der Vordertasche und will gerade nach meiner Brieftasche langen, da schnappt er mir das Geld aus der Hand. Ich seh ihn an, während er mit der Waffe auf mein Gesicht zielt. Er drückt ab, und bevor ich mich überhaupt innerlich darauf vorbereiten kann, erwischt es mich an der Stirn und tropft mein Gesicht herunter.

Wasser.

Nein.

Pisse.

Der Typ lacht und rennt weg, die Treppe hinauf, an dem Mann vorbei die Stufen hoch und in das Crackhouse. Der Mann auf der Treppe bewegt sich nicht.

Ich auch nicht. Ich wisch mir die Pisse aus dem Gesicht. Eubie kommt zurück, ein anderer Mann rennt hinter ihm her. Der läuft an ihm vorbei und ist zuerst bei mir.

Weeper.

— Josey! Josey, Brethren, was machst du denn hier so ganz allein? Hat Eubie dich da einfach so stehen lassen? Und was ... Bombocloth, Brethren, was riecht denn hier so?

— Pisse, Weeper. Bombor'Asscloth-Pisse.

— Aber wie?

Eubie erreicht uns. Ich mach mir nicht die Mühe, ihn zu fragen, ob er den ganzen Nil rausgepisst hat. Was hast du dabei?, frag ich und sehe ihn direkt an.

— 'ne Neun Millimeter.

— Gib her. Weeper?

— Dasselbe und eine Glock.

— Gib mir die Glock.

Ich entsichere die beiden Kanonen, nehme die Neun Millimeter in meine linke Hand und die Glock in meine rechte und gehe auf das Crackhouse zu.

Weeper

Zwei Knarren, eine in jeder Hand, wie ein echter Outlaw. Keine Stimme, keine Geräusche, kein Garnichts, bis auf die Schritte. Josey Wales stapft langsam in die Dunkelheit und auf das Crackhouse zu, er hört, dass wir beide ihm folgen, und dreht sich um, bleibt stehen und guckt. Wir bleiben auch stehen, warten, bis er weitergeht, doch Eubie wartet noch länger, und nur ich gehe hinterher. Josey bewegt sich schnell und mit rollenden Schultern vorwärts, wie ein wildes Tier. Ich will Eubie fragen, was los ist, aber dann geh ich weiter. Die Brise weht mir den Pissegeruch von Joseys Hemd in die Nase. Er steigt über einen Mann auf den Verandastufen und betritt das Haus. Durch die Kerzen, die überall drinnen am Boden stehen, sieht das Haus wie eine Kirche aus. Die Kerzen brennen still vor sich hin, Joseys Tempo passt nicht dazu. Jede Menge Bierdosen auf dem Boden warten drauf loszuklappern. Tapeten, Bretter, Linoleum lösen sich und rollen sich auf wie abgezogene Haut. Das Kerzenlicht lässt die Graffiti an der Wand hüpfen, ein großes K und S auf der rechten Seite, abblätternde Farbe auf der linken. In der Mitte eine weitere Tür, durch die Josey schon durch ist. Er hebt die Waffe in der Rechten, plötzlich ein Blitz. Er tritt eine Whiskeyflasche beiseite, und ich bin direkt hinter ihm, rechts von ihm liegt ein Mann flach am Boden, und Blut fließt aus ihm heraus. Rechts ist das Badezimmer. Ein Weißer oder Latino, jedenfalls einer mit glatten Haaren, sitzt mit runtergezogener Hose auf dem Klo. Vielleicht muss er ja nur mal scheißen, aber man hört, wie er sich gegen den linken Arm schlägt, damit die Vene hervortritt. Josey hebt die Glock und schießt zwei Mal. Die zweite Kugel hebt den Mann von der Schüssel, und er kracht auf den Boden. Josey geht durch die zweite offene Tür rechts. Eine Taschenlampe ist mit Isolierband an einen Schrank geklebt. Ist wohl die Küche. Die Taschenlampe beleuchtet einen Mann auf dem Boden, auf Knien, als würde er beten. Cornrows auf dem Kopf, Gesicht nach oben, aber die Augen geschlossen, die glimmende Crackpfeife ein kleines rotes Lichtpünktchen, und papapapap. Ein Schuss macht nie Bumm wie im Film, immer nur papapap. Josey geht weiter, und das Haus ist noch nicht wach geworden, bei jedem Schritt knackt und knistert es, Bierdosen und Coladosen und Pizzakartons und Take-Away-Schachteln vom Chinamann und Billigfusel-Literflaschen und eingetrocknete Scheiße, und er stampft immer weiter und zur nächsten Tür, in der ein Mann lässig am Rahmen lehnt, aber noch mit dem Rücken zu uns, und um seine Taille zwei braune Hände, die seinen Gürtel öffnen und dann den Hosenknopf. Das Baby hält sich auf ihrem Rücken fest und saugt an seinem Schnuller, sie saugt an dem Schwanz. Josey knallt ihn ab, und er sackt gegen die Tür, fällt aber nicht um, und sie bläst immer noch heftig und nimmt dann den Schwanz aus dem Mund und zerrt daran herum, weil er schlaff geworden ist, und wenn er nicht kommt, dann kriegt sie auch kein Geld. Josey geht weiter, und ich gehe weiter, und hinter uns steckt sie sich den Schwanz wieder in den Mund. Wir gehen ins Wohnzimmer, wen suchst du denn, will ich sagen, tu es aber nicht, und zur Rechten ist eine schwarze Frau in weißem BH, der linke Träger hängt runter. Sie raucht. Der Mann hinter ihr hat kein Shirt an, nur weiße Shorts, vielleicht auch ein schwarzes Hemd, ist nicht hell genug dort, doch seine Zigarette glüht, und papapap sackt der Mann gegen die Sofalehne. Die schwarze Frau dreht sich um und guckt und sieht mich. Dann dreht sie sich wieder um und guckt und schreit. Ein Schrei ergibt den nächsten, und im flackernden Licht der Kerzen kreischt eine weitere Frau, eine Weiße, und lässt dabei ihre Spritze fallen und springt hinterher, um sie zu suchen, stürzt mit dem Gesicht voran auf den Boden, und die Nadel durchsticht geradewegs ihre Unterlippe, während sie auf der Suche nach ihr den Müll nach links und nach rechts wirft, und immer weiter sucht, und plötzlich kommen überall um sie herum

White Lines/Kids in America

Menschen aus der Dunkelheit gehumpelt und getaumelt und gekrab-
belt und jetzt auch gerannt. Josey hebt beide Waffen und dann ist die
Hölle los, die Leute rennen und stolpern und fallen, und ein Mann
läuft direkt auf Josey zu, doch seine Stirn explodiert, und er schlägt
lang hin wie ein Baum, und eine Frau läuft und springt hinten durchs
Fenster, aber wir sind im ersten Stock, und ich glaube, sie hat den ganzen Weg bis unten geschrien und ist hoffentlich nicht mit dem Kopf
aufgeschlagen, und ein Mann mit Baseballkappe und Karohemd und
'ner Literflasche in einer braunen Papiertüte kommt aus einem Sei-
tenzimmer und sagt, Was soll die Scheiße, und kriegt zwei Schüsse in
die Brust, und die Flasche fällt auf den Boden und zersplittert und in
dem Zimmer sind sie zu zweit, ein hellhäutiger Junge mit lockigem
Haar und eine Frau mit einem Tam auf, die gerade den ersten Zug aus
der Crackpfeife saugen will, als ihr die Kugel die Stirn durchschlägt,
und die Pfeife fällt runter und Motherfucker, du hast die beschissene
Pfeife fallen lassen, du hast die beschissene Pfeife fallen lassen, sagt
der Junge mit den Locken. Aber Josey zieht weiter, und das Haus leert
sich, und ich will ihn packen und sagen, Was zum Teufel machst du
Josey, doch Josey ist wie weggetreten und geht die Treppe rauf und
hält sich dabei an der Wand links, als wäre es hier stockdunkel, einige
Stufen auf der rechten Seite brechen durch, und ich folge ihm. Am
oberen Ende der Treppe taucht ein Mann auf, und Josey feuert aus
beiden Pistolen gleichzeitig, und der Mann kippt über das Geländer
und eine Frau greift sich ihr Kleinkind und rennt in einen kleinen
Raum und knallt die Tür zu, kurz bevor Josey drei Schüsse darin ver-
senkt. Er tritt die Klinke ab und marschiert in den Raum, wo ein großer Schwarzer gerade ein Mädchen auf einer Matratze auf dem Fußboden fickt und papapap und der Mann plumpst schlaff auf die Frau,
die erst mal den Cracknebel aus dem Kopf schütteln muss, bevor sie
loskreischt. Ein Mann rennt an der Tür vorbei und Josey springt aus
dem Raum und schreit Pussyhole! und feuert mit der Knarre in der
Rechten auf den Mann, dann mit der Knarre in der Linken, und damit
erwischt er ihn im Genick, neben dem Ohr, dann mit der rechten
Knarre in die Schulter, mit der linken in den Hinterkopf und mit der

rechten in den Rücken und mit der linken in den Hals und der Mann fällt auf die Knie, und die linke Pistole reißt ihm ein Stück Oberkopf weg, und eine Kugel aus der rechten schießt ins Dunkle, doch dann spritzt Blut aus seinem Mund und er kippt um und kleine Zeitungspapierschnipsel kommen aus seinem Kopf. Josey geht zu dem Mann rüber und feuert und feuert, bis beide Pistolen nur noch leer klicken. Er drückt immer wieder und wieder ab, es macht Klick Klick Klick. Josey, sag ich, und er wirbelt zu mir herum und richtet die Pistole direkt auf meinen Kopf und macht Klick. Er steht da, mit der Waffe, die auf meinen Kopf zielt und ich stehe kerzengerade da und gucke und atme geräuschvoll aus und spanne den Bauch an. Gib mir deine andere Knarre, sagt er. Er geht rüber zu dem Mann, dreht ihn rum und nimmt das Geld aus seiner Tasche. Dann geht er in das Schlafzimmer zurück, wo das Mädchen unter dem toten Gewicht des Mannes wimmert, denn es war ein großer, schwerer Mann, und schießt ihm noch einmal in den Kopf. Danach geht Josey nach unten und wieder in das Zimmer, feuert einen Schuss ab und geht raus und ich blicke in den Raum und der hellhäutige Junge streichelt den Bauch der schwangeren Frau und weint. Josey kommt an dem Mann mit dem blutenden Auge vorbei und eins-zwei pap-pap in den Kopf und wir kommen im Wohnzimmer an der weißen Frau mit der Spritze in der Lippe vorbei, die immer noch auf allen vieren im Müll und in der Scheiße ihre Spritze sucht. Und wir kommen am Schlafzimmer vorbei und die Frau mit dem weißen BH ist jetzt weg, aber der Mann mit der Zigarette ist noch da und Josey jagt ihm eine in den Schädel und wir kommen durch die letzte Tür und der Mann lehnt noch immer dagegen und die Frau lutscht noch immer seinen Schwanz und das Baby hält sich noch immer an ihrem Pullover fest und sie zieht noch immer an dem Schwanz und sagt, Werd jetzt steif, Baby, werd einfach nur steif, und sie bläst weiter und wir kommen an dem Mann mit den Cornrows vorbei und er atmet noch knapp und gurgelt durch sein Blut und die Spucke und würgt und im Lichtstrahl der Taschenlampe ist das Blut zu sehen, das aus seinem Hals läuft. Josey presst den Lauf direkt an seine Stirn und drückt ab und dann geht er in die Toilette und verpasst dem Weißen/

White Lines/Kids in America

Latino eine Kugel und wir sind endlich beim Ausgang und er vergisst den letzten Mann, der sich direkt neben der Leiche des Mannes, den ich vor Stunden erschossen hab, eine Spritze gesetzt hat, und geht durch die Vordertür und die Nacht verschluckt ihn und ich bleibe lange einfach so stehen und renne dann durch die Tür und die Verandastufen hinunter. Der Mann auf den Stufen ist verschwunden. Ich laufe rüber zu Josey und Eubie und Josey dreht sich ruckartig um und richtet erneut die Waffe auf mich. Er hält die Waffe eine ganze Weile ganz nah an meinen Kopf, lang genug, dass ich beginne, die Klicks zu zählen, bis es klickt.

Josey?

Josey?

Was soll das hier, Brethren?

Josey? Was meinst du?

Er gibt mir nicht mal die Pistole zurück, er lässt sie einfach nur fallen und geht davon. Eubie will ebenfalls gehen, bleibt dann aber stehen und dreht sich zu mir um. Ich kann sein Gesicht nicht sehen.

Dorcas Palmer

Ich weiß nicht, aber ich komme allmählich zu dem Schluss, dass Heather Locklears verdammte Frisur in *T.J. Hooker* besser aussieht als im *Denver-Clan.* Oder vielleicht gefällt es mir auch nicht, dass die eine Frau im Denver-Clan, die um alles kämpfen muss, das Biest ist und nicht einmal ein richtiges Biest wie Alexis Carrington, weil sie kein Geld hat, also eigentlich nur ein Biestchen. Vielleicht sollte ich im wirklichen Leben Polizistin werden, weil es einfach zu verdammt teuer ist, sich jeden Tag attraktiv zu kleiden. Manchmal möchte man bloß eine Bluse, bei der die Männer trotzdem sehen, dass man Brüste hat.

Er ist immer noch im Badezimmer. Seltsam, wie ich ihn jetzt seit gut fünfzig Minuten ihn und er genannt habe. Ich meine, ich weiß nicht, wer zum Teufel sich in meinem Badezimmer eingeschlossen hat. Und je mehr ich versuche, es zu verstehen, desto weniger Sinn ergibt es, also ist es wirklich am besten, einfach gar nicht zu denken. Wie dieser Mann in *Schuld und Sühne,* von dem Dostojewski sagt, er wäre jenseits des Denkens oder so ähnlich. Ich schwöre bei Gott, manchmal wünschte ich, ich wäre immer noch eine Bücher lesende Frau, ziellos in irgendeinem Bus in der City, der irgendwohin fährt. Irgendwann ist es zur Last geworden, als ob es anstrengend wäre, was eigentlich nicht das Problem war, bis ich anfing, mich zu fragen, wofür ich mich anstrengte. Ich nehme an, letztendlich braucht alles ein Ziel. Ich weiß nicht, wovon ich verdammt noch mal rede. Jedenfalls ist dieser Mann immer noch in meinem Bad, als ob das hier *The Shining* wäre, und ich bin hier draußen, kurz davor, Jack Nicholson zu werden. Die ganze Zeit habe ich überlegt, welche gesundheitlichen Probleme ein so strammer und rüstiger Mann haben könnte, und bin nie auf den Gedanken gekommen, dass sein Leiden offensichtlich nicht körperlicher Natur ist. Schon erstaunlich, dass ich das Unglück magisch anzuziehen scheine. Ich schwöre bei Gott. Wenn er sich im Bad einschließt, wird er wohl wenigstens nicht zum Axtmörder. Allem Anschein nach bin ich der Axtmörder in dieser Geschichte.

Ich meine, das ergibt doch keinen Sinn. Nein, das führt nur wieder zu neuen Gedanken. Wie wäre es damit: Da ist ein Mann in meinem Bad, der rauskommen muss. Ich kann ihn nicht dazu bewegen, deshalb kommt seine Familie, um ihn abzuholen. Vielleicht beruhigt es mich, wenn ich mich einfach auf die Fakten der Situation konzentriere. Ich mag es, wie dadurch alles auf irgendwas reduziert wird, um das ich mich nicht kümmern muss. Ich mag Reduktion. Etwas auf den Punkt bringen. Eindampfen. Rauskürzen. Das reicht jetzt mit Metaphern dafür, unnötigen Mist einfach aus meinem Leben zu tilgen.

Zwei Geräusche, die ich kenne. Das Fenster wird hoch- und wieder runtergeschoben. Aber davor ist ein Gitter, um Einbrecher fernzuhalten, außerdem sind wir im fünften Stock, was er vermutlich vergessen hat. Er versucht zu fliehen. Wie lange wird es dauern, bevor er seinen Mut zusammennimmt, die Tür eintritt und sich dem Kampf stellt? Wird er die Flucht ergreifen, wenn er sieht, dass nur eine Frau allein in der Wohnung ist? Oder wird er versuchen, mich zu verprügeln? Ich kenn mich mit diesen Ex-Soldaten nicht aus. Jeder in dieser Stadt sieht aus, als könnte er jede Minute durchdrehen. Wisst ihr was? Ich setze mich einfach auf diese Couch, streiche den roten Samtbezug auf der Lehne glatt und guck mir den Schluss von *T.J. Hooker* an. Ich werde hier sitzen und warten, bis sein Sohn oder wer auch immer hier auftaucht. Obwohl das angesichts der Tatsache, dass er schon drei Mal angerufen hat, um die richtige Adresse zu erfragen, noch dauern kann.

Vielleicht sollte ich ihn fragen, ob er irgendetwas braucht. Das machen die Leute in Fernsehserien immer. Ich werde ihn jedenfalls ganz bestimmt nicht fragen, ob er darüber reden will. Vielleicht sollte ich die Wohnung sauber machen, weil ich Besuch kriege. Klar, als ob sie kämen, um meine vier Wände zu begutachten. Sie werden nicht mal den Badezimmerteppich beachten, auf dem ihr Daddy sitzt. Vielleicht sitzt er auch auf der Toilette oder dem Badewannenrand, ich weiß nicht. Was macht er da drinnen? Jessesmaria, vor ein paar Stunden war er noch so normal, so normal und nett und all die anderen Beschreibungen, derer Männer heutzutage einfach nicht mehr würdig sind, flott, lässig, elegant und noch ein Wort, das mir nicht einfällt. Ich meine, er war beinahe ... ich meine, ich habe alles getan, um ihn nicht so zu sehen, weil es nie gut ausgeht, wenn man Männer so sieht, und jetzt geht es trotzdem nicht gut aus. Lesben müssen die zufriedensten Menschen auf dem Planeten sein. Vielleicht sollte ich zu der Tür gehen und ihm sagen, dass sein Sohn kommt, aber »Lecken Sie mich am Arsch, wer immer Sie sein mögen« war schon beim ersten Mal nicht lustig und wird beim zweiten Mal bestimmt nicht lustiger. Ich frage mich, wer von uns beiden gerade aus einem bösen Traum erwacht ist.

Warten und sehen oder sehen und warten? Ich bin nie darauf gekommen, es umzukehren. Als ob wir darauf warten würden, dass etwas passieren wird, während es mir viel öfter so vorkommt, als müsste ich warten, weil etwas passiert ist. Ich sehe die Tür und warte, dass er herauskommt, vielleicht bewaffnet mit meinem Pümpel, Föhn oder Lockenstab, und vielleicht erkennt er dann, dass ich eine Frau bin, und denkt, er kann mich wenigstens verprügeln. Schon komisch, dass die Colthirsts bequemerweise vergessen haben zu erwähnen, dass ich es mit einem Irren tun haben würde. Obwohl, wenn ich einfach gesagt hätte ...

Es klopft. Da ist Miz Colthirst. Sie trägt ein Kopftuch, das aussieht, als würde sie darunter Lockenwickler verbergen, und einen dicken Kamelhaarmantel, was an einem warmen Sommerabend natürlich absolut logisch ist. Sie flüstert Herrgott noch mal und marschiert direkt an mir vorbei in meine Wohnung. Da ich mir ziemlich sicher bin, dass ich keinen Job mehr habe und insofern auch nicht höflich zu aufdringlichen Weißen sein muss, will ich der aufgetakelten Zicke gerade erklären, dass sie in meinem Haus ein paar beschissene Manieren zeigen soll, als es auch der Sohn die Treppe hinauf und direkt vor meine Tür geschafft hat.

—Das alles tut mir schrecklich leid, sagt er. Er wartet auch nicht, dass ich ihn hereinbitte. Jetzt fühle ich mich wie eine Fremde in meiner eigenen Wohnung. Ich gehe gemessenen Schrittes und hoffe, kein zu großes Aufsehen zu erregen, während sie sich vor meiner Badezimmertür versammeln.

—Papah, oh Papah, das ist einfach so albern. Komm da raus.

—Leck mich am Arsch, du Fotze.

—Dad, du weißt, dass ich es nicht gut finde, wenn du so mit meiner Frau redest.

—Ich habe einen Namen, Gaston, sagt sie.

—Ein Thema nach dem anderen, Liebes. Pop, kannst du jetzt rauskommen? Das hier ist nicht zu Hause, falls es dir noch nicht aufgefallen ist.

—Wer zum Teufel hat mich hierher gebracht?

—Papah, das liegt daran, dass du deine Tabletten nicht nehmen willst.

—Warum nennt diese schrille Zicke mich Papa?

—Du warst bei unserer Hochzeit, Dad, hör auf, so zu tun, als hättest du das auch vergessen.

Der Sohn sieht mich an und sagt stumm, Das alles tut mir sehr leid.

—Jedenfalls, Dad, sollten wir Mrs. Palmers Wohnung jetzt wirklich räumen. Sie hat ohnehin schon genug mitgemacht.

—Wie bin ich hierhergekommen?

—Du wurdest nicht entführt, Papah.

—Ich weiß, dass ich nicht entführt wurde, du blöde Kuh, glaubst du, diese kleine schwarze Frau hätte mich entführen können?

Klein?

—Dad, wir haben doch darüber gesprochen, Dad? Wir hatten doch das Gespräch über deine Aussetzer, erinnerst du dich?

—Wo bin ich?

—Du bist in der Bronx.

—Wer hat verdammt noch mal einen Blackout und landet in der Bronx?

—So wie es aussieht, du, Papah.

— Könnte irgendjemand der Zicke mal das Maul stopfen?

— Okay, das reicht jetzt wirklich, Dad. Hör auf, und komm raus.

— Du bist ein Witz.

— Okay, Dad. Okay. Ich bin der Witz. Und wer ist der erwachsene Mann, der gerade gemerkt hat, dass er auf dem Klo einer Frau in der Bronx ist und keine Ahnung hat, wie er dorthin gekommen ist? Ich bin ein Witz? Hör zu, Pop, ich weiß nicht, wie du in der Wohnung dieser armen Frau gelandet bist, und es ist mir eigentlich auch egal, aber wenn du nicht willst, dass sie die Polizei ruft, damit die dich wegen Einbruch oder Schlimmerem festnimmt, dann komm verdammt noch mal aus diesem Bad raus, damit wir verdammt noch mal fahren können.

— Ich werde nicht …

— Sofort, Ken!

Die Frau redet mit mir. Dieser Sessel, ist das Danish Modern, fragt sie. Ich sage Nein, obwohl ich eigentlich antworten wollte, er ist so modern, dass er erst vor ein paar Tagen auf die Straße gestellt wurde. Sie ist genau wie reiche Frauen überall, inklusive Jamaika. Ohne ihre Perlenkette wüssten sie nicht, was sie mit ihren Händen anfangen sollten. Ken kommt endlich heraus, obwohl mir niemand erklären muss, dass ich ihn nicht mehr so nennen darf. Er sieht genauso aus wie vorher, nur sein Haar fällt nicht mehr so filmstarmäßig. Ein paar Strähnen hängen über seine linke Augenbraue. Er richtet sich gerade auf und geht, die Hände vor sich gestreckt, aus meiner Wohnung, als hätte ihm jemand Handschellen angelegt. Gail, Schatz, könntest du Dad zum Wagen bringen?

— Wirklich, Schatz, ich denke, ich habe noch ein paar Worte …

— Mit der Zicke gehe ich nirgendwohin.

— Ihr beide verschwindet jetzt sofort aus der verdammten Wohnung dieser Frau und geht zu dem verdammten Auto.

Die Frau wendet sich zum Gehen. Dabei zupft sie an ihrer Kette, sodass es aussieht, als würde sie sich daran vorwärtsziehen. Mr. Colthirst bleibt stehen und sieht mich an, nicht von oben bis unten musternd wie ein Snob, sondern direkt in die Augen. Ich wende den

White Lines/Kids in America

Blick zuerst ab. Ich schaue ihm nicht nach, als er geht. Der Sohn setzt sich.

— Ich glaube, wir haben uns noch nicht kennengelernt, sagt er.

— Nein, Sie waren auf der Arbeit.

— Genau. Und Sie sind Dorcas, richtig?

— Ja.

— Wie sind Sie hier gelandet?

Ich weiß nicht, ob ich ihm antworten oder ihn eingehender betrachten sollte, weil auch er aussieht wie Lyle Waggoner. Ich frage mich, ob er glücklich oder wütend wäre, wenn ich sage, dass sie wie Brüder aussehen.

— Er war's, der das Haus verlassen wollte. Und ich hätte ihn bestimmt nicht aufhalten können, ich konnte ihm nur folgen und aufpassen, dass er keinen Ärger bekommt.

— Aber die Bronx. Ihre Wohnung.

— Wissen Sie, darauf muss ich nicht antworten. Sie haben die falsche Agentur angerufen – so sieht es zumindest aus. Er war derjenige, der in der Bronx essen gehen wollte. Ich war nicht verpflichtet, ihm zu folgen.

— Hey, ich verurteile Sie doch gar nicht, Ma'am.

— Es ist überhaupt nichts passiert.

— Miss Dorcas, das ist mir wirklich egal. Und wissen Sie, was mit meinem Pop los ist?

— Die Miz ist nicht dazu gekommen, mir irgendwas zu erklären, aber ich dachte mir, irgendwas muss ja sein, wenn Sie die Agentur angerufen haben.

— Für Pop ist jeder Tag ein neuer Tag.

— Jeder Tag ist ein neuer Tag für jeden.

— Ja, aber für Pop ist alles daran neu. Mein Vater leidet unter einem Zustand.

— Ich bin nicht sicher, ob ich Ihnen folgen kann.

— Er erinnert sich nicht. Er wird sich nicht an gestern und nicht an heute erinnern. Nicht daran, Sie getroffen zu haben und was er zum Frühstück gegessen hat, morgen Mittag wird er sich nicht mal daran erinnern, in Ihrem Bad gewesen zu sein.

— Das klingt wie eine Krankheit aus einem Film.

— Einem sehr, sehr langen Film. An andere Sachen erinnert er sich schon noch, wie man eine Krawatte oder die Schuhe bindet, wo seine Bank ist, seine Sozialversicherungsnummer, aber der Präsident ist immer noch Carter.

— Und John Lennon lebt noch.

— Hä?

— Ach, nichts.

— Es spielt keine Rolle, ob und was Sie ihm erzählen, am nächsten Tag hat er es vergessen. Er kann sich an nichts mehr seit etwa dem April 1980 erinnern. Er erinnert sich also an seine Kinder, er erinnert sich daran, meine Frau zu hassen wegen eines Streits, den sie an dem Tag hatten, an dem es passiert ist, aber unsere Kinder sind jeden Morgen eine Überraschung, mit der wir ihn überfallen. Und für ihn ist Mom vor zwei Jahren gestorben, nicht vor sechs. Außerdem glaubt er das alles nicht, wenn man es ihm erklärt, und ich meine, warum sollte er? Wer möchte schon gern jeden Morgen in seinen Grundfesten erschüttert werden? Daran kann er sich Gott sei Dank auch nicht erinnern. Ich meine, Sie haben gesehen, wie er gerade an Ihnen vorbeigegangen ist, an jemandem, mit dem er gerade den ganzen Tag verbracht hat. In der beschissenen Bronx.

— Was ist mit ihm passiert?

— Das ist so eine lange Geschichte. Ein Unfall, eine Krankheit. Nach vier Jahren ist es völlig egal.

— Er erinnert sich nie, dass er vergisst.

— Nein.

— Wird es schlimmer?

— Das weiß ich wirklich nicht.

Ich denke, dass das nicht so übel ist.

— Sie sollten wissen, dass das der Grund war, warum Ihre Vorgängerin gekündigt hat.

— Wirklich? Das ist nicht das, was …

— Hä?

— Egal. Sie hat gekündigt?

—Ja, ich schätze, nach ein paar Wochen hat es ihr zugesetzt, sich einem verschrobenen alten Mann jeden Tag neu vorzustellen, der nicht mal weiß, warum sie da ist. Und trotzdem hat sie es nicht geschafft, ihn nicht zu behandeln, als wäre er krank, obwohl sie genau dafür da war. Man wartet im Grunde täglich darauf, dass die Bombe hochgeht.

—Er ist nicht alt.

—Hä? Nein ... das ist er wohl nicht. Wie dem auch sei, wir müssen ihn nach Hause bringen. Morgen rufen wir die Agentur an und erklären, dass es nicht Ihre Schuld war und dass wir eine neue ...

—Nein.

—Häh?

—Rufen Sie die Agentur nicht an. Ich will den Job.

—Sind Sie sicher?

—Ja, ich bin sicher. Ich nehme ihn.

John-John K

Gott, was für ein nachlässiger Hurensohn. Ich habe ihn erledigt, sobald er aus der Tür trat. Na ja, ich habe ihn bewusstlos geschlagen. Er hätte mal lieber das Licht einschalten sollen, als er reinkam. Jetzt sitzt er hier auf einem Schemel wie einer, der in der Schule die Eselsmütze tragen muss, die Hände hinter dem Rücken gefesselt. Ich hatte überlegt, ihn ein bisschen aufzumischen. Aber ich weiß nicht, vielleicht lag es daran, dass er einfach so hereinkam, oder vielleicht wollte ich ...
Ich weiß es nicht.

—Du bist Weeper?, sage ich.

—Wer zur Hölle bist du?, sagt er.

Ich schraube den Schalldämpfer wieder auf die Pistole.

—Ach, so einer bist du. Du siehst aus, als würde ich dich kennen. Kenn ich dich?

—Nö.

—Sicher? Ich vergesse nie ein Gesicht. Sobald einer reinkommt, merk ich mir sein Gesicht, nur für den Fall, dass ...

—Findest du irgendwas lustig?

—Nur für den Fall, dass er eine Kanone dabei hat. Was ist das für eine?

—Neun Millimeter.

—Pussyhole-Knarre. So weit ist es gekommen, dass ich mit einer Battyman-Knarre abgeknallt werde.

—Battyman?

—Samfie.

—Was? Warum hältst du nicht einfach die Klappe?

—Wieso hast du mir denn keinen Knebel verpasst, wenn du nicht willst, dass ich quatsche? Ich meine, ich könnte doch auch schreien, dass ich umgebracht werde.

—Nur zu, Kitty Genovese.

—Wer ist das?

—Vergiss es.

—Du willst irgendwas von mir hören, oder?

Ich ziehe einen Stuhl heran und setze mich vor ihn hin.

—Zigarette?, sage ich.

—Gras wär mir lieber, aber steck mir eine Zigarette in den Mund, okay?

—Das nehme ich als Ja.

Ich stecke mir eine Kippe in den Mund und ihm auch und zünde beide an.

—Du bist der erste weiße Killer, den ich je gesehen hab. Und ich hab dich noch nie bei denen rumhängen sehen. Aber ich weiß, dass ich dich schon mal gesehen hab. Vielleicht bist du mal als Tourist in Jamaika gewesen.

—Nö.

—Ich kenne jeden, der für Griselda arbeitet, und dich kenne ich nicht.

—Woher weißt du, dass Griselda mich geschickt hat?

—Ich habe erst überlegt, wer mich tot sehen will, und dann, wer von denen auch die nötigen Mittel habt.

—Ha. Was ist das mit dir und Griselda?

—Diese stinkende Samfie-Fotze, diese verrückte Schlampe. Weiß die, mit wem sie sich da anlegt? Die haben mich schon vor Ewigkeiten aus Jamaika hergeschickt, um einen Verbindungsweg zwischen Kolumbien und Miami zu schaffen. Das hält man nicht aus, mit der verdammten Schlampe zu arbeiten. Aber ich hätte wissen müssen, dass sie es persönlich nimmt, als ich ihr gesagt hab, sie soll sich den Fuß ihres Sohnes in ihre Fotze stecken. Die Schlampe hat gemeint, sie könnte mir eine runterhauen, nur weil die Lieferung ein einziges Mal zu spät kommt. Wenn sich herumspricht, dass sie die Hand beißt, die sie füttert, hängen die sie an ihrem bloodcloth Kitzler auf, verstehst du? Sie wird ... aber warte mal. Sie macht nicht mit Weißen rum. Denen traut sie nicht. Wie kommt's, dass sie dich angeheuert hat?

Er hustet, und ich nehme ihm die Zigarette aus dem Mund. Als er aufgehört und zwei Mal tief durchgeatmet hat, stecke ich sie ihm in den Mundwinkel, wie bei einem Gangster im Film.

— Ich hab für diese Schlampe einfach nichts übrig, weißt du?

— Hm?

— Griselda! Ich kapier nicht, was sie macht. Ohne mich müsste sie sich immer noch mit den Kubanern rumschlagen. Ich meine, weiß sie, was sie sich damit einbrockt, wenn sie mich kaltmacht? Was glaubt sie denn, was mit ihr passiert, wenn Josey Wales das mitkriegt? Diese bekloppte Alte. Und wer bist du noch mal?

— Niemand. Jemand, der jemandem einen Gefallen tut.

— Du kannst nicht niemand und jemand gleichzeitig sein. Vielleicht bist du ja ein Niejemand, haha.

— Was soll Weeper überhaupt für ein Name sein?

— Besser als Vierauge.

— Sehr komisch. Willst du noch eine Kippe?

— Nein, die Scheißdinger bringen einen um. Diese Schlampe. Diese Schlampe. Wie viel zahlen die dir?

— Genug.

— Ich geb dir das Doppelte. Willst du Koks? Ich kann dir zwei Häuser voll besorgen. Du kannst die nächsten zehn Jahre wie Elvis leben. Willst du Muschis? Ich kann dir jede Muschi in New York klarmachen, sogar Muschis, die noch keine Haare haben. Oder vielleicht willst du ja auch lieber Batty.

— Batty?

— Anus. Rektum. Arschloch.

— Ah, ich verstehe.

— Mir ist egal, was die Leute wollen. Viele schimpfen drüber und machen dann die Beine breit, um sich in den Batty ficken zu lassen. Die Leute sollen machen, was sie wollen, mich interessiert nur das

Geld. Hast du von dem Typen gehört, der den einen PNP-Bezirk leitet? Der, den sie Funnyboy nennen? Der hat sich ständig von irgendwelchen Typen den Schwanz lutschen und den Arsch lecken lassen, und dann hat er sie gleich danach abgeknallt.

— Wie bitte?

— Wenn ich's doch sag.

— Ist aber verdammt blöd, eine gute Zunge zu verschwenden, wenn einer ihn schön ordentlich geleckt hat. Du lachst, aber das meine ich absolut ernst.

— Wie alt bist du?

— Alt genug.

— Du bist ein Kind. Du fängst gerade erst an. Die Sache hier. Dass ich hier gefesselt rumsitze und du mich um die Ecke bringst, das macht keinen Sinn. Und glaub ja nicht, dass du hier lebend rauskommst. Nach dem Töten kommt das Saubermachen, und du wirst stinken wie der Müll von letzter Woche.

— Ich werd's überleben.

— Du bist tot, sobald du abgedrückt hast. Was zahlt sie dir? Ich zahl dir das Doppelte, das Dreifache, hörst du?

— Ja, weißt du, das ist das Problem, selbst wenn du mir das Doppelte, das Dreifache, Vierfache, Fünffache zahlen würdest, die Summe wäre immer dieselbe.

— Was? Sie zahlt dir gar nichts? Du machst das hier umsonst? Du bist ja noch kränker als diese hässliche Schlampe. Ihr seid alle beide irre. Irre, irre. Ich hab genug um die Ecke gebracht, und bei jedem Einzelnen war es was Geschäftliches. Ihr Typen habt euch zu sehr dran gewöhnt, dass ihr unendlich viele Kugeln habt. In Jamdown, in Jamaika, da achtest du darauf, dass jede Kugel zählt, weil die Lieferungen nicht immer pünktlich sind. Sag mir eins, ja? Wer wird die Überseelieferungen organisieren, wenn sie die Verbindung zu den Jamaikanern auslöscht? Meint sie, sie kann wieder mit den Scheißkubanern zusammenarbeiten? Vor zwei Wochen hat sie versucht, sechs von denen in einem Club umzubringen.

— Du weißt davon?

— Klar weiß ich davon. Und du machst das umsonst? Was haben die gegen dich in der Hand? Hast du sie beim Muschilecken erwischt?

— Griselda ist eine Lesbe?

— Hat Johnny Cash was Schwarzes an? Sie hat sich immer an diese Go-go-Girls herangemacht, und wenn sie die dann satthatte, eine Kugel, danke schön, das war's. Die sollte mit Funnyboy zusammen eine Band gründen.

— Das ist ja wirklich lustig.

— Die Fotze ist ernsthaft verrückt, weißt du? Aber bis jetzt hat sie sich davon nie die Geschäfte versauen lassen.

— Das liegt daran, dass es nicht ihr Job ist.

— Was?

— Sie hat die Sache nur arrangiert, Kumpel.

— Woher weißt du das?

— Du hast doch gerade selbst gesagt, dass es keinen Sinn ergibt, wenn sie dich auslöscht. Sieht so aus, als wollte dich jemand aus dem Weg haben und dabei seine Spuren verwischen.

— Nein, Mann. Du redest Scheiße. Da stecken keine Jamaikaner dahinter. Selbst wenn's so wär, würden sie das anders angehen.

— Jemand könnte ihr ein Angebot gemacht haben, das sie nicht ablehnen konnte. Nichts Persönliches. Angeblich hat sie nie ein schlechtes Wort über dich verloren.

— Die kann sich mit 'ner Pepsi-Flasche ficken gehen.

— Nein, im Ernst. Es geht mich wahrscheinlich gar nichts an. Jemand hat ihr ein Angebot gemacht, das sie nicht ablehnen konnte. Kapierst du? *Der Pate?* Nein? Du machst mich fertig, Pops.

— Dann geht's um Geld?

— Ihr Scheißjamaikaner. Ironie ist nicht so euer Ding, wie?

— Geht's um Geld, oder nicht?

— Es geht nicht um Geld. Weder ihr noch mir. Ich war nur zur falschen Zeit am falschen Ort. Und du hast dir einfach nur die falschen Leute zum Feind gemacht.

— Weiter oben als sie? Kolumbianische Bosse? Die wollen mich nicht tot sehen. Denen geht es noch mehr ums Geschäft als ihr. Josey hat sich vor Jahren als Erster mit denen in Verbindung gesetzt, nicht Griselda.

— Dann ist es wohl jemand, der noch weiter oben ist als die Kolumbianer.

— Da bleibt nur Gott übrig. Es ist Gott, oder? Ha, welcher von den Engeln bist du? Gabriel? Michael? Vielleicht hätte ich mir ein bisschen Schafsblut auf die Tür schmieren sollen.

— Haha. Ich wünschte, jemand hätte mich vor dieser Scheißstadt gewarnt.

— Was ist denn so schlimm an New York? Ich lebe hier den Traum, Brethren.

— Du hast ihn gelebt.

— Pussyhole.

Wir lachen beide.

— Ich kann es gar nicht erwarten, in den Flieger zu steigen und hier abzuhauen, sage ich.

— Zu wem willst du denn so schnell zurück?

— Hm? Warum fragst du das?

— Ihre Pum-pum muss verdammt eng sein.

— Pum-pum?

— Muschi.

— Ah. Ja, könnte man so sagen.

— Dann liebst du die Schlampe?

— Was? Scheiße, was für eine Frage.

— Klingt nach Ja.

— Du willst mich doch nur hinhalten.

— Erzähl mir von ihr.

— Nein.

— Was soll ich schon damit anfangen? Es dem *National Enquirer* erzählen?

— Du willst mich nur hinhalten.

— Ich habe's dir vorhin schon gesagt. Ich bin hier nicht der Einzige, der auf geborgte Zeit lebt.

— Halt die Klappe.

—Ist sie hübsch?

—Nein.

—Stehst du mehr auf Hässliche?

—Nein.

—Dann ist sie also eine süße Kleine. Wie heißt sie denn?

—Rocky. Thomas Allen Bernstein, aber ich nenne ihn Rocky. Hältst du jetzt die Klappe?

—Oh.

—Ja, und auf deine blöden Sprüche darüber kann ich verzichten.

—Und, ist er hübsch?

—Was zum Teu...

—Na ja, wenn man schon ein Battyman ist, dann sollte man schon zusehen, dass man den besten Batty abkriegt.

—Batty? Ach ja, stimmt, hattest du erklärt. Ha, wenn ich so drüber nachdenke, hat er einen ziemlich hübschen Batty.

—Guckst du immer als Erstes auf den Batty? Vielleicht bist du doch Jamaikaner.

—Sein Batty ist hübsch. Sein Gesicht auch. Grübchen, der Junge hat Grübchen. Er will sich immer rasieren, aber ich wünschte, er würde es überhaupt nicht tun. Und seine Hände sehen aus, als wäre er ein harter Kerl, aber er hat in seinem Leben noch keinen Tag ernsthaft gearbeitet. Aber er lacht wie ein verdammtes Wiesel. Und er schnarcht. Und ...

—Schon gut, Mann, zu viel Batty-Gerede.

—Gute Hinhaltetaktik aber. Wirklich zu schade. Du bist der Erste in dieser Stadt, mit dem es sich zu reden lohnt.

Ich stehe auf und stelle mich hinter ihn.

Ich schiebe die Pistole durch seine Haare, bis sie seinen Schädel berührt.

—War irgendwer hier, als du in die Wohnung eingestiegen bist? War irgendwer hier drin?

—Nein.

—Oh. Oh, gut. Gut.

Ich will abdrücken.

— Warte! Warte! Wart mal einen Moment. Willst du mich einfach so umlegen? Krieg ich keinen letzten Wunsch? Gib mir eine Line, ja? Nur eine letzte Line. Ich hab einen Beutel hinter dem Fernsehschränkchen, schon fertig gehackt. Eine letzte. Dann juckt es mich wenigstens nicht, ob ich abgeknallt werde oder nicht.

— Scheiße, Mann. Ich muss aus dieser Stadt raus.

— Kannst du nicht mal einen verdammten Beutel aufschneiden und einem Mann eine Line geben? Gib einem Mann eine Line, okay, Mann? Gib mir eine Line.

— So tickt ihr Jamaikaner also? In Chicago nimmt keiner was, der was verkauft, jedenfalls nicht sein eigenes Zeug. Wenn es so weit ist, ist das immer der Anfang vom Ende.

— Darum zieht ihr Weißen immer so eine Fresse. Ihr habt einfach keinen Spaß. Willst du mir nicht verraten, wer das Geld auf meinen Kopf ausgesetzt hat, wenn sie es nicht war?

— Ich weiß es nicht, Kumpel. Willst du das Zeug durch die Nase ziehen?

— Legst du mir eine Line? Ich hab leider keine Hand frei, falls du's nicht bemerkt hast.

Ich finde den Beutel oder besser gesagt einen ganzen Sack voller Beutel zwischen dem Fernsehschränkchen und der Wand. Ich schneide einen davon mit einem Schweizer Armeemesser auf und werfe ihn hin. Kokain rieselt heraus.

— Mach mir eine Line fertig, okay, Boss, sagt er.

— Ich hole mit zwei Fingern etwas Kokain heraus und lege auf dem Schreibtisch eine Line in der Form einer Zigarre.

— Ist hier irgendwo ein Elefant, den du umbringen willst, oder was?

— Das sollte reichen, um dich high zu machen.

— Damit kannst du ganz Flatbush high machen.

— Ich nehme etwas davon weg und lege eine streichholzgroße Line.

— Mit gefesselten Händen wird das schwierig.

— Lass dir was einfallen.

— Der Jamaikaner beugt sich über den Schreibtisch und dreht den Kopf nach links, um durch das linke Nasenloch zu schniefen. Er gibt auf und dreht den Kopf nach rechts. – Verdammte Scheiße, sagt er. Er versucht es noch einmal, schnieft stärker, zwei Mal, drei Mal.

— Scheiße, ich muss mir das Zeug spritzen.

— Dabei kann ich dir nicht helfen.

— Pussycloth. Diese Schlampe, ich kann's immer noch nicht glauben. Morgen Abend kommt eine Fuhre. Schon morgen, verdammt. East Village und Bushwick warten schon, noch schlimmer, Josey wartet in New York. Was passiert denn morgen, wenn's mich nicht mehr gibt?

— Ich weiß es nicht, Pops.

— Dafür bringen die sie um, weißt du? Das wird richtig Krieg geben zwischen den Jamaikanern und ihr.

— Ich habe es dir doch schon gesagt, ich glaube nicht, dass sie dahintersteckt.

— Aber sie hat dir den Auftrag gegeben. Du wirst ihr Bericht erstatten. Ist schon in Ordnung, kein Problem. Wer zum Teufel steht über Griselda? Der muss auch über Medellín stehen. Und ich bin nur ein kleiner Geschäftsmann. Wem bin ich denn so auf den Sack gegangen?

Ich weiß nicht, warum, aber ich gehe zum Fenster, um zu sehen, ob irgendjemand auf dem Bordstein steht. Ich brauche eine andere Kanone. Dann fällt es mir wieder ein.

— Das hätte ich fast vergessen. Sie hat es nicht mir erzählt, aber ich habe gehört, wie sie sagte, es wäre jemand aus New York. Irgendwas von wegen, dass er im Gegenzug die Ranking Dons in Miami ausschalten würde.

— Wart mal, die Storm Posse hat doch gar kein Problem mit den Ranking Dons in Miami.

— Irgendwer hat aber offenbar eins, und er lebt in New York.

— Und? Einer aus New York, der mit den Ranking Dons im Clinch liegt. Brethren, das trifft nur auf mich zu. Auf mich und ...

Scheiße.

Er schaut mich an, aber sein Blick wird leer.

— Eubie. Auf mich und Eubie.

— Ich wollte gerade noch sagen, dass sein Name wie »Jubel« klang.

Der Jamaikaner starrt mich an; er reißt die Augen auf wie Stepin Fetchit, nur weniger komisch. Überhaupt nicht komisch. Seine Unterlippe hängt herunter, als wollte er etwas sagen, kann aber nicht. Sie zittert. Er lässt die Schultern sinken. Er schaut mich an und lässt den Kopf hängen.

— Das verdammte Pussyhole will ganz New York für sich allein. Und Josey wird nie Wind davon kriegen. Er wird's nie rauskriegen, weil es aussehen wird, als geht das auf das Konto der Ranking Dons.

— Tut mir leid, Mann.

Ich gehe wieder zum Fenster.

— Hey, komm mal her, Junge.

— Was ist?

— Wenn du mich schon umlegst, dann leg mich wenigstens im Himmel um, okay, Mann?

— Ich habe keine Ahnung, wovon zur Hölle du redest, Mann.

Er nickt zu dem Beutel Koks hinüber. — Das hat vorhin nicht so richtig gut funktioniert, falls du dich erinnerst, sage ich.

— Darum musst du mir helfen, es zu drücken.

— Was ist los?

— Drücken. Spritzen. Koks durch die Nase ziehen ist sowieso bescheuert. Das ist für Pussyholes. Außer man hat Crack, und das sollte man eher rauchen, aber ich hab keine Rocks da.

— Alter, ich habe keine Zeit für …

— Wieso, wartet dein schwuler Freund draußen, oder was?

— Fick dich.

— Fick dich selbst, und erfüll einem Toten seinen letzten Wunsch. Im Badezimmerschrank ist eine Nadel. Das Bad ist da drü…

— Ich weiß, wo das Bad ist, sage ich.

— 'ne frische Nadel.

Ich öffne seinen Badezimmerschrank, reiße die Verpackung der Nadel auf und ziehe sie heraus.

—Was soll ich damit machen?, sage ich, während ich zu ihm zu-rückgehe.

—Misch einfach was aus dem Beutel an, und zieh's mit der Spritze auf.

—Klar, Kumpel. Was soll ich denn dafür nehmen, Spucke vielleicht?

—Nimm Wasser, irgendeins. Hast du das noch nie gemacht?

—Ob du es glaubst oder nicht, es ist nicht so, dass Krethi und Plethi Koks nimmt.

—Sag Nein zu Drogen, was? Gut, gut. Misch es einfach mit ein biss-chen Wasser.

—Ich kann nicht glauben, dass ich das wirklich mache.

—Mach's einfach.

—Den Befehlston kannst du dir stecken, du Hurensohn.

Ich schnappe mir den Beutel und gehe zum Spülbecken. Ist eine Kaffeetasse in Ordnung?, frage ich, und er nickt.

—Wie viel Koks? Alter, du musst mir schon genaue Anweisungen geben.

—Das Wasser läuft, und ich habe die Kaffeetasse in der Hand. Er schaut zu mir herüber und sagt,

—Nein, nimm den Esslöffel. Zieh mit der Spritze ein bisschen Was-ser auf, sagt er. Dann spritz es in den Esslöffel. Dann gib so viel Koks dazu wie für 'ne Line. Dann nimm einfach deinen Finger oder irgend-was, und rühr ein bisschen drin rum, sollte nicht lange dauern, Koks löst sich schneller auf als Zucker. Dann zieh das Ganze wieder mit der Spritze auf.

—Wohin, Kumpel? Ich meine, du hast ja schließlich keine Hand frei.

—Batty.

—Fick dich.

—Ich könnte dich kaum davon abhalten. Haha. Vergiss die Arme, Brethren. Du könntest es mir zwischen die Zehen spritzen, aber das tut bloß weh. Such an meinem Hals nach meinem Puls und spritz es einfach rein.

Ich berühre seinen Hals.

—Wenn du ihn wie 'ne Pussy anfasst, wirst du nicht viel spüren.

Ich würde ihm am liebsten eins mit der Pistole überziehen, aber stattdessen packe ich seinen Hals mit beiden Händen, als wollte ich ihn erwürgen. Sein Puls pocht unter meinem Zeigefinger.

— Einfach reinstechen und drücken?

— Ja, Mann.

— Okay, wenn du es sagst.

Ich steche die Spritze hinein und fange an zu drücken. Blut strömt in die Nadel, und ich zucke zusammen.

— Alter … Blut … Scheiße …

— Nein, nein, es ist gut, wenn Blut kommt, nicht aufhören. Ja … ja … jaaaaa.

— Das war's, Mann. Scheiße. Womit haben die das gestreckt, mit Vitamin B?

— Haha, das ist nicht gestreckt, Brethren, das ist …

Weepers Blick verändert sich. Irgendetwas durchfährt ihn, als hätte man bei einem Flipper den falschen Sensor aktiviert und einen Tilt ausgelöst. Der Hurensohn fängt an zu zittern. Erst nur ein bisschen, wie bei einem elektrischen Schlag, dann heftiger und lauter, als hätte er einen Anfall. Er verdreht die Augen, bis nur noch das Weiße zu sehen ist, aber sie bleiben so verdreht, und Schaum bildet sich vor seinem Mund und läuft seine Brust hinunter. Aus seinem Mund kommen Geräusche wie Atemstöße, öh öh öh öh öh öh. Er fängt an, so heftig mit dem Kopf zu wackeln, dass ich einen Satz nach hinten mache. In seinem Schoß breitet sich explosionsartig Urin aus. Ich packe ihn, will ihn anschreien, *Du Hurensohn, du hast mich dir reines Koks geben lassen,* aber er reißt die Augen auf und brüllt. Er stößt sich von dem Schemel ab, und wir fallen zusammen nach hinten um. Weeper tritt wild um sich, als würde irgendein Monster nach seinen Beinen greifen. Ich rieche seinen Atem, der nach Bier und Arsch und noch irgendetwas anderem stinkt. Er ist immer noch am Zucken, Würgen und Zischen, als wäre ein Sssssssss das Einzige, was er herausbringt. Und ich, ich weiß nicht, warum, ich weiß es verdammt noch mal wirklich nicht, aber ich lege ihm die Arme um die Brust und halte ihn fest, obwohl er auf mir liegt. Ich weiß nicht, warum, aber ich umarme ihn und halte ihn und drücke ihn an mich, und er zittert nur, Mann, zittert und zittert immer weiter, und sein Hinterkopf stößt immer wieder gegen meine Stirn, während Schaumblasen aus seinem Mund quellen. Ich umfasse seinen Hals, aber ich drücke nicht zu. Weeper keucht dreimal, dann hört er auf.

Sir Arthur George Jennings

Vier Priester verstecken ihre Gesichter hinter Blitzen und halten eine Liturgie, die niemand in der Gemeinde kennt. Jeder Jünger hat ein Testament geschrieben, aber nicht jedes Testament ist in der Bibel, sagt ein Mann zu einer Frau, die das nicht versteht, zehn Metallstühle weiter unten und dreißig Sitze weiter drüben in der National Arena. Trauerfeier für den Sänger. Das Evangelium und die Ketzerei streiten sich wie hungrige Hunde um die Leiche. Ein Rastaman zitiert aus den Korintherbriefen, obwohl die Ältesten ihn gebeten haben, aus den Psalmen zu lesen, und alle zehn bleiben sitzen, als er einen König als Gott bezeichnet. Ketzerei. Der äthiopische Erzbischof sagt, *Warum wollt ihr nach Afrika gehen, wenn ihr doch mehr erreichen könnt, wenn ihr hier auf Jamaika für ein besseres Leben arbeitet?* Die Rastafaris sind wütend und schimpfen. Der Erzbischof gibt sich nicht kampflos geschlagen – will denn nicht jeder Rastafari im Land Shashemene aufwachen, auf den fünfhundert Morgen Land, die ein entthronter Herrscher ihnen zum Geschenk gemacht hat? Die aufsässigen Rastas rufen Jah Rastafari, und nur wenige fragen sich, wieso das hier eine äthiopisch-orthodoxe Trauerfeier ist, wo der Sänger doch ein Rasta war. Hunderte sitzen oder stehen da und schauen zu. Der ehemalige Premierminister, der immer noch von den armen Sufferahs geliebt wird, sitzt ruhig und gramgebeugt da. Der neue Premierminister wartet, bis er aufgerufen wird. Er hält eine Lobrede auf einen Mann, den er kaum gekannt hat, schließt aber mit einem Segensspruch, *Möge seine Seele Ruhe finden in den Armen von Jah Rastafari.* Evangelium gegen Ketzerei, die Ketzerei gewinnt.

Wie begräbt man einen Mann? Legt man ihn in die Erde, oder tritt man sein Feuer aus? Sie haben dem Sänger auf dem Sterbebett eine besondere Ehre erwiesen, ihm den *Order of Merit*, den Verdienstorden, verliehen. Der schwarze Revolutionär gehört nun dem Orden der britischen Edelmänner und Ritter an, Babylon in excelsis deo. Ein Feuer, das in Simbabwe, Angola, Mosambik und Südafrika loderte, wurde von zwei Buchstaben gelöscht, O und M. Jetzt ist er einer von uns. Aber der Sänger ist schlau. Bald schon werden die Menschen sehen, dass er es genauso prophezeit hat, dass er von einer falschen Ehrung gesungen hat, noch bevor sie ihm verliehen wurde. Bevor die Krankheit ihn besiegte. Ich höre ihn im Schlaf singen, über Negersoldaten in Amerika. Schwarze Soldaten des 24. und 25. Infanterieregiments und des 9. und 10. Kavallerieregiments unter dem Kommando der Bleichgesichter, die Komantschen, Kiowa, Sioux, Cheyenne, Ute und Apachen abschlachteten. Vierzehn schwarze Männer in schmutzigen Stiefeln nahmen die Medal of Honor entgegen, weil sie Menschen getötet hatten und ein Ideal. Die Indianer nannten sie Buffalo Soldiers. Medal of Honor, Order of Merit, das sind nur zwei Seiten der gleichen Medaille. Währenddessen taucht der Sänger immer wieder auf, rechts oben auf der Vorderseite von Briefen und Päckchen. Ich bin schon längst aus der Zeit gefallen.

Die ganze Zeit über will der Mann, der mich getötet hat, einfach nicht sterben. Stattdessen fault er vor sich hin. Ich schaue zu, wie seine Sekretärin seinen weißen Haarschopf berührt, unter dem sich zahllose bläuliche Adern schlängeln, und ihm das dünne Haar schwarz färbt. Seine neue Frau mag das Zeug nicht anfassen, es ruiniert ihre Fingerspitzen und schwärzt den Nagellack. *Sind Sie sicher, dass Sie nicht lieber etwas Grau haben wollen, Mista P? Dann sehen Sie jünger aus, aber auch etwas natürlicher. Ich will es aber schwarz haben, verstehst du? Ich will es schwarz.* Die PNP hat seine Partei entmachtet, aber er zieht sich jeden Tag so an, als würde er zur Arbeit gehen. Es ist ein eigenartiges Jahrzehnt, nichts ist mehr so wie in den Siebzigern, und da ist niemand mehr in seiner Umgebung, der noch seine Sprache spricht. Die Gangster in seiner Partei wollen ihn nicht mehr, und die Intelligenten haben ihn sowieso nie gebraucht, und deshalb schreit er jetzt lauthals Parolen gegen Sozialismus und Kommunismus, und seine Hängebacken wackeln wie bei einem Gockel. Ich beobachte ihn, wie er zu seinem Wagen geht und zum dritten Mal in dieser Woche vergisst, dass er nicht mehr fahren darf. Er stolpert über den Gartenschlauch und stürzt auf den Betonweg. Der Sturz nimmt ihm den Atem, er kann nicht mal schreien, rufen oder schluchzen. Fast eine Stunde liegt er da, bevor die Köchin ihn durch das Fenster hindurch bemerkt. Eine neue Hüfte, ein neuer Herzschrittmacher und neue blaue Pillen, damit er seine Frau wieder ficken kann, die sich schon daran gewöhnt hatte, dass er auf ihr liegt wie ein schlaffer Sack. Und wieder lacht er über den Tod. Und über mich.

Ich beobachte den Mann, der ihn eines Abends besuchte. Auch er ist fetter geworden und größer. Sie sind beide zu groß für einen Ort geworden. Flüge nach New York und Miami. Heimliche Geschäfte, eintausend Tote. Geld wird gewaschen und landet im Getto. In den Gettos im Ausland schnupfen die Leute und kochen und spritzen. Kolumbien, Jamaika, die Bahamas. Miami. *Es ist ein unglaubliches Schauspiel. Überall wird gemordet.* D.C., Detroit, New York, Los Angeles, Chicago. Kauf Waffen, verkauf Pulver, aber wundere dich nicht, dass die Monster, die du aufgebaut hast, monströs werden. Neue Leute steigen ein, neue Banden werden gegründet, von denen man vorher noch gar nichts wusste. In New York wird eine fette Schlagzeile gedruckt: *Jamaikaner überschwemmt die Stadt mit Crack.* Eine Geschworene hört zu, was der Ranking Don, ganz bestimmt kein Freund von Josey Wales, vor Gericht zu sagen hat. Sie ist zum ersten Mal bei einem Prozess.

— Ich hab ihm in den Kopf geschossen.

— Wohin genau?

— In den Hinterkopf.

— Wie oft ...

— Einmal. Das reicht.

— Was haben Sie mit der Leiche gemacht?

— In einen Abwasserkanal geschmissen. Und dem Fahrer gesagt, er soll das Auto abfackeln.

— Was haben Sie getan, als Sie hörten, dass er alle Beweise vernichtet hat, Sir?

— Ich hab gar nichts getan. Ich bin ins Bett gegangen.

Er sieht sie an, als er den letzten Satz sagt. Die Geschworene, die gekleidet ist wie eine Lehrerin, kann die nächsten drei Tage lang nicht schlafen.

Drei Killer haben den Sänger überlebt. Einer stirbt in New York. Einer sieht und wartet in Kingston inmitten von Geld und Kokain, und einer verschwindet hinter dem Eisernen Vorhang, wo er nun sitzt und darauf wartet, dass er eine Kugel in den Kopf bekommt, bald schon, er weiß es.

Drei Mädchen aus Kaschmir, die Bass, Gitarre und Schlagzeug spielen, frische, unverbrauchte Gesichter hinter Burkas, die sich vor einem Plakat des Sängers mit roten, grünen und goldenen Streifen aufgebaut haben. Sie nennen sich Pragaash, »Der erste Sonnenstrahl«, es sind Soul Sisters des Sängers, die sich lächelnd an der aufgehenden Sonne erfreuen. Aus den Mündern der vermummten Mädchen kommt eine Melodie, so zerbrechlich, dass sie beinahe sofort vergeht. Aber sie landet auf einer Trommel, die den Groove aufnimmt und dahin zurückschleudert, wo der Song nachhallt, weiterschwebt und Trost spendet. Der Sänger wurde zum Balsam für zerrissene Länder. Kurz darauf geben die heiligen Männer, die gern Mädchen töten, eine Fatwa aus, und die jungen Männer im ganzen Tal schwören hoch und heilig, dass sie ihre Gewehre polieren und ihre Schwänze aufrichten werden, um die drei zur Räson zu bringen und zu beseitigen. Der Sänger ist eine Stütze, aber er kann niemanden beschützen, und so muss die Band aufgeben.

Aber in einer anderen Stadt, einem anderen Tal, einem anderen Getto, einem anderen Slum, einer anderen Favela, einem anderen Township, einer anderen Intifada, einem anderen Krieg, einer anderen Geburt, singt jemand den »Redemption Song«, als hätte der Sänger ihn ganz allein für diesen armen Sufferah geschrieben, damit er

ihn singt, schreit, flüstert, weint, johlt oder brüllt, genau hier und genau jetzt.

SOUND BOY KILLING

22. März 1991

Eins

— Meinst du, er macht grad ein Nickerchen?

— Da hab ich keine Antwort drauf, Boss.

— Hmm? Okay, prima, dann zeig mir einfach seine Zelle.

— Ich hab sie Ihnen vor zwei Minuten gezeigt. Ist ja nicht so, als wär hier sonst noch einer im Verlies.

— Verlies? Das ist ja wohl irgendwie nicht ganz passend.

— Wenn Sie fertig sind, lassen Sie sich selbst wieder raus.

— Was, keine Eskorte?

— Ich mag die Dunkelheit nicht.

Meine Schritte hallen von den Wänden wider, als ich da so entlanggehe, und irgendwie wünsche ich mir, ich könnte mich selber sehen. Ohne Witz. Die haben diesen kleinen Motherfucker im Griselda-Blanco-Stil kaltgemacht. Eine dermaßen boshafte Idee, in Jamaika perfektioniert. Das muss man der inzwischen Gott sei Dank untergetauchten Schlampe lassen: Zumindest diese großartige Methode hat sie uns vermacht. Und so hat es sich abgespielt. Weil sein Vater Josey bereits die Tage bis zu seiner Auslieferung in die USA zählte, wo er wegen Mordes, organisierter Kriminalität, Behinderung der Staatsgewalt, Drogenhandel und so weiter und so fort angeklagt war, nahm sein inzwischen erwachsener Sohn Benjy Wales (fetter, dunkler, und langweiliger als sein Dad) den Posten des Don über Copenhagen City ein. Als eine Art Prinzregent oder Stellvertreter oder so. Benjy war also dabei, das alljährliche Papa-Lo-Gedächtnis-Cricket-Match zu organisieren. Und dazu gehörte auch ein Treffen auf der King Street, die östlich von West Kingston liegt. Es war schon immer eine haarige Sache, wenn ein Don aus dem Westen sich in den Osten begeben muss, und noch haariger wird es, wenn er das ganz allein auf einem Motorrad tut. Er hält an der Kreuzung und starrt vermutlich gedankenverloren geradeaus, als ein weiteres Motorrad neben ihm stehen bleibt. Als er hinüberblickt, um zu sehen, wer das ist, eröffnen zwei Männer in Schwarz das Feuer, und pusten ihm das Herz aus der Brust.

Lustig, oder? Das Ding mit Benjy, tja, sein Paps ist Josey motherfucking Wales, und er hat sein ganzes Leben lang Schießereien gesehen, aber trotzdem war er in der ganzen Welt unterwegs, na gut, in den Vereinigten Staaten, ging auf eine noble Schule und musste nicht einen einzigen Tag in seinem Leben hungrig ins Bett. Und was kommt dabei raus? Ein beschissener Gunman, der sich zu sehr ans gute Leben gewöhnt hat, nicht viel anders als ein verzogener Schnösel, der gerade aus Papas Luxus-Appartement am Central Park West kommt. Sein Vater, der dieses Land schon mindestens dreimal zum Stillstand gebracht hat, ist im Gefängnis und kurz davor, endlich eine gewaltige Abreibung zu kriegen, und was macht der Goldjunge? Fährt einfach ganz allein auf einem Scheißmotorrad los? Was hatte er sich dabei gedacht, dass all die andern Gunmen gerade in der Kirche sind? Und eine Hinrichtung im Griselda-Blanco-Stil ist normalerweise kein glücklicher Zufall. Der Scheiß war nicht bloß geplant, sondern koordiniert bis runter zu genau dieser einen Kreuzung. Diese jungen Kerle, die denken wirklich nicht nach. Ich bin scheißalt. Ich dachte immer, alt bedeutet, wenn du zum ersten Mal *uff* machst, wenn du dich nach dem Bücken wieder aufrichtest. Jetzt bedeutet alt, dass deine Feinde zu alt zum Kämpfen sind, und alles, was dir von den alten Zeiten und einem alten Krieg übrig geblieben ist, ist bescheuerte Nostalgie. Und jede Form von Nostalgie verdient es, begossen und nicht beschossen zu werden. Eintrittswunden in Kopf und Brust, Austrittswunden in Kopf, Hals, Schulter und Rücken. Letzte Woche hab ich mit diesem Doktor Lopez gesprochen, der an jenem Morgen in der Notfallambulanz Dienst hatte. Bombo R'Asscloth, sagt er, ich hab noch nie im Leben solche Angst gehabt. Und nicht nur so eine elementare Angst

Sound boy killing

um sich selbst, sondern eine Angst, als würde in der Notaufnahme der Weltuntergang bevorstehen. Als Benjy Wales das Krankenhaus erreichte, war der Junge bereits so gut wie tot; das Einzige, was es noch zu tun gab, war, die Sache beim Namen zu nennen. Aber mit Benjys Körper kamen zugleich circa dreitausend ungeladene Gäste, die alle in die Notaufnahme hineinströmten und wieder hinausströmten. Alles, was dem Doktor noch zu tun blieb, war, den Zeitpunkt des Todes festzulegen, aber weil dreitausend Leute draußen sind, von dir erwarten, dass du den Jesus machst, weil Ärzte das nun mal für einen Don tun, machst du das albernste Theater mit, das es neben Kabuki gibt. Doktor Lopez hat mir all das erzählt. Sie mussten ihn in ein Bett legen, was an sich schon Platzverschwendung war, aber bis dahin hatte die Menge begonnen, dermaßen laut BENJY MUSS LEBEN zu brüllen, dass man sie noch in einer Meile Entfernung und bis runter ins Tal hörte. Zuerst versuchten sie, die Luftröhre wiederherzustellen, um die verheerenden Blutungen unter Kontrolle zu bekommen. Nur – als sie ihn brachten, war in seinen Lungen nichts anderes mehr als Blut. In der Zwischenzeit wurde die Menge lauter, und die Ärzte mussten mit einer Leiche dieses bescheuerte Theater abziehen. Stell dir vor, du musst die Blutzirkulation in einem Körper wiederherstellen, der mit Kreisläufen jeglicher Art gerade für immer abgeschlossen hat. Kein Puls, kein Blutdruck, kein Hinweis auf Hirntätigkeit. Es ist ja nicht so, dass sein Herz ausgesetzt hätte, es war verdammt noch mal für immer erledigt. Ich fragte ihn, wann sie denn dem Mob erzählen wollten, dass er tot war, und er sagte *Ungelogen, Boss, als wir versuchten, ihn wiederzubeleben, hab ich schon selbst auf ein Wunder gehofft.* Draußen drängte sich die Menge so sehr, dass sie zwei Fenster eindrückte.

Das mit dem Defibrillator war am schlimmsten. Jedes Mal, wenn sie eine Schockgabe durchschickten und ein Ruck durch seinen Körper ging, ging auch ein Ruck durch die Menge, selbst die Leute, die es nicht mal sahen, wurden davon erfasst. Elektroschock – Körperaufbäumen – Ruck durch die Menge. Elektroschock – Körperaufbäumen – Ruck durch die Menge. Nach einer Stunde schließlich verkündete Doktor Lopez, was schon in der Minute, als sie den Körper hereinrollten, hätte verkündet werden müssen. Und dann, whoaaa. Die Nachricht, dass sie ihn nicht würden retten können, machte die Runde. Benjy Wales war tot. Zuerst traten sie die Türen der Notaufnahme ein. Dreitausend Männer, Frauen und Kinder, die meisten davon bewaffnet, die Übrigen von dem Kaliber, das Waffen gar nicht erst braucht. *Wir bringen euch alle um. Wir machen alle in diesem Bombor'Asscloth-Krankenhaus kalt. Fünfzig Ärzte und Krankenschwestern für den Tod von Benjy.* Einige Männer griffen sich eine Krankenschwester und fingen an, sie zu ohrfeigen. Doktor Lopez ging dazwischen, doch zwei Männer haben ihn festgehalten und ihm eins mit dem Gewehrkolben über den Kopf gezogen. Sie kippten den Empfangstresen um, und die armen Wachmänner taten das Einzige, was sie tun konnten: Fersengeld geben. Der Doc weiß nicht, wie es dazu kam, aber just in dem Moment ging ein neuer Ruck durch die Menge, und fortan hieß es, nicht die Ärzte hätten Benjy getötet, sondern die PNP.

Bis Sonntag waren sie bei der sechsten der Eight Lanes angekommen. Sie erschossen jeden Mann, den sie sahen, und vergewaltigten jede Frau, die ihnen unter die Finger kam. Brannten etwa ein Drittel der Häuser nieder, und erschossen noch ein paar Kinder, um das Ganze abzurunden. Zwei Tage später löschten sie Hölle noch mal Lane Three aus. Dann nahmen sie den Kampf mit rüber nach Miami, Drive-by-Shootings, Einschusslöcher in Honda Accords und in Nachtclubs. Zwei von meinen Kumpels erzählten mir, dass sie nur mit knapper Not aus dem Rolex Club rausgekommen sind, so wie die Jamaikaner sich da gegenseitig abgeschossen haben. Der Premierminister musste die JLP kontaktieren, um einen Waffenstillstand zu arrangieren, und selbst da mussten sie noch die Kirche mit ins Boot holen, um ein paar Friedensmärsche zu organisieren. Sie hörten erst auf, als das Gemetzel mit den Plänen für Benjys Beerdigung in Konflikt geriet. Ich bin nicht zu der Beerdigung gegangen. Ich bin offiziell nicht mal hier. Okay, das ist gelogen. Ich war bei der Beerdigung, aber ich denke, sie haben mich für einen Bodyguard oder so was gehalten. Das letzte Mal, dass ich so eine große Beerdigung gesehen hab, war die des Sängers.

Mindestens zwanzigtausend Menschen. Darunter der frühere Premierminister, versteht sich. Wie jeder weiß, war er 1976 noch in der Opposition, dann '80 Premierminister und seit '91 wieder in der Opposition. Voran marschiert eine Blaskapelle, fast wie in New Orleans, die Männer in weißer Uniform, die Mädchen im roten Minikleid mit Pompons. Dann der Sarg, schwarz, mit Silbergriffen, der tote Junge darin in einem schwarzen Samtanzug. Wenn du nie mehr schwitzen wirst, warum nicht mitten im Sommer Winterklamotten tragen? Ein Sarg in einer beschissenen, von weißen Pferden gezogenen Glaskutsche direkt hinter der Blaskapelle. Dann der frühere Premierminister, am Arm Benjys Freundin in einem hautengen kleinen Schwarzen und dicker Goldkette, wie sie diese Rap-Typen tragen. Riesige Ohrringe. Sobald du sie siehst, guckst du dir auch all die anderen Frauen an. Minikleid aus Goldlamé, pinkes Minikleid, weißes Minikleid, Netzstrümpfe, silberne High Heels, Vögel als Hüte, Hüte wie Vögel, mehr dicke Ketten. Ein Mädel trug ein rückenfreies schwarzes Kleid, mit Ausschnitt bis runter zur Arschritze. Sämtliche Frauen stöckelten die Straße runter, als wären sie auf einem gottverdammten Laufsteg.

Josey wollte Ausgang bekommen (um es mal so zu formulieren), um zur Beerdigung seines Sohnes zu gehen, aber sie ließen ihn nicht. Warum auch? Den Don aus dem Gefängnis und zu zwanzigtausend seiner Leute lassen, wie zur Hölle sollte man den dann wohl wieder einfangen? Die US-Regierung hatte bestimmt von seinem Anliegen gehört und tausendmal Nein gekreischt. Lustig, dass sie sich fast die ganzen Achtziger hindurch, als Josey sein Imperium aufbaute – mit kapitaler Hilfe natürlich –, einen verdammten Scheiß für ihn interessierten. Verdammtes New York, Mann, ich hab ihm doch gesagt, dass er den Mist da nicht machen soll. Diese Schwarzen müssen wirklich mal lernen, ihr Scheißtemperament zu zügeln. An jenem Tag im Jahr 1985 schoss Josey Wales aus dem Nichts nach irgendwo ganz oben auf den Listen der Feds und der DEA. Und sobald die JLP die Macht verlor, wurde er vogelfrei.

Bevor das alles geschah, war er umso unberührbarer, je größer er wurde. Josey fährt eine Straße runter, ich kann mich nicht mehr erinnern, welche, aber irgendwo in einem Ort namens Denham Town. Wales steuert geradewegs in einen Bus. Steigt aus und ist irre wütend. Aber der Fahrer flippt völlig aus und zieht dadurch eine gaffende Menge an. Ich weiß nicht mehr, was er gesagt hat, aber er regt sich immer weiter auf, und brüllt rum und flucht und stößt Drohungen aus und weiß Gott was. Er hält erst die Klappe, als irgendeine Frau ruft *Das ist Josey Wales,* und die Straße wird schlagartig leer, die Menge verläuft sich und lässt den armen Busfahrer allein zurück. Josey sieht ihn nicht einmal an, als der Mann den Road Runner macht, direkt zur nächsten Polizeiwache. Armer Kerl. Etwa dreißig Minuten später trudelt Josey Wales mit zehn seiner Jungs vor der Wache ein. Sie marschieren schnurstracks rein, greifen sich den Busfahrer und marschieren wieder hinaus. Nicht ein einziger Cop erhebt sich auch nur von seinem Platz. Der Mann muss sich eingeschissen und geheult haben wie ein bescheuertes Mädchen, als er sah, wie die Polizisten in ihrer eigenen beknackten Wache einfach wegguckten. Gleich draußen, vor sämtlichen Cops und gaffenden Leuten, schossen die, die eine Pistole hatten, auf den Busfahrer, und die, die keine hatten, stachen auf ihn ein. Wie Krähen über einem frischen Kadaver. Sie verhafteten Josey, versteht sich, aber die Staatsanwaltschaft konnte keine Zeugen auftreiben. Nicht einen einzigen.

Unterdessen sagt Cali, dieser Motherfucker ist von allen Motherfuckern der härteste Motherfucker, sollen er und seine Männer Großbritannien haben.

Das hier war der Mann, der mit seinen Jungs nach Rema kam und einfach so zwölf Menschen abknallte. Warum? Weil ein paar von ihnen sich beschwerten, ihre kleine Gemeinschaft würde vernachlässigt. Josey hat seinen Standpunkt schon immer klar und deutlich gemacht. Die Polizei gibt einen Haftbefehl raus, Josey verdrückt sich in die USA, aber inzwischen ist er dort von besonderem polizeilichem Interesse und verdrückt sich wieder nach Jamaika. Sie stellen ihn vor Gericht, doch die eine Zeugin, die sie haben, hat plötzlich

Gedächtnisschwund, nein, Moment, sie war gar nicht da, nein, Moment, sie hatte sich noch kein Rezept für eine neue Brille geholt und ist inzwischen blind wie eine Fledermaus. Sie kann sich einfach nicht mehr so richtig erinnern, und irgendwie war die ganze Sache auch so verwirrend, weil überall Schüsse knallten.

Aber letztes Jahr stand seine Tochter mit ihrem Freund vor irgendeinem Club, und ein paar Gunmen aus den Eight Lanes kamen einfach so aus dem Nichts und eröffneten das Feuer auf beide. Sie machten einfach Schweizer Käse aus dem Typen, bis kein Platz mehr für Löcher da war. Das Mädel saß da und wiegte seinen Körper in den Armen, als sie direkt zu ihr gingen und ihr sauber und aus nächster Nähe eine Kugel in den Kopf jagten. Ein Glück, dass sie sie nicht vorher auch noch vergewaltigt haben. Ich frage mich immer noch, ob sie wussten, wer sie war. Ich meine, das ist wie mit Griselda in Miami, wenn du zu weit und noch weiter gehst, dann kommt von deinen Feinden früher oder später Gegendruck. Und wenn du dir immer mehr Feinde machst, dann erreichen sie früher oder später die kritische Masse. Es ist nur eine Frage der Zeit, bis deine Feinde genauso gnadenlos sind wie du, schließlich bist du derjenige, der die Latte höher gehängt hat. Ich bleibe nicht lang genug am selben Ort, um mir persönliche Feinde zu machen. So was ist wie eine Beziehung, du musst sie pflegen. Darum war ich auch nie der Richtige für Kolumbien oder Kingston. Ich bin ein Ausbilder. Apropos kritische Masse, mittlerweile hatten die Feds mehrere Anklagepunkte gegen Josey zusammengetragen, und sie wollten ihn unbedingt haben. Irgendjemand musste den Drogenkrieg ja gewinnen, und das würde so sicher wie das Amen in der Kirche kein Nigger aus einem Drecksloch in der Karibik sein, der mal lieber weiter sein Pot hätte verticken sollen. Diesmal lochten sie ihn ein. Und diesmal wird er im Knast verfaulen.

Yeah, ich ging zu ihm ins Gefängnis, außerhalb der Besuchszeit wohlgemerkt. Sobald ich sagte, hey Josey, setzte er sich auf dem Bett auf und brauchte eine ganze Weile, bis er hochsah. Als er das tat, lächelte er, aber nur ein kleines Lächeln, fast so, als wäre er schüchtern. Und dann sagte er,

— Ich wusste, dass sie dich schicken würden.

— Wie geht's, *mijo*?

— Nicht so gut wie dir, Doctor Love.

Zwei

—Miss Segree? Miss Segree? Millicent Segree? Miss Segree.

—Nicht Miss.

—Oh. Entschuldigen Sie.

—Kein Problem, Mrs. Segree.

—Nicht Mrs., nicht Miss, einfach Millicent Segree.

—Okay, Ma'am.

—Wissen Sie was? Ist gut. Wie viel macht das?

—Das ganze Rezept vierzehn Dollar, Ma'am.

Also, bei diesem Feminismuskram geht's doch in erster Linie um weiße Frauen, die nicht-weißen Frauen sagen, was sie zu tun haben und wie, dieser gönnerhafte Wenn-du-so-wirst-wie-wir-bist-du-frei-Scheiß. Aber wenn es eins gibt, wo ich ihrer Meinung bin, dann, dass ich es verdammt noch mal hasse, wenn ein Mann glaubt, ich wäre verpflichtet, wildfremden Leuten meinen Familienstand zu enthüllen. Überhaupt Familienstand an sich, was für ein Mist, als ob verheiratet oder alte Jungfer die beiden einzigen Möglichkeiten wären, mich selbst zu definieren. Hey, Big Boy, hier ist mein Familienstand. Hi, bevor du mir deinen Namen sagst, hier ist mein Familienstand. Vielleicht sollte ich sagen, ich bin Lesbe, und ihnen das Problem direkt wieder zurückgeben, sollen sie es definieren.

Xanax gegen Angstzustände. Valium zum Schlafen. Prozac gegen Depressionen. Phenergan gegen Übelkeit. Tylenol gegen Kopfschmerzen. Mylanta gegen Blähungen. Midol gegen Krämpfe. Ich meine, Himmel, die Menopause kann gerne kommen. Gibt es keine Überholspur zu den Wallungen? Es ist schließlich nicht so, als würde ich noch ein Kind kriegen, warum also sollte ich die verdammte Ladentür offen halten? Ich bin in der Rite Aid Pharmacy in der Eastchester Road in der Bronx, nur einen Block entfernt von meiner Wohnung in der Corsa Avenue. Im August wohne ich zwei Jahre dort. Obwohl ich im Beth Israel Hospital arbeite, das selbstverständlich eine eigene Apotheke hat, löse ich meine Rezepte in Eastchester ein, denn wer möchte schon eine Krankenschwester sehen, die so viele Tabletten kauft? Ja, so was ist vertraulich, aber ich habe noch nie jemanden getroffen, der sich nicht bei der ersten sich bietenden Gelegenheit über deine Angelegenheiten ausbreiten will. So ist es einfach unkomplizierter, und in den letzten paar Jahren bin ich allergisch gegen alles Komplizierte geworden. Sogar gegen Männer. Du kannst einen Mann nicht ausstehen, der gestern, heute und immer derselbe ist? Gib ihm meine Nummer. Jedes Mal, wenn sie anfangen, über ihre Gefühle und – mein Favorit – darüber zu reden, wohin das mit uns führen soll, wird mir so übel, dass ich Phenergan brauche.

Also gehe ich über die Straße zu der Bushaltestelle und nehme eine. Und Zantac, nachdem ich zum Frühstück ein Muffin heruntergeschlungen habe, werde ich eine Zantac brauchen. Ich wünschte, Dunkin' Donuts wäre nicht ganz am Ende der Gun Hill Road, ich könnte einen Kaffee vertragen. Aber ich kann die Gun Hill Road nicht ausstehen. Vor allem an diesen feuchten Tagen nicht, wenn der Winter sich nicht entschließen kann zu gehen und der Frühling nicht weiß, ob er kommen soll. Und ich ruiniere mir nicht noch ein Paar Schuhe, während die beiden es miteinander ausmachen. Vor dem Bahnhof stehen immer dieselben alten Männer, die nicht wissen, wohin sie sollen, und ich weiß nicht, ob sie mich als Männer oder als Jamaikaner anstarren. Der Weg von der Tür zum Drehkreuz zur U-Bahn ist schon mühsam genug, und dann muss ich dort auch noch in der Taubenscheiße stehen und auf die Fünf warten. Und jedes Mal sehen alle in der Bahn so aus, als müssten sie nirgendwohin. Keine Einkaufstüten, kein Rucksack, kein Aktenkoffer, niemand trägt irgendwas bei sich. Ich sehe aus wie Miss Jungfrau Maria, weil ich ins Krankenhaus fahre. Ich bin noch keine Krankenschwester, nur Schwesternschülerin.

Sound boy killing

Der Direktor der Schule sah mich an und sagte, Normalerweise bekommen wir keine Frauen in Ihrem Lebensabschnitt, normalerweise stehen unsere Schülerinnen ganz am Anfang. Wer sagt, dass ich nicht gerade mit dem Leben anfange, sagte ich zu dem Mann, der mir das offensichtlich nicht abkaufte, aber einer Frau aus irgendeinem Grund nicht erklären wollte, dass sie zu alt war. Jeden Tag auf dem Weg zur Arbeit versuche ich, das zu verstehen. Dabei weiß ich bei Gott alles darüber, wie es ist, Leute nur aus Zusammenhängen zu kennen, in denen sie etwas von mir brauchen. Millicent, es ist noch zu früh am Morgen, um so verbittert zu sein. Du magst doch die weißen Strümpfe und die Kein-Sex-Schuhe, schon vergessen? Und im Beth Israel Hospital arbeitest du gerade in der Notaufnahme und merkst, dass es dir sehr gefällt.

Aber vor zwei Wochen wurden etwa sieben Tage hintereinander Jamaikaner mit allen möglichen Schusswunden eingeliefert. Nur Männer, bei vieren konnte man nichts mehr machen, als sie ankamen. Freundinnen und Mütter, die *Woi! Und was soll ich jetzt mit den Kleinen machen?* kreischten, als ob ich die Antwort darauf wüsste. Ich, ich trage meinen amerikanischen Akzent besonders dick auf, weil ich nicht will, dass irgendjemand daraufkommt, dass ich Jamaikanerin bin. Was natürlich totaler Quatsch ist, weil es mir bisher ganz gut gefallen hat, dass die im Krankenhaus dachten, ich wäre ihre eigene Madge Sinclair aus *Trapper John, M.D.* Einer der Ärzte hat mich sogar mal Ernie genannt, und obwohl ich erwidert habe, *Mein Name ist Millicent, Doktor,* konnte ich nicht aufhören zu grinsen. Aber es war einfach seltsam, diese Jamaikaner mit Schusswunden aus der Bronx, die ja nicht gerade um die Ecke von diesem Krankenhaus liegt. Ich habe nicht gefragt, was in dieser Woche los war, aber ein Arzt hat gefragt, und einer der Männer mit drei Kugeln im Rücken hat gesagt, *die hab'n den jungen Benjy gekillt. Jetzt ist Armageddon, Kingston, Miami, New York, London. Die hab'n den jungen Benjy gekillt.* Wer ist dieser Benjy, und wie ist er gestorben, fragt der Arzt. Ich drücke so fest auf den Infusionsbeutel, dass er beinahe platzt.

— Schwester?, fragt der Arzt. Ich schließe die Infusion an, ohne den Mann anzusehen. Bloß kein Blick des Wiedererkennens. Ich bin keine verwandte Seele. Wer ist dieser Benjy, fragt der Arzt noch einmal, und ich will sagen, halten Sie Ihre verdammte Klappe, aber ich kann nur die Infusion anschließen. Als ich endlich zu dem Mann aufblickte, starrte der Gott sei Dank nur den Arzt an, eine Braue hochgezogen und empört, als wollte er sagen, was soll das heißen, wer ist Benjy? Ich wollte es ganz bestimmt nicht wissen.

— Benjy Wales, der Sohn vom Don der Dons, sagt der Mann.

Die Miene des Arztes veränderte sich nicht groß, doch ich musste mich abwenden. Ich hab einfach aufgehört. Ich weiß nicht – mir wurde schwarz vor Augen, und ich bin weggegangen. Ich konnte sogar den Arzt rufen hören: Schwester? Schwester? Aber es war wie ein Transistorradio aus der Ferne. Ich bin einfach immer weitergegangen, bis ich im Fahrstuhl war. Die nächste Stunde habe ich in der Cafeteria im Erdgeschoss gesessen. Ich hab allen erzählt, mir wäre plötzlich schwindelig geworden, und musste ertragen, dass mich mindestens drei Leute gefragt haben, ob ich schwanger sei. Ich war so kurz davor zu sagen, wie wär's, wenn du mir die Pussy abschneidest und an die Stirn klebst. Ich musste so tun, als hätte ich einen lähmenden Migräneanfall gehabt und die Vene für die Kanüle nicht gefunden.

Ich habe dieses System. Eigentlich sind es nur drei Worte. KEIN DRAMA MEHR. Das habe ich von schwarzen Amerikanerinnen, die von Männern und ihrer Scheiße die Schnauze voll hatten. Ich will kein Theater, kein Gekeife, keinen Streit und keine Verwicklungen. Ich will nicht mal Drama im Fernsehen. Seit die Jamaikaner ihre Party auf das Krankenhaus ausgeweitet haben, musste ich auch noch Tylenol auf die Liste setzen und Xanax, nur damit ich zur Arbeit gehen konnte. Wales ist nur ein Name. Nur ein gottverdammter Name, wie Millicent Segree.

Ich warte auf den M10 Express. Seitdem habe ich diesen Kopfschmerz direkt über meiner rechten Schläfe. Er wird nie besser oder schlimmer, aber er geht einfach nicht weg. Vielleicht ist es eine Geschwulst. Vielleicht sollte ich mal damit aufhören, mich zum Hypochonder auszubilden. Ehrlich, erst vor zwei Tagen habe ich solche Angst bekommen, dass ich nicht atmen konnte und unwillkürlich

Sound boy killing

dachte, dass Menschen schon an Angstattacken gestorben sind, was mir natürlich noch mehr Angst gemacht hat. Als es das letzte Mal passiert ist, musste ich laut »Just Got Paid«, singen, damit es vorbeiging. An einer Bushaltestelle in Manhattan. Ich glaube, ein kleines Mädchen hat mitgesungen. An dieser Bushaltestelle rennt heute ein Mädchen im Kreis um die Bank. Ein weiteres hockt auf dem Schoß ihres Vaters. Er sitzt auf der Bank und wartet auf den Bus. Das rennende Mädchen singt etwas, das sich anhört wie »I Know Boys«, aber sie kann den Song unmöglich schon einmal gehört haben. Der Vater versucht, die andere Tochter, eigentlich noch ein Baby, und seine Zeitung zu balancieren. Das andere Mädchen rennt gegen seinen Brustkorb, er grunzt und lacht. Sie steckt ihm ihr Bagel in den Mund, und er beißt ein Stück ab wie ein Bär. Sie quiekt. Ich versuche, den Blick abzuwenden, aber ich kann nicht, erst, als sie mich ansehen.

Mädchen, die ihre Daddys lieben, kommen immer von der Seite. Im Krankenhaus sehe ich es ständig. Daddys, die kleine Mädchen mit schwacher Atmung oder Insektenstichen hereintragen. Frauen, die ihren kranken Vätern bei einem weiteren MRT oder einer Chemobehandlung beistehen. Vielleicht sind Väter von der Seite einfach schmaler. Gestern in der Notaufnahme ist ein Mädchen im Teenageralter, nachdem sie ihren Vater zehn Minuten lang angeschrien hatte, seitlich auf ihn zugekommen und hat die Arme um ihn geschlungen, bis sie ihre Finger verschränken konnte, und hat ihren Kopf direkt in seine Achselhöhle gelegt, damit er sie einhüllen konnte. Es ist nicht so, als ob ich meinen Vater vermissen würde. Ich weiß nicht einmal, ob er noch lebt. Aber mal kein Xanax zu nehmen vermisse ich allmählich schon.

Ich warte an der Bushaltestelle mit dem Vater und seinen beiden Töchtern. Er lacht bloß, murmelt, brummt und sagt, Ja, Schätzchen. Ich bin immer noch nicht sicher, ob er Jamaikaner ist. Zwischen der Gun Hill und der Boston Road geht man fast automatisch davon aus. Sie merken nicht mal, dass er sie mit dem Daddy-Blick ansieht. Ein Mann im Krankenhaus hat mal zu mir gesagt, ich hätte keine Ahnung, dass man jemanden oder etwas so lieben kann. Und dann hat man immer Angst, jedes Mal, wenn man hört, dass ein Kind vom Bus überfahren wurde. Der Daddy-Blick, ich frage mich, wann sie ihn verlieren. Ich höre nie irgendwas Positives, also habe ich aufgehört, Nachrichten zu gucken. Ich will nicht mal wissen, was in Jamaika los ist, aber wenn es bis in die Bronx und nach Manhattan schwappt, können es keine guten Nachrichten sein. Die Jamaikaner hier erzählen mir auch nie was, was ich hören möchte, also rede ich nicht mit ihnen. Ich habe das Land nie vermisst, nicht ein einziges Mal. Ich habe eine nostalgische Sehnsucht, aber Nostalgie ist nicht dasselbe wie Erinnerungen, und mein Gedächtnis ist zu verdammt gut. Die Sache ist nur, wenn das alles stimmt, warum bin ich dann in der beschissenen jamaikanischen Bronx? Corsa Avenue, Fenton Avenue, Boston Road, Girvan, man könnte das Ganze auch Kingston 21 nennen. Auf der Corsa Avenue bin ich die einsame Frau in dem Haus an der Ecke, jemand, der stirbt und auf dessen verwesendem Körper Mohnblumen wachsen, bevor es irgendjemand merkt. Die Hexe am Ende der Straße, der Boo Radley. Wem will ich verdammt noch mal etwas vormachen, wahrscheinlich denken sie, ich bin bloß eine fromme Christin, die nie einen Freund hat. Ich bin die hochnäsige, eingebildete Krankenschwester, die weiße Strümpfe und praktische Schuhe trägt, immer in ihrer Uniform nach Hause zurückkehrt und mit keinem redet, sodass niemand sie genauer kennenlernt.

Ich frage mich, ob mich jemals irgendwer abends ausgehen sieht. Ich würde gern glauben, dass es mir scheißegal ist, was die Leute denken, aber ich verlasse das Haus immer durch die Hintertür. Ich hoffe bloß, dass keine weiteren Jamaikaner mit Schusswunden im Krankenhaus auftauchen. Ich hoffe bloß … weißt du was, Millicent Segree, es kommt nie was Gutes dabei raus, wenn du deine Gedanken in diese Richtung lenkst. Allein vom Nachdenken über das Nachdenken pocht der Kopfschmerz auf der einen Gesichtshälfte noch heftiger. Schluss mit dem verdammten Denken. In der letzten Woche hat ein weißer College-Junge meinen Akzent gehört und mich gefragt, ob ich den Sänger je getroffen hätte. Und mir wurde schlagartig bewusst, Ich bin eine der wenigen, die diese Frage mit Ja beantworten könnte, aber ich war trotzdem genervt. Dann hat er angefangen den Song mit den Vögeln zu singen, und eine Zeit lang konnte ich es ertragen, doch dann dachte ich unweigerlich an die toten Jahre. Scheiße, wenn ich nur daran denke, dass ich eine Erinnerung an tote Jahre habe, führt das immer dazu, dass ich mich wirklich an die toten Jahre erinnere, verdammt, verdammt, verdammt all das. Die Toten können mich mal. Ich lebe noch.

Der Bus ist da.

Ich lebe noch.

Drei

—Nee, das ist die C. Die A fährt durch bis zur 125th.

Der Mann tritt von der Türöffnung zurück, als hätte er zufällig jemanden im Zug gesehen, dem er nicht begegnen möchte. Ich sehe zu, wie er vor der Tür stehen bleibt und der Zug sich langsam in Bewegung setzt. New Yorker, der Zug nach Uptown ist ein Beschiss. Ihr müsst das so machen: ihr nehmt den von 163rd zur 145th Street und steigt dann in den Express, weil ihr schon wieder in Eile seid und das hier ist Uptown und es gibt immer Verspätungen oder irgendwelche Dramen.

Ich meine, erst letzte Woche, als ich zum JFK hetzte, um einen Flug nach Minnesota zu bekommen, weil es Mom nicht so besonders ging, ließ ein Mann seine Hosen runter und fing an, in den Zug zu scheißen. Er kauerte sich einfach hin und legte ein Ei und brüllte dabei, als würde er ein Kind zur Welt bringen. Natürlich fing er in dem Moment damit an, als der Zug aus der Station Fulton Street rollte, was bedeutete, dass es bis nach Brooklyn keine Möglichkeit zur Flucht gab. Sechs oder sieben von uns stürzten zur Verbindungstür zwischen den Waggons und mussten feststellen, dass es eine von denen war, die sich nicht öffnen lassen. Da stand ich und dachte, bettelte, bitte fang nicht an, deine Scheiße durch die Gegend zu werfen. Als der Zug schließlich an der High Street ankam, taumelten wir alle raus und nahmen die Beine in die Hand.

Aber darum geht's mir nicht. Mir geht's darum: Du nimmst die C bis zur 145th und steigst dann in die A um, denn das ist der Express. Aber die A ist verdammt noch mal langsamer als die C. Wenn du zum

Sound boy killing

Beispiel an der 4th Street West angekommen bist und nur eine oder zwei Minuten wartest, dann kommt schon die verdammte C, aus der du an der 145th ausgestiegen bist.

Deshalb bleibe ich inzwischen in der C sitzen und versuche zu lesen. Nein, das stimmt nicht. Ich sitze in der Linie C und beobachte die Leute, die den *New Yorker* lesen. Ich frage mich, ob sie ES lesen. Ein Freund von mir, ein irischer Schriftsteller, hat mir mal erzählt, wie er einmal in der U-Bahn eine Frau sein Buch lesen sah. Er fragte die Leserin, Taugt es etwas?, und sie sagte, Mehr oder weniger, aber manchmal ist es etwas zäh. Aus irgendeinem Grund hat ihn das glücklich gemacht, besonders, weil sie ihn nicht mal erkannt hat. Deshalb, ja, manchmal sitze ich in der Linie C und halte nach dieser Frau Ausschau, und es ist meistens eine Frau, die den *New Yorker* liest und ich hoffe, ich kann mich neben sie setzten und warten, dass sie auf ES stößt. Ich kann dann sagen, Heiliger Bimbam, das ist ja wie im Film. Ich meine, im echten Leben passiert das doch nie, oder? Passiert was?, wird sie sagen. Und ich werd sagen, Dass ein Autor in der U-Bahn sitzt und jemanden sieht, der tatsächlich seine Sachen liest. In dieser Version der Geschichte ist sie außerdem süß, hoffentlich schwarz und wenn schon nicht Single, dann bestimmt keine Anhängerin eines so altmodischen Prinzips wie der Monogamie. Wen verarsch ich hier gerade? Dieser Freie-Liebe-Mist ist doch hoffnungslos veraltet. Dank der Republikaner und AIDS heiraten jetzt alle, sogar die schwulen Jungs denken darüber nach.

Aber hier in der Linie C ist ein Typ in abgeschnittener Trainingshose mit langer Unterhose darunter. Lederjacke. Mehr kann ich nicht erkennen, weil er den *Rolling Stone* liest, und der auf dem Cover sieht aus wie Axel Rose. Guns N' Roses haben vor ein paar Jahren angeblich den Rock'n'Roll gerettet, oder zumindest sagt dir das jeder, der beim *Rolling Stone* arbeitet. Aber wenn das wahr ist, warum höre ich dann die ganze Zeit beschissenen Dance-Pop von schwulen Engländern im Radio? Eine verdammte Band namens Jesus Jones, Himmel. Und bitte spielt um Gottes willen nicht noch mal dieses Album von den Black Crowes, als ich es das erste Mal hörte, hieß es noch *Sticky Fingers*.

Himmel, vielleicht ist der Wagen so leer, weil jeder spürt, dass aus mir ein streitlustiges Arschloch geworden ist. In dieser merkwürdigen Stunde nach der Rushhour, aber noch vor dem Lunch, kann man am helllichten Tag in einem leeren Waggon fahren. Der ist voller frischer Graffiti, auf den Fenstern, den Sitzen, sogar auf dem Boden. Diese neuen Graffiti in Sci-Fi-Optik und mit scharfen Kanten, wo die Buchstaben wie geschmolzenes Metall aussehen. Ich glaube zumindest, das sollen Buchstaben sein. Dazu Werbeplakate für die nichtinvasive Behandlung von Fußballen-Entzündung und die beschissene *Miss Saigon.*

Mist, ich wünschte, ich hätte einen *New Yorker* dabei. Oder überhaupt irgendwas. Bin aus dem Büro gestürzt, weil schon wieder kurz vor Abgabe ist und ich lieber zu Hause arbeite, wenn ich unter Druck stehe. Gestern habe ich Teil vier abgegeben. Vier von sieben. Irgendwie hoffe ich weiterhin, dass die Leute immer noch den *New Yorker* lesen oder ihm zumindest Beachtung schenken, so wie vor ein paar Monaten Janet Malcolms Text über Jeffrey MacDonald und Joe McGinnis. Nicht, dass ich an etwas so Bedeutendem zugange bin, und überhaupt, wer zum Teufel kümmert sich denn noch um den Sänger oder Jamaika, von ein paar Studenten mal abgesehen? Du, Alex Pierce, bist das, was die Kids heutzutage ein Relikt nennen. Und dabei ist erst März.

Ich steig an der 163rd aus, geh die Treppe hoch und hoffe, dass der Typ, der versucht, eine Zigarette zu schnorren, heute nicht da ist. Ist ja klar, warum eine Packung kaufen, wenn man jeden Tag ein oder zwei von mir erbeuten kann? Je weiter ich mich vom C-Town-Supermarkt entferne, umso bewusster wird mir, dass nichts Essbares mehr in meinem Kühlschrank ist. Ich werd zu einem leeren Kühlschrank heimkommen und furchtbar angepisst sein. Dann kann ich mir gleich meinen Mantel wieder anziehen und zurück zum C-Town gehen, von dem ich mich jetzt immer weiter entferne. Aber scheiß drauf, ich bin schon an der 160th.

Es ist März, es ist immer noch arschkalt, und man kann diese Häuser nicht mal mehr verschenken. Das Brownstone, das ich gekauft

Sound boy killing

habe, war eigentlich ganz gut in Schuss, und trotzdem war der Eigentümer so darauf versessen, es loszuwerden, dass ich zu der Überzeugung kam, irgendwas musste damit ziemlich nicht in Ordnung sein. Daraufhin ging er mit dem Preis nur noch weiter runter. Er versuchte mir weiszumachen, hier hätte mal Louis Armstrong gewohnt. Nur drei Minuten später war es Cab Calloway. Wie auch immer, ich mochte diese Gegend, weil die Leute von hier wegziehen, obwohl, wenn ihr mich fragt, dann hauen die Leute vielleicht ab, weil sie entsetzt darüber sind, wie sehr dieser Teil von Washington Heights, Entschuldigung, das »historische Harlem«, seit den späten Siebzigern vor die Hunde gegangen ist – trotz des kurzen Booms in den Achtzigern, der schnell wieder vorbei war.

Damit will ich nur sagen, dass diese Straße zu dieser Tageszeit im Allgemeinen ziemlich leer ist. Warum also sitzen da vier Typen, alle so angezogen, als kämen sie geradewegs aus einem Rap-Video, vor meinem Hauseingang? Ich kann nicht mehr umkehren, weil sie mich schon gesehen haben. Wenn ich den verängstigten Weißen spiele, dann würden sie das entweder sofort durchschauen oder die Angst riechen und mich erst recht ins Visier nehmen. Verflucht. Einer von ihnen, mit Dreadlocks wie Ringelschwänzchen – Pig Tails nennt man das wohl –, steht auf und mustert mich. Ich bin nur ein paar Meter von meinem Haus entfernt und vier Schwarze sitzen auf meiner Treppe. Zwei von ihnen lachen laut über einen Witz. Ich mache einen Schritt rückwärts und komme mir wie ein Idiot vor. Das sind nur schwarze Typen auf einer Treppe. Sie sitzen vielleicht nur zufällig dort und, hör mal, es könnten sogar deine Nachbarn sein und es ist ja wohl nicht ihre Schuld, dass du keinen von ihnen kennst. Ich klopfe mir auf den Hintern, als würde ich mein Portemonnaie vermissen, obwohl ich gar keins dabeihabe, und versuche, mein Oh-verdammt-ich-hab-mein-Portemonnaie-vergessen-Gesicht aufzusetzen, aber Pig Tails schaut mich weiter an, starrt geradezu, aber vielleicht bilde ich mir das auch nur ein. Ich kann jetzt nicht einfach so stehen bleiben. Vielleicht sollte ich an ihnen vorbei und ins Café um die Ecke gehen. Ein paar Minuten abwarten, obwohl sie so aussehen, als hätten sie alle

Zeit der Welt. Ich kann nicht einfach hier stehen bleiben. Ich meine, wir sind hier in New York City, und die Schwarzen sollten es eigentlich besser wissen, als arglosen Weißen aufzulauern, jedenfalls nicht nach Bernie Goetz, oder? Wobei, das ist ja schon eine Weile her.

Als ich bei der Treppe bin, steht meine Tür weit offen. Pig Tails tritt zur Seite und bedeutet mir, einzutreten, als sei es sein Haus. Ich zögere, hoffe, dass der Polizeiwagen, der hier ab und zu rumfährt, wenn ihm danach ist, gleich um die Ecke rollt. Pig Tails winkt ein weiteres Mal, jetzt mit einer so überschwänglichen Geste, als sei er mein Butler, und ich mache den nächsten Schritt. Die anderen starren mich an. Einer hat das Gesicht in der Kapuze seines grauen Hoodies versteckt, ein anderer trägt etwas auf dem Kopf, das wie eine Strumpfhose aussieht, und der dritte hat die Haare geflochten wie die Jamaikaner, wenn sie sich einen Afro machen wollen. Ihre Hosen sitzen so tief, dass der Schritt auf Kniehöhe hängt, und alle tragen hellbraune Timberlands. Wenn sie Waffen haben, glauben sie offenbar, dass ich es nicht wert bin, mich das wissen zu lassen. Bevor Pig Tails mich ein drittes Mal dazu auffordert, in mein eigenes Haus zu gehen, trete ich ein. Jede Bewegung fällt mir schwer. Herr im Himmel. Erst letzte Woche hat mir ein Freund, der schon Fleetwood Mac Koks verkauft hat, erzählt, dass er aus dem Geschäft aussteigt, weil die verdammten Jamaikaner das Kommando übernehmen und es denen scheißegal ist, wen und wie viele sie dabei umlegen. *Brethren, so war's aber nicht,* sagt jemand draußen mit jamaikanischem Zungenschlag. Das wäre eigentlich der Punkt, an dem ich einen Witz über jamaikanische Mütter reißen sollte, die ihren Kindern beibringen, Ordnung zu halten, aber ich wüsste nicht, wem ich den erzählen soll.

Ich gehe durch meinen Flur, als wäre ich in einem fremden Haus. Die Holzdielen verraten meine Ankunft. Gehe an meiner Treppe zum ersten Stock vorbei und horche, ob jemand oben ist. Jemand oder mehrere lärmen in der Küche. Ein großer Schwarzer in Unterhemd und kakifarbener Latzhose – ein Träger hängt herunter – mixt einen gelben Saft in, wenn ich das richtig sehe, meinem Mixer. Der andere Typ schiebt sich in mein Blickfeld, als hätte jemand über den Lärm hinweg »Action« gebrüllt. Er setzt sich auf den Stuhl neben der Spüle und spricht mich an. Auch ein Schwarzer, das Haar kurz geschnitten und ein wenig füllig, aber größer als der Typ im Unterhemd, trägt einen königsblauen Seidenanzug mit weißem Einstecktuch, als würde eine sterbende Blume aus seinem Herz wachsen. Ich kenne diesen Typ nicht. Ich kenne keinen von denen. Ich glaube nicht, dass ich schon mal so auf Hochglanz gewichste Schuhe gesehen habe. Dunkelrot, teilweise fast schwarz. Ich schaue auf und sehe, dass er meinen bewundernden Blick mitbekommen hat.

— Giorgio Brutini.

Ich will fragen, ob das die B-Movie-Version von Giorgio Armani ist, aber dann fällt mir ein, dass Ironie bei einem Jamaikaner nicht immer die angemessene Reaktion ist.

— Oh, sag ich.

— Hör mal, siehst du diesen Mann hier, Ren-Dog? Er glaubt, ich hab ihn eingestellt, weil er gut mit dem Finger am Abzug ist. Aber tatsächlich will ich ihn dabeihaben, weil keiner einen Saft wie er macht, bei Jah.

— Komm schon, Boss. Jetzt muss ich wohl in die Kochschule gehen.

— Dann nimm aber besser Abendkurse, haha.

Der Typ im Seidenanzug hebt den Finger, um mich am Reden zu hindern, dabei wollte ich gar nichts sagen. Er nimmt sich ein Glas und leert es mit fünf lauten Schlucken.

— Mango, sagt er.

— Welche Sorte?, fragt Unterhemd.

— Julie und ... Augenblick ... gleich hab ich's ... East Indian.

— Bei Jah, Boss, du musst ein Hellseher sein.

— Oder ich bin ein Junge vom Lande, der seine Mangos kennt. Schenk dem Weißbrot auch was ein.

— Ich hab wirklich keinen Durst.

— Hab ich dich gefragt, ob du Durst hast? Das Lächeln verschwindet wie ausgeknipst. Ich schwöre, so was hab ich bisher nur bei Jamaikanern beobachtet, und die können das alle. Eine plötzliche Veränderung des Gesichts, das einfach erstarrt. Augenbrauen gerunzelt, aber die Augen völlig ruhig. Da kann einem sogar ein Zehnjähriger Angst einjagen.

— Ich glaub, ich könnte doch einen vertragen.

— Freut mich zu hören, mein Freund. Wir haben dir Milch und Joghurt und frisches Obst in deinen Kühlschrank getan, gern geschehen. Rasscloth, als Ren-Dog das Ding aufgemacht hat, hab ich schon gedacht, du bist ein Serienkiller mit 'ner Leiche da drin.

— Echt wahr, Boss, ist ein Wunder, dass sich noch keine Ratte von unten da reingenagt hat, sagt Unterhemd.

— Weißt du, dass die Milch da drin von Januar ist?

— Ich wollte mir mein eigenes Joghurt machen.

— Der Mann ist ein Komiker, Boss.

— Haha, klingt ganz so. Oder vielleicht ist er auch nur 'ne Lachnummer. Jedenfalls, Brethren, komm mal her, damit ich dich in Augenschein nehmen kann.

Ich setze mich auf den Stuhl. Ich weiß nicht, ob ihn ein direkter Blick in die Augen beeindrucken oder nerven würde. Dann fängt er an, mich zu umkreisen, als wäre ich ein Ausstellungsobjekt. Ich sage fast, das Museum hat geschlossen, verkneife es mir aber. Ich weiß auch nicht, warum ich glaube, dass ein Scherz die Situation etwas unbeschwerter machen würde, denn das hat noch nie funktioniert, noch nie.

— Ren-Dog, hab ich dir mal von einem Mann namens Tony Pavarotti erzählt?

— Du nie, aber ich hab von ihm gehört. Wir alle haben von ihm gehört, als wir noch klein waren.

— Yow, sind fast fünfzehn Jahre, die ich nach dir gesucht habe, weißt du das?

Ich brauche drei Sekunden um zu merken, dass er mit mir redet.

— Aber Eubie, warum kommst du jetzt mit Pavarotti daher, wo der doch schon seit siebenundsiebzig tot ist? Achtundsiebzig?

— Neunundsiebzig. Neunzehnneunundsiebzig. Ren, ich möchte dir den Mann vorstellen, der ihn auf dem Gewissen hat.

Vier

— Was ist denn mit deinen Haaren passiert?

— Die sind weiß geworden. Verfrüht ergraut, dann weiß. Ein Silberfuchs. Das kommt an bei den Damen.

— Verfrüht am Arsch. Du wirst genau zur richtigen Zeit grau.

— Witzig, Josey.

— Und du lebst schon zu lange in Amerika, du klingst wie einer von denen.

— Als wenn ich in Amerika leben würde?

— Nein, als wenn du mit Kubanern zusammenleben würdest.

— Haha. Nie glaubt mir einer, wenn ich sage, dass Josey Wales Humor hat.

— Yeah? Mit wem redest du denn über mich?

— Mann, Josey, guck uns an. Denkst du ab und zu an die Vergangenheit, *muchacho?*

— Nein. Du weißt, dass ich nie an die verdammte Vergangenheit denke. Der Scheiß macht dich kaputt, und du kannst ihm dafür nicht mal in seinen beschissenen Arsch treten.

— Hast dir im Knast 'n ganz schön unflätiges Maulwerk angewöhnt, *mijo.*

— Mundwerk. Man muss mit den Wölfen heulen.

— Haha. Guter Witz, Josey, guter …

— Hör auf mit dem gönnerhaften Gerede, Luis. Wie gefällt dir das, eh, gönnerhaft? Ein großes, großes Wort, nur für dich. Ich seh den Mann sieben Jahre nicht, und wo treffen wir uns wieder? Im Knast. Ich sag's ja, die Gegenwart ist merkwürdig. Besonders, weil diese Woche immer wieder die Vergangenheit auftaucht. Von der Mutter von einem Kind von mir, die ich völlig vergessen hatte, über 'nen Verwandten mit Geldsorgen bis zu Peter Nasser. Bei dem hab ich mir echt gewünscht, die Zelle hätte 'ne versteckte Kamera. Der Mann ganz allein bringt mich schon ins Grübeln, ob man mit zunehmendem Alter wirklich weiser wird.

— Peter Nasser?

— Tu nicht so, als würdest du den nicht kennen.

— Hab mit dem Mann seit 1980 nicht mehr gesprochen. Du vergisst, dass ich mich nur mit ihm abgegeben hab, um an dich ranzukommen.

— Na ja, jetzt, wo er ein Sir werden will, hofft er, dass die Vergangenheit nicht noch einen Jim Screechy mit ihm macht.

— Einen was?

— Einen Jim ... ihn über den Tisch zieht.

— Aber diese Sache mit dem Sir, *hombre*. Er will ein Sir werden? Er hat doch schon einen Schwanz, reicht ihm das denn nicht, *hombre*?

— Er will ein Ritter werden. Ein Sir, wie Sir Lancelot. Er will runter auf die Knie, damit ihn die Queen mit ihrem Schwert segnen kann. So ist das bei allen schwarzen Männern, sie wollen immer noch, dass die weiße Frau ihnen sagt, sie sind angekommen. Ist's nicht so?

— Ich wusste gar nicht, dass er schwarz ist, Josef.

— Lustig, in den fünf Minuten hast du mich mit fünf verschiedenen Namen angeredet.

— Was soll ich sagen, *mijo?* Jedes Mal, wenn ich dich sehe, bist du ein anderer Mann.

— Ich bin derselbe Mann.

— Nein. Bist du nicht. Du hast gerade gesagt, dass du nie an die Vergangenheit denkst. Deswegen weißt du nicht, wie du aussiehst.

— Ich hab keine Ahnung, was du da redest. Marschierst hier rein und redest nur allen möglichen Blödsinn. Wenn du so weitermachst, fängt gleich 'ne Violine an zu spielen.

— Wieder dieser Josey-Humor, den anscheinend niemand kennt.

— Brethren, das wird jetzt langsam langweilig. Und du und ich, wir wissen, dass das hier nur ein Zwischenstopp ist.

— Wo sollte ich denn wohl noch hin unterwegs sein?

— Direkt zurück zu dem Hurensohn, der dich geschickt hat.

— Was, wenn mich niemand geschickt hat?

— Doctor Love dreht sich nicht einmal im Bett um, wenn man nicht mit einem Scheck wedelt.

— Weißt du, was wir sind, Josef?

— Ich weiß, dass wir totalen Bullshit reden.

— Relikte.

— Hast du auch nur ein Wort von dem gehört, was ich gerade gesagt habe?

— Irgendwas über gestern. Ein Memento.

— Herrgott noch mal.

— Es bedeutet, mein Freund, dass die meisten Leute es nie erfahren werden. Vielleicht wird jemand irgendwann einmal etwas Wertvolles an uns finden, aber die meisten werden uns vergessen.

— Brethren, falls du versuchst, mir irgendwas mit 'ner Metapher zu sagen, dann stellst du dich grade ziemlich blöd an.

— Ich versuch bloß, gute Stimmung zu verbreiten, *mijo*.

— Nein. Du schindest Zeit, weil du noch nie so einen Job von Mann zu Mann gemacht hast. Ich frag mich, wie du das mit dem Ficken machst.

— Telefonsex?

— Echt?

Er lacht.

— Das ist jetzt ganz groß. Alle Pornotypen reißen jetzt ihre Kulissen raus und installieren sich Festnetzleitungen. Irgend so 'n Trottel, der nie verheiratet war, ruft 1-900-NASSE-MUSCHI an und eine Zweihundertfünfzig-Kilo-Tussi mit 'ner sexy Stimme sagt, Hey, Seemann. Er holt sich einen runter, und es geht direkt auf die Telefonrechnung.

— Echt wahr?

— So wahr mir Gott helfe.

— Ich hätte Zuhälter werden sollen.

— Na ja, Drogendealer ist doch auch ganz gut für dich gelaufen. Bis du hier gelandet bist.

— Ich brauchte mal einen Tapetenwechsel.

— Wer benutzt hier jetzt beknackte Metaphern?

— All diese Jahre, und einen Scheiß hör ich von dir. Die Berliner Mauer ist gefallen, James Bond sind die Geschichten ausgegangen, und Doctor Love hat nichts zu tun. Was, du hast dich niedergelassen und bist wieder ein richtiger Doktor? Ohne Scheiß? Du bist jetzt ein echter Arzt? Wie machst du deine Operationen, Brethren, indem du das Körperteil absprengst?

— Haha.

— Einen Körper zur Abwechslung mal am Leben zu erhalten kommt mir einfach nicht wie dein Ding vor. Also, Doctor Love, wie hat dich dieser Familienstreit bis ganz in Miami erreicht?

— Wer sagt, dass ich in Miami war?

— Ich kann so weit sehen wie du.

— Hmm. Josef, du bist ein cleverer Mann. Der cleverste Mann, den ich je getroffen habe. Sicher hast du erwartet, dass dich alle möglichen Leute anhören, wenn du nur lange genug redest.

— Ich rede schon seit zwei Jahren. Warum jetzt und warum du?

— Ich beobachte nur.

— Bombo R'Asscloth. Weißt du was? Lass uns einfach einen Zahn zulegen, dein Scheiß geht mir nämlich langsam auf die Nerven. Du weißt, wenn mir was zustößt, dann tauchen als Nächstes gewisse Akten auf dem Schreibtisch eines bestimmten Bezirksstaatsanwalts auf.

— Auf der Straße erzählt man sich …

— Einen Scheiß weißt du über die Straße.

— Der Inspektor von der DEA. Wann war der bei dir, letzten Donnerstag?

— Wenn du weißt, dass die DEA bei mir war, dann weißt du auch wann. Herrgott, Luis, ich wünschte, du wärst wirklich ein Relikt, weil, die aktuelle Version von dir ist eine einzige bittere Enttäuschung – ungelogen. Wie viel Pfund hast du zugenommen, seit ich dich das letzte Mal gesehen hab?

— Das Leben war sehr angenehm in letzter Zeit.

— Das Leben hat eine fette Sau aus dir gemacht. Bist du sicher, dass dein Finger überhaupt noch um den Abzugshahn passt?

— Du siehst gut aus.

— Früher warst du besser im Verscheißern.

— Danke gleichfalls, Arschloch. Und das mit den Akten ist Bullshit. Jeder weiß, dass du dir nie etwas notiert hast, Josey. Die DEA will das, was in deinem Kopf ist, nicht in irgendeiner Scheißakte. Was immer da drin ist, stirbt mit dir. Aha, dazu fällt dir nichts mehr ein. Niemand hat sich einen Dreck für dich interessiert, bis du 1985 beschlossen hast, dieses Crackhouse zu säubern. Etwa zur selben Zeit wurden deine neuen besten Freunde bei der DEA auf dich aufmerksam. Ich würde ja Weeper fragen, ob es einer von diesen seltenen Momenten war, in denen der Don die Geduld verloren hat, aber er scheint mit '85 gleich mitverschwunden zu sein.

— Was mit Weeper passiert ist, ist kein beschissenes Geheimnis. Der Knabe konnte seine Finger nicht vom eigenen Vorrat lassen. Musste früher oder später so kommen.

— Er hat sich reines Koks gespritzt? Welcher Sorte Dealer passiert denn so ein Missgeschick? Selbst wenn er selber User ist.

— Vielleicht war's ja gar kein Unfall.

— Willst du damit sagen, dein Junge hatte Suizidabsichten?

— Weeper? Der hatte keinen Grund, sich umzubringen. Als er gerade angefangen hatte, so zu leben, wie er sich das immer gewünscht hatte? Du weißt, wie schlimm die Dinge stehen müssen, wenn das einzige Mal vor New York, als er jemals glücklich war, seine Zeit im ... Scheiße. Als er hier drin war. In genau diesem Gefängnis.

— Was willst du dann damit sagen, Josey?

— Ich will gar nichts sagen. Du bist derjenige, der damit angefangen hat. Bescheuerter Weeper. Ich wusste, dass es so kommen würde. Bist du deswegen hier, Luis? Weil alles, wovon du redest, längst vergangener Scheiß ist.

— Komisch, dass gerade du über Leute redest, die gerne reden. Tut wirklich gut, dich zu sehen, Josey. Ungeachtet der Umstände.

— Ohne diese Umstände hätten wir uns überhaupt nicht gesehen.

— Korrekt. Vermute ich mal.

— Wann fliegst du?

— Nach Jamaika? Ich weiß noch nicht genau.

— Wann?

— Morgen, sechs Uhr früh. Erster Flug, der rausgeht.

— Zeit genug.

— Zeit für was?

— Zeit für das, was du zu tun hast. Und um Schlagzeilen zu machen.

— Hast du schon mit Mr. DEA über einen Deal im Strafverfahren gesprochen?

— Ein Deal im Strafverfahren? Du bist 'n bisschen der Zeit voraus, oder? Erst müssen sie mich mal vor Gericht bringen, Doctor Love.

— Oh. Oh, wirklich?

— Ja, wirklich. Man lernt 'ne Menge, wenn sich das Leben nur ums Gefängnis und ums Gericht dreht.

— Wo wir schon über Gerichte sprechen, das war ja vielleicht beschissen, dass das Berufungsgericht die Auslieferung nicht abgewiesen hat.

— Es war sogar das Oberste Berufungsgericht. Und beschissen für wen? Für mich? So, wie ich das seh, mach ich nur einen lange überfälligen Besuch in Amerika.

— Das klingt, als würdest du die Oma besuchen.

— Ich hab keine Angst, dass ich in einen Knast in Amerika komme. Die sollte haben, wer auch immer dich schickt.

— Niemand schickt ...

— Schon gut, mein Junge. Wenn du es nicht sagen willst, dann behalt's für dich. Und was immer du zu tun gedenkst, tu es, wenn ich schlafe.

— Es war eine echt schöne Beerdigung.

— Was?

— Echt schön. Die lauteste Beerdigung, auf der ich je gewesen bin, aber echt schön. Ich glaube nicht, dass ich je eine Blaskapelle hinter einem Leichenwagen hab hermarschieren sehen. Und Stabjongleurinnen. Sexy Stabjongleurinnen in Miniröcken. Zuerst hielt ich das für ein bisschen geschmacklos, aber die blauen Höschen haben die Sache ein bisschen aufgewertet. Es war auf jeden Fall angemessen für deinen Sohn.

—Sprich nicht von meinem Sohn.

—Nur eine Sache noch. Es war so seltsam, weil, na ja, weil ich so was noch nie vorher gesehen habe.

—Luis.

—Als sie Benjy in das Grab runterließen, bildeten ein paar Männer und Frauen zwei Reihen, eine auf jeder Seite vom Grab. Und dann, jemand, seine Frau vielleicht, gibt dem ersten Mann das Baby, und dann reichten sie es immer weiter, hin und her, über das Grab, immer weiter bis zum Ende der Reihe. Was bedeutet das, Josey?

—Red nicht über meinen Jungen.

—Ich meine, ich will einfach nur wissen, wa...

—Ich sagte, red nicht über meinen bombocloth Jungen.

Fünf

— Muss er nicht jetzt mal aufwachen, Schwester? Schwester? Schwester? Muss er nicht jetzt mal aufwachen?

— Technisch gesehen schläft er nicht, Ma'am. Wir müssen ihn bis auf Weiteres ruhig stellen, zu seinem eigenen Besten.

— Hat der Doktor das gemacht? Und warum wollen Sie, dass er nicht aufwachen soll?

— Das müssen Sie mit dem Arzt besprechen, Ma'am.

— Ma'am. Wie vornehm Sie tun können. Sind wohl aus Manor Park, was?

— Aus der Bronx.

Sie zuckt jedes Mal zusammen, wenn der Monitor piept. Ich stehe in der Tür und versuche jetzt seit fünf Minuten, den Raum zu verlassen. Ja, ich weiß, ich bin Krankenschwester, aber wenn man im Krankenhaus arbeitet, setzt der Geruch einem zu. Nicht der Geruch, den Besucher wahrnehmen, und auch nicht der, den die Patienten riechen. Andere Gerüche. Wie der eines Mannes mit massiven Verletzungen und eines Mannes, der so schwer hinüber ist, dass du, noch bevor es bestätigt ist, weißt, er wird nicht zurückkommen. Ein Mann, der riecht wie Maschinen. Wie sauberes Plastik. Geschrubbte Bettschüssel. Desinfektionsmittel. So viel Reinlichkeit, dass einem schlecht wird. Der Mann in dem Bett hat einen Schlauch in beiden Armen und im Hals, vier führen in einem Bündel in seinen Mund, einer, um die Pisse abzuführen, und ein weiterer für das, was Scheiße gewesen wäre. Letzte Woche brauchte er eine Punktion, weil er zu viel Flüssigkeit im Gehirn hatte. Ein Jamaikaner, schwarz unter den weißen Laken, in

Sound boy killing

einem Nachthemd mit Spritzern als Muster. Ich bin keine der Schwestern, die ihn alle paar Stunden erst ein wenig nach links und dann nach rechts lehnen müssen. Nicht die Schwester, die seine Lebenszeichen überprüft, die ist vor fünf Minuten gegangen. Ich bin auch nicht hier, um seine Infusion oder seine Nährlösung zu kontrollieren oder um mich zu vergewissern, dass er hinreichend sediert ist. Ich sollte normalerweise eigentlich gar nicht auf diesem Stockwerk sein, da ich in der Notaufnahme immer alle Hände voll zu tun habe. Aber hier bin ich, wieder auf der Intensivstation, auf die ich so häufig komme, dass diese Frau, vielleicht die Mutter seines Babys – ich meine, sie ist immer mit einem Baby hier, nur heute nicht – denkt, ich wäre seine Krankenschwester. Und ich kann nicht einfach sagen, dass ich das nicht bin, weil sie sich dann fragen wird, was ich mich jeden Tag frage. Warum bin ich hier?

Ich weiß es nicht.

Die meisten Jamaikaner, die in die Notaufnahme geliefert worden sind, wurden behandelt und wieder nach Hause geschickt, darunter ein Mann, der es sich in den nächsten gut sechs Wochen zweimal überlegen wird, bevor er scheißt. Zwei haben es nicht lebend rausgeschafft, zwei waren schon tot, als sie ankamen. Und dann ist da dieser Mann mit den sechs Schusswunden, massivem Schädeltrauma und einer Fraktur der Halswirbelsäule. Selbst wenn er es bis zur nächsten oder übernächsten Woche schafft, ist alles, was sein Leben einmal ausgemacht hat, wahrscheinlich jetzt schon tot. Ich sollte optimistisch sein oder angenehm abstrakt, wie man es uns für den Umgang mit Familien von Patienten in kritischem Zustand beigebracht hat. Aber im besten Fall kann ich eine Art Gleichgültigkeit aufbringen, was diese Frau früher oder später auch bemerken wird.

Ich bin meistens weg, bevor sie geht, aber wenn ich ihn früh besuche, sitzt sie oft schon an seinem Bett und wischt ihm die Stirn ab. Gestern habe ich sie daran erinnert, dass er neben allem anderen auch eine Infektion hat, weshalb sie wenigstens das Desinfektionsmittel bei der Tür benutzen sollte, bevor sie das Baby hochhebt, und sie hat mich angeguckt, als hätte ich sie beleidigt. Es ist nur ein Vorschlag,

Ma'am, keine Krankenhausregel, sagte ich. Ich möchte ihn wirklich gern ansehen, wenn sie nicht da ist. Ich schaffe es sogar, mir einzureden, ich wüsste nicht warum, wenn ich nicht zu viel darüber nachdenke. Dass dieser Mann wegen irgendwas im Krankenhaus liegt, das ihm, egal wie weit ein Jamaikaner auch geflohen sein mag, stets auf dem Fuße gefolgt ist. Ich will nicht wissen, warum er hier ist. Nichts von diesem ganzen Bandenkriegsscheiß ist von irgendeinem Interesse für mich. Ich lebe bloß noch in der Bronx, weil ich es mir nicht leisten kann, woandershin zu ziehen, wenn die Jamaikaner sich also wegen Drogen gegenseitig erschießen wollen, ist das wirklich ihre Sache. Ich will den Namen dieses Mannes nicht hören, nicht mal wenn nur von seinem Sohn die Rede ist. Es gab eine Zeit, da habe ich bei seiner Erwähnung angefangen zu schreien. Wenn ich ihn jetzt höre, weiß ich nicht, was passiert, bis ich oder jemand mich in der Cafeteria findet, wo ich verloren oder irgendwie aus dem Fenster starre. Ich will verdammt sein, wenn ich mich überhaupt noch erinnern kann, warum dieser Name das bei mir auslöst. Verdammt, wenn ich, wohl wissend, dass ich mir nichts vormachen kann, es trotzdem immer wieder versuche.

— Und was wissen Sie?

— Verzeihung?

Ich hoffe, sie hat nicht schon länger mit mir geredet. Sie berührt seinen Kopf und sieht mich nicht an.

— Sie können bloß darüber reden, was Sie nicht wissen. Sind Sie nicht die Schwester? Geht es ihm nicht besser? Sollen Sie ihm keine neue Medizin geben? Warum will keiner mit mir darüber reden, ob er wieder laufen kann, ich hab das mit der Wirbelsäule gehört, wissen Sie. Ich bin die verdammten Schwestern leid, die hier reinkommen, sein Klemmbrett nehmen und lesen und ihn anfassen und bewegen und alles Mögliche mit ihm machen, aber nichts sagen können, außer sprechen Sie mit dem verdammten Doktor? Und wo ist der verdammte Doktor?

— Ich bin sicher, der Doktor kommt gleich, Ma'am.

— Der Doktor ist schon da, meine Damen.

Sound boy killing

Ich hoffe, ich habe nicht laut Scheiße gesagt. Wieder. Dr. Stephenson stolziert arztmäßig ins Zimmer, das blonde Haar diesmal glatt. Vielleicht hat er anschließend etwas vor. Er ist groß, blass und auf eine britische Art attraktiv, was bedeutet, dass er noch nicht angefangen hat, auf dem Hometrainer zu trainieren, den er sich vor zwei oder drei Monaten ins Büro hat liefern lassen, und trotzdem aussieht, als wäre er gerade aus *Die Stunde des Siegers* gestiegen. Letzte Woche hat er seinen kurzen Ärmel hochgekrempelt, mir seinen noch weißeren Arm gezeigt und mich gefragt, ob ich glauben würde, dass er auf Jamaika einen Teint bekommen könnte, weil er es überall sonst vergeblich versucht hätte. Diese verdammte Frau hat mich aufgehalten. Ich sollte nicht hier sein, jedenfalls bestimmt nicht so lange, dass ich einem Arzt in die Arme laufe.

— Nanu, was machen Sie denn hier, Schwester Segree. Herrscht in der Notaufnahme heute Nachmittag Flaute oder hat man Sie endlich auf die Intensivstation versetzt?

— Ähm ... Doktor, ich bin bloß zufällig vorbeigekommen und habe reingeschaut ...

— Wieso, war irgendwas nicht in Ordnung? Haben Sie das demjenigen gemeldet, der Bereitschaft hat?

— Nein, es war alles in Ordnung. Nichts war ... ich bin bloß zufällig vorbeigekommen.

— Hmm. Schicken sie die Schwestern jetzt von der Notaufnahme auf die Intensivstation? Ich schwöre, Sie müssen die Einzige sein, die ich mit Namen kenne, Schwester Segree.

— Nun, ich muss los, Doktor ...

— Nein, bleiben Sie einen Moment. Vielleicht brauche ich Sie ja.

Ich wollte etwas einwenden, doch er schloss bloß die Augen und nickte einmal, als wäre das alles, was zu der Angelegenheit gesagt werden müsse.

— Hallo, Ma'am.

— Warum reden alle mit mir, als wär ich eine alte Frau.

— Häh? Schwester, was meint sie ... nun, wie dem auch sei. Und das ist Ihr Ehemann?

— Dr. Stephenson, gehe ich dazwischen. Ich will fast schon sagen, nun reden Sie einfach mit der verdammten Frau und hören auf, ihren beschissenen Familienstand klären zu wollen, denn wenn sie anfängt, Ihnen das Konzept der wilden Ehe zu erklären, dauert es noch einen Monat, bis Sie es kapiert haben, aber stattdessen sage ich,

— Sie ist als nächste Verwandte eingetragen, Doktor.

— Oh. Nun, Ma'am, es ist noch zu früh, um irgendwas zu sagen. Er reagiert ... und ja, er reagiert auf die Behandlung, aber wir stehen noch ganz am Anfang. Sein Zustand ist nach wie vor kritisch, aber in ein paar Tagen hat er sich vielleicht stabilisiert. In der Zwischenzeit müssen wir weitere Tests durchführen ...

— Weitere Tests? Tests wofür? Sie denken wohl, er ist in der Schule mit all den Tests, die Sie machen. Und keiner von den Tests bringt mir ein Ergebnis.

— Ähm ... hm ... Millicent?

— Millicent?, fragt die Frau. Ich muss nicht aufblicken, um zu wissen, dass sie mich jetzt mit gerunzelter Stirn anstarrt. Der Arzt zieht mich beiseite, aber nicht weit genug. Ich weiß, dass sie alles hören wird, was er sagt.

— Millicent ... ähm ... wie soll ich mich ausdrücken? Ich kann ihr nicht ganz genau folgen. Ich meine, im Großen und Ganzen kriege ich schon mit, was sie meint, aber man will ja nicht ins Fettnäpfchen treten, wenn Sie wissen, was ich meine. Können Sie mit ihr sprechen?

— Äh ... sicher.

— Vielleicht in Ihrer Muttersprache.

— Was?

— Sie wissen schon, diesen jamaikanischen Dialekt. Er ist so melodisch, als würde man Burning Spear hören und Kokosmilch trinken.

— Kokoswasser.

— Was auch immer. Es ist so schön, gütiger Gott, aber ich habe keinen gottverdammten Schimmer, was genau ihr alle sagt.

— Sie will wissen, warum Sie so viele Tests durchführen, Doktor.

— Oh? Nun, könnten Sie ihr sagen ...

— Sie versteht Englisch, Doktor.

Sound boy killing

— Aber könnten Sie ihr in Ihrer Mutter ...

— Es ist keine Sprache, Doktor.

— Nun gut. Ma'am, wie Sie wissen, wurde Ihr Mann nach Schussverletzungen operiert, die ein massives Schädeltrauma und eine instabile Wirbelfraktur verursacht haben. Manchmal, vor allem wenn ein Patient noch bei Bewusstsein eingeliefert wird, können wir sagen, wie er sich entwickeln wird. Aber Ihr Mann war bereits bewusstlos. Außerdem haben Geschosse die hässliche Eigenschaft, beim Austritt aus dem Körper mehr Schaden anzurichten als beim Eintreten. Da er nicht bei Bewusstsein und es zu riskant ist, ihn zu wecken, sind wir nach wie vor nicht sicher, ob und wie stark seine Wirbelfunktionen oder sein geistiger Zustand beeinträchtigt sind. Die Tests müssen wir durchführen, weil sein Zustand sich möglicherweise verändert, vielleicht sogar zum Besseren. Aber das können wir nur durch regelmäßige Tests in Erfahrung bringen. Womöglich müssen wir die Dosis eines Medikaments erhöhen oder senken. Vielleicht bedarf er einer weiteren Operation aus Gründen, die nicht unmittelbar ersichtlich sind. Deswegen müssen wir regelmäßig Tests durchführen. Ich hoffe, das verstehen Sie. Ma'am?

— Gut gemacht, Doktor, sage ich, weil ich weiß, dass ihn das bis zur Weißglut ärgern wird. Er nickt erst mir, dann ihr zu und geht. Schon jetzt kann ich mir den herablassenden Vortrag vorstellen, den er mir beim Wasserspender halten wird. Immerhin bin ich schon zu alt für ihn, sodass er dabei nicht die Hand auf meine legen wird – ein Trick, von dem Krankenschwestern angeblich feuchte Höschen bekommen. Ich schwöre, wenn die Ärzte nicht dauernd im Weg wären, könnten die Schwestern anfangen, die Leute tatsächlich zu heilen.

— Und wo in Jamaika kommen Sie her?

— Verzeihung?

— Verzeihen Sie selbst. Wo in Jamaika kommen Sie her?

— Ich wüsste nicht, was Sie das ...

— Hören Sie, Lady. Ich hab gehört, wie Sie zu dem Doktor gesagt haben, Sie wär'n zufällig vorbeigekommen, dreizehn Stockwerke hoch aus der Notaufnahme, in die ich ihn getragen hab. Was würd er sagen, wenn ich ihm erzähl, dass Sie jeden Tag in das Zimmer von meinem Mann kommen, ohne irgendeinen Grund? Also, hören Sie auf mit dem verdammten Getue, denn mit einem Namen wie Millicent können Sie nur aus Jamaika kommen. Millicent Segree? Sie kommen nicht bloß aus Jamaika, Sie kommen vom Land. Also können Sie mit den Weißen so viel vornehm tun, wie Sie wollen, aber Sie machen keinem nix vor.

Ich sage mir, dass ich mir das nicht anhören muss, und wenn ich jetzt gehe, ist dieses Krankenhaus so riesig, dass sie mich nie wiedersehen würde. Ich muss bloß gehen. Ich muss bloß einen Fuß vor den anderen setzen und hier rausmarschieren, bevor diese Frau vollends unverschämt wird.

—Denn ich bin sicher, als Sie aus Jamaika weg sind, hab'n Sie nicht so geredet.

—Und wenn ich von uptown komme?

—Kann sein. Sie klingen wirklich so flach und öde wie die Uptown-Frauen. Aber Sie sehen immerhin nicht so aus, als würden Sie in Ihrem Arschloch wohnen. Nein, Sie ...

Der Monitor piept, und sie zuckt wieder zusammen.

—Das ist das Geräusch, das Sie hören wollen, sage ich. — Wenn Sie ein langes Piepen hören, das nicht aufhört, ist es schlimm.

—Oh? Oh. Das wusste ich nicht. Das hat mir niemand gesagt. Warum kommen Sie dauernd hier hoch und sehen nach meinem Mann?

—Ich hab nichts mit Ihrem Mann.

—Glaub mir, Liebes, darüber hab ich mir nie Sorgen gemacht.

Ich will ihr sagen, dass sie mich mal kann und dass ich ihre schnelle Auffassungsgabe bewundere.

—In dieses Krankenhaus kommen nicht viele Jamaikaner. Nur eine alte Frau, und die ist letzte Woche an einem Schlaganfall gestorben. Und dann kriegen wir plötzlich einen ganzen Haufen, alle mit Schusswunden. Und er ist der Letzte, der noch hier ist. Da war ich natürlich neugierig.

—Neugierig am Arsch. Wenn Sie neugierig sind, kommen Sie rein, lesen das Brett neben seinem Bett wie all die anderen Schwestern. Aber Sie kommen rein und gucken ihn an. Wenn ich spät dran bin, sind Sie immer schon da, und wenn ich früh komme, sehen Sie zu, dass Sie verschwinden, sobald ich auftauche.

— In Jamaika erschießen die Leute sich dauernd, aber ich musste nach New York kommen, um es von Nahem zu sehen.

— Von Nahem? Sie haben gar nichts gesehen. Warten Sie, bis Sie daneben stehen, wenn im Club ein Junge erschossen wird.

— Aber warum tragen sie es hierher? Warum bringen sie es nach Amerika? Man sollte meinen, wenn man es hierher schafft, kann man den ganzen Mist abstreifen und von vorn anfangen.

— Ist es das, was Sie gemacht haben?

— Das habe ich nicht gesagt.

— Aber es ist wahr. Sie und Ihr vornehmes Gerede.

Sie steht kurz auf und setzt sich dann wieder. Ich bin immer noch bei der Tür und frage mich nur, ob ich mich langsam oder schnell verdrücken soll.

— Für manche Männer, für viele Männer ist es derselbe Mist, der sie herschickt. Sonst hätten Sie keine Chance, nach Amerika zu kommen.

— Vermutlich.

— Das ist eine Tatsache. Und Sie sind auch nicht hier, weil Sie sonst nie Jamaikaner sehen. Sie sind wegen was anderem hier. Lady, ich bin auch eine Frau, verstehen Sie. Ich weiß, wenn eine Frau irgendwas will.

— Ich sollte wirklich zurück in die Notaufnahme.

— Dann gehen Sie. Und beim nächsten Mal erzähl ich dem Doktor, wie Sie einfach hier reinkommen, wann es Ihnen passt.

— Was wollen Sie wissen?

— Mein Mann. Kann er je wieder sprechen?

— Das sollten Sie wirklich den Arzt fragen …

— Reden Sie.

— Sie wollen es nicht von mir hören, ich bin kein Arzt.

— Reden Sie, sagt sie.

— Vielleicht wie ein Vierjähriger. Und das auch nur, wenn er sich erholt. Er wird alles neu lernen müssen und sich trotzdem noch anhören, als wäre er zurückgeblieben.

— Oh. Kann er wieder laufen?

— So wie es aussieht, kann er vielleicht nie wieder eine Tasse halten. Ich hoffe, Ihnen ist klar, dass ich dafür gefeuert werden könnte, dass ich Ihnen das erzählt habe.

— Gefeuert, weil Sie die Erste sind, die die Wahrheit sagt?

— Es ist nicht mein Job, Ihnen die Wahrheit zu sagen. Es ist mein Job, Ihnen zu sagen, was wir glauben, was Sie verkraften können. Und es lässt sich wirklich nicht vorhersagen, was mit einem Patienten geschehen wird, also will niemand irgendwas sagen, und dann kommt es anders. Er könnte sich erholen, oder er könnte ...

— Tot.

— Das auch.

Sie sieht mich an, als würde sie darauf warten, dass ich die Frage stelle. Oder vielleicht lese ich in ihrem Gesicht auch nur, was ich lesen will. Der Monitor piept wieder, doch diesmal zuckt sie nicht zusammen.

— Hat Josey Wales ihn erschossen? Und da habe ich es gesagt. In all den Jahren habe ich seinen Namen nie ausgesprochen. Ich habe es nie über mich gebracht. Ich weiß, dass ich mir irgendwann später dafür in den Arsch treten werde, dass ich mich jahrelang mit dem Gedanken verrückt gemacht habe, dieser Mann würde mich verfolgen, während ich sicher bin, er würde mich gar nicht erkennen, wenn ich auf der Straße an ihm vorbeigehe, nicht mal wenn er stehen bleiben würde, um mit mir zu flirten.

— Josey Wales?

— Nicht persönlich. Seine Gang, meine ich.

— Kennen Sie keine Jamaikaner in der Bronx?

— Was tut das jetzt zur Sache?

— Sie nennen es nicht Gang, sie nennen es Posse. Und Josey geht nirgendwohin, weil er schon seit über zwei Jahren im Knast sitzt.

— Was?

— Sie haben also nicht mal den *Gleaner* gelesen oder jamaikanische Nachrichten geguckt? Diesen Monat wird er nach Amerika gebracht vor ein amerikanisches Gericht, Liebes. Josey Wales' Posse hat den Club beschossen. Jeder weiß, dass Tatters der Club von den Ranking Dons ist. Er gehört ihnen nicht oder irgendwas, aber sie hängen da immer rum. Wissen Sie, was komisch ist? Ich weiß noch, welcher Song lief, weil ich gerade jemand gefragt hab, wie es kommt, dass »Night Nurse« immer noch so süß klingt. Weiß nicht, warum ich es nicht hab kommen sehen. In Jamaika wird Josey Wales' Sohn ermordet, und wer immer es war, muss irgendwas mit den Ranking Dons zu tun gehabt haben. Sie haben Glück, dass Sie es geschafft haben, so weit von Jamdown wegzukommen, aber für den Rest von uns bleibt Jamdown immer direkt hinter uns.

— Ihr Mann war also bloß ein unbeteiligter Zuschauer.

— Nein, Lady, er war ein Ranking Don.

Sechs

—Jesus Christus hat Tony Pavarotti umgebracht?

—Jesus, ganz recht. Schau dir sein Haar an. Hat dich deine Frau so aus dem Haus gehen lassen? Ich hab auch geglaubt, dass alle Weißen sich rasieren, außer denen, die in so einer Inzucht-Sekte sind.

—Ist das eine Schlaghose? Rahtid.

—Brethren, ich würd gerne wissen, wohin soll ich das Telegramm schicken, in dem steht, dass wir 1991 haben? Du siehst aus, als würdest du gleich anfangen, »Disco Duck« zu singen.

—Nee, Eubie, eher »In the Navy«.

—Bleib mal auf dem Teppich. Das ist jetzt wieder in, guckst du kein MTV? Nein, Mann, mein Freund bleibt bei seiner Masche und wartet einfach ab, bis sie wieder in Mode kommt.

—Das ist aber eine teuflisch lange Warterei. Worauf hast du denn dann die letzten vierzehn Jahre gewartet? Dass wir dich finden?

Ich hab den leisen Verdacht, dass man sie lieber nicht bitten sollte, zur Sache zu kommen. Ich sitze immer noch auf dem Stuhl, und sie stehen jetzt im Kreis um mich herum, als würden sie mir jeden Augenblick die Eselsmütze aufsetzen. Oder mir einen Baseballschläger über den Schädel ziehen. Zuerst dachte ich, sie würden mich wie Haie umkreisen, aber das ist ein ziemlich schlechter Augenblick für eine schlechte Metapher. Verdammter Idiot, ich redigier sogar dann noch in meinem Leben herum, wenn ein Haufen großer Schwarzer mit Knarren mein Haus besetzt hat. Wobei man einen Raubüberfall ausschließen kann, obwohl ich mir ausnahmsweise mal wünsche, es wäre einer. Den Namen Tony Pavarotti habe ich seit Jahren nicht mehr gehört, ich hab ihn sogar nur ein Mal gehört, von Tristan Phillips. Ich denk überhaupt nicht mehr an jenen Tag. Und sonst auch niemand, denn niemand hat je was unternommen. Ich habe das sogar mal nachgeprüft, soweit überhaupt möglich, habe jamaikanische Zeitungen auf Mikrofilm durchgesehen, und da war nichts. Kein Polizeibericht über einen Mord oder auch nur, dass ein Toter in einem Hotel aufgefunden wurde. Verflucht, Faulkner, das Vergangene ist tatsächlich nicht tot. Es ist nicht mal vergangen. Ich wusste nicht mal, wie der Mann heißt, bis ich Tristan Phillips getroffen habe.

— In den Hals, sage ich. Seidenanzug und Pig Tails schauen mich beide an, als wäre ich ihnen ins Wort gefallen. Ren-Dog, oder zumindest glaube ich, dass er so heißt, legt das restliche Obst in den Kühlschrank und geht mit dem Mixer zur Spüle. Ich höre mich ihn schon ermahnen, er soll bloß nicht die Spülmaschine nur für den Mixer anwerfen. Aber Pig Tails und Seidenanzug schauen mich immer noch an.

— In den Hals, so hab ich's gemacht.

— Was gemacht?, fragt Seidenanzug. Ich bin sicher, dass er gesagt hat, sein Name sei Eubie, aber ich bin etwas verwirrt. Im Augenblick kann ich mich nicht mal mehr erinnern, ob sechs oder sieben Männer hier drin sind.

— Ihn umgebracht. Ich meine, ihn erstochen. Ich meine, ich hab ihm in den Hals gestochen, vielleicht in die Halsschlagader.

— Er meint in den Hals, Boss, sagt Pig Tails. Eubie starrt ihn so vernichtend an, dass er zusammenzuckt.

— Wer von uns hier war an der Columbia? He? Wer von uns? Glaubst du etwa, ich wüsste nicht, wo die Halsschlagader ist? Wie lange hat es gedauert, bis er tot war, zwei Minuten?

— Fast fünf.

— Dann hast du eine andere Ader getroffen, mein Freund.

— Ich bin in dieser Hinsicht kein Experte.

— Echt nicht? Vielleicht solltest du das mal ändern, bei den Fragen, die du so gerne stellst, und den Sachen, über die du schreibst. Und ganz besonders bei dem, was ich im *New Yorker* gelesen habe.

— Jeder ist ein Kritiker, sag ich immer.

Ich hab den Schlag nicht kommen sehen. Direkt auf die Schläfe. Ich blinzele, versuche, den Schock zu verdauen, und schreie, Verdammt.

— Glaubst du etwa, das hier ist ein Film? Seh ich so aus, als hätte ich Zeit für einen weißen Klugscheißer?

— Vermutlich seid ihr Jamaikaner ziemlich nachtragend, oder?

— Ich glaube nicht, dass ich dir folgen kann, junger Mann.

— Dieser Typ, Tony Pavarotti. Euer Top-Mann. Ihr Typen redet über ihn, als sei er der tollste Hecht überhaupt gewesen, und trotzdem hat ihn ein magerer Journalist mit einem verdammten Brieföffner umgelegt. Und dann taucht ihr Typen fünfzehn Jahre später auf ...

— Sechzehn.

— Ist mir scheißegal. Taucht auf, um was zu machen? Die Sache zu beenden? Ziemlich *Der Pate II* von euch.

— Boss ...

— Schon okay, Ren-Dog. Der Brethren glaubt, dass hier niemand ins Kino geht.

Ich massiere meine Schläfe. Sie umkreisen mich immer noch. Er wartet, bis er hinter mir steht, dann fängt er an zu sprechen.

— Was glaubst du, wieso alle hier sind, wieso Ren-Dog hier ist? Um Saft zu machen?

— Keine Ahnung.

— Ren-Dog?

Ren-Dog schaut mich an und sagt,

— M60.

— M60. Jeder Mann dieser Posse muss sich einen Bus aussuchen und eine Haltestelle. Auf den ersten schießen, der aussteigt, Mann oder Frau. Es gibt einen Bonus, wenn sie tot sind.

— Soll mir das Angst machen?

— Achtung, Boss, da scheint jemand Eier in der Hose gekriegt zu haben, sagt Pig Tails.

— Und ich, ich seh einen Mann mit Dreadlocks wie Ringelschwänze vor mir, einen Mann im Unterhemd, der Saft macht, und einen Mann im Seidenanzug – oder ist das verdammter Satin – und der sich ein weißes Taschentuch in die Brusttasche gestopft hat, weil Mama ihm nicht beigebracht hat, wie man ein Taschentuch ordentlich zusammenlegt, und mir wird schlagartig klar, wie absurd das alles ist. Nein, nicht absurd, sondern verdammt lächerlich.

— Du wirst unverschämt, Jüngelchen, sagt Ren-Dog.

— Nein, ich hab eine Scheißangst.

— Hör mal …

— Nein, du hörst mal. Ich hab die Nase voll von euch Typen, die die Klappe aufreißen wie in einer verdammten Sitcom. Einfach in mein Haus kommen und Saft machen und daherreden, als wärt ihr intellektuelle Kriminelle wie im Film, wo ihr doch nur ein Haufen verdammter Schlägertypen seid, die Frauen und Kinder erschießen. Es ist mir verdammt egal, dass ihr Bücher lest. Es ist mir verdammt egal, wie clever ihr seid. Euer verfluchter frisch gepresster Saft ist mir scheißegal. Oder wie ich den miesesten Gangster, den eure verdammte Insel produziert hat, kaltgemacht habe. Wisst ihr was? Bringt's hinter euch. Bringt's einfach hinter euch. Je weniger von eurem Scheiß ich zu hören bekomme, umso besser. Bringt's einfach hinter euch, und dann verschwindet aus meinem Haus, damit die Nachbarn die Cops holen können. Und nehmt euer verdammtes Obst mit, ich mag sowieso keinen Saft.

— Du hast recht, sagt Eubie. — Das sollte dir auch keine Angst einjagen. Wenn ich jemandem Angst einjagen will, dann rede ich nicht. Ren-Dog, kümmer dich um dieses Pussyhole.

Sieben

— Was wollte Peter Nasser denn überhaupt?

Josey Wales wandert in seiner Zelle herum, ohne zu bemerken, dass er in Wirklichkeit hin und her läuft wie ein eingesperrtes Tier, da wette ich. Aber jedes Mal, wenn er in der dunklen Ecke verschwindet, denk ich, dass er gleich mit einer bösen Überraschung wiederkommt. Muss ja nicht gleich 'ne Kanone sein, aber vielleicht doch irgendeine improvisierte Stichwaffe, die er mir wie 'nen Dolch ins Auge wirft. Und das denk ich jedes Mal. Er geht langsam an den Gitterstäben der Zelle vorbei, sieht zu mir hoch, bis er in der Ecke ist; biegt ab, um in den hinteren Bereich zu laufen, bis der schräg fallende Schatten ihn verschluckt. Dann wird er auch still, sodass man noch nicht mal mehr dem Klang seiner Stimme und seinen Geräuschen im Dunkel folgen kann. Nicht einmal dem seiner Schritte. Manchmal stoppt er kurz ab, und du fragst dich, was macht er da drin? Was bastelt er da zusammen? Und dann, wenn er wieder aus dem Schatten kommt, bleibt für eine kurze Sekunde dein Herz stehen. Jedes verdammte einzelne Mal. Wie war das noch, ist der verwundete Löwe gefährlicher, oder der eingesperrte?

— Einen Grund dafür, sich nicht mehr in die Hose zu scheißen. Warum ist dir Peter Nasser denn auf einmal so wichtig? Hast du nicht grad gesagt, dass du den Knaben elf Jahre nicht zu Gesicht bekommen hast? Und er ist der Sechste, der mir diese Woche die Aufwartung gemacht hat. Jetzt wollen alle wissen, was ich mach, wenn ich in ein amerikanisches Gefängnis komme. Tja, sie hätten vielleicht etwas mehr tun können, damit ich gar nicht erst im Knast lande. Schon lustig, alle sind anscheinend davon überzeugt, dass mich das US-Gericht verurteilen wird. Aber mach dir eines klar – als die Yankee-Justiz zuerst angeklopft hat, hat sich niemand um Josey geschert und es mir überlassen, das zu regeln. Und jetzt, wo sich nichts geregelt hat, versuchen alle, es selbst zu regeln.

— Will heißen?

— Will heißen, dass bestimmte Leute immer noch nach einer funktionierenden Methode suchen, mich aus dem Weg zu räumen. Ich mein, ein, zwei Mal haben sie's versucht. Oder drei Mal, nein, vier. Meine Männer hier haben sich letzte Woche um den Vierten gekümmert und mir noch nicht mal was davon gesagt, bis ein Wärter mal pissen musste und die Birne von dem Wichser in der Toilettenschüssel gefunden hat. Und jetzt rätseln sie, was der Kopf von 'nem Häftling in der Personaltoilette zu suchen hat. Das sind überhaupt ein Haufen Grünschnäbel, die Jungs. Der erste Wärter? Scheißt jetzt durch ein Rohr, und bis der zweite in meiner Zelle ankam und in die leere Matratze geschossen hat, war der schon Witwer und fand zwei Tage später raus, dass er auch Vater geworden wäre.

— Verdammt, *hombre*.

— Manche Leute vergessen, wie es kommt, dass sie an der Spitze sind und wer verflucht noch mal sie dahin gebracht hat.

— Du sagst das, als würde dir jemand was schuldig sein.

— Die sind mir was schuldig. Jeder ist mir verdammt noch mal was schuldig. Ich hab dieses Land der verdammten Regierung überlassen.

— Die Regierung ist aber nicht mehr die Regierung, und niemand schuldet dir auch nur irgendwas, Josef. Niemand hat dich dazu gezwungen oder dich daran gehindert, dich in den verfluchten Tony Montana zu verwandeln. Jeder war damit zufrieden, einfach wegzusehen, bis du beschlossen hast, ein paar bescheuerte, wertlose Junkies in einem beschissenen Crackhouse zu meucheln. Völlig ohne Grund, außer vielleicht, dass dir mal wieder irgendjemand auf deine neuen Schuhe getreten hat, so wie ich dich kenne. Die haben ihre Schulden schon längst mehr als zurückgezahlt. Du ganz allein hast es verkackt, hörst du? Du ganz allein.

Er ist wieder im Dunkeln verschwunden. Ich warte darauf, dass er zurückkommt, horche, ob seine Schritte jetzt schlurfen. Aber nicht Josey: Der tritt aufrecht aus dem Schatten, fast zu aufrecht, Brust raus, als würde er sich innerlich für etwas stählen.

— Wenn du einen Crackhead brauchst, geh in die Dumfries Road in New Kingston und such dir einen aus. Wer vermisst einen bombocloth-Crackhead?

— Niemand. Aber die schwangere Freundin von einem Crackhead? Das ist ganz was anderes. Der *New Yorker* hat ne ganze Story darüber gebracht. Ist das irgendwie 'n Tick von dir, Josef? Schwangere kaltmachen?

— Leck mich.

— Hat echt Klasse, Don. Deine ganze Jamaikaner-Crew und ihre Warum-einen-*Hombre*-erschießen-wenn-du-den-ganzen-Block-liquidieren-kannst-Haltung. Die Storm Posse. Hat echt Klasse.

— Du hast sie erschaffen, Boss, nicht ich. Du solltest keine Monster heranzüchten und dann rumheulen, dass sie sich wie Monster verhalten.

— Kumpel, als ich mit dir unterwegs war, hingen ein paar von den Jungs noch an der Mutterbrust. Nach mir kommen die nicht.

— Weißt du, wie lang ich brauch, um mein Essen zu überprüfen?

— Was? Was willst du ...

— Zwanzig Minuten, dreimal pro Tag. Frag die Ratten. Jeden Tag werfe ich ein Stück runter und gucke, ob sie's fressen. Jeden Tag erwarte ich, dass eine Ratte tot umfällt. Ich schneid jede Banane in kleine Stücke, jeden Klumpen Reis drück ich zusammen, meinen Saft saug ich mit dem Strohhalm durch die Zähne ein, um jeden Glassplitter, oder rostigen Nagel, oder womöglich sogar was mit Aids dran rechtzeitig abzufangen. Weißt du, wie lange das dauert, bis ich auch nur einen Löffel voll Essen runtergeschluckt hab? Dabei hab ich die ganze Küche bestochen.

— Aber das würde niemand wagen, Josey.

— Vielleicht nicht, aber weil draußen jeder eine Scheißangst davor hat, was mein Mund ihrer Ansicht nach machen wird, ist das nur eine

Frage der Zeit, Brethren. Nur eine Frage der Zeit, bis sie einen Häftling oder Wärter finden, der noch mehr Angst vor ihnen hat als vor mir.

— Du warst zu lange hinter Gittern.

— Vielleicht sollte ich mal umdekorieren, ein paar Gardinen aufhängen.

— Galgenhumor hätt ich bei dir nicht erwartet, *mijo*.

— Ich bin eben noch nicht tot, Doctor Love.

Er setzt sich auf das Bett und guckt woanders hin, als wär er mit Reden jetzt erst mal fertig. Zum ersten Mal, seit ich hier angekommen bin, wende ich den Blick von ihm ab. Jetzt erst fällt mir auf, dass die Zelle so wie auch der gesamte Korridor aus roten Ziegelsteinen sind, etliche davon sind schon herausgefallen. Typisch, dass ausgerechnet auf Jamaika ein Gefängnis so aussieht, wie man sich ein Gefängnis vorstellt. Wenigstens der Fußboden ist inzwischen aus Beton. Im Ernst, hier sieht's aus, als würdest du nur einen Löffel und ein bisschen was von dem brauchen, das die Amerikaner Tatkraft nennen, und du könntest dir in ein paar Jahren deinen Weg in die Freiheit graben.

— Peter Nasser, der arme Trottel, ist hier hereingestolpert und hat versucht, mir zu drohen.

— Ach ja? Und?

— Das war in etwa so, wie wenn ein impotenter Mann versucht, dich zu vergewaltigen. Er hat sich plötzlich Sorgen gemacht, ob der Kanarienvogel vielleicht singen will. Exakt diese Worte hat er gesagt. Ich würde nie solchen Blödsinn von mir geben.

— Ich weiß. Aber er ist nicht der Einzige, Josey.

— Was zum zweihundertsten Mal wieder zu der Frage zurückführt, warum du hier bist.

— Vielleicht mach ich einen Besuch.

— Du kannst mich in Amerika besuchen. Werde in zwei Tagen dort sein.

— Es ist eine Schande, dass sie dich nicht zur Beerdigung von deinem Jungen rausgelassen haben.

— Du bist ein beschissenes Pussyhole, de las Casas. Ein beschissenes Pussyhole.

— Weißt du, was ich schon immer so faszinierend an dir fand, Josey? Die meisten Leute, die ich kenne, die können das aus- und wieder einschalten, aber du hast beides gleichzeitig drauf. Über deinen toten Sohn kannst du nur mit Mühe sprechen, aber darüber, zwei schwangere Mädels einfach so über den Haufen zu schießen, das ist kein Problem. Du bist genau das, was man normalerweise als einen Psychopathen bezeichnet. Was? Was ist so witzig?

Er lachte. Er lachte so lange, dass er einen Schluckauf bekam, und selbst da hörte er nicht auf zu lachen. Lange genug, dass ich anfing, ihn ein bisschen zu hassen, wirklich, und so habe ich ihm gegenüber noch nie empfunden.

— Dieser ganze Satz grade, hast du den eingeübt, bevor du hergekommen bist?

— Leck mich, Josef.

— Nee, echt jetzt. Wie nennen sie diese Leute, du weißt schon, einer hat sogar mal eine Show im Fernsehen gehabt. Dieser Mann mit der Puppe auf dem Schoß, die die Mundbewegungen machte, aber die Stimme kommt von woanders her.

— Bauchredner. Du hältst mich für einen Bauchredner? Für wen, die CIA?

— Nein, du bist die Puppe. Also, wer hat dich geschickt, Brethren? Mr. Clark-mit-ohne-E? Jetzt mal im Ernst, ist der Kerl noch in der Gegend?

— An den hab ich schon jahrelang nicht gedacht. Angeblich ist er in Kuwait.

— Dein Gedächtnis ist wie ein Sieb. Ein Mann wie ich erinnert sich dafür an alles. Wie Namen. Du weißt ja, die meisten Leute vergessen ständig irgendwelche Namen? Wie Louis Johnson. Mr. Clark-mit-ohne-E, Peter Nasser, Luis Hernán Rodrigo de las Casas. Sal Resnick? Ich vergesse keinen Namen. Solche Sachen wie Operation Werwolf? Die vergesse ich auch nicht, genauso wenig wie den 16. Oktober 1968. Den 15. Juni 1976. 6. Dezember 1976. 20. Mai 1980. 14. Oktober 1980? Ich vergesse diese Tage nicht. Was jetzt? Sieht so aus, als hättest du nicht mehr viel zu sagen, *muchacho*.

Sound boy killing

— Ich glaube, die Leute machen sich eher Sorgen, was du dieser Tage sagen könntest.

— Sagen werde, Luis. Sagen werde. Die Leute haben mir eine Grube gegraben, aber ich hab ihnen nicht befohlen, sie so groß zu machen, dass es sie alle mit verschluckt. Ich weiß nicht, worüber dein Boss sich Sorgen macht. Er muss doch nur die DEA anrufen – die Feds, oder? Ein Anruf, und ein Teil der Geschichte ist erledigt.

— Die DEA sind keine Feds. Und die haben auch nicht die Macht.

— Die? Also hat dich doch jemand geschickt.

— Mir haben unsere Unterhaltungen besser gefallen, als wir noch auf derselben Seite waren.

— Da ist die Tür und da ist das Schloss. Komm rüber.

— Du bist auf deine alten Tage ja wirklich geistreich, Mann.

— Ich bin immer noch jünger als du. Was willst du, Doctor Love? Willst du mir einen Haufen Geld anbieten, wenn ich aus dem Knast komme? Damit ich den Mund halte?

— Das habe ich nicht gesagt.

— Gut, dann lass es mich für dich sagen und gleich drauf antworten. Wie kommst du darauf, dass ich entlassen werden könnte?

— Wegen dem Deal, den du wahrscheinlich mit der DEA gemacht hast.

— Ich weiß immer noch nicht, worum du dir Sorgen machst. Doctor Love ist ein blinder Fleck. Die meisten Leute wissen nicht mal, dass es ihn gibt. Vielleicht bist du in der Schweinebucht gestorben, vielleicht hast du dich mit dem Flugzeug in Barbados in die Luft gesprengt, vielleicht arbeitest du jetzt für die Sandinisten.

— Contras.

— Das ist ein- und dasselbe. Oder vielleicht bist du einfach nur etwas, das die Leute sich ausdenken, wenn sie einen Duppy brauchen.

— Vielleicht redet ja jetzt ein Gespenst mit dir.

— Gut möglich. Männer wie dich braucht die Welt nicht mehr. Weißt du, wann ich das erkannt hab? 1976. Politik bedeutet einen Scheiß. Macht bedeutet einen Scheiß. Geld bedeutet etwas. Gib den Leuten, was sie wollen. Peter Nasser meint, er kann mir jemanden schicken, um mir ins Gewissen zu reden, aber welcher Mann in Kingston gehört mir nicht?

— Bist du da sicher, Josef? Jeder Mann?

— Ja.

— Jeder einzelne?

— Was, brauch ich ein Mikrofon hier, oder bist du taub?

— Jeder einzelne?

— Ja, zum Teufel.

— Sogar in New York?

— Besonders in New York. Muss auch der Grund sein, warum die da drüben mich so unbedingt haben wollen.

— Was meinst du, wer hat Weeper beseitigt?

— Du meinst, außer er sich selber? Diese Diskussion wird langsam etwas ermüdend, Doctor Love. Rauszukriegen, was mit Weeper passiert ist, ist nicht besonders schwierig.

— Hmmm. Bevor sie untergetaucht ist, hatte ich noch einen netten kleinen Plausch mit Frau Griselda Blanco.

— Hat sich Medellín nicht längst um diese verrückte Fotze gekümmert?

— Davor, Josey. Hör mir mal zu, okay? Das war damals, als sie die Zeichen der Zeit erkannt hat und nach Freunden Ausschau hielt. Sie hat mir von dieser Gang, äh … Posse namens Ranking Dons erzählt, schon mal von denen gehört? Die meisten von ihnen sind Jamaikaner.

— Ja, Luis, ich kenne die Ranking Dons.

— Oh. Das wusste ich nicht. Zumindest hat sie mir erzählt, wie die mal fast das ganze Miami-Geschäft übernommen hätten. Und dann sind sie innerhalb von so ungefähr einem Monat alle verschwunden.

— Und?

— Und obwohl Griselda sie liebend gern loswerden wollte, hatte sie nicht genug Mumm, die Nummer durchzuziehen. Beziehungsweise nicht das Personal, um mit euch Jamaikanern fertig zu werden. Um es mit Jamaikanern aufzunehmen, brauchte sie jemanden von der Insel selbst. Nach Möglichkeit einen, der schon in den Staaten war, der schnell Leute mobilisieren kann und eigene Interessen verfolgt. Und dieser Motherfucker warst nicht du, Josef. Sieht dir gar nicht ähnlich, jemanden zu unterschätzen, *mijo*. Er gab ihr Süd-Miami zurück. Sie gab ihm Weeper. Und dann hat er einfach beschlossen, den mächtigen Josey Wales auszusitzen. Einfach abzuwarten, bis du es verkackst. In dieses Crackhouse gehst. Warum hast du's nicht einfach gelassen, Mann?

— Weil ich den Geschmack von Pisse hasse.

— Was?

— Nichts.

— Nein, du hast was gesagt.

— Ich hab bombocloth nichts gesagt, Doctor Love.

— Ein Mann, Josey.

— Eubie?

— Eubie.

Acht

— Ich bin bloß noch nie einem, Sie wissen schon, begegnet, vorher …

— Einem was?

— Einem Mann. Ich meine, einem von diesen Männern.

— Werden Sie nicht frech. Hab ich gesagt, dass er einer von diesen Männern ist?

— Sie haben gesagt, er war bei diesen Ranking Dons.

— Nicht jeder in der Kirche ist Christ.

— Ich bin nicht sicher, ob ich Ihnen folgen kann.

— Sie sind nicht sicher, ob Sie mir folgen können. Im Ernst, hab'n Sie schon immer so geschwollen geredet, oder woll'n Sie damit bloß die Weißen beeindrucken?

— Sie glauben, jeder, der korrekt spricht, versucht, so zu sein wie die Weißen?

— Versucht, so zu sein wie irgendwas jedenfalls.

— Oh, das heißt dann wohl, wer schlecht redet, ist echter Jamaikaner. Also, wenn Sie sich dann besser fühlen: Die Weißen hören euch Leute viel lieber reden als mich.

— Euch Leute.

— Ja, euch Leute. Echte Jamaikaner. Ihr seid alle so verdammt echt. Und Sie … wissen Sie was. Ich übertrete hier lauter Vorschriften, dafür könnte ich gefeuert werden. Schlimm genug, dass ich mit einem nächsten Verwandten rede, jetzt gerate ich auch noch in einen Streit. Und ehe ich michs versehe, wird eine Beschwerde eingereicht, und ich bekomme eine Abmahnung, wenn nicht gleich die Kündigung. Ich hoffe wirklich, dass er sich wieder erholt.

Sound boy killing

— Was soll das heißen, Sie haben noch nie einen Gunman gesehen? Und wieso wollen Sie einen Gunman sehen?

Sie sieht mich an, als wollte sie es wirklich wissen. Die Augenbrauen hochgezogen, den Mund ein wenig geöffnet, als wäre sie ernsthaft neugierig. Ich wünschte, sie würde mich herausfordern, dann könnte ich auf sie losgehen, aber es scheint so, als wollte sie es wirklich bloß wissen. Und ich habe keine Antwort, die irgendeinen Sinn ergibt. Vor allem, weil ich es selber eigentlich nicht weiß. Sie steht auf und geht zum Fenster. Dieser Tag führt nirgendwohin, und wir haben, was, März?

— Ich wüsst nicht, wen ich auf der ganzen Welt noch mehr nie wiedersehen will, sagt sie.

— Das verstehe ich.

— Von wo stammen Sie?

— Havendale.

— Dann verstehen Sie's nicht. Und Sie haben nie einen von Nahem gesehen?

— Nein.

— Na ja ... Moment mal. Wir reden, als ob wir im Zoo wär'n und er ein Gorilla. Ich sollte lachen, denn das ist komisch. Dieses Ding zwischen den Ranking Dons und der Storm Posse brodelt schon lange.

— Aber warum geht es hier weiter?

— Wie meinen Sie das? Wo denn sonst? Woll'n die Leute hier etwa keine Drogen?

Sie sieht mich an wie eine Mutter, der die Geduld mit ihrem Kind ausgeht. Ich will ihr erklären, dass ich nicht irgendeine Idiotin bin, aber stattdessen gehe ich zum Fenster und stelle mich neben sie.

— Wenigstens ist es fast vorbei.

— Was? Das kommt so leise heraus, dass ich mich frage, ob sie mich gehört hat.

— Das Morden.

— Woher wissen Sie das?

— Es sind nicht mehr viele Leute übrig zum Umbringen. Und Josey Wales wird für lange Zeit in einem Yankee-Knast landen. Obwohl ich das erst glaub, wenn ich's seh.

— Ich wusste nicht, dass er im Gefängnis ist.

— Was wissen Sie überhaupt über Jamaika? Die Zeitungen haben über nichts anderes mehr als über Josey Wales geschrieben. Jeden Tag eine neue Story über Gericht und Prozess und Zeugen und Aufschub und oberster Gerichtshof. All die Menschen, die er umgebracht hat, und dass die Amerikaner ihn unbedingt haben wollen. Man muss bloß den Fernseher anmachen, selbst in den amerikanischen Nachrichten reden sie über ihn, als wär er ein Filmstar. Immer bloß Josey Wales, Josey Wales und ... alles in Ordnung? Mein Gott, Lady ... halten Sie sich fest ... ich hab Sie ... ich hab Sie.

Ich nicke und merke, dass ich auf dem Stuhl neben dem Ranking Don sitze. Beinahe wäre mir entfallen, wie ich dort gelandet bin, aber so benommen bin ich dann doch nicht.

— Geht's wieder?

— Ich brauch kein Glas Wasser.

— Wah?

— Im Fernsehen geben sie den Leuten immer ein Glas Wasser.

— Verdammt, Mädchen, Sie müssen doch nicht ohnmächtig werden, bloß weil einer Jamaikanisch redet. Mannomann.

— Ich bin nicht ohnmächtig geworden.

Dann lacht sie laut, laut genug, dass ich denke, sie könnte den Ranking Don wecken. Lange genug, dass aus Lachen ein Grinsen und schließlich ein Gackern wird, bevor nur noch ihre Brust bebt. Irgendwie weiß ich, dass sie dabei auch irgendwann aufgehört hat, mich auszulachen.

— Wann ha'm Sie das letzte Mal Jamaikanisch geredet?

— Was soll das heißen, ich rede immer Jamai... wollen Sie wissen, wann? Letzte Woche, als der kleine Bloodcloth-Fettsack aus dem Rite Aid in der Bronx mich gefragt hat, wie weit die weißen Strümpfe meine Beine hochgehen?

— Oh verdammt, und was haben Sie gesagt?

— Weiter, als du je kommst, du fettes wabbeliges Scheißhaus.

Vor meinen Augen dreht sich nicht mehr alles, glaube ich. Ich weiß nicht. Ich bin mir nicht sicher, warum sich überhaupt irgendwas gedreht hat. Aber dann sagt sie,

— Ich frag mich, ob der Prozess im Fernsehen kommt?

— Welcher Prozess?

Kennen Sie das, wenn eine Frau so tut, als würde ihr irgendwas gar nichts ausmachen? Wie sie den ohnehin schon geraden Rücken noch weiter durchdrückt und anfängt, mit ihrer Kette zu spielen, den Blick abwendet, obwohl niemand sie ansieht, und lächelt, als hätte ihr irgendein Geist einen Witz erzählt? Lächelt, bis kein Lächeln mehr übrig ist, nur das Gefühl, die Zähne zu blecken? Ja, ich beobachte diese Frau heimlich im Spiegel auf der anderen Seite von dem Bett des Ranking Don.

— Der Mann sollte hängen. Jemand sollte ihn im Knast abknallen, mein ich.

— Deshalb?, frage ich. Ich wollte wirklich nicht auf den Mann auf dem Bett zeigen, das kam mir einfach zu dramatisch vor, also habe ich einfach genickt. Subtil.

— Und haben die Ranking Dons niemanden umgebracht?, frage ich. — Es ist komisch, ich versuche, den ganzen Scheiß auszublenden, aber ich weiß noch, dass es in der *New York Post* vor Kurzem eine Schlagzeile gab ... ja ... der Jamaikaner, der New York auf Crack gebracht hat, und er war der Anführer der Ranking Dons. Das weiß ich noch, weil es das letzte Mal war, dass ich mir die *Post* gekauft habe.

— Die Ranking Dons haben keinen Anführer.

— Logo, er ist im Gefängnis.

— Nein, ich meine, die haben keinen Anführer wie Josey Wales. Der Mann ist anders. Einmal ist jemand in sein Auto gefahren – nein, er ist in das Auto von dem anderen gefahren und hat ihn dann verfolgt. Können Sie das glauben? Der andere Mann ist direkt in eine Polizeiwache gerannt.

— Die Polizei hat ihn nach Hause gefahren?

— Nein. Sie haben danebengestanden, während Josey und noch ein paar andere in die Polizeiwache marschiert sind, den Mann rausgeholt und gleich dort auf der Straße umgebracht haben, direkt vor der Polizeiwache.

— Oh Gott.

— Oh Gott ist richtig. Aber wenn man so böse ist, darf man sich nicht wundern, wenn das Böse zu einem zurückkommt, wissen Sie. Seine Tochter und sein Sohn, den er auf die Wolmer's Boys School geschickt hat, weil er gedacht hat, er kann einen vornehmen Jungen aus ihm machen, sind erschossen worden. Verdammt, als Mutter tut es mir leid, wenn ein Kind sirbt. Aber ich als ich sag, geschieht dem Scheißkerl recht. Damit hat der ganze Krieg und Streit jedenfalls angefangen. Als sie das Mädchen getötet haben, ist gar nichts passiert, können Sie sich das vorstellen, aber dann bringen sie den Jungen um, und ganz Kingston steht in Flammen. Mannomann. Und das Feuer breitet sich bis nach Miami und New York aus. Mein Mann sagt, der Rauch weht sogar bis nach Kansas. Wissen Sie, wo Kansas ist?

— Hm-hm.

— Ich auch nicht.

— Er ist also im Gefängnis. Und er kommt nicht raus.

— Er kann nicht raus. Und wenn er raus will, sollte er das lieber in Jamaika versuchen. Aber ich hab gehört, er hat zu viel geredet. Zu viele Leute haben eine Scheißangst. Wenn ich er wär, würd ich am besten gestern in den Flieger nach Amerika steigen.

— Er ist also im Gefängnis. Und kommt nicht raus.

— Erst mal nicht. Was interessieren Sie sich so für Josey Wales? Sie kommen doch nicht aus dem Getto.

— Ich ...

Noch nicht mal Weihnachten, kaum Dezember, und irgendjemand zündet schon Knallfrösche, doch ich renne und renne und renne, hüpfe und gehe schließlich, bis ich nur noch drei Meter von dem Tor von Nummer 56 entfernt bin, und mein Gang wird steifer, die Knallfrösche werden lauter, vor allem dieses Knattern, das ich nicht mag, aber das Tor Nummer 56 steht ausnahmsweise schon einladend offen, als wären seine beiden Flügel ausgebreitete Arme, als wollte es sagen, tritt ein, Tochter, hier gibt es nur Liebe und Einklang, und dann laufen die Knallfrösche direkt an mir vorbei. Mann rennt rückwärts und stößt mich fast um Mann in ärmellosem Netzhemd Mann stolpert fast Mann hat Maschinengewehr in beiden Händen und zittert von dem Rückstoß? Rückstoß, Rückstoß,

Sound boy killing

im Fernsehen nennen sie es immer Rückstoß. Maschinengewehr-Hüft-schwung ratatattat, nein papapapapapap, Mann rennt an mir vorbei und mein Blick folgt ihm zu einem weißen Wagen, ein Cortina vielleicht, Bombocloth, sagt ein Mann, und ich drehe mich um und sehe zwei wei-tere Männer, einer rennt vorwärts und brüllt, der andere rückwärts mit zwei Pistolen, die pap-pap um sich feuern, und mein Körper zuckt bei jedem Pap zusammen und ein Mann stößt mich zur Seite, als er an mir vorbeiläuft, und der andere rempelt mich von der anderen Seite an und ich dreh mich im Kreis und ein weiterer Mann schießt zwei Mal und quietsch ist der weiße Wagen weg und ein weiterer Wagen hält, den ich vorher nicht gesehen habe, ist gerade gekommen und ich hab immer noch das Gefühl, mich im Kreis zu drehen, obwohl ich weiß, dass ich aufgehört habe, weil ich einen Fuß in die Erde gestemmt habe, damit ich mich nicht mehr drehe, und ich werde von Sirenen geweckt oder viel-leicht auch von Moskitos und direkt neben dem Wachhäuschen liegt eine Frau auf der Erde und Blut breitet sich neben ihrem Kopf aus und Leute schreien, schreien, zu viel Geschrei und ich drehe mich um und laufe gegen seine Brust, ein großer Mann, größer als ich, und dick wie ein Mann, aber auch dünn mit dunkler Haut oder vielleicht ist es der Abend, die Augen schmal wie ein Chinese, aber er ist schwarz, nein, dunkel und direkt vor mir, direkt vor meinem Gesicht und meinem Hals und er schnuppert, schnuppert, schnuppert wie ein Hund, Josey steig in den Bombocloth-Wagen, sagt das weiße Auto und er hebt die Pistole vor mein Gesicht und es ist ein Loch, nein ein O, es ist ein O mit einem Loch und riecht wie Streichhölzer, wenn man sie anzündet, und Josey, steig in den Bombocloth-Wagen ruft der Mann in dem Auto, aber er steht immer noch vor mir, schwenkt die Waffe dichter und dichter vor meinem linken Auge, doch die Sirenen werden lauter und er geht rückwärts weg, sieht mich an, richtet die Waffe auf mich und entfernt sich weiter und weiter, doch er kommt immer näher und er ist in dem Wagen, aber ich spüre seinen Atem im Nacken, und er fährt weg, doch ich kann ihn riechen, als ob er noch hier wäre, und ich kann mich nicht rühren und die Frau liegt immer noch auf dem Boden, ein paar Kinder sind zu ihr gelaufen und schreien und Leute kommen ums Haus, bestimmt noch mehr Leute, die mich erschießen wollen, und lauf, lauf, lauf, ein Auto hupt, eine Sirene, etwas saust an mir vorbei und ein Bus bremst an einer Ampel, lauf und spring aufs Trittbrett, die Leute starren mich an. Komme nach Hause, muss meinen Koffer packen, nein, meine Reisetasche, nein meine Handtasche, verdammt, Frau, du brauchst keine Handtasche, nimm den kleinen Koffer unter dem Bett, den du mit Danny, dem fremden weißen Mann, mit nach Negril genommen hast, nimm den Koffer, nimm den Koffer, verdammte Scheiße, eine Bombocloth-Eidechse, Eidechse, Eidechse, so viel Scheiß-Staub unter dem Bett, dafür ist jetzt keine Zeit, rotes Kleid, blauer Rock, blauer Jeansrock, Fiorucci-Jeans, Shelly-Ann-Jeans, Jeans-Top, so viel Jeans, wo willst du hin? Kattunkleid, nein, violettes Kleid, nein, Samtrock, nein, das war ein Fehlgriff, hörst dich an wie deine Mutter, die neu gekauften Slips in der obersten Schublade, Socken, wer braucht Socken, Make-up, wer braucht Make-up, Rouge, Lidschatten, Herrgott, Mädchen, er kommt mit einem O mit einer Kugel drin, aber wohin willst du gehen? Zahnbürste, Zahnpasta, Mundwasser, wer hat Zeit für Scheiß-Mundwasser, los, los, los, los, Mädchen, Notizbuch – um was zu schreiben? Bibel – um was zu lesen? Die hochhackigen Sandaletten, das Adidas-Maxikleid, das man überall tragen kann, umziehen? Ich sollte mich umziehen, damit er mich nicht erkennt, er hat mich verfolgt, er ist an der Tür, er ist vor mir weggefahren, also, nein, nein, nein, nein, zu viele Kleider, in einem Kleid kann man nicht rennen, ich brauch mehr Slips und Laufschuhe, nein, ich kann nicht … nein … bleib einfach, wo du bist. Bleib einfach in deiner Wohnung, er kennt dich schließlich nicht. Er wird dich niemals finden. Wo sollte er auch suchen? Aber Kingston ist klein. Jamaika ist klein, aber Kingston ist noch kleiner, und er wird dich jagen wie einen Hund, deshalb hat er an mir geschnuppert, heute Nacht wird er mich jagen, zur Strecke bringen und erschießen wie einen Hund. Denk nach, Herrgott, Jesus Christus, denk nach. Die Polizei wird dich als Zeugin aufrufen, und sie wird dich nicht beschützen. Nimm die Bibel. Nein. Ja, verdammt, nimm die Bibel. Mach das Radio nicht an, mach das Fernsehen nicht an, durch das Fernsehen kann er dich finden, dich wittern und töten, dieses O mit einem Loch und einer Kugel drin, ich weiß es. Jeder weiß Bescheid über das Getto, deshalb gilt doch der Notstand,

Sound boy killing

weil ein Mann im Getto überallhin kommen kann, wenn ein Mann aus dem Getto ins Haus meiner Mutter einbrechen und meinen Vater verprügeln und meine Mutter vergewaltigen kann, dann können sie jeden überall finden, denk nicht an sie, sperr sie aus, sperr sie aus.

Sperr alle aus.

Schalt alle ab.

Geh einfach.

Aber ich rieche ihn immer noch. Ich rieche ihn jetzt.

— Schwester? Schwester?

Neun

— Eine kurze Geschichte von sieben Morden
Ein Crackhouse, ein Massaker und der Aufstieg einer Verbrecher-dynastie.
Teil 3.
Von Alexander Pierce.

Monifah Thibodeaux meinte es dieses Mal ernst. Ihre Mutter wusste, dass sie es ernst meinte, denn in ihrer Stimme schwang etwas Endgültiges mit. Allerdings hatte sie dieses *Endgültige* schon mal gehört, und bei jemandem wie Monifah war das so eine Sache, denn endgültig war für sie ein fließender Begriff, endgültig bedeutete jede Woche etwas anderes, und gerade wenn man glaubte, ein Mensch könnte nicht mehr tiefer sinken, dann sinkt er so tief, wie eine arme Mutter es sich nie hätte ausmalen können. Aber dieses Endgültig hörte sich anders an als die vorherigen, auch wenn es mehr oder weniger um dieselbe Sache ging. Morgen würde sie mit dem Entzug anfangen.

Das sagte sie ihrer Mutter, Angelika Jenkins. Und dann ihrer besten Freundin Carla, die den Kontakt zu ihr abgebrochen hatte, als sie sie vor drei Jahren mit einer Nadel zwischen den Zehen im Badezimmer fand. Sie sagte es sogar ihrem Ex-Freund Larry, der sie einmal hatte heiraten wollen und sogar so weit gegangen war, bei Zales einen Ring auszusuchen, um sie zu überraschen. Es war, als wäre sie gerade von einem Treffen der Anonymen Alkoholiker gekommen und wolle jetzt das Unrecht und den Schaden wiedergutmachen, die sie ihren Lieben zugefügt hatte.

Sound boy killing

Ab morgen würde Monifah mit dem Entzug beginnen, was bedeutete, ihre selbstzerstörerische Drogenabhängigkeit zu überwinden und ihrem Leben als, wie ihre Mutter sagte, Crackhure den Rücken zu kehren. Für Monifah war »morgen« immer noch einen Tag entfernt. Erst vor zwei Monaten hatte sie »morgen« aufhören wollen. Und fünf Monate davor. Und sieben Monate vorher. Und sechzehn Monate früher. Aber dieses Mal war »morgen« der 15. August 1985.

Am 14. August 1985 war Monifah fast eine Woche sauber gewesen. Sie hatte die Stuyvesant-Highschool geschmissen, war mit siebzehn schwanger geworden und wäre ein wandelndes Getto-Klischee gewesen, hätte sie ihre Geschichte nicht noch zusätzlich verkompliziert. Sie hatte den Aufnahmetest an der Uni mit Bravour bestanden und war den größten Teil ihrer Schwangerschaft clean geblieben. Während ihrer Kindheit und Jugend war sie zwischen der Wohnung ihrer Mutter im puerto-ricanischen Bushwick-Viertel und ihrer Familie in Bed-Stuy und der Bronx gependelt; ihrer Schwester zufolge war sie wild entschlossen, dem Schicksal ein Schnippchen zu schlagen, das sie dazu verurteilt haben schien, dem vorgefertigten Schnittmusterbogen ihres Lebens zu folgen.

— Dem Schnittmusterbogen ihres Lebens zu folgen? Als du das geschrieben hast, bist du dir richtig schlau vorgekommen, was?

— Boss, was meint er mit sauber? Meint er, dass sie auch Sodomitin war?

— Ren-Dog, du glaubst, dass jede Frau, die dich nicht fickt, Sodomitin ist. Erstens ist der korrekte Ausdruck Lesbe und zweitens: Sauber heißt hier, dass sie die Finger vom Koks gelassen hat. Die Kleine hat also eine Woche lang aufgehört, an ihrer Crack-Pfeife zu nuckeln.

— Okay.

— Aber was mich noch interessieren würde, in Teil eins hast du geschrieben, dass elf Leute ermordet wurden. Wie kommst du jetzt auf sieben?

Ich weiß nicht, ob ich antworten soll. Vor fünf Minuten habe ich ihm gesagt, dass ich pinkeln muss, und der Eubie-Typ sagte, Ich hindere dich nicht daran. Ich bin aufgestanden, und Ren-Dog hat mir eine gefenstert, dass mein linker Backenzahn jetzt locker ist. Davor hat Pig Tails mich gestoßen, und ich bin hingefallen. Davor hat Eubie Ren-Dog gesagt, er soll sich um mich kümmern, und der hat mir das Hemd runtergerissen. Dann hat mir jemand von hinten auf den Kopf geschlagen, und ich bin mit den Knien auf dem Boden gelandet. Ich kann mich nicht mehr erinnern, wann sie mir die Hose oder die Stiefel ausgezogen haben. Sie haben mich an den Händen nach oben geschleift, wobei mein Kopf auf jede Stufe geknallt ist und sie gelacht oder gekreischt oder gebrüllt haben. Ich weiß es nicht. Ren-Dog hat mich am Hals gepackt, und wir sind in meinem Badezimmer, und irgendjemand lacht wieder und er schubst mich und ich stolpere rückwärts und lande in der Badewanne und versuch mich aufzurappeln aber rutsche weg und er ist so verdammt stark. Er packt mich wieder am Nacken und ich schlage und kratze und haue und zerre an ihm, und ein anderer lacht einfach und schubst mich direkt unter den Hahn und dreht ihn voll auf. Das Wasser schießt mir auf Stirn und Augen und ich versuche, daran zu denken, nicht zu atmen, bekomme aber trotzdem Wasser in Nase und Augen und jedes Mal, wenn ich zu schreien versuche, läuft mein Mund voll. Ich spüre einen Stiefel auf meinem Oberkörper und kann meine Hand nicht bewegen und das Wasser prasselt nur hart auf Lippen und Zähne und läuft in Augen und Nase und ich fang an zu würgen und husten und er hält immer noch meinen Hals fest und ich kann mich an nichts erinnern, bis ich auf dem Stuhl wieder zu mir komme, würgend und klatschnass und in Unterhose. Eubie warf mir den *New Yorker* zu und sagte, ich solle vorlesen.

— Ich … Ich muss wirklich pinkeln. Ich muss wirklich …

Sie sahen mich an und lachten.

— Bitte. Bitte. Ich muss ins Bad …

— Du kommst doch gerade aus dem Bad, Kleiner.

Jetzt lachten alle.

— Bitte. Ich muss …

— Dann piss doch, Idiot.

Ich sitz auf 'nem Stuhl und ich bin verdammt noch mal ein Mann, will ich sagen, und so könnt ihr die Leute nicht behandeln und ich …

Sound boy killing

ich will so gern schlafen und ich will aufstehen und es mir verkneifen und ihnen zeigen, dass ich was machen kann, aber viel kann ich nicht machen, ich weiß nicht mal mehr, wie ich atmen soll und meine Augen brennen und meine Unterhose wird vorne nass und gelb.

— Boss, bepisst der sich wirklich?

— Wie alt ist der, sechs? R'ass.

— Er hat's wohl nicht halten können. Der Kleine muss nachsitzen.

Sie lachen. Alle außer Eubie. Ich muss mir alle paar Minuten die Augen reiben, weil alles verschwimmt. Und ich lese ganz langsam, denn wenn ich erst mal am Ende des Artikels bin, dann bringen sie mich um. Ich kann mich selbst riechen und die Pisse an meinen Zehen spüren.

— Über die anderen vier konnte ich nichts in Erfahrung bringen. Wobei, sieben ist auch eine schöne, runde Zahl.

— Das Baby braucht 'ne Windel, sagt Ren-Dog.

— Weiter, sagt Eubie.

Er kommt wieder auf mich zu, und ich weiche so panisch zurück, dass ich umfalle. Er zieht mich wieder hoch, und ich heule wieder, und er sagt, Reiß dich zusammen, Kleiner.

— Mach jetzt weiter.

— Aber ... aber ... aber ... aber dann, aber dann, aber dann trat ein ...

— Brethren, vom letzten Satz an. Meinst du, an den erinnern wir uns noch?

— Tut mir ... tut mir leid.

— Schon gut. Reiß dich zusammen. So kommen wir nicht weiter.

— Sie war ... sie war wild entschlossen, dem Schicksal ein Schnippchen zu schlagen, das sie dazu verurteilt haben schien, den vorgefertigten Schnittmusterbogen ihres Lebens nur noch zu folgen. Aber dann trat ein Mann in ihr Leben.

»Es gibt immer so einen verf... Mann«, sagte ihre Schwester. Sie hat schon zwei Mal zwischen stummen Schlucken von ihrem Milchshake in Shelley's Diner in Flatbush geweint. Klein, rundlich und ...

— Warum musst du sie so gettomäßig beschreiben?

— Hä? Das versteh ich ...

— Klein, rundlich, und an den Rest kann ich mich auch noch erinnern, »dunkel und mit Haaren, die so aussehen, als ob man gerade die Extensions entfernt hätte.« Weißbrot, glaubst du, das gefällt ihr, wenn sie das liest?

— Aber so ...

— Aber was so?

Er steht genau hinter mir, und ich versuche, nicht zu zittern. Mein Gesicht schmerzt jedes Mal, wenn ich den Mund öffne.

— Wie würd's dir gefallen, wenn ich schreibe, »Alexander Pierce kommt aus dem Klo, wo er gerade seinen Mini-Penis abgeschüttelt hat?«

— Du ... du willst mir erzählen, wie man besser schreibt?

— Ich seh schon, der Klugscheißer Alexander Pierce ist wieder da.

Ich sag dir, ich hab keinen blassen Schimmer, was deinen verdammten Penis betrifft, und du hast keinen blassen Schimmer, was die Haare von schwarzen Frauen angeht.

Seine Hand ist an meinem Hals. Er hat ihn einfach nur gepackt. Nicht leicht, denn ich kann die Schwielen auf seinen Händen spüren, aber auch nicht fest. Keine Ahnung. Dann drückt er leicht zu.

— Hast du's immer noch nicht kapiert? Hast du noch nicht kapiert, dass ich keinen Spaß mache? Ich bin der Mann, der dir den Kopf abhackt und deiner Mutter schickt. Und das sag ich nicht wegen des dramatischen Effekts. Hast du mich verstanden?

— Ja.

— Sag es.

— Sag was?

— Sag ja, ich hab dich verstanden.

— Ja, ich hab dich verstanden.

— Gut. Weiter.

Ich huste eine Minute lang.

— Ex-Extensions gerade entfernt. Money-Luv wollte grade raus aus der Scheiße, verstehen Sie? Sie war grade dabei, Bushwick Auf Wiedersehen zu sagen. Man hat das einfach gespürt, wissen Sie, was ich meine? Ich meine, sie war einfach verflucht clever ...

— Haha, Weiße klingen nie weißer, als wenn sie versuchen, wie eine Schwarze zu klingen.

— Äh ... einfach verflucht clever. Und dann kommt dieses Arschloch daher und ruiniert ihr Leben. Ich mach nicht mal diesem Dealer einen Vorwurf, weil er sie umgebracht hat. Er war schuld. Ob sie nun ihr alter Liebhaber auf Crack gebracht hat oder nicht, 1984 war Monifah total abhängig, noch bevor die Droge Mitte bis Ende der Achtziger diese derartige Popularität erlebte. Eine Droge, deren kometenhafter Aufstieg in New York auf ein paar wenige Männer zurückgeführt werden kann. Inklusive der Gang, die sie umgebracht hat. Es ist auch nicht ungewöhnlich, dass Süchtige sich vor dem Entzug einen letzten Schuss setzen. Tatsächlich war Moni...

— Genug von dieser erbärmlichen Hure. Mach weiter unten weiter.

— Okay, wo genau?

— Der Teil, wo du mit dem Crackhouse anfängst. Du weißt schon, irgendwo in Teil zwei. Das war Mord Nummer zwei, stimmt's? Teil zwei war viel echter. Zumindest hast du da nicht ständig damit angegeben, wie gut du schreiben kannst. Mach da weiter, wo sie zum Mord Nummer drei wird.

— Äh ... gut ... eine Sekunde.

— Kennst du deine eigene Geschichte nicht?

Er drückt meinen Hals zu.

— Okay, okay. Von wo ab?

— Das Crackhouse.

— Danke. Das vom Crack gezeichnete Bushwick verschwindet beinahe, wenn man den Blick nach oben richtet. Trotz all der Freizeitnutten, Betrüger, Junkies, Abzocker und Rap-Musiker ist Bushwick immer noch einer der wenigen Orte in New York, wo das Gilded Age auf dich herabblickt. Die zerfallenen Anwesen der Schlachthofmillionäre mit ihren kitschigen Säulen und riesigen, samt Ziegeln und Steinmetzarbeiten aus Europa importierten Herrensitzfassaden. An der Außenseite Überbleibsel von Küchenfenstern und Feuerleitern, drinnen Speiseaufzüge und Geheimgänge. Als hätten die Räuberbarone Bushwick für die Drogenbarone gebaut.

Das Crackhouse an der Kreuzung Gates und Central besitzt noch den größten Teil seiner königlichen, ziegelroten Farbe. Zwei Treppen führen zu Torbögen, ein dritter befindet sich in der Mitte. Durch große Fenster lässt sich in einen ehemaligen Salon blicken. An beiden Eingangstüren ist noch die grüne Farbe zu erkennen, doch das übrige Gemäuer könnte gut als Kulisse für einen Horrorfilm dienen. Anstelle von Verandatüren klaffen Löcher, manchmal notdürftig mit morschen Brettern vernagelt oder einfach mit Zeitungspapier zugestopft. Graffiti bedeckt die Räumlichkeiten im Erdgeschoss, streunende Hunde laufen zwischen mannshohen Müllhaufen herum. 1984 war das Obergeschoss so baufällig, dass ein Drogenabhängiger durch den Holzboden brach und mit dem Hals an einem Nagel hängen blieb. Er verblutete und blieb eine Woche lang hängen, bis jemand die Polizei rief. Die …

—Herr im Himmel, Weißbrot, komm endlich zu dem Mord, Mensch. Siehst du nicht, dass Ren-Dog schon fast eingeschlafen ist?

Ren-Dog reisst den Mund zu einem demonstrativen Gähnen auf.

– Das stimmt, sagt er.

Ich lese,

—Es ist nicht ungewöhnlich, dass sich ein Cracksüchtiger, oder überhaupt ein Süchtiger, vor dem Entzug einen letzten Schuss setzt. Daher überraschte es auch niemanden, dass sich Monifah zum Crackhouse aufmachte. Ihre Freunde waren trotzdem davon überzeugt, dass sie am nächsten Tag auf Entzug gehen würde. Wenn man sich in Brooklyn Crack besorgen wollte, dann war das Haus an der Kreuzung Gates und Central ein wahres Mekka …

Die ganze Küche stöhnte auf.

—Herr im Himmel, Weißbrot, hast du das wirklich geschrieben?, sagte er.

—Hab ich was geschrieben?

—Das. Du hast gerade einen der heiligsten Orte der Welt mit einem Crackhouse verglichen. Sollen wir diesen Abschnitt an deine Brust tackern und dich bei der Nation of Islam abladen?

—Ich wollte nicht …

—Du hast nicht nachgedacht. Einer von den Black Muslims sollte dich schon allein dafür erschießen. Verdammter Idiot. Verdammt unverantwortlich.

—Ich habe nicht erwartet, dass mich ein Dealer plötzlich darüber belehrt, wie …

Er tritt gegen den Stuhl, und ich gehe zu Boden.

—Steh auf.

Ich komme hoch, aber der Schmerz explodiert wieder in meinem Magen, und ich falle vornüber. Ich kann kaum atmen. Er schaut mich einfach nur verärgert an. Ich schaffe es auf die Knie, stelle den Stuhl hin und setze mich. Einerseits hoffe ich, dass das auf meiner Wange Speichel ist und keine Tränen, andererseits ist es mir allmählich egal.

—Lies den Rest. Lies.

—Nur zwei Blocks von den Dealern entfernt, aber immer noch auf der Central Avenue. Niemand kann ihre Beziehung zu G-Money, einem früheren Dealer aus der Gegend, bestätigen. Er wurde aus dem Geschäft ausgeschlossen, weil er zu viel des eigenen Stoffs konsumierte, aber die beiden verband zumindest die Cracksucht. G-Money, ein halber Mexikaner mit dickem, lockigem Haar und einem breiten Lächeln, hatte vor dem Crack ebenfalls andere Pläne. An diesem Abend sahen ihn seine Brüder gegen acht Uhr abends in Begleitung einer Person, die sie für einen Mann hielten, aber Monifah trug einen Hoodie und eine übergroße Jeans – nicht, um als Mann durchzugehen, sondern um ihre Schwangerschaft zu verbergen. Eine schwangere Frau hätte selbst einem ausgekochten Crack-Dealer Gewissensbisse bereitet.

Ein altes Herrenhaus wie das an der Gates Street hat viele Zimmer, Ecken, Korridore und Gänge, und deswegen kann der Kauf und der Verkauf, das Rauchen oder Spritzen von Crack, ja, selbst die damit verbundene Prostitution unter demselben Dach stattfinden. G-Money sicherte ihnen das Schlafzimmer im ersten Stock neben dem Treppenhaus, das einzige, in dem noch ein Bett stand. Monifah zog sich die Kapuze wieder über den Kopf und kaufte ein Stück die Straße hinunter Crack. Obwohl sie lieber spritzte, rauchte sie es G-Money zuliebe. Sie waren alleine in einem Zimmer im ersten Stock und bekamen nicht mit, dass unter ihnen die Hölle losbrach. Ein Trupp Männer, die zu der Drogengang gehörten, die den größten Teil der Straßen von Bushwick kontrollierten, stürmte in das Crackhouse und tötete jeden, der sich darin befand. Mr. Cree und Preacher Bob, der in den Überresten der Küche gekocht hatte, waren bereits tot. Die Süchtigen im Erdgeschoss gerieten in Panik und standen dabei vor dem Dilemma, entweder ihr Leben oder ihre Pfeifen, Nadeln und Ampullen zu retten. Im ersten Stock sprang eine Frau aus dem Fenster am Ende des Flurs und brach sich beim Aufprall beide Beine. Direkt vor ihrer Tür wurde ein Mann von zwei Kugeln aus einer Glock und einer anderen halbautomatischen Waffe in die Brust getroffen. Die Gang trat die Tür ein und schoss Monifah in den Kopf, wodurch sie rückwärts auf das Bett geschleudert wurde und ihr schwangerer Bauch wie ein toter Hügel aufragte; bevor G-Money überhaupt kapierte, was los war, hatte er sich schon ihre Pfeife geschnappt und inhaliert.

Die Gang machte weiter. Es gab noch Weitere zu töten. Sie nennt sich selbst die Storm Posse. Den Polizeiakten ist zu entnehmen, dass dieses Haus zu ihrem Operationsgebiet gehört. Vielleicht waren die Morde als Warnung gedacht. Ein Zeuge behauptet, dass nicht die Gang die Leute umgebracht hat, sondern nur ein einziger Mann, vielleicht der Anführer. Trotzdem ist das die typische Vorgehensweise der Storm Posse, einer losen Allianz aus von der Gewalt der Dritten Welt geprägten jamaikanischen Gangstern und kolumbianischem Drogengeld, die in nur ein paar Jahren zum gefürchtetsten Verbrechersyndikat der Ostküste aufgestiegen ist.

Eubie nimmt mir den *New Yorker* aus der Hand.

— Teil vier: T-Ray Benitez und die Jamdown-Connection. Hast du das schon an die Redaktion geschickt?

— Ja.

— Zu schade auch. Denn du wirst sie jetzt sofort anrufen und eine Menge Änderungen durchgeben.

Sound boy killing

Zehn

—Josey. Im Ernst, *hombre*. Josey.

Ich kann ihn nicht mal sehen. Die Matratze versperrt mir die Sicht, seit er sie mit beiden Händen gepackt und nach mir geworfen hat. Ich bin schnell zurückgewichen, bevor er auch noch das metallene Bettgestell hochstemmte und krachend gegen die Gitterstäbe kippen ließ. Die Matratze dämpfte den Aufprall etwas ab, aber das Kopfteil schlug gegen die Stäbe, und die Funken stoben überallhin. Ich machte einen Satz nach hinten und fiel hin, obwohl er es auf keinen Fall geschafft hätte, die Stäbe auseinanderzubrechen. Man hörte ihn wieder hinten im Dunkeln brummen und grunzen und irgendwelche tierischen Laute von sich geben, als er versuchte, das verfluchte Waschbecken aus der Wand zu reißen, wenn er's schon nicht einfach umstoßen konnte.

—Josey.

Josey.

Josef.

—Bombocloth, was willst du?

—Du bist nicht der erste Typ im Knast, der versucht, das Waschbecken oder die Kloschüssel kaputt zu kriegen.

—FUCK.

Ich bin an der Gittertür. Versuche, die Matratze und das Bettgestell mit der linken Hand wegzuschieben. Keins von beiden will nachgeben. Ich versuche, mit der rechten Hand nachzuschieben, und er packt sie.

—Was soll das, Josey?

—Nenn mich nicht immer Josey, Pussyhole! Wenn ich wegen dem Abknallen von irgend so 'ner schwangeren Zicke nicht schon genug am Hals hätte, was meinst du, was ich mit dir machen würde?

Er reißt ruckartig an meinem Arm, und ich krache mit Schläfe und rechter Braue gegen das Gitter.

—Alle scheinen plötzlich zu meinen, dass sie mir ans Bein pissen können.

—Josey.

Er zerrt noch mal an mir und zieht meine ganze Schulter in die Zelle. Die Stäbe zerquetschen meine Brust – er will mich tatsächlich da durchziehen.

—Josey.

Ein Lichtblitz, und ich denke, es kommt vom Blinzeln.

—Josey, lass los. Bitte.

Der Blitz ist eine Machete, glänzend, wie neu.

—Willst du wissen, was mit dem vierten Polizisten passiert ist, der hier reingekommen ist und versucht hat, mich zu töten?

—O Gott, Josey.

—Aber weil du und ich ja alte Kumpels sind, lass ich dir noch 'ne Wahl. Überm Ellbogen, oder drunter? Überleg es dir gut, 'n falscher Arm ist nicht billig, wie man hört.

—O Gott.

—Äh-hä. Guck dir Doctor Love an, denkt, nur weil er 'n Flugzeug in die Luft jagen oder alte Leute töten kann, die sowieso sterben wollten, wär er ein harter Kerl. Kommt hier reingeschlendert, als würde ich hier auf den Knien auf seine Almosen warten. Hä? Bist du's nicht langsam leid, mich ständig zu unterschätzen, Pussyhole? Bist du's nicht leid, dass ich ständig das Messer am Griff halte und du an der Klinge? Jetzt sag ich mal, Wahl der Waffen, Pussyhole.

Er holt mit der Machete zum Schlag über meinem Ellbogen aus, schneidet durch die Haut, und das Blut beginnt zu tropfen.

—Über dem Ellbogen ...

Er hebt sie erneut und schneidet diesmal tiefer, unter meinem Ellbogen. Wieder Blut.

—Oder darunter. Fünf Sekunden, sonst entscheide ich. Und ich nehm dir vielleicht gleich die ganze Schulter.

—Josey, nein.

—Fünf, vier ...

—O Gott.

—Drei, zwei.

—Du hast noch einen, Josey.

—Noch einen was? Noch einen Moment? Du bist derjenige, der keinen mehr hat.

—Du hast noch einen Sohn, Josey.

Die glänzende Klinge schwingt nach oben und verschwindet im Dunkel.

—Du hast noch einen Sohn.

Die Machete taucht direkt an meiner Kehle wieder auf. Er zieht immer noch durch die Stäbe an meiner Hand.

—Herrgott noch mal, Josey.

—Was hast du grad gesagt?

—Du hast verflucht noch mal gehört, was ich gesagt hab! Du hast noch einen Sohn. Meinst du, wir wissen das nicht? Dein Erstgeborener ist tot, deine Tochter tot, du hast nur noch einen übrig, Josey, und wenn du meinst, dass wir uns den nicht auch noch vorknöpfen, dann schwör ich bei Gott, ich benutz die andere Hand hier, und nehm ihn aus wie einen verdammten Fisch.

—Ach ja? Und wie willst du das machen, wenn du verblutet bist, bevor du's bis zur Tür geschafft hast?

—Weil du recht hast, Josey. Ich bin nicht allein. Was hast du denn gedacht, *hombre*? Dass ich hier einfach so reinspaziert komme wie ein bescheuerter Idiot? Als wenn ich dich nicht kennen würde? Denkst du, Daddys kleine Schlägertypen können ihn vor mir beschützen? Ich bin Doctor Love, du Motherfucker. Du vergisst anscheinend meine gottverdammten Kompetenzen. Also lass mich verdammt noch mal jetzt los.

—R'Asscloth, seh ich wie ein arschverfickter Idiot aus? Dich gehen lassen, damit du zwei Drähte zusammendrücken und mein gottverdammtes Haus in die Luft jagen kannst?

— Nein, *mijo,* damit ich die beiden Drähte dann nicht zusammendrücke und das verhindere.

Er lässt die Machete sinken, bevor er loslässt. Ich halte meinen Arm, aber da gibt's nichts zu tun, außer warten, dass es zu bluten aufhört.

— Du hast wahrscheinlich kein Klopapier da drin, oder? Ich schätze mal nicht.

— Ich hätte dich umbringen sollen.

— Und was, wenn du mich umbringst, Josef? Dann schicken sie einfach den nächsten. Dann schicken sie einfach den nächsten.

Er lässt von mir ab und zieht am Bettrahmen, sodass er umkracht und den gesamten Raum erschüttert. Die Matratze gleitet zu Boden. Er sitzt auf dem Federrahmen, aber er sieht mich nicht an.

— Was will Eubie mit meinem Sohn?

— Der will gar nichts mit deinem verdammten Sohn. Er will noch nicht mal was von dir. Nur dass du dich von New York fernhältst, nehm ich an.

— Was will die CIA?

— Rastas arbeiten nicht für die CIA. Sorry, schlechter Witz. Ich werd dir nicht erzählen, wer mich geschickt hat, Josey. Entspann dich, niemand will deinem Sohn was tun. Von uns aus kann er auch ein zweiter Josey werden, das war zumindest der Status quo, mit dem jeder – ob du's glaubst oder nicht – gut leben konnte. Bis du es vermasselt hast. Du hattest nicht mal Grips genug, dich während der Amtszeit deiner eigenen Regierung schnappen zu lassen.

— Ich will nicht, dass irgendjemand meinem Sohn auch nur ein Haar krümmt, Luis.

— Ich sagte doch, ich bin nicht hinter deinem Sohn her, Josey.

— Hast du mein Haus wirklich verdrahtet?

— Natürlich hab ich dein beklopptes Haus verdrahtet. Wir wissen beide, dass du einen Bluff wittern kannst.

Er lacht, und ich lach auch. Ich wünschte, es gäbe hier irgendwas zum Hinsetzen. Er lacht immer noch, als ich mich auf den Boden niederlasse und mich ihm gegenüber an die Wand lehne.

— All das, und du willst mir immer noch nicht sagen, wer dich geschickt hat.

— Oh, ich dachte, das hättest du inzwischen erraten. Ich bin nur zwei oder drei Leuten Gehorsam schuldig.

— Du bist dem Gehorsam schuldig, der den dicksten Scheck ausstellt.

— Stimmt nicht. Ich hab auch schon mal ein oder zwei Dinge pro bono gemacht.

— Ich weiß noch nicht mal, was das heißt.

— Mach dir deswegen keinen Kopf.

— Lustig, dass niemand nachgucken kommt, was hier eigentlich vor sich geht, vor allem bei dem ganzen Radau.

— Niemand kommt heut Nacht hier rein, *hombre*.

— Na, das hätte ich mir eigentlich von dem Augenblick an denken können, als du hier reinspaziert bist. Du wirst mir wahrscheinlich nicht sagen, wer, oder?

— Da könnte ich dir genauso gut sagen, wer Kennedy ermordet hat. Mist, meine Witze waren auch schon mal besser.

— Stimmt, Doctor Love, was mich heute zum Lachen bringt, sind nicht deine Witze.

Ich zucke mit den Schultern. Er steht auf und kommt an die Gitterstäbe direkt vor mir.

— Was, wenn ich einfach nichts über die wichtigen Sachen ausplaudere?

— Die Sachen, mit denen du gedroht hast?

— Yeah.

— Weißt du überhaupt noch, was wichtig ist?

— Meinst du wirklich, ein kleiner Mann könnte irgendjemanden zu Fall bringen?

— Meine Güte, ihr Jamaikaner habt wirklich eine Schwäche dafür, eine Frage mit einer Gegenfrage zu beantworten. Aber ich weiß nicht, Josey, du bist derjenige, der die Möglichkeit ins Spiel gebracht hat.

— Sag deinen Leuten, wir können uns sicher einig werden. Wenn die ihre Karten richtig ausspielen, kann ich schlagartig alles vergessen, was vor 1981 war. Ich kann ihnen sagen, alle Straßen führen zu mir. Neunzehnhundertsechsundsiebzig ist nicht ihr Business, 1979 genau so wenig. Ich mein, die DEA will doch nur ein Drogenurteil.

— Damit sie keine lustigen Sketche mehr mit Nancy Reagan drehen müssen?

— Was?

— Noch so ein Witzblindgänger.

— Sag deinen Leuten, dass ich Gedächtnisschwund zu verkaufen hab, und das noch nicht mal für viel Geld.

— Tu das nicht, Josey.

— Tu was nicht?

— Bettle nicht.

— Böse Männer betteln nicht, Bombocloth.

— Was auch immer du dann hier tust, tu es nicht.

— Ich bin nur vernünftig, Luis. Hast du mich je Blödsinn reden hören? Glaubst du, dass diese DEA-Leute irgendwelche Zeugen haben? Mein Anwalt sagt, dass ich allerhöchstens sieben Jahre kriege, wenn überhaupt, und nur für Drogen und Bandenkriminalität. Was anderes können die mir nicht anhängen.

— Da kehrst du aber bequemerweise eine ganze Menge untern Teppich.

— Wie was zum Beispiel?

— Da hast du vorher aber was anderes gesagt. Du hast gesagt, wenn die jemals zulassen, dass die Yankees dich schnappen, dann würdest du alle mit reinreißen. Nicht gerade genau mit diesen Worten, aber auf deine eigene blumige Art. Also, *muchacho,* so wie's aussieht ...

— Ja, sieh dich ruhig mal um. Ist Babylon schon gefallen? Was glaubst du, was das alles hier sein soll, Luis? Meinst du wirklich, dass die R'Asscloth irgendwas gegen mich in der Hand haben? Also, nachdem sie eine große Show für die große Zeitung gemacht haben, und ihre große Pressekonferenz, dass sie den Krieg gegen die Drogen gewinnen werden, glaubst du, dass sie sich noch einen Scheiß für mich interessieren, wenn sie merken, dass sie mich nicht festhalten können. Der ganze Mist nur, damit Ronald Reagan und George Bush so aussehen, als würden sie wertvolle weiße Mädchen davor bewahren, Crackhuren zu werden. Du wirst schon sehen, wie schnell ich mit diesem ganzen Yankee-Geficke fertig und wieder in Copenhagen City bin, als wär nichts gewesen. Und ich werde mich an meine Freunde erinnern, Luis. Und auch daran, wer mich hier verdammt noch mal hat verfaulen lassen oder gleich versucht hat, mich umzubringen. Ich werde mich erinnern, Luis. Medellín wird sich auch erinnern.

— Wie kannst du so sicher sein, dass Medellín mich nicht geschickt hat, Josef?

Wie üblich erfährst du nichts, wenn du Joseys Gesicht beobachtest. Du musst darauf achten, ob er seine Fingerknöchel so wie gerade eben zusammenpresst, die Schultern ein bisschen hochzieht, wie er's jetzt gerade gemacht hat, Luft einsaugt und ruckartig wieder ausstößt, wie eben, und ganz gerade mit supersteifem Rücken dasteht. Ja, das hat ihn hart getroffen. Dann sagte er so leise, dass ich ihn beinah bitten musste, es zu wiederholen,

— Hat Medellín dich geschickt?

— Du weißt, dass ich dir das nicht sagen darf. Aber jetzt mal im Ernst, Josef. Es spielt auch nicht wirklich eine Rolle. Nichts von alledem. Du erzählst mir, was du tun kannst, willst handeln. Du weißt doch schon, wie es laufen wird, Bruder. Wenn sie noch an Geschäften mit dir interessiert wären, dann hätten sie einen anderen geschickt. Nicht mich.

— Natürlich.

— Ich führe keine Gespräche mit ihnen, sie nicht mit mir. Ich überbringe keine Botschaften von ihnen, ich nehme keine von dir entgegen. So geht das. Wenn Doctor Love in deiner Stadt ist, Baby, dann ist es schon zu spät.

— Ich hätte dir die Hand abhacken sollen.

— Vielleicht. Aber ich lasse immerhin noch deine kleine Dynastie in Ruhe, wenn das auch nicht viel bringt.

— Woher soll ich wissen, dass du meinen Sohn nicht trotzdem tötest?

— Weißt du nicht. Aber machen wir uns doch nichts vor, Josey, irgendjemand wird ihn ins Visier nehmen, aber das werde nicht ich sein.

Er starrt mich eine ganze Weile an. Ich nehme an, er denkt darüber nach, während er sein schönstes Pokerface für mich macht.

— Halt Eubie von meinem Jungen fern.

— Glaubst du, dass der sich einen Scheiß für deinen Jungen interessiert? Aber ich werde ihm eine Botschaft zukommen lassen. Er wird auf mich hören.

— Warum.

— Du weißt warum.

— Hey.

— Was?

— Meinst du, Mr. CIA hat jemals rausgefunden, dass ich Spanisch kann?

— Gott, das ist es, was du von mir wissen willst? Nee. Außerdem haben sie ihn auf unbestimmte Zeit beurlaubt, als er in Botswana die Scheiße aus einem Mädchen dort rausgeprügelt hat. Louis Johnson war so ein Riesenarschloch, dass sein eigenes Büro ihn drei Tage im Gewahrsam bei der Polizei gelassen hat, bevor sie seine Haftentlassung beantragt haben.

— Bombo R'Asscloth.

— Da hätt ich alles für gegeben, mal Mäuschen spielen zu dürfen.

— Ich vermute mal, du hast dir nicht die Mühe gemacht, einen Schalldämpfer mitzubringen.

— Keine Waffen.

— Nein?

— Die wollen etwas weitaus Dramatischeres für Josey Wales.

— Himmel, Doctor Love, da würde ja das ganze Gefängnis zusammenkrachen.

— Du machst dir Sorgen. Das ist ja süß. Aber es ist auch keine Bombe. Denn erstens wäre es eine gnadenlose Nerverei, das Ding hier zu installieren. Und zweitens, na ja, zweitens gibt's eigentlich nicht, aber es wäre immer noch ein schrecklicher Gedanke.

— Welches Datum haben wir heute?

— Scheiße, woher ... warte. Den 22. März. Ja, den 22. März.

— Neunzehnhunderteinundneunzig.

— Wann ist dein Geburtstag, Josef?

— 16. April.

— Widder. Hätt ich mir ja denken können.

— Erwartest du jetzt irgend'ne große Ansprache, damit die Tränen fließen, wenn sie nachher 'nen Film draus machen?

— Im Traum nicht, alter Kumpel.

— Wie denn dann?

— Mach dir da mal keine Gedanken.

— Wie?

Ich geh rüber zu den Stäben und strecke meine Hand aus.

— Nimm die.

— Bombocloth, was ist das denn?

— Nimm sie einfach.

— Nein. Leck mich.

— Josef. Füll dir Wasser in eine Tasse, und nimm die verdammten Pillen.

— Was ist denn das für eine dämliche Tour?

— *Mijo,* hör zu. Sie haben ziemlich deutlich verlangt, dass du leiden sollst. Ich bin normalerweise nicht der Typ, der Anordnungen nicht befolgt, aber diesmal mach ich eine Ausnahme.

— Dann mach, dass es schnell vorbei ist.

— Nein.

— Ist in den Pillen irgendein Zauber, damit ich nicht leide?

— Nein. Ein Zauber, damit es dir egal ist.

— Himmelherrgott, Luis. Himmelherrgottnochmal. Himmelhe...

— Nä, Kumpel, nichts von diesem sentimentalen Bullshit, bitte. Nicht zwischen uns, Mann. Nicht jetzt.

Er nimmt die Pillen und geht wieder zurück ins Dunkle. Man hört Wasser aus dem Hahn fließen. Ich höre, wie er die Tasse füllt, aber trinken hör ich ihn nicht. Er kommt wieder auf mich zu, packt die Matratze und legt sie zurück aufs Bett. Er sieht mich wieder an, legt sich dann aufs Bett, liegt auf dem Rücken. Ich beobachte ihn und horche, wie er einatmet, und ausatmet, ein und aus, und dabei an die Decke starrt. Er liegt da, die Hände auf der Brust gefaltet, und ich will sagen, *mijo,* du musst nicht so tun, als ob du schon in einem gottverdammten Sarg liegst. Aber ich spreche nun schon seit 1976 mit diesem Mann und mir fällt endlich nichts mehr ein, was ich noch sagen kann.

— Wie lange?

— Nicht allzu lange. Sprich einfach weiter.

— Luis.

— Ja, *mijo.*

— Ich denk manchmal an ihn.

— Wen?

— Den Sänger. Dieser Song, der noch rauskam, nachdem er tot war, »Buffalo Soldier«. Der hat mich ins Grübeln gebracht.

— Ich bin jetzt zweiundfünfzig und verdammt zu alt zum Grübeln. Tut es dir leid, dass du versucht hast, ihn umzubringen?

— Was? Nein. Mir tut es leid, dass er leiden musste. Ein Schuss hätte es ihm leichter gemacht. Manchmal denke ich, die eine Sache, die Leute wie ich und er gemeinsam haben, ist vielleicht, dass wir sterben müssen. Weil das, was auch immer wir angefangen haben, nicht fertig werden kann, bis wir den Weg frei machen. Vergiss nicht, dass dieser Gettojunge ein kluger Bruder war.

— Josef, ich bin es, an den sie sich nicht mehr erinnern werden. Schon vergessen, es gibt mich nicht mal.

— Doctor Love. Ich wünschte, es wäre 1976. Nein, 1978.

— Was war so großartig an 1978?

— Alles, Brethren. Alles. Du k...

Eine Pille hätte gereicht, um ihn umzuhauen, aber ich wollte kein Risiko eingehen. Ich stehe zwanzig Minuten da, bis ich den Schlüssel aus meiner Tasche ziehe und die Zellentür aufschließe.

Man weiß ja, was man über verwundete Löwen sagt.

Elf

—Ich war also bei der Lektüre und freute mich an der hübschen, kleinen Crackhead-Kurzbiografie, denn irgendjemand muss doch mal
deutlich sagen, dass auch dieser Abschaum menschlich ist, du weißt
schon, dieser herzerwärmende Schnickschnack, der sie wieder zu
»Menschen« macht, damit die weißen Frauen davon schwärmen können, wie sehr ihnen das zu Herzen geht und so. Aber dann hast du es
verbockt, weil du Detektiv spielen wolltest.

Ich sage einfach nichts. Ich schaue weder ihn oder Ren-Dog, den
Fußboden oder den *New Yorker* an, der mir gleich aus der Hand
rutscht.

—Für einen Mann, der nicht weiß, ob er die nächsten zehn Minuten überlebt, bist du ziemlich kess, wie die Weißen das nennen.

—Du scheinst dich ziemlich für die Weißen zu interessieren.

—Ich interessiere mich für ziemlich viel. Und wie ich schon sagte,
wo in diesem Teil ist Mord Nummer vier?

—Willst du wirklich eine Antwort?

—Nein, ich will, dass du den Running Man tanzt – was glaubst du
denn?

—Also, irgendwann muss man eine Story ausbauen. Sie braucht
nicht nur Tiefe, sondern auch Breite. Die Dinge geschehen nicht
im luftleeren Raum, sie schlagen Wellen und haben Konsequenzen,
und außerdem dreht sich die ganze verdammte Welt einfach weiter, egal was du tust oder lässt. Denn sonst ist alles nur ein Bericht
über irgendwas, das irgendwo passiert, und das kommt auch in
den Abendnachrichten. Soll heißen, während Monifah wegen eines

einzigen Zuges an einer Crackpfeife erschossen wurde, hat irgendjemand ein Röhrchen Crack von irgendjemandem gekauft, der es von irgendjemandem bekommen hat, der es sich bei irgendwem besorgt hat.

Jetzt sind nur noch er und Ren-Dog in der Küche, wahrscheinlich wurde es den anderen langweilig. Und selbst Ren-Dog ist wieder am Kühlschrank und greift zu dem Mangosaft, den er angeblich für mich gemacht hat. Ich sag mir wieder und wieder, dass die Lage nicht weniger gefährlich ist als vor zehn Minuten. Kommt mir jedenfalls so vor. Ein Haufen Killer hat sich bei mir häuslich eingerichtet, und ich glaube allmählich, ich bin in einem Rap-Video. Bis ich meine durchgeweichte Unterhose spüre. Oder lächle. Oder schlucke.

— Das Wichtigste zuerst. Das ganze Zeug, das du über die Storm Posse schreibst, davon stimmt nicht mal die Hälfte. Zum einen ist Funnyboy aus den Eight Lanes, und da ist er immer noch, er kann also unmöglich bei der Storm Posse sein. Und wer hat dir gesagt, dass wir uns Storm Posse nennen, weil wir – wie hast du das ausgedrückt? Unsere Gegner und unschuldige Zuschauer wie ein Sturmtrupp in einem Kugelhagel massakrieren. Siehst du hier irgendwen, der ein Wort wie Sturmtrupp benutzen würde? Was ist verdammt noch mal mit dir los? Dabei hab ich immer geglaubt, dass wir Storm Posse heißen, weil Hurrikan ein viel zu langes Wort ist.

— Ich hab eine Quelle.

— Wer ist deine Quelle?

— Niemand.

— Schau mal an, wie nobel von dir, Tristan Phillips zu decken. Glaubst du, er macht das genauso mit dir?

— Hat er euch einen Tipp gegeben?

— Na ja, der Mann schweigt nicht gerade wie ein Grab. Und wer bist du schon, dass er für dich dichthalten würde? Himmel, als der erste Teil von deinem Bericht rausgekommen ist, haben sich zwei meiner Männer, die mal zu den Ranking Dons gehört haben, dran erinnert, dass Tristan von dir gesprochen hat. Und es war ihm egal, wer das mitbekommen hat. Brethren, du solltest dir wirklich mal ein neues

Outfit zulegen. Sie haben nur einen Blick auf das Foto von dir geworfen, und zack. Jedenfalls hab ich dich so gefunden.

— Tristan hat mich verraten.

— Der Einzige, den Tristan verraten hat, ist Tristan. Der Mann hängt jetzt voll an der Crackpfeife. Verdammter Idiot, was für eine Verschwendung. Aber so ist das Leben bei den Ranking Dons. Wenn einer von der Storm Posse sein eigenes Zeug raucht, dann seh ich zu, dass ich mir den Bruder so schnell wie möglich vom Hals schaffe. Aber wenn du Phillips im Gefängnis besucht hast, muss das ja schon ein paar Jahre her sein. Warum schreibst du jetzt erst darüber?

— Weil Josey Wales im Gefängnis sitzt.

— Und du glaubst, dass er dir deshalb nicht mehr gefährlich werden kann? Oder hältst du ihn für so ungebildet, dass er nie vom *New Yorker* gehört hat?

Ich weiß nicht, was ich sagen soll, also schau ich einfach auf das Glas, das Ren-Dog in der Hand hält, und versuch mich zu erinnern, wie viele er schon getrunken hat.

— Keine Angst, mein Bruder. Du hast in beiderlei Hinsicht recht. Aber mit diesem Eubie ist das eine andere Geschichte. Schau dir mal das Titelblatt dieser Zeitschrift an. Siehst du meinen Namen und meine Postfachanschrift? Glaubst du, du bist sicher, nur weil Wales im Gefängnis sitzt? Antworte.

— Ja, ja, hab ich geglaubt.

— Für so eine Nachlässigkeit kann man sich durchaus eine Kugel einfangen.

Eubie nimmt sich einen Stuhl von meinem Esstisch und trägt ihn zu mir. Er sitzt mir so nah gegenüber, dass ich das Schmetterlingsmuster auf seinem Einstecktuch erkennen kann.

— Kommt jetzt der Teil, wo du mir sagst, ich soll meine Story nicht weiterschreiben, oder du machst was auch immer mit mir?, frage ich.

— Du kannst es einfach nicht lassen, was? Große Klappe bis zum Ende. Oder vielleicht denkst du, dass du schließlich nichts mehr zu verlieren hast. Nicht doch, Brethren. Selbst ich bin neugierig, wie deine Geschichte ausgeht. Ich meine, ich weiß, wie sie ausgeht, aber mir gefallen diese vielen Nebenschauplätze, die du einbaust. Aber bleib einfach bei der eigentlichen Geschichte, schweif nicht zu weit ab, halt dein r'asscloth Ego im Zaum, und wir beide haben uns nie getroffen.

— Das kapier ich nicht.

Er schlägt mich mit dem *New Yorker*. Es tut weh, aber nicht allzu sehr.

— Tu nicht so, als wärst du bescheuert. Ich hab heute Abend noch was anderes vor, und meine beiden nächsten Termine werden nicht so nett ausgehen wie bei dir. Am Ende von Teil drei bist du durch mit dem Crackhouse, weil du jetzt auf die Jamaika-Connection kommst, also ...

— Ich soll das rausnehmen.

Er schlägt mich wieder.

— Du sollst mich nicht unterbrechen, wenn ich mit dir rede.

— Aber das willst du doch, oder? Du willst, dass ich das ganze Jamaika-Zeugs rausnehme?

— Nein, mein Freund. Keineswegs. Schreib, was immer du verdammt über Jamaika schreiben willst. Lass Josey Wales drin, apropos, gibt's irgendwas, was du noch über ihn wissen willst? Ich kann dir eine Sache erzählen, das kannst du dir nicht mal vorstellen. Diese Monifah war auch nicht die erste Schwangere, die er erschossen hat. Lass ihn drin, lass Jamaika drin, lass von mir aus das ganze verdammte Land in Flammen aufgehen, aber lass New York weg.

— Wie bitte?

— Du erwähnst hier die Storm Posse und dass sie Ableger in New York hat. Das gefällt mir gar nicht.

— Aber die Storm Posse ist in New York.

— Junge, machst du wieder auf dämlich? Pass mal auf, das wusstest du sicher auch noch nicht: Das mit der Ballerei im Crackhouse, das war keine verdammte Gang. Das war nur Josey. Ein Mann mit zwei Waffen. Josey Wales hat ganz alleine alle im Crackhouse erschossen. Ich hab's mit eigenen Augen gesehen.

— Ich ... ich ... das ist unglaublich.

—Das ist Josey. Und du hattest recht. Das sollte eine Warnung sein. Aber das hatte nichts mit dem tiefsinnigen Zeugs zu tun, was du geschrieben hast.

—Aber worum ging's denn dann, sag Nein zu Drogen?

—Der Junge ist echt ein Witzbold, was? Zu schade, dass wir keine Freunde werden können.

—Ach.

—Aber das Weißbrot versteht keinen Spaß, Ren. Seh ich aus wie ein Idiot, der einen Journalisten umbringt, der mitten in seiner großen Story steckt, und hinterlasse meine Fingerabdrücke in seinem ganzen verdammten Haus? Seh ich so aus, als wollte ich der nächste Gotti werden?

—Vermutlich nicht.

—Du sollst nicht vermuten, sondern wissen.

—Was war noch mal die Botschaft?

—Du sollst dem Don nicht ans Bein pissen.

—Wie bitte? Ich versteh nicht.

—Nicht so wichtig, Weißbrot. Aber jetzt hör gut zu. Ich will nicht, dass irgendeine Verbindung zwischen diesem Mann und New York hergestellt werden kann. Wenn die Feds oder die DEA gegen den Brethren vorgehen wollen, sollen sie ruhig. Aber ich will nicht, dass irgendjemand hinter mir her ist, weil sie nach einer Verbindung zu New York suchen, verstanden?

—Im Ernst? Das ist nur eine Frage der Zeit, Alter. Das DEA mag langsam arbeiten, und seine Eifersüchteleien mit den Feds haben, aber die sind nicht blöd.

—Vielleicht. Aber nicht hier und heute. Und du wirst nicht derjenige sein, der mich ans Messer liefert.

—Schau mal, mich hat noch nie einer von denen angesprochen oder so. Von mir hast du nichts zu befürchten.

—Weil du bisher nichts gebracht hast, mit dem sie was anfangen können. Aber mit diesem vierten Teil hätten sie was. Du weißt doch jetzt, dass die Jungs im Crackhouse extra aus Jamaika hergeflogen sind. Also lass dieses Zeugs über New York Gangs, oder Boston oder Kansas City weg.

— Die wissen doch, dass du hier bist. In dieser Stadt, meine ich.

— Aber sie wissen nichts über meine Organisation, oder wie gut ich alles im Griff hab.

— Aber damit hat die verdammte Story ein fettes Loch.

— Und das macht dir Sorgen? Ich will dir nicht sagen, wie du schreiben sollst, Boss, aber bei deiner Geschichte geht es doch um Leute, die erschossen wurden. Also schreib über die Leute, die erschossen wurden.

— Die Morde sind aber nicht im luftleeren Raum passiert, mein Herr.

— Ich find's großartig, dass du immer noch glaubst, dass wir hier verhandeln. Das hab ich auch nicht behauptet. Deshalb kannst du auch alles Josey Wales in die Schuhe schieben. Aber kürz den anderen Mist raus. Ich will nicht mit Mr. Wales auf der gleichen Bühne stehen, verstehst du?

— Rein technisch gesehen erpresst du mich also?

— Oh nein, mein Brethren. Rein technisch bring ich dich nicht um. Du schreibst doch eine kurze Geschichte von sieben Morden stimmt's? Dann hast du noch vier Morde, über die du schreiben kannst.

— Verstehe. Und wenn ich …

— Und frag mich jetzt ja nicht, was passiert, wenn du ablehnst. Dafür fehlt mir die Geduld, und Ren-Dog hat für heute auch genug.

Eubie steht auf und geht zu Ren-Dog. Ich versteh nicht, was sie flüstern, aber Ren-Dog verzieht sich. Sekunden später öffnet sich die Eingangstür und fällt wieder ins Schloss. Eubie kommt zurück zu mir und setzt sich. Ganz dicht. Cool Water von Davidoff. Ich wusste, es würde mir irgendwann einfallen. Dieses Mal beugt er sich vor, er flüstert fast, aber seine Stimme ist harsch.

— Ich denk mir, wenn Tony Pavarotti hinter dir her war, dann muss ihn jemand auf dich angesetzt haben. Das können nur Papa-Lo oder Josey Wales gewesen sein. Und da Papa bis zu seinem Tod auf diesem Friedenstrip war, sag ich einfach mal, es war Josey Wales, nein, das musst du jetzt nicht bestätigen. Aber warum wollte Josey dich umbringen lassen?

— Du erwartest wirklich, dass ich antworte?

— Ja, ich erwarte wirklich, dass du mir das beantwortest.

— Was ist das hier? So eine Ich-sterb-ja-sowieso-also-kann-ich-auch-einfach-bombocloth-beichten-Sache?

— Bombocloth? Brethren, gefällt mir, dass du immer noch wie ein Jamaiker redest. Ich weiß nicht, warum ich dich umbringen sollte, ich hab doch klipp und klar gesagt, was ich will. Und übrigens, Josey Wales wird für sehr lange Zeit niemandem mehr was tun können, und schon gar nicht dir.

— Hat er dir von mir erzählt?

— Jemand wie du ist bei ihm aufgetaucht, er konnte sich nicht mal an deinen Namen erinnern, er sagte, ein Knabe vom *Rolling Stone* hätte zu viel über eine Drogensache herausgefunden und er hätte Tony losgeschickt, um das in Ordnung zu bringen. Aber das hat von der Zeit her überhaupt nicht gestimmt, denn kein Weißer, wie clever auch immer, konnte damals irgendwas über irgendwelche Drogendeals in Erfahrung gebracht haben. Und wenn du seinen besten Mann umgelegt hast, dann hat er bestimmt keinen zweiten losgeschickt. Außerdem warst du anschließend verschwunden. So oder so, Josey Wales sitzt im Gefängnis und kommt da lebend auch nicht mehr raus. Deshalb will ich wissen, was zum Teufel du herausgefunden hast, dass er einen verdammten Weißen aus den USA umbringen lassen wollte. Und das 1979? Ich meine, Himmel, damit hätte er ungefähr fünfzehn Tabus gebrochen.

— Aber du bist doch bei der Storm Posse. Arbeitest du nicht für ihn?

— Mein Junge, ich arbeite für niemanden. Und schon gar nicht für so einen kleinen Gettowichser in Kingston. Der kann nicht mal 'ne Bilanz lesen, hält sich aber für verdammt clever. Aber ich frag dich kein drittes Mal, Weißbrot.

— Ich … Ich hab überhaupt erst Jahre später kapiert, dass er den Typ geschickt hat. Es passierte einfach so viel in Jamaika, und so viel Blödsinn, es hätte jeder sein können, sogar die verfluchte Regierung. Jemand hat mich darauf gebracht … Mist, Mist. Ich weiß nicht, warum du mich das überhaupt fragst, du arbeitest doch mit ihm zusammen, also weißt du es doch bestimmt schon. Vielleicht hast du das alles sogar mit ihm zusammen geplant.

— Was? Was geplant?

— Der Sänger. Den Sänger umzubringen. Er ist der, der auf den Sänger geschossen hat.

— Was hast du da grade gesagt?

Bevor ich antworten kann, ist er schon aufgestanden und umkreist rastlos meinen Stuhl.

— Wichser, was hast du da grade gesagt?

— Er hat auf den Sänger geschossen, damals, 1976.

— Du meinst, er war bei der Gang? Boss, selbst mir ist klar, dass es die Jungs aus Copenhagen City waren, die ihn umbringen wollten. Obwohl, von ihm hätte ich das nie …

— Ich meine, er selbst hat abgedrückt. Mehrmals.

— Woher zum Teufel weißt du das?

— Ich habe den Sänger ein paar Monate später interviewt. Alle wussten, dass er in den Arm und die Brust getroffen wurde, stimmt's? Stimmt's?

— Stimmt.

— Damals wussten nur drei Leute, dass die Kugel direkt durch sein Herz gegangen wäre, hätte er in dem Augenblick eingeatmet statt ausgeatmet: Der Arzt, der Sänger und ich.

— Ach ja?

— Ich bin '79 nach Copenhagen City, um die Dons zum Friedensabkommen zu interviewen. Als ich mit Wales geredet habe, kam auch der Sänger zur Sprache. Dann sagte er, dass der Versuch, den Sänger direkt ins Herz zu treffen, daneben ging. Das hätte er gar nicht wissen können, es sei denn, er wäre der Arzt, der Sänger, ich oder …

— Der Schütze.

— Genau.

— Bombocloth. Bombocloth, mein Freund. Das wusste ich nicht.

— Jetzt bin ich mal schockiert. Ich dachte, jeder, der mit Wales zu tun hatte, wüsste das.

— Wer sagt dir denn, dass ich mit Wales zu tun hatte? Als ich mein Business in der Bronx aufgebaut habe, wo war Wales da, verdammt

Sound boy killing

noch mal? Du weißt das schon ewig, während ich dachte, dass jemand anders hinter dieser Sache steckt.

—Wer denn?

—Komisch, und er ist der Einzige, von dem ich weiß, dass er noch lebt.

—Wales?

—Nein, der doch nicht.

—Was meinst du mit ...

—Wussten Sie nicht, Mr. Pierce, dass der Sänger einem der Jungs vergeben hat? Und nicht nur vergeben, sondern ihn sogar mit auf Tour genommen hat, er hat ihn in seinen innersten Kreis aufgenommen, war enger mit ihm als mit jedem Bruder.

—Was zum Teufel, im Ernst? Ich glaube, meine schon beträchtliche Hochachtung für diesen Mann ist grade noch mal rasant gewachsen. Verdammt. Was ist mit ihm passiert?

—Ist gleich nach dem Tod des Sängers verschwunden. Er wusste, dass er nicht mehr sicher war.

—Er ist verschwunden. Einfach so.

—Na ja, niemand verschwindet tatsächlich, Pierce.

—Ich kenn da ein paar Familien in Chile, mit denen kann ich dich bei Gelegenheit bekannt machen.

—Was?

—Schon gut.

—Wie steht's mit deinem Deutsch?

—Ich hör manchmal Krautrock ... das ist alles.

—Schade. Wenn du eine Geschichte willst, hier hast du eine Geschichte. Jeder Mann, der es auf den Sänger abgesehen hatte, ist tot. Außer einem.

—Aber Josey Wales ist nicht ...

—Der Einzige, der noch am Leben sein könnte, verschwand 1981, und niemand weiß, wohin er ist. Außer mir.

—Und wohin ist er?

—Das scheint dich nicht allzu sehr zu interessieren.

—Doch doch. Wirklich. Wohin ist er?

Elf   843

— Wie ich schon sagte, das interessiert dich nicht.

— Doch, hab ich doch gesagt. Woher weißt du, dass es mich nicht interessiert?

— Weil ich dir schon gesagt habe, wo er ist. Aber ärger dich nicht. Vielleicht ist das eine Nummer zu groß für dich. Eines Tages wird da jemand ein Buch drüber schreiben.

— Oh. Okay.

— Und du, du schreibst deine *Kurze Geschichte von sieben Morden* weiter.

Ich will schon fast Dankeschön sagen, aber mir wird blitzartig klar, dass ich mich bei dem Mann dafür bedanken würde, dass er mich nicht umbringt, sondern nur erpresst. Ich hab es so verdammt satt, auf diesem Stuhl wie der Idiot der Schule zu sitzen, aber ich steh nicht auf. Macht auch keinen Unterschied. Ich bin kurz davor, ihn zu fragen, ob das alles jetzt heißt, dass ich vielleicht nicht das Vergnügen haben werde, ihn wiederzusehen, aber dann fällt mir ein, dass Jamaikaner praktisch nie sarkastisch werden, und dies ist verdammt noch mal wirklich keine Situation, in der man missverstanden werden möchte. Ist wohl besser, ich denke einfach nicht mehr über diesen Mist nach – einen Tag, der so surreal ist wie dieser, den kann man sich eh nicht ausdenken. Dann kommt Ren-Dog wieder rein, und die beiden stehen nicht allzu weit weg von mir und murmeln irgendetwas vor sich hin, das wohl geheim ist.

— Noch eins, Weißbrot.

Er dreht sich um. Seine Hand. Eine Kanone. Schalldämpfer. Seine Hand. Ein Schalldämpfer. Seine …

— Neiiiiiiin. Verdammte verdammte Scheiße! Herr im Himmel! Heilige Scheiße! Heilige …

— Noch eins.

— Du hast geschossen. Du hast mich verfluchte Hölle …

Aus meinem Fuß spritzt das verdammte Blut, als wäre ich gerade gekreuzigt worden. Ich pack meinen Fuß und weiß, dass ich brülle, aber mir ist nicht klar, dass ich vom Stuhl gefallen bin und mich auf dem Boden wälze, bis Eubie mich greift und mir die Waffe in den Nacken drückt.

Sound boy killing

— Halt dein verdammtes Maul. Halt die Klappe, Pussyhole, sagt Ren-Dog und greift sich meine Haare.

— Du hast geschossen! Du hast verdammt noch mal auf mich geschossen!

— Und der Himmel ist blau, und das Wasser ist nass.

— Herr im Himmel, Herr im Himmel!

— Weißt du, das ist lustig. Niemand sagt irgendwas Originelles, wenn er eine Kugel verpasst bekommt. Als gäbe es so was wie einen Standardsatz für solche Fälle.

— Fick dich.

— Ach, heul doch nicht, Baby. In Jamaika werden ständig Zwölfjährige angeschossen, und die jaulen nicht wie eine Schlampe rum.

— Herr im Himmel.

Mein Fuß brennt wie Hölle, und er beugt sich zu mir runter und nimmt mich wie ein Kind in den Arm.

— Ich muss verdammt noch mal den Krankenwagen anrufen. Ich muss ins Krankenhaus.

— Du musst auch deine Frau anrufen, damit sie die Sauerei hier wegmacht.

— Heilige Scheiße.

— Hör zu, Weißbrot. Das ist eine kleine Erinnerung, denn hallo, wir waren ja so nett zueinander, dass du vielleicht vergessen hast, mit wem du dich besser nicht anlegen solltest, klar? Josey Wales ist der durchgeknallteste Hurensohn, dem ich jemals im Leben begegnet bin, und ich werd ihn einfach abservieren. Was glaubst du also, wozu mich das macht?

— Das weiß ...

— Das war eine rhetorische Frage, Pussyhole.

Er greift nach meinem Fuß. Reibt um den Rand des Lochs, das die Kugel in meiner Socke hinterlassen hat, und steckt dann den Finger hinein. Ich kreische in die Hand hinein, die Ren-Dog mir auf den Mund gelegt hat.

— So sehr ich auch gerade deine Gegenwart und mein Abo des *New Yorker* schätze, du solltest doch zusehen, mir keinen Grund zu geben, noch mal hierherzukommen. Verstehen wir uns?

Er rührt weiter mit dem Finger, aber ich kann nur noch heulen. Nicht nur weinen, sondern verdammt noch mal heulen.

—Verstehen wir uns?, sagt er und greift noch mal nach meinem Fuß.

—Wir verstehen uns. Verdammt verdammt, wir verstehen uns.

—Gut. Super gutes Gummibärchen. Ein Lieblingsspruch meiner Frau.

Ren-Dog fasst mich an den Schultern und zieht mich rüber zur Couch. Das wird jetzt verdammt wehtun, sagt er, bevor er mir die Socken auszieht. Ich schlag mir selbst die Hand über den Mund, um die Schreie zu ersticken. Er wirft die Socken beiseite, rollt ein Küchenhandtuch zu einem Ball zusammen und legt meinen Fuß darauf. Ich kann nicht mal hinsehen. Ren-Dog geht und Eubie nimmt mein Telefon.

—Ruf den Notruf an, wenn wir weg sind.

—Aber wie verdammt ... aber wie ... wie soll ich das erklären, Kugel im Fuß ... Kugel im Fuß?

—Du bist der Schriftsteller, Alexander Pierce.

Als er mir das Telefon in den Schoß wirft, lege ich die Hände über die Eier, und es prallt gegen meine Knöchel.

—Denk dir was aus.

Zwölf

Jedes Mal, wenn ich statt der U-Bahn den Bus nehme, vergesse ich, dass der Bus so viel langsamer ist. Das ist der Preis, den ich dafür zahle, dass ich unter der Erde immer anfange zu hyperventilieren. Immerhin bin ich wach. Letzte Woche habe ich sieben Haltestellen verschlafen, und als ich aufwachte, saß ich einem Mann gegenüber, der mich musterte, als würde er überlegen, welchen meiner Körperteile er berühren sollte, um mich zu wecken. Heute sind keine Männer im Bus.

Eastchester ist auch leer. Vielleicht verliert die jamaikanische Fußballnationalmannschaft gerade irgendwo ein Spiel. Schon bezeichnend, dass ich selbst in meinen Gedanken so eine Zicke bin. Allerdings bin ich mir sicher, dass der Normalbürger in seinen Gedanken genauso grob, rassistisch, reizbar und gemein ist, deshalb weiß ich nicht, warum ich mich deshalb runtermache. Ich muss bloß nach Hause, mir ein paar Ramen-Nudeln machen, mich auf die Couch werfen und *Amerikas lustigste Privatvideos* oder irgendwas anderes Belangloses im Fernsehen angucken.

Ich muss wirklich aufhören, über Jamaikaner nachzudenken. Oder vielleicht sollte ich tatsächlich das Xanax höher dosieren. Ich meine, im Moment fühle ich mich nicht schlecht, wirklich nicht, aber eine gewöhnliche Erkältung ist nicht das Einzige, was man schon in den Knochen haben kann.

Corsa Avenue. Ich habe nichts zu essen im Haus. Die letzten Ramen habe ich vor zwei Tagen gegessen, die Reste vom Chinesen habe ich heute Morgen weggeworfen, und die McNuggets waren schon als sie noch frisch waren eine schlechte Idee. Ich blicke zur Tür und zum Fenster, das aussieht, als hätte ich es offen gelassen, obwohl es März ist. Ich hab nichts zu essen im Haus. Ich will wirklich nicht zur Boston Road laufen, aber genau das wird passieren. Ich werde in der Wohnung sitzen und Fernsehen gucken, bis der Hunger, den ich jetzt noch nicht habe, schlimmer wird, und am Ende werde ich doch rausgehen.

Also laufe ich die Corsa Avenue runter bis zur Boston Road und hoffe immer noch auf meinen Mary-Tyler-Moore-Moment. Die blödeste Idee aller Zeiten in einer Straße voller Leute, die es nicht geschafft haben, aber ich stelle es mir trotzdem vor. So geht es einem, wenn das Leben nur aus Arbeit, Fernsehen und Fertigessen zum Mitnehmen besteht. Ich lebe schon beinahe wie ein Amerikaner, verdammt, ihr und eure Regeln könnt mich alle mal. Ich weiß nicht. Aber ich weiß, wenn ich eine Xanax genommen hätte, dann würde ich nicht so viel grübeln. Ich möchte gern glauben, dass alles in meiner Wohnung, von den Handtüchern in derselben Farbe bis zu der Kaffeemaschine, bei der ich nur auf einen Knopf drücken muss, nur dazu dient, mein Leben einfach zu machen, aber mir wird klar, dass alles nur dazu da ist, damit ich nicht nachdenke. Und meine Mutter hat geglaubt, ich würde mein Leben nie auf die Reihe kriegen.

Boston Jamaica Jerk Chicken. Jamaica Chicken and Food, Hot and Ready. Zwei Reihen orangefarbene Plastik-Essnischen, auf jedem Tisch stehen Ketchup, Salz und Pfeffer. Hier essen? Der Gedanke ist verflogen, bevor ich ihn richtig gefasst habe. Auf dem Tresen direkt neben der Kasse steht eine Schale mit Coconut Drops, die mich an das Land erinnern. Ich bin nie gern aufs Land gefahren – zu viel Coconut Drops und Plumpsklos. Direkt daneben steht eine weitere Platte mit Süßkartoffelpudding. Ich hab seit 1979 keinen Kartoffelpudding mehr gegessen – nein, länger. Je eingehender ich ihn betrachte, desto mehr will ich ihn, und desto mehr fühlt es sich an, als sollte ich das als ein Zeichen für ein tieferes Bedürfnis betrachten, als ob ich eigentlich Jamaika schmecken möchte, aber das hört sich bloß an wie psychologischer Blödsinn. Da ist es schon lustiger zu denken, ich will bloß mal

Sound boy killing

was Jamaikanisches im Mund haben, das kein Penis ist. Verdammt, du schmutzige Frau – nein, Bombocloth, du schmutzige Frau.

Jetzt möchte ich den ganzen Abend Patois reden, und das liegt nicht daran, dass ich den ganzen Nachmittag mit dieser Frau und ihrem Gangster-Freund rumgehangen hab. Vielleicht liegt es daran, dass ich diese verdammten Coconut Drops angucke und fragen möchte, ob es auch Dukunnu, Asham oder Jackass Corn gibt.

— Was darf's sein, Ma'am?

Ich hab ihn gar nicht hinter dem Tresen sitzen sehen, erkenne jetzt auch, warum er mich nicht gesehen hat. Auf einem kleinen Schwarzweißfernseher auf dem Stuhl neben seinem läuft Cricket.

— West Indies gegen Indien. Natürlich machen wir wieder nur kompletten Murks, sagt er.

Ich nicke. Cricket habe ich nie gemocht. Nie. Dunkle Haut, dicker Bauch zwischen zwei muskulösen Armen und ein weißes Kinnbärtchen. Er ist womöglich der erste jamaikanische Mann, mit dem ich seit Wochen spreche, und er hat die Brauen hochgezogen – meiner schon jetzt überdrüssig.

— Einmal Grillhähnchen, nein Brathähnchen, ja Brathähnchen und Reis und Erbsen, wenn Sie Reis und Erbsen haben, und gebratene Bananen und einen Salat mit geriebenen Möhren und so und ...

— Woi, Lady, immer schön langsam. Das Essen läuft nicht weg.

Er lacht über mich. Na ja, er grinst eher, und ich hab nichts dagegen, außer dass ich mich jetzt frage, wann ich zum letzten Mal einen Mann zum Lachen gebracht habe.

— Sind die Bananen auch reif?

— Ja, Lady.

— Wie reif?

— Reif genug.

— Oh.

— Keine Sorge, Lady, gut reif. Die zermatschen im Mund zu Mus.

Ich widerstehe der Versuchung zu erklären, dass ich es ernst meine, als ich ihm versichere, dass das die köstlichste Beschreibung von Essen ist, die ich je gehört habe, und sage,

—Drei Portionen, bitte.

—Drei?

—Drei. Das heißt, warten Sie, haben Sie auch Ochsenschwanz-eintopf oder Ziegenfleischcurry?

—Ochsenschwanz nur am Wochenende. Ziegencurry ist gerade aus.

—Brathähnchen ist gut. Schenkel und Brust, danke.

—Was wollen Sie trinken?

—Seh ich da Sorrel-Punch auf der Karte?

—Ja, Ma'am.

—Ich dachte, Sorrel-Punch gibt's nur an Weihnachten.

—Was denn, wo war'n Sie die letzten zig Jahre, Lady? Alles aus Jamaika wird in Kisten verpackt und verkauft.

—Schmeckt das auch?

—Nicht so schlecht.

—Ich nehm einen.

Ich hatte keine Lust, das ganze Essen nach Hause zu schleppen. Ich weiß nicht, aber plötzlich fand ich die Idee, einfach in diesem kleinen Restaurant zu sitzen, mitzuhören, wie der Kommentator sich über das Cricket-Spiel aufregte, und Brathähnchen zu essen, ganz großartig. In der Nische direkt gegenüber liegt ein *Jamaica Gleaner* und eine Ausgabe des *Star*. Außerdem der *Jamaica Observer,* von dem ich noch nie gehört habe. Der Mann macht den großen, an der Decke montierten Fernseher an, und als Erstes sehe ich Cricket.

—Ist das JBC?, frage ich.

—Nee, irgend so 'n neuer karibischer Sender, aus Trinidad vielleicht, dem Singsang nach, in dem alle reden. Deswegen hab'n wir in Jamaika ja jetzt auch Karneval.

—Karneval? Mit Soca-Musik?

—Ja, echt.

—Seit wann hören die Jamaikaner denn Soca?

—Seit die Leute uptown einen Grund haben wollen, in BH und Höschen auf der Straße zu tanzen. Dann ha'm Sie noch nie was von dem Karneval gehört?

Sound boy killing

— Nein.

— Dann fahren Sie wohl nicht oft hin. Oder Sie haben keine Familie auf der Insel. Lesen Sie die Zeitung?

— Nein.

— Woll'n Sie alles vergessen?

— Was?

— Ist auch egal, Liebes. Ich hoffe, Sie erziehen Ihre Kinder wie Jamaikaner und nicht mit dieser amerikanischen Lockerheit, wissen Sie.

— Ich habe keine ... ich meine, ja.

— Gut. Gut. Wie die Bibel sagt, Wie man einen Knaben gewöhnt, so ...

Und schon schalte ich ab. Ich bin in einem kleinen jamaikanischen Imbiss und blende einen Mann aus, der mir mit Oma-Weisheiten kommt. Aber das Brathähnchen ist verdammt gut, hellbraun und knusprig fest, aber innen weich, als hätte er es erst angebraten und dann gegrillt. Und Reis und Erbsen vermischt, nicht der getrennte Mist von Popeyes, den man sich selber zusammenmischen muss. Ich habe schon ein Drittel von dem Teller mit den Bananen gegessen und bin kurz davor, Sorrel-Punch zu meinem liebsten künstlichen, womöglich giftigen Chemielabor-Imitat eines Originalgetränks zu küren.

— Bombo pussy r'asscloth.

Konnte mich nicht erinnern, wann ich diese Worte zum letzten Mal aus einem Mund gehört hatte, der nicht meiner war.

— Bombo pussy r'asscloth.

— Was ist los?

— Sehen Sie selbst, Liebes. R'ass.

Ich sehe bloß ein schlechtes Video von einer jamaikanischen Menschenmenge, wahrscheinlich dasselbe Archivmaterial, das sie seit fünfzehn Jahren jedes Mal zeigen, wenn jemand einen Bericht über Jamaika macht. Dieselben schwarzen Männer in T-Shirts und Tank-Tops, dieselben auf und ab hüpfenden Frauen, dieselben Plakate aus Pappe, beschriftet von Leuten, die nicht buchstabieren können. Derselbe Armee-Jeep, der immer wieder ins Bild fährt. Im Ernst.

— Bombo pussy r'ass…

Ich will ihn gerade fragen, was an diesem Bericht so besonders ist, als ich die Schriftzeile am unteren Bildrand lese.

JOSEY WALES VERBRANNT IN SEINER GEFÄNGNISZELLE AUF-GEFUNDEN.

Der Mann dreht lauter, doch ich höre immer noch nichts. Da ist nur der Seziertisch auf dem Bildschirm. Ein Mann mit nacktem Oberkörper und glänzender Haut, als wäre sie in der Hitze geschmolzen, Teil seiner Brust und Hüften sind schwarz, daneben große weiße Flecken, als wäre nur seine Haut verbrannt. Haut, die sich von seiner Brust löst wie bei einem Spanferkel. Ich konnte wirklich nicht erkennen, ob das Bild bloß unscharf oder er tatsächlich geschmolzen war.

— Bald steht Copenhagen City in Flammen. Und das an dem Tag, an dem sie seinen Jungen begraben haben? Gott Allmächtiger.

Die Schriftzeile läuft jetzt unten über den Bildschirmrand: JOSEY WALES VERBRANNT IN SEINER GEFÄNGNISZELLE AUFGEFUN-DEN * JOSEY WALES VERBRANNT IN SEINER GEFÄNGNISZELLE AUFGEFUNDEN * JOSEY WALES VERBRANNT IN SEINER GEFÄNG-NISZELLE AUFGEFUNDEN * JOSEY WALES VERBRANNT IN SEINER GEFÄNGNISZELLE AUFGEFUNDEN * JOSEY WALES VERBRANNT IN SEINER GEFÄNGNISZELLE AUFGEFUNDEN * JOSEY WALES VER-BRANNT IN SEINER GEFÄNGNISZELLE AUFGEFUNDEN * JOSEY WALES VERBRANNT IN SEINER GEFÄNGNISZELLE AUFGEFUN-DEN * JOSEY WALES VERBRANNT IN SEINER GEFÄNGNISZELLE AUFGEFUNDEN *

— Keine Spuren für gewaltsames Eindringen, heute waren keine Besucher in der Zelle erlaubt, niemand kann sagen, wie der Mann verbrannt ist. Vielleicht hat er sich selbst angezündet. Rahtid, ich kann es nicht glauben …

— Sind Sie sicher, dass er es ist?

— Wer soll es denn sonst sein? Irgendein anderer im General Penitentiary, der auch Josey Wales heißt? Scheiße. Leck mich am Arsch. Verzeihen Sie, Lady, aber ich muss einen Haufen Leute anrufen. Ich kann nicht … Lady, alles in Ordnung?

Sound boy killing

Ich schaffe es aus der Tür, bevor das Erbrochene aus meinem Mund schießt und sich auf den Bürgersteig ergießt. Bestimmt guckt jemand von der anderen Straßenseite zu, wie ich das Brathähnchen ausspeie, während sich mein Magen zusammenzieht bis zum Geht-nicht-mehr. Niemand kommt, trotzdem, ich habe neben der Tür eine Sauerei hinterlassen. Ich versuche, mich aufzurichten, doch mein Magen tritt sich erneut selbst, ich krümme mich wieder vornüber und huste würgend, aber trocken diesmal. Wenigstens ist der Mann hinter seinem Tresen verschwunden. Ich kehre in den Laden zurück, nehme meine Tasche und gehe wieder.

Ich sitze auf meiner Couch, und der Fernseher läuft seit zwei Stunden, ohne dass ich mitkriege, was ich sehe. Ich glaube nicht, dass ich je einen Mann gesehen habe, der wie gegrillt aussah. Ich sollte wirklich einen Überwurf für das Sofa besorgen. Und vielleicht ein Gemälde oder irgendwas fürs Wohnzimmer. Und eine schöne Pflanze, nein, eine Plastikpflanze, alles Lebendige stirbt mir eh unter den Händen weg. Das Telefon steht schon seit Minuten in meinem Schoß. Als gerade der Abspann läuft, klingelt es.

—Hallo?

—Ich verbinde Sie jetzt, Ma'am.

—Vielen Dank, danke.

Meine Hände zittern, sodass der Hörer an meinen Ohrringen klappert.

—Hallo? Hallo? Hallo, wer ist am Apparat?

Meine Hände zittern, und ich weiß, wenn ich jetzt nicht spreche, werde ich den Hörer wieder auf die Gabel knallen, bevor sie noch etwas sagen kann.

—Kimmy?

Glossar

Akee: jamaikanische Nationalfrucht

Babylon: im Rastafari-Glauben Bezeichnung für das korrupte westliche Herrschaftssystem

Batty: Gesäß

Battyboy: → Battyman

Battyman: abwertende Bezeichnung für homosexuelle Männer

Bed-Stuy: Abkürzung für das Stadtviertel Bedford-Stuyvesant in Brooklyn

Bombocloth: Fluch, Schimpfwort

Bloodcloth: → Bombocloth

Brigadista: an der Invasion in der Schweinebucht beteiligte Exilkubaner

Brethren: »Brüder«(Plural), auch Anrede für eine Einzelperson → I-and-I

Busha: Boss, Chef

Cha-Cha-Boy: modisch gekleideter, aber oberflächlicher Mann

Colon Man: aus dem Ausland zurückgekehrter jamaikanischer Gastarbeiter, der als Zeichen seines Wohlstands eine Uhrkette trägt

Coolie: (nicht zwingenderweise) abwertende Bezeichnung für Jamaikaner indischer oder ostasiatischer Herkunft

Coolie Duppy: Besonders gefährlicher → Duppy

Corned Pork: Gepökeltes Schweinefleisch

Dandy Shandy: jamaikanisches Kinderspiel

Dawta: »Tochter«, Frau

Don: Anführer einer Gang oder Posse

Don Dada: ranghöchster → Don

Duppy: Geist, Gespenst

Festival: frittiertes Süßgebäck

Gun Court: 1974 auf Jamaika eingerichtetes, speziell für Schusswaffenkriminalität zuständiges Gericht

Gunman: (bewaffneter) Gangster

Hataclaps: Krise, Katastrophe

Heavy Manners: umgangssprachliche Bezeichnung für den 1976 erklärten Ausnahmezustand auf Jamaika; generell: Unterdrückung, Repression

I-and-I: »Ich und Ich« – Selbstbezeichnung der Rastafaris, auch für eine Einzelperson in der Pluralform gebräuchlich, um die Einheit sowohl der menschlichen als auch der göttlichen Natur im Individuum zum Ausdruck zu bringen

I-man: → I-and-I

Ital: im Einklang mit dem Rastafari-Glauben zubereitete Speisen

Iration: Wort aus der Rastafari-Sprache, im weitesten Sinne mit »Schöpfung« zu übersetzen

Jah: Gottesbegriff im Rastafari

Jamdown: umgangssprachliche Bezeichnung für Jamaika

Jamrock: → Jamdown

Jim Screechy: »den Jim Screechy machen«: etwas im Geheimen, Verborgenen tun

Lovers Rock: Spielart des Reggae mit hauptsächlich romantischen Themen

Maroons: in Enklaven im Bergland Jamaikas lebende Nachkommen geflohener Sklaven

Natty Dread: Dreadlock-Träger, idealtypischer Rastafari, auch Spitzname Bob Marleys

Naigger: (nicht zwingenderweise) abwertende Bezeichnung für ungebildete Jamaikaner. Kann sich auch auf Menschen heller Hautfarbe beziehen

Obeah: Zauberei, schwarze Magie

Politricks: Kunstwort aus Politik *(politics)* und Trick, unlautere Machenschaft *(tricks)*

Posse: Anfang der 80er-Jahre aus den Gangs hervorgegangene kriminelle Vereinigungen, insbesondere im Drogenhandel aktiv

Pussycloth: → Bombocloth

R'asscloth: → Bombocloth

Rahtid: Ausdruck der Überraschung oder Wut

Rastafari: In den 1930er-Jahren auf Jamaika aus dem Christentum entstandene, inzwischen weltweit verbreitete Religion, die u.a. die Göttlichkeit Haile Selassies lehrt

Reasoning: Debatte, Argumentationslinie

Riddim: Instrumentalstück, über das ein Text unterschiedlichen Inhalts gesungen wird

Rock: Crack

Rudeboy: harter Kerl, Krimineller → Gunman

Rudie: → Rudeboy

Runner: Mittelsmann zwischen Käufer und Dealer im organisierten Drogenhandel

Samfie: Trickbetrüger mit vorgeblich übernatürlichen Fähigkeiten

Shitstem: Rastafari-Ausdruck (aus *shit* und *system*), in etwa: Schweinesystem. Bezeichnung für ein korruptes Herrschaftssystem → Babylon

Sistren: Plural von *sister* → Brethren

Skank: Tanzstil im Reggae und Ska

Spotter: Beobachtungsposten und Vermittler im organisierten Drogenhandel

Shillum: Pfeife zum rituellen Cannabiskonsum der Rastafaris

Stalag Riddim: Populärer → Riddim

Star: informelle Anrede

Sufferah: mittellose, aber rechtschaffene Person, Gettobewohner

Syrer: Jamaikaner nahöstlicher Herkunft

Wetback: abwertende Bezeichnung für illegal in den USA lebende Einwanderer besonders mexikanischer Herkunft

White Wife: jamaikanische Bezeichnung für Kokain

Danksagung

Noch bevor ich wusste, dass ich einen Roman schreiben würde, hatte Colin Williams schon dafür recherchiert. Einige Ergebnisse seiner Bemühungen tauchen in diesem Buch auf, aber mehr davon wird im nächsten zu lesen sein. Zu dem Zeitpunkt, als Benjamin Voigt die Recherchearbeit übernahm, hatte ich bereits eine Geschichte, sogar schon ein paar Seiten geschrieben, aber noch immer keinen Roman. Das Problem war, dass ich nicht wusste, wessen Geschichte es sein sollte. Es folgten Entwurf auf Entwurf, Seite auf Seite, Person auf Person, und noch immer hatte ich keinen roten Faden, keinen Erzählstrang, nichts. Bis ich mich eines sonntags bei W.A. Frost in St. Paul mit Rachel Peerlmeter zum Abendessen traf. Sie sagte, es muss ja nicht nur die Geschichte einer Figur sein. Und außerdem: Wann hast du zum letzten Mal Faulkners *Als ich im Sterben lag* gelesen? Nun ja, vielleicht waren das nicht ihre genauen Worte, aber wir sprachen auch über Marguerite Duras, also las ich wenig später *Der Liebhaber* und stellte fest: Ich hatte die ganze Zeit schon einen Roman gehabt, er lag direkt vor mir. Lebendige und weniger lebendige Figuren, nicht zueinander passende Szenen und Hunderte von Seiten, denen noch Sinn und Zweck fehlte. Es sollte ein Roman mit vielen Stimmen werden. Schließlich wurde mir klar, wie ich meinen anderen Rechercheuren, Kenneth Barrett und Jeeson Choi, erklären konnte, wonach sie suchen sollten. In der Zwischenzeit konnte ich dank der finanziellen Unterstützung für Reise und Forschung durch das Macalester College, an dem ich lehre, selbst einige Recherchen durchführen. Ohne die talentierten und kreativen Studenten, die mich immer wieder herausforderten, sowie die großzügige Unterstützung der Englischfakultät wäre die vierjährige Arbeit an diesem Roman nicht so erfolgreich oder zufriedenstellend verlaufen. Das mir genehmigte Sabbatjahr hat auch nicht geschadet. Während dieses Sabbatjahrs verbrachte ich nicht wenig Zeit schreibend in einem französischen Café am South Beach von Miami, bei freier Kost und Logis, netterweise zur Verfügung gestellt von Tom Borrup und Harry Waters jr., die (klopf auf Holz) mir noch immer keine Miete dafür berechnet haben, obwohl ich ständig neue Gründe erfinde, warum ich mich bei ihnen einquartiere. Die erste Fassung, die ich schließlich meiner großartigen Agentin Ellen Levine und meinem Lektor Jake Morrissey präsentierte, wurde nicht weit entfernt von eben diesem Strand verfasst. Vor diesen beiden hat sie natürlich Robert McLean gelesen, der immer meine ersten Fassungen zu lesen bekommt und der Einzige ist, dem ich ein Manuskript anvertrauen kann, selbst wenn ich noch daran schreibe (auch wenn er sich immer noch fragt, wieso eigentlich). Jeffrey Bennett wiederum, mein Leser der letzten Fassung, korrigierte das Ganze, bevor es zum Verlag geschickt wurde, und brachte unter anderem meine mit zahlreichen Fehlern behaftete Beschreibung der Fahrt vom JFK-Flughafen in die Bronx in Ordnung. Vielen Dank auch an Martha Dicton, die mein unklares Englisch in kubanisches Spanisch übersetzte, als ich noch irrtümlich der Meinung war, mexikanisches Spanisch würde es auch tun. Ein Autor erlebt viele Tage der Ablenkung und des Selbstzweifels, deshalb danke ich Ingrid Riley und Casey Jarrin für ihre unerschütterliche Freundschaft, ihre Unterstützung und den gelegentlichen Tritt in den Hintern. Vielen Dank an meine Familie und Freunde, aber diesmal sollte meine Mutter vielleicht darauf verzichten, Teil vier dieses Buchs zu lesen.

Vom Autor des Spiegel-Bestsellers
Eine kurze Geschichte von sieben Morden

ISBN 978-3-453-67718-0

Im Dorf Gibbeah beginnt der Sonntag mit einem bösen Omen: Während der Morgenmesse fliegt ein Geier durch das geschlossene Kirchenfenster und schlägt tot auf der Kanzel auf. Nur wenige Minuten später wirft ein schwarz gekleideter Fremder den Dorfprediger zu Boden und übernimmt die Kontrolle über die Gemeinde. Als selbst ernannter Apostel York predigt er Rache und Verdammnis. Doch der alte Prediger weigert sich, seinen Platz widerstandslos abzugeben. Ein gnadenloser Glaubenskampf beginnt. Das Dorf scheint dem Untergang geweiht.

Leseprobe unter heyne-hardcore.de

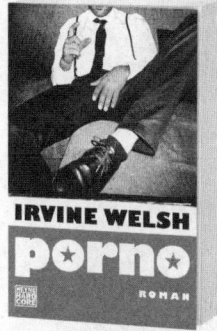

»Amerikas letzter Gerechter.«
Der Spiegel

ISBN 978-3-453-67689-3

ISBN 978-3-453-40853-1

ISBN 978-3-453-67604-6

ISBN 978-3-453-67702-9